西西罹 —— 著

[上]

远方出版社

图书在版编目(CIP)数据

青镜：全2册／西西瞿著．—呼和浩特：远方出版社，2016.12

ISBN 978-7-5555-0792-5

Ⅰ．①青… Ⅱ．①西… Ⅲ．①长篇小说—中国—当代 Ⅳ．①I247.5

中国版本图书馆CIP数据核字（2016）第308055号

青　镜
QINGJING

作　　者	西西瞿
责任编辑	刘洪洋　李　可
责任校对	李　可
出版发行	远方出版社
社　　址	呼和浩特市乌兰察布东路666号　邮编 010010
电　　话	（0471）2236471 总编室　2236460 发行部
经　　销	新华书店
印　　刷	三河市华东印刷有限公司
开　　本	170mm×240mm　1/16
字　　数	750千
印　　张	38.5
版　　次	2016年12月第1版
印　　次	2017年9月第1次印刷
标准书号	ISBN 978-7-5555-0792-5
定　　价	88.00元（全二册）

如发现印装质量问题，请与出版社联系调换

/ 目录 /

第一章　　/ 001
第二章　　/ 008
第三章　　/ 012
第四章　　/ 016
第五章　　/ 019
第六章　　/ 023
第七章　　/ 027
第八章　　/ 031
第九章　　/ 035
第十章　　/ 038
第十一章　/ 042
第十二章　/ 046
第十三章　/ 049
第十四章　/ 054
第十五章　/ 058
第十六章　/ 061
第十七章　/ 065
第十八章　/ 069
第十九章　/ 073
第二十章　/ 077
第二十一章　/ 081
第二十二章　/ 085
第二十三章　/ 089

第二十四章　/ 093

第二十五章　/ 097

第二十六章　/ 101

第二十七章　/ 105

第二十八章　/ 109

第二十九章　/ 113

第三十章　/ 117

第三十一章　/ 121

第三十二章　/ 124

第三十三章　/ 128

第三十四章　/ 132

第三十五章　/ 136

第三十六章　/ 140

第三十七章　/ 144

第三十八章　/ 148

第三十九章　/ 152

第四十章　/ 156

第四十一章　/ 159

第四十二章　/ 163

第四十三章　/ 167

第四十四章　/ 171

第四十五章　/ 175

第四十六章　/ 179

第四十七章　/ 183

第四十八章　/ 187

第四十九章　/ 191

第五十章　/ 194

第五十一章　/ 198

第五十二章　/ 202

第五十三章　/ 206

第五十四章　/ 210

第五十五章　/ 213

第五十六章　/ 217

第五十七章　/ 221

第五十八章　/ 224

第五十九章　/ 228

第六十章　/ 232

第六十一章　/ 235

第六十二章　/ 239

第六十三章　/ 242

第六十四章　/ 247

第六十五章　/ 250

第六十六章　/ 254

第六十七章　/ 258

第六十八章　/ 261

第六十九章　/ 265

第七十章　/ 268

第七十一章　/ 272

第七十二章　/ 275

第七十三章　/ 279

第七十四章　/ 282

第七十五章　/ 286

第七十六章　/ 289

第七十七章　/ 292

第七十八章　/ 296

第七十九章　/ 300

第八十章　/ 303

第八十一章　/ 307

第八十二章 / 311

第八十三章 / 314

第八十四章 / 317

第八十五章 / 321

第八十六章 / 324

第八十七章 / 328

第八十八章 / 331

第八十九章 / 335

第九十章 / 339

第九十一章 / 343

第九十二章 / 346

第九十三章 / 350

第九十四章 / 353

第九十五章 / 356

第九十六章 / 360

第九十七章 / 363

第九十八章 / 366

第九十九章 / 370

第一百章 / 373

第一百〇一章 / 377

第一百〇二章 / 380

第一百〇三章 / 383

第一百〇四章 / 386

第一百〇五章 / 389

第一百〇六章 / 392

第一百〇七章 / 396

第一百〇八章 / 399

第一百〇九章 / 402

第一百一十章 / 406

第一百一十一章　/ 409

第一百一十二章　/ 412

第一百一十三章　/ 416

第一百一十四章　/ 420

第一百一十五章　/ 423

第一百一十六章　/ 426

第一百一十七章　/ 429

第一百一十八章　/ 433

第一百一十九章　/ 436

第一百二十章　/ 439

第一百二十一章　/ 442

第一百二十二章　/ 445

第一百二十三章　/ 449

第一百二十四章　/ 452

第一百二十五章　/ 456

第一百二十六章　/ 459

第一百二十七章　/ 462

第一百二十八章　/ 465

第一百二十九章　/ 469

第一百三十章　/ 472

第一百三十一章　/ 476

第一百三十二章　/ 179

第一百三十三章　/ 482

第一百三十四章　/ 485

第一百三十五章　/ 489

第一百三十六章　/ 492

第一百三十七章　/ 496

第一百三十八章　/ 499

第一百三十九章　/ 503

第一百四十章 / 506

第一百四十一章 / 510

第一百四十二章 / 513

第一百四十三章 / 517

第一百四十四章 / 520

第一百四十五章 / 523

第一百四十六章 / 527

第一百四十七章 / 530

第一百四十八章 / 533

第一百四十九章 / 537

第一百五十章 / 540

第一百五十一章 / 544

第一百五十二章 / 547

第一百五十三章 / 550

第一百五十四章 / 554

第一百五十五章 / 557

第一百五十六章 / 561

第一百五十七章 / 564

第一百五十八章 / 568

第一百五十九章 / 571

第一百六十章 / 574

第一百六十一章 / 578

第一百六十二章 / 581

第一百六十三章 / 585

第一百六十四章 / 588

第一百六十五章 / 592

第一章

天宁七年,天有异变,七月流火,天降陨石。宁国国主为保此密,杀了所有见过陨石的人,秘密命工匠铸剑。星辰陨石除却用作铸剑,还余了一块小料,被灵帝铸成一面镜子,用来讨他最为宠爱的皇妃欢心。又因镜子背面雕刻着花朵,故别称花镜。

天宁九年,灵帝听信奸臣谗言,大肆征收赋税,为皇妃修建水月榭,劳民伤财,正恰逢京兆遇上五十年难得一遇的洪水,百姓家园被毁,流离失所,苦不堪言。灵帝终日不思早朝,沉迷女色,不理朝中事务。御史为人正直,刚正不阿,不为权贵所惑,联名朝中大臣上书:废去皇妃,除掉奸臣。灵帝不堪朝中压力,将皇妃打入冷宫,日日早朝,励精图治,派人治理京兆洪水。

天宁十年,京兆百姓生活安定,灵帝起了懈怠之心。梁王设计,皇妃再见灵帝一诉衷肠,灵帝心中怜惜皇妃,赐予皇妃番邦进贡宝物,重新宠爱皇妃。入秋,围场打猎,皇妃摔落下马,回宫休养,灵帝日日陪候。皇妃趁机向灵帝进言,修建陵寝。灵帝答应皇妃,不顾群臣反对,大肆修建陵寝。从民间抢抓壮丁,修建陵寝,多少人妻离子散,家破人亡。

天宁十一年,梁王回京,进献奇珍异宝。灵帝甚喜,皆赏赐于皇妃。皇妃进言,立梁王为军机大臣,为灵帝监国,灵帝应允。梁王监国,收受贿赂,以莫须有罪名处决朝中忠臣良将,一时人心惶惶,奸臣当道,小人横行。

天宁十五年,皇妃身染重病,灵帝召集天下名医为皇妃医治,皆无效果。灵帝命人张贴皇榜,若有能救皇妃之人,封为国师,且必有重赏。有一奇人揭下皇榜,入宫为皇妃诊治。奇人告诉灵帝,若想要救皇妃性命,必要炼成传说中可生死人、肉白骨的九转金丹,奇人留下需要的药材单子,灵帝为救皇妃,派人在民间强取豪夺,凑齐药材。奇人炼制整整七七四十九天,终于炼出九转金丹。孰料皇妃还未等到服下救命的九转金丹就已经香消玉殒。

天宁十八年,四把名剑出世,分别名为天、地、玄、黄,四剑铸成之时,灵帝分别挑选八位忠心死士守护此剑,守候其国,这八人自小便被培养,身上皆有其特殊的文身证明。自四剑被铸成之日,灵帝便派他们分散各地,从此隐姓埋名。

天宁十九年,梁王作乱,宁国国灭,灵帝在国破之日不知所踪。据说灵帝失踪前将宁国数百年积聚的宝藏藏在这天下的某处,而四把剑和八位守护者皆为开启宝藏的秘密钥匙。

数百年后,天剑在江湖现出踪影,引出无数江湖人士夺剑,一时间血雨腥风。江湖大派展开抢夺天剑的混战,死伤无数,最终一个不知名的武者夺得天剑后消失世间。

十六年前，黄剑现世，江湖各门各派为夺黄剑厮杀不停，一时之间血流成河。不少无辜百姓都因此被殃及，惨死纷争之下。各大世家、门派的重要人物死伤惨重，家主、门主、帮主等首领更是惨死不少。但无一人得到黄剑，从此黄剑便下落不明，无人知道其在何处。

十年前，木家、叶家一夜被灭满门，无人生还。一场大火，烧毁了所有，余下产业皆被吞并占有，从此两大世家除名。这在江湖上引起巨大震动，随后传出了消息，因木家和叶家共同藏有四剑之一的地剑，才会遭此横祸。在其后半年间，众多江湖人士寻找无果，陆陆续续离开木家、叶家废墟。

大和三年，景帝暴毙，福王叛乱，太后皇子被俘。九王爷司言为保皇室，镇压叛乱。

大和五年，天下安定，九王爷被封摄政王，辅佐新帝登基，同年皇室派出人手，寻四剑。新一轮风云即将开始。新旧世家，各大门派势力，皆被卷入一场阴谋。

如今江湖分为八大世家，分别是豪门大户的沈家，经营珠宝玉石的莫家，主管医药世家的苏家，做杀人生意的宁家，正在衰落的景家和已经强盛起来、更胜从前的萧家。至于另外两家，就是在十年前因为地剑消息而不知被哪些人灭掉的木家和叶家。这是都是根深蒂固的老牌世家，有些越来越强盛，也有些逐渐败落，再也翻不起浪花。

除此之外，江湖上还有可匹敌这些老牌世家的一流势力。比如落花谷的倾城阁，此乃被叶家逐出家门的叶家嫡出第二子叶如琛所立门派，又因叶如琛在家中兄弟里排行第三，江湖上的人也称他为叶老三。在上京城的锦家也是不可招惹的势力之一，锦家自锦懿卿继任家主之后，比之从前，有了天翻地覆的改变。这锦家以贩卖收集情报为主，极少参与江湖争斗，却没人敢小看锦家。在燕京的顷绡阁也同样令人忌惮，顷绡阁在江湖上极为低调，少有人了解顷绡阁内的事宜，就连锦家这种以情报出名的大势力都无法拿出太多关于顷绡阁的消息来。顷绡阁的阁主萧妄宴更是出了名的神秘，当然也是江湖上有名的天骄。这三个势力只是典型，除了中原之外，那苗疆第一巨头便是巫月神教。只是苗疆之人极少踏足中原，所以中原武林的许多人士都渐渐淡忘有这样一个无比恐怖且强大的教派。二三流势力，在江湖上就太多了，不过是天山派、海鲨帮、七弦楼、点苍派等。

要说感叹江湖变化无常，那还得看十年前的惨事。两大世家被灭得干干净净，就连是哪个势力干的，至今都无人知道。若说十年前是什么样子，还得好好想想看。

十年前，火光照亮了夜空，到处都是哭喊声、刀剑声。一个中年男子被一群黑衣人围在中间。

"木建程，将东西交出来，留你一个全尸，不然今天你连全尸都留不下。"

"哈哈哈……笑话。我是什么人，任你说死就死。我纵横江湖时，你这小辈还不知道在哪个娘胎里呢。东西我没有，你要动手便动手，我木家没有一个是贪生怕死的懦夫。"

"老东西，给脸不要脸。你还不知道吧，叶家已经被灭了，一个都没有逃脱。今天你木家也是如此。"领头那个蒙面人明显被激怒了，眼里闪烁着阴毒的光。

"叶家被灭了，看来你们倒是有备而来呀。先灭了叶家，再来我木家。不过你的算盘打错了,木家的人可不是你这种没骨气的废物。"

远处的大火,燃尽了红墙。满目的妖娆,映尽了漆黑不见的树林。一个美妇拉着两个小女孩往前不停地跑。

"娘,爹爹、哥哥都还在那里。娘,哥哥受伤了,他流了好多血。"

那美妇停下,抱着两个小女孩,眼中含泪,道:"青瓷,小兮,你们要记住。从今晚起,叶家和木家就不存在了。你们要活下来,不管怎样都要活下来。不管你们做一个普通人也好,嫁作商人妇也好,一定要活下来,知道吗?这样家族的人才算没有白白牺牲。"

两个小女孩点点头,青衣小女孩搂着美妇的脖子,眼泪直流,她摇着头:"娘,我不要。哥哥受伤了,我不要走,我要跟你一起等哥哥和爹爹回来。"

美妇怎么舍得自己的亲生女儿,但在生死存亡的时候,能保住她的性命就好了。她让护卫抱着另一个女童,转而在小女孩的耳边轻声说道:"青瓷记住娘给你说过的话,收好那个东西,不要相信任何人,尤其是你姨母。"顿了顿,美妇的眼中满是恨意与不舍,"你一定要好好记住娘说过的话,平安地活下去。如果可以,你一定要杀了她,不能心软。"

"杀了谁?娘,杀了谁?"木青瓷哭得眼睛红红的,小脸上还有血迹。

"来不及细说。记住,这是娘最后留给你的,除了你哥哥,不要告诉任何人,包括小兮。以后的日子,你信小兮,但你要时刻小心着她,因为她像极了乔简珠,明白了吗?"美妇还想说些什么,但追兵已经赶来,她再次强调:"记住娘说的话,永远也不要忘。好好活下去。"

"娘!"

"好好活下去,青瓷。"美妇动了一下手,一个护卫就一把抱起木青瓷,与另一个护卫快速奔走离开。

蓝色衣裳的小姑娘泪流满面,咬着下唇狠狠地点点头,"姨母,你不要丢下我们。"

木青瓷哭个不停,"娘,我不要不要。我要和你在一起。我不要离开你。"

冷风拂面而来,杀喊声直刺心间,青衣小女孩回头望去,只看到美妇那绝望的眼神,眼泪无声地流下。就在今晚,她的家已经破灭了。

耳边依稀有着的声音,"不要停,继续地跑,不要回头,一定不要回头。"

两个护卫强行抱走两个孩子后,看着二人渐渐远去,化为黑点,消失在眼底。乔简珊抹干了脸上的泪水,喃喃道:"青瓷,娘对不起你。你一定要活下去,好好地活下去。哪怕是沦落到千夫所指的地位,也要咬紧牙关。只有活着,才没有辜负玄儿为你付出的一切。"

满地的尸体,有老人,有小孩。男人女人都有。

"相公。"返回去的美妇,木家的主母乔简珊,看着木建程浑身浴血,沙哑着嗓子唤道。原本的高妆红鬓也已经散开,脸上还挂着泪痕,看上去憔悴了十分,再不复往日的端庄美丽。

木建程听此,分出一丝心来,回头去瞧了一眼,怒道:"你回来干什么,还不快走。"这便给了对方一个机会,凌厉的刀锋扫过,虽小心躲了过去,但肩膀上也多了一道血淋淋的口子。

乔简珊捡起地上的刀来，深入围困中，背对着木建程，摇摇头，无比坚定地说："虽是多年不曾习过武，早已忘得一干二净。可我不能离开，生不能同生，死也要同死。"

"好，今日你我夫妻二人，便履行了誓言。"木建程大笑着说着。他忽然想到，出声问道："玄儿呢？"

"玄儿……"

乔简珊说不出自己儿子可能身败而亡的话，如果不是她放松了对那女人的警惕，也不会在亲族团聚之日，使所有人都被下了毒，用不起武功，落得如此下场。

"阿妩。"

不用说下去，木建程也知道了结果。他咬着牙护着乔简珊不受伤害，可他自己也支持不了太久，身上的毒侵蚀着他的身体。"三十年来，我还是第一次这样叫你。谢谢你为我付出了一切，也给了我这么一双儿女。玄儿他已经不是孩子了，他的命他做主，哪怕是死。"

"……我知道了……"

领头的蒙面人挥刀砍去，"好一对同命夫妻，就让你们做一对同命鸳鸯。"随手指了几个人，"你们几个快去追，肯定还有漏网之鱼，东西说不定就在他们身上。"几个黑衣人领命离开。

听此，乔简珊也是心中一紧。

"老东西，你早就是强弩之末了，去死吧。"

如同那蒙面人所说那般，不过一小会儿，他便占了上风。在十几人的围攻下，两人终敌不过，死于乱刀之下。一把大火燃起，烧了个干净，木家无一人活。

一日后，木家、叶家老小共五百多口人的尸体分别被发现，在大火下早已分不清谁是谁，只是那焦土是暗黑的血色。今日之后，从此江湖上再无木家，再无叶家。

天山派的千年雪莲花被盗一事在江湖不胫而走，不出三日便传遍了江南，世人无论武夫或是书生，皆是一阵新奇。奇，不是奇在那雪莲竟让杀手夕颜盗了去，而是奇在雪莲花被人带去了倾月山庄。

"不过几日，江湖便已传遍天山至宝被盗一事。有部分人虽奇怪，却也猜不透。"黑衣人顿了顿，继续说，"主上，这事来得太蹊跷。"

黑衣人身材较为高挑，从声音可知乃是女子。向背对着她的男子汇报着近来的消息，自始至终那男子都没有说过一句话。深紫色的衣袍，黑发以紫金冠束起，手执一封信，从背影看去也知其丰神如玉。

"我宁家的人做出偷盗千年雪莲之事怎能不蹊跷。"宁夜澜冰冷的声音在房间回荡，"一个低级的小把戏也能把你整个不知所措，这就是你要告诉我的吗，叶兮？"

叶兮立马跪下，她低垂着头，说："属下知错。让人借此事对付暗影阁。"

"陷害你来对付暗影阁？"宁夜澜的音调起了变化，满是轻蔑，"凭你，还不够格。不过对于接下来会如何发展，我倒是很好奇。盯着莫景凉的一举一动。做好准备，接应茉莉。"

宁夜澜的后半句话明显有效果，叶兮嘶哑着声音，道："茉莉？她什么时候回来的？"

"前几日。"宁夜澜声调未变，只是语气中有说不出的嘲讽，"看来武林大会要提前了，你去吧。"

叶兮没有应声，转身离开。从一开始就知道不是吗？他的眼里心里只有那个人。从十年前他将自己和青瓷捡回来的时候不就已经知道了吗？叶兮，你就是一个名副其实的傻瓜。

见叶兮转身离去，宁夜澜嘴角弯起细微的弧度，看不清其所思所想。顺手拿起桌上的绢纸扔了出去，房中并未听到一丝物落地之声。随后执起手中信，将其置于红烛中，火舌顺着纸缘缠绕着信纸，青蓝色的火苗一下就蹿起，吞噬了它。

"传信给茉莉，她得来的东西由她处置，让红雀去帮一帮暗中的人。"宁夜澜很是随意地拿过桌上的毛笔。他轻声自语道，"既然这段日子倾月山庄这么热闹，不如来得更激烈一些。"

一道黑影闪过，又似不曾出现。寂静无声，死一般的。

"一年未见了，我的女孩。我很期待和你的见面，而玄剑也该出世了。"红烛熄灭，黑暗掩盖了痕迹，又恢复成往日的模样。

翌日。

往日豪华的大宅已化为废墟，残山剩水无人迹，唯有一片废墟。

青衣女子立于水井边，静静地凝望着这一切。一只白鸽飞来，停在一边的树上。青衣女子取下其脚下的竹筒，放飞了它。不过一转眼，那素白绢子燃烧，如誓死也要飞翔的极乐鸟，瞬间的美丽。

接到消息后，木青瓷心里虽是对宁夜澜的举动疑惑不已，但服从乃是绝对命令，也不敢违抗，只是临走之时再看了一眼这片废墟。

几日之后。

"喂，你听说了吗？玄剑原来就藏在倾月山庄。"

"怎么没听说，这事现在闹得沸沸扬扬的，听说各大门派都赶往倾月山庄了。"

"这玄剑就有这么大的力量，能让这么多人都为之疯狂。不就是一把破剑吗？值不值为它送了性命呀。"

"这你就不懂了吧，得天地玄黄四剑者得天下。玄剑一出，估计那龙座上的人都坐不住了。"

"真有这么神，不就是四把剑吗？"

"不说得四剑者得天下，光是这四剑本身就能引得天下大乱。数百年难得一见的神兵利器，单论这点就不知道有多少人抢夺了。更何况还有宁国数百年的基业。十年前的事你知不知道，轰动整个江湖。那木家叶家百年的势力，一夜间都被摧毁不说，两家数百口人全死了，一个人都没活下来。还不是因为抢夺地剑而遭此横祸。"

"啧啧，这件事我也听过，听说当年一场大火烧尽了木叶两家，那死的人都堆成山了。周围的土地都被血水给染红了。"

江湖上翻了天，作为当事人的倾月山庄庄主也不见有所动静。箫声起，念往昔。手中茶盏不停，青烟水声，滴落在竹木桌上。

莫无争的声音中也夹杂了丝匆忙，"公子，江湖上已经传遍玄剑在倾月山庄的消息。"

莫景凉躺于椅中纹丝未动，为自己满上一杯茶。不急不慢地说道："既是有人故意传出消息，想必是想放长线钓大鱼。前段时间，杀手夕颜将千年雪莲盗来倾月山庄，不过十几日又传出了玄剑的消息，可真是巧了。不管此事如何，倾月已经是众矢之的了。"

莫无争立于一旁，拿出一个帖子，道："公子，各大门派都送了拜帖来，希望提前一年后的江湖大会。他们打着江湖大会的名号，势必会让公子将玄剑交出。且暗影阁的态度也不明，将倾月山庄推向风口浪尖后，又沉寂了下去。昨日前来，留了话，暗影阁的两大天字杀手希望来此做客，为参加武林大会做准备。"语毕，莫无争偷偷地看了莫景凉一眼。

莫景凉手一顿，瓷杯一斜，洒出点点水木色的清茶。两大杀手吗？一见面就冷嘲热讽，丝毫不顾忌是何地就动起手来的女人，是让人最为头疼的。

莫景凉记得，叶兮盗来雪莲那一日。躲在暗中的人手持锦盒，直接把东西扔了过来，一个字也不说，转身就逃得不见踪影。这不像是传言中那位做事谨慎的宁家第一杀手会干的事，想来很多人明白，只是猜不透。

"事已成定局，你且去准备江湖大会提前在倾月山庄召开的消息。还有暗影阁的人，你知道该如何应对。"

"那雪莲之事？"莫无争想了想还是问出了口。

"那不过是一个契机罢了，宁家家主是不会让手底下的人做这种事的。该来的总会来的。"莫景凉看得很透彻，也并不着急。风云将变，就看谁能够笑到最后。

莫无争心里也明白，他没有多说什么，退下，独留莫景凉一人。

话说如今江湖风起，而各大世家也不如众人想象中那般轻松如意。而家家有本难念的经，这个是自然的。

老牌世家之一的莫家曾经与同为老牌世家的沈家定过一次亲，这本来是两家都喜闻乐见的事。但是自从莫家嫡子莫景凉被废了双腿后，沈家就再也没有提起过这件亲事。尤其是沈家大小姐沈画在莫景凉被废腿不过一月时，便派了小厮上门退亲后，两家的关系就越发冷淡。莫家和沈家退出武林后，一家经营珠宝玉石，一家则是豪门大户。这本来是普通人远离江湖的生活，但是莫家还是遭了此横祸。武林世家再怎么退出武林，也离不开江湖的争斗。

而如今新兴世家崛起，实力底蕴虽不如老牌世家，却也是潜力非凡，不由地打乱了老牌世家原有的格局，联姻此时是加强缓和老牌世家之间的利益矛盾的最好方法。而沈画虽然遭了一个小厮退亲，却是不得沈家承认的。而沈家和莫家同有一子一女，当然沈家也不愿让嫡女沈画嫁给一个断了腿而又前途未知的人。所以沈夜和莫静岚的亲事便被重新定下。

"岚儿，你长大了，也该定亲了。"中年男子说道。

"定亲？爹，我其实还小，小弟都还没有娶亲，你这么着急把我嫁出去干吗？俗话说不孝有三，无后为大。您老人家还是去给小弟张罗亲事吧。"莫静岚道。

"哼！别跟我提那个不孝子。我莫家没有这愧对列祖列宗的不肖子孙。"中年男子面有怒色，一巴掌拍在木桌上，发出巨大的响声。周围奴仆不敢作声。

莫静岚自知说了不该说的话，也不作声。

"好了。我已经跟沈家定下了亲事，再过五个月，你便嫁过去。"

"我不嫁，要嫁你去嫁。爹，你凭什么决定我的一生。"莫静岚第一次如此跟莫旭说话，被决定的人生不是她要的。

"我要是能嫁，还用你去？凭什么，就凭我是你爹。跟沈家的亲事是十几年前就定下的，你要是担心沈夜，那爹跟你保证，绝对是翩翩佳公子。"莫旭无奈，在他看来，女儿是用来宠的，儿子就要冷言磨砺。结果是怎样的，女儿被宠坏了，他儿子少时被仇家废了双腿。多年来寻医无果，请了世交苏家前来医治，殊不知药引才是难得。千年雪莲乃是天山派的镇门之宝，又怎么轻易交换。最关键的配药乃是叶家的血凤草，可叶家被灭十年，血凤草早已不见江湖，暗中寻了这么多年，也没有一点消息。

"爹，你太专制了。你就不是一个好人。"莫静岚自知无法反驳，说了几句气话，赌气似的回了房间。

莫旭一听此话，气得眼睛瞪得跟铜铃一样大，一巴掌拍在桌上，道："你这丫头，爹是坏人，真正的江湖险恶你又怎么知道。唉！"

夜半三更时，一个人影偷偷跑到西院墙边，将包袱往外一扔，只听见一声重物落地的声音。莫静岚提起那微薄的内力，施展轻功跃过墙去。落地时不稳，差一点儿崴了脚。莫静岚没时间感叹自己不好好学武功，一把抓起包袱便往外跑。

"爹还以为我屈服在他的淫威之下了，也没叫人守着。要我嫁给那个沈夜，还是他老人家去嫁吧。现在海阔天空任我游了，先去找那个笨蛋弟弟。要不是他，怎么会换了本大小姐去嫁人。"莫静岚自顾自地说着，一路走去。

若是有人在这里，一定会觉这人疯了，前一刻想要仰天长啸，后一刻就变成了懊悔无比，随后又笑得阴险。恰巧这一幕还真落在有心人眼里。

不远处的树林之中，男子长身而立，嘴角弯起，笑得灿烂。看着莫静岚一瘸一拐远去，眼中笑意不断。

第二章

　　山寺钟声昼已鸣，天空泛出鱼肚白之色，禅房内两道身影，谈经论道。

　　"苏施主，你要找的血凤草，老衲这里是没有了。"空玄禅师翻开一本古经，默默禅读起来。

　　"大师，血凤草真的没有了吗？"自从得到雪莲被盗往倾月山庄的消息后，苏笙月便赶往空玄禅师此处，希望求得血凤草的消息。

　　空玄禅师朝苏笙月施了一个礼，道："苏施主，老衲当年蒙叶家救命之恩，又得血凤草以配众多稀世药材才得以恢复如初。未有多的，本有几粒血凤丹也在多年前被人求了去。若说哪里有血凤草，恐怕只有叶家遗孤才知。"

　　"叶家遗孤？叶家已灭多年，江湖上鲜有人闻其下落，大师可知木叶两家遗孤的下落？"苏笙月虽知道是不可能问出木叶两家是否有遗孤一事，却也问了下去。

　　"知或不知，又当如何？若是有缘日后自会相见，苏施主莫要因失望而过于强求。"空玄禅师回答道。

　　苏笙月向空玄禅师行了佛礼，道："既然如此，小子便不打扰空玄禅师了，告辞了。"

　　待到苏笙月走后，空玄禅师双手合十，行佛礼，道："阿弥陀佛，善哉善哉！老衲今日犯了佛家戒律，妄言世事，他日必会付出同等的代价以赎罪。"

　　陈州酒楼。

　　苏笙月青衣翩翩，黑发用碧玉冠束起，眉目如画，嘴角一丝浅笑。手执一把折扇，好不风流潇洒。

　　"近来各大门派有何动作吗？"

　　一俏丽女子站在他身后，眼中有些微不可觉的爱意，道："江湖各大门派都已前往倾月山庄，世家也派了人前去，可以说对玄剑志在必得。"

　　苏笙月轻摇折扇，道："辛苦你了，落雪。"

　　苏落雪暗叹，苏笙月一举一动，将淡雅出尘的气质显露无遗，恐怕也只有当世几位俊杰才能与之相比。

　　"这是属下的本分所在，公子接下来有何打算？"

　　"既然江湖都为玄剑沸腾了，我自当要去看一看那引得无数人疯狂的玄剑是什么样子，以免将来遗憾。"苏笙月从雅间走出，刚巧一位男子也从对面雅间走出，两人点头示意，下了楼去。

苏落雪跟在苏笙月身后，道："公子，那人是……"

话未说完便被打断。

"佛家有云，天机不可泄露。"语毕，苏笙月摇摇头便走了。

"大人，刚刚那个人……"

"知晓便可。"锦衣男子出了客栈，带着随从不知道去了哪里。

同日，另一城中热闹无比，街市两边人流来往不断。一酒肆里，几人似江湖人士，围在一桌论断着如今的形势。

"哎，你们说这次江湖大会，人称双绝的两大美人会来吗？"

"你是说那毒美人和妖美人？我看是一定会来的。这次江湖大会可不比往年，玄剑都出世了。那倾城阁和唐门怎么会不派人去。"

"两大绝色美人，也不知道谁更漂亮一些。若是能娶一个回家，让老子一辈子不娶妾也愿意。"

"你就想吧，大白天的就做白日梦。不管是毒美人唐岚歆，还是妖美人叶轻轻都不是你能消受得起的。不过要是真的能娶回家，那可是让天底下的男人都羡慕嫉妒的。"几人围在一起，淫笑不已。

客栈二楼内，红衣女子摆弄着手中的酒杯，微挑眉，挑衅地向对面雅间的女子看去。而对面的女子执起酒杯，向红衣女子点头示意。如果不知两人身份，恐怕会被误认为是多年的好友。

"早就听闻唐家家主精通毒术暗器，江湖上无人能比。今天我想请教请教是不是如人所说的那样。"叶轻轻声音不大可也不轻，对于内力深厚之人来说，耳力是要比常人好上不知道多少，自然听得见此番话。

"叶阁主抬举了，不过若是想请教，那不如我直接教你如何？"唐岚歆漫不经心地说道。

叶轻轻摸出几枚银针，向唐岚歆袭去，随后抽出长鞭，道："择日不如撞日，今天我就要好好讨教你唐门的毒术暗器。"

唐岚歆也不甘示弱，打出几个梅花镖，将银针打到一边的红漆柱上。迅速拿起桌上的剑，抵御长鞭之击。随即施展剑式，直袭叶轻轻面门。叶轻轻翻转身子，长袖飞舞，红衣袖间绣有大朵大朵的菖蒲花。落稳在二楼，长鞭甩出去，死死地缠住长剑。用力一扯，唐岚歆手中不稳，差点将剑脱手。然反手一转，紧握剑柄，长鞭被弹了回去。二人施轻功，各站一边，一人持剑，一人握鞭，不分上下。

叶轻轻收起长鞭，嗤笑道："原来唐门也不过如此。看来我是高估你了。"

"同样的话奉还给你。"唐岚歆甩下几锭银子道，"我们倾月山庄见。"随即下了楼去。

因为打斗，不少东西被损坏，同时也有不少人在观看。"那是毒美人和妖美人，她们也不知有什么怨隙就这样动起手来，这么多年下来，还是一见面就打。"

"双绝果然名不虚传，绝色佳人。"江湖路人甲道。

"武林中也少有能与双绝相比的佳人了吧？"江湖路人乙道。

"那可不一定，听说那老牌的世家和新兴的大势力里，美人可不是一般的多。就说暗影阁的天字杀手，一个个国色天香，倾国倾城。"江湖路人丙道。

"喊！你就吹牛吧。暗影阁的美人，见过她们真面目的都死绝了，难不成你是鬼，特地从地府里跑了出来呀。"江湖路人丁道。

叶轻轻冷哼一声，那些对她和唐岚歆评头论足的人立刻鸦雀无声。她扔下银子，施展轻功下楼，飞身到马上，驾马而走。众人这才舒了一口气。然后，客栈里闹翻天了，可知这两大美人在江湖的影响力。

螳螂捕蝉，黄雀在后。那两位女子相争，殊不知早已落入别人眼中。二楼靠窗一角的男子身穿青白色越衫，白玉折扇轻敲紫檀木桌，唇角勾勒出笑意，道："妖美人、毒美人积怨已深，她们遇上倒是针尖对麦芒。不过我所期待的却是她。"

近日来武林各大门派因为玄剑出世的消息纷纷赶往倾月山庄，导致倾月山庄方圆十里内都是比武场。那些互看不对眼的武林人士，就地斗法。苦了那些附近的人，东西砸坏了还不敢要银钱以作赔偿，万一惹怒了那些杀人不眨眼的三流人士或泼皮，可不是砸坏东西能了结的，说不定还要陪上小命。周围城镇也早早地出现客满现象，这是武林大会都比不上的盛会。

"公子是何打算？如此多的江湖人士，恐怕不好应付。"冷冰熙执起茶杯，抿了一口香茶，快速地扫视了一圈，以微不可闻的声音对旁边男子说道。

"公子有什么主意，你我又怎会知道。只是因为玄剑，不少三教九流的都来了，想打倾月山庄的主意，他们恐怕是想得太简单了。"莫无争永远没有表情，他下山也只不过是为了打探一下倾月山庄附近的情况，好有所准备。

"消息都探查得差不多了，我们回去禀报公子吧。"冷冰熙放下茶杯，抬头看了一眼莫无争说道。

莫无争没有多言，直接就同冷冰熙一起回往倾月山庄。

而在倾月山庄内，也是一场无声的暗斗。书阁外有二三人驻足，像是守着什么。而阁内二人，蓝衣男子执白子，白衣男子执黑子，正是萧晨安和莫景凉。棋盘上已走了大半局，黑子围死，留一侧路，走之，必死，不走，也必死。

"你的局势不妙。江湖众人都冲着玄剑前来，你若不交出玄剑，必被攻之。"萧晨安嘴角弯起，看起来心情不错。因为这局棋他要赢了，而莫景凉输定了。

"黑子虽被群起攻之，独留一条死路。可谁又知世间无绝对，未来的事，任何人都说不准的。"莫景凉落下黑子，棋盘上局势不变，却又哪点变了。

"看来你是一点儿都不担心，也不问问我是来干什么的，就将我邀约品茶论棋。"萧晨安点下白子，黑子被吃，局势已定。

"无非是天山派请你来要回千年雪莲，你顺水推舟，打压我倾月山庄，又能探得玄剑消息，何乐而不为。"莫景凉毫无半点慌张之色，落下关键一子，破死局。

"不愧是倾月公子，一子落下便已改变局势，反败为胜。看来天山派找我前来也是没用了。这局棋我未输，可也不代表你赢了。"萧晨安放下白子，漫不经心地道。

"是吗？人生如棋，一子也不能错。反败为胜很多，重要的是一开始你就赢了。今日得以和大名鼎鼎的公子晨论棋，当属我有幸了。"莫景凉把玩着手中的黑子，淡淡地道。清冷的声音比那初春水，还要冰冷。

风云变幻，不少大事发生。武林中人蠢蠢欲动，一场大战在即。哪怕是世家也不例外，说不定也会因此被牵扯进这场旋涡里。

大约过了半月，江湖上已经炸开了锅。天山派掌门遇袭，一长老被杀，而掌门也身受重伤。同一天海鲨帮帮主遇害，在自己家被人一剑封喉。这两件事发生在同一天本就离奇疑，而两派也发出声明，势必追杀那凶手。也好在玄剑的消息，令人转移了注意力。事情尚未平息下来，数日之后，七弦楼一夜之间被灭，就如同当年的木家和叶家一般，留下了"执法者"之名。一时之间，风云际会，人心惶惶，不少势力都因此有所动作。

如今离江湖大会召开的日子还有十几日，各路人马差不多都赶往倾月山庄。除却路程远的，估计也都到了。而天山、海鲨、七弦，在这短短几日之内便被人所袭，而七弦更是被灭，三派也唯有七弦被灭。不排除是同一势力所做，其中疑雾重重。玄剑出世，木叶两家被灭，地剑之谜，看来暗中有只黑手在推动这些事。

雕楼画舫，沿河两岸皆是灯火通明，船只往来不断。四处传来男女的嬉笑声，吵闹声。其中一只画舫前，明黄色垂丝挂穗挂在画舫两头，岸上的人一片惊疑，却不敢出声。帝王之色，普通人又怎敢在光天化日之下大摇大摆地挂在画舫两边，窥一斑而知全豹，可见船里的人身份究竟是怎样的了不得。

"月涯，你看海鲨派掌门被人一剑封喉在家，天山派掌门遇袭，死了一位长老，还有七弦楼被灭，这三件事是否是同一个势力做的？"宁家老三说道。

被唤作月涯的男子，黑发披肩，紫色的内衣散开，露出大片大片的雪白的肌肤。脸上挂着邪魅不羁的浅笑，一副胸有成竹的样子。倚在软榻上，怀中抱个娇媚美人。"三叔，你要知道该来的事情，它迟早都会来的。"捏着娇媚美人的下巴，眼眸中尽是魅惑，"是不是呀！美人。"怀中佳人如小鸡啄米般点点头，不敢有一丝逆反情绪。

宁苍文从假寐中醒来，沉声道："老三，既然月涯自有分寸，我们也不用再多问。"此人一副弱不禁风的模样，眼神却无比凌厉。

宁家老三宁苍武性子急躁，但最怕他这个胞兄，听见胞兄开口也不再多话。只是看了一眼寻欢作乐的宁月涯，想不通他二哥为什么会选择扶持这样的废物。

第三章

夜色渐渐浓重，如墨般重彩。天上荧星点点敌不过人世万家灯火。

"阁下既然来了倾月，何不出来一见？"莫景凉随意地说着，眼神不经意地扫过屋顶横梁。

梁间阴影一闪，木青瓷的身影骤然出现，退到有利的位置。继而说："都说倾月的玄剑出世，小女子特来瞧瞧，冒犯了。"

莫景凉听着这不咸不淡的话，略有诧异，偏过头去，直直的愣了。那张留在他记忆里的脸一下清晰了，同这个擅闯的来人逐渐重合在一起，有那么一丝不像，却有七分相似。失神了瞬间，莫景凉反应过来，故作平静道："是吗？看样子姑娘未寻到玄剑。"

"看来这消息是假的罢了，或是庄主藏得太深。不管是真是假，江湖大会上庄主总要拿出来一见。"木青瓷虽是说得漫不经心，听着却如此严肃。

相似的面容，全然不同的性格，还会是她吗？莫景凉缓缓阖上眼，他漠然道："天色已晚，若是无事，姑娘是否要在庄内歇下。"

逐客令已下，木青瓷有些狐疑，就这样让她离开，怎么看都不对劲。莫景凉如果能被她的三言两语骗了，那他就不是莫景凉了。

瞧着木青瓷眼中的怀疑，莫景凉低声叹了一口气，无比惆怅："是你吗，青瓷？"

木青瓷顿时如遭雷击，已经十年没有人叫过她这个名字了，就连她自己都以为木青瓷已经不在了。抬眼上下仔细打量了莫景凉一番，只觉得有些眼熟，刹那间从眼前闪过。她忽然知道了莫景凉为何会这样悲怜地看着她了，因为她在人前显露了她的真面目，被藏起来的属于木青瓷的容貌。她应该是没同莫景凉打过交道，可记忆中貌似有一位少年同莫景凉重合在一起了。木青瓷深吸了一口气，转身而走，不过两三步便停下道："我好像认识你。"而后施展轻功，飞身出去，消失在夜幕之中。

"青瓷。"莫景凉看着木青瓷低语，"好久不见。"

当每个人都怀着心思度过一夜时，柳家镇则迎来了新的一日的开始。

一辆马车停在客栈门口，马车上下来一男一女，是景安儿和兰舒语。他二人也是因意外而遇见，之后便结伴而行。

抬头望去，见客栈正门的朱红匾额已经有些发黑，正中四四方方地题了"会来客栈"几个字。小二早已看准时候，急忙上前来，迎着两人进大堂。

景安儿的美貌毋庸置疑，虽不是倾城国色，也是貌美如花，不是一般人能比的。一身蓝衣的兰舒语也是公子翩翩，两人惹来不少注目的眼光。不过没人是傻瓜，在倾月山庄的地界动手闹事那不是找死吗？

"小二哥，替我们找个安静的雅间。"景安儿柔柔地道。

"这位姑娘，实在不好意思，已经没有雅间了，要不就在大堂坐吧。"店小二摇了摇头。

兰舒语背负一把古琴，淡淡道："那景姑娘，我们就在大堂坐吧。小二哥准备两间上房。"小二应声，急忙上前引路。

"公子，景家的小姐也在客栈中，看样子也是要赶往倾月山庄。"苏落雪在苏笙月后禀报着所见。

"江湖上谁人不知景家小姐与鼎鼎大名的无双公子萧晨安乃佳话，夫唱妇随。"苏笙月摇着扇子，不快不慢地进了客栈。

一进客栈，一瞬间，所有的目光都停留在苏笙月身上，只见那些女侠士脸颊酡红，低下头去。苏笙月径直走向靠窗的位置，笑言："许久不见，景姑娘别来无恙。"

"多谢苏公子挂心，安儿一切都还好。"景安儿看了一眼兰舒语道，"我为苏公子介绍一下，这位是……"话未说完便被苏笙月打断。

"世人知兰家以琴为身，却是只知其一，不知其二。天下爱琴之人何其多，唯独兰家人在琴板九寸六毫处雕画黄泉之花，以云狐为辅。那么这位公子如此年轻，想必就是兰家当家家主吧。"苏笙月虽是询问之语，却言之凿凿。

兰舒语拱手，笑言："苏公子说对了，鄙人正是兰舒语。"

二楼转角处，藏在面具后眉眼普通的木青瓷漠然地看着这一幕，目光落在了苏笙月身上，那死水般的眼神依旧无波无澜。

苏笙月始终觉得芒刺在背，那种被窥探的感觉，是最让他感到厌烦的。回过头去，望向二楼，却没有发现任何可疑的地方。越是这样，越让他感到奇怪。几句客套话后，苏笙月上了二楼转角，在这个位置，可以清楚地看清他们的一举一动，客栈里有什么风吹草动，便可以立即知晓，做出反应。

"伙计这里有什么人吗？"苏笙月问道。

店里的伙计端着空盘子走过来，见了苏笙月，也知其不凡，点头道："没什么人。哦，刚才有一位姑娘坐在这儿了。不过一转眼的时间，怎么不见人影了。"

苏笙月合起折扇，对伙计道："那姑娘长什么样，身上有什么值得认识的物件？"

伙计想了半天，摇摇头道："公子，小的实在记不得那姑娘的样子了。不过那姑娘的眼神可真吓人，小的也不知道怎么说，公子见着了，一眼就可以认出来。"

"你去忙吧，这里不用你了。"

苏笙月背过身去，苏落雪打赏了几块银子，伙计连忙谢过，下了楼去。"公子，那人需要属下去查吗？""既是有意的窥探，那窥探之人不久会自行现身。"苏笙月转过身去，嘴角微微勾起，眸中意趣映染。

入夜后，众人都已睡熟。一道黑影闪过，一切又恢复如常。影盗看了一眼床上睡熟的人，小心取下挂在床边的古琴，随手从怀里取出一张纸条，放在木桌上，而后直到离开也未惊动床上人。

翌日一早，景安儿看见着急的兰舒语，出声问道："兰公子如此着急，可是发生了什么事情？"

兰舒语合拳，做一礼："打扰景姑娘了，只是兰某随身不离的古琴昨夜不慎被影盗所偷，过于心急，扰了姑娘了。"

声音没有往日的平和，景安儿听此，只得安慰道："兰公子无须赔礼，此事遇上谁，谁都不会宁和。"

"多谢景姑娘了。"

苏笙月被二人之语吸引过来，问："影盗？兰公子何知是影盗？"

"留下了这个，本打算同景姑娘辞行，却不想扰了苏兄。"兰舒语从怀中拿出纸条，递给苏笙月。

只见纸条上写着：今夜子时前，在柳家镇寻得我，原物奉还。影盗留。

"兰兄也不要太着急，子时之前，还有时间。人多好办事，兰兄若不嫌弃，我愿助兰兄一臂之力。"苏笙月看了一眼景安儿复道，"虽说这里已经是倾月的地界，可江湖人士众多，鱼龙混杂，景姑娘一人也不安全。不如就让落雪送景姑娘上倾月山庄，景姑娘意下如何？"

景安儿也知道自己不会武功，帮不了忙，也未推辞："多谢苏公子了，安儿在此谢过了。"

兰舒语迟疑片刻，抱拳道："那就多谢苏兄了。"随后二人交谈了一会儿，确定了一些事情，便各寻人去了。

倾月山庄。

木青瓷行走在青石小道上，计算着倾月的地形。前面便是南苑，走上百八十步，再转角就是云影园了。

走至云影园门口，便远远就看见一女子迎了上来，虽不是怎样的美人，倒也是聪慧灵秀。

"姑娘这边请。"冷冰熙早早便候在此处，领着人前往莫景凉之所在。

不出一会儿，木青瓷便瞧见了莫景凉，他双手各执黑子白子，与自己搏杀。

"公子，姑娘带到了。"

冷冰熙这才仔细瞧了木青瓷两眼，不出色的容貌，混在人群中，也是认不出来的，唯独那眸子是如此美丽，灿若星辰。奇怪的组合！奇怪的现象！下人来通传时，冷淡的公子出乎意料的反常。本以为是怎样倾国倾城的美人，孰知却是失策了。不过能让公子反常的人，好像除了苏公子，就只有这位姑娘了。

"你先下去吧，这里不用你陪着了。"

莫景凉发了话，冷冰熙也不好多待，转身离去。

只剩下两人的云影园格外的安静，莫景凉手执黑白棋子紧盯棋局，木青瓷站在一旁耐心等着他将这盘棋下完。棋局未完，青瓷也还没有等得烦躁，莫景凉却反常地打开了话头。

"你盗了古琴？"他的目光仍停留在棋盘，话音才落便是棋子落定的声音，青瓷恍惚看去竟觉得面前的人方才并未开口。

沉吟片刻，木青瓷才回答他的问题："为何会是盗？"

"你的手不曾碰过琴。"莫景凉恍若无事地再次开口，说的却是与方才毫无关联的新话题。

木青瓷并没有回答莫景凉的话，她的用意不过是试探有茶仙之名的苏笙月而已。

莫景凉落下最后一个棋子，才转动脖子看向木青瓷，抬手示意她坐在自己对面的位置，那旁边是黑子棋盒："会下棋吗？"

木青瓷没有回答略有些迟疑，挪动步子往那边去："略懂。"

莫景凉趁着木青瓷往这边走的工夫收拾了棋局，速度之快若不是亲眼看到绝不会想到，木青瓷这几步的工夫他已收拾干净，黑中不掺白，白中不含黑，快而准："可否陪莫某下一局？"

木青瓷点点头，莫景凉的气场是不容抗拒，她不介意在高手面前透露自己的不足之处，当然是在无关生死的时候。

二人开始对弈，棋子落定伴着竹叶沙沙，除此再无其他，莫景凉眼里多了一丝笑意。

"你输了。"

许是未曾想到莫景凉会这么说，木青瓷一愣，随后道："我不喜欢棋，纵横交错，是我所讨厌的复杂。而我虽是这样说，却也早在棋局中，离不得了。"

"复杂吗？"莫景凉自语，眼中是木青瓷所看不见的落寞，"若是不复杂，便不是棋局了"。

素手轻扬，木青瓷从背上取下锦盒，摆放在桌上。青葱玉指轻轻拂过琴弦，发出环佩击撞之声，缭绕翠声。"你会音律吗？"

"不会。"

清冷干净的声音缓缓入耳，木青瓷随意说道："我也不会。"复瞟了一眼莫景凉的轮椅，似有心也似无心，有意提起对方的伤疤，"你的腿？"尾音拖长许多，"以莫庄主的能耐，请出苏家的医圣，并不是很难吧。"见对方久久没有答话，继续说道，"是我冒昧了，还请莫庄主勿怪。"

"不妨碍的，是在下愚了，勿介意就好。"莫景凉勾起一缕白嘲，"莫某少时因不足于人，而遭了此祸，废了腿，如今已是治不好了。"叶家已灭，如何能寻得，若是能治好便不会拖到今日。

"莫庄主可听过这样一则言论，当年有一江湖高手因得叶家相助，不仅治好了断臂，武功也是更上一层楼。"木青瓷随意地说道，眼神却是无比坚定，"如今江湖奇人异士辈出，必然可以治好。"

莫景凉摇头浅笑，未置一言，偏过头去看向远处的山林。他知晓木青瓷来找他必然是想问如何认出她的，可话说到这个份儿上，两人也未开口提起，说来也是奇怪。

第四章

竹林乱石之中，两道人影背对其中。男子双手背于身后，其拇指间闪出点点碧色。"下一个是谁你应该知道，也明白该怎么做。"

身后之人没有答话，直直地伫立着，像一座没有生命的雕塑。男子没有丝毫不满，依旧背对着他，唇角微勾，似笑非笑："曾经的俊杰到了如今的地步，真是可惜呀。只可惜成王败寇，自古便是定律。"复瞥了对方一眼，眼中满满都是轻蔑。

静默之人突然全身绷紧，冷冷的眼眸死死地盯着男子，施展轻功离去，独留男子一人轻笑不已。

"苏、莫、宁、沈四家，才是我最大的威胁。当然还有隐家。"话音一转，"你的世界已经过去了，而我将君临天下。"男子冷漠不带丝毫感情。

不成调的琴声，一音间着一音，听似杂乱，却又是有调可寻。湖心亭内，冷冰熙倚坐在亭内，单手撑着头，一脸好奇地看着远处二人弹琴聊天。心里就像有小猫挠一样，觉得心痒难耐，出声道："无争，你说公子和青瓷姑娘在说什么？我看他们聊得挺开心的，都不下棋改弹琴了。"

听此言，莫无争只是目不转睛地盯着二人，也不答话。一时间，静默无比。

久久不见答复，冷冰熙看了一眼莫无争，也是叹了一口气。她跟着公子晚，虽说与无争同为公子心腹，但是许多事她都不知道。只是脑海中，隐约记得一个名字，确切地说，那不算是名字，都没有姓氏，跟那位青瓷姑娘一样。

"阑珊！"这个名字总让自己想起灯火阑珊处。如今也记不得是从哪里听到这个名字的了，当时也没注意。

"莫庄主喜欢鸢尾吗？还是心爱女子之所爱？"木青瓷似笑非笑，目光凛凛地看着莫景凉，生怕错过他眼中的任何表情。

莫景凉眼中闪过一丝疑窦："青瓷姑娘此话何意？"

木青瓷忽然笑起来："莫庄主这般话是如何之意？莫不是让小女子猜中了，心爱女子所喜之物，进而爱屋及乌。"顿了顿，不急不慢道，"我昨夜忽见莫庄主袖中手臂上的鸢尾花文身，便觉得有些玩乐，今日便多问了庄主几句，还请庄主勿介意。"

"姑娘说笑了，莫某如何会有爱屋及乌之人？这鸢尾花，不过是幼时莫某的姐姐觉得好玩，便求了父亲母亲，纹了上去。如今也习惯了，便没有弄掉。"

木青瓷眼里满满都是笑意，却达不到眼底，以迅雷不及掩耳的速度拉过莫景凉的手，掀开他的衣袖。大朵的蓝紫色鸢尾暴露在空气中，妖异无比。

莫景凉微愣一瞬，嘴角的笑意凝固，刹那间又恢复波澜不惊的样子。任由着这时间的停留，二人静默无语。

风渐起，吹拂了树梢枝叶发出飒飒的响声。木青瓷看着那手臂上的鸢尾文身，眼帘垂下，没有过多的表情。只是静静地看着莫景凉，那熟悉的感觉，又一次萦绕在心头，脑中又出现了那个被她遗忘的少年的模样。

"亲眼确认了吗？"莫景凉神情冷淡，并没有因为木青瓷的举动生气。

木青瓷直直地盯着莫景凉，平凡的脸上没有一丝玩笑之意，朱唇轻启："莫景凉，你是不是喜欢我？"

桃之夭夭，灼灼其华。佳人美如三月桃花开，也唯有那桃花才是她。

"我昨日擅闯倾月山庄，被你发现，你放了我走。今日到此，我故意揭了你的伤疤，以鸢尾花为借口，你不会听不出我话里的意思，也不会猜不出我的意图。从我擅闯倾月山庄起，到现在的无端生事，你这么包容我，可千万不要说是你的待客之道。毕竟人的名树的影。"木青瓷秀眉高挑，她知道她认识莫景凉，虽然记忆模糊，可却是有印象的。"你喜欢我是不是？"

你喜欢我是不是？入耳此句话时，莫景凉自己都不知道是不是喜欢，就连是不是她，都不知道。仅凭一个名字，又何谈喜欢不喜欢？

"不过是一场梦罢了，水中之月，镜中之花。"莫景凉看着手臂上的蓝紫色鸢尾，这是罪恶的印记，也是他的命运之始。

"镜花水月，美丽的虚幻。真像莫庄主的风格。"话虽这样说，木青瓷嘴角那一丝嘲讽，便现了她的态度。

莫景凉微抬眼，他思虑片刻道："你不问我是否知晓你的身份来历吗？"

"有必要问吗？"木青瓷冷笑，明摆在台面上的事何须再问。

莫景凉不置可否，可他忘不了当年。"的确没必要，可我却想从你那里得一个答案，是否还能如当年一般。"

"当年？"木青瓷忽地冷笑起来，嘲讽道："听到这两字总觉得莫名的讽刺，你不这样认为吗？"顿了顿，"看起来以后我们会时常打交道，说不定你会想杀了我。"话音还没落下，木青瓷就收起了古琴，转身离开。

莫景凉看着木青瓷离去时的背影，沉默了一小会儿，突然出声道："你可以相信我。"停了一下，补充说道："若你还记得，就该明白，我永远不会舍下你。"

"也许吧，可能我什么都不记得，你也只是认错人了。"木青瓷脚步一顿，她眼中闪过一丝哀怜，"你认错人了。"

莫景凉不置一言，直到木青瓷离去，他才从怀中拿出一把精致的扇子，自语道："待到三月桃花开时，我来娶你可好。青瓷，是你吗？"

黄昏抵不住黑夜的侵袭，沉落在远方的天际。街上的人开始稀疏起来，一日之计在于晨，此刻日落西山，劳作的人都已归家。

"公子，这柳家镇都找遍了，没有发现任何可疑相似之人。"苏落雪盈盈而立，向苏笙月汇报着。

苏笙月没有说话，手中折扇翻转不停，眉头微微蹙起："你且去和兰舒语说一声，叫他休息一会儿，如今看来，这影盗是在跟我们兜圈子，离子时还有不少时间，寻得她不必太心急。"

"属下这就去，公子也无须太过在意，反乱了心。"

"好！"苏笙月淡淡应声，思索着整件事。整个镇子虽不小，却也不大，一日之间要找一个人不容易，也不难。而如今自己都快将这镇子翻了个底朝天也未见人，到底会藏在哪里？忽地灵光一闪而过。"莫非是，原来如此，影盗？这就是你的藏身之处。"

夜已深，不过亥时，便已无人行走于街上。离镇不远处的树林处，一道人影穿梭在其间，背负锦盒，黑衣蒙面，瞧不清其面容，看其身量大概也可知是女子。此人正是影盗。

木青瓷提起内力，飞快走在镇外小路边，眼看还有十几步路就到了镇门口，便放慢了速度。飞身到房屋砖瓦上，站立着看着百家灯火已熄。

"影盗姑娘，你可让苏某好等呀。"苏笙月从暗中走出，银耀的月色打在他身上，似穿了一层银甲。唇角弯弯，桃花眼里水波涟涟，碧玉玉冠束起浓墨似的发丝，衬着白玉似的肌肤更显淡雅如仙，只是那眼中不羁的笑意，破坏了这份意境。

听到此话，木青瓷暗骂自己走神。随即看向苏笙月，心底冒出几字。卿本佳人，奈何奈何？奈何他是个男的。沉默一秒，飞身踏在房屋砖瓦上，快速施展轻功离开。

苏笙月看见木青瓷奇怪的眼神，虽是疑问，动作却是丝毫不停，早在木青瓷飞身逃跑时他便追了上去，不得不承认，所谓影盗还是有她骄傲的资本。

"影盗姑娘，你既然被苏某找到了，那就请遵守约定，将东西还回来。再者苏某也不是凶恶之徒，姑娘何须逃跑呢？不知道的还以为我把姑娘怎么了。"苏笙月调笑似的说道，轻松地跟上木青瓷，与她并列。

木青瓷冷冷看着苏笙月不发一言，眼瞧着离子时还有些时候，也懒得跟他纠缠。提升内力，往前奔去。

见其人远去，苏笙月也提起内力追了上去。不过一会儿，便见到前方人影："姑娘若不愿归还，那苏某就得罪了。"脚尖点屋檐上的石雕，飞身到木青瓷旁，伸出手去抓其背上的锦盒。

木青瓷反手一个梅花镖，身形往前，背上锦盒已被扯下。随手从腰间摸出透骨钉往后撒落。取下身前捆绑锦盒的锦带，朝前跑去。

苏笙月以迅雷不及掩耳的速度扯下包裹锦盒的布绸，单手将锦盒抱在怀中，几个旋身，一手拿起布绸输入内力，使其绷直坚硬如铁，将透骨钉全部挡住。撤了内力，用布绸包裹透骨钉扔在一边。一瞬间便追上木青瓷，只手抓住她的右肩，两人静默不动。

"姑娘下手可真狠，先是梅花镖，现在是透骨钉。"苏笙月嘴角挂着清冽的笑，手紧紧地抓住木青瓷的右肩，不让她有一丝逃脱的机会，"不过可别轻举妄动，不然苏某也不敢保证会不会伤到姑娘。"

　　木青瓷挣脱不得，暗自提气，眼眸中尽是鄙夷，故作嘶哑声音："公子不是自谓君子吗？如今已得了东西，为何还要纠缠。"

　　"姑娘可说错了，在下从未自诩过君子。这不过是姑娘的自圆其说罢了。再者若非姑娘要赖，苏某也不会出此下策的，姑娘勿怪。"听着嘶哑的声音，苏笙月也觉不对，却未说其他。

　　"是吗？若我怪你，你——又当如何？"话音戛然而止，木青瓷提起十成功力，挣脱苏笙月的禁锢。匕首从袖间滑出，向他手臂刺去。苏笙月眼中闪过一丝诧异，右手微抬起，用锦盒抵住匕首。木青瓷一个侧身，钻了空子，朝前奔去。见她朝前跑去，苏笙月连忙抓住她的肩膀，右肩黑衣被扯开，白皙肌肤暴露在眼前。

　　其肩上荼蘼花开，不同于普通白色荼蘼，红色番荼蘼更显妖娆。见此，苏笙月一愣。木青瓷眼中杀意渐起，奈何情势不容于她，趁着苏笙月愣神时，打开他的手，施展轻功飞速离去，消失在夜空之中，不见踪影。

　　苏笙月过了很久才回过神来，随即笑言："肤如凝脂，其赛冰雪，真应了庄子那句肌肤若冰雪，绰约如处子。姑娘，我们一定会再见的，罪恶的印记，终会毁灭。"

　　等到苏笙月回到客栈，把古琴还给兰舒语时，已经是好一会儿之后了。

　　当兰舒语看到琴盒里的琴时，刹那间愣在了当场。

　　"这不是我的琴。"

　　苏笙月见此琴盒中的琴，眉头一皱，收起折扇，轻打手心，暗骂他苏笙月自诩茶仙逍遥一世，如今却被一个不知道其真面目的女人耍了。

　　苏笙月这么想也是没错的，琴盒之中还留有一张纸条，上面写着四个娟秀小字——礼尚往来。

第五章

　　异地灯火中一片奢华糜烂之景，不用想也知道此刻唯有勾栏院才是生意最佳之时。雅间内，男女欢愉呻吟的糜烂之声不断发出，还夹杂污秽的骂人之音。

　　破空声响起，一把长剑直刺其床上大胡子男人要害。那大胡子男人一下抓起身下妓女，挡住长剑攻势。长剑穿身而过，妓女惨叫一声，浑身黑甲蒙面的男子执剑挑起被当作挡箭牌的妓女，将其立劈两半。

大胡子男人趁这点空隙，穿上外袍，拿起床边的重刀，边朝黑甲男子攻去边喊："我是玄阴门副门主罗蛳，阁下是谁，奉了谁的命令来杀我？"

黑甲男子一言不发，看那玄阴门副门主如同死人一般，手上的剑攻势越发凌厉，直逼要害。

"哼！老子可不是吃素的，杀了你再说。"罗蛳提起内力，注入刀中，施展出他的独门绝技。

二人的争斗从屋内到屋外，不过结束得却很快，不过几招之间，罗蛳便身受重伤："就算死，老子也要你陪命。"话音刚落下，提起所有功力，再次施展出刀法，黑甲男子不慎被刀气所袭，左手整只手臂上的衣襟皆被粉碎如沫，露出血红妖娆的文身，罗蛳一惊，道："是……"

可惜刚刚的衣袖粉碎只是黑甲男子的一时分神，此刻一剑封喉，未让他说完剩下的话。

一连又过去好多日。

"这位姑娘，这里是内院，生人勿闯。若是姑娘寻什么人，在下可以帮姑娘通传一声。"

"啊！"突然出现在眼前的剑，和随之而来的声音，吓得沈画不自觉地退了几步。看清面前的人后，拍拍胸口，定了神后，大小姐脾气一上来，怒声道："你干什么呀，你难道不知道人吓人吓死人吗？"

"这位姑娘，倾月山庄内院不容乱闯，若是找人，大可让在下替姑娘通传。"莫无争眉头微蹙，脸上没有任何表情，公式化地说道。

沈画也觉得自己的语气重了些，毕竟是自己无礼在先，别人好意提醒罢了。清了清嗓子，对莫无争说："我找你们庄主，就是莫景凉，你带我去见他。"

"恕在下不能从命。庄主正在议事，容庄主有空，我会为姑娘通传一声的。"莫无争的语气中有着不耐烦，复对沈画道，"若是姑娘没有什么其他事情，就请离开内院，我会让人带姑娘出去的。"

许是觉得对方是敷衍自己，沈画尽量使自己平心静气，道："我是沈画，沈家的沈画，跟你们庄主定过婚亲的沈画，我要见莫景凉。"见莫无争还是一副死人模样，不由怒上心头，她最讨厌的就是死人脸。

没有什么话比跟莫景凉定过婚亲的沈家沈画还有说服力了。莫无争的脸色一沉，出于良好的教养，淡淡道："沈小姐，等公子有空，自然会见沈小姐。"

"你，我把话都说得这么明白了，你干吗不让我见莫景凉。"沈画看着远去的莫无争，不满地小声低语，"不就是一个瘸子吗？还怕我吃了他呀。"

听见沈画的话，莫无争的脚步一顿，但没有停留，径直离开了。

对此沈画抱怨了两句，等到莫无争不见之后，便循着他走的方向走去，遇到几条路时，闭着眼睛选了一条路走，胡乱地左拐右拐一番，靠在一间像书房的房间后面的墙壁，大口地喘息着。

恍惚间听见了谈话声朝这边过来了，左看右看，之后小心地打开房间窗户，抬起脚就往房间里翻。好在没有发出多大的声音，所以也没有惊动什么人。躲过了行走过来的几人后，沈画长舒了一口气，打量着房间。

整间房给沈画的感觉就是简单整洁，靠墙的紫檀木桌上摆放着两本书，细看原来是《诗经》，看来这屋的主人还爱附庸风雅。耳边传来说话的声音，沈画蹑手蹑脚地走到门前，细细地听着对话，却也听得不太清楚。情急之下不小心碰倒了一个灯盏，发出响声。

"什么人？出来"。

谈话人的厉声呼呵响起，沈画心虚地咬咬牙走出去。她不怕撞见倾月山庄的人，因为她是沈家的大小姐，所以那些人不会拿她怎么样，怕就怕撞见不正当的勾当，引得杀人灭口。

莫景凉看着从房间里面走出来一脸慷慨赴死的沈画，冷漠沉声，一言不发。反倒是跟他说话那男子，打趣道："原来金屋藏娇便是这么一回事，莫庄主好雅兴。"

沈画指着莫景凉，惊讶道："你就是莫景凉，我是沈画，跟你定过婚亲的沈家沈画。"

"九王爷说笑了，今日之事劳烦王爷走一趟了。"莫景凉无视了沈画，不冷不热地应声。

"既然莫庄主有客人，那本王就不打扰了，改日再来。"被唤作九王爷的男子只是大笑起来，看了一眼沈画和莫景凉，笑得满是暧昧，几步便走出了书房。

"沈小姐找我有事吗？若是为了婚约之事，也大可不必烦心，这婚已经退了。若是沈小姐没有其他事情，就请回吧。"因被无端打扰，莫景凉有些不耐烦。

沈画为了见莫景凉一面从家里跑出来，劳累了不少，就这样被一句话挡了回去，心有不甘，冲着莫景凉大声道："喂！你知不知道我为了见你一面受了多少苦。婚约就像你说的，我早就解除了，还有什么好怕的。今天来不过是为了看一下我未来嫂子的弟弟是何许人也罢了。"

"无名小卒罢了。"莫景凉冷言，俊美的脸上没有一丝表情。对于出现在错误地点、错误时间、错误出场的女人，不管是谁他都没有兴趣。

"我看也是"。沈画不满地嘟囔着，越过莫景凉，打开门看到莫无争和冷冰熙在门外几步之远守着。

莫无争表情冷淡，而旁边的冷冰熙也是一脸茫然，只得遵循公子的意思，带着沈画前去女眷住的西厢房那边住着。武林大会召开之时，沈家也会派人前来。现在三教九流都围在了倾月山庄外，要是这位沈家大小姐在这里出了什么事情，麻烦会一波接一波来的。

沈画走了以后，莫景凉推动着轮椅，让自己面向莫无争，若有所思，道："无争，今日你不曾静下心来"。

"她不适合你。"

"也是，娇生惯养的大小姐。"

莫无争直直地注视着莫景凉，道："你知道我不是在说沈画，她不是大家姐，她是另一个人"。

听着多年未曾听过的称呼，莫景凉心中一阵苦涩，他不会把自己的喜怒哀乐表现在人前，不代表他没有喜怒哀乐。又见莫无争以为他将木青瓷认作大家姐的替身,解释道:"我知道。"

"是吗?可我看你已经……"

"无争,当年的错我不会再犯第二次,我知道她别有目的,但我依旧不希望有任何人伤害她。你明白吗?"莫景凉打断莫无争的话,没有让他说下去。

莫无争叹了一口气,他了解莫景凉,他说过的话是不可能改变的。一诺千金也莫过于此。"我知道了。"

同日,柳家镇二十里外。

宁夜澜握住九龙缠绕的宝剑剑柄,触手便是玉石般生凉。剑身寒光凛凛,一缕发丝拂过,便自行断落成两截,可见其宝剑是如此之好。

"得天地玄黄四剑者得天下。我宁家的东西,我宁夜澜自会取回到手,靠着虚无缥缈的传说,那便不是我了。"

木青瓷无声地走入房间,看着宁夜澜手中的玄剑,眼中仇恨的情绪更深,那是血的祭奠。许久才开口道:"主上召茉莉前来有何吩咐。"

宁夜澜将玄剑插入剑鞘,毫不留恋地扔向了木青瓷,"这把剑自铸造好以后,传承数百年间,留下了无数的传说,如今倒是传得神乎其神了。神兵利器是真,宝藏?真是可笑至极。"

木青瓷没有多言,接住玄剑。江湖上那些自诩正派的英雄豪杰,哪个不是为争夺天地玄黄四剑而杀亲杀子,若是他们知道宝贝得不可一世的玄剑竟被弃之如履,那会是怎样的有趣。

"主上,武林大会——"

"宁家的代表,宁月涯。"

"属下明白。"

"退下吧。"

"……"

见木青瓷没有动身的意思,宁夜澜背过身去,罕见地耐心说道:"玄剑既然是你得的,便是你的。至于武林大会宁家的代表,会给他们无限的惊喜。"

"属下愚笨,不明白主上是何意思。宁月涯并不是凡俗之辈,多年来虽然整日寻欢作乐,一副纨绔子弟的模样,不过这只是表面,此人韬光养晦,且暗中培养自己的势力,野心之大,让人不可小觑。"木青瓷说得头头是道,事实也确实如她所说一般。

"你说得不错,不过他始终是棋差一招。"宁夜澜的语气中有着一丝赞赏,"早日扫除祸患是为铺路,不过若是太早就达不到预期的效果了。而你只要知道你是谁,就足够了。"

"是。"

一只蚂蚁还是有绊倒巨象的机会,只是要看那只蚂蚁够不够聪明。如今,宁夜澜已经被缠住脱不开身,那这次武林大会暗影阁的代表会是谁呢,叶兮?合欢?还是茉莉?反正绝对不可能是他。

萧晨安捏碎了手里的传信,弯起嘴角,似笑非笑。看着倚坐在朱红栏杆上的景安儿,萧晨安唇角微勾，眼中满满都是笑意。其中也夹杂了许多他不知道不明白的情绪。他也不愿意伤害景安儿，前提是她不是景家的女儿。

第六章

碧扇斋位于倾月山庄内院的桃林里，重重桃枝掩盖，背掩山水流离，越显得迷蒙虚幻。当桃花盛开之季节，落英缤纷，粉雾一般，缥缈之感十足，如那人间仙境般不若真。

"你来了。"

莫景凉推着轮椅进入碧扇斋内，便看见苏笙月执杯饮茶，眼眸微眯起，一派惬意。

"你是将我这里当作茶坊了。"

"每次来你这碧扇斋，我都要感慨一番。究竟是哪位女子有这份福气得到你莫庄主的垂青。"

"……"莫景凉紧抿着嘴唇，久久才道，"你那边有什么动静？"

"动静我没发现，就认识了一绝色美人，不过她脾气不太好。"苏笙月漫不经心地说道。

莫景凉听见这话，嘴角微微抽搐，他还能说什么？每次同苏笙月说正事，都能越扯越远，到最后都不知道在说什么了。

"打开看看，我已经说通了那群老头子，待到武林大会后，便来为你施针治腿。"苏笙月取出一个紫檀花木盒递给莫景凉。盒子不大，四四方方，掌握手中，倒也精致。

打开盒子映入眼帘的是一块五寸余长的藤黄色石头，整体呈扇形，其扇页上有七个孔洞。莫景凉取出东西来，把握在手中，触手生凉："七明芝。"

"七明芝，生于临水石崖间，叶有七孔，实坚如石，夜见其光。若食至七枚，则七孔洞然矣。"

"你怎么得到七明芝的？临水之崖可不是谁都有运气可以遇见。"莫景凉看向窗外，指腹不停地摩挲着并不光滑的七明芝，随口问道。

"你也说了是运气，谁让我人品好了。"

"说人话。"

"……"

沉默寂静如山，苏笙月首先出声打破这无声的场面。"这是我从一个渔民手中得到的，他也是出海捕鱼回来时，从鱼腹中取得的。渔民只当是石头，便随手扔在了杂物堆中，碰巧让我瞧见了。"

"七明芝治目。"莫景凉瞥了一眼好友，不咸不淡地说着。

咳咳。

"就当我送你的见面礼。"苏笙月轻咳了两声,快速转移着话题避免这份尴尬,"我已经请了闭关多年的族叔前来为你看诊。如今有千年雪莲吊命,把握也该大了一成。"

莫景凉将七明芝放入锦盒中,一眼也没有瞧苏笙月,大概是已习惯了,沉吟片刻道:"现在可以说说你认识的那位绝色美人。"

"……"

莫景凉端起瓷杯,合了盖水,吹起涟漪。"说吧,我没同你玩笑。"

"你要我玩了。"苏笙月拿起桌上的白瓷杯朝莫景凉扔去,"幕后有黑手就不必我说了吧。"

"海鲨帮帮主虽然年老,但武功之强,能够将他一剑封喉之人当世不过那几人。"莫景凉眸光深邃,让人看不懂他在想什么。

"一剑封喉?我听说暗影阁的天字杀手除却一两人,当真是美人如花,只可远观而不可亵玩焉。"

"苏笙月——"。莫景凉额头上的青筋直跳,好好的话题又被他扯远,还是打从一开始自己就没脱离他的思路。

"美人如花隔云端,这次可远观,但不可亵玩焉。"见莫景凉脸色不佳,苏笙月连忙改口:"我说的绝色美人才是天元。"

"八人之一吗?"莫景凉听此也终于正色起来。

"叶落彼岸,花开荼蘼。"那夜月色中一瞥,可谓惊鸿。想到此处,苏笙月不禁摇摇头:"不过她的脾气可不甚好,梅花镖、透骨钉先后招呼。说来也巧,若不是影盗盗走那兰家家主兰舒语的古琴,也不会发现她是荼蘼。"

莫景凉面色微微有些变化,"只此?"

苏笙月甩袖紧盯着莫景凉,久久不开口,忽地笑起来:"看来你对荼蘼是情有独钟,少见的追问了。"

"都是被罪恶束缚的棋子,无所谓追问不追问。"莫景凉诧异地看了苏笙月一眼,"你可看清荼蘼相貌?"

"肌肤赛冰雪,绰约如处子。不见容貌,也未必不知其美貌。"

"……"

"我期待着和她见面,你也一样吧,阿凉。"

莫景凉没有说话,所有的一切都已经清楚了。一切的一切,从她出现那一日起。

十年之约到了,我们终将再见,尘封的记忆飞出低矮狭窄的盒子,去追寻她的主人。

"阿凉,荼蘼注定是我的,你信吗?"

"信又如何?不信又如何?"

苏笙月听此,唇边勾起一抹弧度,没有多置一言,便大步走出碧扇斋。荼蘼,你当真是佳人如斯,引得俊杰尽折腰拜倒在你裙下。不过你是我发现的,就终究是我的。

连绵不断的山脉,满目的深绿色,似地毯般铺满,此中无数陈年大树,粗大的藤蔓缠绕着垂死的老树，誓要做那誓死不离的爱侣。

宁月涯双眼被缚住，任由前面神色冷峻的女子带着前行。也不知道走了多久，脸上布帛被取时，他已经身处亭台楼阁之中。眼前是背对着自己的黑衣人，宁月涯随意道："知不知道，我很讨厌你们的这种见面方法，等以后有机会，我一定废了这条规矩。"

纱笠斗篷覆面的男子转过身来，似笑非笑地看着宁月涯："你没有这个机会的，只要我还活着。"沙哑苍老的声音像被风蚀了一般，刺耳难听。

"是吗？既然这样，那你就去死吧。"冷漠的声音回荡在那人耳边。

男子也不生气，沉声道："年轻人终究是年轻人，沉不住气。若是宁夜澜身处你的位置，绝对不会说出这番话。你终究还是太过急躁，压制不住自己的情绪。"

宁月涯执起石桌上的酒杯，一口饮尽，"我真希望你能去找找我那位继承宁家血脉的大哥，到时候必然有一场好戏可看。他可不是我这样的庶子可以比拟的，隐家家主。"

"庶子？是金子总会发光。宁家嫡系的老二、老三不懂识金认玉，真是可惜了。"被称作隐家家主的年老男人执起一杯酒，在手中摇匀。

宁月涯冷哼了一声，对于隐家家主的说法并没有感觉。

"听说玄剑在倾月。"

"那伪君子已经去了，这一场好戏不过才开始，鹿死谁手谁又知道呢。"

翌日。天已经渐亮，微曚的阳光照射着大地，山间浓罩着层层白雾，橘黄色霞光透过乳白色的薄雾泛着徐徐娇媚。大街上稀稀疏疏的人来来往往，说话声、叫卖声渐起。

血，满目的血色夹杂着熊熊的大火。耳边是呼呼的风声，跑，不停地跑。黑，那是地狱最深的黑暗。做不了任何事，只能不停地往前跑，不要回头，也不能回头。

客栈内，木青瓷猛地睁开眼睛，径直地看向床帐，久久才回过神来，背上的冷汗早已将衣裳打湿，喃喃自语："我会活下去的，娘。"

收拾妥当之后，木青瓷赶到十里坡的时候，叶兮早早在那里等候着。

"你来了多久？"

"刚到而已。"叶兮转过身来，打量了一番木青瓷，最后视线停留在她的脸上，"若是主上看到你这副面孔，一定不会高兴。"

木青瓷想要一笑，可却笑得很难看："这张人皮面具才适合一个杀手。"

"面皮虽薄如蝉翼，却始终隔了一层皮，究竟面皮下是怎样，谁也不知道。"

木青瓷直接忽略了叶兮的话，向她伸出手，眸光灼灼，道："废话我不想多说，把血凤草给我。"

"你要它做什么？"叶兮紧盯着木青瓷，一字一句地说道。

"与你无关。"

不知什么时候起，木青瓷才发现同叶兮早已互相算计，没了信任可言。

叶兮眼眸微眯，沉默了许久，忽地从怀中取出一个宽四寸长约八寸的红木锦盒放到木青瓷手中。"上次的事……"

"上次有什么事吗？"木青瓷对上叶兮的视线，快速地接过话去。

"无事。"叶兮突然笑起来，她同木青瓷有一种微妙的平衡，谁都不会去主动打破这种平衡。她算计了木青瓷，做得却不干净，如今付出一定的代价，前仇一笔勾销。

"我先回倾月山庄，苏笙月昨日赶到，就看沈夜何时到了。"

"今年真是格外的不同。"

叶兮和木青瓷背过身去，各自朝着各自的方向飞身前去。然而谁也没有看到她们唇角微微上扬的弧度。

一拿到血凤草就来倾月山庄找莫景凉，这么做值不值得，木青瓷也不清楚，只是凭着感觉做事。她其实从未忘记当年。

苏笙月正与冷冰熙说着话，余光扫过一道人影，笑言："有佳人来之，还不请你们公子出来见见。"

"苏公子又不是不知道我家公子在哪里，何必麻烦一趟了呢？"听着苏笙月打趣的话，冷冰熙也转头望去，待看清来人面容后，赶紧迎了上去。"姑娘，公子有事商谈。你在此等等，我去告诉公子你来了。"

"多谢。"

苏笙月随意地瞥了一眼离开去找莫景凉的冷冰熙，看着木青瓷总觉得熟悉，好似在哪里见过，忽得想起了一人，有意出声："姑娘，我们是不是在哪里见过？"

"不曾见过。"木青瓷有些不确定，她不认为苏笙月能认出她就是那晚跟他交手过的人。

"是吗？姑娘跟在下一个旧友倒是十分相像，若不是知道姑娘不是，苏某就要认错人了。"苏笙月又走了两步，不过只离木青瓷一小步远。这个距离同人交谈是最好不过，若是稍近便会让人产生此人轻浮的感觉，远了也觉刻意拉开距离。

木青瓷转过身去，绕着凉亭内走了数步。满脸恍然的样子，故作吃惊道："不知苏公子说的是哪位朋友，想来是认错了。再者，还未请教苏公子名讳。"

"刚刚只顾聊天，忘了报上名讳。在下苏笙月。"苏笙月勾起一笑，好生雅然，"旧友名荼蘼。"

木青瓷神色变幻不定，定了定心神："荼蘼，很美的名字。"

"叶落彼岸，花开荼蘼。"木青瓷的一举一动，甚至连一丝眼神都落在苏笙月的眼里，不过却没有一丝异常之处。

"花落不过一季，苏公子不像是独爱荼蘼之人。"木青瓷顿了顿，复道："倒像是……"

苏笙月饶有兴趣地看着木青瓷，道："倒像是什么？"

"喜者，镜中美人，唯君自知。"

"真是恰当而又不适合的比喻。"

"是吗？我不过随口胡说的，苏公子莫当真了去。"杀人者自知，苏笙月，究竟是你死还是我活？

第七章

微风徐徐而过，发丝飘扬，掠过苏笙月的脸颊，微淡的茉莉花香萦绕着鼻尖。这熟悉的香味让苏笙月心中一震，不可能会错的，这个香味跟荼蘼身上的一样。他好像明白了什么，微勾唇角："未请教姑娘名讳？"

"青瓷。"

木青瓷伸出细长的手指，勾过飞舞的少许青丝，绾在耳后。少有的女子动作，也显出少女的心思。复看向盯着她的苏笙月，道："苏公子是在看什么，如此出神。"

"青瓷。"

听着苏笙月直唤她的名字，木青瓷便觉得不太对劲："苏公子还是——。"话未说完便被打断。猝不及防，被苏笙月抵在亭中的红木柱上。

杀手长年累月积累下来的东西使木青瓷冷静下来，只是那眼底的杀意早已掩不住。

苏笙月将木青瓷的一举一动都收入眼里，偏过头去，在她耳边轻语，"青瓷，我可以这样叫你吗？"

呼出的热气喷洒在木青瓷耳边，毕竟十几年来没人教导她男女情爱之事。与男子身贴着身，也不过是第一次，由此不自觉地红透了耳根。又想起那晚苏笙月的放肆，不由怒上心头，羞怒道："放开。"

见此，苏笙月轻笑不已，指腹在木青瓷脸上细细地摩挲着，像是情人间表达着爱意。"青瓷，我们是不是在哪里见过？"

"苏公子想多了，我不曾见过你。"木青瓷偏过头去，正对上苏笙月的眼神。

苏笙月瞟过远处的走廊小路，皮笑肉不笑地说："他们来了。"

恰似有意也似无意，苏笙月放开木青瓷时，唇轻轻滑过她红透的耳畔。

木青瓷也瞧见了远来的人，冷冷地瞪了苏笙月一眼。随即靠在亭子边的红木柱上，努力地平静下来，思索着接下来的事情。

"莫大庄主来得可真是时候，瞧着我与青瓷聊得正好，你就来了。"苏笙月半是打趣，半是认真地说道。

莫无争平稳地推着莫景凉前行，看了木青瓷和苏笙月，又看了莫景凉，想到今早来闹的沈画，也是暗自无奈。

"看来我来得真不是时候，打扰了你了。"莫景凉朝木青瓷看去，点了点头道："青瓷姑娘找我有事吗？"

木青瓷平复了一下心中的激荡，越过苏笙月，走至莫景凉面前，从袖中掏出一个木质盒子，放在他手中。

莫景凉的眉头不禁蹙起，掂起盒子，开口道："药？"

"不如说是药引子。"木青瓷想了想，继续说道，"换莫庄主一个天大的人情如何？"

"好。"

莫景凉打开盒子，盒中药材约五寸，生三叶，叶鲜红似血。

"血凤草。"

几人纷纷看向木青瓷，上下仔细打量着她，在心中把所有的可能都想了一番。

"意外落到我手中，留着也无用，不如换莫庄主一个人情。"木青瓷随意编了一个理由，"看来挺划算的。"

莫景凉并不相信木青瓷的说辞，只不过当着苏笙月的面不好明说，只道："我在西苑为你安排了房间。"

"那就多谢莫庄主了。告辞。"木青瓷皮笑肉不笑地说着，转身就走，住进倾月山庄对她并无妨害。

"阿凉，不送送青瓷吗？"苏笙月看着远去的背影，对莫景凉说道。

"她不会喜欢的。"莫景凉看着手臂，衣袖下是她为自己遮挡的罪恶。

"镜中倒映出我们命运的轨迹，从一开始，就打乱了所有，真是绚烂而又美丽。"苏笙月静静地说道，嘴角没有了笑意，眼中如深水临渊般深邃不见底，仿佛天下都在他的掌控之中。

这才是他，茶仙苏笙月。

翌日，倾月山庄的大厅内，坐着一位头发花白的老人，身后站着的是清一色的门人弟子。看其衣服上的暴雨梨花标识，就可以知道是唐门。

"莫庄主年纪轻轻便一手创立了倾月山庄，让老夫佩服。"为首的中年人微笑着对坐在主位上的莫景凉说道，其中带有奉承之意。

"唐前辈夸奖了。"

唐禄乃是唐门的老一辈了，察言观色、认清局势这些都是几十年来练出来的，眼色毒辣是出了名的。"莫庄主也别自谦，这些都是江湖朋友公认的。"

二人你来我往说着客套话时，就只听传报的小厮进来，恭恭敬敬的。身后还跟了一群人，两大势力：沈家和苏家。

沈家来人是沈世谷，苏家来人苏箪。

沈世谷和苏箪扫视大厅一圈后，将视线停留在唐禄身上，三人拱手抱拳问礼。

沈世谷先开口，边说边走向一边的椅子坐下："莫世侄许久未见，近来可还顺利？"这话自然是说的千年雪莲被盗往倾月山庄，而关于玄剑的出世传言又在这里的两件事。

第七章

"世谷兄,听说沈画侄女跑到莫世侄这里来了。此次来最重要的还是带世侄女回去吧。"苏箏在江湖上混了几十年,那心思比那九道弯还要弯,心计城府可不是作假的,一眼就瞧破了沈家打的好算盘,如今的莫景凉那可是香饽饽。随即坐在唐禄旁边道:"莫世侄,阿月传信来已经把事情说清,你大可放心去做,不必束手束脚。"

唐禄也是笑,苏箏此人,看似书生模样,却是个明白人,捋了捋长髯,道:"沈画侄女想必也是贪玩,尤其是各门各派都往倾月山庄的武林大会赶来。小姑娘家最爱看英雄少年,来看看也实属正常。"

"劳沈世伯挂心,小侄还应付得过来。"莫景凉有礼地回着沈世谷的话,又听苏箏、唐禄提起沈画,面若无常,道:"那就要劳烦苏世伯了。"

"让唐兄和苏兄见笑了,我那个侄女就爱往外面跑,说要自己闯荡江湖。让我们这些做叔叔的好不担心。"沈世谷皮笑肉不笑地说着。苏箏、唐禄二人一唱一和,分明是故意让他无从开口。沈画在莫景凉跟前大闹了一场,早就传回沈家了。本想着来跟莫景凉说上一番,谅他小辈也不会不给面子。孰料到被人堵住了嘴,倒还不知道如何开口,只得将此事暂时放下。

"沈画侄女有气概。"

唐禄脸上满满都是笑意,眼睛里闪着精光。"世谷兄这就是你的不对了,平日里要是常带沈画侄女出来走走,哪里还会有这些事情。看我那个外甥女,一天就爱往外跑,还是一门之主呢,也不知道体谅体谅我们。"

"世侄女独当一面,那是唐兄的福气。"

苏箏看向莫景凉,道:"莫世侄,阿月在哪里?他母亲让我给他带几句话。"

"他应该在书阁待着。"莫景凉也不确定苏笙月在哪里,除了藏书阁,苏笙月去的最多的地方就是西苑。总不可能直接告诉苏箏,苏笙月没事就往女眷住的地方跑吧,只要去那里八成就能找到他。

知道苏笙月的确切位置后,苏箏看向唐禄、沈世谷二人:"唐兄、世谷兄,你们聊着,我就先走了。"

"说得也够久了,一同走便是。"

一同走,也无人反对,便 起告别了莫景凉。

冷冰熙端上清茶,又望了眼门口:"公子,应付那群前辈很累吧。一个个老奸巨猾,就打着算盘算计公子了。"

莫景凉端起白瓷杯,慢悠悠地摆弄着茶盖子,轻抿着茶水,抬起眼来,看向冷冰熙道:"想说什么就直说,拐弯抹角向来就不是你的性格。"

"还是公子了解我。也没有什么话想说,就是今日我听提起沈画小姐,就想沈家的人是不是打算重新提起公子与沈小姐的婚事。"冷冰熙大着胆子说完,偷偷地瞄了一眼莫景凉,见他没有什么意外的表情,继续道,"公子就不在意吗?青瓷姑娘每日都同苏公子在一起,再加上沈小姐这一闹。还有多少人不知道沈小姐都找上门了。"

"青瓷姑娘怀着目的前来，你别东嘴西舌。"莫无争的语气淡淡的，听不出有什么波澜。

"下去吧。"莫景凉将手中白瓷杯放在紫檀木桌子上，"明日，武林大会将真正开始。"

"是，公子。"

夕阳西下，橘色的微红染透了纯白的天幕。远处的空中层层铺着火烧云。随着夜幕的降临，柔和的月光洒下一片银白的薄纱。四周里响起蟋蟀的叫声，宁静得比之白天就像是两个世界。

木青瓷没有点烛火，只身慢慢走在铺满青石的小道上，两边是观赏的花树。粉白的花瓣飘落在地，映着夜景，却也别有一番风味。走了不知道多远，视野开阔起来，眼前一个池塘，却是活水，源头必然在上。

莫景凉隐在前方黑暗中，看到木青瓷眼中一片平静，说："青瓷姑娘，夜深露重，何不在屋中休息。"

木青瓷转头看去，嘴角扯出虚假的笑，迎上莫景凉的视线，"对于习武之人来说，这点凉并不算什么。更何况我并不是那种娇生惯养、养尊处优的小姐。"映着月光，木青瓷浑身都像披着一层银纱，如寒星般明亮的眸子，却始终有一层阴云。

莫景凉推动着轮椅，"我忘了，你曾经也是被人捧在手心的明珠。现在的你还是你，却也不是你了。"

"你不问我血凤草从来哪里来的吗？你就那样相信我在你的掌握之中？"木青瓷疑惑莫景凉的话，更不明白他在说些什么，于是率先开口询问莫景凉。她不相信莫景凉没有一丝打算。和苏笙月一样，那样精明的人，自己的随意两句话可不是能糊弄过关的。

"问不问又当如何？"莫景凉唇角微弯，怎么看都是苦涩的笑，眼里是看清世事的深邃。"青瓷姑娘？影盗？荼蘼？又或是木青瓷？你要我问你什么，叶家遗孤在哪里吗？"

木青瓷脸色一沉，没有作声，沉默以对。她没想到莫景凉已经将自己的身份猜得差不多了。岂不是也就意味着苏笙月也已经猜出来，这才是莫景凉和苏笙月不询问自己血凤草从哪里得来的真正原因。她不怀疑莫景凉是在套自己的话，能这么清楚地说出来，想必心中也是有数。

"青瓷！木青瓷！木家遗孤！"清冷的声音在夜中更显虚无缥缈。莫景凉一眼就看穿了木青瓷的心思，继而说道："你放心，阿月不知道你的身份，最多也就是猜测罢了。"

"那你又是怎么猜出我的身份的？"木青瓷淡淡地出声，眼中尽是防备。尽管知道莫景凉可能不会伤害她，但防人之心不可无。

莫景凉像是在回忆什么，脸上不再有任何透露他心思的情绪。"你盗了兰舒语的古琴，恰巧阿月同我说在柳家镇遇上的影盗是八人之一的荼蘼。"

木青瓷随意地坐在一旁的奇石上，听了莫景凉的话，漫不经心地开口道："看起来我的把戏一眼就被看出了。"话音一转，变得冷厉起来，"我们也许不该认识，又谈何相信。"

"你忘了吗，十年之约？作为木青瓷时，你跟我定下的约定。"莫景凉不紧不慢地说着，眼中流露着期待，也夹杂着已经知道结局的悲色，"或许你已经忘了，但是我从未忘过。"

"十年之约！"木青瓷口中不停地重复着，秀眉紧紧地蹙起，脑海中不停地闪过零碎的画面：

"为什么要蒙住眼睛？青瓷。"

"因为蒙住了眼睛，就看不见伤了，就不会疼了。"

"我喜桃花，十里桃花花满天，会很美的。"

"青瓷，十年后，我们相约十里桃林。"

"叶落彼岸，花开荼蘼。阿凉哥哥，你以后如果看到了荼蘼，记住，那就是我。"

第八章

木青瓷眼中神色复杂，脸上的表情也是变来变去，久久才开口道："那次我夜闯倾月山庄，你只凭我十年前的模样便认出了我"。

"是！"莫景凉静静地看着木青瓷的眼睛，从怀里取出丝绸所包裹的东西，放在木青瓷的手心，"该物归原主了。"

一个"是"字，说得并不重，却好像有千斤压在木青瓷的心上。她并不是无情无心的人，十年的约定，若说让人不感动，那可真是假话了，何况当年的情谊却是真的。木青瓷紧紧地握住手中的东西，放入袖中。

"夜深了，早些回去休息，明日还有许多事情。"莫景凉最后看了一眼木青瓷，推动着轮椅离开。他的耳边响起了当年那稚嫩的声音，"叶落彼岸，花开荼蘼。阿凉哥哥，你以后如果看见荼蘼，记住，那就是我。"

"我们都已经不是原来单纯的我们了，时间会改变一切。"木青瓷有些失神，与莫景凉不同，她早在被带入宁家时就把莫景凉给忘了，只留下模糊不清的影子。

莫景凉推着轮椅的手一顿，随即继续推动着轮椅前行。他是明白木青瓷的，而现在能为她做的，只有护她一世周全。

走到屋门口时，木青瓷只觉得心烦。她潜意识里是相信莫景凉的，只不过幼时的情谊哪里抵得过各自的利益，如今不过是在未触及真正利益下的温情罢了。如果她不是在宁家十年，也许会认为莫景凉是真心实意的，可宁家教会了她人心险恶，连她和叶兮从小相依为命，都能反目算计，更别提其他人了。

推门之间才发现，原本黑暗的屋子突然有了亮光，看来有客人到了。

"你回来了。"叶兮抬眼看了一眼木青瓷，熟稔地倒了一杯茶，放在一边的桌上。

一夜过去，半午时就能看到日头。穿过了花间小路，垂下嫩绿枝叶的红丝草爬满长廊，倒显了一片幽深。木青瓷远远地就看到了青色衣衫，长身而立的男子。放慢了脚步，故意加重了步伐，踏上边角有些许青苔癣的台阶。

　　听见脚步声，苏笙月嘴角带笑，转过身来看向朝他走来的木青瓷。面冠若玉，桃花眼里冰凉如水，只看得出清雅。青色的袍子襟摆上绣着兰花，那是藏青色丝线所特有的青兰。

　　"苏公子找我有何事？需得借他人之口道出。"木青瓷走上台阶，看着面前的苏笙月，第一次信了江湖中所传的茶仙苏笙月"清雅入仙，飘逸出尘，让人心生向往，却不敢亵焉，只恐惊扰了他"的描述。不过昨夜与叶兮谈了许久，早时又因唐岚欷的请求来此，木青瓷虽不愿，但好歹几日下来与唐岚欷的关系也不错，只得答应，心里却是思量要如何应对苏笙月。

　　苏笙月上前走了两步，衣摆也随之摆动起来。停住步子，把自己和木青瓷的距离控制在一个合适的位置，说："不过是今日盛会，众人都去了问月台以武会友。而我独想偷个巧，与你先见上一面罢了。"顿了顿，又说，"我在前面的石桌上，备下了早点。一夜睡过，想必你也饿了。"

　　"多谢苏公子好意，那我就却之不恭了。"木青瓷答应下来，越过苏笙月，径直走向前方。

　　苏笙月本以为会被一口拒绝，连说辞都打好腹稿了。他可不认为就这样一顿早饭，就能打动木青瓷。摇头笑了笑，随着木青瓷的脚步跟了上去。

　　昨夜莫景凉的一番提醒，让她顿时如醍醐灌顶。她有些怀疑苏笙月也是八人传承下来的守护者之一。如果真的是那八人之一，自然就不可能杀他，至少现在不能。而且自己也没有把握能杀了苏笙月，所以只能另谋出路。

　　这是武林大会的第一日，问月台前已经人满为患，不少的散修侠客已经忍不住上台比武会英雄。莫静岚提着包袱，看着倾月山庄的大门激动得差点跳起来了。不过还是没忍住，大叫了出来，惹得迎门的小厮和不少侠士的注目。她跟着沈夜沈贱人上路已经几天了，终于可以摆脱他了。

　　"莫姑娘可不要得意忘形了，这么多人看着，你是想让他们看一个疯女人大闹倾月山庄吗？若是这样，到时候让人给扔出来，就不好看了。虽说你也没好看过。"沈夜笑得灿烂，满脸正经地说着打击莫静岚的话。

　　莫静岚还没兴奋完，沈夜的一番话，就像盆冷水，从头到脚浇下来。她狠狠地瞪着沈夜，朝前走了两步，指着沈夜的胸膛，一字一句地说道："姓沈的，我告诉你。本姑娘爱怎样就怎样，你管不着。从今天起，我再也不用见到你了。"话音一落，莫静岚转身头也不回地离开，进了倾月山庄。

　　沈夜站在原地看着莫静岚远去的背影，忽地嘴角扯出一丝坏笑，自语道："是吗？我很期待你再见到我的时候，你的表情一定比那戏台上的戏子还要精彩。"

莫静岚仗着以前来这里小住过一段日子，凭着熟悉的记忆走，途中见到了不少江湖人士，她一到比武台，一眼就看见了高台上的莫景凉，激动得得意忘形大声喊道："笨蛋弟弟……"

莫景凉一听到那句"笨蛋弟弟"就知道谁来了，也早已习惯了莫静岚的大大咧咧。而一边的冷冰熙早就哧哧地笑开了，莫无争亦是无奈。

感受到众人注视的目光，莫静岚连忙跑到莫景凉身边不停地哀叹着，是不是今天出门没看皇历。突然像想起来了什么，一下子抓住莫景凉的衣服说："笨蛋弟弟，爹来没来？"

"老爷还没来，静岚姐你放心吧。"冷冰熙捂着嘴，低低地笑着，别提笑得多开心了。

饶是从小到大的交情，早已取笑惯了，莫静岚也是脸颊发烫，将头埋在手臂里。

说到沈夜，他与莫静岚分开后，换了衣服，打理好自己，不再风尘仆仆。走到沈世谷边站着，恭敬地行了一个礼："三叔，我来晚了。"

"不算太晚，去见一见你未婚妻吧。"沈世谷看向沈夜的眼里，也不免有着赞赏，这是他看好的沈家主人，是他培养出来的。

"你不是故意来晚的吧？"挨着沈世谷坐着的沈画一看沈夜来了，心情就好多了，眯起眼来，揶揄地说道。

沈夜敲了沈画一下，道："就知道调笑哥哥，还是好好想想你的事吧。"语毕，大步往莫静岚处走。

沈画捂着被敲疼的小脑袋，也是沉闷着不说话。的确她应该想想自己的事情了。

"莫兄，近来可好。"沈夜开口道，余光扫过将头埋在膝上的莫静岚，眼中闪过一丝莫名的笑意，"莫大小姐，我们又见面了。"

"一切如常。"

莫静岚一听沈夜的声音，就知道不妙。抬起僵硬的脖子，看着沈夜笑得像只狐狸一样，顿时脊背发凉。不过一想到倾月山庄是自己的地盘，就来了底气。"谁跟你有缘分，别说得我好像跟你很熟。"

"一行几日的确算熟。"沈夜不急不缓说着。

"……"人至贱则无敌，莫静岚的脑海里瞬间冒出这样一句话来。

"莫庄主，如今武林大会已经开始，那我们明人就不说暗话了。我派镇门之宝千年雪莲何时归还？"一位胡须皆白的老者说道，在他的身后有不少弟子站着。原来说话这人是天山派的大长老，此次前来是为了向莫景凉讨回被盗走的千年雪莲。

唐禄皮笑肉不笑地说："我也听说过雪莲被盗一事，不过暗影阁的人还没来，大长老就急着单方要回雪莲，这不妥吧。"

莫景凉脸色无常，他早就知道有今日的局面，"雪莲之事，就算倾月山庄承天山派一个人情。"

天山大长老捋了捋花白胡子，眯起眼睛正色道："莫庄主，此事不是由你说了算的。若你想留下雪莲，那也可以，拿出与千年雪莲等价的东西来换，我天山派再考虑换不换，承不承这个人情。"

"天山派的雪莲有那么珍贵吗？"宁月涯走在前面，身后一群人皆是黑衣的护卫，由小厮引着走向早已安排好的位置。

原有几个胆子大又不知好歹的坐了这几张桌子，如今看正主来了，也是连忙起身退了几步。

宁月涯见此，也是眉头一皱，微抬手，身后三个黑衣人上前，以迅雷不及掩耳的速度，将那几人拖到场外，手起刀落，将那几人斩杀，血花喷了一地。

见到这副场景，在场众人都小声议论起来。沈世谷开口道："宁贤侄，此举未免太过狠辣了一些。"

"狠辣吗？"宁月涯抽出锦帕，擦拭着手，随即扔向流淌了一地血的地上。身后的黑衣人移出干净的桌椅，让他坐下，而那些尸体也以最快的速度收拾处理了。

苏箪皱了皱眉，道："既然此事已经了了，宁贤侄也作罢吧。"

"谨听苏前辈的话。对了，大长老可还没回答我，雪莲有那么珍贵吗？"宁月涯旋身坐于木椅之上，笑得妖魅无比。

天山大长老沉下了脸，冷声道："千年雪莲可遇而不可求，至于珍贵，宁小侄来之前宁家人未告诉你吗？"话刻意严重了"千年"二字，让人知道这不是普通的雪莲，而是雪莲中的王品。

"大长老此话说得虽然没错，但是盗雪莲之人可是暗影阁的杀手夕颜，莫不如这件事就不过问了。"唐禄也开口了，直接扯出两大势力。

"暗影阁收人钱财，自然也是替人消灾。"宁月涯笑得越发开心，不过那笑是嗜血的。冷冷地瞥了一眼对面看戏的萧晨安。

莫静岚偷偷扯了一下莫景凉的袖子，小声道："弟弟，怎么办呀？"

莫景凉看了莫静岚一眼，就转移了视线，"大长老的要求过了些。"同等珍贵的东西他有，但是寸土必争。

"双方各退一步如何？我们付出与雪莲等价之物来交换。"苏笙月从拐角走出来，翩翩佳公子惹来不少女侠士的尖叫声。"暗影阁惹出的事端也该由暗影阁负责。"

宁月涯也正视起来，此人若不是苏笙月，恐怕也不会如此，冷笑道："暗影阁是不会付出任何代价的，恐怕诸位比我知道得更要清楚。"

"宁家未免太过霸道。"

第九章

天山派的众人瞬间沸腾起来，若不是知道双方相差太远，惹不起宁月涯背后的宁家，而且又在倾月山庄，恐怕早就扑过去厮杀起来。

天山大长老冷着脸道："事情恐怕没那么容易了结。今天当着武林同道的面，倾月山庄和暗影阁难道不该给天山派一个交代吗？"

"你想要什么交代？得了便得了，有本事你也可以抢回去。"木青瓷从暗中走出，背上背负着包裹着的剑，让人看不出个所以然来。

对此苏笙月是一副了然于胸的样子，而莫景凉神色复杂地看着木青瓷，终究没有说什么。倒是莫静岚兴奋了，她早就看不惯那个天山派大长老，倚老卖老。至于萧晨安也不像开始时那样漫不经心了，细细地打量着木青瓷。

"女娃娃，你要知道你在跟谁说话，锋芒毕露迟早会被折断的。"天山派大长老阴沉着一张老脸，眼里满是阴厉。

"我有一物，用它来换千年雪莲如何？"木青瓷冷冷扫过天山众人，语气虽是淡淡的，却有一种风范。

"你的东西也配同千年雪莲相比，简直是笑话。再者，我天山派的镇门之宝岂是你这种人说换就换的。"有天山弟子怒声道，话里满满都是轻蔑。

"千年雪莲多珍贵我是不知。"无视了那群叫嚷汹涌的天山派弟子，木青瓷漫不经心地说着，要有多随意就有多随意。"以玄剑换你天山千年雪莲如何？"

"玄剑"二字一出，众人都是坐不住了。早有传闻玄剑在倾月山庄，如今真应了。那弟子也是被问住了，支支吾吾半天说不出话来。

天山大长老开口道："女娃娃可说不得玩笑。"

木青瓷将背上的玄剑取下，扯开包裹的布绸，露出那独有的花纹雕饰。剑鞘上雕有九龙拱珠，缚丝缠绕。她握住剑柄，缓缓拔出剑来。剑身闪耀着寒光，映出了木青瓷平凡的容貌，也映出了贪婪欲望。随即木青瓷灌注少许真气，迅速劈向那位对她出口不敬的天山派弟子，剑气势不可挡，将那四周的桌椅都劈得粉碎，连平整的青石地面都碎掉了，更别提那位天山派弟子的下场。"玄剑出世，需得饮血"。

寂静中响起一阵巴掌声，宁月涯笑得玩味，看着木青瓷道："不错，很对我的胃口。"

"看来又出现了不得了的人，如今不想卷入其中都不行了。"沈夜盯着场中的木青瓷，面色有些无奈。

萧晨安转了转了手上的碧玉扳指,"这场戏真是越发精彩了。"

一旁的景安儿伸过手去,握住萧晨安的手,眼睛里满满的都是担心。

"放心,我不会有事的。"萧晨安偏过头对上景安儿关心的视线,不知为何心中乱了套,将要说的话咽下肚去,改了这样一句。

"玄剑是真?"

这时还看不出玄剑是真是假,那便是睁眼瞎了。

"大长老是爽快人,换还是不换,一句话的事情。若是大长老不信真假,大可自己试试。"木青瓷将玄剑插入剑鞘中,直接扔给天山派大长老。一副弃之如履的样子,惹得不少人都一阵肝火。

天山大长老连忙接住玄剑,细细地看着,思虑了半天,最终咬咬牙道:"换!不过我有一个要求。"

"大长老请直言。"

"玄剑的影响力诸位心里都清楚,老夫所提的要求也简单,不过是安全回到天山派罢了。"

这也算简单?不少人心中都暗骂他老狐狸,得了玄剑还要好处。

"从此千年雪莲与天山再无瓜葛。"

"天下英雄作证。"

"一言为定。"

"自然如此。"

三言两语之间,玄剑就被换出去了,众人也十分佩服木青瓷的胆色与魄力。

木青瓷皮笑肉不笑,只道:"大长老愿意大事化小,小事化了,何乐而不为。"顿了顿,余光瞥了一眼苏笙月,看向莫景凉道:"阿凉,你不会拒绝我的要求,对吗?"

阿凉?傻子都能听得出来木青瓷在叫谁,除了倾月山庄庄主莫景凉还会有谁。如此亲密的叫法,也是让众人狐疑不已。沈画咬咬嘴唇,看向了莫景凉,心中有些忐忑。苏笙月的嘴角凝住了那丝不变的笑,终究在他不注意的时候又发生了什么。

不知是高兴还是悲哀,竟在这种时候演戏,可莫景凉还是不自觉地笑了起来。那笑很好看,满满都是宠溺。"我什么时候拒绝过你,青瓷。"话音一转,又是凌厉起来,"就如大长老所说的办。"

莫静岚都呆了,她虽然是莫景凉的姐姐,也很少看见他笑,而且还笑得这样的温柔,她弟弟跟叫青瓷的那位侠女绝对有问题。

沈画心中有些委屈,原来莫景凉从来就没有将她放在心上,怪不得那日道歉时他那样不在乎。

沈世谷的脸上也不好看,他本来想重新跟莫景凉说起和沈画的婚事,如今看来也不是那样好办。若是能悄无声息地除去那个青瓷,也许好办许多。不过能轻易将玄剑跟人交换,也不是什么平常人。若说还有人笑得出来，那就是那些代表各大门派势力的人了。

唐岚歆无奈，一段日子下来，她同木青瓷关系还算不错。今早还替苏笙月传话，哪怕是为了谈妥事情。现在看来莫景凉同木青瓷的关系非同一般，加之与苏笙月的关系，并不需要她帮忙传达，这下真弄得里外不是人了。

一旁的叶轻轻讥笑道："费力不讨好，也不过是两面不好做人。唐门主可是让人不敢当呀。"

"也比不过叶阁主背后偷听来的敢当。"唐岚歆毫不客气地回嘴，今早的话只怕是被叶轻轻听了去。

叶轻轻看向比武台，道："敢不敢当，上去比过才知道。唐门主敢吗？"

"为何不敢？你与我一战是在所难免的，何不痛快一点。"唐岚歆冷眼看向叶轻轻，大战之意明显。

"恭喜大长老喜得玄剑了，如今事情已经了结。比武会友乃是重头戏，出了那么多的岔子，那也就开始吧。"唐禄看了下针锋相对的唐岚歆和叶轻轻说道。

"那有什么好恭喜的，也是该开始了。"天山派大长老也笑得开怀，眼光矍铄，视线停留在走向一边的木青瓷，又瞥了一眼对面的沈世谷，冷笑不已。

几位大势力的领头人站起身来，以凌厉的目光扫视了全场，缓缓开口道："现在武林大会正式开始，若有故意捣乱者，一律赶出去。"此话一出，原来有些异心的人，也暂时收了主意，底下也不停地有着抱怨之语。

楚施弯下腰，附在叶轻轻耳边说了几句，见她微笑点头示意，飞身上了比武台，媚眼上挑，道："倾城阁楚施，来领教唐门主高招。"

"楚堂主说笑了，门主乃是我唐门一门之主，又岂会轻易与人上台比武，不如就由在下来领教楚堂主高招。"唐长风握住长剑凌空而起，飞身上了比武台。白衣翩翩，丰神如玉的气质，也赢得不少前辈的赞赏和女侠士的芳心。

苏笙看向唐禄，笑道："长风贤侄如今也能担当一方了，唐禄兄以后可以放心地将产业交给他了。"

听着苏笙赞赏的话，唐禄笑得眼睛都眯起来了，跟他恭维了几句，谁不喜欢听好话。

楚施抽出腰间长鞭，暗暗运起内力，猛地向唐长风甩出勾尾的长鞭，速度之快令人猝不及防。

所幸能得到老一辈看好夸奖的人又岂是无能之辈，唐长风正手执起长剑，不退反上前迎上鞭子。楚施嘴角一丝冷笑，眼中满是狠厉，手中鞭子舞动不停，长鞭缠住长剑朝回拉来，唐长风紧握长剑剑柄，二人算是僵持。

楚施紧拉住鞭子，飞速上前，一脚踢向唐长风，唐长风双手背起挡住所攻之处。楚施抓住这一破绽，长鞭直攻向唐长风，攻势也越加凌厉密集，让他没有一丝喘息的机会。

忽地长鞭一转，反绕着唐长风袭来，唐长风一惊，朝一边躲闪，却是来不及。鞭子上的勾尾滑过了他的脸,顿时一条长长的口子就出现在他脸上,鲜血涌出。

楚施眼角上扬,继续落下密如雨的攻击。唐长风顾不上脸上的伤,一边以长剑化解楚施的攻击,一边寻找反攻的机会。

长鞭如毒蛇一样紧追着唐长风不放,唐长风反手以长剑袭向长鞭,鞭子缠绕,左手劈掌成刃,朝着楚施凌厉劈来。楚施一惊,疾步后退。

而唐成风用力一拉,楚施被拖着往前几步,不料唐长风一个箭步到楚施面前,随即一掌打在楚施肩膀上。楚施中掌被伤,手中略微放松,长鞭脱手而去,落入唐长风手中。

"你输了,楚堂主。"唐长风拿着鞭子,看着捂着肩膀的楚施,朝她扔回了鞭子。

楚施接住鞭子,飞身下了比武台,走回座位,"阁主,属下无能。"

"不怪你,你已经尽力了。"叶轻轻偏过头去,看向楚施。她怎么没看出唐长风手下已经留情了,猛地拍了一下桌子,震得茶杯都在响动。不顾众人的眼光,飞身上了比武台,看向唐岚歆,说:"可敢上来一战。"

唐长风走下了比武台,站在唐岚歆身边,没有多言。该做的他都做了,这战是两个势力的战争。

"应叶阁主之邀,我乐意之至。"唐岚歆语毕凌空而起,飞上了比武台。拔出长剑,剑锋指着叶轻轻。而叶轻轻也不示弱,甩出长鞭在地,扬起灰尘无数。

看着二人针锋相对,在场众人也是一副乐得看好戏的样子。自从唐岚歆和叶轻轻住进倾月山庄,争斗就没有断过,而比武台上也是常见,今日不过是重现一次往日场景罢了。

"你很在意。"苏笙月不知什么时候站到了木青瓷身边,缓缓开口。

木青瓷没有偏过头去,而是看着场中缠斗的两人,"有些意思不是吗?"

而比武台上的两人斗得也是越发凶狠,出手皆是狠辣无比的招式。唐岚歆看着叶轻轻道:"你拿什么跟我斗。"

"你又凭什么跟我斗。若不是仰仗父辈,你以为你能有今日吗?"叶轻轻毫不客气地回嘴讥讽。

"仰仗父辈?你比我更甚。你去问问江湖上那个不是冲着叶家老三的名号给你叶轻轻三分薄面的。"唐岚歆嘲笑道。二人都想在言语上给对方压力,从而在比武中取得先机。

第十章

收回视线,苏笙月扫了几眼那几个特别的人物,有意无意地说道:"我很好奇阿凉于你来说算什么?"

木青瓷沉默了一会儿，认真地说："我们朝着相反的方向走，是永远不会有交集的，就像我和你。苏笙月，我们是不会有交集的，永远不会。"

"只要我不放手，而你不死，我们就会纠缠到底。"苏笙月笑得很温和，可话语却无比坚定。温润的声音赋有让人安心的魔力。随即抬起手来，轻轻地抚上木青瓷的脸，眼中是一片澄澈。"青瓷，身在棋局中，由不得你，也由不得我。但是我一定会紧紧地抓住你的手，不让你逃脱，也不会让你离开我的。"

许是苏笙月的动作来得太突然，木青瓷愣了一下，转而退离了他一步，"我若死了，你便不能纠缠。再者，我玩不起你的游戏，也不想玩。"

"就算你死了，我们也不可能结束，我会跟你纠缠生生世世。"苏笙月直视着那双秋水般的眸子，似要陷进去了，心中生出一丝异样。他瞧了一眼比武台，转移了话题道："看来她们是分不出胜负了。"

木青瓷没有多言，因为那边的老人辈已经动了。唐禄倚坐在太师椅上，朝着唐岚歆开口道："看来今日是分不出胜负了，作罢吧。"

"二位侄女都停手吧，再比下去也是无济于事。"沈世谷眸光瞥了唐禄一眼，好人都让他来做了，这个便宜可是捡的大发了。

叶轻轻先收回了鞭子，冷哼一声，飞身下了比武台。唐岚歆则是冷眼相待，同样傲气凌人。看得唐禄直摇头。

武林大会期间的比武挑战还在继续，哪怕众人的注意力早已被其他事情吸引了。

主持这次大典的是一位有名的老前辈，众人只知道姓诸葛，却不知名为甚。这三十年来的武林大会都是由这位前辈所主持，不管是哪个门派势力都对这人很尊敬，不敢有一丝冒犯，这无疑为他增添了一丝神秘感，但他的实力却不容小看。见许久比武台上都没有人挑战，诸葛老前辈咳了几声，看向众人道："若无比武挑战者，那车轮战就开始。"

"诸葛前辈，小女愿做这最后一位挑战者，只为领教。"面容清婉的女子抱拳向台上的诸葛前辈请求。

"咳咳……咳……咳……"诸葛老先生坐回位置，道："比武台上见分晓，不用管我这老头子。"

苍老的声音传出，那挑战的女子拜了一个礼，并没有飞身上台，反而走了上去，朝众人拱拱手，"小女子卿落染，请教青瓷姑娘高招。"话音一落，众人都看向与苏笙月站在一起的木青瓷，看她答应还是不答应。

"我为什么要答应你。"木青瓷面无表情淡淡地说着。

这下换众人目瞪口呆了，谁也没想到木青瓷会直接拒绝。毕竟是武林大会，不管谁接到挑战，都会顾全自己的颜面答应上台。

卿落染也是语塞，故意挑衅道："原来青瓷姑娘不屑与我比武赐教，观前几位姑娘的表现，我还以为姑娘是江湖侠女中典范，殊不知也是假把戏。"

木青瓷冷眼瞧着卿落染的把戏，"激将法对我没用。"终于有人坐不住，想探她的底。

好冷静的女子，众人听了木青瓷的话后，瞬间冒出了这样一个念头。

"激将法看来是对青瓷姑娘没用了，小女子不过是想讨教讨教而已，青瓷姑娘也不愿吗？"

"不愿。"木青瓷干脆利落地开口，不给卿落染任何机会反驳。

"青瓷姑娘。"卿落染几次三番提出挑战，都被木青瓷拒绝。泥人也有三分火气，可卿落染不怒反笑，动了动嘴，未发出任何声，只有口型。

木青瓷懒懒抬眸看去，只见卿洛染说着话却没发出一丝声音。那话说得很慢，木青瓷不知卿落染的意思，却从嘴型认出了其中的两个名字，忽得瞳孔紧缩，全身都僵硬起来。大概别人不太清楚，可她无比熟悉，那是她母亲和哥哥的名字。

众人还丈二和尚摸不着头脑猜测，不明所以的时候，木青瓷拔出缠绕在腰间的软剑，飞身到了比武台上，剑尖直指卿落染，脸色阴沉得可以滴出水来。如果说叶轻轻和唐岚歆是火药味浓，那木青瓷因为卿落染的一句话，就杀气腾腾了。

看着木青瓷一副杀人的样子，众人瞬间都反应过来了，卿落染也不是什么普通人，今日是专门冲着木青瓷来的。两个人的背景都神秘得让人捉摸不透。

木青瓷执了长剑，率先朝卿落染攻去。卿落染半侧剑身，横挡住那一剑，随机长剑一挑，直往要害之处。木青瓷脚尖踮地，旋身躲过，一手握剑直刺向卿落染的面门，另一只手探向她握剑手的命脉。

卿落染连退几步，斜着身子躲过木青瓷探向她命脉的手，显得有些不稳。长剑反挡住朝自己刺来的剑，发出一连串金铁碰撞的声音。

木青瓷抓住这一机会，下手迅速狠辣，微斜着长剑，剑尖抵住卿落染手持长剑的剑身，一路下滑。打偏了她的剑，长剑划过她的手臂，顿时出现一条血淋淋的口子。木青瓷击落她的剑，长剑指着卿落染的脖颈，相信只要动了一下手，马上就会血溅三尺。

"青瓷姑娘你想要知道吗？"卿落染不敢乱动，单手捂着受伤流血的手臂。

木青瓷眼中是寒冰万丈，冰冷不见底。手上也用了力，在卿落染的脖子上留下了一丝血痕。"我会杀了你。"

"我若死了，你便再也寻不到一个知情人了。"卿落染抬起头来，丝毫不加掩饰地打量着木青瓷。

木青瓷拿开放在卿落染脖子上的长剑扔在一边。卿落染附在木青瓷耳边，用只有两个人才听得到的声音，道："扬州，沉香小筑。"话音还没落下，卿落染突然扔出两个烟幕弹，等到白烟散去，哪里还有卿落染的影子。

莫静岚眼珠不停地转着，等到木青瓷下场，连忙迎上去，"青瓷姑娘，你的武功真好，我想请你今夜来畅音阁一聚，你一定不要拒绝。"

"那就谢过莫小姐了，青瓷会去的。"木青瓷语气依旧淡淡的，听不出任何的情绪波动。

"那就好。"莫静岚转过身回到位置上，嘴角勾起微小的弧度，似笑非笑，诡异无比，让人看了遍体生寒，一点也不像平时的莫静岚。

夜里不少院落都还亮着烛火，不知在商量什么。"大长老，就这样放过那小贱人，纵使得了玄剑，也难保不会……"

天山派大长老将玄剑收回剑鞘，放回锦盒内，小眼睛中阴毒之色显露无比。"哼！小女娃娃不懂事，木秀而折于林，待到玄剑送回天山派，再好好教教她如何尊敬前辈。"

"大长老说的是，在这倾月山庄动不了她，那就出去以后……"

"如今掌门受重伤，天山派就由我来掌权"。

"是。"

忽地烛光闪动，大门被踢开，烛火已灭，粉末散在空中。

"有毒。"

大长老一把抓住盛放玄剑的盒子，另一边抓住中了毒的中年男人，朝一旁扔去。来者黑衣蒙面，下手狠厉，朝玄剑抓去。

"什么人？"

来人并不恋战，见动静太大引来了不少天山弟子，从袖中抓一把东西朝他们撒去，飞身逃去，身后传来的是功力微弱的弟子的惨叫声。

"想走没那么容易。"

大长老追了出来，放拳成掌，掌风凌厉，来者当机立断扔下霹雳弹。

混乱中也不知道是谁在放声大吼。人群混乱中，大长老出声道："没受伤的人跟我走"。

霹雳弹的声音在静谧的夜晚分外响亮，各方势力都知道出事了，纷纷出了院子查看。

木青瓷并不打算久留畅音楼，只不过答应了莫静岚，去露个面罢了。走至途中，只见前方一女子脚步轻浮，双眼无神，就像一具行尸走肉，竟是莫静岚。

莫静岚肢体僵硬，走得缓慢，她歪着头一笑，露出整齐的贝齿。任谁在大晚上看见平日的美佳人跟画皮一样，还怪异无比冲你一笑，都会生出不少白毛汗。大概到了一个偏僻得连下人都不想来的屋子前，推门进去。

木青瓷上前背靠门外，听着里面的动静。回过头来，看着前院灯火通明，木青瓷就觉得有些不对，急忙闯进屋子里，只见到一个男人背对着门口，蹲在地上不知道在干什么，莫静岚早已没了踪影。那满地的血污，那睁着眼的女人尸体，惨白的脸，无一不让木青瓷想起那年苗疆的"美人灯笼"。

不过一瞬，木青瓷便收回了思绪，打量着那男子，中等身材。只见他回过头来，咧着嘴，脸上还挂着丝丝血珠，露出白森森的牙齿。

他看见木青瓷，眼睛都亮了，就像饥饿十天半个月都没吃过食物的野兽。撕开的嘴角，不停在咀嚼什么，那要凝固的血块，男子苍老的面容更狰狞了。

"血，血，我要血，鲜血在流，咬断你的脖子，咬断。"

怪不得，那被杀的女人脖子上有着牙齿印子。

木青瓷全身紧绷，防备地看着那躬身而起的男子。那男子如风烛残年的老乞一样，每走一步就会大口大口喘气，似乎走路是一件很痛苦的事情。他朝木青瓷伸出已经苍老的双手，上面血迹斑斑。他的指甲尖长，明明是一件可以致人死亡的武器。

"血……把你的血给我……"

木青瓷皱起眉，突然那男人朝她扑了过来，双手，不对，已经不能称为双手了，应该是利爪，直朝着木青瓷雪白的脖子抓去。

闪身一躲，木青瓷从腰间抽出软剑，一下子砍向那男人的手，发出了金铁激烈碰撞之声。还未待相斗激烈，屋外就传来阵阵脚步声。那男子露出一口白牙向木青瓷扑去，手抓住软剑，尖长的指甲直指向她的喉咙。你来我往之间，那男人扑到她的剑上毙命了。

第十一章

"妖女，你居然杀了我派师伯。"

"大胆妖女，夜袭天山派抢夺玄剑不说，点苍派的前辈追上你后，你竟然下了杀手，这等妖女该杀。"又有人在人群中大吼，引起了不少人的响应。

"我没有杀他，是他自己神志不清扑到我剑上的。至于玄剑，惦记着它的人不知有多少，究竟是谁夜袭，恐怕心里清楚。"木青瓷不轻不重的语气，将众人的气势消了一记。复瞥了一眼地上的两具尸体，"另外你们所谓的师叔前辈也不过是个滥杀无辜之人。"

"分明是你杀了我派师叔，又弄了一个女人来嫁祸他，坏他名声。"

"青瓷姑娘，今夜之事要说不是你做的，众人恐怕都不会相信。"沈世谷幽幽地说道，身后跟着的是沈画、沈夜。

"世谷兄可不可以这样武断定了人家小姑娘的罪名，何况主人都还没来。"唐禄眯着小眼睛，不客气地接了沈世谷的话。他怎么会看不出，沈世谷想借群情汹涌之时，给木青瓷定了罪。到时候先斩了她，莫景凉就算想阻止也只能看到一具尸体。至于为何替木青瓷说话，一是唐岚歆，二是莫景凉，最主要还是有利可图。

沈夜细细打量着躺在血泊中，已然身体冰冷了的女人，她的脖颈上有着咬痕，地上的血块凝结，估计死了也有半个时辰了。而那个点苍派的师伯，面容狰狞，布满血丝的双眼，手上还沾着血。看起来事端不少。

沈画拉了拉沈夜的衣袖，将身子藏在沈夜的背后，有些惧怕眼前的场景。沈夜轻轻拍了拍沈画的背，示意她安心，又给了沈世谷一个眼神，开口道："唐前辈说的是，若凭一人之言定了罪名，那我沈家岂不是陷害无辜。在这样的情况下，怀疑青瓷姑娘也是理所当然。若有什么冒犯之处，给青瓷姑娘赔礼了。"

"沈公子说得有理。"木青瓷回道，沈夜不是一个好惹的人，她也没必要去招惹。

"青瓷，我记得我警告过你要小心，不然很容易被人盯上。"

人群外传来苏笙月的声音，众人为他让出一条路来，随后而到的还有莫景凉、萧晨安。想不到一向和唐岚歆不和的叶轻轻也一同到了。

莫景凉扫了一眼屋内，对着木青瓷道："过来。"清冷的声音让人不能反抗他的话。

这种时候，木青瓷选择听莫景凉的话，走到他的身边。"多谢苏公子关心，可惜再怎么防，也是防不住的。"

"我们之间还用这么客气吗？"苏笙月的话没什么，可听起来却暧昧不清。

"受伤了吗？"莫景凉直接忽略了苏笙月暧昧的话。

"没有，给你添麻烦了。"木青瓷依旧是冷淡的回答，只是略有深意地看了一眼苏笙月。

"无碍，只要你愿意，哪怕是麻烦，我也求之不得。"莫景凉淡淡地答道，说是回答倒不如说是告白。

木青瓷侧了身子，手自然从轮椅上滑落垂下。"无须这样，你为你的，我为我的。"

告白式的话语，无疑冲击了众人。莫景凉生性冷漠、不近女色早已在江湖上留下了名，虽是一本正经，但竟也主动说出这些话，简直就是不可思议。于是乎众人望向沈画的眼光也是怪怪的，毕竟未婚夫婿当着自己的面跟其他女人承诺一生，换了谁都无法接受。

当年沈画嫌莫景凉成了残废没了前途，让一个小厮上莫家退婚，可是十足地羞辱了莫景凉。而今沈画跑来倾月山庄，明着说是为了见识武林大会的盛况，暗地里估计也是铆足了劲希望挽回婚约，想必也是后悔当年的冒失之举。像这样想的人不在少数，更何况是其他人。

穿过人群，叶轻轻在倾城阁几名女弟子的簇拥下归来，嘴角讥讽的笑意丝毫不加掩饰，"莫庄主可是好福气，新欢旧爱都在场。"

"新欢也好，旧爱也罢，难不成叶阁主你还打算去插上一脚？若真要插一脚，谁能比过叶阁主这朵花的一脉相承。"言下之意不言而喻，唐岚歆摆明拿叶轻轻的出身在羞辱她，江湖上谁人不知倾城阁叶家的少主嫡女叶轻轻，她的母亲是江南名妓花芙。

唐岚歆一开口，叶轻轻一张俏脸顿时铁青。

莫景凉眉头一皱，他自然知道叶轻轻与唐岚歆的争斗，"既无旧爱，何来新欢。更何况本是一人，他人从何而来我倒是不知。"拉过木青瓷的手，放在手中，恍若那是世间的珍宝。

木青瓷低头看着莫景凉，与他的目光相对，里面有太多她看不懂的东西。二人的对视，在他人看来，就是情意浓浓。至少沈画是这样认为的，也不知道是不是她心中的感情太过强烈，还是觉得丢了脸面，原本红润的脸颊，一下变得苍白无比，连嘴唇都有些青紫了。

初春的池水泛起阵阵涟漪，看似美好无比，却敌不过水中冰寒刺骨，也许唯有那一树蒲柳才能牵动它早已冰冷的心。

温雅的莫景凉从头到尾就只为木青瓷一人动心。他就是那初春的池水，唯一能够牵动他的蒲柳一直都是木青瓷。

分明是春暖花开时，沈画却觉着比那寒冬腊月，还要冷上十分。遍体生寒，从脚底直窜上心间。

冷，从心底散发出的冷。

叶轻轻讥笑出声："费尽心机，连空话都没有。"

唐岚歆自然知道叶轻轻话中的意思，开口说了不过一两字，便被唐禄出声打断："让人看的笑话还少吗？还不住嘴。"

叶轻轻见好就收，退到一边。踮尖，飘逸得似一只红艳如火的鬼蝶，冷眼以待。她虽然和唐岚歆不和，可不代表她和整个唐门不和。在共同的利益面前，什么都是虚的。

苏笙按着苏笙月的肩膀，示意他不许多事再出风头，静观即可。如今唐门已经表态相信木青瓷没有杀人，这是一个强有力的后援。至于倾月山庄，莫景凉的态度早就显而易见。沈世谷要的是沈莫两家的婚约姻亲，自然是站到点苍派那一边。

不管苏笙月是真爱木青瓷，还是有着自己的打算故意接近她，苏笙都不希望苏笙月和木青瓷扯上任何关系，尤其是情爱。直觉告诉苏笙，若不对苏笙月的行为加以阻拦，他迟早会毁在那个叫青瓷的女子手中。

自古，情之一字，最为伤人。

沈世谷冷哼一声，脸上阴沉得可以滴出水来。"今夜之事，若不查个水落石出，那岂不是由青瓷姑娘一面之词，反定了点苍派的人一个偷练邪功的罪吗？"

苏笙眼底闪过一丝异色，开口语气和缓："莫贤侄打算如何处理这位姑娘？"

听起来是无关紧要的话，但是在这种场合，一下子就变了味道。场中的气氛一下子就凝重起来，众人都盯着莫景凉，希望他给出个让人满意的说法。

唐禄眯了眯眼，斜眼瞥了一下苏笙，面上冷笑，心中作想。好个杀人不见血的老狐狸，今日莫景凉如果拿不出一个好说法，只怕这件事会复杂十倍都不一定。移了移脚步，大笑出声："不是说断就能断的，苏笙兄。"

萧晨安瞧着时机差不多了，沉吟片刻才出声："各位不如听在下说一句，此事疑点居多，不宜盖棺定论。各位对于事情的始末都不可知，何必急着下定论。"

"那你说该怎么办？"有人不满众人的沉默，大喊了出来。

萧晨安悠然出声："这段时间，不如就由萧某为青瓷姑娘担保。武林大会完后，再交由各大门派共同查处此事如何？"

"要是那妖女跑了怎么办？她的武功可不差。"人群中响起了声音，分不清是谁说的。只是点苍派的弟子因为这句话，也纷纷出声附和，一时间场面有些混乱。

萧晨安嘴角噙了淡淡的笑，对着众人道："若真是这样，一切的责任我来负，找我即可。"

"真不愧是无双公子，换了其他人还不知道有没有这份气度为妖女担保。"

"当真是无双公子，无双无双，果真无双。"

人群中窃窃私语，大家赞赏了萧晨安。只怕今夜过后，无双公子的名号，又要再一次响彻江湖。

"妖女，将玄剑和解药交出来。"十几步开外，传来怒极的吼声。天山派的大长老气势汹汹地带着几名弟子前来，那几名弟子一个个都提着刀，握着剑，凶神恶煞的模样，好像随时都要砍人。

木青瓷蹙着秀眉，冷冷说道："不知大长老在说什么。"

天山大长老冷笑道："老夫本以为你安心用玄剑换我派的千年雪莲，想不到老夫看走眼了。没料到你今晚就忍不住了，动手夺了剑，并且杀害了我派不少弟子。"

一听到玄剑二字，众人都来了精神。

木青瓷冷哼一声："大长老自己没保住玄剑，怎么就算到我身上了。莫不是怕此次武林大会赔了夫人又折兵，回去后被你派掌门责罚。"顿了顿，"再者玄剑在大长老手上，到底是否被夺走都只是大长老一句话的事。"

"妖女休得胡言，如果不是你夜抢玄剑，被人发现，又怎么会在逃跑途中杀了那么的弟子。一定是这样，我师伯追赶你到这里，发现了你的真面目，你怕泄露出去就杀了我师伯。现在又污蔑他老人家吸人血，炼邪功，毁他一世名。妖女你居心何在？"说话的人不是其他人，正是点苍派的弟子。"何况我们来的时候，只发现了你和我师伯两个人的脚印，别无他人。而你又正好杀了我师伯，那你要作何解释。"

"没错，我们来的时候，地上的确只有两个人脚印。妖女，你作何解释，还不交出玄剑来。"

原来被设计了。究竟是谁？对她的行踪了如指掌。叶兮！脑海中瞬间冒出她。木青瓷的眼中冰冷无比，在人群中搜寻着相似的身影。叶兮没有来，宁月涯也没有来，究竟是谁？容不得木青瓷多想，天山派大长老又说起来了。

"你虽然改变了武功路数，但是那日在比武台上，你的身形我还记着。你趁着老夫救我派弟子的那一片刻夺走了玄剑，但也接了老夫一掌。"到底受没受伤，天山大长老也不知道，按照他与那个黑衣人的交手来看，那人必然是受了伤的，只是不知道轻重。

"大长老，你说的是身形吗？"唐岚歆语气中带着一丝好笑，"身形相似，且武功差不多，武林大会期间可有不少。玄剑被抢，您老就一口咬定是青瓷所做，你是亲眼瞧见了，还是有什么证据。如果没证据，不客气地推到别人身上。大长老，这可不是老前辈的风范呀。"

"哼！"天山大长老重重地拂袖，"证据之后自然会有的。"

"也就是没有证据，大长老看这边人多便带了人来，直接把事推到了青瓷身上，真是好手段呀。"唐岚歆话说得不轻不重，瞥了一眼其他人，嘲讽地说道："诸位既无证据，便推测出了事情的原委，可真是让人佩服。若这样，我说玄剑其实是我唐家的宝贝，只因被人盗走，流落江湖，是不是玄剑就真是我唐门的？"

"且不说玄剑之事，我等亲眼看见妖女杀了人。"这下换其他人哑口无言，说话都底气不足了。

第十二章

木青瓷不着痕迹地将另一只手搭在腰间,冷冷盯着众人,一字一句地开口:"既然都把罪给我定好了,又何必假仁假义地来做个把戏呢,这就是名门正派的手段吗?真是光明正大。"

"妖女,还敢胡说八道,交出玄剑和解药来,不然不要怪我们不客气。"

所谓一颗石子激起千层浪来,这句话还真没说错。除了少数理智还在的人,大部分人都跟着叫嚷起来,一时间喧闹无比。

沉默一阵,唐禄眯起了那双小眼睛,清咳了两声:"够了,都别吵了。不如就由萧世侄所说,一切的事情等武林大会的事情完了之后再谈,各位意下如何?"

苏筆沉声道:"就这样吧,但不得踏出倾月山庄一步,否则格杀勿论。"

天山大长老讥笑道:"莫庄主看好了,可别抵不住诱惑,给放跑了。"

今夜唯一的机会就被放跑了,沈世谷拉长了脸,发出了个声算是同意了。

唐禄朝着众人道:"既然都同意了,那就散了吧。萧世侄,这段日子就要辛苦你了。"

忽地沈世谷飞身一掌朝木青瓷打去,猝不及防,木青瓷被动地接了一掌,退了十多步远。说时迟那时快,天山大长老也飞身攻伐过来,当然他不是来帮木青瓷的。

众人还没反应过来是怎么事,三人就开打起来了。萧晨安挡在莫景凉面前,摇了摇五骨扇说:"莫庄主别急,看看再说。"

苏筆站在苏笙月的背后,按住他的肩膀,摇摇头说:"不要插手。"

苏笙月终是没有迈出那一步,而苏筆见此,暂缓了一口气,可手上的动作丝毫没有放松。

木青瓷的武功虽不错,终是比不过两个修为同她一样高强,甚至更强的前辈。在沈世谷和天山大长老联手之下,十几招后,就慢慢处于下风了。

沈世谷握掌成拳,刚烈的劲风,使木青瓷裸露在外的肌肤生疼。

木青瓷躲过天山大长老的手刀,眼看沈世谷的拳头打来。眸中凶光一闪,脚步急忙后退,一个轻巧的弯身躲过,双手自然地从胸前垂下。

只见一把碧色扇子从衣裳里掉落出来,沈世谷看准这个空隙,再次出手,逼得木青瓷上前一步,躲过那一击,而另一只手抓住那把碧色扇子,然而也将后背的缺口留了出来。天山大长老阴狠之色暴露无遗,提起内力,一掌正中木青瓷的后背。

"噗",甜腥味涌进嘴里,木青瓷脸上不正常地潮红一片,随即喷出一大口血。

"二叔,得罪了。"苏笙月以迅雷不及掩耳的速度,挣脱开苏筆对他的钳制,飞速地越到打斗的三人中。一手揽过木青瓷的腰，另一只手放拳成掌，与继续攻来的天山大长老硬撼了一记，而沈世谷早在木青瓷挨了一掌后，就停了手，退了几步，恍若看客。

苏笙月搂着木青瓷的腰，稳稳当当地站在原地，而天山大长老则退了十几步远，看起来没有受到伤害。

两人对视一眼，苏笙月便低下头，看着木青瓷有些许潮红的脸，抚着她的肩背，柔声轻语："青瓷，我带你走。"

萧晨安站到莫景凉身边，看着相拥的苏笙月和木青瓷。准确地说是苏笙月搂着的木青瓷，低声说道："太过关心，有时也不是一件好事。"

莫景凉不发一言，他终是晚了一步。

木青瓷将头靠在苏笙月胸膛，长发挡住半边脸，遮掩了众人的目光。忍，忍，忍。她必须忍，如果露出任何杀意，那么死的就是她。

天山大长老迟缓地收回手，大笑几声："苏小侄是打算出手吗？"

苏笙月的唇角早已没了那熟悉的弧度，原本温润的声音也有丝丝讥笑："大长老乃是江湖前辈，何至于动手呢。此时出手，是觉得大长老的气该出了。"

天山大长老没有多言，只道："不过是试探罢了。"

既然苏笙月给了个台阶，天山大长老也不客气，顺着就下了。

唐禄重重地咳了两声，冷眼冷笑道："世谷兄怎么也突然跟小辈计较起来。"唐禄的话不可谓不狠，一句话就把所有人的目光给吸引了。

众人仔细想想也对，沈画想要嫁给莫景凉，中间挡了一个木青瓷，如果除去了她，一切都好说了。沈世谷拍了拍手，儒雅的样子让人看不出他刚才的招式是有多凌厉。"不过是场误会罢了，我听大长老说那黑衣人接他一掌受了伤，不过就想着试一试青瓷姑娘，看看她受没受伤。"

天山大长老突然大笑起来，看向众人。"刚才之事就如世谷兄所说，我不过想试试看女娃娃的身手罢了，看来是想错了。"

夜风呼呼地吹来，少了份灼热，多了份沁凉。叶轻轻漂亮的眸子中，是嘲讽，是厌恶，是鄙夷。

人群中起着哄闹，看着那些所谓的江湖大侠丑陋的嘴脸，木青瓷被污蔑围困时满口说不清的困窘，都让叶轻轻想起了她的母亲，那个卑微到极致的女人。自从生下她后，就很少有安生的日子，每一日都活在恐惧与不安中，直至死去。

在她看来，爱就是爱，恨就是恨。这些人明明心里恨得将人千刀万剐，面上也装着道貌岸然。看着他们，只会让她作呕。

一场闹剧，看不看都罢。

叶轻轻还记得从父亲将她和她的母亲带回叶家之时，羞辱、困窘、难堪时时刻刻都发生在她和母亲身上，好像她们是世间最不堪的污秽一样，只能生活在暗无天日的臭水沟里。她也曾不甘过,可又有什么办法,这一切都无法改变。所受的屈辱都只是因为她叶轻轻的母亲是一个妓女,不是什么身家清白的好女人。

"没意思。"红衣女子昂着高傲的头颅,转身,踏着纷繁的枯叶,离去。

叶轻轻心想,若是她生在普通人家,那么她现在的一切会不会有所不同。应该会吧!或许此时她正着手准备着自己的嫁衣,期盼着明日的到来。可惜这不过是想想罢了,她的命注定她不会是个普通人家的女儿。

没有人会在意,墙壁墙身夹角的阴影处,铁甲银具的男子。他的目光随着叶轻轻的身影流连,轻声自语:"有意思。"

倾城阁的弟子也相继离开,也许在众人看来,叶轻轻桀骜不驯。一个字,错,她不过算是特立独行罢了。

沈世谷和天山大长老一唱一和,说是试探木青瓷而已,没有其他意思。

"都散了吧。"

人群中有人喊着,而不少人心里不停地骂着两个老东西,打得快,收得也快。

苏笙月伸出手,修长白皙的手指,映着灯火烛光,也映着众人的眼,抚上木青瓷凌乱的长发。

男子手心的温暖,让木青瓷如临大敌,木青瓷望向苏笙月的眼光里除了戒备就是气愤了,却又挣脱不开他的怀抱。而腰上的那只手,如铁箍一样,丝毫不放松。

木青瓷撇过头去,没给苏笙月好脸色看,"你可以放手了。"

苏笙月弯着嘴角,对木青瓷的话置若罔闻。只手勾起她散开的碎发,绕着束好的长发,绾了上去。随即从他固发的碧玉冠中取下上好的青玉簪子,插入木青瓷的发间,理顺了万缕青丝,才罢手。

"下次我为你画眉如何?"苏笙月低头在木青瓷耳边说道,呼呼的热气吹拂在她的耳上,红晕瞬间染红了她的耳根。

飘逸的发丝轻轻地拂过木青瓷苍白的脸颊,痒痒的,就像小猫在不停地挠。

苏笙月的话,并没有故意地放低声音,自然所有人都能听到。估计不出三天,参加武林大会的人都会知道妖女木青瓷勾引了倾月山庄的主人,大名鼎鼎的倾月公子莫景凉。外带不知道给茶仙苏笙月吃了什么迷药,竟也为了她出手了,还画眉。

也不怪众人多想,而是"画眉",这词,这话,太过暧昧。

想想天光橘色微朦时,男子手执螺子黛,与坐在铜镜前的女子细细勾勒眉尖,轻画蛾眉。微风徐徐来,吹起珠帘薄纱,从屋中飘出丝丝冷香。

如此闺房之乐,想让人不乱想都不行。

"若这里不是倾月山庄,我一定不会让你受这份委屈的,青瓷。"苏笙月无可奈何地笑笑,径直地看向莫景凉。

莫景凉的耳边仿佛有黄钟大吕在响个不停,苏笙月的话震得他心神一荡。不过也正是这样，他的眼神也越发坚定，迎上苏笙月的目光，毫无退却之意，属于男人的战争这才开始。

两人的目光在虚空相撞，一个无尘，一个清冷，但同样的动人心魄。

如果说木青瓷的心以前是一片静海，那么此刻已经泛起滔天大浪，才能形容她的心乱如麻。紧紧握着扇子，那是她承受一掌，才抢回来的。

"阿凉，你不是什么都愿意为我做吗？这把扇子……你收着也好，扔了也罢，随你心意。"

千头绪，万重愁，理不清，剪不断。

对苏笙月，她无言以对。

对莫景凉，她漂亮的眸子中飞速地闪过一丝愧疚。

"它是你的，就一辈子是你的。"莫景凉诧异地看着木青瓷，就这样轻易地还给了他吗？还是……

木青瓷这次很容易地推开了苏笙月，一步一步地朝着莫景凉走来。十几步路的距离，却好像鸿沟一般，隔开了她和他。

"阿凉，相信我，你会找到比我好上千百倍的姑娘。"木青瓷将碧玉桃花扇放到莫景凉的手中，将头埋在他的肩上，红唇微微擦过莫景凉的脖颈。

莫景凉的心一紧，垂下眼帘，抬起的手最终还是落下了。

木青瓷退离莫景凉几步，转身离去。

苏笙月嘴角微翘，看起来胸有成竹，他朝着几位长辈做了一礼道："青瓷的事，就不劳萧兄费心，我来即可。若是出了什么事，一切的后果我来承担，各位前辈找我就行了。"

萧晨安嘴角的笑一凝，想要说些什么却无从开口。因为苏笙月没有给他任何说话的机会，留下话就追人去了。

第十三章

看着苏笙月潇洒离去的背影，莫景凉眸光深邃，木青瓷的话还回荡在他的耳边，不自觉地握紧手中的碧玉桃花扇，复又松开，循环往复。转动轮椅，朝着沈世谷一拜："当年一纸婚约，而今一礼。本就不适合的人，又何苦强求，只会得不偿失。退婚书十年前便已经写好了，所以小侄的婚事，以后就不劳世伯操心了。"

退婚！迟到十年的说法，晴天霹雳一般。沈夜紧皱着眉，担心地看着听见退婚二字后就埋下头不知道在想些什么的沈画。

嘀嗒！嘀嗒！大颗大颗的泪珠滑落，沁湿了沈夜的衣袖。沈画用长衣袖口掩住半张脸，红着眼睛往外跑。

"画儿。"沈夜甩了甩被沈画泪水打湿的衣袖，神色复杂，朝在场众人拱拱手，追着沈画离开了。

沈世谷铁青的脸已不能再青，藏在宽大的衣袖手中的紧紧地握起，布满老茧的手上青筋胀起，压沉了声音："莫世侄是何意思？"

莫景凉淡淡回答："并无他意，不过是小侄自觉此事该了结了，拖延下去对沈小姐并不好。"

深吸了一口气，沈世谷努力地抑制着怒火的发作，放大了声音道："婚姻大事，父母之命，媒妁之言，岂容草率，说退就退。"

指腹细细地摩挲着碧玉桃花扇，莫景凉眼里古井无波，并不为沈世谷的话所动。"沈家，莫家，一婚足矣。"顿了顿，"小侄并不是征求世伯你的意见，而是通知一声罢了。此事小侄绝不会让沈小姐名誉有所受损的，还请世伯放心。"

沈世谷瞪大了双眼，冷哼了一声道："莫世侄自然可以不征求我的意见。"

"多谢世伯。"

"当不起。"沈世谷冷着脸，拂袖而去。

该走的人都走了，剩下的众人，也三五成群地离开。今晚的事，绝对的大事件，简直让人无法想象。

此时此刻，碧扇斋内也是烛火通明，在夜色的掩盖下，越显美丽神秘。

木青瓷小步地转着圈，细细地瞧着这个屋子，青葱似的手指滑过雕花木窗，滑过梳妆台，滑过床帐薄纱，一切都是她熟悉的。

苏笙月看着走了一圈又一圈的木青瓷，心中一动。

"青瓷，你知道身为一个女子，最需要干的事情是什么吗？"

"是什么？"木青瓷回过头去，瞥了一眼带她来这儿的苏笙月。

"眼泪！女子需要的是眼泪，而不是逞强。"

木青瓷冷冷地回道："我不需要。"

苏笙月站起身来，走近背对着他的木青瓷，伸手搂着她的腰，将头埋在她的颈窝，低低出声："你需要的，只是你不愿哭泣。"

颈上的触感是那样真实，木青瓷退离了一步，与苏笙月保持着距离。"看起来苏公子不了解我，才会说出这种话。"

"的确不了解，不过来日方长。"

"是吗？"

说时迟那时快，寒光闪过，一把匕首朝苏笙月刺去。

苏笙月又岂是泛泛之辈，脚下一动，随即一个轻巧的旋身躲开。木青瓷攻势密集，上前只手拽住苏笙月的左手袖子。

苏笙月心中一动，他乘着木青瓷掀他衣袖的空隙，反手抓住她的手腕。木青瓷一个手刀径直地向苏笙月的颈部劈去。苏笙月不躲迎了上去，右手紧紧地抓住木青瓷的手，上前一步，立在她面前，似笑非笑："好玩吗？"

回答苏笙月的只有狠狠地踢向他的腿膝盖的一脚，这一击要是受了，估计也要躺个好几日才能下床。

苏笙月很是轻松地躲过，余光扫过烛火照出的二人纠缠的影子，抬脚攻击她的下盘。

木青瓷连忙后退了几步，苏笙月丝毫不放松。木青瓷被绊了一下，后脚抵住床板，下意识地回头看一下，苏笙月的声音传入耳。

"这时候分心可是不行的。"

话音还没落下，木青瓷就朝着背后的床铺重重地倒去，连带着的还有苏笙月。

莫景凉刚到桃林外，就见苏笙月的贴身护卫苏落雪候着。

"莫庄主，公子让我在此候着庄主。"

"嗯。"

苏落雪神色冷淡，像是冰雕出来的美人。她没有多言，静默无声地跟在莫景凉身边，走进了桃林。

穿过树树桃花，三人走过青石板石路，穿过吊花廊，碧扇斋的牌匾便出现在眼前。刚到雕花木门前，三人就听到了响声，屋中并不是谈话声。

莫无争抬手推开大门，推着莫景凉进入屋中。前脚跟后脚的速度，苏落雪紧跟着跨了一步，转身看去，三人瞬间都沉默了。

只见木青瓷跨坐在苏笙月的腰上，衣衫滑落至腰间，背对着三人。可惜并没有什么雪白的香肩，只是外罩衣裳滑落而已。而苏笙月青色的长衣凌乱散开，微露出了胸膛，一双手好巧不巧地放在木青瓷腰上。

待到木青瓷转身，三人这才看清楚，苏笙月的脖子上架了一把匕首。

木青瓷忽地咳嗽了两声，以手掩口，甜腥味涌上喉咙。咬咬牙，闭紧了嘴，生生地咽下肚去。原本苍白的脸色，就越显苍白。唇齿间有着血色，比那涂了玫瑰胭脂的红唇色还要深上一分。收了架在苏笙月脖子上的匕首，从他身上下来，坐到一边床上。垂下散乱的青丝，一下将外罩长衫拉上肩膀，动作一气呵成，没有一丝忸怩之态。

苏笙月只手撑起身体，抹了抹了脖颈处的血痕，似笑非笑："阿凉，你每次来都这么是时候。"

听到这话，木青瓷转头狠狠地剜了苏笙月两眼，要是眼神可以杀人，苏笙月早就死了千百遍了。

苏落雪走到床边，伸手想要帮苏笙月整理凌乱的衣服。还未碰到苏笙月，就被躲了过去。"不用了。"

莫景凉听着调笑的话，眉头一皱，直接无视了苏笙月，对着木青瓷道："你待在这里，好好养伤。"

"好。"木青瓷也放下些许戒备,有了莫景凉的庇护,她的目的达到了一半。至少在确定不是那人的情况下,她可以安然地活着。

苏落雪从袖中取出锦帕,递给苏笙月,"公子。"

被莫景凉无视,苏笙月早就习惯了。接过锦帕,细细地擦拭着被匕首割出血痕的脖子,道:"不用守着我,去帮青瓷上药。"

"不用了,我并没有什么皮肉伤。"木青瓷毫不犹豫地拒绝了苏笙月,她并不需要别人的帮忙,因为她已经习惯了独自疗伤,"今晚的事情不是我干的。"

气氛一下子沉重起来,床帐上只剩烛火跳动的影子。

"我知道。"

看着木青瓷欲言未说的样子,苏落雪放下手中东西,准备与莫无争一同出去。他们既然是心腹,就应该比旁人更懂。

木青瓷看着走到门口的两人,道:"不需要回避,此事还与你们有关。"

苏笙月折叠好锦帕,收在袖中,饶有兴趣地问道:"与他们有关,那我更想知道你是如何被算计的了。"

接收到了苏笙月的眼神,苏落雪退回屋中,道:"请青瓷姑娘明说。"

至于莫无争,天生的面瘫,不会有啥表情的。

木青瓷突然凝重起来,吐出令几人都变色的话来,"莫静岚,是她引我前去的,当时她很不对劲,应该是被人控制。"

莫景凉的脸色快速了变了一变,沉声道:"确定吗?"

"嗯。"

苏笙月执起茶盏为自己倒了一杯清茶,端起瓷杯,放至嘴边,轻抿了一口。

"当时我亲眼看见莫静岚进了那间屋子,跟进去后,那个点苍派的师伯就对我动手了。而且他当时很不对劲,已经神志不清,满口都喊着要人血。"

"两个被控制的人,有意思。"苏笙月放下手中茶杯,杯底与床沿磕了一声。

莫景凉平静的神色下是忧虑,如果没猜错,他的姐姐已经成了他人手中的棋子,还是一颗快要废弃的棋子。"你杀了点苍派的师伯?"

木青瓷摇摇头:"没有,是他抓住我的剑,扑上来才死的。"

"真是漏洞百出的局。"

"什么意思?"

苏笙月若有所思地看了木青瓷一眼:"被莫小姐引走之前,你在做什么?那时天山派遭到了夜袭,玄剑被抢。"

"去畅音楼的途中。"

莫景凉开口道:"有人夜闯抢夺是真,但玄剑是否被抢走,没人知道。这只是天山大长老的说辞而已。"

苏笙月弯起嘴角，"你明白了吗？从头到尾这只是一场骗局。"

莫景凉也深深皱起了眉头，"漏洞百出的局不如说是双重局。"

木青瓷没有说话，默默地思索着哪里不对。

苏笙月笑起来，对着木青瓷道："看来有人坐不住了，布局都是冲你来的。只不过应该不止一个幕后人，否则这场连环局就真的完美了。"

木青瓷突然想起了一个人，第一个让她感到害怕的人，今夜死的那个女人像他的手段。不受身体控制，她瑟缩了一下，眼神中突然有着恐惧，用力地咳嗽起来，大口大口的血从嘴里吐出。

苏笙月飞快地拿起桌上的药，扶着木青瓷的后背，给她服了下去。"你需要疗伤，一切交给我就行，好好休息。"

莫景凉确信他没有看错，木青瓷眼里是恐惧。又看了眼苏笙月，想必他也没有错过。

木青瓷稳了稳心神，也压低了声音，更是为这沉重的气氛，添上了一笔诡异，"那个人可能回来了。"

苏笙月做出恍然大悟的样子，一脸郑重地说："男人还是女人？女人还好，如果是男人，我绝对不会放过这样一个连情敌都算不上的人的。"

木青瓷突然被苏笙月的严肃逗笑了，看着他也觉得没那么不顺眼了。忽地也郑重起来，对着苏笙月和莫景凉二人道："我需要人，值得信任的人来保护我，在我受伤这段时间，我需要他们寸步不离地跟着我。"

苏落雪、莫无争也是一愣，没想到木青瓷会这样直白地说出来。随即莫无争冷冷地开口道："青瓷姑娘说的与我们有关的事情，就是在你痊愈之前寸步不离地保护你吗？"

木青瓷没有否认莫无争的话，转而道："我不能死，我必须活下去，哪怕我落得个人人可辱，人人可欺，就跟路边的半死不活的野狗一样，我也必须要活下去。"

莫无争不再说话，在他的认知里，没有人会把自己说成路边半死不活的野狗时，还能有那样坚定的眼神。

苏笙月揉了揉木青瓷的头发，眼中满是心疼，"有我在，你不会死的。"

苏落雪瞬间就明白了苏笙月的意思，恭恭敬敬朝着木青瓷点点头。

莫景凉叹了一口气，一如木青瓷在十年后第一次亲密唤他阿凉一般，不知该笑，还是为她心疼。木青瓷是怎么活下来的，他可以猜到，但是他不敢去猜她那十年是怎么活着的。不管怎样，都要活下来吗？果然木家的覆灭，才是她最大的心结。

"无争。"

"属下明白。"

"谢谢。"多少年没有说这个词了，木青瓷都忘了，她的人生早就被那场大火给烧毁了。

第十四章

莫景凉和苏笙月一同出了碧扇斋,身后还跟着莫无争,而苏落雪自然留在屋中。

夜风吹来,苏笙月的脸上没有了笑意,也少了几分玩世不恭,话音中也没有任何调笑的意思。"原来青瓷也会有害怕的人,还会因为这样而发抖。很意外,想来你也一样吧,阿凉。"

"的确没想到,也没想到过她其实那么想活着。"莫景凉望着前方,推动着轮椅,行走在青石板小路上。

"也许是太想死去了,但是不能死去,她也不愿死去。"

"……"

"无争,明日让冰熙过来。派人查一查,暗中加强西苑的护卫。还有……姐姐的一举一动都要时刻注意。"

莫无争答道:"是,公子。"

苏笙月满眼都是平静:"你打算怎么做?"

"找。"

"好主意。"

沈夜从沈画屋子里出来时,天已经蒙蒙亮了,轻手轻脚地关上大门,面对着院落景色,按了按额头。昨夜沈画拉着他哭了一晚上,好不容易等她哭累了,哄她睡着后才有脱身的机会,他可不想白白浪费时间。

脚步不受大脑控制地朝着未婚妻的屋子去,沈夜站在门口,想了想自己这几年的朝思暮想,又想了想里面那丫头没心没肺的样子,就不由叹息。

"还是让她好好休息吧,不然又要背上一个扰人清梦的骂名了。"沈夜看了看天,放在门环上的手也自然垂下来。

沈夜转身走时,脚下好像踩到了什么东西。弯下腰借着不亮的天,捡起了一样东西。拿在眼前仔细观看,竟然是发钗。顺着台阶又朝屋子走了好几步,映入眼前的被踩踏过的花草。沈夜的表情也严肃起来,明显这些花草是新踩过的。一路寻着脚印走下去,连沈夜都没想到他会走到何处。

几天下来,事情稍稍平息了,武林大会继续热火朝天地进行着,然而身为主人的庄主莫景凉却不见踪影。因为玄剑被盗,点苍派的师伯被杀一事而备受众人怀疑的木青瓷,这两日也没怎么出现。

第十四章

众人很难猜想为什么茶仙苏笙月和莫景凉会看上一个普通到混在人群中就认不出的姑娘，由于最后还是想不出来，就干脆得出了一个结论：萝卜青菜各有所爱，强求不得。

天公难得作美一回，昨夜一场小雨过后，难得退去了临近夏日的炽热。曲荷园中，满池风荷，风一吹过，水面涟漪阵阵。荷叶层层摆摆，已展身姿，飘摇拂风。放眼望去，绿海云云。

荷塘中心有一座蝴蝶瓦盖成的亭子，檐上飞翘的八角，垂下了穿过瓦下檐口的细绳。绳子的另一端穿着泛青黑色的青铜铃铛，随风摇动，发出叮叮当当的乐声，奏成一曲安乐闲逸之歌。悬挂在屋椽之上的月白色香云纱放了下来，掩了别人视线，也朦胧了亭中人。

莫无争刚走进曲荷园，远远就看过躲在树荫底下偷偷摸摸的冷冰熙，见她不停地朝着荷塘中心的亭子张望，下意识地也朝着亭子里望去。只看见一个朦胧的人影，看其大体身影，也知道是何人。诧异地看了一眼冷冰熙，心里一下子明白了许多，原来那丫头还存了一份其他的心思，平日里倒没有显现出一丁点来。故意将脚步声放重，径直地朝拉着树枝向外望的冷冰熙走去。

满脸兴奋溢于言表的某位当事人，完全忽视了那步步传来提醒的脚步声，依旧兴致勃勃地紧盯着坐在亭子里看书的莫景凉。

"你在看什么。"莫无争站在冷冰熙背后，冷冷地开口。

听见熟悉的声音，冷冰熙回头看了一眼来人是谁，又继续她的张望，激动地说："当然是看公子呀。"

莫无争将眉头扭成了川字形，"好看吗？"

略带薄怒的声音传进冷冰熙的耳朵里，她突然间反应过来刚才是在跟谁说话。僵硬着身体，扭过脖子，挤出笑容来，"不……不好看。无争，你怎么来了，也不出个声音，要知道人吓人吓死人的。"

看着那张笑着比哭还难看的小脸，莫无争也提不起气来，他不过是想敲打敲打冷冰熙，对公子用情，无异于竹篮打水，到头来是一场空罢了。毕竟相处多年，他也不想看到她最后情陷沦落，得到苦果。"是你太过入神，公子日日都看——"

冷冰熙打断莫无争的话，也收起了难看的笑脸，一本正经道："你放心，我只是好奇。"

莫无争张口："我——"

冷冰熙依旧没让莫无争说完，围着他走了两圈，"没事，我继续，你不用管我。"

莫无争脸上有着愠色，他懒得再和冷冰熙说下去，简直是白费工夫。

冷冰熙扬着小脸朝着莫无争的背影吐舌，做了一个鬼脸，眼中更多的眷恋、依赖。"真不是不解风情的冰块。"脑中灵光一闪，有些疑惑，突然叫出声："糟了，青瓷姑娘还在与公子谈事"。连忙追着莫无争而去，"冰块，不，无争，你等等，等等我。"

莫无争停下步子，转身看向冷冰熙，阳光将他的身影拉长。"还有什么事情吗？"

冷冰熙讪讪道："公子没空见你，是现在不方便见人。总之只要是人，就都不见，我们守着就行了,行了。"

莫无争一挑眉,眼神也犀利起来,直直地盯着冷冰熙。

"我说还不行吗?"僵持了一会儿,冷冰熙还是在莫无争的凌厉眼神逼供下,准备告诉他情况是怎样。

"正好,我们也想听听你家公子不见人的原因。究竟是不见客了,还是不见人了。"

熟悉的声音传来,冷冰熙回头看去,真是想死的心都有了,"苏公子,我家公子今日不见任何人,是真的,任何人都不见。"

"苏公子,沈公子,今日不见客,请回吧。"

苏笙月慢悠悠地说道:"我可没说是见你家公子的,不过是顺路而已。"

冷冰熙听到苏笙月这样的话,真是都快哭了。来的几个人,没有哪一个是一般的主。先不说姐姐莫静岚,再不谈多年好友苏笙月,就说这沈家两兄妹,一个是未来姐夫,一个是差点娶进门的未婚妻,得罪了谁都不好过。只好继续赔着笑道:"公子真的不方便见客,见谅。"

莫静岚从后面上来,对着冷冰熙、莫无争二人道:"不见客……我哪里像是客人。"刻意咬重了客人二字,指着沈夜道:"不过可以把他赶出去。"

冷冰熙为难地看着莫静岚道:"静岚姐,这样不好吧。"

苏笙月一拍手,"莫小姐真是好主意,沈兄也深明大义,顾全大局。"

听着苏笙月调侃的话,沈夜摇摇头,偏头看着莫静岚时,嘴角绽开了笑。他这个未婚妻真是什么时候都不忘挤对他了,这样也好,省得她被分出心思,看上了别人就不好了。

莫静岚看着沈夜对她笑笑,顿时全身鸡皮疙瘩都起来了。按照以前的几次经验来看,沈夜对她笑,绝对不是什么好事情,果然不出她所料。

沈夜对着二人拱手道:"冷姑娘,莫护卫,既然沈某是外人,就不打扰了。"又对着莫静岚道:"娘子随为夫回家,拜堂成亲生孩子。画儿带你嫂子一起走。"

"啊!"沈画张了张口,只发出一个单音节。

莫静岚当场就发飙了,一把抓住沈夜的衣服,恶狠狠道:"谁是你娘子,少给自己戴帽子。鬼才要和你拜堂成亲生孩子,无争快把这个无赖给我赶出去。"果然不出她所料,这厮毁她名节了。

沈夜一脸大无畏的样子,摆摆手道:"那就麻烦冷姑娘和莫护卫,将我和我娘子一同给赶出去了。"

冷冰熙第一次见识到未来姑爷的无耻,有点风中凌乱。原本心中姑爷翩翩佳公子的形象完全倒塌,取而代之的是一个泼皮耍赖的样子。

"我们这里动静太大,阿凉不想知道都不行。"

"咦!"

几人还没有反应过来,就见苏笙月凌空而起,足尖轻踏莲叶,露出了白色长靴。如燕子贴水低空掠飞一般，轻快灵活，飞身朝亭子里去。

莫静岚看到这里，不由地赞叹了一声苏笙月的好轻功。"无争，你看小弟都知道了，我们也过去吧。你带我飞过去，划船太慢了。"

"是，大小姐。"

莫无争还没有任何动作，沈夜就开口了，"男女授受不亲，更何况未婚夫还在呢。娘子，你还是注意一点自身形象，好歹你也是个大家闺秀。"

其实说这话时，沈夜都有种昧着良心说话会被天打雷劈的感觉。大家闺秀，她莫静岚，他还真没看出来她身上哪一点有大家闺秀的影子，除了脾气有点火暴，还有点翻腾之外，他敢向天发誓，莫静岚全身上下没有哪点能跟大家闺秀沾边的。

莫静岚一听沈夜的话，双手叉腰，朝着沈夜吼去："形象你个头呀，沈贱——沈夜，你存心和我作对是不是？"说到底，莫静岚还是没有将"沈贱人"三个字给吐出去。毕竟当着沈画的面，还是不好骂她哥哥的，硬生生改口的滋味，她算是领教了。

"静岚姐，你别看我身量小，我的武功也不算太好，但是带你过去还是可以的。"看着这一个愿打一个愿挨的两人，冷冰熙急忙打着圆场。她可不是无争，头一偏，就什么也不关他的事情了。

莫静岚也知道冷冰熙打着圆场，不好驳她面子，这才不跟沈夜吵闹。"你带我过去。"

冷冰熙两步做一步，走到沈夜面前，小声说："姑爷，你自己保重吧，得罪了静岚姐的人绝对会完蛋的。"语毕，马上退离了沈夜两步，生怕莫静岚的怒火殃及她。

沈夜向冷冰熙投去感谢提醒的眼神，可惜发神状态中的"某人"完全无视。"倒是个聪明的小丫头，可惜傻了一点。"又看向身边的沈画，瞧着自家妹妹消瘦的模样，疼惜道："画儿不要任性。"

沈画整个人都憔悴了，蹙着眉倒别有一种病西施的感觉。点点头，低声道："我知道了，大哥。"

等得久了，莫静岚不耐烦的声音响起："冰熙。"

冷冰熙敷衍地答了一声："是，静岚姐。"现在她心里可是乱如麻，要出事了，这是冷冰熙的第 感觉。

亭子里安静得连呼吸声都能听得一清二楚，只有小巧的镂空莲花纹香炉，飘出薄雾似的轻烟，散在空气中，留下淡淡的香气。苏笙月向摆在桌子上的檀木盒走去，打开锁扣，抬起盒子的上板，泛绿色的香料在盒子中静静地躺着，散发出若有若无的香味。

苏笙月弯起食指，朝着盒子内侧边缘抹了一星半点，搓散后拿至鼻尖。

莫景凉透过吹起的薄纱，看向荷塘边的几人，脸上是沉重的神色。又扫了一眼苏笙月的动作，并没有放在心上。放下手中的古书，揉了揉额头。

苏笙月关上盒子，从袖中抽出干净的帕子，白底上的一角是开得正盛的桃花。"阿凉，你是怎样想的，我说的是你心底最真实的想法。"

莫景凉低下头，深深地凝望着木青瓷的睡颜，"只是不想让她插手进来罢了。"

"是吗？我也是这样认为的。"

第十五章

苏笙月在莫景凉的注视下走近了一步，弯下腰将丝帕盖在木青瓷的脸上，正是那张白丝桃花的帕子，挡住了并不美丽，甚至连清秀都说不上的脸。微敞开的领口，露出白瓷一般的肌肤，与脸上倒是不同。

在苏笙月见过的众多女人中，不乏容貌艳丽、肤质白皙的女子。不过若真的比起来，却是少有人及木青瓷，除了那位影盗姑娘。隐隐之中，苏笙月好像知道了什么，只笑不语。

说巧也是巧，那朵朵桃花映在木青瓷的眼边，娇嫩的颜色配上白嫩的肌肤，倒也别有一番魅惑力。

"老实说我不太相信一见钟情这类事情会发生在你的身上。"苏笙月退离了莫景凉几步远，绕着亭子走了两步。摊开衣裳下摆，端坐在莫景凉对面："如果说是其他人，我说不定会信。但如果是你，折扣就要打一半了。"

莫景凉未抬头，低声道："信或不信，都是你的事情，与我无关。"

苏笙月突然弯起唇角，有着一丝嘲讽，"公平一争如何？"

莫景凉这才抬起头，直视着苏笙月，道："自然。"抚上木青瓷的黑发，悠悠道："若你不出现该有多好，青瓷。"

苏笙月望着荷塘里粉嫩如少女娇颜的芙渠，叹息道："既为棋子，就要做好随时被丢弃的准备。执棋人为你，棋子也是你，在轮转的棋盘中，必然会痛苦纠结，可代价是必须付出的。"

莫景凉沉默，他没有否定苏笙月的话。他们的命，早在出生时就被注定，他们不是一个人活着。而木青瓷，她背负太多，注定了走不出这个局，他们的命早就缠绕在一起，分不开了。

气氛一下子冷透了，两人都不语，神色冷淡。一时间只有风吹铃铛声响起。

打水声响起，两条小船慢慢驶来惊起了荷塘中的野鸟。莫景凉眉宇冷清，苏笙月似笑非笑，皆不外顾其他，月白色的香云纱飘起，露了些许亭中人。

沈夜先下了船，站在亭子外泊船用的石板上，接过沈画递来的手，扶稳她下船。又走至一边，把手递到莫静岚的面前，道："莫小姐。"

莫静岚撇嘴，打开了沈夜的手，自己下了船。

三四步的台阶，只要踏上去，就可以遍观亭内景象。莫静岚拉着沈画，朝着亭子里走，沈夜跟随在其后。薄纱微微飘起，模糊了众人的视线。

冷冰熙站在原地，动也不动，她拉着莫无争小声道："无争，我们还是走吧，待在这里不好吧。"

莫无争淡淡道："护卫是你我的职责所在。"

冷冰熙丧气地低下脑袋，她就知道，跟无争说话需要技术。

莫静岚掀起面前的纱帘，懒懒的抬眼朝里面看去。眼前的景象冲击了她多年来对莫景凉的"陈旧"观念，结结巴巴道："你……你……你，不。弟……弟弟，你……你……"也不知道是真被吓着了，还是结巴了，"小弟，你不喜欢男人了。"

冷冰熙和莫无争在亭子外都不用偷听，就将莫静岚的话收入耳中，两人一阵呆滞，他们家公子一直都不喜欢男人好不好。

看着几人各不相同的表情，莫静岚真是后悔到极点。冒失了，冒失了。偷偷瞅了莫景凉两眼，见他依旧一副寡淡的样子，提着的心也放下了，稍稍舒了一口气。

也不怪她不淡定，而是淡定不下来。从来对女人都是毫无兴趣的小弟莫景凉怎么突然转性了，这给她的冲击实在不小。一定是她没有睡醒，小弟居然让青瓷枕在他腿上，那么亲密的动作，真是多久没见过了。

她这个弟弟好像把女人跟看男人一样看，除了大家姐，莫静岚就没看过他对哪个女人这样好过。别说是其他女人了，就连她这个同父同母的亲姐姐，他也是爱理不理的。有时候莫静岚都有点怀疑，莫景凉是不是喜欢男人，只是平日里也就在心里说说。

苏笙月笑起来，把食指放至嘴边，朝莫静岚做了一个嘘声的手势。

莫静岚连忙收声，拉着沈画坐下。看着香料燃烧后飘起的青烟，"看来我们来得不是时候。"

也不知道是不是人多起来，也吵闹起来。木青瓷渐渐醒转，睁开迷蒙的双眼，面色柔和。"我睡了多久了？"原本冷冽的声音也因好眠而软甜了。

莫景凉低头对着木青瓷水光潋滟的眸子，"两个时辰。"

木青瓷拿下遮盖在脸上的丝帕，目不转睛地盯着手中的丝帕上那一角桃花。张开五指，挡住刺眼的阳光。"谢谢你，阿凉。丝帕我很喜欢。"

闻言莫景凉身体一僵，尽量使自己的面色语气正常，道："不用，你喜欢就好。"

感受到莫景凉的僵硬，木青瓷不明白，她说喜欢莫景凉给的丝帕，他怎么会不高兴。撑起身体，规矩地坐在莫景凉身边，一一看过亭内几人，到莫静岚时，眼中莫名地多了两分冷意。

莫景凉察觉到木青瓷的不友好目光，握住她的手，让她安心。

手上传来的温暖，让木青瓷深深地看了一眼被握住的手。垂下眼帘，掩去眸子中的阴霾，却错过了沈画眼中的诡异。

沈夜注意到莫景凉的动作，眼神深邃，张口道："这次来的目的想必莫庄主已经猜到了。毕竟画儿是女子，名誉最为重要。我想退婚这事，由沈家先提出来如何？"

莫静岚扯了一下沈夜的衣裳,"你说什么呢。"

沈画诧异地看着沈夜,眼里是说不清道不明的情绪。

莫景凉点头答应:"由沈家出面,自然更好。"

沈画别过脸去,看着芙渠美景,让人看不到她的表情。如果说沈夜的话只是让沈画不解,那莫景凉的话就是让她伤心了。

沈夜朝着莫景凉拱手道:"那就多谢莫庄主了。除此之外,还有一件事情想要告知莫庄主。"

"请说。"

接下来沈夜很委婉地说明了他的来意:带娘子回家拜堂成亲生孩子。

莫静岚听完后,一下子就跳起来,指着沈夜的鼻子大骂。脸上有着可疑的红晕,也不知道是被羞的还是被气的。

苏笙月也是莞尔,若有所思地看了一眼不苟言笑的木青瓷,只手撑着下巴,思索着什么。对于木青瓷的身份,他已经猜出了七八分,可惜那晚没能确认她的右肩上是不是有荼蘼花开的文身。

莫景凉真是有种想笑又笑不出的感觉,他"未来姐夫"的"风趣幽默"和他姐姐的不着调的确很配。扫过满脸气愤的莫静岚道:"家姐的事,需要长辈出面做主。"话音一转,"不过特殊情况下,去沈府做客数日也是可以。总之,武林大会期间,就要多多麻烦沈兄照顾家姐了。"

沈夜无视莫静岚的骂语,朝着莫景凉认真道:"这个自然。"

本来听见莫景凉拒绝了沈夜的要求,莫静岚还挺高兴的。可听到后面,都快七窍生烟了。只恨为什么有一个胳膊肘往外拐的弟弟,居然三言两语就把她给卖了,还是卖给她的死对头沈夜。

木青瓷看着这合家欢乐,兄妹姐弟之情,并没有旁人常提起的感动,也没有看到旁人眼里看似美好无比的画面。她的眼看到的是一片火海,刀剑声不停在耳边回响,还伴随着女人小孩此起彼伏的哭声。

那是血一样的夜晚。

木青瓷还记得她强行被人抱走时,她的哥哥正在浴血搏斗,为她和母亲,还有……叶兮,杀出一条血路。忘不了那个修长身影,高贵得好像是主宰的男人,用那把万年深海寒铁铸成的匕首插进她哥哥的身体。那是怎样的疼,她不清楚。

苏笙月盯着看似平静,实则不平静的木青瓷,眼中更多的是趣味。经过这段时间的相处,他猜出了一些东西,不多不少,正好够知道答案的时间。思索了片刻后,道:"前两日我夜观星象,发现些有意思的,今夜更是观星的好时机。沈兄可有意来一谈?"

沈夜自然明白苏笙月的意思,不就是今晚谈事,看来这浑水他是蹚定了。"乐意之至。"

木青瓷抬头看天,心想倒是个夜观星象的好日子,不过是观星还是观人,就不得而知了。

沈画眼神有些涣散，木然地扫了木青瓷一眼。不甘、嫉妒全部涌上心头。

莫静岚受不了这种穷酸味十足的对话，满心都是不耐烦。又想着这么多人在，她小弟也腾不出身来，于是碰了碰沈画的手臂道："沈美人，这里反正也没有我们的事，不如我带你去其他地方转转。"

沈画回过神来，口不对心地答道："不用了，我不太舒服，就先回去休息了。"

莫静岚满口答应送沈画回西苑，她只当沈画是觉得受了委屈，不愿意待在这里。

"冰熙，你送沈小姐回去。"对于沈画，莫景凉从来没有恨过她的所作所为，那只不过是环境造成的。他的姐姐做事差不多也是这样，只不过要比沈画更冷静理智一些，所以才没有出一些事。

"是，公子。"冷冰熙早就想着怎么走，此刻听到走的话，别提多开心了。

莫景凉想，如果没有木青瓷，他或许会遵从父母之命，娶了沈画。而世上没有如果，就像没有后悔药买一样。他虽然不忍心伤害沈画，但是长痛不如短痛。

等三人划船远去后，木青瓷开口道："莫小姐要是知道沈公子为她做的，想必会很感动。"

沈夜懒懒散散地靠在朱红色护栏上，接着木青瓷的话："比起身边这两位来，我不过是和未婚妻闹闹玩笑罢了，不算什么。"

四两拨千斤，该说的一定说，不该说的，你不说，我也不说，看谁有耐心。

苏笙月听沈夜半分没提到前几日的事情，心下也明白他的意思，开口道："大家都是明白人，拐弯抹角，你试试我，我试试你的谈话，也不知道何年何月才能说完。何不开门见山。"顿了顿，"沈兄前来的真正目的，我也大概猜到两分。"

莫景凉抬眼直视沈夜，他就如苏笙月说的那样，明白人，直说。"家姐的事情，沈兄知道多少。"

沈夜被莫景凉认真的目光看得有些发毛，不过好歹他的脸皮厚是出了名的，于是继续顶着深沉的目光调笑道："没多少，就是该知道的知道，不该知道也不知道。"

许是三人给沈夜的眼神压力过大，他马上补了一句："只知道出事了。"

莫景凉问道："还记得其他的吗？有没有不同寻常的地方。"

第十六章

木青瓷仔细地回想着当日发生的一切，这一切的一切，看着八竿子打不着，偏偏就缠在了一起。是她想得太简单了，这是一个局。想到这里，她不免有些佩服苏笙月，就凭她所说的只言片语就能猜个六七分出来。

沈夜听他们的话也算是明白，就理了理衣裳，"这可是意料之外的麻烦，那晚你可闻到了淡淡的酒香。"

"有。"

"碎布上有桃花酿的酒味。"

苏笙月执了十二竹节骨扇子，缓缓道："桃花酿香味醇厚，酒性温和，女子饮酒大多用桃花酿。"

"沈兄有话不妨直说。"

"这碎布是从我那未婚妻的衣裙上来的，却留在了那个破旧的屋子里。"沈夜大概讲了一下他所发现的异常，大概是莫静岚的反常引起了他的注意。

苏笙月合起扇子："或许我们都想错了。"

"什么意思？"

苏笙月嘴角微翘，眼中却是沉静："我让人查了方圆二十里的所有地方，发现了一件很有趣的事情。从武林大会开始，就陆续有人失踪，正应了那句生不见人，死不见尸。"

木青瓷瞳孔一缩，忽然想到了一个可能性，迟疑问道："女人。"

"没错。都是芳华正好的女子。"

木青瓷心中有数，继续说道："把那些失踪女人的名单给我。"

苏笙月勾起一缕笑，道："原来真的与你有关。"

木青瓷看向三人，咳了两声："我并不确定是否因我而起，不过都是在一条船上，谁出事都不会有好处。"

沈夜耸了耸肩，漫不经心地说道："一条船上的，青瓷姑娘确信吗？"

木青瓷冷笑，讽刺的话语出口："沈公子说不是自然便不是。"

沈夜笑了，与平日的嬉皮笑脸大不相同，"在下可以把青瓷姑娘的话当作威胁吗？"

木青瓷并不在意沈夜是否对她生了敌意，"算不上，不过是实话实说。"

"好一个实话实说。"

看着气氛不对，莫景凉打着圆场，询问事情道："你来我往的争吵也无益。"

木青瓷像是陷入回忆："一个……傀儡师……"

苏笙月偏头，黑发如墨，略微有些散乱，"我倒是挺好奇。书上说傀儡师，手段残忍，控制他人，傀儡术更是神秘莫测。"

"如今早已没了正统的傀儡师。"莫景凉轻敲着桌子，响声有序地响起，"道统被灭，留下的也不过是皮毛，不足为惧，只是须得小心为上。"

木青瓷没有打算瞒着三人，轻轻地应了一声："是不是正统我不清楚，不过若真是那人，西苑的女眷们一定会被盯上。"

沈夜眼中明暗不定，讥笑出声："听起来是个下作之徒。"

莫景凉的脑海中瞬间闪过一种可能，他想到了一些可能性，说："那些失踪的女人。"

"那个傀儡师喜欢对貌美的女人下手……"木青瓷脸色不太好,有些苍白,"他喜欢做灯笼,美人灯笼。你们知道他用什么做灯笼吗?"

话一出,顿时就静声了。空气中涌动着压抑,压得人喘不过气来。他们都猜到木青瓷问的答案是什么,但还是没有一人开口。

"人皮。"木青瓷吐出两个字,她深吸了一口气,以保持平静,可又想起了那年苗疆盛开的凤凰花,红艳似血。"美其名曰美人灯笼。"自嘲一笑:"漂亮的女人永远是他的首选。"

"真是少有的恶趣味。"苏笙月语气中有着一丝难以察觉的厌恶。

"也就是说西苑的女眷都是他的目标?"

此时沈夜还不忘调笑一番:"虽然美人如花,但你情我愿,花前月下才最为重要。"复又道,"青瓷姑娘如此清楚,想必跟那位傀儡师交过手了吧。"

"虽然不想承认被他耍得团团转,但也不得不说,我与他的第一次照面就被迷晕。"木青瓷摇摇头,她也不知道为何那个傀儡师如此执着于她。

"为何会被盯上?"

木青瓷嘴角绽开讽刺的笑意,"他说要将我做成人偶娃娃,与世长存。"

莫景凉眼神一滞,他猜中了一半,正欲开口,就听苏笙月说:"有我在,你不会有事的。"

"嗯。"

木青瓷紧扣着十指,指尖褪去了些许粉嫩色,略显苍白。

"喂,要知道这里还有活人在,别当没人了。"沈夜不合时宜地开口,"正事为先,麻烦顾虑到最近被未婚妻嫌弃的沈某人的感受。"

话音一落,三人愣了一下,但同时爆出一阵笑声。

真正的情谊有些人也许一辈子也得不到,而有些人则是一笑便已记在心中。谁也不知道未来是怎样的,会发生什么事,而日后江湖上齐名的三君子,苏笙月,莫景凉,沈夜则第一次真正地坐在了一起。若是后来的人知道,当年的三君子其实没有比武指教,青梅煮酒,而是就这样在一笑中结为生死好友,或许会更为传奇。

而多年后的沈夜总会回想起现在的日子。不管是敌人、朋友,还是盟友,都已经不在了。死的死,走的走,下落不明的下落不明。曾经属于他们的人世,在毁灭中衰落。

谁还记得当年少年一袭青衫,策马奔扬的肆意,那些轻狂风华全部都一去不复返了。

等到四人商量好对策后,天色已晚。落日的余晖下,飞鸟呀呀地叫着,飞起又落下。谁也没有注意到一双眼睛正紧盯着他们,一刻也没有放松。

木青瓷靠在栏杆上,单手撑着下巴,静静地望着被染成橘红色的天幕,归巢的野鸟胡乱地巡飞,黑压压的一片。

一种不安的感觉在心中升起,木青瓷也说不清,只觉得不安,或许是她多想了,但或许不是。"今晚我也要去。"

商量讨论的三人瞬间就沉默了。"不行,你的伤还没有好。"莫景凉毫不犹豫地拒绝了木青瓷。

沈夜快速地瞥了一眼莫景凉和苏笙月,揶揄道:"青瓷姑娘放心即可,新欢旧爱我都保证安全地给你带回来,绝不会让他们少一根头发或断根手指的。"

沈夜本以为木青瓷会反驳一两句,或是怎么样。结果还是那样,动也不怎么动,倒是莫景凉和苏笙月一人赏了他一个白眼。

木青瓷看过三人:"伤……没什么大不了的,而且今晚只是探查而已,不一定会动手。"

苏笙月动了动嘴,话还没说出口,木青瓷就先开口:"你也要阻拦我吗?"

苏笙月一脸无辜,摊手无奈:"我只是想说你要小心而已。"

木青瓷点头,随即看向莫景凉。沈夜她不在乎,因为他也不会阻止于他无坏处的事情。

莫景凉无奈,叹息了一声,只得答应。

黄昏渐渐染上黑色,群飞的鸟儿中,有着一只不起眼的灰褐色小鸟,扑扇着翅膀,一远一飞地消失不见。

深山林中,浓密的树荫遮盖了阳光的照射,泛黑色的树叶下是暗沉的白日,掩盖了血的污迹。

倾月山庄后山下的岩洞里,一只灰褐色的小鸟飞进如巨兽血口里的岩洞。漆黑寂静中,它找寻着它的主人。"啾,啾,啾啾。"

伸手不见五指的黑暗中,响起了一道细微的声音,"我在这里。"

火光倏地燃起,萤火般的微弱豆粒,撑起了一片小小的明亮的天空。灰褐色的小鸟找到了它的主人,扇动着小小的翅膀,落在阴影中的人的肩膀,对着他鸟语一番。

"啾啾……啾……啾啾……啾……啾……啾……"

黑暗中的人举起手中的火折子,点点光亮映出怎样的脸。戴着的面具上像是扑上了一层白粉似的,惨白得瘆人。其嘴唇间殷红似血,眉心正中一颗朱砂痣,配上似笑非笑,似哭非哭的表情,当真是诡异无比。暗中的面具人,全身都笼罩着宽大的黑袍,让人不知道其身量大小,从刚刚的声音听来,可看出是一个年轻男人无疑。只见他轻声细说:"慢慢说,一个字一个字地说,不要着急。"

"啾……啾……啾啾……啾啾……啾……啾。"

灰褐色的小鸟又对着黑袍面具人鸟语一阵,黑袍面具人抬手抚摸着小鸟的羽毛。在火光的照耀下,黑袍男人的手异常白皙,手指也是比常人长上不少。

"既然准备了这样一份大礼,要是错过了岂不可惜。"

黑袍男人肩上的灰褐色小鸟,明显没听懂男人在说什么,用着橘黄色的小尖嘴,轻轻地啄了啄男人的手,小脑袋不停地蹭着男人的手心。

黑袍男人轻轻动了动手指,一条细小到不可见的丝线出现在他手上,而另一头不知道在何处。

脚踩枯枝碎石的声音响起,火焰剧烈地晃动起来,扭曲了黑袍男人的影子。不可预知的黑暗像地狱里张大嘴的恶鬼，露出了獠牙，随时准备吞噬他。而从更深的黑暗中走出的是一个瘦小男子，他面容呆滞，眼神涣散，鼠目样子，手指也比一般人要略长。

黑袍男人开口，声音低沉玩味："去报仇吧。"顿了顿，"飞蛾扑火的一晚。"手指一挑，细线滑落。

鼠目男子像是挣脱了什么束缚一样，眼神逐渐清明起来，凶狠嗜血浮上了脸。他是一只饿了很久的野狗，时刻需要鲜嫩可口的食物。一旦食物送上门来，他会毫不犹豫地咬断猎物的脖子，疯狂地吸取鲜血。不过这不会使他满足，只会使他更加疯狂地寻找下一个目标。

黑袍男人话一落下，鼠目男子就飞速奔了出去。宽松的衣袍带起了风，灰褐色的小鸟不满地鸣叫着。

黑袍面具的男人把肩上的鸟儿抓到手里，"我要送什么礼物给她才好呢？"

灰褐色的小鸟扑着翅膀从黑袍男人手中挣脱出去。黑袍男人扔下火折子，火焰剧烈地跳动了几下，便被吞噬。无声无息，黑袍男人融入黑暗中，仿佛从未出现过。

第十七章

是夜，无尽的黑暗下，清冷的月光洒下一片银辉，夏夜的虫鸣声在草丛里响起，一片宁静祥和之景。

木青瓷背靠着墙壁，月光投下的阴影遮掩了她的一切。如果有威胁到她的人存在，不管是谁，不管用什么手段，只要能保全自身，并成功地让他从世间消失就行，所以那个傀儡师一定要死。

"不觉得累吗？"苏笙月的声音在耳旁响起，他不知道什么时候到了木青瓷身边。

木青瓷未发一言，依旧保持着原本的靠墙的姿势。

苏笙月盯着木青瓷的侧脸，眼里有着一丝心疼，低头摩挲着从怀里摸出的东西。翻转几回，嘴角勾起与以往不同的清冽的笑，突地抓住木青瓷的手腕。

木青瓷转过头来，冷冷地看向苏笙月，却没有对他动手的意思，她已经习惯了苏笙月的"突然袭击。"习惯，怎么可能？习惯一个注定是敌人的男人。

苏笙月迎着木青瓷的目光，嘴边噙了淡淡的微笑。黑夜的阴影掩盖了二人的视线，看不清对方的表情，是喜是忧？是悲是乐？

苏笙月放轻了动作，拉起木青瓷的手，小心地为她戴上了一个银镯，"算我的赔礼。"

木青瓷从苏笙月掌中抽回手，准备取下做工精致的银镯。

苏笙月早就预料到木青瓷的心思打算，先她一步，握住她的手，"有用之物，此刻不宜取下。"

木青瓷回过头去,她看不见苏笙月是何表情,但从他的语气的认真程度来看,他并不像是玩笑之语,于是慢慢地放开手。

躲藏在另一边转角屋子里的沈夜,朝着木青瓷和苏笙月所藏的地方望了又望,随即背过身去,不再探视二人。他不禁在心里感叹:我辈人才果然是历代有之,而且一个比一个行。

差不多时辰的时候,安静的夜里突然有了声响,沈夜顿时戒备起来,小心地隐藏好。

木青瓷止住了呼吸,隐在阴影之中,仿佛与夜融在了一起。

苏笙月把木青瓷熟练隐匿黑暗的动作一收眼底,未等他有所思量,只见莫静岚打开了屋门走出来。月光打在莫静岚身上,她一摇一摆地朝外跨着步子,双眼中无一点神采,肢体僵硬不似活人。

现在的莫静岚只是一具被人所控制的行尸走肉,这是几人都知晓的事实。

"砰!"巨响声响起,是莫静岚的屋子,而莫景凉在里面。

声音响起的瞬间,几人的注意力都被吸引了过去。而莫静岚不知何时从身上拿出一把匕首,刺向她自己。

说时迟那时快,苏笙月抽出腰间折扇掷打向莫静岚握着匕首的手。然而比他反应更快则是一支发簪,发簪精准地打在莫静岚的手腕上,划破了她的手。

莫静岚吃痛,手里的匕首也落在地上,发出哐当一声。

沈夜见此大舒了一口气,但气氛的沉闷,也让沈夜紧绷着一根弦。漆黑的屋子里,隐隐约约可看到一个人,那是除沈夜之外,多出来的人。

夜虽然深了,但没有想象中那样平静。夜色下掩盖的是最深恶的血的罪孽。

沈画和衣而眠,半梦半醒之间似乎听到了敲门声,很轻微的响动,让人难以察觉。她起身下床,轻轻地拉开房门。

寂静的深夜里,黑袍男人如鬼魅般立在她的眼前。

沈画呆呆地看着眼前的男人,小心地问道:"你是谁?"

黑袍男人朝着她伸出握成拳头的手,在沈画的目光中,慢慢地张开手。手里垂下一个青铜铃铛,摇晃着发出清脆的铃声:"……来接你的……人……"

云散去,月的清辉笼罩在夜的世界。

莫静岚呆立在原地不动,低垂着头,闭着眼睛跟睡着了没两样。

苏笙月从阴影处走出,朝着莫静岚一步一步而去,缓缓靠近她。

屋门被打开的声音响起,苏笙月回头看去,是莫景凉,看起来他并不费劲。

莫静岚突然睁开眼,诡异地笑起,迅速地从发间拔出发簪刺向苏笙月。

苏笙月抓住莫静岚拿着发钗的手,反手朝着她的脖颈一手刀,打晕了她。

弓箭的破风声响起,沈夜嘴角微翘,抓着凳子飞舞着挡过短箭。银黑色的箭头穿过了厚木板。

"哼。"沈夜冷哼一声,这些人是太小瞧他了,早在有人进屋时他就发现了,只不过不声张,看他玩什么把戏罢了。

数支利箭射来,沈夜一掌拍碎了木桌,手掌大的木块向短箭打去。木块撞飞了短箭,同时掉在地上。屋子后没有一点响声,沈夜没有贸然地冲进去,一脚一步地小心探寻着偷袭他的人。

天外的云彩散去,月光透过窗户,照亮了整间房。一个黑色的人影扑了上来,沈夜迎了上去,拳脚刀剑之间,沈夜从男人手中夺过长刀,一刀砍向他的脖子。男人不再有动作,倒在地下。沈夜丢下了刀,走出被打烂的屋子。

苏笙月将昏倒的莫静岚推给沈夜笑道:"如何?"

沈夜接过莫静岚抱在怀里:"一个就够了,再来几个,我怕我会变成箭人。"

"……"

"……"

沈夜赏了二人一人一个白眼:"别这样看着我,我说说而已。"

莫景凉四处看了一下,未见木青瓷,出声道:"青瓷在哪里?"

苏笙月偏头,目光定格在屋顶上:"她去追黑手去了,拦都拦不住,她很安全。"

"我说一句,现在青瓷姑娘是安全的,我们可不安全。"沈夜看着陆续出现杀气腾腾的人,无奈地说着。

"这些人不足为惧。"

苏笙月弹了弹染上尘土的折扇,"猫抓老鼠的游戏,我有些腻了。"

"……"

"……"

沈夜一翻白眼,"傀儡师还是我去解决吧,何况他敢打我未来孩子他娘的主意,这不是当我不存在吗?不解决了他,我心不安。"

"……"

"……"

苏笙月瞟了一眼沈夜,又看向远处道:"打你孩子他娘的主意的人还不少。"

"……"

"……"

沈夜无所谓地耸了耸肩,"以后的事情,谁又会知道呢。"复又想到了什么,满脸认真地开起玩笑来。"而且比起我来,你们两个……"

"……"

"你以为呢。"

莫景凉冷冷地看了二人一眼,单手抚额,他发现他完全跟不上苏笙月、沈夜的跳跃思维。

零散站在屋顶上的傀儡人动了起来,施展轻功,稳稳当当地落在地上,一一看去,是七个身着黑衣的人。

"来了"。

沈夜和苏笙月不再玩笑，同莫景凉一样全神贯注地观察着当前，准备好随时应对。

只见那几个傀儡人分开，大步快速地将三人包围起来，小心地防御着，也不主动出击。

沈夜笑道："七个人？打算布阵？"

苏笙月一一扫过七人，除了其中一人让他觉得奇怪之外，便没其他感觉，"谁知道呢。"

"坎位，离火，坤步，"莫景凉突然说出声来，"困敌不错。"

苏笙月一刻也没有放松对傀儡七人中的那个不曾动过的中年男人的打量，摇了摇扇子道："看来我们挺让大名鼎鼎的傀儡师看重的。"

苏笙月用折扇打掉突然袭击的人手中的武器，看着摆阵的七人，微皱了眉头道："真是麻烦，强行破阵如何？"

沈夜对苏笙月的话很是赞同："他们有意困住我们拖延时间，谁知道继续下去是否会生出变故，强行破阵。"

话音还没落下，苏笙月和沈夜就显示出了他们高超的武功，以最为强硬的手段破掉阵法。

沈夜躲过其中一人的攻击后，朝着苏笙月摆手，"这几人没了心智，打算如何处置？"

苏笙月双脚并起，把一人踢飞在地，稳稳落在地上，"随你。"

莫景凉觉得头有点疼，苏笙月和沈夜明明可以直接解决掉剩下的几人，却一直没有下重手，反倒是戏弄着那几人玩。

苏笙月将三人打倒在地，他打倒的人里面唯独没有那一个从始至终都未动过的中年男人，朝着莫景凉看去，"要试试吗？"

莫景凉思绪万千，"你们很闲吗？"

沈夜顺口答道："还行。"

"……"

脚步声突然响起，刀光一闪，一人倒下，剩下的人没有丝毫惧怕，反倒是见了血，开始癫狂。

沈夜反身看去，竟是木青瓷回来了，心道：好快的刀。

苏笙月并未惊讶，他猜到了一些，也不过只是他的猜测罢了，如今却是证实了。那样的凌厉、狠辣，一瞬之间毙敌，身法和手段简直像一个杀手，说不定她也的确是一个杀手。

"青瓷……"

木青瓷回头深深地看了一眼苏笙月，那样不沾烟火气的苏笙月，与沾满鲜血的她就如同两个世界的人。不过杀掉那些人，她不会后悔的。

不过一个呼吸间，木青瓷就转身去，奔向被打得遍体鳞伤的几人。

细长的长刀在月色的映照下闪着银光，还残留着的鲜血顺着不过三指宽的刀身流下。木青瓷翻转身子，一脚踢在朝她袭来的傀儡人手腕上。手一转，长刀落下，直接砍断了那人的脖子。

鲜血喷涌，染红了木青瓷的衣袖。侧身一转，躲过劈向她头颅的剑，长刀迅速落下。余光一闪，另一只手抽出腰间软剑，半弯身子，软剑洞穿了偷袭者的胸膛。

木青瓷毫不犹豫地从他们身体里抽出长刀和软剑，飞出的鲜血溅在了她身上，半张脸上都沾有细小的血珠。黑发飞扬，冰冷的眼神，就如同地狱里的修罗。

刀尖随人的行走慢慢滑过青石地面，月光的清辉下，寒光映着血的鲜红，还有执刀人决绝的背影。

莫景凉就这样静静地看着朝最后一人去的木青瓷，心中冰冷一片。

"青瓷姑娘，手下留情，最后一人还有用处。"沈夜赶紧拦着木青瓷，生怕她做出些事来。

"留下他。"

木青瓷退到一边，一手执剑，一手握刀，青衣染血，如血色修罗般让人忘不了。

苏笙月笑得很讽刺，"今晚就只这样吗？"

猝不及防，最后剩下的中年男人突然睁开双眼，一人的气势就足以人戒备。他扫了几人一眼，直勾勾地盯着木青瓷，朝她伸出手，怅然若失，"圣女，我……抓住你了……"

"你们认识？"沈夜瞥了一眼面无表情的木青瓷，又回看着那中年男人。

"你是谁？"

第十八章

木青瓷没有理会沈夜，她知道那个中年男人不是在唤她，只是将她错认成了他人。

"我名白凌。"中年男人收回手，看向木青瓷的眼神越发冰冷，杀意丝毫不加掩饰，"你不记得了吗，杜鹃？"

"我应该记得吗？"木青瓷十分戒备白凌，那不加掩饰的杀意是冲着她来的。前一刻对着她怅然若失，下一刻就是杀意涌现，奇怪之处正在此。

"你应该记着她，你应该记着她……杜鹃……"

白凌的眼神越发凶狠，五官都扭曲在了一起，"你该死，你该死……"

说时迟那时快，白凌迅速向木青瓷扑过去，苏笙月挡在木青瓷面前与他对了一掌，两人都退了不少步子。

好强！这是四人对白凌的第一感觉。

苏笙月护着木青瓷，小心谨慎地看着面前的中年男人，"小心，青瓷。"

"嗯。"木青瓷撇过头看了苏笙月一眼，淡淡应声，心里却生出一丝异样。

白凌的状态很不好，他如今并不能说是神志不清，只能说是深陷在记忆里，时而清醒时而疯狂。哪怕他现在受人所控制，可控制之人不如他强大，不一定能控制他。

记忆开始清晰。

"白大哥，白大哥……我在这里，你快点跟上来。"女子欢快的声音清晰地在白凌脑海中响起，还有那模糊的身影。

"白大哥，我求你，求你放过我的女儿。"嫁做人妇的女人跪在地上苦苦地哀求着，模糊的身影慢慢清晰了起来，她十分悲泣。

画面一转，女子满身污迹地躺在自己怀里，奄奄一息地请求着他。"救我的女儿，白大哥。带她回去，永远也不要让她再回中原。"

白凌的眼神不再凶恶，逐渐清明起来，出声问道："你叫青瓷。"

"是。"

"今年十八岁。"

"……"木青瓷犹豫了一会儿，轻点了一下头。

白凌直愣愣地盯着木青瓷，眉目间满是哀伤，自嘲出声："你不是七杀。"

木青瓷细细地打量着中年男人，虽是年纪较大，面部也爬上了皱纹，黑发也染上了风霜，却不难看出中年男人年轻时的英俊。"从一开始我便未说过我是七杀。"

白凌眼光一凛，凌厉逼人的目光让人看不出他是被人控制的傀儡，他厉声道："为了你娘，你也不该用七杀的面皮隐藏身份。"

木青瓷被他凌厉的目光逼退了两步，当听到白凌的话时，她眼光一暗，说话也重了声，质问道："你到底是什么人？"

"下一次若有人认出七杀的脸，一定会是你的死期。"白凌收起冰冷的眼神，他不想再见到那张令他恨入骨的脸，尤其是最后的一夜，"记住，如果有可能，你一定要杀了七杀，不要因为她是谁而心软，否则死的会是你。"

"回答我的话，你到底是谁？"木青瓷举着沾上血的长刀指着白凌，紧皱着秀眉，表情凝重，"说。"

"我是你的神使，圣女。"白凌生硬地说出这句话，虽是看着木青瓷，却透过了木青瓷，不知想到了谁。

对于被白凌无视了许久的苏笙月、莫景凉、沈夜三人来说，他们并没有气恼，反而是安安静静地听着白凌与木青瓷的对话。

"圣女？"

木青瓷又多看了白凌一眼，低声重复着他的话。她有一种直觉，白凌是一个知情人。"你认识我娘吗？"

"你娘……"白凌回过神来，他盯着木青瓷陷入了回忆之中，幽幽说道，"她是天下间最美的女人，无人可及她一分。"顿了顿，眼神凶狠了起来，"是你害死了她，是你杀了圣女。"

沈夜看着白凌时而凶狠，时而痛苦的表情，戒备道："他又要癫狂了。"

这时，白凌冲了上来，攻击凌厉凶狠。

苏笙月替木青瓷挡住白凌凶狠的攻击，将她拉到自己的身后。

沈夜抱着莫静岚飞快地后退，莫景凉同时也退到一边。不是他们贪生怕死，而是这种时候他们出手，并不一定有好处，还不如等苏笙月试试白凌身手后再动手也不晚。

白凌扑了上来，木青瓷上前以长刀迎上他。提起长刀，快速地转换身法，瞬间出现在他的身后，长刀斜插进白凌的后背。

白凌一躲，一个踢脚，踢偏了长刀的位置。复双手成爪形，十指有力，直向木青瓷的咽喉锁去。

木青瓷双手紧握刀柄，砍向白凌的双手。白凌眼里有了些情绪，一下子抓住木青瓷劈来的长刀，身体撞上前去，就这样一刀穿身。

长刀贯穿白凌的胸膛，皮肉穿透的声音清晰地在木青瓷耳边响起。她惊讶地看着被她一刀贯胸的白凌，红唇微张。

苏笙月想要上前一步，却被白凌呵开，他双手握住刀身，对着木青瓷道："我想与你单独说一会儿话。"

沈夜向来是不会自讨没趣的人，将昏迷的莫静岚打横抱起，就先走了。

莫景凉和苏笙月相视一眼，看懂对方的意思，皆拱手退去。临走之时，莫景凉推着轮椅回头，深深地望了一眼白凌，怀着心思离开。

三人走远后，白凌猛地吐出一口血，抬眼细细打量着木青瓷，"我不知是否认错了人，但我相信你是她的女儿，当年那场灭门之祸里唯一活下来的人。"咳了两声，从口里吐出血来，"我答应你娘，一定要找到你，带你回苗疆。"

听到真正的名字被说出口，木青瓷睁大了眼睛，有些迟疑，"你到底是谁？"

白凌自嘲一笑，道："我是谁？我是一个罪人。若不是当年我轻信了七杀，你不会家破人亡，你娘也不会死。作为神使，我却没有保护好圣女，反而害死了她。"

木青瓷满脸不可置信，呼吸也粗重起来，"你说什么？你再说一遍。"后半句木青瓷完全吼了起来，眼睛通红。

白凌对于木青瓷并不算好的态度没有一丝在意，他猜到了木青瓷的激烈反应，艰难地说着："十年前，我嫉妒你的父亲，于是轻信了七杀，参与了一个神秘组织，却没想到害死圣女。不管怎么说，我都算是木家灭门的参与者之一。呵……哈哈……哈……哈哈……最后竟是我害了你，阿妧。"

木青瓷全身颤抖起来，眼里尽是恨意，是那种恨不得挫骨扬灰的恨意，"你说你加入了一个神秘组织，那是什么组织？幕后主使还有谁？"

白凌整个人都萎靡了下来，不停地吐着血，"江湖的水太深，又怎是你想的那样简单。一旦涉足其中，很多事都由不得你做主。你以为当年木叶两家被灭之前为什么没有收到一点风声，江湖高手集结不是几个人。"

木青瓷放开了握住刀柄的手，不由自主地退了好几步，满脸都是不可置信，"你的意思是……怎么可能。"

没有了木青瓷的扶持，白凌一下子就摔倒在地上，刀刃从他的身体再次穿过，疼痛使他发出抽气声："你不可能完全查出当年真相，你只要保住你自己即可。"

木青瓷突然反应过来，蹲下身子，小心地扶起白凌，从怀里取出金疮药，涂抹在白凌的伤口处，"告诉我你所知道的一切。七杀到底是谁？"

白凌的气息十分紊乱，呼吸也渐渐弱了下去，眼皮也沉重得好似千斤重，提了提声："不要相信中原的那些武林人士，他们表面是正人君子，实则心性邪恶，你一定要小心那些人。"咳嗽了两声，继续说道："我并不知晓真正黑手是谁，参与那次事情的人太多太多。每一个人，每一个势力都想分一杯羹。"

木青瓷眼神坚定，是不可动摇的决心，"我会查出来的，也一定会报仇的，也不会让你就这样死去的。"

白凌眼中是解脱，他露出一笑，"你娘希望你一辈子平安，做一个平凡人，看来是不行了。我阻拦不了你，就只能给你最后的保护。如果这个中原没有你的容身之地，那就去苗疆巫月神教找白菝，为了圣女，为了我，为了玉面，为了巫月神教，他会把一切都告诉你。"

"你是怎么知道我的身份的？一个名字并不能证明什么。"

白凌的目光突然狠厉起来，死死地抓住木青瓷扶着他的手臂："七杀的脸，你用的人皮面具是用杜鹃的面皮做的。"

木青瓷抬手欲抚上她的脸，喃喃道："七杀？杜鹃？"

白凌胸中鼓起一口气，狠狠地打掉木青瓷的手，声音凶厉，"那是杜鹃的脸，也是七杀的脸。你要记住你娘是杜鹃杀的，我的阿妧是杜鹃杀的，灭木家的最大的支持者就是杜鹃。天上地下的祸害都死光了，她也不会死。记住我的话，杜鹃一定要杀，不然就是你死。"

木青瓷看着被白凌打红的手背，垂下眸子，隐忍着怒火道："她为何要灭我木家，还有叶家。"

白凌的眼睛慢慢闭上，又勉强睁开，他是在跟死亡斗争，"叶家是……是咎由自取，灭门只是早晚的事情。咳……咳咳……咳……不要相信叶家的人，一定不要，尤其是……"

木青瓷看着已经快撑不住的白凌，为他输送内力，急切道："我凭什么相信你，而选择放弃相信叶家。"

白凌发出微弱的声音："我已经回天乏术了，信不信我随你，但你一定要小心叶家的人。杜鹃她当年和……圣女争夺掌教，她时时刻刻都想要圣女的命。玉面帮她……她换了……张脸，换了脸她就不是杜鹃了。"

木青瓷知道白凌已经过了回光返照的时候，急忙问道："她到底是谁？"

白凌咳了一大口血出来，气若游丝道："她是……她是……乔……乔……简……"

木青瓷激怒地抓着白凌的肩膀,"我告诉你,我恨不得扒了你的皮,抽了你的筋,喝你的血,吃你的肉。所以你不能死,如果你死了,我会将你挫骨扬灰。"

"她……她……她是……叶家……叶家……的……"手无力的滑落,白凌重重地阖上了眼,他终究还是没有说完。

木青瓷无力支撑自己,跌坐在地,守着白凌的尸体,久久不发一言。

第十九章

倾月山庄后山深林中,一个瘦小的男子不停地奔跑着,衣服上有许多口子,大多是被一路而来的荆棘枝叶划破、撕烂的。

"扑通"一声,瘦小的男子摔倒在地上,蜷缩着身体,一只手还按着胸口,另一只手往前伸着,想要抓住什么。

"啾啾……啾……啾……啾啾……啾……啾……"

鸟鸣声响起,瘦小的男子困难地抬起头,盯着面前站立的黑袍男人。

黑袍面具男人高高在上地俯看着趴在地上起不来的瘦小男子,轻声言语:"我说过你只有一夜的,为什么不听呢。把握不好时间,报不了仇,并不能说明你是个废物,只能说今晚干扰的人太多了。"

瘦小的男子正是被放出的那个鼠目男人,他努力去抓住黑袍男人的衣角,满脸不甘地说:"救……救……我……"

黑袍男人漠然地看着地上重伤垂死的男人,温和地说道:"你没用了。"

鼠目男人低吼,疼痛使他在地上不停地打着滚,他的生命正在不停地流逝。最后终究垂下紧抓住黑袍男人衣服下摆的手,瞪大了双眼,面容痛苦狰狞。

灰褐色的小鸟飞在鼠目男人的周围,黑袍面具男人冷漠地看向黑暗中,漫不经心地说:"朋友来了,不出来见见吗?"

躲在十几步远的大树后的人走了出来,黑袍在身,布巾蒙面。同样是宽松黑袍加身,只是那人身量高,就算罩着黑袍也能一眼认出他来,分出两人。

"啾……啾啾……啾啾……啾……啾……"

灰褐色的小鸟冲它的主人鸣叫一番,又冲另一个黑袍人鸣叫。

"真是个聪明的小家伙。"身量高的黑袍蒙面男人带着沧桑的声音出口,"如今一代新人换旧人,此话果然没错,能把蛊术用得如此之好。"

黑袍面具男人将灰褐色的小鸟抓在手中,转过身离去,"真是够笨的,这么容易就将人给引来了。"

"啾……啾啾……啾啾……啾啾啾……"灰褐色的小鸟不满地发出叫声。

黑袍蒙面人没有打算追上黑袍面具男人，用脚踢了踢地上才死去的鼠目男人的尸体问："这双手我可以砍下来吗？"

黑袍面具男人停了脚步，偏头轻笑道："随意……"

黑袍蒙面人从鼠目男人身上摸出刀来，试了试刀刃："从前的我跟你一样，肆意妄为。但就是因为太过肆意妄为，才做了后悔一辈子的事情。"

黑袍面具男人不留痕迹地扫过来人一眼，不曾停下步子。

黑袍蒙面人丝毫不在意面具男人的离去，握起刀柄，毫不犹豫地朝鼠目男人的手砍去。一刀下去，并没有多少鲜血，"所以我后悔了。"

可惜黑袍面具男人已经走远，消失在黑暗中，他听不到这句话了。

走了约莫一杯茶的时间，灰褐色的小鸟又鸣叫起来。

黑袍面具男人停下脚步，看着盘旋在他头上的鸟儿，"你不提醒我，我都忘了它了。"语毕，从身上取出一个白底蓝花的小瓷瓶来。拿下瓶塞，往里面瞧了一眼，自语："可惜了。"

"啾……啾啾……啾啾啾……啾啾……"

灰褐色的小鸟飞近了黑袍男人，朝他鸣叫。

黑袍男人晃了晃白瓷瓶，里面发出了声音："一枚关键的棋子就这样没了。可惜，浪费了我的母蛊。"说是可惜的话，却没有可惜的意思。

一夜过去，天已经大亮，木青瓷躺在床上辗转难眠，所有的一切都是一团糟。她只要一闭上眼，就会不由自主地回想起那一年灭门时，她娘让她记住的话。

"做一个普通人，不要去苗疆。"

与之交缠的还有白凌临死前的嘱托：若非走投无路，不要去苗疆。

突然之间，一个黑袍白面具的男人突然在脑海中出现，扑着白粉的面具，殷红的嘴，宽大的黑袍，话语轻微："我在苗疆等你，你不来，我就去找你。"

木青瓷猛地睁开眼睛，坐起身来，大口大口地喘着粗气。

那个人回来找她了。

弯折而多的长廊，日光透下，地上树影婆娑。迎面而来的两人，径直停下了脚步，并肩而立。正是木青瓷和叶兮。

"想什么就问吧。"

木青瓷望着前方廊口，声音冰冷，"夜夺玄剑的人是你？"

"不是我。"叶兮没有动作，直视着前方，声音无喜无忧。

木青瓷有些疑惑，偏过头，质问道："不是你会是谁？"

叶兮也同样偏头，看着木青瓷的眼睛，嘲讽说道："你应该比我清楚是谁先动手。"

"……"

叶兮眼眸光一闪，微抬起下巴，银制的面具在白日的光下闪烁着光芒。"主上的意思你该清楚……"

"别忘了我们的身份。"木青瓷接过叶兮的话，无比讽刺，眼里尽是嘲笑，"怎么，你还是这么忠心。"

叶兮对于木青瓷的讽刺嘲笑丝毫不在意，面具下勾起一缕笑，眼里倒是轻视，"你不是也一样吗？逃脱不得。现在又打算以莫景凉为踏脚石，你以为你可以这么轻松摆脱这种见不得天日的生活吗？血凤草，玄剑，你下的饵可不小。"

木青瓷听着叶兮的话，才知她是想错呢，以为自己要借助莫景凉来摆脱现在的身份。眼中闪过笑意，既是这样，何不将错就错了。"你打算秉公执法吗？"

"告诉主上对我有什么好处。劝你一句，不管是莫景凉还是苏笙月，都不是好招惹的。你以为你想到的，他们没有想过？你已经不是那个地位尊贵的大小姐了，现在的你什么都不是。"

叶兮的话像一盆凉水从头浇下，一下惊醒了木青瓷。现在的她什么都不是。"比起你来，泥足深陷的人可不是我。而且这样不是正合你意吗？我一旦出事，他们必定会放弃我这枚棋子，到时候凭你的手段，又有几人能活下来呢？"

叶兮没有否定木青瓷的话，只说："我不想看见你死无葬身之地。毕竟一起支撑活了多年。"

木青瓷嗤笑一声，"你若是真这样想，不如小心最近一段日子，风雨欲来。"

"自然。"

三月的春风拂过吐绿新枝的树木，吹起片片叶，发出簌簌的响声，幽深而隐蔽的长廊，更显绿意。执剑的两人就此擦身而过，好似之前从不曾停过脚步。

待到两人的身影消失不见后，宁月涯才慢慢从柱子后走出来，弯着嘴角追了上去。

"茉莉，你想去哪儿？"

低沉的男性声音传入耳里，木青瓷放慢了脚步，打量着四周，尽量使自己处于有利位置。

宁月涯低低地笑起来，一步一步地靠近木青瓷，"茉莉，一年不见，你忘了我是谁了吗？"

木青瓷听着这话，心中也猜出是何人，故意停下脚步，转身看去，果然是宁月涯。"宁公子是在叫我？"

宁月涯摊着双手，笑得让人只觉碍眼，"这里除了你就是我，你以为我会叫谁。"

木青瓷看了一眼无人的厅堂，瞥了一眼宁月涯，皮笑肉不笑地说道："宁公子不会连本家的属下都不认识了吧。"

宁月涯手拿扇子，围着木青瓷走了两步，触近她耳边道："怎么可能不认识，化成灰我都不会忘记你是什么样子。"停顿了一下，复说道："跟着我大哥很辛苦吧，他可不如我懂得怜香惜玉。"

木青瓷退离宁月涯几步远，忍住心中的厌恶，"看来是认错人了。"

宁月涯拦住已经动身的木青瓷，一点一点地逼近她，低沉着声音说道："我可不这么认为。"

"各人自扫门前雪，宁公子闲得无事找事来了吗？"

不知道为什么，从第一次见宁月涯时木青瓷就十足地讨厌他，那种从心底深处发出的厌恶感。不仅是敌人，水火不相容的关系。每每对上宁月涯，就像被又湿又黏，通体冰冷的毒蛇，缠绕着脖子，一圈又一圈，喘不过气来。

木青瓷的后退，宁月涯看在眼里，笑意越发深了。又朝着她走去，手握折扇抬起她的下颌道："你应该比我明白，毕竟现在你才是演戏的人。"

木青瓷皱起眉头，对宁月涯的纠缠不清，感到十分厌烦，有些不悦道："宁公子还请自重，不要认错了人。"

宁月涯眯起眼睛，收起了笑意，语气和缓："之前你同夕颜说何事？"

"与你无关。"

"若我一定要知道呢？"

"你最好别逼我出手。"木青瓷看着抓住她不放手的宁月涯，警告道。

"动手才好，茉莉。"

今日天好，在景家人暧昧的笑意下，萧晨安陪着景安儿出屋子走走，顺道也叙叙情。一路走来，二人也算情意绵绵。正巧两人朝着这边来，看见宁月涯纠缠着木青瓷。

木青瓷皱着秀眉，用力地甩开宁月涯的手，转身离去。

宁月涯猛地抓住木青瓷的手腕，冷笑道："我不喜欢有人一次二次地逆我意。"

感受到手上的疼痛，木青瓷没有动作，望着宁月涯的眼道："下次我要砍掉这双手。"

宁月涯一愣，随即绽开笑容道："我等着你，不过你恐怕没这个机会了。"

许是大小姐的善心作祟，又见识过宁月涯的狠辣，景安儿拉了拉萧晨安的衣袖，希望他能出手帮木青瓷一把。

萧晨安也打量着二人，以宁月涯的性格，若不对木青瓷下手便不是他了。"青瓷姑娘原来在这儿，有人找你还不去吗？"

听到萧晨安的话，木青瓷一愣，随即甩开宁月涯的手，顺着替她解围的萧晨安的话说道："我倒忘了此事，多谢萧公子提醒。"语毕，就快步地离去，与景安儿擦肩而过时多看了她两眼。

见人都走远了，宁月涯的视线转移到萧晨安身上，目光扫过一旁的景安儿，冷着一张脸道："真不愧是伪君子。"

景安儿一接触到宁月涯不怀好意的目光，不自觉地退了一步，躲在萧晨安背后，有些怯弱。

萧晨安自然而然地拉过景安儿的手，小心地护在她身前，皮笑肉不笑地说："何必得不偿失，不如听我一言。"

宁月涯的表情阴冷，眼神是那般的凶狠，忽地咧开嘴，露出白森森的牙齿道："下次就没这么好运了。"

见宁月涯离去，景安儿从萧晨安背后走出来，迟疑道："他……"

"不必理会。"

"嗯。"

第二十章

后山树林之中，红衣女子舞动着长鞭，身法精妙不可言说。凌厉的劲风拂面而来，落叶四起。

鼓掌声响起，叶轻轻停下手中动作，满是戒备，冷冷地扫视着周围，目光落在了某一处道："有胆子地给本阁主出来。藏头露尾的算什么英雄好汉。"

笑声响起来，铁甲银面的男子出现，倚靠着树干，俯视着底下的人，"本就不是英雄好汉，也算是缩头乌龟吗，叶阁主？"

叶轻轻顺着声音，抬头看向坐在树干上铁甲银面的男子，俏脸一冷，略带些疑问道："九王爷，司言？"

"叶阁主好眼力。"

叶轻轻面带讽刺之色，不屑地说道："朝廷的九王爷，来此有何贵干？对了，我记起了。玄剑出世，恐怕坐不住了吧。"

司言并不理会叶轻轻的冷嘲热讽，他眼中清明，轻笑说道："若仅靠一个虚无缥缈的传说，便可以颠覆天下，那宁国便不会落得国破的下场了。"

"咱们明人也不说暗话，朝廷的九王爷，你到底有什么目的？"

司言居高临下地望着叶轻轻，眼里满是趣味。拍了拍双手，纵身一跃，轻巧地跳下树去，直面叶轻轻道。"叶阁主快人快语，那本王也就不废话了。我自入江湖起，对叶前辈的事迹如雷贯耳，当真是武林豪杰，有意结交，还请叶阁主代我引见一番。"

叶轻轻眯起双眼，显而易见的不相信，"搞这么多的花样，竟只是想见我爹？"

司言慢慢地踱着步子，缓缓道："说了叶阁主恐怕也不信，本王的目的的确是求见叶如琛前辈。至于花样吗，不如等本王玩了再说。"

叶轻轻嗤笑一声，眉梢一挑，"九王爷倒是坦诚。不过王爷位高权重，区区倾城阁，又怎么会放在眼里呢。"

司言向后退了几步，面具下的表情是如何，也只有他一人知晓。"叶阁主现在不答应，本王也不勉强。离武林大会结束还有些日子，现下也不着急，等叶阁主考虑清楚利害关系，再谈也不迟。"

"凭九王爷的本事，想见我父亲轻而易举，又何必多此一举。"

"正如叶阁主所说，不过本王不想强人所难。"司言扔给叶轻轻一块令牌，"叶阁主什么时候想通了，什么时候就来找我。"

叶轻轻伸手抓住飞来的令牌，看向司言远去的背影，面有疑惑之色，却依旧将东西收了起来，或许以后还有用武之地。

"莫大庄主你终于舍得出现了，武林大会都快完了，你都没有露过几次面，不带这样冷艳高傲的。"沈夜靠在柱子旁，看着终于露面的莫景凉说道。

"沈兄很无聊吗？"

沈夜走到莫景凉面前，没个正经地说道："少了能欺负斗嘴的未婚妻和没事给我找麻烦的妹妹，能不无聊吗？"又看了一眼莫景凉，有意说道："本打算去找青瓷姑娘聊聊的，谁知道苏大少爷直接就堵在了门口，硬生生把我从西苑赶了出来，比防贼还要严。"叹了口气道："于是乎我只好像个孤魂野鬼一样四处游荡了。"

莫景凉直接无视了沈夜，示意莫无争推着他向前去。

沈夜的心情不错，总不可能让他一个人吃瘪，慢慢地跟了上去，走在莫景凉的身边，有意无意地提起刚才的话题："作为朋友，若是遇上了对的人，那就大胆地放手去追。作为沈画的哥哥，沈家的继承人，我对你现在的举动十分满意。如果你做出太频繁的动作，对沈家来说也不是什么好事。"

莫景凉眸光一暗，他自认不输任何人，可是偏偏他没有苏笙月的洒脱。

"我不是你，也不知你是怎么想的。只是我很好奇，青瓷姑娘到底有何种魅力，能让眼光高入天的倾月公子与茶仙二人在意，连宁月涯都想来插一脚。"

"宁月涯"三字一出，莫景凉一愣："什么时候的事？"

沈夜一副胸有成竹的样子，他早就料到莫景凉不知此事。"没多久，听说宁月涯对青瓷姑娘很感兴趣，多亏无双公子解围。"

莫景凉皱起眉头，那一夜他眼中的木青瓷是浴血的，将一把长刀使得可谓出神入化。

"是利用？是倾心？可真让人好奇。"沈夜勾起一笑，他意味深长地说道，"你说是吗？"

"纵使世间如花美眷似流水，也不敌她一分。"

沈夜呼出一口气，看着莫景凉坚定的样子，轻轻摇摇头。原以为只是利用，如今看来真心都付了出去，那还有什么可说的。尤其是还是认死理的。

"罢了，不问了。"

莫景凉无语，正打算问问沈夜那夜那个出手相救莫静岚的神秘人会是什么人，就见莫静岚与沈画各执一个灯笼而来。

"不问什么？"莫静岚今天得了两个很合心意的灯笼，心情也很不错，笑吟吟地问道。

"没什么"。沈夜快速转移话题，瞥了一眼莫静岚与沈画手上的灯笼道："这灯笼做工挺精致的，哪来的？"

莫静岚撇了撇嘴，一脸鄙夷道："当然是买的，不然你以为哪里来的。"

对于莫静岚的打击，沈夜丝毫不在乎。谁让他脸皮够厚了。看向沈画红润的脸色道："画儿，山下好玩吗？"

沈画也撇了撇嘴道："还行。"

沈画偷偷看了两眼莫景凉，只是一瞬便低下了头。

沈夜瞧着自家妹妹的举动，也是无可奈何。

莫景凉目不转睛地盯着二人手上的灯笼，对着莫静岚说道："把你的灯笼给我看看。"

"咦？"莫静岚走近一两步，把灯笼递给了莫景凉，一脸奇怪，道："弟弟你喜欢这灯笼？"

听见莫景凉出声，沈夜也是诧异。随即接过沈画手中灯笼，仔细地查看起来。

莫景凉没有理会莫静岚怪怪的语气，查看起灯笼来。手指滑过灯笼，入手细腻光滑，不像是平常用作做灯笼的宣纸，倒像是皮，难道是……忽地，莫景凉变了色，出声道："灯笼在何处买的？"

沈夜瞧过莫景凉的表情，也知他与自己想的一样，正儿八经地说道："你们先回去休息吧。"

"在集市上买的。灯笼有什么问题吗？"莫静岚立马叫起来，她可没有这么好打发。

莫景凉听此，眉头紧锁道："无争送她们回西苑，将冰熙叫来书房，我有事找她。"

沈夜转了转眼珠子，要是把那两人拉来便有的玩了，复对莫无争道："莫护卫顺便一并把青瓷姑娘和苏大少爷请来。"

"是。"

快午时了，唐岚歆避过了唐长风安排的守候的弟子，准备下山走走。这段时间里，她总会想起一些事来，只要闭上眼，便浮上了眼前，挥之不来，呼之不去。

"唐门主要去哪儿呢？一个人出门也不怕出了什么差错。"

讥讽的声音传来，唐岚歆停住脚步，不用想也知道跟她如此针锋相对的除了叶轻轻还能有谁，没好气道："叶阁主可真是阴魂不散，到哪都能碰见。我要去哪儿，叶阁主还打算跟着吗？"

叶轻轻冷哼了一声，也是凑巧在大门口遇见了一脸丧门星样子的唐岚歆。几日未听到她的消息，却不想成了这副半死不活的样子。"唐门主也未免太看得起自己。也是，今日不宜出门。一出门就遇鬼，要死不活。"

"你……"

哄闹声不断传来，其中还夹杂着不堪入耳的打骂声。叶轻轻皱紧了眉头，朝外看去，只见一群不入流的人欺负某个倒霉鬼。

"叶阁主可不要分心，这是待人的基本礼仪，别说家里没好生教养过。"唐岚歆抬高头颅居高临下地瞟着叶轻轻，话中带刺。复顺着刚才叶轻轻的视线看过去，大步跨出门槛，回头看向叶轻轻道:"叶阁主既然有兴趣,我何不做个顺水人情,看看是何人能入叶阁主法眼。"

叶轻轻迅速跨出门口,抽出腰间红丝鞭子朝打人的人抽去。

几声响起,一群人小心地捂着被抽出血痕的后背,嗷嗷直叫唤。

"哪个龟孙子敢偷袭大爷,有本事出来。看大爷我不打死你。"

领头那人骂骂咧咧的,东张西望一会儿,却瞧见脸色铁青的叶轻轻。咽了咽口水,吓得一句话也说不出来了。

"偷袭你的龟孙子就在这儿,等死吗?"唐岚歆大笑起来,丝毫不顾及叶轻轻脸面。

叶轻轻不多言,直接甩出一鞭,缠住领头那人的脖子,用力一拉。"你算什么东西。"

领头那人脸涨得通红,抓住缠着他脖子的鞭子,想要缓解一些,断断续续道:"饶……饶……命……"

叶轻轻懒得跟他废话,收回鞭子,一脸厌恶道:"滚。"

"拖出去喂狗,狗都不吃。"唐岚歆自顾自地说着,眼角余光扫过蜷缩在地上,挣扎着起身的少年。十五六岁左右,白净清秀的脸上除了泥灰,还有些许血迹。这样依然妨碍不了唐岚歆认出那张脸,那是出现在她梦中的那张脸。

叶轻轻偏过头看着唐岚歆呆愣的样子,顺着唐岚歆的目光看去,嗤笑道:"看来入了法眼的人是唐门主才对。"又对那个少年道:"我救了你,你不该道谢吗?"

少年挺起了胸膛,站起身来,拍了拍身上的灰尘,拖着受伤的身体朝叶轻轻走来,弯下腰道:"多谢相救,感激不尽。"

"客套的说辞。"叶轻轻轻笑,扬了扬手上的鞭子,"看你的样子像是普通人家的孩子,不会什么武功来倾月山庄是找死吗?"

"我来拜师学武,以后我就可以保护我想要保护的人了。"少年扬起脸镇定自若地说道。嘴角带着自信的笑容,说这话时稚嫩的脸上还略显纯真。

"小子,你以为拜师这么容易,又不是地里挑萝卜。"人群中不知道是谁出声打趣道,又爆发出一阵大笑。

"来来来,不如拜我为师吧。"

"就凭你这样的货色,也想当人师父,笑话。小子,过来,我收你为徒。"

"就凭我,你以为你是什么好货色。"

唐岚歆皱起眉头,抬头看向嘈杂的人群,略带薄怒道:"都给我闭嘴,吵什么吵。"

"唐门主这是怎么了,火气挺冲的。难不成……"叶轻轻若有所思,转头对少年道,"我给你一个拜师的机会,你把刚刚欺负你的人打败便行。"

"我也给你一个机会,我唐门弟子虽多,但多你一个不多,少你一个不少。你选吧,是我还是叶轻轻?是唐门还是倾城阁?"

"凭我现在的本事无法打败他们,达不到叶阁主的要求了。"少年看了那几人一眼,实话实说着,展现着不属于这个年纪的成熟,"现在不行,不代表以后不行。"

"你是谁?"唐岚歆平静地问着少年。

少年抬头,脏乱的样子掩不住他的一切,就像金子永远不会被泥沙埋在地里一样。

"岳洛。"

看着少年抬起头来,唐岚歆才发现面前的少年也是个高大的男人了,像极了梦里的那个人,不由得有些出神。

叶轻轻忽地笑起来,锐利的眼光穿透自称岳洛的少年道:"随你。"

叶轻轻刺耳的声音拉回了唐岚歆的思绪,她缓缓出声:"岳洛……从今以后,你便是唐门的人。"

"谢门主。"

岳洛嘴角那微翘起的弧度,无人可见,却不料落在不远处的司言眼里。

第二十一章

赢了一场,唐岚歆也没见有多少好心情,转身走去,没走几步停下脚步道:"叶阁主过两日再见吧。"

叶轻轻看起来心情倒是不错,随意道:"那是自然。"

岳洛朝叶轻轻行了行礼,小跑过去追上唐岚歆,一同进了倾月山庄。

叶轻轻扫过司言所在地方,他人早已经不在了。迈了脚步,下山去。

入了唐门所在的院子后,唐岚歆放慢了脚步,对身后的岳洛说道:"你是谁?"

岳洛垂下了眼帘,说出了自己的名字:"岳洛。"

唐岚歆仰头,望着不算什么好天的天空,有些无力:"我好像在哪里见过你,可我记不得了。"

"是吗?"岳洛淡淡地说道,"我也不记得了。"

"门主,"唐长风大步走来,"原来你在这里,舅舅现在正在到处找你。"

唐岚歆斜眼瞧过唐长风,想起刚才叶轻轻所说的守在身边的护卫,无疑是对她的嘲讽。"我是犯人吗?还要人看守着。"

唐长风有些慌张,面对千军万马都面不改色的他唯独不能真正地面对唐岚歆。深吸了一口气,解释道:"属下不敢,只是……"

话还没说完就被唐岚歆打断,唐岚歆指着浑身褴褛的岳洛道:"带他去洗漱一番,再带来西苑。"

唐长风早就注意到跟在唐岚歆身后的岳洛,只是岳洛一直低着头,他看不清岳洛是什么样子。疑惑地出声问道："这位小兄弟是……"

"我的贴身护卫岳洛。"唐岚歆随口答道，"我去见大伯。"

"属下明白。"唐长风没有为被唐岚歆的话惊讶，他知道唐岚歆决定的事情，没有人能改变。转头看向低着头的岳洛道："小兄弟跟我来吧。"

岳洛抬起头来，拨开散乱的头发，露出脏兮兮的真容，直视着唐长风，唇角勾起，"多谢。"

"你是……"

那熟悉的脸映入唐长风的眼里，惊讶得不自觉地退了一步，他总算明白唐岚歆为什么会收下这个叫岳洛的少年。因为岳洛是阿呆，但阿呆却不是岳洛。

"跟我来吧。"回过身，唐成风又恢复了往日的从容，好似没有刚刚的失态。

岳洛跟在唐长风身后，眼神冷漠，他抬头望了一下天，总算要与你再见了不是吗？

书房之中。

"沈大少你能不能别没事一天到晚就到处闲逛吗？西苑乃是女眷所在之地，你不怕坏了规矩吗？"苏笙月百无聊赖地靠在椅子上，谴责着沈夜坏他好事。

"我是光明正大，你才是一天别没事往西苑跑，有伤风化。"沈夜也毫不客气回着苏笙月，"至于规矩，早就坏在你苏笙月身上了。你一天到晚就往西苑跑，青瓷姑娘受得了你吗？"

苏笙月把玩着桌子上的瓷杯，无所谓地说道："还好吧，一天三把刀，差点没把我给活劈了。"

"噗！"沈夜忍不住笑出声来，想想就好玩。可是到后面又不免有些同病相怜的感觉，他的未婚妻也是，每次见到他都一副恨不得咬上他几口的样子。

苏笙月站起身来，一脸笑意的样子让沈夜心里有些发毛。"幸好静岚妹妹会帮忙，替我说上两句好话。"

沈夜有种想打死苏笙月的冲动，把茶杯扔向他道："你还真是不客气到不要脸。"

苏笙月接过杯子，放回原处，云淡风轻地说道："还好。"

沈夜真是有要被苏笙月气死的节奏，"苏大少，你可真是个无赖，我甘拜下风，自愧不如。"

"多谢夸奖，青瓷都是直接叫我人渣的。"苏笙月笑起来，露出洁白的牙齿，怎么看怎么都像理所当然的。

"你可真行。"可真是一口老血卡在喉咙了，沈夜叹息一声，人比人气死人。

久久未出声的莫景凉哭笑不得地看着斗嘴的两人，这可真是强盗遇土匪，就看谁的嘴皮子厉害。又想到苏笙月那句妹妹，顿时就不好了，开口道："别拿我姐姐来占我便宜。如果有时间耍嘴皮子，不如去查查这灯笼哪里来的？傀儡师的真身到底在哪里？"

苏笙月从腰间取出扇子，一副潇洒做派，让沈夜不由得在心里诽谤，装得还像那么一回事。如果他以后还以为苏笙月淡雅似仙，那他一定是脑袋被驴踢了。至于以前，那绝对是瞎了眼，没看出这厮的真面目，不由抱怨道："姓苏的，祝你被青瓷姑娘砍死。"

"你觉得可能吗？"苏笙月走近正在研究灯笼的莫景凉，用扇子敲了敲桌子，"有什么发现？"

"触手如皮般冰凉细腻，大概是没错了。"莫景凉看着桌上摆放的两个做工精致的灯笼，眉头微皱，"至于是不是傀儡师的手笔就不得而知了。"

"人皮灯笼。"

苏笙月压低了声音，并不如看着那般轻松。"真是低级的趣味。"

"青瓷怎么没和你一起过来，有她的辨认应当好办许多。"

"估计是躲我吧。"苏笙月一脸无辜地说着。

"哈哈……哈哈哈……哈……"

"……"

沈夜大笑起来，指着苏笙月道："你到底做了什么人神共愤的事情，连青瓷姑娘都躲着你。"

苏笙月漫不经心地说道："没什么。"看向沈夜，有意玩笑道："如果不是你整天闲着没事干，本少现在就不是对着你们俩了，而是温香软玉在怀，温柔乡中过了。"

"……"

"……"

"我还真是没叫错你禽兽，你都对青瓷姑娘干什么了？"

莫景凉淡淡地扫过屋子，目光定格在苏笙月、沈夜两人身上，平静地看着他们未发一言。

认识莫景凉这么多年来，苏笙月也未见他有几次像这样一脸看好戏的样子，顿时觉得有些不对。"阿凉，你知道你每次幸灾乐祸，准备看好戏时都格外的平静吗？"

苏笙月话刚落下，莫景凉就接过话去，将疑问句说成了陈述句，"是吗。"

"不是吧。"

吱呀声缓缓响起，三人同时向门口看去，只见莫无争从门外露出半个身子，朝前走了两步道："公子。"

"有什么事情吗？"

莫无争连忙摇摇头，他已经看到拔刀的木青瓷了，只说道："公子我没事。不过……你们有事了。"

莫无争一走开，大门外空无一人。突然一个人影从旁边走了出来，正是木青瓷。不过那把细长刀身的长刀，明晃晃地刺激着三人的眼球。

见当事人一脸愠色，沈夜面上尴尬赔笑道："青瓷姑娘什么时候来的，怎么也不出个声。"

木青瓷握着刀走进屋子里，冷眼扫过沈夜，讥讽道："就在刚刚，正好听到沈少侠说禽兽对我干了什么。"

沈夜大窘，赶紧赔笑，谁让他多嘴去说这个了，"青瓷姑娘是听错了，我什么都没说。"

"是吗？"

沈夜连忙点头，"是的，是的。"

木青瓷把视线移到苏笙月身上，直接举起长刀指着他，脸色阴沉得可以滴出水来。

见此沈夜舒了一口气，沈家沈夜、茶仙苏笙月与倾月公子莫景凉三人躲在背后说人，还被抓个正着，传出去还不被人笑掉大牙，有辱家门。

苏笙月未动，目光真切地看着木青瓷，带着歉意道："青瓷，我们坐下来好好谈谈。今天的事情我可以解释，你相信我，那只是个意外。"

看着木青瓷这阵仗，听着苏笙月的话，沈夜算是明白了，他差点被坑了，于是火上浇油道："解释就是掩饰，掩饰就是事实，别否认了，苏大少。"

"你听我说，那只是一个意外。"

"意外？"木青瓷冷笑着，"今日我便让你变成一个意外。"

"一语成谶。"沈夜躲在边上看好戏，漫不经心地说道："真是不好意思。"

虽说苏笙月一直躲着木青瓷的攻击，但这样下去也不是办法。他往前一个箭步，向后弯下身体躲过木青瓷挥来的刀，身起一把抓住木青瓷握刀的手腕。余光扫过，苏笙月快速抓住她的另一只手，交叉相扣。

木青瓷双手动弹不得，有些着急，恶狠狠道："苏笙月，你最好别落在我手里。"

苏笙月也无奈，他怎知那把被他摔断的木梳对木青瓷来说这么重要，此刻也只好保证道："这绝对不是我故意的。"

话一完，木青瓷咬牙切齿，冷冷地说："你对我做的事情，我一辈子都不会原谅你，别指望我会放过你。"

沈夜可不打算放过这个调侃的好机会，不怕死地说道："你们做了什么？"

话一出口沈夜就后悔了，只见木青瓷和苏笙月异口同声道："关你什么事，给我闭嘴。"

收到纠缠着的两人的口头警告和眼神威胁后，沈夜转过头去对莫景凉道："本来没事这下真有事了。"

"……"

苏笙月若有所思地盯着沈夜，转移话题道："灯笼出现了。我还有事，就先走了。"

让苏笙月就这么跑了，木青瓷跺了跺脚，转头看着沈夜。

感受到木青瓷不善的目光，沈夜连忙追着苏笙月前去躲避。

莫景凉闭上了眼，脑袋里回想的是木青瓷如小女儿家的娇嗔的动作，不觉勾起一缕苦笑，他觉得他要输了，输掉自己最深爱的人。

突然木青瓷想起莫景凉，刚才的一切闹剧，他都看在眼里。平复好心情，转过身去。只见莫景凉闭着眼假寐，脸上有着疲累之态。心里生出一丝不忍，想了想，转身朝门外走去。

"你已经选择了吗？"莫景凉缓缓地睁开双眼，静静看着木青瓷的背影。

"你说什么？"

莫景凉很平静地看着木青瓷，嘴角勾起一缕自嘲："你选择了阿月。"

木青瓷垂下眼帘，她的心很乱，不知道为什么会这样。她不是一个轻易动怒的人，却一而再再而三地为了一个注定是敌人的男人气恼。这是爱吗？不是，不是的。

"你爱上他了，而我输了，输掉了你的心。"

"你认为可能吗？你应该清楚，我要的从一开始就是报仇，而不是谈情说爱。"

莫景凉听着木青瓷的话，自顾自地说道："或许吧。我输了，不是输给了阿月，而是输给了我自己。我太自信了，还想着你是当年那个单纯的小女孩，而我则是那个乱发脾气，还需要你哄着吃药的莫景凉。我们都没有变，却想不到我们其实都变了。"

木青瓷闭上了眼，不想让莫景凉看出她的情绪，"没有人不会改变，你会，我也会。每天晚上我都会梦见我爹被一群人围着浴血搏杀，我哥哥拼死为我杀出一条血路，我娘抱着我不停地跑。不知道跑到了哪里，她就不见了。我只听见她叫我不要回头，一定要活下去。那种绝望，你不会明白的。"

莫景凉沉默了，他不知道该说什么安慰木青瓷，他也曾亲眼看见大家姐的尸体，也知那种无力感。

"罢了。"

第二十二章

也许是太过沉默，木青瓷不着痕迹地擦掉眼角的泪，走近几步，拿过桌子上的灯笼，低头仔细地观察着上面的花纹，"有发现吗？"

莫景凉也拿过另一个灯笼，白色的骨柄入手冰凉，有种手握玉石的温润之感，"以人皮为灯纸，以人骨为柄。"

木青瓷看着灯笼上火红的一片，不由得出神。那是凤凰花。苗疆的醉花荫里长满了鲜红的凤凰花。

"你不回来，我就来找你，以凤凰花为证。"黑袍白面的傀儡师对着满山盛放的凤凰花一字一句地说道。

记忆涌入脑海里，她都快忘记了。本来应该死去的人重新出现了，并且终是来寻她了。

看着心不在焉的木青瓷，莫景凉连声唤她。

"什么？"木青瓷回过神来，有些不知所措。

"你想到了什么吗？"

"没什么，只是突然想起了一些往事。"木青瓷摇摇头，随即补充道，"跟当年一样，这两个灯笼是他的手笔。"

莫景凉握着骨柄，提着灯笼，翻转看着，想要看出个所以然来。"把你手上的灯笼给我看看。"

木青瓷把灯笼递给了莫景凉，看着他一手握着一个灯笼，好似在比对。"有什么问题吗？"

"一骨柄为实，一骨柄为虚，真真假假差点被忽略过去了。"莫景凉勾起唇角，将画有凤凰花的灯笼留下，从骨柄中掏出卷好的信来。

莫景凉打开纸卷，看着上面书写的内容，缓缓垂下拿着信的手，眼神复杂地看着木青瓷。

察觉到莫景凉的举动，木青瓷拿过信仔细看了一遍，口里不停地低语："你终究还是不愿意放过我。"

信上不过几个字：

凤凰花开，见之思之。

三日后，天刚蒙蒙亮，一群年纪大的前辈吹着胡子瞪着眼，各门各派包括围观看好戏的人也一个个没什么好脸色，因为这亭子里的东西：一具妆容"美艳"的尸体。

事情还要从昨晚说起。跪在地上的两个男人仗着有点三脚猫功夫，在武林大会期间，倾月山庄又提供了休息的住所，混在门派堆里骗吃骗喝。两人知道西苑都是一些小姐姑娘住的地方，又见她们生得漂亮，不同于一般的胭脂俗粉，便起了色心。不过这二人也是有色心没色胆的，于是当夜喝着酒说着这事，趁着酒劲壮胆，就商量了一下偷偷潜进西苑看看。

商量好了，两人就趁着五更天刚过，那时众人都已入睡，西苑的守卫也比较放松时去。走到此处时，两人看到一道黑影就倚坐在那栏杆椅子上。酒壮人胆，走近瞧瞧才发现是一个红装高鬟的女子，又穿着大红色的衣服，看着像嫁衣似的。

一时色心上脑，两人使劲抓住那女子，生怕她挣扎。不过冰冷的体温，还有一些湿滑的液体弄到二人身上时，两人才觉有些不对。那时天微微有些亮了，清晨的冷风吹得二人清醒了一丝。其中一个人揉了揉眼睛，手上的湿滑让他不舒服，凑近一看尽是鲜红的液体，再看那搂抱着的女子双眼都在滴血，可偏偏还在笑，让他遍体生寒，瞬间清醒，放手叫起来往外面跑，也不顾另一个同伴了。少了一个人的支撑，那女子直接就倒向另一人，同时逃跑那人的尖叫声也吓了剩下这人，抬头一看，只见那年轻女人睁大着双眼，眼孔处不停地流出鲜血，苍白的脸上唇红如血，直接就朝他倒下来，此人一下子就被吓晕。于是乎就有了之前的一幕。

"今年的事格外的多。"

天山派大长老阴冷地笑着，看着不怀好意，"林子大了什么样的鸟都有，只是往日没发现罢了。"

"山雨欲来风满楼，看来有人想要借此在这武林大会挑衅各大门派。"唐禄怎么不知几个老狐狸一个比一个奸猾，说着圆溜溜的话。

沈世谷冷哼一声，他怎么不知道唐禄是想浑水摸鱼，趁此拉拢莫景凉。"怎还不见庄主？"

"嘿嘿……嘿……"天山派大长老奸笑起来，"温香软玉在怀哪里是你我能比得了，又正是年少，血气方刚，难保不会晚点。"

这话正说到沈世谷伤口上去了，沈画的婚事就这样了，绝不是沈家想要的。何况家族里的人一直都虎视眈眈，此次空手而归恐怕会被那几位血亲兄弟狠狠打压。想到这里，眉头不觉皱得更深。

"诸位不必担心，只当没发生过，倾月山庄自会处理。"莫景凉来时已经围了不少人了，只是这事最好快点解决。

听到莫景凉这样云淡风轻的话，天山派大长老冷哼一声，斜眼看着坐在轮椅上的莫景凉，冷冷出声："看来莫庄主胸有成竹了。"

苏笙月从腰间抽出折扇，快速打量了一眼地上的尸体，勾起唇角，看向天山派大长老，"这件事我们已有一些头绪，大长老看好这最后几场的精彩比拼即可。你说对不对，沈公子？"

被苏笙月突然点到名，沈夜接过来话来，他看了一眼沈世谷，意味深长地说道："的确如此，诸位只当不曾发生过便好。"

"是吗？"沈世谷一直盯着沈夜，眼里是说不清道不明的冰冷，还有一丝不悦。

"是。"沈夜没有忽视沈世谷眼里的冰冷，如今的他已经不需要沈世谷的保护了。而对于沈世谷多年来给了沈画和母亲二人一个安稳平静的生活很是感激，但是他决不允许已经被权力蒙蔽了双眼的沈世谷再以沈画和母亲威胁他。

天山大长老的声音也变得尖利起来："看来此事不用我们插手。也好，让他们好好瞧瞧什么叫不知天高地厚，这个江湖可没有什么好蹚的浑水。"

"既然几位世侄都这样了，在座的各位还信不过他们吗？"唐禄起身，"江湖本就是他们年轻人的了，我们何不如坐在幕后看看书，品品茶，下下棋，过几日逍遥日子。毕竟都是半截身子埋进黄土的人了。"

"多谢前辈。"

苏笙是看着苏笙月长大的，就拿他来说，从没看透过苏笙月的心思，更别说知道他在玩什么花样了。"随你们吧。"

"多谢二叔。"

等到送走了那群人，三人在此了解了一些情况后，毫不犹豫地直接让人把这具女尸抬走，好好保存着，便去西苑找木青瓷。

走到一半，莫景凉想起了什么似的，突然出声道："无争，你亲自去把那具女尸的嫁衣拿过来。"

莫无争有些诧异，但他从来都是相信莫景凉的，"是，公子。"

见莫无争离去，沈夜瞬间就叫起来："重口味呀重口味，看不出来你还好这一口。"

"其实我也是才发现的，阿凉你的口味有些重，有些特别，一般人不敢恭维。"苏笙月和沈夜向来是互帮互损，此时自然不忘插嘴接话。

"……"

见莫景凉面带冷色，二人也不多说，互相别过脸去，气氛一下子冷了下来。

"嫁衣。"

"你说嫁衣？"苏笙月见莫景凉神色凝重，心下一沉，莫不是此事与青瓷……

莫景凉垂眸，递出了藏在灯笼手柄里的那封信，"挑衅吗？"

"算是吧。"

"你是哪一家的？"一路的三人说个不停，苏笙月想了想出声问着沈夜。

"废话，沈家。"

"沈大少，我和阿凉早已当你是可以共患难的朋友，有什么话开诚布公地说会更好。"苏笙月也不藏着掖着，干脆打开天窗说亮话，"宁国宝藏的传说，四把神剑，八位守护者。"

话都说都这份上了，沈夜怎么可能不明白，无奈地说道："说了这么多，结果我还是被你们拖下水了，看来都是缘分，一起被束缚着。"

"沈大公子果然干脆，既然我们三人都是被诅咒绑住的人，不如来打破这个诅咒。"

话音一落下，苏笙月掀起右手衣袖，青色的苍兰跃然而出。同时莫景凉也拉开衣袖，露出右手臂上的蓝紫色鸢尾。

"你们难道不知道本少爷要逍遥人间吗？"沈夜摊摊手，这两人成心想要拖他下水，可是若不在风华正茂时好好做一番事业出来，就对不起年轻过。他拉开右手宽大的袖子，露出白色的茉莉。

白色茉莉、青色苍兰、蓝紫色鸢尾，沈夜、苏笙月、莫景凉第一次坦诚相见，他们不知道日后这些事情，便是最好的回忆。也是从此刻起，三人不再有任何芥蒂，从此把酒论剑。

苏笙月一脸嫌弃地看着沈夜："想逍遥天下，真是异想天开。你身上的烂摊子不比我们少。"

"别嫉妒本少爷，你是吃不到葡萄说葡萄酸。"

"如今宁国八人已知其五，还有三人不知为谁？"莫景凉清冷的声音又将二人的斗嘴拉回了问题的关键上。

"已知其五，你是说被灭的木家和叶家。"

"嗯。"

"我还记得木家那位天之骄子，若说他死了，我也是不愿信的。"

"……"

沈夜也是皱起眉头，突然问道："宁家的人极有可能是遗族。"

苏笙月点点头："有可能。眼下我们要做的事情，就是解决了我那没品的情敌。"

"……"

"……"

沈夜撇了撇嘴，不屑地说道："话说回来，好歹我也是跟青瓷姑娘接触了一些日子。说句不好听的，并没发现美在哪里。"

"佛家有云，众生皮囊皆是表象，过眼云烟。何必在意华丽的表象，或许明天便是红粉骷髅。"

苏笙月接过话来，不同于平时的温和，声音出奇的温柔，"朝为红颜，暮为枯骨。青瓷的美，美在那一瞬。当你发现她的美时，便再也移不开眼。"

"……无言以对……"

天山大长老拜别了沈世谷，也不在外多逗留，直接朝着天山派所在的院子里走，无比自然地在天山众弟子的目光下推开自己的房门，关上房门。

一进屋，天山大长老清闲地自斟自饮了一杯茶水，待到心平气和之后，自语道："几个小辈，等日后自会让你们见识我的厉害。"语毕，放下手中白色瓷杯，叩出一声轻响。从位置上起来，轻手轻脚飞上屋梁，想要取下藏匿的东西。谁能料到，屋梁上的横木并没有任何东西。天山大长老难以置信地看着空空如也的屋梁，脸色瞬间阴冷了下来，一阵火冲上心头，被气得脸都成酱紫色了。

快速落地，在房中找东翻西，却也不见东西的踪影。天山大长老双手紧紧地握成拳头，脸色十分难看，口里不停自语："玄剑呢，玄剑呢。我出门时还特意检查过，怎么会不见。是谁？是谁？"到后面声音越来越大，幸好院子里没什么人，不曾听到这番怒声怒语。

气到心头，天山大长老直接一掌拍碎了屋子里的桌子，木块到处散落在地上。"到底是谁？到底是谁偷了我的玄剑。"

第二十三章

书阁外的廊桥上，一男一女并肩而立，周围也没有来往的人。男子玄衣银面，修长身材，举手投足间有种常人难有的霸气。女子一身红色衣裙更显窈窕，二人正是九王爷司言和倾城阁阁主叶轻轻。

"九王爷你要说什么就说吧，"叶轻轻率先开口，"不过想见我爹，凭王爷的本事，应该很简单。"

司言也不在意叶轻轻那恶劣的态度，恰似无意又有意地说起："叶阁主你就这么认定本王今日找你是为了见叶前辈之事？"

"不是吗？"叶轻轻冷声，随即又嘲讽道，"九王爷可不是闲来无事的人，难不成还有其他事情要找本阁主帮忙？"

司言轻笑，声音里有着说不出的蛊惑，"叶阁主太轻看本王了。人都是有敌的，我不例外，叶阁主不例外。若是心心念念的死对头那一日不是丧命在自己手中，恐怕也是会有遗憾的吧。"

叶轻轻眼光冷冽起来，"你到底想要说些什么？"

司言也不急，慢慢靠近叶轻轻，在她耳边轻声低语："你的死对头是谁？她死了，你就可以得偿所愿了。"

"你不会真想要她的命。"

"可总有人想要，这个人情可算卖给叶阁主了。"

叶轻轻冷哼一声："那我可要多谢九王爷好意了。"

"不必。"

待到叶轻轻走后，司言才收起了那一丝不羁与轻放，静静地站着原处不曾移动，眼神平静又包含更多的深意。

有人走上廊桥，身穿铁甲黑衣，站在司言身后，恭敬地行礼道："王爷，要见叶如琛并不是一定要叶轻轻引见，而且此次的事情仿佛不同寻常，要属下去探查一番吗？"

司言抬起手，示意身后的人不必行动，"不同寻常又怎么样？这次的事情有人比我们更着急。既然有人代劳，又何须本王插手。"勾了唇角，"正如你所说，要见叶如琛方法多得是，只不过本王要干的事情是强迫不来的。"

"是属下疏忽了。"

"与你无关。"司言想起远在上京城的一人，"传信给锦懿卿，让他继续找，价钱好商量。"

"是。"

话音一落，池跃行了一礼，便快步离开。

"山雨欲来风满楼……"司言轻语。他摊开手掌，掌心是一块上好的青玉佩。

自从前几日身着红嫁衣的女尸体被发现后，虽说此事被镇压了下去，可越是这样诡异平静越是人心惶惶。

借着武林大会最后几日，众人比武的气氛也冲淡了之前的不安，可对于小部分人来说，这样的平静不过是暴风雨来临前的征兆。

比武台前一片叫好之声中，特制的响箭在白日的空中炸开，不仅是一人察觉了，许多人都发现了。

"出事了。"

沈夜和苏笙月稳坐在各自的位置上，脸上变幻不定，这个响箭代表着西苑出事了。敌暗我明，何况暗中之人已经上钩，西苑的饵也放了出去，轻举妄动，那之前的部署就算白费了。

"诸位不必惊慌。"

至于求援信号，早在烟花弹在空中炸开时，莫无争便带了人迅速赶往西苑。

突然一顶红色的轿子落在了比武台上，发出重重的一声。

"是花轿……"

唐岚歆皱着秀眉，身后的岳洛没有一丝惊慌之意，反倒是说不出的平静。唐长风有些怀疑地瞟了岳洛一眼，便移开了视线。

第二十三章

"阁下既然来了,不如出来一见,躲躲藏藏可不是什么好本事。"

无人回答,沈夜跟苏笙月使了一个眼色,两人快步走上比武台,看着那顶花轿,移了步子,各站在花轿一边。苏笙月小心地走了两步,正准备用扇子挑开花轿布帘的一角,这时一个声音突然响起。

"弟弟,"莫静岚跑进人群,手按着胸口,气喘吁吁,"沈美人……沈画……她不见了……我没有……追到她。"

听此沈夜的脸色一变,苏笙月挑起布帘,朝轿子里看去,瞬间就变了脸。

众人看去也是一阵惊疑,看着莫静岚的目光也是奇怪无比。轿子里有一个昏迷着的女子,而这个女子正是莫静岚。

莫静岚的目光也随之看向轿子,脸上满是难以置信,不自觉地后退了两步,"她是谁?怎么会和我一模一样。"

也不知是不是太吵了,昏迷着的莫静岚开始醒转,满眼都是不解,看着轿子外的沈夜和苏笙月,连忙道:"你们两个还愣着干吗,还不快点把本小姐给弄出来。"

还不等沈夜和苏笙月动手,那个"莫静岚"已经自己出来了,看着台下一脸不可思议的莫静岚,也是吓得退了几步,随即大声道:"你是谁?"

台下的莫静岚一听,也不甘示弱地伸手指着那个"莫静岚"道:"我还没问你,你倒问起我来了。说,你到底是谁,沈姑娘是不是被你抓走了?"

台上的"莫静岚"也不是吃素的,"我看是你冒充我骗走沈姑娘才对。"

正在两个莫静岚争吵不休的时候,冷冰熙也赶来了,"公子,静岚姐追着沈姑娘跑了出去,我拦不住她们。"

话音一落,一偏头就看见台上台下两个莫静岚,同时看着她,说话都结巴了。"你们……你们……"

高台上坐着的几人也沉不住气了,沈世谷连忙开口:"到底怎么回事?"

苏笔的脸色阴晴不定,毕竟苏笙月也参与了这件事,只怕真出了事,沈家也会找上苏笙月的麻烦,思虑一番开口:"世谷兄先别急。"

莫景凉眼光扫过两个莫静岚,冷冷道:"是真是假,验过便知。"

沈夜与苏笙月各自站在一个莫静岚身边,为的就是辨认出真假后,以防假的逃凶。

"弟弟,你这个笨弟弟,我……你居然都认不出来了。"苏笙月边上的莫静岚气得跳脚,对于被人冒认十分的不高兴。

莫景凉未发一言,看了两个莫静岚一眼,道:"是真是假,我自有分辨。我姐姐自小便喜动,十四岁那年曾有一次伤了手,手上留下了一个疤痕,至今还有一些痕迹。"

听此,沈夜边上的莫静岚连忙接下话来,一脸欣喜道:"这下看你这个假货还怎么装。"得意地伸出左手,手腕上真有浅浅的疤痕痕迹。

"没错,是疤痕。"

"抓住她。"

沈夜迅速出手,抓住显出疤痕的假莫静岚,令她动弹不得。

众人反应不及,那个证明了自己是莫静岚的女子反而被抓住了,这到底是怎么回事?

真莫静岚笑起来,出声道:"还想冒充我,这左手腕上的疤痕是我前几日留下的。"

假莫静岚一脸哀怨地看着莫景凉:"你真的要相信她。"

"真相都摆在眼前了,再狡辩也没用。"沈夜话音刚落下,便伸手沿着假莫静岚鬓角边缘摸去。摸索了一阵,扯下一张面具来,露出一张并不年轻的脸。

"说出你的来意吧。"

假莫静岚眼神冰冷,她嘲讽地说道:"并无来意。"

沈世谷站起身来,手狠狠地拍在桌子上,震得桌上的茶水杯洒出了水。厉声道:"少跟我胡言乱语。我问你,画儿在哪里?"

假莫静岚突然盯着沈世谷大笑起来,"不说又能如何?杀了我……你就永远也别想再见到沈画。那个女孩可真美,若是将她的皮扒下来……给我做一身衣裳,那一定很漂亮。呵呵……"

"你找死……"

"画儿在哪里?"沈夜压着怒火说道,他心里很烦躁,那个傀儡师至今都没有出现。万一出了什么事情,他不敢想象。

假莫静岚此刻也不慌,慢条斯理地,慢慢扫视着周围的人,"她在我主人那里。呵呵……她活不长了……活不长了……主人的双手在那具美丽的身体上慢慢划过,轻轻地,小心翼翼地,把她的皮扒下来,画上最美丽的图案,制成最精美的东西。"

听到这话,不要说沈世谷了,已经气得一佛出世二佛升天,就连沈夜都忍不住了。不仅是因为沈画可能落在那个有变态嗜好的傀儡师手上,更是因为这个不明身份的女人那种死定了语气。要知道,杀一个人只需一瞬。

莫静岚听得浑身毛骨悚然,偷偷地瞟了一眼沈夜,见他脸色十分不好,挪了几步,挨着他小声地说道:"你不用担心,沈美人一定没事。就算是仇人,那也要威胁一番,不会这么快的……"

"谢谢。"

被沈夜这么一道谢,莫静岚罕见地觉得不好意思,偏过头去,连忙摆手道:"没什么的……好歹也是我没有追到沈美人。"到后面莫静岚的声音越来越小,越来越小。

"下次不要去犯险……我会担心的……"

这话听进耳中,莫静岚不由得脸红起来,声音如蝇响:"嗯……知道了……"

苏笙月一挑眉,瞧着莫静岚那染上红晕的小脸,有意无意道:"沈兄不错呀。"

沈夜倒是不在意,但凭苏笙月怎么说,反正说说而已,以后谁知道谁的麻烦多。

莫景凉扫了苏笙月一眼,直接无视他的话,"交代清楚,我放你一条生路。"

"说不说我的下场都是一样。"假莫静岚笑得更是张狂，一脸的鄙夷，"你们这些虚伪的名门正派，何苦假惺惺地说要放过我。满口仁义慈悲，背地里还不尽做些见不得人的事情。"

看着那满脸不屑的女子，莫景凉眉头一皱。像这种嘴硬的人并不少见，只需动用些刑罚便可。

"时间也差不多了，何不说说你主人让你来的目的。"

假莫静岚一听到这话，随即冷笑，"既然知道我带着目的前来，还问什么？"复扫视了一圈在场的人，仰头盯着高台上的沈世谷，"想要知道沈画的下落吗？就让青瓷姑娘出来一见。"

沈世谷此时不怒反笑，他冷声讽刺道："莫庄主可是听清了，还不请出来一见。难不成要我沈家的大小姐为了一个不知来历的女子而赔上性命？"

沈世谷的语气中说不出的嘲讽，言下之意分明是木青瓷出身卑贱，跟沈家大小姐沈画不是一个身份能比的。

莫景凉脸色有些不好看，他说话也冷硬起来："人是在山庄失踪的，自然会平安无事地把她送还给沈家。"

"你要见我吗？"木青瓷的声音在人群中响起，从中走出，走到假莫静岚面前。她一开始就混在人群中，只是没有人发现她。

第二十四章

"我主人要见你，新娘……"假莫静岚脸上有着笑意，她弯着身子，只能看见面前那简单没有任何花色的裙子。仰起头与木青瓷的目光相交，视线停留在她的脸上。突然猛烈地挣扎了起来，脸上满是惊恐的神色，嘴里发出呻吟的声音。

木青瓷秀眉一蹙，虽是不解也未多问，没时间耗下去，冷冷地出口道："沈画在哪里？"

听到木青瓷那不急不缓的声音，假莫静岚朝她看去，身子一下子就瘫软在地，眼里满是惊恐，迟疑地指着木青瓷说道："你……你是……你是七杀祭司……"

"七杀祭司……"

还没待众人反应过来，假莫静岚便突然匍匐在地，朝着木青瓷不停地求饶："七杀大人……属下知错，属下不知是七杀大人才会做此糊涂事。"

木青瓷暂时不想去探究这其中有什么误会，有些事太过复杂，"沈画在哪里？"

假莫静岚偏头朝着唐岚歆所在的地方深深地看了一眼，"沈画……她在……"话还没说出口，她人就开始抽搐倒地，不过转眼间就没了气息。

"死了。"

那个假莫静岚已经死了，沈画的消息断了，这是无可奈何的事情。她刚才朝唐岚歆所在处看了一眼也是落在了沈夜眼中，他出声道："唐门主……"

话还没说完就被打断，唐岚歆站起身来，脸上有着不满："这是想说本门主抓了沈画不成？"

"并非此意。"莫景凉轻摇了摇头，他瞥了唐岚歆一眼，就转移了视线，落在别处。

"那你以为谁才是幕后主谋呢？"唐岚歆拖长了声，不悦地说着。

"本王以为是唐门主新收的那个贴身护卫。"九王爷司言的声音传来，只见他从一边走出。

唐岚歆脸色一变，甩了甩袖子："绝对不可能是他。若是换作其他人，我可能会相信，但岳洛绝对不可能。"

"唐门主可不要被迷惑了。"司言的话说得很随意，胸有成竹的样子让人无法怀疑。

众人纷纷盯着岳洛，那个看似只有十六七岁大的少年，一时间众人纷纷对他指指点点。

唐岚歆心中不确定岳洛是不是幕后主谋，但还是毫不犹豫地为他辩护："九王爷你可有什么证据？"

"若我说没有证据，唐门主是否就不信本王了？"

唐岚歆没有多做其他辩解，坚定地说道："若是岳洛真的是歹人，也该由本门主亲手处置了他，容不得他人对他动手。"

岳洛一愣，这个世上可能只有那个人会这样维护他。不过好戏这才开场。

木青瓷走到唐岚歆面前，打量了岳洛一番，脑海中并没有关于他的任何印象，"放心，只是查看，并不会伤害他。毕竟沈画还下落不明。"

唐岚歆没有说话，低垂着脑袋，没有任何人看到她眼里闪过的那一丝笑意。她突然出手，三根银针同时插进木青瓷的脖子，一只手勒住木青瓷的脖子，挟持住她。

"门主……"

木青瓷只觉颈上有些疼痛，又被勒住，正准备动手脱离唐岚歆控制，却发现自己完全使不上力。"针上有毒。"

唐岚歆的袖子里滑出一把匕首，抵住木青瓷的喉咙，挟持着她一步一步地后退。看着步步紧逼的众人冷笑道："最好不要靠近，否则她的命就保不住了。"

"她被控制了。"

木青瓷心里也是怀疑，唐岚歆是不会做出这样举动的，只有一个可能。

唐禄气急，更多的却是担心，"歆儿还不快住手。"

唐岚歆一脸有趣地瞧着唐禄，笑得灿烂，"我安全离开，谁都不会有事。"

"看来已经被彻底控制。"沈夜看着唐岚歆的样子，皱起了眉头。

唐岚歆慢慢地退着，沈夜、苏笙月、唐长风等人一起跟着她，其中还有唐岚歆的死对头叶轻轻。

见此唐岚欹将木青瓷勒得更紧，指着岳洛道："你……过来。"

岳洛吸了一口气，也不迟疑地朝着唐岚欹走去，站在她身后，"门主……"移了一步，更加靠近唐岚欹，嘴巴动了动，"你该醒来了，傻妞。"

那般细声温和的声音传进唐岚欹耳朵里，她的身子一僵，缓缓转身面对着岳洛。只见岳洛勾唇一笑，突然出手从唐岚欹手上夺过木青瓷，一掌打在唐岚欹身上，借力将她打了出去。

"欹儿……"唐长风连忙上前接住唐岚欹，只是唐岚欹已经晕厥过去了。

司言挑衅的声音响起："果然是你，看来本王没有猜错。"

"是吗？我还以为伪装很完美了，想不到还是被人看破了。"

"只不过是侥幸。"

"世上没有侥幸，一切全凭实力。"

"你今日走不了，"沈夜逼近了一步，"把我妹妹交出来。"

岳洛也不在意，冷笑道："走不了也罢了，沈画也恐怕活不了。"

"你……"

岳洛冷笑着看着众人，在木青瓷耳边道："这些人的面目是多么的虚假。"

木青瓷已经没有力气跟岳洛多说，干脆就不说一字。

虽是跟木青瓷说话，眼睛却一转也不转地盯着在场的人。话音刚落下，岳洛突然朝地上扔下五六个霹雳弹。爆炸声响起，烟雾尘埃四起，挡住了所有人的视线。等到众人都能反应过来时，岳洛早已带着木青瓷不见了。

"该死。"罕见地连苏笙月都骂了一声。

"他们走不了多远，派人去附近搜查。"

天山大长老眯起眼睛，嘲弄着说道："今日之事莫庄主要如何收场？"

"怎么收场是我的事情，大长老不必多操心了，管好自己便可。"莫景凉心情很不好，木青瓷被抓走了，沈画更是不知生死。"沈姑娘是在我倾月山庄失踪的，我定然会负起全责，找回沈姑娘。"

"这样最好，若是画儿有什么意外，我绝不会轻易饶过你。……夜儿，尽快找回你妹妹。"

"是，三叔。"

随着木青瓷被抓走，唐岚欹昏迷，众人也都看得热闹，又见几个主事人没有多的逗留之意，纷纷散了去。虽还有那比武台的决斗，但也看得不如刚才那般紧张激烈了。

"现在怎么办？"

"只能等。"

看苏笙月一直没开口，沈夜问道："你是怎么看的？"

"不敢说一定，但我应该可以找到青瓷现在所在的地方，不过需要时间。"

莫景凉从来都是拣重点，吐字而出："需要多久？"

"不确定，一切要看青瓷。"

倾月山庄所在的那一片山范围不算小，其中最远处的山峰离倾月山庄少说也有几个时辰的路程。一是山路难行；二是林子又大又深，不熟悉路的人很容易迷路，在林子里找不到东南西北。离那悬崖不远处的密林里有一个简单的木屋，是经常上山砍柴的樵夫留下的。不过木屋已经很破旧了，看样子也是废弃了不少时日。

木青瓷醒来时就发现使不上武功，身体无力。好在沈画就倒在她边上，多半还在昏迷中，一时半会儿醒不来。她的视线不停地转移，打量着这个简陋的木屋。

鸟鸣声响起，一只灰褐色的小鸟不知从何处飞进了屋，落在木青瓷的边上。

木青瓷不想理会这只可能是误入了木屋的小鸟，尽量使自己靠稳木头搭建的墙壁上。

"看来它喜欢你……"男子的声音从暗处传了出来。

一听到这个声音，木青瓷瞬间就换上了戒备神色，"你是岳洛，还是傀儡师？"

"是谁重要吗？"

岳洛从木屋的角落走出来，宽大的黑袍，似笑非笑的白脸面具，配上这种羊入虎口的情景，真是说不出的诡异。他的步子很轻，几乎没有发出声音。他伸手拉下黑袍帽子，取下脸上的面具，露出的脸正是十六七岁的岳洛。

"如果是傀儡师，想不到你竟然还活着，我还以为你已经死了。"

岳洛蹲下来，伸出手掌，灰褐色的小鸟跳到他手掌上，很是乖巧。他忽略木青瓷的话，轻轻抚摸着小鸟的羽毛道："如果是岳洛呢？"

木青瓷冷冷地盯着岳洛，见他手上那只小鸟，面无表情地说道："我不知道你为何如此执着于我，但是我们两个注定只能活一个，不是吗？"

岳洛轻笑起来，清秀的脸是那般的柔和，"没错，你一直都想我死不是吗？"语毕，将手上的灰褐色小鸟放到一边。

木青瓷没有否认岳洛的话，眨了眨眼睛，"你如果不再一次出现在我面前，或许我们可以不用拼得你死我活。"

"因为我威胁了你的命吗？"岳洛并没有因木青瓷的话有其他表情，挨着她坐下，靠在墙壁上。闭上眼睛，静静地没有说话，眉眼中有着疲累。许久才道："也不知道算不算，这个世间，这片天地，没有人比我更爱你。"

木青瓷对岳洛这番话嗤之以鼻，爱这个字太奢侈，她要不起。

"你恐怕不相信，连我也不相信。第一次见你，我就知道你是我要找的人。那双眼是那样的冰冷，充满了仇恨与不甘。"岳洛捂着眼睛，低低笑着，"我还记得你跟我说的话，只有活着才能走到最后。"

木青瓷努力地回想是在什么地方遇见过岳洛，跟他说过这番话，却没有一丝印象，她记不得是如何追寻到了苗疆，见到岳洛的。

"苗疆与中原分界的小镇里，街边落魄被人欺负的少年。"岳洛猜到了木青瓷对他全然没了印象，出声提醒着她。

"想不到我当初救下的那个少年竟然是你。"经过提醒,木青瓷隐隐间有了印象,街边被人欺负的十五六岁少年有着一对与年龄不相符的深邃的双眼。

岳洛睁开眼,望着屋顶,"第一次见你,我就认定了你。我本以为我恨尽了天下女人,结果我还是想错了。"

木青瓷没有插嘴,继续听着岳洛的叙述:"我常常在想女人为什么这么善变,口是心非不提,却是最无情的。

"我本来出生在一个富足的家庭里,我的母亲是乡里最漂亮的女人,谁见了都会多看两眼。有一年我父亲做生意被人骗了很多钱。母亲不是个耐得住寂寞的女人,在我父亲为了打拼家业而不得不时常出门做生意时,做出了背叛我父亲的事。

"她先是与府里的家丁在一起,后来勾搭上了外面的男人。纸是包不住火的。何况我母亲也没有隐藏她的事。那时候整个乡里都在传我母亲的那档子龌龊事。每次出门,那些人总会对我指指点点,那种让人讨厌的目光一直跟随着我。后来我父亲因那些事生了重病,家中亏空。而那个女人安分了几天,更是不要脸地和别的男人勾搭,于是我就成了我母亲的替代品,每日被我父亲责打。

"至于是我母亲的那个女人,她依旧过她的逍遥日子。之后没多久,那个女人便伙同她的姘头偷偷变卖了家里所有值钱的东西,卷了钱跑了,留下了一屁股的债。债主上门时,我和我父亲流落街头。债主一家尖酸刻薄的话,看路边死狗一样的眼神,那样的高高在上,我至今都忘不了。所有的人都骂我是野种,是畜生。反驳被打的我是有多可笑,就像别人掌心里随时可以捏死的蚂蚁。之后我就在街上偷盗乞讨,过着一种与以往不同的生活。"

第二十五章

不用岳洛多说,木青瓷也能猜出岳洛当年那段时间过的是什么生活,因为这些不一样的生活她也一样经历过,那些情景,始终历历在目,烙印在身上,成为挥之不去的记忆。不知为何,她突然有些明白岳洛为何会如此执着于自己了。"于是乎你恨透了天下所有的女子,到处猎杀那些年轻漂亮的女人。"

"不是的。"岳洛淡淡开口,语气中有着说不出的感觉,"被赶出那年我十岁,日日在挨打乞讨中求着生活。我父亲成了一个酒鬼,他每时每刻都在酗酒麻痹自己,每一次喝醉他都会往死里打我。有一次他又喝醉了,像往常一样打我,一个酒坛子直接就砸在了我头上。我不愿意再忍受那种日日被人打骂的生活,于是我反抗了,推了他一把,就跑了出去。

"不知不觉走到我家的大宅门口,看着里面灯火通明,我偷偷地翻墙进去,想不到被抓住了。我被当作小偷带到了大街上被狠狠地毒打了一顿，之后他们抓来我的父亲。

"那一刻我宁愿被人活活打死，也不要那个是我父亲的男人跪在地上不停地磕头求人放过我。那个男人可以随意给人下跪，给人磕头，甚至被人用尿淋在身上。那个债主的妻子女儿则再次站到了我面前，她们皱着眉头，不是因为看着我们可怜，而是我和我父亲在那座曾属于我的大宅子门前流出的血弄脏了地板。还有周围那些人的眼光言语。

"那一刻我在心底发誓，将所有欺负过我的人变成手中的蚂蚁，可以随时随地捏死他们。"

"……"

"我们被警告毒打一顿后，给放了。那个男人之前就是半痨子，又受了一顿毒打，回去了没多久就死了。我知道他还想着那个卷钱逃跑的女人，所以我一定会找到她。"

"看起来你如愿了。"木青瓷靠着墙壁，却时时警惕着岳洛。

"那之后没几日，我偷了一把刀，潜进了那座我所生活过的大宅里，杀了那个债主一家。明明是第一次杀人，我却没有半分害怕，倒是说不出的兴奋。走之前我觉得不够过瘾，便试试剥皮了，挂在走廊上。"岳洛漫不经心地说着往事，话锋一转，语气轻快起来，"可惜第一次不顺利，那张皮损坏了太多。之后我就逃跑了，师父就出现了，他问我愿不愿意跟他走。不过五六年时间，我剑走偏锋，并未学到几分本事。"

"我找到那个女人时，她的鬓角多了几缕白发，眼角也有了老态。可是我依旧第一眼就认出了她。那时她做了一户人家的妾，早已不再年轻的她被冷落在一旁，过得也并不如意。当我站在她面前，她也记不得还有一个儿子。那个女人早就忘了她曾经还有个被她毫不犹豫抛弃的儿子。"

岳洛的声音很温和，让人想象不出来他是一个杀人不眨眼的魔头，"我还记得杀她时，她那惊恐的眼神，直到皮被剥下，那血肉模糊的样子，让我看不下去。那张皮囊可真丑，不知道当初为何会觉得她漂亮。"

木青瓷低垂下头颅，让人看不清她脸上的表情，但手不自觉地放到腰间匕首处，岳洛的话深深地激起了她心中的浪花。

那年正是在苗疆范围出了事，此中曲折也不必多说，只是最后她被岳洛捉了。不同于今日，但相同的是也是在一间废弃的屋子里醒来。说是醒来也并不算醒来，只能说是迷迷糊糊的，脑子也不太清楚。那一刻给木青瓷留下的除了恐惧还是恐惧，浑身瘫软无力，更别说使不使得上武功。

不多的蜡烛照出一片昏黄的天地，还有躺在长条桌上如同待宰的羔羊的女人。浑身笼罩在宽大的黑袍中戴着白粉面具的男人，熟练而富有美感地剥下那个还活着的女人的皮。行云流水般的动作却让木青瓷产生了一种无法言说的恐惧。谁能够想象，那是怎样的一种情景，昏黄的烛光，被血染得鲜红的皮，还有那血肉模糊的女人尸体，地上泛黑的血迹，无一不在刺激着木青瓷。

无力反抗的待宰羔羊，等待着冰冷的利器来割断咽喉。

"你放心,我不会伤害你的。这世间除了我,没人会爱你。"岳洛瞟了一眼木青瓷放在腰间的手,轻飘飘地说着话,"江湖上的那些正人君子是没有心的,他们的真心就跟浮云一般缥缈无垠,现在的一切不过是建立在利益之上。若有一日你与他们的利益相悖,你就会发现人是如此善变,人心是如此让人捉摸不定。哪怕前一刻对你甜言蜜语,许下海誓山盟。"顿了顿,继续说道,"或许下一秒就会对你拔刀相向,这才是人心。"

"也许吧。"

"有时候人还比不过只扁毛畜生。"岳洛从地上站起来,他离开时看了木青瓷一眼,温和地说道,"好好休息,接下来会是一段不平静的日子。"

木青瓷觉得有些疲累,有许多事情她都想询问岳洛:白凌是怎么回事?杜鹃和她母亲有什么深仇大恨?还有,为何他们都与苗疆有关……视线转移,只见沈画还在昏迷之中,揉了揉额头道:"你是怎么将沈画抓到这里来的?"

听到沈画,岳洛先是一愣,随即轻笑,眼中有着一丝难以察觉的落寞,"我记得我说过,沈画是自己跑出来的,并没有任何人抓了她。"

"为什么?"

"因为一个字。"

"什么字?"

"你以后会知道的。"

"是吗?"

"七杀是苗疆巫月神教的祭司。"像是知道木青瓷还想问什么,岳洛丢下这几句话便离开了。"白凌是从我师傅手里要来的,凭我的本事可控制不了他。"

木青瓷仰头望着屋顶,脑中乱作了一团。七杀、白凌都是苗疆的人。娘亲留下的话,留下的东西都是与苗疆有关的。所有的事,所有的人都指向了苗疆。

木青瓷从腰间抽出匕首,往日轻而易举的事情,如今却费了一番力气。不得不说岳洛的药让她丧失了逃跑能力。木青瓷用匕首在她的左手臂上划了一刀,伤口不停地冒出的血珠子顺着手流下,也染红了衣襟。

"果然没错。"

木青瓷自语,正如她所想,就算被下了药,浑身无力,可是突然的疼痛却能减缓那种无力感。接下来,如果不能给岳洛一记必杀,那么接下来死的人会是她。

紧紧握着匕首,短小的剑身映出木青瓷的一双眼睛,很美的一双眼睛。那森冷的剑光昭显着它是暗中袭杀的利器。她始终记得那个夜晚,她哥哥抱着她离开,分别时从身上拔出这把匕首,给了她一件最后的礼物,还为不能陪她道歉。

"对不起,青瓷。哥哥这次不能陪你去看花灯了。"

想到那时候的情景,木青瓷仰着头,眼泪不知不觉地落了下来。轻声地呼唤:"哥哥。"

倾月山庄里看似平静,却笼罩在一片阴云之中。

"心慌了吗？还是迫不及待地想知道某些人的身份。"宁月涯靠着椅子上，怀里搂着一个女人，身后站着一个样貌清秀的男子，为他轻轻捏着肩。

屋中还有一人，长身而立，背对着三人，只是背负在身后的手，露出一个翡翠扳指，正是操控那个强大的傀儡的男人。只听他不急不缓地开口："作为盟友，有些事我该知道。"

宁月涯嗤笑一声，那表情是说不出的讽刺，"好一个伪君子，说起话来也这样的冠冕堂皇。跟你结盟的人可不是我，我为何要告诉你。"

被称作伪君子的男子也不怒也不恼，像是习惯了宁月涯如此嘲讽一般，"没有为什么。别忘了，如今你我是一条船上的，哪怕你厌恶我到了极致，你也最好给我忍下去，否则谁也没有好果子吃。"

"威胁吗？不过是靠女人的废物罢了。"

男子声音依旧温润，没什么变化起伏，"青瓷姑娘的身份，玄剑出世是宁夜澜的意思？"

宁月涯搂紧了怀里的美人儿，漫不经心地说道："青瓷？我怎么知道她的身份。至于玄剑，我大哥一脉一向忌讳我，此次让我来倾月山庄都不知有何目的。倒是你一天到晚陪着个女人，不会是忘了自己是谁了吧。不如给了我，也为你解决了一个麻烦。"

听到宁月涯后面的话，那戴着翡翠扳指的男人眼中闪过一丝冷意，话语依旧温和，却多了份肃杀，"你还没有资格染指我的东西。"

"你的东西？"宁月涯不屑一笑，"既然这样我更是志在必得。"

"那就走着瞧。"那男子如此说道，"这屋子里有些东西该解决掉了，留着可碍眼得厉害。"

那捏肩的清秀男子和宁月涯怀里娇媚的女人都是一愣，大气都不敢喘。

宁月涯挑起怀里的女人的下巴，逗弄着她道："听到了吗？有些话我可不希望说出来。"

那女人还想说些什么，但宁月涯用手指封住了她的话，一点一点地靠近那女人。手慢慢从唇上往下滑，俯身吻上那娇艳的红唇。手也没停下，掐住那女人的脖子，快速地扭断了那女人的脖子。

捏着肩的清秀男子见此，手不自觉地颤抖起来，退了两步。

宁月涯把死不瞑目的女人扔在地上，从袖中抽出锦帕轻轻擦拭着唇角，看向是盟友的男子，"他……我暂时没胃口，送给你了。"语毕丢下锦帕便出了门。

那男子看了眼瑟瑟发抖的清秀男子，眉头一皱，剑光一闪，血花飞溅。

第二十六章

正当沈夜、莫景凉不停地排查地图上的这片山脉时,嗡嗡声突然响起。苏笙月立马站起来,不再是那副走神的模样,低头看着手中的瓷瓶,神色凝重地说道:"血……"

"什么?"

苏笙月打开那个瓷瓶,从里面飞出一只跟十岁小孩的大拇指指甲盖大小的飞虫。嗡嗡声就是它发出的。只见那只长相奇特的飞虫在屋子里到处乱飞,最后终于飞出了屋门,朝远处飞去,消失不见。

"蛊虫。"

苏笙月轻点点头,"刚才飞出去的蛊虫叫迷踪蛊,用于追踪是最好的。"

"苗疆之物。"沈夜重复了一遍,"这和血有什么关系?"

"迷踪蛊的寿命很长,在无人饲养的情况下会结出一个茧。蛊有雌雄二虫,刚才你们看到的是雌虫,只要相隔不算太遥远,雌虫就能寻着雄虫的气味而去。前几日时,我便把雄虫放在了青瓷身上。"

莫景凉看了一眼苏笙月,神色也凝重起来,"迷踪蛊虫结茧,唤醒蛊虫的东西莫非是……血?"

苏笙月没有否认莫景凉的话,解释道:"蛊虫自卵破出时,以人血饲养。如果没有人血喂养,它们结茧。直到再次以人血喂养,冰棺蛊虫才会苏醒。"抬头看了一眼两人,沉声说道:"也就是说青瓷并不比沈画安全多少,她可能还受了伤,甚至……"

"会不会是青瓷姑娘弄伤自己?"

"她并不知有此事。"

"这个……"沈夜还真不知道说什么,"与其在这里说些废话,还不如赶快寻过去。"

"那雌虫身上有我苏家秘制的香,过会儿我放出血鸦便好跟着追去。"

"你们两个真的不打算动身去找人吗?"

"现在去无非是暴露行踪。这几座山范围太大,雌虫也需慢慢寻去,不如趁此研究一下对策。"

沈夜额头上青筋直跳,忍住想打人的冲动,他和苏笙月说不下去了。沈夜十分怀疑苏笙月喜欢的不是品茶,而是唱戏,唱一出他自导自演的戏。

莫景凉垂下眼帘,只有将沈画平安救出,才能彻底解决跟沈家的婚约。所以不惜一切代价也要安全把沈画带出，这样莫家才不会给沈家一个借口，他也能够真正地握住木青瓷的手。

三人谁也不说话，就这样各想各的。久久的，气氛有些沉重起来。不管是沈夜，还是苏笙月，抑或是莫景凉，他们都知道先前的玩笑不过是掩盖心中情绪的一种方法罢了。

"我一直想问你，你和你三叔怎么回事？"苏笙月抬起头，一脸认真地看着沈夜，"你如果不方便说也没什么，我也不强求。"

沈夜摇摇头，落座在一边，"你们应该知道十六年前黄剑重现世间引起了巨大的风潮吧？"

"你是说十六年前的黄剑之争？"

苏笙月坐得端正，他轻敲着桌子，慢悠悠说道："各门各派死伤惨重，到后来黄剑离奇失踪，再也没有消息。直到十年前地剑之事，木叶两家灭门，地剑未出现过，连风声是谁放出的，也是个谜。直到现在，玄剑突然出世，就在倾月山庄。"

莫景凉的声音冷了下来，"你想说什么？"

"这是一个局。"苏笙月微勾嘴角，似笑非笑，"十六年前有人故意在动荡之时现出黄剑踪影，引得众人前去争夺。十年前，放出地剑的消息。而如今青瓷以玄剑换雪莲，是为了什么？若说单纯是为了你，说来都是不信的。只是较于前两次有人故意布局，玄剑出世只怕是个意外，让暗中操控的人打乱了棋盘。"

"然后了……"

沈夜扶额，出声打断二人道："你们两个有完没完，说什么都能扯到青瓷姑娘的身上去，都给本少爷闭嘴。"

话一出，莫景凉和苏笙月同时看向沈夜。苏笙月沉默了一会儿道："那你继续。"

"……"

"……"

"我父亲沈家家主死在了黄剑之争中。"说到这里，沈夜仿佛回忆一般，"大家族出来的对党派林立的家族之争应该很明白。我父亲一死，沈家家主之位空了出来，那些叔伯们一个个用尽了方法，争夺家主之位。年少的我不足以保护人，三叔选择了扶持我，有了三叔的庇佑，我母亲和画儿才能安枕无忧。"

"他的野心很大，不难看出来。"

沈夜无奈地笑笑，"他对我有恩，又是我三叔。恩将仇报不是我的性格，但兔子逼急了都会咬人，何况是我。"

"若日后需要我们帮忙直说，有些事早点解决了才好。"莫景凉考虑了片刻说道。

"多谢……"沈夜沉默了一会儿，这句多谢他是发自内心的，"有你和苏大少这样的好友，我沈夜今生就无憾了。当然能将娘子娶回家，更是人生一大幸事。"

"……"

"看来你最初那几年的日子也不好过。看沈大少你如今一副风流样子，也亏得你没被逼得内心阴暗。"

"我是会内心阴暗的人吗？"

莫景凉唇角微勾，明显是被两人的话逗笑了，暂时放下了心中的不快。

苏笙月扇子一合，一本正经地说道："唐家那里有消息了吗？"

"没有。"

"那锦家呢？"苏笙月继续问道。

"还没有任何消息传来。"

"是吗？"苏笙月意味深长地说道，"看来唐门隐瞒了不少。"

"九王爷那里有消息吗？"

莫景凉琢磨了一下整件事情道："只怕九王爷对岳洛也是一无所知，点出岳洛也不过是说出怀疑。"

"大概也是如你所说。"

"只要此次一举成功，阿凉你就轻松了，安心治腿，麻烦事永远也轮不上你。"苏笙月倚靠在椅子上，语气和缓了不少。

"可以治好吗？"

"随天意。"

苏笙月嗤笑一声，"没有什么天意，命是自己的，该怎么活就怎么活。"

莫景凉白了苏笙月一眼，不咸不淡道："你先把七明芝和石芝弄清楚再说吧。"

"……"

"……"

见苏笙月说不出话来，沈夜也知道莫景凉一句话戳到苏笙月痛脚了，随即大笑起来，"苏大少呀苏大少，你出身医药世家还分不清药材吗？说出去不让人笑掉大牙。"

"苏家世代行医，不代表我必须会医药，那样我就不是茶仙而是医仙了。"苏笙月摊了摊手，话说得很随意，并不以认不出药材来为耻，"沈家是豪门大户，难道你沈夜是土豪地主？说不定还真是这样。莫家是做珠宝玉石生意的，你看看阿凉对此是不是了如指掌。"

"略懂。"莫景凉不动声色地答道。

"你就别强词夺理了，苏大少，没有台阶给你下。"

"正事要紧。"

当夜后山木屋中，倒在地上的沈画醒转过来，缓缓睁开眼睛，入眼是陌生的环境，转头看到背靠着墙壁已经睡熟的木青瓷，眼里闪过一丝狠意。摸过头发上插着的簪子，小心翼翼地动着，那是妒忌的火焰在驱动着她行动。

沈画没有注意到一只灰褐色不起眼的小鸟在一边，她的所有动作都落入小鸟眼中。

一连串的啾啾声响起，灰褐色的小鸟上蹿下跳，沈画被突如其来的动静吓到，一下子不稳跌坐在地上。手紧紧地握住发簪，惊慌地扫过木青瓷，扫过屋子，发现是一只小鸟后，顿时舒了一口气。

"你在干什么？"木青瓷睁开眼，目光冰冷。

"没……没什么……你怎么突然醒了，吓我一跳。这里……是哪里？"沈画一阵发慌，手不自觉地背在了身后。长长的衣袖挡住了手里紧紧握着的簪子，由于太过心慌，簪子不小心划伤了手掌，留下一条小小的口子，突然的疼痛依旧让她变了变脸色。

"囚笼。"木青瓷冷冷地看着沈画，察觉到她的不安，又移了目光。手平放在地上，灰褐色的小鸟跳上她的手掌心，还在不停地鸣叫着。

"你不是会武功吗？快点带我离开。"

"我不是你的护卫，你的生死与我无关。这里不是倾月山庄，由不得你胡来。如果你想死，我绝不拦你，但请你不要把我拖下水。"

木青瓷的冷言冷语，激得沈画一阵火大。她是沈家大小姐，在沈家谁都要让她三分，想到莫景凉就是为了这个女人要跟她解除婚约不由发起火来，"你不是我的护卫，我怎么做也与你无关。我沈画身家清白，才不像你一样来路不明，这次被抓说不定就是你害的。"

木青瓷静静地听着，不禁冷笑。保护得太好的大小姐，不要说莫景凉因为她的原因不肯娶沈画，就是没有她，莫景凉也不可能会娶这样一个头脑简单的女人。

"你笑什么……"沈画本就对木青瓷不满，如今见她没有一丝怒意，反倒是笑起来，更像是在嘲讽她一样。

"真是傻得天真。"木青瓷丝毫没给沈画面子，论出身她不输给沈画，"如果没有沈夜，别说江湖，沈家你都待不下去。"

沈画伸手指着木青瓷，恼羞成怒地说道："你懂什么？你根本就不知道世家是什么样，还有脸来教训我。我不是你，自然不用在江湖里混迹。"

木青瓷不屑，放下手中小鸟，冷笑道："没错，你的确不是我。你是沈家大小姐，而我什么都不是。"

"你知道就好。"

沈画睁大了杏眼，还准备说些什么，只可惜木青瓷已经不再看她，闭上眼休息了。

就这样许久，天蒙蒙亮时，沈画已经睡熟了，木青瓷依旧保持着背靠着墙的姿势。

"什么人？"木青瓷突然睁开眼睛，轻声道，"出来。"

木屋依旧安静，没有丝毫声音发出。木青瓷小心谨慎地打量着屋子里的各个角落。

"好敏锐的探觉，一般人可是发现不了的。"暗中有人说道，声音很轻很缥缈，"不要吵醒了她，否则会很麻烦的。"

青瓷瞥了眼睡着的沈画，防备着躲藏在黑暗中的人，"阁下有事吗？"

"你不问我是谁吗，七杀？"

又是七杀，木青瓷秀眉一皱，"阁下如若不赶紧讲明来意，恐怕就没时间了。"

"你是说岳洛吗？他被我困住了。至于来意，不过是来看看七杀的皮，还有白凌至死都无法忘怀的人罢了。"

"你早就知道我不是七杀祭司。"话都说到这份上了，木青瓷也不绕弯子了。

"差不多。七杀那般在意美丑，是不会再用她以前的脸。"

"你也是巫月神教的人？"木青瓷盯着没有一人的门口角落处，声音就是从那周围传出的。全身紧绷地防备着，手放在腰间的匕首上。

察觉到木青瓷的敌意，暗中的人轻笑，"放心，看在阿妧的面子上，我也不会对你怎么样。"

第二次听见阿妧，木青瓷微皱起眉，第一次是白凌提起来的。

第二十七章

"阿妧没跟你说起过巫月神教的事吗？还真是伤了旧识好友的心，你娘永远都这么没良心。"

"阿妧是我娘？"木青瓷皱紧了眉头，好似听到了什么不可思议的话，"我娘只是一个普通的江南女子而已。"

"看起来抛弃往日的旧身份，除了七杀，就属你娘最舍得了。"那人也不反驳木青瓷的话，语气很轻快，"我忘了，阿妧是不可能跟你说起巫月神教的事的，所以你并不知道那些旧事。"

"七杀就是杜鹃，杜鹃就是七杀，那么是她害了我娘吗？"木青瓷强忍着悲悯，垂下眼睑道，"为什么七杀这么恨她？"

"因为你娘美。"

见木青瓷一脸不信任，那暗中的人笑出声："看来你从白凌那里只知了皮毛。从小七杀就样样强过阿妧，争斗了十年，却没一样争过她。出身不好不是七杀的错，可她那张脸实在是普通至极。"

"仅仅是为此？"

木青瓷一脸狐疑，有些事她无法否定，其中的疑团太多了。

"阿妧可是个坏丫头，把所有人都骗了。"

"什么意思……"

"看在旧情的份上，我奉劝你一句，别再用这张脸，找叶如琛探探情况，说不定会有意想不到的结果。时间也差不多了，下一次再会。"

"告诉我你是谁？"木青瓷连忙叫住暗中人，想要知晓他的身份。

"当年七杀、白凌还有你娘都是叫我玉面的。"那人的声音越来越轻，直至完全消失不见。

木青瓷从不知她的母亲会有这么多的秘密，以前的许多事也因此解释得通了。神秘的玉面，隐藏的七杀，苗疆巫月神教，她迟早都会走一趟的。

等到岳洛出现在木青瓷面前时，嘴角挂着一丝冷笑。"客人已经走了吗？"

木青瓷也不废话，她总要将事问个清楚，"你说白凌是你师父的傀儡？"

"是。"岳洛说着这话时脸上带着笑意，就像一个天真的孩子。

"你师父是谁？"

"我没有回答你的必要。"岳洛温和地说着，随即戴上那个涂满白粉鲜红唇色的面具，一步一步地靠近木青瓷，蹲下身体道："我会跟你证明的，这个世上除了我没人会爱你。另外千万不要被那扁毛畜生抓伤或是让伤口沾上它的血，那种剧毒瞬间就会发作，没人可以救得了你，哪怕是我。"

话一说完，岳洛把沈画抱了起来，准备带她离开。

木青瓷没有想到看似瘦小的岳洛竟然有这么大的力气，急忙出声道："你想对她干什么？"

"只是想带她去一个地方。"

被人突然抓起来，沈画也该醒了。一睁开眼，眼前是一个白粉红唇面具，被吓得尖叫了起来。

"放开她，岳洛。"

岳洛给了木青瓷一个让她安心的动作，"我暂时不会杀她，这可是一个好筹码。"

沈画不停地挣扎，她都吓得说不出话来了，只能不停地挣扎反抗岳洛，可惜她并不能反抗岳洛。

木青瓷挺直腰背，盯着岳洛，看不清他面具下的表情，"你要带她去哪里？"

"我会向你证明，这个世间除了我没人会真心对你。因为我们都是一类人。"

见岳洛将沈画打晕离去，木青瓷连忙起身想要追上去，不知是药力持续时间太久，还是怎么的，她依旧身子发软，没有任何站起来的力气，一下子倒在地上，手臂被撞得生疼。尤其是已经结痂的伤口被突如其来的这一下弄裂开了。

"你不必为了她让自己受伤，"岳洛停下脚步，偏过头来淡淡说道，"她想要杀了你。"

"我知道。"

"是吗？江湖里最容不得有善心的人，那种人会死得很惨。不要想着逃走，我给你下的药是常人的三倍。"语毕，岳洛不再理会木青瓷，扛着沈画就离开了破旧的木屋。

木青瓷趁着疼痛，扶着一边的墙壁，慢慢地站起来。手腕上的伤口看着血肉模糊，让人不忍看下去。"或许我们是一类人，但我和你注定只能活一个人。"

鲜血滴进银色的镯子里，黑色的小虫发出嗡嗡声。木青瓷打量了一下周围，确定那声音是从自己身上传来的。拉开湿透了紧贴在手腕上的袖子，一只黑色的小虫出现在镯子镂空的部分中，血还在往里流。

这就是你说的保命之物吗？苏笙月。

不知何时，岳洛身边那只灰褐色的小鸟飞了回来，落在地上。跳来跳去，跳到刚刚沈画所在位置后的那堆杂物上，用橘红色的小尖嘴啄出一样东西，正是沈画随意扔在那堆杂物中的簪子。

灰褐色的小鸟啄出簪子，飞到木青瓷面前，张嘴扔下那根发簪，就飞到了她肩膀上鸣叫起来，像在说些什么。

木青瓷跌坐在地上，冷眼看着沈画的簪子，上面还有一点血迹。早在沈画醒的时候她就醒了。她一向浅眠，如今更是睡不着，有一点风吹草动便会醒转。沈画的举动她自然是知道的，之所以不点破，是因为跟沈夜暂时的同盟关系，没必要如此。偏头看了一眼肩上的灰褐色小鸟，伸出那只受伤流血的手打算去逗弄它一番。谁知那只灰褐色的小鸟在木青瓷的手还没有靠近的时候，就飞走了。

"连一只扁毛畜生都不愿意你触碰，我活得是有多差劲。"木青瓷自嘲道，如今她别说自保能力，就连动都动不了，是名副其实的案板上的肉。

当沈夜已经不知道第几次将莫静岚身边的人都怀疑过一遍后，还是没有猜出那一晚出手救了莫静岚的人是谁。随即又看向莫景凉道："会不会是我未来岳父担心宝贝女儿出事，专程派人暗中保护。"

"不可能。如果真的是我父亲派的人，出了这些事以后他应该会第一时间就要见我。"

沈夜无奈地说道："那就只有这样想，一个路见不平拔刀相助的英雄侠士出手救了我家宝贝娘子。"

"……"

"……"

莫无争听着二人没头绪的话，出口道："公子，我们上次在后山找到的那具尸体，他的两只手都被人砍掉了。如果是特意砍下，会不会有什么线索。"

沈夜面上有着不相信的表情，"打死我也不相信岳洛那个不按常理出牌的傀儡师会专门砍下一双男人的手，然后拿回家好好收藏。你说那要是个漂亮女人还差不多，男人还是一般模样的，说白了三个字——不可能。而且根据青瓷姑娘给的消息，岳洛还停留在扒漂亮女人皮的路途上不肯前行。"

"的确有神秘人相救莫姑娘没错，但是眼下最重要的是该去寻青瓷和沈姑娘了，也该好好会一会岳洛了。"苏笙月停顿了一下，接着说道，"已经找到青瓷的所在。"

"将所有在山上搜寻的人马全部集中，将附近包围起来。除了留守山庄的护卫外，一律派到下山的通道守着。"

"属下这就去办。"

"一般人拦不住岳洛，何不借此拉上一些帮手。比如萧晨安，再比如九王爷司言，再比如唐门。"沈夜露出一丝奸笑，怎么看怎么像一只笑面狐狸。

"主意不错。"苏笙月用扇子掩住唇角，轻笑不已，"既然有免费的打手，不用岂不是可惜。"

"……"

木青瓷偏头看在地上跳来跳去的灰褐色小鸟，又听木门吱呀声，冷眼看着进门的人，正是岳洛。

"不知道我有没有告诉过你，受了伤千万别碰那畜生，否则你会死的。"

"怎么说？"

"看来你之前并未将我的忠告听进去。"岳洛伸出手指抚摸着飞上他肩头的灰褐色小鸟，"一只被母亲赶出窝的弱小的、可怜的小鸟正好被我捡到，一直用毒蛊饲养，能活下来也算是一个奇迹。只要被它抓伤或是你的伤口处染上它的血，很快就会毒发身亡，哪怕是我也没解药。"顿了顿又道，"不过它倒是很喜欢你，懂得趋吉避凶，主动避开不接近你。"

木青瓷沉默了一下，随即说道："你来就只为了告诉我这些事情？说吧，有什么事。"

岳洛取下面具坐到木青瓷身边道："如果我说我是来向你证明这个江湖的丑陋。他们马上就来了，在这之前我觉得有些事需要和你说清楚，免得到时候说不清。"

木青瓷听着岳洛这漫不经心的语气，有些皱眉道："也许趁这个机会的确该说清楚，你逃不出去的。"

"知道上次我怎么活下来的吗？因为我还有执念，还想再看一眼醉花荫的凤凰花。"岳洛低垂着眼，一脸平静，"我的武功并不好，与那位方神探一同掉入悬崖，重伤无力时，我咬断了那个方神探的喉咙。他眼睁睁地看着我吸干了他的血，却无力反抗，就这样睁大了眼睛，最后死去。那段时间我就靠着他的尸体过活，我迫切地想要再见你一面，再看看盛开的凤凰花。尤其是我撑不下去的时候，我就在想哪怕是死，至少也要死在你的手上，而不是跟人同归于尽。"

"你这算是在交代遗言吗？或许我会成全你。"

"若我死了，我想回到苗疆，守着醉花荫直到永远。那时你带着这只扁毛畜生走，它会是你最忠实的宠物，永远也不会像人一样背叛你。也算是我为你最后做的事。"

木青瓷诧异地瞥了一眼岳洛，随即又移开目光，"你好像料定了你会死。你如果输了，我会成全你，将你葬在苗疆的醉花荫，永永远远地守着那片乐土。"

"好。"岳洛没有多说什么，"猜猜那些虚伪的武林人士能不能抓住我。"

看着岳洛一脸自信的样子，木青瓷将手放在腰间，隔着衣服碰到匕首，这才让她有了一丝安全之感。

岳洛将木青瓷所有的动作收入眼中，并没有一丝惊讶，反是知晓她会这样做。随手将一个青花瓷瓶放在门边的木桌上，肩上的灰褐色小鸟飞到桌上，围着那个瓷瓶不停地打转。

岳洛走到木青瓷身边，将她抱起。走到门边，看向那只灰褐色小鸟道："好好待在这里，否则会被杀的。"

不知是不是将灰褐色的小鸟养在身边太久，它也听得懂人话，通了灵性，不停地鸣叫着，吸引着岳洛的注意。

唐岚歆醒来时就听说找到岳洛的藏身地了。苏笙月、沈夜、莫景凉都去救人了不说，连萧晨安、九王爷司言等人也一同前去助阵，只为了确保万无一失地救出被抓的两人。

"歆儿你想去哪儿？"唐长风端着安神茶进来时，正碰上准备去找岳洛问个清楚的唐岚歆。

唐岚歆面无表情地看着挡住她的唐长风道："你知道我要做什么，闪开。"

唐长风放下手中的安神茶，对唐岚歆道："别去……歆儿……他是岳洛。"

"我知道……他是岳洛。更因为他是岳洛，我才要找到他。"

唐长风眼里闪过一丝失落，又恢复如常道："我陪你去，至少这样舅舅问起来也好有个交代。"

唐岚歆有些诧异，遂点了点头答应。

第二十八章

在靠近百丈悬崖的山腰处，大批的江湖侠士都围在那里，除了真正派出来的人手之外，大多是来凑热闹的。

岳洛一身黑袍出现在众人的面前，双方不过相距短短五十步的距离，却没有人敢妄动。"所谓的江湖正派也不过是打着名门旗号的走狗败类罢了，怎么今日打算围攻我？"

"大胆妖人，还不快将沈家小姐交出来，不然有你好受的。"

"说得好，你这种残暴成性的大魔头，不知道残害了多少良家女子。不杀了你为民除害，怎对得起天地良心。"

"天地良心那是什么，你知道，还是他知道。" 岳洛戴着那个白粉面具，众人看不见他面上的表情，只听他的笑也是讽刺无比。

沈夜问道："我妹妹在哪里？"

莫景凉冷冷道："沈画在哪里？"

同时苏笙月也出口问道："你把青瓷藏在哪里？"

"哪里？哪里？我若说在黄泉，你们信吗？"

沈世谷怒极，尽量使自己的声音平和道："你将画儿交出来，我以沈家的名义保证，你可以安全离开这里。你是聪明人，应该明白你逃不出去。"

岳洛身后不远的大树上，那浓密的树荫中有一道人影，正是木青瓷。话说岳洛将她带到这里后，便封了她的几个穴道，让她说不出、动不了，只能看着他们的对决。这里的位置很好，可以清楚地看清每个人的动作表情，而那繁茂的枝叶也很好地为她做了一个掩护，让人发现不了。

"就凭你一个人就能保住我的命？"

沈世谷抬手间流露出高手风范，"自然。只要你放了画儿，沈家可以担保你安全离开。"

"你沈家可以保证不杀我，可不代表其他人会让我离开。"岳洛拖长了尾音，扫了一圈众人，"你们都想要沈画安全吗？那没问题。另一个人就留下来陪我，作为人偶娃娃。两个人中只有一个能活……你们想要谁生谁死呢……"

"你这妖人，快快将沈小姐交出来，不然叫你死无全尸。"

"看来是做出选择了。"

作为被沈夜以维护江湖稳定的借口拉来的萧晨安久久没有动静，听完岳洛的话，合上扇子道："你若不是有十分把握没人可以杀了你，那多半是有可以安全离去的后手。二选一？你的目标本就是青瓷姑娘，想来早就做好了准备。"

"我这人从来都是宁为玉碎，不为瓦全。得不到的东西，我宁愿毁了它。"岳洛没有什么太大的感情波动，"时间不多，你们选好了吗？青瓷……还是沈画？"

莫景凉皱起眉头，冷冷说道："我再问你一次，沈画在哪里？"

沈夜诧异地看了一眼莫景凉，本以为他会为了青瓷姑娘放弃沈画，现在想来他更在意的是莫家。沈画不似青瓷姑娘在江湖里摸爬滚打多年，面对岳洛时，根本只能任他宰割。

倒是沈世谷对莫景凉的举动很是满意，至少这时他沈家的面子找了回来。

"你的把戏未免太孩子气了。"

众人你一言我一语，谁也没有注意到岳洛身后某棵大树上那沉默的人。

岳洛哈哈大笑起来，"这就是答案，比起沈画来，你什么都不是。"

一道黑影突然从岳洛身后蹿出，朝着木青瓷所在的大树上而去。黑衣人抱着不能动的木青瓷，解开了她的穴道。

岳洛突然从黑袍中抽出一把剑来，稍微灌注一点真气，朝着抱着木青瓷准备离开的黑衣人一剑劈去。不比任何利器差的剑气散开，十多棵大树被拦腰斩断，顺着山坡掉了下来。

这些事情只发生在瞬间，众人还没反应过来，就有几人死在了剑气之下。除了玄剑这等神兵利器，还没有什么兵器有这等威力。苏笙月、沈夜等人在事情发生的一瞬就动了，想要先发制人。只见岳洛没有一点担心之意，就在苏笙月等人上前来时，提前埋伏好的十多具傀儡出现拦住了他们。

"玄剑……"

有人大叫出来，天山大长老看见玄剑，恨得更是牙痒痒。

岳洛丝毫不让黑衣人带走木青瓷，连翻进攻，玄剑剑气四散，众人都躲避不及，也不敢贸然上前。

黑衣人身材高挑，抱着木青瓷连翻躲闪也显得很吃力，几番差点都受伤。

"将我交给岳洛，你先走，我自有办法脱身。"木青瓷靠着黑衣人，嘴唇动了动。

黑衣人也不犹豫，扔下木青瓷便离开了。

苏笙月见此快速摆脱挡住他的傀儡，迅速地朝着木青瓷而去。岳洛反手一剑，苏笙月一个旋身躲过。几步的距离，苏笙月一个箭步飞速上前，朝着岳洛一掌打去。岳洛转身将玄剑往胸前一挡，苏笙月正好一掌打在玄剑剑身上，余力透过玄剑传到岳洛身上。

岳洛迅速从腰间抓出东西向苏笙月撒去，立马抱起木青瓷往后退。

"有毒……大家小心……"

烟尘满天都是，那些撒出的粉末也不知是什么东西。苏笙月连忙掩住口鼻，不得不往后退，退到粉雾少点的地方。司言、萧晨安等人也纷纷退回到莫景凉身边。

莫景凉搭在轮椅上的手不禁握紧了，他没有乱动，凭他无法走动的状况，只会添麻烦。就算修习了高深的武功，也无法随时随地保护身边的人。因为这双腿废了，他想要站起来，迫切地站起来。

岳洛将木青瓷抱起，十几个傀儡纷纷退到他身边，身上没有什么损伤。不是苏笙月、萧晨安、司言、沈夜他们不够强，而是那些傀儡实在难缠，不管怎么打都像不会感到疼痛一般。

木青瓷冷冷地扫视众人，眼中没有一丝感情，是那么的冷淡漠然。

"我会再给你们一个机会的。"岳洛冷笑，"这次可要小心了。"

"岳洛……"

唐岚歆赶过来了，对着一身黑袍的岳洛突然大声喊道："是不是你？"

这声音成功吸引了众人的注意力，岳洛静静地看着唐岚歆，许久才道："不是我。"

唐岚歆靠前，直勾勾地盯着岳洛，眼中已经有了泪花，声音也生硬起来："我再问你一次是不是你？"

"歆儿……"唐长风护在唐岚歆面前，随时准备为她拼命。

"到底是不是你，回答我？"

"不是……"岳洛的声音不同于往日的讥讽，变得很轻佻。

"一盏茶之后百丈崖山顶，沈画就在那里。"岳洛扔下几个霹雳弹，爆炸声响起，尘烟弥漫，众人不禁大骂。

"岳洛……你骗我……"唐岚歆低语，然后快速地朝百丈崖的山顶跑去。

唐长风顾不得刚才护着唐岚歆弄出的伤，追着唐岚歆而去，"歆儿……"

沈夜拍了拍衣服上的尘土，忍不住道："这算什么？"

司言接过话来："感情戏。"

萧晨安点点头，"说得不错。"

"我就先行一步了。回去的人记得给青瓷澄清一下盗玄剑的罪名。"苏笙月施展轻功，朝百丈崖而去。

树林飞奔之间，岳洛搂着木青瓷道："记得我和你说过的吗？我会证明给你看，这世间除了我没人会爱你，因为我们是一类人。"

木青瓷狠狠地按在她左手臂上才结痂的伤口，疼痛感袭来，她整个人顿时都清醒了不少，也不似最初般无力。

"我会带你回苗疆，醉花荫的凤凰花开了，很美很美。"岳洛自顾自地说道，想象着醉花荫的凤凰花在他的面前盛开的样子，丝毫没有注意到危险的来临。

突然之间，木青瓷将那把万年寒铁铸成的匕首插进岳洛的身体，冷声说道："我不可能和你去苗疆。"

岳洛好像早就料到木青瓷会这样做，身体颤抖了一瞬，强撑着身体的疼痛，抱着木青瓷落在一背坡的树荫后。

"你还是这样做了。"岳洛躺在满是落叶的地上，沾满血的手掌异常白皙，一把扯下白粉面具，脸上有着悲凉之意。

木青瓷坐在岳洛身边，岳洛对她下的药很重，直到现在她依旧无法动用内力。"我不想杀你。不杀你，我就会死在你的手里。你说得对，我们是一类人。"

岳洛没有着急拔出匕首，嘴角微弯起一丝笑，那笑很淡很淡，"若是我说我从来没有想过杀你，你信吗？"

木青瓷沉默不语，那意思已经很明白，不曾相信过。

"你从来都没有相信过我说的话。哪怕我骗尽千万人，也不会骗你一句。那一年是你朝我伸出了手。"

对于岳洛，木青瓷始终带有歉意，"你明知我要杀你，为何还要给我机会？"

"我死过两次，对生早已没了眷恋。在那个黄昏，你像神女一样出现在我的眼前，朝我伸出了手，给了我一个活下去的希望。我真的很想和你一起去看一次醉花荫的凤凰花。"岳洛眼神迷离，温和清淡的声音让人听着很舒服，"看来我回不去了。"

"你不恨我吗？"

岳洛轻咳两声，血从口里溢出。先前他就因苏笙月那一掌受了伤，如今更是雪上加霜，"为什么要恨你，这都是我自愿的不是吗？这纷纷人世没有人会比我更爱你。"

木青瓷心中生出悲凉之意，嘴角扬起一缕浅笑，却是说不出的苦涩，"为了我这种人，值得吗？"

"值得。"岳洛仰着头看着干净的天空，白云清风，他的心从来没有这么平静过。

木青瓷艰难地挪动着身体，靠近岳洛道："我可以救你，解药给我，到时候你就可以回苗疆去看凤凰花了。"

"没有解药。过几天你自然会恢复如初。"岳洛咳了两声，他虽伤重，可木青瓷却没下死手，"你从没信过我，直到现在也是如此。可偏偏我是这世上唯一一个不会骗你、不会背叛你、不会弃你而去的人。"

"你怎么知道这一次我不是真的想救你？"木青瓷笑起，是那样的讽刺，"我不是什么好人，为了活下去杀了很多人，手上沾满多少的鲜血。你永远不知道，我的肩上背负了老老少少数百条人命。除了报仇我想不出活下去的理由。你那么轻易地说放弃，我救了你又有什么用。就算没有今天的事，你也活不长久，因为你对人世已经没有了任何留恋。而我跟你不同，我是要永堕深渊的人。"

"将我的骨灰洒在醉花荫深处的那株凤凰木下,我想永远地留在那里。"岳洛咳出少许血,伸手抹去嘴角的血迹。

"好,我带你回去。"

第二十九章

岳洛撑起身体,胸口的疼痛袭遍了全身,抽了一口冷气道:"不要相信那些武林正派,为了自身的利益,为了家族的利益他们会毫不犹豫地舍弃掉任何人。"

"你想干什么?"

只见岳洛站起身来,擦掉脸上的血迹,而胸口的伤处还在流着血。而匕首一旦拔出,他可能立刻就会死。

"我会为你证明你现在的路。"

岳洛从地上拉起木青瓷,搂在怀里。这小小的举动,对于他来说却是痛苦万分。

"停下来……岳洛……你会死的……"

"信我一次。"岳洛抱着木青瓷,施展轻功而去,嘴里咳着血,"你叫什么名字?真正的名字。"

"木青瓷。"

"木青瓷,我叫岳洛,你愿意最后相信我一次吗?"岳洛的声音很温柔,不同于以往的温和。

"去了,你一定会死,现在重伤可还有活下去的机会。"木青瓷鼻子有些酸,第一次她想为一个人哭。她记得那年那个黄昏,是她先朝那个十五六岁的少年伸出手的。

"能死在你的手上,也算是一件幸事。"岳洛艰难地说道,他的体力不能支撑他多久。他不担心苏笙月等人先到百丈崖顶,救走沈画。只是他的身体撑不了多久,他还要证明。

百丈崖顶,沈画呆呆愣愣地站在悬崖边上,只要再退一步,她就会掉下去。而她的前面则是十数个傀儡并排站着,正是先前跟众人打斗的那十多个刀枪不入的傀儡。

"画儿。"沈夜赶到时,正好看见沈画低着头,一动也不动地站在悬崖边上。

"沈兄最好不要妄动,"萧晨安出言提醒道,"沈姑娘现在的状态很不对劲。"

现在还没有多少人上来,一是人多反而不方便,二是不如这几人行动迅速,所以崖顶上也不过这几人。

"沈画就在那里。傀儡不会阻拦你们,他们已经是死物。"岳洛佯装着很轻松,搂着木青瓷在人群背后出现。

唐岚歆循着声音看了过去，没有戴上面具的岳洛，宛如邻家少年般清秀，面上无悲无喜，很是冷淡，那一身的黑袍将他不算太过于瘦的身体包裹在内。只是那嘴角勾起的嘲讽，让人看了各有心绪。

见此唐岚歆眼中闪过一丝苦涩，面上的表情也是变来变去。"是你控制了我。"

"是。"

"是吗？"唐岚歆自嘲一笑，不由得退后几步，腿脚有些发软，往地上摔去，幸好唐长风连忙扶住她。"原来是我多想了。"

"诸位最好不要妄动，沈画和青瓷都中了我特制的蛊，若是我有什么意外，不出三天她们就会死。"岳洛挟持着木青瓷走到崖边，傀儡一动未动。

木青瓷不知道岳洛在玩什么把戏，但选择了信他一次，这是第一次，也是最后一次。

司言颇感兴趣道："在这里你根本逃不了，我倒是很好奇你是怎么想的。"

"死对我来说没有任何威胁。"

"有趣。"

岳洛从腰间取下玄剑，直接丢到几人面前。因为动作太大，牵动了伤口，岳洛的身体不自觉地颤抖了一下，血又开始流下，黑色的袍子让人看不出血的颜色。

"玄剑就在此，我只有一份解药，谁生就用玄剑杀了那些傀儡来救便是。"岳洛说道，他现在很不好，已经筋疲力尽了。

"这种把戏你玩不累吗？"莫景凉皱起眉头冷声道。

岳洛勾唇一笑，道："不累，我给你们考虑时间。过了时间还不决定，我就将唯一的一份解药从这里丢下去，那时候谁也活不了。"

沈夜强忍着怒气道："你抓我妹妹就是为了做这个无聊的选择吗？"

"我说过你妹妹不是我抓来的，是她自己跑来的，至于你相不相信那是你的事情。"岳洛冷笑，拉过沈画在身边，与他和木青瓷并排而站。"不如我再告诉你一件事，你的妹妹妒忌心很强，心肠也够狠毒，我很喜欢。她的手上差点就有了一条人命。"

听见岳洛如此诋毁自己妹妹，沈夜怒道："你以为我会信吗？"

"信不信由你。女人的妒忌心可是世间最可怕的东西。"

"你……"沈夜知道岳洛没必要骗他，不管是不是岳洛所说那般，沈夜也打定主意不能再这样骄纵沈画了。

"选好了吗？"见久久没人答话，岳洛弯起嘴角，"不如我帮你们选吧。"语毕，看向莫景凉道："我拿出一点诚意来，莫庄主一个人过来把沈大小姐带走。"

"好。"

"公子……"莫无争担心地叫道。

"无妨。"莫景凉淡淡道。

"你说你要活下去，失去一切也要活着。"岳洛在木青瓷耳边小声地说着，声音很低很轻，他已经很虚弱了。"小心我师父，他也有一把一模一样的匕首。"

木青瓷静静地听着岳洛的话，她知道他已经撑不住了，低声说道："你师父是谁？"

"我不过只见他几次，哪里知他是谁。"岳洛的眼神追随着慢慢过来的莫景凉，轻声道，"记住带我回去。"

岳洛突然提起内力抓住沈画朝莫景凉前边的陡坡扔去，那里是悬崖边上一个缓冲的陡坡。沈画一旦摔下去，即便不掉入悬崖，也必定活不了。电光火石之间，岳洛拔除插在胸口的匕首，鲜血飞溅出来，喷到了木青瓷脸上。

"岳洛……"

莫景凉考虑不了那么多，飞身出去保住沈画，两人翻滚着掉下那个陡坡。

"公子……"

一切都发生得太快，莫景凉接住沈画时两人掉下悬崖边的陡坡。

岳洛把匕首架在木青瓷的颈边，不停后退着，视线落在唐岚歆身上，张了张嘴却是无声。

"不要……"

唐岚歆撕心裂肺地大喊着，她知道岳洛说的是什么，他说再见。

"歆儿不要去……"唐长风抓住唐岚歆，将她紧紧地抱在怀里。

话音还没落下，苏笙月就飞速上前，那二三十步的距离对了轻功高超的人算不了什么。

岳洛早已没了支撑身体的力量，带着木青瓷朝悬崖下落去倒下。

苏笙月飞身上前，一把抓住木青瓷的手臂。两个人的重量到底让苏笙月有些吃不消，尤其是木青瓷身上还绑着岳洛。苏笙月额头上都冒出一层冷汗，紧咬着牙，使尽全力一把将两人拉了上来。

岳洛还有一口气，却也活不了了，躺在悬崖边上，好似死了一般。

"我会带你回去。"

岳洛微微一笑，望着天空。白云蓝天，清风拂过。他可以很清楚地感觉到他的生命像倾覆的水一样不停地流逝，但不知道为什么心却格外的宁静，往事纷纷重现在脑海里，他渡过了？

唐岚歆已经瘫软在地，眼泪在眼眶里打着转，任由唐长风抱着。

莫无争带着一群人上来时，正好看见这一幕。扫了一眼躺在地上不知死活的岳洛，连忙带人去寻莫景凉。他在莫景凉刚刚掉下悬崖时就连忙下山去寻人，没走出几步就碰见了沈世谷等人。与他们说了一番情况之后，便急着赶了上来。其间不过短短一瞬。

"那个妖人刚才还耀武扬威的，现在还不是跟死狗一样。"

"好像还没死，不如我们去帮他一把。"

"好呀。随便作弄作弄，让他不可一世。什么东西，还敢教训爷。"

这些声音不算太小的窃窃私语落在唐岚歆耳朵里，她推开唐长风，跌跌撞撞地走向岳洛。

"歆儿……"唐长风没有阻拦，而是跟在唐岚歆的身后。

看着那几人慢慢靠近岳洛，唐岚歆加快了脚步，追上了几人，一把推开他们，杀气满满地说道："滚！"

看着起了杀意的唐岚歆，几个人不敢停留，本就是跟着其他人上来看热闹的，此刻连滚带爬地下了山。

唐岚歆转过头，跪坐在岳洛身边。她伪装不了，眼泪顺着眼角滑落。"我知道你是骗我的，我知道。你起来，岳洛，你起来。"

岳洛缓缓地睁开眼，看着哭泣的唐岚歆，张了张嘴："傻妞……最后一次了……别了……"

"不会的……你不会有事的……我有最好的金疮药，你会继续活下去。"

唐岚歆着急地从身上摸着药，却什么都没有摸出，急得大喊："为什么没有，我的药呢，我的药呢？"

"这一次再也不会有岳洛存在了。"

"我带你去找大夫，你骗了我这么多次，你死了谁来还这些债。"

岳洛艰难地举起手，抚上唐岚歆的脸，"忘了岳洛，忘了本该死去的人。"

唐岚歆反握住岳洛的手，眼泪不住地流下，滴在岳洛的身上，"阿呆，你这个傻子，你要骗我多久。"

"对不起。"

岳洛的声音越来越低，唐岚歆猛地摇头，"我不会让你离开我的，我不会。岳洛，求求你……不要离开我。"

"带我回去……"

"我带你走，我带你离开这里。"

"醉花荫……凤凰花……"岳洛仿佛陷入回忆之中，"好想……再看一次……醉花荫的凤凰花……"

"我们去醉花荫，你撑住。"唐岚歆扶起岳洛，让他靠在自己怀里，紧紧地握住他的手。

岳洛只觉得眼皮越来越沉，断断续续地说道："醉花荫……凤凰花……好想和你去看一次……盛开的……凤……凰花……"随着话语，岳洛慢慢地闭上了双眼，被唐岚歆握住的手不自觉地落下，他的生命已经走到了尽头。

"岳洛不要睡……我带你去醉花荫，我们去看凤凰花……"唐岚歆使劲地摇着岳洛的肩膀，一字一句地说着，仿佛不知道岳洛已经死去。

"你醒醒呀，岳洛。我带你回家，我带你回去，不要睡觉了。"

"歆儿，他已经死了。"唐长风单膝跪在唐岚歆身边，关心地告诉着她事实："岳洛已经死了。"

"他不会死的，阿呆不会死的。"唐岚歆抱紧了岳洛，"你骗我，他活着，他只是睡着了而已。"

"他已经死了，岳洛已经死了，不会再活过来，从此以后再没有岳洛这个人。"

"你胡说……"唐岚歆扶起岳洛的尸体,一步一步地艰难往回走,"我不会离开你的,永远也不会。"

唐长风闪身挡在唐岚歆面前,"歆儿醒一醒。岳洛已经死了,你要带他去哪里。"

"走开。"

第三十章

"抱我过去。"木青瓷淡淡看着这些,她从未想过岳洛对唐岚歆是如此重要,现在唐岚歆因为岳洛的死就像疯了一样。

"好。"

"想不到唐门主竟会为了一个傀儡师如此,我还真是小瞧了你。"叶轻轻的嘲讽的声音响起。"尽给自家打脸也是本事。"

"他临死前跟我说,希望你永远不要记得他,高傲地活着。"木青瓷冷声呵斥道,"唐岚歆,麻烦你清醒一点。岳洛已经死了,人死不能复生。但他是我杀的,你难道不想为他报仇吗?"

"他想要永远守在醉花荫,你现在这副样子能带他回去,完成他的心愿吗?"

"阿呆,我带你回去。"

木青瓷的话像一盆凉水直接浇在唐岚歆身上,她歪头看着岳洛紧闭的双眼,伸手抹去眼泪,吃力地扶着岳洛离开。

叶轻轻诧异地看了一眼从身边过去的唐岚歆,她不明白唐岚歆痛苦到了什么地步,对她的冷嘲热讽,丝毫不加在意,还有那绝望的眼神。

木青瓷沉默地望着天空,她很想哭,为了岳洛,为了这个她亲手杀的人。

"青瓷,你没有错。"苏笙月安慰道,他一点都不担心莫景凉会出事,如果这么容易就死了,那就不是莫景凉了。

"该落幕的已经落幕了,我们也该走了。"萧晨安眼眸深邃,不知道在想什么。他如果看得没错,岳洛拔出来的那把匕首是……

事情差不多已经了结,苏笙月抱着木青瓷,也随着众人下山去。

司言看了一眼还在发愣的叶轻轻,折了回去道:"叶阁主是入戏了吗?可惜这场戏已经落幕。"

叶轻轻的思绪被司言拉回,淡淡出声道:"你说什么样的东西才可以让人这样痛不欲生?"唐岚歆的悲痛深深地影响了她,作为死对头,她并不想看着唐岚歆如此消沉下去。可能是骄傲心在作怪,她要堂堂正正地赢过唐岚歆。

"情。"

司言眉头挑起，记忆中也有这样一个人，为了爱而痛苦了一辈子。

"情……"叶轻轻重复着司言的话，自嘲一笑，"也对，都道是情之一字，最为伤人。"

"该走了。"司言瞥了一出发神的叶轻轻，心中一动，特意地提醒道，"与其想不通钻牛角尖，不如回去休息。"

"你为什么想见我父亲，司言？"叶轻轻收起那副落寞的表情，又恢复成那个意气风发、敢爱敢恨的女子。

司言嘴角弯起，他的心情不错，和叶轻轻并排慢走着，"我没有告诉你的必要。"

"那你也不必请我帮忙。"

"你以后便知。"

如苏笙月所料，莫景凉被救上悬崖时并无大碍，至于沈画更是如此。

"画儿，你好些了吗？有没有什么不舒服的地方。"

沈画醒来时，看见沈夜在身边，眼泪不自觉地就掉了下来。"大哥……我好害怕……我刚刚梦见岳洛，他要带我走，他要杀了我。还有青瓷姑娘，她也要杀了我，她也要杀了我。"

"大哥在这里，不会让任何人伤害你的。画儿，别怕。"

沈画大哭起来，她还记得岳洛嘴角的笑，是那样的残忍。是岳洛让她变得那样丑陋的，是那个女人控制了她，她才会忍不住想杀了青瓷。

不知道过了多久，沈画安静下来之后，沈夜慢慢地跟她说着她被抓走之后的事情。听到青瓷被抓，根本没有任何还手之力时，沈画下意识地说道："我当时就该杀了她。"

"你在说什么？"沈夜有些难以置信，如果不是他亲眼所见，他绝对不相信那样凶狠的人是沈画。

"她什么都不是，为什么你们都帮着她？是她的错，她什么都要跟我抢，凭什么我不如她。她就是该死。"

啪的一声响起，沈夜抓住沈画的肩膀，怒声说道："你给我清醒一点，我要你好好做人，不是阴狠毒辣。你最好给我绝了这种念头，回沈家之后好好给我闭门思过，修身养性。"

"大哥……"沈画捂着被打的脸，满脸都是难以置信。从来没有打过她的哥哥，居然为了一个外人打了她，止住的眼泪又掉了下来。

沈夜也有些不忍，毕竟是自己呵护了十多年的妹妹，但他不可能看着沈画堕落下去，只得厉声道："记住我的话，好好做人，把你那些念头给我绝了。否则不要叫我大哥，我也没有你这样的妹妹。"

沈画的眼泪流得更厉害了，哭着去抓沈夜的手，"你说过要代替爹爹好好保护我的。我会改的。我没有想杀她，是岳洛，一定是岳洛，是他控制了我。"

"我希望是如此。"

"你相信我，我一定会改的。"

哭着哭着，沈画就睡着了，沈夜才抽出身，往莫景凉那里去。刚一进到莫景凉的书房，就看见木青瓷、苏笙月都在这里，对着床上躺着的莫景凉道："好些了吗？"

"嗯。你来得正好，有些事情正打算找你过来商量。"

沈夜随意地问道："还有什么事吗？"

苏笙月意味深长地说道："反正是好差事，说不定你还很喜欢。"

"哦，是吗？"沈夜不禁一笑。

"武林大会已经结束，我马上也要断骨治腿。我姐姐必是不愿意回家的，如果可以，我希望你带她回沈家。"

沈夜的重点落在莫景凉的腿上，低声说道："苏家的人到了吗？我怎么没有收到消息。"

"前段时间族中前辈就已经秘密动身了，昨夜刚到。"

"原来如此。"

"青瓷姑娘可否告诉我，你和舍妹被抓之后的事情？"沈夜瞟了一眼木青瓷，想了想还是出口问道。

木青瓷点点头，大致的将事情说了，当然其中省略了不少。

沈夜听木青瓷省略掉了沈画要杀她的事情，心中还是有些愧疚，对于木青瓷还是发自内心地感谢道："多谢。有些事情我会补偿的。"

木青瓷看了沈夜，她自然知道沈夜在说什么。"不用。不过是云烟，转瞬即逝，又何必再去多想。"

"倒是我想得不够开，如此便多谢了。"

"嗯。"

苏笙月看着沈夜和木青瓷，有意无意地说道："你们打什么哑谜，也说来让我们听听。"

木青瓷转移了话题，开口提起了她来的目的，"这次我是来告辞的，抱歉，添了不少麻烦。"

沈夜择了位置坐下，随口问道："青瓷姑娘何不多待两天，如今事情也落下了帷幕，也好趁机偷懒。"

苏笙月赞许地看了一眼沈夜，关切地说道："阿夜说得不错，青瓷你又何必着急离开，不如等过几天我陪你一起走。"

"不用，处理了一些事情之后，我便会带着岳洛离开。"木青瓷摇摇头，不过短短几天她已经看清了许多。何况许多事情都需要她去查明真相，与苏笙月一起暴露身份的可能性就越大，不如甩开这些人来得方便。

莫景凉直直地看着木青瓷，眼中闪过不少情绪，"什么时候走？"木青瓷想要做的事情，他绝对不会阻拦她，他会陪着她。只要再等上一段日子，他也可以像正常人一样站起来了。那时候即便跟沈画的婚约还没有解除，他也有不输任何人的资本去陪着她走遍这世间。

"明天就可以启程。"

"唐门主舍得让你带他离开吗？"

"你想要岳洛的尸体？"

"他也是身不由己，我和他只能活一个，他选择了我。就算唐岚歆阻拦，我也会带他回去的，因为他是世上唯一一个真心待我的人。"世上从来没有后悔药卖，木青瓷也没有后悔过她所做的。若是重来一次她还是会选择杀了岳洛，因为只有死亡才能给他们解脱。不管是木青瓷还是岳洛，他们都没有真正地为自己活过，而是活在一只无形的手的控制之下。岳洛选择用死亡摆脱那轮转的棋盘，自废了他这颗棋子，从此消逝。木青瓷相信岳洛已经得到了解脱，他死时嘴角的笑是那样的温柔，神圣而不容人侵犯。或许大仇得报之后，她也选择回去，将自己埋葬在醉花荫，永永远远地沉睡在那个世外桃源。

"唯一一个？"莫景凉口中喃喃细语道，他勾唇一笑。自从岳洛抓走木青瓷之后，现在他可以清楚地感受到木青瓷变了。不同于初见时的防备，也不同于之后的信任，那是一种无法言说的感觉。木青瓷在疏远他。说起岳洛时也是沉默着，偶尔的出声也是带着一种哀伤。他开始看不透她了。

"看来我和阿凉两个人还比不过一个岳洛。"

莫景凉对木青瓷的感情，这段时间下来，沈夜还是看得清楚。不由地为莫景凉抱不平道："阿月说这话，信一半就好。青瓷姑娘的确忘了还有一个人，他为了你做了许多，至于心意我们都是心知肚明的。"

木青瓷想起昨日莫景凉的作为，那一丝柔软硬生生被掐断。不是说莫景凉做得有多不好，只是他做得太好，为身后的家族利益考虑得面面俱到。沈画也罢，婚约也罢，对于他们这些世家公子哥儿，最重要的始终是家族的利益。"沈公子今日的话未免多了，我生性愚笨，又没读过什么书，与我多说这些九曲十八弯的话，我也是听不懂的，不必与我费那番口舌。"

沈夜不由觉得好笑，"青瓷姑娘可真会开玩笑，那沈某人就说得简单明白一些。你到底是姑娘家，总归是要嫁人的。江湖凶险万分，何不早点找个依靠，也不必在江湖漂泊无依。"

木青瓷也不去理会苏笙月和莫景凉是如何打算的，寻了一个理由道："我幼时曾遇过一个算命道士，他说我生来便为孤煞，无依无靠，到死都是一人。若是与人太过亲近反而会给人招来祸患，所以我并不贪恋红尘，那些儿女情长与我并无任何干系。"

木青瓷都这样说了，沈夜还能说什么呢，只能在心中默默说声青瓷姑娘你好样的，居然就这样就拒绝了两个人。面上依旧是装模作样，惋惜地说道："既然如此，我也就不多说了。"

第三十一章

唐门所在的小院，唐岚歆坐在床边，紧紧握着床上躺着的人已经僵硬的手，正是已经死去的岳洛。

"你别睡了，起来看一看好吗？今天的天很好，太阳出来了，你起来看看。"唐岚歆眼睛通红，红肿得跟兔子一样，看得出来是一夜没有睡。

"马上都四月了，山下的桃花都开了。再贪睡偷懒，你连梨花盛开都看不到了。"唐岚歆一只手轻轻抚上岳洛的脸，动作之轻，仿佛是在抚摸最珍贵的宝贝。"你总算有名字了，不会再被别人嘲笑。"

木青瓷来的时候，就看见唐长风面对着墙壁，手握成拳头捶在墙上。"唐少侠，歆儿还好吗？我想去看看她。"

唐长风转过身，朝木青瓷道："门主就在里面，只是请姑娘不要再用言语刺激，她已经受不起打击了。"余光瞟向屋中，声音中有着一丝疲累。

"嗯！"

木青瓷也不想再多客套，简单地应了一声便进屋去了。屋中很是整洁，只是坐在床边的唐岚歆，她的背影已经不再挺直，侧脸看去，除了憔悴还是憔悴。

"歆儿，你还好吗？"

"别睡了，岳洛。"唐岚歆好似不曾听到木青瓷的话，她小心地为他梳理着散乱的头发，柔声说道："你骗了我那么多次，只要你睁开眼看着我，我就原谅你。"

木青瓷瞧了一眼岳洛的尸体，两步作一步走到唐岚歆身旁道："岳洛已经死了，他已经死了，不管你和他说什么，他都听不到，也无法回应你。"

唐岚歆偏头淡淡地看了木青瓷一眼，自欺欺人道："他还在，你不懂。上一次他也是死在我的面前，我以为他死了，可过了几年他又出现在我眼前。他就是这样，总爱装死骗人。他一定是看我对他太迁就，所以老欺负我。这一次他装死，我一定不会被骗到，我会等到他醒来的那一天。"

木青瓷心中有些不忍，但还是将岳洛最后交代的话说了出来："天暖和起来了，岳洛的尸体保存不了多久，你想任他腐烂吗？"又弯下身子，抓着唐岚歆的肩膀，看着她的眼睛，一字一句地说道："你可以允许这样的事情发生，而我绝不允许。岳洛要我带他回家，把他的骨灰撒在醉花荫深处的那棵凤凰木下，他一刻都不想待着这里。让他回家吧，歆儿。"

唐岚歆拼命地躲闪着木青瓷那认真而冷冽的目光，双手都无所适从，不知道摆放在何处。

"你想让他永远也看不到盛放的凤凰花吗？"木青瓷捧住左顾右盼的唐岚歆的脸，不停地追问着："你想让岳洛永远漂泊异乡，回不了家吗？"

唐岚歆看向床上的岳洛，低低喃喃道："这就是你想要的吗？我成全你，就像你当年成全我一样。"

木青瓷没有出声，不想去打扰唐岚歆，不想破坏掉最后属于她和岳洛的时光。

"替我准备好东西，我要亲自送他离开。"

"好。"

将岳洛火葬之后已经是下午了，唐岚歆抱着那个手掌大小的青花瓷瓶，如同抱着举世无双的珍品。眼泪无声地流下，岳洛这次真的离开了她。

"你今日怎这一番要死不活的样子，看了让人生厌。"叶轻轻那讽刺的话语传来，冤家路窄。"人都已经死了，你做出这副模样给谁看，还不如以前。"

木青瓷皱起秀眉，叶轻轻不算是来者不善，话虽不好听，却不是落井下石，比不少笑里藏刀的人好太多。唐岚歆能有叶轻轻这个死对头，未免不是一件好事。

"你知道什么是情吗？"唐岚歆的声音很轻很轻，就像羽毛似的随时会被吹走。

叶轻轻一挑柳眉，她的确不懂唐岚歆所谓的情，也不想懂，不屑地笑道："所谓儿女情长，我虽不懂，也不至于像你一样，为了一个利用你、伤害你的男人痛苦。值得吗？凭你现在，还有什么资格做我的对手。打算为了一个男人而颓废终生吗？"

叶轻轻一番话下来，唐岚歆的表情终于有所变化了。木青瓷不由在心里感叹，虽在众多江湖人士眼中，唐叶二人水火不相容，但她二人分明是时刻关注着对方。争斗哪里都有，却不曾如她二人一般知根知底，更是知心。若说是相互敌对，倒不如说是相互依存，却又相互敌视。

唐岚歆咬着下唇，本来面无血色的小脸，更是苍白了几分。她曾经的骄傲，在一刻被践踏。若换一个人来对唐岚歆说这番话，她会觉得是在激励她，偏偏说这些话的是叶轻轻。在她看来，叶轻轻就是来嘲讽她，看她笑话。她不可以输，输给谁都不能输给叶轻轻。抬起头直视着叶轻轻，面色依旧冷淡苍白，眼中却多了一分之前没有的神采，那是不服输的斗志。

"我输给谁都不会输给你。只是你如此信誓旦旦，那我更要拭目以待，看你是否如我一般坠入情网痛苦万分。"

叶轻轻嘴角弯起，没错，她的对手就应该是这样。眼中的担心也已经散去，轻松一笑，"是吗？那你就慢慢等着那一天的到来。下次我们再见。"

唐岚歆静静地看着叶轻轻离去的背影，一句话也没有说，转身回西苑。但紧咬着牙，那不是对叶轻轻的，而是对她自己的恼，对她自己的愤恨。如果她能够早点认出岳洛，那岳洛也不会死；如果她能够坚强一些，叶轻轻也不用故意用言语来刺激她打起精神；如果不是她太过软弱；如果不是她故意选择了遗忘；如果不是她……如果不是……没有这么多的如果，正如世上没有后悔药卖一样。泼出去的水再也收不回来,她不会再傻下去。这次她再也不会忘了岳洛,她会好好的,永远记得他。

木青瓷陪在唐岚歆身边,见唐岚歆的眼神逐渐清明起来,也是微微一笑。她猜得不错,叶轻轻和唐岚歆,二人相互依存,相互争斗,少了谁都不行。看来她可以不用那么麻烦地带走岳洛的骨灰了。不过岳洛终究是她杀的,唐岚歆有多恨她,她也不知道。她唯一知道的是她不欠岳洛了。

苏笙月提前散了场,随意地靠在朱红栏杆之上,从怀中摸出一把木梳。不过细看才知是一把断梳,只是被人为地粘上。轻轻抚过梳子上的花纹,"现在我对你越来越着迷了。怎么办?你躲不过我的。"

"公子,"苏落雪站在不远处,慢慢地靠近苏笙月,恭敬地说道,"属下已经查过了。那花的确是凤凰花,也有人割爱让出一小块完整的老山檀。"

苏笙月磨蹭着小巧的木梳,温和地出声道:"白檀一向名贵,只有苗疆和广州两处才产。白檀幼苗又生得娇贵,须得寄生在凤凰木、相思等树才得以生长。偏偏白檀树生得也十分缓慢,几十年也不过那一点可用,深得王公贵族喜爱,市面上也算是有价无市。而那老山檀更是白檀中的极品,要将新采下的白檀木小心存放数十年乃至百年,才得以使那白檀香醇厚温润。一般人手中也不会有,多是爱木懂行之人才得有未经雕琢的老山檀原木。拿到手不容易,辛苦你了。"

"这是属下该做的。"

苏笙月将木梳放在鼻尖前,闻了闻那木梳上散发出来的淡淡香味,不急不缓地说着:"找人做一把一模一样的。"

"属下这就去。"

苏笙月看着苏落雪离去的背影,自语道:"果然需要去查一查你的身份了吗?青瓷。"

又是一日过去,不少人士都纷纷离开倾月山庄。早在岳洛死的那一日,玄剑就被送回给了天山派大长老,也趁机洗刷了木青瓷盗取玄剑的罪名。加上岳洛所做之事,那位点苍派长老的死也一起被推到了岳洛身上。虽是对死者不敬,但岳洛的作为让不少江湖人士都厌恶,加上对点苍派长老之事又无疾而终,所以众人也乐得接受这个结果。

东南西北纷纷有江湖侠士出来辞别,便往大门去了。

莫静岚看着面前笑得一脸得意的沈夜,是真想给他两巴掌,不过那只是想想而已。尤其在知道她那个笨蛋弟弟毫不犹豫地把她卖给沈夜之后,更是气得不得了。好像料到莫静岚今天会趁着人多偷跑一样,冷冰熙直接就抢了她的包袱,寸步不离地跟在她身边。倒了八辈子的霉,没成功混出去,被抓到时,还被沈夜撞见,丢脸丢到姥姥家去了。关键是现在谁才是外人,她的包袱就这样被交到了沈夜的手上,听着冷冰熙一口一个姑爷,莫静岚就牙痒痒,恨不得好好收拾沈夜一番,问问他是不是给她身边的人灌了迷魂药。

"别这样一直盯着我看,虽然本少爷玉树临风,但娘子还是要注意场合,等明日画儿好起来之后，一同上路后你慢慢看，为夫也是不介意的。"沈夜毫无违和地调戏起莫静岚，不禁在心里感叹这才是他的菜。

莫静岚不像叶轻轻一样骄傲地抬着头颅，也不像唐岚歆一样整颗心都被岳洛带走了，也不像景安儿柔柔弱弱连大声说个话都怕吓到她，更不像木青瓷一天到晚都冷着个脸，稍微调笑一些就拔刀要砍人。当然，通常能把人气得拔刀的也只有苏笙月那腹黑毒舌的混蛋。总而言之，莫静岚就是很对他沈夜的胃口。

"你……"

莫静岚被沈夜这样厚脸皮地一说，气得说不出话来。

冷冰熙还是没忍住笑出声来，她未来的姑爷果然很强大，够自恋。

莫静岚更是抓狂，转头看着冷冰熙道："笑什么笑，有什么好笑的。"

冷冰熙连忙捂住嘴，生怕被殃及。

沈夜拿好莫静岚的包袱，有意调笑道："是为夫考虑不周，如此大庭广众之下，娘子多半是害羞了。既然这样，为夫麻烦一些就叫岚儿算了。"

"你……我……"莫静岚说不出话来，好不容易憋出两个字。

沈夜故作感叹道："别你了我了，我都明白你的心意，只是有些话我们私底下说就好了。"

如果不是实力差距太悬殊，莫静岚一定会冲上去掐死沈夜的。只得咬着牙，恶狠狠道："下次我一定拍死你。"

沈夜摊摊手，漫不经心地说："对于投怀送抱，我从来不会拒绝。"

冷冰熙的嘴角抽了抽，见过自恋的，没见过这么自恋厚脸皮的。

第三十二章

"沈大少也别在嘴上占莫姑娘便宜了。换了一个男人，还有你调戏的份？"苏笙月的声音响起。他才送走了苏家人，从外面回来就看见莫静岚气得都快跳脚，才出声打断。

沈夜白了苏笙月两眼，"要是个男人我还会这样吗？别把我和你相比。"

苏笙月摇着扇子，走近几人道："看来我是让你误会了什么。青瓷和阿凉还没来吗？"

"废话，你看这不是来了吗。"沈夜朝着前来的二人看去。

"让你们久等了。"莫景凉出声道，声音也比往日温和了不少。

被晾在一边的莫静岚直接嚷嚷起来："蠢弟弟，我才不去沈家。"

莫景凉淡淡地扫了莫静岚一眼，话语很坚定："去沈家还是回家，你想好。"

莫静岚指着莫景凉道："你到底是谁的弟弟呀，怎么胳膊肘尽往外拐。"

"选好了吗？"莫景凉也不想废话，他是知道莫静岚的，只要一缓和语气，她胡搅蛮缠的本性又上来了。

"我去沈家。"莫静岚撇嘴，有气无力地说着。家里多没意思，沈家去就去吧，反正以后也是要去的，就当早点熟悉一下环境。

"岚儿……我终于找到你了。"

还没待莫景凉说话，就听到一声川西口音，川西口音没什么，只是说话那人叫的也未免太……而且是冲着莫静岚来的。

一听这声，沈夜"噗"的一声笑了出来。莫静岚则是毫不犹豫地躲到沈夜身后，遮住脸，抱怨道："我今天绝对是出门没看皇历，怎么这么倒霉。看不见我，看不见我，看不见我……"

"让我进去，快点让我进去，岚儿，我在这里。"姚茂轩被倾月山庄的弟子拦住，不停地嚷嚷，引来一些还没离开的人的眼光。

"哪里来的活宝。"

沈夜忍不住笑出声来："路上遇见的，想不到追到这里来了。"

"让他进来。"

放行之后，姚茂轩一步走三步跳，蹦蹦跶跶地跑到几人面前，径直站到莫静岚面前，委屈道："岚儿，你突然不见了，我以为你被人给绑了。东找西找，也没见你人影。"又补充道："我记得你说过要来倾月山庄找你弟弟，我就想你是不是先来了。然后我历经千辛万苦终于找到你了。"

莫静岚干脆也站出来，一副送大爷的模样，"我很安全，你可以走了吧。算我求你了，打扰了你我很抱歉。"

"没事，我是心甘情愿的。"姚茂轩打量着苏笙月几人，多盯了木青瓷两眼，走到苏笙月面前，热切抓住苏笙月的手道："你就是岚儿的弟弟吧，长得还行，虽然比起我来还是差远了。但小舅子你不要伤心，容貌嘛，不是所有人都像我一样英俊潇洒。"

这话一出，几人都忍俊不禁了。苏笙月连忙抽出自己的手，想不到他居然也有被人说长得不行的那一天，指了指莫景凉道："他才是你未来小舅子。"

"是吗？不好意思，我就说岚儿的弟弟哪里会是一副小白脸样子。"姚茂轩小声地嘀咕着，他的话却全落入几人耳中。又走到莫景凉面前，又打算去握莫景凉的手。

"小白脸……"苏笙月的嘴角抽了抽，重复着姚茂轩的话。

沈夜大笑起来，指着苏笙月道："啊哈哈……你果然是小白脸……哈哈……"

莫景凉默默将手收进衣袖里，苏笙月的例子他可是看清楚了的。遂出声道："兄台可是有事？"

"不愧是岚儿的弟弟，说起话来文绉绉的，不像刚刚那个小白脸。"

冷冰熙整个人都挂在刚来的莫无争身上了，简直太有意思了。容貌绝顶的苏公子居然被一而再地说成小白脸，那公子岂不是也可能被……想到这里，冷冰熙就忍不住笑起来，整个人站都站不稳了。

姚茂轩搓了搓手，不好意思地说道："那个小舅子我想跟你商量一下我和岚儿的婚事。"

"……"

"……"

"……"

莫静岚终于忍不住了，大喊道："姚茂轩你给我闭嘴，什么叫商量我和你的婚事，想都别想。你哪里来的回哪里去。"

"岚儿……"

莫景凉淡淡出声道："家姐已有了夫婿，就是家姐身旁那位沈夜沈公子，这位兄台你还是请回吧。"

姚茂轩突然大叫："什么？岚儿有了夫婿。"转身移了两步，到沈夜面前，上下打量了一番，嫌弃地说道："长得这么差，岚儿你也能忍受。不行，你配不上我家岚儿，还是我跟岚儿郎才女貌，是金童玉女。"

苏笙月终于忍不住笑出声来了，"沈大少想不到你也有今日。"

"姚兄是吗？婚姻大事，父母之命，媒妁之言。何况我与岚儿真心相爱，还请姚兄成人之美。"语毕，沈夜还拉过莫静岚，搂住她的腰，用眼神示意莫静岚顺着话说。"是不是，岚儿？"

为了摆脱你，本小姐吃大亏。莫静岚想着，又挤出笑脸道："对呀，对呀！你回去吧，别来烦我了。"

姚茂轩一脸失落，"是真的吗？只要你开心就好，那我走了。"

"你赶紧走吧。我很开心。"

木青瓷不打算再多待下去，再看这出闹剧，淡淡出声道："我还有事，先走了。"

"青瓷！"苏笙月和莫景凉同时叫道，"我送你。"语毕，二人相视一眼。

姚茂轩看了木青瓷几眼，不屑地说："小舅子和小白脸的眼光真不好，这么丑的女人也能看得下去。换了是我，躲都躲不及。"

木青瓷冷冷地瞥了姚茂轩一眼，也不再说话。

姚茂轩不怕死地继续说道："不仅长得不好，脾气还不好。把她送给我我都不要，一看就是没教养的。"

"姓姚的，好好说话。"莫静岚见势不对，连忙打着圆场，生怕姚茂轩再说些有的没的，下一刻就血溅当场。

姚茂轩抱起手，不情愿地说道："我又没说错，她本来就是就是又丑又凶，跟母夜叉似的。又丑又凶，怎么越看越面熟，我好像在哪里见过你。让我想一想，好好想想。"

木青瓷冷哼一声，也不去理姚茂轩的胡言乱语。

"鬼啊！"姚茂轩突然大叫起来，一把跳到沈夜身边抱住他，大叫起来。"鬼成精了。"

"大白天哪里来的鬼，你哪来的赶紧给我回哪去。"

沈夜则是对于抱着他不放的姚茂轩十二分不满，"快给本少爷放手。"

姚茂轩伸出一只手指着木青瓷，闭着眼睛道："她就是鬼。我说小舅子，你跟小白脸的眼光不好也就算了，居然看上那个恶鬼。她可是扒皮挖心的恶鬼……"

"你在胡说八道些什么？"木青瓷忍无可忍，提高了音调。

苏笙月想抽人，这个姚茂轩每次都要叫他小白脸，让他茶仙的脸往哪里放。"你说青瓷是扒皮挖心的恶鬼可有证据？"

姚茂轩死活抓着沈夜不松手道："有，怎么没有，我亲眼看见的。都过了快二十多年了，她都没有变过，还敢在大白天出现，不是女鬼成精是什么？"

"二十多年前？"木青瓷瞥了一眼八字胡的姚茂轩，"你说的是我？"

"不是你难不成还是我吗？你那张脸化成灰我都认识。"姚茂轩大叫起来，"我可是亲眼看见你和另外两个鬼杀了人，扒了皮还挖了心。"

脸吗？木青瓷立刻出声道："你给我好好说，一个字都不许落下地给我说清楚。"

莫景凉皱起眉头，看着像八爪鱼一样抱着沈夜不放手的姚茂轩，复对几人说道："冰熙陪我姐姐回房去。姚兄随我们进屋说清此事。"

"又想瞒着我，没门。"莫静岚不是这么好打发的，这一次说什么也不能轻易走了。

"那就随你。"

所有的事错综复杂，就连他们都没什么头绪，就像一张无形的蜘蛛网，木青瓷就是那网中的诱饵。

"这还差不多。"莫静岚满意地点点头，面上露出急不可耐的表情，"姚茂轩，把你知道的一字不漏地说清楚，要是敢骗我，那我就让人直接送你回老家。"

姚茂轩跟小鸡啄米一样地点头，"我一定什么都说清楚，不敢骗你的。"

几人入了大厅，纷纷落座后，莫景凉道："姚兄可否细说道青瓷女鬼之事。"

姚茂轩看了一眼莫静岚，得到她的示意后，才唾沫横飞地讲起他的事来："那事发生的可久了，我本来早就该不记得的。尤其是那么丑的一张脸，就算见过，转身我也就忘了，一点也没有让人印象深刻的地方。可不知道我怎么还隐隐记得，多看几眼就想起来了。"

姚茂轩还在絮絮叨叨，不过是重复着那几句话，翻来覆去地说着，几人听着也很不耐烦，但也没说什么。

"一般来说我怎么可能记得这么丑的女人，管他发生什么事一转身就忘了。这么普通的女鬼，就想不通怎么不换张好看点的脸，不是说鬼怪都是可以变换容貌的吗？难不成是道行太低。那也不对呀，道行低怎么能在大白天走来走去。"

莫静岚很不耐烦姚茂轩的废话，直接就朝他吼道："给我闭嘴。我说你有完没完呀，说重点。"

姚茂轩收声，小声地嘀咕着："不是你们让我一个字不漏地讲给你们吗？我这不是在回想吗？"

莫静岚瞪了姚茂轩两眼，无奈地说："好，你继续说，但你要是再敢给我重复这些没用的废话，就别怪我放大黑来咬你。"

顶不住众人的眼光，特别是莫静岚威胁警告之后，姚茂轩也不敢再重复之前的话，只得愤愤盯着罪魁祸首木青瓷。

木青瓷冷冷的一眼回过去，嘴角勾起一缕冷笑。姚茂轩赶紧收回视线，说到底他就是胆小如鼠。

"你可以说了。"木青瓷冷冷出声道。

第三十三章

姚茂轩一脸愤愤不平，还是说了起来："那个啥，我说了像你这样长得太普通的女鬼，就算遇上了，过个一年半载的我也忘了。我看见你，还能想起以前那些事，多半是……"

话还没有说完，莫静岚就出声打断了姚茂轩的话，一直听不到重点，她都心痒难耐了，又做出一脸不成器地说道："别说废话，直接进入正题。"

"我是在说正题呀，"姚茂轩委屈地说道，"我刚刚就在说着，没有重复废话。不把前面说清楚，你们不就不清楚吗？"

"好好好。"莫静岚一连说了三个好字，可以看出是多么的不耐烦，"你继续说，下一次我绝对不打断你。"

姚茂轩这才慢慢说道："我估计是给我留下很深的阴影。你这个丑样子我记不住，当时有一个艳鬼跟你在一起。那个艳鬼可真是美呀，简直就是风姿无双，绝色佳人。我活了三十多年都没见过这么漂亮的女人……不对，是女鬼。"

这不是刻意的恭维话和夸张的形容，而是姚茂轩发自内心的赞叹，可是配上那八字胡，眯成一条缝的眼睛，绝对是越看越猥琐。沈夜也过了三十而立的岁数，但越发的沉稳潇洒。虽然姚茂轩要比沈夜大上个七八九岁，但是他怎么看都贼眉鼠眼的，说个话也不例外。

沈夜瞧着姚茂轩那回忆的样子，调侃道："姚兄可真是大饱了眼福。"

莫静岚撇嘴道："色鬼！"

沈夜不在意莫静岚的话语，反说道："是男人总会对绝代风华的佳丽有一丝兴趣。"

莫静岚把沈夜从头打量到脚，发出不信的声音，鄙夷地说道："恐怕只有你这个大色狼才会如此吧。"

沈夜满不在乎地摊手，一脸自信，"不相信你可以问问阿凉他们，就算你去问萧晨安也一样。"

姚茂轩插话，赶紧发表自己的看法："情敌风流鬼说得对，作为一个男人，我绝对有资格发表看法。都说是正人君子，对绝代佳人心里都有着热切，只是不好说出口而已。"

"闻绝代丽人，心中多少都会有一丝想法。"莫景凉罕见地赞同沈夜的废话。

苏笙月也接过话去："哪怕是再不近女色的男人都会为那绝色美人赞叹。"话音一转，"当然也不是所有的人都注重那皮囊表象。莫姑娘不必介怀那不一定存在的人鬼之事。"

沈夜抚额，情敌风流鬼是在叫他吗？什么时候，那姚茂轩给他取了一个这样的外号，他哪里风流了。"如何？我说的没错吧。"

莫静岚还是撇着嘴，不高兴地说道："少跟我胡扯，说到底你们男人都是色鬼。我说得对不对，青瓷姑娘？"

木青瓷眉间冷淡，漠然出口："无所谓好或不好，世间男人又有几个能真信。姚茂轩，你继续讲。"

莫静岚哼哼两声，"男人都不是好东西。"

"一竿子打死一船的人，青瓷姑娘别呀。"沈夜叹了一口气，苦恼地说着，"女人心海底针！"

姚茂轩继续说着，其实也是很小的一件事情。二十多年前，他也不过十五六岁，天不怕地不怕的年纪。有一晚，他和几个朋友打赌去郊外的坟地里睡一晚。要是有胆去待一晚上，那些人就认他做大哥。那时傻乎乎地一心要做大哥，就跑了去。郊外的坟地里很多无主的坟堆，又是大晚上，一个人，四周又有狼叫声，可把姚茂轩吓着了。窝着一个背凹里，把九天上的玉皇大帝、王母娘娘念了个遍。也不知是他太累了，还是神经太过大条，就这样就睡着了。

也不知道睡了多久，就被一阵声音给吵醒了。

话说姚茂轩醒来时已经是深更半夜，坟地里飞舞着许多萤火虫。姚茂轩当时可没想那么多，就以为是鬼火。遇上了，千万别乱跑，你一跑鬼就知道你在哪里了，那时候就死定了。姚茂轩早就吓傻了，动也不敢动，那萤火虫也没有飞往他这里来，他干脆就待在那里不动。

人的说话声隐隐传了过来，姚茂轩小心地伸出半个头往外面望去。正是夏天，路边的杂草也长得茂盛，城郊更是野草遍地。姚茂轩被杂草挡着，透过缝隙看到大概十几米远处，有一个身着白衣的女人，长长的头发遮住了脸，看不太清。那个白衣女人的脚边还躺着一个身强力壮的青年男人，看起来还没死，睁大着眼睛像见鬼一样惊恐地看着那个白衣女人。姚茂轩心里在打鼓，莫非他真遇上女鬼了？他记得活人身上有阳气，遇上了不干净的东西，千万不要出声，也别动，大气都不要喘。尤其是那些个女鬼最喜欢吸食男人的精气，年轻男人要是给遇见了，那就是死路一条。想到这里，姚茂轩连忙掩住口鼻，小心地喘着气，生怕被发现。

"你是何人？我与你往日无冤，近日无仇，你为何来杀我？"那地上的男人虚弱地说道。

"我是何人与你无关，至于为什么要杀你，那就是你的命不好，正好给我撞上。"

冷笑声不断，半夜三更，那声音在偷看的姚茂轩听来就是夺命之音，背上的衣服都被冷汗打湿了。

月亮出来了,也不再黑得让人看不真切。白衣女人站着的角度太特别,姚茂轩只看到一个侧身的样子,脸根本看不清。

"你快放了我,不然要你好看。"那男人大声地叫道,威胁着那白衣女人。

"呵呵……找死……"只见那白衣女人一把抓起地上的男人,掐着他的脖子,提了起来。动作之大,让姚茂轩足以看清她露出来的脸。那张脸很普通,普通到极点,转个身都能忘记。只是那眼神是如此的冷,嘴角一直弯着。

白衣女人把无力反抗的男人抓近身前,一口就咬上了年轻男人的脖子,鲜血顺着脖子流了下来。姚茂轩捂紧了嘴,年轻男人刚开始还试着反抗,不停地挣扎,慢慢地,他的动作也慢了下来,随后无力地垂下双手。

一小会儿之后,白衣女人不再吸血,一把扔开那男子的尸体,满意地擦了擦脸上的血,冷笑着看着那具尸体。

姚茂轩吓得发愣,心想这真是遇上了吃人的女鬼了。一个不注意间,压断了手边的一根小枯枝,发着轻微的响声。

白衣女人也听到了,转着圈子地扫视着周围,并朝他的方向走过来,警觉地大声叫道:"是谁,给我出来。"

姚茂轩不敢出声,捂住口鼻,大气都不敢喘,生怕阳气泄露被发现,又闭上眼睛,心里默念着玉皇大帝、王母娘娘。

"你还是这样的警觉,一点也不分心。"有女子的娇笑声传来。

"若是我分心的话,恐怕会被你乘虚而入。"白衣女人听见声音,瞬间就转移了注意力,往前走去。一个华服女人慢慢走近,那样的美人,说是绝色美人都不会夸大。

姚茂轩也睁大了眼睛,呆呆地看着绝色美人。和那个白衣女人站在一起,更显出那个华服女人的美艳无双和白衣女人的丑陋不堪。能跟害人的女鬼认识,大半夜出现在这荒郊野外,多半是女鬼。想到这里,姚茂轩的心又悬了起来。

华服美人嫌恶地瞥了一眼被扔在一边的男人尸体,轻笑起来,声音犹如黄莺鸣叫一般,让人听着舒爽。"你还是老样子,做出的事让人恶心得不舒服,这么怕我杀了你吗?……杀……"

故事说到这里,莫静岚就追问道:"那华服美人说了什么,别讲一半吊人胃口。"

姚茂轩挠挠脑袋,也不是满脸迷糊地说道:"我记不清了,好像是叫的名字,是什么杀来着。"

莫静岚丧气地说:"算了,也没指望你能一字不漏地记着二十多年前的事情,继续说吧。"

"后来我听人说过,那什么杀是北斗七星,还是什么的。"

"可是南斗的七杀星?"

姚茂轩连忙点头:"没错,就是七杀。那个艳鬼叫那个丑女鬼七杀。"

"果然是她。"木青瓷猜到了可能是七杀，只是那华服女人又是谁？

"南斗七杀星，主掌生死，难怪那个冒充的女人如此惧怕。"

莫静岚瞬间像是想到什么，指着木青瓷，满脸难以置信地说道："你是说青瓷姑娘是那个杀人吸血的七杀。"

莫景凉沉吟片刻，"七杀不可能是青瓷。"

"七杀的确不可能是青瓷姑娘，只是……"没有说完话，摇摇头道，"姚兄说完我们才能明白。"

姚茂轩继续回想着，讲述着记忆中的事情。

话说回来，那白衣女人不怒反笑："真说起来，你恐怕比我更害怕。以你的身份，要是那些事被传了回去，你说会怎样？"

"我倒是知道你跟我之间谁死谁活。"随着白衣女人的话，华服女人也没有开始的那份淡然，却依旧笑得轻松，"要知道你的事也不少，要是我哪天不小心说漏嘴，你也不会有好日子过。"

被称作七杀的白衣女人面色一冷，也有一丝狐疑，"就算有把柄落在你手中，那也不过是小过错，罪不至死。凭着我七杀祭司的身份，顶多小惩。而你呢，会失去一切。"

华服女人也不在意七杀的态度，随意地说着："你可是七杀祭司，谁又敢罚你。可惜，你还是太笨，以为我跟你一样傻吗？凭着那些说大不大，说小不小的事还扳不倒你，更别说让你死了。"

七杀眸光冷冷，倒不是她害怕面前的人知道些什么，只怕她要花样。"看样子你不敢杀我，只好选择来跟我合作。让我猜猜是为什么？一定是为了你丈夫和儿子。"

被提起丈夫和儿子，华服女人脸色瞬间就变了，声音也冷了起来："别给脸不要脸。别以为我不知你练的功有缺陷，每每到了这个时候，必须靠吸食年轻男子的鲜血来缓解那种痛楚。现在正是你最虚弱的时候，我如果想杀你就跟捏死一只蚂蚁一样容易。"

"好呀，那你就杀了我。只要我三日不出现，你所有的事都会被传回去。"七杀很镇静，嘲讽出声："你保得住你的丈夫和儿子吗？圣女不得外嫁。你若是生的是女儿也罢，偏偏是个儿了。教中的规矩，你比谁都清楚。我高贵的阿妧圣女，你说你的儿了如果被发现，会不会被视为耻辱而被抹杀？"

说到后面，七杀越来越激动，直接就狞笑了起来，露出沾上血迹的牙齿。

"跟你争了这么多年，自然会照顾你。我会亲手解决了你儿子，他的血应该很美味，毕竟是来自你的血脉。我日日夜夜都在做梦，梦到我一口咬断你的脖子。"

第三十四章

那个笑声,在姚茂轩听来就是魔音,跟荒野坟地里的诡笑没什么分别,他心里默念着诸天神佛的道号。

被称作圣女的华服女人脸色十分难看,在月光的照耀之下,可以清楚地看到她脸上迅速变换的表情。"我的事情你清楚,你的心思我也明白。不如我们做个交易,也好两全其美。"

"哦。"七杀拉长了声音说道,"你以为你现在还有什么资格跟我讲条件?"

华服女人冷冷地瞥了七杀一眼,漫不经心地说道:"我知道一个人,他俊美无双,似那塞外春风般无拘无束,自由自在。他谦谦君子,喜好诗书,似那高山冰雪一样高洁。又心存良善,待人处事皆是彬彬有礼。如此俊杰至今未娶妻,个中缘由是什么,真让人猜测。"

七杀面色有了些变化,心里有些拿不准,"然后呢,你想说什么?"

华服女子见七杀有了变化,心里也有了底,"我知道你看上了那个如高山冰雪一样不可触碰的男人,我可以帮你,帮你嫁给他。那时候亲上加亲,我们就不单单是姐妹了。"

"你以为我会相信你说的鬼话吗?"

"决定权在你的手上。不过我听说,他家里很着急他的婚事,已经他选好一位知书达理的大家闺秀。"华服女人瞟了一眼七杀,漫不经心地说着,"不过我跟那男人的母亲提过,我有一个貌美的妹妹,还待字闺中。"

"貌美?这个词从来就没用在我身上过。"七杀的脸色冷了下来,"你是借机讽刺我吗?"

华服女人笑得很温柔,但是那样的危险,"讽刺也好,嘲笑也罢,你难道真以为我没留下后手。你都有退路,我又怎么能不早早地防备。只是事情捅破了,对你我都没有好处。处置下来,你说我们两个谁先死?"

"我居然忘了,你是大祭司养大的。"七杀的脸有些扭曲,在这样的情况下更显得丑陋不堪。"碍于大祭司,届时教中之人定会放过你。"

华服女人轻叹一声:"只要我们合作,共同保守着秘密,不就皆大欢喜了?你如愿嫁给你的心上人,我保住我的丈夫儿子。"看出七杀的犹豫,华服女人又补充道:"我找来了玉面,他可以帮你换一张漂亮的脸。我给你三天的时间考虑。"

"玉面?他也来了。看来你早就料到我会答应。不过千万别跟我耍花样,大不了同归于尽。"

"我也有个条件,帮你嫁给那男人可以,但你必须按我的规矩办事。如果你想要先行一步,就别怪我翻脸不认人。"华服女人也不是好惹的,她并不相信七杀。

"不愧是我的姐姐,想得够深够远。现在你可以叫玉面出来了。"

"没问题。看了这么久的戏,你也该现身了,玉面。"

姚茂轩睁大了眼睛,盯着那两人站的地方,脑子想来想去,还是想不通,这两人说是姐妹,差得也太远了吧。一个美若天仙下凡,一个普通至极。不仅没有姐妹的样子,倒像是生死仇敌。

忽然脚步声响起,一位高大的男子出现,他戴着鬼脸面具,让人看不清容貌。

华服女人看着戴着鬼脸面具的来人,笑吟吟道:"你今日怎想到戴小孩子的面具了,这可不像是你。"

"人总是会改变的,尤其是喜好。圣女答应我的可别忘了。"

华服女人假装叹息道:"你不相信我吗?还是觉得我会不履行承诺。"

玉面懒懒散散地说着,言语中有些轻佻之意:"圣女的信用我自然相信,可阿妩是个坏丫头。除此之外,其他代价,也该其他的人出才行。"

七杀冷哼一声,嘲讽起来:"果然没这么容易请动你这尊大神,想要从我这里得到什么,玉面?"

"阿妩给的代价我很满意,只是我这人比较贪心,也想从七杀祭司手中得到一些好处。是不是有些侮辱了你的智慧?"玉面漫不经心地瞄了地上的尸体两眼,自顾自说道,"唉。七杀,我发现你真的没有自知之明,以你这副样貌还敢在大街上走,也亏得你脸皮够厚。看看这次能帮你将脸换成什么地步,不过你始终都不可能成为真正的美人。"

"你还是这样的让人厌恶。"

玉面呵呵地笑起:"多的是女人爱我,不缺你一个。反观是你,就凭你那副样貌,不改换面貌,你们说的男人会多看你几眼吗?"又偏过头看向华服女人道:"可惜圣女已经为人妻、为人母,否则我还想追求你一把。"

"你还是这样不正经,让你师父见了不知道又要怎么骂你。"

玉面摸着戴着鬼脸面具的下巴说:"反正那老不死不在这里,就算他知道了也无妨。比起这些来,我倒真想知道你们所说的那个男人真的那般好,与我比如何?"

七杀轻蔑道:"你不足以与他相比,他胜过你千百倍。"

玉面没有看七杀一眼,只对华服女子道:"情人眼里出西施,七杀的话我半分都不信。阿妩你来说。"

华服女人掩嘴轻笑道:"若论相貌,你自是胜他一分,当世第一美男子的称谓可不是凭空而来。但论其他方面,便不一定了。"

玉面拉长了声音道:"是吗?既然这样我更是要见一见是谁。"话音一转,看了七杀一眼,又盯着那个死了的男人道:"帮我把这张皮剥下来,记住我可要完整的皮。最近被一个挺好玩的人追杀,身上的皮都用完了,易容我又不喜,只好麻烦你了。"

七杀冷冷没有作声,径直地走到那具还没有完全冷掉的尸体旁边,抬手便提起那具尸体,不知何时，七杀的手上多了一个东西，五根手指上都戴上锋利尖刺。姚茂轩睁大了眼睛还没看清楚，就见了血肉模糊的一面。泛黑色的鲜血顺着皮掉下来，那红色的血肉直接冲击了姚茂轩，两眼一抹黑，就晕了过去，后面的事情就再也不知道了。

事情发生到这里也就差不多了，转回到现实。莫静岚说道："你怎么这么没用呀，后面就直接晕了过去。"

姚茂轩小声地嘀咕："我也不想晕过去，你是没看见，可太吓人了。"

苏笙月敲了敲桌面道："也就是说姚兄并不知道之后的事情，那为何还说挖人心。"

"我醒来之后已经天大亮，那三个鬼都不见了，连带着那个死了的人。你说他们不是吃了那个人是什么？那个女鬼吸人血、剥人皮，之后肯定要挖人心的。那是恶鬼，不是什么好东西。"

"姚兄果然是好想法，只是青瓷姑娘可不是那等恶鬼。既然事情也已经了了，姚兄请吧。"跟大厅外的护卫打了声招呼，让他们带姚茂轩下去。

姚茂轩迷惑地挠着后脑勺，"请去哪儿呀？我不……"还没说完，就被两个倾月山庄的护卫给拉走了。

莫静岚满脸都是好奇，"我还是没有明白，那些到底是什么人呀？当世第一美男子你们知道吗？"

木青瓷出神了好一阵，被岳洛抓走时，玉面曾现身过，他嘴里的阿妧是抛弃了过去的旧身份。但木青瓷的母亲是普通的江南女子，却对苗疆无比了解。

"我倒是很好奇，女子不得外嫁，违者还要杀无赦。"

沈夜接过话去："美人如花隔云端，苏大少你就别想了。都说蛇蝎美人，可想而知蛇蝎二字了。"

苏笙月唇角弯起，翩翩潇洒，若有若无地说道："阿夜，前日晚上入你房间的美人是谁？何不介绍一番。"

明显的栽赃，沈夜无语，苏笙月太无耻了。可是他还没有说话，莫静岚就开口了。

"色鬼。"

沈夜真的想仰天长啸，不过余光瞄到木青瓷，有意地提起苏落雪道："怎么今日不见你的苏护卫，如此的美人日日夜夜地服侍着你，想必你享受其中吧。"以其人之道，还治其人之身。

木青瓷想到了许多，那一天玉面来见她说的话。只是沈夜和苏笙月两个人的对话，又把她拉回现实，下意识地接过话去："色字头上一把刀。"

"……"

"……"

沈夜大笑起来，不停地夸赞着木青瓷道："青瓷姑娘说的好。色字头上一把刀，苏大少。"

木青瓷不想和这群人再废话下去，只道："我还有事，先告辞了。"

语毕便离开了。只是木青瓷并没有下山，而是往倾月山庄的后山去了。她记得岳洛死的那一日，他放了一个青花瓷瓶在那个破旧木屋里。虽然不知道那个青花瓷瓶里放的是什么东西，但木青瓷相信，岳洛做出这些举动，绝不会是弄着玩的。就算是岳洛闲来无事放的东西，查看一番也不会碍事。

寂静的树林之中，偶尔传出几声鸟鸣。木青瓷推开破旧的木门，吱呀声响起。灰尘落下，木青瓷站在门口，抿着嘴淡淡地扫过屋子。跨进低矮的门槛，那个青花瓷瓶还在。直接将桌子上的青花瓷瓶拿在手里，看着小小的瓶子若有所思。没过多久，木青瓷眨了下眼，显然已经回过神来了。取下瓶子的布塞，从瓶子里倒出来一只已经死去的蛊虫，除此之外再无其他。

看来是她想多了，岳洛只是无意之举。正准备将东西好好地还回去的时候，一阵连续的鸟鸣声突然响起。

一只灰褐色的小鸟飞了过来，落在布满灰尘的桌面上，小小的脑袋不停地转动，盯着木青瓷手上拿的瓷瓶。

"留在这里也好，山林之中无拘无束，也好过落入人世，被尘网所覆住。"木青瓷挂起嘲讽的笑，一只扁毛畜生怎么可能听懂人话，她是魔怔了，竟然相信了岳洛说的那鸟通灵。

灰褐色的小鸟在桌子上跳来跳去，对着木青瓷手里的青花瓷瓶不停地鸣叫。

也许是那灰褐色的小鸟的叫声引起了木青瓷的注意，她捏住瓶子的细颈，摇晃起来，"要这个吗？"

"啾啾啾……啾……啾啾啾啾……啾……啾啾啾……"灰褐色的小鸟叫着，好像在回应木青瓷的话。

木青瓷将瓶子里的蛊虫倒在手中，任凭着那只灰褐色小鸟跳到她手上，啄食着黑色的蛊虫。没几下子，灰褐色小鸟就吞下了那只拇指大的黑色蛊虫，小脑袋在木青瓷的手上蹭来蹭去，细小绒毛软软地磨蹭着木青瓷，就像羽毛轻轻落在手心，痒痒的。

木青瓷心里最深处的那一根弦被触动了一下，不知多少年没有被牵动的少女情怀被牵动。沉默了许久，最终还是放手，将那只灰褐色的鸟放飞准备离开。

灰褐色的小鸟飞到杂物堆里，从里面衔出来一根细长竹管，飞到木青瓷面前。

木青瓷心中有着疑惑，但还是取下那根细长竹管，竹管里有一封卷好的信，是岳洛留给她的。

第三十五章

　　岳洛早就料到倾月山庄之行他再也回不去，也知晓木青瓷会杀他，所以早早就写下这封信。那个青花瓷瓶是岳洛故意留下的，为的就是让木青瓷将那个瓷瓶里的蛊虫喂给那只灰褐色的小鸟，可能怕她根本无法发现这封信。

　　木青瓷的万年寒铁匕首，是当年木家灭门时伤她哥哥的人留下的。这么多年过去了，她没有这把匕首的任何线索。直到岳洛告诉她，他师父有一把一模一样的匕首。那把万年寒铁铸成的匕首也在岳洛拔出身体时掉下了悬崖，不知遗失到了哪里去，连唯一的线索也断掉了。想到这里，木青瓷不禁有些心绪，命运的变化谁也把握不住。谁知道岳洛会给她留下消息。信上提到了岳洛的师父这么多年一直在找一个人，左腰上有着红色梅花胎记的小姑娘。不仅如此，岳洛的师父十分关注皇室，并且也曾提过，万年寒铁铸造的匕首有两把，一把在他手中，另一把已经不知所踪了。

　　将信看完后，木青瓷从身上摸出火折子，点在信上。青蓝色的火苗一窜而起，疯狂地吞噬着信纸。看着它成了地上的一堆灰烬，转身离去。

　　下山的途中，木青瓷走了小径，防止有人寻到她的踪迹。走了一路，那只灰褐色的小鸟一直跟着她。

　　"这里就是你的天地，不要因为我给你的蛊虫，就跟着我。"

　　木青瓷停下，这一路上她几次停下，结果这个小家伙还是跟着她。

　　灰褐色小鸟飞到木青瓷面前，似乎跟定她了。

　　木青瓷皱眉，又想起答应岳洛的话，"耐不过你，岳洛说你有灵性，那就表现给我看。"顿了顿又道："人多的地方远远地跟着就行，不要接近我。"

　　话一说完，木青瓷都觉得她有病，居然跟一只鸟儿说起话来。

　　灰褐色的小鸟好像听懂了木青瓷的话，鸣叫着回应着她。又扇动翅膀，飞到木青瓷的肩膀上，啾啾啾地叫着。

　　武林大会落幕后的日子，唐岚歊并没有回唐门，而是由唐长风陪着前往苗疆。本来唐禄想直接带唐岚歊回去，但是她死活不走，才不得不由唐长风照顾着她去苗疆。

　　过了一些日子，终于是到了苗疆之地。天才亮不久，唐岚歊就抱着装着岳洛骨灰的青花瓷瓶往苗人说的醉花荫而去。唐长风寸步不离地跟着唐岚歊，眼里除了心疼还是心疼。

　　醉花荫在苗疆很出名，那漫山遍野的花草美得让人心醉。每每到了凤凰花开放的日子，总会有不少年轻的男女结伴而行,去向花神许愿。

当那棵不知活了多少年的凤凰木赫然出现在唐岚歆眼前时,她抱着装骨灰的瓶子,腿像灌了铅一样。绣鞋上沾上了泥尘,三步……两步……一步……唐岚歆蹲下身来,将头埋在双腿上,眼泪不住地流下来。

白净的双手捧着装有岳洛骨灰的瓷瓶贴近她的脸,感受到瓷瓶的冰凉,唐岚歆轻轻说道:"我带你回家了,最后一次,陪我看一次凤凰花。"

画面像是被冻结了,唐岚歆无声地泣着泪,没有人比她更痛苦。小心地刨着泥土,用手挖出一个深深的坑,将那个瓷瓶埋了进去。"这里好美,也好安静,没有江湖人心的复杂。这里有你,却没我的归属。"

唐长风站在唐岚歆身边,犹豫了许久,还是蹲下身体,伸手将唐岚歆抱在怀里,细语柔声地说道:"我会陪你,直到我生命终结的那一天。"

不知多去了多久,唐长风带着唐岚歆离开时,一个黑袍人随即出现。看着两人离去,转身走到埋着岳洛的凤凰木下。挑开遮住脸的兜帽,拿出酒壶对着凤凰木喃喃道:"有些事挣脱不了。"这人正是那夜在岳洛面前砍下那个鼠目男子双手的黑袍神秘人。

举起酒壶,仰头饮下,酒壶里还剩下一半的酒,黑袍男子靠着凤凰木,嘴里还念叨着:"不错的小子。想我玉面活了这么几十年,你还是第一个让我主动来拜祭的。阿妧败亡,我都未去寻过她的葬身地,现在算是破了先例。"

玉面漠然地看着顺着酒壶口流出的醇香美酒,不由得心生感叹:"第一次见你时,我就知道你一定会死。那样倔强嘲讽的眼神像极了当年那个玩世不恭的我。如果你没有选择死,或许我们两个还能心平气和地坐下来喝上一杯清酒,可惜世上没那么多的如果。"

又将倒尽酒的酒壶随手扔在一边,传来破碎的响声。细长白皙的手细细地抚过凤凰木粗壮的树干,放轻了声道:"玲珑,阿妧真是个坏丫头,居然连我都信不过,骗了我这么久。"话音一落又大笑起来,"白凌也死了,自从他失踪后,我也寻过他的踪迹,想不到他竟被人控制,最后选择结束那长久的痛苦。到最后,只留下我和白蔹了。"

司言与叶轻轻赶回坐落在落花谷的倾城阁时已经是一段时日之后,为了见叶如琛,司言也算费了心思。

瞧着黑甲银面的司言,叶如琛上下打量了一番道:"寒舍简陋,还请九王爷不要介意。"又看了一眼一边站着的叶轻轻,道:"去给九王爷沏一壶茶来。"

叶轻轻柳眉倒竖,有些不满叶如琛的话,撇了撇嘴对上司言,恶狠狠地瞪了他两眼,不情不愿地带上书房门出去。

见叶轻轻也走了,司言有礼地说道:"本王去过不少地方,落花谷的确是上上之选。叶前辈不必自谦。"

叶如琛笑起来,目光如炬,"九王爷位高权重,想要见我有的是方法,何必多次一举,由我那个不成器的女儿引见。"

司言嘴角勾起浅笑，拱手抱拳道："小王此次来是有事相求，想着由叶阁主引见不会唐突，除此之外别无他意。"

"是吗？"叶如琛也不打算继续纠缠这个话题，直接说道："既然九王爷来了落花谷就是客，有事直说。我已经老了，没那么多的精力同你们年轻人算那九曲十八弯的心思。"

"自然。小王此次前来只是想问问叶前辈是否见过这块玉佩。"司言从怀里摸出玉佩，勾住打结的绳将玉佩垂下。

叶如琛扫过那个玉佩，不再像最开始那样不在意，装作随意道："很是精致，想必是块好玉，不知可否让我细看一番。"

"自然可以。"

叶如琛接过玉佩放在手心，手指细细地摩挲着花纹。玉佩不算大，是上好的羊脂白玉，雕刻的是莲花，背面刻下恩和宁长四字，小巧精致且用心。"光看这玉的雕刻功夫，就知手艺奇高的工匠倾尽了心血。何况此玉晶莹洁白，近乎无瑕，又细腻滋润，想来也只有昆仑山所产之玉才有如此成色。"话一边说着，叶如琛也将此玉还给司言。

"当年我父皇得到一块上好的昆仑羊脂玉，由能工巧匠打造了三块一模一样的玉佩。一块随了皇兄入葬，一块给了我，最后一块给了最小的妹妹。"司言紧紧地盯住叶如琛的脸，不放过他脸上任何的表情，小心地试探着，"而我近来得一些消息，说叶前辈曾有一块一样的玉佩，所以想来问一问。"

司言的话一出，叶如琛心中翻起了大浪，他意识到了皇室的不平静。"可能是待在这偏僻之地太久，不知王爷说的是哪位公主？"

"当今太皇太后的亲生女儿，先帝的同胞妹妹，夭折的熙宁公主。自从熙宁夭折后，属于她的那块玉佩也不见了踪影。"司言也不想和叶如琛再拐弯抹角，直接说道，"小王不妨将话跟前辈直说，还望前辈如实告知。"

叶如琛沉吟片刻，思量了一番，一脸认真地问道："当年公主夭折之前，我也曾发现过不少朝廷的势力在暗中寻找什么。两年后公主夭折，景帝也跟着重病而亡，之后朝廷暗中派出的人马也都收了回去。我那时麻烦缠身，也未细想，想来那时皇室出了什么大事。"

见叶如琛愿意将事情告之他，司言也不打算隐瞒："不瞒前辈，的确是出了事。我的幼妹熙宁出生不过半月，便因乱臣贼子作乱，混乱中被人抱走，之后再不知所踪。因事情来得太突然，就秘密处理，封了众人口。父皇还在时，昭告天下公主病弱，由我母妃许妃照料送往国安寺休养。实则暗中派人寻找下落，也有了一丝线索。抓住了抱走熙宁的乳母，乳母收了叛臣之女淑妃的好处，趁乱时把熙宁抱走丢出宫去喂狗。"

叶如琛认真地听着，也知晓了事情的大概，只是恐怕远远不如司言所说这般轻巧。

"乳母抱着孩子出了宫门后连夜逃走，到了广陵，把熙宁随意丢在了市集外，独自带着金银财宝跑了。"司言顿了顿，举着他的玉佩道，"熙宁身上唯一的信物是裹在襁褓里没有被发现的和合玉佩，背面刻着一世长安。"

叶如琛沉声道:"王爷以为我手上有公主的玉佩。"

"没错。"司言拱手做礼道,"还请叶前辈告知这其中一切,他日小王必有所报答。"

"王爷不必如此,真要说起来,反是我有求于王爷。"叶如琛叹了一口气,"我是江湖中人,王爷是朝廷中人,本就不相往来,也奈不过时势。轻轻自小就受了不少白眼,才养成如今的性子。我想请王爷日后照拂一番,马上就要变天了,我也要去做我的事,无暇顾着她。"

叶如琛的话说不出的沉重,司言的心也跟着沉入谷底。没错,要变天了。玄剑出世,越来越多的神秘势力开始浮出水面,各门各派都有着动作。"叶前辈放心,司言明白怎么做。只是还有些时日,前辈何须说出这样的话。"

"我相信九王爷是不会让我看走眼的,我的归属早在十年前就已经破灭,轻轻还有这片山河可走。"

"前辈的意思是……"

叶如琛摇头,打断了司言的话:"当年我的确在广陵捡到一个才出生不久的女婴,也在那幼儿的襁褓之中发现了一块玉佩。不说珍品玉佩,单是那襁褓,我就知那不是普通人家的孩子。只是那时,我遭到追杀,仇人想要一举灭杀我。身负重伤的我也无法带着如此小的孩子四处躲避追杀,便将孩子托付给一农家夫妇。玉佩便收在身边以防不测。等我养好伤,再回去找那户人家时,听说那对夫妇已经搬走。周围的邻居说那女婴长得很好,那家人没有孩子就当宝贝给宠着,跟亲生女儿也没两样。我也就没去寻踪迹,慢慢忘了。直到半年前找到那块被我留下的玉佩,才又想起了那个孩子。"

司言言语中有着一丝欣喜,毕竟十几年前可能夭折的孩子,现在还好好地活着,怎么能不激动。"那个女婴身上有没有什么胎记,或是其他的东西。"

"左腰间有一块红色胎记,形似五瓣梅花。除此之外也只有那块玉佩了。"叶如琛转身从书桌抽屉里拿出一块被红绸包住的玉佩递给司言,"你看看是不是?"

司言接过红绸包住的玉佩,摸出他的玉佩对比,两块一模一样的玉佩赫然出现在眼前。唯一的不同则是一块玉佩刻的是恩和宁长,一块是一世长安。

"多谢前辈告知一切。"

"无妨,"叶如琛点头道,"那个孩子应该好好地活着,如今也应该到了谈婚论嫁的年龄。只是我能帮你的也只有这么多。"

"等找回了熙宁,必亲自上门道谢。"

第三十六章

叶如琛浅笑，没有多说什么。正当这时，敲门声响起。

"进来。"

叶轻轻推门进屋，狐疑地扫过叶如琛和司言，将两封请帖放到桌子上，"锦家送来了请帖，上京城百花林一聚。可能武林大会结束后就派人送过来，连带着九王爷的都一起送过来了。"

司言扫过桌上的锦家请帖，饶有兴趣地问道："叶阁主此话何意？"

叶轻轻侧身对着司言，不冷不热地说道："地剑现世了，锦家会在百花宴上卖出地剑。"

司言摸着下巴说道："地剑也要出世了吗？"

"地剑……"

叶如琛终于有了显而易见的情绪，灭他一族，杀他好友一门，只为了地剑。

很快天黑了下来，司言躺在床上，手里把玩着那两块和合玉佩。

他在下午便传信回了上京城，要不了几天，太皇太后应该就能看到那封信，多年的期盼终于有了希望。

"未央长乐，恩和宁长，一世长安。司言，熙宁，司琰。"

"我一定会找到你的，熙宁。"

记忆倒退，司言想起熙宁出生那一日，他与司琰发誓，要保护好这个迟来的妹妹。两个不过才及弱冠的男子，对天起誓。

"我，司言，以九王爷之名起誓。一生一世保护好熙宁，不让她受欺负，将来给她找个好人家嫁了。"

"我，司琰，以太子之名起誓。她是我唯一的妹妹。"

慌忙害怕的宫人，哭泣的宫女，太皇太后无声的泪。

司言闭上了双眼，不再去回想往事，叹息了一声，"司言，熙宁还活着，她还活着。"

夜，是如此的漫长。卿落染单膝跪在地上，对着背对着她的长衫老人汇报着这一段时间的情况。

直到说完，长衫老人也没有回头看看卿落染，温和地说道："很好，你一定要看好他，等到木青瓷前来，别让人抢先杀了。看那时候还有什么戏可唱。"

"我明白，父亲。"

"嗯。"

没有什么消息能比宁国宝藏更能吸引众人的目光了,尤其是已经十年没消息的地剑将再次重现江湖。玄剑已经出世,紧接着地剑,让人不得不怀疑天剑、黄剑都会不会接连出世。

木青瓷回到宁家时,整理了行头,戴上那个银制的面具时,又变成了那个冷血无情的天字杀手茉莉。

宁家家主的屋子之中,合欢一身黑衣单膝跪地,对着背对着他的高大男子禀告:"茉莉已经回来了。"

只见宁夜澜一身暗紫的衣裳,紫金冠束发,修长身材。更何况宁夜澜本就面容俊朗,不同于温润如玉,更多的是冷酷霸气,衬得人更胜三分。

"是吗?"

说曹操曹操就到,正在这时,木青瓷推门而入,打量着屋中的情况。移了脚步,单膝跪地,低下头道:"主上。"

宁夜澜随意地把手中的小物件扔在书桌上,漫不经心地说道:"你如今还知我是谁吗?"

木青瓷垂下眸子,淡淡说道:"属下不敢,倾月山庄的事是属下妄为,请主上责罚。"

"明知故犯。挑战我的耐心吗?"

"属下不敢。"

宁夜澜弯下腰,慢慢靠近木青瓷,伸手捏住她的下巴,一字一句地说道:"你可没有不敢的事。"

木青瓷没有反抗,直视着宁夜澜的眼睛道:"请主上再给我一段时日,事一了,属下自行去幽室受罚。"

宁夜澜加重了手上的力度,皮笑肉不笑地对着木青瓷说道:"我为何要答应你?"

木青瓷迎着宁夜澜的目光,掷地有声地说道:"因为我会成为主上最好的刀。"

话音一落,宁夜澜突然狠狠捏住木青瓷的下巴,"你是我养大的,你的心思我很清楚,别跟我耍花样。"

"属下不敢忘记命是主上给的。"

宁夜澜冷冷地看着木青瓷,久久不出声,随后勾起一笑,"好,我给你机会。"

"谢主上。"

"你们退下吧。"

合欢和木青瓷异口同声地答道:"是。"随后依次离开。一同走在长廊上,气氛冷到极点,毕竟两人都不是话多的人,何况在宁家。

合欢动了动嘴,声音很轻,但依旧很冷,"锦家广发请帖,邀请各路人马下月上京城百花林一聚。主上自是要去赴会,你好自为之。"

"地剑……出世了……"

"有些事情不如不知。"

木青瓷没有出声,跟在合欢的身后,垂下的双手不知何时握得紧紧的。因为地剑,她满门被灭，如何能看得下去。

皇宫之中。

"你说司言没有回宫，而是去了落花谷？"太后温云箬倚坐在凤椅之上，漫不经心地说着。面前跪着一人，看其装扮应该是护卫之类的。

"回太后的话，王爷的确是去了落花谷。"

温云箬将手中的清茶搁置在桌上，嗤笑道："罢了，随他去吧。要不了多久，他就会回来的。"

"太后说的是。"

"没事就退下。"

"九王爷写有一封信，让人交给太皇太后，由于是连夜赶路，想必此时已落在太皇太后的手中。"

"废物。"温云箬一拍桌子，面上有着怒容，"这些事你不早说。"

"请太后息怒。"

温云箬站起身来，搭着贴身婢女的手，冷冷道："随哀家去未央宫。"

未央宫中，一名五十多岁的嬷嬷手持着一封信，对靠在美人榻上假寐的华服女人行礼道："太皇太后，王爷来信了。"

被称作太皇太后的女人从假寐中醒来，脸上有些倦容。虽是年老了，却依旧保养得当，但也遮不住眼角生起的皱纹，鬓边长出的白发，还有日渐衰老的身体。"扶我起来，阿瑶。"

阿瑶小心地扶起太皇太后，将信递到她的手上道："太皇太后要放宽心。"

"阿瑶，我是不是做错了，所以才会得到报应。"太皇太后边说话边拆开那封信，眼上却是掩不住的落寞，"司尧，琰儿，熙宁都离我而去。若不是我作孽，如今也不会落得如此下场。"

阿瑶连忙摆手，一脸谨慎道："这不怪太皇太后，都是陈年旧事，别再想了。看看王爷写了什么，信还挺重的。"

太皇太后拿出信纸来，浅笑着点头："好，看看言儿写了什么？"

"王爷写了什么？"

被阿瑶的声音成功拉回思绪，太皇太后快速地拿过信封，从信封里倒出一块玉佩在手心。整个人都激动起来，手颤抖地抚上那块玉佩，仔细地看起来。

"这不是王爷的和合玉佩吗？"

太皇太后看着玉佩后刻的四字，眼泪不自觉地就流了下来，连忙拉住阿瑶的手道："你快帮我看看，这玉佩后面刻的是不是一世长安，这是不是熙宁身上戴的那块。"

阿瑶接过和合玉佩看起来，也激动起来，"没错，是一世长安，是公主的玉佩。公主失踪前，这块玉佩是奴婢亲手给公主戴上的。"

太皇太后拿过玉佩，嘴里喃喃道："熙宁，我的熙宁，她还活着，还活着。"

"谢天谢地。"

太皇太后拿出绣花手帕，轻轻拭着泪，面上看着也精神了，且说道："阿瑶，是不是我在做梦。言儿写下熙宁的名字，又送回来玉佩，是不是找到她了？"

　　"一定是这样的。说不定王爷现在正带着公主回来。太皇太后，你要养好身子等公主回来。"

　　"听你的，都听你的。"

　　"太后前来请安。"内侍在外面尖着嗓子叫道。

　　阿瑶赶忙收起信件和玉佩道："都这个时辰了，太后还来干什么？"

　　太皇太后也拭着泪，端正了姿态，"传她进来。"

　　得到通传，温云箬快步进了殿，见太皇太后拭着泪，上前柔声道："姑母，你怎么哭了？"

　　"想起琰儿了。"

　　也不知道太皇太后的话是不是戳到了温云箬的死角，温云箬的眼中也有了泪，"琰哥哥……他……"抹了抹泪，"我又来惹姑母伤心了。"

　　太皇太后拉过温云箬的手，轻轻拍了拍，"无妨，倒是我惹了你伤心。"

　　温云箬拽紧了丝帕，面上还故作平静道："嫁给了琰哥哥是我一生中最不会后悔的事。"

　　"好孩子，如果不是太后身份，你也不必耽误一辈子。"

　　"就算不是生在皇家，我也绝不会离开琰哥哥。"

　　"都是命。我累了，你先回去。"

　　温云箬抹了抹眼角的泪，行了一个礼道："那就不打扰姑母休息了。"想了想又道："今日王爷来了信，姑母可曾收到？"

　　"信吗？我并没有收到。箬儿怎知言儿来了信？"

　　对上太皇太后的眼神，温云箬背后冷飕飕的，小心地回答道："不过是见王爷遣了两个护卫回来，听他们说的。何况前段时日王爷不也来了信吗？所以猜测一番罢了。"

　　"原来如此，只是言儿的信还未曾收到，护卫的话不足为信。"

　　"姑母说的是，就不打扰姑母休息，改日再来请安。"温云箬再次行了一个礼便退出了殿内。

　　见温云箬离开，阿瑶才道："如今的太后也不是以前那个温柔懂事的太后了，都不知道是从什么时候开始变的。"

　　太皇太后漠然地看着殿门，"深宫十年的时间已经足够，她决心如此，谁也阻拦不了，随她去吧。"

　　"才十年罢了，太皇太后在宫中也是数十年，不也没变吗？"

　　太皇太后摇摇头，眼神迷离，"我们都变了，没有人不会改变。"

　　阿瑶也是叹气，人心就是如此，如果要变，谁也阻挡不了。

　　时间说快也快，说慢也慢，一转眼便是几日过去了。

　　离上京城百花宴开始还有一段日子，木青瓷掐着日子赶往杭州，只为了那日在倾月山庄卿洛染留下的话。快马加鞭赶到杭州时,已经是多日之后。街上车水马龙,繁华无比。

俗话说上有天堂,下有苏杭,此话果然是没有说错。杭州也不愧是江南最繁华的地方。

才刚入城,就有一名女子拦住了木青瓷。

"是你,卿洛染?"

卿洛染大方地笑道:"好久不见,我是来为青瓷姑娘引路的。"

"说吧,有何目的?"

"我是来帮青瓷姑娘你的。"

木青瓷并没有因为卿洛染的话而放松戒备,"帮我?不以小人之心度君子之腹,但防人之心不可无。"

卿洛染面上没什么变化,看着的确是真心实意的样子,"我可是为姑娘准备了一份大礼,否则青瓷姑娘又怎会因我一句话来杭州,准备去沉香小筑呢。"又看了木青瓷一眼,"这城门口可不是什么说话的好地方,若是信,跟我走。若是不信,我也不阻拦。"

思量不过刹那间,卿洛染的身影已经慢慢远去,木青瓷也顾不得其他,追了上去。

走了没多久,卿洛染就从一条窄窄的巷子里穿了过去,带着木青瓷从巷子后面的小门里进去了。

直到进了一个装饰华丽,不像普通姑娘的房间时,卿落染才对木青瓷说:"青瓷姑娘在此等上片刻即可。"

木青瓷狐疑地打量着房间,空气中还弥漫着浓郁的香气,缓缓说道:"你带我来青楼是何意?"

卿洛染浅笑,换了个语气,"此处名沉香小筑,是杭州最大的青楼。今日会有一位姑娘十分想见的贵客驾到,只是能不能留住他就要看姑娘的本事呢?"

"是吗?我很好奇你为何要帮我见这位贵客。"木青瓷眉梢微挑,目光犀利。

"因为我们有一个共同的敌人。能坏了那人的好事,我怎么能不做了。"

"那人是谁?"木青瓷可不相信卿洛染的鬼话。

"仇人。"

第三十七章

卿落染退到门边,慢悠悠地说道:"今日有个叫徐柏的人会到这里,他想见房间的主人碧玉姑娘。木小姐可要把握好机会,别让为他而来的贵客跑了。"话音还没落下,卿落染就退了出去,带上了房门。

木青瓷可不认为卿落染是好意，知晓她的身份，故意引她前来，背后之人想看一场好戏了。

从衣柜中随便挑选出一件衣服，木青瓷迅速地脱下身上的衣服，换上了那件深青色的衣裳。坐在梳妆台前，木青瓷对着铜镜中的她嘲讽笑起，手指滑过镜面上映出来的脸，又移到耳鬓边，一张面皮被撕下，露出她真正的容貌。那是怎样的一张脸，完美得让人挑剔不出一丝缺陷。若这张脸出现在江湖中，恐怕第一美人的名号就要换人了。

木青瓷把扯下来的人皮面具放在梳妆台面上，看着镜中出现的另一个人，有些愣神。习惯了那张平凡的脸，再看见真容，也是一阵的陌生感。真是无比的讽刺。

绾发、描眉、上妆，熟悉而又陌生。

执起眉笔，在眼角处轻轻一点。一颗泪痣，更添了平日里没有的三分妖娆。

将一切收拾妥当之后，木青瓷戴上厚厚的面纱，坐在梳妆台上静等着黑夜的到来。

才过了中午不久，沉香小筑就开了门。阁楼里慢慢开始热闹起来，可比起晚上来始终要差上不少。

鸨娘在一楼的大厅里来来回回地招呼着客人，这时四五个男人说说笑笑地进来了。看来是熟客，鸨娘很快地迎了上来，谄媚道："徐老爷今天这么早就来了……姑娘们还不伺候着……"

那位被称作徐老爷的中年男人从怀里拿出一张一百两的银票放在鸨娘手心，"还不是为了早点见到碧玉姑娘吗？如果今天见着了，还有份大礼等着你收。"

鸨娘瞟了一眼银票的数额，笑眯眯地揣在了身上，朝着一边的丫鬟大叫："还不快带徐老爷去楼上的厢房，吩咐厨房备上好酒好菜。"转身又对着徐老爷笑道："老身保证徐老爷能见到碧玉姑娘。"

"那就麻烦了。"

鸨娘也不是不识时务之人，端着笑容，就上楼去了。径直地往木青瓷这里走，看着紧闭的房门，敲了敲，"我的女儿你醒了吗？"

木青瓷冷笑，却佯装柔弱道："妈妈有事吗？"伪装是杀手必须要学的，不然如何当杀手。

鸨娘推开房门，见木青瓷端坐在梳妆台前，带着欣喜道："我的好碧玉，今日徐老爷来了，指名道姓要你去陪他喝一杯。"

木青瓷不敢太过放肆，生怕被在风月场上混了几十年的鸨娘看出什么来。"徐老爷？"

鸨娘连忙解释道："就是徐柏徐老爷，他出手可阔绰呢。"

等的就是徐柏，但木青瓷也不确定是不是自己要找的那个徐柏，只得先去瞧一瞧，"答应妈妈便是，你先去，我随后就到。"

"好嘞。"鸨娘转身出门时停下，"碧玉你的声音不像平常呀。"

木青瓷连忙咳嗽两声，"可能是昨夜着了风寒，喝碗姜汤就没事了。"

鸨娘也没多怀疑，"我现在就让厨房给你煮姜汤去，你好好去陪着徐老爷。右边第三间。"

木青瓷把手放在藏在腰间的软剑上，眼中冷冰一片。

苏落雪寸步不离地跟在苏笙月身后，紧皱着眉头，不悦道："公子一定要去吗？"

"既然请了我，自然不能不去。你要是不舒服就先回药堂等着。"

苏落雪摇摇头，坚决要跟着苏笙月。

苏笙月也没说什么，就带着她进了沉香小筑。事情是这样的，他本来打算回苏家，路过杭州就来这里看看苏家生意。谁知被几个生意伙伴的儿子拉住了，非要请他来沉香小筑坐一坐，才有刚才跟苏落雪的对话。

"好俊的小哥，看着面生，不是本地人吧。"鸨娘一看见苏笙月，眼睛都放亮了，见他衣着富贵，连忙上去招呼。

苏落雪上前直接挡在苏笙月面前，已经准备拔剑了。

"不要靠近我家公子。"

鸨娘被这阵仗吓了一跳，连忙拍拍胸脯，讥讽地说道："哪里来的丫头，长得还算标致，未免太不知规矩了吧。"

"你……"

苏笙月拍了拍苏落雪的肩膀，示意她不要冲动，站了出来，递出一锭金子，"我是找人的，还麻烦通行一下。"

鸨娘看着苏笙月手中的金子，眼睛都发直了，连忙说道："来这儿都是找人的，不知公子要找什么人？"

"华安药材行的少爷定了哪间房？"

鸨娘拿了金子，指着三楼道："公子三楼左转第二间厢房。"

木青瓷下楼时，却未曾想过会见到正上楼的苏笙月。她抿紧了嘴，在这里见到苏笙月，莫名生出一丝不悦来。

苏笙月自然也看见下楼的木青瓷，心中生出一种莫名的熟悉感，尤其是那双眼睛。二人擦肩而过，他看着木青瓷远去的背影，心中也有思量，随即便进了左边的厢房。

"苏兄来晚了，身边这位是……"

苏落雪冷着一张脸，但不能否认她是一个少有的美人，冰冷如雪的气质又显得她格外与众不同，也难怪这几个纨绔公子哥从她进了房间后就一直钉着不放。

"我的护卫苏落雪。"

"今日为苏兄接风洗尘，干脆就请碧玉姑娘弹奏一曲。"

"不知道碧玉姑娘有没有苏护卫的七分美。"

"不必麻烦，如此即可。"苏笙月拒绝了，他只觉刚才与他擦身而过的女子莫名的熟悉，只是不知在哪里见过。

话说另一边，木青瓷进了屋之后，很快就认出了徐柏，碍着还有不少人陪着不好下手，也没有动手。

琴音缓缓，流水般的声音从十指间发出。木青瓷并不会音律，只是以前潜伏青楼时学了一首简单的曲子。短短的一曲已毕。

徐柏提着一壶酒走到木青瓷面前，"碧玉姑娘我们喝一杯如何？"

"你让他们关上门出去，我便跟你喝一杯。"

"碧玉姑娘说的是。"徐柏大笑起来，转身对着众人道，"还不出去，老子要和碧玉姑娘单独喝一杯。"

徐柏的那几个朋友也纷纷淫笑起来，"我们出去乐一乐，便宜你小子了。"

见所有的人都走了，徐柏的目光也越来越大胆，"碧玉姑娘我们喝一杯吧。"

"好呀。"

木青瓷直接将徐柏打倒在地，令他动弹不得，迅速抽出插在水果上的小刀，一刀刺在徐柏脑袋旁边，"说，贵客是谁？"

突然的状况让徐柏慌乱了起来，脖子边的小刀提醒着他，他就是待宰的羔羊，急忙出声："什么贵客？我不知道贵客是谁？"

木青瓷塞了一团布在徐柏嘴里，堵住了他的嘴。手起刀落，小刀直接刺穿徐柏的左手手掌。"换个问题，卿落染让你来此的目的？"

剧痛袭来，徐柏被堵住嘴叫不出声，眼见着闪着寒光的匕首，不停地眨着眼睛。

木青瓷取下塞在徐柏嘴里的布条，"你最好快点，我的耐心不够。"

"我真的不知道谁是贵客，也不知道谁是卿落染。"

"木家和叶家的事你知道多少？"

徐柏还没说话，一个黑色铁甲戴着面具的男人突然闯了进来，伴随着东西破碎声。黑甲面具男人来势汹汹，木青瓷被迫接了一掌，后退了十多步，嘴角也溢出了一丝鲜血。就在这短短一瞬，徐柏已经死在那面具男人的剑之下。徐柏一死，黑甲面具男人马上就施展轻功逃离了这里，木青瓷也追了上去。

动静太大，想不知道都不行，苏笙月赶去徐柏厢房时，只看见了他的尸体，人早已不见了踪影。

"公子。"

"回去等我。"

还没待苏落雪说什么，苏笙月就去追那跑得没影的人了。

木青瓷施展着引以为傲的轻功，迅速地追上了那个戴着黑甲面具的男人，二人一追一赶，很快就出了城。

黑甲面具男人突然停下，用剑指着木青瓷，攻了过来，凌厉的剑锋让人避之不及。木青瓷也不甘示弱，从腰间抽出软剑，挡着了那男人的攻击。

交手不过几个回合，木青瓷就渐渐入了下风，一个躲闪不及，背上划过一剑。

黑甲面具男人的攻势越来越密集，木青瓷突然睁大了眼睛，看着黑甲男子使出的剑法，脑海中快速闪过一些记忆。

"我要第一个学你自创的剑法。"

"好，等你长大。"

分神恍惚间，木青瓷虽然躲过了那致命的一剑，却也没躲过黑甲面具男人打在她身上的那一掌。木青瓷大口地吐血，捂住胸口，激动地质问道："你是谁？"

那人没有说话，看准了木青瓷受了重伤，攻了上来。交手不过十几二十多招后，一掌打在木青瓷后背，木青瓷喷了一口血，摔在地上。她的伤太重了，已经没办法逃了，意识也开始模糊，眼神迷离地看着步步逼近自己的黑甲面具男人，低声道："是你吗？"

那男人没有停下，举起手中的剑正准备结束木青瓷的性命。

"她若有事，来年的今天就是你的忌日。"苏笙月冷冷的声音传来，他挡在木青瓷面前，接下那一剑。

黑甲面具男人也不甘示弱，与苏笙月动起手来。木青瓷的意识越来越模糊，昏迷前看着缠斗的两人，轻声唤道："苏笙月。"

苏笙月很少跟人动手，更是极少动用全力，他必须尽快解决了这个麻烦。

黑甲面具男人一个箭步上前，苏笙月一跃，绕到黑甲面具男人背后。黑甲男人反手便是一剑，剑锋伤人。苏笙月从腰间抽出软剑，挡住黑甲面具男人，随即一拳击在他的后背上。黑甲面具男人一个旋身，劈了下去，脚下还不忘横扫。苏笙月侧身，剑锋划破了他的手臂，他一个鱼跃，一掌朝黑甲面具男人头上而去。黑甲面具男人连忙后退，单手接下苏笙月送到眼前的一掌。虽然算是挡住了，但那一掌的余力也震得黑甲面具男人后退。谁也没有注意到两支细如牛毛的银针从黑甲面具男人的脑后飞了出来，不知落在杂草中的哪里去了。

黑甲面具男人嘴角有着血迹，他不再继续动手，施展轻功离去。苏笙月也没有追下去，回头把倒在地上昏迷不醒的木青瓷打横抱起，一刻不停歇地赶回苏家的医药坊。

第三十八章

今天医坊没开业，所以大堂除了一个学徒就只有等着苏笙月回来的苏落雪。

苏笙月抱着木青瓷刚进医坊就大声叫起来："苏伯，苏伯……"

此时木青瓷的脸上早已没了那层覆面的面纱，倾城绝色的容颜就这样映在苏落雪的眼里。只是还没来得及询问此人的身份，就被苏笙月着急慌张的样子吸引了过去，她从未见过这样的苏笙月。

一个老人走到苏笙月面前，又看了看苏笙月怀里的人，也明白了大概，指着房间道："公子先把这位姑娘带进去。"

"好,"苏笙月答道,大步走进屋子里,坐在床上,抱着木青瓷,让她靠在他身上,"她背后有伤,苏伯你来看看。"

苏伯把了脉,又看了看背后的伤,忧心地对苏笙月道:"这位姑娘受了重伤,马上医治就不会有事,且背后伤也不重。"话音一转,"只是这位姑娘身体竟然有火毒,火毒不是什么大不了的毒,但就是折磨人。关键是我这里又没有冰絮草,凭这位姑娘现在的状况,怕撑不过。"

"以最快的速度把冰絮草带来,就算是抢也要抢回来。"

苏落雪正想要说什么,木青瓷突然嘤咛一声,苏笙月伸出手抚上木青瓷的脸,眼中满是担心,"青瓷,你听得见吗?我是苏笙月。"

可惜木青瓷依旧在昏迷中,没有回答苏笙月。苏落雪看着苏笙月的手臂已经被血染红,担心地说道:"公子你的手……"

没等苏落雪说完,苏笙月不耐烦地打断了她道:"小伤不碍事,你去找冰絮草。"

"公子不可,如果落雪姑娘去找冰絮草,何人来给这位姑娘上药疗伤换衣?"苏伯连忙阻拦着,他解释道,"没有冰絮草解火毒,暂时只能用其他药,但还需落雪姑娘来为青瓷姑娘疗伤压制火毒。"

虽然是这种情况,苏笙月也听出了苏伯话中的其他意思,问道:"苏伯有话不妨直说。"

"火毒跟胎里热有些相像,只是更为霸道。疗伤压制火毒时,必须褪去全身衣衫,否则容易弄巧成拙。所以公子,落雪姑娘不能去。"

苏笙月抬手示意苏伯不要再说下去,认真说道:"落雪去寻冰絮草,苏伯你去熬药。"

"可是公子,人家姑娘的清白……"

苏笙月看着木青瓷惨白的俏脸,心中一紧,无比坚定地说道:"她是我的人。"

苏伯眼见劝不动苏笙月,恐怕是动了真心,也不多说,把金疮药留下,就带着人出去。

苏笙月轻轻把木青瓷放下,解着她的衣带,小心地褪去她的衣衫,露出杏黄色的胸衣。苏笙月的呼吸一滞,他不得不承认木青瓷的身体很美,骨瓷一样细腻的肌肤,整个人说是秋水为骨都不为过。

"我是不是赚了你。"

拧干了打湿水的帕子,苏笙月把木青瓷轻轻放在床上,小心地擦拭着她后背的血迹。看着木青瓷肩上的红色荼蘼,苏笙月似笑非笑地说道:"我说过荼蘼是我的,她就一定是我的。你说是吗,青瓷?"

一番弄下来,苏笙月盘坐在床上,闭着双眼与同样盘坐的木青瓷对着双掌,为她疗伤。

期间木青瓷也睁开过眼睛,不过只是那短短的一小会儿,又闭上了双眼。

一个时辰就这样过去了,苏笙月的额头上已经有了薄汗,而木青瓷鬓边的发丝已经被汗水打湿。

敲门声响起,苏伯的声音在门外响起:"公子,药已经熬好了,放了一会儿,再不喝就要凉了。"

苏笙月缓缓收功，舒了一口气。正在这时，木青瓷不稳，倒了下去。苏笙月眼疾手快接住木青瓷，迅速拉过床上薄薄的锦被遮住她裸露的肌肤。做好这一切，他才道："进来吧。"

门吱呀被推开，苏伯端着一碗药走到苏笙月面前，扫了一眼脸色好了一些的木青瓷，出声道："趁热把药喂下，再让姑娘好好休息就行了。"

"我知道了。"苏笙月端起药碗小心地喂着木青瓷喝药，只是药并没有被吞下，顺着嘴角流了出来。

"人还昏迷着，药不能全部吞下去，只能顺着喉咙流进去一点。"苏伯一眼就明了眼前的情况。

苏笙月放下药勺，端起药碗喝了一口药，对着木青瓷并不算紧闭的唇吻了上去，容易地挑开贝齿把药喂进她嘴里。如此反复几次，一碗药也算是喂完了。

苏伯低垂着头，盯着他的双脚。在苏家待了那么多年，知道什么该看什么不该看。

苏笙月轻轻把木青瓷放在床上，替她盖好被子，"冰絮草带回来了吗？"

"还没有。近段时间冰絮草断货，很多医馆都没有，落雪姑娘恐怕也需要费些时间。"苏伯如实答着，"公子也去休息吧，今日也劳累了。"

"好。"

苏笙月带上门时，深深地看了一眼在床上昏迷不醒的木青瓷，不知怎的眼神也温柔了起来，不同于往日的柔和。

"公子，我有句话不知当说不当说。"苏伯迟疑地说道。

"你是看着我长大的长辈，有什么话直说便是。"

"本来公子的事，我一个掌柜也不该多嘴。那位青瓷姑娘美虽美矣，但来路不明，又是江湖人士，恐怕会惹出什么事端来。"

"她并非来路不明，我也只怕她不给我惹事。"说起木青瓷来，苏笙月笑得很温柔，连他自己都未曾察觉。

苏伯捋了捋雪白的胡子，"公子心中明白，我也不多说了。只是夫人恐怕不会同意。"

"以后的事谁也说不定，苏伯就不必担心了。"

"公子说的是，以后的事谁也说不准。"

就是苏笙月的这一句话，苏伯在几年后始终没有想透，只是那时偶尔来他这里喝茶的苏笙月越发冷淡，琢磨不透的样子有了落寞。

"下次熬药多放点甘草，青瓷喝着苦？"

苏伯不是很明白苏笙月的话，问"公子怎知道这药姑娘喝着苦。"

"因为我喝着苦。"

"那下次熬药时，我吩咐多放点甘草进去。"

"如此甚好。"

第三十八章

话说那黑甲男子受伤后不知道到了山林中何处，丢了剑，扯下来脸上的面具，露出一张俊美的脸，只是那眼里却是血红一片。他双手抱着头，表情时而狰狞，时而迷茫。

"我是谁？我到底是谁？"

自从那两枚银针被击出脑后，黑甲男子没走多久，头就疼了起来，脑海中不停地闪过记忆片段。拖着受了伤的身体跑进了这片山林之中，现在更是头疼欲裂。他倒在地上，翻滚着身体想要减轻痛苦，可脑子里像是有什么东西要钻出来一样。

"我是谁？"

回音惊飞了林子中的鸟雀，黑甲男子也平静了下来，慢慢把手放下，表情也没那么狰狞了，看样子头没那么疼了。黑甲男人躺在地上，望着天空，脑子里闪过很多，就这样许久。他突然坐起身来，看着他的双手，眼神清明地自语道："我是……"

木青瓷醒来时，已经是两天后的下午。睁开眼，入眼是陌生的环境，脑海中还隐隐记得她昏倒前见过苏笙月一面，之后就不省人事了，后来又在迷糊中好似见到了苏笙月为她运功疗伤。困难地坐起身来，身上的伤虽然好了一些，但疼痛还是无时无刻地提醒着木青瓷，她伤得很重。如果是苏笙月救她，那她的秘密也都被知道得一清二楚了。

想到这里，木青瓷起身下床，许是动作太大，后背上的伤口不小心被撕裂，钻心似的疼，浅色衣裳上也浸出了一丝血迹。她皱了皱眉，尽量放轻动作，使自己好受一些。

正打开屋门，出门没走几步，迎面看见一个十五六岁模样的小药童拿着扇风的蒲扇迎了上来。脸上还有着一丝欣喜，"姑娘你醒了，药马上就要熬好了，你等一等我去找掌柜。"话一说完，拔腿就准备走。

木青瓷能感受到面前的人对她没什么敌意，淡淡出声道："等等……是你救了我？"

小药童没走出几步，又折回来道："不是我救了姑娘，是我家公子。前几天公子抱着浑身是血的姑娘回来的时候，可是吓了我们一跳。"小药童又想起了什么，善意地提醒道，"姑娘你身上的伤还没好怎么下床了？"

"你家公子？我这里昏睡了几天？"

"对，就是我家公子。姑娘你已经昏睡两天，这两天都是我家公子照顾姑娘。"

"那给我上药的人，换衣衫的人也是你家公子？"木青瓷没有任何表情地问着，"这里还是杭州吗？"

小药童又偷偷打量了木青瓷，只见她明眸皓齿，虽然脸色苍白，却也另具风情，有些不好意思地脸红了。又见木青瓷如此坦荡问话，点头承认道："是。"

"多谢告知，请替我跟你家公子道谢。他的救命之恩，他日我必会报答。"木青瓷越过面前的小药童，拖着伤重的身体往医坊大门走去。

小药童连忙跑到木青瓷面前拦挡，心急地说道："姑娘的伤都还没好，先回屋休息吧，药马上就熬好了。"

"不必麻烦了，多谢几日的照顾，但还请让开，我还有事要办。"

"姑娘，也请你不要为难小的，我只是一个捣药童子，哪敢就这样让姑娘离开。"

"公子的事情，我哪敢做主，还请姑娘行行好。"

"请让开，"木青瓷的话语中已经有了冷意，"你只说是我强行离开就可，这样你家公子便不会难为你。"

院子里的动静不小，苏伯闻声连忙从大堂进了后院，见小药童拦在木青瓷的面前，也明白了事情的大概，小跑到木青瓷面前，劝说道："姑娘的伤还没好，怎么就起来，快快回屋休息，我为姑娘诊断一番。"话音一落下，又看向小药童道："姑娘的药熬好了，还不快去端过来。"

苏伯的话让小药童如释重负，答应了一句，就跑去倒药了。

来了个年过半百的老大夫，木青瓷也不好动手，"老先生不必为我麻烦，我的伤心里有数。麻烦了两日，在此多谢了。只是我还有事，不能久留，就先告辞了。"

苏伯也张开手拦住木青瓷，语重心长地劝说道："若是姑娘身子全好了，老朽也不留你。只是姑娘现在身体还很虚弱，身体里的火毒未消尽。身为医者，怎能安心让姑娘离开。"

"救命之恩，他日必会报答。此次之后，日后自会来赔礼请罪的。"

苏伯见劝说不管用，也看木青瓷一脸认真，不像是开玩笑。心中着急，如果木青瓷强行离开，他还真拦不住这个凌厉的女子。叹息一声，"也罢，既然姑娘要走，老朽也不拦着。只是药已经熬好，姑娘喝了再走也不迟。"

木青瓷不是全然不懂世故的人，"老伯的心意我领了，之后就不打扰了。"

"姑娘好自为之。"

第三十九章

苏笙月回来时，正好看到二人僵持的这一幕，浅笑出声："苏伯这两天麻烦你了，你先去忙。"

"既然公子回来了，就先和姑娘聊着，我去看看药怎么还没端过来。"

木青瓷没什么好脸色给苏笙月，心中有太多的不确定，"多谢相救。"

苏笙月扶住看起来并不太好的木青瓷，"你都不问我为何认出你的吗？"

木青瓷偏头直视着苏笙月的眼睛，"没那个必要。现在我可以走了吗？"使尽全力地甩开苏笙月扶着的手，但也不受控制地向前倒去。

苏笙月并不在意木青瓷的举动，手快地扶住要倒下的木青瓷，一把将她拉入怀里，轻声说道："可我有事要问你，所以你暂时还不能走。过几天再去上京城也不会晚。"

"看起来你想从我这里知道不少。"

"可不是吗？"苏笙月在木青瓷耳边低低笑开，"我扶你回房休息。"

木青瓷不再多说，苏笙月也没有说话，二人就这样沉默着，却莫名有一丝悸动。

"公子，药来了。"刚才那个小药童端着药碗在门边说道。

苏笙月挨着木青瓷坐下，余光瞟见木青瓷背后的衣裳被血染红了，对着小药童道："把药放下就可。"

得到话，小药童把端着的药碗放在桌上，也不敢多看一眼，就带上门退出去了。

苏笙月走到桌子前，端起盛满药的汤碗递到木青瓷面前，"良药苦口。"

木青瓷接过药碗，下意识地皱眉，一口喝下苦涩难闻的汤药。嘴里的苦味达到了极致，放下空空的药碗，抿紧了嘴。

苏笙月又递给木青瓷一碗蜂蜜水，嘴角还挂着一丝笑意，"喝了它，你会舒服一点。"

木青瓷接过来，喝了几口，口中苦味淡了不少，只是又想起那个黑甲面具男人道："你见到那个打伤我的人的真面目了吗？他现在在哪里？"

苏笙月坐在凳子上，语气轻佻："不是该我问你吗？你怎么会去青楼，徐柏，为了他吗？"

提起青楼，木青瓷顿沉了一张脸，假装若无其事地说道："你不也去了吗？"

苏笙月与木青瓷面对面坐下，听她的话觉得好笑，"影盗？荼蘼？青瓷？你的身份有多少？你的一切我都不清楚，只有走一步看一步，你从不曾真正相信过我。有时候我会嫉妒你那么相信阿凉。"

"你认为我信他吗？"木青瓷神色一动，"我不信他，就像不信你一样。我可能对你们二人来说是一颗有趣的棋子，一旦利用价值没了，随时可以扔掉。"

"你可以骗我，但是你骗不了你自己。"苏笙月笑得越发灿烂，眼中深邃，叫人看不懂他的想法，"你一定怀疑我为什么接近你，又几次三番帮你。顺便一说，介意我替你重新上药吗？"

木青瓷坐在床边，眼神怪怪地盯着苏笙月，紧闭着唇，一言未发。

"我不是乘人之危的人，你大可放心。何况该知道的，我也已经知道，没什么好隐藏。而且落雪现在回不来，这里除了我，你也不可能找其他人帮你。"苏笙月拿起放在柜子里的金疮药，朝着木青瓷摇了摇，有意无意地补充着，"难道是拘于礼节？"

木青瓷无法否认苏笙月的话，何况她并不是太拘十小节的人，没那么多世俗礼教的规矩。既然话已经挑明，她还有什么放不开的。

"有话不如直说，用不着拐弯抹角。"

木青瓷背对着苏笙月，解开衣衫，手指间微微有着颤抖。衣衫慢慢滑落，露出雪白的香肩，结着深紫色痂的伤口还在流血。

"挑开了说最是方便。"苏笙月挨着木青瓷坐下，骨节分明的手指挑开披在背后的一小缕发丝，拿出干净的手帕轻轻擦拭着伤口的血迹。"你为荼蘼，我是苍兰。尽管不知你心底对于这身份是怎么看的，但相信我们的步调是一致的。"

突如其来的触碰，木青瓷控制不住地颤抖了一下，吸了一口冷气。

"我弄疼你了吗?"

"没有,"木青瓷也没想到苏笙月会这么直接,原本还以为会费一番口舌,"苍兰吗?那沈夜也是……"

苏笙月盯着木青瓷背上的伤口,小心地上着药道:"直接越过了阿凉,看来你早就知道他的身份。"

木青瓷微微偏头,"你可以说接近我的目的了吗?没有人会不带任何目的地接近讨好一个人,你也不例外。"

苏笙月瞧着木青瓷背后留下的伤痕,眉头一皱。尽管前几次上药已经看过,如今看来依旧让人心疼。尽管那些疤痕已经很淡,有些已经看不出来,还是有留了下来的。默默收起心中的动摇与不忍,低低地笑起,"看来我们还真是合拍。的确,我也不例外,带着目的接近你。如果我说有一瞬被你迷住了,才会如此,你信吗?"

"不信。"

木青瓷毫无压力地吐出这两个字,"除非我把自己骗了。"

苏笙月生出一丝郁闷,连他都不知道为何会有这些情绪,只得转移话题:"先不谈这些。宁国后人的身份,所谓的守护八家都不过是棋子。我不愿意为宁国鬼魂的棋子,自要打破被诅咒的宿命,逍遥自在一世。你呢,青瓷?"

木青瓷有一瞬的沉默,宁国后人的诅咒吗?可她已经立下了誓言,绝不背叛,否则不得善终。她注定不能善终,要为复仇付出一切,包括命。"我的命早已经定下,谁也不能改变,连我自己都不能。至于你们的事,与我无关,我不想知道,也不打算参与。"

"身为局中人,现在不参与,迟早都会被卷进来的。"苏笙月若无其事地说着,他从不信命,"要变天了,谁也阻拦不了。"

木青瓷攥紧了衣裳一角,她讨厌把握不定未来,只能作为旁观者去静静看待。那种无能为力的感觉总会让她想起被灭门那日的无助与害怕,低声喃语道:"静观其变的等待……"

"好了。"好似没有察觉到木青瓷的语气,苏笙月收起药瓶,略带一丝失落道,"有时候我在想你会不会连名字都是假的,而我被你骗得团团转还不知道。"

抹上药的伤口凉丝丝的,木青瓷穿上衣服,沉顿了一会儿道:"我不认为骗了谁,我的一切以前没人知道,现在也是,将来也一样不会有人知道。"

"我知道就足够了。"苏笙月十指交叉,下意识地说起,"你的以前阿凉清楚,从现在这一刻起,你的人生我将不会是一个过客。"

木青瓷神色一动,终究没有说什么。看着苏笙月的身影渐渐消失在眼中,才盘坐上床,自行疗着伤。

夜晚来得很快,渐渐的街上也没有摆摊喧哗声,医坊也早早关了门。趁着众人都熟睡之际,一道人影小心地进了木青瓷的房间,他的身手很敏捷,没有弄出一点响声。只见蒙面的黑衣人一步一步地接近睡着的木青瓷,一把捂住她的嘴。

木青瓷突然睁开眼睛,警惕地看着没有一丝动静的蒙面黑衣人。她已经猜出眼前人是谁了,放松了警惕,也没了初时的紧张。

蒙面黑衣人放开木青瓷,站在床边,讽刺地说道:"看来你的伤真的很重,连我进了屋都不知。要是来的不是我,你必死无疑。"

木青瓷张望了一下周围,才出声道:"你怎么寻到我的?"

"我跟你来了杭州,听说沉香小筑出了事,就料想是你。苏笙月也在那里,我猜测你被他带走,就趁夜寻过来。果不其然,你已经暴露。"

就在二人谈话时,谁也没有注意到躲藏在屋子死角处,屏风后柜子旁的苏笙月。只见他动也不动,连呼吸声也未曾发出。若不是嘴角的淡淡的笑,恐怕只以为是幻觉。

木青瓷蹙起秀眉,秀丽绝俗的脸上没有一丝血色,又多几分担忧,"这是我正担心的事。合欢,昨晚是你偷偷来为我疗伤的?"

"嗯。"蒙面黑衣人正是合欢,他出声道,"真身暴露之事你要如何解决,别忘你是帝……"

"我知道。"

木青瓷打断合欢的话,"我会好好处理。"

"我不管你用什么样的方法,封住苏笙月的嘴。一旦你暴露在世人面前,第一个杀你的不是其他人,一定会是我。"

"我明白。"

合欢盘坐上床,面对着木青瓷道:"也许对你太残忍,但你和我都没有选择。上京城的百花宴我拦不住你,能为你做的除了疗伤别无其他。"

木青瓷知道上京城之行不容易,不知道多少人算计着地剑。还有岳洛的师父,如此关注皇室,怎么可能会缺席。暗中的人越多,线索也会越来越多,只是一切都不是想象中的那么轻松。"玄剑出世是我太唐突,没有考虑周全。但地剑出世的消息好似是刻意安排好的,就等着鱼儿上钩。"

"主上知你想借玄剑引出一些人。"

木青瓷也盘坐好,与合欢对着双掌,"我只想确定那是不是真的地剑。"

"是不是都不重要,百花宴只是一个开始。"

"我知道。"木青瓷突然想起一个人,"帮我查一个人,黑甲面具,一身武功极为高强。"

"找这样一个人如同海底捞针。"

"这个人很重要。"

"我尽力而为,"合欢运起内力,闭上双眼,提醒道,"凝神静气。"

"多谢。"木青瓷随即也不再多说,闭上双眼,运功疗伤。

柜子边靠着的苏笙月弯起嘴角,不同于往日木青瓷所见的那般无波无澜,而是一种掌控全局的自信。

第四十章

十多日就这样过去了，木青瓷的伤好了许多。接连两日，苏笙月都会为她运功疗伤，期间合欢又来过一次，她的伤已经没了大碍，只是需要休养，不过那不重要。

"为什么不备马匹？"木青瓷站在医坊门口，看着面前的马车问道。

苏笙月与木青瓷并肩站着，瞧着身边俏生生的美人道："你的伤不适合骑马，离百花宴会还有十五日，来得及。"

"随你。"俏生生的美人吸引了不少人的眼球，何况木青瓷本身就属于那种话不多，性格清冷的女子，而眉端的英气此时更为她增添了不少光彩。

"随我那你就要听话。"苏笙月一袭青衫长身而立，面冠似玉，丰神俊朗。与木青瓷并肩站着，好似一对神仙璧人，恐怕没有人能否认他们二人不管是容貌还是气质都十分相配。

对于苏笙月的话，木青瓷选择了无视，直接就上了马车。苏笙月摸了摸下巴，也跟着上了马车。

上京城。

长信宫中，太皇太后端坐在榻上，面前坐着的人不是其他人，正是九王爷司言。

"回京这么多天，事情都打理得差不多了吧？"太皇太后慈爱地看着面前的司言。

司言坐得很端正，没有一丝失礼之处，"本来一回京就打算来见母后，但朝廷的事未处理妥当，所以才拖了些日子。"

"你忙你的就好，别太累着。"

"母后，熙宁还好好活着，生活可能很普通。用不了多久，儿臣就能找到她，把她带回来。"

太皇太后应了一声，伸手抚上司言的面具，眼里是司言看不懂的情绪，"母后只剩下你了，要好好活着，所有的事都有母后担着。你只要好好地活着，我的琰儿。"

"母后。"

司言心里泛起阵阵波澜，面前的太皇太后从来不会认输，她可以对亲生儿子无比严苛，记忆中也是冷淡疏离，从不会如此温柔。

那一声呼唤让太皇太后瞬间从自己的世界里醒来，尴尬地收回手，"你先回去，多陪陪煜儿，不必每日来请安。"

"儿臣明白。"

等到司言离开后，阿瑶给太皇太后捶着腿，叹息道："皇上是皇上，王爷是王爷。唉！"

"也许愧对小舟儿，可只要琰儿活着就好。"太皇太后靠着软垫，脸上满是疲累，"你说小舟儿会怪我吗？她为了我付出了太多，唯一的儿子也是为了保护我儿子死的。"

阿瑶脸上的表情也不好看，挤出一丝笑来，"若是许妃还有心，她最怪不得的人便是太皇太后，只是可惜了王爷，他是个好孩子。"

"小舟儿去了多年，司尧在黄泉应该不会孤单。"太皇太后垂眸轻声道，"如今除了阿瑶你，哀家再也寻不到能陪我说话解闷的人。"

阿瑶也是陷在回忆之中，劝慰道："太皇太后忘了，先皇说了会在奈何桥上等着你一起去投胎。不过宫里是藏不住话的，以后不提也罢。"

"罢了，你退了吧。"

"是。"

王府之中。

叶轻轻自由惯了，受不了这种被管教着的生活，坐在池塘边的亭子里休息，百无聊赖之际，就听见一个幼童的稚声。

"你就是我九叔带回来的女人，看着也不怎么样，除了长得艳丽一些。"

叶轻轻回过头，那个幼童已经跑进亭子里。那幼童大约七八岁，模样生得极好，一身华服，小小年纪也透出一股子贵气。她往日不会在意一个小童，左右不过憋闷得无趣，便起了玩心。"与你何干。小毛孩不在家好好读书，来这里做什么，当心找打。"

幼童不乐意听叶轻轻的话，撇了撇嘴道："找打？才不会。九叔向来最疼我，他才不会打我，又不是母后。"说到最后，幼童的声音越来越小，复又大声道："你是谁？"

"九叔？"叶轻轻觉得好玩，"你是说司言。他请我来做客，你还有什么想问的？"

"大胆，你敢直呼我九叔名讳。"司煜一脸不相信，他只道，"你骗人，我九叔从来不带女人回来，更别说住进王府里。"

想不到司言挺洁身自好的，叶轻轻想到这里，靠近幼童，轻轻拍了拍他的头，语重心长地说道："你才几岁，就这样没大没小。看你也是出身王侯之家，难道你爹娘没教你什么叫礼节吗？"

一提起爹娘，幼童明显就没了刚才的气势，垂头丧气的，也不说句话，好像马上就要哭了似的。

"算我说错了好不好？"叶轻轻明显慌了，也不知道该说些什么。"我跟你道歉……"

司言正准备离宫之时，却不料被人叫住，为首之人想也不用想便知是谁。

"奴才参见九王爷，九王爷万福。"

"奴婢参见九王爷，九王爷万福。"

司言平静地看着挡在路中间的轿子，"太后在宫门前拦着本王有何要事吗？"

温云箬端坐在轿子之上，有意无意地说道："皇上偷跑出宫，听说是去你府上了。哀家在这里等着，希望王爷能将皇上送回。"

司言面不改色地回答:"既然如此,太后就慢慢等着,本王回府之后会将皇上送回,太后金贵之躯就不必送了。"语毕,绕过轿子而行。

温云箬眼中有着一分淡淡的狠戾,终究还是没有表现出来。对于司言的作对,她必须习惯。目送着司言离开,遂出声道:"哀家就等着你。"

司言快马赶回王府,在池塘边见到了一排的奴婢盯着亭子不放,还没走进亭子,就见到和叶轻轻并排坐着的司煜,出声唤道:"煜儿。"

"九叔,"司煜听到这一声,抬头看着司言,眼睛都亮了,一脸欣喜道,"你这么快就回来了。"

司言站在司煜面前,如一座高山给人压力,"才一段日子,你就学会偷跑出宫,胆子也大了。我听太傅说,你装病几天没去上课。"

司煜一张小脸瞬间垮了下来,委屈地说:"九叔,不是煜儿不想去上课。只是太傅太无聊,一天到晚总是四书五经,一点也不好玩。"

"四书五经是让你明文懂理,九叔不能为你撑一辈子,迟早你都要担起江山的担子。"

"我听宫女们说九叔回来了,煜儿想来看你。可是母后管着煜儿,不让煜儿出宫,所以才会偷偷出宫。"司煜的声音越来越小,跟蚊蝇差不多。眼睛更是红红的,要流下泪水来了。

司言心一软,蹲下身来,伸手摸了摸司煜的头,柔声说道:"九叔知道煜儿不会让九叔失望,让你父皇失望,所以煜儿更要像一个男子汉,能够自己撑起一片天,而不是一辈子都躲在九叔的荫凉之下。你明白吗?"

"煜儿不会让九叔失望的。"

"你今晚留下,让宫人把朝服送来,明早九叔与你一同去上朝。"

"好。"司煜露出笑脸,跳下石凳,朝外跑去。

叶轻轻意味深长地看了司言一眼,"想不到九王爷哄小孩子倒有那么一手。外界传闻九王爷独揽大权,却宁愿养一个傀儡,扶持他坐上宝座,多半是畏惧人言,才不得如此。"

司言坐在叶轻轻对面,半弯着腰,"现在呢?你是怎么想的。"

叶轻轻瘪了瘪嘴,瞥了一眼在庭院里玩耍的司煜,只说道:"我怎么看重要吗?我听说先帝驾崩之前,曾当着满朝文武面下诏,立你为帝。你拒绝,景帝才改诏令,让你为摄政王掌管朝政,辅佐现在的小皇帝。"

司言也顺着叶轻轻的目光看去,眼里也逐渐柔和起来。面上不由得有着一丝其他感情,那是一种对儿子的期望与关心所交杂在一起的感情,可惜面具覆盖在脸上,谁也不知。"是不是传言又如何?我不指望煜儿成为盖世明君,但也不要成为荒淫无度的昏君。"

叶轻轻有些诧异,却也没有掩饰,有意地问道:"如果,我是说如果,现在这个天真的小毛孩以后堕落成你口中的荒淫无度的昏君,你又会如何?取而代之吗?"

"不会,"司言的声音也冷了下来,"如果真的有这一天,我一定会亲手废了他,最后在宗庙告慰父兄。"

叶轻轻点点头，意味深长地说："我懂。不过我怎么看，你的语气、你的眼神、你所做的一切都不像一个深明大义的叔叔，倒像是……"停顿了一下，叶轻轻直直地盯着司言，"一位父亲。"

"怎么说？"

叶轻轻也不藏话，说着自己的想法："感觉。要知道你口中的煜儿现在与你亲厚，以后呢？你是权倾朝野的九王爷，当小皇帝长大之后，他会不会对你心生芥蒂？那时他要对付你，你也心甘情愿吗？我爹说过，权力会彻底地改变一个人。"

"权力可以让一个人变得面目全非，让你认不出她来。"

"他？"

意识到说远了，司言转移了话题："叶阁主在意吗？"

叶轻轻嘴角习惯性地挂起一丝嘲讽，"你是不是想得过多了。"

司言站起身来，"果然你很对我胃口。"

"因人而异。"

"看起来本王竟还是特别的。"

叶轻轻扑哧一笑，不自觉被司言的话逗笑，"随你想。"

司言转身浅笑，他的声音低沉而富有磁性："本王可不想摊上叶阁主这种泼辣女子。"

"九王爷恐怕是想太多，你愿意我还不愿意。"叶轻轻面上虽然是一脸嫌弃，柳眉却是不自觉皱了一下，"我挺好奇，什么样的女子能入九王爷法眼，能让你在一眼之间心动。"

司言的神经被叶轻轻的话牵动，他不受控制地想起十年前那个跟梨花一样纯白的女子。她静静地站在那株梨花树下，梨花飘落，眉眼恬淡，娇俏的脸上尽是温柔。可惜那已经是过去，司言想了想出口道："恬淡温柔的女子，就像景家大小姐一般。"

叶轻轻察觉到司言的不对劲，冷笑道："可惜景家大小姐有主，王爷还是别想了。"

"也不会再想起，只是太久都已经忘了。"司言眼中有一丝落寞，到底还是心动过，只是他不愿意承认。

第四十一章

洛阳自古时便几度作为京都，水陆更是方便，实乃可比苏杭的繁华之地。官道之上，一辆看着并不华丽的马车缓缓行驶，本来不起眼的马车却也引来了不少人的注目，因为那驾马车的人实属美人，只是整个人都是冷冷的，看着并不好接近。此人正是苏落雪，在木青瓷昏迷期间，苏笙月吩咐她回了一次苏家，交代一些事。之后她连夜就赶往去上京城的必经之路，追上了苏笙月,也才有了现在的驾车之事。

木青瓷盘坐在马车里,阖上眸子,静养其中。她的脸早已经换过来了。

苏笙月挑开一点马车窗户的帘子,偏头看了一眼车如流水马如龙的官道,习惯性地勾起一缕浅笑,瞟了一眼闭目养神的木青瓷道:"马上就要入京城了。"

木青瓷依旧没有反应,安静地盘坐着,仿佛一位沉睡中的仙灵。如果忽略掉那并不好看的脸。

没有人回答,苏笙月也不自讨没趣,躺在软垫之上。手拿着扇子,深深地盯着木青瓷的侧脸,嘴角若有若无地勾起小小的弧度。

入城之后,街外的吵闹声越来越大。不过一会儿,木青瓷缓缓睁开好看的眸子,正好与苏笙月的视线撞上,相视的那一眼,竟生出了一些其他的感觉。

"你……盯着我看有意思吗?"

四目相对的那一刹那,苏笙月罕见的有了心动的感觉,心虚地移开了目光。又听木青瓷的话,厚着脸皮道:"有意思。"

"你……"木青瓷眨了眨眼,面对着苏笙月的厚脸皮也是无可奈何,深吸了一口气,面上有着嘲讽。

正当二人僵持着谁也不说话之际,马车突然停下。外面传来苏落雪和人的说话声。

苏笙月只手挑开帘子,露出半个身子询问道:"有何事吗?"

"锦家的人拦住了路,请公子前往已经备好的客栈。"苏落雪说这话时,毫不犹豫地忽略掉了木青瓷。

那锦家的护卫也朝着苏笙月拱手,"苏公子一入上京城,家主便已知晓,特让属下来请苏公子前往准备好的客栈休息。"

"我知道了,你带路吧。"

那护卫恭敬道:"是。"随即抬头看了一眼马车内,又低下了头,"家主吩咐,若是青瓷姑娘与苏公子同路,便转告姑娘一声,姑娘的事家主已经知晓,请姑娘今日好生休息。明日醉仙楼有请,还望姑娘一人前来。"

护卫的声音不大不小,马车里可以清楚听到。木青瓷应声道:"明日我会去的。"

放下帘子,苏笙月并未如往常说些什么,反是闭眼假寐。木青瓷也沉默不语,脑海里反复出现了两个人身影。一人身着白衣淡雅出尘,一人黑甲面具冷酷嗜血。明明是不同的人,身影却意外的相似。木青瓷回神,骤然抬头,对上苏笙月看透一切的目光,瞬间有些触动。移开些视线,心虚地问道:"你不问我为何求见锦懿卿吗?"话音一落,木青瓷都觉得不对,她不管做什么都不至于对苏笙月心虚。

"你有你的路要走,我无法阻拦你。"

木青瓷睁大了眼睛,对于苏笙月的话她并不是全无感觉,更多的却是不知如何言语。

明明很正常的事情,到了苏笙月手中就变了性质;明明很普通的话,从苏笙月嘴里说了出来就是说不清的暧昧。木青瓷不知道她是不是上辈子做了太多亏心事，才会遇上苏笙月这样一个克星。明明她是最怕麻烦的。以为在倾月山庄已经结束，结果还是在冥冥中相遇，牵扯出她并不想让任何人知道的一面。阴暗、不择手段、沾满鲜血的一面，可偏偏苏笙月见过了第一次，也见到了第二次。每一日活在不安中，不由得害怕什么时候被人发现她的秘密，而不停地想要隐藏。隐藏，躲避一切未知的可能性。能躲过天，躲过地，却说什么也摆脱不了心。

怀着不安的心情，木青瓷等来了第二日的天明。锦懿卿或许早就猜到她会急不可耐地去找他，一开始准备好了人领她前去。那个领路的人不是其他人，正是昨天来城门口引路的护卫。

还是清晨，街上的人也不算多。木青瓷跟着那个护卫一路进了醉仙楼的三楼，带她进了一个房间，护卫便退了出去。

木青瓷盯着屋中端坐着的男子，英挺俊朗，想来应该就是锦家家主锦懿卿。除此之外，屋中还有一个女子，那女子清秀可人，但面上沉稳，脚步轻盈，下盘稳健，多半也是修习多年武功之人。

锦懿卿微抬手，示意木青瓷坐下，浅浅笑道："锦凤你先出去，可要替我好好守着门口，不要让人打扰了才好。"复对木青瓷说道："姑娘不要介意。"

清秀的女子名叫锦凤，听着锦懿卿的话，冷淡地扫视他两眼，就往屋子外走，走时还不忘打量木青瓷一眼。

门被带上，木青瓷坐在锦懿卿对面，二人之间隔着一张桌子，桌上摆着茶盏瓷杯。

"不碍事。"

锦家是情报为主的势力，只要你拿出足够的报酬，锦家就会告诉你你想要的。进行买卖消息的情报组织，自然也是有一套规矩的，任何锦家的人都不得不守着那套规矩过活，锦懿卿也不例外。锦家有训，与客人的谈话一概不能泄露，否则杀无赦，所以木青瓷才能安心地来找锦懿卿。

木青瓷很自然地说道："此次来只是想跟家主你问几个人的消息。"

锦懿卿故意做出个悦的表情，只说："青瓷姑娘叫我家主太客气，既然是客人，不如叫我锦老板。"

木青瓷也不矫情，顺着锦懿卿的话说："我想请问锦老板，在这十几年间，有没有人请锦家找过一个孩子？"

锦懿卿默默地分析了一遍这短短的一句话，不急不缓地说道："单凭一点，卷宗无数，给不出答复，还请姑娘说明白一点。"

木青瓷考虑了一下，话是要说的，否则如何能得到消息，寻到岳洛师父的线索，沉默了片刻道："一个腰间有着红色胎记的孩子在十多年前下落不明，有人来找过她吗？"

"每年请锦家寻人之数并不少，如青瓷姑娘所说一点，恐也不少。"锦懿卿心中起疑，不动声色地拿起茶盏为木青瓷倒下一杯清茶,白色水汽缓缓散在空中。

"所以才想请锦老板帮忙,替我找出来。"

"收人钱财,自然尽力而为。"锦懿卿掩去心中的波澜,他套着话道,"青瓷姑娘寻亲?"

"锦老板很好奇我的事?"

"江湖上谁人不好奇,我可是好奇得紧。"锦懿卿狡黠地笑起来,"不过十多年前的事,好好查证一番需要些时日,有了消息我自会派人通知姑娘。"

木青瓷不想在这件事上兜圈子,点头正色道:"嗯。多谢锦老板。锦老板手中可有卿落染的消息?"

锦懿卿端起装着茶水的瓷杯,悠闲地合了合茶盖,略带无奈地说:"卿落染很神秘,除了在倾月山庄现过身,之后再没了踪迹,关于她的消息一个也没有。"

锦懿卿自娱自乐地调侃着,木青瓷有些严肃,想了一会儿,继续说道:"最后一件事,还请锦老板如实回答。"

锦懿卿微眯起双眼,身体向前倾,带着一贯的假笑道:"知无不言,言无不尽。"

木青瓷一直盯着锦懿卿的脸,声音也不自觉地冷了下去:"地剑是否是真?怎么落到锦家手中的?"

锦懿卿察觉到木青瓷有些怪怪的,气氛一下子冷了下来,正色道:"自然是真。我怎敢骗天下英雄,锦家可冒不起这个风险。至于地剑是怎么落到锦家的,百花宴上自会交代清楚,此时可不能泄密,否则就没了惊喜。"随即又笑出声,语气变得轻快起来,"青瓷姑娘可以扔出玄剑,怎么如此在意地剑?"

木青瓷想要从锦懿卿脸上看出些什么来,可惜并未如她所愿。"只是觉得突然而已,锦老板想来也一样。"

木青瓷站起身来,桌上的茶水依旧没有动过,朝着锦懿卿拱了拱手,"那件事就麻烦锦老板了,我就不打扰了,告辞。"

锦懿卿也站起身来,要送木青瓷出门口,"自然。"

房门被打开,木青瓷出了门口,对着守在门口的锦凤看了一眼,就在锦懿卿的目光中慢慢变小,然后消失。

锦懿卿叹了一口气,"锦凤,我突然发现锦家的探子没用……"

"那你打算如何,亲自去查?"

这种似于朋友而不是主仆的对话,锦懿卿已经习惯了,靠着房门口,收起脸上的笑脸,"据点的人说青瓷姑娘买过沉香小筑的消息,巧的是苏笙月当时也在。有人看见苏笙月抱着一个浑身是血的女人进了苏家医坊。离开时,也是和女人一起上了马车。锦凤你说,杭州是不是很有趣?"

"的确。"

锦懿卿抽出腰间别着的折扇,指着锦凤道:"你出马,我放心。替我安排一下,我要见九王爷。"

"要去你去，我不去。"

锦懿卿看着锦夙下楼去，摸了摸下巴，自语道："真是不听话的小猫。"

第四十二章

过了些许时间，直至脚步声响起，锦懿卿才拿出一个酒杯倒满酒，缓缓说道："我等你很久了，你就不能准时一点吗？"

司言坐在锦懿卿对面，接过那杯酒，闻着酒香，"酒是好酒，只是不知值不值得我赶来。"

锦懿卿也端起酒，慢慢地品着味，抱怨地说道："我都不知道是不是错了，交了你这样一个朋友。都说世事无常，损友总会交上一个两个，看来果然如此。我听说你把叶轻轻带回来了，不错，连心高气傲的叶轻轻都能骗回来。"

司言将酒杯的酒一饮而尽，淡淡地扫过锦懿卿，无奈地说道："说吧，找我来什么事，你还嫌我的麻烦不够多吗？"

"啧啧……"锦懿卿一脸哀怨地说道，"说真的，你就一点都不在意地剑的事？玄剑已经出世，好歹也是神兵利器。你要是愿意，我可以给你透露透露。"

"你以为我会信一个虚无缥缈的传说吗？"

锦懿卿突然笑出声，望着栏杆下如蝼蚁一般的人，"不愧是你。浮生云烟，你就不准备找个人陪你走遍千山万水？"

司言满上一杯酒，淡淡地说道："一切随缘。如果没了其他事，不如拿出你珍藏的美酒来饮一杯。这酒虽好，却比不得你收藏的美酒。"

"应是你请我喝酒才对。"

"怎么说？"

"虽是不想坏了规矩，但我还是要告诉你，有一点线索是关于你妹妹的。"

司言放下酒杯，杯底与桌面重重地磕了一下，"你怎么不早说？"

"我接了你的生意，希望不算是破了规矩。"

"废话少说，你知道的消息我买下了。"

锦懿卿一拍手，展露笑颜，"果然爽快。今日有人同我打听，这十多年来是否有人找过一个腰间有着红色胎记的孩子。"

司言拧起了好看的眉，压抑着想骂人的冲动，"名字？"

"青瓷。"锦懿卿漫不经心地说着，"她很早之前就让人传信要见我。"

"仅此而已？"

"她很谨慎，也可能是我想得过多。"

司言静静看着桌上杯中的酒。"是不是，试过才知道。"

"看来咱们的九王爷打算出手，不过美男记不赞成。不得不承认单论容貌，恐怕当世没几人能比上苏笙月。"锦懿卿好心地提醒道，"再说苏笙月也不是吃素的，可别动他的人。倾月山庄那边多半是真动心，如果不想闹出事端，有这方面的想法最好打消，免得惹得一身腥。"

"你当我是什么人，好色之徒？"

锦懿卿向前倾，靠近司言一点，善意地提醒道："只是一个提醒。"

"别卖关子。"

"把面具给我摘下来，对着我还戴面具，真当我不知你是谁？"

"……"

"你我之间还需如此吗？喝酒谈心，看似隔的面具，实则是人心。"

司言白了锦懿卿两眼，"你果然是没嘴的葫芦，说起来没完没了。"话音刚落，面具被司言拿下，露出了一张冷峻的脸，并不比谁的容貌差。如果说锦懿卿是笑面狐狸，那司言就是冷面君王。

"……"

司言回去时就听说叶轻轻被请进宫去，就知道大事不妙。

"九王爷到。"

"司言……"

温云箬轻瞟了叶轻轻一眼，瞧着司言冷笑道："九王爷一向忙，怎么今日有空来本宫这儿？"

司言站在叶轻轻旁边，也不行礼，冷淡地盯着温云箬道："听说太后请了本王的客人，所以来看看。想来也没事，就不打扰太后了。"

温云箬咬着牙，强装着笑意，用官面上的话回道："既然是王爷的客人，那也是本宫的客人，何谈打扰。"

司言已经习惯了温云箬的假意温和，毫不犹豫地拒绝道："不必了，还是不劳烦太后费心了。"

温云箬讥讽的笑起，眼神冰冷，其中有着淡淡的恨意，"王爷是担心本宫在叶姑娘面说了什么吗？"

叶轻轻看着司言和温云箬你一言我一语，心中生出了并不好的想法。这两人的关系绝对非同一般。

司言毫不在意地说道："太后以为我会在意吗？"侧身对叶轻轻有意说道："轻轻，我陪你回去。"

叶轻轻也料到司言会突然亲密地叫她，身体一滞，僵硬地说道："好。"

温云箬心里的妒火一下子就被激起，对着还没走出几步的司言，蕴含着怒气道："你给我站住。"

司言停下步子，没有回头，一句话也没有说，紧紧握住叶轻轻的手。

"你忘了你对我发过誓吗？"温云箬不忘时机地说着，"你就是死，也要辅佐煜儿，替他镇守江山……"

"温云箬。"司言背对着温云箬，毫不带感情地说："煜儿有你这样的母亲，真是可悲。从今日起，你也不必见煜儿，好生在宫里待着做你的太后。"

温云箬狠狠地抓住椅子的把手，恶狠狠地说道："最没有资格说本宫的人就是你。"

"你还是老样子。"

温云箬因为司言这话怒上心头，"那你比我又如何？"

司言并未答话，他拉着叶轻轻就走了。

温云箬忍着，没掉下泪来，长袖下的手紧紧握起，指甲都陷进肉里去了。"司言，我不会原谅你的，你生是为了琰哥哥，死也是为了琰哥哥。"

没走多远，叶轻轻柳眉一蹙，甩开了司言的手，朝他说道："够了，你最好冷静一下。"

司言一愣，还没有反应，叶轻轻揉着被抓疼的手自顾自地走了。她心里不舒服，大概是敏锐地察觉到了司言对温云箬的不同。

转眼三天就过去了，百花宴也开始了。百花林在上京城的西边，得名正因百花。这时花已过了盛放之际，锦家为此特地从各地运来鲜花点缀宴会。

木青瓷在苏笙月的陪同下，两人来得不早不晚。不出预料，该来的人一个都没少，不该来的也来了不少。看着因为苏笙月凑上来的几位姑娘小姐，木青瓷眉间有着不耐烦。毫无疑问，苏笙月的绝世容颜为他引来了不少蜂蝶。抬眸向远处看去，被江湖人称为无双公子的萧晨安也是如此，你来我往笑语盈盈好不热闹。围上来的人多了起来，木青瓷从一边抽身出去，她有事要找锦懿卿，准确地说，她更想知道地剑的事。

苏笙月如往常一般弯起唇角，露出淡淡的笑，用余光扫到木青瓷离开的背影，一派心知肚明。

锦懿卿眼尖，早在司言一进门就看见了他，还有他带在身边的叶轻轻。与周围的人打了声招呼，就朝着司言而去。"九王爷大驾光临，锦某不胜欢迎。"

"锦老板客气，来者是客，理应循着这里的规矩，还望锦老板不要过于拘礼，反叫人不自在。"既然锦懿卿要装，司言乐得陪他兜圈子。

"叶阁主，唐门主在里边，不去瞧瞧吗？"锦懿卿故意拖长了声音，话虽是对叶轻轻说的，眼神却落到司言身上。

叶轻轻瞥了锦懿卿两眼，没什么好语气："我还有事，就不打扰两位了。"甩下这句话，叶轻轻直接无视身边的司言走开。

"啧啧！"锦懿卿咋舌，看着叶轻轻走远的背影，侧过身调侃道："果然也只有你才会喜欢这泼辣的性子。"

"你想多了。"

锦懿卿不予否认，轻笑起，"人已经到了，只不过你确定你有办法顺利得到你想要知道的消息？"

"你在绕口令。"

"……"

叶轻轻找到唐岚歆时，只见她随意坐在湖边亭子里的地上。还没等她走进，唐长风就大步迎了上去，眉宇间有着淡淡的疲累，"门主此时并不见客，叶阁主请回吧。"

叶轻轻一眼就看出唐长风的心不在焉，冷声说道："那你是打算放任着她一直沉沦下去吗？"

"我……"

叶轻轻眼中有着轻蔑，她瞧不起唐长风那种拖拉的性子，尤其是面对唐岚歆时的样子，放重了语气："你堂堂七尺男儿，怎么比女人还要啰唆，有完没完。"语毕，叶轻轻绕过呆愣着的唐长风，朝着湖边亭子里走去。

"你来了，我等你很久了。"唐岚歆抓起酒壶猛地往嘴里灌了一大口酒，酒水顺着嘴角流下，打湿了衣裳。

叶轻轻站在唐岚歆面前，看着地上摆着的酒，蹙起柳眉，"你知道我会来？"

"你我向来不和，会放过看我失魂落魄的机会？退一万步说，我以小人之心度君子之腹，但你又能否认我的话吗？"话正说着，随意地从身边拿过一瓶酒，伸手递给叶轻轻，"要不要坐下喝一杯？"

看着递过来的酒，又盯着那个憔悴了许多的女子，叶轻轻一时竟然语塞，不知说什么才好。干脆接过酒，挨着唐岚歆坐下。

唐岚歆主动跟叶轻轻碰杯，没心没肺地笑道："第一次跟你坐下喝酒。"

叶轻轻眼神复杂地看了唐岚歆一眼，大口地喝着酒，也不管坐在地上的形象。

"奇怪。想不到我们两个会坐在一起喝酒。你知不知道我真的很讨厌你，明明拥有那么多，还总做出一副什么都不在乎的样子。时时刻刻跟我斗，争个你死我活。"唐岚歆又喝了一口酒，支起腿，"你如愿以偿了，你赢了。这么多年的针锋相对算我输了。"

"你就这样放弃了吗？还一样讨人厌。我不需要你的认输，是我输了，执意跟一个失去骄傲、失去心的木偶争斗。"叶轻轻眼中有着不可置信，忽地放声笑起，"我知道你讨厌我，就像我讨厌你一样。你出身名门，我虽有父亲在，但你总是高高在上，而我就如地上的杂草被人践踏，仰望着你。"话一出口，叶轻轻也没想到，此时此景竟也感染了她，说出了这番话。

"那真是不错，我还以为仅仅是我嫉妒又羡慕你，原来你也跟我一样。"唐岚歆笑开来，举起手中的酒，对叶轻轻道："为互相嫉妒的我们干杯。"

"为互相嫉妒的我们干杯。"

第四十三章

木青瓷加快了脚步朝着林子深处而去，她的身后还紧跟着一个人，不是其他人，正是叶兮。早先二人在百花林一碰面，就心领神会。在木青瓷走出人多的地方后，叶兮也跟着出去了。

木青瓷看了看周围，停下脚步，待到叶兮也跟了过来，才转身看着那张被面具遮住的脸，"主上何在？"

叶兮心中捉摸不定木青瓷的问题是何意，直视着她，探究地说道："你找我来不会只问此事吧？"

"你以为呢？"

叶兮的眉头不自觉地拧起，"你想说什么？"

"有没有可能你我两家还有其他人活着。"

"你有什么证据？"

木青瓷并没有透露那个差点杀了她的黑甲面具男人，只说道："只是我的猜测罢了。"

叶兮面上有着疑虑，她捉摸不定木青瓷在想些什么，"你上次查到了什么？"

"没有，晚到一步，证据都被人毁了。"木青瓷随口说道，至于去杭州的事，她没打算跟叶兮提起。

"是吗？"叶兮不太相信木青瓷的话，质疑地出声。

"信不信由你。"

还没等叶兮开口，就有脚步声传来。没等木青瓷出声，叶兮离开了。

司言远远地就看见木青瓷愣神皱眉的模样，弯起一缕笑，"青瓷姑娘原来在这儿偷闲。"

听到有人的声音，木青瓷连忙回过神，见是司言，皮笑肉不笑地说道："九王爷说笑了，不过来此走走。"

"不必客气，叫我司言就好，本就不是朝堂。外面的宴会快开始了，不去看看吗？"

木青瓷不知道司言在打什么主意，对于这种不请自来的殷勤，不免感到不舒服。"九王爷客气了，既然宴会要开始了，我就先走了，王爷自便。"

司言接过话道："本王也正要去看看，相遇便是缘，不如同行。"

"随王爷吧。"

司言看着木青瓷的背影，大步追上去。"不知青瓷姑娘今年年岁多少？"

木青瓷驻足，眼里有着警惕，"王爷问此是何意？"

"看见青瓷姑娘就想起本王的妹妹，所以才会贸然问起。若有冒犯，还请见谅。"司言很冷静地解释着，没有一丝慌乱。

木青瓷狐疑，但还是说道："无事，不曾听说王爷有什么妹妹？"

见木青瓷也来了兴趣，司言装作迟疑地说道："小妹自出生起，身子骨就弱，早在两岁就因病夭折。"

"是我唐突了，不知王爷为何会因我想起公主？"

"若是小妹还在，也如青瓷姑娘这般大。"

"原来如此，可惜我并不是王爷的妹妹，否则一定会高兴有王爷这样的兄长。"木青瓷不自觉地想起了曾经那个对她宠到极致的男人，说起这话时，也有着一分落寞。

司言听出木青瓷语气的不对，"听姑娘的语气，是否为兄长之事烦恼？"

"可能吧。"

司言故作惊讶，眼里却带了一丝阴谋，"却也是巧。因此缘分，若青瓷姑娘有事，只要本王帮得上，定会相助。"

看着司言，木青瓷想起了她的兄长，语气也柔和起来，"多谢王爷。"

"不必。"

木青瓷和司言到场时，宴会已经开始。锦懿卿在人群中瞧见两人，眼角带笑站起身道："此次请诸位前来，主要是为了地剑。不瞒众位，地剑的确在锦家。"

听着众人言语，锦懿卿深深一笑，不慌不忙道："地剑在锦家，但并非锦家所有，只是暂时替人保管。按照习惯，三个月后，地剑将会以公开竞价的方式被卖出去。谁价高，谁得地剑。"

地剑被卖的消息一出来，众人都坐不住了。地剑不仅仅是开启宁国宝藏的钥匙，也是藏宝图，更是数百年难遇的神兵利器。

"能否告知锦家是替谁保管地剑？"萧晨安站在人群中开口询问道。

锦懿卿意味深长地说道："锦家规矩不得坏，希望萧兄谅解。我只能告诉诸位，有位客人在数月前找到锦家，希望锦家把地剑卖出去。"

"萧某自然明白。"

司言漠然地看着众人，余光扫过院子一边的宁夜澜，只见他百无聊赖地坐在椅子上，嘴角带着惯有的冷笑。

许是感受到司言的注视，宁夜澜也转移了视线，司言来不及收回视线，二人在空中对视着，眼中有着不输对方的骄傲，火花四溅。他们注定是敌手，生来就为敌的天生的对手，注定不死不休，为荣誉而战，为血脉而战。

苏笙月早在木青瓷一出现就注意到，只是她同司言在一起，也没机会说话。此刻，他端着酒走到木青瓷面前，一杯递给司言，一杯递到木青瓷手中，"今日众人齐聚，不干一杯吗？"

"苏兄说的是，只是青瓷姑娘可以饮酒吗？"

木青瓷没有着急回答，反而一口饮尽杯中酒，用行动证明她是可以喝酒的。"江湖出身，酒还是会一点。"

"跟在我身边，不然被人拐了都不知道。"苏笙月心中闪过千百种想法，有意地把木青瓷拉到身边，面上依旧带着笑，"怎不见叶阁主，听闻自离开倾月山庄后她一直与王爷一起。"

木青瓷仰头诧异地看了一眼苏笙月，眼中有着不解之意。

木青瓷不懂，同为男人的司言哪里不知道苏笙月是何意。男人的占有欲很强。"叶阁主的事，论理本王管不着。至于一起，不过是结伴而行。"

见司言随口解释着，苏笙月也顺着他的话说道："结伴而行，真是不错。"

"聊得如此开心，看来百花宴办对了。青瓷姑娘近来身体可还好？"锦懿卿走过来，故意咬重了身体二字。

木青瓷盯着锦懿卿，不知他在试探什么。她在杭州受了伤，除了苏笙月之外应该无其他人知道，心下一动，自然地答道："无病无灾为何不好？"

"无病无灾自然好，只是姑娘到底是姑娘家，身子骨比旁边两个大老爷们来说，还是差了许多。一路奔波劳累，免不得哪里不舒服。"

"多谢锦老板关心，我会注意的。"

苏笙月和司言互相看了一眼，一脸无语。大老爷们这话形容他们真心不恰当，锦懿卿这厮绝对是故意这样说的。

莫静岚一手拉着沈夜的衣袖，一手捂着嘴，眉梢眼角都是笑意。"你是怎么想出这句话的，还真是恰当。"

几个人朝着莫静岚看去，又纷纷盯着沈夜，只见沈夜头一偏，一副死猪不怕滚水烫的姿态，锦懿卿率先开口："能够逗莫姑娘一笑也算值得。"

莫静岚笑吟吟，双眸好似一汪清水，双颊因大笑染上红晕，更显得活泼靓丽，实乃秀丽无双。"你不必哄我，我又不傻，又不是不知你在哄谁。何况我和你又不熟，你讨好我分明是有企图，一句话——没安好心。"

沈夜很满意莫静岚的说法，补了一刀道："锦老板不要以为岚儿不出家门，就不懂人世。虽比不得青瓷姑娘稳重明白，但也是不吃亏的。"

"唉！看来我是白献殷勤了。"锦懿卿故意拖长了声音，"青瓷姑娘明白吗？"

"明白什么？"

"……"

"……"

"……"

"……"

"明白他为何要讨好你？"莫静岚笑着解释道，"就像刚才哄我一样。"

木青瓷沉默片刻，语不惊人死不休道："想找我借钱。"

"……"

"……"

"……"

"……"

一阵的沉默，一群人毫不犹豫地大笑起来，就连离得近的萧晨安都因为木青瓷这句话，刚刚喝进嘴里的酒都差点吐出来。

"有才，太有才了。"

"青瓷姑娘……你……"锦懿卿扶额，他第一次受到这么猛烈的冲击。借钱？说出去都没人相信，他居然还要找一个姑娘借钱。锦家不说富可敌国，但每年贩卖情报得来的财富也是一笔天文数字。

莫静岚笑得站不起来，咳嗽两声，指着木青瓷道："你是怎么想的？借钱这事真的太好玩了。"

木青瓷皱起秀眉，"没有利益地讨好除了借钱还能是什么？"

苏笙月忍住不笑出声，借机奚落司言道："王爷打算找青瓷借多少钱，不如我借你如何？"

话一出，所有人都用奇怪的眼神盯着司言。

司言也同锦懿卿一般扶额，简直不知道说什么。"是谁告诉你这些的。"

"我师父。"木青瓷淡淡地回答，她并不觉得这有什么好笑，"排除利益后，一个男人还要无缘无故地讨好一个女人，除了找她借钱，就是想占她便宜，是登徒子。"

"……"

"……"

莫静岚放声笑开，"你师父真好玩，也介绍给我好不好？"

这师傅是怎么教徒弟的，能这样教徒弟的师傅，多半也是个老不羞。

"我师傅不收徒。"

其实不能怪木青瓷，她常年生活在宁家，除了钩心斗角就是你死我活，从来没有人不带利益单纯地讨好她。她并不懂人情世故，只谨记着她师父的教导，才有了借钱的话。所以苏笙月老是调戏她，木青瓷除了放狠话，也不知道怎么做。

"不然我也想拜师。"莫静岚叹了一口气，"可惜冰熙不在，也没人陪我说话。"

第四十四章

说到这儿，远在倾月山庄的冷冰熙不自觉地打了个喷嚏。她坐在亭子边的台阶上，双手捧着头，盯着莫景凉和一个漂亮女人谈话。连冷言冷语的莫无争都对那个叫莫阑珊的女人好得出奇。

"阿凉对不起，这些年没陪在你身边。"莫阑珊蹲在莫景凉的轮椅面前，握着他的手，"你的腿成了这样，都是我害的。"

"与你无关，是我一时大意才落得如此下场。"

莫阑珊露出温柔的笑，浅浅出声："不怪你，只怪那些人太狡猾，到现在也没人知道他们的消息。这一次好不容易逃出来，还替你拿到了黄剑，所受的苦也值得。"

按照莫阑珊的说法，她因为是木家的女儿才被抓走套问地剑的消息。起先她并不知此事，如同杀手一般训练了几年之后，一次意外得知了真相。计划了许久，有位大人带着黄剑来时，她趁机抢了黄剑逃出来了。

莫景凉沉默，没有出声。他不想怀疑莫阑珊，但不得不怀疑她。木家的女儿，他知道是谁？莫阑珊冒充木家的遗孤带着黄剑来找他先不说，那一段讲述过往的话就已经漏洞百出。

"是不是有心事？"

莫景凉看着那张熟悉又无比陌生的脸，脑中快速闪过一丝念头，眸光一暗，温和地说道："我只是在想怎么可能那么巧，抢了黄剑逃出来。"

莫阑珊一愣，眼中有着自信，解释道："本来防守不算严密，我也怀疑过是那些人有意让我带着黄剑离开隐家。"

"隐家？"

莫阑珊胸有成竹，如同料到莫景凉会这样问一般，"隐家就是幕后主谋。"

"我思量此次也是隐家有意为之，不过你能平安无事便好。"虽然不知莫阑珊有何目的，但莫景凉希望相信她，可能是一种愧疚之情。

"嗯。"莫阑珊浅浅笑起，当真有温柔贤惠的样子。

夜还没完全黑下来，屋子里已经点燃了蜡烛。主位上坐了一人，正是隐家家主。

"大人，让莫阑珊带走黄剑会不会有所不妥？"

"无妨，黄剑也该出世了。"

"莫阑珊做事向来不顾隐家，如今黄剑给了她，属下担心她会做出对隐家不利的事。"

隐家家主没有着急说话，反是盯着那人，"习远，你可知我为何留你在身边？"

被称作习远的中年男人面色一紧，不敢胡乱猜测，战战兢兢地说道："属下不知，还请大人指点。"

"因为你足够聪明。有些话知道该说和不该说。"

习远听着这些话，连忙跪在地上，"属下知错。"

隐家家主没说话，手指敲了敲桌面，叩出咚咚咚的响声。

这声音在习远听起来，分明是夺命勾魂的曲子。

"知错能改，不然谁也救不了你。"

"多谢大人。"习远嘴里这样说着，额头上已经冒出一层薄汗，背上的衣服也被汗水打湿了。

"小心谨慎没错，不过男儿也要有大气魄。何况有他在，莫阑珊一辈子都不会背叛。"隐家家主意味深长地说道，"你只要查清地剑的事情即可。"

"属下明白。"

当三天百花宴快要结束时，好巧不巧的有人传来了新的消息，正是关于莫阑珊的消息，不知怎么被泄露。若仅仅是莫阑珊也罢，偏偏消息把黄剑和莫阑珊是木家遗孤的事也一同泄露出去。

消息大概是这样，木家遗孤莫阑珊带着黄剑躲进了倾月山庄。这就奇了怪，木家遗孤居然姓莫。又有人道出了一则消息，这个木家遗孤不是正统，乃是见不得人的私生女，一直流落他乡。估计当年木家都不知道有这么个女儿，至于为什么姓莫，那就不得而知，不过却也是众说纷纭。

只是黄剑莫名得让众人心动，随着玄剑、地剑接连出世，连黄剑也要出世了吗？要知道十多年前，黄剑之争可是搅动了整个天下，死了多少人。哪怕是世家的家主也躲不过，惨死在黄剑之下，那时候真可谓血流成河。就在消息传出来的第二天，莫景凉回应了众人，黄剑的确被带来了倾月山庄，不为其他原因，只因两人是旧友。本来这样也就算了，只是莫阑珊出来说了一句话，不管是哪门哪派都坐不住了。那就是"宁国八位守护者后人齐聚的时候到了，揭开宁国宝藏下落的时机也到了。"

也就是这则消息，在上京城掀起了一阵风雨，毕竟有言说得天地玄黄四剑者得尽天下宝藏。只要人还有一点放不下身外之物的念头，就不可能真的放下欲望。

倾月山庄之中，莫景凉提起笔又放下，迟迟不能落笔，沉默一阵子，才唤道："无争，大家姐在哪里？"

莫无争也知道莫景凉为消息无缘无故泄露出去心烦，毕竟接下来要应付的事可远比当初武林大会来得复杂，也来得困难。"大家姐有冰熙陪着，在山庄内走走逛逛。"

"无争……"莫景凉带着无奈的口气，"我知道你对大家姐很在乎，只是有些事需公私分明。"

"公子放心，无争明白。大家姐的事情我会理智对待。"莫无争突然单膝跪下，低下头请求道，"如果大家姐真的做出了什么不可饶恕的事，还请公子让我来解决。"

"你不必如此。"莫景凉叹了一声，他怎么会不知道莫无争的心思，也不戳破，"不管发生了什么事，这次我都会保住她。"

"谢公子。"

冷冰熙正陪着莫阑珊在倾月山庄到处逛，她边走边说："等这次事过去了，大家姐也可以送静岚姐上花轿了。"

莫阑珊轻笑，只是眉梢眼角都带有一丝算计的精明，"岚儿早过了嫁人的年龄了吧？"

"江湖没那么多规矩，静岚姐这个年龄嫁人也正常，又不是京城那些大小姐。"冷冰熙欢快地说着，转头又问，"大家姐有没有喜欢的人？"

这个问题倒是让莫阑珊一愣，又想起那个清俊值得依靠的男人，笑得也柔和了起来，"有没有都没关系，能看到岚儿嫁人、阿凉娶亲我就心满意足了。"

冷冰熙没有设防，下意识地说道："静岚姐和沈家的姑爷倒也般配，只是公子估计还需要一些时候，苏公子可是强有力的情敌。这下子到了上京城，凭苏公子的手段一定会跟青瓷姑娘拉近距离。"

"苏笙月吗？"莫阑珊偏斜着身体，眼神冰冷，习惯地弯起嘴角，露出一丝笑意，说不出的诡异。

冷冰熙看着莫阑珊的侧脸，脑海中也快速地闪过一丝画面，画面中人莫名的与莫阑珊的侧脸重合在一起。整个人瞬间都不好了，摇摇头，脸色煞白。

"冰熙。"

"啊？"冷冰熙回过神来，头一阵一阵的疼，强忍着疼痛道，"怎么了？"

"你脸色不好，生病了吗？"

冷冰熙看着走近的莫阑珊，也没刚才坦然，退了两步。虽然脑海中闪过的记忆早被甩出了九霄云外，但还是被那样笑着的莫阑珊吓到了。"没什么的，只是我最近受了风寒，一直没好，总觉得不舒服。"

"既然这样，我送你回去休息。"

"不用了大家姐。"

"那你回去的路上要小心。"

"嗯。"

莫阑珊静静地看着冷冰熙渐渐远去的背影，眼中有着冷意。

处理好京城的事务，司言坐在书房之中，对面的叶轻轻则无聊地把玩着茶几上的杯子，有意无意地瞟向司言，终于忍不住出声道："什么时候动身？"

司言从堆满如山的公文中抬起头来，"不耐烦了？"

"差不多。"话虽是满不在乎，但叶轻轻鼻音哼哼，表示对司言的不满。

司言听出叶轻轻的不满,面具下的脸没什么太大的变化,继续埋头苦干,批阅着奏折,"明日就启程。"

"无趣。"

"王爷,宫里来人求见。"

"不见。"司言头也未抬。

"月青姑姑说有急事求见王爷,见不到不会离开。"

司言微微抬起头,月青不是普通的宫女,而是温云箬的心腹。他以前也常见到,印象之中是个谨慎小心的人。又看了一眼窗外的天,已经黑了下来。不用司言想,也知月青为了何人所来,没打算见她。只是还没来得及开口,门外就传来了月青的声音。

"奴婢有关于皇上的事要跟王爷说,还请王爷见奴婢一面。"

叶轻轻听着这些话笑出声来,随意地说道:"都说到这份上了,你不打算见见她吗?"

"让她进来。"

门被推开,脸上也有了岁月痕迹的女人进屋后,扑地一下重重地跪在地上,余光瞄了一下叶轻轻,复对司言叩首道:"奴婢求王爷去看看太后,怎么说皇上也是太后的亲生儿子,还望王爷网开一面,解了限令,让太后与皇上母子相见。"

司言敲动着案桌,兴趣缺缺,"是温云箬让你来的?"

月青连忙否认,生怕被司言认为是温云箬派她来的,"是奴婢偷偷溜出宫来找王爷开恩的。太后性子倔,王爷也是知道的,怎么会主动低头,更何况是对……"

"更何况是对本王低头。"司言直接说出月青不敢说的话,冷冷地说道,"你家主子就需要学会低头,今晚的事本王也不跟你追究。"

月青弯着的腰更弯了,整个人都颤抖了起来,她想起了温云箬,顶着压力乞求道:"请王爷开恩。"

"你是要本王赶你出去,还是自己走?"

月青缓缓抬起头来,眼中有着不甘,再叩首道:"王爷怎能如此绝情,太后如今模样,王爷也有错不是吗?何况皇上也不只是太后的儿子……"

"小小一个奴婢胆子不小,本王倒要看看你家主子多宠爱你。"司言丢下手中的奏折,放下蘸了朱砂的小毫。

月青心知司言是答应去宫中看温云箬了,连忙叩头道:"奴婢不敢,还请王爷移步长信宫。奴婢就算是死,也毫无怨言。"

"今晚好好休息,明日还要赶路。"司言临走之际也不忘叮嘱一下叶轻轻。

"管好自己就行,我可比你安分。"

"希望如此。"

第四十五章

长信宫中，宫女和内侍都在宫门外守着，宫内大殿一下子就显得冷清起来。月青掌灯为司言领着路，直到内殿。

司言瞧着遣开的人，冷笑不已，这种把戏向来也只有宫里才有。轻轻推开门，放慢了步子进去，入殿就有一股浓烈的酒味扑面而来。整个大殿没有一人陪侍，烛火摇曳，屋外的天也彻底黑了下来。

大殿正中央有一个盛装华服的女人，随意地坐在地上，面前摆着一张摆满酒壶的低矮木桌，周围的地上还散落着不少空酒壶。

温云箬歪起头，看着眼前并不陌生的男子，扯出一个讽刺的笑，提起酒壶道："你来干什么，看我的笑话吗？司言你还是一如既往的讨人厌。"

司言没有如往常一般冷冷讽刺，他站在温云箬旁边，冷淡地说道："你喝醉了。"

温云箬给自己斟满一杯酒，端起酒杯，眼神飘忽，"我没醉。"眼神突然狠戾起来，"司言你别痴心妄想了，只要我在一天，你就别想控制煜儿。他是琰哥哥的儿子，是景帝司琰的儿子，不是你九王爷司言的儿子。"

"我知道。"

司言一阵沉默，温云箬心中有的到底是至高无上的权力，还是"他"？

"你知道？"温云箬满脸不可置信，猛地丢下手里的酒杯，酒水洒了一桌，双手撑着紫檀木桌，怒声道："你不知道。我不会让你抢走煜儿的，你夺走了琰哥哥的命，我不会让你再夺走更多的人或是东西。你欠我的，哪怕到死都还不完。"

"你醉了，温云箬。"司言跪坐在地上，直视着醉得胡言乱语的温云箬。

温云箬看着司言戴着面具的脸，突然大笑起来，撑起身子，"对，我是醉了。你知道我有多恨你吗？我从小就想着做他的新娘，你却毁了我的梦，我那么相信你，可你却毁了我。"大声吼过之后，温云箬哭泣起来，泪水弄花了原本精致的妆容，"我恨你。为什么死的是琰哥哥？为什么不是你。你夺走了他那么多东西，最后还夺走了他的命，你还想夺走什么？"

司言沉默不语，安静地听着温云箬酒后的话。酒后吐真言，他能信吗？

"你为什么不说话。你们都说我变了，在这深宫之中谁能不变。琰哥哥突然就去了，朝堂乱作一团，地方作乱。你是手握重兵的摄政王，而我只是一个死了丈夫无权无势的皇后，太皇太后被你派的人安全保护离开。而我呢，我抱着煜儿被乱臣贼子扣押在行宫，每一日我都在担惊受怕中度过，不知道什么时候就会被杀。哪怕后来你平定叛乱，迎了煜儿登上皇位，你以为这样我就会感激你吗？你不会知道我所受的伤害。这太后的位置换不回来我的丈夫。"

司言静静地看着面前宛如泼妇一样的温云箬，冷漠地说道："你要的不就是太后的位置吗？"

温云箬盯着司言，跌坐在地上，浅浅笑起，"你也这样认为吗？我还以为你很了解我。看来我也没有了解过你。"

司言皱眉，他有多久没见过温云箬这样笑过了，想不到再见到是在这种情况下，感觉无比讽刺。

温云箬一杯接着一杯地灌酒，本来就醉，现在更是昏昏沉沉的，看东西也是模糊不清。她朝着虚空伸出手，眼神迷离，轻轻出声："琰哥哥你看，好美的烛光，终于可以做你的新娘了，做你一辈子的妻。"手掌合拢，却什么也没有抓到。温云箬弯起唇角，眼眶红红的，泪水顺着眼角滑落，有种说不出的美。"所谓飞蛾扑火，不过是蛾子为拥抱那一瞬的温暖。你就像是明亮而炙热的火焰，而我就是飞蛾，不顾一切地朝你而去，哪怕最后是死亡。"

司言看着温云箬的侧脸，心里很不是滋味，不明白是什么感觉。温云箬的一句话，让他的心动摇了，又想起了那年站在梨花树下的秀美女子，乌发黛眉，唇角弯弯，眸子清亮，温婉淡雅。

温云箬勉强地笑起，声音嘶哑而落寞，对着空荡荡的大殿流着泪说道："你曾跟我说不会讨厌我，可最后你还是嫌弃了我。你都知道了吧，你那么聪明怎么会不知道，所以你才会那样对我。我不怨你，这都是箬儿的错。想要抓住你，你却离我越来越远。我只能牢牢地抓住皇后的位置，只有这样才能安慰着自己，我还是皇后，我就还是你的妻。直到最后，我也输了。如果不是吃了我送过来的东西，你也不会死。"

说到后面，温云箬直接趴在紫檀木桌之上，眼泪不停地流下来。她的意识已经模糊，只是还哭着，"都道我为了太子妃的位置，现在是为了皇后、太后的权力，可是谁又知道我的真心。就算琰哥哥不爱我，就算他对我冷漠，只要能陪在他身边我就心满意足了。麻雀变凤凰从来不是我想要的。琰哥哥……箬儿知错了……我知错了……知错了……"

温云箬把脸埋在宽大的袖子中，烛光打在她的脸上，更显得她憔悴不堪，好似文人吟过的满地黄花，终究还是败了。

少了温云箬的哭泣声，大殿一下子就安静了下来，只有烛花爆开的细小声响。空气中弥漫着酒气，司言拿着桌上还没动过的酒，一杯接着一杯地灌着，好像他喝的不是酒而是水一样。过了许久，司言盯着睡熟的温云箬，无悲无喜地出声道："从一开始你就没有错，如果你对我说实话，我或许会娶你，不过世上的事从来没有或许二字。"

司言回到王府里的时候已经不早了，他待在荷塘边的小亭里，微冷的夜风吹来，只觉得舒爽了不少。

正在走神之间，叶轻轻的声音响起："要喝一杯吗？"

司言下意识地接住扔过来的东西，再抬头时，叶轻轻已经坐在了他对面的石凳子上。

"吃了闭门羹，还是对着温柔佳人狠不下心？"

司言握着酒壶，淡淡说道："在你看来什么是爱？"

叶轻轻没有想到司言会突然问她这样的话，瞬间想起百花宴上唐岚歆问她的话，顿时有些愣神，收起了笑意，"可能因为我没爱过，所以不知道什么是爱。我的对手也问过我同样的问题。她说就算是飞蛾扑火，就算一瞬间，她也想拥抱她的爱人。不过在我看来那是傻子才做的事情，我宁愿活得逍遥自在，也不愿终日被所谓的爱束缚。"

"唐岚歆吗？"司言低语，忽然笑起，"原来都是一样，为爱执着，为爱疯狂。她也一样，说到底还是我毁了她。"

"她，当今太后？"

司言没有否认，到底是司言毁了温云箬，还是司琰毁了她。可能两者都不是，是他们两个一起毁了她。"第一次见到温云箬是十几年前，梨花开了。那时候她父母双亡，又没有什么亲戚。我母后，也就是太皇太后见她可怜，把她接进宫来。我和我的皇兄，也就是景帝司琰，我们一起去接的她，那也是我第一次见她。"

"初见吗？不如说一见倾心。"

"初见时，她站在梨花树下，低眉浅笑，眸子清亮，温柔婉约。我还记得当时梨花飘落，她一身白色衣裙，就这样静静站在那里。那一刻我从未忘过，饶是上京城佳丽再多，也没一人可比她。"

叶轻轻听着司言的话，在脑海中勾勒出温云箬那时的样子，不得不承认的确很让人动心。"看来我没说错，一见钟情，再见倾心。温云箬，真美的名字。只不过从我所见，她恐怕恨不得扒了你的皮，抽了你的筋。"

"恨？应该吧。"司言喝了一口酒。

"她爱的应该是我的皇兄司琰。"

"还真是冤孽。"

"可能吧。"司言嘲讽地说道，"你知道司言和司琰有什么不同？"

"什么？"

"九王爷司言，太子司琰；司言，司琰；许妃，皇后。"

叶轻轻好像抓了一点，明白了什么，又好像什么都不明白。

司言闭上眼睛，漠然地说道："还不明白吗？司言只不过是司琰的挡箭牌，连同母妃也一样。"

"……"

司言把已经空了的酒壶放在桌上，淡淡说道："太晚了，你去休息吧。"

叶轻轻起身朝着外面走，不过走到亭子边，回头深深地看了一眼盯着酒壶出神的司言，直接问道："你为什么要戴着面具？"是为了温云箬吗？这句话叶轻轻还是没有说出口。见司言迟迟没有说话，也没有看她，眼里深处有着失望，转身准备离开。

回过身的一瞬间，司言突然抓住叶轻轻的手臂，低声说道："想看我的真面目吗？"

"司言。"

"你想看我的真面目吗？"司言开口道，声音中有着一丝蛊惑。

"我……"

叶轻轻话还没有说出口，司言一把抓住叶轻轻的双手。叶轻轻下意识地反抗，双手被抓得生疼，一脚踢向司言抓住她的手。司言分出一只手来，抓住叶轻轻的腿，上前几步。叶轻轻挣脱出一只手，单脚不是很稳，司言放开叶轻轻的脚，搂住她的腰，带着她朝地上倒去，重重地压在叶轻轻身上，同时抽回手蒙住她的一双眼睛。

叶轻轻也不是好惹的，虽然被压住了一只手，但不知何时她的另一只手里多了三根银针，抵住司言的喉咙。"司言你想做什么？"

"你不是想看我的真面目吗？"司言嘲笑的声音响起，丝毫不在乎抵在喉间的银针，他慢慢靠近叶轻轻。

叶轻轻清楚地感觉到司言的鼻息间呼出的热气，她可以想象得到二人之间的距离有多近，脸上染上可疑的红晕。"你怎么知道我想看你的真面目？"

"你的眼里写着。"司言慢慢取下面上的面具，露出一张叶轻轻无比陌生的脸，只不过她却看不到。俊朗的眉，如星的双目，英挺的鼻子，紧抿的唇，带着生人勿近的气息。许是常年不苟言笑，看着只觉得冷酷，待人无情。不过司言当真算得上是少有的美男子。埋下头，在叶轻轻耳边冷漠地说道："你是第一个让我为你特意摘下面具的人，也将是最后一个。不要试图靠近我，不然受伤的只会是你。"

叶轻轻弯着嘴角，贴着司言的脸，冷冷一笑道："受不受伤都与你无关，你太高看你自己了，我叶轻轻也不会落魄到靠一个男人。"

"这样最好。叶轻轻记住，我叫司琰，不是司言。"司言戴回面具，又变回那个高高在上的九王爷。同时放开了叶轻轻，起身整理着衣衫。

突然恢复了光明，叶轻轻也不太习惯，伸手揉了揉太阳穴，心中不满地说道："司言，你在说什么？"

"没什么，忘了吧。"

"什么意思？"

"我说过了，忘了吧。"

第四十六章

夜已经很深了，司言却没有睡意。他想起了很多人，想起了温云箬，想起了太皇太后，想起许妃，也想起了司言。

他还记得父皇临死前的叮嘱，忘不了母妃的忏悔，忘不了母后多年来的冷落，更忘不了司言临死前的遗愿。没错，他是司琰，不是司言。本该暴毙身亡的景帝司琰还好好地活着，并且用他弟弟的名义活着。要是被人知道恐怕会引起轩然大波，这也是理所当然。

司言真的死了，死在他的面前，身为帝王却无能为力，只能看着手足兄弟死去。愧对吗？应该愧对的。因为他，因为母后，许妃和司言才会成为护他们一世周全的棋子。

司琰想起许妃缠绵病榻的那一段日子，那是那个背负所有罪责的女人一生中最后的时光，也是那个时候，跟他忏悔她所犯下的罪过。

"若不是我，皇上不会死；若不是我，熙宁不会下落不明；若不是我，小虞不会与皇上近乎决裂；若不是我，琰儿也不会与小虞疏离冷淡不似母子。

"我本是皇上安排在宫中保护小虞的护卫，我嫉妒小虞，所以杀了南离嫁祸给皇上，使皇上小虞反目。

"我越愧疚小虞，便对琰儿你越好。我害了她多次，害她与皇上夫妻分离，害她与琰儿母子疏离，害她与熙宁骨肉分离。她都知道，皇上也知道，只是她与皇上都不肯服输，才会让我乘虚而入。

"我知皇上厌恶我，也因此厌恶言儿，留我们母子一命也不过是为了有朝一日抵命。终归是我做了那些事，连累了言儿。"

那次后，许妃就一病不起，没几日便去了，那些陈年旧事也因此深埋地下。

平静的日子过了几年，温云箬依旧是他的皇后，煜儿封了太子，司言还是上京城的第一才子，一切看似都很平淡，也很美好。直到司言死的那一天，有秘密消息传来，说是福王招兵买马，有意反叛。

司琰带着司言在御书房和几位忠心为国的大臣商议此事，多番思量后，终于决定暗中拿下福王。之后的事情很简单，司言留下帮忙处理着政事，温云箬一如往常遣人送来点心。司言笑着说为皇兄试吃，首先吃下点心，然后迅速毒发，在司琰还没有反应过来的时候，一切都来不及了。太医说此毒太过霸道，无法在短时间内配出解药，那毒也已经侵入司言的五脏六腑。司琰想尽了办法，也没有救下司言。于是将计就计，索性与司言换了身份，暗查是谁在背后动手脚。从下旨传位,立为摄政王,手握军政大权,这一步步不过是司言与他自导自演的一出戏,而这出戏也瞒住了所有人。

司琰也曾怀疑过是温云筝下毒,只是在第一时间就否决了。不管她有多不愿意见到司言,也不会做出下毒的事,何况她是司煜的亲生母亲。点心无毒,茶水无毒,只是东西里分别加了不同的药,单独吃下点心或喝下茶水都不会有任何问题。如果两者混合起来,那么就会变成剧毒无比的毒药。

之后的事就如天下人所听,景帝暴毙,新帝登基,各地叛乱,贼匪四起。江山动荡,司琰不得不戴上面具,上阵带兵,镇压那些皇族外戚的叛乱,稳定江山社稷。从此他就以九王爷司言的名义活着,而不是景帝司琰。

夜晚下的京城并不平静,对于许多人都是这样。苏笙月找了个理由,拉着木青瓷出了客栈,街上早就没人了。

穿过了百花林,到了绕城河边,木青瓷甩开苏笙月的手,"你……"

话还没说出口,苏笙月就伸出手指,放在木青瓷的唇上。"你听……"

木青瓷狐疑地看着苏笙月,晚上的绕城河很是安静,除了偶尔传来的更夫的声音。"什么都没有。"

"闭上眼睛,"苏笙月引导道,"好好感受一下风吹花落。"

路边栽种的花树夜中散发着幽香,粉白色的花瓣落了一地,打着旋落在水面。河岸边的杨柳枝已经抽出新芽,长出了新叶。风轻轻地吹拂着,柳枝摇晃如婀娜少女。淡淡的月光洒下银色的光辉,手中提着的灯笼照亮了两人,也为带有寒意的夜晚增添了一丝温暖。木青瓷伸出手接住缓缓落下的花瓣,触手的凉意,让她顿时一愣。

"风吹花落柳扬枝,月映人下影翩跹。你看过几次?"苏笙月提着灯笼静静地站在花树之下,温雅浅笑,朝着木青瓷伸出手来。

很多年后,木青瓷无事之时,看着落花的树也会时常想起这时候,她的面前站着一个让日月都为之失色的男人,朝她伸出手。那时候的男人,清俊淡雅,眼中只有她。

木青瓷盯着苏笙月久久不说话,怯怯又有些犹豫地把手放进苏笙月的手中。

苏笙月一把抓住木青瓷的手,紧握在手中,没有给她反悔的机会,轻声而又温柔,"相信我,青瓷。"

木青瓷看着被紧握着的手,宽大温暖的掌心让她莫名地感到心安。心中一阵激荡,随即泛出丝丝甜蜜,她好像入了迷,喜欢上了这种可以相信并且依靠的感觉,也习惯了苏笙月带给她的一切,不管是好还是坏。

"今夜放下一切,无论接下来会发生什么事,你只需要站在我背后。"苏笙月牵着木青瓷的手,提着灯笼一步一步地朝前走去。说这话时,他并没有笑,却自有一种承诺,那是苏笙月对木青瓷的承诺,永远的承诺。

木青瓷盯着苏笙月的侧脸,突然笑起来,那张平凡的脸也生动起来。因为放下一切的她没有包袱，没有主上的命令，也没有灭门的血海深仇，要是能一直这样子下去该有多好。黑夜迟早会被驱散，黎明始终会到来。只不过她和他，木青瓷和苏笙月，一个是天上闪耀的星辰，一个是黑暗的阴沟里不可见人的鬼魅，看似并不远，实际却是天与地的距离，遥不可及。

景安儿离开时已经是百花宴之后半月，萧晨安就这样静静地站在哪里，平静地看着景安儿被人带走。只是景安儿回头时投来的受伤目光落在了他心底。

一双并不白嫩的手从背后轻轻地抱住萧晨安，女人靠在他的背上，低声说道："舍不得吗？"

女子的话一出，萧晨安面无表情地看着抱着自己的那双手，眼神冰冷无情。转身面对那人时，露出了淡淡的笑，温柔地替面前的女子挑起耳鬓间的碎发："紫菀你需要休息，其他的事就不用管了。"

被称作紫菀的女子，穿着简单利落的衣裳，头发高高地束起，眉间眼神之中有着一股子的狠辣劲。如果不是脸色太过苍白，毫无血色，第一眼看去一副弱不禁风的样子，不然绝对是一个精明强干的女子。

"你们在一起的时间也不短了，能狠下心来对她吗？"紫菀并不像景安儿一般，说起话来温温柔柔，反而是连讽带刺。

"我以为你是唯一了解我的人，看来是我想错了。"

紫菀抬眸望着萧晨安，只手抚上他的脸，带着一丝痴迷道："阿晨，我怕你真的爱上她，然后弃我于不顾。"

"不会有那种事发生的，从始至终我爱的只有你。"

"别骗我，阿晨。"紫菀顺势靠在萧晨安怀里，眼中有着冷意，"我不是景安儿，对于江湖上的种种把戏和手段，我清楚得很。"

"我说过会扫清所有障碍，让你光明正大地站在我身边的。"

"希望你没有骗我，"紫菀冷笑几声，"你是知道我的，为达目的可以不择手段，没有下不去的手。如果你骗了我，估计我会发疯，也不知会做出何事来。"

萧晨安抱着紫菀，神色不变，也没有一丝动摇，只是在紫菀看不到的眼神深处多了一分狠厉，"你在威胁我吗？"

紫菀把头埋得更深，眼里有着得意，浅笑出声："怎么会是威胁呢，不过是提醒你一句罢了。"复又放轻了声音："我知道你最不喜欢有人威胁你，古书中说龙有逆鳞，触之必死。我怎么会去做这种蠢事呢。"

"不会忘的。你果然是最了解我的人。不要让我失望，紫菀。"

"我还要看到你为我扫清障碍的那一天。"

萧晨安勾起唇角，意味深长地说道："这一天等不了多久了。"

事情会发生到现在这个地步也是萧晨安始料不及的。不过既来之则安之，迟早都会有这一天的。哪怕是过了十多日，江湖上传遍他的事，萧晨安也是一概不管的，但他却不允许被人牵着鼻子走。

"你究竟想要干什么？"书房里年轻俊美的男人对着一身黑衣的隐家家主如此说道。

"帮你。"隐家家主慢悠悠地品着茶，漫不经心地说道，"景家还是隐家，景安儿还是紫菀，你应该做出选择了。无双公子。"

"看起来你很着急，否则也不会让紫菀来逼我。"

"这些年来，你一直借景家隐藏实力，想要的东西多半也得到了。我帮你抽身不是正好，难不成还有留恋？"

"算不上留恋，可我却不喜有人替我安排。"

隐家家主顿了顿道："看你的表情，好像并不希望紫菀醒来。"

萧晨安不否认，大大方方地说道："她无法成为我的臂膀，现在醒来也只是累赘。"

隐家家主放下手中端着的茶碗，"若是紫菀知道了你的真实想法，会发疯也说不定，到时候她会做出什么事真令人期待。"

"她不会。"

地牢中的火把熊熊地燃烧着，照出一片灯火通明。最深处的一个牢房里，高大的黑甲面具男子背靠着墙壁，额间的发已经被汗打湿。他紧闭着双眼，好像还在梦中，感到难受。

"哥哥……哥哥……哥哥不要呀……哥哥……哥哥……"稚嫩的童声在脑海里回荡，小女孩哭泣着的面容，莫名地让他揪心。

"哥哥，我也要学剑法，哥哥你教我好不好？"依旧是那个小女童，摇着一个面容模糊的白衣男子的手臂，撒娇地请求道。

白衣男子蹲下身，温柔地摸摸小女童的头发，柔声说道："等你长大，哥哥再教你。"

"嗯，哥哥拉钩。"

"好，拉钩。"

"娘说她在嫁给爹爹之前是住在江南，住的屋子边种有一棵凤凰木。一到凤凰花开的日子，火红的花藏在树中。我也想去江南，好想看看娘亲说的凤凰花。"

又是那个面容模糊的男子，他亲昵地刮了一下那个女童的鼻尖，"好。不过现在已经过了凤凰花开放的日子，下次凤凰花开哥哥再带你去。"

"好可惜。"小女童瘪着嘴，绞了绞手帕。

"爹爹不见了……哥哥不要离开我，我不要哥哥走。哥哥，哥哥……"小女童被一个女人抱着，大声哭泣着。

"拿着它，逃得远远的，好好地活下去。"白衣男子已经不复往日的潇洒风流，衣襟袍子上沾满了血迹。

"我不要，我不要，我不要走……哥哥不要不要我……"

"好好活着！"

"桃之夭夭，灼灼其华。"

"什么意思?"

"没什么,哥哥会一直陪着你的。"

"我也要一直陪着哥哥。"

黑甲面具男人突然睁开眼睛,看着空无一人的地牢,眼神深邃,喃喃自语道:"青瓷……"

第四十七章

倾月山庄之中,冷冰熙不停地走动着,她很忙,尤其是这几天。

"你看见莫姑娘了吗?"

冷冰熙连续问了好多个人,问了好一阵,才知道莫阑珊往后山去了。

顺着那个婢女所说的路,冷冰熙也上了山。走了一小会儿,冷冰熙远远就看见莫阑珊,好像跟人说什么。趁着没有人发现,冷冰熙蹑手蹑脚地走近,好在后山林子里的树木够密,成功地遮住了她。

莫阑珊双手交叉,冷笑道:"你以为凭这点蝇头小利,就能打动人心?我一直认为习远护法是最当得起心思缜密的人,现在看来不过如此。"

习远并没有因为莫阑珊讽刺的话而动怒,淡淡说道:"人心善变,谁也料不到下一刻会发生什么事。你最好安分一点,我想你也不希望隐家最好的一把刀因为你的小动作被生生地折断吧。"

一听到这句话,莫阑珊瞬间就变了脸色,厉声说道:"你要是敢动他,我会要你死得很难看。"

习远眼中有着阴鸷,冷冷笑道:"威胁我是没用的,莫护法。我不过是个小小护法,真正的生杀大权在家主手中。我不过是奉家主之命,来警告你一番,安分做事。"

莫阑珊握紧了拳头,"少拿家主来压我,习远你该知道的,我莫阑珊是什么样的人。"

"当然知道。"习远漫不经心地说道,"别忘了家主交代的事情,以黄剑引天剑出世。"

"我自然知道怎么做,以后不要来倾月山庄找我,如果你不想死。"

"莫景凉是个大患,须得赶紧除掉他,不然过不了多久,你木家遗孤的假身份就会被揭穿。"

"要是换了其他人我或许要着急了,但那个人是莫景凉,他是绝对不会伤害我的。"

习远嘲讽地笑道:"你莫不是想说莫景凉会感激你当年擅自留了他一命?别忘了,他的那双腿可是你亲自废的。"

听到当年的真相,冷冰熙大吃一惊,无意识地退了两步,转身就跑。

"什么人?"莫阑珊顺着声音看去,看见逃跑的冷冰熙,冷声道:"不能让她逃掉。"

"追。"

冷冰熙不停地往前跑，时而回头看看二人追到哪里了。庆幸的是树林里杂草丛多，林子又密，并不好用轻功。

莫阑珊和习远在后面紧追不放，眼神凶狠，他们的速度很快，拉近了不少的距离，只不过还是被林子所阻碍，暂时无法追上冷冰熙。

一想到莫景凉的腿是被莫阑珊废的，冷冰熙就头疼起来，脑子好像有什么东西要钻出来一样。好不容易跑出林子，却发现前面已经没路了，只有一个悬崖。

莫阑珊和习远也已经追了出来，狞笑着看着冷冰熙，一步一步地逼近她。

冷冰熙不自觉地往后退了两步，本就是站在最边上，再退两步，尖叫了一声就掉了下去。

"她的武功不行，从这里掉下去不死也是重伤，只有慢慢地等死。"

习远望了望悬崖，慢慢地说道："谨慎一些为好，你先回倾月山庄，我派人去找她的尸体。"

"好。"

莫景凉回来时就看见莫阑珊着急地迎了出来，温和出声："发生什么事了吗，大家姐？"

莫阑珊满脸着急，蹲在莫景凉的轮椅前说道："冰熙不见了，她的身体还没好，要是再受了寒怎么办？"

"可能冰熙有什么事要做，没和人说一声。"

莫阑珊十指紧扣，着急地说道："可是我问过，下午她才去后山找过我。"

"后山？"

莫阑珊连忙解释道："我觉得有些闷，就一个人去后山走走。回来后才知道她去找我。本以为冰熙找不到我就会回来，谁知道现在也没看见她人。我怕她出事了。"

莫景凉眉头一皱，淡淡出声道："冰熙知道她该做什么，大家无须担心，过两日她就会回来，我让人送你回去休息。"

"是这样吗？"

"我不会骗大家姐的。"

"那我就放心了。"莫阑珊舒了一口气，跟着人回房去。

等到莫阑珊的身影完全消失在眼前之后，莫景凉才变了脸色，吩咐道："冰熙多半是出事了，你暗中带人去查一查。"

"是，公子。"

终于坐不住了吗？狐狸尾巴也开始露出来了。

次日下午。

"轻轻，你很着急吗？"

叶轻轻拉住缰绳，挑起柳眉，咬着牙回头对某人说道："别叫我轻轻。"

"不叫轻轻叫什么？"

"叫我叶阁主。"叶轻轻没好气地说道，她对于司言那晚的话还耿耿于怀。

"王爷，前面有情况。"莫池单腿跪在地上，恭敬地说道。

"带路。"

驾马没走多远，就发现路下面的河岸上趴着一个女人，半边身子都泡在水里。只是那一双手紧紧地抓住岸上的杂草，衣衫破烂，上面还有不少的血迹。

"是遇上贼匪了吗？"

"遭了无妄之灾也说不定。"

冷冰熙并没有彻底昏迷，听有人的声音，勉强地抬起头望着路上的人。映入眼前的人却是模糊不堪，伸出手想要抓住他们，却什么也没有抓住。艰难地说道："救……我……救……我……"

"还活着，"叶轻轻无惊无喜地说着，"这个人好像在哪里见过。"

"看着很面熟。"司琰同意叶轻轻的说法，"把她救起来。"

"属下遵命。"莫池答道，几步到了河岸上，抱起重伤虚弱的冷冰熙，看了她一眼，对司琰道："王爷，是跟在倾月公子身边的那个小丫头。"

冷冰熙紧紧地拽着莫池的衣服，虚弱地叫道："无争……是你吗？"才说完话就晕了过去。

"冷冰熙。难不成倾月山庄出了什么事？"

"弄醒了就知道了。"

"好主意。"

大街上一男一女格外显眼，男子高大挺拔，铁质面目遮住了原本俊朗的面容。女子一身红衣，妩媚美艳中带着英气。两人一看就不是普通人，何况还走在一起，不显眼才怪。

叶轻轻跟随着司琰的步伐，不快不慢地走在街上，"你拉我出来就只是为了漫无目的地乱走吗？"

"你学了这么多年的武功，难道没有发现早在救起冷冰熙的时候，就有人一路跟着我们？"

"什么人？"

"可能是杀手。"司琰漫不经心地说道，"与其让人引我们离开，不如我们先离开，给他们一个动手的机会。"

叶轻轻停下来，面对着司琰道："你早就安排好了。"

"可能。"

等司琰带着叶轻轻回到客栈时，看到那满地的狼藉没有一丝惊讶，莫池迎了上来，"王爷，都解决好了。"

"有活口吗？"

"没有。"

"传信给莫景凉，就说今日之事。"

"是，王爷。"

叶轻轻扫了一圈正在收拾东西的店家，"你把人送到哪里去了。"

"她的高烧不退，大夫说不能动她。你认为能送到哪里去，不过是给她换了一个房间。"

"如果带上她，我们可能会错过不少事。"

司琰跟着叶轻轻上楼，意味深长地说道："我倒是觉得等这个小丫头醒来时，才是开始。"

"你确定？"

司琰背靠着房间门，思索了一阵道："世事无常，谁又能算到呢。"

"阁主，老阁主有急信传来。"说话间，倾城阁的弟子送来一封书信。

叶轻轻伸手去拿女弟子手上的信，女弟子却没有放手，对上叶轻轻凌厉的目光，战战兢兢地说道："老阁主说这信不是给阁主的。"

"不是给我的，"叶轻轻提高了声音，"那是给谁的？"

"老阁主说，信一定要亲自交到九王爷手中。"

司琰也不客气，拿了信就进了屋，拆开信仔细地阅读起来，只觉得像是天雷轰顶，被震得发愣。

叶如琛来的信上说，他派了人去当年托付熙宁的那户人家的旧址打听，才知那户人家搬回了老家的村子。村里还住有十多户人家，都是不愿意搬走的老人家，从那些老人嘴里，他问到熙宁的事情。

原来当年那户人家因为一些事情搬离了家乡，过了几年后带了一个四五岁的女童回来，说是他们生的女儿。那对夫妇也是庄稼人，没读过书，连字也不认识。小女童也没取个名字，就丫头丫头的叫。村子里有个识字的先生，姓冷，大家都叫他冷先生。哪家生了孩子，就找冷先生给取一个响亮的名字。跟所有孩子一样，冷先生也给那孩子取了一个名字。没过多久闹瘟疫，村子里死了不少人，孩子的父母也死在了这场瘟疫中。村子里的冷先生，一辈子都没娶妻生子，一个人怪孤单的，干脆收了孩子当养女。给她重新取了一个名字，叫冷冰熙。

冷冰熙好好地跟着冷先生生活，只是好景不长，过了半年又是天灾。村子里颗粒无收，冷先生也因病去了，村里人都认为冷冰熙是个丧门星，是个克死亲生爹娘，克死养父的灾星。也不管她是个几岁大的孩子，就让几个人把她带到乡里去丢了她。冷冰熙从此下落不明，不知道是死是活。

司琰突然觉得他很无力，他曾怀疑过木青瓷与熙宁有关。如今叶如琛查出了一切后告诉他，他的妹妹熙宁曾叫冷冰熙。他救了一个冷冰熙，是跟在莫景凉身边的冷冰熙。叶如琛并不知道有这样一个人，也不会骗他。只要确认胎记，那一切都水落石出了。

宁可错杀一千，绝不放过一个。抱着这样的想法，司琰没那么纠结了。心动不如行动，何况司琰从来都是行动派，他烧了叶如琛的信，就去了冷冰熙的房间。轻轻地带上门，眼神复杂地看着躺在床上昏迷不醒的冷冰熙。摸了摸她的额头，依旧是高烧不退，叹了一口气，"如果你真的是她，那就原谅我，错过了你这么多年。"

烧得迷迷糊糊的冷冰熙突然感觉到额头上一片冰凉，顿时感觉舒服了很多。勉强睁开眼睛，看着坐在她床前的人依旧是模模糊糊的，又像是某个人，虚弱地唤道："无争……"

见冷冰熙如此，司琰低下头靠近她，轻声说道："小丫头，你想要说什么？"

"无争……"

"原来是他。"司琰瞬间想起莫无争那张不苟言笑的脸。

"无争小心……小心大家姐……不……不要相信她。"

司琰心中一动，拍了拍冷冰熙烧得红通通的脸，继续问道："大家姐是谁？"

"大家姐……是……莫……莫阑珊……"

司琰明白了一些，趁着冷冰熙还有意识，继续问着："你是不是有一块类似五瓣梅花的红色胎记？"

"胎记……我有胎记……我有……"冷冰熙说了这一句，又陷入了深度昏迷，暂时问不出话来。

第四十八章

眼见为实才是真，就在司琰正准备伸手去解冷冰熙的衣带时，叶轻轻的声音传进了司琰的耳朵。

"想不到九王爷也会干这种偷香窃玉之事。"

司琰淡淡地看了叶轻轻一眼，也不管她如何说，平静地说道："你什么时候来的？"

"刚来，你想做什么？"叶轻轻没什么好语气，对于司琰失神到她推门进来都没有发现感到不满。

司琰直勾勾地盯着叶轻轻，突然笑起，"你来得正是时候，帮我解了她的衣服，看一看她身上有没有什么特别的东西。"司琰指着床上的冷冰熙说道，"如果你不愿意帮忙也罢，我自己来。这种事对于我来说并不吃亏，不过麻烦你出去。"

"司琰，你一定要跟我对着干吗？"叶轻轻被司琰那不咸不淡的话弄得尴尬无比。

"不愿意吗？"

"帮你可以，但你总要让我知道是怎么回事？"

"你解开冷冰熙的衣服，看一看她的左腰间有没有一块类似五瓣梅花的红色胎记。之后我会告诉你这一切的。"

叶轻轻虽然不太乐意，但也答应了下来。

司琰站了起来，走到窗户边，背对着两人。

叶轻轻掀开盖在冷冰熙身上的被子，一件一件地解开她的衣裳，露出了一具娇小的玉体。如果是个男人可能会心动，不过叶轻轻对此可没有任何想法。如司琰所说，冷冰熙的左腰上可见一个类似五瓣梅花的红色胎记。叶轻轻偏头深深地看了一眼司琰，拉过被子遮住冷冰熙的身体，低声说道："你确定会跟我说实话？"

司琰望着窗外，认真地说道："君子一言，快马一鞭。"

"你怎么知道冷冰熙左腰上有一块类似五瓣梅花的红色胎记？"

"你确定？"

叶轻轻抱着手臂，漫不经心地说道："不信的话，自己来看，反正我还没给她穿衣服。"

"眼见为实，耳听为虚。"司琰也不顾叶轻轻的目光，走到冷冰熙的床边，伸手挑开一点腰腹处的被子。看着冷冰熙左腰上的红色梅花胎记，司琰从怀里摸出一张白色的手帕，手帕上画了一朵五瓣梅花。尽管早已经记熟了胎记的样子，但此刻也难免要拿出来对比一下，生怕记错了。可是这世上又有多少人能在左腰上有一块红色梅花胎记，不过是司琰不确信罢了。以为远在天边，结果近在眼前。放下被子，司琰坐在冷冰熙的床边，眼神顿时柔和了起来，亲昵地刮了一下冷冰熙的鼻子，"我们终于再见了，只是没想到是以这种方式。"

叶轻轻奇怪地盯着司琰，上下不停地打量着他，久久才出声道："司言……"

"帮她把衣服穿好，我去找大夫。"见叶轻轻以一种奇怪的眼神盯着他，司琰深吸了一口气道。话音刚落下，他又补充了一句："她需要快速退烧，答应你的我也一定不会食言。"

在黑夜里，所有的肮脏都被很好地掩藏起来。莫阑珊看着才传来的消息，低声咒骂着："一群废物，连个重伤快死的小丫头都解决不了。只需要几日，九王爷就可以带着那丫头赶到倾月山庄。"

敲门声响起，莫阑珊收起脸上阴狠毒辣的表情，换上一直伪装的样子，轻声说道："是谁？"

"是我，大家姐。"门外的莫景凉淡淡出声。

莫阑珊一脸狐疑，这个时候莫景凉来干什么？开了门柔声说道："这么晚了，有什么事吗？"

莫景凉并没有异常，依旧如往昔一般，"没什么事，只不过近来倾月山庄不太平，想来看看而已。"

见莫景凉没有任何异常，莫阑珊的心放下了，笑逐颜开，"放心，我有分寸。"又往屋外看了看，"无争呢，怎么没见他？"

"姐姐听说了大家姐的事，一个人跑出来了，我让无争去接她。"顿了顿，抬眸直视莫阑珊道，"顺道把冰熙接回来。"

莫阑珊一愣，装作惊讶道："冰熙也是去接岚儿了吗？也不说一声，真叫人担心。"

莫景凉垂下眼帘，波澜不惊地说道："冰熙受了重伤，至今昏迷不醒。大夫说要静养一个月，不能受累颠簸。我打算让无争把姐姐接去陪冰熙，这次的事还是不要让她参与为好。"

"是……是吗？"莫阑珊放松了戒心，担心地说道，"冰熙要休养一个月吗？听着怪严重的。不过这样也好，岚儿也好磨磨性子。"

"你好好休息，我就不打扰了。"

"嗯。"

莫阑珊缓缓关上门，眼角微微上扬，弯起一缕冷笑，说不出的诡异。

莫景凉推着轮椅慢慢走着，眼睛深处除了冰冷还是冰冷，该问的已经问了，该说的也已经说了，接下来的一切只能听天由命。他不是信命的人，却感叹老天开的大玩笑。

在莫景凉记忆的最深处有两个女人，不，还称不上是女人，是女孩。一个是把他照顾得无微不至的莫阑珊，一个是给了他新生的木青瓷。莫景凉从来不信誓言一说，因为他向来说到做到。他曾在心底默默立下誓言，可他食言了。莫阑珊、木青瓷在不同的时间从他的生命中消失，后来又在不同的时间出现在他的面前。只是那两人已经彻底改变，时间真是一个奇妙的东西。莫景凉至今还记得莫阑珊当年温言浅语的模样，还记得木青瓷那双宛如星辰一样明亮的眸子，只不过如今已是物是人非。可能她们都已经忘了她们当年的样子，还念着往昔有什么用吗？

叶轻轻拿着酒出来时，司琰双手搭在靠窗的栏杆上，窗户开得大大的，属于夜晚的凉爽随着夜风一同吹在身上。走到他身边的时候，也顺道把酒递给他，自顾自地喝起来，"大夫说她已经稳定下来了。"

司琰扔掉酒塞，淡淡说道："都说江湖复杂，其实朝堂一点不比江湖轻松。"

"没有什么是轻松的。"

"十六年前，母后诞下了一位帝姬，可以说是老来得女。我和皇兄曾立下誓言，要一辈子宠爱着这个迟来了十六年的小妹。谁知好景不长，这样的日子没过多久，宫闱之乱到底还是来了。也就是那一年，父皇宣布小妹病重送往国安寺静养。两年后公主夭折。又过了两年，父皇病逝，次年母妃病逝。就像是早已经安排好一样，只是时间的早晚。"司琰饮了一口酒，苦笑出声："两次宫闱乱，两次失去至亲之人。事实上并非如此，十六年前宫闱之乱时，熙宁被人偷偷抱出宫外，扔在广陵，那时她才一个多月大。三年后父皇毒发，无药可治。原来早在宫闱之乱时他就中了毒，只是没有任何人知道。父皇只撑了一年，毒早已深入骨髓。后来皇兄继位，全部精力转移到朝堂上，镇压住了野心勃勃的各位王爷。后来弄出一些事来，只是为了更好地掩埋宫闱之乱后公主失踪的真相，让有异心之人寻不到证据。"

"熙宁下落不明，可以证明熙宁身份的信物也不知所踪。唯一的证明，谁也无法抢走，就是熙宁从胎里带出来的红色胎记，类似五瓣梅花，在左腰上。"

叶轻轻不可置信地睁大眼睛，红唇微张："冷冰熙是你的亲妹妹。"

司琰背靠着栏杆喝着酒，"如果叶前辈的消息没错，那就没有错。冷冰熙就是熙宁，是我的妹妹。"

"我爹？"叶轻轻有点吃惊，她虽然知道叶如琛和司琰有什么秘密，却不想是这个。

"可能是老天都看不下去了，叶前辈并不知道冷冰熙，不知我们认识，阴差阳错地找到她。不过我还是需要你的帮忙。"

叶轻轻也觉得好笑，可以算是缘分吧，反问道："什么忙？"

"我想听冷冰熙亲自说她的身世。"

叶轻轻翻了一个白眼,"你为什么不自己去,冷冰熙应该很好套话。"

"我怕再一次弄错。"

"你既然认定了她是你妹妹,那么心中早有了十成把握。"叶轻轻理性地说道,"酒喝完了,故事也听完了,我该回去了。"

司琰看着叶轻轻的背影完全消失在眼底,把酒壶对着月亮,倒酒来祭奠着他的亲人。

"父皇,我找到了熙宁。"

"司言,该说对不起的一直是我。如果你在这儿,可能会把她保护得很好,我从不是温柔的兄长。"

"母妃,希望你地下有知,不再愧疚于心。"

又过了两日,大部分江湖人士都到了倾月山庄,比如沈夜,比如苏笙月,比如木青瓷……

"大家姐,真的是你。"莫静岚再次在倾月山庄见到莫阑珊时捂着红唇,又哭又笑地说道,"要不是亲眼看见你,我都怀疑我是在白日做梦。"

莫阑珊浅笑,走近莫静岚,拉起她的手道:"好多年没见,岚儿都长大了,出落得更好了,不过那风风火火的性子还是一点都没变。"

莫静岚反靠在莫阑珊身上,撒娇似的说道:"大家姐你是不知道,爹那个黑心眼,看我不顺眼,想赶我出家门,直说就行了。非要给我指个脸皮比天厚的夫婿,那张嘴又毒又贱,气死人不偿命,还老和我作对。大家姐你怎么不说话呀?"

莫阑珊指了指莫静岚的身后,示意她不要再说了。

莫静岚也感到不对,回头看去,当场就吓蒙了,一下子就结巴了,"爹……爹……你……怎么来了。"

来人正是莫景凉和莫静岚的父亲,莫家家主莫旭,与他一起过来的还有苏笙月、木青瓷、沈夜三人。

"你还知道我是你爹,我还以为在外面晃了一个多月,都忘了自己是谁了。"

莫静岚想死的心都有了,一脸哭相。尤其是在看到沈夜之后,更是在心中大呼不妙。"爹,你消消气。"见莫旭不为所动,莫静岚大叫道:"爹,我错了,您大人大量原谅我这一次吧,下次我说什么都不敢了。"

莫旭拉长了声音:"你说说看,错在哪里?"

"我不该实话实说,说你黑心眼,看女儿不顺眼,老想赶女儿出家门,不是一个好家伙。还非要我嫁给一个人至贱则无敌的贱人,不安好心,推女儿入火坑,简直比周扒皮还要扒皮。"

"……"

"……"

第四十九章

莫旭揉着额头,生怕被他这个女儿气出病来,"你……"

苏笙月靠近沈夜低声调侃道:"你这媳妇不错,不过你以后千万别让伯母接近她,否则闹得天翻地覆也说不定。"

沈夜一阵无语,赏了苏笙月一个白眼。

"爹你没事吧,别被女儿气出病来了呀。要知道你年纪也大了,指不定什么时候就犯病。"

"没病也被你气出病来。等我见过你哥哥再说。"

莫静岚好心地冲着莫旭大声提醒道:"爹,你又叫错了,现在我是姐姐,怎么说我也当了十多年的姐姐了。难不成一段时间没见,爹你犯老糊涂了。还有爹你要保重身体呀,你可千万别在弟弟那里坚持不住,气得躺尸了,女儿还不想现在就给你收尸。"

莫旭停下来,不过短短一瞬间,他飞快地往回走,一把抓住莫静岚,拖着她去见莫景凉,"我还没死呢,你这死丫头就想着给你爹收尸。活了这么多年,还没人说过我犯老糊涂。等我见了那个不孝子,再来收拾你。"

莫静岚死活不想走,可惜奈何不了莫旭,哭丧着脸道:"爹,我错了还不行吗?我给你赔礼道歉。"

"你就是跪下磕头,这次我也绝不轻饶你。"莫旭拉着莫静岚与莫阑珊擦肩而过,眼神冰冷地看了她一眼。

木青瓷眼睛也不眨地盯着莫静岚父女二人,顿时生出一股无力感,低声自语道:"真让人羡慕。"

苏笙月观察着木青瓷的表情,见她表情茫然,握住她的手道:"不需要羡慕,每个人都不相同。"

见两人走远,莫阑珊才笑着道:"三位请不要介意,我家老爷和小姐平日里也不是这样的,让几位见笑了。几位客人是来见阿凉的吗?"

"正是,莫姑娘可否带路?"

莫阑珊也不惊讶苏笙月怎么一眼就认出她的,语气和缓:"自然,三位请。"

木青瓷甩开苏笙月还拉着她的手,上前两步,直视着莫阑珊道:"我是来找莫姑娘的。听说莫姑娘为木家遗孤,为何姓莫?"

莫阑珊眼眸微眯,有种莫名的诡异之感,她早已经做好了应对天下群雄的准备,婉转笑道:

"我实为木家人，为木家家主长女，至于为何姓莫，当年流落街头，被莫家收养，便干脆隐姓埋名。"

木青瓷怎么可能相信莫阑珊的鬼话，质问道："我记得木家的确有一位长女，不过和莫姑娘的年岁差太多了吧。"

莫阑珊早就料到了会被这样问，很自然地解释道："我母亲意外有了我，父亲却容不下，给了一大笔钱让我母亲打掉孩子离开。我母亲离开后还是选择生下我，带着我流落江湖。她本也是好人家的清白女儿，可惜在我几岁时就郁郁而终，只告诉我不要去找那个所谓的父亲。我一个人流落街头，是老爷带我回莫家，才有了今日。"

这个简单的故事实在简单，无非是貌美女子对江湖俊杰一见倾心，甘心不求名分地委身于他。结果女子怀孕了，那位江湖俊杰也有了妻儿，不想让人知道，毁了他的名声，就拿钱让那个女人打掉孩子走人。那女人对男人痴心一片，生下孩子后没几年就死了，留下孩子流落街头。无比简单又狗血的故事，但是在江湖里却是常有的事，不足为奇。何况现在死无对证，是真是假都无所谓了。

"不可能，我……"我爹才不是那种人，这句话被木青瓷硬生生地咽了下去。察觉其他三人探究的目光，木青瓷也知道刚才的她太激动了，下意识地吼了出来。调整好心绪，改口道："我不相信以木前辈的为人可以做出这种事。莫姑娘也不知道当年的事，何必妄加言词去诋毁已逝之人。"

莫阑珊眼中意味不明，漫不经心地说道："连无双公子都暗藏美娇娘，还有什么事是不可能的。这是我木家的家事，不劳姑娘费心。"

木青瓷紧握起拳头，故作平静地说道："的确，倒是我多管闲事了。莫庄主也知道莫姑娘真正的身份吗？"

莫阑珊暧昧地笑起，对木青瓷深一语浅一语地说道："阿凉心思缜密，对于一切尽在掌握之中。"

"多谢告知。"木青瓷几乎是咬着牙说出来的，语毕转身就走，也不管几人的眼光。

"青瓷……"

沈夜叹了一口气，一来就得罪了未来娘子的大家姐，不过却也没办法。

苏笙月追上木青瓷，挡在她面前，关心地说道："别任性。"

"你是我什么人，凭什么管我的事。玩够没有，好不好玩。我在你眼里是有多蠢，你才一次又一次来接近我，戏耍我。"嘲讽的话语丝毫没有掩饰，木青瓷现在也是火上心头，"别来缠着我了。"

苏笙月从背后抱住木青瓷，把头埋在她的颈窝，沉声道："你以为我在骗你吗？要知道对于不少男人来说，你是一个诱惑，而我不想撕破你的面具，只有这样你才永永远远的属于我。"

"苏笙月，我们不是一路人，而且……放手。"木青瓷压抑着愤怒，挣脱出苏笙月的怀抱，顺着走廊快步走着。

沈夜来时正好看见这幕，走到苏笙月身边，看着前面的木青瓷安慰地说道："你今天还是不要触霉头为好，看起来被气得不轻。"

"那位木姑娘的问题不是一般多。"

沈夜摊摊手，与苏笙月一同跟在木青瓷的身后。

木青瓷漫无目地走在长廊之上，莫阑珊的一番话让她愤怒不已，莫景凉顺着莫阑珊的举动更让她窝火。木青瓷绝不会相信她的父亲会做出这种事来，莫阑珊这么轻易地说出这番话，对着下一个问她身世的人也说得出来。她绝不允许任何人诋毁她父亲死后的名誉，就算那个人是莫景凉放纵的人也不行。

前方的尽头出现一片绿葱葱的桃林，桃花谢了，叶子长密了。白衣男子清冷如月，静静地看着面前那棵才种下不久的桃树，那人除了是莫景凉还能是谁。

"青瓷。"

木青瓷看着莫景凉，又想起之前莫阑珊说的话，怒上心头，毫不犹豫地给了莫景凉一记耳光，怒声道："你为什么这样对我，你明知道莫阑珊的身份是假的，为什么还要这样对我？知道我的身份，还放纵莫阑珊来诋毁我父亲。你不知道逝者为重吗？"

一起追来的苏笙月和沈夜才是愣了神，停住了脚步看着二人。他们过来时正好看到莫景凉挨了一个耳光，至于木青瓷说了什么，他们没有听到。不过看那情绪激动的样子，两人也没上前去自讨没趣。

挨了一巴掌，莫景凉没其他反应，淡淡说道："你先冷静下来听我说。"

木青瓷有种想哭的感觉，眼泪已经在眼眶里打着转，她冲着莫景凉吼道："怎么冷静，这就是你想要的吗？你明知道莫阑珊是假的，你想在天下人面前为她证明身份，还是让天下人都……"

莫景凉捂住了木青瓷的嘴，不让她继续说下去，镇定地说道："我知道你的意思，相信我，我会给你一个满意的答复。"

木青瓷挣脱开莫景凉，深吸了几口气，瞥了一眼站在一边看好戏的沈夜和苏笙月，冷冷地警告道："最好如此，不然你舍不得莫阑珊，不代表我舍不得她。逼急了我，我什么事都做得出来。"

"有什么事是我们不能知道的吗？"沈夜半调侃半质问道，"还是说我们不值得相信？"

"阿凉你也该让我们知道一个大概。"

莫景凉垂下眼帘，沉沉的声音是苏笙月他们从来没有听过的。"留下她一命，不管发生什么事，我都不希望她死。"

"她？"沈夜疑惑出声，眼神复杂地看了莫景凉一眼，说出答案，"莫阑珊？"

"哼！"木青瓷偏过头冷哼一声。

"此次黄剑现世，天剑说不定即将出世。"瞧着气氛不对，苏笙月转移了话题。

"我好奇会不会又爆出一些被刻意隐藏的秘密。"

"一切都将开始,也会是结束。宁国宝藏这一世一定会出世。"

"说得不错。"沈夜点头,随即补充道,"不过阿凉,你需不需要找大夫看看,这样子怎么出去见人。"

莫景凉的脸上若隐若现的有着几根纤细的红色指印,他不在意地说道:"不要紧。"

"……"

夜深了许久,木青瓷还没睡下,脑海里不停地闪过一个人影。白衣男子俊美飘逸,一套剑法耍得行云流水。突然之间,一个身影又闯入脑海之中,森森寒光刺疼了木青瓷的眼,黑甲面具男人嗜血无情,杀伐果断。同样的剑法,白衣黑甲的身影一丝不差地重合起来,就像是一个人。木青瓷被她的想法惊到,坐起身来,在漆黑的夜里显得格外的单薄。

不掩饰的脚步声响起,敲门声响起,木青瓷警惕起来,"是谁?"

"是我,青瓷。"门外的人轻声应了一声。

对于大半夜不请自来的苏笙月,木青瓷并不想见他,随意说道:"我睡下了,有事明日再说。"

"好。"门外的苏笙月深深地看了一眼木青瓷的屋子,转身走开。

良久都没听见声,木青瓷这才下了床开门,没想到撞了苏笙月一个满怀,抬起头盯着背对着月光的苏笙月问:"你怎么还没走?"

"我知道你会给我开门。"

第五十章

厚厚的云遮住了月亮,月光一下子没了,天黑了下来。

苏笙月越过木青瓷进了屋,摸出火折子,点燃桌上的蜡烛。"怎么不点灯?"

烛光照亮了屋子,木青瓷关上门,对着一派夜游赏花好惬意模样的苏笙月道:"大半夜的你怎么会来我这里?不要跟我说是月色太好,睡不着出来赏月,不知不觉就走到我这里来了。"

"看来只有你最了解我。"

木青瓷眼皮直跳,压抑着怒气道:"别耍我。"

苏笙月上前,惬意地说道:"我的确是睡不着起来赏月,走着就想起了一些事,决定要找你证实一下。"

"什么事值得你这时候来?"

苏笙月又走近一步，靠近木青瓷，低下头在她的耳边说道："你其实姓木吧。"

木青瓷退了两步，惊疑不定地看着苏笙月，勉强地说道："你说的我不明白。"

"不明白吗？"

木青瓷第一次觉得原来一个人也可以很有压迫力，她心虚地后退着，直到退无可退，"你想要套我的话吗？"

"不算套话，我知道是你就行了。"苏笙月贴近木青瓷，低着头在昏黄的烛光中看着她，语气无奈且落寞："我要怎么做你才能相信我是真心的。"

木青瓷抿紧了唇，一言也不发，她与苏笙月就此陷入沉默，气氛格外的沉重。

"罢了，终究是强求不来的。"苏笙月抓着木青瓷的肩膀，叹了一口气道，"你可知，天高地广，都不如缘来得奇妙。佛讲因果，最信缘，前生今世抑或是轮回一世，我也信我与你不会缘尽。不管你信不信我，我都不会怀疑你。"语毕，苏笙月无力地放开了木青瓷。

"我并不可怜。你若说可恨，我或许还能接受。"木青瓷拉住欲走的苏笙月的衣角，压低着声音，"你从不曾了解我，又何谈相信我。我不问青红皂白地杀过很多人，其中可怜人大有人在。江湖并不美好。"

木青瓷仰起头，一双眸子清亮无比，比那夜中的繁星还要美，让人忘不了。"我不止一次地想过如果我是一个普通的女子会怎么样？或许我现在住在烟雨微朦的小镇水乡，青砖白墙，门前还有一棵凤凰树。每到开花时节，一地的繁花。那时候我可以一心梦着俊俏儿郎，羞红着脸与他走在青石道上。也有可能是个下着小雨的天，撑一把油纸伞漫步在河堤，感叹着春柳夏荷。"

突然冷笑起来，木青瓷松开抓着苏笙月衣角的那只手，沉默了一小会儿，激动地说道："这仅仅是个梦，现实是无情的，江湖是残酷的。常年处于江湖之中，有了那些错综复杂的关系，你以为我逃得了吗？我从不奢求不可能得到的东西，人一旦满足于现状，就会滋生更多的欲望。得不到会嫉妒，得到了总会失去，不如从不去想，做一个无情的人也许会过得更好，至少不会再贪恋并不属于谁的那丝温暖。"

"那将不会是梦。"

"是吗？"木青瓷敷衍出声，语气中尽是不信。

"看着我。"苏笙月强行扳过木青瓷的头，让她面对着他。看着那双眼睛，苏笙月冒出一种说不出道不明的情绪，稳了稳心神，"为什么不哭？你的伪装不是坚强，哭出来。"

"哭有什么用。"木青瓷抬眸对上苏笙月质问的眼神道，"眼泪是弱者才有的东西，只有无用之人才会借眼泪发泄。"话虽是这么说不错，可木青瓷的眼里却有着晶莹。

苏笙月抚上木青瓷的脸，慢慢低下头道："我希望有一天，你能真正做自己，而不是戴着面具，披上伪装的青瓷。"

"我……"

苏笙月缓缓移近木青瓷，在她不可置信的眼光中，吻上那微张的唇，封住她未出口的话。

温热的触碰，带了丝丝茶香，由浅到深的吻并不生涩，一点一点地深入她口间，那样的温柔，就像三月春风一般清爽。罕见的，木青瓷并没有拒绝苏笙月，伸手勾上苏笙月的脖颈，也许是拒绝不了。

唇齿交缠间，鼻间传来淡淡的发香，那是木青瓷身上惯有的茉莉花香。那种若有若无的冷香，让苏笙月一辈子也忘不了，就像直到最后他依旧无法忘掉木青瓷一样。那冷香就好似毒，已经深入他的骨髓。

"师父，唤徒儿来有何吩咐？"俊朗的男人手持着一把白玉折扇，语气平淡，对着座上的须发全白的老人恭敬地说道。如果有人在这里，一定会认出座上的老人是当初武林大会上的诸葛老人。

诸葛老人手抚着放在桌上的剑匣，自嘲地说道："陪伴了一辈子的老伙计，现在你可以重见天日了。那个老不死的暗中筹划了这么多年，现在让黄剑现世，无非是逼我送出天剑。"头也不抬，深深地看着剑匣，"宴儿，这次的事你打算怎么办？"

俊朗的男子勾起一笑，"一概不参与。只是宁国宝藏必须出世。"

诸葛老人摆正了身体，拉长了声音道："看来你已经有合适的人选。"

男子展开白玉折扇，胸有成竹地保证："还请师父放心，她是最合适的人。除了她，没人再与我如此志同道合。"俊朗男子用折扇指着桌上的剑匣，眼角上扬，有些期待。

得到徒弟信誓旦旦地保证，诸葛老人也放下了心，"去吧，让天下人知道真正的盛宴已经开始，谁都无法逃离命中的棋局。"

"家主？"黑衣人跪在地上，恭敬地说道。

莫旭背对着黑衣人，脸色冰冷，毫不带感情地吩咐道："找机会解决莫阑珊，我不想再见到她。"

"为何不让莫无争动手，由他出手，成功的概率更大。"

莫旭冷哼一声，眼中满是杀意，"我怕他下不了手。趁此机会斩草除根，越快越好。"

"公子那边？"

"我自会处理。如果莫阑珊还活着，你就不必回来了。"

"属下遵命。"

"你退下吧。"

莫旭收起眼里的杀意，看着桌上的那封信，低声自语："本可以饶你一命，可你千不该万不该废了我儿子一双腿。"

金碧辉煌的宫殿之中，一名保养得当的女人依靠在榻上，阖眸假寐，眉间闲愁，眼角缓缓滑出一滴清泪，可以想象她在睡梦中有多不好的情绪。这人不是其他人，正是当朝的太皇太后。

一名穿着宽大黑袍的男人从暗处走出来，只见他拉下遮住脸的兜帽，露出一张苍老的脸。他从一边拿过厚实的披风，轻手轻脚地盖在太皇太后身上，眼中有着深深的情意，低声细语道:"小虞你一点没变,可我已经老了。要不了多久,你就会愿意见我的,主动见我。"

临近夏日的夜总是很短暂,第二日的清晨稍微有些冷。群雄会聚,谁会在意这一点。

莫阑珊站在莫景凉身边,笑容浅浅,看着甚似温柔,不像是会放出狂话之人,所以才说人不可貌相。

莫旭领着莫静岚径直地走向高台之上的座位,走过莫景凉身边时一如既往地冷哼一声,一眼也不瞧他。反是莫静岚凑到莫景凉身边,低声说道:"别理老头子,他最近吃了火药。对了,冰熙在哪儿?怎么也不见无争,该不会出事了吧?"

"他们有任务在身,不在倾月山庄。"

莫静岚撇嘴,她才不相信莫景凉的话,反正就算有什么事,也没人会告诉她。算了,她就是来凑热闹的。

虽然时候还早,但是比武台周围也没了空余的桌椅,内外都被人围了起来。锦懿卿挑着眉,扫过全场,最后把目光落到了莫阑珊的身上,"今日天下群雄齐聚倾月山庄,为的就是莫姑娘所说之事,可否请姑娘告知。"

被点到名的莫阑珊也不惧,站出来大声说道:"相信诸位也听过小女的身世,也不便再说。"

"想不到木家也是藏污纳垢之地,可怜木建程死后还要被自家人毁了一世英明。好笑好笑。"

木青瓷握紧了拳头,恨不得马上跳出去一刀杀了那个污蔑木家,诋毁她父亲的人。

苏笙月拉住木青瓷,摇摇头示意她不要轻举妄动,"看看情况再说,出声的人逃不了,你少安毋躁。"

木青瓷冷哼一声,但还是听了苏笙月的话,按兵不动。

锦懿卿看向萧晨安,有意打趣道:"莫姑娘的身世倒也坎坷,萧兄以为如何?暗藏美人之事实数平常,在场众位也有过不少。英雄年少,亦有轻狂之时,美人相伴亦属正常,大可不必在意。再者,逝者已矣,无须再提。"

事情都扯到了自己头上,萧晨安岂有不说话之理?只道:"我等外人并无资格多言多语,年少轻狂任谁人都有过,在意又有何用?"

"说得好。不愧是萧兄,人生自在风流。"

景家的人冷哼一声,没什么好脸色,冷冷出声:"莫姑娘不如拿出黄剑让众人一辨真假,否则可站不住脚。"

"那是景安儿的族叔,听说萧晨安金屋藏娇,抛弃了景安儿。景家丢了面子,对萧晨安恨得牙痒痒。"

"可不是吗?一直以为是个乘龙快婿,结果却被狠狠打脸。"

景家族叔的手重重拍在桌子上,发出巨大的声响,扫过人群,缓缓道:"莫姑娘请。"

"自然。"莫阑珊拿出早已经准备好的黄剑,走到比武台之上,让众人一观。剑鞘上有着淡淡的花纹，不同于玄剑上的九龙。黄剑上勾勒的是一个简单的人形，给人高高在上，君临天下的感觉。缓缓抽出剑身，森冷剑光闪耀。

"黄剑！"

不少人都激动了起来，忍不住出声："玄剑、黄剑、地剑都出世了，是不是天剑马上也要出世了？"

"若是不信真假，黄剑可以交由众位前辈一辨。"

"莫姑娘如此自信，也不用我等来验真假。姑娘之前所说，是隐家囚禁了你，而黄剑也是从隐家得来？"

"正是。本来小女以为是侥幸逃脱隐家牢笼，现在想来也是大意了。轻松得到黄剑，逃离隐家不如说是隐家有意为之，不然小女如何得以逃脱。"

"好一个隐家，不过是跳梁小丑，叛逆之人罢了。"说话的是宁家一位须发全白的仆从。

这一出声引来了众人的目光，只见宁夜澜事不关己地饮着酒，那宁家老仆满脸冰冷，再不说一句话。

第五十一章

莫阑珊收起眼底深处的阴霾，想了想道："我猜是为了传说中的宁国宝藏。被囚禁时，我曾经听过隐家的人说起宁国守护者，木家便是当年八位守护者之一的后人，当然还有叶家。小女猜测隐家的目的是想逼出剩下的守护者后人，重现宁国遗藏。"

"敢问姑娘可知是哪八位？"

"小女并不知是哪些人，只知姓氏罢了。沧海桑田，一脉相传过了数百年，谁也不知是真是假。"莫阑珊微微弯起嘴角，顿了顿道，"宁、苏、莫、沈、景、萧、木、叶共八姓，为最初的宁国守护者。"

"是他们？沈莫苏宁景木叶萧，当年的八大世家。"所有人通通把目光停留在苏笙月、莫景凉等人身上。

苏笙月皮笑肉不笑地出声："莫姑娘可知叶家后人是否还在？"

莫阑珊扬起眉梢，故作伤悲道："叶家绝灭，无人留下。"

"叶家后人绝灭？"宁夜澜冷笑起来，"宁家倒有一人还在，叶兮你是何人？"

叶兮单膝跪地，机械地回答道："回主上，属下叶兮。"

"你是何人？"

"属下叶兮，叶家家主叶如霖独女，母为木家夫人亲妹乔简珠。"

宁夜澜似笑非笑，接着说道："你在宁家多少年了？"

"十年。"叶兮不急不缓地道出原委，"自灭门后，属下流落街头，幸得主上收留，才得以有如今。"

宁夜澜面无表情地盯着莫阑珊，平静地说道："上去认一认，她到底是木家人还是隐家人。"

"属下遵命。"叶兮站起身来，飞身到比武台上，看不清她面具下的表情。"莫姑娘，你假冒木家人，以黄剑为饵，想要搅浑江湖，为隐家出世大肆宣传，可谓煞费苦心。"

莫阑珊眼神冰冷，装作不解地问道："你身为暗影阁杀手，便可自封为叶家后人，你说我是隐家的人，难不成我说的不是真话，连黄剑都是假的？"

"木家庶女身份为假，黄剑为真。"话音还没有落下，叶兮就快速拔剑刺向莫阑珊，脚下一个横踢。

莫阑珊到底也不是花架子，闪身后退至比武台边缘，停稳脚步，忽然笑道："当着天下英雄的面，你也做得出杀人灭口之事吗？"

"算不上杀人灭口，倒不如说是杀鸡儆猴。"叶兮的眼神越发冰冷，像看猎物一样看着莫阑珊，"我的意思你比谁都清楚，隐家护法莫阑珊。"

"想强安个罪名给我，只可惜在倾月山庄还由不得你动我。"莫阑珊迅速从袖子里摸出几枚铜钱镖，掷向叶兮。

叶兮执剑挡住飞镖时，莫阑珊嘴角勾起一笑，从腰间抽出软剑直刺向叶兮面部要害。叶兮一个旋身，反手一挡，发出金石碰撞之声。两人同时退开，隔出一段距离。

"暗影阁的天字杀手也不过如此，想杀我还不够格。"

"杀你又如何？"

话音刚落下，木青瓷抽出剑来，飞身到比武台上，气势汹汹地一剑劈向莫阑珊。木青瓷的速度很快，莫阑珊来不及反应，用剑横挡在胸前，这一剑的力气之大是莫阑珊没有想到的，费力地挡住木青瓷那一剑。木青瓷动作很快，根本没有给莫阑珊反应的时间，一脚狠狠地踢在莫阑珊的腹部，莫阑珊本就在比武台边缘，因受那一脚的冲击力直接倒飞在地上。

木青瓷剑指着莫阑珊，杀意毫不掩饰，阴冷地说道："谁派你来的？"

莫阑珊用手捂着剧痛的腹部，立起剑半撑起身体，冷哼一声："别以为我不知道你是谁。"

木青瓷扭起秀眉，威胁地说道："我没时间跟你兜圈子。"久久没有得到回答，木青瓷脸色更青了一分，不耐烦地说道："我给你一个机会，是你带我去，还是杀了你我自己去？"

"你果然是恼羞成怒。"莫阑珊站起身来，退到莫静岚身边，突然大笑起来。

"你笑什么？"

莫阑珊回头看了一眼莫景凉，又看了一眼苏笙月，最后可悲地看着木青瓷道："我笑你可怜。"

"同时得到了阿凉和苏公子的青睐，不过是故意接近利用你罢了。"咳嗽了一声，莫阑珊继续说道，丝毫不给他人说话的机会。"我记得有一位大人物说过你。说你秋水为骨玉为肌，青丝万缕桃花面，明眸皓齿朱唇扬。病弱胜西子，妖娆比朱姬，恍如九重天上神仙妃子，其风姿说凌波仙子也不为过，是当世乃至近百年来的第一美人。初见你时，我只觉你普通不起眼，不过那位大人也不会无事骗我玩，我并没有那种价值，值得那位大人费心思。所以我在想……"莫阑珊刻意地大笑起来，阴阳怪气地说道："你的脸是被毁了，还是易了容不敢见人，小偷影盗姑娘。"

萧晨安盯着木青瓷，自语道："原来是影盗，怪不得无人可知她的来历。"

"江湖上人称没有偷不到东西的影盗，原来是个女流之辈。怪不得能拿出玄剑，多半是偷来的。"

"说她比仙女还美，是真的假的？"

"我倒是希望她是易容，当世第一美人，让我们看看也好。"

木青瓷气得全身都在颤抖，握着剑的手也越发用力，指节发白。"什么大人物说我，你少跟我胡说八道。你以为编出一个故事来，就会有人相信你吗？"

"你以为我在跟你胡扯吗？别天真了，你早就过了天真的年纪了，不然也不会亲手杀了那个傀儡师。"

吵闹的人群，偶尔传来的几声鸟鸣，被她亲手杀了的男人不难知是谁，伴随着那几声鸟鸣，木青瓷的脑海里浮现一张酷似男孩的男人的脸，是岳洛。"说够了吗？"

莫阑珊虽是笑着，但是防备之心却不曾放松一下，"恼羞成怒了。"

锦懿卿把玩着手里的茶杯，垂眸深思，想着友人何时能赶到，不然这出好戏就要结束了，也可能是真正的高潮就要来了。

冷冰熙赶到的时间也合适，她一进倾月山庄，毫不犹豫地跑向比武台。凭借着娇小的身子，冷冰熙挤进人群里面去，一抬头便大喊道："公子小心。"

这一声吸引了所有人的目光，莫静岚高兴地喊道："冰熙！"

冷冰熙瞧见莫静岚身边的莫阑珊，瞬间变了脸色，大声提醒道："静岚姐快跑，危险。"

可惜莫阑珊不是瞎子，更不是聋子，在冷冰熙话还没有说完之时，就迅速下手掐住莫静岚的脖颈。

待到众人反应过来时，莫阑珊已经挟持着莫静岚往门边退，对着众人威胁道："别过来，不然我杀了她。"恶狠狠地看着冷冰熙，"小丫头算你命大，竟然还没死。"

莫旭一拍桌子，站起来道："莫阑珊还不快放了我女儿！不然你今天走不出倾月山庄的大门。"

"大家姐你在干什么，快放开我。"

"老爷你可要息怒，放了岚儿，我才是根本走不出倾月山庄的大门。"莫阑珊偏头扫视着慢慢靠上前来的沈夜等人，加重了手劲，弄得莫静岚一阵咳嗽。"沈公子可别再上前，我怕我会吓到，一不小心扭断岚儿的脖子。"

莫景凉面色平静，失望地说道："为什么这样做？"

冷冰熙接过话，激动地说道："公子，大家姐是隐家的人，她在后山跟人谈话时被我撞见，他们要借黄剑出世对你下手。我被发现后一路逃跑，最后摔下悬崖，幸好得九王爷和叶阁主相救。而且……"

"无须隐瞒。"

"公子你的腿不是别人废的，是大家姐亲手废的。我都想起来了。"

冷冰熙低着头，咬着嘴唇，泣声道："那天静岚姐说捉迷藏，我躲在屋子里的柜子里睡着了。醒来时，我听见响声动也不敢动，从柜子的缝隙中偷偷看，那些护卫都被杀了。直到公子回来，被人打晕，大家姐就出现，然后……"冷冰熙呜咽地哭起来，自从记忆恢复之后，她时常会想起当时的情景，那种无助与害怕又浮现在心头。

莫景凉的脸色变了又变，放在腿上的双手微微有些颤抖，说是不愿相信也不为过，毕竟莫阑珊是曾经陪在他身边的人。真相来得太快，让人接受不了。

莫静岚一脸不可置信，她偏头质问道："你为什么这么做？我们莫家没有对不起你的地方。"

"这不是明摆着吗？我是隐家的人，你们对我很好，我也尽心尽力照顾你们，那段时光真的很美好。"话锋一转，语气凌厉，"只可惜对于我来说，比命还重要的人不是你们。"莫阑珊也没为自己辩解，毫不顾及众人的眼光，娇笑道："其实阿凉你要感激我，如果不是我废了你的腿，估计在那一日你就死了。毕竟习远可是一向信奉斩草除根的，如若不是我拦着，你怎么会只失去两条腿，说不定连命都没了。说到底，陪伴你这么久，我还是不忍心要你的命。"

"强词夺理。"莫旭大怒，冷声呵斥，"狼子野心，也怪老夫当时看走了眼，竟带你回了莫家。"

莫阑珊如果不是挟持着莫静岚，一定会掩嘴轻笑，只听她话时轻时重："老爷哪里会看走了眼，当年要不是我下手快，可能早在暗中被你杀了。我也不过是在你动手除掉我之前，先脱身罢了。老爷明察秋毫，一早就发现我是奸细，一直默不作声，派人暗中监视我，想看看我是何人派来的。如果不是阿凉与我感情深厚，你不方便动手，我哪里活得到今日。只是没想到老爷爱子心切，竟没把我这些事告诉阿凉。"

围观的众人也算知道当年莫家被人寻仇上门的真相原来是这样了。

"往天上放了它。"莫阑珊拿出一个响箭给莫静岚道。

艰难地放了响箭，白日的天空发出一声响声。莫阑珊瞥了一眼近在咫尺的大门笑道："我们来说说宁国宝藏，八位守护者就不需要我一一揭破了吧。家主希望跟各位合作，一起开启宁国宝藏。为此，隐家可以公布所有关于宝藏的消息。不知道各位是否愿意？"

"你以为你还有谈条件的资格吗？"

"什么意思？"

"你不够资格。"

第五十二章

说时迟那时快,一块石头突然打向莫阑珊的手,疼痛感使莫阑珊放开了莫静岚。同时一个人一剑劈向莫阑珊,脚下齐动,攻她下门。

沈夜则迅速上前,一把把莫静岚拉在怀里,搂着她的腰退到众人处,关心地问道:"没事吧?"

"没事。"莫静岚咳嗽两声,顺势靠在沈夜身上,伸手揉了揉脖子。

莫阑珊不是那人的对手,她被那人踢在肩膀,摔了出去,半撑起身子,睁大眼睛难以置信地看着用剑指着她的莫无争道:"无争?怎么会是你,你不是下山去了吗?还是说你一开始就在骗我。"

莫无争的眼神深处有着失望,依旧一丝不苟地说道:"从你第一天到倾月山庄,公子就怀疑你的目的。你与人暗中见面的事公子一直都知道,只不过没点破。冰熙出事后,公子借口让我下山寻冰熙,其实我一直暗中躲在倾月山庄,就是为了预防此类事情的发生。"

莫阑珊瞬间明白了,回头深深地看着莫景凉,低声道:"想不到是我自作聪明,居然忘了你不再是要我照顾的少年。也罢,胜者为王,败者为寇,今日是我输了。只是你为何要等到今日才动手?"

莫景凉垂下眼,又抬眸带着遗憾说道:"只是想给你一个重新来过的机会。"

"可惜让你白费心思了。"

这让众人很惊讶,原来从一开始莫景凉就布好了局,怪不得莫阑珊闹得这么大,他也不多说什么,其实是早有应对之法。

"这个女人戏耍天下英雄,杀了她以示惩戒。"

"想杀我没那么容易。"

莫景凉垂下眼,他淡淡说道:"大家姐永远留在倾月山庄。"

"想要把我囚禁在倾月山庄吗?阿凉,你了解我,废了我的武功,关在倾月山庄,还不如一刀杀了我。"

一阵乐声响起,在众人的眼光中,一个黑甲面具男人突然出现,手拿着长剑,一句话也不说,直接朝着莫无争而去,站在莫阑珊身边,不惧任何人,强势得有些过分。

莫阑珊露出了欣喜之色,她快速站到黑甲面具男人身边,温柔地说道:"你来了。"

"无争退下。"

莫无争眼神复杂地看着黑甲面具男人，回身朝莫景凉身边走去。

所有人中，除了木青瓷眼里有着激动之外，也只有萧晨安嘴角弯起了一缕笑。

黑甲男人看了莫阑珊一眼，把她推向门边，他一人持剑面对着群雄。

换了往常莫阑珊一定不会犹豫，抽身离开，只是今日却不一样。黑甲面具男人的武功虽高，在场的人也不是软脚虾。"你不走，我也不走。"

莫阑珊知道习远一定在附近，只是奢望他来救场不如想着神仙来救命更实际。

"好一对鸳鸯，真叫人羡慕。"

木青瓷早就按捺不住，想要知道个清楚。只见她飞速朝黑甲面具男人而去，一剑刺向他的面门。黑甲面具男人一把推开莫阑珊，只身迎了上去，挡住木青瓷的攻击。木青瓷没有退缩，一个箭步上前，左手从腰间摸出十多枚灭魂针，扔向黑甲面具男人，执剑劈向他的要害。黑甲面具男人用剑挡过那些灭魂针，一个翻身躲过那一剑，一脚踢向木青瓷握剑的手，长剑掉落在地上。

"叶兮。"宁夜澜的神色不同于之前，也郑重起来，不过依旧冰冷不近人情。

叶兮知道宁夜澜的意思，冲着黑甲面具男人而去，挡下本该是木青瓷受的那一剑，与他战了起来。

木青瓷退到一边，扔掉长剑，拿出她惯用的长刀，一步一步地接近黑甲面具男人。而此时，莫阑珊随意地夺过一把剑，站在大门边，警惕地看着众人，以防有人突然袭击。

黑甲面具男人下手狠厉，动作很快，叶兮只得躲闪，她的目的是引开那人的注意力，并且试探他的武功。尽管知道是螳臂挡车，但是宁夜澜的命令，她说什么也会毫不犹豫地冲上去。如此拼命，也不过是想要证明给宁夜澜看，她才是对他最忠心的人，会是他最锋利的一柄刀。

木青瓷最擅长用的武器不是剑，而是长刀。细长的刀刃，对于她来说才是杀人的利器。趁黑甲面具男人的注意力在叶兮身上时，木青瓷突然劈出那一刀，想要毁了那个面具，看一看那个黑甲男人到底是不是她记忆中的那个人。

黑甲面具男人不再跟叶兮纠缠，直接迎上木青瓷。可是叶兮也不会放过这个绝佳的机会，不怕死地冲上前，一剑砍向黑甲面具男人的手臂。黑甲面具男人一个箭步，只手折断叶兮的剑，把叶兮打了出去。一个旋身躲过木青瓷那一刀，一脚踢在木青瓷握在刀柄上的手，长刀倒飞了出去。黑甲面具男人又继续攻去，本以为没了长刀的木青瓷会躲开，谁知木青瓷不但没有躲，反而一鼓作气冲了上去，伸手抓向那人的面具。黑甲面具男人看着木青瓷，一瞬间有些恍惚，反给了木青瓷机会，一个大跨步上前扯下黑甲面具男人的面具，露出一张木青瓷无比熟悉而又陌生的脸。

"是他！"

莫旭也睁大了眼睛，不敢相信地说道："竟然是他！"

其实不只是苏箪和莫旭两人如此失态，在场不少的老辈皆是目瞪口呆，难以置信地看着那个黑甲男人，基本上都说着同样的话：是他，竟然是他！不可能的，怎么会是他，怎么可能？当然这些话让在场绝大多数的人感觉莫名其妙，更别说其他的人了。

宁夜澜也正色起来，看着黑甲男人，又看了一眼还在发愣的木青瓷，阴沉地说道："原来如此。"

萧晨安眼角带笑，低声自语道："真正的好戏这才开始，千万别让人失望。"

"不可能的，一定是我的幻觉。"这样说着，叶兮却大声地哭了出来，不由让人猜测那是谁？

莫静岚眼里闪着好奇的光芒，朝沈夜问道："他是谁？怎么一个个的都是一句话。"

沈夜好笑地看着莫静岚，看了一眼那人俊美的面容道："可能他是一个无法超越的传奇。"

"什么意思？"

莫静岚不解地问出声，可惜沈夜没再回答她。

木青瓷看着面前面容俊美胜潘安的黑甲男人，往日的情景又浮现在眼前，鼻子一酸，眼前起了一层水雾。

莫阑珊忽然反应过来，大叫道："玄哥哥！"

"青瓷，小心。"苏笙月察觉到危险，大声提醒着，可惜已经迟了。

早在莫阑珊那一声叫出口时，黑甲男人就动了，一把掐住木青瓷的脖子，把她提了起来。

木青瓷的眼泪流了下来，滚烫的泪落在黑甲男人修长的手上，她泣声哽咽说道："是我，是我呀，我是青瓷。"

泪水不停地流下来，滴在黑甲男人的手上，那恳切的眼神是无比的真诚。可黑甲男人手上用力也越来越大，木青瓷艰难地说道："是我呀……是我。求你想起来好不好，你说过……咳咳……忘记谁……都不会……忘记我的……想起来呀，想起来。"

黑甲男人面容冷酷，眼神里却有犹豫，他的头开始疼了起来。一把把木青瓷扔了出去，双手抱着头，嘴里发出类似野兽受伤时的嘶吼声。

莫阑珊快速跑到黑甲男人身边，拉住他的手臂，关心地说道："玄哥哥，没事的，我带你走。"然后抬头看着众人，恶狠狠道："习远你给我滚出来，看戏看够了吗？再不出来，误了隐家出世，我要你的命。"

木青瓷摸着脖子，咳嗽了几声，一脸担心地看着黑甲男人，正准备起身朝他而去，就被走到她身边的苏笙月拉住，苏笙月摇摇头道："他气息紊乱，不能靠近，否则受伤的只会是你。"

黑甲男人拿着剑一步一步地逼近木青瓷，剑指着她，一手还捂着头，表情很痛苦，但迟迟没有动手。

木青瓷深深地看了一眼扶起她的苏笙月，又看向黑甲男人，情深意切地说道："你说过会照顾我一辈子的，不管我变老，还是变丑。你都不会抛弃我，你都会一生一世陪在我身边，包容着任性的我。你答应过我，怎么可以忘记我，你怎么可以？"

黑甲男人似乎在努力回想着什么，脸上的表情很痛苦，低声嘶吼着。

"桃之夭夭，灼灼其华。你说过你不会忘记我的，你说过要一辈子保护我的。"木青瓷甩开了苏笙月的手，颤颤巍巍地朝痛苦的黑甲男人走去，泪水打湿了脸庞，失声力竭地大声说着，本来就普通的脸更显得难看，与俊美的黑甲男人形成对比。"我是青瓷，我是青瓷啊，清玄哥哥。"

黑甲男人听见这句话，更是大吼起来，面色转变不定，更是把拉着他的莫阑珊给甩了出去，罕见地开口说话："我是谁？我是谁？我是谁？"

木青瓷心一揪，大喊道："你忘了吗？你都忘了吗？想起来呀木清玄。"

因为木青瓷说出的这个名字，众人一阵沸腾。木清玄是谁？是当年闻名江湖的青年才俊，不仅容貌俊美少有人能比，更是武功高强，才华横溢，是当世第一俊杰。一人独破武林大会何人不知、何人不晓。更何况木清玄是木家嫡出的长子，不同于莫阑珊那个冒牌货，是货真价实，众人都知道的人。

黑甲男人明显是对木青瓷说的话有感，脑海里时而闪过一些画面，他痛苦地说道："木清玄是谁？木清玄，木清玄……"

莫阑珊想要靠近黑甲男人又不得靠近，心疼地看着他，带着哭腔说道："玄哥哥不要想了，不要去想了。"

叶兮也站起来，擦掉眼泪，她已经从木清玄还活着的震撼中醒来，轻声唤道："清玄哥哥是你吗？清玄哥哥。"

被叫作木清玄的黑甲男人，眼神时而晦暗，时而冰冷无情，他不停地自语道："木清玄，木清玄……"突然他像想起来什么似的，捂着头着急地说道："青瓷，青瓷……对不起……青瓷……"

木青瓷毫不顾及别人的眼光，大声哭起来："是我呀，我是青瓷，你看看我。木清玄，你睁大眼睛看看我，我是青瓷，木青瓷。"

最后这一声，像一把利刃插进木清玄的身上，脑海里不停地闪过当年的记忆，那个一口一个哥哥的小女童。

"哥哥……哥哥……哥哥不要呀……哥哥……哥哥……"稚嫩的童声在脑海里回荡，还有那个小女孩哭泣的面容，莫名的让他揪心。

"我也要学剑法，哥哥你教我好不好？"依旧是那个小女童，摇着一个面容模糊的白衣男子的手臂，撒娇地请求道。

白衣男子蹲下身，温柔地摸摸小女童的头发，柔声说道："等你长大，哥哥再教你。"

"嗯！哥哥拉钩。"

"好，拉钩。"

"娘说她在嫁给爹爹之前是住在江南，住的屋子边种有一棵凤凰花树，一到凤凰花开的日子，火红的花藏在树中，好漂亮。哥哥，我也要去江南……好想看看娘亲说的凤凰花。"

又是那个面容模糊的男子，他亲昵地刮了一下那个女童的鼻尖，"好，不过现在已经过了凤凰花开放的日子，下次凤凰花开时哥哥再带你去。"

"好可惜。"小女童瘪着嘴,绞了绞手帕。

"下次找个春暖花开的日子,哥哥再陪青瓷一起去好不好?"白衣男子蹲下身刮了刮小女童的鼻子。

"嗯!要桃花开放的日子。"

第五十三章

木清玄的眼神逐渐清明,他放下捂着头的手,笔直地站在木青瓷的面前,满脸茫然地道:"青瓷是你吗?"

木青瓷拼命地点头,眼泪更是止不住,"是我……"

莫阑珊紧紧地拉住木清玄,哀求地说道:"告诉我,你还是我的玄哥哥。"

木清玄淡漠地看了一眼莫阑珊,抽出手臂,一句话也没有说,朝着木青瓷走去。

莫阑珊无力地跌坐在地,眼神空洞,眼泪就这样流下来。

司琰自语道:"木青瓷?木清玄?"

坐在司琰旁边的锦懿卿摇了摇扇子,轻笑道:"原来真正的木家遗孤一直就在我们身边,兄妹相认真是一个不错的话题,你说是吗?"

司琰瞥了锦懿卿一眼,收回了视线,又落在了冷冰熙的身上。

木清玄把手搭在木青瓷的肩膀上。在众人的眼光中,以为木清玄会认亲,可惜让他们失望了。木清玄撕破木青瓷右肩的衣裳,露出雪白的香肩,还有肩背上那朵吸引眼光的红色荼蘼。

在木青瓷诧异又明白了的目光中,木清玄伸手抚摸着她右肩背上的荼蘼花文身,温柔地说道:"青瓷对不起,原谅哥哥没有先找到你。"

木青瓷听着木清玄的话,顿时泪如雨下。她不是爱哭的人,只是这一刻,她再也忍不住,想要宣泄她的情感。她扑进木清玄怀里,放声大哭:"哥哥……我好怕你忘了我。我一直在赌,赌那个人是你。"

此时叶兮扯下面具,露出一张秀丽的脸。她并不能算是大美女,但长得很秀丽。只见叶兮捂住嘴,小心地问道:"清玄表哥,你还记得我吗?"

木清玄放开木青瓷,打量着面前满脸泪痕的秀丽女子,不确定地回答道:"是小兮吗?"顿了顿,又补充道:"叶兮。"

叶兮猛地点着头,嘴角弯起,挂着满足的笑意,"是我,清玄哥哥。"说着叶兮又哭了起来,这泪不是故意哭出来的,而是她真的想哭。在经历十年的孤苦,在生与死之间徘徊之后,能再次见到一个亲人，对于她来说是那么的欣慰与感激。

木清玄走近叶兮，轻轻拍了拍她的肩头，欣慰地笑道："幸好你还活着，不然真不知道该如何是好。当年没救出乖巧可人的小兮。"

"清玄哥哥……"叶兮心中一暖，已经很久没有人会关心她的生死。哪怕少年老成，冷酷无情，可她心底始终有一块柔软的地方，那是她不曾丢下的少女心。鼻子又是一酸，眼里也泛起一层水雾，和之前带有心机的哭泣并不一样。

莫阑珊低垂着头，眼神也越来越狠厉。她忽然抓起丢在地上的剑，冲向木青瓷，想要置她于死地。

"小心。"

木清玄眼疾手快，抓住莫阑珊拿着剑的手，一把打掉，冷冷看着她。

哐啷一声，莫阑珊看着木清玄冰冷的眼神，眼里不停地冒出泪水，啜泣道："为什么？为什么要这样对我？"

木清玄带有歉疚，却理所当然地说道："她是我妹妹，是这个世上对我来说比命更重要的人。只要有我在，我不会允许任何人伤害她。谁也不行。你走吧。"

木青瓷抬起长刀，指着莫阑珊，愤怒地说道："不能放过她，她诋毁父亲，差点毁我木家在江湖上数十年的名声。"

木清玄挡在莫阑珊面前，"她这么做都是为了我，让她走。"

木青瓷愤愤不平地收起长刀，冷哼了一声。不管她在外人面前表现得如何不近人情，怎样成熟稳重，下手狠厉，她到底是个喜欢跟哥哥撒娇的小女孩，是个没长大的孩子。有意无意地看了一眼叶兮，从她的眼中并没看出其他东西来，木青瓷也不在意，叶兮本来就是一个善于隐藏的人，像她母亲。

"你走吧，我木家与你之事一笔勾销。"

"玄哥哥，你不要我了吗？我们在一起十年，除了你，我什么都没有了，除了你，我什么都不要。"莫阑珊摇着头，她放下了所有姿态，祈求道，"我可以离开隐家。为了你我什么都不要。"

"你走吧。"

莫阑珊突然笑起来："我不会走的，除非你亲手杀了我。就算是死，我也要死在你手里，没了你回隐家还有意思吗？"

"随你。"木清玄依旧冷漠，又像是想起了什么，转身看向木青瓷，语气淡淡，"这张脸不是你的，以后也别用了。若是当年没出事，如今也不会让你不敢以真面目见人。哥哥对不起你，没有照顾好你。"

"我只希望会一辈子伴在哥哥身边。"

木清玄无奈地摇摇头道："傻丫头。"眼神坚定了起来，"不管如何，哥哥会为你扫除一切障碍，哪怕是与天下人为敌。"

忽然又是一阵乐声响起，木清玄捂着头，忍受痛苦地说道："他们来了。"又推开木青瓷，站直了身体，双手紧握成拳头，运着内力抵御着。乐声越来越急，也越来越近，木清玄也越来越痛苦，他一手抵着额头，短短一刹那，一根细如牛毛的针从木清玄的后脑飞了出来，掉在地上。

"哥哥……"

"玄哥哥……"

"清玄哥哥……"

苏箏惊道："有人在他脑中种有特制的金针，借此控制他。"

就在这说话间，木清玄又逼出三根金针来，不禁让人感叹好深厚的内力。

萧晨安静静地看着木清玄，手不停地摩挲着右手大拇指上的翡翠玉扳指。这张牌被拿出来，他早早就猜到了。却没想到木清玄会恢复记忆，按说以隐家家主的谨慎与手段，自然不会出这种纰漏，难不成其中有问题？

才不过一小会儿，就有人到了。为首的是个中年男人，看起来刚过四十的模样。他身后跟着一群人，其中正有两人吹着竹笛，手指不停地在笛子上跳动。

莫阑珊看着习远身后的两个吹笛人，恨不得把他们千刀万剐。她从来都是想什么做什么的人，直接抓起剑朝那两人攻去。

习远挡住莫阑珊的攻势，皮笑肉不笑地说道："你想违背家主吗？还不快退下。"

"你这套对我没用。"

习远毫不在意莫阑珊的态度，"我是在帮你，如果他再次丧失记忆，从今以后就是你一个人的，再也没人可以抢走他。"

莫阑珊有些迟疑，她偏头看了一眼盘坐在地的木清玄，眼神中有着爱恋。对上习远的时候，她阴狠起来，"虽然我很想玄哥哥一直留在我身边，但我更不愿意他的生死被别人操控，尤其是在一群不择手段的疯子手上。"

莫阑珊突然撤去攻势，高高跃起，落在那两人的面前，剑光一闪，一剑而过。乐声停了下来，被削断的笛子滚落在地。嘀嗒！血一滴滴地落在地上，只见那两个吹笛子的人往后倒下，脖子上有着致命的剑伤。

一剑毙命，习远想阻止也来不及，只能看着那两人的尸体，如恶狼一般地盯着莫阑珊道："你不想回隐家了吗？"

莫阑珊笑得前仰后倒，她讥讽地说道："亏你还是家主的心腹，怎么脑子就这么差。玄哥哥不在隐家，我自然也不会再待在隐家。你也别跟我说背叛隐家不得好死，我不怕。就算是死，也要死在我心爱的人身边。"

混迹江湖久了的人也不免被莫阑珊的大胆直白吓到，毕竟是女子，大庭广众之下能说出此言，又丝毫不惧众人的眼光，莫阑珊也算得上一朵奇葩。

"不愧是莫护法，比之拐弯抹角，九曲十八弯的人更多了一份直爽。"锦懿卿倒是很欣赏

第五十三章

莫阑珊的不拘礼法。或许是看多了那些闺阁小姐、名门闺秀，对于莫阑珊这种想哭就哭、想笑就笑、阴狠毒辣都很自然的女人莫名的有新鲜感。

习远眉头紧皱，他的眼神也冷厉起来，其中还夹杂着丝丝怒气："既然如此，那你也不必再留着，隐家从不留废物。"

说到这里，木清玄把最后的两根金针从脑中逼了出来。只见他缓缓站起身来，睁开眼，冷冷地扫了习远一眼，便转移了视线，依次从他关注的各人身上移开，最后又落在了习远身上。"该请你家家主出来了，凭你是走不出这个大门的。"

"想不到你竟可以摆脱家主的金针控制。不过你别忘了，隐家的手段绝不止这么一点。"习远的面色更难看起来，毕竟隐家有意放出木清玄这颗棋子，一是为逼出天剑，二是为了稳住莫阑珊，三是为了看能否钓出木家或叶家的人。

木清玄是隐家最好的刀，当年费了不少的心血才得以控制他，所以不到万不得已的时候是绝对不会舍弃的，偏偏这颗棋子挣脱了最大的枷锁。

"我在隐家十年，那些手段自然清楚得很。"木清玄俊美的脸上出现了一丝阴霾，他随之开口道。

莫阑珊退到木清玄身边，放下了手中的剑，她对任何人都有所防备，唯独不对木清玄设防，因为她爱他已深入骨髓，哪怕木清玄要她的命，她也没有二话。

就在这时，又有人到了，众人纷纷让开一条路，因为感受到了来人的不好惹。一个手拖着长匣子打扮如仆从一般的年轻男人引着身后的一群人走了进来。习远等隐家众人看着来人，齐刷刷地跪在地上，恭敬道："家主。"

在场众人也知道隐家的家主来了，纷纷伸长了脖子，想要看一看他是什么模样。只见走在最前面的领头人是一个穿着黑衣戴着斗笠的男人，他的身后跟着不少人，其中最引人注意的是一个脸色苍白的紫色女子。那女子也算是一个美人，只是被两个人拉着往前走，莫名的狼狈。

萧晨安抓紧了椅子把手，眼神冰冷。

木清玄看见来人，眉头不自觉地一皱，他握紧了剑，紧紧地盯着隐家家主，提醒出声："青瓷退开，珊川你退到我身后去。"

"嗯！"

第五十四章

　　隐家家主朝木清玄伸出手来，轻声说道："孩子，回来吧，回到隐家，回到我的身边。我最锋利的刀。"光听声音，丝毫感觉不出是隐家家主，没有盛气凌人，反而是如同希望唤回孙子的普通老人。

　　木清玄冷漠地说道："收起你的那副嘴脸，我看得已经够多了。你灭我木家，控制我十年，我一旦脱困，你难道不知道我会怎么做？"

　　习远当即说道："家主，木清玄已经逼出了金针，而莫阑珊，她背叛了隐家，是否……"

　　话还没说完，隐家家主就打断了习远的话，他不在意地说道："败了就是败了，不必借口他事。"复瞟了一眼莫阑珊，对木清玄道："你，本座暂且不管。只是她，却是隐家的人。不如我们玩个游戏，你胜了，从此莫阑珊与隐家再无关系如何？"

　　木清玄想也不想地答应了下来："什么游戏？"

　　"你硬接我一掌，挺了过去，便算你赢。"隐家家主话说得轻飘飘，"她算是个好孩子，为了你做了多少，一次又一次，连命都不要了也要保住你的命。"

　　莫阑珊着急地看了木清玄一眼，她担心地说道："玄哥哥不要答应，为了我不值得。"

　　"我如何相信你？"

　　隐家家主面向众人，信誓旦旦地说道："让天下英雄作证，以我隐家家主的名义做担保。如果你胜了，我言而无信，隐家永无出头之日。"

　　宁家的那位老仆不屑一顾道："蝼蚁之人，还敢口出狂言。"

　　隐家家主循声看了过去，对着宁夜澜道："不如就让宁家作证，侄儿以为如何？"

　　宁夜澜还没出声，那位老仆就厉声呵斥道："大胆，你一叛逆之人也敢以下犯上，对主上不敬。"

　　隐家家主解释出声道："按辈分来算，的确是我侄儿，你一仆从还不够资格替主人答话。"

　　那轻蔑的话语，气得宁家老仆胡子都飞起，他怒声道："叛逆之人的后代，还自以为姓宁吗？"

　　隐家家主看向宁夜澜，语气淡淡，"看够了戏，也该说句话，让个仆人指手画脚，我看不下去了。"

　　宁夜澜合起双手，眼中轻蔑，"你若以姓宁的叔伯身份来谈谈，一个仆从配你足矣。"

　　隐家家主也不恼，"可惜我早不姓宁。"

宁夜澜略显有了兴趣，他倚靠在椅子上，"如此才有意思。"

"有人作证，好孩子你可否放心？"隐家家主扫了萧晨安一眼，"解开紫菀的穴道。"

"好。"

"就此决定。"

此时拉着紫菀前行的两个人解开她身上的几个大穴，紫菀一眼就看到萧晨安，大声喊道："阿晨救我。"话音还没落下，紫菀就想挣脱抓住她的两个人，但是她的武功被封住了，光凭力气也敌不过两个大男人。

"紫菀。"萧晨安料到必须暴露与隐家的关系，怎样暴露由他决定。他站起身来，故作惊讶。

紫菀垂下的头发挡住了她的脸，她的嘴角有着一丝阴谋得逞的笑。"阿晨救我，救我……我不要回去，我不要回隐家。救我……阿晨……"

"紫菀你放心，我不会让任何人再带走你的。"

紫菀满心得意，她是故意逼萧晨安承认他们的关系，她要所有的人都知道萧晨安只爱她一个人。她故意运起内力，突然吐了一口血，脸色也惨白起来，"阿晨。"又看向隐家家主，苦苦哀求道，"父亲，紫菀求你了，放了我吧。我不要回隐家，我爱他。父亲，求你成全女儿。"

眼看着紫菀吐血，萧晨安心中冷笑不已，故作担心："紫菀别动，强行运气你会死的。"

"还不放开小姐，本座就这样一个女儿，出了事谁能赔我。"

抓住紫菀的两人对视了一眼，一起放开紫菀。紫菀手捂着胸口，跟跟跄跄地朝着萧晨安跑去，扑在他的怀里，血还是不停地从嘴里流出来。

萧晨安接住紫菀，让她靠在他身上，轻轻地抚着紫菀的脸，点了她的几个穴道。"下次别再这么傻。"

"如果我不这么做，父亲一定不会放了我，好歹我也是他的女儿，他不会眼睁睁地看着我死。阿晨，我不会回隐家，哪怕是死，我也要和你在一起。"

萧晨安轻轻擦掉紫菀嘴角的血迹，他轻声说道："好。"

"我开始还以为金屋藏娇之事是谣传，原来是真的。"

"无风不起浪，空穴不来风。你看看景家的人都被气得说不出话来了。"

"……"

听见这些话，紫菀勾起一缕若有若无的笑意，咳嗽了两声，虚弱地说道："多谢父亲。"

萧晨安打横抱起紫菀，轻轻地把她放在椅子上。

莫阑珊拉住正准备走出去迎战的木清玄，担心地说道："玄哥哥不要去，我不在乎被追杀，只要你没事就好。"

木清玄偏头看着莫阑珊，浅浅一笑，温润如玉的气质尽显。他抽出手抚上她的脸，"我想赶走你，离开了我，你会很安全，从此也不会受人所制。你太决绝了，为了我背叛隐家。你为我付出了十年，这些我都知道。如果这次我可以活着走出去，你愿意嫁给我吗？"

面对爱了十年的男人，纵使莫阑珊再坚强，如今也泣不成声。她抓着木清玄的手，拼命地点着头道："我就知道你不会不要我的。"复又抬眸直视着木清玄，眼神温柔，"你活我活，你死我陪你一起死。"

有时候情到深处只需一个眼神，何况相恋早已十年的两人。在女人们艳羡的目光下，木清玄轻轻地在莫阑珊的额头落下一个吻，那个吻太轻，仿佛梦中虚幻。可这并不是梦，木清玄放开莫阑珊，浅笑道："我也一样，幸好能够遇见你。"语毕，走到隐家家主面前，"开始吧。"

"年轻就是好。"

莫静岚脸颊微微发烫，一脸艳羡，"哪怕大家姐再怎么坏，她也是为了清玄哥哥。能够得到绝世无双的人的爱，我也愿意不要我爹。"那个死老头子。当然这几个字莫静岚是怎么也不会说出来的。"真羡慕青瓷姑娘有这么一个无双的哥哥，可惜我只有一个笨蛋弟弟，还不解风情。"

"绝世无双？你什么时候开始也叫哥哥了。"

莫静岚白了沈夜两眼，盯着木清玄高大的身影，满眼都是崇拜，不好意思地说道："从第一眼见到开始，我就觉得没人能比得上他。什么无双公子，倾月公子，茶仙，哪里比得上清玄哥哥的风姿。"话锋一转，瞪着沈夜，"你不许打清玄哥哥的主意。"

沈夜额上青筋直跳，他又不是断袖，对木清玄能有什么心思。

木清玄站在场中，隐家家主背着双手，出声道："接下我一掌不死，莫阑珊就自由了。"

木清玄动也不动，就这样静静站在那里，合上眼，又睁开，眼神坚定。

突然隐家家主动了，速度快到超乎众人的想象，只见那一掌就这样打在木清玄的身上。木清玄不停地后退着，退了数十步之后，才勉强站住，没有跪倒在地上。

"清玄哥哥！"

"哥哥！"

木青瓷和莫阑珊同时跑到木清玄的身边，一左一右地扶着他。

木清玄一张口，吐出一大口血，强撑着身体，站出来道："我赢了。"

隐家家主欣赏地说道："不愧是我看中的人。你赢了，赌约自然生效。隐家之人听令，从今往后莫阑珊与隐家再无干系。"

木清玄虽然赢了，可受了一掌也并不好受，他擦掉嘴边的血迹，看向莫旭，不卑不亢地问道："莫世伯与我父亲的话可还算数？"

被莫名点到名的莫旭沉默了瞬间，点了点头，"自然做数。木世侄放心，以后我们就是一家人。青瓷是要迎进莫家的，自然不会亏待。"

木清玄可不是被人三言两语就打发的人，他对这个江湖看得比一般人深。背弃的话太多，怎么能轻易相信。"话虽好，但请恕小侄无礼，我木家虽灭，却也不会任人欺凌。若与他人还有纠缠，不提迎进莫家也罢。"

"哥哥……不要。"

木清玄也不愿如此草率，只是被隐家折磨这么多年，今日又受了重伤，记忆时有时无，能支撑几天,连他自己也不清楚。只有尽快把木青瓷托付于人,他才能安心做接下来的事。"就算没了我,木家只剩青瓷一个人,也不会真正的一个人。不知道我父亲可否跟世伯提过此事?"

"世侄不必担心,此事既已定下,便永不会反悔。"

瞧着情况不对,沈世谷站出来道:"木世侄能活下来也是可喜可贺,这婚约之事趁此机会谈开也好,省得各家麻烦。当年的确是我沈家无礼在先,那是小孩子不懂事,听了下人们嚼舌根的话。画儿还不来跟世伯赔礼。"又瞥了一眼木青瓷,"想不到竟然是木侄女,老夫说是谁家的,如此胆大妄为,原来是得了木兄真传。"

沈画接触到众人的目光,心里顿时紧张起来,她勉强笑道:"当年小女年纪尚小,不知外事,只听了人撺掇,上门退婚。今特此赔礼,还请莫世伯原谅。"

莫旭心中虽然不满意沈画,但他也没表露任何情绪,淡淡说道:"年纪小不懂事,被人挑唆,有什么好怪罪的。"

"多谢世伯。"

"此事也怪老夫,当年擅自定下婚约,闹得不愉快。既然有了一桩婚,多年前的婚约也就作罢,让他们自己去操心。"莫旭说话很客气,只不过话里话外都是退婚之意。

"看来莫兄心意已决,反是我沈家太过强求,如此便作罢。"

苏笙月在苏箄耳边说了几句,上前走到木青瓷身边,顺手把手里的衣服披在她的身上,对着木清玄拱手道:"在下苏笙月,能有幸再见木兄也算有缘。上次情急之下冒犯了,若有得罪之处,还请多多包涵。"

木清玄隐约有些记忆,如果不是苏笙月救木青瓷,对他出手,他可能亲手杀了他的妹妹,也逼不出金针。"无所谓得罪,是我要谢你。多谢救了青瓷一命,大恩大德,我必会报答。"

苏笙月知道木清玄指的是杭州之事,"那是我自愿的,何谈报答。"顿了顿,"我也有一事,不知当说不当说?"

"请说。"

苏笙月合上扇子,语气坚定:"提亲。"

这句话无疑算是往平静的水面上投下一块巨石,顿时溅起了浪花,从此不再平静。

"我对青瓷一见钟情,再见倾心。长兄如父,自是要与木兄商谈。"

第五十五章

莫静岚转了转眼珠子,凑到木清玄面前,满脸崇拜,不客气地说道:"清玄哥哥你还要不要妹妹?我从小就想有一个绝世无双的哥哥,可惜天不如我愿,只有一个闷葫芦弟弟。"

"莫姑娘娇俏可人，能有这样的妹妹谁都会开心。"话锋一转，"不过我一辈子就只有一个妹妹，承莫姑娘错爱了。"

莫静岚也没有失望，她说道："如果清玄哥哥轻易答应，说不定我也不愿意。"回头看了一眼莫景凉，作为关心小弟的姐姐，有意地说道："不过我也算是清玄哥哥的妹妹了，我们是一家人不是吗？迟早都是要迎青瓷姑娘进门的。"

"机灵的小丫头。"

在角落边缘一直没说话的人托着匣子，走近人群中，对着众人鞠了一躬道："各位英雄前辈可否听我一言。"

"你是刚才引路之人？"隐家家主问道，上下打量了那人一眼，才道："想不到老夫竟也看走了眼。"

"小人不过一介奴仆，虽非倾月山庄之人，但为众位英雄引路也无可厚非。"他看向木青瓷，恭敬地说道："小人此次前来是为了替我家主人送一物给青瓷姑娘，希望姑娘喜欢。"

木青瓷眼中有着疑惑："你家主人？"

那人半跪在地上，手托着匣子，"主人说姑娘一定会喜欢他送的东西，让小人一定要亲自送到姑娘手中。"

木青瓷狐疑，看面前这个年轻男人的说话举动，也知他绝非普通人家可以调教出来的仆从。视线转回那个匣子，正准备打开时，接触到木清玄的目光，也安下心来。打开长匣子，只见一柄长剑，剑鞘上雕刻了星星、月亮、太阳之类的图案。木青瓷拿出长剑，手握上剑柄，拔出剑来。剑身闪着冰冷的寒光，摄人心魄。与地剑、黄剑、玄剑一样，剑柄处刻了一个"天"字。木青瓷心中一惊，到底还是出世了。

"天剑终于出世了。"

木青瓷收起天剑，她可以清楚地感受到投到她身上的那些贪婪的目光，深深地吸了一口气道："你家主人为何送我天剑？"

"主人之意，小人不敢随意猜测。不过主人有话要说，收下天剑，就是收下他的聘礼。"

木青瓷瞳孔一缩，出声道："什么意思？"

"主人时刻都关注着姑娘，只是姑娘从未发现。姑娘是主人见过的女人中最美的，是近百年来的第一美人，也只有这等风姿，才能配得上主人。"顿了顿，"主人说姑娘是高山神女，九天遗珠，不似人间有。虽说襄王有梦，神女无心，但姑娘一定会嫁给主人。"

"别再监视我，我不会嫁给他。"

那人对于木青瓷所说的话并不意外，依旧说道："主人早就料到姑娘会这么说，让小人转告姑娘一声。主人并未监视姑娘，他愿与姑娘打一个赌。赌约是主人静静地等着，什么都不做。不过三年，姑娘就会心甘情愿地答应嫁给主人。而那时主人会为姑娘办一个让天下都瞩目的婚礼。姑娘不必急着回答，主人给了姑娘三年时间考虑。如今天剑已经送到，小人也不便久留，告辞。"语毕，那人站起身来，往外走去。

"高山之唐，巫山之巅，且为朝云，暮为行雨。"莫景凉微微皱着眉头，"巫山神女。"

"高山神女原来是巫山神女，我就说听着怎么那么耳熟。可惜襄王有梦，神女无心。"莫静岚恍然大悟，"巫山神女，九天遗珠，真想看看青瓷姑娘的真容。"

木青瓷平淡的脸上有着一丝微不可察的恼怒，她不耐烦地说道："莫姑娘不必在意他人的话，不过是他人胡言乱语，没什么好看的。"

"翩若惊鸿，婉若游龙，容耀秋菊，华茂春松。若轻云之蔽月，似流颈秀项，皓质呈露，芳泽无加，铅华弗御。云望峨峨，修眉联娟，丹唇外朗，皓齿内鲜，明眸善睐，面辅承权，环姿艳逸，仪静体闲，柔情绰态，媚于语言。动则体迅飞鸟，飘忽若神，凌波微步，罗袜生尘。转盼流精，光润玉颜，含辞未吐，气若幽兰，华容婀娜。"

苏笙月轻笑而言："莫姑娘可以问问阿凉，我说的对不对？"

说的一大通话，莫静岚虽听不太懂，但也猜到是在形容木青瓷的美貌，看向莫景凉，满脸期待地看着他问："是不是很美？"

沈夜在莫静岚身边解释道："何止是美，简直是天人神女，只可远观而不可亵玩焉！"

"我就奇了怪了，原来弟弟你早就知道那是青瓷姑娘，你怎么看？"

莫景凉淡淡地扫了众人一眼，出口道："倾城国色，见之忘俗。"

"这说得也太简单了，能多给点提示吗？"

莫景凉一口回绝道："没有。"

木青瓷把天剑重重地敲在地上，发出刺耳的声响。她冷冷地扫过苏笙月、莫景凉等几人，开口道："四剑出世，你们到底在意我的容貌，还是在意宝藏？"

隐家家主看着木青瓷，嘴角有着一丝冷笑，"自然是宁国宝藏。宁国八位守护者的后人今天也都在场，择日不如撞日，定下时间，各位以为如何？"

"好，一次解决。"

宁夜澜抬手，动了动手指，"宁国宝藏？宁家怎能不去。"

"你想要如何？"

"地剑在锦家，玄剑在天山派，黄剑由我隐家送出，天剑在木家手里。"隐家家主语气和缓，"经我数十年查探，大概确定了宁国宝藏的范围，一月后林州城见。"

锦懿卿叹息一声："地剑本是要拍卖出去的，既然现在需要，也暂由我锦家执掌。"

除却一些大势力的人眉头紧皱，面色时明时暗，其他江湖人士兴奋地答应下来，他们本就没依靠的势力，这种事一般都轮不到他们。尤其是宝藏岂是那般好拿的，浑水摸鱼是最好的方法。

木青瓷见接下来的事情多半与他们无关，扶着木清玄，看也不看他身边的莫阑珊轻轻说道："我扶你进去疗伤。"

木清玄捂着胸膛，俊美的脸看不出一丝血色，他点点头："珊儿你先走，这里容不下你，我过段时间会去找你。"

"好……"

看着莫阑珊离去，木清玄低声说道："走吧，青瓷。"

木青瓷小心地扶着木清玄，不确定地问道："哥哥是认真的吗？对莫阑珊的承诺。"

"你都说了是承诺，那自然是承诺。她所做的事，无论好坏，都是为了我能够在隐家好过一点。"木清玄的步子并不慢，他跟着木青瓷往倾月山庄内院前去，"最开始的确是感激，后来没了思想记忆的我只是行尸走肉，唯有她无怨无悔地陪着我，为我付出所有。这份情慢慢地也发生了变化，我喜欢这样的女子，她也值得我去爱。"

"我明白了。"

木清玄把手搭在木青瓷的肩膀，他轻声说道："隐家家主的手段不会只有那么一点。我了解他，他是一个小心的人，为达目的不择手段。"伸手擦了擦嘴角的血迹，他抓紧了木青瓷的肩膀，认真地说道："我随时都可能会死，没办法陪着你了。当你没了退路时，去找巫月神教的前任神使白凌和住在离醉花荫十里远的花婆婆。"

木青瓷睁大了眼睛，她盯着木清玄越来越苍白的脸，连忙说道："你好起来了，我们一起去。"

木清玄强撑着身体，他狠狠地抓着木青瓷的肩膀，严肃地说道："青瓷，我的时日无多，怕来不及告诉你。你一定要答应我，不能让除了你之外的第二个人知道这些事。"

"我答应你。"

木清玄松开了抓住木青瓷的肩膀的手，欣慰地笑起："如果可以，我真的想陪你一辈子。可惜我没有时间了，你好好活着，比什么都重要。哥哥能为你做的，也只有这一点了。"木清玄的目光越来越暗淡，他的身体也越来越不稳，往下倒去。

木青瓷接住木清玄，紧紧地抱住他，一句话也没说，只是睁大着眼睛，眼泪无声地流下来。不管是十年前还是十年后，她还是那样的弱小，所以才会什么都没有改变。

"青瓷。"

苏笙月看着呆愣着的木青瓷，心不由得一阵拉扯，突然觉得很疼。他看见木青瓷扶着木清玄离开，不太放心就跟着来看看，谁知看到这一幕。苏笙月想要从木青瓷的手里接过木清玄，可是木青瓷说什么也不放手。抓住木清玄的左手，探了探脉，对着木青瓷出声道："木兄还活着，你不想救他吗？还是你想看着木兄死在你眼前？"

木青瓷被震得醒了过来，她费劲地抱着木清玄，眼神殷切，恳求地说道："帮我救我哥哥。"

苏笙月接过木清玄，搀扶着他，对木青瓷说道："木兄不会有事的。"

木青瓷跟了上去，只见苏笙月把木清玄放在一间客房，从怀里摸出一个瓷瓶来，倒出一枚白色的药丸给木清玄服下，又点了他身上几个穴道。"我对医术并不精通，只会些皮毛，木兄的脉象混乱，还是请我二叔来看才知。"

"谢谢你，苏笙月。"

苏笙月带着苏筆来的时候，木青瓷已经收拾好心绪，默默地坐在床边，紧握着木清玄的手，眼睛眨也不眨，生怕一个眨眼就再也见不到木清玄了。

"二叔，请。"

苏筆答应了一声，大步地走到床边，探着木清玄的脉搏。眉头渐渐皱起，面色也凝重起来，查看了木清玄周身的情况，久久才出口道："如果我没猜错，他身体里的毒种下的日子少说也有五六年，平日里可以用内力压住。受了一掌后，无法再阻止毒素蔓延，如今毒已经深入骨髓，并且心脉受损，恐怕回天乏术，神医再世也救不了。"

苏筆的话让气氛沉重起来，一脸严肃的样子不像在说谎，他继续说道："其实还有一种方法可以救他，只是风险太大，也不一定能够成功，可能是世人乱传。"

"还请苏前辈告知，只要有一线希望，我都会去做。"木青瓷鞠了一躬，她知道她必须低头，否则木清玄一丝机会都没有了。

"据传宁国最后一位皇帝为灵帝，听闻他有一位风华绝世的皇妃。灵帝为了宠妃，各地召集方士，炼制丹药。其中有一种药，名为九转金丹，乃是第一奇药。如今也只有九转金丹，才可以救人，只是存不存在都是一个谜。就算真有九转金丹，数百年的时间，根本无人可知下落。"

苏笙月沉吟片刻："我也听过这种传闻，只是没有可靠消息能证明九转金丹就藏在宝藏里。"

木青瓷偏头看了一眼昏迷的木清玄，眼神坚定，认真地说道："不管九转金丹是否存在，我都要一试。能否请前辈为我哥哥抑制毒性？"

"我会开方子，配上百舒丹，每日服用不一定能保证毒性被压制，应该可以护住心脉。"

"多谢苏前辈。"

苏筆应了一声，就由苏笙月陪着出去。

"你是如何想的？真看上了木青瓷。要知道红颜祸水，你是我苏家的希望，切不可迷恋女色。"

苏笙月彬彬有礼，习惯性地勾起唇角："二叔放心，侄儿自有分寸，只是请二叔不要插手。"

"我不管你真心也好，假意也罢。你一定要记住你姓苏，要为家族着想。你若真的想娶木青瓷，二叔也不管，只要你知道你在做什么。"

"二叔的话，侄儿记住了。"

第五十六章

木清玄醒来的时已经是傍晚，橘红色的夕阳慢慢地沉下山去，天渐渐昏暗下来。山林中一阵鸟鸣，数不清的鸟雀低低地盘旋在天空，那是归巢的情景。

木青瓷坐在床边，只手撑着脑袋，闭着眼睛浅眠着。安静的屋子中只有她平静的呼吸声，还有平稳的睡态。

木清玄看着木青瓷的眼神越发的温柔，也越发的宠溺，那是他最重要的人。对于那张并不算熟悉的普通人的脸，木清玄又沉下了脸，眼底深处闪过一丝阴霾。随即艰难地伸出手，轻轻地触碰着木青瓷的脸。

感觉到脸上有些痒痒，木青瓷缓缓地睁开眼睛，带着蒙眬的睡意。"哥哥，你还好吗？有没有哪里不舒服？我去找大夫，你等等我。"

木清玄眼疾手快，连忙拉住准备去找人的木青瓷，却因动作过大，忍不住咳嗽了几声，"青瓷别去，我有话跟你说。"

看着木清玄的样子，木青瓷小心的扶他坐起来，一脸认真地说道："我也有话要告诉你。"

木清玄点点头，他扫了一眼屋子，确定没人之后，才严肃地说道："这话除你我二人外，再无人可知。"

"嗯。"木青瓷连忙答应了下来，木清玄的话没有一丝玩笑的成分，不同于以往。

木清玄宠溺地看着木青瓷，轻轻说道："记住之前跟你说的话，这是哥哥最后能为你做的。"

木青瓷鼻子一酸，眼睛里又起了一层水雾，她低声唤道："只要我找到九转金丹，你就会好起来的。"

木清玄摇摇头，他叹息地说道："傻丫头。九转金丹是否存在都是一个谜，我自己的身体我比谁都清楚，早已经油尽灯枯。"随即又正色起来，"如果找不到白凌，你去找玉面，通过他说不定可以找到白凌。你一定要记住，如果到了最后，你败得翻不起身，或是想隐退江湖平静生活，去巫月神教找花婆婆或是白凌。"

"我知道的，可是白凌已经死了，是我亲手杀的他。我前不久见到一个人，他自称玉面，他给我提了个醒，说是看在母亲的面子上。"木青瓷简单地说了一下岳洛的事，再说起白凌和玉面时格外的仔细。当然她也没有忘把姚茂轩所说的事告诉木清玄。"娘是巫月神教的圣女吗？他们叫她阿妩。我不想一辈子被蒙在鼓里。每一夜我都会梦到那一晚，火光冲天，在那指缝间，一个个熟悉欢笑的人倒下，他们睁大着眼睛。我看见原本那样美丽端庄的娘亲拿起了刀剑，血污弄脏了她的红装，高高盘起的头发散乱不堪，她的动作是那样生疏，却又无比熟悉。飞溅出来的血落在我的脸上，那还未褪去的余温，是如此的真实。"木青瓷随手擦掉眼泪，她激动地说道，"这十年来，我是在仇恨的煎熬中挺过来的。那一具具的尸体倒在我的面前，双手沾满了鲜血，冷漠杀掉那些无辜的人。现在的我是一个摆脱不了仇恨的怪物。"

木清玄心疼地看着情绪崩溃的木青瓷，疼惜地说道："不管你变成什么样子，你永远是我的妹妹。不论分离有多久，经历了多少事情，木青瓷永远都是木青瓷，她是我最爱的人，谁也无法改变。木青瓷已经长大，她不需要再停留在过去。"

木青瓷捂着脸，小声地哭泣着："我不知道该怎么办，我想要报仇，却连仇人是谁都不知道。我以为我知道真相,才发现我看到的所有的事都是表面。"

一阵甜腥味涌上喉咙,木清玄生生地咽了下去,"佛有言,生死轮回,因果循环。能再见到你长大,我已经很开心了。"

木青瓷抓住木清玄的衣服,放声大哭起来,"我不要听这些敷衍的话,我只要你好好地活着。"

"听我说,人各有命。你的日子还长,取下面具,离开江湖。"木清玄轻轻地说着,他想了想,还是决定把往事告诉木青瓷,让她有个底才好防备。

"玉面没骗你,母亲和七杀祭司,也就是杜鹃,她们两个水火不容,谁也不希望谁活着。也许是从母亲和七杀遇见的那一天起,就是多年来怨恨的开始。在苗疆时,七杀意外救下我师父,对他一见倾心,被母亲知晓。后来七杀寻到中原威胁了母亲,母亲答应帮她嫁给我师父,同时请玉面给她换一脸。事情很顺利,七杀以母亲妹妹的身份出现。谁知大婚当日,师父逃婚由其兄长顶替,七杀错嫁之后把此事归咎于母亲。"

木青瓷慢慢止住了眼泪,不可置信地说道:"竟然是她,那哥哥的师父是叶如琛?"

"是。师父同父亲为生死之交,我自小便拜入他的门下。"

所有谜团都被串起,离真相就只有一步之遥。

"那天到底怎么一回事,就算来的人再多,也不至于毫无还手之力?"

"毒。所有的人都中了一种毒,不会致人死亡,只会令人全身无力,提不起劲来。"

木青瓷坐起来,脱离木清玄的怀抱,她扶着木清玄,"哥哥是怎么中毒的?"

木清玄回想起那一天,并没有什么异常发生,一切就如以前一般。只是山雨欲来风满楼,那种平静的表面下早已经暗潮涌生。他为何中毒?因为那年小小的叶兮请他吃的糕点。

"哥哥……"

木清玄回过神来,轻轻笑了笑道:"只是想起了一些事。终究是我们百密一疏。"忽地剧烈咳嗽起来,他掩住嘴,黑血顺着指缝间滴下,落在衣服上。

"我去拿药。"

木清玄舒缓了一些,放开手,看着手上黑红的血,摇摇头道:"最后一件事,你要小心一人。"

"好。"

"当年偷袭我的那个人应是一位世家公子。我被控制期间并无记忆,只记得他戴着一个翡翠扳指。你一定要小心,他当年便可与我一战,虽说不敌我,却也不弱于人。作为幕后主谋,他的心计城府之深不是你能应对的。"

木清玄只觉得身体里好像有千万只虫子在撕咬,他知道毒又开始发作了。他咬紧了牙,靠近木青瓷,艰难地说道:"你知道七杀是谁后,我不想瞒你当年中毒之事,我是吃了叶兮带来的糕点中毒的。而地剑的确由木家和叶家共同掌控,只是多年前被人盗走,也不知七杀从何处得来的消息。"

"居然是叶兮。"木青瓷满脸震惊地说道，又急着追问道："那迎我进莫家又是怎么一回事？还带我去莫家，难道那个时候就已经……"

"你不必去怪罪叶兮，她也只是被七杀利用。"木青瓷深吸了一口气，他出声道，"起先并未谈你与人的婚事，只是你与莫景凉合得来，沈家不理智地退婚，莫家家主见你乖巧可人，莫景凉对你更是有意，直接定了这桩婚事。你若有心上人，哥哥也不会逼你，你拿主意。"

"我怪不得叶兮，这么多年是她支撑着我活下去。"木青瓷摇摇头，她咬着唇道，"我也不会嫁给任何人，我是宁家的杀手，无法背叛，也离不开暗影阁，我逃不掉的。"

木清玄终是撑不住了，喷出了黑红的血，无力地倒在床上。

木青瓷慌张地把药喂给木青玄，着急地说道："我去找人，哥哥等我回来。"

"没用的，青瓷。"木清玄拉不住木青瓷，他看着木青瓷的背影渐渐不见，又咳嗽了起来。他想要告诉她，不要再白费力气，谁都救不了他。

沈画还记得第一次见到莫景凉的时候是什么样子，那时沈夜准备去莫家提亲。她扮作小厮跟了去，到了莫家时依旧坐不住到处逛着。在庭院里，沈画第一次见到了莫景凉。他坐在轮椅上，白衣翩翩，丰神如玉。手里执着一把碧玉做的扇子，骨节分明的手摩挲着扇子上的花纹，眉眼间有着淡淡的眷念。阳光打在他身上，没有暖意，却莫名地给人一种清冷哀伤的感觉。那样好看的人第一次留在了沈画的眼里，她的心里。那时她才十三岁，正是情窦初开的年纪。在最美好的年纪遇上了太优秀的人，从此眼里就容不下别人了。

也就是这一次，沈画才知道她心里住进的那个人是她厌恶的残废未婚夫。她后悔了，本以为时间会冲淡一切，莫景凉的姐姐嫁过来后会缓和莫家和沈家的关系，她也有机会再接近莫景凉。一直到倾月山庄召开武林大会，相隔多年，沈画再一次见到莫景凉，并没有一丝陌生感。他没有变，只是不再是当年所见的少年，而是一个男人。

冷漠的眼神，不轻不重的语气，客气与疏离，好像晴天霹雳一般落在沈画身上。后来她知道了，莫景凉并不在乎她，她努力地刺痛他，他也不怒不喜。她看着天山大长老对莫景凉步步紧逼，这时候木青瓷出现了。那个丑陋的女人亲密地叫他阿凉，站在他身边，为他解围。沈画以为莫景凉不会笑，但当她看到莫景凉对木青瓷温言浅笑时，只觉得天好像塌了。

沈画觉得她还有机会，她和莫景凉有婚约在身，她不会轻易放弃这个婚约的。她足够漂亮，出身也好，胜过来路不明的木青瓷千倍万倍。但在今天，她唯一的优势都没了。尽管没有看到木青瓷的真面目，但一个又一个的人说木青瓷美，九天神女、凌波仙子、高山神女……如果是普通人说的，沈画说不定当作玩笑。木清玄容貌无双，他的亲妹妹再差又能差到哪里去呢。沈画想哭，凭什么她不如木青瓷，那个女人跟多少男人纠缠不清，为何他们都那么痴迷于她？

"为什么？为什么我不如她？为什么他不爱我？"沈画低声啜泣道，话语中满满都是痛苦。

"他不爱就是不爱。"

第五十七章

满是黑暗的屋子里突然多出一个女人的笑声,要有诡异,就有多诡异。

沈画止住了哭声,坐起身来,抓紧了身上的被子,颤抖说道:"是谁?给我出来,再不出来我叫人了。"

笑声又起,黑暗中渐渐显出一个人影,她满不在乎地说道:"我好心来帮你,你却这样对我。这时候你就算叫人来也无用,没人会理你,因为有个木青瓷在。"

沈画看不清那个女人,只是隐约有个人影,她却认出了声音,厉声道:"我记得你的声音,上次我被抓走,是你蛊惑我去杀木青瓷。你到底是谁?来找我究竟有什么目的?"

"你确定是我蛊惑吗?罢了,也不提。"黑影又笑起来,笑声刺耳得厉害,她有意无意地说道:"我觉得你可怜,所以想帮你。想一想,你深爱的男人不爱你,曾经自豪的美貌,更是成了一个天大笑话。你什么都不如她,她美若天仙,又会武功,更会讨男人的欢心,你会什么?你不过是个大小姐,不懂事,也只会惹麻烦。怎么能比得过她?"

"你说什么!给我闭嘴,闭嘴。"沈画嘶喊着,她眼中渐渐出现恨意,讽刺地说道:"你算是什么东西,敢对我评头论足。我告诉你,我再怎么差,也是沈家的大小姐。木家早就灭了,木青瓷无依无靠,不过是个普通人,我在意她岂不是丢了身份。"

黑影明显不信地笑道:"你真的不在意吗?她可不是一般人,连你的亲大哥都对她刮目相看。说句老实话,如果你不是沈夜的妹妹,还能说出这番话吗?有些事情,你永远都不可能知道。因为在他们眼中,你只是一个任性的大小姐,根本不值得注意。"藏在黑暗中的女人,蛊惑地劝说道:"哪怕你偷偷地做一些小事,也不会有人怪你,还能得到你想要的东西。为什么不试试呢?"

"你……"沈画气急,她怎么可能真的不在意木青瓷的存在,不过是嘴上说说罢了。整理了一下心绪,不屑地说道:"本小姐怎么可能做背后伤人之事,我没你那么卑鄙。"

黑暗中的女人好像料到了沈画会这么说,不怒也不恼地说道:"你要考虑清楚,如果能得到莫景凉,一点小动作又算得了什么。俗话说人不为己,天诛地灭。今晚上的事,你可以告诉别人,也可以选择保守这个秘密,作为我们两个人之间的秘密。"

女人的声音渐渐消失在空荡荡的屋子中,沈画努力地看了两眼已经没有人影晃动的地方,低声说道:"为什么要帮我?我不信你说的。"

"因为你像极了我。"屋子中又传来女人的声音,她调笑似的说道,"除此之外,我也讨厌那个木青瓷，能玩死她，我自然高兴。"

久久没人出声，沈画下床，点起油灯，照亮了屋子。东看看，西瞧瞧，却什么也没有。正当沈画以为那是一场梦的时候，发现桌子上赫然出现一个拇指大小的竹管。拿在手里看了一番，沈画打定主意，穿上衣服快速走了出去。殊不知，在她踏出屋门后，一个相貌可以算是俏丽但年纪已大的女人走了出来，看着沈画的背影，冷冷笑起。

等沈画好不容易找到莫景凉的所在时，她愣了一阵，一步接着一步地走到安置着木清玄的房间。看着灯火通明的屋子，沈画停住了脚步，看着屋内的几个人，没有出声，就这样站在门外。

"怎么样？"

苏笙月摇摇头，他神色凝重地说道："木兄所中的毒无法逼出来，强行运功替他逼毒，只会适得其反。"

木青瓷跌坐在地上，她脸色苍白，无力地说道："我不相信没有办法。"忽然又想起了苏箪说的话，情绪激动起来，"九转金丹！对，就是九转金丹，我去找。"

莫景凉就在木青瓷身边，他弯下腰，双手抓住木青瓷的肩膀，劝说道："就凭你现在的样子怎么可能找到九转金丹。你先回去休息，这里有我们几个就够了。我答应你，一定不会让木兄有事的。等木兄的情况稍微好点，我们就出发去林州城。"

木青瓷无声地流着泪，她摊开双手，默不作声，忽然笑起来，让人很是心疼。

"青瓷！"

"为什么要这样对我？我到底做错了什么？阿凉，你告诉我，为什么？"

莫景凉深吸了一口气，安慰地说道："你什么都没做错，错的是这个世界。"

沈夜和苏笙月站在一边，他用手撞了撞苏笙月，调笑地说道："怎么这时候退下来了，这可是好机会。"

"有些事强求反倒不好，不如顺其自然。"

沈夜想了一下，低声说道："看来你是把握十足。如果站在朋友的角度上，画儿的确不适合阿凉，她被我宠得太过。"

"令妹的确很值得人心动，美貌、家世都是一流，对于普通男人来说是不可抗拒的。对于你我来说，美貌与家世并不足以打动人心。相比下来，景安儿温柔如水，莫静岚机灵古怪，叶轻轻骄傲自信，唐岚歆英姿飒爽，莫阑珊大胆狠辣，各有特色。"

沈夜觉得好玩，开玩笑地说道："你的意思是我妹妹没有那份魅力？"

苏笙月站在门边，他顺着沈夜的话道："沈姑娘并非不好，她任性天真，适合被一直宠爱包容着。若是生在安稳时候，必然很得人喜。只不过现在的她并不适合。"

沈夜摸了摸下巴，随后说道："画儿不算懂事，但总会长大，她一直都足够好。虽然很任性，只会惹麻烦。"

"那是自然。"

听到这里，沈画的眼泪已经在眼眶里打转，她咬紧了牙，死死地攥着准备给莫景凉他们的竹管。本来想告诉他们关于来找她的神秘女人的话也全部咽下肚，眼神晦暗不明，最后握紧了手中东西，失魂落魄地走回房间，无力地倒在床上，脑海里回荡着沈夜和苏笙月的话。

"如何？我说的话与你看到的是否一样？"那个蛊惑的声音再次响起，其中还夹杂着幸灾乐祸的笑声。

沈画听到那个声音，拧起了眉头，她气愤地说道："你跟踪我？"

那个神秘女人再次笑了起来，她不屑地说道："你太高看你自己了。"

"什么意思？"沈画坐起身来，眼中有着不甘，她愤怒地说道，"你也认为我比不上木青瓷？她不如我的。"

"如果没有沈家大小姐的身份，你什么都不是，更别提能参与到这个江湖中来。"神秘女人毫不客气地打击着沈画，她尖着声音笑起来的样子谁也看不清，可以猜测是多么的狰狞。"不是我瞧不起你，但你除了沈家大小姐的身份还有什么？哦，对了，还有容貌。不过在这个江湖，空有一幅美丽的皮囊只会惹来麻烦，而不是幸运。"

沈画冲着屋子里的黑暗处大喊："你到底想要说什么？不要再跟我拐弯抹角，不然我就叫人来了。"

"你不会这么做的，否则也不会一个人失魂落魄地回来。"神秘女人根本不受沈画的威胁，"你要是真的不想见到我，我也可以马上离开，你就当做了一场梦。可惜这梦才开始就结束了，你永远也得不到你心爱的男人，看不见你讨厌的女人最后的下场。"

沈画没有说话，就这样静静地坐着，久久才出声道："我要怎么做才能得偿所愿？"

神秘女人轻轻笑起，她早就预料到沈画会和她合作，指点性地说道："答案就在我留给你的竹管里，不过需要你自己去做。"

沈画把竹管放在眼前看了看，摸着黑也看不清楚，她握紧了竹管道："这个竹管吗？"

"不，这不过是开始。"

第二日不过才开始，木青瓷虽不愿，还是抽身离开去见了找她的叶兮。

"你找我？"

"主上今早出发，他让你将计就计留下，找到藏宝地之后见机行事，到了必要时刻，暴露了身份也无所谓。"

木青瓷抿紧了唇，她久久才说道："主上想要做什么？"

叶兮没有戴面具，俏丽的脸上没有太多的表情，只是眉眼不如以前那般凌厉，柔和了不少。"如果你想离开暗影阁，我可以帮你。"

木青瓷诧异地看着叶兮，她略带讽刺地说道："想算计我？"

"算不上。"叶兮胸有成竹地说道，"你对主上没那份心，可他却是我的天。你离开了暗影阁，那主上一定会对你死心。而你也可以过你想要的生活，找个小地方，带着清玄哥哥前去休养。报仇的事，我来做就可以了，这不是两全其美吗？"

木青瓷冷笑,离开暗影阁的代价有多大,她是知道的。"离开暗影阁的下场只有一个,那就是死。"眼神变得凌厉起来,她嘲讽地说道,"报仇还是不劳你了,我怕你到时候下不了手,反被人给杀了。不过叶兮,你还记得你的母亲吗,记得你的父亲吗,记得你的族人吗?"

"你提起他们是什么意思?"

"只是想看看你是否还记得他们?我一看见你,就想起了你母亲,你们真的很像。"

"话已说清,听不听随你。"

"那就闭嘴。"

第五十八章

冷冰熙看着收拾好的行李,又无力地叹了口气,毫无形象地趴在床上,抱着柔软的被子,低低自语道:"我怎么可能是九王爷的妹妹?长得也不好,真要夸奖的话,顶多算是清秀。听说九王爷是上京城的第一美男子,他的妹妹再差也是个拔尖的美女,怎么会是我这种狗尾巴草。"又翻了一个身,望着屋顶,又叹了一口气,"一定是认错人了,只要去一次上京城让太皇太后认一认就好。虽然我也有那个胎记,但不一定是同一个人。爹,你取的名字真好,不仅沾了富贵人家的富贵气,十几年来在莫家跟大小姐一样活着。现在更是沾了皇家的运气,你养的小丫头也被王爷说是公主。不过幸好,也只是沾沾运气,等过几天,我就回莫家了吧。静岚姐嫁人的时候,老爷一定会要我陪着她的。"表情又落寞起来,"还有无争也是,还不如公子来得豁达,冷冰冰的跟木头差不多。"想到莫无争,冷冰熙又笑出声来,到底还是情窦初开的小姑娘,想到心上人就会开心。

"看来你的心情还不错。"

男子低沉略带沙哑的声音传进冷冰熙的耳朵里,冷冰熙就像是被踩住尾巴的小猫,一下子就从床上蹦起来,尴尬地说道:"那个……那个王爷,你怎么突然来了,也不通知一声。"

"我在门外敲了好一会儿,也不见有人答应。门也没关,我就进来看看,在屋里站了一会儿。"

"站了一会儿了?"冷冰熙有种想往地缝里钻的感觉,丢死人了。她在床上翻来翻去,毫无形象的样子也被看到了,那说的话岂不是都被听到了?

司琰到底还是个会体贴人的好兄长,怎么说也长了冷冰熙二十岁。他轻轻一笑,语气和缓:"你不用担心,我什么都没看到,也没听到。来看看你是否收拾好了,可以准备上路了,时间有点赶。"

冷冰熙把行李放在腿上,她低下头小声地说道:"王爷,如果我不是要你找的公主,是不是就可以回来？"

"你是认为我找错了人吗？"

冷冰熙盯着司琰，眼中有着惧怕之意，她连忙点点头，又摇摇头，"不是，我不是这个意思。"

司琰注意到冷冰熙对他的害怕，不自觉地扶着额头，看来还是让这个小妹害怕了，对煜儿的那一套也并不适合冷冰熙。毕竟煜儿还只是个八岁的孩子，而冷冰熙已经十六岁。

要说对于认亲这事，在这两天里，司琰是好好跟莫景凉说了前因后果，准备带冷冰熙回宫见太皇太后。现在看来效果不太好。

"回到上京城之后，你安心陪着母后，等江湖平静下来，你想回倾月山庄住一阵子也没什么。"

"咦！"

冷冰熙有些吃惊，她还以为司琰会说不准她擅自离开上京城，脸上露出欣喜之色，她连声道谢道："多谢王爷。"

"收拾好，我在外面等你。"司琰呼了一口气，走出屋子。他知道要冷冰熙改变对他的态度很难，毕竟分离十六年，他对于她来说只是一个陌生人。说实话，司琰对冷冰熙也仅仅停留在倾月山庄的小丫头这个定位上。

冷冰熙紧紧地抓着行李，心里很复杂，她有点期待去上京城见她所谓的亲生母亲，又有点害怕那只是一个梦。

司琰看着冷冰熙提着行李出来，轻声说道："需要去跟他们道别吗？现在还来得及。"

冷冰熙摇摇头，她眼神清亮，坚定地说道："不去了，离别是伤心的事。"停顿了一下，"虽然我一直怀疑我不是公主，但我还是想去上京城，想见一下那位可能是我娘的人。就算真的是认错了人，也可以给她一个安慰，一个善意的谎言。"

司琰看着冷冰熙的变化，眼里有了笑意，轻松地说道："我不会认错人的。你是个可爱的小姑娘。"

"可爱？"冷冰熙重复着司琰的话，她瘪着嘴，"王爷，我的行李还是我自己来拿吧。"

"好歹我也是当哥哥的人，替家中小妹拿点东西不算什么。如果司言还在，你一定会喜欢他，他会是一位宠爱包容你到极致的好哥哥。"

司琰？冷冰熙对朝堂大事并不了解，因为这位九王爷司言到了倾月山庄后才打听了一下。都说皇室礼节甚严，直呼已经逝去的皇帝名讳是死罪。"王爷可以直呼先帝的名讳吗？不怕被人举报说对先帝不敬？"

司琰一愣，随即笑起来，他忘了他现在就是司言。故意咳嗽了两声，打趣说道："不能直呼，可我已经说了，这里只有我们两个人，你要去告我吗？"

"不敢。"冷冰熙实话实说，"都传王爷权势滔天，要是去了，我怕我被那些当官的活活戳死。"

"他们不敢。"司琰罕见地觉得心情很好,也许是血脉相连,就算十六年的错过,也不能阻断亲情血缘。"顶多当成笑话听一听。"他走在前面,冷冰熙追着他的脚步,两个人就这样边走边说,拉近着十六年的距离。

"会这样吗?"

"你回去之后试一试就知道了。"

"我可以这样做吗?"

"可以。"

"他们会不会先斩后奏?那样我就没命了。"

"没人敢动你。"

"那叶阁主也跟我们一起去上京城吗?"

"她要先回倾城阁,之后会去林州。为什么问这个?"

"我觉得王爷和叶阁主的关系很好呢。王爷喜欢叶阁主吗?"

"喜欢一个人很容易,爱一个人很难。"

"那就是喜欢了,自从唐门主回唐门之后,叶阁主也觉得很无聊吧。"

"也许吧,不过她最近应该事情不少。"

"王爷知道得真清楚。那王爷有喜欢的人吗?就是那种一辈子都忘不掉的人。"

"……有过……"

"咦,真的吗?那个人一定是个大美人,不然怎么会让王爷记住一辈子。"

"可能吧。"

"王爷记得跟她第一次遇见是什么样子吗?"

"那是暮春的时候,晚上下了小雨,第二日,地面有些湿滑。她就站在那棵梨花树下,梨花纷落,落在她的发间。她低眉浅笑,眸子清亮,温柔婉约。"

"好美的相遇。记得这么清楚,一定是一见倾心了。"

"大概如此。"

莫无争急匆匆地赶来时,木青瓷才把亲笔信交给叶轻轻,让她带给叶如琛后,正准备离开。

"青瓷姑娘,木公子出事了。"

恍如晴天霹雳一般,木青瓷想都没想,提起脚就跑。赶到屋子外,看着关上的房门,却没有打开的勇气。深深地吸了一口气,木青瓷推开了大门,并不是想象中的模样,只见苏笙月跟莫景凉双眼紧闭,盘坐在床上,替木清玄运着功,两人的额头都已经冒出了汗水。

看见人来,沈夜快步迎了上去,跟追上来的莫无争相视了一眼,把呆愣的木青瓷拉进了屋,才轻声地说道:"木兄强撑着一口气,就是想见你最后一面。"

木青瓷回过神来,抓住沈夜的双手,激动地问道:"今早我走之前他还好好的,怎么会突然出事?"

沈夜没法挣开离崩溃不远的木青瓷，他只得尽量安慰道："你想知道为什么会出事，就必须冷静下来，等他们的结果。"

木青瓷放开沈夜，无力地垂下双手，她就这样走了几步，最后跌坐在地上。

就在这时，苏笙月跟莫景凉同时收功，他们二人睁开眼，相视一眼起身下床。莫景凉休养了数月已经能自由走动，看来腿已经完全治好了。

"怎么样？"

莫景凉面露遗憾之色，更多的是疲惫，他担心地说道："毒已入心脉，我和阿月也无能为力了。"

"不会的，你骗我。"木青瓷冲到木清玄的床边，探了探他的脉，尽管已经不可察觉，但依旧在跳动，她抓起木清玄的手，轻声唤道："哥哥你醒醒。"

木清玄缓缓睁开眼睛，正准备说些什么，却喷出一大口黑血来，血珠溅到木青瓷的脸上，使那张不引人注目的脸变得狰狞丑恶起来。

"你看看我，我是青瓷。"

木清玄弯起嘴角，他柔声地说道："我不能再陪着你走下去了，你要好好活下去。"

"你不会有事的，一切都会好起来的，"木青瓷紧握着木清玄的手，生怕一松手，他就会不见。"我去找九转金丹，我现在就去。"

"青瓷别去，再陪我一会儿。"木清玄拉住木青瓷，他虚弱地说道："七杀还活着，你要小心。除掉我之后，下一个一定是你。"

木青瓷咬着牙，满脸杀意，"又是七杀，我不会放过她的。"

木清玄伸出手，艰难地替木青瓷擦掉眼泪，"别哭，生死有命。我希望你活着，真正的活着，不是一辈子戴着别人的面具活。我的妹妹长大了，只是我却再也没机会看看你。"

木青瓷拼命地摇着头，"我不会了，我再也不会戴着别人的面具活着了。"说话间，伸手撕下了戴在脸上的人皮面具，"我会好好的，哥哥也要好好的。你答应过要陪我一辈子的，你不能骗我，也不准骗我。"

木清玄轻笑，宠溺地看着木青瓷，欣慰地说道："这才是我的妹妹不是吗？皎皎兮似轻云之蔽月，飘飘兮若回风之流雪。可惜哥哥要食言了，再也无法陪着你，你要好好活着，哪怕卑微如一粒尘埃，也要好好活下去，替我活着。"

眼泪不停地掉下来，木青瓷抱着木清玄欲倒的身体，轻轻说道："你在跟我开玩笑对不对？我知道的，你在逗我玩。我们不要玩了好吗？我不报仇了，我过普通人的生活，只要你好起来。"

木清玄无力地靠在木青瓷的身上，他靠近木青瓷耳边，只用他们两人才听得到的声音低低说着："记住我的话，没有人会平白无故地对你好。如果失去一切就去苗疆找花婆婆，她会帮你的。母亲以前名女妧，你也是女氏一族的族人。"

"我不会忘记的，我会记住的。"木青瓷咬着唇，答应下来，"哥哥不要睡，你说过不会再抛下我一个人的。"

木清玄的眼皮越来越重，他艰难地说道："不能看着你出嫁，是我这辈子最大的遗憾。我的青瓷应该是全天下最美的新娘，可惜我再也看不到了。我死后，一把火烧掉，把我的骨灰埋在醉花荫。母亲说过那里适合永眠。让漫山的凤凰花陪伴着我。"声音越来越低，有如蝇语，"把我的骨灰交给珊儿，保她一命，我能为她做的只有这个了。"

"我不要，我不要……"

"答应我，这是我最后的心愿。"木清玄有气无力地说道，"不要让我失望，否则我在黄泉路上也不得好走。"

"我答应你。"

"那就好。"木清玄再也没有力气说话，他慢慢地合上眼睛，反握着木青瓷的手也无力地垂下。

从此世上再无木清玄。

第五十九章

许是哭得太久了，木青瓷的声音有些沙哑，她强忍内心的悲痛："你说过要带我去看凤凰花，这一次不要食言了好吗？"

木青瓷还能感到木清玄身体的余热，可那个温暖怀抱已经不会再有。她的天已经塌了，她的神已经倒下。这一次她依旧无能为力，只能眼睁睁看着他死在眼前，却什么也做不了。

木青瓷嘶哑着的声音，像是铁锤般重重地击打着苏笙月的心，答应木清玄的事也不再犹豫，握紧的拳头又松开，眼光坚定了起来，他心中也重新有了打算。

久久，木青瓷才放开木清玄，小心地将他放在床上，她脸上还有着泪痕，哭红的双眼更让人心生怜惜。"能不能告诉我是怎么一回事，七杀是什么时候出现的？"

苏笙月只得告诉木青瓷，可能这并不是她想要知道的，"七杀什么时候来的并不清楚，我到的时候，木兄已经是一个人了。"

沈夜摸着下巴，若有所思，他出声道："可能是木兄击退了七杀，但七杀并不知木兄已逝去。我们何不守株待兔，瞒住木兄的消息，看能不能再次引来七杀。"

莫景凉坐回轮椅上，该隐藏便隐藏，说不定会有意想不到的结果。"阿夜的方法可行。"

"我不反对。只希望七杀别太小心谨慎。"

"谢谢。"

木青瓷俏丽无双的脸上没有丝毫血色，苍白得厉害，但丝毫不影响她的美。如同众人说的那般，她完美得就像是九天上的神女，没有一刻有过丑态。

第二日很快就来了，依旧是半上午的时候，苏笙月拉走了疲累的木青瓷，但木清玄的屋子外却多了不少看守的护卫。这是故意给七杀下的诱饵，如果没有那些护卫，怎么可能会给人一种错觉。真真假假，假假真真。

等了许久，也不见人影，就在看守的人换班的时候，一道黑影突然窜出，以迅雷不及掩耳的速度闪进了木清玄的屋子，竟然无人发现。屋子传来一阵打斗声，又很快没了声音，躲在暗中的苏笙月和木青瓷推门而入，只见一个黑衣蒙面人动也不动地站在屋子里，还摆着准备拔剑的姿势。

沈夜拍了拍手，看见苏笙月他们进来，奇怪地说道："你们确定她是七杀？我感觉有点不对。"

木青瓷走上两步，一把扯下黑衣人脸上的面巾，不相信地说道："怎么会是你？"

"莫阑珊？"

"大家姐？"

阴沉着一张脸，木青瓷解开了莫阑珊的穴道。

瞧着几人，莫阑珊恶狠狠地说道："你们把清玄哥哥藏到哪里去了？玄哥哥的身体很不好，你们随意移动他会加重他的伤势，他好不容易才醒过来，你们想害死他吗？"

苏笙月大步走出屋门，站在门口朝远处看了看，他皱着眉头说道："我们都被骗了。"

木青瓷走到苏笙月身边，她看着远处的山林，沉声说道："她看穿了我们的计划，早就走了。"

"谈不上看穿计划，她也应该心生怀疑，只是比我们更有耐心。"苏笙月解释着，他走进屋看了莫阑珊一眼，他询问道："昨天莫姑娘来时有什么异常吗？"

莫阑珊敏锐地察觉到气氛不同，她眯着眼，微微打量着几人，又使出她惯用的伎俩："既然都知我昨日来过了，就不要问我没用的废话，玄哥在哪里？"

木青瓷想要说什么，都被苏笙月拦下，示意她不要出声，淡淡说道："这种事由我们这种旁人来说会好一点。"

莫阑珊生出一种不好的感觉，她急不可耐地问道："玄哥哥到底出了什么事？"

"他死了。"苏笙月轻飘飘地说着，好像木清玄的死与他无关，也的确无关，"木清玄死了，就在昨天。有人潜入想杀了他，逼他动用了内力，加快毒发，毒入心脉，药石无医。"

"他死了……"

莫阑珊重复着苏笙月的这句话，一声比一声大，"不可能的，一定是你们骗我，玄哥哥怎么会死？他昨天还说等他好起来，他就陪我去找我的父母，他说过他会娶我的。"

莫阑珊的情绪不稳定起来，她退了几步，伸出手指着几人，大声吼道："一定是你们骗我，玄哥哥不会出事的。我昨天走之前他还好好的。"

"他的确已经死了。"莫景凉淡淡地出声，清冷的声音像一盆冰水浇在莫阑珊的身上，"临死前，木兄还念着你。"

莫景凉的话轻飘飘的，却好似压倒骆驼的最后一根稻草，莫阑珊跌坐在地，她哭着却也笑着，泪水打湿了脸颊，眼中再无生之眷恋，只有绝望。"杀了我吧，是我废了你的腿，杀了我泄恨。"

木青瓷上前一步，抓起莫阑珊胸前的衣服，冷冷地说道："你想死随时都可以，没人会拦着你，只是我哥哥的仇我一定要报。你不配为我哥哥而死，他不会在黄泉路上等你。"

被木青瓷放开，莫阑珊摔在地上，像具尸体一样就这样倒着，"害他毒发的人是谁？"

"七杀。叛出巫月神教三十年的一个女人。"

"七杀……"

莫阑珊的眼中有了神采，她慢慢从地上爬起来。若说此刻能支撑她活下去的就是报仇二字了。

"苗疆的醉花荫，哥哥想长眠在那里，安静地走完黄泉路。他让我把他的骨灰交给你，他说如果有下辈子，他希望还能遇见你，再许你一生一世。"

"我会陪着你的，玄哥哥。不管这辈子，还是下辈子，下下辈子，下下下辈子……我都会永远陪在你身边。"

转眼又是一日过去，第三天的清晨，木青瓷就驾马走了，苏笙月追了上去。莫阑珊拿到木清玄的骨灰后，也失魂落魄地走了，想来是去苗疆了。

沈夜走到莫景凉身边，他低声说道："你不去追吗？一点也不担心青瓷姑娘嫁给阿月？"

莫景凉看着手中的碧玉桃花，自顾自地说道："她不会嫁给阿月，阿月也不会娶她。事情就是这么奇怪，好像冥冥中已经注定。"

"你们之间的事，我的确懂不了，也许无法在感情之事上帮你，你好自为之。"

莫景凉应了一声，他想他已经知道，平静的日子即将结束。只是未来会如何，谁也不知道。

日子还很长，可天要变了，动荡快要开始，谁也躲不了。

连续赶了好多天的路，木青瓷和苏笙月到了临近江南的小镇时，天已经黑了下来。小镇不太大，但很宁静。日落之后，青砖石街道上的摊贩也渐渐少了起来，剩下的人也脚步匆匆，赶在天彻底黑下来前回家。

木青瓷慢慢地骑着马，走在并不算宽敞的街道上，她看了看周围，心情也放松了不少，轻声问道："你带我来这里干什么？"

"这里离林州并不算太远，去早了看着那些人你也心烦，不如在这里待几天，你也能够喘口气。"苏笙月翻身下马，他朝着木青瓷伸出手，轻轻一笑，"有时候把自己绷得太紧，并不算好。"

木青瓷静静地看着苏笙月，犹豫地把手递给他。苏笙月一把握住木青瓷的手，不容她反悔，上前一步，伸手把木青瓷抱下来。

"苏笙月！"

木青瓷吃了一惊，她被放下来之后，退离了苏笙月一步远，有些窘迫地说道："走吧。"

"你要去哪儿？"

"客栈。"

苏笙月走到木青瓷身边，拉起她的手，满含情意地说道："跟着我就好了。"

木青瓷有些发愣，随即就释然，这才是苏笙月不是吗？牵着马，跟在苏笙月的身边，心里瞬间就平静了下来。微微偏过头，看着苏笙月的堪称完美的侧脸，心控制不住地跳动。回过头是迷茫黑暗的前路，她下意识地握紧了苏笙月拉着她的手。也许只要有他在，她就可以放心大胆地走下去。不管何时何地，她会有一个值得依靠的人。

苏笙月察觉到木青瓷的小动作，他反握紧了木青瓷的手，唇角勾起一缕淡淡的笑意。多年之后，木青瓷再次回想起来这一天时，她再一次告诉她自己，她从不后悔她的所有选择。

走了一会儿，苏笙月把木青瓷带到一个幽静的小巷子，巷子里仅有几户人家。他远远就看到了提着灯在门外等候的苏落雪，放开了马，牵着木青瓷走上前去。

苏落雪看着牵着的一对手，微微有些失神，她恭敬地说道："饭菜和热水都已经备好，左边是公子的房间，对面是青瓷姑娘的房间。"

"你先下去吧，好好休息一晚。"

苏落雪低下头，眸子中的光芒也暗了下去，"属下遵命。"

苏笙月点点头，他拉着木青瓷进了门，却没有注意到苏落雪眼里的爱恋之意，但这一幕却落在木青瓷眼中。苏笙月不是傻子，他怎么会不知道苏落雪对他的情意，只不过是不说破而已。

进了门之后，木青瓷挣脱出苏笙月的手，一句话也没有说，径直地朝她住的屋子走去。是在生气吗？木青瓷也不确定，她开始怀疑，她真的不在乎苏笙月身边的女人吗？答案明显是在意。推开已经老旧的屋门，吱呀声响起，正准备关门之时，苏笙月过来挡住了木青瓷的动作，他柔声地说道："好好休息。"

木青瓷一下把门关过去，背靠着房门。她不能沉迷在苏笙月的温柔攻势之中，也看不透他，不知道他是真心还是假意。但就算是假的，她想她也入了圈套了。脚步声渐渐消失，门外也再没有了动静，木青瓷自嘲起来，没有人会平白无故地对你好。师父说得对，所有的感情都是建立在共同的利益上的，有谁会无条件地对她好？除了哥哥和师父，可对她最好的人都已经去了，而她只能眼睁睁看着，什么都做不了。想起木清玄，木青瓷只觉得心口一阵一阵地疼，她一直在人前假装坚强，硬生生地承受着那种痛苦，谁又能知道那种痛彻心扉的感觉。扯下人皮面具，随手丢在一边，她觉得很累，戴着面具过活很累。

第六十章

晚上的院子很安静,木青瓷转过身去面对着房门,犹豫了一会儿,还是拉开门确认了门外已经没有人的事实。正准备关上门时,一只手伸了进来,木青瓷也是一惊。

苏笙月迅速地推开门,他抱着木青瓷进了屋,还不忘顺手把门带上。

"苏……"

木青瓷还没说出口,就被堵住了嘴,剩下的声音淹没在唇齿交缠中。这个突如其来的吻不同于上一次那个吻,这个吻更类似于惩罚。

苏笙月并没有结束这个吻的意思,反而加深了它。不过他的手也没有停下,拉开木青瓷的腰带,褪下她的外衣,隔着薄薄的衣衫,不停地抚摸着她的后背。

木青瓷并不喜欢这样,她从苏笙月眼里只看到了一时的欲望,心中突然来了气,狠狠地咬破了他的唇,血腥味在两人的口间弥漫。

苏笙月把木青瓷按倒在床上,俯下身在她的耳边吹着热气:"这次只不过是惩罚,让我在门口等了好一会儿,下一次我就不一定会停手了。"

"你……"木青瓷恶狠狠地瞪着苏笙月,她的武功本来就不及他,一身力气也不如男人大,可也不是任人欺的。随即抬腿,一脚踢向苏笙月。

苏笙月微微一笑,他早就预料到木青瓷会有所动作,很轻松地化解了攻势,得寸进尺半压在她身上。"我不会强迫你的,只不过我也是个正常的男人,你别把我逼疯了就行。我想要你,也要你自愿把自己交给我才行。"顿了顿,在木青瓷的额头落下一吻。

"够了。"

"我是实话实说,难道你想我不明不白地轻薄你吗?"苏笙月轻笑,顺便把他的厚脸皮表现得淋漓尽致。他看着木青瓷的眼睛,真诚地说道:"我是一个正常的男人,我想要你,不过我永远也不会强迫你。"苏笙月低头在木青瓷漂亮的眼睛上轻轻落下一吻,缓缓起身,"今晚好好休息,不要想太多,这里没有危险。"

关门声响起,脚步声也远去,木青瓷才缓缓坐起来,摸了摸有些发红的唇,似乎唇上还残留着苏笙月的味道。热水已经备好,她走到屏风后,解开凌乱的衣衫,露出姣好的身体,没入水中,温热的水洗去一天的风尘。

木青瓷早上出房门时,苏落雪已经等着了,引着她往院子里去,想来也是苏笙月的把戏。

瞧见人来,苏笙月端着一碗小米粥递到木青瓷面前,像没事人一样说道:"这里的米粥还不错，就是有些清淡。"

今日苏笙月穿了一身偏深色的衣裳，衣服的领边和袖口都绣有云纹。这颜色也衬得苏笙月肤色更加白皙，让女子都羡慕。只是唇上的结痂的伤口，破坏了这份清俊儒雅，却遮不住他的风华绝代。

木青瓷并没有着急碰那碗小米粥，她的目光停留在院子里的那棵开满火红花朵的凤凰木上，"凤凰花。"

那棵凤凰木长了很多年了，树干粗壮，凤凰花也开始凋谢，落到树周围，地上铺了厚厚的一层花瓣。

苏笙月从几盘点心中挑出一盘，随意地拣出一块佛手酥，慢慢地品尝着，他慢悠悠地说道："凤凰木喜阳，喜暖，江南的天气并不适合栽种，不过却也是有的。"

"你什么时候让人去找的？"木青瓷没有动，她还是盯着凤凰花，眼中有着一丝欣喜，更多的却是无奈。

"你第一次说起江南，第一次说起青砖白墙，第几次说起凤凰花的时候。"

花瓣飘落，木青瓷此刻想起来太多人，火红的凤凰花，就好像梦一样。

"这个世上没有人比我更爱你，可以为你付出一切。"

脑子里突然冒出岳洛的那句话，木青瓷觉得有些恍惚，她一看到凤凰花就想起岳洛，也就总感觉岳洛还活着，一直看着她。甩了甩头，想把脑子里的那些东西给忘掉。

这一动作落在苏笙月眼里，他伸长了手，放在木青瓷的额头上。这一系列的动作无比自然，好似做过千百次。"还好，并没有什么。"

木青瓷没好气地说道："我是学武出身，没那么容易病倒。而且那些话你都记着吗？"

"你说的每句话我都记得。"苏笙月注视着木青瓷的眼睛，他带着笑意说道，"还满意吗？"

"我没想到你真的去做了。"木青瓷心一动，她避开苏笙月的目光，匆忙中看着那碗小米粥，拿起汤匙，小口小口地吃着。

苏笙月轻笑出声，他拣出一块糖蒸酥酪，递到木青瓷面前，"试一试。"

木青瓷眼神不明地看着苏笙月，接过那块许久不曾吃过的糖蒸酥酪，咬了一口，唇角微勾。

站在远处的苏落雪悄悄地退下，她是一个称职的护卫。看着苏笙月唇上的伤，她就明白了怎么回事。她想木青瓷并不知道这顿早点费了她家公子多少心思。糖蒸酥酪是专门请苏州老字号的师傅来做的，佛手酥请的是扬州最好的师傅。那一碗小米粥用的是更胜贡米一筹的青米，一株穗子才有几颗青米，这样一碗价值千金。其他的点心依旧不差，一道点心一个顶级师傅，都是三更天的时候起来做的，只为了她一个人。还有这个院子，为了那棵凤凰木，找了许久。

苏笙月拿出干净的帕子，轻轻地擦拭着木青瓷嘴角沾上的点心碎屑，"如果吃好了，我们也该出去走走，才能不浪费偷来的这几日。"

"我自己来吧。"对于这样亲昵的举动，木青瓷并不习惯。

苏笙月抓住木青瓷伸来的手，温柔地说着："已经好了，走吧。"

出来之后，木青瓷一个人走在前面，东看看，西望望，就像是一个安静的孩子，一句话也不说，抱着喜欢的东西，沉浸在自己的世界里。

苏笙月眼神深邃，他跟在木青瓷的身后，看着她有时扬起手，抚弄着路边柳树垂下的枝条。有时候又靠着墙走，手指滑过青砖白墙，偏头靠在墙面上，眼中闪着光芒。

不知不觉走到人多的街道，人来人往，河边的茶肆外，老人们坐在竹制躺椅上，悠闲地品着一壶茶，聊着属于他们的话题。不大的乌篷船停在河边，这样一条不大的河流从这座小镇中流淌过去，河边有些妇人带着孩子洗着衣裳，这里的一切都带有一丝独属江南的气息。

"买花吗？"有卖花的小姑娘提着清晨才摘下的花，到处叫卖着，她走到出神的木青瓷面前，轻轻拉了拉她的裙子，满脸稚气地问道："姐姐买花吗？"

木青瓷被这一声拉回神来，她看着小女孩打着补丁，已经很破旧的衣服，手中提着的花篮，里面是还挂着水珠的花朵，满脸期待地看着她，实在想不出拒绝的话，淡淡地说道："给我一朵。"习惯性地从腰间摸着碎银子，才发现她已经换了一身衣服，被苏笙月拉出门的时候什么也没带，身上也没什么值钱东西。

正在尴尬的时候，苏笙月递了五两银子上来，他站在木青瓷的身边，"所有的花我都买下，快回家吧。花，你也带回去。"

木青瓷诧异地看着苏笙月，忽然想起他一直跟在她的身后，只是她太走神没有发现而已。

卖花的小女孩接过银子，不停地道谢："谢谢哥哥，谢谢姐姐。"说完，就朝不远处的一个小摊处跑去，大声说道："爹，娘，我把花卖出去了，你们看。"

那个已经生出白发的男人，把小女孩搂进怀里，亲昵地捏了捏她的鼻子，夸奖道："我的丫头好厉害，今天我们早些收摊回家，让你娘给你做好吃的。"

那个打扮朴素的妇人也是笑吟吟地说道："丫头跟好心的哥哥姐姐说谢谢了吗？"

"说了。"

"真乖，娘回家给丫头做好吃的。"

"谢谢你帮我。"木青瓷看着那其乐融融的一家人，眼中有着羡慕。她本来也有疼爱她的爹娘，宠着她的哥哥，可这一切都因为一个人没了。

"听我的，别去想过去，专注于现在。"

"嗯。"

"在想什么，我的夫人？"苏笙月轻笑，顺势搂着木青瓷的纤腰，看来他心情不错。

木青瓷淡淡说道："我在想，你什么时候才把手从我腰上拿开。"轻飘飘的话，对于苏笙月来说一点杀伤力都没有。

苏笙月笑了笑，指了指前面的那些店，随意地说道："反正也来了，夫人要不要逛逛，看看有没有喜欢的东西。"

木青瓷顺着苏笙月手指着的方向看过去,有不少店铺,其中有卖布料的,卖首饰,卖文房四宝之类的,认真说道:"你付钱吗?"

苏笙月一愣,随即笑道:"夫人看上什么就买什么。"

木青瓷也无所谓,她本来就是随口说说,既然有人愿意掏钱,她也不介意多逛一逛。"别叫我夫人。"

苏笙月凑近木青瓷耳边,暧昧地说道:"我不介意你叫我阿月,唤相公也行。"热气喷洒在木青瓷的耳边,痒痒的。

"你能正经一点吗?"

"男人不坏,女人不爱。阿凉就是太正经,所以你才会对我动心不是吗?"

"……"

再接再厉,当然是我们苏大公子的本性。

"叫我阿月,青瓷。"

"放开再说。"

"你不叫,我不放。"

"你……"木青瓷使不出力气推开苏笙月,只得屈服在苏笙月的淫威之下,迟疑地说道:"阿……阿月……"

"记住了,是阿月,不是苏笙月,我的夫人。"苏笙月放开木青瓷,勾起嘴角,笑意满满,"请吧,夫人。"

"你……"

苏笙月拉起木青瓷的手放在手中,真诚地看着她说:"以后的路不管有多难,我都会陪你走下的。"

随时随地的温情告白,说不动心那是假的,木青瓷的心就像小鹿一样乱撞,她口不择言地说道:"那还不快走,留在这里等着被人笑吗?"

"遵命,夫人。"

第六十一章

说是逛街,木青瓷对此并不感兴趣,普通女子喜欢的东西,她一概不感兴趣。小时候,她挺喜欢漂亮精致的发饰,也知道要打扮自己。可是后来,她人生中最宝贵的十年用在了活下去,杀死别人上面。她想要逃离宁家,逃离主上,可她能逃一时,却逃不了一辈子。

"与我一起的时候，还能走神成你这样的，也算是厉害了。"

木青瓷被苏笙月的话拉回了思绪，她看了看陌生的环境，才发觉她在走神中。

走神之中，苏笙月已经把她拉到其他地方了，木青瓷无视了苏笙月的郁闷，打量着这个不大的小店。柜子上摆着各种各样的瓶瓶罐罐，桌上摆着脂粉，"你带我来这里干什么？"

有位清秀少女迎上来道："客人随意瞧瞧，都是上好的胭脂。"

苏笙月推着木青瓷往前走了两步，指着桌子上的胭脂水粉道："适当地打扮一番不是更好吗？"

"我并不擅长涂脂抹粉，要来也无用。"

"如果不介意，我来给夫人上妆如何？"

循着声音看去，只见一位抱着琵琶妇人模样打扮的中年妇人站在门口，她的声音很轻。

那名妇人抬起头，她的眼睛明亮，只是左脸眉骨向下，一直到耳边有一条长长的疤，狰狞而又吓人。如果不看那条疤痕，只看妇人的右脸，就会发现她虽已经老了，但依旧能看出昔日的貌美如花，只是不知遭了什么难，落得如此下场。

木青瓷目不转睛地看着那名妇人，一口答应道："那就麻烦你了。"

苏笙月顺着木青瓷的意思说道："不知大嫂如何称呼？"

"民妇琴姬。"

"那就麻烦琴姬大嫂了。"

琴姬对苏笙月行了一礼，走进店内，只说道："民妇不敢当，只是民妇替夫人装扮时，不喜有人在旁观看，可否请公子与那位姑娘回避。"

苏笙月并不担心木青瓷出什么事，他拿出一张银票放在桌上，对那位清秀少女道："麻烦姑娘为我夫人腾出一个地方。"

"请跟我来。"清秀少女收好了银票，掀起帘子进了屋去。

木青瓷跟苏笙月对视一眼，也跟着进去，最后才是琴姬。

随后清秀少女拿着一张单子出去，对照着清单在柜子上挑挑拣拣着胭脂水粉，之后把单子递给苏笙月道："公子请看，这是那位大嫂要的东西。"

苏笙月接过单子看了一眼，随口说道："这是你写的吗？字很娟秀。"

"不是我，是那位大嫂写的。"清秀少女端着选出来的脂粉，"那位大嫂也不是本地人，前几天才来，还有一对年轻男女。据说是这位大嫂的剩下的亲人了，到处卖唱，那歌唱得可好了。"说完，就端着东西进去了。

"是吗？"苏笙月看着那张单子，娟秀的小字，还有教养十足的礼节总感觉哪里不对。

琴姬拿起桌上的梳子，轻轻地替木青瓷梳着头发，表情温柔又怀念，她轻声地说道："夫人可生得真美，连女人看了都要心动，与门外的公子也十分相配，何不嫁了他，给自己找个好归宿？"

木青瓷把玩着桌上放着的脂粉盒，抬起头看着镜子里认真为她梳头发的琴姬，"你既然知道我们并非夫妻，为何还要叫我夫人？"

"夫人不是认了吗？"琴姬小心的理着头发，没有其他人在场，说话也方便多了。"若是心中无意，夫人又怎么搭理。有时候把自己的心隐藏起来，反而不好。"停了一下，又说道："我想起了一个故事，不知夫人愿不愿意听。"

"请说。"

琴姬慢悠悠地说着："从前在江湖上有一位俊杰，他少年有成，又丰神俊朗，却爱上了一名普通的女人，当时没人愿意相信，那个女人也不敢相信。那个男人对于她来说就好像天上的星辰，而她什么都不是，注定了两人之间的云泥之别。"

琴姬停了一下，慢悠悠地说道："可那个男人并没有放弃对那个女人的爱，他为了她付出了很多。那个女人终于确信男人是真的爱她，也接受了他，两人很甜蜜地过了一段日子。"

木青瓷听着这个故事，觉得有些奇怪，她很在意那对男女的结局，不管是编造还是发生过的事实。"之后发生了什么事？"

琴姬替木青瓷描着眉，她勾起嘴角，浅浅地笑起来："所谓的结局都是编故事的人想出来的，夫人想要知道之后发生了什么，不如去做编故事的人，或许他们的结局就有所不同了。甜蜜地过一辈子也好，英年早逝也罢，一切都是写故事的人编写出来的。"

"你脸上的伤疤是怎么来的？"话一说出口，木青瓷就后悔，只见琴姬拿着胭脂盒的手一抖，木青瓷连忙出声道："是我冒昧了，你不想说也没事。不过是我有点好奇，随口问问罢了。"

琴姬用手挑了一点胭脂在手上，用手化开，试了试色。"这道疤算是我买的一个教训。年轻时候总是怀有好奇心，镇上来了个男人，他英俊潇洒谈吐不俗。小镇没有人可与他相比，就对他……"

"一见倾心是吗？"

"在那种情况下，谁又能抵挡这样一个与众不同的男人。"琴姬淡淡地说着，话语中只有好笑的感觉，"那时我已经定亲，只能远远望着他。我发现他对我也有意思后，就失去了理智一心想着与他双宿双栖。说来可能是好笑，也可能是不知廉耻，在未出阁之时就把身子给了那个并不熟悉的男人。之后不顾一切地让他带我走，等我去了他的世界，才发现我错得有多离谱。

"所谓的君子模样都是他装出来的。他家中妻妾成群，而我无名无分地住了进去，开始他还算对我宠爱，之后就厌烦了。他的妻妾时常毒打我，我忍受不了，就想逃跑。这道伤疤就是我逃跑时被抓住，那个男人给我的。后来我被人救起，脸已经毁了，偷偷回到那个生我养我的小镇时，才知道因为我跟来路不明的男人私奔，我爹娘受不了闲言碎语早早去了。

"人都是不聪明的，所以当意识到真相时才会那么痛苦不堪。"

"之后我流落街头，幸好遇到一个好人，她教会我勇敢面对，坚强地活下去。我的手艺都是她教的，她就像我姐姐一样。"琴姬充满着怀念地说道，"靠着卖唱，我活得很好。"

"可你赔上了你的一生。"木青瓷不满地说道，"作为一个旁观者，我无法说什么，但我为你可惜，你用了一生买了一个教训，不后悔吗？"

"真要问我后不后悔，我的回答是不后悔。"说这话时，琴姬无比认真，她继续说道，"夫人还没经过情爱之痛，所以不会明白。曾经的我也想过后悔，可我的心告诉我，我不后悔。当夫人你经历过情爱带来的痛时，你再问问你自己，你是否后悔。"

"我不会后悔。"木青瓷斩钉截铁地说道，"我不会后悔做过的所有事，那是我的选择，不管是如何结局，我都不会后悔。"

"所以我才不会后悔，夫人很明白那种心情不是吗？"琴姬笑出声来，她移过铜镜，柔声说道，"妆成，夫人看看是否满意。"

"这不像我。"镜中的女子明眸皓齿，娇俏玲珑。

"她却是你。"

苏笙月优哉游哉地品着茶，他一点也不着急。听见声音响起，回头看去，只见琴姬掀开帘子出来，手上还端着一个漆盘，而木青瓷紧随其后。

俏丽若三春之桃，清素若九秋之菊。这是苏笙月的第一个印象。他大步走了过去，拉起木青瓷的手，赞叹地说道："你真美。"

许是得到心上人的赞赏，木青瓷脸上飞上了两朵红云，她故作冷淡道："油嘴滑舌。"

苏笙月拿出银子，准备感谢琴姬时，琴姬摆摆手，"如果公子真想要答谢民妇，就请明日与夫人来前面的酒楼为民妇捧场。"

"好。"

入夜后的小镇隐去了白日的喧嚣，在一片宁静中，各家都亮起了灯火，在黑夜中更显得宁静。夜空中没有那满天的繁星，却高高地挂着一轮圆月。

院子里，两个人就这样坐着，桌子上摆着酒菜，周围还挂着灯笼，照亮了这个不大的院子。

苏笙月替木青瓷把酒斟满，看她有些醉意，"这一杯喝完之后别喝了，你醉了。"

木青瓷端起酒杯，"小时候我常常在想，我长大之后会是什么样子？可是命运总让人意想不到，我爹，我娘，我哥哥，我的家族在一夜之间毁于一旦，从此之后我什么都没了。"将那杯酒饮尽，她拿起酒壶倒着酒，"我之所以喜欢江南，大概是因为听人说多了。青砖白墙，火红的凤凰花，就像是一个美好的梦，让我沉迷其中，不愿意醒来。接下来突然就变了，我看见火光冲天，那些人睁大了双眼，满脸惊恐，他们根本不知道他们在那一刻就会死。"

"没有人知道他们什么时候会死。"苏笙月接着木青瓷的话说道，"常说生死有命，早已注定。但所谓的命中注定不过是一种借口，真正的强者，他不会屈服于命运。"说着这话时，苏笙月的眼神变得凌厉起来，他的话中有着从未表现出的野心和自信。

木青瓷一手拿着酒壶，一手端着酒杯，不停地为自己斟着酒。她此刻卸去了伪装，眼中满是哀伤，自责地说道："我曾以为我什么都没有，但师父出现在我的面前。不知从何时起，他的背不再挺直，他的身体开始变差。直到有一天，他再也无法在我的面前强装时，我才知道他的病已经很严重了，我救不了他，只能看着他一天天地衰弱下去。"说着这话时，木青瓷除了自嘲就是讽刺，她只觉得心里又苦又酸，希望可以发泄出来。"后来哥哥回到我身边，但我依旧无法救他，再一次眼睁睁看着他受尽痛苦。也许这就是上天跟我开的玩笑，我以为我足够强大，但从头到尾都是一个笑话。我什么都做不了。"

苏笙月伸出手，抚上木青瓷的耳边发，"我知道木兄的事对你打击很大，哭出来好吗？不要憋在心里。有我在，不管发生什么事，我都会陪着你，不离不弃。"顿了顿，继续劝说道："有时候哭出来会比强忍着悲伤要好很多。"

木青瓷看着苏笙月，佯装着坚强，可她的眼睛已经出卖了她，她此刻只是假装坚强罢了。在苏笙月的目光下，木青瓷只觉得鼻子很酸，眼里起了一层水雾，她低下头道："哭有什么用？我从小到大受的教导就是不准哭。哭是弱者才会做的，哭不能改变，那不过是嘲笑你的懦弱，眼泪并不值钱。"

"哭并不是懦弱，那只是感情的发泄。正如你开心时会笑，悲伤无助时也会哭。"苏笙月抬起木青瓷的下巴，强迫她正视着他，温声浅语地说道："我所认识的木青瓷，会哭、会笑、会生气、也会羞恼，她不是一具不会哭、不会笑、不会生气恼怒的木偶，她是一个活生生的人，不是杀人利器。"

眼泪总是不受控制地流下来，木青瓷想要停下，但她控制不了身体的反应。对于一个杀手来说，眼泪是最致命的弱点之一。如果不能成为一个冷血无情的杀手，那些软弱都会成为她的致命伤。

"哭出来就没事了。"苏笙月放开木青瓷，他轻轻地拍着她的后背，安慰道，"我不会让你去蹚浑水的，只要远离了那些东西，你就不会再这么痛苦了。"

苏笙月自嘲一笑，他知道他陷入了情网，假戏终成了真。这是第一次他想要保护一个人，哪怕代价是失去。只要她能活下去，不再成为棋子进入棋局之中，那也是值得的。

第六十二章

今夜罕见的没有云，月色照耀下，一切都清楚可见。火红的花朵散发着迷人的气息，慢慢地从枝叶中打着旋掉在地上，无声无息。

有时候情动只是一瞬间的事，一个眼神，一次擦肩而过都有可能心动。当压抑太久的感情在某时某刻被引导出来的时候，那便再也收不住了。

苏笙月抓着木青瓷的肩膀，轻轻地在她额头上落下一吻，接下来是眼睛，最后目光移到那唇上，情不自禁地吻了上去。

那个吻很小心，好像生怕会吓到面前的娇美人儿。温热的触碰，一如之前的那个吻，却也有所不同。也许是在酒的作用下，更多的可能是在心底压抑太久的感情爆发，苏笙月的动作不再轻柔。如果说之前的吻如三月的一缕春风一样轻柔，那么现在就如火一般热情。

木青瓷并没有推开苏笙月，也没有所动作，在这月色下她伸出手钩着苏笙月的脖子，回应着他的吻。唇齿之间，有着并不淡的酒味，却依旧有着陈年老酒的那份醇香。情到深处，再也无所顾忌。

回应永远是重要的，苏笙月的手慢慢向下滑去，他抚摸着木青瓷的后背，轻咬着她的唇瓣，吸吮着她的唇，更是加深了这个吻。不管多冷酷的女人，在心爱的男人的面前，永远都是最为娇媚的。木青瓷任由着苏笙月的动作，她被咬得有些吃痛，不自觉地呻吟一声。那娇媚的声音更是刺激着苏笙月的神经，在这把火上浇了油，让火燃烧得更加猛烈。苏笙月搂过木青瓷的腰，一下把她抱过来，坐在他的腿上。唇齿间的沁甜弥漫在口内，苏笙月的呼吸沉重了起来，他挑开木青瓷的贝齿，与她的柔软相追逐。

温香软玉在怀，苏笙月已经不再满足亲吻。他顺着唇一路向下，亲吻着木青瓷的脖颈，在白嫩修长的脖颈上碎碎吻着。木青瓷低吟了一声，苏笙月的眼神也越发炙热起来，身体里好像烧起了一把火。他对他的定力向来很有信心，但此刻却把持不住了，第一次这么想要得到一个人。

"苏笙月……"灼热的呼吸喷在裸露的脖颈上，木青瓷的肌肤染上了一层浅浅的红，她此刻已经意乱情迷，娇媚地叫着心爱的人的名字。

没有什么东西能比木青瓷那娇媚的声音更有效，苏笙月只觉喉间一紧，他抱紧了木青瓷，吻着她红透的耳垂，沙哑着声音道："叫我阿月，青瓷。"说着苏笙月也没闲着，他拉开木青瓷的腰带，拉扯着她肩上的衣裳，亲吻着她精致的锁骨。

"阿月。"木青瓷勾着苏笙月的脖子，她带着醉意轻声唤道。

情人之间的呢喃轻语总是有效的，苏笙月轻轻咬着木青瓷的肩头，在她的身上留下浅浅的牙印。桌子上的酒壶被碰倒，发出清脆的响声。苏笙月也清醒了不少，他没有犹豫，抱起木青瓷进了屋。

屋中烛火明亮，苏笙月将木青瓷平放在床上，他俯身而下，手撑在木青瓷头的左侧，他俯在她耳边低语道："青瓷，你好美。"说罢，苏笙月又亲吻着木青瓷的耳垂，褪下她的衣裳，一件又一件，露出绣着杏花的鹅黄色抹胸，令人心动的胴体就这样展现在他面前。白嫩的肌肤明晃晃地刺激着苏笙月的眼球，他指尖轻轻地滑过，好似面前的人是一件绝世珍品。

倾身而下，苏笙月直视着木青瓷的眼睛，他落下一吻，沙哑着声音说道："青瓷，答应我好吗？"说着苏笙月慢慢地吻上木青瓷的唇。

木青瓷伸手挡住苏笙月的吻，她想起了琴姬的话，看着苏笙月，有意地问道："苏笙月，你爱我吗？"

许是没想到木青瓷会突然这么问，苏笙月勾起一笑，他认真说道："青瓷，原谅我不愿意爱你。"

木青瓷没有说话，她突然笑了起来，手指滑过苏笙月的喉间，一双玉臂勾住他的脖颈，嘴角微微向上扬着，"是吗？"说着木青瓷仰起身子，主动地吻上苏笙月的唇。

对于木青瓷的动作，苏笙月也是一惊，不过那只是一瞬。他抱紧了木青瓷，双手不停地抚摸着她并不算太光滑的后背，沿着颈项一路细吻了下来，亲吮着锁骨上还没消退的牙印。

木青瓷并不是不知道苏笙月接下来会做什么，但她依旧放纵了他，也放纵了她自己。她想要的答案并不是一句我爱你，如果苏笙月告诉她，他爱她，可能那一刻她说什么也要推开他。她虽然不懂男女之事，但待在宁家多年，当了这么多年的杀手，也不是懵懂无知的。虽没有刻意去知晓，但在执行任务的时候也见过别人欢爱。何况宁家不是什么干净地方，撞见过的也不少。

红烛逐渐燃尽，两道人影隐于黑暗之中。失去了烛火的照耀，两个人在黑暗中缠绵，不再探寻着对方的心意，努力从对方身上汲取温暖。没有了一丝羞涩，取而代之的是热情的回应。

有一种爱叫情到深处，难以自拔。压抑在心底太久了的感情，只要一个契机，就会如火山爆发一般喷涌出来，什么也阻止不了。这种契机有可能是一个眼神，一句鼓励的话，或者是一个亲吻。总之有太多的东西，足以让人情动。

木青瓷醒来时已经是第二日上午，她看了一眼身边的苏笙月，歪过头看着他的睡颜。她伸出手，轻轻地落在苏笙月的额间，顺着眉心往下。直到鼻尖时，木青瓷停了下手，她沉默了一小会儿，拉了衣服起来坐在床边。身上还有些酸疼，余光扫过浅色薄被半遮半掩下那凌乱不堪的嫣红痕迹，脸有些发烫。

经过昨晚的事情之后，木青瓷知道她不可能再回宁家。之前的所有事，主上都可以包容她，唯独这件事，她触碰了底线，而主上最讨厌别人碰他的东西。一想到这里，木青瓷抓紧了床沿，她的心沉了沉，除了死还有什么办法可以摆脱宁家？她想要为自己活一次。

苏笙月早就醒了，他看着木青瓷的睡颜，一看就是半上午。木青瓷醒来的时候，他故意装作睡熟，只是想知道木青瓷会做什么而已。久久听不到什么声音，苏笙月也坐起来，他从背后搂着木青瓷的腰，把头埋在她的颈窝，吻着她的颈项，轻声说道："在想什么？"

感受到熟悉的气息，木青瓷放松了身体，她低声说道："我在想要怎么样才能逃出牢笼，过着我想要的生活，而不是被迫活着。"

苏笙月凑近木青瓷耳边，他喷洒着热气，小声地说道："坚定你的信念，做你想做的事，不要后悔。"

木青瓷抓住游走在她身上的手，偏头看了苏笙月一眼，"苏笙月，你能正经一点吗？现在是白天。"

"我一向都很正经不是吗？只有对你，我才会有所不同。"苏笙月把木青瓷搂进怀里，他轻咬着她的耳垂说道，"昨夜不都还好好的，怎么一觉起来，又变回了木青瓷。"

木青瓷只觉得脸上发烫，她挑起秀眉，耳垂上传来的轻微痛感是那么真实，语气上服软下来："阿月我累了，别闹了好吗？"

"好，不闹。"

苏笙月顺着耳垂往上，亲吻木青瓷俏美的脸颊，双手一点也不安分地在木青瓷身上游走，揉捏着她胸前的柔软。

突如其来的动作让木青瓷没有想到，她下意识地低吟了一声，抓住苏笙月的双手，略带无奈和不满地说道："都说了别闹，又不是小孩子了。还有正事要做，答应了琴姬的事你忘了吗？"

苏笙月让木青瓷面对着他，亲吻着她的唇角，蛊惑地说道："当然没忘，只是比起那件事，还有一件更重要的事等着我们去做。"说着苏笙月慢慢放下木青瓷，让她平躺在床上，半撑着手落在她的头边左侧。

木青瓷侧过头，脸上有着疑惑，她不解地出声道："还有什么事？"

苏笙月捂住嘴笑出声来，他俯身而下，在木青瓷的耳边悄悄地说道："当然是孩子的事，我喜欢女儿。"话音刚落下，苏笙月就吻上了木青瓷的唇。

木青瓷想要说什么，却被苏笙月的吻给堵住了，不给她任何说出反对的话的机会。木青瓷瞪了苏笙月两眼，只是苏笙月闭着双眼，享受着这个吻，肆意地掠夺着木青瓷口里的清甜。同时拉过薄被，盖过两人的头顶，只有被子里那两道不停交缠着的人影还在继续。

在这个与外界少有联系的平凡的江南小镇，木青瓷并不知道发生了一件事，足以在整个江湖里传为笑谈。

第六十三章

萧晨安安置好景安儿之后，才皱起眉头，他知道此事必然会有一个结果。才出了房门，就发现紫菀等着了，迎上去柔声说道："怎么不去休息，你的身体还很虚弱，受凉了怎么办？"

紫菀皮笑肉不笑地说道："我还以为你的心都飞到其他人身上去了。如果我死了，你不是可以光明正大的和景安儿在一起吗？"冷哼了一声，"她美，又温柔，对你更是百依百顺，现在为了你连名誉都不要了。"

萧晨安抓着紫菀的肩膀，眼中情意深深，"不是你要她留下的吗？怎么现在耍起脾气来了。我的心意你是知道的，除了你别人都不过是做戏。"

紫菀笑看着萧晨安，她讽刺地说道："你的心意我不清楚，戏做得太真就成了真的。阿晨，有时候我都分不清你对我是真心还是假意，这样让我很不安。让景安儿留下不过是想让她知道，你爱的人是我，她不过是自作多情罢了。"

萧晨安把紫菀接进怀里，望着远处眼中冰冷，语气却柔和："我只爱你一人。景安儿就随她去，别动她。她如果出了什么事，景家必定与我不死不休。虽然景家不值得在意，但如果联合苏笙月、沈夜等人，那会给我徒增很多烦恼。许多事情都无法有所动作，会很麻烦。"

紫菀眼中闪过一丝不悦，但她还是同意了下来："我可以不动她，你也不必对她演戏，趁早断了她的念头。等我解了毒，就随你去夺取宁国宝藏，助你成就大业。"

"你只需要好好等我回来，我的紫菀可不能受伤，不然之后的婚礼就办不成了。"

"你别骗我就好。"紫菀面上有着得意，她的男人绝不许任何女人沾染，至于景安儿，虽说不动她，但是她如果是心甘情愿去死，那就怪不着谁了。

"不会。"

事情是这样的，景家大小姐景安儿私跑出府，去找萧晨安不说，大胆直言不回景家，自愿陪在萧晨安身边。景家的人回去禀告之后，景家家主一气之下直接断绝了与景安儿的父女关系，更是把她逐出景家。景家也因此事丢尽了脸面，成了笑料，传遍了整个江湖。

皇宫之中。

并不富丽堂皇的宫殿中，青烟袅袅，散发出一阵阵淡淡的香气，令人闻着舒爽。一个人影斜躺在榻上，闭着眼睛，正在睡梦中，正是太皇太后。

屋中的人都退了下去，一道黑影闪过，从宫殿一角处走出来。他轻手轻脚地走到榻边，捡起滑落在地上的披风，重新为太皇太后披上。又走到安放香炉的桌子边，拿下兽头铜炉的盖子，从怀里摸出一些香料，加进了铜炉里，小心地搅动着，使之燃烧。吸了一口气，黑影人对味道还算满意，他小心地盖上兽头铜炉盖子，生怕惊醒了那个正在睡梦中的女人。做好这一切，黑影人又走到软榻前，蹲下身体，看着已经有了老态的太皇太后，他眼中依旧情深一片。

"小虞，不要再折磨自己了，我会帮你把女儿找回来的。你忘了吗？我答应过你，不会对你的儿子下手的。"黑影人回忆似的说道，"从第一眼见到你，我就知道为什么他会那么爱你，也许是我们真的太过相像，连女人喜欢的都是一个。明知道只要折磨你就能折磨他，可我对你始终下不了手。从你第一眼认出我不是南离的时候，你就刻在了我心上。我是南霖，不是南离。"

太皇太后陷在那些挥之不去的梦魇中，在梦中她想起当年宫闱之乱，她的女儿丢失在民间，生死不明；想起了司尧的死；想起许妃的忏悔，惨死的司言；还有她相信过，也恨过的南离。

"我没有杀南离，小虞你相信我，我真的没有杀他。"病弱的司尧躺在床上，他虚弱地解释着。

"求你不要怨皇上，南离是我杀的，是我嫁祸给皇上的，要打要杀我都随你。小虞，我求求你，不要怨皇上，至少让他安心离去。"许妃跪在她面前，不停地求着她原谅司尧。

"答应我，等我回来。只要三年，三年后我就回来娶你。"离别时，南离的脸还留在脑海里。

"这么多年，我以为是在保护你，却伤透了你的心。你我斗了二十多年的气，也闹了二十多年，可惜了这一辈子不得圆满。下一世，我一定会找到你，那时我不要为帝，也只有你一人为妻。"司尧的临死前的样子依旧记得清楚，原来他们都已经老了。

"你就是江小虞，看着也不怎么出彩，想不到还挺聪明的，知道我不是南离。"英俊的脸上带了一分不屑，眉目间有着高傲，还有着冷漠，这是南霖，不是南离。

"你为什么要嫁给他，你答应过要等我回来的，你怎么可以言而无信。"失控的南离放声大喊着，他的眼中有着深深的失望。

"如果我不主动去见你，你永远也不要再出现在我面前。"记忆又回到司尧死后的日子，太皇太后不自觉地喃喃出声，"永远都不要出现在我的面前。"

听到这个梦中呓语，南霖的手一顿，他缓缓起身，眷恋地看了一眼太皇太后，随即偷偷离开。

"司尧。"

太皇太后忽然惊醒过来，她坐起来，身上盖着的披风掉在地上。

阿瑶听见声音，连忙跑进殿内，"怎么了，太皇太后？"

太皇太后抓住阿瑶的手，她朝殿内望了望，眼光又晦暗了下来，她低声说道："我梦见了以前，梦见了好多人。我还记得司尧临死前的话，我跟他斗了二十多年的气，也冷了他二十多年，直到他躺在床上起不来的时候，我才发现，原来我们都已经老了。他再也不是当年那个意气风发，挡在我面前，大声地说着江小虞嫁给我的人了。那时候司尧有了白发，他的身体也不如以前好了，可那个倔脾气却从来没变过。我从不后悔嫁给了司尧，陪着他过了一辈子。"

"我们都老了。"

太皇太后轻笑两声："的确是老了。"

阿瑶替太皇太后揉着肩，她笑吟吟地说道："刚刚王爷传了消息，他带着公主已经到了上京城，晚点进宫请安。"

"你怎么不早点告诉我，快扶我起来。我的熙宁现在什么样子，她喜欢什么？"

阿瑶小心地扶着太皇太后，乐呵呵地说道："奴婢想给太皇太后一个惊喜，公主喜欢的，要见了才知。"

"那你去准备晚膳。"

"奴婢遵命。"

木青瓷和苏笙月到了酒楼二楼之后，只见周围稀稀松松地坐了十多人，她并未失约。

琴姬坐在中间，抱着琵琶，她身后有着一个年轻男子，面前摆放着一把古琴，还有一个年轻女子唱曲。

清脆的琴声缓缓响起，琴姬拨动着琵琶弦，乐声动听。合着音乐声，年轻女子轻启檀口，唱道：

青砖白墙，长巷十里。
墙内红杏俏。
画楼歌舫，惊鸿霓裳。
一曲琴声碎。
夜凝霜，月惆怅。
罗裙红装，红烛垂泪。
负尽一生只为君。
都道是人面桃花，殊不知白日时光。
情丝难断，白衣霜华。
犹记当年，
一眼初见，
十年梦华，
孤坟沧沧。

一曲已毕，众人才醒转过来，大声地拍掌叫好。等到人群都散去，木青瓷才走近道："你的琵琶弹得很好。"

琴姬站起来，面对着木青瓷，轻声说道："弹得久了，自然手就快了。夫人今日看来气色不错，不知可否借一步说话？"

"可以。"

琴姬对着苏笙月行了一礼，和木青瓷一同往二楼边上走去。

木青瓷试探性地问道："想来一定不是普通的话，不然也无须如此。"

琴姬摇摇头，她云淡风轻地回答道："并非是什么特别的话，只是这话对夫人比较特别而已。"停顿了一下，"不知夫人听过曲子之后有何感觉？"

木青瓷习惯性地敛起表情，她想了想才道："很美的曲子。"

"夫人不必防备着我，今日是想在走之前跟夫人说两句话罢了。"琴姬看出了木青瓷的小心谨慎，"没有人会平白无故地对你好，希望夫人不要步我的后尘。"

"什么意思？"木青瓷上前一步，看着云淡风轻的琴姬，脸上有着不解，但眼神十分凌厉。

"只是提醒罢了。"琴姬看着窗外的晴空，她怅然若失道，"从此之后夫人好自为之。"

"我知道了。"

萧晨安回来的时候，并没有见到紫菀，安静的宅院让他不安。隐家不可能派人来带走紫菀，紫菀也不会轻易离开。他突然想起景安儿，一种不好的感觉油然而生，迅速奔向安置景安儿的屋子。

"你在做什么？快停下。"

只见紫菀抓着景安儿，她们两个的手臂都裸露了出来。不同于紫菀，景安儿的手臂雪白光滑，只是这玉臂上有着一道长长的伤口。

紫菀偏头看了一眼萧晨安，脸色惨白，她的嘴边还有着血迹。冷笑道："你最好不要轻举妄动，不然我和这个女人都会死。你的耐心向来很好不是吗？只需要再等一等。"说着还看了一眼动都不能动的景安儿，复嘲讽地说道："你不是想为我解毒吗？这就是父亲教我的解毒方法，用血为引子，把蛊虫转移到另一个人身上去。我马上就能好起来，你不为我高兴吗？"

"你不该伤了无辜的人。安儿不是你，她不会武功，没有内功护体，她会死的。"萧晨安皱着眉头，怪不得紫菀迟迟不告诉他解药是如何配制的，原来根本没有解药。所谓的解毒方法就是把蛊虫引到别人身上去。

话虽是这样简单，但引蛊虫的方法很奇特，从不泄露出去，所用的材料更是与众不同。引虫的时候，最忌讳有人打扰，否则前功尽弃，两人皆亡也说不定，不是所有人都百毒不侵。虽是这样，萧晨安也尽量冷静下来，但一看到景安儿脸色惨白的样子，便生出一股火气，这是他也没想过的。

萧晨安承认他并不爱景安儿，这三年来也是在利用她。景安儿是纷乱江湖中的一株白莲，美则美矣，却没有自保的能力。就是这样弱小的景安儿却给萧晨安一个安慰，让他的心动摇了。"紫菀放了她，我会找一个适合的人选来替你引出蛊虫。"

"一口一个安儿叫得可真亲热，你是不是舍不得她了？最好别这么傻，我能帮你的事很多，但她不给你添麻烦就很好了。"紫菀眼神冷冽，隐隐可以看到一些小虫从她的伤口处钻出来，顺着她的手爬到景安儿的手上去，钻进伤口里。待到引蛊完毕，紫菀舒了一口气，她按住伤口，冷笑道："可惜已经晚了，这位景姑娘正合适。你也不必担心景家会强出头，景安儿死了便死了。"

萧晨安没给紫菀好脸色，看都未看她一眼，直接越过她，解开了景安儿的穴道，抱起已经昏迷的景安儿，轻轻地放在床上。又从怀里摸出药来，喂到景安儿的嘴里，强硬地喂她吃了下去，封了她几个穴道。

紫菀不相信萧晨安会这么对她，她咬着牙，使劲地按着伤口，血顺着手臂流了下来，剧烈的疼痛让紫菀吸了一口冷气。她冷哼了一声，仰着头颅离开了，这里用不着她，她比谁都清楚。

萧晨安眉头一皱，他知道今日的事恐怕不能善了。只是什么事萧晨安都可以答应紫菀，唯独景安儿，他说什么也不会妥协。

第六十四章

一连十几日过去了,各方势力都已到达林州城,偏偏并不平静。山雨欲来风满楼的日子已经来了。

隐家家主靠在椅子上,手里拿着一根做工精致的白玉簪子,斗笠下的神色也柔和起来,只是无人可见。不一会儿,隐家家主睁开了眼睛,那眼里有着凌厉,更有着野心。"京城那边有什么消息?"

"一切如常,并无大事。"

"加强对皇宫的监视,多派些人手,保护好太皇太后。她若少了一根头发,我就让你们死无葬身之地。"隐家家主冷冷说道,他不允许有任何人在他的视线内伤害他最心爱的女人。

"太皇太后传出话来,是给一个叫南离的人的话。"

"南离?"一听到这里,隐家家主瞳孔收缩,脸上有着不可置信,但心里就像滔天巨浪,已经涌起,他一下子站起来,"她说了什么?"

"我不来见你,你永远也不要出现在我面前。"死士复述了下来,他继续说道,"若我的儿女受了伤,我就会伤重十倍,无药可救。"

"为了你的一句话,我隐忍筹备了数十年。你要替司尧守着江山,那我就毁了它。"隐家家主放声大笑起来,他的心又陷入了寒冬腊月里。

"让习远过来。"隐家家主想了想,还是吩咐了下去,"召集天下英雄,告诉他们,宁国宝藏的藏宝地点,隐家已经找到了。明日一早,城门口见,一同前往,共寻宝藏。"

"是。"

"主上,紫菀传来了消息。"合欢跪在地上,单膝着地,他递上信鸽送来的信件。

宁夜澜拿过合欢呈上的信件,他快速地过了一遍,捏成一团,揉在手心。内力一运转,松开手,那信只剩下碎末。"让红雀暗中行事,你与叶兮跟着我,珊瑚留守。"

合欢拱起手,他漠然地说道:"属下遵命。"顿了顿,"红雀争强好胜,并不如珊瑚沉稳,为何要让她暗中行事?说不定会坏了大事。"

"正因为她争强好胜,才让她暗中行事。"宁夜澜眼神冷漠,不带一丝感情。死一个杀手,对他来说并无大碍。就算是他心上的那个人,为了成就大业,牺牲了便牺牲了。又想起了木青瓷至今和苏笙月在一起,复询问道:"茉莉有什么消息传来吗?"

"回主上的话,并无什么大的消息传回来,只一条消息罢了。"合欢低着头,恭敬地说道,"木清玄死后,茉莉传回了消息,萧晨安可能和跟隐家家主合作,并不是表面上那般,为了紫菀才与隐家有关系。"

宁夜澜对此事算是意料之中,他漫不经心地说道:"以茉莉不服管教的性格,应该迫不及待地想要报仇。"

合欢心中隐隐有着不安,但他还是做出了选择。"如主上所料,她已有了打算。"

宁夜澜波澜不惊地听着,他随口说道:"让她去,只要她记住现在的身份就好。"

"是。"

"有时候自作聪明不会有什么好下场。"

"请主上明鉴,属下绝不敢妄言,更不敢欺骗主上。"合欢悬起了心,他掷地有声地说道。

"你不敢,但有人敢。"宁夜澜的眼神冰冷,他的声音彻底冷了下来,"让叶兮和茉莉两个都安分一点。"

"属下遵命。"

话音刚落下,合欢就已经起身离开了。茉莉,这是我最后一次帮你,下一次见面,我们就是敌人。你是木青瓷,而我就是杀你的人。合欢心里想到,他的确和木青瓷见了一面,就在昨天,只是他选择了隐瞒一些事情,帮她最后一次。

景安儿费力地剪断藏在衣服内的线头,因为紫菀把蛊毒转移到她身上之后,她根本无法抵御那些蛊虫带来的痛苦。她的身体已经一天比一天差,时不时就会吐血,随时都可能会死。死并不是最可怕的,心上的痛那才是真正的疼,比蛊毒钻心还要疼上十倍,百倍。

来的路上,那个人就告诉景安儿,陪在萧晨安身边的代价可能是死,她还愿意吗?景安儿答应了,只要还能陪着他,哪怕只有几天,也无所谓了,所以她吃下了那个人给的毒药。

拿着衣服,景安儿打起精神,她撑着虚弱的身体往外面走,尽管有可能见不到萧晨安,但她还是想去看一看。

"安儿。"

萧晨安远远就看见景安儿扶着墙壁,艰难地走动着。他赶紧跑过去,扶好景安儿,看着她苍白没有血色的脸,轻声地说道:"外面风大,我扶你进去休息。"

景安儿看见萧晨安,她柔柔地一笑。"我没事,你不用担心我。"

萧晨安抱起景安儿回屋,把她轻放在床上。他一如往常的温柔,只是二人心里都明白那不过是表面样子。"安儿,我明天就要和紫菀一起去探寻宁国宝藏,可能会顾不上你。最多一天时间,我一定会回来,你要等我。之后我会找紫菀要解毒的方法,我不会要你死的,你一定要撑着等我回来。"

景安儿伸手抚上萧晨安的脸,她眼中有着泪花,认真地答应道:"我会等你回来的,不管多久,我都会等你。幸好有紫菀姑娘在,她可以帮你,这样我也可以放心。至少这一次,我没有拖累你。"

"你从来没有拖累过我。"萧晨安抓着景安儿的手,下意识地握紧,低声说道,"你为什么要答应紫菀的要求,她是故意要你救她的,这会要你的命,你知道吗?"

"我知道,但你爱她不是吗?如果救了紫菀,能让你高兴,我心甘情愿。"说着景安儿把那件亲手做的衣服拿出来,她咳嗽了两声,"我一直在想什么时候才有机会给你,幸好没错过时间。这算是我最后能为你做的,虽然只是无关紧要的东西。"

萧晨安的心突然一紧,他看着那件景安儿亲手做的衣服,他收了收心绪,安慰地说道:"我不会让你死的,相信我。"

"我怎么会不相信你。不管发生什么事,我都不会改变初衷。只是生死有命,救不了我也不要自责,只要你日后还记得一个叫景安儿的女子,记得她一直爱着你,这就足够了。"景安儿艰难地坐起靠近萧晨安,白嫩的手指抚上他的脸,眼泪就这样流下来,平静地说道:"阿晨,我会永远记得你,记得你给我一切的好。"

"够了,安儿。不要再说傻话,你不会有事的。"萧晨安情不自禁地抱住景安儿摇摇欲坠的身体,感受着她带来的温暖。这是第一个让他不忍心下手的女人,也是最后一个。

景安儿伸手环着萧晨安的背,把头埋在萧晨安的肩头,低声地哭泣着。这或许是她最后一次抱着萧晨安了。如果可以重来一次,她还是不后悔认识萧晨安,哪怕她名誉尽毁,丢掉了性命,也不会后悔。

新的一天开始时,一大批江湖人士齐聚在城门口,引来了不少人围观,更是惊动了官府。幸好司琰早有准备,一开始就派人通知下去,不准官府来插手捣乱。

隐家家主扫了一眼众人,他有意无意地说道:"少了木家那位。"

苏笙月轻笑,他拿着天剑,随意地说道:"天剑现在在我手中不也一样吗?有些事调查得很清楚,青瓷来不来都是一样的。"

"话是这么说不错,只是八位守护者少了人,老夫还真是不习惯。"隐家家主眼里闪着阴鸷的光,皮笑肉不笑地说道:"只是木姑娘不来,怎么说都不太符合常理,不知是否是路上出了什么事?"

"我倒希望她不来,只是她应该在赶来的路上,如今看来是赶不及了。丧兄之痛,犹如丧父,前辈应该明白吧。"苏笙月依旧那般彬彬有礼,只是那话中满满都是拒人于千里之外,他看了一眼身后的江湖人士,慢悠悠地说道:"前辈还请带路,莫不是青瓷无法立刻赶来,便要在场的众位英雄等她到了才动身不可?"

隐家家主深深地看了一眼苏笙月,不知道他在打什么主意,只得说道:"自然不会耽误开启宝藏的时间。"

沈夜歪着身体,靠向莫景凉,低声地说道:"阿凉,你说苏大少在打什么主意,打死我也不相信他的话。"

"谁知道呢,我倒是希望青瓷真的赶不过来,那么所有的事都要好办得多。"莫景凉握紧了手里的黄剑,看着远方,目光深邃。

沈夜撇嘴，他也不再去自讨没趣。苏笙月和莫景凉两个人肯定打了什么主意，只是两个人都不太愿意说出来，看来也不是什么好主意。

有了人带路，众人纷纷动起身，路上一片尘土飞扬。出城不过十几里就停了下来，隐家家主带着众人往树林里去。由于山路并不好走，也只能放下马匹，留下几人照料，其他人都跟着上了山。

沈夜走在并不平整的山路上，看着满地的枯枝败叶，他随意问道："隐前辈不为我们解释一番吗？这里是何处。"

"这里是成佛崖。"萧晨安皱着眉头，他打量着四周的环境，小心地护着紫菀不被枯枝挂伤。

"萧兄怎知这里是成佛崖，难不成是紫菀姑娘去求隐家前辈说的？"

"来林州几日，听到最多的就是成佛崖的传说。只不过正阳面并不像此背阴处罕有人迹，若说埋有宁国宝藏，那前面必有开阔地。"萧晨安也不在乎沈夜的打趣，解释说道。

的确如萧晨安所说一般，没走多少时间，就出现了一片开阔地。崖壁下有一个山洞，看上去平淡无奇。隐家家主从一个属下手中接过火把，率先走了进去，隐家几位护法纷纷跟了进去，其他人也跟了进去。

看着那扇巨大的石门，众人都有些兴奋。只是那满地的白骨证明了这并不是好进的地方，众人也不敢轻举妄动。

第六十五章

隐家家主指着那扇巨大的石门说道："这里既是入口，也是绝命地。看到这满地的白骨了吗？这就是轻举妄动的下场。这里的任何东西都不能碰，否则断龙石一放下，数十万斤的石门，武功再高强也打不出一条生路。而且这间巨大石室里全都是弓弩箭，只要走错一步，万箭穿心。"

锦懿卿看着石门上的痕迹，漫不经心地说道："隐家前辈何须再跟我们卖关子，这是一条生路，也是别人的死路。天地玄黄都在我们手中，要打开石门应该并不难。只要四把剑同时插入石门处的孔洞中，说不定就能开启大门。"

隐家家主今日并没有戴着斗笠，换上了方便的面具，恶鬼面具遮住了他的脸，独露出一双眼睛。他并没有否认锦懿卿的话，随便地指了四个人，他不急不缓地说道："你们四个人分别拿着天地玄黄四剑去打开大门，老夫会指导你们如何做的。"

有了替死鬼，苏笙月几人也没有什么大不了的，纷纷把剑交给他们。只见那四人并不情愿，但身后这么多人逼着也不得不上前，按照隐家家主的吩咐，试着用剑开启大门。只见四把剑都插入了石门之中，也没什么异常。那四人舒了一口气，根据隐家家主所说把四剑同时往左转，只听一阵声音。突然石室里的部分弓弩纷纷转移了箭头，数十只弓箭一起射出，那四人全部被洞穿了身体，无力地倒在了地上。

隐家家主皱着眉头，思考着哪里有错，又看了一眼石门上插着的四把神兵利器，忽然想明白了。他又随手指了四个人道："你们四个人上去，将天剑和地剑的位置换过来，天在上，地在下。"

"谁知道你说的是不是对的，万一又错了怎么办？我不如此刻回去。"

寒光闪过，一把剑从说话的那个人身上抽出来，鲜红的血顺着剑身流了下来。习远把剑收好，冷漠地看了一眼躺在地上的尸体，随便指了一个人道："你上去。"

有了前车之鉴，那四个人虽然不满，但还是硬着头皮上前。按照隐家家主所说的，把天剑和地剑换了位置，这一小小动作就让他们出了一身汗。四个人几乎是同时在转过四剑后闭上了双眼，等待着接下来的结局。就是这样没错，众人可以清楚听到锁链在动的声音，那扇巨大的石门缓缓打开，门后的世界令人向往，尽管笼罩在一片黑暗之中。

苏笙月打量了一下巨大的石室，他走到一边，拔出天剑后，又拔出黄剑扔给了莫景凉，随意地说道："不知道这趟路程的终点是不是成佛崖顶。如果是的话，还可以听一听传说。"

"是不是通往成佛崖顶并不清楚，肯定可以通往其他地方。风景不一定能见，但机关一定不少。"

地剑和玄剑都分别被锦懿卿和萧晨安取走，看着大门后的黑暗，锦懿卿说道："虽然我不想说，但我不得不说。道不同不相为谋，既然石门已经大开，是各走各的，还是一起闯过去，各位可要想好。"

"你若是想单独行进也并无不可，这本就是各走各的，一切都随意。生死有命。"

锦懿卿的眼睛微眯，他压低了声音道："我可不想不明不白地死在里面。诸位都清楚，若是在里面被人暗算偷袭，那死得可真够冤枉。人都是有私心的，在核心利益面前，谁都说不定会变成什么样子。单走可能对我来说要安全不少。"

"锦阁主说得不错。"

苏笙月走到莫景凉身边，他漫不经心地说道："命是自己的，隐前辈可别介意，我们没有前辈心思缜密，为自己着想一番也很正常。"

"既然如此，也就顺着各位的意，我们到时候再见。"隐家家主并没有发怒，平静地说着，"紫菀过来。"

萧晨安把紫菀拉到身后，温和地说道："隐前辈，紫菀的毒才解，身体还没好，跟在我身边比较好。我也可以照顾好她，不给前辈添麻烦。"

隐家家主不理会几人，冷笑着出声："紫菀到父亲身边来。"

"对不起，父亲。"紫菀小心地说着，只有这样她才可以单独行动，有些事无法让人知道。

锦懿卿轻笑出声："看来并不止我一人如此想。"复又看向苏笙月三人，"苏兄，不如你、我、莫兄、沈兄，我们四人合作，一同探寻宁国的藏宝地如何？"

"甚好，我也是如此打算的。"苏笙月点头，他可是一点都信不过隐家家主，更不想带着一大堆只会拖后腿，并且随时会动手的贪婪的恶狼。

隐家家主冷哼一声，所有的事还在他的掌控之中，不必着急，"也罢。"

"我还以为锦阁主要独身前行。"

"如果没有你们，可能我会独身。九王爷要等叶阁主，我只好独身一人了。"锦懿卿一手拿着地剑，一手拿着火把，与苏笙月几人往大门里走去。

"彼此彼此，如果不是青瓷姑娘另有要事，我们这里也有两位大侠一定会等着她到了再动身。"话才说完，沈夜就招来苏笙月和莫景凉的白眼，两人都懒得理他。

正如前人所说，一条路不可能通到底，到处都有弯路和岔路。自苏笙月、萧晨安等人走后，隐家家主也带了人走了。剩下的人，有些人犹豫了一会儿，有些人结伴而行，当然其中不乏浑水摸鱼的人。也有些人留在了外面，等待着更多人的到来。

林州某一院子之中，俊美的男子对坐在一边的老者恭敬地说道："师父，隐家的家主已经行动，我们也该行动了。"

老者正是诸葛老先生，他端起一杯热腾腾的茶，平静地说道："现在还不是时候，等他们彻底闹起来，才是我们出手的最好时机。你去盯住那个小姑娘，天剑都送给她当聘礼了，还不知道能不能娶进家门。"

俊美男子勾唇一笑，自信地说道："只要有心就好，有些事我们只需要看着。世事无常，她是最合适的人选。"

"是不是最合适的人选我不知道，选择她的人是你，不是我这个糟老头子。"诸葛老先生抿了一口茶水，"何况人小姑娘生得又是什么美若高山神女，还看不上我这又老又丑的糟老头子。"

俊美男子手中拿着一把白玉扇子，他觉得好笑，"师父多虑了，我们要做的也算是惊天动地的大事，怎么说也要有个相称的佳人作陪。"

"罢了，我也不和你多做纠缠。你先去，我随后就到。"诸葛老先生摆摆手，示意俊美男子可以走了。

俊美男子躬身行了一礼道："徒儿遵命。"

到林州后，木青瓷就与苏笙月商量了一下，分头行动。她赶到萧晨安在林州暂住的居所时，那里算不上人去楼空，但也没人在了。只有一两个仆从，看样子也是什么都不知道。躲过了那两个仆从，木青瓷一间屋子一间屋子地查找着线索，可惜都没什么有用的东西。

后院最角落的那间屋子，木青瓷还没有走到门口，就听见了咳嗽的声音，东西摔在地上发出的碰撞声。她推开屋子门就见景安儿坐在桌子边，脸色惨白，嘴角还带着血迹。茶壶杯子散乱地倒着。景安儿的手里握着一张素色的帕子，帕子染上了黑红色的血。

木青瓷连忙上前扶起景安儿，把她小心地放在一边的床上。谁知景安儿才坐上床，一口黑红的血就喷了出来，溅在木青瓷的衣裙之上，之后无力地倒下。

"你中毒了，萧晨安干的？"

景安儿看着木青瓷，她害怕萧晨安被误会，费力地解释道："不是他做的，他什么都不知道，是我自愿替紫菀姑娘解毒，引蛊虫上我身的。"

木青瓷想起了在倾月山庄时那个被萧晨安护得紧紧的女人，她压着声音道："引蛊虫上身，你会死的。这毒一定有解药可以暂时压制，在哪里？我去找。"

"为了一个不爱你的男人值得吗？"

木青瓷并不讨厌景安儿，也不想她就这样死了。

"跟他无关，是我自愿的。"景安儿激动起来，嘴里又流出血来，"他并不知道我答应为紫菀姑娘解毒，只是后来事情被他发现，那时他也无力改变。不必再为我找解药，我的身体我很清楚，已经撑不下去了。如果可以，我也希望能陪在阿晨的身边，为他弹琴，为他疏解烦恼，可是天意弄人。"

"值得吗？"看着随时都会死的景安儿，木青瓷心里突然冒出了这句话，琴姬的话她依旧忘不了。如今的景安儿也是如此，直到临死，忘不了的人还是萧晨安。"我见过一个和你很像的人，她用她的一生买了一场虚妄的爱情，落得一个不容于人的下场，最后不得不背井离乡，以卖唱为生。她不后悔。"

"我最不会后悔的事就是遇见了阿晨。"景安儿咳嗽着，她眼中有着泪，目光透过木青瓷飘向了远处，自言自语地说道，"只要你想做的，无论是何等捅破天的大事，安儿也一定会陪在你身边，哪怕众叛亲离也不悔。"复又回过神来，抓住木青瓷的衣裳，哀求道："木姑娘，我求你一件事，求你一定要答应我。"

木青瓷反握着景安儿颤抖的手，她想了想，还是答应道："你说。"

景安儿艰难地点头，她有气无力地说道："我答应过阿晨，要等他回来，可是我等不了了，连体面干净地死都做不到，也无法让他看了我的尸体不至于那么伤心。"她气息越来越微弱，忽地抓住木青瓷的手，"请木姑娘替我给阿晨带几句话，一定要告诉他。"

"我一定会替你带给他。"

"我将一生给了你，也把命给了你。如果替紫菀去死，你能幸福，那我心甘情愿。你曾告诉过我，花开花落是一个轮回，人世浮沉皆有定数，一切都是天意。那我走后，你亦当作天意罢了。咳咳……多年之后，你是否……否……还会记得，有一个叫……景安儿的女子为你生……为你死……"

木青瓷把景安儿的话记在心里，她的心里很复杂，莫名有种兔死狐悲之感，"我记住了。"

景安儿的眼皮越来越沉，她微微一笑，挣扎着说出最后一句话："直到最……后，我依然……无法……不爱……你，答应……你的……事，我……"未曾说出口的话随着那一缕芳魂的消逝，也一起消散，再也无法得知。景安儿合上了眼，手无力地垂下，安静得就像睡着一般。

景安儿死了，死在木青瓷的面前，她见过了太多的生死，却没有一个像景安儿这般让她满心难受。或许同是女人，一心一意地付出，换来的却是背叛与利用，兔死狐悲。心里一番挣扎之后，木青瓷坚定了她的信念，她不是景安儿，也不是琴姬，她是故事之外的人。小心地把景安儿放好，打湿了干净的帕子替她轻轻地擦拭着脸，整理好衣裳，最后看了一眼已经断气的景安儿，关上门离去了。她该去寻苏笙月了。

待到木青瓷走后没多久，一个黑衣老者出现在景安儿的屋子里，不是其他人，正是南霖。他从怀里掏出一颗药丸，强行喂进景安儿的嘴里，抱起景安儿的尸体就离开了，不知所踪。

第六十六章

木青瓷往藏宝之地去的时候，路上也遇到几个想趁火打劫的人，顺道解决了他们。对于古墓，她并不清楚，但她师父却很熟悉。木青瓷一直记着师父的教诲，死人的东西能别动就别动。

一路上并没太多的危险，只是满地的尸体。大多数人都是互相残杀，只有极少部分人是死在本来就布置数百年的暗器之下。

木青瓷走了一些岔路，只寻一面镜子，为她师父完成遗愿。找到那面镜子，带回他的墓前，毁了它。躲过了不少暗器，木青瓷也不知她走到哪去了，绕了多少的岔路和弯道。她发现了暗门的机关，进了一个不算小的石室。

石室里摆放了一张石床，还有各种家具，一边的墙上刻有壁画。

没给木青瓷多少发愣的时间，就听见有人说话的声音。其中一个人的声音让她觉得无比耳熟，小心地找寻着声音的来源，意外发现这间石室有所不同，竟属于夹层。如果没料错，外面谈话的人并不知道墙壁里不是山体，而是又一间石室。

石室外又是一间石室。萧晨安背过手去，他平静地看着对面的人说道："你想要如何？在这里纠缠，对你我都没有好处。"

宁月涯收起了那玩世不恭的样子，眼神里有着狠厉，他随意地说道："我对这个所谓的宝藏并不是很感兴趣，好好谈一谈，怎么说我们两个也是同盟，一点交往都没有，怎么成就大事。虽然可能要不了多久就会反目成仇，但是知己知彼，才能百战不殆。"

"你觉得我和你会有什么好说的吗？宁家那两位放心你一人吗？"萧晨安不咸不淡地说

着。他对宁月涯实在提不起什么好感，就宁月涯那个喜欢清秀小倌的癖好，就让他厌恶到了极致。

宁月涯怪笑起来，讽刺地说道："我还用不着你这个伪君子提醒，看好蛇蝎小美人就好。你倒是不错，竟混了个好的名号出来，若是被人知道你那些事，那位追随着你的景家大美人是否还会对你情意深重？也是可惜，这么个大美人放在你身边，不如做个顺水人情把她送给我。"

一听到宁月涯提到景安儿，萧晨安不自觉地拧起了眉头，"你今日若是找我来说这个，那大可不必。"

宁月涯慢悠悠地踱着步子，漫不经心地说道："的确我们没什么好说的，道不同不相为谋。只不过我想瞧瞧，是你把那个老头子给杀了，还是那个老头子一直掌控着你。"停顿了一下，复说道："当然我也一样。"

木青瓷算是听清了他们的话，也知了这两人是谁：宁月涯和萧晨安。难怪她觉得那声音如此耳熟。

"与你无关。"萧晨安脸上没有一丝笑意，如果可以他绝对会杀了宁月涯，少了一个妨碍的人，麻烦也会少很多。

"是无关。若我告诉木青瓷，当年灭木家时，你萧晨安可是主力，她会发疯吧？"宁月涯不急不缓，他挑起眉头，脸上有着愉悦，"不对，应该告诉她，木清玄是你亲手对付的。按照她的性格，一定会疯狂报复。有时候美人也很有用，如果她足够聪明，那或许会成为一个大麻烦。如果被全天下的人都知道，你会陷入怎样的境地？那位善良的景小姐会怎么想，她会再爱一个灭人一族的杀人魔头吗？恐怕会伤透心，就撑不下去了。"

"那又如何？"出乎人的意料，萧晨安皮笑肉不笑地说道，"你以为我会任由人时时威胁我吗？"

"不愧是伪君子，我怎么忘了你是有后手的人。"

木青瓷退了好几步，情绪激动，紧咬着嘴唇，死死抓着身边造型精致的灯架，手指尖都发白了。孰知变故突生，那灯架移动，石室中地板突然分开，露出一条阶梯通道来。

"有人！"

巨大的声音也惊动外面石室的萧晨安和宁月涯，他们两人同时警惕起来。

萧晨安神色凝重，他沉着声音道："从旁边传来的声音，多半还有机关。"

"不留一人活口才对，何必说得那么冠冕堂皇。"

为了避免那两人追来，木青瓷从身上摸出火折子，想也不想地走了进去。随着木青瓷进去，石板也合上了。安静的石室里，只有呼吸声，再无任何异常。

"逃了。"

"这里机关众多，也可能是那个人不小心触碰了机关。"宁月涯漫不经心地说道，"与其在这里费时间，不如去看看宝藏的归属，真正的宁国宝藏。"

木青瓷小心地走着，石梯长得过分，七弯八绕的。这里很安静，只听得见她自己的脚步声。总算走到底，木青瓷看着地上有几具白骨，也知道这里不是善地。这是一间巨大的石室，与之前那间石室一样，摆放的家具都差不多，也都刻有壁画。只是这里的壁画更清楚，也更详细。正中间是两具水晶棺材。

木青瓷仔细地看着那些壁画，想要从画上找出那面镜子的踪迹来。

壁画上故事是这样的，宁国最后一任君王灵帝有一次在外巡游偶遇一位绝色佳人，两人也就此开始缠绵的爱情。灵帝封了那位绝色女子为皇妃，从此只宠她一人。好景不长，皇妃一病不起，景帝请遍大夫也不见起效。眼看爱妃日渐衰弱，灵帝张贴了皇榜，有一位奇人揭了皇榜，入宫救治皇妃。他给了君王一张药单，上面是炼制九转金丹所用的药材，那位奇人炼出了一枚九转金丹，那时皇妃已经香消玉殒，九转金丹亦无了用处。

奇人精通奇门遁甲，风水之术。灵帝下令由他修建一座隐秘的陵寝，将皇妃深葬，不受人打扰。那颗九转金丹也安放在皇妃的棺木之中，当作陪葬品。其中还有一面铜镜，乃皇妃生前心爱之物，是天降下来的星辰铸造而成。奇人在皇妃的故乡修建了这样一所陵寝。为了秘密行事，君王故意放出锻造神兵的消息。安置皇妃遗体的石室则在石室之下，在之上都是机关暗器，放置了大量金银财宝，当作诱饵。一是为了防止盗墓贼发现最底下真正的皇妃安眠之地；二是源于君王对众人的嘲讽。

关于宁国宝藏的其他事，壁画上一个字都没提起。但壁画上画了一面铜镜，一个人拿着那面铜镜，打开了另一道大门。

这个宁国宝藏是假的，虽然有宁国搜刮了来的部分金银财宝，不过是灵帝戏耍众人的把戏，真正的宝藏从不曾被人发现。

木青瓷深深地吸了一口气，她打起十二分精神，那石梯下的白骨，可不是假的，须得小心那些暗中的危险。越来越接近那两座水晶棺，她也提起了心，往右边的水晶棺看去。透过透明的水晶，她看见了那位盛装华服的皇妃。木青瓷惊得退了一步，躺在棺材里的人是她，那张脸跟她一模一样。又朝着另一座水晶棺看去，里面的人分明是苏笙月，可那个人却身着明黄龙袍。

木青瓷摇了摇头，她不相信水晶棺里的人跟她和苏笙月长得一模一样，一定是幻觉，可又真实得过了头。她狠狠咬着唇，唇破了血流了出来，血的味道在舌尖乱窜，那是她的血。许是疼痛的原因，木青瓷清醒了许多，她舔了一下唇上的伤口，又上前了一步。这一次两座水晶棺里什么都没有，各自只有一件华服。想来石室里一定有迷幻药，只要一进来，就会中招，死得不明不白。

使劲推开棺盖，木青瓷一眼就看见那面铜镜，她把铜镜拿了出来，看了两眼，就放进了怀里。棺材里并没有多少陪葬品，木青瓷找到装九转金丹的檀木盒，盒子里空无一物，只能说明九转金丹要不是被人先得手，要不就是没有放进来。木青瓷也不再耽搁时间，顺原路返回。她必须把这件事告诉苏笙月，否则真拼起来，一定会有所损伤。

放置了许多金银财宝的空旷地上，不停地有人死去，那是互相争夺金银财宝，下杀手的江湖人士。他们一个个都跟疯了一般，往身上装着金银，又不停地杀人，抢夺别人得到的财宝。他们已经算不上是发疯了，而是彻底疯了，眼中只有宝藏。

更多的人只是冷眼旁观，没有什么动作。

"唐门的前辈可知道他们是中了什么毒？"

唐禄让唐长风保护好脸色苍白的唐岚歆，摸着胡子说道："是中毒没错，不过是什么毒却不清楚。看他们癫狂后不分情况就疯狂杀人，有点像迷幻药。这些人就算不杀他们，他们也会死。只是任由他们这样下去，只会耽误时间，惹来麻烦。"

隐家家主扫了扫在场的人，他抬了抬手。

习远神色冰冷，他拔出剑，身后的隐家弟子也都出来，直接往场内去。杀人无情，都是江湖中见惯了生死的人，对这些人被杀没有一丝感觉。满地的尸体，还流着血，不少人见此都皱起了眉头，一脸嫌恶。

"这就是宁国留下的宝藏吗？我看还不如天地玄黄四把剑来得值价。"宁月涯调笑的声音从人群里响起，漫不经心地摇着扇子走进来。瞟了一眼满地的尸体，嫌恶地用扇子遮住半张脸，"虽然金银财宝不错，但据说真正的宝藏至今不见踪影。也不知是早被人得了，还是今日白来了，真正的宝藏不在这里，这里只是一个迷阵。"

宁夜澜看都没有看宁月涯一眼，他看向隐家家主道："琢磨了几十年，看来你还是没猜透宁国宝藏的真正地点。"

司琰也是轻笑，他第一次那么赞同宁月涯，随意地说道："想要得到颠覆天下的宝藏不是那么容易，与其寄望于宝藏，本王倒是想看看你的真本事。若只靠说，谁都可以坐那个家主位置。"

隐家家主冷哼一声，他也没料想到这是个假宝藏，冷冷地说道："老夫的本事九王爷应该比谁都清楚。太皇太后算是白费那么大的力气保你命了，你比之当年的司尧差太多，还需要一个妇道人家在深宫中为你镇压皇室的稳定。"

"你到底是谁？"司琰的目光冷了下来，隐家家主说话的语气像是知道一切。

隐家家主冷笑道："回去问你母后，看她会不会告诉你。"

话音还没落下，突然地动山摇，所有的人都站不稳了。山石的土灰扬起，众人的眼前皆是一片尘土飞扬的样子。不知道这突如其来的情况到底是怎么一回事，一片叫嚷声。

不过没震多久就停了下来，众人也站稳了。沙尘依旧落下，一个人影出现，慢慢出现在人们视线中。

第六十七章

金铁剧烈碰撞的声音响起来，萧晨安用玄剑横挡在眼前，挡住了突然袭来的剑，他看清楚了来人是木青瓷，运用内力把她震了出去。木青瓷退了出去，她手上握着的铁剑断裂。

在众人还没反应之际，木青瓷就迅速地飞身上了远处的高台，高台上的地上升出一个石台，石台上还摆放着东西。

眼疾手快的人并不止木青瓷一个，在她动身上高台的时候，萧晨安和隐家家主也动了身。只是隐家家主被苏笙月给拦住了，没法前去抢夺东西。宁夜澜、沈夜、司琰等人纷纷迅速上前抢夺石台上的东西。木青瓷并没有贪心，抓住了一个就抽身而走，只是叶兮挡在了她面前，两个人交起手来。宁夜澜和司琰两个人动起手来，而一边的沈夜挡住了萧晨安，他们两人也不甘示弱，交起手来，只不过却没有其他人那般猛烈。锦懿卿也夺得了一样东西，迅速退了回去。而宁月涯动都没动一下，懒洋洋地站在那里，看着局势。

隐家家主暗中提着气，他冷冷地看着挡在他面前的苏笙月道："你确定能够拦住我？"

苏笙月轻轻一笑，彬彬有礼地说道："并不确定能拦住，一个人拦不住，两个人总是可以挡下的。"说着，还看了身后的莫景凉一眼。

隐家家主偏头看了一眼莫景凉，略带不屑地说道："老夫若是要去，一个站都站不起来的人，你以为能帮你拦住我吗？"

莫景凉神色冷淡地看着隐家家主，眼中没有一点感情，他双手撑在轮椅的手柄上，慢慢站起来，"你对我的大恩不敢忘，也不敢让你失望。"说着，莫景凉不急不快地走到苏笙月身边，与他并排站着，面对着隐家家主。

"你的腿……怎么可能？"隐家家主有些难以置信，稳了稳心绪，"原来你的腿早就治好了，不过凭你们两个还拿不下老夫。"

苏笙月拿着天剑，依旧那般温和，"隐前辈武功高强，我和阿凉两个晚辈如何拿得下前辈，只不过挡还是挡得住的。"

隐家家主看了一眼并肩而立的苏笙月和莫景凉，冷哼了一声。如果换作其他人，估计隐家家主早就杀了。

动手的几个人中打得最厉害的还是木青瓷和叶兮。两个本该是表姐妹的女人，真动起手来，狠辣程度比起男人来绝对是有过之而无不及。

只见叶兮手拿着软剑直刺向木青瓷的面门，叶兮的剑很快，木青瓷只得半弯下腰躲过那一剑，同时向后翻着身，一脚踢向叶兮握着长剑的手。叶兮左手袖子中藏着的匕首也露了出来，她闪身躲过木青瓷的攻击，箭步上前，左右手齐动。木青瓷手中的断剑挡过长剑，但锋利的匕首还是划破了木青瓷的左手臂，好在伤口并不深。叶兮乘胜追击，凌空跃起，一脚踢在木青瓷的肩膀上。

"没事吧？"

木青瓷身体不稳地往后退着，苏笙月抽开了身，连忙上前接住木青瓷，揽住她的肩膀。

木青瓷紧盯着叶兮不放，她答道："没事。"

看出木青瓷还准备上前，苏笙月拉住她说道："你不是叶兮的对手，别意气用事。"

木青瓷看着退回宁夜澜身边的叶兮，目光又转移到宁夜澜身上，对上他的目光，木青瓷的心一紧。"但还有一件事我必须要做。"

"好。"

苏笙月把木青瓷的长刀递给她，看着她的背影，眼神一阵复杂，最终还是清明了起来。

有一种爱叫恨。只要能够让木青瓷从这个复杂的棋局里抽身出去，让她恨他一辈子又如何？就连苏笙月都不清楚接下来的江湖会发生什么样的大事，天下会有什么样的动荡，他能不能活下来。让木青瓷从这场游戏中抽身后，他会彻底毁掉这场游戏。若是那之后能够活下来，苏笙月想，他一定会去求木青瓷的原谅，不管再发生什么事，他都不会再放开她的手。只是他知道，若是把他的顾虑告诉木青瓷，那木青瓷一定不会抽身出去，反而会深陷棋盘之中。他只希望她好好地活着，哪怕代价是木青瓷恨他一辈子。这也是他最后答应木清玄的事情不是吗？让木青瓷好好地活下去。

木青瓷把抢到的东西紧握在手，走出去几步，看着萧晨安，举着长刀指着他，眼神冰冷，冷冷说道："萧公子，我现在该怎么叫你？"

"木姑娘愿意如何叫萧某，就怎么叫。"萧晨安神色平静，语气温和，丝毫看不出他对木青瓷之前的出手有何不满，好像那件事没有发生过一样。

不过萧晨安越是平静，就让人越不安。泥人还有三分火气，被木青瓷偷袭过后，又被用刀指着，还能好像什么事都没有发生过，一如平常地跟人说话，不得不让众人心生不安。

木青瓷放下长刀，她无法一次性铲除萧晨安和隐家家主，只能另辟蹊径，慢慢报仇。忍住心中那股强烈的杀意，漠然说道："景安儿死了。她临死之前还想着你，求我一定要转告你几句话。她为什么会死，你应该比在场任何人都清楚。刚才那一剑是我替景安儿还你的。"

后面说的话，萧晨安一概没有听进去。景安儿死了，怎么会死的？今早动身之前，他还去偷偷看过她一眼。只不过才分别几个时辰，她怎么死的？他只感觉到他的心在隐隐作痛，算不上多疼，但却很钻心。他的目标从来就很清楚，每一步都有打算。

第一次遇见景安儿时，并非是有意策划，那只能算是一种缘分，他和她之间的缘分。第二次遇见，萧晨安是设计好的，包括后来的一切事情，都是他策划好了的。对景安儿的温柔，也并非全是假的。那个叫景安儿的女子，就像出淤泥而不染的白莲，在萧晨安灰暗的世界里留下了不一样的光彩。他不希望景安儿死，这也是真心。

"是吗？她已经死了。木姑娘闯进我的别院，就是想要告诉我这个吗？"

云淡风轻的回答让木青瓷不知如何作答，只为景安儿感到可悲："我真替她感到不值，临死前还心心念念的人就是你。我发现她的时候，她已经奄奄一息，却还在梳妆，只为了体面干净地死去，让你发现她的尸体后不会太伤心。现在看来是她想得太多。哪怕到死，她也不曾怪过你一句，反而自责没有遵守和你的约定，撑着等你回来。"

"安儿死了？"景家的族叔有些不可置信地说道，他听到这个消息，许久才反应过来，这才激动地说道："她是怎么死的，安儿怎么会死？"复又把目光转向萧晨安和紫菀，咬着牙道："是你，还是她做的？"

"中毒，毒攻入心脉，无药可治。"木青瓷又转向萧晨安，"景安儿说如果替紫菀去死，你能够幸福，那她心甘情愿。"

紫菀嗤笑出声，她眼中除了轻蔑还是轻蔑，嘴角挂着冷笑，嘲讽地说道："什么为我而死，说得好听。这么说来，要是还有人死了，只要在临死前说一句是为了我紫菀而死，那她就是为我死的吗？景安儿会死，也不过是她犯傻。死了就死了，难不成还要我为她感恩道谢吗？"紫菀心里倒是很畅快，景安儿死了就死了。若是今日之事完了，她必定要景安儿生不如死。就算萧晨安动怒，也是怒一下，不可能为了一个景安儿就跟她断了那些牵连不断的关系。

"小辈你说什么？"景家的族叔指着紫菀，怒气冲冲地说道，"我景家的女儿怎么能容你这等污种辱骂。安儿不会武功，若非是你强迫于她，她怎么会出事？"又指着萧晨安说道："还有你，我景家待你不薄，你若是还存着一丝良知就不会让安儿出事。她的遗体，我景家会带走，就算有了这样丢脸的女儿，也到底是景家的人，容不得死后不归家。"

"老匹夫你说谁是污种。"紫菀眼神阴毒，说话间满满都是杀意，她最恨的事就是别人骂她孽种、污种。她是青楼女人生下的孩子，生身父亲是谁都不知。指不定是她那个下贱的母亲的某个恩客。被宁家收养，送进隐家替代了原来的紫菀，好不容易才摆脱了那个令她难堪丢脸的身份。"你最好记住你今天说的话，不然下次怎么死的都不知道。"

"看来老夫是说对了，你不知道是哪里来的孽种。"景家的那位族叔被紫菀气得浑身都发抖，"看样子你也只不过是个养女，八大世家出来的人，再不济也不会像你这般，比之市井泼妇也好不到哪里去。"

"你……"紫菀也气极，景家的族叔故意戳她的痛点。

隐家家主哈哈大笑起来道："没错，的确是养女，也就是养女才会胳膊肘往外拐。"话锋一转，厉声道："还不闭嘴，隐家的脸都被你丢光了。"

"父亲，你……"

紫菀不敢相信隐家家主竟然说出这种话，她忽然清楚了，隐家家主一开始就不准备让她这颗棋子再存在。

"紫菀闭嘴。"

萧晨安并没有用多重的语气，只是轻轻淡淡地说着。这是他动怒后的表现，越是生气，越是平静，谁都看不出来。"我并没有要求过她替紫菀去死，她还有话留下吗？"

"阿晨，连你也……"这样对我。这句话紫菀并没有说出来，她发现萧晨安看都看没看她一眼，关注的始终都是景安儿的事情。心突然凉了半截，冷冷地笑出声道："看来这里并没有我说话的地方，那我还是先走一步。"

木青瓷瞥了一眼萧晨安，又看了一眼离开的紫菀，复述着景安儿的原话："景安儿还说，她将一生给了你，也把命给了你。你曾告诉过她，花开花落是一个轮回，人世浮沉皆有定数，一切都是天意。那她走后，让你亦当作天意。多年之后，你是否还会记得，有一个叫景安儿的女子为你生，为你死。"

"是这样。"萧晨安微微皱了皱眉头，又看向木青瓷，淡淡地开口道，"多谢木姑娘告知此事。"

第六十八章

木青瓷蹙起眉头，她依旧戴着普通相貌的那张人皮面具，那张不出色的脸并不引人注目，她没有多说话。摊开手，看着已经在手心留下印子的东西，原来她抢到的是一枚戒指。戒指很精致，是花朵样子的。木青瓷辨认出来，她得到的这枚戒指是银莲花的花样，遂出声道："一枚戒指，就是所谓的宁国宝藏吗？"

锦懿卿也拿起他抢到的一枚戒指，仔细的观看，他的戒指上的花样是苍兰，漫不经心地说道："我这枚戒指上有花样，是苍兰。"又看了一眼木青瓷道："木姑娘，你手上的是什么图案，说出来听听可好？"

"银莲花！"

司琰抢到了一枚戒指，他看着上面的花纹，心有所感："看戒指上的花形，我手中的应该是曼陀罗，前提是我没认错。那剩下的几枚戒指多半也是不同的花形，对应着宁国八位守护者，那就是八枚戒指。"

沈夜把手中的戒指亮了出来，他赞同司琰的说法，嘴角带着笑意，"看来还是我的运气不错，所得到的戒指正好对应我，花形茉莉。"

随着沈夜的动作，宁夜澜也摊开了手，他的手掌心中有两枚戒指。他冷着声音说道："鸢尾和菖蒲。"

如今已经有六枚戒指，那剩下的两枚不用说，众人也知道在哪里。

感受到周围射来的热切视线，萧晨安的嘴角微微上扬，平静地说道："如果按照九王爷所说，八枚戒指对应宁国的八位守护者。那我手中应该有一枚戒指对应木姑娘，毕竟她是荼蘼。不过我手上也只有一枚戒指，不是荼蘼是萱草。"说着，萧晨安伸出了手，在众人的目光下摊开了手，手心里的确只有一枚戒指，上面的图案也的确是萱草。"只有七枚戒指。"

"会不会是刚才的震动，有一枚戒指掉下了石台？一定是这样的，戒指掉在了石台附近。"

既然是八枚戒指，那还差一枚戒指。一想到荼蘼戒指可能掉在地上，还没被人发现，立刻就有人激动起来，连忙奔向高台想要寻找剩下的那一枚戒指。

宁月涯懒懒散散地站着，可目光却一刻都没有离开过宁夜澜，他漫不经心地说道："我怎么觉得第八枚戒指早就不在了，这里已经提前有人光顾了。"

"有字！石台上刻有字。"

一群在高台上寻找第八枚戒指的江湖人士，推开那个发现有字的人，兴奋地说道："真的有字。"

那些人的话音还没有落下，外面就传来一阵震耳欲聋的喊打喊杀声。从出口处飞快地涌进一批军士，他们其中有些人的盔甲还染上了血迹。来的一批军队将士大概有百来人，他们训练有素，此刻很快地站好，对在场的众人并没有多看一眼。身上的气势瘆人，一看就是经历过杀伐洗礼的人，不同于一般士兵。百来人站在一起，身上的杀气更是浓厚到震人心魄。又有一名将军模样打扮的人从他们之中走出来，看到司琰之后，快速地走到他面前，眼里闪过一丝惧色，单膝跪下，低下头行着礼："末将参见九王爷。"

司琰不自觉地皱起眉头，他不记得吩咐了人放出信号让人带兵前来，尤其是此时此刻，在这种诡异的平衡之下。"王将军不是该在城外镇守吗？为何擅自带兵前来此地，不顾本王的命令。是谁给你的权力可以擅自调兵？"

那位王将军心里也是一惊，不由得有些心慌。他面前这位九王爷可不是当年上京城那位琴棋书画样样精通的九王爷，而是铁血无情，雷厉风行，以凌厉的手段一举镇压叛乱的当朝摄政王。脑子里转个不停，抬头望着司琰，"太后传令前来，怕王爷遇上危险，让末将见机行事，随时增援保护王爷。"

"是吗？如今你倒是变成了她的人，连军令都可以违反。"司琰冷哼一声，他背着双手，眼神冰冷无情，扫了在场戒备起来的众人道，"此事了结后，回朝军法处置。"

王将军额头上都冒出了冷汗，他直接跪在了地上，双手撑着地面，弯着腰，低着头。听到司琰的话之后，顿时舒了一口气，"末将叩谢王爷。"顿了顿，又直起身道："末将已经派人将周围团团围住，也留了一条通路，让那些江湖侠士离开。等了许久，迟迟不见王爷，末将便带了人前来保护王爷安全。"

司琰点了点头，他动了动手，示意王将军起来，"很好，你暂时就在本王身边待着，静静看着就好。"

"多谢王爷。"王将军算是舒了一口气,这期间他无疑为自己暗自捏了一把汗。

司琰没有理会众人的视线,他冷着声音,对着台上还趴着愣神的一群人喊道:"石台柱子上写了什么?"

被莫名点到名,那些人也是不习惯,一群人纷纷退下石台,只留下压在最底下的人。那个人从地上爬起来,看了看刚才那一群抢得比谁都厉害的人,眼中不满之意可以轻易看出来。他躲在只有半人高的石台前,轻轻地用手擦掉石台柱子上粘的一层厚厚的尘土。沙土刷刷地往下落,也有些沙土扬起,那个人用手扇着尘土,弄得满脸灰土,才弄干净只有一方砚台宽的石台柱子。他看着柱子上那些刻上去的并不算大的字。

"他们都死了,只有我一个人活了下来,发现了这个真相。八枚戒指,八种花,八份藏宝图。宁国的帝王戏耍了天下人,这只是一个假宝藏。真正的宝藏被藏在其他地方,藏宝图被分成八份,分别藏在八枚戒指里。既然我毁不掉宁国宝藏,那就带走最重要的一枚戒指,让宁国冤魂永远不得见天日。"

果然荼蘼戒指被带走了,这一下算是白费工夫了。让这些江湖侠士疯狂残杀的宁国宝藏是假的,这么多金银财宝居然只是用来迷惑众人的,那真正的宁国宝藏该有多么令人疯狂,谁也想不到。

木青瓷退回苏笙月身边,她看着沈夜把戒指给了苏笙月,她是打算给的,只是在宁夜澜的目光下不敢,不敢当众背叛宁家。木青瓷知道,如果不背叛主上,也不背叛宁家,那她此刻就该动手夺取苏笙月手里的戒指和天剑,回到宁夜澜的身边。她陷入了情网,她可以为了他背叛主上,背叛宁家。抬头正好对上苏笙月的目光,木青瓷正准备说什么,但苏笙月就先动了。

苏笙月俯下身在木青瓷的耳边吹着热气,一点也不顾众人的眼光,轻声说道:"青瓷,你真的是一个聪敏的女人。可惜这一次你猜错了,你的哥哥不是叶兮害的,也不是萧晨安害的,更不是七杀害的,而是我杀的。"

苏笙月的声音一如初见时那般温润,温柔又无限的柔情。在说着话的时候,他以迅雷不及掩耳之势,抢夺过了木青瓷手上的戒指,一掌打在她的身上。

在苏笙月出手的同时,叶兮大喊出声:"茉莉,动手杀了他。"

木青瓷不敢相信,也不愿意相信木清玄是苏笙月杀的。那是不可能的事情。木清玄临死前明明告诉过她,害他蛊毒攻心的人是七杀,怎么会是苏笙月?尽管木青瓷不停地告诉她自己,那是假的,是苏笙月骗她的。硬生生挨了苏笙月一掌,木青瓷才回过神来抵挡他的攻击,凌空跃起,翻转着身体,长刀直劈向苏笙月,眼中含着泪。

"为什么?"

苏笙月的嘴角有着一丝浅淡的笑意,拔出天剑迎上木青瓷的长刀。孰知那一刀并没有落下来,但人已经迎了上来,苏笙月也没料到此处。按照他的设计,木青瓷对他出手,他可以敷衍地对决几招,然后让她走,离开这个是非之地。但木青瓷没有真的对他出手,他如果不赶紧收手，那他会直接重伤她。苏笙月一个旋身，想要避过木青瓷的要害，却不料天剑就这样划过木青瓷的左脸，削断了她耳边的一缕发。

两人都落在了地上，突然反目动手发生在电光火石之间，众人还停留在叶兮的叫喊声中。

木青瓷落在场中，握着长刀，她的衣领已经被血染红了。缓缓抬起头，原本就平淡普通的脸，染上了血迹后更显得丑陋不堪。血不停地从她脸上那条一指来长的伤口中流出来。她的眼中只有不可置信，低声问道："为什么？这不是真的，你在骗我，我不相信那是真的。"

"为什么不是真的？青瓷你太天真了。如果你不相信是我做的，那你刚才为什么会下意识地对我出手，你心里知道这是真的，不过你不愿意相信罢了。"苏笙月的眼底深处快速地闪过一丝异色，快得让人发现不了。收起心中的那份心疼与自责，脸上依旧是那份云淡风轻的样子，漫不经心地说道："所有的事情要是都如你想的那般，那只能是在梦中。有些事并不如你想的那般简单，正如你都不如我所见那般简单。"

别说是木青瓷不明白，恐怕没人几个人能明白，只知这两人反目。

"这就是你的答案吗？为什么会是你？为什么？"

木青瓷双手放在胸前，到了现在这一步，她还是不愿意不相信苏笙月，但事实已经摆在了眼前，让她不得不承认这的确是事实。

"青瓷，不对。杀手茉莉。"苏笙月俊美的面容是那样冷漠，他的眼里不包含一丝情绪，是那样的漠然。勾起嘴角，略带嘲讽道："暗影阁天字杀手茉莉，木家遗孤木青瓷，还有影盗青瓷。你还有什么身份是我不知道的？"

"你什么时候知道的？"

"从你第一天出现在我的眼前，我就猜到了你的身份，是不是有点愚弄了你的智慧？"苏笙月轻笑了起来，他紧接着说道："你一直隐藏着身份接近阿凉不就是为了刺探宁国宝藏的秘密吗？我们两个商量了一下，将计就计，留你在身边。一是想看宁阁主打什么主意，二是想知道你的其他身份。所谓互助互利，不就是如此吗？再者，我们若不把戏做得真一些，你又怎么会上当？是吗，阿凉？"苏笙月偏头，他对上莫景凉的目光，眼神深邃。

莫景凉与苏笙月相视一眼，便收回了视线。打从一开始，他们想要的东西就不是宁国宝藏，而是毁了宁家，毁了这个祸乱之源。不料中途牵扯进了一个木青瓷，打乱了原本所有的计划，也加快了宁国宝藏的出世。

第六十九章

本来能够再遇上木青瓷，莫景凉觉得是上天对他的眷顾，刻在他心上整整十年的女子终于又一次出现在他的眼前。沉默了一会儿，莫景凉想到了很多东西，他看着木青瓷那双流泪的眼睛道："是这样没错。但是青瓷，我从来没有想过伤害你，只是今天你不该来的。"

"到底怎么一回事？"沈夜走到莫景凉身边，用只有两个人才听到的声音说着："虽然我不知道你们两个打着什么主意，但是不是你们两个想看到的结果吧？"沈夜对于此时的情况大概能猜出几分。不过这样算是损人不利己，既伤了人，又伤了他们自己。不过苏笙月把话说出口了，也没有挽回的余地。箭在弦上，不得不发。

莫景凉偏头，看了沈夜一眼，什么话都没有说，只是轻轻叹息了一声。所有的事已经成了定局，此刻能做的，那就是相信苏笙月。

木青瓷的情绪平复了下来，她泪眼蒙眬地望着莫景凉，自嘲出声："原来从一开始，你们就知道我是暗影阁的杀手。"所有的变化都在那短短的时间内，木青瓷平静而又自然地说出这番话，无疑是承认了之前苏笙月所说的话。

"有时候人并不能选择他的出身，也不能选择他的际遇，有些事根本无法做出其他的选择。"莫景凉直视着木青瓷，那满是哀伤与失望的眼光，就好比一把利刃直接插进了他的心里。

木青瓷淡淡出声，看似不包含一丝感情，但眼底深处的痛苦没几个人能够看得清楚。"原来是这样，这就是你的答案吗？如果是这样，我想我明白了。"

宁夜澜拧起了眉头，他的目光在木青瓷和苏笙月的身上不停地扫过，又见木青瓷平静的样子，心中虽猜到了个大概，但还是出声道："回来。"

木青瓷看了宁夜澜一眼，随即对着众人说道："没错，我就是暗影阁的天字杀手茉莉。一开始出现在倾月山庄就是为了接近你们，探得宁国宝藏的秘密。对，没错，就是这样。可是我怎么忘了，也怎么就相信了你的话。"木青瓷想要忍住眼泪，可是却怎么也忍不住。

"苏笙月。阿月，阿月……我怎么就相信了你的话。你是江湖上人人称赞的才俊，我是暗夜里杀人无情的鬼魅。我把我的一切都给了你。为了你，我背叛了主上，背叛了宁家，背叛了我所有的誓言，可是换来的却是什么结果。你当我是没有心的吗？我也是有心的。刚才我还在为景安儿不值，以为那种事永远不会发生在我的身上，现在看来，从一开始就多想的人是我。"木青瓷说着说着就笑起来，眼泪随之掉下。她受伤的脸翻卷起一层皮，那是被划破的人皮面具翻卷了起来，配上那张脸，真是无比丑陋与狰狞。

锦懿卿瞧着这一出又一出的好戏，只觉得他会大赚一笔，"青瓷姑娘是时候显出你真面目了。到了这一地步，你还要以人皮面具见人吗？"

　　木青瓷指着她的脸，嘲讽地笑起来："你说的是这张脸吗？"说着一把撕下那张已经破损的人皮面具，随意地丢在地上。"不过只是一张脸而已，有那么重要吗？"

　　木青瓷很美很美，绝代有佳人，幽居在空谷。这句诗中说的人不正是她吗？哪怕是左脸上留下了伤，但依旧无法影响众人对她美的赞叹。她的一举一动，都顾盼生辉，撩人心怀，也难怪莫景凉会对木青瓷那么倾心，苏笙月会做出那段评价。当之无愧的天下第一美人，只不过那张美若神女的脸上多了一条伤痕，从此毁了这张完美的脸。但那殷红的血也为木青瓷平添了两分妖媚。

　　锦懿卿发自内心地赞叹道："桃之夭夭，灼灼其华，果然绝色，怪不得让一些人记在心头，怎么也忘不了，绝色榜第一人当之无愧。"不过随即又惋惜起来，他看了一眼未出声的苏笙月，又扫了一眼脸色并不好的宁夜澜，若有所思地笑了笑，"都说女为悦己者容，若是没了悦己者，还谈什么容。若是没了那张脸，看起来也会少很多的乐趣。江湖异闻不都是美人与英雄吗？所以说容貌自然是重要的。"顿了顿，脸上露出惋惜的神色，可惜地说道："不过这么美的女人，苏兄也下得了手。换作是我，定是伤了自己，也不愿伤了美人半分。啧啧，今日已有一位香消玉殒，这一位怕也保不住了，可惜至极。论怜香惜玉，看来还是要我这种人才行。"

　　木青瓷听着锦懿卿的话，没了任何感觉，估计是疼得厉害，已经无法在意了。她知道她说了什么话，做了什么事，不过那无所谓了。她看着苏笙月，对上他的眼睛，一字一句地问道："苏笙月，你到底有没有爱过我？哪怕只有一刻，你有没有爱过我？"问这话时，木青瓷的心里也有着不确定，她不想死心，还抱着一丝期望，就如在爱情面前，试图挽回心爱的人的卑微的女人。

　　苏笙月心里有着很多情绪，他快速阖上了眼，又睁开双眼，眼里已经没了任何感情。深深地吸了一口气，唇角微勾："不曾爱过。"

　　"是这样吗？"木青瓷不自觉地后退一步，最后的一丝希望也就此被磨灭，自嘲一笑，"是我自作多情了。"

　　"一切不过是做戏罢了，你是，我也是。忘了吗？我从未对你许下承诺，也未曾说过爱你。"快速地扫了众人一眼，苏笙月浅笑出声，"阿凉的腿，多亏了你才能治好。青瓷，你走吧，没有人会拦着你，就算是还你的恩情。从此以后再无相欠。"

　　得到了苏笙月的答案，木青瓷只觉得是那么可笑。她以为可以一辈子走下去，但一切都是她的幻想，从头到尾他都没有爱过。

　　"原来一直都是我自作多情。是我太傻，才信了你的话。这所有的一切都是一个骗局，不管是凤凰花，还是江南，都是假的，所有的一切都是假的。我将我的真心毫无保留地交给你，你当我是没有心的吗？我也是有心的。"木青瓷的眼泪止不住地流下来，她撕心裂肺地吼着，如同走投无路的受伤的小兽。也就在此刻，她突然想起了苏笙月的话，从认识之初到现在的兵刃相向，他未曾对她许下一个承诺，更未对她说过一句爱，原来这都是有缘故的。所以在江南小镇，苏笙月才会告诉她，他不愿爱她。全部都是设计好了的，江南也是，可她还是信了他。

木青瓷仰头大笑起来，声音中满是悲凉。她看着苏笙月，哑着声音说道："阿月，苏笙月，多谢你，多谢你让我明白了这个江湖，真正明白了。"

"苏笙月，从今日起，今生今世，永生永世，我木青瓷都与你恩断义绝。"木青瓷削下她的一缕头发，发断情尽。可那似笑非笑，似哭非哭的表情是那么奇怪。

这样轻飘飘的一番话好似用尽了木青瓷所有的力气，她扫了一眼在场的所有人，却只从这些人的眼中看到冷漠，不自觉地退了两步迅速离开。对，这就是江湖，只会感情用事的弱者是根本活不下来。

叶兮站在宁夜澜的身后，她的眼里有着一丝可怜，更多的却是冷漠。"主上，要不要属下去带她回来？"对叶兮来说，木青瓷说出了背叛的话就足够了。

"把她活着带回来。"宁夜澜握紧了拳头，他的目光冰冷，早已怒火冲天。木青瓷选择了背叛他，他也不会留着一个叛徒在外面。就算是死，也只能死在宁家，死在他宁夜澜的手上。宁为玉碎，不为瓦全。他得不到的人，情愿毁了她，谁都得不到。余光扫过一动不动的合欢，冷着声音道："这就是你给我的回复？"

叶兮握紧了手中的剑，微勾起嘴角，"属下遵命。"

"属下知错，甘愿领罚。"合欢单膝跪在地上，他没有料到会是今天这个局面。原以为是帮了木青瓷，替她瞒过主上几日，想不到到底还是错了。合欢还记得他的话，与其让木青瓷落在叶兮，或是其他人的手里，那还不如由他来结束了她的性命。若是落在了主上的手中，他不敢想下去，说是生不如死可能也不为过。"只是在受罚之前，请让属下去抓茉莉回来，将功赎罪。"

宁夜澜冷冷地看了一眼合欢，"好。"说到底，宁夜澜还是相信合欢的，毕竟合欢是自小就跟在他身边的心腹，绝对不会背叛他。

唐岚歆默默地看着这一切，她想起了很多的事情，也想起了岳洛。她突然觉得比起景安儿和木青瓷来说，她是那样的幸运。她只不过是个傻子，轻而易举地被人蒙骗。可就算是这样，岳洛也没有用感情来利用她。哪怕最开始，岳洛接近她是为了唐门的秘籍，明明成功就在眼前，他还是选择放弃。不管是在以前，还是多年后的再次相遇，岳洛都没有选择利用她。他宁愿到死都装作不认识她，也不愿意利用她。到底在他的心里，还是空出了一点位置留给唐岚歆。

原来岳洛对她一直都没变过，一想到这里，唐岚歆一下子就提起了精神，又恢复成那个意气风发的唐门门主。"终有一日，你会后悔，失去一个爱你的女子。莫景凉你也一样，她的生命再也不会有你。"唐岚歆又看向萧晨安，同样冷漠，"你也是，从今日以后，你的生命里再也不会出现第二个景安儿。"不过她现在没时间说那么多，因为叶兮和合欢已经追了出去，而且木青瓷受了伤，不一定能够同时对付两个武功都不在她之下，甚至更高的人。如果被抓回暗影阁，那叛徒的下场从来都没有好过。

唐岚歆偏头看了一眼唐禄和唐长风，她低声地说道："大伯，我不能看着青瓷被抓回宁家。"

唐禄摸了摸胡子，露出了笑意，他挥了挥手道："你已经长大，该有分寸了，大伯也不拦你。"

唐岚歆应了一声，飞速地朝外跑去，她要赶去追上木青瓷，帮她脱身，不然她可能难逃一劫。

见唐岚歆动身之后，叶轻轻摸了摸腰间别着的九节鞭，眼中出现了笑意。看了一眼司琰，她想都不再想地追着唐岚歆的步伐出去。如果她的对手被别人打败，那就没意思了。

第七十章

见叶轻轻也出去之后，司琰抬眼看着隐家家主道："我想你也该显出你的真面目了吧，隐家家主。"

见司琰气势汹汹的样子，王将军也打起了十二分精神，他对守着出口的将士命令道："全体戒备，守好出口。"

百来人动作一致，他们飞快地站好，亮出兵器，气势瘆人。

隐家家主看着那些人，冷笑着嘲讽："老夫是谁，你用不着知道。因为再过不久，你就会知道老夫是谁，忘都忘不了。"

"是吗？不知道你是主动告诉本王，还是本王亲自动手对付你。"司琰皱着眉头，他还记得刚才隐家家主所说的话，他提到了太皇太后，也说出了一些司琰并不知道的事。那些被尘封的陈年往事让他很在意，司言的死也是一样的。

隐家家主不屑地看着司琰，他轻蔑地说道："想抓住我，你还不够格。"顿了顿，隐家家主又冷笑起来："若是哪一日，没了太皇太后，你才会知道你眼中的安稳盛世是虚假的。若非有人保你，单凭你是许舟儿的儿子，老夫就足以让你死上千百次。也亏得司尧最爱的那个儿子死了，你却意想不到的活下来了。这一点还真是像你那个低贱的母妃。"如果不是太皇太后还守着皇室，估计隐家家主早就撺掇有些人起兵反叛了。天下动乱的时候，宁家又怎么会放过这个好时机。他们准备了数百年，可是最有把握的。

"原来是你。"司琰突然知道了面前这个人是谁了，尽管不是很确定，但他可能猜的是对的。"南离。"

"没错,我就是南离,南离也就是我。隐姓埋名数十年,想不到皇室还惦念着我,忘都忘不了。"面对司琰和那些将士,隐家家主一点都不着急,反而有兴奋之意。隐家家主怎么能不兴奋,他马上就可以见到他日夜思念的女人,他知道他们都已经老了,但江小虞始终是南离心中的挚爱,也是一个远在天边的梦。以前有司尧在,可司尧已经死了十六年了。他们十六年都没有见过,但南离知道他已经老得不成样子,看不出当年的模样,但江小虞依旧美丽。

最先反应过来的人是王将军,他从司琰身后走了出来,厉声斥责着隐家家主:"大胆狂徒,竟敢直呼文帝名讳,出言不逊。"

隐家家主也没恼,他嘲讽似的看着王将军,当看傻子一样,轻蔑地说道:"老夫与司尧认识的时候,你还不知道在哪里。这里没有你插嘴的份。"

隐家家主又瞥了一眼司琰,指着他说道:"你以为他真的是九王爷吗?哪怕人要变,也不可能变得这么彻底,跟以前的性格脾气完全不同。只怕真正的九王爷,早就被杀了,这个人只是冒充他的人。你作为臣子,竟然连人都认不出来,岂不是废物。拿下这个假冒的人回朝,你朝的太后会很感激你的。"隐家家主也没说假话,既然太后温云箬已经把手伸到了朝堂之上,那手握重兵又权势滔天的九王爷司言,自然会成为她的目标。想要紧握住权力,那就必须除掉九王爷司言。

"你这贼子在胡说些什么?九王爷自然是九王爷,多年来忠心为国。"王将军半信半疑,但为官多年,深懂朝堂之上那些争权夺利之事。若是没有证据证明现在的这个九王爷是假的,那么贸然动手,必定会大祸临头。

"既然这样,老夫就来帮你揭开他的面目,看看这个九王爷到底是谁假扮的?"话音还没落下,隐家家主就朝司琰攻击而去。

"正好,本王也不会轻易地放过你。那些恩怨,今日就一并了结了。"司琰握着剑,他的眼中满满都是杀意。

木青瓷撑着身体连忙逃离成佛崖,一路上解决了几个想要浑水摸鱼的人。那些人虽然武功算不上多高,但好几个人一起围攻,费了木青瓷不少的力气,本来就伤重的身体,就更是伤上加伤。她并没有朝山下逃去,已经被人算计过一次,不会傻傻地再给别人第二次机会了。琴姬说得不错,没有人会平白无故地对她好。也许在当时琴姬就已经看出了什么,才会如此提醒她。只不过那时她根本听不进去任何劝告,一心以为苏笙月是真正爱她,毫不保留地将一颗真心交给他,结果换回了什么?换回的却是背叛与欺骗。

木青瓷朝着树林深处而去,不知道走了多远,至少再也没有人迹,只是时而有着鸟鸣声。她停住脚步,只手捂住胸口,吐出一口血来,随意用手抹了抹嘴角血迹。眼泪就这样就流了下来,放声大笑了起来,笑声越来越悲凉。她最爱的男人杀了她最重要的哥哥。脑海里还在不停地回响着苏笙月的那句话,未曾爱过,未曾爱过,未曾爱过……

越想着那些事,木青瓷的心绪就越慌乱,隐隐有走火入魔的感觉。苏笙月的那一掌,实实在在地打在了她身上,也伤在了她心上,把那颗心伤透了。

木青瓷捂着疼痛的胸口，她眼神冷厉，冷冷地说道："出来吧，我知道你已经追上我了。我们两个之间的恩怨，也该当着面解决，想要从背后偷袭我，这种招数你已经用得太多了。"

叶兮从树林中走出来，随意说道："我暂时不会那么做。看到你现在的样子，就想起我让你脱离暗影阁，彻底地离开主上之时，你自信骄傲的样子，我都忍不住想笑。不过这样也好，你自己选择背叛。我说过我可以助你一臂之力，尽管你没答应，但我还是不会真的要你的命。只要你从此隐姓埋名地活着，那么你就可以高枕无忧地过你想要的生活。"

木青瓷转过身看着叶兮，只觉得那张脸的主人是多么丑陋，讽刺地说道："你以为我会信你吗？叶兮，你真的像极了你母亲。你以为你比我好得到哪里去吗？哪怕我爱上了苏笙月，背叛了暗影阁，也背叛了主上，但主上的心还是不会落在你身上，他会时时刻刻想着我，念着我。"咳嗽了两声，冷冷笑道："这世上我最不会相信的人就是你。如果不是你暗中对我出手，我也不至于任务失败，重伤逃窜。败并不可怕，只不过因为你，我师父为了救我而去世。你以为我们两个还有可以缓和的余地吗？你会放我走，那简直就是天方夜谭。"

"你受了重伤，我杀你轻而易举。你以为故意说出那番话，激怒我之后，就可以成功逃走了吗？从你说出背叛的话开始，你就注定逃不了，除非是死。"叶兮的眼神渐渐冷了下来，木青瓷的话成功地惹怒了她。主上的心里永远只有木青瓷，这是叶兮心中的痛。可能在宁夜澜的心里江山更为重要，但木青瓷对于他来说始终是与众不同的。哪怕是木青瓷亲口说出背叛他的话，哪怕木青瓷爱上了苏笙月，哪怕木青瓷或许已经把干净的身子给了苏笙月，宁夜澜依旧要她带木青瓷回去见他。叶兮觉得她很傻，以为宁夜澜要了她，就会有所不同，不过那已经无所谓了。只要木青瓷彻底消失在这个世界上，一切就可以重来。"你应该比我清楚，主上虽然足够宠爱你，但比起江山来，你也不过是颗可以随时抛弃的棋子。我也不要你的命，废了你的武功，你可以过你想要的生活。"叶兮拔出了剑，她慢慢地走向受伤的木青瓷。她已经追出来一小会儿，如果再不动手，等合欢一赶到，那就根本不可能对木青瓷下手，所以她必须要快。

木青瓷的确想要拖延时间，凭她现在这个受伤的样子，根本不可能是叶兮的对手。只要能拖到合欢赶来，她就能暂时安然无恙。就算要死，她也绝不能死在叶兮手里。"你我都不是三岁小孩子了，你也不必说得那么冠冕堂皇。你说不想要我的命，可真是好心。你不会不知道这里有多凶险，到处都是想要浑水摸鱼、趁火打劫的人，一旦我被你废了武功，你的确不用杀我，说不定我可能走不出这片树林。"

叶兮一步一步地逼近木青瓷，她面无表情，"这的确是个好办法，多亏你提醒我，不然我就忘了。不过想要拖延时间是没用的，恐怕合欢来不了了。就算赶来了，也来不及了。"

木青瓷拔出长刀，她心中有着不安，"看来你是打算先斩后奏了。"

叶兮还没说话，紫菀就出现了，她站到叶兮旁边，手里拿着双剑，嘴角挂着残忍的笑容，"叶兮，今日可是你的好机会。"又看着木青瓷，话语中满满都是厌恶："我最讨厌像你这种装清高的女人，你以为现在还会有人来救你吗？我耍了一点小手段，暂时拦住了合欢，这点时间杀你足够了。"

叶兮冷冷扫了紫菀一眼，皱着眉头说道："我来解决，你去拦着合欢就好。"

紫菀大笑了起来，瞥了一眼叶兮，轻蔑地说道："我若是去拦着合欢，岂不是要暴露身份？主上最讨厌别人违背他的命令，我还不想自寻死路。不过我们可以换一下，你去挡住合欢，我来替你解决了她。"

木青瓷不禁冷笑，她还不是案板上的肉就已经被轻视。她就算是死，也绝对不会死在这两人手上。背后的手中抓着几枚霹雳弹，只要还有一丝希望，她也会全力以赴。

"你们还真以为我是案板上的肉吗？"

说时迟，那时快，三人打作一团。木青瓷躲过紫菀攻击，与叶兮对了一掌，两人都用了十成的内力，在掌间对决。叶兮退了几步，站稳了脚。木青瓷退了十多步，身子隐隐有些不稳，她的嘴里流出血来。

紫菀一眼就看出了端倪，她压着略带兴奋的声音说道："她早已经受了重伤，现在不过是强弩之末，我们一起攻上去。"

话是这么说没错，正当紫菀和叶兮一起攻上去的时候，唐岚歆突然赶到了。她眼神凌厉，毫不手软，一上来就是大杀招暴雨梨花针，这可是唐门的独门暗器，对付人一直都很有效。紫菀和叶兮不得不收手，转而挡住那些金针。

唐岚歆退到木青瓷身边，看了她一眼，快速地说道："你先走，这里我拦着。暗影阁的合欢已被长风拦住，暂时抽不开身来。"顿了顿，"留得青山在，不怕没柴烧。你现在伤很重，必须赶紧找个安全的地方疗伤，其他的事以后再说。"

到了这种境地，唐岚歆还挺出身来救她，这一举动无疑让木青瓷感到心中一暖。若能安全离开，日后必会报答这份恩情。锦上添花的人很多，雪中送炭却没几个，不落井下石就已经不错了。扫了一眼对面的紫菀和叶兮，关心道："你一个人能不能行？"

唐岚歆偏头对身后的木青瓷轻轻一笑，"她们两个不敢杀我，所有人都知道我出来救你了。我若出了什么事，唐门一定会疯狂报复。当然她们两个也杀不了我，我的对手可只有叶轻轻一个人。"

"谢谢你，歆儿。还有岳洛的事，对不起。"木青瓷丢下这句话，就背过身，朝着山林深处而去。

第七十一章

叶兮盯着木青瓷离去的背影，她冷冷说道："你拦着她，我去追木青瓷。"

紫菀皱了皱眉，以她的性格一般来说是不会答应的，但现在不得不同意叶兮的话。让木青瓷跑了，她们两个以后谁的日子都不好过。

"只怕你们谁也走不了。"唐岚歆拔出剑来，挡在叶兮和紫菀面前。

还没给人说话的时间，叶轻轻就追到这里来了。她手里拿着九节鞭，与唐岚歆站在一起，指着紫菀道："那个女人留给我，我虽不在意景安儿的死，但也容不得人玷污了她死后的名誉。"

"没问题。"唐岚歆展颜一笑，这时候算是她这段日子以来，心情最好的时候。她点头说道："看谁能够先胜。"

"狂妄。"紫菀带着怒气说着这句话，她不是什么好脾气的人，此刻更是被激怒了。

四个人，一对一地打了起来。唐长风挡在合欢面前，二人武功相差不多，慢慢地说道："青瓷姑娘已经走了，兄台何必再多此一举，饶她一命便好。"

合欢看着远处打斗的四个人，又看了看挡在面前的唐长风，眉头一皱。淡淡地扫了一眼唐长风，合欢心里总有一丝不安，木青瓷已经成功逃走，还有什么可顾虑，多半是他想多了。

木青瓷奔走在树林之中，阳光透过茂密的树顶冠，在铺满枯枝落叶的地上留下斑驳的光影。一路上过来，鸟鸣声不断，她已经跑出了很远，不知道到了哪里。她知道不能停下，因为随时都可能有人追来。她的伤已经很重了，如果再交手，很有可能败亡。必须找地方疗伤，如果一直这样子拖下去，那么她不一定能够躲过宁家的追杀，还有那些想杀她的人。比如叶兮，比如紫菀，再比如红雀。

红雀！木青瓷脑中闪现出红雀恨不得把她千刀万剐的样子，才发现自打进了宁国宝藏，她就没有见到红雀。合欢告诉过她，红雀此行也在，此刻却没看见红雀的身影。木青瓷突然感觉有些不安，她加快了脚步。不然凭她现在的伤重程度，根本挡不下红雀。

突然之间，数十个飞镖飞出，朝着木青瓷而去。锋利的刃边划破树叶，木青瓷快速地旋身，用长刀挡住朝她来的飞镖。这全凭一个杀手的本能，比一般人更能探察到危险。树干上、地上都插着飞镖，木青瓷转身就朝树林深处跑。

红雀施展着轻功，她稳稳地落在木青瓷前面的路上。手拿长剑指着木青瓷，阴阳怪气地说道："茉莉！不对，木青瓷才对。都到了这个地步，应该不会再有人能救你一次了。"话锋一转，眼中满是阴狠之色，她大声道："受死吧！"

"我的命，你还拿不走。"

木青瓷紧紧地握着长刀，她横挡了过去，刀剑相撞发出金铁碰撞之声。她只想速战速决，她毫不犹豫地跨了一大步，费力地逼退了红雀劈下来的那一剑。红雀被震得退了几步，她一个箭步上前，挥动着长剑，剑身在空中留下残影，直刺向木青瓷的面门。木青瓷一个弯腰躲开那一剑，反手砍向红雀的手臂。

红雀一个旋身，想要避开那一刀。同时脚下一个横扫，踢向木青瓷的双脚，攻击她的下盘。木青瓷一惊，想要一个翻身躲开红雀的攻击。殊不知，红雀迅速出手，并没给木青瓷翻身的机会。木青瓷生生地挨了红雀的一掌，摔了出去，嘴里的甜腥味很重，偏头吐了一口血。

红雀的手臂上被划破了一条长长的口子，疼痛给她带来了一丝不便，给了木青瓷一丝机会。剑指着摔倒在地的木青瓷，眼神冰冷且残忍，她咬牙切齿地说道："茉莉你竟敢伤我，我要将你碎尸万段。"

"你以为你是谁。今日我就算是死，你也别想活着离开。"木青瓷认真地说道，脸上的表情却是决绝。说这话的时候，悄悄地把那两个霹雳弹抓在了手心。

红雀正举起剑，朝木青瓷劈下来之时，木青瓷在红雀的脚下扔下两个霹雳弹。爆炸声响起来，惊起了不知多少鸟雀，它们受惊后飞上了天空，不停地鸣叫着。除了一只灰黑色的小鸟，站在高高的树枝上，小脑袋动来动去，看着树底下打得你死我活的两个人。

霹雳弹的声响自然惊动了别人。唐岚歆、叶轻轻等打斗的几人自然听到了这声响，不过她们现在正打得难解难分，都没空管那个声响是从哪里来的。合欢听着那个动静，眉头一皱，他忽然想起来红雀还在暗中行动。那么木青瓷多半不妙，想到这里他也不管唐长风是否拦着他，就飞快地往发出声响的地方赶去。当然唐长风自然不会由着合欢前去，他一路阻拦着合欢。

霹雳弹没有伤到红雀，木青瓷也不指望两个霹雳弹就能伤到红雀。红雀被霹雳弹爆炸后产生的大量烟雾呛得一阵咳嗽，木青瓷抓住这次机会，毫不犹豫地扑了上去，一刀劈向红雀的头颅。

红雀一个旋身，躲过致命的一刀，一脚踢在木青瓷的身上。虽避过了要害，但还是受了严重的伤，才躲过那一刀。她从肩膀开始，后背由上往下被弄出又长又深的伤口。肩膀处最为严重。

木青瓷无力地摔倒在地上，她现在连强弩之末都算不上了，大口地吐着血，长刀也落在一边的地上。

红雀咬着牙，忍住后背的疼痛，一步一步地走向木青瓷，准备一剑解决了她。就在木青瓷都以为她会死在红雀手上的时候，一只灰黑色的小鸟飞了出来，扑向了红雀。翅膀不停地扇动，锋利的爪子抓破了红雀的手背，冒出了血珠来。红雀眉头紧皱，被重伤的木青瓷伤成这样，这无疑让她感到一阵耻辱。她不相信这种情况了，木青瓷还能翻身。用尽了全力，抓住那只灰黑色的小鸟狠狠地扔在地上。

灰黑色的小鸟被重重地砸在地上，它的翅膀上出现了血迹，基本上动不了了，哀鸣地叫起来。

"啾……啾……啾啾……啾啾啾……啾啾……"

红雀看着手背上被抓出的好几条深浅不一的伤口，不禁咒骂起来："该死的扁毛畜生。"抬眼盯着木青瓷，眼中慢慢都是狠厉，阴狠地说道："扁毛畜生都死了，这次看谁还能救你。"

木青瓷看了一眼那只不停哀鸣着的灰黑色小鸟，突然想起来，那是岳洛临死前留给她的。按岳洛的说法，这小鸟通灵且剧毒无比。本来武林大会结束后，她离开倾月山庄，这只鸟就被丢在了一边。之后去了杭州，也就彻底忘了。想不到在众叛亲离之后，关键时候救她命的人却是这只她根本没有放在心上的小鸟，真算是一种讽刺。"的确不会有人再来救我，只不过你也杀不了我。"话锋一转，一字一字地说道，"红雀，你可以去死了。"

"你是什么意思？"看着木青瓷脸上的表情，还有那看死人的眼光，莫名的让红雀不舒服，恶狠狠地出声："我叫你说。"话音还没有落下，红雀就觉得她全身都好像不对劲，浑身好像有千万只虫子在咬一样，疼得厉害，吐出了一口黑血。她看着被抓出血痕的手背，那里已经有了黑紫的痕迹，不稳地退了好几步，手上的剑也掉了下来，"有毒，那只扁毛畜生的爪子上有剧毒。"

木青瓷没有留下后患的习惯，哪怕红雀已经中了剧毒，她也不敢冒险。抓起掉在地上的长刀站起来，迅速地冲向已经没有了兵器的红雀。一刀穿身，必死无疑。木青瓷抽出长刀，红雀的身体慢慢地倒在了地上，她睁大了眼睛，脸上满满都是不可置信。

木青瓷三两步走了过去，想要捧起那只灰黑色的小鸟。脑海里莫名的出现了岳洛的样子，还有他的话：在这红尘世上，没有人会比我更爱你。

看着灰黑色小鸟被血打湿的羽毛，木青瓷却不知该如何是好。岳洛的鸟注定活不了。这时候木青瓷只觉得讽刺，她的命不是任何人救的，而是岳洛养的宠物救的，而岳洛则是她亲手杀的，不是很可笑吗？爱入骨髓的男人只不过是利用她，相信的朋友也不过是利用她，都打着爱人的口号，偏偏她信了。这不是可笑吗？

"啾啾啾……啾……啾啾……啾……啾啾……啾啾啾啾……啾啾……啾……"

灰黑色的小鸟哀鸣着，它动着小脑袋，想要像以前蹭一蹭岳洛的手那样蹭一蹭木青瓷伸出来的手。就在要碰到木青瓷的手的时候，灰黑色的小鸟又动了，它避开了直接接触木青瓷。小小的脑袋上还沾着血迹，那一双眼睛里还有着一丝晶莹，好似是泪。

"……啾……啾啾啾……啾啾……啾……啾啾……啾啾啾……啾……"

灰黑色的小鸟最后哀鸣了几声，便再也没有了声音，整个树林里一片寂静，就好像什么都没有发生一样。

木青瓷的手僵在了一边，她突然放声大笑起来，这难道不是讽刺吗？连一只鸟都可以为了她的性命着想。岳洛说过，这只鸟有着剧毒，只要被抓到或是伤口上沾到鸟血，那便无药可救。而刚才，木青瓷分明看得真切，那只灰黑色的小鸟想要蹭一蹭她的手，就像最开始一样。但在就要碰到她的时候,那个小家伙却避开了。不是既可笑,又讽刺吗?

没有人会平白无故地对你好,木青瓷的脑海里冒出了这句话,从今日之后,她彻彻底底地死心了。如今唯一的想法就是活下去。对,她要活下去,她要报仇,她要所有背叛欺骗她的人都后悔一辈子。

木青瓷从身上摸出一张干净的手帕,手帕上绣着几朵淡粉桃花。她沾了下嘴角的血迹,在手帕之上写着字。因为她知道,再不快一点,就会有人赶来。刚才的霹雳弹,动静虽不算太大,但也不算小。写好之后,她用长刀将手帕钉在树干上。把灰黑色小鸟埋了后,木青瓷看了一眼来时的路,阖上了双眼,再睁开时,眼中已经没有了犹豫,冰冷而又陌生。手放在平坦的小腹之上,看着树林的更深处,跌跌撞撞地离开。

待到木青瓷跑远之后,一个男人走了出来,看了一眼红雀的尸体,又看了一眼插在树上的长刀,便跟着木青瓷的步子离开了。若是木青瓷在这里,一定可以认出这个跟着她的男人是不久前在倾月山庄送给她天剑的人。

第七十二章

合欢和唐长风一路纠缠打斗赶到这片树林时,木青瓷早已不知去向,唯有周围留下的打斗痕迹和地上那一具尸体,证明这里曾经有过一场激烈的打斗。

合欢扫了一眼地上的尸体,余光落在钉在树上的染血手帕,抢在唐长风前一步,拔出长刀,把那张手帕抢在手里。看着手帕上的血书,他面无表情,也没有理会唐长风,更别说是红雀的尸体,直接就转身往回走。合欢此刻的心绪很乱,他不知道木青瓷能不能活下来,他也无能为力,只能带着那把染血的长刀和手帕回去复命。

唐长风看着合欢就这样收手,心中也明朗了几分。木青瓷不知道逃到哪里了,现在追去,也不一定有用。至于那张帕子上写了什么,那就不得而知了。

赶回宁国宝藏的入口时,那里已经围满了士兵,守住了作为入口的洞口。各门各派的弟子和众多的江湖人士都已经在山洞前,看得出气氛并不好,兵器都已经亮了出来,更有不少人都有动过手的痕迹,更有正在比拼的人。比如隐家家主和九王爷司言,不过两人也停了下来。

合欢退回到宁夜澜身边,单膝跪地,低着头道:"主上,属下办事不力,甘愿受罚。"

宁夜澜看着一人回来的合欢,眉头一皱道:"理由?"宁夜澜是一个很少问人理由的人,他也不喜别人解释,为不屑于解释。胜就胜,败就败,没有理由。

合欢依旧低着头,看不清他眼里的感情,"属下办事不力。"他把木青瓷留下的长刀和帕子拿了出来，淡淡地说道："红雀被杀，应是茉莉所为。茉莉重伤逃离，下落不明，只留下了绝笔书。"合欢的声音不大，却震住了不少人，尤其是"绝笔书"三字。

"废物，不值一提。"

宁夜澜并没有有所动作，他扫了一眼全场所有人道："念出来。"

"属下遵命。"合欢恭敬地答着，他站起身来，摊开那张绣有几朵淡粉桃花的丝帕。原本的雪白干净的帕子，此刻沾满了血迹。

"杀子之仇，切肤之痛，今日我若不死，来日必将千百倍奉还。木青瓷绝笔。"

"这绝笔书写得也算好玩，杀子之仇，切肤之痛。"见中人都各有所思，锦懿卿瞧了一眼苏笙月，慢悠悠地说道："一句杀子可让人遐想翩翩。不过也是，重伤垂死之下还怎么保下腹中之子，毕竟追杀的人可不懂得怜香惜玉。"假意叹息了一声，"内伤外伤都受得重，受了外伤还可以治，心上的伤就没法治了。"停顿了一下，"也不知是伤重到了哪种程度，才认定可能活不下来，从而写下绝笔书，真是可惜。"

苏笙月微微皱起眉头，他想不明白木青瓷留下的话是什么意思。切肤之痛他可以明白，那是指的木清玄一事。长兄如父，杀父之仇，如切肤之痛，不得不报此大仇。那杀子之仇是为何？莫不是真的有了？不过短短十几天时间，就连医术最高深的大夫都不一定能够探得出脉来，青瓷是怎么知道？苏笙月突然觉得心烦，在江南那几日，他的确算是疯了，放下所有的顾忌，一心与木青瓷做一对平凡夫妻，沉迷于欢爱之中。他忽然想起之前，木青瓷抢到戒指后对他说的话，有一件事要告诉他。难不成就是此事？一想到这里，苏笙月就握紧了拳头，拿着天剑的手微微有些颤抖。

莫景凉看着苏笙月，他的目光彻底冰冷了起来，俊美的脸上有着一丝愤怒，他压抑着怒火问道："是真的吗？"

"是真的。"

"大敌当前，有什么事私下再说。"沈夜看着即将爆发的莫景凉，连忙上前挡在他和苏笙月中间，生怕两个人就这样动起手来。虎视眈眈的人可不少，一个个都是大敌。恐怕在场最想杀了苏笙月的人就是宁夜澜了，这是他得出的结论。一听到苏笙月承认了和木青瓷的事，沈夜可没空去打趣苏笙月动作真快，孩子都有了。扫了一下在场的人，就属宁夜澜，恨不得把苏笙月千刀万剐，那种强烈占有的眼神，他相信还是没看错。除此之外，估计第二个恨不得杀了苏笙月的人就是莫景凉了。完全跟以前的样子不同了，那种愤怒，只要是个人就能看出来。"为了青瓷姑娘，你也不要再多说。回去想怎么收拾苏大少就怎么收拾，那时候我一定不会拦你，随你怎么办。"

莫景凉一言不发，他抿紧了嘴，也不再去看苏笙月。他忘不了木青瓷临走时，那种绝望的眼神，被欺骗，也被背叛，想来她应该恨透了他。一次都没有履行过他的诺言，说是言而无信又有什么差别。

听到苏笙月亲口承认，那一切就说得过去了。不过再看莫景凉那恨不得杀了苏笙月的样子，众人不禁想到他对木青瓷动了真心。不过怎么说都是江湖俊杰，身边也不缺少貌美如花的女人，有些事情假戏真做也很正常不是吗？

"主上。"叶兮此刻也回来了，她跪在宁夜澜面前，低头请罪道，"属下办事不力，没有抓住茉莉，请主上责罚。"

宁夜澜还没开口，宁月涯就开口了，他笑得很灿烂，有意无意地说道："大哥，你宠爱了十年的美人，宝贝到自己都舍不得碰一下。却没想到她不仅心都没在你这里，更是同别的男人有了孩子。"瞥了一眼跪在地上的叶兮，"不过还好，只是一个美人，少了她一个不少，多她一个不多。只是可惜，养了十年，就这样便宜了别人，还不如当初便宜了我，还算肥水不流外人田。"

"宁月涯，你若想死，我一定成全你。"宁夜澜的眼中露出了杀意，他压抑怒气，冷冷地说着。"活要见人，死要见尸。把她带回来。"

"难道我说的不是这么一回事？不如趁此机会，杀了那些人，用血来洗刷宁家蒙上的耻辱。"宁月涯无视了宁夜澜的杀意，懒懒散散的。

叶轻轻回来时，唐岚歆也回来了，她们两个人看着有些狼狈，身上有着打斗留下来的痕迹。

就在此时，一个黑衣人突然蹿出来，飞快地到了苏笙月近前，一把抓住天剑，想要抢夺过来。苏笙月岂会轻易放手，一点不留情地攻去，两个人分别抓着天剑的一头。黑衣人硬接了苏笙月一掌，将苏笙月震退了几步，夺得天剑之后，没有逗留之意，施展轻功飞快地逃走，一下子就不见踪影了。

"王爷，需要追下去吗？"

"不用。"

"可是天剑？"

司琰看了一眼王将军，解释道："如果你认为你可以接下他一掌，王将军请，本王等着你的好消息。"

王将军有些迟疑，他是朝廷的大将军，向来是看不起散乱的江湖人士的。但他又不得不承认这些混迹江湖的人，武功高得出奇，可以在军队中杀将夺旗。"末将明白了，多谢王爷。"

"可笑。"隐家家主嘲讽着，"九王爷司言虽甚少动用武功，可老夫还是见过一次。武功路数可不是现在这样子。人可以变，武功路数却变不了。虽然许妃的儿子没死在老夫手中，但杀了你，老夫也一样畅快。先看看你的真面目到底是谁。"

两人的距离本就不远，隐家家主出手又快，叶轻轻见到这一幕，眼里满是担心，下意识地大喊道："司言小心！"

司琰接下隐家家主的招，快速地看了一眼叶轻轻，自信地说道："我没事，轻轻，你退开。"话虽然是这样说，但隐家家主哪有这么容易对付。是个老匹夫不错，但武功强得离谱。估计在场没有几个人是他的对手，顶多能够抗衡，绝对伤不了他。那是只老狐狸，内力无比深厚，下手又足够狠辣。

隐家家主一掌打向司琰，他冷笑说道："在这种情况下，还想着调情，找死。"

司琰并没有打算和隐家家主硬碰硬，他朝着一边躲去。却不料这正是隐家家主的计谋，隐家家主双手挡住司琰的攻击，一个侧身，反手抓住司琰脸上的面具，一把扯了下来。

"这就是你想要的吗？看本王的真面目。"司琰落在地上，抬头看向众人，"如你所愿。"

不同于众多容貌出色的江湖俊杰，司琰上过战场杀过敌，身上有一种铁血的感觉，并且很刚毅，不同于一般的玉面小生。

见到司琰的真面目，隐家家主睁大了眼睛，不可置信地说道："怎么会是你？你没死，那死的人是司言。"

很少能见到隐家家主如此失态，众人纷纷看向司琰。叶轻轻看着司琰的脸，心里突然生出不好的感觉，连她也不知道是怎么回事。

王将军大着胆子去验证司琰是否是九王爷司言，他一看见司琰的真面目，被吓得呆愣。只听见耳边众多的说话声，才连忙跪在地上，叩着头行着大礼道："末将参见皇上，皇上万岁万岁万万岁。"

随即数百位将士全部跪在地上，行着礼，大声喊道："末将参见皇上，皇上万岁万岁万万岁。"

数百人异口同声地说着，气势如虹，着实震到了在场的众人。这就是皇权，至高无上。只要得到了，就能号令天下。

"起来吧。"

"谢皇上。"

众多将士谢礼之后，纷纷站了起来，继续守着众人，不让一人离开。

"末将还以为皇上已经……可皇上怎么会以九王爷的身份出现？那九王爷他岂不是……"王将军还是没有说出口，他想到了当初下葬的人不是皇上，而是九王爷。突然冒出一身冷汗，他好像发现了一个不得了的秘密。

"司言已经死了。"司琰垂下眼帘，沉着声音，"朕这么做自然有打算。王将军，派人把守好此处，任何人不得进入宁国宝藏之地。隐家的人一个都不准放走。"

"末将明白，请皇上放心。"王将军恭敬地行着礼，在朝堂上多年，自然知道景帝的手段，能令皇帝如此在意，恐怕回京之后，那就是要平掉这个叫隐家的江湖门派。

隐家家主收回了失态的表情，他已经接受了这个事实。目不转睛地看着司琰，眼中里散发着猎人一般的光芒，"原来死的是许妃的儿子。好，太好了，老天待我不薄，只要你活着，小虞就一定会来见我，她不会让你出事的。"

"两次宫闱之乱，若不是因为你，熙宁怎么会流落江湖生死不明；若不是因为你，父皇怎么会早早去世；若不是因为你，司言怎么会为了救朕而死；若不是因为你，母后怎么会与熙宁骨肉分离十六年。"司琰背着手，他眼神冷冽，一句一句地说道，"南离，朕与你可谓是不死不休。杀父之仇，杀弟之仇，伤母之仇，害幼妹之仇，每一个都足以让朕把你碎尸万段。"

第七十三章

隐家家主猖狂地大笑起来，他的眼神很冷，嘲讽地说道："司尧他该死，若不是有小虞守着你们，别说是司尧，就连你也活不过多少日子，更别说有今日。至于许妃母子，老夫算是大发慈悲，没亲手把他们碎尸万段。本来还以为你死了，小虞至死都不会见我一面。但现在好了，只要老夫抓住了你，她就会主动来见我。"

"笑话，当年的事朕也知道一点，这一次一定不会让你活着离开。"司琰坚定地说着，他忘不了司言的死，忘不了文帝的死，也忘不了熙宁流落民间十六年，忘不了太皇太后的冷漠，这一切都是谁造成的？是南离。

隐家家主收住了笑，他阴厉地说道："那就来试一试，让我看一看你有没有司尧的七分风采。"

叶轻轻突然觉得很可笑，她是有多蠢，才会相信司琰的话。九王爷司言？景帝司琰？虽不是刻意地蒙骗她，可她已经分不清司琰说的到底是他的故事，还是已死的九王爷司言的故事。对温云箬一见倾心的人从不是九王爷司言，而是他景帝司琰。怪不得她总觉得司琰对小皇帝不像是一般的叔叔宠爱关心，倒像是对待亲生儿子一般努力培养，又呵护备至。原来如此。知道了景安儿为了一个不值得的男人付出了性命，看过了木青瓷众叛亲离，她还在庆幸司琰虽对她有所隐瞒，但没骗过她。现在想来，她跟景安儿和木青瓷一样可笑，都被男人玩在手心，耍得团团转。一步一步地走向司琰，叶轻轻的眼睛红红的，眼里貌似有着眼泪，只是迟迟没有掉下来，出声道："司琰！"

"大胆，竟敢直呼皇上名讳。"

司琰回过身看着叶轻轻，他让王将军退下，走近叶轻轻，看着她要哭的样子，有些不能理解。不过他暂时没空来理叶轻轻的情绪，想到了隐家家主，之后必然有一场恶战，便说道："轻轻你先走，回客栈等我。"语毕，就转过身，不再关注着叶轻轻。

叶轻轻的嘴角扬起了小小的弧度，她看着司琰俊朗的侧脸，有一种物是人非的感觉。短短的几个月来，就好像过了多少年。她发现她已经看不清这个江湖，也看不透面前的男人。强忍着眼泪不掉下来，"司琰，你在骗我吗？"

司琰有些不耐烦，做正事的时候，他最不喜欢别人打扰他。"我现在没空陪你闹脾气，你先回去。"

见司琰不耐烦的样子，叶轻轻也掩饰不下去她那虚假的平静，她从小到大最恨的就是欺骗。"九王爷司言？景帝司琰？你还想骗我多久。你跟我说过的那些话都是假的吗？都是骗我的吗？"

"叶轻轻，别闹了。"司琰眉间一拧，看起来颇为心烦。

"你认为我跟你无理取闹吗？"叶轻轻指着她自己，冷笑了两声，"我最恨别人骗我。一直以来，你接近我，都是为了利用我吗？"

司琰抓住情绪激动的叶轻轻，他看着叶轻轻的眼睛，认真地说道："你听我说，事情不是你想的那样子，我承认我一开始就骗了你，但跟你说的那些都是真的。可能有不少隐瞒，但绝对不是你所想的那样。"

"我可以相信你吗？"叶轻轻挣脱开司琰的挟制，她的心里很乱，现在也只想问一个问题，只想确认司琰的心在哪里。

"我发誓，我跟你说的一切都是真的，没有半句假话。"

司琰的眼神很认真，就是这种认真的眼神，伤到叶轻轻的心。深吸了一口气，她慢慢地问道："那梨花树下，一见倾心也是说你的吗？"就连叶轻轻都不知道为什么想问这个问题，也许是在不经意间就留了心。

"什么？"司琰完全没有想到叶轻轻会问这个，一时之间没有反应过来，"是我。"

巴掌声响起来，叶轻轻想都没有想就给了司琰一个耳光，一点犹豫都没有就转身离去。

沈夜为司琰感到一丝悲哀，叶轻轻就是叶轻轻，足够泼辣。也不管司琰的身份，全凭脾气做事，那一巴掌的力气可不小。不过也怪不了谁，谁让司琰招惹的是叶轻轻，一个巴掌还算轻的。

"皇上，你没事吧？"王将军看着司琰的脸上有着浅浅的红印，他吓得可不轻，看了看叶轻轻离去的方向。心道这位的脾气可是不小，要是成了皇妃，那后宫还不得闹翻天。

司琰摸了摸还有着疼痛的脸，淡淡地说道："没事。"

"问世间情为何物，直叫人生死相许。自古红颜多薄命，绝色榜十人有三人已名花有主。还有两人，一人香消玉殒，一人生死不明。若再来一次两次，只怕要十不存三了。"锦懿卿略有感叹地吟着这句诗，又看了看司琰脸上的红印，打趣地说道："这一趟我来得真没错，看了这么精彩的几出戏。回头要是出一个论江湖绝色断肠榜的话本子，或是论负心才俊的话本子，说不定还会大卖一把。"又看着萧晨安和苏笙月两人，开玩笑地说道："你们二人一定位列前三。"

"最是无耻江湖才俊。"唐岚歆冷哼一声，她除了嘲讽就是不屑，冷冷地说道，"众人只道是正人君子，却不过是下作之徒，只会欺负女人。除了有张好皮囊之外，还有什么？"

其实我才是个真正的好人，不能因为几个人的事情，一棒子打死所有人。沈夜在心里默默地说着，可惜也只能在心里说给他自己听。

树林里的杂枝枯叶铺满在湿润的泥土上，周围都是高大粗壮的大树，树皮发着黑，有些还缠上了藤蔓，长满了青苔。茂密的树冠遮住了白日的阳光，为并不算明亮的树林添上了一丝幽深，时不时地有鸟雀飞过，或是落在树枝上鸣叫几声。这里是如此的平静，就好像之前的杀戮都是假的。

远远看去，有一个娇小的人影趴在地上。若是你注意看，一定会发现那是个女人，在地上艰难地爬行着，是木青瓷。

宁国宝藏一出，虽然只是个假宝藏，但那上百箱金银珠宝可不是假的。每一箱珠宝金银用着一口能装下一个强壮的成年男人的箱子装着，上百箱有多少钱财宝贝，估计没人能够说得准。江湖人士疯狂地抢夺，只不过这些人肯定无法与朝廷相争，木青瓷还记得那些士兵，一看就知道是精锐。各怀鬼胎的那些江湖人士怎么可能对付得了训练有素的军队？之后多半会仔细搜索这一片山，只能赶快逃走，否则不知道下场如何。想虽然是这样想，但身体终究是撑不下去了。

木青瓷也不知道跑了多久，只觉得意识越来越模糊，伤越来越重，直到最后支撑不下去。虽然苏笙月那一掌没有用足全力，但也实实在在地打在她的身上。加上之前在杭州，被受着隐家控制的木清玄打成了重伤，一个月来还没有怎么养伤，就到处东奔西跑，还时不时地跟人动手，身体表面看着还不错，其实那只是假象。只是这一次，她再一次受了伤，新疾旧患一起爆发，身体完全承受不了。

木青瓷艰难地爬行着，她的意识已经很模糊了，眼前的东西也很模糊。她原本白皙修长的手指已经磨破了，手上还有着泥土灰尘。血与泥土混合，看起来只有狼狈。看着前方的林子，她喃喃自语道："我要活着，我要活下去。我不能死。"原本干净整洁的衣裳沾上了污泥，也被树枝挂破了不少处。青丝散乱，随意地披散在身上，除却被天剑所伤的，脸上还有着一两条小擦伤，不知是什么时候弄伤的。

手持白玉折扇的俊美男人看着这一幕，不禁有些感叹，不过随即他又勾起了笑来，从藏身的大树上飞身下来。他一步一步地走到木青瓷的面前，蹲下身体朝她伸出手，蛊惑似的说道："你想要活下去吗？和我约定，我可以让你活下去，也可以帮你报仇。只要你愿意，从现在开始，你会活下去，但也会堕入深渊，永不翻身。"

活下去！木青瓷的脑子里现在只想到这个，她想要报仇，那些迫害过木家的人，她一个人也不会放过。哪怕面前这个人是地府里来的恶鬼也无所谓，只要能够活下去，能够报血海深仇，就算是打入十八层地狱又有什么！费力地抬起头，木青瓷想要知道面前的男人是什么样子，但她眼中模糊一片，根本看不清楚。她把手放在那人的手中，有气无力地说道："救我！我不想死，我要活着，我要报仇！"

俊美男人握紧木青瓷的手，他把白玉折扇放回腰间，又轻轻地扶着木青瓷，轻声说道："我带你走。"他一把把木青瓷打横抱了起来，还往她嘴里喂了一枚药丸，让她服下。

木青瓷紧紧地抓着俊美男人的衣裳，说什么也不放手。她的眼皮很重，看着俊美男人的侧脸，她还是看不清抱着她的人是谁，眼中却闪现了一个人的模样。

"苏笙月！"木青瓷小声地呢喃了一声，便昏迷了过去，不省人事。

"问世间情为何物，直叫人生死相许。"俊美男子听见木青瓷的那句呢喃，不由地轻笑道，"情爱最为伤人，也困人。"

从红雀死的时候就跟着木青瓷的那个人走了出来，看了昏迷的木青瓷一眼，恭敬地说道："公子，要不要属下带木姑娘走？"

"不用，我自己来就好。阿乔，去备好各种疗伤药。"俊美男人顿了顿，又说道，"请师父他老人家来一趟，就说我有人命关天的事要求他帮忙。按照原定计划，我们尽快离开林州。"

被称作阿乔的男子，点了点头道："属下这就去，请公子放心。"阿乔先行一步，在前面为俊美男子开着路。他们两人都没有受过什么伤，赶起路来，自然要比木青瓷这个受了重伤、不能动用武功的人快上许多，没过多久就离开了成佛崖。俊美男子小心地把木青瓷放在马车之内，为她简单处理了一下裸露出来的伤口，就运功替她疗伤。隔着马车门，阿乔坐在马车外上，他稳稳地驾着马车离开林州。

这期间也耽误了不少时间，再到宁国宝藏之地时，争夺差不多已经结束了。朝廷派了精锐士兵守着入口处，不准任何人随意进出。大多数的江湖人士都离开了此处，虽然还打着那上百箱的金银财宝的主意，但没有敢在老虎头上拔毛，朝廷的兵力还都在那里摆着呢。之前也有人想浑水摸鱼，但都被杀了，震慑了不少江湖人士。

也就是这一天后，天下震动，转眼几个月也不曾消停。宁国宝藏不管是真的还是假的，都引起无数人的疯狂追逐，尤其是已经确定宁国埋有宝藏的事属实之后，更是一石激起千层浪。不管怎么说那装满了金银财宝的上百个大箱子可不是假的。一个故意做出来的迷魂阵，都能放置堪比一个国库的金银财宝。可想而知，真正的宁国宝藏是多么令人疯狂。这无疑掀起了一阵风风雨雨，毕竟没有人不想成为人上人。这是一个盛世，也是一个乱世。

第七十四章

"姑娘，药熬好了，趁热喝吧，这样对身体好。"

木青瓷动都没动一下，她的眼神冰冷，收敛起那消散不了的杀气，不带一丝感情地说道："放下吧，等放凉之后，我再服用。"

"是，姑娘。"

婢女不敢有所反驳，小心地把药碗端出来。

木青瓷摸着脸上的伤疤，冷冷的表情，就好像她根本不在乎这些。余光扫过放在一边的药碗，黑漆漆的汤药，端起来喝一小口，柳眉皱起。她忍住了口中的苦味，正准备全部喝下的时候，那令人受不了的苦药气味窜入鼻中，木青瓷只觉得胸口一闷，一股恶心感蹿上来，连忙捂住嘴。

"姑娘先等一等，奴婢去请大夫前来。"

木青瓷缓了一口气，捂着嘴有气无力地说道："不用去，我没有事，只是有点不舒服。"又扫了一眼那碗黑乎乎的药，眉间有着厌恶，"把药端出去倒掉，我现在不想喝了。"在这里两个月左右，木青瓷对于每天喝的药也是清楚的。

婢女有些着急，为难地说道："可是公子吩咐，每一日都要服侍姑娘用药。要是被公子发现姑娘没喝药，那就是奴婢没有服侍好，还请姑娘饶了奴婢。"说到后面的时候，婢女直接跪在地上，眼泪都流下来了，哭得梨花带雨的模样，可真叫人心疼。若是换了一个人，恐怕此刻就已经心软了。不过可惜，在这里的人是木青瓷，不是别人，她不会有一丝心软。

听着婢女微小的抽泣声，木青瓷只觉得心中一阵烦躁，她看都没有看那个婢女，"你家公子问起，就说是我说的，有什么事让他找我来说。"停顿了一下，一股恶心感又涌上了喉间，木青瓷的脸刷得一下就白了，她急忙捂住嘴，忍住那种想要吐的感觉。

婢女正准备跟木青瓷说些什么，又见她这副样子，连忙起来上前两步走，轻轻拍着她的后背，关心地问道："姑娘没事吧？这几日天气凉，一个不小心就会染上风寒。需不需要奴婢去请大夫来瞧一瞧，开几服药？"

"不用了，只是有些不舒服而已。你先下去吧，我想一个人静一静。"木青瓷摇摇头，她的身体没这么娇弱，一点点风寒都受不起。近来的确是时常恶心，也比往常更贪睡一些，但这绝对不像是风寒的症状。已经两月没来月信，以前也有过这种情况，但都没有什么可在意的。只不过现在，她有些怀疑，但又不能确定，再过一段日子也就该清楚了。只是她等不起那么长的日子，请大夫来看，只会惊动别人，尤其是这个山庄主人——顷绡阁的阁主萧妄宴。木青瓷的目光又落到那碗药上来，顿时就觉得胃在翻腾，又添了一句话道："把药给我端走。"

"可是……"婢女有些迟疑。

"姑娘让你做什么，你就做什么，听话才是你的本分。"萧妄宴从一边走了过来，他的手中始终拿着那把白玉折扇，这也算是他的特点了，可以凭着这把扇子，轻易认出萧妄宴来。萧妄宴坐到木青瓷身边，伸手摸了摸碗边，还有着温热。他看了一眼婢女，吩咐着说道："你先下去，这里暂时用不着你。"

"奴婢遵命。"婢女恭敬地低下头，又想起了什么，小声地说道，"公子，药。"

萧妄宴动了动手，他看了一眼懒懒靠着栏杆的木青瓷，"把药留下，你退下。"

婢女也不再犹豫，拿起放在一边的漆盘，退了出去。

"你来得正好，我有事问你。"木青瓷没有看萧妄宴，她的眼中古井无波，声音并无半分起伏。"你到底有何目的？如果是单纯救我，那你可以放我离开了。"

萧妄宴端起了那碗药，他递到木青瓷面前，"你忘了吗？救你的时候，我们就已经立下了约定，从此两人携手走下去。"轻笑起来，萧妄宴依旧端着那碗药，关心地说道："药都凉了，你该服下了。虽然看着不太好，也不太好闻，但对你来说还不错。"

木青瓷接过那碗药，看着萧安宴，眼里满满都是不相信，谨慎地说道："我尝了一口，这并不是我前段日子喝过的药。你给我的到底是什么药？"把药递到萧安宴面前，她盯着他的眼睛，"我也不知立下了什么约定。"

"你明知道这药有问题，还要尝一下。要是我在里面下了毒，那你此刻岂不是受我控制？"对上木青瓷的视线，萧安宴一点也没有丝毫慌乱，他凑近药碗，用手扇了扇，黑乎乎地汤药发出令人不舒服的苦味。

木青瓷微勾起嘴角，却怎么看怎么嘲讽，"如果你要害我，当初就不会费尽心力地救我。一些药而已，就算是有毒，一口也不至于能让我受你控制。"

"这些药不会害你，反而是我在帮你。"萧安宴的目光从木青瓷带有伤疤的脸上慢慢移到她的肚子上，不咸不淡地说道，"如果我告诉你，这是打胎药，你还会喝吗？或者是放心大胆地尝一口？"抬起眼看着木青瓷的脸，眼中还有着笑意。

木青瓷一滞，她眼中有着不可置信，久久都反应不过来。端着药碗的手也是一阵不稳，药碗里的药汤都洒了出来，落在萧安宴干净的衣衫上。"你怎么可以这么做？"

"如果我没有说错，孩子应该是苏笙月的。他把你伤得如此重，你还想着他吗？"萧安宴抓住木青瓷端着药碗的手，从她手上接过那个已经洒出来不少汤药的药碗，稳稳地放到一边。他慢慢靠近木青瓷，直视着她的眼睛，说出的话语中带有蛊惑。"他伤透你的心不是吗？从头到尾都是在利用你。你忘了他说的话了吗？也忘记你脸上的伤从何而来了吗？"说着这些话的时候，萧安宴伸出手慢慢地触碰着木青瓷的脸，眼角上扬，笑得像一只狐狸。

木青瓷偏过头，躲开了萧安宴的手，蹙起了秀眉，冷冷地盯着他。

萧安宴看出了木青瓷的躲闪，他没有退开，反而更加逼近木青瓷，这是一种侵略性的动作。他看人的眼神就像是在嘲讽，那么的犀利。

两个人都没有说话，就这样静默着。随即萧安宴冷冷地笑起来，有意地说道："他不爱你，一次也没有爱过你。在苏笙月眼中，你只是一枚棋子，以往对你所说的话，许下的承诺都是假的。这样，你也要为他生下孩子吗？"

木青瓷浑身散发出杀气，她的脸色很难看，也有着怒火。"不要再跟我提起这件事，我不想听。"脸上那条已经结疤了一段日子的伤口此时刻又火辣辣地疼了起来，好像是在提醒木青瓷，她所受到的欺骗与背叛。身体上的伤已经不再疼痛，但心上的伤口再怎么好的疗伤药也治不了半分，何况她的心已经彻底碎了。这两个月来，她每一晚都会梦到苏笙月对她的种种柔情，之后那张无比熟悉的脸突然变得陌生起来，眼神是那样的冰冷无情，那一字一句的话都还在耳边回响，一次次地敲碎了木青瓷的心。

都说情是世上最苦的毒药，木青瓷第一次尝到了这种滋味，她好像能明白琴姬当时的感觉了。就好像天都塌了下来，整个世界都没有了色彩。再回想起对琴姬说的话，那信誓旦旦的样子，只觉得是一种讽刺，她对自己的讽刺，可笑得厉害。

"说不说在我，听不听在你。不过我还是好心地提醒你一句，这毕竟关系到以后我们能不能顺利合作。"萧妄宴往后退了一些，跟木青瓷保持着适当的距离，云淡风轻地说道，"如果把孩子生下来，你认为苏笙月会认你们母子吗？苏家会接受你吗？我和苏笙月是一类人，其实不只是我和他，很多人都是一样的。换作是我，对一个神秘得连名字都不知道是真是假的女人也会很感兴趣，尤其是这个女人还牵扯了很多的事，让人想不到，也猜不到。你也不必生气，这只不过是男人的共性，也是劣根性，他们都对自己不了解的人或事有着极大的兴趣。越是对自己有自信的男人，就越喜欢征服聪明又骄傲的女人，比如你，再比如叶轻轻。"萧妄宴指着木青瓷，贬低着江湖上鼎鼎有名的才俊公子，就好像其中没有他一样。"正巧你出现了，你身上的一切都无条件地吸引着男人的目光。伪装的容貌并不那么重要。正如俗话说的，容貌不过是一张皮囊罢了。见惯了各种女人，遇上一种对胃口的女人，自然不会轻易放手，但那不是爱情，只是一种兴趣。就像我刚才所说的，换作我是苏笙月，我也不会手软，只会毫不犹豫把你这颗棋子丢进棋局之中。有时候甜言蜜语，也是很有用的东西，不管是哪个女人，她都抵御不了。这也是女人的劣根性，太轻易就相信了男人的话。就像你，送上门的绝色美人为什么不要？但他永远不会承诺娶你。从木家被灭门那一日开始，你就注定无法简单地过一辈子，这是你的命。"

木青瓷没作声，萧妄宴说了这么多，她一句话也无法反驳。送上门的女人，苏笙月怎么会不要呢？从一开始她就忍着苏笙月的种种无礼举动，到后来更是默认了一些暧昧举动。木青瓷低着头，手放在平坦的小腹上，这里面正在孕育着一个孩子，是她爱入骨髓，却把她弃之如履的男人的孩子。

对于这个孩子，木青瓷也曾期待过。在江南小镇的那几天，她和苏笙月就像一对很正常的新婚夫妻，也在那几天疯狂地爱过。只不过在被苏笙月欺骗和背叛之后，木青瓷对这个孩子就不再抱有希望。不仅是因为她受的伤太重，所以不敢抱有太大的希望，更重要的是，她没有想过真的会有孩子，满心相信她一定会和苏笙月一直走下去，谁知道两人会走到这一地步。而今怀了孩子又如何？当初还有过满心期待，此刻只觉得惶恐不安。她有多爱苏笙月就有多恨他，当初的爱入骨髓，如今恨得透骨。

萧妄宴又端起那碗黑乎乎又难闻的汤药递到木青瓷面前，"你需要一个选择，要不要这个孩子都是你的事。不管你做出什么选择，我都会支持你，否则还怎么长期合作下去。"又补充地说道："我知道你想报仇，心里也是充满了仇恨。明明仇人就在面前，却不能手刃他报仇雪恨。想要报仇，就必须彻底毁掉祸乱之源。如果想毁掉祸乱之源，你可能要付出一切，包括你的命。你很聪明，知道我话的意思。为了宁国宝藏，究竟死了多少人，毁掉了多少幸福的小家，没有人知道。只是那些失去挚爱亲人的人该有多么痛苦，这一点你比谁都清楚。"

"这就是你找上我的原因吗？因为我比谁都明白失去挚亲的滋味。"木青瓷压低了声音，她抬起头，眼神中有着质问。"我亲眼看着木家满门被灭，老弱妇孺无一人幸免，就更别说叔伯婶母了。十年来，我从未忘记过那一晚。火光滔天，照亮得好像白日，满地都是尸体。

我的肩上担负着木家众人的大仇,背负了数百条人命,过了十年,我才知道了仇人,但凭我的武功,根本杀不了那些仇人。而我要的也不仅仅是杀了他们,我要他们跟我一样痛苦。他们当年可以为了一个假的地剑消息屠我满门,我也可以毁掉他们心心念念的宁国宝藏。"

第七十五章

萧妄宴满意地点点头,他轻轻晃了晃手中的药碗,碗边还粘有黑色的药汁。"你能明白是最好,决定在你,喝还是不喝?生下来也好,打掉也罢,我都不会劝你。怎么说我都是你未来的合作伙伴,说不定以后我还是这孩子名义上的父亲。"顿了顿,萧妄宴又解释着他的话,也不忘开玩笑,"你也别用奇怪的眼神看着我,聘礼是我派人送到你手上的。我说过,最多不过几年,你就会嫁给我。当然此嫁非彼嫁,我们只不过是各取所需,但都有同一个目的,毁掉祸乱之源。"

"天剑是你派人送来的。"木青瓷对萧妄宴的那番话并不在意,她低头看着平坦的小腹,手轻轻地放在小腹上。对于肚子里的这个孩子,她并不知道该怎么办,心里有着疑惑,随意地问道:"你怎么知道我怀了孩子?"话一说出口,木青瓷就觉得她真是够傻的,一直都有大夫来替她把脉,不告诉她,不代表不告诉萧妄宴。

"这个就不必我来答了吧。"萧妄宴一点也没有端药端累的样子,他就这样看着木青瓷,久久没有作声。

木青瓷看着那碗黑乎乎的汤药,眼中有着犹豫,她知道这个孩子是她和苏笙月最后的牵连。恩断义绝并非是气话。从苏笙月对她说出是他杀了木清玄之后,她就知道,不管事情的真相如何,她和苏笙月都不会再有未来。所有经过的一切,都在苏笙月那句未曾爱过中彻底烟消云散。她却无法不恨苏笙月,她不是琴姬,也不是景安儿,可以以德报怨。她是木青瓷,她也只是一个普通的小女人,她无法不恨苏笙月,有多爱,就有多恨。没了孩子之后,她就不会再有顾虑,赌尽一切,只为了报仇。如果生下了孩子,木青瓷觉得她无法面对她哥哥的死。

深深地吸了一口气,木青瓷接过萧妄宴递到面前的药碗,她咬着唇,平静不起波澜的汤药上,映出了木青瓷犹豫的表情。

见木青瓷迟迟没有接下来的动作,萧妄宴淡淡地说道:"你还爱着苏笙月吗?舍不得斩断和他最后的一丝联系。乱世已经到了,在这场阴谋中,你和我都不一定能够活下来,独留下一个孩子,没有父母的保护,孩子可能会早早夭折,也可能会像你一样活在痛苦之中。留下他,这并不是一个好选择。"该说的话都已经说了,萧妄宴也不会再多费口舌。他的字里行间全是劝说木青瓷打掉孩子的意思，这只是为了大局着想。他没有哄骗木青瓷，而木青瓷应该也很清楚，现在的江湖已经全乱了。

木青瓷平静地把药碗送到嘴边，一口饮尽。黑色的药汁顺着她的嘴角流了下来，苦味在口间蔓延，让她作呕。随手把空空的药碗放在一边，眼中有着一丝悲哀。到底还是她的孩子，不仅有着苏笙月的血脉，身上还流着她的血。如果可以，她说不定会选择把孩子生下来，为木家留一条血脉。只不过萧妄宴说得没错，这是一个盛世，也是一个乱世。

对于木青瓷会喝下那碗药，萧妄宴一开始就预料到了。他握着木青瓷的手，关心地说道："睡一会儿吧，一觉醒来就好了。在此期间，我会陪着你，你不会是一个人活着。"

"萧妄宴，是不是睡着了，就不会感觉到痛了？"木青瓷惨淡地笑起来，她枕着他的双腿，闭上了好看的眼睛，眼角滑下一滴泪水。现在木青瓷就像掉进了冰窟窿，浑身冰冷，冻得她动弹不得，好想这样睡过去，永远也不要醒过来。

"或许吧，也可能在梦中会更痛苦。"萧妄宴合上白玉折扇，放在一边。他俯下身，紧紧地抱着木青瓷，把头靠在木青瓷的身上。此刻就连萧妄宴都不知道他是何表情。他沙哑着声音，轻轻地说道："我们都是一样的，得不到，毁不了，只能眼睁睁地看着。或许一开始就是错的，但此刻我们也只能走下去，承受着祸乱之源带给我们的痛苦。有时候活着比死更痛苦。"

木青瓷依旧闭着眼，没有一丝动作，这也算是一种默认不是吗？默认了她此刻作为一个普通的女人的软弱。她从萧妄宴的身上寻找着一种安慰，也许是两人在某些地方太过相像，在这一刻才能由着萧妄宴陪在身边，面对着接下来的事情。她知道萧妄宴一定安排好了所有的事情，关于流产后的事宜。到底木青瓷还是无法一个人毫无感觉地等待着那一刻，等待着生命流逝。

这也是第一次，认识不过才两个月的两个人把心靠在了一起，分担着彼此的痛苦。也仅仅是在这一刻，他们选择把自己最脆弱的一面展现在对方面前。这并不是故意博取好感，而是一种信任。

诸葛老先生慢慢悠悠地走到走廊口的时候，就看见了坐在走廊尽头的两个搂抱着的人，看起来就像亲密无间的爱人。可诸葛老先生知道，他所看见的不过是一个假象。过不了多久，两个人又会恢复原来的样了，这只不过是在从对方身上汲取温暖罢了。

婢女端着一盘酸梅，跟在诸葛老先生的背后，她也看见了木青瓷和萧妄宴有些越轨的举动，白皙的小脸上飞上了一团红晕，连忙低下头。她不过是奴仆，许多的规矩都是要守着的，关于主人间的事情，越少知道对她越好，知道得越多，只会招来不必要的麻烦，有时候也可能是杀身之祸。

诸葛老先生没有打扰两人的意思，他回过身来，看到婢女低着头，才想起带了一个伺候的丫头。浑浊的老眼盯着那个婢女，摇了摇头，无奈地说道："让他们年轻人单独待一会儿，趁这个好机会，你也偷偷懒，好好地回房间去休息。"

"奴婢明白。"

温云箬轻手轻脚地走在御书房内。她站在桌子边，静静地看着司琰批阅奏折，蹙着眉头，一句话也说不出来。她不知道该如何开口，该怎么说起那些事，那些让她难以启齿的事。

司琰执笔，蘸点着朱砂，圈点着奏折上的文字，他头也未抬地道："这时候来，找我有什么事吗？"

温云箬面上有着犹豫，她怎么可能说出那些话，那些令人启齿的难堪的话？握紧了拳头，深吸了一口气，犹豫地说道："琰哥哥，箬儿，箬儿……"犹犹豫豫一会儿，温云箬还是没有说出口。

"如果没有什么事，你就先回去休息吧。"司琰又拿起一份新的奏折，他继续批阅着折子，淡淡地说道。

司琰的态度依旧冷淡，就像以前一样，温云箬咬着唇，她沉声地说道："为什么不问我？"

司琰放下笔，他也放下奏折，抬起头看着温云箬，没有任何表情，平静地说道："你是太后，宫中的大小事务由你打理，朕无须多问。"

温云箬低着头，眼泪流了下来。不管她怎么努力，都无法得到司琰的认可。这么多年了，她怎么也得不到司琰的心。十五年，整整十五年了。温云箬只觉得心里的酸，心里的苦，就好像马上就要爆发出来一样，她为了司琰付出整颗心，把她所有的青春年华都给了司琰。那又能如何呢，司琰始终不爱她。十五年的时间，如果没有当初的那些荒唐事，一切会不会都有所不同？努力忍着即将爆发的情绪说道："从第一次相遇，再到如今，已经过了十五年了。我把我的全部都给了你，结果你还是不在意的。琰哥哥，我嫁给你九年了，从我嫁给你的第一天开始，我都无怨无悔，哪怕你冷落我九年，我也不曾怨过。我知道我脏，我配不上你，所以能够待在你的身边，我已经心满意足了。可是为什么，为什么要揭穿那可笑的谎言？"

司琰深吸了一口气，他看着温云箬要哭的样子，没来由的一阵心烦，又听着她的那些荒唐话，皱紧了眉头，"够了温云箬。现在晚了，你回去休息吧。"

司琰的话就像是一把利刃，直接插进了温云箬的心里，她终于忍不住那些情绪，一下子爆发了出来，对着司琰大声地说道："够了吗？我也觉得够了。十五年了，你到底有没有爱过我，哪怕是只有一时，你有没有爱过我？我知道现在的我不配跟你说爱，但是这九年来，我一直想问琰哥哥这个问题，你到底有没有一刻是爱过我的？如果没有当年那件事，会不会我们就不会变成现在的样子；如果没有当年那些事，你现在待我还是不是如同以前一样。我知道琰哥哥答应了司言的请求才会娶我，才会容忍着我。如果没有司言的话，你还会一如既往地对我好吗？如果没有答应司言，琰哥哥还会娶我吗？你明明就知道当年我和司言的那件丑事，你为什么还要答应娶我？如果可以重新选择一次，当年我说什么也不会留下陪你们二人喝那个酒。"温云箬双手捂着脸，她不想让司琰看到她现在失声痛哭的丑陋样子，能对着他说出这些话来，已经是她的极限。这些事埋在了她心底整整九年，是她最痛的伤疤，一直无法痊愈。如今说了出来，更是再一次揭开了她心底的伤疤，翻出血淋淋的伤口，疼得厉害。

"朕说过让你闭嘴,过去的事情你既然不想提起,那就不要再提起。今晚上所有的事,朕都可以当作没发生过。你最好记得你现在是什么身份,有些话可以任你说,而有些话你最好给朕咽到肚子里。这样子,你还是你的太后,新帝依旧是煜儿,不会有任何人可以威胁到你太后的位置。你现在只要乖乖做好贤妻良母的角色就好了,煜儿会以你为荣,你也会是后宫表率。忘记那些事情,闭紧你的嘴,你不用担心朕会让别的女人入宫,没有人可以威胁到你。"司琰也终于不再那么平静从容,他眉头一拧,扭成了川字形。从位置上站起身来,步步逼近温云箬,眼神冰冷,面容冷酷,伸出手掐着她的下巴说道:"箬儿,你会为了朕守住这个秘密的。你要记住你是朕的皇后,煜儿也是朕的儿子。忘记司言,那些事都不是你的错,也都过去了,再也不要提起,在朕的面前也一样。就让这件事永远成为一个秘密,你不知道那些事,朕也不知道,那些都不过是子虚乌有的谣言罢了。"

温云箬面对着司琰,她的眼泪大滴大滴地流下来,下巴上传来痛感,抓着司琰的衣服,她哭着说道:"我能够把这些事当作不存在,那你呢,你能当作不存在吗?如果琰哥哥可以把这事情当作不存在,也就不会冷落我九年。你从一开始就知道不是吗?司言答应了我,他可以帮我顺利嫁给你,所以我才那么坚定地想要活下去,因为可以嫁给你,做你的妻子。可是这些事情,你从一开始就知道,那你为什么还要娶我,就仅仅是司言求你吗?"

第七十六章

"琰哥哥,你到底还是在意我和司言的那件事的,哪怕你嘴上说无所谓,可以当作子虚乌有的事忘了。但你真的能够忘记吗?你也忘不了,我也忘不了,我们都假装不了那件事不存在。"温云箬挣脱开司琰掐着她下巴的手,眼睛通红,痛苦地说道,"九年来,我一直都装作那件事不存在,努力地做一个贤妻良母。但时间一长,我就开始想,为什么你不像以前那样对我了,我们的关系越来越冷淡,越来越疏远。那时候我在怀疑是不是你知道我和司言的事,觉得我是一个爱慕虚荣,生性放荡的女人。后来宫中的嫔妃越来越多,每一个晚上,你知道我是怎么过的吗?我盛装打扮,每一晚都在等着你过来,日日备着你喜欢的菜,只期盼你能来看我一次。我知道我很脏,所以你不愿意碰我,我也不会奢求什么。从一开始我想要的就只是陪在你身边,不是为了皇后的宝座,也不是为了那高高在上的地位。我爱你,所以我愿意为你付出一切。可我也是有心的,我把我的心掏出来,捧到你面前,而你却践踏着我的一颗真心。"

温云箬直接用袖子擦了擦眼泪,她尽量使自己平静下来,自嘲地说道:"琰哥哥有些举动可能你自己都不知道吧,很多时候我都能感觉到你厌恶我,不想见到我,这些都是我能够看出来的。我们认识十五年了，我很了解琰哥哥。你每次不高兴的时候都会装作若无其事，对于讨厌的人，你也会平静对待，只是很冷淡罢了。唯独是我，你连那唯一的一点假象都不愿意留给我。就那么讨厌我吗？你就那么讨厌我吗？"温云箬放开手，她不稳地退后几步，看着司琰那张无比熟悉而又陌生的脸，无力地跌坐在地上。

　　司琰静静地站着，他发现第一次他无法反驳温云箬，他真的一点不在意温云箬和司言的事情，真的一点也不在意吗？温云箬说的没有错，她，在某一段时间，他甚至觉得看都不想看她一眼。至于为什么，司琰想的是温云箬欺骗了他，他的确很讨厌她。如果她主动把她跟司言的事情告诉他，那他一定不会怪罪于她。如果她不连同司言一起设计让他娶她，那他说不定会主动娶了她。如果司言没有那样苦苦哀求司琰，让他不要介意温云箬的事，并且娶她，可能他对她也不会有那么多的不满。

　　如果的如果，可惜也只是如果。世上没有如果，就像世上从没有后悔药可以吃。事情都已经发生了，司言也已经死了，再来说也并不适合。只不过司琰在想，他认为温云箬是个心机城府都很深的女人，才会到现在都冷落着她，仅仅是这样一个原因吗？还是他因为嫉妒，嫉妒司言，才会对温云箬那样冷漠。或者是爱，他爱温云箬，所以心中才无法不介怀她和司言的事，尽管知道那并不是温云箬的错，可他依旧无法不在意。也许这几种原因都有，也有着其他情绪，才会造成今天这种局面。

　　见司琰久久没有说话，温云箬突然笑了起来。那笑声中除了悲凉，就是嘲讽。她嘲讽的人不是司琰，而是她自己。嘲笑她自己太傻，傻到居然会相信那么愚蠢的谎言，会相信司琰根本不知道她的丑事。更笑她跟一个荡妇有什么区别，她意外失身给了司言，怀着司言的孩子，嫁给了她最爱的男人。她一方面为她自己所不齿，一方面又为她能够嫁给司琰而欣喜，她就是这么犯贱，所以司琰瞧不起她也是很正常的事，就连她自己都瞧不起自己。她是把心爱的男人当作天的女人，偏偏这片天塌了下来，她的世界从此就不复存在。她信以为赖的司琰，却是伤她最深的人。当初满心欢喜地嫁给他，也带着惶恐不安，如今这份初心早已经不在，留下的只有满目疮痍。缓缓伸出手，映着烛光，低声喃语着："第一眼倾心，第二眼钟情，第三眼负了一生。"

　　司琰走了过去，他单膝跪下，双手抓着温云箬的肩膀，把她抱进怀里，压着声音说道："世事无常，命运反复，没有人会一直不变。你会变，我也会变，箬儿，这已经不是当年。不管是你，是我，抑或是司言，我们都已经回不去了。你是个好女人，也没有错，错的人一直都是我。有时我会想，是不是我一手毁了你。十年便可沧海桑田，何况十五年。你已经不再是当年那个在梨花树下低眉浅笑的女子，而我亦不是那个初出茅庐的小子。一见倾心，再见钟情，三见早已物是人非。"

　　温云箬环着司琰的背，把头埋在他的肩膀上，小声地哭泣着："我们已经回不去了，为什么会变成这样子？"从最开始的小声哭泣，到后面的放声大哭，温云箬好像要把心里所有的痛苦都发泄出来。

听见温云筝的哭声和质问，司琰的眉间也有着愁苦。他只得抱紧了温云筝，任由着她大哭。"对不起，筝儿，我们早已回不去了。"

不管御书房里闹出了多大的动静，门外的人也一概听不到，那些宫人早在温云筝进去的时候就已经自动退下去了。

时间就这样一天天过去，世事无常，总是在不停地改变，不会因为某个人而改变什么，也不会为某个人而停留。错过就是错过，如果就是如果，回不去就是回不去，这个世上从来就没有后悔药可以卖。

日子还是一样地过着，转眼又是一月过去了，现在已经是十月中旬，天气渐渐地转凉，到处都多了一份萧瑟之感。距离宁国宝藏的事已经过去了三个多月，江湖上的热议已经从最开始的那几个话题转移了，不过还是时常有人会讨论起木青瓷和景安儿。

楼泠山庄之中，萧乔满脸严肃，快速地找到萧安宴的所在之处。一见到萧安宴，萧乔就跪在地上，他抱着拳头恭敬地说道："公子，别院出事了。"

萧安宴端着茶杯的手一抖，滚烫的茶水倒在了他的手上，还散发出一阵白色水汽。他好像丝毫没有感觉到烫，把茶杯往桌子上重重一放，收敛了放荡不羁的样子，沉着声音说道："你带着人跟我一起去别院。别院什么时候出事的，出了什么事，事情的经过，在路上你再一五一十地告诉我。"萧安宴的手上红了一大片，他一点都没有注意到，提起脚就往安放木青瓷的别院走，着急地问道："木青瓷现在怎么样了？"

"刚才别院有个护卫跑回来传信，说是有穿着打扮异于常人的武林人士闯到别院，那些人的武功很奇怪，所用之物更是奇特，一点也不像中原武林的人士。根据传信人所说，属下推测那些人应该是来自苗疆，至于为何闯顷绡阁别院就不得而知。不过那些人武功高强，并且下手狠辣，基本不留活口，护卫也没说几句话就中毒身亡了。关于木姑娘的事，一个字未提过。"萧乔大步地迈着步子，他紧跟在萧安宴的身后，看着萧安宴的失态，心里也若有所思。不过作为一个好的下属，他此刻不能东想西想主人的事，而是遵从命令。

听着萧乔的话，萧安宴的脸色难看起来，"顷绡阁与苗疆的人向来井水不犯河水，而且苗疆的人多年未插足中原武林之事。现在倒也是奇了，好巧不巧，偏是这个时候。与其说是随意杀戮，倒不如说苗疆的那些人是冲着某个人来的。"萧安宴突然停下脚步，"糟糕，那些南蛮的人是冲着木青瓷来的。"话音还没落下，就直接跑了出去。

萧乔没有着急去追萧安宴，他知道萧安宴的身边有着不少的暗卫，此刻要做的就是带着人去寻那些苗疆的人的踪影。既然是冲着木青瓷来的，必然不会轻易杀了她，不然就白费那么多的力气了。

木青瓷所在的别院离楼泠山庄算不上太远，但也不是很近，驾着快马赶去，也需要一点时间。至于为什么木青瓷不在楼泠山庄继续住着，只不过是因为山庄人多，人多口杂，同时也不利于木青瓷静养。所以萧安宴才把木青瓷转移到别院去休养，本以为安排好了，保证万无一失，结果还是算漏了不少事。

还没走多远，天就下起雨来了，这个时候的雨，时不时就会下起来。雨下不了多久，何况也并不大。萧妄宴驾着马飞快地赶往别院，并不算大的雨落在他的身上，打湿了他的头发和衣服。当他到别院之时，只看到了一片废墟，还有几具尸体和没完全熄灭的火焰。别院已经被人放火烧了，而且烧得很彻底，只留下焦黑的一片废墟。雨还没有停，落在烧得焦黑的木头上，发出嘶嘶的声音，还有散发出的白色水汽。

十几个穿着统一的深色衣服的人在废墟里翻找着什么，他们面容冷酷，眼中没有一丝表情，有的只是遵从命令的心。找了一会儿，那十几个深色衣服的人走到萧妄宴的身后，笔直地站了两排，其中一个人恭敬地说道："公子，除了周围的几具尸体之外，我们还在废墟里发现了一具烧得已经不成人样的女尸，看那具女尸的身材大小，与那位姑娘基本上一致。还有在那具女尸的身边，发现了一张烧了一点的手帕，不知是不是那位姑娘的东西。"语毕，代表那些人出来说话的那个人手捧着那张只烧了一点，但已经湿透了的手帕递到萧妄宴的面前，补充地说道："由于不敢确定是不是那位姑娘，属下并不敢擅自动那具尸体。"

萧妄宴立在原地，他从那人的手上拿过那张手帕，摊开放在手上。看着手帕熟悉的花纹，他顿时合上了手，把那张手帕紧紧地握在手心。他不相信木青瓷就这样死了，可手帕的确就是她的，平日里都不离身。现在算是什么，就这样简单地死了吗？目光慢慢地转移到那片废墟，冷冷地说道："我不相信那是她，都给我去找，活要见人，死要见尸。"

"属下遵命。"十几个人异口同声地说道，然后纷纷又动了起来。

也不知道过了多久，感觉也没有过多久，只是等待着结果的时候，永远都是漫长而又难以等待的。那十几个深色衣服的暗卫没有找到有关木青瓷的任何踪迹，除了最开始发现的那具女尸，他们一群人全身湿透了，站在萧妄宴的面前，齐刷刷地跪下，溅起了一些水花，异口同声地说道："属下无能。"

雨还在继续下，只不过已经很小了。扑通一声，萧妄宴面对着那一片废墟，一下子跪了下去。都说男儿膝下有黄金，更别说对于萧妄宴这种骄傲的人。他看着那片废墟，脑海里突然记起了木青瓷那冷若冰霜的脸。那个女人从来没有温柔过，她的眼中藏着凶恶的野狼，随时随地都会扑出来伤人，怎么可能这么容易就死了？萧妄宴不相信，也不愿意相信这是真的。在他看来，木青瓷就是蔓草，怎么可能就这样死了，怎么可能？

第七十七章

"萧妄宴，是不是在梦里，就不会感到疼了？"

"我们都是一样的，得不到，毁不了，只能眼睁睁看着。或许一开始就是错的，但此刻我们也只能坚强地走下去，承受着祸乱之源带给我们的痛苦。有时候活着比死更痛苦。"

一想到曾经说过的话，萧妄宴只觉得莫名的难受，他仰天长啸一声，又无力地垂下了头，双手都撑在青石板上。他怎么会感觉到难受，不就是一个合作的女人吗？但萧妄宴真的觉得他的心在绞痛，为了一个才认识几个月的女人。这一定是在做梦，在梦里他一定是疯了，才会为了一个女人感到痛苦，这一定是他疯了。

萧乔带着搜寻的人来时，正好看到萧妄宴颓废失落的样子。那个处处都不会失礼失仪失态的公子，一而再再而三地为了一个女人失礼失仪失态。他撑着油纸伞，走到跪在地上的萧妄宴身边，单膝跪地打着伞，遮着还在下的牛毛小雨，低声唤道："公子。"

萧妄宴用力地拂开萧乔为他打着的伞，伞脱离了萧乔的手，落在了一边。没了伞的遮掩，雨就这样落了下来，雨很凉。萧妄宴挺直了腰背，但依旧跪着。被雨水打湿的头发贴在俊美的脸上，脸上还有着水珠在滑落。他看也没有看萧乔一眼，摊开手，看着手上的帕子，不由得有些出神。

萧乔也没去管那落在一边的伞，只是发愣地看着萧妄宴，出声道："公子……"

可惜的是，萧妄宴别没有回答萧乔一句话，就这样跪着，看着那张有着被火烧过的痕迹的帕子出神。主子都跪着，属下又怎么能站着，萧乔带来的一些人也都齐刷刷地跪在萧妄宴身后，一句话也不说。这也是颇为壮观的，能有这么多的属下信服。

"你在干什么？"女子清冷的声音传来，同时还伴随着腰间的铃铛作响。

熟悉的声音一入耳，萧妄宴下意识地回过头去，只见一个戴着厚厚的面纱的青衣女子撑着油纸伞慢慢地朝他走过来，就好像是在做梦。女子走一步，腰间别着的九曲环铃就会响一下，她的步子并不快，但是很稳。铃铛声响起来，就像一种深深地呼唤，也证明着这不是梦。

木青瓷在离萧妄宴大概十步远的时候停下了脚步，扫了一眼齐刷刷跪在地上的人，又瞟了一眼一片废墟的别院，最后把目光落到了狼狈的萧妄宴身上，淡淡地出声道："你在干什么？"

萧妄宴看着木青瓷冷淡的样子，突然笑了起来，起身朝着木青瓷慢慢地走去。他知道他现在很狼狈，这又如何？他的心情很好，有一种雨过晴天的舒爽。

木青瓷略带不满地蹙起眉头，她看着面前比她高了很多的萧妄宴，举高了油纸伞，替他遮着雨。

两个人都没有说话，但自有一种特别的气氛。而一边跪着的几十个人纷纷舒了一口气，看样子不仅是他们家公子雨过天晴了，就连他们也可以跟着雨过天晴，不用担心承受公子的怒火。若是有像锦懿卿之类的人在这里，一定会说这也太重色轻属下了吧。难不成你是真爱？不然男儿膝下有黄金，你伤心到要跪下。把这一幕写下来，锦懿卿说不定还能写一本谈江湖俊杰痴情男的话本子，写出来之后能够大卖也不一定。萧乔想着这些乱七八糟的东西，他不是死板严肃的人，没事也会看一看锦家出的话本子，当然这是跟着自家公子学的，没事看看江湖百态。如果锦懿卿在这里，也知道萧乔脑子里的胡乱构想，一定会觉得还不错，挺有想法，也有写作的头脑，不如跟我回锦家写书吧，当然这也是想想。

萧妄宴当然不知道萧乔脑子里现在在想什么，他全身都湿透了，衣服还在滴着水。他看着木青瓷，眼里有的情绪是木青瓷看不懂的。伸手抱着木青瓷，把头埋在她的颈窝，压着激动的情绪，沙哑着声音，真挚地说道："幸好你没死。"

本来木青瓷还在推着萧妄宴，想要从他的怀抱里挣脱出来。但一听到萧妄宴的真挚的话语，她的身子一僵，心也是一震，放下了推着萧妄宴的手，就这样任由着他抱着，轻声地说道："我不会死的。"

到了现在，还有人真正希望她不要死吗？除开利用的关系，再除开各种利益的纠葛，还会有人希望她活下去吗？她和萧妄宴不过是互相利用的关系。萧妄宴占着上风，她是被人利用的那一方。她如果出事，萧妄宴也没有任何损失，毕竟一切都还没有开始，他还可以找其他的人，为什么要这样对她？她是木青瓷，也不是木青瓷了，她不会在轻易地相信别人说的话，也不会相信别人为她所做的事，尤其是男人的话。被伤了一次，难道还会有第二次吗？

"见到你的手帕的时候，有那么一刻，我在想你是不是真的死了，废墟里那一具女尸是不是就是你的尸体。"萧妄宴轻笑着，他的嘴角上扬，脸上的那份欣喜是木青瓷所看不见的。抱紧了木青瓷，他继续说道："我不相信你就这样死了，到处都找不到你，苗疆的那些人也不见踪影。连对手的底细都不知道，就算猜测你是被那些人抓走的，我也怕找不到你。"

木青瓷似笑非笑，她不知道如何相信萧妄宴的话，但是这番话也的确让她感动，平静地说道："我记得你最开始就说过，你不死，我不死。我们的命现在是绑在一起的，你不死，我也不会死。"

"是呀，我怎么忘了，我们的命是绑在一起的。我不会死，也不会让你死的。"萧妄宴的声音很轻，但话语却无比真诚，在此他也在心中暗暗许下了这个诺言。

至于为了什么许下诺言，萧妄宴想，那可能是一种牵绊。在他不知道的时候，他的心中慢慢地埋下了情爱的种子，现在也慢慢开始发芽、长叶，如今也已经扎根在心上。木青瓷是个很美的女人，不仅仅是容貌，而是她身上有一种特殊的东西，吸引着男人。越是优秀的男人越容易被她吸引，就好像是致命毒药，明知道会万劫不复，但还是随着她而去，贪恋着那半分的温柔。

感受到自己的衣裳也渐渐被打湿，木青瓷在心中暗暗叹了一口气，眉间明显带有不满。她冷冷淡淡地说道："那你现在能不能放开我，我衣裳都湿了。你想淋雨是你的事，我还没打算陪你一起疯。"

"扑哧！"萧乔没有忍住，还是笑了出来，不过又连忙捂住了嘴。但这事真的不能怪他，只是太好玩了而已。本来以为自家公子说了什么煽情话之后，木姑娘会有所表示，现在看来，也的确是有表示。只不过那话莫名地不符合现在的气氛，而且还那么的直接。

萧妄宴放开木青瓷，他讪讪地笑起，不过好在他不是那种脸皮太薄的人，这些话对他也没有什么实际影响。不过他还是回过身瞪了萧乔两眼，之后从木青瓷手上拿过那把油纸伞，轻笑出声："这种事还是我来做比较好，现在的你并不适合。"木青瓷蒙着厚厚的面纱，萧妄宴根本看不到她脸上的表情，只能从她的眼睛中看出一些情绪的变化。

木青瓷挨着萧妄宴，她伸手抚上小腹，只说道："那还不快走，雨很凉。"

"遵命，我的好姑娘。"萧妄宴一手撑着油纸伞，一手扶着木青瓷，慢慢地朝着楼泠山庄走。虽然还飘着雨，路上也有些湿滑，路途也不近，但偶尔这样走一次也不错，还可以欣赏路上的风景。

萧乔看着萧妄宴就这样重色轻属下，不免在心中有些感叹，这都是怎么了，一下子就换了风格，想要吓死属下不偿命吗？秀恩爱秀到这种地步也是够了，这里还有这么多人看着呢，也算是大庭广众，注意一点形象好不好。萧乔在心中默默吐槽着萧妄宴，脸上的表情变了又变，最后对着还跪在的那些人说道："各安其职。"

那几十人都站起来，纷纷散去，萧乔也叹了一口气，朝着楼泠山庄赶回去。作为一个比管家还要忙的贴身护卫，他现在要做的事就是要赶回山庄，让人准备好热水，准备好姜汤，准备好干净的换洗衣服。如果可以，萧乔一定对萧妄宴提个意见，找个贴身女护卫来给他做个伴，至少一些杂事就不用他来做了。

苏家。

安静的院子里并没有任何伺候的人，只有一个修长的身影，他面对着一株凤凰木，静静地站着。从背影看过去，也可知此人风华绝代。此人不是别人，正是苏笙月，也只有他，才能有这般风华绝代。

苏落雪慢慢走近苏笙月，她看着苏笙月的背影，眼中有着爱意。不过又被埋藏了起来，恭敬地说道："公子。"

"还是没有消息吗？"苏笙月背着手，他的眼神深邃，脸上有着落寞的表情，淡淡说道："算了，一切就此作罢。你退下吧。"

苏落雪很羡慕木青瓷，哪怕木青瓷落得的结果并不好，但苏笙月心里始终有她的位置，一直没有变过。看着院子里的那棵凤凰木，苏落雪就知道她再也没了一丝希望，就连想都不能想。凤凰木并不难找，只是要从苗疆那边运回苏家很麻烦。这是苏笙月为木青瓷栽种的凤凰木，叶子在慢慢地掉落，但苏笙月还是日日对着这棵树。苏落雪知道，那是苏笙月在想木青瓷，因为木青瓷最爱凤凰花与桃花。凤凰花如火，桃花轻薄。莫景凉在倾月山庄为木青瓷栽种了一片桃花林，那他就为木青瓷种下凤凰花。

待到苏落雪离开之后，苏笙月才抬起头，看着面前的凤凰木，他轻声说道："如果你早点告诉我，我一定不会做出那样的选择。我不相信你死了，青瓷，在世间任何的一个地方，隐姓埋名地活下去。"

日子一晃就过去了，又过了好几日，在一个下着雨的下午。天有些昏暗，放下窗子之后，屋子里恐怕都要点灯了。

楼泠山庄之中，木青瓷所住的那间屋子里，此刻还多出了一个高大的人影，那个人是萧妄宴。

木青瓷坐在梳妆台前，她的眉间有着愁绪，静静地看着铜镜中人影，她闭上了眼睛。

萧妄宴站在木青瓷身边，他替木青瓷取下覆在脸上的面纱，有意无意地说道："你的心很浮躁，静不下来。"

木青瓷依旧闭着眼，她的胸口莫名的一疼，脑海里又出现了苏笙月浅笑的样子，深吸了一口气道："我梦见了凤凰花，梦见了苏笙月。"

萧妄宴的手一顿，他把面纱放在梳妆台，小心地拆着木青瓷脸上的纱布，有意地说道："迟早都会再见，只是时间问题，而你也需要彻底地改变。"

"是吗？"木青瓷自嘲一笑，她的心很不平静，想起了苏笙月的浅笑，也忘不了他的无情。

萧妄宴把取下的纱布放在一边，他弯下腰，看着铜镜里照出来的两个人，似笑非笑地在木青瓷耳边出声道："你好美，青瓷。"

木青瓷缓缓睁开眼，她看着铜镜里的自己，第一次觉得那不是她的脸。那张脸很美，只是木青瓷却很陌生，她伸手抚上自己的脸，再也摸不到那丑陋的伤疤。

萧妄宴贴着木青瓷的脸，他看着铜镜的人，微微勾起唇角，带有蛊惑地说道："从今天起，木青瓷已经死了，而你是木绾晴。"

第七十八章

一晃就是四年过去了，江湖上还是那般钩心斗角，拼得个你死我活。不过朝廷和江湖的关系却是暂时缓和了下来，但和部分势力的矛盾却是越发的尖锐，比如隐家，再比如暗影阁。

最近在江湖上出现了一个特别的门派，名为巫月神教。最开始出现在江湖上时，有不少武林人士瞧不起苗疆的巫月神教的，结果无声无息地丧了命，死相极其恐怖，这无疑是给江湖上那些瞧不起苗疆门派的武林人士提了一个醒。不过还好，苗疆不与人为恶，只要不主动招惹那些苗人，就不会沾上事。

不过最近两个月江湖上传得最厉害的是无双公子萧晨安的大婚，他要娶的人不是紫菀，而是兰家的现任家主兰舒语，也就是女扮男装的兰妤。谁也想不到，四年后萧晨安竟然宣布大婚，邀请天下群雄来萧家参加他和兰妤的婚礼。果然江湖上的事复杂多变，让人想都想不到。

今日正是萧晨安大婚之日，天气很好，如今也正是三月末四月初的日子，天气正回暖。阳光很好，萧家一片热闹的景象。

莫景凉漫无目地走在大街上，离开席还有段时间，他不需要赶着前去。那样热闹的环境，他也不喜欢。这四年来，他的性子也越来越冷淡，不管对人对事，都那么冷漠。也有人说他清冷如月，不被世俗所牵绊。只有莫景凉清楚，木青瓷失踪之后，他的心就已经被冰封，再也不会有人可以牵动他的心。

沈画跟在莫景凉的身后，她心中满是愤恨。都已经四年了，莫景凉还是忘不了木青瓷。她陪在他身边四年，还抵不过一个死掉的人的只言片语。她从怀里摸出碧玉桃花扇，紧紧地握在手中，指尖都发白了。这把扇子是她趁着莫景凉离开时，从他书房里的锦盒里偷偷拿出来，本来打算毁了它，断了他的唯一念想。一想到莫景凉已经把扇子封在了锦盒里，她才没有毁了，而是带在身边，好偷偷地还回去。只不过现在看来，她想得太多，还是要毁了这把扇子。

"簪子耳环，便宜又好看，只要一个铜板。"

"卖糖葫芦了，冰糖葫芦，又大又甜的冰糖葫芦。"

"卖包子，刚出炉的新鲜包子。"

耳边的叫卖声此起彼伏，沈画停下脚步，她看了一眼一边卖着簪子耳环这些小东西的摊贩，拿起碧玉桃花扇走了过去。

"这位姑娘有什么喜欢的物件吗？"

沈画把碧玉桃花扇放在摊贩的面前，脸色并不算好看，从身上摸出银子扔在摊贩面前，"不管是一个铜板，还是两个铜板，或是送人，你给我把扇子送出去，银子就是你的。"

摊贩老板小心地把银子放进怀里，贴身藏好，又对着沈画拍胸脯保证道："这位姑娘放心，我一定把这把扇子给卖出去，绝不会碍着姑娘的眼。"

听到保证，沈画满意地点头。不管那把碧玉桃花扇是被卖出去，还是被摊贩老板私吞了，抑或是毁了，都不关她的事情。街上虽然人来人往，还好不算太挤，她跑到莫景凉面前，张开手拦着他，喘着气，"你等一等。"

莫景凉看着挡着路的沈画，眉头不自觉一拧，"有什么事吗？"

沈画已经习惯了这份冷淡，她靠近了两步，笑着说道："你要去哪儿，我陪你去吧。我保证不会惹事，也不会随便乱说话的。"

"不用了，我只想到处走走，你回去吧。"莫景凉越过沈画，继续漫无目的地走着。

被毫不犹豫地拒绝，沈画忽然苦笑起来，就算过了四年，莫景凉对她的态度永远是这样不冷不热，就好像对着一个陌生人一样，永远那么冷漠与疏离。她不甘心，为什么莫景凉不爱她？凭什么她比不过木青瓷？所有人说木青瓷的时候，总是赞叹她的美貌，也赞叹她的武功高强。换了她沈画，就成了任性妄为，空有容貌。心里涌起滔天大浪，沈画转过身，她朝着莫景凉大喊道："木青瓷已经死了四年，你还没有死心吗？直到死，她也不曾爱过你。你和苏笙月一起背叛了她，也欺骗了她，你以为她还会再出现在你面前，对你说我不恨你的话吗？"

莫景凉的脚步一顿，他下意识地握紧了拳头，深吸了一口气，又放开了手，却始终没有回过头，"我的事不劳沈姑娘费心。"停顿了一下，"若是沈姑娘不介意，我只想说一句，请沈姑娘不要再跟着我，免得又惹出误会。"

沈画最看不惯的就是莫景凉现在的样子，装什么云淡风轻。不管她说了多伤人的话，他始终都不会生气，永远都是那副不冷不热的样子，却冷得好像冰。她丝毫不顾形象，大声地吼道："什么叫免得又惹出误会，你怕谁误会，你是怕木青瓷误会吗？还是你以为我想要跟着你？你那么在意木青瓷，可她却把你送给她的扇子都还给你了。如果没了那把扇子，你们最后的一点牵绊也都没了。"

莫景凉突然一愣，一瞬明白了什么，大步地走到沈画面前，冷着声音说道："你偷了我的碧玉桃花扇。"

远处，一个女子将目光停留在了小摊上扇子上，她拿起那把扇子，打开看了看，轻声说道："碧玉桃花扇。"

摊贩老板不敢怠慢，热切地说道："姑娘看看吧，这把扇子可漂亮了，看做工也知道是好货，又跟姑娘有缘。"

面纱女子合上扇子，她拿在手中，眼中波澜不惊，"扇子我要了。"话音一落，给了银子，便进了轿子。

"起轿。"

莫景凉抓着沈画的手，用的劲也不自觉大了起来，"你把碧玉桃花扇给我。"

沈画感到手上一阵疼痛，她皱着秀眉，看着莫景凉的脸上的表情，心里莫名的多了一分得意，到底她还是成功地激怒了莫景凉。"那把扇子估计早就被人买走了，不知道带到了哪里去，已经太晚了。"

莫景凉放开沈画，返身回去找着碧玉桃花扇，他记得这附近没多少卖女子物件的店铺，所以找起来也不难。

"刚刚有位戴着面纱的小姐，她一看见这把扇子就买下了，还说什么碧玉桃花扇。"

莫景凉的瞳孔一缩，焦急地问道："她往哪里去了？"

"走的是这边，坐着轿子，公子现在追过去，说不定还能追上。"

莫景凉跟摊贩老板道了声谢，顺着指的方向追去。他的脚步很快，没走出多远，就看见一顶轿子，往另一条街拐去了。追了上去，跑到轿子前，拦住轿夫。

轿夫停了下来，婢女朝着莫景凉行了一礼，"这位公子为何拦住我家小姐的轿子？"

莫景凉回礼似的点了点头，"惊扰了小姐实属在下无礼，请问轿中小姐，你今日可曾在一个街边小摊上买过一把碧玉扇子？"

"的确买过，公子是回来寻这把碧玉桃花扇的吗？"

轿子里传出来的声音听着温柔，但莫景凉却觉得莫名熟悉，只是想不起来在哪里听过。

"若姑娘愿意让出碧玉桃花扇，一定感激不尽。"

轿子中的女人久久没有言语，她随即又说道："桃花轻薄，却也贞静，美艳不可方物，想来是公子心上人之物。小女虽是不舍，但这就还与公子。"

轿帘只掀开了一点，莫景凉看不清轿中到底是何人。只见轿中人伸出只手来，手中的折扇乃碧玉为柄,握着扇柄的手,莹白如玉。莹莹的翠色映着白嫩的肌肤,更衬得握着扇子的手如玉。一时之间他也有些发神,虽只是一只手,却有莫名的吸引力。不仅是美丽的容貌,一手一足也可以美到极致,正如古人所说:"一双十指玉纤纤,不是风流物不拈。鸾镜巧梳匀翠黛,画楼闲望擘珠帘。"

直到婢女接过碧玉桃花扇,送到莫景凉的面前,她轻声地唤道:"公子,你的扇子。"

莫景凉被婢女的声音唤回了神,意识到刚才的失态,接过碧玉桃花扇,"多谢姑娘。"

轿帘放下,轿子里的人淡淡地说道:"不用,相见便是缘,以扇结此善缘。公子告辞。"

轿夫缓缓抬起轿子离开,轿子中的面纱女人,微微地勾起了唇角,她伸出手撩起轿子窗边的帘子,看了一眼莫景凉,又放下了帘子。

直到轿夫抬着轿子慢慢走远,莫景凉才收回视线,看着手中的碧玉桃花扇,转身朝着与轿子相反的方向而去。他该去萧家了。

莫景凉到场的时候,众人都已经入座,他看见莫静岚向他招手,便走了过去,坐在苏笙月的边上,看了看几人,一句话也没有说。

莫静岚挨着沈夜坐着,打扮得成熟了许多,头发高高地绾起。如今她已不是未出阁的莫家大小姐,而是沈夜的妻子,沈家的少夫人。说起莫静岚嫁给沈夜,那是一年前的事情了。因为四年前,江湖和朝廷的关系越来越紧张,局势也越来越不稳定,所以莫静岚就回莫家了,一直过了一年多的日子,江湖和朝廷的关系暂时缓和了起来。所以咱们的沈夜沈公子,就去追未婚妻去了。为了让莫静岚爱上他,心甘情愿地嫁给他,沈夜可是费了不少工夫,两个人兜兜转转了一年,莫静岚才终于明白了他真正的心意。于是乎在一年前嫁给了沈夜,那一场婚礼震动了全江湖。不仅仅是因为沈家和莫家两个世家强势联姻,更是因为莫家和朝廷的关系。

"笨蛋弟弟,你到哪里去了,怎么可以让画儿一个人回来。"一见莫景凉这副冷淡的样子,莫静岚就出声了,她刚刚答应了替沈画讨一个公道。尽管更偏袒自家弟弟,但不管怎么说,丢下一个柔弱女子走了,这一点就是莫景凉不对。沈画不会武功,大小姐脾气,遇上了事该怎么办。

冷冰熙坐在莫静岚身边,她连忙为莫景凉辩解道:"静岚姐先别急着说公子,可能是公子有急事要办,来不及送沈姑娘回来。你就别怪公子了,公子的脾气你又不是不清楚。"

莫静岚瞥了一眼注意力都不在她这里的莫景凉,顿时生出一股无力感。她怎么会不了解莫景凉,不管有没有错,都不会去解释。何况大多数时候都是沈画要大小姐脾气,偏偏她的笨蛋弟弟连句反驳的话都不说。见冷冰熙都这样说,她顺着台阶就下了,"看在冰熙的面子上,我就放过你这一次,下一次别欺负人家画儿。不对,没有下一次。"

沈夜也看了一眼低头委屈的沈画,再看了一眼事不关己的莫景凉,也是一阵头大。这个画面他见了不知道多少次。一个妾有情,一个郎无意,他能说什么?只得打着圆场地说道:"新娘都要出来了,消消气,别坏了心情。"

莫静岚听见了，撇起了嘴道："真不知道萧晨安哪里这么招人喜欢，景姑娘是一个，紫菀是一个，现在的兰妤也是一个。真是可惜了景姑娘，被害得香消玉殒也就罢了，至今都还没有找到她的尸体。那个紫菀也是活该，千算万算也没有算到萧晨安娶的人不是她。这一点还算是老天有眼，没让好人白死。"

第七十九章

冷冰熙悄悄拉了拉莫静岚的袖子，她看着已经拜完堂，送入洞房，却被请出来见客的兰妤，低声地说道："静岚姐，这是人家的婚礼。你就算再怎么不喜欢，也还是低调一点，毕竟人家兰姑娘又没得罪你。"

看了恬静的兰妤一眼，莫静岚只得把对萧晨安的那份不满咽了下去，气鼓鼓地说道："幸好新娘是兰妤，如果是那个紫菀，我一定大闹婚礼。"

冷冰熙连忙答应道："好好好。"看了门口，又有人被引了进来，出声道："那个人是谁？"

听到冷冰熙的声音，几个人都看过去，只见一个相貌十分出色，看起来气宇轩昂的俊美男子手持着白玉折扇，他跟萧晨安正说着话。锦懿卿若有所思地看着那个人，复勾起一笑："萧安宴。他居然也来了。这几年来，他一概不参与江湖事，江湖上少有他的消息。想不到沉寂了几年，越发看不透他了。"

"我知道他。萧安宴是顷绡阁的阁主，手中握有一把白玉折扇。不过他很神秘，行事也很低调，更少参与江湖上的事，所以在江湖上关于他的传言很多，但是不是真的就没人知道了。"

莫静岚睁大了眼睛想要把萧安宴看个透，"这么厉害，看他模样就是一个翩翩佳公子。"

锦懿卿还没来得及插话，就有一个声音插了进来，只听他说道："不知几位在聊些什么，如此开心，不知可否让萧某加入？"

"如果萧兄不介意的话。"

锦懿卿看向萧安宴，脸上满满都是笑意，率先开口："位置自然是有的，不过萧兄可否告知我们一声，是你一人，还是两个人。我们也好让人空出位置来。"又看向沈夜，"沈兄说是吗？"

收到锦懿卿的眼色，沈夜也不怀好意地笑起："锦兄说得是，萧兄若是一人来，我们自然欢迎。若是两人来，不说一声，那就是萧兄的不对了。"

莫景凉听着这些话并没有任何表态，斟满了一杯酒，嘴角微勾，脑海里总是出现今天的画面：从轿子里伸出来的那只手，执着碧玉桃花扇，映着莹莹翠色，更显得莹白如玉。

萧妄宴扫了一眼几人，目光在苏笙月身上多停留了一秒，随即移开了目光，他轻笑起来："若我说这桌再也不能添人，可否满意？"

沈夜他们坐的这张桌子已经坐了七人，还剩下两个位置，萧妄宴自己一个，还剩下一个位置，不用说几人也知道是留给谁的。

"萧兄都这样说了，我们还有什么话。只是不知道是哪位佳人可以伴在萧兄身边，不如给我们引见一番。"

"等下便知。"萧妄宴朝着人群中最为显眼的那一个人走去，只说道："我有一事要请萧兄帮忙。"

萧晨安一身大红喜服，在人群很是显眼，"若能帮上忙，我自当尽力。"

"萧兄放心，这个忙很简单，只不过是一句话的事情罢了。"萧妄宴轻笑着，随即靠近萧晨安，对着他耳语了几句。

"萧兄随意，这件事我也自当帮忙不是吗？另外恭喜萧兄。"

得到了萧晨安的允许，萧妄宴走到正中间，看着已经入座的众人，大声地说道："在座的各位英雄侠士，在下萧妄宴，今日借萧兄大喜之日，也要宣布一个消息。三个月后，请到燕京萧府见证本人的婚礼，在此多谢各位了。"

锦懿卿摇摇扇子，脸上挂着笑意，慢慢悠悠地说道："萧兄平日没什么消息，这一有消息就是成亲，不知道是哪一位佳人，能够迷倒萧兄。我们这群人也想见上一见。"

苏笙月也接过锦懿卿的话，打趣地说道："锦兄说得不错，不知是哪位国色天香的佳人。如今都到了，萧兄何不带出来给我们瞧一瞧。丑媳妇终究是要见公婆的。"话音一顿，他微眯起，他故意放重了声道："该不会是萧兄舍不得让佳人出来相见，有意藏了起来，还是今日并未一同到来？"

"苏兄才是说笑了，江湖上有什么样的美人是苏兄没有见过的？本来是同我一起来的，只不过街上太热闹，她就到处去玩了，就算想介绍给诸位也没有办法。"

萧妄宴的唇角微微上扬，他直视着苏笙月，眼中快速地闪过一丝得意，"苏兄无时无刻都有美人相伴，那才是让人羡慕。到了苏兄成亲之日，我定要好好闹一闹你的洞房花烛夜。"

"希望萧兄能有那个机会闹到我的洞房花烛夜。"苏笙月的眼里有着笑意，表情也依旧没变过。闹他的洞房花烛夜，还有这个可能吗？要娶的那个人已经不在，随便娶了一个女人回去还有什么意思。不想再继续这个话题，他顺势转移话题道："既然就在外面，不如遣了人去请她来，为我们的新人敬一杯酒，祝他们百年好合，永结同心。萧兄觉得可好？"

"好，这个主意不错。"

不少人都附和着苏笙月的话，纷纷起着哄，唯恐天下不乱。

苏笙月扫了起哄的众人一眼，随即对着萧妄宴耸了耸肩，表示这个结果与他无关。"看来是众望所归了。"

萧晨安看了几人一眼，微微勾起唇角，他带着兰妤走近一点，赞同地说道："苏兄说得不错，让我们这些人瞧一瞧也不错。"

　　锦懿卿就是唯恐天下不乱的那种人，他故意说道："连新人都答应了，萧兄还有何顾虑。且不说舍不得，难不成还怕未来的萧夫人抢了这位萧夫人的风头不成？"特意转了视线，落在安静站在萧晨安身边的兰妤身上，开玩笑地说道："兰妤小姐，哦，不对。现在该改口叫萧夫人了。当初一身男装，可是俊俏可人。而今换回女子打扮，却也温婉迷人。今日一身嫁衣，江湖上又有几人能够抢过你的风头。"

　　听到锦懿卿的话，兰妤浅浅一笑，她怎么不知道锦懿卿是在特意夸赞她，"锦阁主夸赞了，天下美人从来不少，兰妤只不过是一个普通人罢了。"话锋一转，"既然有位佳人可来，为何不来，舍不得一词太单薄了。"

　　"还真是夫唱妇随，萧兄娶了一位好夫人，让人羡慕。"萧妄宴顿了顿，又对着众人说道，"既然各位都有此意，那我也不必再找借口。只不过还要花时间派人去外面的街上找。"

　　"那又如何？我们还是等得起。"锦懿卿无所谓地说道，"只希望快点找到便好，也好敬上两杯酒。"

　　正在说话间，一个小厮跑了进来，他走到萧晨安身边，恭敬地说道："公子，有位姑娘说是公子的熟人，想要前来祝贺。只不过那位姑娘手上没有请柬，就让我来通报公子一声。"

　　"我的熟人？"萧晨安重复了一次这句话，忽然明白了那个想来祝贺的女人是谁，他看了一眼成竹在胸的萧妄宴，只说道："的确是熟人，快去请进来。"

　　"是，公子。"

　　"说曹操，曹操就到。"锦懿卿看着几人，颇有兴趣，"居然说是新郎官的熟人，也不怕新娘吃一份干醋。"

　　兰妤也是笑起来，她用宽大的袖子掩住唇，只露出了半张脸来。今天毕竟是她的大喜日子，平日里的愁绪也都一一散尽，她言语中带着趣味："锦阁主说笑了，若是夫君的熟人，兰妤自当欢迎，何况是萧公子的未来夫人。"

　　说到此，众人也都笑起来，还未说什么，就看见小厮领了一个女子前来。那名女子戴着厚厚面纱，走近细看一番，才发现面纱上绣着几朵淡粉桃花，正好落在左眼下，衬着那含着秋水的眸子，却有三分婉柔与哀怨。再看女子的打扮，万缕青丝简单地绾起来，发间插了两根精致的木簪，眉心处挂着一个小巧精致的桃花坠子。一身青色衣裳，浅色的裙摆处用银线绣着摇曳菡萏，飘逸无比。腰间系着九曲环铃，每走一步，那铃铛就会碰撞发出清脆悦耳的声音。整个人看着就好像是从画里走出来的，有着江南烟雨的迷蒙，也有着水乡女子独特的婉约，但更多的却是清冷，如月一般清冷，如荷一般淡雅出尘。好一个出尘的美丽女子！这无疑是众人的心声，哪怕不知道面前的面纱女子的真正样貌，但看其步迟迟，腰肢袅娜似弱柳，也知是难得一见的绝世佳人。

　　众人不禁感叹，不免想起了景安儿和木青瓷，如果这两个女子还在，恐怕不会比这位女子差，三人各有千秋。只不过那两个国色天香的女子都已经香消玉殒了，尤其是木青瓷，四年都没有她的消息，江湖上的人早就默认她已经死了。

苏笙月看着来人，他有些迷惑，好像面前的人真的是木青瓷。这只是一种感觉，一种难以言表的感觉。但他迷惑了，木青瓷的眼神从来都是那样冷漠，她总是雷厉风行，不会是这样子柔弱。忽然想起了当年那天，在成佛崖上，木青瓷哭着说过的话。

"为什么？这不是真的，你在骗我，我不相信那是真的。"

"原来一直都是我自作多情。是我太傻，才信了你的话。这所有的一切都是一个骗局，不管是凤凰花，还是江南，都是假的，所有的一切都是假的。我将我的真心毫无保留地交给你，你当我是没有心的吗？我也是有心的。

"阿月，苏笙月，多谢你，多谢你让我明白了这个江湖，真正明白了。

"苏笙月，从今日起，今生今世，永生永世，我木青瓷都与你恩断义绝。

"杀子之仇，切肤之痛，今日我若不死，来日必将千百倍奉还。木青瓷绝笔。"

在众人的赞叹之中，莫景凉突然站起来，不小心碰倒了放在一边的酒杯，他不可置信地看着走来的那个面纱女子："是你吗，青瓷？"

"青瓷？木青瓷，亏得莫庄主还记得她。她短短的一生比烟花还要绚烂，这还要多亏了莫庄主的帮忙。不然说不定她现在还活着，并且站在你的面前，用剑指着你也说不定。那时可就要麻烦了，得罪谁也不要得罪女人。"唐岚歆坐在叶轻轻旁边，她端起一杯酒，看都没有看那些人一眼，嘲讽地笑起来，"何况是得罪一个聪明的女人。不过还好，被利用过的女人已经死了，她如果不死，斩草除根也要彻底解决掉不是吗？"对着叶轻轻举起了杯子，"叶阁主说是吗？"

叶轻轻微勾起唇角，她斟满一杯酒，与唐岚歆端着的酒杯碰了一下，漫不经心地说道："可不是吗？最是无耻江湖才俊。现在才几个人，说不定她们都没死，与不值得的人从此不见也不一定。"

"有道理。"唐岚歆看起来对叶轻轻这个回答还算满意，两个人相视一眼，各自饮下了那杯酒。

第八十章

苏笙月被耳边的吵闹声弄得回过神来，感受身边的人的目光，打量着面纱女子，随即回过头来对莫景凉说道："她若在这里，一定会伤心，因为阿凉你认不出她来了。"又弯起唇角，一副没事人的样子："想来这位就是未来的萧夫人，不知尊姓何名？"

莫景凉仔细地打量了面纱女子一番，无力地说道："对不起，是我太过冒昧，认错了人，请姑娘不要介意。"莫景凉无力地坐回位置之上，拿起酒壶，为自己斟满了一杯酒，仰头一口饮尽，又继续倒着酒。

沈画看着莫景凉自斟自饮，她握住莫景凉拿着酒壶的手，对着他摇着头，关心地说道："不要再喝了，光喝酒会醉的。"

莫景凉偏过头看了沈画一眼，眼中漠然，从她的手抽出手，继续倒着酒。

收回自己的手，沈画的脸色一白，她看着莫景凉，眼睛都红了。这是她活该吗？永远也得不到莫景凉的心，哪怕只是一会儿。

面纱女子扫了在场的人一眼，她慢慢地移着步子，对着莫景凉有礼地说道："公子无须如此，我们见过不是吗？"

面纱女子的声音很动听，既清脆，又悦耳。莫景凉听到这个声音，他端着酒杯的手一顿，转身看着她。"是你。"

面纱女子轻笑出声，她的眼睛清亮，不含任何杂质，不急不缓地出声道："我虽不是公子心心念念的那个人，但也相信公子能找到白首不相离的好姑娘，何必执着于一个人。放下心，说不定可以遇到更好的。"

沈夜狐疑地看了一眼莫景凉，又打量着面纱女子，开着玩笑地说道："不知姑娘如何称呼？"又看了一眼莫景凉，随意地说道："阿凉性子太冷，姑娘可不要介意。不过姑娘可算是偏心了，我们这群人中就只认着了阿凉。"

面纱女子并没有因为沈夜的话，表情有所起伏，淡淡地说道："小女姓木，这位公子可认得我？我见公子可是眼熟得很，不知我们是否在何处见过？"女子微微勾起了唇角，只可惜戴着面纱谁也不知道。

姓木！一群人都抬起了头，盯着面纱女子，想听她接下来会如何说。本来还想问的沈夜，嘴角的笑顿时凝固了。

要说此刻还能笑出来的人恐怕只有萧妄宴，他走到面纱女子面前，很自然地搂着她的纤腰，调侃道："绾儿别与沈兄玩闹，沈夫人还坐在一边。"又看向沈夜等人，解释道："与诸位介绍一下，这位是我萧妄宴的未婚妻子木绾晴。"

"不知姑娘是哪三个字？可否一字一字说与我们听，也好不认错人。"锦懿卿倒是对木绾晴挺感兴趣的。

木青瓷偏头看了萧妄宴一眼，只说道："小女木绾晴。双木为林，绾绾青丝，风雪待晴归，只不过此三字罢了。"复又拉着萧妄宴走到那桌前，看了几个人一眼，最后把目光停留在莫景凉身上，"若是公子愿意，之前说的话依旧作数。相逢既是有缘，我虽不愿夺人所爱，但不如让给我，也好化解心中不快。"

莫景凉勾起嘴角，怎么看都像是苦笑，"这一物如今也不重要了，只是舍不下，还请姑娘原谅。"

木青瓷也没有扭住不放，她依偎在萧妄宴的身上，轻笑道："既然如此，再说下去，便是我蛮横无理了，还请公子莫怪。"随即又对着萧妄宴说道："我所看中的都不是我的。"

"既是莫兄心爱之物，那就不必强求。"萧妄宴放开木绾晴，牵着她的手，看向走过来的萧晨安和兰妤，出声道："萧兄。"

木青瓷从一边的桌子上，端起一杯酒，平静地说道："萧公子，今日我们可算是认识了。"她设想过了很多次与萧晨安生死对决的场面，没想到是这样见面。凭现在的她还不足以让萧晨安痛苦，不过做不了多久木绾晴，她就可以变回原来的她。

"木姑娘不是一开始就说了是我的熟人吗？"萧晨安对于木绾晴的话摸不着头脑，直觉告诉他，这个木绾晴不简单，绝对不是一般人。

"也对，我们本就是熟人了。"木青瓷笑出声，她举起酒杯，视线落到一身喜服的兰妤身上，略带歉意地说道："本来是准备送一件特别的东西当作贺礼，寻到却也得不到，如今空手而来，还望兰姑娘不要介意。"

看着出尘的木青瓷，兰妤心中生出了赞叹，这样的女子走到哪里都会是人群中的焦点。礼貌性地笑了笑，"无妨，木姑娘能来便好，又何须贺礼。"

莫静岚拉着冷冰熙，小声地咬着耳朵："冰熙，这算是来砸场子的吗？那个木绾晴给人的感觉好像仙女，就算不露脸，也完全盖住了新娘的风头。"

"静岚姐，这不算是砸场子，你别胡说了，小心被人听到。"冷冰熙拉着莫静岚的衣角，示意她不要再说下去了，"而且人家木姑娘是来贺兰姑娘新婚的，随意猜测很容易犯忌讳的。"

莫静岚撇了撇嘴，她小声地说道："我知道，但是那个木姑娘真的很美不是吗？就像是从画里走出来的。这种气质容貌都是上上乘的绝色美人，走到哪里都抢风头。别说是男人了，就连我一个女人看了都喜欢。"

"不能一棒子打死所有人，公子就不会。对不对，公子？"冷冰熙对莫静岚的话倒是很赞同，她所见过的女子都是很貌美的。她小时候在莫家长大，看惯了大美人莫静岚，更看惯了比女人还要漂亮的莫景凉，对于美人们都很挑剔了。后来住进了皇宫，她的温柔娘和漂亮嫂子，还有那个老是嫌弃她的侄儿司煜，都是拔尖的美人。然后她的皇兄，也是顶着张好皮囊，每次看见都让她很嫉妒，也很羡慕。有貌美如花的温柔娘，英俊潇洒的皇帝爹，怎么就把她生成了这样，这一定是老天不公，嫉妒她。

"嗯，很美。让人忘不了，记在心间。"莫景凉目不转睛地看着木青瓷，被点到了名下意识地回答。对于木绾晴，莫景凉总有一种莫名的熟悉感，就好像曾经见过，绝对不是今日才见。木绾晴很吸引人，至少对于他来说是，作为一个男人的观点。

莫静岚吃惊地看着莫景凉，"蠢弟弟，你不是在开玩笑吧。"随即又看向冷冰熙，信誓旦旦地说道："怎么样，我就说吧，是个男人都喜欢这样善解人意，又聪明美丽的女人。连我那个冷淡弟弟都不例外，一直盯着人家不放，眼珠子都要掉出来了。"又看了一眼桌上的其他人，"他们也一样，眼珠子都不转了，就盯着人家看了。"

冷冰熙连忙捂住莫静岚的嘴，"静岚姐你小声点，让人听见了多不好，尤其是……"沈姑娘还在这里。当然这句话，她没有说出口，怎么可能当着沈画的面说这些，又不是傻子。

"好了好了，我知道了。"莫静岚不耐烦地摆摆手。

听着这些话，沈画放在袖子里的手紧握了起来，指甲弄得手生疼。莫景凉可以时刻关注着一个马上就要嫁人的女人，也不愿意多看她一眼，就因为这个女人美吗？想到这里，她突然站起来，"木小姐，我看你的一举一动，就知不是普通人。萧夫人善音律，找乐师弹奏曲子，你来舞上一曲，或是歌上一曲，为众人助兴如何？也权当是新婚贺礼。"

木青瓷也有些惊讶地看着沈画，随即又像是明白了什么，瞧了一眼莫景凉，皮笑肉不笑，"恐怕要让沈姑娘失望了，我并不会跳舞，助兴自有舞姬乐师。"

沈画攥紧拳头，指尖发白，冷笑道："我看木姑娘不像是一般人，必定是才貌出众之人，想不到也不过是个空架子。"

木绾晴丝毫不在意沈画的言辞，她拉着萧妄宴随意地找了一个位置坐下，不急不缓地说道："只怕让沈姑娘失望了。"

"既然如此，那我就在这里提前祝贺木姑娘即将新婚。"

木青瓷回了一礼："多谢沈姑娘的吉言。"走到兰妤面前，在众人不解的目光下，伸出好看的手轻轻地抚上兰妤涂上了脂粉的脸，盯着她的眼睛，有意无意地说道："红绡缠绕，枯骨生出曼陀罗。"

兰妤退后一步，与木青瓷隔了一段距离，她下意识地避开木青瓷的目光。那种眼神，就好像看透了一切，让她隐隐感到不安。勉强地笑起："木姑娘说的，兰妤都不太懂，只觉得颇有禅意。"

"我也不懂，只是听一位夫人所说。见了萧夫人便想起来了。"

枯骨生出曼陀罗，她已经回来了，用血的代价得到了重生。过去的木青瓷已经死了，现在的她才是真正的她。眉梢上扬，随即唱出声：

　　这一刻的盛夏
　　曲罢满座一片浮夸
　　红绡缠绕着绝世风华
　　最后白骨里开出了一朵曼陀罗花
　　你曾经拥有他
　　屏风之上一笔一画
　　留恋顾盼
　　走过了忘川
　　生与死有别
　　轮回中你就会忘了他

奇怪的调子，好似从黄泉里传出来的歌声，令人不自觉得觉得头皮发麻。却有一种莫名的凄凉感，仿佛是注定一般。

莫静岚看着兰妤有些勉强的样子，她小声地问道："这真的不是来砸场子的吗？我怎么看都像是故意找麻烦，而且找的还那么冠冕堂皇，让人家都没有地方去责怪。"

"说不定和静岚姐你一样，看不惯新郎官以前的所作所为，故意来闹事。"

莫静岚偏头看着冷冰熙，赞许地说道："有道理，换了是我，我也去闹一番。"

冷冰熙无言地笑了笑，看起来很单纯的样子，可谁知道她一天到晚就惹麻烦，还要十二岁的侄儿司煜为她收拾残局。

锦懿卿看了这两人一眼，略显无奈。他喜欢聪明的女人，因为聪明的女人都有分寸，也有脑子。比如面前这个木绾晴，他就很欣赏，出声说道："不知木姑娘是从何处知道这些曲子的，刚刚听姑娘的意思，也是从别处所知。"

"锦阁主的话本子上来的，只不过是由一位特别的乐师做出来的曲子，说来易懂也难懂。"说这话的时候，木青瓷慢慢移了步子，朝着萧妄宴那里慢慢走去，"突然唱出来，差点扫了兴，还请勿怪。"

"无妨。"

萧妄宴拉过木青瓷坐在他腿上，牵起她的手，轻轻地在手心上落下一吻。"别为新娘子添麻烦。"

木青瓷并没什么反应，攀上萧妄宴的脖颈，"我尽量。"

一场好好的婚礼算不上搞砸了，只能说出了一点不愉快。就在你来我往之中，婚礼结束了。

第八十一章

黄昏很快降临了，转眼便是一月过去，临近暮春的日子，白日总是要长一些。萧妄宴走到桌子边，随意取出茶杯，拿起茶盏，倒满了一杯茶水。"你现在可不像一个马上就要嫁人的新娘子。从萧晨安和兰妤的婚礼回来之后，你就不知怎么办了吗？"

木青瓷瞥了一眼萧妄宴，没什么表情。她走到窗边，听着窗边挂着的笼子里的小鸟叫声，"说是心不在焉也没错，我一直以为能平静地对待那些人。当再次面对时，我以为我可以忘记那些事，重新开始，但我做不到。"回过身直视着萧妄宴，带有疑惑地说道："现在的我到底是谁？是发誓要毁灭祸乱之源的木绾晴，还是只想让所恨的人痛苦一辈子的木青瓷？我已经分不清到底哪一个才是真正的我？"

萧妄宴若有所思地点点头，他抿了一口茶水，才慢慢出声道："说得也有几分道理，不仅是你，我也时常在想，你现在是我的未婚妻子木绾晴，还是合作朋友木青瓷。有时我都分不清你是木绾晴，还是木青瓷。或许一开始，我就不该把你变成木绾晴。在萧晨安的婚礼上，没有人可以一眼认出你就是失踪了四年，被认定死去了的木青瓷。那些曾经见过你的人，可能是朋友，也可能是敌人，还有可能是恋人，甚至是一起战斗过的人，他们都认不出你来。谁又能想到，木青瓷变成了木绾晴。"停顿了一下，继续说道，"你做得很好，四年来，你努力地改变，变得我都快认不出你来了。不过幸好，你不会离开我，这让我有了很大的安慰。"

"你说这话是在后悔吗？后悔把我变成了另一个人。"

"我的确是后悔了，后悔怎么不早点把你从苏笙月手里抢过来。不过这样也不错，至少我是你在这个世上唯一可以依靠的人。"萧妄宴平稳地放下茶杯，他朝着木青瓷走去。

"你把握的时机不是很好吗？不会早，不会晚。"停顿了一下，木青瓷继续说道，"我看不透你，就像猜不透你的话哪句是真，哪句是假。"

"应该早点把你抢过来的话是真。"萧妄宴轻笑起来，他站在木青瓷的身边，认真地说道，"现在这一句也是真，你是木青瓷，也是木绾晴，只不过你想是谁，那就是谁。"

木青瓷收回视线，凝视着挂着窗边的鸟笼，里面还有一只灰黑色的小鸟跳来跳去，带有一丝感伤地说道："我就是笼子中的鸟，一旦离开了笼子，就不知该飞往何处。不知道算不算讽刺，我除了仇恨，已经一无所有。"

"你活着的目的就是为了报仇，仇恨才是你活着的动力。没了仇恨，你该何去何从？"萧妄宴顺着木青瓷的目光看去，只见鸟笼中的那只灰黑色小鸟时不时地鸣叫。他不明白这样一只落在路边，并不好看的小鸟也能引起木青瓷的关注，那可是个就算人马上就要死在她面前，也不会眨眼的冷血女人。那一天居然罕见地把这样一只不惹人喜欢的小鸟带了回来，还细心包扎它受伤的翅膀，一直养了好几天。"你的故事有关于这种并不好看的鸟雀的吗？每一次见你看这鸟，我总有一种你会随时哭出来的感觉。也不知是不是我最近事情太多，过于敏感，竟然会这样想。"

木青瓷依旧盯着那只灰黑色的小鸟，却透过了那只鸟看到了其他，"的确有一个关于它的故事，可我并不感动，只觉得可笑和讽刺。本来我都已经忘了，只是又想起来了，然后怎么都忘不掉。每每看到这种不好看的小鸟，我总会不由自主地想起一个人，这或许是他给我下的蛊毒，让我一辈子都对他愧疚。"

"是谁？男人吗？"萧妄宴听着木青瓷的话，浅笑着说道，俊朗的面容上带有兴趣之色。"我的绾儿，当着未婚夫的面还说别的男人可是不好的行为。"

木青瓷习惯了萧妄宴的玩笑话语，也没在意他此刻的表情。"你的消息一向灵通，应该听过他的名字，毕竟曾经有一段时间，在许多人的眼里，他是一个臭名昭著的杀人恶魔。但在我的眼里，他不仅是个臭名昭著的杀人恶魔，还是第一个令我从骨子里都惧怕的人。除此之外，我对他没有一丝可怜，无数次地想要遗忘他，但无数次地想起他。也许是我对他的愧疚太深，所以始终忘不了。"

萧妄宴在脑子里回想了一下，江湖上臭名昭著的杀人恶魔有哪些？"你口口声声说对他愧疚的那个人是一个以喜欢剥漂亮女人皮出名的傀儡师吗？恐怕也只有他，才有可能让你从骨子里都惧怕。"

"我知道他真正的名字是四年前在倾月山庄被抓走时，我从没有如此恐惧与害怕过。自从落到了岳洛的手里，我第一次感到了恐惧。"

"所以你杀了他。"萧妄宴明白地点了一下头，"如果是我，我也会这样做。毕竟被一个丧心病狂的杀手抓在手里，是一件很不妙的事。"

"本来岳洛不用死，可他却选择了以死结束他坎坷的一生。"木青瓷说这话时，眼中有着嘲讽，她轻笑出声，"那时候我被他用了药，别说武功，就连行动都很困难，只不过他最后还是死在了我的手里。从一开始，案板上的肉就是我，不是他。他明明知道我要杀他，还是对我一点防备都没有。说他是傻子都不为过，就这样轻易地付出了命，只是为了证明，证明他才是世上唯一一个不会伤害我的人。就算死在我的手上，他也心甘情愿。"她的笑声中满满都是讽刺。唯一一个不会伤害她的人，却是她最害怕与恐惧的人。害怕到如果不亲手杀了他，都无法安心的地步。

"坎坷？也许算是吧，不过更多的还是执着，对你的执着。说不定死亡对于岳洛来说，才是最好的选择，至少他可以死在你的手里，我想他也很乐意死在你的手里。他做到了吗？证明他是这个世间唯一一个不会伤害你的人。"萧妄宴明显来了兴趣，他明知故问，只是想从木青瓷嘴里亲口听到他所猜到的那个答案。

"我想他没有做到，因为我已经不再相信任何人。"木青瓷歪着头，她看向萧妄宴的目光是那么淡漠，习惯性地假笑起来，"对我来说，任何人都一样，除非我还愿意被人骗一次，伤得体无完肤。"

萧妄宴走了两步，靠近木青瓷，他半弯下腰，抬起她的下巴，看着那张美得让人心醉的脸，微扬起嘴角，"在我看来，如果那个人再对你使出与当年利用你时一模一样的招数，时间久了，你还是会中招的。我的绾儿，刚开始你可能还恨着他，他说什么、做什么，你都不会相信，可是时间一长，你的心就会慢慢动摇，然后再次沦陷在情网中，直到溺死为止。到头来，依旧是那么愚蠢。"萧妄宴直视着木青瓷的眼睛，他可以从她的眼睛中看到他自己的倒影，还有眼中的讽刺。在眼底深处，还可以隐约地看见一丝愤怒。

萧妄宴的眼神很勾人，同时又很慑人心魄，每一个女人在他那样的注视之下，会不由自主地陷入他的眼神之中，这也是木青瓷不喜欢直视萧妄宴眼睛的原因之一。

木青瓷一下子就沉下脸来，心里藏得最深的心事就这样被萧妄宴说了出来，那些血淋淋的伤疤又被翻了出来，伤口上还撒上了盐。"萧妄宴，你最好知道你在说些什么，有些事我不用你来教。还是你真的以为我会再一次爱上苏笙月，并且爱得不可自拔，又傻到被他利用，无情地抛弃吗？如果你是这样想的，那我告诉你，你大错特错。同样的错误我可能会犯第二次，但同样的人我不会再爱第二次，同样的背叛我不会再经受第二次。"

萧妄宴微眯起眼睛，不由得加重了手上的力度，嘴角的笑意更深了，一针见血地说道："同样的错误你当然可能犯第二次，但同样的人你不一定不会再爱第二次，因为你一直都爱着他，不曾变过。有时候把爱埋藏得太深，骗着自己说我不爱他，可恨得越深，爱得就越深。你从没有不爱过苏笙月，不说爱，不代表不爱。哪怕你试着遗忘，可你真的忘记过他吗？告诉我，午夜梦回时，你想起了谁？"

感觉到下巴上传来疼痛感，木青瓷蹙起了黛眉，她眼中已经不只是警告，压沉了声音："你说够了吗？我的事跟你有何干系，你今天发什么疯。"

"说呀，在午夜梦回时，你想的男人是谁？怎么，也有你不敢说的事吗？"萧妄宴露出嘲讽的神色，他的声音也没有刚开始的平静，眼神变得锐利起来，"你忘不了苏笙月，你现在还爱着他。可他不爱你，最开始接近你，就是为了利用你。"

"这些都与你何干？萧妄宴，你这么在意我，你是爱上我了吗？"也许是萧妄宴的话太过露骨，也许是他的眼神太过锐利，直接看透了木青瓷心里的所想。她本来就不平静，看似平静而已。现在与萧妄宴闹得很不愉快，也口不择言了起来。

萧妄宴与木青瓷的目光在虚空中相撞，他收起了脸上的笑意，眼中也没了那份平静，一字一句地说道："与其说是爱上你了，倒不如说你本就是我的人，我们谁也离不开彼此。没错，我爱你，我怎么能不爱你。我的未婚妻，你忘了吗？你马上就要嫁给我了，可你还心心念念着别的男人，让我怎么能不管你的事。"他弯下腰，慢慢靠近木青瓷，直到两人的鼻尖碰到，才停下来道："我给你一个机会，让你看一看你的心。我会带你去见苏笙月，以你真正的面目，看一看你是否还忘不了他。如果你告诉我，你还爱着他，那我就会放你走，你可以去追寻你的心意。而我，与其留一个不知道什么时候会成为挡路石的女人，不如早点选择放弃，这样对你我来说都比较好。"

在木青瓷看来，去见苏笙月完全是讽刺。面对咫尺间的萧妄宴，冷声说道："你疯了。"挣脱开萧妄宴对她的钳制，一把把他推开，反怒为笑道："萧妄宴你很好，好极了。现在才来反悔，是不是已经太迟了。婚帖已经发了，该引出来的人也将引出来。不仅是你，我们都已经没有后悔的余地。你说放我走？那婚礼呢，如果突然取消婚礼，不管用什么样的借口，都会打草惊蛇。那你四年的筹备都会烟消云散，还谈什么目的，我还谈什么报仇。"

萧妄宴被推得退了两步，他也不再掩饰他此刻的情绪，可能更多的是藏不住了，厉声地说道："这些事我自会处理，用不着你担心。如果你下不了决心，依旧犹豫不决，看在我们相交四年的份上，我帮你一把。"他一甩袖子，两步走到挂着笼子的窗边，打开笼子的门，伸进手去，抓住了那只灰黑色的小鸟。

西西罹——著

青镜

［下］

远方出版社

第八十二章

灰黑色的小鸟扑着翅膀，却没有丝毫的用处。尖利的爪子不小心抓破萧妄宴的手背，血珠冒了出来。他眉头一皱，抓住灰黑色小鸟的手一紧，小鸟不停地鸣叫挣扎着，想要逃脱束缚。

鸟的哀鸣声不停地响起，又见萧妄宴的手背被抓破了，木青瓷目光落在了那只哀鸣着的灰黑色小鸟上，回忆不停地涌进脑海。那只鸟是有毒的，剧毒，千万不能被抓伤。这是一时的错觉，在木青瓷看来，此时那两只灰黑色小鸟已经重合在了一起。失神了片刻，她连忙走到萧妄宴身边，抓住他的手，吮吸着被抓出来的伤口，又将口里那一点血沫吐了出来，对着他大声吼道："你真的疯了。这鸟是有毒的，被它抓伤会死的。到时候没人救得了你。"

"你是在担心我吗？还是在害怕我死了，你会脱不了身？"萧妄宴盯着木青瓷的眼睛，眼神深切而又一丝期待。这也许算是一种执念，他已经深深陷入了这种执念当中。木青瓷没有说错，他或许真的爱上了她。在四年当中，他一直忽略这个问题，直到在萧晨安的婚礼上再见到苏笙月，那时候他才有了真正的危机感。他费尽心思改变了四年的女人，可能再一次不属于他。有那么一刻，萧妄宴真的害怕木青瓷会说出离开他的话。

"没错，我是在担心。这个回答你是否满意？"紧张了半天，木青瓷才想起，岳洛留下的那只小鸟已经死了。现在救回来的这只小鸟，并不是那只有着剧毒的，萧妄宴被抓伤后也不会中毒。

萧妄宴突然笑起来，他一把抱住木青瓷，在她的耳边低声说道："木青瓷，我想我是真的爱上你了。"把自己真正的心意说了出来，顿时就觉得舒服了。有时候隐瞒太多，也并不是什么好事。"也许你不会相信，连我自己都不敢相信，我会真的爱上你。我不否认最开始救你的目的是为了利用你和我一起毁灭祸乱之源，因为你是最好的人选，也是最适合的人选。四年来，我们合作很好不是吗？我足够信任你，也相信你对我是一样的信任。"

"若真的不信你，也不会有这四年。"木青瓷把头埋在萧妄宴肩上，"我不想相信你。对于男人，我一个都不打算信。也许是受多了相信带来的背叛，我只觉得人与人之间的信任很可笑。笑我的懦弱，笑我的轻信，笑我的情意。你说的没错，我忘不了他，忘不了苏笙月。我以为我可以忘记他，我以为我足够恨他，我以为我不再爱他，可是再见到他的那一刻，我发现我的心依旧会悸动。明明只有几个月的时间，我就可以为了他义无反顾地背叛养了我十年的主上，我以为这是爱情，结果却是我的一厢情愿。我恨他，也爱着他。有多爱，我就有多恨。是不是很讽刺？情之一字最为伤人，我却堪不破情关，一直停留在往日。午夜梦回时，我会忆起那些日子，也会梦到背叛那日。"她阖上眼，伸手环着萧妄宴的背，从他身上汲取着那丝温暖。"我永远都是这么坏，只考虑着我自己。现在也是一样，我考虑的始终是我。我想要手刃那些仇人，我想要他们痛苦，跟我一样痛苦。你说利用我毁灭祸乱之源，可我也一样利用你替我报仇。你有着大义，而我想的只是报仇，虽然都是同一个目的，但始终是不同的。道不同不相为谋，我们从来都不是一条路上的人。也许我真的该走了，做久了木绾晴，我都忘了我到底是谁。"

"我想我是庆幸的，庆幸你是相信我的。你忘不了苏笙月，离开了我你又能忘记他吗？你说我有着大义，可我也是满怀私心。报仇并没有什么不对，你为了报仇，我也是为了报仇。我记得你最开始问过我为什么会选中你。还记得我给你的回答吗？因为我们都一样，活在仇恨中。因为争夺宁国宝藏，你满门被灭。因为争夺宁国宝藏，我年幼时父母双亡。你说你想着报仇，想着让那些人伤害你的人痛苦。我又何尝不是？"听了木青瓷的话，萧妄宴诉说着他心中的所想。他并非是木青瓷眼中那种有着大义的人，他也是怀着私心，想要报仇，想要那些仇人痛苦。这很可悲，他也一样被仇恨所束缚，所作所为都不止是为了那冠冕堂皇的大义，而是为了报仇雪恨。"我从一开始就说过我们是一路人，你的痛苦我都能明白。我怎么能让你走？萧妄宴和木青瓷的命早就绑在了一起。我不会死，你也不会死。"

木青瓷推开萧妄宴，她并不平静，却依旧笑得轻浅："若是解开这个打错的结，或许会好一点。我不会背弃我们的誓约，只是需要理清一下关系。我算不上多了解你，你可能很了解我。但我是什么样的人，可能你并不清楚。知道我当初为什么要杀岳洛吗？因为我害怕。哪怕他可能从未想过伤害我，我还是杀了他。就因为他对我有一丝威胁，威胁到我的命，所以我容不下他。我算不算心胸狭隘之辈？可能算，也可能不算。不过我是一个心狠手辣的人。"

"你是什么人我很清楚。也许就是这样不完美的你，才吸引了我。太过善良的女子本就不适合在江湖上活下去，景安儿就是前车之鉴。"萧妄宴抓住木青瓷的肩膀，轻轻晃动着她，真诚地说，"我们有一个四年，之后还有第二个四年、第三个四年、第四个四年……可能现在无法让你相信，但时间会证明一切。给我一个机会，也放过你自己，不要永远沉浸在被背叛的伤痛中。"

木青瓷不是不想相信萧妄宴，只是她的心已经死了，再也活不过来了。那些恨，那些痛，无一不刻在她心上，刻在她的身上。有了苏笙月的教训，她想恐怕再也不会毫无保留地相信一个男人。对于萧妄宴，她始终都是感激的。不管是出于何种目的才救她，至少她不仅保住了命，而且四年来过得很好。

见木青瓷迟迟不说话，萧妄宴也着急起来。他了解木青瓷，捅破了这层窗户纸，他们两个就不能回到原来了。"我不是苏笙月，你也不是以前那个木青瓷了，我们不仅有一个四年，我们还有小萤儿。给你一个机会，也给我一个机会，逃脱最开始的束缚，让我们重新开始。"

"好！"木青瓷微点了一下头。这不仅是给萧妄宴机会，也是给她自己一个机会。那份情过于沉重，如今化作了恨意，压得她喘不过气。有多爱，就有多恨，这是从来都不曾变过的事实。她永远都无法忘记木清玄死的那一天；忘不了被背叛的那一天，曾是满满占据她一颗心的男人嘴里说出来的最薄情的话；忘不了那些已知是假意的好；忘不了那些设计过的日子。爱上一个人很容易，忘记一个人却是如此的难。

得到了想要的回答，萧妄宴瞬间显露出了喜色，他抓住木青瓷的手："我以为你会拒绝，或是推开我就走。简直不可思议，让我不敢相信这会是你做的事！"

"为什么不像是我会做的事？如果我推开你就走，你不是还有其他说辞吗？"木青瓷语气中带着一丝无奈，轻叹了一口气，"正如你说的那般，如果一直沉溺在过去，那我就再也挣脱不出，直到溺死其中。我想给我一个机会，给我一个心安理得的理由，给我一个和过去的软弱说再见的机会。我们还有小萤儿，我不想死，至少现在不想死。如果可以活下去，我想我会在所不惜。但如果让我在报仇和活下去之间选择，我想我会选择报仇。没有仇恨的支撑，我会死。同样是死，从我选择报仇开始，就决定了怎么死。与其一辈子被痛苦与悔恨折磨，不如让仇人痛苦，才是我所想看到的。用我仅有的那一点命，换来我一族的安息，换来天下的安宁很值，不是吗？"

萧妄宴没有作声，他脸上的喜悦已经褪下，换上的是少见的严肃表情。他牵起木青瓷的手，在她的手背轻轻地落下一吻，承诺说："我不会让你死的。不要再继续练下去，你做不到真正的无情无心。你已经走火入魔了，运气好一点，保住一条命，半废之身；运气若是不好，可能筋脉尽断而亡。若是绝世武功那么好练成，也不会被视作禁书。你不用担心那些对付不了的敌手，那些人交给我就行了，你只需要躲在我身后。"

"你很清楚我现在的情况，进也不是，退也不是。两难的境地下，我不可能放弃。"木青瓷摇摇头，她漫不经心地说着，好像并不把她的命当作一回事，"我最近总有一些不好的感觉，说不定有一些人会以人们意想不到的方式出现。"

萧妄宴放开木青瓷的手，他也认真地问："太多的人都处于不确定的位置，算不透他们是有利于我们的棋子还是挡路的绊脚石。世事无常，江湖上总有太多无法确定的因素，我们败不得也输不起。"又瞥了木青瓷一眼，他微勾唇角，"江湖上的人不敢赌，我们敢赌。赢则胜，输则败。是生是死，不由天意，由着人心。"

"本就是赌徒，还谈有什么不敢赌的。"木青瓷嘴角挂起冷笑，"我们都是赌徒，已经赌红了双眼，把一切都押上，可能会赢，也可能会输，无法不继续下去。这个游戏已经开始，我们逃不了。让我过隐姓埋名的生活，除非游戏落幕，否则我做不到。只有一切纠葛都被彻底斩断，我才能安心。"

"那就让我们赌上性命，去拼最后的一把。"萧妄宴伸手揉了揉木青瓷的头发，亲昵地说，"如果可以，我真想去看看小萤儿。那些树屋也不知是不是荒废了。凤凰花也该开了，此时的醉花荫应该很美。到了夏夜的时候，无数的流萤飞舞，似梦更似幻，恍若仙境。这一次的事完了之后，我们去苗疆吧！"

第八十三章

"醉花荫适合沉眠,所以那里那么的美。凤凰花真的很美,但谁又知道凤凰木下埋了多少人的性命。不管是岳洛,还是我哥哥,都选择了葬在醉花荫。活着或许逃不开那些阴谋诡计,死后至少能够安静长眠。"木青瓷低垂下眼帘,鸦青色的羽睫轻轻扇动着,带着眷恋说,"如果可以和哥哥葬在一起,对于我来说,也是一件很幸福的事。至少不会再是我一个人孤独地活着,悲惨地死去。如果我失败了,你把我葬在醉花荫深处的那棵凤凰木之下。"她睁大了眼睛,复又看萧妄宴,低声说,"所以你不要死,一定不要死。如果将来是你埋葬我,我会很感激。如果你先不在了,我想以我的性格,是不会为你花费太多时间的。所以你一定不要死,至少不要比我先死,好好地活下去。"

扑哧一声,萧妄宴笑出声来:"你这算是在自我安慰,还是说跟我约定,让我不要先离你而去?"脸色渐渐柔和了下来,"如果有一日,你真的先离我而去,不管结局是胜是败,我都不会离你而去。也许醉花荫真的太适合埋葬死者,那里也远离了尘世喧嚣,有的只是平和、不受叨扰,但唯独你不适合那里。何况比起醉花荫来,有一个地方更适合你,也是只属于你一人的长眠之地。"

"什么地方?"木青瓷对萧妄宴所说的只属于她一人的长眠之地颇有兴趣,继续问道:"不要跟我卖关子,我不想去猜。"

萧妄宴轻笑,抽出腰间的白玉扇子——手背上还有着被抓伤的痕迹。"你也该按照计划去做你该做的事,让我欣赏你最美的姿态,不要让我失望。"

"我并不一定会以你想要的方式出现,变数太多,谁也说不准。希望可以抓到那个几次三番坏我好事的女人,验明她的身份。"

木青瓷转过身,她平视着萧妄宴,说:"那个女人很奇怪,她好像很了解我的身份,又好像什么都不知道。有时候跟死人无异,武功也不好,唯独一身是毒,感觉就像是别人手中的傀儡一般。不知为何,我总觉可能认识她,但始终想不透那个女人到底是谁。"挑眉看向萧妄宴,"不过她一定会来我们的婚礼,她不会错过巫月圣女的。"

"巫月神教既然重现江湖,那就该有了改变。"萧妄宴摇动着扇子,他剑眉星目,薄薄的唇微抿,"毒女的事,我会安排好,巫月神教那边也该有所动作了。"

木青瓷慢慢地呼出一口气,瞟了一眼萧妄宴被抓出痕迹的手,一句话也未说,她低下头,从袖子里拿出绣着淡粉桃花的丝帕,抓起萧妄宴的手,替他包扎好:"有些事我们都身不由己。

巫月神教是该有所动作了。我们婚礼上再见吧。"

萧安宴看了一眼手上被包扎好的伤口，对着木青瓷伸出手，白皙修长的手让女人都要羡慕一番。"如果可以，我希望我们真正地走下去，一辈子走下去。世人有言：'执子之手，与子偕老。死生契阔，与子成说。'我希望你给我一个答复，在我们成亲的那日，我想要你真正的答案。"

木青瓷垂下眼帘，她沉默了，这已经不是第一次。不过今日，她不打算继续沉默下去，而是转移话题："如果我变成了无情无心的女魔头，你是否还会对我如此？"她没有给萧安宴回答的时间，连忙出声道："你给我时间考虑，我也给你时间。有些事一旦决定，便再也没有反悔的余地。你我都一样，不要给自己留下遗憾。我的命并不长，以后我会变成什么样子不仅是你不知道，连我也不清楚。只是有一点，你知道，我也知道，就是我执意练魔功，日后必定不会有好下场。"

"我们都不要着急给出答案。太过急切的回答，并不一定是心里所想。"萧安宴太了解木青瓷。他们在一起四年，在这四年里他了解她的一切。也许让人觉得好笑，但事实就是如此，最了解木青瓷的人不是她一心所爱也所恨的苏笙月，也不是选择放弃背叛欺骗她的莫景凉，而是一个真正利用她并真正爱上她的人。

"你只需要好好地待在我身边。我不是苏笙月，也不是莫景凉，你与我可以重来。"萧安宴伸出手，轻轻捂住木青瓷的眼睛，"闭上眼，用你的心告诉我，我是谁？"

"你是萧安宴。"

木青瓷闭上双眼，长长的睫毛轻颤，轻声唤道："阿宴！"

"我在。"萧安宴的声音不大，却很沉稳有力，让人听了很有安全感。

临近初夏的日子，天渐渐热起来，到处一片生机勃勃的样子。一座小城镇之中，车水马龙，看样子还算是繁华热闹。旁边的酒楼之上，栏杆边摆着三张凳子，分别坐着两女一男。三个人对了对眼色，如流水般的琴声传了出来，年轻女子轻启朱唇，唱着曲子：

> 长相思，在长安。
> 络纬秋啼金井阑，微霜凄凄簟色寒。
> 孤灯不明思欲绝，卷帷望月空长叹。
> 美人如花隔云端。
> 上有青冥之长天，下有渌水之波澜。
> 天长地远魂飞苦，梦魂不到关山难。
> 长相思，摧心肝。
> 日色欲尽花含烟，月明如素愁不眠。
> 赵瑟初停凤凰柱，蜀琴欲奏鸳鸯弦。
> 此曲有意无人传，愿随春风寄燕然。

忆君迢迢隔青天。

昔时横波目，今作流泪泉。

不信妾肠断，归来看取明镜前。

    一曲已毕，酒楼二楼上的人都一阵鼓掌，大声叫好。有些穿着好点的客人，在那年轻女子端着的漆盘里丢下一些铜钱或是碎银子，用作打赏。年轻女子收起了卖唱得来的微薄收入，朝着众人行了一礼，又退回了原位。

    身着不同于中原服饰的四个苗疆女人走上酒楼二楼，她们的发上插着一朵银花，身上也有着一些银饰。衣服上的颜色大多数是黑紫色，手腕上戴着银镯，脚踝处也戴着银铃，走起路来发出叮叮当当的声音。只见那四位苗疆女子尚是年轻，也不过十七八岁的样子，她们表情冷漠，不急不缓地走到那卖唱的三人面前，对着弹琵琶的中年妇人有礼地说："我家主人很喜欢三位的曲子，有请三位与我们走一趟，移地为我家主人奏上一曲。"

    那中年妇人微微抬起头，仔细打量了一番来人，抱着琵琶起身，朝着四位苗疆女子行了一礼道："民妇自当遵从。只是琴姬不知为哪位客人弹奏曲子。"

    一个苗疆女子走了出来，她的目光落在琴姬背后的栏杆，客客气气地说："我家主人就在楼下等着，请琴姬夫人移步前行。"

    琴姬轻轻点头，她侧过身看了一眼楼下。酒楼大门前有一群人，都身着苗疆的服饰，戴着银饰，与面前四个苗疆女子一样。人虽然不少，但都有序地站着，连一丝晃动都没有。在那群苗疆人的中间，有四位同样打扮的女子抬着一顶软轿子。轿子被厚重的纱罩了起来，看不清里面的情况，只是隐约地可以看见里面有一个端坐着的人影。

    一看到轿子中隐隐约约显现的人影，琴姬的眉头微微一蹙，面上依旧温和，朝着面前四位苗疆女子点了点头："琴姬明白了，请姑娘带路。"又对唱曲弹琴的两人说："心月，你和穆书收拾好东西跟上来。"

    听到琴姬的话，被称作心月的年轻女子看了一眼双手搭在古琴上的穆书，笑吟吟地说："嗯，姑姑。"

    将人带到楼下软轿边上时，轿子里的人动了动手指，冷漠地说："走！"声音并不是那种清冷，而是一种冰冷，不带丝毫感情，让人从骨子里都感到凉透了。

    苗疆的人出了城，走出了不知道多远，消失在路途中，没有人知道他们去了哪里。巫月神教行事本就神秘，此时更是再也查不到关于他们的消息。

    城外三十里左右，一座不高不矮的山里，有一群穿着打扮皆不同于中原的人在此休息，其中大部分都是年轻女子。这群人不是别人，正是之前离开那座小城镇的巫月神教一行人。

    山的深处，向阳的平地上，有一个高高拱起来的土包，土包上长着颜色鲜绿的野草。一个高挑的身影面对土包站着，她穿着带有苗疆特色的衣裳，戴着面纱，面纱上用金线绣着团花图案，看不清她的面容。手腕上戴着镂空花纹的银镯，腰上也系着九曲环铃，她的脚边还有两壶未开封的酒。

只见那女子慢慢蹲下身来，伸出纤细白皙的手指，拉下覆着脸的厚重面纱，露出一张让人看过就永远也忘不了的脸。眉若远山，眼若星辰，言语都无法描绘她的美，就好似高山神女一般。如果锦懿卿在这里，一定会笑出来，原来巫月神教的圣女就是消失了四年、无影无踪的木青瓷，难怪他怎么查也查不清。而木青瓷的脸上，也没有了当初被苏笙月用天剑所伤留下的伤疤，她比四年前更美。木绾晴是她，巫月圣女也是她，只是不像是一个人。

木青瓷随意地把面纱放在一边，她扯着土包上的野草，轻声说道："师父，我回来看你了，这也许是徒儿最后一次替你拔去坟上的草了。以后你坟上的草会覆满这一片地，野草会越长越高，根茎也会越来越粗壮，直到把你的安眠之地完全掩藏。也许徒儿会是世上最后记得你的人，等我离开后，再也不会有人知道这里葬了一位老者，葬了我的师父。有些事让它过去就好，可我无法越过去。师父，你说徒儿是不是错了？当初没有谨记你的教导，轻易地信了别人，可徒儿无法不去相信那些人。江湖永远都是那么险恶，平静的水面下永远都是暗流涌动。没有人能够猜透江湖的水到底有多深，徒儿也不知道我曾自以为聪明，可以看透一切，却看不透那一环扣一环的阴谋诡计。所谓成王败寇，用什么计谋又有谁在意？世人只会记住两种人，一种是胜者成王，另一种则是败者成寇。我曾是败者，但并非是永远的败者。哪怕我无法成功毁灭祸乱之源，也会以另一种方式葬送那些人。"

第八十四章

凉风轻轻地吹拂着，树叶被吹得簌簌而响，黄黑色的小叶子飘落下来。空气中还有春寒过后的冷意。木青瓷依旧保持着那个拔草的姿势，白皙的手沾上了泥土。她好像没有注意到一样，继续拔着野草，轻轻自语道："徒儿是不是很差，让师父失望了？若不是为了救徒儿，你也不会这么早就去了。如果可以，徒儿愿意以最好、最干净的一面来见你，只是徒儿做不到了，为你除去坟上杂草的这双手上沾满了鲜血。"

木青瓷的声音越来越低，直至最后没了声音。她拿起放在脚边的两壶酒，揭开了酒塞，浓烈的酒香弥漫在周围。她把其中一壶的酒倒在坟前，酒水滴溅在泥土上，绽开了水花。直到把一壶酒倒了个干净，她随意地把空酒壶扔在边上，抓起另一壶酒扬起头灌了一口，又继续说道："这是陈年的女儿红，师父闻到了吗？以前你总是要我带好酒回来给你，可徒儿食言了，现在补上最后一壶酒。这一次徒儿前来是为了师父的遗愿。花镜我带来了，可能晚了四年。请师父恕徒儿无礼，打扰了你沉眠。"

没有人回答木青瓷。她把酒壶稳稳地放在一边，从怀里摸出那块从假的宁国宝藏里得到的镜子用手指摩挲着镜子背面的花纹，对着坟包说："这就是花镜，师父所想要的埋藏的东西。"

话音一落下，木青瓷便寻着记忆中的位置，挖着坟包前的土。一捧又一捧的泥土被堆在了一边，坟包前的地被她挖出了一个挺深的坑来。挖到后面，泥土越来越硬，不一会儿就有一个黑檀木的小盒子露出了出来。她取出那个盒子，拂去盒子上的泥土。盒子不大，里面只有一封信和一枚戒指。

看完了那封厚厚的信，木青瓷瞳孔微缩，无力地跌坐在地上，眼神涣散，喃喃自语道："原来我不是不会中毒，而是吃了九转金丹。是师父为了救我的命，去盗了假的宁国宝藏，却在那个石室里中了剧毒，无药可解。"木青瓷这才明白，她因为吃了九转金丹才会百毒不侵，才能安全地拿到花镜。那个石室果然不是那么容易就可以离开的，当初是她想得太简单了。

"徒儿是不是错了，错得太离谱。"木青瓷跪在坟包前，弯着腰低垂着头，十指都抠进了泥土里。长发顺着耳边滑落在胸前，挡住了她的半边脸。

风想要静静地吹过，可注定不能安静得无声无息，周围的草木树叶被吹得簌簌作响，更衬得这份景象凄凉无比。

时间总是相对的，夜晚慢慢地降临。失去了阳光的温暖，在夜中也觉着有些凉意。凉风吹拂着，街上除了打更的更夫，再没人走动。而山上的别院，一入夜基本上无人再往来。

山上的别院一片寂静，只有几间屋子里还亮着油灯，其余的灯一概都熄了。灯燃得最亮的屋子里，萧晨安伏在案桌之上睡熟，眉头微皱，可以看出没有做上一个好梦。

兰妤轻手轻脚地进了屋，走到萧晨安的身边，仔细为他披好衣服。看着萧晨安有些疲累的睡颜，兰妤心中升起一丝暖意，情不自禁地伸出手去，轻轻地抚上他的脸，轻声唤道："阿晨。"声音低到她自己都无法听清。如果可以这样子一辈子走下去，那她也是愿意的。就算这只是一场梦，她可能就是陷在梦中的人，逃不了也无所谓。

"安儿！"

睡梦中的萧晨安皱起了眉头，他无意识地唤出了景安儿的名字，那个四年来他都未曾提起过女人。

听见萧晨安的声音，兰妤的脸色瞬间变得苍白，手像是被针刺了一下，一下子就收了回来。终归她只是一枚棋子，一枚被展现给世人所知的棋子。他不爱她。

也许兰妤的动静太大，萧晨安被惊醒，突然睁开了眼，抓住兰妤还未完全收回去的手，眼中还有一丝诧异，手上的劲也不自觉大了。

"你来书房做什么？"萧晨安挺直了身体，披在身上的衣服顺势滑落在地上，瞥了一眼掉在地上的衣服，大概也明白了是怎么回事，深吸了一口气说，"这么晚了，你回去休息吧。"他向来浅眠，或许这几天真的太累了，才会这样毫无防备地睡着，连兰妤来了多久他都不知道。

"我没什么事,只是见你屋子还亮着灯,就带了件衣服来看看你。夜深露重,小心着凉。"手腕上的疼痛传来,兰妤的眉头不自觉地一皱,她没敢看萧晨安,把目光落在被抓着的手腕上。

"对不起,我没注意,弄疼你了。"好像一切事情都没有发生过一样,萧晨安放开了兰妤,温和地说,"你来了多久?"

"刚刚才来,你就醒了,是不是我吵到你了?"兰妤先是摇摇头,慢慢抬头注视着萧晨安,脑子里瞬间冒出了他在睡梦中唤景安儿的画面,"阿晨,你最近太劳累了,是不是有什么烦心事?"

萧晨安弯下腰捡起地上的衣服,习惯性地笑起来:"只是一些江湖上的事情,并不算什么。可能最近没怎么休息好,所以看着劳累了些。"

"原来是这样。不过你要注意休息,免得身体受不了。"兰妤温和地笑起来,看不出有什么情绪上的变化,一切就如往常一般。可她无法想象,萧晨安可以这么平静地对她说谎话。那些温柔的话语,就这样从他的嘴里说了出来,可在她看来,他的眼神是那么的冷漠,温柔的表面下是无尽的冷漠。

"让你担心了。"

萧晨安收敛了情绪,转移了话题:"再过些时日,就是萧妄宴和木绾晴的大婚。你一向不喜这种太过热闹的场合,若是不想去,便到处走走,散散心。"

乌云被风吹散,月亮高高挂在天空上,深夜之中,一片寂静。晚上的风总是不小,树叶被吹动着,发出沙沙的声音。一个黑色的娇小的人影藏在大树之上,在黑夜的掩护下,茂密的树叶完全把这个不速之客藏在了黑暗之中。

一阵凉风透过开着的窗户吹了进来,兰妤感觉到凉意,下意识地抱起了手,揉搓着手臂。屋子里很安静,一时之间竟然不知道说些什么。

萧晨安注意到兰妤的这个小动作,他走到她的身边,拿起兰妤刚才为他披上的衣服,体贴地为她披上:"夜深露重,小心着凉。"

兰妤的脸瞬间一红,白皙的脸上染上了一片的红晕,她低垂下头,不想让萧晨安看到她此刻的样子,小声地说:"太晚了,我就不打扰你了。"

"夜深了,我送你回去。"萧晨安对于女人一向温柔有礼,何况兰妤如今是他名义上的妻子。两人拜过堂,是明媒正娶的。

兰妤退开两步,摆了摆手:"不用了,我自己回去就好。"

屋门被拉开了一些,院子里的冷风顺着拉开的屋门灌了进来。兰妤的脚始终没有踏出去。

"怎么了?"萧晨安察觉到兰妤的不对劲,往旁边移了两步,看到门边有一条盘旋着身子的花蛇,他的眼中闪过一丝警惕。按说这个别院不大,且是修建在山上,偶尔也会有蛇虫鼠蚁,但那是没人居住的时候。

"有蛇!"兰妤脸上有着惊讶,脚保持着踏出去的那个姿势。

"别动,这蛇有毒。"萧晨安放轻了步子,慢慢地走近兰妤,生怕激起那条花蛇的攻击。如果此刻换作萧晨安面对那条虎视眈眈的花蛇,并不是什么大事。偏是兰妤遇上。蛇的速度很快,尤其是攻击速度,单凭兰妤不一定能够躲过。这条蛇有剧毒,明眼人都能够看出来——蛇身上布满花花绿绿的条纹,一看就是剧毒无比。

也许是感受到了萧晨安在接近,那条花蛇也躁动了起来,突然一口就向兰妤咬去。萧晨安眼疾手快,一把把兰妤拉入怀里,右手袖子里滑出的五骨扇一打开,直接落在了那条花蛇身上。花蛇翻腾了几下,之后就没动静了。

兰妤感受着萧晨安身上的温暖,心扑通扑通地跳着,耳根都红了。

见花蛇死了,萧晨安放开兰妤,关心地问:"没事吧?"

"没……没事。"兰妤支支吾吾地说着,感受着夜晚的凉意,脸还隐隐发烫。

看着地上的花蛇,萧晨安的眉头不自觉皱了起来,回头对兰妤说:"你今晚就待在书房,不要到处乱跑。"

兰妤乖巧地点了点头,看萧晨安表情严肃的样子,她知道肯定有什么事要发生。刚才门边的那条花蛇,不会是巧合。

别院围墙外的那棵大树上,那个身材娇小的黑影随意地摘了一片叶子,放在嘴里吹了起来。树叶吹响的乐声,回响在这个不大的别院,草丛里发出沙沙的响声。

"它们来了。"

萧晨安走到门口,看着不知从哪里钻出来的蛇群皱紧了眉头。

看着屋外的蛇群,兰妤只觉得浑身上下的鸡皮疙瘩都起来了。

萧晨安对兰妤说:"有客人来了,我必须尽到地主之谊,可能顾不上你。等下你关上书房的窗户和大门,可以安全一点。"

他拉过两边的门环,对着门内的兰妤轻轻一笑,安慰她说:"你好好休息,不用担心,我会处理的。"

兰妤本来还想说些什么,但一看到萧晨安处变不惊的样子,到嘴的那些话又咽了下去。

"我知道了。"

没了兰妤在一边,萧晨安收起了那副温言浅笑的样子,取而代之的是眉头紧皱、面若冷霜,眼中还有着一丝不耐烦。今晚不算是个好日子,他的心情并不像兰妤见到的那样好。可能是罕见地梦到了一个人,让他唯一心生愧疚的女人。他从腰间抽出随身携带的轻薄软剑,朝软剑里灌注内力,对着密密麻麻的蛇群就是一剑,剑气激荡,不少毒蛇被斩断,污血流了一地。剩下的毒蛇并没有被萧晨安那一剑所影响,不过如他所料,它们跟同类撕咬起来。对于猛兽,血是最好的激化药。

第八十五章

　　与此同时,那个躲藏在暗处的人影轻蔑地勾起嘴角。她小心地将自己隐藏在黑暗中。她所选的这个位置处于一个死角,可以将院子里的情景看得一清二楚,院子里的人却无法发现她。乌云又被风吹了回来,挡住了月亮,天一下子黑了下来,什么也看不见。她就像街头巷尾说书先生嘴里说的妖精女鬼一般,脸上虽是巧笑嫣然,眼里却流露出怨恨与狠毒。她张嘴凄怨地唱道:

　　犹记得前世烟雨里你眼角的怜惜
　　我为你缝长褂布衣
　　你为我绾发髻
　　乱世里那半生流离未能与你老去
　　如今奈何桥唱一曲我在此等你
　　倒了孟婆汤拜菩提固守前世回忆
　　怀抱着这一方清虚我已无悲无喜
　　冥界一隅回望天际谁在轻声叹息
　　百年的光阴等花期可否再见你
　　我悄悄返人间从湖堤到山巅
　　找寻那张熟悉的脸只为看一眼
　　却见你在城垣伴那如花美眷
　　桃红柳绿的河岸边似你我当年
　　你正与她喜结连理誓言一字一句
　　我却恍见前世欢愉你我郎情妾意
　　若我留在此时此地你是否会想起
　　前世你说若我故去来世你还娶

　　凄凉与哀怨的曲子在夜空中回荡,好像唱歌的那个女人真的是曲子中的女鬼一般,信了前世爱人的情话,纵使在黄泉中闯下了滔天大祸,也要返回人界,只为看一眼心爱的男人。谁知那个男人早已忘记她,再娶了他人,将所有的温柔都给了巧笑倩兮的新人。

萧晨安已经离开了书房，接下来的是杀戮，是不可以让新婚的妻子见到的。这时候，训练出来的死士就派上了用场。

不小的动静从其他地方传来，是死士弄出来的，看来还没找到藏身之所。萧晨安落在一棵大树之上，手扶着树干，似笑非笑地观察着周围，看看哪里有异动。

歌声停了，躲藏在树干背后的女子眼神冷冽，一个不注意，就找不到萧晨安的所在。偏偏没有月亮的晚上又是漆黑无比，伸手不见五指。她从腰间摸出匕首，时刻警惕着。她也不知道为何要来此处，只是伤好出关之后，听到了萧晨安和兰妤结婚的消息，心里觉得很不舒服，就像有千只万只小虫在撕咬一般，偶尔会很疼。

被挡住的月亮又出来了，月光的照耀下，大地都染上了一层银白色的光辉。月光钻过树枝，冰冷的匕首上闪烁着寒光，倒映出蒙面的毒女，还有那嗜血的眼神。

萧晨安勾起嘴角，目光落在毒女藏身的那棵大树之上。他从树上摘下几片叶子，灌注内力，把最普通的树叶变作锋利的暗器。被灌注进内力的树叶飞向毒女，毒女在空间狭小的树干上躲闪不开，一枚树叶割破了她的手臂，伤口比较深，鲜血不停地流出来。毒女飞快地放出几条蛇挡住剩下的几枚树叶，捂着手臂跳下了树。

"你的本事若是只有这点，今天便只能留下做客了。"

听见萧晨安的声音，毒女的身体一僵，下意识地咬破了嘴唇。突如其来的疼痛缓解了身体上的不适，她转过身面对月光下的萧晨安，眉眼间满是媚态，笑吟吟地说："我不过是区区弱女子，能有几分本事？公子可别凶奴家，不然奴家一怕，那蛇就不听话了。"

女子声音听得人酥酥麻麻的，萧晨安眉头一皱，心中生出一缕烦躁。他用余光扫过了身后的宅院，又盯着毒女，压沉了声音道："是谁派你来的？说出来，我饶你一死。"

"公子可是吓着奴家了。"毒女皮笑肉不笑地说："是谁派奴家来的，奴家还以为公子心里有数呢！既然忘了，奴家就帮公子记起来。"她说最后一句话时，声音变得狠厉起来，并以迅雷不及掩耳之势朝萧晨安扔出毒虫，转身就想逃走。

萧晨安目光冰冷，快速朝毒女奔去。两人本来就相隔几步，追上去并不难。没给毒女反应的时间，萧晨安就到了她身前，打掉她手上的匕首，只手掐住毒女的脖子，手上的力道加大，把她提了起来。

毒女低估了萧晨安，被掐得喘不过气来，双手抓着掐着她脖子的手，不停地挣扎着，艰难地出声道："公子的待客之道真是特殊，奴家消受不起。公子……也不想陪奴家一起死吧，不如放了奴家，就此作罢可好？咳咳……"

萧晨安加重了手上的力道，他不喜欢别人威胁他，尤其是马上就要死的废物。他抬眸看着毒女，冰冷地说："你的威胁对我来说没有丝毫用处。我再给你一次机会，是谁派你来的？"

毒女喘不过气来，此刻并没有反抗，因为她知道反抗也于事无补。看着萧晨安的脸，听着他的声音，心里突然难受起来，脑海中闪过往日的记忆，身体不受控制地颤抖起来，轻声地说："你要杀我吗？"

不同于之前千娇百媚的女声，轻轻淡淡的一句话让萧晨安心头一紧，他抬眸看向毒女的那一瞬间，眼中充满了不可置信。那样熟悉的眼神，带着祈求与悲伤，带着眷恋与不舍，却还要强装出一副无所谓的样子。就算只露出眼睛，也像极了景安儿。

"你会杀了我吗？"

毒女眼中有悲戚之色，夹杂一丝丝眷恋，气息越来越微弱，话语中带着哀伤与不舍："你会忘了我吗？"

萧晨安减小了手上的力道，呆呆地看着毒女，就像被蛊惑一般，沉迷在她的眼神里。他丢下软剑，伸手摸着毒女的眼，深情地唤道："安儿……"

就在这时，毒女趁萧晨安不备，挣脱他的挟制，一掌打在他身上，飞身迅速逃走，独留下他一人。

萧晨安捂着胸口，毒女的武功并不高强，这一掌也没有多大的威力，他却动也没动，看着毒女离开。眼神中有迷离，更多的却是回忆，他低声自语道："安儿。"

没过一会儿，两道人影落在萧晨安身后，一动也不动地站着，不出一声，连呼吸声都是放到最轻，若不是知道这是活人，恐怕只当是遇鬼了。

萧晨安收起了脸上的表情，理了理心绪，他背过手去，冷漠地吩咐道："刚刚那个女人，把她查出来。"他想起了最近的不寻常，又想到失踪了几年的紫菀。有些事必须提早解决，不然就有了后顾之忧。尤其是了解他一些底细的紫菀，更是不能给她翻身的机会。"还没有紫菀的消息吗？"

还是没有人回答。萧晨安余光一扫，落在地上。看着地上的血污，微勾起唇角："我今夜遇袭，受了重伤，不便受人打扰。"

"属下明白。"萧晨安身后的两个人终于开口了。之后一眨眼的工夫，就消失不见了。

萧晨安看着天上的月亮，脑海中浮现出一个女子的容貌。他低声轻语道："安儿，你在哪里？"

苗疆地处西南，晚上要比中原冷上几分。此时距醉花荫十里开外的小道里，一个少年在快速地奔跑着。他跑过一座小桥，朝着前面不远处的几棵大树跑去。那几棵大树都比普通的大树要粗壮许多，而其中最大的那棵大树，更是需要多人合抱。少年停在大树下面，仰头望着树上隐隐显出来的黑影，抿紧了嘴，拉了拉搭好的简单梯子，快速又稳健地爬了上去。树上修了一座树屋，少年轻轻推开树屋的屋门，看着里面小小的人儿正站在矮矮的木凳子上，用双手撑着头，看着窗外的天空。

"流萤，你在看什么？"

被唤作流萤的小女孩听见少年的声音，偏过头来看了他一眼，又转过头望着窗外的天空，稚生稚气地说："我在看星星。"借着窗边的月光，可以看清小女孩三四岁，生得粉雕玉琢一般。

少年走到窗边，把双手放在窗台栏框上，轻轻地说："你下午就待在这里，一直没回去，婆婆和我都很担心你。"少年约莫十岁的样子，模样很是清秀白净。听他说话，也能从字里行间感觉他比较早熟。

"我想娘亲了。"

流萤转过身，跳下矮矮的凳子，坐在地上，靠着身后的木屋墙壁，小声地说："若尘哥哥，你知不知道娘亲什么时候会回来？她说她要去一个很远很远的地方，要很长时间都不会回来。娘亲是不是不喜欢流萤了，所以才不回来的。"

"姑姑只是有事才不能回来。"原来那个长相白净的少年叫若尘。他一两步走到流萤的身边，挨着她坐下，然后从怀里摸出用油皮纸包好的糕点，递到流萤面前："从下午开始就没吃过东西，饿了吧？"

流萤拿了一块糕点往嘴里塞。也许真的是饿坏了，一块糕点没嚼烂就咽了下去，又连忙抓起另一块糕点。吃着吃着，眼泪就掉了下来，她小声啜泣着："若尘哥哥，我想我娘。她什么时候才会回来？"

白若尘轻轻地拍着流萤的后背，安慰她说："慢慢吃，别噎着。"又从怀里摸出干净的帕子，替她擦着眼泪，想了想说："流萤想出去走走吗？我之前听大祭司大人说，姑姑去中原了。"

"娘亲去中原了吗？"流萤一下子就不哭了，她丢下手里还剩下的糕点，抓住若尘的袖子，有些激动，随即又垂头丧气起来，"可是小萤儿不知道中原在哪里。若尘哥哥知道吗？"

若尘偏过头，温柔地笑着说："我们一起去中原找姑姑好吗？姑姑肯定也很想见到流萤。"

"婆婆一定不会让我们去中原的。"流萤有些失望，她轻轻拉着若尘的袖子，小声地说。

若尘站起来，弯下腰拉起流萤的手，把她拉起来："放心吧，我一定会让你见到姑姑的。现在我们回家吧！"

"嗯，若尘哥哥！"流萤摇晃着脑袋。她反握着若尘的手，笑语吟吟的。

第八十六章

鸡鸣三更天。三更天的时候，天还是黑的，人们还沉浸在睡梦中。在一处树林之中，有不少人或是坐靠着树休息，或是就地躺着休息。树林边上有巡逻守夜的人。最中间的火堆发出明亮的光，在黑夜中尤其引人注目，不过却无人敢招惹这样一群人。

树林的最里面停放着一顶软轿，厚重的纱布遮掩了轿子里的人，也挡住了外人探寻的视线。轿子里面睡着一名女子，她就是巫月神教的圣女，也是失踪四年的木青瓷。火光透过厚重的纱布，细碎的光点落在巫月圣女完美无瑕的脸上。此时她没有戴面纱，脸上有痛苦的神色，黛眉紧紧地皱起，她应该做了一个不好的梦，并且深深地陷在了这个梦里。

在木青瓷的梦中，她回想起了很多事情，以前不曾注意过的点滴，纷纷在梦里重现，都浮现在眼前。

"师父……师父……徒儿错了……师父……不要啊，师父……不要死，师父不要死……你等着我，我去找药，我知道哪里有药……我错了，师父，你原谅我……"

梦中的呢喃声惊动了轿子边守护的男子，他从浅眠中醒来，听着轿子里的细小声音，揉了揉眉心。他拉开帘子，看着里面睡着的绝色佳人，一时竟不知道是该唤醒她，还是让她继续睡。他是神使，负责守护圣女。其实在巫月神教中，他的地位并不比圣女低，但他乃是白氏一族的人，从先辈开始，就是为了守护、侍奉女氏一族而存在，乃是女氏一族的忠心不变的家臣。

没了厚重的纱布，一股冷风灌入轿子里，许是感受到冷意，木青瓷快速地睁开眼坐起来，冷冷地看着掀开帘子的白幽，本能地摸着藏在腰间的武器，用冰冷的声音说："白幽！"

冰冷的声音传入耳中，白幽一个激灵，看着冷若冰霜的木青瓷，也知他有多失礼。

"圣女，你又梦魇了。"

木青瓷盯了白幽两眼，收回了目光，垂下眸子，淡淡地说："你去休息吧。"

白幽放下纱帘，坐在轿子边上，放轻了声音："你的梦魇之症日渐严重，可以对我吐露梦到了什么吗，阿嫱？"

听见这个称呼，木青瓷的心一紧，随即又释怀了，她已经重生了，她是巫月圣女女嫱。"我梦见了我师父。"

白幽轻轻笑道："跟你一样冷淡吗？"

"师父跟我完全不一样。"

一个在轿子内，一个在轿子外，木青瓷给白幽讲述着她的过去。

"为救少女，老者反中了剧毒。少女的心里充满了自责，就算知道老者的毒已经深入骨髓，无药可救，她也要赌一把。她知道天山派有一样镇派之宝，乃是在天山上生长千年的雪莲。百年雪莲已很难得，何况是千年雪莲？少女为了救老者，抱着这最后一点希望，去天山派盗千年雪莲。好不容易盗来了雪莲，但是老者没能等下去。当少女拿着盗来的雪莲赶回来时，老者已经去了。少女按照老者的遗言简单地埋葬了他，连同老者留给少女的遗物也一同押在了老者的坟前。之后少女就离开了，再也没有回来过。"

白幽手里的枯枝应声而断，他看着断成两截的枯枝，低声说："所以从此以后，少女就把对老者的愧疚、自责藏在了心底。尤其是当少女离开后，阔别多年再一次回来，曾经的那些过往又重现，自责不停地击打着少女的心。她在睡梦中也无法释怀。可那些事已经是过去的事，你已经不再是当初的那个少女，这些年你活得很好，也算完成了你师父的遗愿。他希望你好好地活着，而不是不停地自责与愧疚。阿嫱，你忘不了过去，你心中积压的事情太多，那些情感充斥在你的心里。你的梦魇之症只是你无法释怀，不管是过去还是现在，你都无法释怀。"

木青瓷的手顿时握成了拳头，手背上的青筋都冒出来了，她冷冷地笑起来："这些年我活得不好。白幽，你不是我，你根本不知道我的痛。我已经没有心了，我心早已经碎了，早已经被我丢了，从我走上这一条路的时候起，我就知道我无法释怀。"

"所以你才将你的真心藏了起来，不让任何人看到，因为你的心上满是伤疤。只要轻轻一碰，就会撕心裂肺地疼。"白幽一笑，劝解木青瓷，"族中为你增名为婧，继承女娲大人的姓氏，作为巫月神教归来的圣女。但你并没有因此而重生，我在你的眼里看到仇恨。后来，你一天天地变着，变得我已经记不得最开始的你是什么样子。我看到的你，好像有太多的不同面。嗜杀、冷血、无情的一面是圣女；温婉、淡雅、疏离的一面是别人给予你的身份；固执不愿相信别人、隐藏着真心的你是女婧；真正的你是木青瓷，是一个容易受伤的女人。有时候我在想，你是不是也从没有信任过我。"

"别自作聪明。"木青瓷放重了声音，她嘲讽说："我说过，你根本不了解我。所以不要自作聪明，说些好像很了解我的话。你是神使，按理说我应该相信你，可我不相信你。谁，我都不相信。"

白幽无奈笑笑，他怎么可能不清楚，如果木青瓷不信任他，这些年为什么会告诉他不少事情？而且那些事情大多数是关于她的过往，那些被故意隐瞒的过去。不过他家的圣女就是这样，一被说中心事，就会故意做出这副样子。说是太过任性也不算，说是死脑筋也不像，说到底只是嘴硬。这么多年的交情，若是一点都不了解她，那只能说他这个神使白当这么多年了。

又过了两日，天气越发好了起来。苏落雪有目的地走向了城内比较安静那几条街，拐弯走进了一条巷子里，随后推开了一座院子的大门，走进了这座看似普通的小院落。往院子里走了一小会儿，面前出现一个不小的莲池。莲池中间有一座六角凉亭，只是此刻凉亭里并没有人。

莲池里的莲叶已经长得又圆又大，莲池里面还生出一些莲花花苞。这不是普通的莲花品种，而是一种紫叶莲花。这种莲花的莲叶巨大，并且承重能力十分好。就算是一个不会武功的成年男子站在紫叶莲叶上，也不会有任何意外发生。故此到莲池中间的六角凉亭里的路有不少，只要踩着这些莲叶，就算是普通人也可以顺利过去。紫叶莲只不过是为了铺路，莲池中栽种得最多的还是白莲，其中有几朵白莲已经盛开。

这个莲池可以说是苏笙月在扬州最喜爱的地方，是他偷偷命人修建的，只为了给自己留一个清静之地。至于为何选择修建莲池，苏笙月还是受了莫景凉的影响。莫景凉的倾月山庄里不仅有一片桃林，还有一个曲荷池，比苏笙月这个小院子里的莲池大多了。不过萝卜青菜各有所爱，苏笙月偏偏喜爱这紫叶莲池，是为自己求一个清静之地。

苏落雪没有出声，就在莲池边静静地守候着。虽然池子里的莲花长得正好，差不多遮住了她的视线，但她知道苏笙月就在紫叶莲池里休息。每每苏笙月想要清静的时候，都会到这个院子里来，在莲池中间好好休息一番。这是他栽种紫叶莲的另一个原因。因为苏笙月喜欢直接躺在莲叶上休息：身体底下是平静流动的清水，水中还时常有着游鱼游过，睁眼就可以看到万里无云的天空，四周都是生长得很好的白莲；风微微拂过，呼吸之间尽是令人舒爽的淡淡莲香。

莲池中渐渐有了动静。苏笙月缓缓睁开眼，眼中没有一丝迷离，除了清明还是清明。他坐起身来，看着周围的莲叶，伸手捂着头，轻笑了起来。夹杂着莲香的凉风吹了过来，他突然想起了那一日在萧晨安的婚礼上所见的木绾晴，那个让人捉摸不透的女人。此时脑海里又浮现出另一个人的身影，那个已经刻在他心上的女人。同样是一身青衣，木青瓷永远是冷漠不近人情，眉端之间带着冷意，灿若星辰的眸子不带丝毫感情。偏偏这两个人的身影又丝毫不差地重合起来，让他不敢想，不敢猜她们会是一个人。

苏笙月捂着头的手慢慢下滑，直至完全捂住左眼。他不受控制地想起了木青瓷，脑海里浮现出四年前他在成佛崖上伤了她之后的样子。从那一日之后，他就知道，他伤透了木青瓷的心。只不过世上没有后悔药，事到如今他容不得后悔，唯有将一切计划进行下去，才对得起当年所做的那些事。

苏笙月慢慢起身，站在硕大的莲叶之上，看见莲叶边上有两朵盛开的白莲，他弯下腰小心地采下来，拿在手中，一步一步朝岸上走去。

苏落雪从发现动静的时候，就已经打起精神在池边等候。此时她的眼中只有手拿着白莲一步步朝她走来的苏笙月。只见他穿着宽松的里衣，露出精致的锁骨，披散着墨发，发丝飞扬，如玉的面容上没有丝毫表情。手中的两朵白莲，更衬得他的出尘脱俗。

"有什么消息吗？"苏笙月走上岸边，经过苏落雪身边时，顺便把手里的两朵白莲递给了苏落雪，吩咐说，"之后把白莲送到我书房里去。"

苏落雪接过白莲，跟在苏笙月的身后，恭敬地说："近来江湖上并没有什么大事，除了萧妄宴的婚事。不过今日有一事，江湖传得沸沸扬扬的。"

"哦——是什么事？"苏笙月拖长了声音。他暂时不想知道关于萧妄宴的婚事的消息，尤其关于木绾晴的任何事。因为他总会想起木青瓷，并且不由自主地把木绾晴代入木青瓷。他是个从来不会怀疑自己感觉的人，不是他过于自信，而是他相信他的直觉。从见到木绾晴的第一刻起，他就知道那个女人是木青瓷。

"公子……"

被苏落雪的声音唤得回过神来，苏笙月也知他有些心不在焉，心里莫名其妙地烦躁了起来，快速地说："你长话短说。"

"最近传得最火热的消息是无双公子被人偷袭，身受重伤。属下去锦家的分部查证过，无双公子的确遇袭受伤，至于伤到何种程度，锦家也无法确定。"

"也就是说皮毛之伤是伤，筋骨皆断也是伤。"苏笙月理了理散乱在胸前的一缕黑发，眼中浮现笑意，随意地说，"看来是别有打算。不过他也不那么轻松，玩起故布疑云了。"

苏落雪不确定地说："那我们如今按兵不动？"又带着迟疑地说，"是否需要查探巫月神教的消息？"

苏笙月停下了脚步,他的眼睛里闪过精光,考虑了一下,漫不经心地说:"不用去管他们,要不了多久就会知道他们重现中原武林的目的。"

苏落雪行了一礼:"属下明白了。"

"你先下去吧,我想一个人待一会儿。"苏笙月又迈开脚步。他从头到尾都没有看苏落雪一眼,就连目光都未曾落在她的身上。

"是。"苏落雪看着苏笙月渐渐远去的背影,一个人站在原地,一动也不动,就像一座木雕,看着苏笙月的背影消失在她的眼中。

第八十七章

苗疆,醉花荫十里开外有几座简单的小木屋,木屋外守着几个人,看样子是护卫。木屋里面,两个人在说着什么。其中一个人满头银发,脸上起着褶子,佝偻着背,手里拄着一根拐杖。她穿着蛊婆的衣服,腰上还挂着一个用来装剧毒的蛇虫鼠蚁的小篓。而另一个人是一个快要步入老年的男子,他的腰背挺得很直,衣服穿得很整齐,没有一点脏乱。他的头发花白,眼神却很犀利,没有一丝老态,就像是飞翔在天空的鹰,强壮而又危险。

"白蔹,你这大祭司做得倒好,居然让白若尘那个臭小子带着流萤偷偷地跑了出去,你知道他们去了哪里吗?中原,是中原!现在中原的局势有多紧张,你不是不知道,竟然还放任他们两个小孩子。要是路上遇上什么危险,你可知那对于我们巫月神教来说是多么大的打击。"年纪已经很大的蛊婆,握着拐杖,气势汹汹地质问着面前仪态威严的中年男人。

白蔹的年龄已经不小了,只是比起面前老态龙钟的蛊婆来说,他只能算是小辈。他虽是巫月神教的大祭司,但对于这位巫月神教前任大祭司依旧是不敢有任何不敬或是冒犯,只是平静地解释:"师父大可以放心,若尘虽然还是个孩子,但他的心性坚毅,沉稳冷静,小小年纪就已经有了自己的想法。此次让他带流萤去中原,不过是为了提早历练一下。尽管中原的局势并不好,但对于两个不大的孩子来说,只要注意一点,是不会有任何危险的。"

蛊婆重重地用拐杖顿了一下地,拖着嘶哑的声音说:"话说得好听。中原那些人一向不待见苗疆,他们两个小孩子再怎么心眼多,比得过那些江湖人士的心狠手辣吗?流萤是巫月神教未来的希望,我老人家可不希望她去了中原一趟,就像她娘和她外祖母一样,一颗心都落在了那里。大地之母的继承人一脉单传,流萤若是出了任何差池,你难道指望那个乱来的圣女再生一个?"一下子说了一大通话,蛊婆也是累了,她喘了一口气,继续说:"你当大祭司几十年了,还不清楚其中的利害关系吗?你比谁都清楚。虽然苗疆现在一片安宁祥和,有异心的黑苗谁知道有多少。如果被他们知道巫月神教未来的圣女和神使私跑去中原,中途截杀那两个孩子怎么办？你不担心，我这个老婆子担心得厉害。"

白菽的脸上没有明显的喜怒哀乐，像他这样的人，早就练得让人瞧不出喜怒哀乐来。他没有半分的怒气，对蛊婆这个算是他挂名师父的老人有礼地答道："这一点请师父放心，关于若尘和流萤的消息一直都是封锁着，除了少数人忠心耿耿的长老和祭司知道，便再无人知晓。"顿了顿，他继续说，"从他们偷溜出去时，就已经有祭司在暗中保护他们的安全。师父大可放心。"

蛊婆冷哼了一声，她担心那两个孩子，还是无法放下心来。"虽然有祭司在暗中保护，但我还是不放心，我要亲自去中原找那两个孩子。"

"但师父的身体不好，去中原找那两个孩子未免太过勉强。"白菽担心蛊婆的身体。去中原路途遥远，她能否受得起这份颠簸。

蛊婆斜眼看了白菽一眼，提高了声音："我老婆子是年纪大了，但区区路途能奈我何？祭司若是靠得住，当年女妧也不会一去不回，只是可恨至今没抓到七杀。就算那些祭司有点用，若尘是要带流萤去找她那个不成器的娘，你以为那些祭司见到圣女能拿她怎么办，他们又岂敢冒犯圣女？而且白幽还跟在身边，恐怕连圣女的面都没见到，就被白幽那个胳膊肘往外拐的家伙给收拾了，还想见圣女，门都没有！"

"师父对圣女还是这般嘴硬心软。她毕竟是圣女，再怎么样也该有她的威严。何况白幽做的事也是他该做的。他是神使，自当保护照顾着圣女。"白菽脸上挂着淡淡的笑意，眼里有着无奈，他继续说，"圣女能回来，师父您老人家不也高兴吗？虽然因为女妧之事出了些差错，但她的女儿回来，至少大地之母不会断绝传承，再给黑苗反叛的借口。至于七杀，她逃不了多久了。"

"话是这么说没错，当年女妧在中原失踪后，苗疆闹出多大的乱子。她倒好，把自己是谁都忘了个干净，为了一己私欲，竟将巫月神教置于危险的境地。"说到女妧，蛊婆就来气。女妧是她从小带到大的，结果却出了那样的事情，能不让蛊婆生气吗？去中原后失踪，几十年没有消息，最后得到女妧的消息就是白凌传回来的死讯，让她白发人送黑发人。一想到又是满心的气愤，厉声说："都说巫月神教圣女不得外嫁，之前的几百年间也不是没有外嫁的圣女，只是却没有像她 样的。丢下圣女的职责，躲在中原，跟中原男子成亲生子，最后还落得一个客死异乡的下场。偏偏神使也跟着她胡闹。我知道白凌对女妧一往情深，但女妧死后他成了什么样子？你们两兄弟哪里都像，唯独他不如你想得开。武功高又智谋高怎么样，钻着牛角尖不出来，最后落得什么样的下场。"一说起往事，蛊婆更加气愤，她又说："还有玉面，他当年乃是贪狼祭司，结果玩忽职守，也是失踪几十年，到现在都不知道在哪里。七杀更是可恨，竟然是她害了女妧。若不是她藏得够深，至今还找不到她，我定要将她碎尸万段，才解我心头之恨。当年巫月神教的中流砥柱，位高权重的祭司、神使、圣女，皆是离开苗疆，只有你一人留下守着巫月神教。若不是还有你在，还不知会酿出多大的祸端来。"说着蛊婆又感叹起来，对白菽说，"这些年来，真是辛苦你了，独自撑起巫月神教。"

听到蛊婆说起那些已经成为记忆中的朋友敌手时，白菽也是生出一阵的恍惚，感叹时光匆匆，转眼已过去数十年，那些故友已经不在，留下的敌手还等着反扑一口。那些记忆中的人都已经成为过去，他也即将成为过去，从最初意气风发的少年到如今两鬓斑白的老人，他的一生都耗在了巫月神教上。"匆匆数十年已经过去，本来我以为会是我和玉面逃离巫月神教，到处逍遥。想不到丢下一切离开的人是大哥，是圣女。平淡的日子过得太久，总会想要见识更多的精彩。"

蛊婆也是叹了一口气，摇了摇头道："罢了罢了，一切都过去了，我还提它做什么。你回去吧，教中的事务还需要你来打理。我也准备一下，明天就出发去找那两个孩子。"

"我会派人标记若尘和流萤一路上的位置，师父慢慢赶上去就好。"

转眼之间就过了一个月，离萧安宴所说的婚期只剩下几日时间。大部分收到婚宴邀请的江湖人士都赶往燕京，算着时间差不多也都到了。

"这里就是燕京吗？好繁华！"城门口，一辆马车慢慢地行驶在街上。马车上的帘子被掀开，莫静岚露出了半个头来。萧安宴的大婚，她怎么会错过？准确说是有热闹可看的地方怎么少得了她。

沈夜透过掀开的帘子，看了一眼街市，随意赞叹道："不愧是燕京，果然繁华。"

"吁——"

车夫把马车停稳了，跟人简单地交谈了几句，才对车内的沈夜说："公子，有个人自称是顷绡阁的护卫，想要跟你说两句话。"

"你有何事？"

"属下是来接沈公子和夫人前往休息的地方。不过来的路上，锦阁主特别吩咐属下，让我带沈公子和夫人去得月楼住下。"那名男子不过是一个普通的弟子，被吩咐来迎接参加婚礼的宾客，并带他们前往休息的地方。跟他一样迎接宾客的弟子还有不少，此刻都在迎接其他人。

"得月楼？好名字。不过锦懿卿应该不止交代了这一点。他还说了什么吗？"沈夜不认为这个普通弟子是骗人的，只能说他没猜错的话，得月楼里即将住下的人可不止他。

"如沈公子所说，锦阁主的确交代了属下不止这点事情。"那名弟子依旧恭敬，不急不缓把锦懿卿吩咐他的事都说了出来，看来是调教过的。"锦阁主说那里是一个陶冶性情的好地方，其中的好处各位去了便知。"

莫静岚小声地抱怨了一句："还是一如既往地爱卖关子，就不能换个花样，也玩不腻。"

那名弟子听见了莫静岚的抱怨，彬彬有礼地说："若是沈公子并无意见，属下便带两位去得月楼休息。"

"好！"沈夜答应了下来，放下帘子。

到了得月楼，沈夜小心地扶莫静岚下了马车。看着面前还算雅致的客栈，也算是满意。他还没走近客栈里，就看见锦懿卿正跟人说话。再仔细一看，那个人正是冷冰熙。只是还没等沈夜走近，莫静岚就先放开了沈夜，朝冷冰熙快步走去，高兴地说："冰熙，你也到了，我还以为就只有我一个人，到时候会被闷死呢！"

冷冰熙见到莫静岚也很高兴，她拉着莫静岚的双手，转了两个圈道："我也是今天才到的，不过皇兄要晚上一两天了。几个月不见，静岚姐你越来越漂亮了，感觉和以前都不一样了。"

"哪里不一样，我看都差不多，不过你的嘴倒是越来越甜了。"莫静岚抓着冷冰熙的一只手放在她的小腹上，笑着说："要说真有哪里不一样，那就是你快要当姑姑了。"

冷冰熙难以置信地看着莫静岚，放在她小腹上的手也是动都不敢动，随后惊喜地说："有孩子了吗？几个月了？"

莫静岚伸出好看的手指，在冷冰熙的面前晃了晃，才说："两个多月了。我希望是个漂亮女儿，就算以后我老了，看起来不好看了，但我的女儿美，这样走到哪里，也会有一群人夸我漂亮，不然怎么会有这么漂亮的女儿。"

对于莫静岚的那些说辞，边上的锦懿卿和沈夜相视一眼，除了无奈还是无奈，尤其是沈夜。

锦懿卿忍不住笑起来，他轻拍了下沈夜的肩膀，理解地说："在这里就先恭喜沈兄要为人父。至于沈夫人，有孕之人为大，有些奇思妙想也不错，至少不会太无聊。"

沈夜长长地叹了一口气。他看了一眼说得开心的莫静岚，无奈地说："希望吧。现在我真是羡慕锦兄，逍遥自在。"

锦懿卿挑起眉头，调侃说："只是沈兄回不到以前了，有夫人的人自然没了那么多的自由。"扫了一眼停在一边的马车，确定没了人，好奇地问，"从刚才起，怎么不见沈姑娘？"

第八十八章

见锦懿卿提起沈画，沈夜摇摇头："画儿说她身体不太舒服，所以不想来燕京，我就让她留在沈家了，也免得到时见了阿凉又生气。"停顿了一下，继续说，"锦兄特地让我们来得月楼，不知为了什么？"说着沈夜扫了一眼大堂，客栈空荡荡的，除了他们连一个人都看不到，就算是被萧安宴包下来了也不至于没人，诧异地说，"说来也奇怪，这间客栈见不到掌柜的，也看不到小二，连来往的客人都没有。"

还没等锦懿卿说话，冷冰熙就插话进来了，她解释说："我们也是刚刚才到，一直没见到人。姑爷你们来后，就光顾着说话了，忘了这件事了。"

锦懿卿也摊着手，他正准备说些什么，但听见有脚步声从内堂传来，便说："这不有人来了嘛！"语毕，就见两个人掀开布帘子快步走了过来。

几人纷纷看向出来的两个人。看穿着打扮，出来的人是掌柜和店小二。莫静岚指着那个掌柜,故意抬高了声音:"掌柜的,都是开门做生意的人,有钱都不知道赚,你半天不见人是想干吗?"

一见莫静岚抬高了声音,掌柜和店小二的脸色瞬间就变了,掌柜连忙小声说:"这位夫人你小点声,你这是要我老命呀!求求你小点声,不出声更好。"

店小二站在掌柜身边,急得都快哭了,又见这些人打扮不俗,又不敢得罪,也央求道:"各位客人小声点,我们掌柜可经不起吓了。如果几位客人是来投宿的,本店已经被包下了,你们另寻住处去吧。"

"我们是萧府邀请来参加婚宴的客人,得月楼应该就是萧府包下的吧?"

掌柜打量了四人一眼,又不自觉地往二楼看了一下,叹了一口气道:"这位公子说得没错,小店是萧府包下用来安置参加婚宴的客人的。不是老朽收了钱财就不想做生意,而是另有原因。几位若是想要住店,老朽也不反对,只是客人们住进店里后,千万要小声,可别弄出什么太大的声音,否则会招来祸端。店里有些情况,老朽会跟几位客人说清楚。那时候客人若还是打算住下,之后出了什么事,那就与老朽无关了。"

冷冰熙满脸疑惑,弄出太大的声音还会招来祸端,这算哪门子的歪理?但她半信半疑,还是压低了声音道:"掌柜的,你这话不对吧。如果客栈里住了一个穷凶极恶的人,萧府还能不管,任由邀请的客人被赶走?"

锦懿卿接过冷冰熙的话,摸着下巴,心里思量,问:"掌柜的,我听说巫月神教的圣女住在了你的店里。你所说的祸端是否与她有关?"

掌柜的一听巫月神教,就连声叹气:"可不是嘛!老朽不过是个客栈掌柜,怎么敢招惹那些江湖人士,何况还是苗疆来的?听说那里的人擅蛊毒,最喜欢毒虫毒蛇了。"说到了最后一句话,掌柜的偷偷瞧了周围一眼,小声地说。

沈夜瞟了一眼锦懿卿,轻轻笑起:"原来锦兄早就知道巫月圣女的下榻之处,怪不得特地接我们前来。看样子为了巫月圣女,锦兄要亲自上阵了。"

店小二站在掌柜身边,听了沈夜的话,他适时插话道:"几位莫不是跟前几天那些侠士一样,都是巫月神教圣女的仰慕者?如果是这样,我劝几位客人快走吧,免得白白丢了一条性命。小人听说,巫月圣女是个绝色美人,但她杀人不眨眼,这都死了好几个了。"

"再冷血无情的人都不会平白无故地给自己惹麻烦,一定是有人犯了她的忌讳,否则怎么会惹祸上身?"停顿了一下,锦懿卿继续说:"听掌柜刚才的话,想来巫月圣女喜静。但客栈之中,有所喧闹也是很正常的事。巫月圣女不是见识短浅之人,为此出手杀人怕是得不偿失。你们有什么话还是直说,光说猜测想象的话可没什么意思,我们想听的也不是这些。"

掌柜瞪了一眼店小二,用眼神示意他不要乱说话,然后对锦懿卿几人实话实说:"公子不要见怪,店小二不会说话。但他说的也是实话,真的死了好几个。最开始店里住了一些客人,自从巫月神教的人住进来之后,每天晚上不是传出来一阵阵琴声,就是传出歌声。"掌柜说了这件事,连声叹气,一脸的愁容,"唱歌的人也是奇怪的很,唱的那些调调听着瘆得慌,不知道的人还以为是冤死的女鬼在唱歌。一到晚上就开始,那些客人受不了了,就闹了起来。"

"之后那些人都怎么样了?"

"有几个客人性格偏激了一点,在客栈闹了一回,还想要上楼去,就被那些护卫随从给打了出去。本来这样也算完了,谁知道那几个客人找了一些人回来,在大堂里喝酒,又抓着卖唱的小姑娘不放手,闹得实在太厉害,劝都劝不住。"

"那闹事的那几个人就这样被杀了吗?"莫静岚瞅准边上的凳子坐了下去,揉着有些发酸的腿,继续说,"说起卖唱的,难不成巫月圣女还请了人为她天天弹琴唱歌不成?"

"这位夫人说得不错,还真有三位以卖唱为生的客人住在我们店里,而且就是跟巫月神教一行人来的。"掌柜证实莫静岚随口说的话是真的,他放低了声音,"巫月神教的人也没杀人,警告了店里所有的人一番,把那位卖唱的小姑娘带了回来。不过最开始的那几个客人见带来的帮手都被吓到了,白天又被狠狠地教训了一番,顿时就火冒三丈了。估计酒也喝多了,趁着酒劲,有些出言不逊。之后那几个人就被杀了,血溅了一地。再然后那位圣女说,若再有烦人的苍蝇声传进她的耳朵里,一并处理干净。"掌柜现在想起来都有些后怕,他感叹说:"活了大半辈子,老朽还是第一次听到这样没有温度的声音,杀人都是一句话的事情。之后,不少的客人忍受不了,纷纷退了房间。老朽也不敢留客人来住,不然惹出麻烦来,我们也可能被牵连。"

"事不过三,看来巫月圣女是个有原则的人。"锦懿卿眼中的好奇越来越重,他对着掌柜说:"既然这样,掌柜的,你准备好房间,我们就在这里住下了。"

冷冰熙吃惊地看着锦懿卿,问:"我们真的要在这里住下?巫月圣女喜静,要是得罪了她怎么办?"

锦懿卿直接无视了冷冰熙的话,他习惯性地吩咐道:"掌柜的,这几天里,你这店里就不要招待人了。我还有几位朋友,他们都在路上,应该很快就会赶到这里,还要麻烦你去准备一下其他的房间。"

掌柜盯着锦懿卿,又打量了一下剩下三人,好心劝解他们道:"几位客人可要想好了,一旦住进来,一天到晚都要听那些琴声歌声,扰得你们睡都睡不好。"

"掌柜的,运气好听到的是琴声歌声;运气不好,听到的就是那些让人瘆得慌的歌声。有时是各种凄凉的曲子,听着跟死了爹娘全家似的。有时候半夜突然听到歌声,跟个女鬼唱得差不多,吓死人了。"

莫静岚对巫月圣女的兴趣越来越浓厚,她满不在乎地说:"别婆婆妈妈的,快点安排房间。"

"那好,老朽马上去准备房间。"掌柜说完,偏过头看着小二,吩咐道,"你带四位客人上楼去,不过千万要小声点。"掌柜让店小二带沈夜他们去房间,其间还不忘千叮咛万嘱咐,别打扰了巫月神教一行人。

"几位客人夜里最好不要出门。白天弄出点声音来,还没什么大不了的。要是入了夜,那就千万要小声，早点睡下比什么都好。"

"多谢提醒！"沈夜淡淡一笑，对于店小二这种莫名的担心有着说不出的无奈。凭他和锦懿卿的武功，巫月圣女怎么可能会轻易动手，会不会出手也是个问题。

店小二正带着四人上楼，两个人就出现在了楼梯口，分别是一男一女，都很年轻，长得也很清秀。这两人就是跟在琴姬身边的那两人，心月和穆书。一看见店小二带着人上楼，两人都退到一边，也不挡路。

店小二看着心月和穆书两人，眼光往阁楼里的房间瞟了一下，问他们两人："两位客人，不知道现在……现在那个……那个……"

说了半天，店小二也没有说出个所以然来。心月一下子就看穿了他的心思，伸出手指放在嘴边，做出安静的手势。"小二哥，我知道你想问什么，你可千万要小声一点，圣女刚刚才睡下，要是惊动了她，我们都死定了。昨天折腾了一晚上没睡，今早上圣女的火气有些重。不知道你早上有没有听到砸东西的声音，屋子里跪了一群人，可把我们吓到了，大气都不敢喘一下。现在吵醒了她，我们说不定都会被杀的。我们两个就是趁圣女睡着了，出去躲一躲，顺便买点安神茶，不然这几天还怎么过得过去。"心月说得绘声绘色的，脸上还故意做出惊恐的样子，她很小声地说，好似真的被吓到了一样。

被心月这么一说，店小二的脸色瞬间就变了，他早上可是实实在在听到砸东西的声音的。他连声感谢道："多谢姑娘，多谢姑娘提醒，不然今天小人就惨了。"

心月又做了一个安静的手势，她小声说："小二哥你也小声点，圣女睡得很浅，很容易被吵醒的。你要是没事，也跟掌柜的躲一下午，省得遭殃。好了，我们也要出去了，你自己保重吧！"语毕拉着穆书下楼，走得那叫一个小心，生怕下楼时弄出什么声音来。

店小二哭丧着脸，他转身看向沈夜几人，小声说："几位客人也听到了吧，圣女才睡下，你们要不先出去逛一会儿？小人替你们把房间安排好，你们晚些时候再回来休息。"

沈夜见店小二怕成这副模样，余光又瞄了一眼已经下楼的心月和穆书，压低了声音道："他们两个也是跟着巫月圣女住下来的？"

店小二点了点头，好心解释道："没错，刚才走的那两位就是卖唱的。上次就是那个小姑娘被闹事的人抓着不放。几位客人你们也自便吧，小人要先去躲一会儿了。"

"好。"沈夜也不勉强店小二，毕竟怕成了这样，他还能说什么？他对其他三人说："我对巫月圣女可没什么好盘算的，锦兄你自便了。"

冷冰熙连忙举起手，她挽着莫静岚的手，胆怯地说："我不要留下来。"

锦懿卿也没有反对的意思，他耸了耸肩，随意地说："你们随意。"

第八十九章

　　二楼最边上的客房里，木青瓷侧身躺在软榻之上，她只手撑着头，眼眸紧闭，陷入了睡梦之中。房间里还有一个女人，她的面前放在一把古琴。这个女人的脸上有一道长长的疤痕，看着有些吓人。她抱着琵琶，靠着凳子，也闭着眼假寐她是琴姬。自从被巫月神教的人找到后，她就一路跟着巫月神教，为这位所谓的圣女，也就是她当年所说的最像她的那个女子弹奏曲子。

　　木青瓷侧躺在软榻之上，覆面的面纱依旧好好戴着，露出紧闭的双眼。她的眉头紧皱，拧在了一起，看起来睡得并不怎么好。她一贯浅眠，又深陷过去不可自拔，每每入睡都会陷入梦魇之中，想起那些忘不掉的过去，又怎么能睡得好呢？

　　"苏笙月，你到底爱过我没有？哪怕只有一刻，你有没有爱过我？"

　　"不曾爱过。"

　　冷漠的话语从那人的嘴里说出来，就好像过去的一切对他来说都不过是一场戏，他一直都是看戏的人，而她是深陷戏中的戏子。

　　"青瓷，你可知缘分这东西很怪，天再高，地再广，都不如缘来得奇妙。一次次的相逢，不能不说是缘分。佛讲因果，最信缘，前生今世抑或是轮回一世，我也信我与你不会缘尽。"

　　"我希望有一天你能真正做自己，而不是戴着面具、披上伪装的青瓷，做真正的木青瓷……"

　　"我记得你说过，你向往江南的生活，做一个普通的女子，嫁人生子，活得简单轻松。"

　　月夜下倾诉心事，那个突如其来的吻，到底迷了谁的眼，迷了谁的心？她的心已经沉沦，在那人的吻里。

　　"你什么时候让人去找的？"

　　"在你第一次说起江南，第一次说起青砖白墙，第一次说起凤凰花的时候。"

　　"你说的每一句话我都记得。"

　　"阿凉为你种下十里桃林，我便为你寻来唯独属于你的江南。"

　　火红的花朵缓缓从枝头飘落，见证着那一刻的真心，或许也是假意。但也曾是无比幸福的时光，永远也无法忘记。

　　"苏笙月，你能好好地说话吗？"

　　"我不介意你叫我阿月，要唤相公也行。"

"叫我阿月，青瓷。"

"阿……阿月……"

"记住了，是阿月，不是苏笙月，我的夫人。"

"还看，走不走？"

"以后的路不管有多难，我都会陪你走下的。"

那时候的一幕幕都在脑海中浮现，虽是嬉笑怒骂，却也满心欢喜，到底还是陷在了感情的旋涡里。

"作为一个旁观者，我无法说什么，但我为你可惜。你用你的一生买了一个教训，你不后悔吗？"

"有些教训必须买下，可真要问我后不后悔，我的回答是不后悔。"

"夫人还没经过情爱之痛，所以你不会明白。曾经我也想过我应该后悔，可我的心告诉我，我不后悔，到现在更是越发坚定了我的想法。当夫人你经历过情爱带来的痛时，那时你再问问你自己，你是否后悔？"

"我不会后悔做过的所有事情，那是我的选择，不管是如何结局，我都不会后悔。"

与琴姬的相遇还历历在目，那些质问她不后悔的话，如今变成了现实。后悔吗？到底后不后悔？赔了上一生，只为了那虚假的情爱。

"青瓷，原谅我不愿意爱你。"

"是吗？"

月夜下的情迷，烛火摇曳，照出两道交缠在一起的影子。一句爱，却是最难以说出口的承诺。最亲密的时候是否有过一刻的真心，想要时间就此停留。

"我背叛了所有的誓言，可是换来的是什么结果？你当我是没有心的吗？我也是有心的！刚才我还在为景安儿不值，以为那种事情永远也不会发生在我的身上，现在看来，原来从一开始就是我想多了。"

"苏笙月，你到底爱过我没有？哪怕只有一刻，你有没有爱过我？"

"不曾爱过。"

"原来一直都是我自作多情。是我太傻，才信了你的话。这所有的一切都是一个骗局，不管是凤凰花，还是江南，都是假的，所有的一切都是假的。我将我的真心毫无保留地交给你，你当我是没有心的吗？我也是有心的。"

"苏笙月，从今日起，今生今世，永生永世，我木青瓷都与你恩断义绝。"

成佛崖上的点点滴滴，那些浅淡的话语，却成了最伤人的利器，直直地刺进木青瓷的心里，她的心在流血，那些伤口无法结痂。每每再忆起时，曾经的过往就像盐一般撒在了伤口上，疼得无法呼吸。

"在你第一次说起江南，第一次说起青砖白墙，第一次说起凤凰花的时候。"

"你说的每一句话我都记得。"

"阿凉为你种下十里桃林，我便为你寻来唯独属于你的江南。"

"相信我，青瓷。哭出来，哭出来。"

"苏笙月，你能好好地说话吗？"

"我不介意你叫我阿月，要唤相公也行。"

"叫我阿月，青瓷。"

"阿……阿月……"

"记住了，是阿月，不是苏笙月，我的夫人。"

"还看，走不走？"

"以后的路不管有多难，我都会陪你走下的。"

"一切都不过是做戏，只不过你深陷在戏中。青瓷你忘了，我从未对你许下过任何承诺。"

"青瓷，原谅我不愿意爱你。"

"你对于我来说，不过是一枚棋子。"

"只要你不死，而我不放手，我们就会纠缠到底。"

"苏笙月，你到底爱过我没有？哪怕只有一刻，你有没有爱过我？"

"不曾爱过。"

木青瓷深深陷在了梦魇之中，眼角处滑下了一滴泪。她在无声地哭泣着，眼泪就这样一滴滴地滑下来。她很痛苦，爱有多深，就会有多痛苦。

白幽走近屋子，他轻手轻脚地关上门，走到软榻边。看着木青瓷又一次陷在了梦魇之中，他轻轻地叹了一口气："阿婼，梦并非都是好的。"

琴姬被白幽惊醒了，她也没怎么睡沉，只不过是假寐一会儿，想要好好休息罢了。她朝白幽轻点了一下头，目光又落在了木青瓷的身上。她清楚地看到眼角滑落的眼泪，那付出一切的情爱。轻轻地放下怀里抱着的琵琶，琴姬把手放在古琴之上，拨弄着琴弦，发出清脆的琴声。她弹奏起来，琴声舒缓，却是那般伤悲。琴姬微微张嘴，跟着曲子哼了起来，破碎的女声，听着令人心生触动。

琴声入耳，木青瓷在睡梦中仍然没有好一点。她依旧沉浸在梦魇之中，在过去中无法自拔。记忆在脑海里不停地闪现，重复着往日让人心碎和幸福的场景。

"青瓷，原谅我不愿意爱你。"

"你对于我来说，不过是一枚棋子。"

"苏笙月，你到底爱过我没有？哪怕只有一刻，你有没有爱过我？"

"不曾爱过。"

白幽坐在床边，看着木青瓷皱起的眉头和眼角滑落的泪，可以想象此刻面纱之下的她是怎样的痛苦。这种痛彻心扉的疼是白幽无法理解的。他不爱木青瓷，更不爱任何人，所以注定了他不会经受情爱的痛苦。对于白幽来说，木青瓷是圣女，是他要保护和照顾的重要的人，更是他的知己好友。

"苏笙月……"

"阿婧，忘了他吧！"

白幽凝视着木青瓷的睡颜，轻声地说，声音小到他自己都听不清。可能连他都没有信心，木青瓷能够把苏笙月彻彻底底地忘掉。如果真的这么容易忘掉，四年来她也不至于这么痛苦。虽然修炼魔功时也曾忘记过一段时间，但是走火入魔，付出的代价也很大。回过神来，他伸手拭去木青瓷眼角的泪。有那么一刻，他有一种奇怪的感觉。他勉强勾起嘴角，喃喃自语："看来我也被你影响了，这可不是什么好习惯。"白幽把手轻放在木青瓷的眉心，他闭上眼道："忘了吧，阿婧，只有忘记一切才能做回伪装着的你。"

琴姬看着白幽的举动，眼中有着诧异，不过也没有阻止他。此刻木青瓷睡得很沉，准确地说是在梦魇之中陷得太深。所有的痛苦，或许唯有忘记才能得以释怀。被心爱的男人伤透了心，情爱让你疼到无法呼吸。被最信任的人欺骗背叛又如何？无关情爱之事，却是一把利刃，生生地插进心上。

"告诉我，是真的吗？"

"青瓷，有时候人并不能选择他的出身，也不能选择他的际遇。有些事情根本无法做出其他选择。"

"莫景凉，你是不是喜欢我？"

"不过是一场梦罢了，水中月，镜中花。"

"你的命是你的，除了报仇雪恨，你还可以做许多事。忘不了的仇恨会侵蚀你的心，为何不选择放下？"

"阿凉，你不会拒绝我的要求，对吗？"

"我什么时候拒绝过你。"

"为什么要蒙住眼睛，青瓷？"

"因为蒙住了眼睛，就看不见伤了，所以就不会疼了。"

"我喜桃花，十里桃花花满天，会很美的。"

"青瓷，十年后，我们相约十里桃林。"

"叶落彼岸，花开荼蘼。阿凉哥哥，你以后如果看到了荼蘼，记住，那就是我。"

"待到来年三月桃花开时，我来娶你可好？"

"你爱上他了，而我输了，输掉了你的心。"

"你认为可能吗？我可以爱人吗？我不可以爱人，也不需要爱人，我的心里满满都是仇恨。你应该清楚，我要的从一开始就是报仇，而不是谈情说爱。"

"或许吧。我输了，不是输给了苏笙月，而是输给了自己。我太自信了。"

"我无法忘记当年我还想着你是当年那个单纯的小女孩，而我则是那个乱发脾气，还需要你哄着吃药的莫景凉。我们都没有变，却想不到我们其实都变了。"

"嫁给我，青瓷。"

"你知不知道你在说些什么？"

"我知道我在说什么。"

"你会找到比我好上千百倍的姑娘，而我注定要下地狱。我活着就是为了报仇，你应该比谁都清楚。"

"我们错过了十年，我不想再错过十年、二十年、三十年，甚至一辈子。"

"我想我这辈子都放不下你，也许从我们第一次见面开始，我就已经沉沦。你可知倾月山庄的十里桃林寄托着相思？"

"告诉我，是真的吗？"

"有时候人并不能选择他的出身，也不能选择他的际遇。有些事情根本无法做出其他选择。"

白幽点燃香料，盖上了镂空盖头。他点的香料是苗疆一种特有的香料，最大的用处就是安神静心。也许木青瓷忘不了玩弄她感情的苏笙月，忘不了欺骗她信任的莫景凉，也不忘不了那些痛苦不堪的过去。若是无法忘记，每一次入眠都将陷入梦魇之中。与其在梦中重复着那一次次心碎的过去，不如选择忘记过往。

第九十章

充满着感伤的曲子在屋子里回荡，也透过墙壁和门传到了其他房间，当然也传到了大堂里。此刻，掌柜和小二都躲了起来，客栈大堂里也只有沈夜几人。

要说沈夜他们为何还在大堂里坐着，还多亏了锦懿卿的几句话把他们留下，就这样无聊地坐了好一会儿。

莫静岚单手撑着头，百无聊赖地说："锦大老板，你的消息有没有错呀！这都好一会儿了，你说的人呢？连个鬼影也没看到，等得我都出现幻听，居然听到客栈里隐隐约约传来了琴音。虽然声很小，听着也很哀伤，让人不自觉地想哭，但是曲子还是很美的。"

话一出，剩下三个人都不约而同地盯着莫静岚。莫静岚被突如其来的三道目光盯得发毛，她讪讪地说："你们别这么看我，我也是实话实说。我真的无聊到出现幻听了。"

冷冰熙对莫静岚摆摆手："静岚姐，你不是出现幻听了，真的有琴声传来，只是声音很小，不过还是听得很清楚的。"

莫静岚一下子来了精神，她放下手，好好地坐着："真的吗？还以为我出现幻听了。之前掌柜不是说，因为有以卖唱为生的人跟着巫月神教住了进来，所以有时白天黑夜都能听到琴声或者歌声吗？现在总算是听到了，也不怎么诡异吓人，就是比较哀伤。"

沈夜摸了摸下巴。现在传出来的琴声跟那个卖唱的姑娘说的可是自相矛盾了。如果说是戏耍店小二玩，也是有这个可能的。但如果真的睡下了，才传来琴声，莫不是巫月圣女需要琴声安眠？只是掌柜和店小二说时常在大半夜听到那些瘆得慌的琴声歌声，如果说是安眠，怎么会用这些曲子，不应该是平缓的曲子吗？沈夜想不通，带有疑虑地说："锦兄怎么看？"

"住上几天便清楚了。"锦懿卿漫不经心地说着，就好像这真是一个好主意。

"好主意。"

白幽轻轻地拭去木青瓷眼边的泪珠，他长长地舒了一口气。虽然不清楚催眠是否成功，但至少木青瓷已经平静了下来，不会再陷入梦魇之中，或许以后催眠会是一个好办法。

琴姬停下手中动作，双手轻搭在琴弦之上。她的目光落在了白幽身上，随即又转移视线，移到平静入睡的木青瓷身上。木青瓷原本紧皱的秀眉渐渐舒展，只是眼角的泪痕仍在。"也许你的办法比我的有用一些，不过暂时忘记并不能算什么，只要心还在，一缕情丝也能唤醒记忆。俗话说：'野火烧不尽，春风吹又生。'尽管这句话用在这里并不适合，但差不多也是这个理。白公子若真是为她好，只让她一味地忘记过去也不是什么好事。人的记忆都是相互串联的，没了记忆就少了过去。不管是痛苦也好，幸福也罢，都是人不可缺少的一部分。"

"也许正如你说的，记忆是人不可缺少的一部分，所以才容易出乱子。"白幽坐在床边，"阿婼此刻的状态很不好，她的仇、她的痛、她的伤，对于苗疆的安宁来说并不重要。她现在是女婼，是巫月神教的圣女，肩上所担负的责任不只是传承巫月神教。作为大地之母的传承后人，她更应该担起守护苗疆的职责。而不是因为儿女私情，感情用事，错过了最好的机会。"

琴姬诧异地看了白幽一眼，忽然明白了那种守卫家国之情，她淡淡笑开："你注定是要守护苗疆安宁的人，而你的圣女永远也做不到将苗疆安宁放在心里的第一位。单凭这一点，她就不如你。"

"阿婼尽不到圣女该尽的职责，这一点从我第一天见她的时候就知道了。"白幽无奈地笑起来，他的眼神坚定，认真地说："虽然是钻牛角尖，但她也没有你说的那般不如我。她比许多男人更加坚强，当然其中也包括我。她现在做的事比我的更伟大。或许她夹杂了私心，但有私心并没有错。"

"尽管我只跟你们相处很短的一段日子，也可以很明确地说你们两个人完全不相同。不管是性格、喜好，还是待人接物，没有一丝相同。但有一点，你们很像。"琴姬嘴角有着温柔的笑，她接着说："执着或许是你们唯一的相同点。"

白幽垂眸，他弯起了嘴角，对琴姬说："人人都可能执着，你也不例外。最开始阿婼执意要你一起上路，我很不解，你有什么样的手段让阿婼如此相信你。现在我知道了，那是琴姬夫人的魅力。"

琴姬哑然失笑，她轻轻摇摇头，解释说："那是因为我足够看得开，而有的人始终看不开，所以我的引导就显得至关重要。"

木青瓷渐渐醒来。她的耳畔响起别人的说话声，虽然说话的人特地放低了声音，但她还是能听到。她的手指轻轻动了一下,缓缓睁开眼,目光落在了白幽和琴姬身上:"我睡了多久?"

"还不到一个时辰。是不是我来吵到你了?"

"不是。"木青瓷阖上眼,她深吸了一口气,又呼了出去,察觉到白幽的目光一直没有离开她,出声问:"你还打算盯着我看多久?"

"一辈子也看不够。"白幽弯起嘴角,半开着木青瓷的玩笑——看样子催眠还是有效果的,"你陷入了梦魇,才醒过来,感觉怎么样?"

"少跟我贫嘴。"木青瓷伸手揉了揉眉心,"那些记忆对我来说已经没有任何意义。"顿了顿,有些奇怪地说:"也许是一觉醒来,我想明白了许多事情,所以曾经困住我的梦魇都不存在了。"

"是吗?"白幽勾出一缕笑容,但心里总隐隐有一丝不安,不知从何说起。

"是的。"

木青瓷的话很坚定,眼神是说不出的认真,就好像那些过往不属于她,她只不过是一个看客而已。"以后你不用日夜都陪着我,我不会再陷入梦魇的。"

白幽深深地看了木青瓷一眼,轻点了一下她光洁的额头,轻笑出声:"照顾你是我应该做的。回到巫月神教之后,那群老头子问起来,我也有个交代不是吗?"

木青瓷直视着白幽,眼中无悲无喜,平静地说:"随你吧。"语毕,又转过身,看着琴姬,淡漠地说:"琴姬,再为我唱一支歌。"

琴姬没有出声,她默默地点头,眼中有着一丝可怜,用并不细腻白嫩的手指拨动着琴弦。如玉石轻碰清脆的叮咚声琴姬的手中发出。她把一切都看在眼里,也只能做一个旁观者。

木青瓷只觉身体有些无力,她坐回床上,闭上眼静静地听这一支未唱完的歌。

歌声传出了很远,每一句都仿佛注入唱歌人的感情,让人不自觉生出一丝悲凉,为歌声中那种舍不得、忘不掉,经历离殇痛苦而不得的情爱叹息。

苏笙月站在得月楼的大门外,听到这无比悲凉的歌声,让他生出的不是无限的感慨,而是心底最深处的那根弦被拨动,也许只有经历过情爱痛苦的人才能有如此触动。在他听来,每一句歌声都使他不自觉地想起埋在心底的那个人,想起她受伤时候的样子,想起她痛苦地质问时候的样子。脑海中反复出现她的音容笑貌,脚好像生了根似的,一动也不能动。

冷冰熙放下撑着下巴的手,她听着楼上传来的歌声,只觉得心里莫名的难受。她趴在桌子上,轻声说:"这歌听着好不舒服,莫名其妙地想哭,不如我们出去走走吧?"

"也好,听说燕京是几朝古都,好玩的地方肯定不少。"

说走就走,哪怕快要为人母,莫静岚依旧是风风火火的,决定之后就拉着冷冰熙出门,正好在门口撞见苏笙月,打了声招呼就玩去了。

木青瓷站在楼梯口,看着大堂里的几个人,面纱下的脸没有一丝表情,眼中尽是冷漠。她刚才听见声音,就出来看一看,想不到却见到这三个人。看样子三个人都心不在焉,否则都是武功高强的人，怎么会察觉不到她的到来。不过听也听够了，看也看得差不多了，再看下去也没有意思。

白幽看了一眼回房间的木青瓷，他往楼下扫了一圈，也知晓楼下的三人都不是凡俗之人。

听见时有时无的铃铛声，锦懿卿下意识地往楼梯口那里看，只见一个文质彬彬的男人站在那里，他朝着那个满身都是书卷气息的男人轻点了点头。

白幽见锦懿卿朝他看来，也微微点着头。别人对他有礼，他自当以礼对待。回礼之后，他转身回了屋。

木青瓷走回房间。她的脚腕上戴着银制的脚环，脚环上有一个小铃铛，走起路来发出叮当的响声。

"你可曾见到你想要见的人？"

琴姬依旧保持着弹琴的姿势，双手搭在琴弦之上，她的话说得很是随意，就像例行问你今日是否过得可好一样。

木青瓷关上房门，慢悠悠地走到桌边，提起茶壶斟满了一杯茶。茶杯中平静不起波澜的茶水映出她覆着面纱的脸。她微抬起眸，漠然地说："你在说些什么？"

琴姬拢了拢挡住左脸的头发，看着古琴的琴弦，轻轻地拨弄了一下，发出一声脆响。"忘记情爱是什么样感觉，我不知道，你知道吗？假装忘记并不难，难的是真的学会忘记。"话音一落下，她就站起身来，盯着木青瓷继续说："你还记得我们第一次见面时，你问我的话吗？现在的你是否还可以如当初一般坚定地说出不后悔三字？"

木青瓷端起茶杯的手一颤，茶杯中的茶水泛起丝丝涟漪，模糊了茶水倒映出来的她。"后悔？可能有过。对于那些过往，我就像是看戏的人，哪怕是曾经属于我的记忆，此刻也只是单纯的记忆。没了那份感觉，自然也无法理解记忆中爱与恨、痛苦与甜蜜。"停顿了一下，话语依旧平淡，"我只是拥有记忆的人，并非是曾尝过酸甜苦辣，停留在过去的梦魇中的那个人。"

"你真以为你是看客，还是你就是故意扮成看客的那个人？"琴姬有意拖长了尾音，她的眼睛眨也不眨，对于所谓的巫月圣女，没有半分的惧怕。她向前迈了一步，左脸上的伤疤还隐约可见，"你已经过了天真的年纪，在我的面前，又何必如此？我不是白幽，你不必为了想让他安心，故意装作忘情。"深深地叹了一口气，"还记得我跟你说过的故事吗？我是过来人，而你是最像我的人。"顿了顿，补充说，"我所说的最像，并非是性格，而是遭遇。"

木青瓷的手指沿着杯缘慢慢地转动着，她突然停下手上的动作："琴姬，你在怀疑我吗？还是说你不相信我？"

第九十一章

"并非是我不愿相信你，而是忘情如果真的那么简单，你也不会被困在过往之中。"琴姬的脸上浮现对过往的一丝释怀，"你也应该察觉到了白幽对你做了什么。他想让你忘记过去，不再无法入睡，专心做你应该做的事情。我说过我是过来人，而你是最像我的人，所以我可以从你的眼睛里看出来，你并没有真正忘记。虽然忘记过去和真正释怀完全不一样，但至少有一点是相同的。不管是忘记也好，释怀也罢，都不会再选择逃避，会大胆地面对。因为忘记代表已经不记得了，释怀则代表已经彻底放下。正如你说的，没有了对情爱的感觉，空有那些记忆，也只是单纯的记忆。虽然我不清楚白幽的催眠到底有几分效果，但我想多多少少对你还是有一些影响。"

琴姬的眼中有些亮光，她又朝前逼近了一步，唇角微微弯起："这就是你的答案吗？你不后悔，不管说什么，你都不会后悔？"

面对琴姬的眼光，木青瓷本来还有些心慌，但现在她的质问反而让木青瓷坚定了心意，无比认真地说："我不会后悔的。曾经作为一个旁观者，我为你赔上了一生而不值，但我尊重你的选择。所以不管你如何质问我，我依旧是这个答案。尽管那是我的曾经，但是不会是我的未来。"

琴姬盯着木青瓷的眼睛，忽然笑出声来，她拨弄了一下挡住左眼的头发："所以说你是最像我的人，希望你能永远都不后悔地走下去。以后不需要我再陪在你的身边，你自己也可以入眠。"

木青瓷惊讶地看着琴姬，罕见地没有反驳，紧握成拳头的手渐渐松开，云淡风轻地说："我需要你帮我。"

"你应该明白，我陪不了你多久。你的路需要你自己走下去，而不是我一路陪着你。我的力量对于这个世间来说，简直微不足道。对你来说更是如此。我帮不上你，唯一能做的事情就是使你入眠。圣女，你需要的从来都不是我。"

木青瓷微微低头，她垂下眼帘，长长的睫毛轻颤。想了一会儿，叹了一口气道："琴姬，我不知道该如何谢谢你，不过有些事我始终要谢谢你。如果可以，我希望你能多留下一段日子。这一次的事情并不简单，也许超出了控制，并不由我们控制。我无法保证你能安全离开。你应该很清楚，这一次任何意外都不能发生，否则就会前功尽弃。"木青瓷的眼神冷了下来，她也不确定是否有变故，只不过心中隐隐有些不安。虽然已经计划好了，但计划始终赶不上变化。

"计划永远赶不上变化,你最好做好最坏的打算。不过萧家的婚宴太过引人注目,你们有意要引出来的人是条大鱼。越是大鱼,越不容易上钩,反而探情况的小鱼小虾会有不少。"

"你说的我也明白,大鱼哪里这么容易就钓上来,何况是一些非同凡响的大鱼。"木青瓷眼角眉梢都有着自信,"正如你说的那样,总有一些小鱼小虾会上钩。到时候顺藤摸瓜,总会有那么一些人会暴露身份。"

"你的意思我都明白,不过能顺藤摸瓜的人都不是普通的小鱼小虾。你有十足的把握能让他们活着说出背后的人吗?"琴姬端起茶杯,把茶水送至嘴边,她若有所思地说:"如果可以,我可以随你去婚宴看看吗?"

"自然可以。"木青瓷不明白琴姬为何突然想去婚宴看看,不过她有她的道理。木青瓷不想多问,只说:"你去婚宴也可以帮我一个忙,正好弄清那个毒女的身份,就是不知是不是如我猜测的那几个人中的一个。"

"毒女?"

琴姬有些好奇,她看着皱着眉头的木青瓷,也可以猜想那个人物不好对付。"你既然猜测毒女的身份,想来多多少少是打过交道,知道她的一些事情,所以有所怀疑。不过怀疑也只是怀疑,并不能说明什么。她既然有毒女之称,看来是善于用毒,用毒之人向来防不胜防。"

"所以才需要你的帮忙。"木青瓷坐在琴姬对面,她的手轻轻敲着桌子,有节奏地发出咚咚的声音。她加大手上的力道,继续讲述关于毒女的事:"毒女很让人奇怪,她自称毒女,说我是魅,山野鬼魅的魅,而她则是一个死人。她的言行举止对我来说都很陌生,唯独她的声音让我有些熟悉,应该是我所认识的人。她修习武功的时间不长,自称不肯消散于黄土的死人。"

琴姬听了木青瓷的这些话,也没有一丝头绪。她放下端在手里的茶杯,不确定地说:"与其说她是毒女,是一个死人,倒不如说她是一个受人操控的傀儡。没有记忆,那便是失去记忆。她对你出手,必然是控制她的人所指使。她是一个连自己是谁都不知道的可怜人。难为那个人把她找出来,把她变成了毒女,变成了另外一个人。不过让你失望了,我无法让失去记忆的人恢复记忆,恐怕帮不上你了。人的记忆是一种很奇怪的东西,它深藏在你的心中,不会真正失去。可一旦失去,也并不容易找回来,甚至可能一辈子都找不回来。"

木青瓷并没有失望,她对于琴姬能帮忙恢复毒女的记忆根本没有把握。如果能生擒毒女,知晓了她的真正身份之后,再恢复她的记忆,可能会知道不少的事情。不过记忆这么容易恢复的话,那就不叫记忆了。长长地呼出一口气,她不在乎地说:"没什么大不了的,我也并不指望能够恢复她的记忆,只是必须要拿下她。"

"希望一切如愿。"琴姬淡淡地说。

天渐渐黑了下来,街上的人也开始少了起来,脚步声散乱得厉害。掌柜的早早地出来了,他让小二安排好了几个人的房间,在柜台那里记一天的账。

莫静岚回客栈的时候，身后还跟着两个人，一路说说笑笑地回了客栈。一人自然是冷冰熙。另一个人是个四十多岁的中年大叔，小眼睛，八字胡，长相比较猥琐。本来还挺高大的一个人走起路来怎么看怎么奇怪，再配上他的猥琐样子和动作，怎么看怎么觉得就像是一个笑话。没错，这位中年猥琐大叔就是当初一路跟着莫静岚的姚茂轩姚大叔，只是不知道他怎么遇到了莫静岚。

锦懿卿瞧了一眼回来的莫静岚，在棋盘上落下黑子，对坐在他对面的沈夜漫不经心地说："我说得还算没错，尊夫人安全回来了，还附带一位远道而来的客人，沈兄你安心下棋即可。"

"多谢锦兄吉言了。"沈夜快速扫了一眼莫静岚，目光直接落在身边的姚茂轩身上，一见他留了胡子，还是八字胡，差点没笑出声来。不过瞬间又无奈了，怎么在这里遇上了这个坑货！他看了一眼锦懿卿的落子之处，也落下白子，慢悠悠地说："岚儿，今天下午玩得开心吗？姚兄怎么来燕京城了？"

"还好。"

还没等沈夜说话，姚茂轩就先开口批评他了。只听姚茂轩说："沈……沈夜……你……太过分了，岚儿出……出去，你都不陪着……着，要是出了什么事怎么办？"

话音一落下，锦懿卿没忍住，一下子笑了出来。有了第一个笑的人，苏笙月也笑出了声，紧接着就是沈夜。其实不怪他们三个，只是姚大叔不知怎么变成了结巴，话说得不太顺溜，再加上那奇怪的口音和说话时搞笑的表情，让他们三个人瞬间笑场了。

"姚茂轩，你还是别说话了。"不知是玩得太累，还是有孕的缘故，莫静岚现在只想休息，所以连忙让人打住，然后上楼去了。作为好丈夫的沈夜，也自然陪同夫人。

琴姬从楼上下来，正好与莫静岚在楼梯上擦肩而过。她看着楼下坐着的人，视线移到了苏笙月身上，对他行了一礼，礼貌地说："四年不见，过得可好？"

"原来是你。"

苏笙月本来还奇怪是谁跟他问好，一看到琴姬的脸就记起来了。尽管琴姬用头发遮住了左脸的伤疤，但只要仔细看，还是可以很容易就发现她头发下的伤疤。"琴姬夫人，想不到你也在这里。"

琴姬微微颔首，温和有礼地说："民妇不过普通人，当不起公子一句大人。只是四年不见，想不到公子还能记得民妇，倒是让民妇受宠若惊。毕竟当年与公子和那位夫人也不过是一面之缘，想不到还能再次相见。"

锦懿卿看了一眼唠嗑的两个人，他听琴姬说话中提到的那位夫人，还有四年前，多多少少也明白了为何苏笙月会和琴姬相识，说到底中间还有一个人联系着两人。他站起来，对两人说道："琴姬夫人原来是苏兄旧识，不如坐下谈一谈。想来之前的歌都是琴姬夫人唱的，我对夫人的歌很有兴趣，也正好想问问夫人关于某些歌的出处。"

苏笙月瞥了一眼锦懿卿，不是不知道他打什么主意。在他看来，琴姬看似温和有礼，其实不是一个软弱的女人，想从她的嘴里问出些事情来，恐怕并不太容易。不过这一点无关紧要,他招呼琴姬道:"锦兄说得不错,我们坐下说。"

话都说到这个分上了,琴姬也不介意陪着他二人说一些话,虽然那两个人可能有意想从她这里问出一些事情来。她轻点头道:"两位公子盛情,那民妇就恭敬不如从命了。"

这一坐下,锦懿卿算是看清楚了琴姬左脸上的疤痕。跟所有见到琴姬脸上那道长长的疤痕的人一样,锦懿卿也好奇她是怎么留下这道伤疤的。但他没问这个问题,而是说:"我很好奇,琴姬夫人是如何跟苏兄认识的。"

琴姬轻轻一笑,讲述了她和苏笙月的相遇。她说:"是命运的安排。民妇是四处流浪的艺人,以卖唱为生。四年前,在一座江南小镇上,遇见了这位苏公子。"看了一眼苏笙月,她想了想,又补充说,"还有一位夫人。"

听见琴姬后面所说的一位夫人,锦懿卿瞟了一眼默不作声的苏笙月,心里也有五分底,知道琴姬所说的那位夫人是谁。他半开玩笑半随意地说:"夫人?不知苏兄何时拜了堂,成了亲,有了夫人,也不请一请我们这些老朋友吃杯酒,闹一闹新婚?还是说苏兄凭着这张容冠天下的脸祸害了人家的夫人?要说江南女子温柔婉约,倒不失为一个好选择。"

锦懿卿绝对是故意这样说的,苏笙月也不放在心上,这并不算是什么秘密。"锦兄的玩笑开过头了,苏某又岂是祸害良家妇女之人。"

"虽说是一个玩笑,但对于苏兄来说,这是一件很容易的事情。"锦懿卿可不会放过打趣的机会,他漫不经心地说:"苏兄乃江湖中的天之骄子,更生了一副无人可比的容貌。对于女人来说,温和有礼、淡雅如谪仙的苏兄,可是最完美的夫君人选。"

"锦兄说笑了。"

第九十二章

琴姬看着两人的一来一往,也解释说:"锦公子实在是开玩笑了。在民妇看来,与其说那位夫人是苏公子的知交好友,倒不如说是红颜知己。"

锦懿卿带着笑意,却无比认真地说:"苏兄的知交好友遍布天下,虽说多是红颜知己,却少有嫁做人妇的。"

琴姬轻笑出声。她的脸色很平和,语气和缓:"锦兄玩笑了。那位夫人虽说在民妇看来是苏公子的红颜知己,却不是嫁做人妇的夫人。毕竟四年前的那位夫人还是一位姑娘,自然不比现在成了人妻,当了人母。"

苏笙月敏锐地抓住琴姬所说的那些话的关键字,问:"琴姬夫人刚才说,我当年的红颜知己如今嫁为人妻,当了人母?"平静的声音没有夹杂丝毫的感情,只是桌子下的手紧握了起来。

琴姬看向苏笙月,她有意叹息了一声,惋惜地说:"听公子的意思,想来还不知道那位夫人的近况吧?见到苏公子之后,民妇还以为公子知晓了那位夫人的消息。虽然很惋惜,但那位夫人的确已经嫁做人妇。"

锦懿卿快速看了苏笙月一眼,视线又移到琴姬身上。他对此事的兴趣越发浓厚了。"琴姬夫人所说的那位夫人,与在下也曾是旧相识。四年没听说过她的消息,不知琴姬夫人如何得知她已经嫁做了人妇?"

"正是如此。"苏笙月说得云淡风轻,可他心里是否是这样想的,就不一定了,"请琴姬夫人告知一下故人的消息。"

琴姬看了一眼两人,弯起嘴角微笑说:"一年前,民妇又回到了初见的小镇。也许是民妇与两位有缘,在小镇里又碰上了那位夫人。那时那位夫人已不是姑娘家打扮,她变了许多,年纪轻轻,眼里便已经有岁月的沧桑。她说那座小镇对于她来说算是特别的回忆,所以特地回来看一看。那位夫人的身边还跟着一个孩子,十分聪明伶俐,讨人喜欢。一问才知,是那位夫人的女儿。那孩子粉雕玉琢的,比玉雕出来的精致娃娃还要精致,是一个美人胚子,可以看出长大以后会是怎样一个绝色佳人。不过这也不奇怪,那位夫人生得倾国倾城,她的女儿怎么会差?也就是那一次,与那位夫人相见。只不过……"

"只不过什么?"

琴姬快速地瞟了两人一眼,感叹了一下道:"只不过那位夫人的容貌已毁,左脸上有一道长长的伤疤,就如同民妇一般。那位夫人与民妇投缘,说了不少事。她说她的脸只是她买回来的教训,算不得什么。跟她所付出的最大的教训,也是最为痛苦的教训相比起来,可以说是微不足道。话虽是这般说,可女子最在意的便是容貌,那位夫人的心情,民妇是可以体会得到。不过好在她有一位好丈夫,虽只是个平凡人,但不仅救了她的命,而且一点也不嫌弃她,反而对她百般好。也许就是有这样一位处处为她着想的好相公,所以她现在才能这么幸福,忘记了过去的一切,好好地活着,过着她想要的生活。"语毕,琴姬还特意看了一眼苏笙月的表情,可惜并没有什么让她猜测的。

"是这样吗?"苏笙月表面上看起来云淡风轻,可心里却翻起了滔天巨浪。虽然不知道琴姬说的到底是真是假,但他不由得选择了相信。他所爱的那个女人已经放下了过去的所有事隐姓埋名地活下去。有了疼爱她的丈夫,还有了一个聪明伶俐的女儿,苏笙月想那个孩子长得一定很像木青瓷。如果要说唯一庆幸的事情,可能是木青瓷按照他的想法,隐姓埋名地生活了下去。

锦懿卿也仔细观察着苏笙月的表情,见他虽然若有所思,却没多大的表情波动,依旧是云淡风轻,看不出任何态度来,便收回了视线,随意说:"原来如此,想不到我那位故人竟有此遭遇,让人无比可惜。不过也庆幸她如今苦尽甘来,找到一个好归宿,平安诞下一位千金。"

琴姬低头轻轻一笑，眼睛里的情绪一闪而过，无人可发现。"的确是如此，所以她很幸福。她的丈夫，她的孩子，是她现在的一切。她无比珍视，那是她的新生，是她说什么都不能舍弃的。"又看了一眼苏笙月，依旧不见他有感情波动，仍是一副事不关己的样子。

"这也算是一个不错的结局，至少故人很幸福，也希望她能一直幸福下去。"

锦懿卿拿起围棋盘旁边的茶壶，为琴姬倒茶："琴姬夫人四处行走，想必见过了不少的人和事，只是不知为何遇上巫月圣女？我听说琴姬夫人是跟着巫月神教一行人住进来的，并且日夜为巫月圣女弹奏琴曲。"

"四处行走几十年，的确是见过不少人或事。也正是因此，民妇虽然只是一乡野出生又没见过世面的女人，也懂得了不少道理。"琴姬端起锦懿卿递过来的茶水，轻轻抿了一口，有意无意地说："尤其是保命的道理，不招惹是非麻烦，不打听过问客人的事，最重要的是绝对不多嘴多舌。遇上巫月圣女也不过是老天爷安排的缘分，正如今日在客栈相遇两位公子一样，都是缘分所致。至于公子所说的其他的事情，恕民妇嘴笨粗浅，又不懂江湖的事，所以锦公子所说的民妇倒是一概不知。"

"琴姬夫人是一个很有原则的人，也正是如此，才有了非同一般的魅力。既然琴姬夫人有自己的原则，那在下也就不再多问。"

琴姬轻轻地笑起来，她放下茶杯："时间也不早了，民妇就先回房间了，多谢两位公子的茶水。"

锦懿卿看了苏笙月一眼，端起已经凉了的茶水抿了一口，轻声说："苏兄，看来今晚也只有我和你才能稍微自在一点。"

"也就是锦兄才能如此悠闲自在。锦兄自便。"

客栈里已经灯火通明，小二忙碌地在厨房和二楼之间奔走，从厨房端出炒得喷香的饭菜，送到二楼的各个房间。锦懿卿从棋子盒中拣起一枚黑子，拿在眼前看了看，轻声说："平静了四年的江湖，终究不会再平静下去。所有的人都会慢慢出现，在血与骨的道路上，能走下去的人又有几个？"话音一落，锦懿卿就松开了手，任由黑棋掉在棋盘上。

落下的棋子打乱了棋盘上已经下了一半的棋。锦懿卿站起身来，准备离开大堂。他回头看了桌上的棋盘，伸手拂过棋盘，黑子白子都离开了原位，混在了一起，再也看不出原来是什么样子。这一盘棋就好像是江湖，不管是黑子，还是白子，都是身在江湖中的人。

夜里，燕京城外的树林之中，火光在黑暗中格外耀眼。一个一身黑衣的女人靠着一棵大树，她正是那一日从萧晨安手上逃走的毒女。此刻她正在睡梦之中，秀眉皱在了一起，额头上冒出了一层薄薄的冷汗，看来并没有做一个很好的梦。黑影一闪，毒女突然惊醒，她看着对面坐着的两个人，先是暗暗地舒了一口气，随即脸色冷了起来，质问道："你们来这里干什么？"

南霖捡起地上的一截枯枝，他弄着火堆，漫不经心地说："让天下都瞩目的婚礼，我又怎么不来看一看？倒是你，活得一副狼狈样子。也不知道这段时间放你出来，算不算是我做错了。若是你一点用也没有，还不如当初死在荒郊野岭，喂了野狗也不算可惜。现在活着也不见你有什么出息，白白浪费那些好药。"

毒女的瞳孔一缩，俏丽的脸上多了不甘，咬着牙狠狠地说："我一定会找到我的过去，也会抓到那个女人。师父，现在的我可不是你四年前救回来的那个没用的丫头，我是新生的人。"话一出口，毒女又觉得不对，她一笑，"不对，刚才我说错了。师父你救回来的那个丫头已经死了，而我只不过是借她的身体活了过来。我会弄清楚这具身体的过去，弄清楚那个丫头是谁。虽说她与我无关，但至少她的身体现在属于我，我有必要弄清楚我所谓的过去是什么样子。"顿了顿，"师父你知道疼痛是什么滋味吗？"

南霖的眼里映着火光，他手中的枯枝已经被火堆点了起来，顺手就扔了进火堆。他瞥了一眼靠着树的毒女，问："你现在知道疼痛是什么滋味吗？"

毒女仰着头，伸手捂着左眼，似笑非笑地说："不知道。师父应该比我清楚，我全身是毒，也许是毒侵蚀了我，我完全感受不到疼痛。这对于我来说是一个好消息，毕竟我的武功不行，失去了痛感，对敌时我可以有很大的把握。"话音一落下，她又接着说："本来有了这样一张底牌，我该很高兴。可是我却很想知道疼痛是什么样的感觉，会有多疼，是不是别人所说的撕心裂肺。可偏偏我没有一丝的痛感，不管是受伤也好，自残也罢，始终感受不到疼痛。"

"只有毒才能让你更安全。"

南霖并不否认毒女的话，他像开导自己的孩子一样开导着毒女："你可以放心大胆地去试验着你所养的毒蛊，你也可以在被你的对手刺伤时，免受身体上的痛苦。对于很多人来说，失去痛感是一件很不错的事情，可以说是一件好事。你从醒过来以后，就不曾感受过疼痛，所以你想要感受疼痛。我的孩子，当你真正尝到疼痛感时，你就会觉得那并不是什么美好的事情。身体上的疼痛可以慢慢消失，但受伤的那一刻，你可以感受到死亡第一次离你如此之近。不要以为能够感受到疼痛感是一件很奇特的感觉，那只是一场噩梦。"

"身体上的痛苦我无法感受，所以说了我也不是很清楚。"火光映照着毒女的脸，她一身黑衣，更显得身材凹凸有致。她很美，却不同于其他美女，她生得很媚感，眼角眉梢的风情是一般人赶不上的。她扫了一眼一边坐着不出声的卿落染，懒散地说："不过我很奇怪，你真的是为了看这场婚礼来的吗？我可不认为你会有闲心去看一场惊动天下的婚礼。"

南霖打量着毒女，并未从她的脸上看出任何的异常。他漫不经心地说："举世瞩目的婚礼怎么能错过？我活了一辈子，可没见过几次。各门各派都要到，暗中也有不少的人，说不定还可以遇上两三个故人，怎么能不去呢？再者巫月圣女知晓你的一切，做师父的人怎么能不帮徒弟一把。"

毒女可不相信南霖的话，她的眼中闪着光："要是我一点用处也没有，正好可以丢出去。如果我不敌那些江湖人士，看在我还有用处的分上，师父一定会救徒儿的命，对吧？"

第九十三章

南霖的眼神很犀利,他突然哈哈大笑了起来,对毒女说:"自然,你可是我唯一的绝杀。"南霖重重地拍了一下,他站起身来:"好了,说了这么多,也没其他的话可说。我们婚礼上再见吧。"语毕,抓着卿落染的肩膀,施展轻功,突然就消失不见了。

毒女看着已经空空无人的树林,她伸出手,映照着火光,慢慢地张开五指。手依旧白皙,只是多了不少的伤痕,也渐渐粗糙了起来。刚刚醒来的时候不是这样的,那时候这具身体很完美,纤纤十指如葱根,肤白貌美体生香,柔弱无骨腰似柳。可惜这具身体的主人已经死了,而她从这具身体里醒来,她是毒女。那些大小姐的做派可不适合她,只有满身都是毒,她才能感觉到一丝安全。不过有时候她也会被影响,被这具身体的记忆影响,被这具身体的感情控制,所以她才会去追寻所谓的过去,那些原本不属于她的过去。毒女歪着头,眼神很空洞,看着面前的手,生出一种恍惚来,好像她原本就是这具身体的主人。她又是被这具身体所影响了,就像得知了萧晨安和兰妤的婚讯,夜中去萧家别院的那一次。明明可以等到兰妤一个人的时候再对她动手,让她受尽折磨而死,可是心里却有着莫名的不甘。因为这种不甘,所以她宁愿犯险引萧晨安出来,即使不知为何不甘。

而已经离开很远的南霖父女,此刻正悠闲自在地走在路上。卿落染走在南霖的身后,她手里握着长剑:"父亲,那个女人会不会已经察觉到了什么?刚才她的话,女儿听着有些不对劲。"卿落染口中的那个女人自然是指毒女,又补充说:"前段时间江湖上传出萧晨安遇袭并且受了重伤的消息。女儿在想,凭毒女的本事,并不足以让萧晨安受重伤。但她出关后,的的确确寻着萧晨安的踪迹一路跟到了萧家的别院,那一晚她应该动手了。只不过凭她的实力,如果被抓到了,一定无法轻易从萧晨安手里逃脱。"

南霖背着双手,每一步都走得十分稳健,说:"察觉到了才算正常,如果一点反应都没有,我才要怀疑她是不是已经脱离了我的控制。她是怎么从萧晨安手上逃走的,等到婚礼的时候就清楚了。刚才跟她的一番对话,也让我知道,她还在我的掌控之中。她现在是毒女,她没有常人所拥有的五感,在她看来,连活人的五感都无法感知的她只是一具尸体。这也不枉我特意让她丧失五感,彻底抹去她的记忆,为她编造一切。"

"为了所爱之人可以付出性命的女人,一直都很容易相信别人的谎言。只要随口的一句话,便足以让她们上当,相信那旁人一点都不相信的鬼怪之说。"卿落染眨了一下眼睛,脸上有着说不出的嘲讽,她继续说:"父亲,毒女去寻萧晨安,会不会是记忆恢复的征兆?为了不出差错，需不需要女儿安排人手去解决了她？"

"不用。"南霖微微抬起手，又缓缓地落了下去。他朝前迈着步子，罕见地为卿落染解释道："有时候爱得太深，会不由自主把所爱的那个人记住，包括把跟那个人在一起的所有记忆记住。剩下的时日就让我们看一看，毒女是否有了复苏的征兆。这一次婚礼，我很期待，究竟是如何令天下瞩目。"

很快就到了婚礼的日子，燕京城的萧府很是热闹，门口挂着大红的灯笼，灯笼上还贴着一个"喜"字。大门口的两边站着萧家的奴仆，他们在门口迎接受到邀请的江湖人士。其实不只是受到邀请的客人来了，没有受到邀请也来参加婚礼的人也会得到萧家的馈赠。当然这个萧家不是萧晨安所在的那个萧家，而是顷绡阁在燕京城的府邸。

"哇！这就是燕京城吗？好大，好热闹，好漂亮！"一个衣衫褴褛的小女孩站在城门口，看着热闹繁华的燕京城，张大了嘴，吃惊地说。

高个子的少年紧紧地牵着小女孩的手。他正是带着流萤一起从苗疆出来的白若尘，他现在的样子也不比流萤好太多。破烂的衣衫，灰头土脸的样子，跟他平日在巫月神教时候的样子完全不同。白若尘也是第一次见到这么热闹繁华的古城。他们到了中原之后，一路赶来燕京城，虽然经过了不少中原城市，但都停留不久。"到了这里，就可以去找姑姑了。不过流萤你要记住，等下就不能说话了，否则会被发现的。"

"我知道的，在找到娘亲之前，都要做小哑巴。"流萤重重地点了点头。她天真地扬起脸，笑得烂漫无邪。不过流萤又伸出小手，看着手上脏兮兮的，又轻轻拉了拉衣服，最后看了看白若尘，小声地说："可是若尘哥哥，我们好脏。流萤想要换回来，我不想这个样子去找娘亲。"

白若尘看了一眼流萤，又看了看他自己。这一个多月来，他们的确都不像样子了。他身上还有一些钱，可以找个地方，好好地收拾一下。只是燕京城这么大，他想要找到姑姑也不轻松，必须要找一路跟来的祭司问一问，姑姑在燕京城哪座客栈落脚，这样才好带着流萤过去。"流萤，我去跟人问一问关于姑姑的消息，你在这里等我一小会儿，千万不要离开。"

流萤乖巧地点头，答应道："那若尘哥哥不要走远了，流萤在这里等你回来。"

"我们说定了，流萤千万不能离开这里。"白若尘弯下腰揉了一下流萤的头发，使本来就乱的头发变得更乱了之后，他转身朝另一边走了。

流萤抱着腿坐在路边的小石阶上。她看着过往的人，眼中有着一丝害怕。旁边是一个茶摊，摆了两三张桌子，有几个人正在吃茶。茶摊的老板是一个老人，他带着孙女在这里摆摊卖茶，挣几个钱养家糊口。他先前就看见了流萤和白若尘，现在看见流萤一个人可怜兮兮地坐在茶摊边的一阶石阶上，便从他的口粮里拿出一个白馒头，步履蹒跚地走到流萤面前，慢慢地蹲下，把馒头递到流萤手上，和蔼地说："孩子，饿了吧？刚刚那个是你哥哥吗？他怎么把你一个人丢在这里了？"

流萤偷偷地看了茶摊爷爷一眼，她拿着馒头，但没有吃。看着老人慈祥和蔼的样子，流萤小声地说："哥哥去问路了，让我在这里等他回来。老爷爷，这个馒头，我可不可以给我哥哥吃？"

听着流萤这样说，茶摊爷爷轻轻摸了摸流萤的头。在他看来，流萤和白若尘多半是一对流落街头的苦命兄妹，不曾想过他们两个以后会是什么大人物，慈爱地说："当然可以给你哥哥吃，真是个听话的好孩子。你等一等。"茶摊爷爷又走回茶摊，拿出一个白馒头，还端了一碗茶到流萤面前，对她说："好孩子，那个馒头你先吃，要不是不够吃，爷爷这里还有。"说着就把另外一个馒头也给了流萤，把茶碗放在她的面前。

流萤把一个馒头放进了衣服里，那是她留给白若尘的。她手里的那个馒头已经有了黑手印。也许是饿了，流萤也没那么多规矩，抓起馒头就咬。冷了的馒头太过干硬，她接过茶摊爷爷递过来的茶水，着急地吞咽着。

茶摊爷爷接过已经空了的茶碗，慈爱地说："慢点喝，这有的是茶。"他朝着茶摊里的孙女喊道，"花儿，再倒碗茶水来。"

"来了，爷爷。"

茶摊的一张茶桌上坐着三四个人，桌子上还摆着一盘花生米和一盘茴香豆。

"今天可是热闹得厉害，顷绡阁的萧家可是出了大风头了。这么雄厚的财力，有多少人能拿出来？"

"可不是嘛！这等财力，能有多少人家可以比？听说萧妄宴娶的那位夫人乃是一位绝色佳人，并且三个月前在无双公子的婚礼上大出风头。虽然她当时戴着面纱，在场也没有人见过她的庐山真面目，但她依旧艳压群芳，让所有人都刮目相看。"

"这件事我也听说了。你说的那些事已在江湖上传遍了。听说那个女人是第一次跟着萧妄宴出现在江湖，结果就传出婚讯的消息。不过那个女人可不那么简单，萧妄宴娶了一个厉害女人。不过也是，萧妄宴文才武功样样都是一流，江湖上有名的天骄，不可能娶一个普通的女人，否则怎么帮他操持这么大个萧家。"

"燕京城这个萧家也迎来了它的女主人，这一场婚礼可不能错过，我们赶快去看看。"

"得了吧，没有邀请函能进去吗？虽然萧家广邀天下宾客，但现在这时候还是先迎接有邀请函的客人，没有邀请函的人，必须要等上一会儿，才可以进去。"

"那我们就等等吧，说不定那些人怎么麻烦呢！不过错过了这场婚礼就不好了，也不知道会有多少大人物会应邀而来。要是不去看一看那些锦家话本子上写的江湖天骄、江湖绝色，那就是活几辈子都不值了。"

流萤听着那些人毫不加掩饰的话，她抬起头来，看了看那几个人。她起身走到几人的桌子边，扬起头说："叔叔，你们说的婚礼在什么地方办？我想和哥哥一起去看。"

那几人突然愣了一下，突然就放声大笑起来，一个满脸胡茬的男人指着流萤说："你和你哥哥这种小乞丐的确适合去萧家的婚礼。"又朝外指道："看见没有，顺着这条路一直走，再拐一个弯，府邸最大、最热闹的那一家就是萧家。小乞丐，记得带你哥哥快点去萧家门口等着，说不定还可以得到更多的东西。哈哈哈——"

流萤看了那些人一眼，转身往那个胡荏男人说的办亲事的萧家跑去，早把白若尘的话抛之脑后。

白若尘总觉得心里有点不安，一路跑回来之后，发现流萤不见了。

"若尘。"

苍老嘶哑的声音传进耳朵里，白若尘下意识地停了下来。他转过身，看着身材矮小、佝偻着背、白发苍苍的老人，眼神一滞，恭敬地说："婆婆，你怎么来了？"

第九十四章

萧府到处都是宾客，大门口更是热闹无比，往来的客人不断。此刻萧府内，从大门到大堂的路上铺着大红的毯子，这是让新娘走的，也是为了图一个喜庆。大厅之中，主位的桌子上放着桂圆、红枣、花生、莲子四种有着特殊含义的并且十分喜庆的干果。墙上挂着一个大大的"喜"字。屋子里还摆着许多其他东西。大厅的外面，摆着数十张桌子。此刻还不是上菜吃饭的时候，所以桌子上只摆放了新鲜的瓜果，还有一些用作解馋的干果、糕点之类的。

红色地毯边上摆着的桌子是观礼最好的位置，可以清楚地看到新郎新娘行礼。一桌子可坐十个人，其中一桌已坐了六个人。

"公主，你家皇兄不会来参加这场婚礼吗？按说以他的性格，是不会错过这样盛大的婚礼。毕竟这里有不少他想见的人和不能错过的事。"

冷冰熙往对面的一张桌子看了一眼，看见了和唐岚歆有说有笑的叶轻轻，她无聊地用手撑着头，无奈地说："我猜皇兄是想来的，可是他现在都没来，多半就不会来了。不过不来也好，免得他一出来就用他那张脸骗人，惹得我皇嫂只能抱着煜儿哭。所以他不来才好，免得一来就惹得天翻地覆，要死要活。"冷冰熙发誓，她绝对没有说半句假话，这四年来她见过不少想要入宫为妃的女人，一个个都是狠角色。虽然她管不着皇兄，但还是可以鄙视他的。

锦懿卿顺着冷冰熙的视线看了过去，也看到了那两个曾经是死对头的人。对于她的那些话也有所理解，毕竟当年司琰和叶轻轻的事情闹得满城皆知。不过作为好友，他还是打着圆场道："一国之君不比我们这些闲着没事干的人，自然无法分身离开朝堂。不过今日发生的一切一定都会传到他的耳朵里，不会有半分差错。所以他来不来都一样。"

"臭乞丐，你是怎么走路的，没长眼睛，弄脏你爷爷的衣服赔得起吗？"一个长相阴柔的年轻人对已经吓倒在地上的小乞丐大声地吼叫着。

这一桌的人好奇地说："这小乞丐是怎么进来的？大门口的奴仆也不知道拦一拦，什么人都让进来。"

"萧府要办让天下都瞩目的婚礼,也就允许燕京城里的普通老百姓都来观礼,多一些平民百姓也是很自然。这个小乞丐趁着顷绡阁的人忙不过来时偷跑进来也不是没可能。"

被叫小乞丐的人正是流萤。她之前趁着大门迎接客人的人忙不过来的时候就跑了进来,谁知道撞到了那个阴柔的年轻男人,结果就成了这样。

那桌上有劝架的人,有两个男人明显是跟这个发脾气的阴柔男人是一起来的,他们拉住那个还想要发火的阴柔男人,劝道:"算了,不要跟个小乞丐计较,这样不是自己掉身份吗?"语毕,又对流萤说:"小乞丐,快走开一点,不然让人来赶你出去。"

流萤从地上爬起来,谁知道放在怀里的馒头掉了出来,她连忙弯下腰去捡。只见那个阴柔男人故意一脚踩下去,一副戏耍的表情看着流萤:"捡起来吃了,大爷今天就放了你。不然就跪下来求我,否则今天就别走了。"

流萤抬起头,睁大了眼睛望着那个阴柔男人,瘪着嘴,还是一句话都不说。

阴柔男人把流萤推倒在地,他十分受不了那个眼神,骂骂咧咧地说:"臭乞丐,过来求大爷,听到没有?不然我让你吃不了兜着走。"

"那边出了什么事吗?"冷冰熙看着有些吵闹的人,她歪着脑袋朝那边看去,看了一会儿,她惊讶地说:"好像是在欺负小孩儿,那群人也太过分了吧!"

"好像是个小乞丐。那些人也真是败类,居然欺负一个才几岁的小孩子。"莫静岚拉着冷冰熙起来,对她说:"我们快去看看,不然那个小孩子不得被欺负死。那么小,太可怜了!"

"就是。我小时候还是乞丐呢,被欺负得可惨了。"冷冰熙在这件事上绝对支持莫静岚。她以前也是一个小乞丐,过着四处流浪的生活。那时候有不少讨厌的人,就是喜欢戏弄、欺负小乞丐,她也遇到过这种情况,现在都还记忆犹新。

沈夜看着两个人过去,也准备去起身跟着过去,免得莫静岚出什么事情。

锦懿卿拉着沈夜,摇摇头,对他说:"看好时机再出面,保证事半功倍。护了宝贝夫人,又化解了那些麻烦事,一举两得,何乐而不为?"

沈夜奇怪地看了锦懿卿一眼,他轻轻拍了拍锦懿卿的肩膀,开着玩笑说:"真是看不出来,锦兄原来是这方面的人才,看来以后还要多多请教锦兄才行。不过想想也是这个道理,要是锦兄不擅长这些,怎么能写出那么多的话本子呢?"

锦懿卿把手放在桌子上,轻轻地敲着桌子:"经验都是慢慢积累起来的,正因为看多了这些话本子上的故事,才会成了沈兄口中的人才。无非是痴男怨女,看多了也就是那么一回事。如果沈兄像我一样无所事事,每日就看些痴男怨女的爱情故事,也会跟我一样的。"

听了锦懿卿的话,沈夜还真做出一副"我明白了"的表情。他煞有其事地说:"锦兄的意思我明白了,这么说来这也是一个不错的办法。看来以后没事的时候,也要学着锦兄一般,多看看痴男怨女的话本子了。"

"你现在就可以去救场了,那边快要开始了。"苏笙月端起面前的一杯茶水,茶水里还漂浮着茶叶梗,他轻轻吹一吹还烫的茶水,随口说:"遇上这种事情还是不要分心为好,免得一个不小心就错过了机会。"

"那可要多谢你提醒了。"

"不谢。"

莫静岚过去之后直接挡在流萤面前,她抱拳对那阴柔男人说:"这位公子可是太小气了,跟一个小孩子计较。她是弄脏了你的衣服,还是把你怎么了?刚才听你说衣服,多少钱,我替她赔给你。"

"赔?说得好听!你是哪里来的女人,赔得起吗?"阴柔男人本来就不高兴,再被莫静岚那高傲的态度一挑衅,简直就是火冒三丈,轻蔑地说:"你算个什么东西,我教训一个偷摸进来小乞丐,跟你有什么关系?难不成这个乞丐是你指使进来偷东西的?"

冷冰熙扶起流萤,轻轻摸了摸她的头,安慰她说:"没事的,你放心。"她把流萤护在身后,对那个阴柔男人不屑地说:"我们是谁关你什么事?你的衣服能值多少钱,我怕我赔钱给你,你还不敢收。还有乞丐不是人吗?乞丐就要任由你这种江湖败类欺负吗?我还是乞丐出身呢,也没见有几个人敢欺负我。"冷冰熙说这话绝对有自傲的资本,凭她现在皇家长公主的身份,平常除了司琰,还没谁敢欺负她。只要她一句话,跟着她来的那些大内侍卫估计会立马擒下那个阴柔男人,再好好教训他一番。

"臭丫头,你找死吗?你说什么江湖败类,你算什么东西?"阴柔男人被气得怒火滔天,在他所认识的人面前,一个小丫头都敢骂他江湖败类,让他以后怎么在那些人面前出现?"敢来管老子的事,信不信今天我让你出不了这个大门!"被这样一闹,周围的人都聚了过来,看着这场闹剧。

沈夜走到莫静岚身边,揽着她的肩膀,偏过头来说:"好了,多说无益,你先回去,这里我来解决。"随意扫了在场的人,又看了一眼冷冰熙,"让你的护卫回去休息一会儿,围在这里让其他客人怎么互相走动?"

"原来是沈公子的夫人,在下失礼了。刚才只是一个误会,不对,这一切都只是一个误会。"那阴柔男人认出了沈夜,心里开始慌了,说话的底气都不足了。他在江湖上名不见经传,怎么能跟沈夜相比。就连沈夜的夫人他都不敢招惹,那可是莫家的大小姐,莫景凉的姐姐。那个恨不得掐死的小丫头也不能动一下,那是当朝的长公主,只怕他还没动手,就先被人给擒下了。

沈夜随意看了阴柔男人一眼,冷冷地说:"是不是误会也不重要,今日之事就此作罢,也并无什么可计较的。"

冷冰熙没啥好脸色地盯了阴柔男人一会儿,冷冷地哼了一声,转身拉着流萤就回位置上去了,走的时候嘴里还不忘念着"败类"二字。

阴柔男人的脸一阵青一阵白,他尴尬地招呼着他的朋友,又坐回了座位,好像没发生过什么事一样。

流萤怯生生地走在冷冰熙的前面,她小心翼翼地东望望西看看,生怕碰到了哪个人。走到了苏笙月面前，流萤就停下了脚步。她抬起头望着苏笙月，又扫了一眼桌子上的人。

沈夜陪着莫静岚也入座了。冷冰熙弯下身子，她拿出些碎银子放在流萤手上，对瘦瘦小小的流萤说："你不用担心，我们不会伤害你的。这里有一些碎银子，你拿着去买些好吃的。快些离开吧，找你的朋友去，这里不是你可以来的地方。还是我送你出去吧，免得那些人又来找麻烦。"

流萤的手一松，手里的碎银子掉在地上，她退了两步，朝着冷冰熙使劲摇摇头，双手也不停地比画，表示她不要离开这里。

冷冰熙根本不理解流萤想要干什么，看她张了嘴又没发出声音来，只是不停地比画着什么，问："你是不是不想要我送你出去，还是说你有其他的朋友也跑了进来？那你说你的朋友是男是女、多大岁数，我替你找一找。"

流萤摇了摇头，然后想了一下，又点了点头，最后又摇了摇头。她着急地比画着，又指了指她的嘴，示意冷冰熙她不会说话。

莫景凉看了一眼流萤，对摸不着头脑的冷冰熙说："冰熙，你这样是问不出来的，这个孩子出不了声，她不会说话，你先回去坐下。"

第九十五章

莫景凉都发话了，冷冰熙也不挡着他们，慢慢走回座位，不解地问："如果这孩子是个哑……不会说话，那怎么能问出她想要干什么？"

莫景凉看着流萤怯生生的眼神，感觉像极了一个人，就像一把利刃直接戳进了他的心。他走到流萤面前，看着那双眼睛，与记忆中的那双眼睛无比相像，而且重合了起来。他从袖子中拿出干净的帕子，小心地替流萤擦脸，放轻了声音道："别怕，我不会伤害你的。"

流萤一点都不敢动，眼神里带着恐惧。不过慢慢地，她放松下来，看着面前的莫景凉，感受着他轻柔的动作，也就不那么戒备了。

经过了刚才的救人事情，莫静岚的心情好了起来，她看着莫景凉的举动，吃惊地说："一定是我没睡醒，现在还在做梦。弟弟怎么会突然对一个小乞丐这么好，难不成是我流落在外的外甥女？"

"绝对不可能！公子又不是姑爷、苏公子和锦老板那种四处留情的人，那孩子绝对不可能是静岚姐你的外甥女。这一点上，可以放一百二十个心。"

莫静岚还没有反应过来冷冰熙的话，她理解地点点头："你说得也对，谁都可能四处留情，像我弟弟这种不好女色的，一定不会四处留情。"

锦懿卿看了一眼流萤，有意问道："莫兄认识这个孩子吗？"

"不认识。只是感觉我应该认识她。"莫景凉毫不犹豫地回答锦懿卿。他手里的帕子已经脏了，流萤的脸看着也不那么脏了，能看出长相了。他看着流萤的脸，隐约在她稚嫩的小脸上认出了什么。他放开了流萤，无力地坐回凳子上。

"原来如此。"

锦懿卿似信非信地点着头，他看着脸上已经干净了不少的流萤，瞬间一愣，他回过神来赞叹道："好精致的孩子，以后一定是冠绝天下的美人。若是男孩，以后也一定是风华绝代。看来莫兄捡到宝了。不过若这孩子是孤儿，我便认她做女儿，带她回锦家。"这绝对不是锦懿卿随便说说，他喜欢和长相出色的人交往，培养一个讨他喜欢的孩子也不错。

"锦兄真会开玩笑。"苏笙月唇角微微勾起，弯下腰拉起流萤的手看了一下，一把把她抱了起来，放在他身边的没人坐的凳子上，温声细语道："相见即是有缘。别害怕，不会有人伤害你的。"顿了顿，继续问道，"你不是乞丐，对吗？"

流萤稳稳地坐在凳子上，她绞着手，偷偷地打量着桌子上的人。听到苏笙月的问话，她轻轻地点了点头，目光一下子落在了苏笙月的衣裳上，干净的衣裳上有两个黑手印。本来就紧张的心情一下子就变得害怕了，她露出惊恐害怕的表情，生怕苏笙月会像刚才那个阴柔男人一样欺负她。

"怎么了？"苏笙月看着突然害怕起来的流萤，顺着她的视线看去，只见衣裳上多了两个黑手印，他轻声笑了起来，俯下身抱住流萤，笑着安慰她道："别害怕，只是一件衣服而已。"

或许是这个拥抱太过温暖，又或许是苏笙月的声音太过温柔，流萤顿时就不那么害怕了，她喜欢苏笙月抱着她，那种温暖的感觉，就像她的爹爹在抱她一样。

苏笙月慢慢放开流萤，他看着一桌子惊讶的眼神，解释说："这个孩子跟我有缘分，不知怎么的，我很喜欢她。"流萤就像是他的女儿一样，那种莫名其妙的感觉，挥散不去。当然这句话苏笙月没有说出来，就连他自己都不知道为何会这么喜爱这个孩子。就像锦懿卿所说，如果这个孩子是个乞丐，他一定会把她带回苏家，亲自抚养长大。只不过他知道那是不可能的事，这个孩子一看就不像乞丐。那双小手虽然又黑又脏，但是摸着并不像是受过苦的孩子。

锦懿卿饶有兴趣地看着苏笙月，漫不经心地说："苏兄也喜欢这个孩子吗？虽然不会说话，但长得很惹人喜欢。我看着这孩子也跟苏兄有些相像，的确算是缘分。"

莫静岚转移了注意力，对流萤笑吟吟地说道："真是个漂亮的孩子，要是我的孩子能像你一样漂亮就好了，那我就心满意足了。对了，你叫什么名字？"

冷冰熙插嘴说："静岚姐，刚才公子说过，这孩子不会说话。"

"不会说话也是个问题，该怎么办呢？"莫静岚有些烦恼，她肚子有一个孩子，希望像流萤一样漂亮。要做母亲的人，对可怜的小孩子都会母爱泛滥。"你会写字吗？把你的名字写给我们看看好吗？"

苏笙月揉了揉流萤的头发，对流萤说道："你会写你的名字吗？"

流萤使劲地点着头，露出一个甜甜的笑容，弯起一双大眼睛，向苏笙月表示她会写她的名字。

锦懿卿看着苏笙月和流萤的互动，忽然觉得这一大一小两个人真的有些相像，不仅是在容貌上有一些相像，其他的一些地方也感觉有些相像。带着探寻的眼神，他慢悠悠地说："这孩子真的很喜欢苏兄，看起来也跟苏兄很投缘。"刚才的话是锦懿卿开玩笑说的，现在就不是开玩笑了，而是有意这么说的。

沈夜以为锦懿卿是在打趣调侃苏笙月，也帮着他说："锦兄说得不错，既然投缘，孩子又像苏兄，不如带了回去养着，也算是有了一个女儿。"

苏笙月也笑起来，他真的很喜欢这个孩子。听着锦懿卿的话，他仔细打量着流萤，若说相像之处，可能也有相像的地方，只不过他并没有看出来。"可能长相问题，锦兄你也无须介怀，这种事我们做不了主。"

扑哧一声，沈夜忍不住笑出声来。他看了一眼苏笙月，又把目光落在了被呛得说不出话的锦懿卿身上。果然是苏笙月，不要皮不要脸，一句话气死人。没几个人能受得了苏月笙的本性，不把你气得吐血，他绝不甘心。

锦懿卿真的被噎着了，只能尴尬地笑道："苏兄可真会开玩笑，还是看一看这孩子叫什么名字吧。"

话音还没落下，苏落雪就端着纸笔来了，这是从顷绡阁拿的。只见苏落雪把厚厚的一叠纸放在流萤面前的桌子上，又把磨好墨的砚台摆放好，把小毫毛笔轻放在砚台上。做完这一切之后，她站回了苏笙月身后。

苏笙月拿起放在砚台上的毛笔，他蘸点墨，把毛笔放到流萤手上，对着她微微一笑，眼里无意识地出现一丝溺宠，柔声说："你的名字，把它写出来。"

流萤歪着头看了看苏笙月，小手抓紧了毛笔，艰难地趴在桌子上，费力地在纸上写下她的名字。

苏笙月拿过写了字的纸，他看着纸上面歪歪扭扭的两个字，对流萤说："你叫流萤？很好听的名字，也很适合你。"

莫景凉接过那张纸，看了一眼，又把纸张传给其他人看。他淡淡地说："你姓什么？"

流萤摸了摸脑袋，在另一张纸上慢慢地写下一个字。

"苏！"

莫景凉看着流萤写下那个字，他的心里终于不再平静，一切都好像是一个梦，摆脱不了循环往复的宿命。"你姓苏！"

"苏？"莫静岚摸着下巴，笑吟吟地说："还真是缘分，这孩子也姓苏。怪不得这么喜欢苏笙月，原来都是苏家人。"

"苏流萤吗？"锦懿卿瞧了一眼问过之后就不再出声的莫景凉，故意开玩笑道："看来流萤不是莫兄的女儿,而是苏兄失散在外的女儿。"

苏笙月哑然失笑。他知道锦懿卿在拿他开玩笑,不过这种玩笑也无伤大雅,由得他说去,也恐怕无人相信。"同为一姓,同出一门,说是我的女儿也并没有什么。要是我真有这么一个乖巧可人的女儿那就好了。"

就在苏笙月和锦懿卿你来我往说话的时候,流萤又写了几个字。她把才写下字的那张纸拿了起来,歪着头指着有字的一面。

莫静岚坐在流萤对面,纸上写的什么字,她看得最清楚,不耐烦地说:"你们两个开玩笑也要有个限度好吗?看一看人家小姑娘怎么说的,她说她随母姓。"

几人看清楚流萤写的字之后,都释怀了,尤其是莫景凉,完全舒了一口气。冷冰熙撑着下巴,颇有兴趣地问:"流萤,你几岁了?"

流萤伸出脏兮兮的小手,露出三个手指,告诉冷水熙她已经三岁了。流萤认真比画的样子逗得众人都笑了起来。

苏笙月故意叹息了一声,遗憾地说:"锦兄说的要是真的也就好了,我也可以有一个乖巧可人的女儿,只可惜不能如愿。"苏笙月说这话,是想封了锦懿卿的口,让他别再纠结这个问题绕来绕去。流萤随母姓姓苏,再怎么也不会是他苏笙月的女儿。他只有木青瓷一个女人,能让他失控的也只有那一个人。

"的确可惜。"锦懿卿皮笑肉不笑地说。他扫了一眼越来越多的人,差不多该到的人也都到了,当然今天的主角也出现了。视线落在了姗姗来迟的萧妄宴身上,他说:"新郎官总算是出来见客了。"

流萤侧过身,她很容易地在人群中认出了一身喜服的萧妄宴。见萧妄宴礼貌地招待着客人,她瘪着嘴低下了头。

"巫月圣女到!"

众人只见四个身着苗疆服饰的女子抬着一顶软轿稳稳当当地走了进来,轿子后面是琴姬三人,最后还跟着好几个苗疆女子。软轿挂着厚厚的青纱,使人看不到软轿内坐着的人是什么样子,只是隐隐约约能够看到一个人影。不用想,众人也知道轿子里坐着人是巫月圣女。而轿子旁边跟着一个长相俊秀的男人。

流萤听到通报的声音,眼睛都不眨一下地盯着门口。她看见巫月神教一行人进来之后,就看到了一个她熟悉的人。看着那顶熟悉的轿子,她张了张嘴,想要说些什么,却始终没有发出声音来。

"吉时到,迎新娘!"

第九十六章

一听到新娘到了，流萤连忙抬起头，从凳子上跳下来，走到摆放着花的红色地毯边上，朝前倾着身体，歪着头看着即将走过来的新娘。流萤的脸上被墨抹得一块黑一块白的，跟个脏兮兮的小花猫一样。

萧安宴站在大厅外的红色毯子上，嘴角勾起恰当的弧度，看着慢慢走过来的新娘，无比期待着接下来的婚礼。

红色毯子两边站着少数观看的人，流萤站的边上也有几人，虽然她瘦瘦小小的一点都不起眼，但萧安宴还是第一眼就认出了她。他的眼中快速闪过了一丝惊讶，脸上的笑意也收了起来，宽大的袖子底下，双手紧握成了拳头。

不仅萧安宴看到了流萤，站在另一边的白幽也在第一时间发现了弄得跟个路边的小乞丐一样的流萤，眉头下意识地皱了起来。他往轿子边移了一步，偏头看向软轿里的人，隔着厚厚的纱帐，压低了声音道："圣女，小萤儿混在了看热闹的人里。"

本来还在闭目养神的木青瓷突然睁开了眼睛，她透过纱帐朝外看去，只看见了模糊的一片，平放在腿上的双手也紧握了起来："静观其变。没人知道她的身份，她混在人群中也不会有人注意她，打草惊蛇反而不好。你等下派人去把她带回来。"

"小萤儿不可能一个人跑到中原来，若尘一定陪着她来的，只是我并没有看到若尘。"白幽处变不惊，他转回了头，目光则一直落在流萤身上，"一定发生了什么事，若尘才没有陪在小萤儿身边。不管怎么说，先派人去找若尘。"

"来不及了。"

木青瓷平静地看着纱帐外的情况，只见新娘已经由喜婆扶着慢慢地进了门。"静观其变。"

此刻新娘已经走到了流萤身边，大红的盖头遮住了新娘，让众人看不清她到底是什么样子。站在边上的人里面有一个面容清秀的女人，宽大的袖子下，一把匕首顺着手腕慢慢地滑了出来。她的眼神一刻也没有离开新娘。突然那个女人一下子推开那些人冲了出来，以迅雷不及掩耳之势一把挟持住新娘，把匕首架在新娘的脖子上。红盖头滑落了一些，但依旧挡着脸，让人看不到木绾晴此刻是什么表情。那个面容清秀的女人眼神狠厉，她挟持着木绾晴往后退，一边退一边大声喊："都别动，不然我杀了她，那今天的婚礼就要变丧礼了。"

"都别妄动。"萧安宴快速扫了流萤一眼，见她安全地站在边上，便立刻转移了视线，对那个挟持新娘的清秀女人说："你想要什么？"

清秀女人挑起眉头，她扫了一圈还都在原地的众人，威胁说："我想要什么，你马上就知道。你们在场不乏武功高强之人，不过你们再快能快过我割断新娘子喉咙的速度？所以不要轻举妄动，否则她的小命不保。"话音还没落下，清秀女人拿着匕首的手就用了力，众人可以清楚地看到木绾晴的脖子上多了一条血痕。

就在众人的注意力都落到挟持木绾晴的清秀女人身上时，突然四个蒙面男人蹿了出来，同时朝巫月圣女的轿子扔出四个霹雳弹。

霹雳弹爆炸的响声惊动了所有人，众人顺着声音看过来，尘烟四起，模糊了众人的眼睛，看不清巫月神教的人到底是死是活。等到霹雳弹爆炸之后，扔霹雳弹的那四个杀手分别从四个方向冲向巫月圣女的软轿，没有一丝停歇，想要趁巫月神教的人还没反应过来，击杀巫月圣女。

兵器碰撞的声音响了起来，加上凌乱散开的脚步声，可以想象打斗有多么激烈。在场的众人也没有去参与的，只怕牵连了进去，平白遭受那无妄之灾。

流萤只听到巨大的爆炸声，之后就是满眼的尘烟，再然后听到的就是巫月神教出事的话，小脸上满满都是担心。她跨过花盆，迈着小步子跑着，想要从人少的一边过去。

而就在此时，被清秀女人挟持的新娘突然用力地往后一撞，直接撞在清秀女人脸上。清秀女人被撞得头晕眼花，退了一两步，拿着匕首的手也是一松。新娘一下子挣脱清秀女人的挟持，头上的红盖头也滑落在地。新娘一个箭步上前，一把抓到清秀女人的手，硬生生地打掉她手上拿着的锋利匕首，随即侧身一脚踢在她的小腹上。

清秀女人摔在地上，她半撑起身体，眼神中有着狠厉。清秀女人从地上爬起来，她的余光扫过了离她只有两三步远的流萤，她飞快地跑过去，一把抓起流萤挡在身前，动作快到让人来不及出手救人。她使劲抓着流萤，对新娘说："如果还想要这个小乞丐的命，就别过来，让我安全离开。要知道这个小乞丐可不是你这个被当作替身的假新娘，她可是完全没有自保的能力。"顿了顿，继续说，"可能这个孩子也不重要，只是一个混进来的小乞丐而已。不过我要是脱不了身，也要拉个人给我陪葬。所谓的江湖正派都在这里，让一个小乞丐死在眼前，虽然不是你们杀的，但跟你们杀的又有什么区别。"

萧妄宴看着被抓在身前当作挡箭牌的流萤，他深吸了一口气，对扮作新娘木绾晴的女人吩咐道："你先退下。"又看向那个清秀女人道："放下那个孩子，我让你安全离开这里。"

"既然主人家都开口保证了，你也不用担心什么，放下那个孩子，你可以离开这里。"苏笙月在流萤被抓住的时候就坐不住了，他绝对不会眼睁睁地看着流萤落在别人手上，生死都受人控制。这个让他发自内心喜欢的孩子，怎么可能不救？

其实不只是苏笙月一个人站起来了，他们那一桌的人全部站了起来，看着这突发的情况。莫静岚担心地看着场中的情况，她气愤地说："拿一个只有三岁的小孩子做挡箭牌，还是不是人！"

清秀女人可不相信萧妄宴的话，她不停地往后退，似笑非笑地说："我可不相信你们这些人，不过我看得出来，你们几个人既然能让这个小乞丐和你们坐在一桌，那就不会让我伤了她的性命，所以最好让我安全离开。"

流萤被清秀女人抓得很疼，被提了起来。她很坚强，一点哭声都没有发出来。烟尘已经散去了，刀剑碰撞声也都消失了，可巫月神教那边依旧没有任何声音。众人知道打斗结束了，看着狼藉的一片以及没什么损伤的巫月神教一行人，又移回了视线。

流萤此刻很担心也很害怕，她瘪着小嘴，看着正对面的萧妄宴，眼睛里有了晶莹的泪水。

萧妄宴看着流萤委屈的样子，心里也是一疼，只不过他要是露出任何异常，那流萤就不是一个普通的小乞丐了。收敛了心绪，他沉着声音说："我没那么多的耐心陪你耗下去，你应该知道你的斤两。我再说一次，把她放下，我让你活着走出这里。"

清秀女人勒紧了流萤的脖子，冷冷地说："看来你是不打算要这孩子的命了。不过也好，就算是死，也有一个人给我做伴，虽然只是一个小乞丐。"

流萤被勒得喘不过气来，她此刻心里满满都是委屈，没有白若尘在身边，好不容易找到了娘亲也不敢上前去。一想到白若尘，她开始后悔没有听白若尘的话，好好地待在原地不动。

"娘——"

稚嫩的童音回荡在众人耳边。就在流萤喊出声的那一刻，数百根金针朝清秀女人飞来。清秀女人一下子就慌了，她也没有想到有人会不顾小乞丐的死活，直接放出暗器来。她慌忙把流萤挡在身前。就在这千钧一发的时刻，一个裹着灰衣的中年男人突然出现，一把从清秀女人手上抢过流萤，抱着她躲到一边。数百根金针对准清秀女人齐发，她怎么能够全部躲开。只见清秀女人全身上下都扎满了金针，摔倒在地上。

苏笙月动作很快，在中年男人抢过流萤之后，飞快出手了。中年男人一个旋身，抱紧了流萤，退了两步。苏笙月紧追不舍，一掌打向中年男人。中年男人不得不跟苏笙月对上这一掌，掌风划得流萤的脸生疼。中年男人不敌苏笙月，被震得退出好几步，抱着流萤的手也是一松，流萤被甩了出去。苏笙月施展轻功，把流萤接住，抱在怀里。

苏笙月打量着流萤，确定她没有受伤之后，温和地说："还好你没有受伤。"不过瞧见流萤脖子上那个红红的印子时，眼光一冷。

流萤抓着苏笙月的衣服，歪起头看着苏笙月的脸，轻轻地点了点头。

中年男人站稳了步子，看着苏笙月，眼神冷冽。他在考虑是此刻离开，还是立刻去圣女身边。

"流萤！"

一道冰冷的女声从边上传来，只见边上的人纷纷让开，一个戴着面纱的女人从人群中走了出来，她的身后跟着一群苗疆的人。只见那个面纱女人身着苗疆特色的服饰，袖子只到手肘处。她的左手上戴着两三个银镯，衬得雪白的肌肤更加莹润如玉。脚踝处戴着银色的脚环，脚环上有小铃铛，走路时发出叮叮当当的响声。头发简单地绾起，耳边垂着精致的耳饰，厚厚的面纱遮住了她的脸，只露出眼睛以上的地方。面纱上用金线绣着莲花，看起来十分不同。

白幽跟在木青瓷身边，他看了一眼被抱着的流萤，目光又落到了中年男人身上，他沉着声音道："巨门祭司，你怎么会在这里？"

被白幽叫作巨门祭司的中年男人一下子跪在地上，对巫月圣女低下了头，恭敬地说："属下见过神使，见过圣女。此番是奉大祭司之命暗中保护少主，特此一路从苗疆来了中原。"

第九十七章

对于事情是怎么样的，白幽已经了然于心，他看了一眼流萤，继续问道："若尘是否一同来的中原？若是，他此刻又在何处？"

巨门祭司想了想，继续说："若尘的确一同来了中原，只是少主跑开了，便与若尘分开来了，属下便随着少主一路过来了。若尘此刻应该还在寻找少主的下落。"

木青瓷站在原地，冷冷地说："派人去把若尘带回来。"目光又落在抱着流萤的苏笙月身上，她眼光一冷，压沉着声音道："流萤，还不过来谢谢巨门祭司的救命之恩。"

流萤让苏笙月放她下来，小碎步跑到木青瓷面前，怯生生地说道："姑姑，小萤儿想你了。"说着，还伸手去拉木青瓷的手。

木青瓷依旧面无表情。她看着流萤破烂的衣裳，脏兮兮的小脸和手，只是冷漠地回应道："你与若尘偷跑出苗疆的事，大祭司不跟你们两个计较，不代表我会认同。好好地待在我身边，哪里都不准去。"

"姑姑，小萤儿知错了，你不要怪小萤儿。小萤儿很听话的，姑姑不要生气。"流萤可怜兮兮地说着，她又望着白幽。

看着流萤可怜的样子，白幽无奈地摇摇头，他叹了一口气道："圣女，流萤一路上也累了。而且她也只是孩子了，什么都不懂。"

流萤使劲地点了点头。她摇了摇木青瓷的手，可怜兮兮地说："姑姑，小萤儿知道错了，你原谅小萤儿好不好？"

木青瓷看着那张跟花猫一样的小脸，实在生气不起来，冷着声音说："让巨门祭司带你去换一身衣服。"

流萤露出了笑脸，但是她又摇了摇头，她放开木青瓷的手，干脆抱着她的大腿，不乐意地说："小萤儿不要和巨门祭司一起去，小萤儿要和姑姑在一起。"

木青瓷皱起了眉头，带着一个小孩子，她怎么能安心应对接下来的事情。不过想了想，还是说："随你。"

"姑姑，小萤儿可以去跟那位叔叔说谢谢吗，他刚刚接住了小萤儿。还有那两个姨姨，她们也对小萤儿很好。"流萤指着苏笙月，然后又指了指莫静岚和冷冰熙。

木青瓷对流萤挥了挥手，示意她可以过去。扫了一眼已经被架到她面前的清秀女人，她冷冷地问："是谁派你来的？"

清秀女人看着木青瓷，突然哈哈大笑了起来，她嘲讽说："你说是谁派我来的，就是谁派我来的。"

木青瓷并没有被清秀女人这句话激怒，她的眼中没有一丝感情起伏，冷笑道："萧妄宴，交给你了。"

萧妄宴慢悠悠地走到木青瓷身边，他看着跪在地上的那个清秀女人，"她没用，随你处置。"

"解决了。"木青瓷看都没看那个清秀女人，对手底下的人吩咐道。

"还是老样子，干脆。"萧妄宴听了木青瓷的话，他漫不经心地说："顺便一起收拾了这里，婚礼还没开始。"

周围的人都在猜测萧妄宴和巫月圣女是何关系，两个人虽然没说两句话，但语气十分熟稔，一看就知道是旧相识。而且一开始的假新娘，都是萧妄宴安排好了的，看样子是有所图谋。真正的新娘都还没出来，就已经有事情发生了。

流萤跑到苏笙月面前，她认真地说："谢谢叔叔！我找到我姑姑了。也谢谢两位姨姨救我！"

"不用谢的。"莫静岚和冷冰熙连忙摆手，都觉得不太好意思，她们只是动一动嘴皮子而已，其他的什么都没做。

苏笙月弯下腰，轻轻揉着流萤的头发，柔声说："不用，叔叔很喜欢流萤，救你也是应该的。"

流萤似懂非懂地点了点头。她甜甜地笑起来，对苏笙月说："小萤儿也很喜欢、很喜欢、很喜欢叔叔。"

萧妄宴看着流萤跟苏笙月有说有笑，脸上的笑意凝在了嘴角。这就是缘分吗？第一次相遇的两个人，关系就已经变得很好了。他突然生出一嫉妒来，对流萤喊："小萤儿，到我这里来。"

听见萧妄宴的声音，流萤转身看着他，本来还挂着笑的小脸瞬间就垮了下去，眼里又涌起了泪水，一下子就大哭起来，十分委屈地说："爹爹是坏人，爹爹不救小萤儿，爹爹还是大骗子，小萤儿再也不要相信爹爹了。"虽然流萤是这样说，但她还是慢慢朝着萧妄宴走过去，还有一两步时，直接扑进了萧妄宴的怀里，大声地哭着。

流萤的这一举动，还是让萧妄宴很满意的，毕竟他看着长大的孩子，再怎么都跟他更亲近，何况他还是流萤名义上的爹。"小萤儿乖，爹爹没有不救小萤儿，这次是爹爹错了。别哭了，本来就是小花猫了，再哭下去，你娘跟你姑姑就该心疼了，爹爹也心疼。"

流萤哭得更厉害了，她抱着萧妄宴不放，只是哭着说："爹爹是坏人，爹爹是大骗子，爹爹要娶新的姨姨了，是不是不要小萤儿了，也不要娘亲了？爹爹是大坏蛋，小萤儿讨厌爹爹,最讨厌爹爹了。都是因为爹爹,小萤儿才没有听若尘哥哥的话,自己跑来找爹爹。"

萧安宴笑了起来,原来这小妮子是为了他要成亲的事才这么伤心,心情突然大好了起来。他抱起流萤站起来,跟流萤解释道:"那都是假的,爹爹怎么会不要小萤儿?小萤儿是爹爹的宝贝女儿。"

"真的吗?"流萤一下子收住了哭声,她放开了萧安宴,看着他的脸,不确定地问道。流萤脸上全是泪水,本来就脏的小脸更脏了,现在真的可以说是一个小花猫了。

萧安宴笑着点了点头,他轻轻刮了刮流萤的鼻子:"爹爹什么时候骗过小萤儿。"

得到了萧安宴的准确答案,流萤破涕为笑。而此时此刻,众人又被弄得懵了。那个小乞丐是萧安宴的女儿,又叫巫月圣女为姑姑,那不就是说萧安宴娶的是巫月圣女的妹妹?那今天的这个婚礼又算是怎么回事,一个天大的玩笑吗?

"流萤。"

苍老嘶哑的声音传到众人的耳朵里,只见一个眉清目秀的少年扶着一个头发全白、佝偻着背,十分苍老的老婆子进来。少年正是白若尘,而那个拄着拐杖的老婆子则是蛊婆。

流萤一看见蛊婆和白若尘,连忙让萧安宴放她下来,她跑到姑婆面前,脆生生地说:"婆婆你怎么来了,而且还和若尘哥哥在一起?"

蛊婆斜着眼扫了一圈在场的人,她收回了视线,落在了流萤身上,严厉地说:"你这孩子,让婆婆担心死了,还问婆婆怎么来了。"话还没说完,她看见流萤脖子上的浅红的勒痕,还有手臂上、小腿上都有擦伤,便重重地拄着拐杖:"怎么会有伤?谁弄的?给我老婆子站出来!"蛊婆看到了一边的巨门祭司,她拄着拐杖走过去,训斥说:"你是怎么保护少主的?就这样一个小孩子,你都保护不了,要你来何用。都怪白菽那个小子,我就说祭司没用,他偏偏不相信。"

巨门祭司在巫月神教内也算是位高权重了,在他之上就是神使和圣女,再之上就是大祭司。他现在被蛊婆训斥,一点声都不敢吭。只见巨门祭司单膝跪地,对蛊婆无比恭敬地说:"属下有罪,没能保护好少主,请大祭司大人责罚。"

蛊婆冷冷地哼了一声,她可没什么好脸色:"罚是一定会罚的,你也别着急。我老婆子不是大祭司已经几十年了,别一口一个大祭司,你把白菽置于何处,叫我花长老就行了。"

流萤拉着蛊婆的手,她撒娇说:"婆婆,你不要怪巨门祭司,是小萤儿自己不小心弄的。要不是巨门祭司刚刚救了我,婆婆恐怕现在就见不到我了。"

蛊婆慈爱地摸了摸流萤的头发,放轻了声音:"好,婆婆不罚他。"说完看向巨门祭司,冷声说:"流萤都这么说,老婆子也不罚你,功过相抵,你退下吧。"

巨门祭司对蛊婆拱着手,恭敬地说:"多谢花长老!多谢少主!"

萧乔走到萧安宴身边,对着他耳语了几句,就退下了。萧安宴看着众人,大声说:"事情已经解决了,请各位休息一会儿,婚礼会照常进行。"

忽然,一声虎啸吸引了所有人的注意力,只见门口处的一群人全部都吓得跌坐在地上,脸上还带着惊恐的表情。一只巨大的白虎慢慢地走了进来。白虎没有逞凶，它慢慢地走到蛊婆身边，围着流萤绕圈子。

流萤看到白虎，一点都没有害怕的意思，反而惊喜地跳了起来，她一下抱住白虎，高兴地说："小玉你也来了，我好想你！"

白虎很容易就挣脱流萤，它靠近流萤，嗅了嗅她身上的味道，然后高高地扬起虎头，转身背对着流萤，尾巴摇呀摇，慢慢地走向白若尘，还主动蹭了蹭白若尘的手。

白若尘摸着白虎的头，轻笑出声，他对着流萤说："流萤，小玉嫌你太脏了，不肯让你碰，它是一只高傲的老虎。"

流萤鼓起腮帮子，指着对白若尘各种讨好的白虎，气愤地说："坏小玉，就喜欢黏着若尘哥哥，我不喜欢你了，再也不给你吃饭了。"

白虎看着流萤，打了一个哈欠，趴在地上，又滚了一圈，闭上了眼睛，貌似是在睡觉，根本就不理流萤。

白幽上前几步，对蛊婆行了一礼，视线就转移到脏兮兮的流萤身上，他笑着说："小花猫，白叔叔带你去洗漱，顺便换一身干净的衣服。不然就不止小玉嫌弃你脏了，所有人都不愿意和你玩了。"

流萤主动拉起白幽的手，歪着头看着趴在地上看似在睡觉的白虎，她不满地哼了一声，不高兴地说："坏小玉！"

"不过我们的运气还真好，路见不平拔刀相助一次，就帮了萧妄宴的女儿。不过萧妄宴有女儿这件事还真是没人知道。锦老板的业务工作有些差劲，这么大的消息都没有查到，肯定最近打听江湖八卦去了。"

被冷冰熙鄙视，锦懿卿觉得是一件很丢人的事情。不过锦家关于顷绡阁的情报还真的不是一般的少，关于萧妄宴的消息更是没有，谁能想到萧妄宴有一个女儿，而且还跟巫月神教这样的一流势力搭上了线。

"锦家亦不是知尽天下事，有心要隐瞒的事情，能查到一些也算不错。只是有些秘密，可能永远不被世人所知。"

第九十八章

锦懿卿摸了摸下巴，他看了一眼萧妄宴，又看了一眼巫月圣女，最后把目光落在了已经走远的流萤身上，他意味深长地说："那个孩子也不过才三岁，却骗了我们所有人。装作不会说话，实际上是保护自己的好方法，毕竟没有人会闲得没事干，去为难一个小哑巴。就算被人欺负,她也没有吭过声。被那个女人抓住时,也没有因为害怕而随意呼唤萧妄宴去救她,看来家教良好。"

莫景凉的目光一直在流萤、巫月圣女还有萧妄宴三人身上徘徊。如果流萤是萧妄宴的女儿,为何她会跟小时候的木青瓷那么相像。难道是他的错觉吗?那个叫流萤的孩子,不仅和木青瓷小时候有几分相像,并且在某一些地方上跟苏笙月也莫名的相像。莫景凉疑惑地看了苏笙月一眼,淡淡地说:"流萤说她姓苏,就算是随母姓,我记得巫月神教对于圣女的人选不仅是十分严格,而且必须是一族之人,偏偏这一族不姓苏。"

锦懿卿对此也有疑惑,不过他暂时忽略了这一点。如果莫景凉不当着众人说出这一点来,其他注意到的人也会问出来的。"巫月神教传承数百年,每一代都有一任圣女,也有一任神使。圣女皆为女氏一族的人。苗疆有一小国,名为南越。巫月神教乃苗疆第一大势力,同时也为南越国国教。巫月圣女不得外嫁,若是嫁人便只能嫁给神使,或是守节终生,除此之外再无其他的路。"

"太多的谜团解不开,何苦执意要去追根究底,不如坐下来喝一杯茶。"苏笙月悠闲自在地端起茶水,浅尝了一口,温和地说:"流萤可能是骗我们,也有可能是随口胡说。已经确定了她的身份,其他的事情猜到了也没用。我先去换身衣服,失陪了。"

"要不要这么骚包,现在还去换衣服,生怕别人不知道你有钱吗?"姚茂轩按着肚子走了过来,阴阳怪气地说着。一见还有位置,他赶紧坐在空位上,哀怨地说:"我是造了什么孽,这种好时候,居然肚子不舒服,不知道错过了多少好玩的事情。"

苏笙月可不会自降身份和姚茂轩置气,他一笑而过,只说:"人靠衣装,佛靠金装。毕竟不是所有人都跟姚兄一样,随时随地都能如此洒脱,毫不在意周围人的目光,随性自在地活着。"

莫静岚十分嫌弃地看着姚茂轩,她捏着鼻子,用手扇了扇风,嫌弃地说:"姚茂轩,你能不能弄干净了再出来,你身上味道好大。不行,你坐远点去,我不认识你。"

姚茂轩十分无奈,看了看他的身上,又闻了一下,委屈地说:"我也不想变成这样子,只是拉了一上午的肚子,茅厕里面待久了,身上想不臭都没办法。不过还好,我一路上过来,风把味道吹得散了一些,其实也没有那么臭了,将就一下就行了。"

莫静岚实在不想说了,她无奈地摆摆手,蹙起眉头,一脸算我倒霉认识的你样子。她说了一句:"算了,以后出门别说你认识我,我一定不会承认我认识你的。"

姚茂轩搓了搓手,咧开嘴笑起来:"没关系,没关系,你不认识我没关系,我认识你就好了。"说这话时,他也在打量着四周,目光停留在巫月神教一行人身上。看到蛊婆,瞳孔一缩,他不自觉地轻声说:"怎么会是她?"

"姚茂轩,你在嘀咕些什么呢?"莫静岚听见了姚茂轩的小声嘀咕,她丝毫没有觉察到他与平常有什么不同。不仅是莫静岚,其他人也没有注意到姚茂轩的异样。这也不奇怪,因为所有人都与姚茂轩接触不多,对他的了解也仅仅停留在这是一个人还不错的猥琐的中年大叔的程度。

被莫静岚一问，姚茂轩也反应了过来，又看了一眼跟人说话的蛊婆，连忙摆摆手，露出惯有的猥琐笑容，解释说："没说什么，我就是说怎么那么臭呀！想不到那么臭，我自己都有些受不了，还是先出去透透气吧！"

莫静岚露出一副你也知道的样子。她赶紧对着姚茂轩挥挥手，送瘟神似的说："你慢走，不送了。别回来了，姚大叔。"

蛊婆跟巫月神教的那些人问着一路过来的情况，转过身扫了一圈在场的人，目光落在奔走的姚茂轩身上。她有些疑惑地看着姚茂轩，他走路的身影像极了记忆中的某个故人。可是两个人相差十万八千里，就算是易容换了装扮，也不会是这种打扮，完全不像那个人。

这时候萧家的奴婢鱼贯而出，她们把各张桌子上的糕点、水果都撤了下去。院子大厅已经清理干净，换上了新的摆设，看起来就好像什么事情也没有发生过一样。接着她们端着刚刚炒出来的热菜，依次摆放在桌上，很快桌子上就摆满了各种菜肴。所有人都坐回了自己的位置，因为他们知道，接下来才是真正的开场。

流萤换好了衣服出来时，人都已经差不多到了。她梳着两条辫子，头上戴着两朵绢花，衣服是红白两色，肩肘到袖子都是大红色的。两边的袖子上各绣着一朵花，虽然不显眼，却也格外别致。她一出来，就听到一声虎啸。她跑过去抱着白虎，欢喜地说："小玉，我回来了。"

白虎围着流萤转了一圈，它伸出头轻轻撞了撞流萤，毛茸茸的脑袋蹭得流萤痒痒的，弄得她放声大笑起来。小丫头一下子就忘了刚才的不愉快，抱着白虎玩耍起来。

蛊婆看着流萤高兴的样子，也露出了笑容，她对流萤柔声说："流萤，去坐下吧，该开席了。"

流萤摇了摇头，她拉住木青瓷的手，对蛊婆说："我要和姑姑在一起。婆婆你先去坐下吧。"

蛊婆看着流萤坚定的表情，也不好说什么，再看了一眼木青瓷，询问："婆婆也想和我们流萤在一起，流萤就答应婆婆，怎么样？"

"对不起，婆婆。我要和姑姑在一起。"流萤还是摇着脑袋。她抓紧了木青瓷的手，说什么也不愿意离开木青瓷。

蛊婆拿流萤没有办法，只得长长地叹了一口气，看着冷若冰霜的木青瓷，也叹了一口气，摆了摆手。她拿这一大一小两个人实在没了办法，只得随她们去。蛊婆拄着拐杖，由巨门祭司扶着过去坐了。

流萤一只手拉着木青瓷，另一只手拉着白若尘，她歪起头看着木青瓷道："姑姑，小萤儿想去和那个叔叔一起坐，姑姑和若尘哥哥也来嘛。"流萤指着苏笙月说着，又看着他身边的三个空位。流萤早就记住了这里还有三个位置没有人，准确地说是四个位置，还有姚茂轩空出来的那一个。她拉着木青瓷和白若尘慢慢走过去，歪着头看了木青瓷一眼，见她也没有出声拒绝，又对在座的几人说："我们可以坐在这里吗？"

锦懿卿伸出手，礼貌地对流萤说："当然可以。"

流萤放开木青瓷的手，走到苏笙月旁边的空位，努力地想爬到凳子上去坐着。可流萤只比凳子高那么一点，用尽了力气也爬不上去。

"流萤，我来帮你。"白若尘走到流萤的身后，伸出手去想要抱起流萤，把她放在凳子上。

就在白若尘抱流萤之前，苏笙月先把流萤抱起来，放在自己身边的空位置上，温柔地说："小心一点，坐稳。"

流萤很喜欢苏笙月，她先是转过头看着白若尘，对他柔声说："若尘哥哥你也坐下。"然后又拉了一下木青瓷的手，轻声说："姑姑坐下好吗？"

感受到手心传来的温暖，木青瓷偏头注视着流萤，看着流萤一脸期待的样子，心中一动，没有出声，坐在了流萤身边。她与苏笙月一左一右地坐在流萤身边，就好似一家三口坐在一起。

"好。"白若尘揉了揉流萤的头发，走到木青瓷旁边，挨着木青瓷坐下。他的右边是一个空位，再往右是莫景凉。

流萤很开心，她一会儿看看木青瓷，一会儿望望苏笙月，但很快她的注意力就被桌子上的各种菜肴给吸引了。热腾腾的菜肴发出引诱人的香味。她咽了咽口水，从苗疆一路奔波到中原，都没有好好吃过一顿饭。一路上不是馒头就是烧饼，肉包子都算是不错的食物了。早上赶到燕京城的时候，她只是吃了一个馒头，喝了温热的茶水，现在也有些饿了。

莫景凉从巫月圣女一坐下，目光就没有离开过她。他又移动视线，在流萤身上徘徊，看到她盯着桌子上的菜肴都快要流口水，便用筷子夹了一些菜，放在流萤面前的碗里。他说："小孩子没那么多的规矩，时间还早，饿了就先吃吧。"

流萤看着碗里的菜，又偏着头看向莫景凉，脸上有着期待。她疑惑地问："可以吗？"

"可以。"莫景凉微微点了一下头。他示意流萤不用守规矩，因为她只是一个小孩子，不会有人跟她计较的。

有了莫景凉的允许，流萤的胆子也大了起来，她拿起筷子，夹起碗里的菜，正准备往嘴里送，但她停下了，歪着头看向木青瓷，稚声稚气地问："姑姑，可以吗？"

木青瓷看着流萤的小脸，心里生出一丝怜爱，到底还是心疼孩子，她轻轻地点了点头："可以。"冰冷的声音除了寒意还是寒意，让听的人都在猜她是不是一个冰雪女人。

有了木青瓷的允许，流萤才算是彻底放心了，她毫不客气地吃起碗里的菜来。一边吃，一边向木青瓷讲述她和白若尘是怎么离开苗疆，又是怎么一路来到中原的。

木青瓷认真听着流萤的话，时不时为流萤添菜，看得出她是关心流萤的。但这期间，她一句话也没说过，举手投足都能看出风范来。

流萤说到了早上有个好心的茶摊爷爷给了两个馒头，还让她不着急、慢慢吃。说起馒头，流萤就想起来了，她摸了摸身上没有了馒头，愣了一下，突然大声哭道："我的馒头……我特地给若尘哥哥留的馒头被踩坏了……"

第九十九章

白若尘浅浅一笑，安慰流萤道："没事的，流萤。别哭，等下我陪你再去买一个馒头，好吗？别伤心了，大家都看着你呢。"

"可是我的馒头被踩坏了，那是留给若尘哥哥的馒头，不是小萤儿的。"流萤放声大哭起来，小手不停地抹着眼泪，时不时地因为抽泣而剧烈地咳嗽着。

苏笙月拿出干净的帕子，替流萤擦眼泪。他柔声说："再哭花了脸，就成了小花猫了。"

"也怪那个江湖败类，居然欺负小女孩，迟早会有人收拾他的。"冷冰熙听了流萤讲的那些话，只觉得一路上已经那么辛苦的小女孩还要被欺负，就不自觉地看了那个阴柔男人一眼，又收回了视线。

流萤不停地抽泣着，她断断续续地说："可是……可是馒头……"其实流萤是把她所有的委屈都哭了出来，她还是第一次遇见之前的那种事，也感觉很委屈，所以此时提起那个被踩烂的馒头，才会哭得这么伤心。

听着流萤的哭声，木青瓷收回夹菜的手，她把筷子往碗上重重地一放，筷子和碗磕了一下，发出一声重响。其间木青瓷没有任何表情，只是秀眉微蹙，一点声都没有发出。

因为这一声，流萤一下子就收住了哭声，小声地啜泣着。她的双手放在腿上，已经不流眼泪，但还是咳嗽，小脸涨得通红。

木青瓷看都没看流萤一眼，站起来，扫了一眼在场的宾客，目光落在了冷冰熙说话时特地看了一眼的阴柔男人身上，然后一步一步地朝他走过去。"是你吗？"

见迟迟没有人出声，木青瓷移开了视线，盯着阴柔男人身边坐着的一个男人，他是阴柔男人的朋友，刚才也算劝了架的。"你来告诉我实情。"

那人也是贪生怕死之徒，见木青瓷的眼神越来越冰冷，他毫不犹豫地出卖了那个阴柔男人，把刚才的所有事情都讲了出来。

阴柔男人见已经瞒不住了，便干脆承认，想要硬气起来，大声说："刚刚是我不小心推倒了那个小孩，但也是她先撞上了我，我当是小乞丐，所以也没有在意。"阴柔男人开始说话时提高了音量，但接下来就没那么硬气了，尤其是在接触木青瓷冰冷的眼神之后，声音越来越小，说话也是断断续续的。

木青瓷淡淡地说，她的语速不快也不慢，但另有一番感觉。"乞丐？她不是你可以碰的，碰了就要付出一定的代价。"

"你到底想说些什么？"阴柔男人底气早已经没了，他听着木青瓷的话，感觉到一阵的寒意，就算他现在道歉认错，也可能无法安然无恙地离开萧妄宴的婚礼，还不如直接撕破了脸皮。当着这么多人的面，想必巫月圣女也不敢杀他。"不过是一个误会而已，巫月圣女用得着为了一件鸡毛蒜皮的小事而大动干戈吗？在婚礼上闹起来，只会惹得所有人都不愉快。"

木青瓷面纱下的嘴角微微勾起。突然她一脚踢在阴柔男人的左腿膝盖上，只听到骨头的一声脆响。还没等人反应过来，又一脚重重地踢在阴柔男人的右腿膝盖上。她的动作很快，根本没有给阴柔男人反击的余地，直接踢断了他的骨头。"你还没资格跟我谈条件。"

阴柔男人惨叫出声，他的两条腿都已经断了，剧烈的疼痛让他再也站不起来，双腿重重地跪在地上，又是一声脆响。他指着木青瓷，恶狠狠地说："你这妖女，中原武林是你一个异族人可以踏足的吗？你把中原武林的豪杰英雄当成什么了，竟敢当着众位英雄逞凶斗狠。"

木青瓷很清楚地看到阴柔男人眼中一闪而过的怨毒，她做事向来是斩草除根，绝不给自己留下后患，这一次也一样。他从旁边的人手中夺过一把长剑："流萤，过来。"

"你想要干什么？"阴柔男人开始慌了，他看见木青瓷拿着剑，生怕会就这样惨死。他想要逃走，可是一动，双腿就发出剧烈的疼痛。

白幽见此，动了一下手，两个巫月神教的弟子走过来，一人一边，抓着阴柔男人的肩膀，让他反抗不得。

白若尘走到流萤身边，把她从凳子上抱了下来，牵起她的手，沉稳地说："别怕，不管发生什么，我都会陪着你的。"

流萤紧紧拉住白若尘的手，走到木青瓷身边，看着跪在的阴柔男人，她害怕地躲到木青瓷身后，小声说："姑姑，我怕。"

木青瓷扫了一眼躲在她身后的流萤，目光又落在了已经成了案板上的肉的阴柔男人，冷着声音道："杀了他。"

流萤看着递到面前的长剑，她使劲地摇着头，抱着木青瓷的腿，怯生生地说："不要，小萤儿不想这样做，杀了人就变成坏人了。"

"我再说一次，杀了他。"木青瓷冷冷地看着流萤。她此刻就是外人所见的无情无义。在江湖中活着，就必须要果断，要懂得自保，否则最后的下场一定很惨。美貌的女子更是如此，尤其是还没有长大，就已经失去庇护的孩子。

"小萤儿不要，姑姑，我们回去吧。"流萤说话的声音已经带了哭腔，她乞求木青瓷不要让她那么做。

木青瓷只觉得胸口有一团气，她想要把流萤培养成一个自立自强的女孩子，懂得顾全大局。只有这样，如果她出了什么事情，流萤才不会因为失去了她的庇护，而落得一个不好的结局。只有从小就冷着流萤，即便她死了，流萤也不会为她伤心，而是好好地活下去。可惜并不是所有人都理解木青瓷的心。"要你何用！"

流萤直接就哭了起来，小手抹着眼泪，"小萤儿不要杀人……小萤儿会乖的……"

莫静岚对巫月圣女这一举动十分不满，她说："让一个孩子杀人，是不是太过分了？怎么能逼着孩子杀人，何况她还那么小。"

木青瓷对莫静岚的话置若罔闻。流萤哭得让她心烦，她不耐烦地说："闭嘴。"

就在此时，白若尘走上前去，他看了一眼流萤，接过木青瓷手里的剑，毫不犹豫地一剑划过阴柔男人的脖子，割断了他的喉咙。血一下子冒了出来，那个阴柔男人就这样死了。那两个抓着阴柔男人肩膀的苗疆弟子收回手，阴柔男人的尸体没了支撑，直接倒在了地上。他的眼睛还是睁得大大的，想来是没料到会死在一个十岁的少年手中。

众人反应过来时，那名阴柔男人已经死了。他们的目光落在了白若尘身上，只见白若尘脸上并没有一丝惊慌失措，反而很沉着镇定，丝毫不觉得他杀了一个人有什么。可是周围的人就不淡定了，说杀就杀，这个孩子也未免太冷酷可怕了吧。

早在阴柔男人被杀时，白幽就蹲下身体，伸手蒙住流萤的眼睛，安慰她说："没事了，小萤儿什么都没有看到，也什么都没听到，这只是幻觉。"

木青瓷依旧是面无表情，她看着地上的尸体，赞许说："这是你第一次杀人。做得很好，若尘。"

白若尘握起了拳头，说不紧张是不可能，毕竟是他第一次杀人，现在手心里都是汗。他想了想，毫不犹豫地说："姑姑不用逼流萤做这些事，这也不是她该做的。我负责保护和照顾流萤，这些血腥之事就该由我来做。"

木青瓷喜欢白若尘这个孩子，毕竟是她看着长大的，而且心性坚毅，是个好苗子。"白幽，放开。"

"圣女，不必强求。"白幽还是放开了流萤，不再蒙住她的眼睛。他站起身来，走到木青瓷身边，只是轻轻地说了一句。

一地的鲜血，还有没有收拾的尸体，流萤被吓得跌坐在地上。她连忙闭上眼睛，还用手捂着眼睛，不想看这个画面。

"睁大眼睛，给我好好看着。"

蛊婆算是彻底发怒了，她拄着拐杖，快步走过来，怒气冲冲地说："她还只是个孩子，你用得着这么严厉吗？还是你以为你现在是圣女了，没人可以把你怎么样就得意忘形？流萤才三岁，她知道什么？你逼她杀人，现在还逼她看这些东西，你算是一个好姑姑吗？"蛊婆嘶哑苍老的声音就像是尖锐的东西在地上划过一样，难听得厉害。她佝偻着背，白虎就跟在她的身后。只见蛊婆走到跟前来，拿起拐杖就朝木青瓷的后背狠狠地打了一下。她继续大骂道："不是你生的孩子，你不知道心疼。不是你养大的孩子，你不知道心疼。你除了知道你是巫月神教的圣女，你还知道什么？看我今天不打醒你！"

木青瓷站在原地动也不动，就算蛊婆打得有多用力，她都没有发出过一点声音，更别提神情变化了。眸子中无悲无喜,一点感情波动都没有,就连眉头都没有皱一下。身体上的疼痛,对于她来说,已经算不得什么了。

白幽挡在木青瓷身前,劝说蛊婆:"花长老,有话好好说,请勿动手。圣女不可有一丝损伤。"

蛊婆提起拐杖,冷哼了一声,不悦地说:"老婆子可不管这些!白幽,你再不让开,老婆子我连你一起打!"

"花长老,我是神使,保护圣女是我的职责所在。接下来若有得罪,请花长老见谅。"白幽朝蛊婆恭敬地说。他挡在木青瓷面前,已经表示了他的决心。

也许是动静太大,流萤也听见了那些话,她连忙从地上爬起来,抱住木青瓷的腿,抬头对蛊婆说:"婆婆不要打姑姑。要是姑姑受伤,流萤会讨厌婆婆的。"

蛊婆听到流萤说的这些话,把拐杖放下,吃惊地看着流萤,问:"流萤,你在说什么?"

"对不起,婆婆!不过姑姑受伤的话,我会讨厌婆婆的。"流萤紧紧地抱着木青瓷的腿,不好意思地说。

白若尘也走到流萤身边,他开口跟蛊婆求情道:"婆婆,你原谅姑姑吧!姑姑不会害我和流萤的,姑姑做什么事都有她的道理。"

见大小都护着木青瓷,蛊婆长长地叹了一口气,她已经不准备再动手打人了,但也不代表气消了,冷哼一声:"别以为他们都护着你,我就不敢拿你怎么样。流萤和若尘都是我老婆子养大的,不是他们两个求情,别指望我会饶了你。"

第一百章

木青瓷推开白幽,她挺直了腰背,好似一点也没感觉到疼痛:"花长老的恩情,我不会忘记。只不过我是巫月圣女,就连大祭司也无法惩处我,花长老越界了。受下花长老三下,是我对你的敬重。流萤将来要继承圣女之位,怎么教她是我的事,花长老就不必过问了。今日之事后,流萤和若尘,我都会带在身边,巨门祭司会陪你回苗疆的。"

"你休想!"蛊婆被木青瓷不咸不淡的话气到了,尤其是听到木青瓷要把流萤和白若尘从她身边带走的时候,更是气得话都快说不出来了。

木青瓷淡淡地看了一眼气得说不出话的蛊婆,不咸不淡地说:"多谢花长老几年来的尽心尽力!"

木青瓷的吩咐一下来,巫月神教的人很快就清理了尸体。她看了一眼呆立的蛊婆,偏头看向白幽道:"白幽,扶花长老过去坐下。"

萧妄宴出现时，现场已经处理干净了，但隐约还能看出血迹。他皱了皱眉头，但什么都没说。他要做的，就是迎接他的新娘，然后拜堂成亲。

"新娘到！"喜婆扶着新娘慢慢地跨过火盆，把她送至萧妄宴的面前。萧妄宴接过新娘，牵起她的手，慢慢地走到大厅门口。

流萤此刻已经坐回了刚才的位置，她歪着头，看着婚礼进行，没看出来有多伤心。

锦懿卿觉得有些不对劲，刚才还哭着不让萧妄宴娶妻的流萤，怎么现在还变得兴致勃勃了？他有意问："流萤，你很开心吗？你爹爹马上要娶新夫人了。"

"我应该算是高兴的吧。"流萤想了想，又露出了笑颜，她对锦懿卿解释说："我爹爹是要娶我娘亲，才不是要娶新夫人，是娶我娘亲。"

"原来如此。"

"拜花堂：天高地广，人海茫茫，二位新人鸾凤呈祥，是上苍的旨意，是天赐的良缘，为此首先请新郎新娘面对天地台。"

证婚人高亮的声音传遍了全场，成功地吸引了所有人的注意力。只见新郎和新娘按照证婚人所言，都转过身去，等着接下来的话。

"一拜天地谢姻缘，跪——"

"谢天降祥瑞，一叩首——"

"愿地久天长，再叩首——"

证婚人最后一句话还没有来得及说出口，一道不和谐的女声就先喊了出口："等一等！既然是大婚，没有点曲子助兴，恐怕算不得好，还是听一曲再拜堂吧！"

众人你望望他，他看看你，都不知道声音是从哪里发出来的，只知道又有人来捣乱了。不过再看萧妄宴，脸色不变，看来是有应对之策。

"奴家不过是一个来参加婚礼的客人，虽说没有收到邀请，可奴家还是想来看一看这场惊世的婚礼。"暗中发出的女人声音娇媚无比，一口一个奴家，让人在猜萧妄宴是得罪了那个暗中说话的女人还是成了负心汉。

听着这个声音，萧晨安顿时就来了精神，他朝人群中看了一眼，并未发现那个说话的女人。这道声音就是几个月前用蛇袭击他的女人的声音。那晚之后，他一直在查这个女人是谁，只是没有任何消息，她就好像人间蒸发一样。想不到，现在在萧妄宴的婚礼上见面了。

萧妄宴微微一笑，他胸有成竹地说："天下英雄来参加萧某婚礼，不管有没有请柬，都是客人。姑娘要不要来一杯酒助兴？"

"酒自然不能少，可奴家想跟新娘喝一杯。"娇媚的女声又传来了，"若是助兴的话，那边不是有唱歌的人吗？不如唱一曲，为婚礼助兴。"

木青瓷抬了抬手，垂下眼帘，漠然地说："琴姬，再为故人弹一首曲子，她会喜欢的。"

"是吗？奴家倒要听一听，你为故人准备的是什么曲子。可要打动我才好，不然就白费了心思。"

有了木青瓷的吩咐，琴姬抱起琵琶，走到院子中间。心月和穆书跟在琴姬的身后，纷纷拿出自己的乐器。

"会的，你一定会意想不到，说不定我也会意想不到。"木青瓷针锋相对地说。

萧妄宴抬了抬手，就有家仆进来，搬了桌子，又安放好圆凳子。做好这一切之后，他们才退了下去。

穆书把古琴摆放在桌子上，他轻轻拨弄着琴弦，古琴发出清脆的声音，他才满意地对琴姬点头。心月也从身上拿出竹笛，她站在穆书身边，已经做好吹奏的准备。琴姬抱着琵琶坐在前面，她转过头对心月和穆书简单说了两句，就回过身来，正对着萧妄宴和新娘。琴姬深呼吸了一下，开始慢慢地拨动琴弦，琴弦发出清脆的声音。穆书和心月也同时弹奏和吹起曲子来。三种不同的乐器混合起来的乐声还是很不错的，曲子中带着哀意，虽然很美，却有一种别样的心绪。

毒女藏在暗处，她听着这些曲子，本来并没有太大的感觉，甚至还觉得曲子很不错，包括那些哀怨心酸的歌词。只是一闭上双眼，听着琴姬饱含感情所唱的曲子时，脑子里闪现了很多的画面，那是她的过去，也不是她的过去。那一次次的心碎，那一次次的眼泪，那一次次故意装出来的坚强，那不愿意放弃、至死都要陪伴着他、让他开心快乐的爱人……那些情感心绪一下子涌上了心头，影响着毒女的心，也影响着她的思维。毒女睁开眼睛，她伸手捂着额头，用不太好的语气说："这首曲子不过如此。如果这就是你给故人的礼物，那就差得太远了。"

"你的声音听起来可不像你说的那般。"木青瓷漫不经心地端起面前的酒杯，拿起桌上的酒壶，为自己倒了一杯酒，"不过你该现身了。躲躲藏藏的游戏，我已经玩够了，你也应该玩够了。"

毒女现在心情算不得多好，她嗤笑一声，不屑地说："不如你来见我，不然就让新娘来见我。"故意以忽然想起什么的语气道，"我忘了，新娘现在是不能见人的，否则就暴露在所有人的眼前，那可就不好了。"话音刚落下，毒女就觉得有些不对，只见一只小小的毒蜘蛛爬到了她的手边。换作旁人一定不会在乎这样一只小小的蜘蛛，只是毒女在苗疆待了许久，自然知道一只蜘蛛也可能杀了一个人。毒女正准备解决那只蜘蛛，只见那只蜘蛛突然爆开，毒液溅向毒女。那种有腐蚀性的毒液，就连毒女也不敢触碰，生怕身体哪处被腐蚀了，那时候就不妙了。偏偏已经来不及了，毒女只得飞快躲闪。这一下动静并不小，一下子就暴露了她所在的地方。

不用木青瓷吩咐，就已经有人上去，那是萧乔，萧妄宴的心腹。他从毒女一暴露位置就动身了——敢来顷绡阁撒野就该知道下场。毒女的武功虽不高，但萧乔不敢轻易靠近她。他知道毒女之所以是毒女，是因为全身都是剧毒，所有根本不能碰她。不过萧乔还是有办法，他早就准备好了对付毒女的武器，逼得她不得不出现在众人眼前，并且无法逃跑。

毒女知道现在的情况，于是不再躲闪，大方地出现众人面前。她穿过人群，走到中间，双手叉着腰，一身黑纱勾勒出姣好的身材，只是她的脸被厚厚的黑纱遮住，让人无法知道她长什么样子。只是眉眼中满是妖媚，满身的风情，还有那娇媚的声音，都让人猜测她到底是怎样的女人。

毒女扫了全场一圈，她娇笑出声，伸出手拢了拢鬓边的头发，慢悠悠地说：“想不到你早有准备，居然用了毒爆蛊蛛。不过这样也好，省得我麻烦。这么多故人在此，不好好打声招呼怎么行？”

在毒女出现后，萧晨安就可以确定这就是几个月前袭击他的人，只是猜不透这个女人到底是谁，会不会是她？

毒女的脸上没有丝毫畏惧。她看了一眼在场的人，目光又落到萧晨安身上，她娇笑道：“想不到在这里又见到你了，奴家可是想你想得厉害。只不过今日怎么还带了一个相貌平平的女人来？若非美人，岂不是太可惜了。”

听到毒女毫不客气地贬低自己，兰妤的脸瞬间变得惨白。她的确不算是什么国色天香的女人，也算不上是大美人，只是一个小家碧玉而已。

萧晨安回过头来看了脸色惨白的兰妤，当着众人的面握着她的手，又对毒女说：“姑娘客气了，这位是我夫人。在我眼里，谁也美不过她。”

毒女对萧晨安这句话十分不满，她的脑海里最多的记忆就是关于萧晨安的。她冷笑着说："那一个晚上我就该出手杀了她，留下来也是一个祸端，不如早点解决了好。"

"竟然是你！"兰妤因为这句话知道了毒女的身份，也想明白了一些事情，只是不明白这个毒女为何要对她下手，难不成是消失的紫菀？

"是我又如何？"毒女反问兰妤。她时时刻刻都在关注周围的人，又笑了两声，说："忘了介绍一下我自己，我叫毒女，来自苗疆。今天来，是为了这里的某些人，想不到却看了一场好戏。废话就少说了，新娘不出来见一见人吗？还是说那个打扮成新娘子模样的女人根本就不是真正的新娘。萧阁主是金屋藏娇吗？还是说新娘子就藏在人群中，一切都是一场骗局？这场婚礼本来就是假的，你们只是为了引我出来。"

流萤看了一眼毒女，一脸的不满，大声说："才不是骗人呢，我爹一定会娶我娘的。"

听着流萤的气愤言语，毒女掩唇轻笑起来，那清浅的笑声又慢慢变得大声起来，就好像是听到了什么好笑的笑话，笑得花枝乱颤。她看着流萤，故意夸张地说："我没听错吧，你说萧妄宴要娶的人是你娘？我怎么听说萧妄宴要娶的女人是木绾晴，而不是巫月神教的圣女？"

第一百○一章

流萤睁大了眼睛，一脸的不相信："我才不相信你的话，爹爹是不会骗我的，姑姑也不会骗我。你是坏女人，我不要相信你的话。"

毒女像是丝毫没有注意警告、威胁的目光，她挑衅地看了一眼木青瓷，又看向流萤，继续说："你一个小姑娘，我骗你做什么？难不成你还不知道你娘是谁吗？那真是可笑。你娘就是巫月圣女，就是你嘴里叫的姑姑。也真是的，能对自己亲生女儿都这么狠的人，恐怕也只有她一个。"顿了顿，继续说，"巫月神教的规矩我也是知道一些，巫月圣女不可外嫁，若是嫁人也只可嫁给本教神使，否则便要以清白之身侍奉女娲大神。而我们这位巫月圣女破了巫月神教的规矩，私自跟中原男子有了孩子。好在是个女儿，不然可是要闹出人命来。巫月神教不可能不要圣女，更不可能不要圣女的血脉，那可是下一任的圣女，是女氏一族的少主，身份尊贵着呢！要是碰了那个孩子一根头发，那就相当于要了巫月神教的命。"

木青瓷的眼睛眯了起来，略微抬起手道："若尘，带流萤进屋去。事情结束后，我会让人来接你们。"

"我知道了，姑姑。"白若尘点了点头。他虽然还小，但也知道现在的事情不是他和流萤能够参与的。"流萤跟我走。"

流萤甩开白若尘的手，她眼泪汪汪的，不高兴地说："我不要！我不要！"

白若尘叹了一口气，他就知道会是这个结果。不过这里的确不适合流萤待下去，他一本正经地说："这里很危险，流萤听话，不要让姑姑为难。"

萧妄宴此刻很沉着，他把目光移到了不愿意走而闹小性子的流萤身上，沉着声音说："流萤别闹脾气，跟若尘进屋。"

"可是……"流萤鼓起腮帮子，气鼓鼓地说，可是话还没说完，就被打断了。

"啧啧！也让孩子听一听真相，免得以后还不知道为什么呢！"毒女尖声笑起来，笑得很张狂，一点也不顾及在场的人，"连亲娘都不认识，那就不好办了。不知道萧阁主，你的新娘知不知道你有一个女儿。"

"住嘴！"听着毒女肆无忌惮的话，木青瓷的一只手重重地拍在桌子上，她站起身来，慢慢地走向毒女。

"恼羞成怒了。"毒女放声大笑着，打起十二分的精神，丝毫没有放松。她的武功不好，这一点她比谁都清楚，硬拼根本不是对手，只能靠用毒。"想要跟我动手吗？还是让你的仆从替你出手?"

"对付你,根本用不着别人。"木青瓷手上没有任何武器,她慢慢地走到毒女面前,"你的武功不如你的嘴,只是不知道之后你还能不能这样嘴硬。"

面对步步逼近的木青瓷,毒女有意识地往后退,离得太近,对她来说并不是什么好事。"我的武功不过是一些简单的三脚猫功夫,可也不会那么容易就落在你手里的。"

木青瓷靠近毒女一步,她嗤笑一声,低声说:"毒女,你终是败了。不是败给我,而是败给她。"

"不是输在你的手上还真欣慰。"毒女提起十二分精神,她选择了动手,先下手为强,抢先夺取先机。

木青瓷一个旋身,落在毒女的身后。与毒女擦肩之时,她轻声唤道:"景安儿。"

毒女正从身上摸出毒针,听到木青瓷的话之后手一顿。也正是她发愣的这一会儿,木青瓷看准时机扯下她的面纱。

毒女没有慌张,她拔出背着的伞,快速打开,暂时挡住众人的视线。她笑出声,慢悠悠地说:"原来你搞出这么多花样只为看我真面目。不过还真是可惜,让你得手了。"

木青瓷把扯下来的面纱丢在地上,沉着声音说:"果然是你!"她长长地呼出一口气,眉梢微抬,不惊也不喜地说:"想不到你还活着,成了这一副人不人、鬼不鬼的样子,还不如死了来得痛快,景安儿。"

锦懿卿眼睛都不眨,注视着场中的情况。刚才在巫月圣女扯下毒女面纱之时,他也看见了,虽然看得不真切。"果然没有白来一趟,有些事也该揭开真相了。"

毒女没有半分懊恼,举起红伞,一个轻巧的旋身,面对着木青瓷。红伞的做工很精致,伞面上画着一枝白梅,还有点点白雪,很是漂亮。毒女打着伞,露出苍白没有血色的俏脸,没有丝毫隐藏。她微微勾起唇角,一如当年的婉约,可眼角眉梢的妩媚破坏了这种淡淡的感觉。"景安儿?你是在说我吗?不过可惜,我不是你嘴里的那个景安儿,我是毒女。我听说过她的事情,貌似是一个很蠢的女人,被男人玩弄,最后连命都没了。"

"你再敢诋毁我姐姐,哪怕你长得跟我姐姐一样,我也一定会杀了你。"坐在一边的景慕一下子站起来,他的双手握成了拳头,手上的青筋暴起。过了四年,景慕也褪去少年的青涩,他已经二十岁了,已经到了弱冠之年。

毒女转过身看着一脸愤怒的景慕,掩唇轻笑起来,那眼角眉梢的媚态在人看来别有一番风情。她用指尖捋着一缕发丝,娇笑出声:"我就是你姐姐,你也要杀了我吗?"毒女又把目光落在萧晨安身上,她依旧笑着,只是眼中有着冷意:"奴家还奇怪,怎么一见到萧公子身边有个女人,就会忍不住想杀了她,原来也是有因缘的。从奴家醒来之后,脑海里偶尔会浮现一些记忆,那些记忆里都有公子,奴家可是好生不愿意的。明明是景安儿的记忆,明明那些撕心裂肺的感情是她的,怎么落在奴家身上。不过也好,奴家总算知道了我所占据的这具身体到底是谁的。"停顿了一下,冷笑起来,"忘了告诉你们,景安儿已经死了,现在这具身体是我的，不与景安儿有半分关联。所以可千万别叫我景安儿，尤其是在我的面前，否则我会让你求生不能，求死不得。"

"你闭嘴！"景慕手上的青筋暴起，眼里满是怒火，还有着杀意。

兰妤手捂住嘴，她不相信那是景安儿，也不相信毒女的话。可那张与景安儿一模一样的脸，不是作假的。

毒女撑着红伞，扭动着柔软的腰肢，慢慢地走向木青瓷，不过才走两三步，她就停下了步子，说："你也别得意，只不过是真面目罢了。不过也多亏了你，我才知道一直困惑我的事原来是那么简单。说起来我们真的是故人，你知道我的身份，我也知晓了你是谁。巫月圣女不过是个幌子，你跟我一样，结局都那么凄惨。"

"如果我不是巫月圣女，那是谁？"木青瓷微眯起眼。她看着一脸笑意的毒女，没有在她的脸上发现一分惧意，反而是说不出的镇定，比之刚才来说，相差太远。

毒女冷笑起来，不急不缓地说："我可没说你不是巫月圣女，巫月圣女根本不是你的真实身份。不过也是，你的身份从来都没有少过，猜到一个，又想不到另一个。如果真要说你的身份，在场的人一定很感兴趣，毕竟你们都是打过交道的。"毒女看起来的确不慌不忙，可没人注意到她紧紧地握着伞柄。对于木青瓷的身份，毒女是不知道的，她记得师父告诉过她，巫月圣女知晓她这具身体的过去，因为她们两个同病相怜，都是一样的遭遇。

"你想说什么？"木青瓷觉得毒女的话不太对，怎么听都是话里有话。和在场的人都是打过交道的，巫月圣女是第一次来中原，这是众人皆知的事。不管毒女是察觉到什么，还是猜到了什么，木青瓷都不会放过她。

毒女清了清嗓子，她的视线一直在木青瓷身上，眼里有着嘲讽，慢慢悠悠地说："不想说什么，只想问问你，再一次见到旧爱是什么感觉？新欢旧爱都在场，你还要装作不认识吗？一点也不像当年的你。我以为你一见到这里的某些人，会恨不得冲上去杀了他，现在看来，是我错了。是情太深下不了手，还是不爱不恨，没有报仇的必要了？"

木青瓷的脸色很不好，她的眼神很凌厉，想要把毒女看透。"你已经黔驴技穷，对于我来说，你的话起不了一丝作用。"

"如果真的没有一丝作用，那你告诉我这个孩子的亲生父亲到底是谁？当着在场所有的人，说出那个男人的名字。"毒女笑吟吟的，不过瞬间她就露出冰冷的神色，伸手指着流萤，掷地有声地说："你以为可以瞒得了天下人吗？萧妄宴并不是那个孩子的生身父亲，只能算是名义上的。也不知道你跟他做了什么交易，他就心甘情愿地成为这孩子的父亲。对了，她叫流萤是吧，好像是一个小名。小丫头的生父是江湖上赫赫有名的天之骄子，不比萧妄宴差半分，而且就在这里。你为什么不说出来，让人家父女相认，你也好见一见你的旧情人。"

流萤心里很疑惑，拉着白若尘的手，紧张害怕得手心都出汗了。"若尘哥哥，那个坏女人在说什么？我爹爹就是我爹爹。"又瘪着嘴，看向场中的木青瓷，委屈地说："姑姑，她是坏人，我们回去吧。小萤儿不想待在这里，不想听她说话。"

毒女毫不掩饰地大笑了起来："小姑娘，我可没骗你，不相信你问问你姑姑，萧妄宴是不是你亲生父亲，而你的生父是不是就在这里？"

"若尘，抱流萤进屋去。"萧妄宴这下算是彻底沉下了脸，他看着毒女，眼底有杀意。

"闭嘴！"

木青瓷看了一眼白幽，吩咐道："白幽，带他们两个离开这里。"

"圣女。"白幽有一丝迟疑，在暗中观察的人肯定还有，那才是真正的大鱼，也是木青瓷不能对付得了的人物。

"我没事，你带他们离开。"木青瓷看都没看白幽一眼，注意力全在毒女身上。

"做贼心虚了吗，巫月圣女？"毒女拢了拢耳鬓边上的碎发，"让我猜一猜，这么急着让孩子离开这里，是不想让她知道她的亲生父亲是谁吧？想来也是，好不容易生下的孩子，怎么能平白无故让另外一个男人占了去。"顿了顿，她笑得很灿烂，"让我猜一猜那孩子的亲生父亲是谁？"

白幽想要抱走流萤，流萤说什么也不愿意离开，抱着苏笙月不放。"我不要离开这里，小萤儿也不相信坏女人的话。"

毒女故意做出一副思考的样子，抬起头来看着抱着苏笙月的流萤，慢吞吞地说："嗯……是苏笙月。对吗，木青瓷？"说出木青瓷的名字时，毒女的声音很冷，脸上都是寒意。

第一百〇二章

提到木青瓷，反应最小的人是莫景凉。他端坐在位上，眼中有着不可置信，他所猜测的事情已经成真了。可是巫月圣女真的是木青瓷吗？他也不能确定。

被突然点到名的苏笙月一愣，顾不上流萤的哭闹，他抬头看了一眼毒女，目光又落到了木青瓷身上，最后又转移到抱着他不放的流萤身上。这是他的女儿，他和木青瓷的女儿。有那么一刻，苏笙月是不相信的，真的是他的女儿吗？

流萤听到这个话也是发愣，她慢慢地抬起头，不相信地说："苏叔叔，虽然小萤儿第一眼见你就很喜欢、很喜欢、很喜欢，但那个坏女人是骗流萤的吧？流萤是在苗疆出生的孩子，不是中原人。"

"我……"苏笙月第一次不知如何作答，也说不出拒绝的话。

"这就是所谓的隔不断的血脉相连，哪怕是从未见过，第一眼见时，也会不由自主地想亲近对方。"毒女没有任何的感情波动，只是叙述着那些话。

"说够了吗？如果说够了，就说说你的目的。"木青瓷没有否认毒女说的话，也没有承认，只是跳过那个让人好奇的问题。

毒女把伞往后倒了一些，在场中漫步走着，好似来此出游一般，一点也不像受困的人。"如果非要说我的目的,那就是做困兽之斗。有眼睛的人一眼就可以看出,我在做最后的挣扎。没办法,我没有学武功的天资,那点功夫要是能对付在场的人并且顺利地逃走,说出来我自己都不相信。但束手就擒又不是我的风格,只好做最后的困兽之斗了。"

"你不承认也没关系。只是你一定很想知道我是怎么猜出你的身份的。本来我也以为你只是巫月圣女,一个跟我的过去一样遭遇悲惨的女人。"毒女嘴角勾起一抹讽刺,似笑非笑道："同样是被男人玩弄,同样是下场凄惨,同样被认定死去,却都以另外的身份活着,我们还真是相像了。"

木青瓷只觉得这么平静的毒女才是最危险的,她眨了眨眼,冷漠地说："若是这就是你断定我身份的理由,未免太可笑了。缠着我这么多年,竟是为了这样一个莫名其妙的理由。"

"如果我是景安儿,你一定是木青瓷。"毒女的话十分认真,让人不敢怀疑。

"你已经疯了。"木青瓷慢慢舒展秀眉,"本来你的话我还信三分,此刻一分也不信。"

"你信不信都无所谓,重要的是别人信。"

毒女突然笑起来,笑得有些令人发慌："我知道,你跟萧妄宴的关系并不是那么简单。当初你生产,陪在你身边的男人就是他。你生下孩子后,就把孩子放在了那个巫月神教的老蛊婆身边,由她替你养大孩子。之后你便彻底改头换面,做你的巫月圣女。巫月神教特别看重你跟你的女儿,因为巫月圣女只能由女氏一族的嫡女接任。"她抬起下巴,嘲讽出声,"至于你,木青瓷,你现在随母姓,名为女婼。而你的母亲,则是当年在中原失踪的巫月圣女女妶,所以你才能那么顺利地被苗疆的人认同,因为你也是女氏一族的人。巫月神教是你母亲背后的势力,木家只不过是被灭的家族而已。"

毒女所说的每一句话都让人想不到,尤其是说到木青瓷的母亲之时,那可以算是巫月神教的秘密,鲜为人知。如果毒女说的是真的,那么木青瓷也算是身份来得大了,其父是曾经八大世家之一的木家家主,其母竟然是巫月神教的圣女。

"对于我来说,你所说的不过是别人的事情,我听一场戏罢了。"木青瓷轻眨了一下眼睛,她说话时也很平静,没有起一丝波澜,漠然到好似真的不关她的事一样,她就只是戏台子下看戏听戏的人,而非是戏中人。"巫月神教的事不是你一个外人可以评论的,既然肆意评论,妄加猜测,那你就要为之付出一定的代价。"

"你说要我付出什么代价？"毒女嗤笑一声,好像听到了什么天大的笑话,让她笑个不停。他伸手勾了勾耳鬓边掉落的发丝,说："其实我挺为苏笙月惋惜的,他当时做的决定简直得不偿失。如果继续骗着你,他会有一个一笑倾城、二笑倾国的绝色美人死心塌地陪着他,同时也会是他的得力助手。现在还会有一个讨人喜欢的乖巧女儿,跟巫月神教结成永久联盟,得到苗疆的支持,还能拿到你从宁国假宝藏里得到了藏宝图。这不是一举几得吗？"话锋一转,"不过当一个男人连骗你都不愿意时,那就说明他对你彻底没了兴趣。还真是悲哀。"

木青瓷握紧了拳头，压抑着她心中的愤怒，眼里闪过一丝凶狠："我以为你已经明白了你现在的处境，可我发现，你还是一点都没有明白。景安儿，虽然不知你经历了多少痛苦的折磨，但从你现在都不敢承认自己身份来看，想来一定很痛苦。你把你的凄惨归咎在一个人身上，那个人便化成了我，所以你才会一直纠缠着我不放。你在妒忌，妒忌着我。同时你也很自卑，不敢真正面对我。"木青瓷故意挑衅毒女，想要让她发怒。只要她一发怒，那所有的破绽也就显露了出来。这并不算是一件难事，很容易就办到了。

明知道木青瓷是故意挑衅自己，可毒女还是被气得火冒三丈。她握着伞杆的手，骨节已经发白，浑身都在颤抖，眼里满满都是恨意，脸上也都是疯狂的神色，咬牙切齿地说："别叫我景安儿，那个白痴女人还配不上我。我是妒忌你，我也恨不得你去死，更恨不得亲手挖出你的心来看一看。同样是被男人玩弄，同样是为了所爱的男人付出了一切，同样是被心爱的男人抛弃，同样是被心爱的男人伤害，同样是落得那般凄惨的下场，为什么你就可以重生，而我就不得不在痛苦中挣扎。"毒女的表情很狰狞，漂亮的脸蛋也因此扭曲，"你告诉我为什么？木青瓷你凭什么？在生与死的边缘，总会有人拉你一把，让你逃离那个满是痛苦的地狱，让你好好地活着，给你新的身份，让你彻底抛弃过去，重生为人。而我呢，同样是在生与死的边缘，可没有人拉我一把，反而是把我狠狠地推下地狱，饱受痛苦与煎熬。我之所以会成为毒女，还要拜人所赐，给了我另一种强大起来的办法。我唯一庆幸的是景安儿死得太好了，她如果不死，我怎么会以她的身体活过来。这一个缤纷多彩的世界，必须要有我的存在。"

木青瓷看着毒女疯狂的样子，眼中只有不屑，脸上流露出可怜的神色："你说好了，我也由着你说。你是毒女也好，景安儿也罢，既然来了，就别想离开。为了你，可是费了我不少的心思。"

毒女把红伞放了下来，嘴角挂着轻蔑的笑，冷冷地说："你比我可悲，至少我无惧天下，而你却连自己是谁都不敢当着在场所有人的面承认。想要动手吗？奉陪到底！"

"你的武功实在不值得我出手，不过你的蛊术，我倒是很想见识一下。毒女？希望你不要愧对这个名字。不然你的结局就不是被扔进万蛊池，而是万蛇窟。"木青瓷走到场中，她的腰间挂着一个小篓子，里面装的是一些毒物。她从腰间摸出类似链子的小东西，不急不缓地戴在手上。

"想要跟我比拼蛊术，自找死路。"毒女摘下手上戴着的手套，她的嘴角勾起，带着一丝不屑，眼中还有着嗜血，"武功我比不过你，论蛊术，你不如我。想要生擒我丢入万蛊池，恐怕你想错了。我就是从万蛊池里出来的，绝杀便是我。你还想要怎么养蛊，我才是最强的蛊。"毒女把脱下来的手套扔在地上，她只手握起伞柄，鲜红似血的大红手，衬着上好的孟竹宗油纸伞，说不出的诡异。

"她的手……怎么会是这样？"

"红色的一双手？"

木青瓷不停地晃动着手，清脆的铃铛声不停地传出，声音越来越大，也越来越嘈杂。青石板铺好的地面上,一只只小拇指大小的蜘蛛快速地朝毒女爬去,很快就有黑压压的一片。铃铛声继续响起来,有一些蜘蛛爬到毒女近前,纤细的蛛腿往下弯,突然弹起来,直直地对准毒女飞去。

毒女看着面前黑压压的一片,她冷哼一声,抓着油纸伞不停地在身前旋转,挡住那些弹飞过来的毒蛛。毒蛛撞在快速旋转的油纸伞上,被撞得腿断血流,干净的伞面上,不一会儿就多出了许多青黄色的、黏糊糊的东西。一只毒蛛弹飞起来,毒女直接用手抓住那只小小的毒蛛,把它在手心里捏碎。她对木青瓷冷笑道:"你太小看我的本事了,凭这些普通的毒蛛就想擒下我,简直是异想天开。"语毕,毒女张开手指,那只毒蛛已经被捏成了碎酱,青黄的黏液和毒蛛被捏碎的尸体从毒女手上掉落在地上,看起来十分恶心,令人作呕。

木青瓷继续摇动手链上的铃铛,急切而杂乱的铃铛声继续传来。她的眼睛没半分变化,依旧是那般平静。地上的黑色蜘蛛听到那些杂乱的铃铛声,就好像收到某种指令一样,纷纷靠近毒女,围着毒女打转。木青瓷的嘴角微弯,她忽然收住铃铛声,冷声道:"蛊爆。"就在铃铛声停住的那一刻,地上的毒蛛纷纷对准毒女弹了出去,并且在弹出去之后就像霹雳弹一样爆开,青黄色的汁液溅向四方。这么多毒蛛一起弹出去,并且爆裂开来,没有发出多大的声音。

第一百〇三章

安静的院子里只听得到人的呼吸声。从一人高的空中纷纷落落地落下许多的毒蛛尸体。毒女早在木青瓷说出"蛊爆"两个字时,就已经料到她要做什么了。她眼疾手快地用红伞挡住了那些毒蛛,但还是有不少的毒蛛没被红伞挡住,那些青黄色的汁液溅在了毒女的身上,散发出一种难闻的气味。等到毒蛛的尸体都落到地上,毒女才放下红伞。见红伞上已经是狼藉一片,脸上唯有嫌弃的表情,她毫不犹豫地把已经脏了的红伞扔在了边上,不再多看一眼,也没有半分留恋,就好像抛弃那所有的过去一样。她从衣服里拿出帕子,擦了擦脸上的青黄色汁液,冷哼道:"这就是你的蛊术吗?一些小把戏而已,对于我来说没有任何用处。接下来就轮到我了。"

毒女的话刚落下,一边的人群中就有人发出惨叫声来。有几个人直接倒在地上,不停地打着滚,翻来覆去,表情十分痛苦。原来刚才弹飞出去的毒蛛,有好几只弹飞到了人群里并且爆裂开来,有几个倒霉蛋还没反应过来,就中了招,此刻痛苦难忍就倒在了地上。那几个人,嘴唇一下子变得乌黑,身上沾上毒液的地方都变得青紫起来,并且是一大片一大片的。

"不过是一点小毒就忍受不了,真是废物。"

毒女依旧俏丽如花，她的脸上除了嘲讽，还有轻蔑。在她看来，连这么一点最平常的小毒都忍受不了，那还有什么用，活着还不如死了，免得碍眼。

那几个男人浑身抽搐，眼睛充血，手上的青筋暴起。就在毒女的话说完没多久，那几个中了毒的男人就一命呜呼了。谁能够料到那些毒蛛的毒性这么强，只不过短短的一点时间，就让几个人中毒而亡，根本来不及请大夫医治。之前看到毒女直接用手捏碎了毒蛛，众人还以为那些毒蛛要不是没毒，就是只有轻微的毒性，怎么会知道毒性如此之强。

当然也有人忍不住出声问："你这妖女，如果这都是小毒，那什么才是毒？一连死了好几个人了。"

毒女偏过头，顺着声音寻去，视线落在说话的人身上，眼神冰冷。她慢悠悠地抬起那一双红手，环在胸前，皮笑肉不笑地说："这种毒只能算是小毒。你问什么是毒，我告诉你，我这个人就是一种毒，全身上下都有毒，没有一处不是毒。"又转过身来，面对着木青瓷，"刚才那些小儿科已经玩过了，如果这就是你的本事，那你就做我的蛊吧！"

木青瓷可没给毒女这个机会，她逼上前去，手上的铃铛随着快速地移动发出声响。毒女没有丝毫的惧怕，更多的是疯狂，她嘴角勾起一丝冷笑，说："你也应该来试试我的新招式。"

木青瓷没有跟毒女硬碰，不是她的武功比不过毒女，而是因为毒女全身都是毒。就像毒女所说的那样，她就是一种绝世蛊毒，吞噬了不知道多少的毒物，才养出来的绝杀蛊，哪里是嘴上说得那样简单。木青瓷从腰间抽出一把软剑，朝软剑内注入内力，软剑一下子就如普通的铁剑一样，剑身绷直。木青瓷对准朝她打来的毒女，一剑直刺向毒女的掌心。

毒女见木青瓷如此动作，她没有一点惧怕，也没有躲开木青瓷的这一剑，而是直接迎了上去，直接用手抓住木青瓷刺来的软剑。软剑剑身被折弯，两个人的距离被瞬间拉近，木青瓷一个箭步上前攻击毒女的下盘，对准毒女右腿膝盖一个横踢。毒女连忙放开软剑，快速地后退，想要躲过木青瓷的那一个横踢，同时打了一个响指，微勾起嘴角："蛊爆！"

木青瓷收回软剑，如同之前毒女所做的那般，根本没有丝毫惧怕，反而是逼上前去，摇动着手上的铃铛，靠近毒女身前。蛊虫爆裂开来，木青瓷躲也没有躲，直接就承受了毒女布下的这一击。趁着毒女还没其他动作，她飞速地靠上前去，与毒女肩碰着肩。

"你所说的地狱，我一直都在，不曾离开一步，只是你永远都不会知道。"

"你说什么？"毒女露出不可置信的表情，眼里还有诧异。没等到木青瓷回答，毒女就觉得身上有些不对劲，想要袭向木青瓷，动作却没有之前流畅，倒像是因为某些原因导致身体反应不灵活了。

木青瓷轻松地挡住了毒女的这一掌。她一个快速闪身，闪到毒女的身后，双手轻轻地搭上了毒女的肩膀，偏着头，靠近耳旁："你所说的地狱算不上是地狱，顶多算是一个痛苦的深渊。你曾埋葬的记忆，都会慢慢地浮现在你的脑海里，不管是痛苦的记忆，还是幸福的记忆，都会让你痛苦不堪。你曾经有多快乐，现在就有多痛苦，这才是禁锢你的地狱。真正的地狱我去过，而你只是深陷在痛苦的深渊之中。你不会明白欲望和仇恨带来的折磨是什么样子，并且永远都不会明白。别跟我说地狱,别跟我说痛苦,因为你还不配。你连选择堕入地狱的资格都还没有。"

"你对我做了什么?"毒女只觉身体越来越僵,手脚都已经麻木,再也使不上力来,就连站着都十分费力。

木青瓷罕见地心情好了起来,她轻笑出声,漫不经心地说:"当然做了针对你、控制你的事。你难道忘了吗?我们已经打过很多次交道。你真的以为开始那些蛊爆的蜘蛛一点用都没有吗?在你随意对付那些小家伙的时候,有一只更小的蜘蛛慢慢爬到了你的身上。它太小了,也太普通,到了足以让你忽略它的地步。"

"其实我一开始就想错了,这不是什么要人命的剧毒,而是一种让人手脚麻木无力的药。让我想想,究竟是什么样的蜘蛛,毒性如此强烈,能够让我全身麻痹,手脚麻木无力,连动都不能动?看来你是有备而来。就是不知道是不是连这场婚礼都是假的,欺骗天下群雄只为了我一人。如果真的是这样,那奴家也算是倍感荣幸。不过你和萧安宴联手办一场假婚礼,这可算欺骗天下人,让他们放下手里的事情,一路长途跋涉而来,也不知道事后你们两个能不能善了。"毒女不愧是见多识广,用久了毒,也知道哪些毒对她有用,哪些毒对她没有用。不过现在知道了也没用,她已经落在了木青瓷的手里,接下来会怎么样,谁也说不准。

萧安宴牵起盖着红盖头的新娘的手,他偏头看着毒女,脸上的表情似笑非笑,毫不在意地说:"我可没说过这场婚礼是假的,从一开始就是毒女姑娘在说这场婚礼是假的。只不过巫月圣女私下请了我帮她一个忙,今天的婚礼场地就先借她一用。解决了事情,再拜堂成亲也不晚。"

"你会那么好心。"毒女放声大笑了起来,漂亮的脸扭曲了起来,看起来格外狰狞。她转过头来,对木青瓷说:"你抓住我也没用,从我这里,你什么也得不到。本来我还以为你研制出了什么新的剧毒,现在看来,也只是我想多了。你不可能用毒伤得了我,我才是绝杀。这次我败在你的手上了,算我棋差一着,有些事是我没料到。你面对我的蛊术竟然不躲开,而是直接硬扛过去,居然一点伤都没有受。不对,不应该这样说,应该说你竟然没有中毒,一点异样都没有。这绝不可能!你不是我,怎么可能不受一点伤害?"这一点是毒女最想不通的地方,木青瓷怎么可能百毒不侵?她是绝杀,不惧怕蛊毒,木青瓷一定是吃了什么灵丹妙药。

木青瓷并没有解答毒女的疑惑,只是漠然地说:"你料不到的事一直都不少,只是你从来没有发现而已。"

"你说你一直不曾离开过地狱,而我只是被困在痛苦的深渊。此时此刻我告诉你,你才是没有堕入地狱的人。从中原到苗疆,你一直都靠别人的施舍才能活下来。以前靠美貌,现在靠巫月神教。我想我已经知道你为何会不受我的蛊术影响,因为你跟我一样百毒不侵。我是因为我这个人是绝杀,而你则是靠巫月神教的灵丹妙药。"毒女艰难地动了动头,言语中满满的都是瞧不起:"你是巫月神教的圣女,不管走到哪里,落难成什么模样,总会有人拉你一把。你永远都是高高在上的巫月圣女,就算胜了我又怎么样?想把我再一次丢进万蛊池,炼成绝杀吗?我就算魂飞魄散,也不会把自己留给一个不配做我对手的人。你永远也不会懂什么叫作痛苦,什么叫作折磨,因为你是高高在上的巫月圣女,手底下有不知道多少人替你卖命,替你去死。"

"你说我不懂什么叫作痛苦,你说我是靠着别人的施舍才活下来的,你说我不管走到哪里总会有人拉我一把?"木青瓷的眼神彻底冷了下来,说话的声音也是冰冷无比,她一字一句地慢慢说着,速度不快也不慢。

"难不成我还说错了吗?你根本不会明白什么才是地狱。"毒女没有丝毫松口,哪怕她已经落在了木青瓷的手上,也是依旧嘴硬,说着她想说的话,"你去过地狱吗?你知道痛苦是什么样子的吗?你知道现在的毒女是怎么练出来的吗?四年前,从我在这具身体里醒过来的第一天起,就有人不停地拿我试毒。那时候我手无寸铁,没有丝毫的反击能力,可以算是一个只能拿动绣花针的柔弱女子。你试过醒来的第一天是在空荡荡的密室里,四周除了铜墙铁壁,什么都没有吗?你见过五颜六色的蜘蛛在你身上爬吗?你见过让人恶心作呕的蜈蚣爬上你的身体吗?你试过满屋子都是毒蛇,而你无路可逃,只能被毒蛇嗜咬是什么感觉吗?万蛇缠身,那种滋味你试过吗?毒蛇冰冷的身体,缠绕在你的身上,你可以清楚地感觉到那些蛇就在你的脚边、你的手腕上、你的脖子上。"

"我试过。"

第一百〇四章

毒女说着说着就怒吼起来,她睁大了眼睛,咧开嘴狰狞地笑起来:"每一日都承受着那些毒物的嗜咬,承受着不同的毒。那时候只有两个选择,要么被毒死,要么忍受下来,当然也可以选择自我了结。我还不想死,我连我是谁、为什么会在那里都不知道,怎么能死呢?所以我只能选择受着那些痛苦,直到我的身体渐渐出现抗毒性。如果你以为这样就完了,那就大错特错。之后我被丢入了万蛊池。你知道万蛊池是什么地方。被用来试毒的人不止我一个,活下来的人也不止我一个。我们在万蛊池里相遇,作为敌对的对手。被丢入万蛊池的日子就是没日没夜地同那些蛊虫厮杀,活下去并且吞噬掉被杀的一方。养蛊的方法谁都懂,就在我一次次被毒折磨得死去活来的时候,支持我继续厮杀下去的信念,就是要活下去。没有食物也没有水,那段日子里我最喜欢的就是蛇了,因为蛇可比蝎子、蜈蚣、蜘蛛好吃多了。最后跟我一起被丢下万蛊池的那些人也都被我吃了,我吸干了他们的血。人血可比蛇血好喝多了。最后只有我从万蛊池里爬了出来,这一点恐怕连我师父都没有想到。那么柔弱的女人,一次次地被用来试毒，再被丢入万蛊池饲蛊，却是成功活着出万蛊池的人。"

毒女狂妄地大笑起来，她所经受的事的确不是一般人可以承受的。被万蛇缠身，被用来试毒，还能活下来，对于一个手无缚鸡之力的弱女子来说，的确是很不容易了。其实别说一个弱女子受不了，就是有点武功、身体强壮的男人都受不了。如果她真的是景安儿，为什么会变成这样，也可以解释得清了。

"什么是养蛊？"

毒女的自述，狰狞的表情，疯狂的大笑，再加上那张跟景安儿一模一样的脸，让莫静岚一阵心酸。她宁愿相信毒女就是已经被折磨疯了的景安儿，毕竟那些话听起来，让身为女人的她为景安儿心疼。

"养蛊是苗疆炼蛊所用的方法，把不同的毒物放在一起，然后任由那些毒物相互厮杀、相互吞噬，最后活下来的那只毒物则是蛊。"为莫静岚解释的人不是沈夜，也不是锦懿卿，更不是冷冰熙，而是莫景凉。他的语气寡淡，脸上神色不明，让人猜不透他在想些什么。

"万蛊池吗？"

锦懿卿见莫静岚依旧不说话，看起来还有疑惑，他简单解释道："苗疆有两大禁地，万蛊池便是其中之一。万蛊池的作用就是养蛊，养出最强的蛊，也就是被苗疆称为绝杀的蛊。万蛊池如名一般，其中有万只毒蛊，每一毒蛊都不是寻常的蛊，而是被人精心炼制出来的毒蛊。就这样，把万只毒蛊放在一起，任由那些毒蛊厮杀，吞噬其他的毒蛊，最后剩下来的一只毒蛊则是绝杀。不过万蛊池所费巨大，光是那些毒蛊，有些人穷尽一生也无法筹齐，所以万蛊池只有一些大势力才能耗尽时间精力人手去建造。且苗疆有禁令，绝不允许用活人去饲蛊。一旦被人发现，则会受到整个苗疆的通缉。因为用活人养蛊饲蛊太过毒辣，为苗疆所不容，所以被严禁。不过始终有一些邪门歪道，暗中用活人炼蛊。这便是万蛊池的因由。"

冷冰熙睁大了眼睛，她不可置信地说："好可怕的人，拿活人饲蛊养蛊。刚才景安儿……不对，是毒女，她说她才是绝杀，这是什么意思？她吞噬了万蛊池里的万只毒蛊吗？"

锦懿卿也微微蹙起了眉头，他看着疯狂的毒女，诧异地说："不是所有的人都能成为绝杀。活人一旦进入万蛊池中，就会受到万蛊嗜咬，那时候人中的毒不是一种，而是不同的毒在人的身上发作。其中绝大部分的毒蛊所产生的毒，就连把毒蛊放进万蛊池的人都没有解药。在万蛊池里，只有两个选择。一是被万蛊嗜咬，被活活地毒死，沦为毒蛊的食物。"

"那第二个选择是什么？肯定是要赢，不然怎么能活着出来？"

"话是这么说没错，只是怎么赢。"锦懿卿深深地看了一眼毒女，他好像已经明白了毒女这个名字到底为何而来，"按照毒女所说，她四年前醒来后被人用来试毒，等到身体出现了一定的抗毒性，才被丢进万蛊池。她想要活下来，只有一个办法，那就是变得比万蛊池里所有的毒蛊还要毒。当她变成足够毒的毒蛊的时候，那些蛊虫来嗜咬她，不仅不会伤害到她，反而会被毒女毒死。那时候毒女在万蛊池里，没有食物也没有水，她就吃那些毒蛊，用来充饥。当她把万蛊池的所有蛊虫都吃掉后，她就是绝杀。同时也达到了养蛊的人的目的，毒女就是他的绝杀。

她只会一点三脚猫的功夫,可却是剧毒无比,沾之必死。"

"的确,人血比蛇血的味道要好。"木青瓷掐着毒女的下巴,她一点也不惧怕直接触碰毒女,也不怕可能会不知不觉地中毒,因为她百毒不侵。"蛇血有时候能够救人命,有时候也能杀人。万蛊池的确不是一个好地方,被万蛊嗜咬一定很痛苦。不过你怎么知道我没有试过万蛇缠身?你真的以为被用来试毒的那些蛇也算是万蛇吗?真正的万蛇缠身你根本不懂。还是说你以为巫月神教的圣女很好当,是别人施舍给我的?可是又有谁会把一个传承数百年的大教给你,就为了一句话。既然话已经说开了,我也不妨跟你直说,免得你到死都死不瞑目。"

"什么意思?"毒女依旧保持着那个站着的姿势,她搞不清楚木青瓷在打什么主意,还有那些话是什么意思,"有什么话就说清楚,不要藏着掖着,反正都已经说开了,你还怕暴露出来吗?"

木青瓷收回手,眉宇间有着厌恶,她说:"你知道我最讨厌的东西是什么吗?是蛇。你知道我在四年前是怎么活下来的吗?你知道万蛇窟是什么样子吗?你去过万蛇窟吗?我去过。忘了告诉你,我是从万蛇窟里爬出来的。跟你一样,我也想活下去,你是从万蛊池里爬出来的,而我是从万蛇窟内爬出来的。"木青瓷的语气很淡,听起来好像是在说无关紧要的事一样,可是事实到底是什么样,除了她没有人知道。

毒女露出吃惊的样子,她就像听到什么不得了的事情一样,睁大了双眼,不可置信地说:"怎么可能?你怎么可能会是从万蛇窟内爬出来的?你分明是……"她突然明白了,其实很多事她都不清楚,又笑起来:"之后呢?你是怎么活下来的,又是怎么进入万蛇窟的?"

"就像我之前说的,你真的以为巫月圣女那么好做的吗?不要以为所有人都跟你一样天真,准确地说你根本没有记忆,只是受人操纵而已。"木青瓷面无表情,她的嘴角有一丝讽刺,她不介意当着所有人都说出来,那些事不过是一些过去。加一点东西,也许就变了味道,也会更有感觉。至于为什么要说这些,只不过是为了拖延时间。不仅是毒女要拖延时间,她也要拖延时间,真正的大鱼还躲藏在暗中,至今没有现身。"百毒不侵是需要代价的,没有什么东西不要代价,而我付出的代价也是一条人命。当我拖着孱弱的身体到了巫月神教的时候,不是作为远道而来的宾客,而是犯了大罪的罪人。我也说过巫月神教的圣女并不是那么好当的,既然有忠心耿耿奉你为主的长老祭司,那么自然也有视你为挡路石的人。没有人会平白无故地让一个不受他们控制的人当巫月圣女,更不会奉她为主。不是所有的人都是一条心。"

木青瓷慢慢地踱着步子,她绕着毒女转着圈,眉间舒缓,看起来就像说一些无关紧要的事情。"忠心耿耿的一派人要迎我回巫月神教,而早已经生出异心,想要把女氏一族取而代之的反对派则恨不得除掉我。中间的那一派人,既不得罪反对派,又不得罪忠心耿耿的一派人,保持中立,不多言也不多语。在我养伤的时候,反对派的人偷偷给我安上了一个罪名,趁着教里的人都被支开的时候,对我动手了。可偏偏那些人不敢杀我,杀了我就是公然挑战巫月神教,挑衅苗疆。所以他们就找了一个中立的办法,把我扔进了万蛇窟。这样他们没有亲手杀了我,也不算是破了大戒,同时还可以除掉我,一举两得,何乐而不为呢?你跟我一样清楚万蛇窟是什么样的地方，就像我知道万蛊池是有多可怕一样。不管是万蛇窟，还是万蛊池，凡是进去的人都不能活着出来，这一点很相像。因此，我不想放过一个跟我意外相像的女人。"

木青瓷放慢了说话的速度，对于她来说，这些话不过是早就想好的说辞。"所谓万蛇窟，正如它的名字一般，万蛇万蛇。你问我试过万蛇缠身的滋味吗？我可以认认真真地告诉你，你没有试过真正的万蛇缠身，而我试过，而且不止一次两次。万蛇窟是苗疆的禁地，被丢进去的都是穷凶极恶的人，一旦有活人被扔进万蛇窟，最好不要指望那人能活着出来。知道我被丢入万蛇窟的时候是什么样子吗？我拖着重伤的身体，在黑暗中漫无目的地摸索行走。手脚所能触碰到的地方都有蛇，可能是毒蛇，也可能是无毒的蛇。可是有毒没毒在万蛇窟有什么区别？那里面的蛇有多少恐怕没有人知道。蛇喜阴暗潮湿，所以万蛇窟不见天日。进了万蛇窟，你的一双眼睛就没了用处，因为不论白天还是黑夜，都是漆黑一片，可以说是伸手不见五指，只能靠着听觉来观察周围的环境。进了万蛇窟的人就别想活着出来，这是苗疆众所周知的事情，不仅是因为万蛇窟里有着数不尽的蛇穴，危险异常，更是因为那复杂的地形。万蛇窟是一个巨大的迷宫，只要你进去了，就别想再走出来，因为根本没有出路。没有食物也没有水，没有白日也没有光，还要时时警惕着周围的蛇群。在万蛇窟里除了蛇还是蛇，走路时、伸出手摸索着前行的路时，靠着石头休息的时候，都有蛇在你的身边，区别只是有毒没毒、大还是小。有的蛇很小，可是有剧毒，你在黑暗中摸索前行时，说不定它们什么时候会扑出来咬你一口。有的蛇很大，它们没有毒，但是被它们缠在身上、被啃咬时依旧不好过。还有的蛇，不对，应该说是巨蛇了。它们可以一口吞下一个活人，也分布在万蛇窟各处。但在那样的环境中，最可怕的还不是蛇，而是人。"

第一百〇五章

"人一直都是最可怕的，不是吗？"毒性还是没有退去，毒女想要反抗，可是什么也做不到。她一边听着木青瓷的话，一边说："如果可能，人会选择吞噬同类以壮大自身。人性本就是贪婪的，也没有什么好大惊小怪的。"

木青瓷罕见地赞同了毒女的话，她深吸了一口气，继续说："没错，人性就是如此。万蛇窟里没有食物，也没有水，如果想要活下去，只能吃蛇肉、喝蛇血。不过要小心一点，因为你不知道你随手抓住的一条蛇，是有毒还是没毒。当然万蛇窟里关押的人也没有死绝，还有不少穷凶极恶的人活着。当被逼疯的时候，弱者就成了最好的食物。那些落单的人、受伤的人、身体孱弱的人，都是最先被解决的对象。那些人死后，化作胜利者的口粮。你知道那些人最喜欢吃什么样的人吗？年轻女人和孩子。因为他们的肉最香，也最嫩，吃起来也爽口。到处都是腐烂的气息，人骨随处可见。我当时还受着重伤，不仅如此，如你所说，我还怀着孩子。当我的双眼适应了黑暗之后，所能做的就是活下去。我不想死，不想死在万蛇窟，成为蛇口中亡魂，更不想成为那些人的口粮。当我无力再走路的时候，只能爬着走。那一刻我就在想，我的孩子可能没了，因为我不够强大，保护不了她。可是孩子很顽强，她一直在我的体内，没有过不好的症状。明明还是没出生的孩子，好似知道她娘亲此刻的困境，从没有过胎动，抑或是其他动静。她在我的肚子里一直都很安静，安静到不止一次我都以为孩子已经没了。就算我每天只能靠蛇血度日，只能吃着生蛇肉，她还是在我的体内健康地长大。万蛇窟内不能用火，火会引来蛇群，更会引来那些已经神志不清的人。蛇血阴寒，每日都是靠着蛇血度日，那种滋味我一辈子都忘不了。在黑暗中，我已经分不清我是人还是鬼，每日都是浑浑噩噩的，渴了、饿了，随手一抓，手上就会有蛇，也不管有毒没毒，就以它为食物。你永远无法体会我那时候的心情。在万蛇窟里，我第一次觉得活着不如死了。到处都是腐烂的气息，有人的尸体，也有蛇的尸体。你的身上除了血还是血，那些血凝固在你的身体上，结成厚厚的一层血痂。没有光的日子，你分不清现在是白天还是黑夜，你分不清你是死了还是活着。在万蛇窟里待久了，我的肚子渐渐大了起来，行动也不方便，可我还是想要逃走。我想要活着，想要活下去，所以我不可能在万蛇窟内生产，因为在万蛇窟内生产唯有死。可能是落入蛇口，也可能是沦为那些人的口粮，总之一切并不美好。"

木青瓷眼中有着笑意，明明她才是说故事的人，可是说的好似不是她的故事，而是别人的，她只是一个代说的人。"知道后来我怎么逃出了万蛇窟吗？可能是太想要活下去，所以就跟你一样，不管付出什么代价也都要活下去。我从万蛇窟里爬出来时，外面正好是白天，许久不见光的我第一次感觉光是那么刺眼，可这也无法表达我当时的心情。我拖着虚弱的身体一刻也没有停留。我倒在地上，意识渐渐模糊，可我还是想要活着，所以挣扎着慢慢爬行。我知道我不能死在荒郊野外，然后沦为野兽的食物。我在彻底昏迷前遇见了一个人，他是我离开万蛇窟后遇见的第一个人，是他救了我，并且安顿好我。你知道那个人是谁吗？"

"萧妄宴。"毒女已经没有了之前的那般疯狂，她收敛了心绪，尽量保持冷静。她听了木青瓷的话，想都没有想一下就说了出口。

"除了他，不会再有第二个人会选择救当时的我。之后就如同你说的那般，是萧妄宴陪着我。等我养好了伤，把孩子托付给了花长老，就回了巫月神教。那群长老、祭司见了我就像见了鬼一样，因为没有人能从万蛇窟里活着出来，可我偏偏是个例外。我回到巫月神教之后，顺利地扫平了巫月神教中的大小派别，掌管了巫月神教。在迎接巫月圣女归来的那一天，我将所有反对我的人都扔进了万蛇窟，也让他们试一试万蛇窟里暗无天日的生活。"木青瓷敛去了眼中的笑意，她走到毒女面前，继续说，"我这个人最是不好的一点，就是记仇。别人对我十分好，我可能都记不住一分。若是有人让我痛苦了一分，我就要还那些人十倍痛苦。若是有人让我痛苦了十分，那我也一定会还给那些人百倍、千倍痛苦。"

"很好不是吗？我喜欢这样子，别人给我十分痛苦，我就要还给他千倍万倍的痛苦。我有多痛，他就要比我更痛。"毒女弯起唇角，她唇红似血，眉目间的媚态让男人看了骨头都酥了。可是她说这话的时候，很多人都不寒而栗。"所以说我们两个才是最相像的人，相同的遭遇，相同的结局，却是生死的仇敌。"

"所谓生死仇敌，恐怕已经算不上了。因为你即将成为我的傀儡。再将你丢进万蛊池一次，不知道会不会有更好的结果。那时候你的记忆会渐渐地模糊，直至彻底消失不见，最后就变成了我最忠实的奴仆。"木青瓷抬起毒女的下巴，她直视着毒女的眼睛，冷漠地说："不管你是景安儿也好，毒女也罢，落在了我的手上，就不要再指望可以活着离开。等我料理剩下的事，就带你回苗疆。不过可要想一个好的方法，才能不让你逃脱。毕竟毒对于你来说，作用并不是那么大，就连你现在这样子，我都不敢对你用毒，只能用一些药麻痹你的身体，让你无法动而已。"

毒女冷笑了两声，她理所当然地说："原来你也知道毒对于我来说一点用处都没有，我还以为你可以放心我现在这样子，想不到也是装出来的样子。"

"拿上来。"

"落在了你的手上，我也不指望你放过我，倒要看看你要用什么手段对付我，太差了我可会很不满的。"毒女的脸色并不好，不过她已经有了心理准备。她没有痛感，就算木青瓷对她用什么酷刑，也完全没有用。

有苗疆弟子拿出细长的锁链来，想一想也没有错，毒女的武功不好，只是蛊术和毒术很厉害，一旦被锁住，凭她的武功根本不可能震断锁链逃走。

"这就是你给我准备的东西，打算锁住我吗？不过也算是个好办法，我的武功太差，根本无法震断锁链。"毒女瞄了一眼巫月神教弟子拿过来的锁链，脸上有着嘲讽。

"只是锁链就太没有诚意了，所以就做了点特别的。"话音还没有落下，木青瓷就把琵琶锁插进了毒女的右肩上，尖硬细长的铁刺刺进了皮肉里，刺穿肩膀，直接锁住了琵琶骨。红中带黑的鲜血从伤口处冒了出来，很快就把毒女肩膀周围的衣服打湿。"锁住了琵琶骨，可能我会放心一点。我说过，你始终要为说过的话付出代价，所谓的代价自然是血的惩罚。"

"姐姐！"景慕看着毒女那张跟景安儿一模一样的脸，虽然不相信毒女就是景安儿，可是还是挡不住毒女那张脸的诱惑。有那么一刻，景慕觉得毒女就是他的姐姐，所以忍不住叫出了声。

"还不够呢！这种程度就够了吗？我也跟你说过，没有人能够杀了我，因为我早就已经死了。你连一点疼痛都无法让我感受，是不是太没用了。"

毒女并没有感受到任何的疼痛，一点声音也没有发出来，只是因为流血过多，脸色变得苍白起来了。转动着眼珠子，她用余光瞄了琴姬一眼，浅淡地笑起来："琴姬是吗？为我歌一曲，我喜欢你的曲子，至少我想在我离开之前记住这个声音。"

琴姬垂下眼帘，她又抬起头来，扫了木青瓷一眼，又看了一下毒女，轻轻地点了点头。

毒女闭上眼睛，静静地听着这一首只为她一人唱的歌，脑海中忽然闪过很多画面，过往的那些情感全部都涌上了心头。这一次不算撒谎，毒女真的喜欢琴姬的歌，只是偶尔会想起那些不属于她的、景安儿的记忆。

萧晨安眼睛眨都没有眨一下，他聚精会神地盯着毒女，看着她苍白的脸色，紧闭的双眼，右肩上还在流的血，突然觉得心有点疼，放在桌子上的手不自觉地握成了拳头，眉头也紧紧皱了起来。

兰妤坐在萧晨安旁边，她看不清毒女现在是何表情，但也可以猜测此刻毒女有多不好。她慢慢收回视线，偏头看着萧晨安，见他眉头紧皱起，放在桌子上的手也握成了拳头，手背上的青筋都冒了出来，她就明白了。她不是圣人，她也想跟心爱的男人永远在一起，哪怕是成为他手上的一颗棋子。她的爱太过卑微，不如景安儿爱得大方，爱得光明磊落，可她不是完美的人。她蹙起眉，把手放在萧晨安握成拳头的手上，白皙却不白嫩的手紧紧地覆盖着萧晨安的手，眼中有着担心，不安地唤道："相公。"

被兰妤这么一唤，萧晨安回过神来，感受着手背上传来的温度，长长地呼出一口气，偏过头来看着兰妤。"我没事，只是稍微有些走神，不用担心。"要知道兰妤极少叫萧晨安为相公，只是偶尔在众人面前这样唤他。因为夫妻这个词用在他们两个人身上太不合适，本就不是合适的人却生生凑在了一起，也许这就是不习惯的原因。能够清楚地感受到兰妤的担心，萧晨安从兰妤的手中抽出他的手，拉过兰妤的手，轻轻地拍着她的手背，示意她放心。

兰妤只是抿紧了唇，她悬着的心又落了下来，只是依旧无法彻底安心。静静地望着萧晨安的侧脸，她突然觉得景安儿是如此幸福，哪怕萧晨安从未说过她的事，但只要是跟景安儿有关的事情，萧晨安一概都记得。虽然收拾萧府时，把曾经属于景安儿的东西都扔了，但她知道景安儿一直没有离开，她活在萧晨安的心里。不管何时何地，萧晨安都会想起景安儿，一直不曾忘却。兰妤很羡慕景安儿，就算她死了，可是萧晨安的一颗心全都装满了她，再也容不下其他人了。

第一百〇六章

"好美的曲子，好美的歌，好无奈的故事，就像是我的结局。"毒女慢慢睁开眼睛，鸦青睫毛轻轻地颤动着，她的声音突然变得浅淡起来，没了那般千娇百媚，俏丽的脸上依旧苍白，却褪下了那一种张扬。眼中有着迷茫，脸上挂着清浅的笑。她依旧是那么美，却不同于之前众人所见到的那般，一下子就好像变了一个人。不仅是表情，浑身的气质也都大变了，跟之前毒女的肆意张扬完全不同。现在就如同水一般柔柔的女子，就像是从毒女变成了景安儿。如同在梦里一般，让人摸不着头脑。

"景安儿！"

说出这个名字的人，不是别人，而是锦懿卿。他正对着毒女，可以清楚地看见她脸上的变化。听着毒女淡淡的话语，还有那一种跟毒女完全不同的感觉，虽是有些迟疑，但还是掷地有声地喊了出来。

毒女顺着传来的声音看过去，眼中依旧是那般的迷茫，只是多了一分忧伤。她试着动了一下，身体却是不那么稳，右肩上的琵琶锁提醒着她。她嘴角浅笑，不明媚却很哀伤，轻轻地说："景安儿？她已经死了。我的故事已经落下最后一笔，独属于我的结局会是怎样。执念未消，不得解脱吗？"

"姐姐？姐姐，是你吗？"景慕看着这样子的毒女，睁大了双眼，他上前几步，激动地说："姐姐，是你吗？回答我，我是慕儿呀！"

"慕儿？"毒女听着景慕的话，她迟疑了一下，眨了一下眼睛，眼眶里一片晶莹，她柔声说："终于长大了，姐姐的慕儿也成了一位好儿郎。"

得到毒女的回应，景慕露出欣喜的神色，他快步上前，只是被景家的人拉住了，让他不要轻举妄动。景慕犹豫了一下，还是听从了景家的长辈的劝说，他真切地说："姐姐，我接你回家，再也不会有痛苦了。"

"一剑轻安你倾尽天下，转身的手法如此潇洒。我拼却一生用命画的押，却始终等不到你来拿。"毒女学着琴姬的调子，轻轻唱着这几句歌，只是听着非常心酸与哀伤。她慢慢阖上眼，眼泪从眼角流了下来，苍白的脸上唯有泪痕。"你说带我去你曾经描绘过的地方，如今却成了遥不可及的那一方。找寻着，回忆着，你忘记的我都记得。只是你的路途中没有我，也看不见我的苍老。如今无人伴我以琴，更无人伴我共白首。"这些话不像是会从毒女嘴里说出的那般，此刻的毒女根本不是毒女，可以说是景安儿。她阖上了眼，强行移动着身体，想要转过身去，却不受控制地往地上倒去，她只轻轻唤道："阿晨，原谅我，无法再陪着你走下去。"

毒女重重地摔在地上，琵琶锁的锁链也因此发出砸落在地的巨大声响。这一情况，在场的所有人都没有料到。只见毒女，不如说是景安儿摔在地上，紧闭着双眼，好像连气息都没有了。

景慕看着倒在地上的景安儿，撕心裂肺地大叫起来，他完全不顾景家人的阻拦，跑了过去，跪在毒女身边，带着哭腔说："姐姐，我带你回家。"

唐岚歆坐在萧晨安旁边的桌子旁，她重重地拍着桌子，发出不小的响声。"她没有错，凭什么还要道歉？就因为景安儿是付出真心的那一方吗？就因为付出了真心，所以才会爱得这么卑微吗？一片情深空负了人，她记得所有，她是那样好的一个女子，却生生被逼成了现在的模样，难不成唯有死才是她的结局？"

萧晨安默不作声，表面看起来云淡风轻，谁又能知道他内心所想。他的目光落在毒女身上，心中也开始有了猜测。

"你的路途中没有我，也看不见我的苍老。如今无人伴我以琴，更无人伴我共白首。"木青瓷重复着这句话，她盯着倒在地上的毒女，也是景安儿，"错爱一生，有何办法。忘不了，求不得。白首不相离，世间又有几人能够做到，又何来有人伴你共白首。白幽，把毒女带走，确保她无法逃脱。如果还活着，就锁住她的琵琶骨，暂时关押。如果死了，准备些药，带回苗疆，丢入万蛊池饲蛊。"

听到木青瓷的话，景慕快速抬起头来。他抱起毒女，瞪着木青瓷，恶狠狠地说："巫月圣女，我不管你和毒女有什么恩怨，但她是我姐姐，她还活着，我绝不会让你把她带走的。"

木青瓷瞥了景慕一眼，慢腾腾地转身走了。就在众人以为巫月圣女就要这样放过毒女时，只听木青瓷说："我的绝杀绝不能有任何闪失。"

"是，圣女。"

"她是我姐姐，景家的大小姐，我决不容许你们这些异族人欺辱。如果巫月神教想和景家撕破脸，就请动手。"景慕紧紧地抱着景安儿，他的眼睛通红，说话很是硬气，一点都不退让。

木青瓷停下步子，转过身，冷冷地打量了景慕一会儿，漠然地说："好！"

木青瓷话音刚落，毒女突然睁开眼睛，迅速掐住景慕的脖子，慢慢地起来。她的脸上又挂起了轻蔑的笑容，眼角眉梢依旧满是风情，她挟持着景慕往后退，无奈地说道："你可真是铁石心肠，我都演成景安儿了，你竟然还是没有半分感动，真是太让我伤心了。本来以为扮成景安儿，会让你有所松懈，再说出一些让你感同身受的话，就会有机会逃脱。我的表演还算挺成功的。瞧一瞧我这懂事的弟弟，真让姐姐欣慰。"

"你不是我姐姐，你是毒女？"景慕先是不可置信，但接下来又想通了，景安儿不会这样对他的，永远也不会。

毒女怎么会不明白景慕的心思，她笑出声道："我的乖弟弟，可别试图反抗。虽然我武功不好，但要你的命还是容易。我的乖弟弟，姐姐也不想这样对你的，只是凭你根本挡不住白幽。那一群老不死的也绝对不是他的对手。实在没了办法，只能出此下策，你可不要怪姐姐。我之前说过，我想要活下去，不管怎么样也想要活下去。经历了那么多的痛苦，我可不想前功尽弃。"又看向木青瓷，似笑非笑地说："你可要考虑一下，我如果要死也绝对拉人陪葬，可不止我手上的弟弟，而是在场的所有人。玉石俱焚才是我所想要的。你可要好好想一想，我若是死了，我身体里的蛊虫都会跑出来，你说这里的人最后能活下来几个，外面的平民百姓又要死多少人？你可不是那种好心肠的人，要是这些人中了我的蛊毒，你可不会费心去配制解药，顶多会说处理干净。那中原武林的人会怎么看待你呢，因为你死了那么多的人。"说着，毒女就挟持着景慕往后退，琵琶锁的锁链拖在地上，发出啪嗒的声音。

木青瓷飞快地冲到毒女近前，手中的软剑直接刺向毒女的胸膛，也不管景慕是否挡在毒女身前。

毒女好像早就料到木青瓷会这么做，她下意识地把景慕推到一边去，并不用他来挡剑。这样做一点也不像毒女，可是她偏偏这么做了，身体又不受她的控制了。就在此时，一个酒杯扔了出来，飞向木青瓷。木青瓷只得收回剑，一剑劈烂那个酒杯。同时一个全身都笼罩在黑袍里的人从屋顶上跳下来，一手抓住毒女未受伤的左肩，想要带她离开。

"想走？"木青瓷不想放过毒女，更不想放过那个黑袍人，那才是今天要钓出来的大鱼。她没有犹豫，施展轻功追去，直接在空中攻击黑袍人。黑袍人冷哼一声，一掌打了过去。木青瓷硬接了这一掌，她勾唇一笑："蛊爆！"

黑袍人被蛊爆成功拦住了，又落在了屋檐上。木青瓷也不好过，她不是黑袍人的对手，被震得飞了出去。

"圣女！"

白幽没有去接木青瓷，他知道木青瓷不会有事，但还是担心地出声了。

"娘！"流萤一看见木青瓷被震飞，就大叫了出声，小脸蛋上满满都是担心。她抓着白若尘的手，着急地说："若尘哥哥……"

白若尘握紧了流萤的手，他心里也很慌张，但看蛊婆如此镇定，心里就踏实了许多。他安慰流萤说："流萤，别担心，姑姑不会有事的。"

萧妄宴在黑袍人出现的时候，就已经高度戒备起来，见木青瓷被震得飞了出去，他施展轻功，飞身上去，接住木青瓷，而后稳稳地落在地上，偏头对横抱在怀里的木青瓷说："没事吧？"

木青瓷摇摇头，她的视线一直停留在黑袍人身上，淡淡地说："没事，只是轻伤而已。"她从萧妄宴身上下来，嘴角有一丝血迹，用手擦了擦，随即又看向流萤和若尘，她快速说："若尘陪着流萤，别让她乱走。待在那里别担心，如果有危险，有人会护着你们，不会让你们受伤的。"

"嗯。"

萧妄宴看着和白幽在屋顶对峙的黑袍人，他勾起唇角："总算等到你了。"重重地拍了两次手，发出响亮的掌声。只见从四周的屋顶上冒出来许多人，他们都拿着弓箭，箭已经搭在弦上，对准了黑袍人。

黑袍人扫了一眼周围的人，不知道有多少人拿着弓箭对准了他。他也不着急，抓紧了毒女，另一只手拿着琵琶锁连着的锁链，他看了眼精钦打造的锁链，用内力震断了长长的链子，只留下一小截锁链还连在琵琶锁上。

"师父。"毒女感觉不到肩膀上的疼痛，她眼角的余光扫过身边的黑袍人，冷着声音问道："我们现在该怎么办？"

南霖就是黑袍人。他没有着急回答毒女的话，只是很随意地说："想不到我一个山野莽夫还引来顷绡阁阁主的特别关注，这么大的手笔，浪费在老夫身上不觉得可惜吗？何况我们并不是敌人，又何须兵戎相见。"

萧妄宴表面平静，心里却不那么轻松，而是十分警惕。他皮笑肉不笑地说："正如前辈所说，我们并非是敌人，兵戎相见对你我都不好，只是今日想请前辈留下做客，把毒女姑娘留下。"

"做客？听起来不错。只是今日老夫有一些事情，改日再来一聚。毒女可是我最心爱的徒弟，最完美的作品。君子不夺人所爱，萧阁主也别强人所难。"南霖是只老狐狸，他不清楚萧妄宴的底细，却知道萧妄宴可能和一个隐世的高手有牵连。以南霖的武功，想走很容易，只是带着受伤的毒女，就有些麻烦了，还要护着她不死。说话的时候，他还注意着边上对他虎视眈眈的白幽。

萧妄宴也收起了脸上的假笑，冷冷地说："既然这样，就别怪晚辈无礼。放箭。"

白幽早在萧妄宴示意的时候就明白了，他毫不犹豫地舍弃了黑袍人，退得远了一点，免得受箭阵的伤害。

第一百〇七章

南霖冷哼一声，他可没准备束手待毙。只见他迅速扯下身上的黑袍，灌入内力，宽大的黑袍一下子就绷得紧紧的。南霖飞快地旋转着黑袍，挡下那些飞来的利箭。幸好不是万箭齐发，南霖也不算手忙脚乱，但时间越久他就越处于劣势。要是不必顾及毒女的性命，那估计会轻松很多，只是那是不可能的事。毒女是一枚绝杀的棋子，辛苦培养了四年，浪费了就太可惜了。

就在此时，屋顶的另一边发出人的惨叫声，有好几人被杀了。同时一个娇小的黑衣人跑到南霖这边，南霖也不浪费这个机会，他趁机把毒女朝黑衣人扔过去。黑衣人接住毒女，抱着毒女一刻也不犹豫地逃走了。

白幽见此，直接朝抱着毒女的黑衣人追去。南霖没了毒女这个包袱，自然从容得多，快速闪身过去，挡在白幽身前，阻拦他去追毒女她们。只听南霖说："巫月神教的现任神使，不如就由老夫来陪陪你，不知道你有没有你上一任的神使的七成本事，也有可能他是你的叔伯或是哪位长辈？"

白幽眉头一皱。他不是苗疆的装扮，而是中原男子常见的装扮。黑发被束起来，简单地用簪子固定起来。算不上十分俊美，但也可以说是英俊潇洒，只是因为他跟大部分的江湖上人有一点不一样，也是唯一的不一样之处，那就是白幽怎么看都不像是混迹江湖的人，也不像是巫月神教高高在上的神使，而是一个满身书卷气息的儒雅男人，一位饱读诗书却没有穷酸气息的书生。只是此刻的白幽跟之前完全不同，屋顶上的风吹起他的发丝，他的面容冰冷，浑身的气质大变，就像一把凌厉的宝剑，此刻已经出鞘了。

南霖先行动手，他出手又快又准，不仅如此，还十分的狠辣。白幽直接迎上了南霖，他的武功很高，绝对是在一流高手的行列之中。尽管两人在短短的时间内对决了十招，但是明眼人一眼就可以看出来，白幽的武功虽然很高，跟南霖一对决，几招之内还看不出深浅，只是时间一久，对决招数多了之后，就能够明显看出区别来。就如同当年司琰在成佛崖的假宁国宝藏处跟南离对决之时，两人在对决之后，明显看出了一个差别。

萧安宴也施展轻功飞身上了屋顶，他一身大红色的喜服格外的显眼，他也插手进了白幽和南霖的战斗中。萧安宴和白幽互看了一眼，同时点了一下头，两个人就好像配合多年的好朋友一般，可以说是默契十足。有了萧安宴的加入，白幽轻松了很多，两个人足以应付南霖，只是还是有些吃力。南霖运起护身罡气，让萧安宴和白幽暂时近不得他的身。萧安宴和白幽相视一眼，好似确定了接下来该怎么做一样。

只见他们两人同时打向南霖，南霖直接迎向了两个人，两只手放拳成掌，分别对上了萧安宴和白幽，三个人在比拼着内力。众人只见南霖一个人对着白幽和萧安宴两个人，他们三人就这样对峙着，旁边的人大气都不敢喘，好似正在跟南霖对决的人是他们一样。这也是让众人惊讶的地方，没有多少人见过萧安宴出手，但是从来没有人怀疑过萧安宴的实力，也不会认为他的实力比起其他人差一些。至于白幽，这也算是第一次当着中原武林人士出手，他的实力众人也都看在眼里，绝对高于一般的一流高手，乃是顶尖的高手。僵持了没一会儿，南霖的额头上也有了薄汗，他再次提起内力，一下子震开白幽和萧安宴，他也退了两步出去。

萧安宴和白幽稳稳地落在一边的屋顶上，面容冷峻，目光一直落在南霖身上，时刻注意着他的一举一动，说什么也不轻易放南霖离开。

南霖站稳了身体，他理了理身上的衣服，盯着萧安宴和白幽两人，并没有着急离开。他如果想走，单凭白幽和萧安宴还拦不住他，就算加上一个巫月圣女，也拿不下他。只是不知道其他人会不会出手，如果其他人也帮忙对付他的话，那恐怕就不好说了。只是南霖知道，下面坐着的那些人并非是铁板一块，不会轻易帮萧安宴和巫月圣女对付他的，这也是南霖此刻如此放心的原因之一。"巫月神教的神使白幽，你的武功虽然很不错，但还没到炉火纯青的地步，比起上一任巫月神教神使来说，还是有一段不小的距离。也只怪你年岁不够，无法将那高深的内功练得更上一层楼。"

最先出声的人不是白幽，也不是其他人，而是蛊婆。她冷哼了一声，满脸的褶子都抖动了起来，用那并不好听的声音厉声说道："我巫月神教的神使还轮不到你一个外人来评论，以为戴着一个黑面罩就可以掩盖身份，当世能有你这份武功的人，如果还没有老死，就跟我老婆子一样多年不出世了。就那几个人，一双手就能数得过来，让老婆子好好想想你到底是哪一尊耐不住寂寞的大神。"

"当世的确没有几个人了，不过你能猜出来的人，也不一定会是我。花朝。"南霖漫不经心地说着，他的确算是还留下的人了，只是跟他一样没死的老怪物还有很多。"我记得第一次在苗疆见到你的时候，你是那一任巫月圣女的心腹，那时候的你跟现在的你一点都不像，就拿脾气来说，是要冷静聪明许多，哪有现在这么暴躁。看来人老了不一定是收了性子，说不定还是放开了脾性。等我时隔多年再去苗疆时,你已经从一位小小的圣女护卫变成了巫月神教中的贪狼祭司,再坐着巫月神教大祭司的宝座,彻底掌握了巫月神教,真是意料不到的变化。隔了几十年不见,再去苗疆时还以为你死了,看来还活得好好的,只是老得不成样子了。"南霖的语气中有着夸赞,他用熟稔的语气说道:"不过你不老也没办法,以你对巫月神教的忠心程度,自然是为了巫月神教鞠躬尽瘁死而后已。怎么说呢,在巫月神教最为困难的时候,你带着巫月神教走出了困境,摆脱了被灭教的危险,再一次强盛了起来,成为苗疆的第一势力。苗疆上至帝王贵族,下至平民百姓都信奉着大地之母,这给你提供了一个东山再起的机会。想想那一段最困难的日子,也是巫月神教人才辈出的那一代。本来是你最为期待的日子,可惜人算不如天算,终究是毁了。巫月圣女女妩请命去中原,可惜一去不复返,再也寻不到下落。巫月神使白凌放不下圣女,前往中原寻找,多年来也无圣女的半点消息。贪狼祭司玉面擅离职守,直接离开苗疆,从此就在江湖上消失了。七杀祭司跟巫月圣女女妩向来是生死仇敌,只不过碍于教规,两人只得暗中交手。巫月圣女失去消息十多年之后,七杀祭司因一事前往中原,之后叛出巫月神教,消失得无影无踪,至今没有消息。唯独就剩下破军祭司白菽留在巫月神教,白菽之后也顺利接替了你的位置,成了巫月神教的大祭司。"

南霖显然对巫月神教的事很清楚,他有意地说道:"花朝,你当时是什么感觉呢?一手带大的圣女在中原失踪,抱有大希望的神使因为圣女失踪之事彻底颓废,玩忽职守,并且一直在中原寻找失踪的圣女,根本不管教中事务。最为喜爱的贪狼祭司,竟然为了四处玩乐,弃巫月神教不顾,数十年都不回苗疆。你虽然不喜七杀祭司,但不能否认她是一个很有办事能力的人。可七杀却叛出巫月神教,更是杀了你最疼爱的圣女。这几个人都是巫月神教的顶梁柱,却因为各种原因离开巫月神教。尽管还剩下你的徒弟破军祭司白菽,可依旧无法阻止巫月神教因这些人的离去而元气大伤。让我想想,巫月神教的镇教祭司有哪些?贪狼、破军、七杀、巨门、廉贞。五位祭司已去其二,神使圣女皆不在,真是难过的日子,怪不得要销声匿迹。连苗疆的内乱巫月神教都处理不过来,何谈在中原现世。"

"你认识我?你到底是谁?"蛊婆此刻的脸色已经变了,很少有人知道她的名字,尤其是中原人。而且南霖如此了解巫月神教的事,也让蛊婆很是不安,心中有着担心,猜测着南霖到底是谁?

南霖哈哈大笑起来,他摊了摊手,随意地说道:"我是谁不重要,重要的是我知道你是谁。巫月神教里的事情我也略知一二,只不过也是略知一二而已。"

话音还没有落下,一块石头就快速地朝着南霖打去。南霖并没有被这突然袭击搞得措手不及,他抓住那块打向他的石头。收住了笑声,他扫了一眼在场的人,眼神冰冷了起来,将握在手里的那块石头捏成了碎末,慢慢地松开了手,石头的碎末儿落在了地上。"不知道是哪位?藏头露尾不如出来一见。"

"不是哪位。你既然可以藏头露尾,我为什么不可以。不过要声明一下,你这老妖怪是见不得光,而我则是不想见你。你让我出来一见,难道我就要出来一见吗?笑话。不如你猜猜我是谁？猜中了我就出来，猜不中就滚。"暗中有人出声，不过他说话的语气并不太友好。

莫静岚听着暗中的人的说话方式，她只觉得有些熟悉，好像在哪里听过一样，可是就是想不起来了。

一听到这个声音，虽然感觉有些陌生，但蛊婆还是猜了出来这个说话的人是谁。"是他，那个混账小子。"

南霖的脸色瞬间就变得难看起来，只不过面罩挡住了其他人探寻的目光。他的眼神很犀利，像是鹰的眼睛，十分锐利。压沉了声音道："想不到竟然是你，玉面。"

第一百〇八章

"是我又如何？老妖怪，你是不是太多管闲事了。我巫月神教之事，还轮不到你来评说。劝你想开一点，你的武功是高，可能对付你的人也不少。虽然我不在巫月神教数十年，也绝不让巫月神教在你嘴里多了些事情出来。"玉面在暗中说着这些话，他不急不缓地说道："我当初离开苗疆，可不代表我不是巫月神教的人，你也不必拿这些过去来说事。女妩来中原之后，爱上了中原男子，之后隐姓埋名与那中原男人成亲生子。白凌就是太爱女妩，才会放不下她，抛下了巫月神教。再加上七杀追寻女妩去了中原，最后叛出巫月神教。就算不出这一档子事，我也会离开巫月神教，白菝估计也会跟我一样四处玩乐，现在只是换了几个人。老妖怪你比谁都清楚，就我们几个人的事，还伤不了巫月神教的根基，顶多是让那些退下去的祭司圣女神使又重新出来而已，最多也只是被他们天天咒骂小混蛋。这些事没什么大不了的，恐怕也没多少人感兴趣，你何必说得一惊一乍，不了解内情的人还真以为巫月神教因此伤了元气，从而让一些不好好心的人把主意打到巫月神教头上来了。不如说一些有意思的，比如你怎么在苗疆弄出万蛊池，再比如你怎么把景安儿给弄成现在这样疯疯癫癫的，再比如你干吗那么关注皇室里的某个人，痴迷程度都快比得上某个叫南离的人了。"玉面停顿了一下，他继续说道："有一些事我也是略知一二，也仅仅是略知一二，其他的皆不算知情。"

一听玉面提到南离，南霖的脸色就变了，只是无人看见罢了。"这么多年都在四处玩乐，有事发生的地方从来少不了你，不知道你探出多少秘密。各家各派的一些事，恐怕你都知晓不少，再来问我又有何用。是想对照一番，还是想了解事实？至于你所说的那些略知一二，既然已经是略知一二，那就不必再来问老夫了。"

"可我还是想知道，你用什么办法摧毁一个人，一个好好的人。虽然被丢进万蛊池之后，受到万蛊嗜咬，记忆会慢慢模糊，最后好似新生一般。但你是怎么让人对你深信不疑的，这一点我很感兴趣。就像你洗不掉白凌的记忆，却让他暂时失去记忆，沦为你的傀儡，真是可悲。好歹也是个神使，竟然就这样被你蒙骗了，还真是丢了我巫月神教的脸。"玉面眼中有着嘲讽，他冷笑出声道，"老妖怪，要不要跟我来试一试？自我来中原后，还甚少与人动手，除了叶如琛那个混蛋隔三岔五就来找我比试。"

"当年你是巫月神教年轻一代里武功最高之人，只是过了几十年，不知道你还有没有当年那般强硬。现身吧。"南霖面色无常，他并不想让人知道他此刻的情绪，尤其是让玉面察觉，那是一个很警觉的人。

"我向来玩世不恭，强硬一词一点也不适合我。不过面对你这个老妖怪，不强硬一点，怎么对得起白凌。幸好他的结局还不坏，死在他最爱的女人的女儿手里，也算不错了。"玉面从暗处慢慢走出来，他穿着很简单的服饰，两鬓间都有了白发，眼角眉梢也都有了风霜的痕迹。虽然已经老了，可他的腰背依旧挺得很直，也可以清楚地看出年轻时的俊朗。慢慢悠悠地走在屋顶之上，目光则是飘向底下的人，他随意地说道："两个小子都给我退下去，现在这里用不到你们了，去给我把七杀拦住。她可是来了这里，只是还躲在暗中察看局势。自从七杀的武功被女妧的化功散废去了七成之后，她可越发学会了躲藏。刚才就连我都没有抓住她，只是发现了她的踪迹。"顿了顿，玉面调侃道，"不如这样吧，谁把七杀拦住，我就把巫月圣女嫁给谁。好歹也是一个绝色美人，身后又有一个巫月神教。想做大事的人，就要不拘小节。对了，你叫白幽是吧，你可要好好努力了，争取把圣女娶回家，圆一圆白凌的遗憾，而且也不至于破了教规。虽然这教规早就坏在了女妧身上，估计还会继续坏下去，但你的阿婧还是不错的。"

蛊婆拄着拐杖，对着屋顶上的玉面说道："你这混账小子还是改不了德行，圣女又岂是你能调侃的，她的未来你怎可做主？几十年不见，你是要气死老婆子我吗？"

"得得得，我什么也不说了，大祭司大人还是一如既往地护短，看起来对圣女十分讨厌，谁知道是心疼了。不过那小丫头很精致，不如送给我做徒弟。我喜欢外表出色的人，所以七杀那副样子还真是不忍直视。虽然样貌平平，可在我看来，就是太丑。还是女妧不错，芳容丽质更妖娆，秋水精神瑞雪标。尽管我替七杀换了一张脸，看起来漂亮多了，不过假的容颜可非我所爱，所以注定七杀得不到叶如琛的心，白白便宜了别人，不过她还是嫁给了姓叶的。啧啧，这么一说起来，我发现当年女妧和七杀连起手来把我骗了。女妧嫁给姓木的，她却连那男人姓什么都不告诉我，还亏得我替她瞒着白凌。七杀看上了叶如琛，之后虽然也顺利嫁给她想要嫁的人，还生了一个女儿，可是结果看起来并不好。不过爱情的魔力可真大，竟然能让女妧和七杀这两人联起手来骗巫月神教，而且还是以特别的身份。要知道那两人可是一见面就恨不得杀得一个你死我活。"玉面说着说着就跑题了，扯出了更多的不传之秘来，让听着的人都开始摸不着头脑。

不过被玉面这么一说，所有人的目光都落在巫月圣女和叶轻轻身上。要知道巫月圣女的母亲是女妧，女妧又是嫁给姓木的，那不就间接说明巫月圣女就是木青瓷？而且按照玉面所说，七杀换了一张漂亮的脸之后顺利地嫁给了她想要嫁的人，七杀可是看上了叶如琛，还生了一个女儿，那不就是叶轻轻吗？什么江南名妓花夕颜，难不成都是七杀的假身份？

坐在唐岚歆身边的叶轻轻感受到身边的目光，她虽然不想承认那个懦弱的母亲，可也绝不相信她的母亲是七杀。重重地拍了一下桌子，她站起来厉声道："七杀不可能是我的母亲。"

玉面在离南霖一段距离时停了下来，他摊了摊手，漫不经心地说道："我可没说七杀是你母亲，你要承认是她的女儿，估计七杀也不会承认你是她女儿。七杀是想要嫁给叶如琛，可惜成亲当日叶如琛逃婚，换了一个人顶替了叶如琛。七杀也算好玩，阴差阳错地嫁给了当大哥的人。不过这样也挺好的，就她那副样子，还配不上叶如琛。不过女人的记恨心真的很强，因为叶如琛逃婚，七杀竟然选择灭了整个叶家来报复叶如琛。根据七杀的事情，我就得出了一个结论，不要得罪女人。尤其是已经陷入爱情的女人，因为她们已经疯了。你如果伤害了她，她可能会选择蛰伏几年、几十年，最后来报复你。让你痛彻心扉，这就是得罪女人的下场。所以千万别得罪女人，否则痛入骨的人就是你了。"

南霖背过手，他若有所思地看着玉面，意味深长地说道："今日来，你不会就想说七杀的事，就为了告诉天下群雄，七杀灭了叶家吧？"

"当然不是。"玉面很会吊人胃口，他慢吞吞地移动着步子，笑得无比阴险，他说道："本来我是忘了这件事，只是发现七杀的踪迹之后就想了起来。还有一点需要声明，这不是说给天下群雄听的，是说给叶如琛听的。凭他的本事，一定会很快地收到这个消息，只是不知道他会是什么样的表情。"

"至于你们，只是附加的听众。"玉面不急不缓地说着，他看向南霖，有意地说道："老妖怪，你不如留下，我们共同分享一下消息，这样对你也好，对我也不错。要知道可还有一个老妖怪在里面坐着，你们两个要是动起手来，那就很精彩了。"

听了玉面的话，南霖扬起一缕冷笑，只是别人都看不见而已。如果有人想要拿下他，就不会到现在还不出手，多半是对他有所图谋。"我跟其他的人动手的机率并不大，要说是和你动手，我还相信一点。不过老夫若是想走，没有人能拦住我。留在这里，也不过是想看一下你们打什么主意。玉面，你若想知道当年那个丫头怎么死的，不如就跟我来。巫月神教的小丫头，我们还会再见面的，迟早你都会来找我的。"

"老妖怪，把话说清楚再走。" 听到南霖提起当年那个丫头怎么死的，玉面先是一愣，随即脸就阴沉了下去，他看了一眼已经离开的南霖，毫不犹豫地追了下去。

只是玉面跟南霖一走，许多人都望向了萧妄宴，只见萧妄宴脸色平常，他抬起手示意那些埋伏在屋顶上的人离开。他从一开始就没打算抓住南霖，老妖怪既然敢现身，就有底牌可以离开。就算请动师父出手，说不定会两败俱伤，反而让一些人渔翁得利，岂不是得不偿失。何况隐家家主可是一个不好惹的角色，需要有一个人去制衡他。有所谋的人，迟早都会暴露狼子野心。哪有永远的朋友，唯有永远的利益。

木青瓷扫了一眼在场的人，巨门祭司已经离开了，就为了玉面的一句话，也不知七杀是否就在周围。既然武功不算厉害了，那逃命的本事应该不小。这一次行动看起来是得不偿失了，虽然引出了毒女背后的人，可是也让他顺利救走了毒女。但是事实究竟如何，谁也不清楚。这一次不过是一个前奏，真正的动乱还没开始。

萧安宴飞下屋顶，稳稳地落在地上，他看着一片狼藉，也没有太大的情绪波动。他走到院子正中间，对着在场的人拱了拱手，带着十分歉意说道："诸位来此参加萧某的婚礼，是对萧某的认可。只是今日之事颇多，其中也有不少的小插曲，因此婚礼无法照常进行，请各位暂留燕京城一天，待明日婚礼正式举办。之后会有人带各位回客栈休息的，今日也可去游一游燕京城。在此萧某感到十分抱歉，请各位见谅。"

听着人群中此起彼伏的声音，萧安宴微微一笑，他又拱了拱手，认真地说道："那在这里，萧某就多谢各位了。"又转过身，对着服侍新娘的侍女吩咐道："小心扶小姐回房间，再请大夫开一服安神的药，晚点让小姐服下。"

扶着新娘的侍女朝着萧安宴行了一礼，她有礼地说道："奴婢记住了，公子可还有要吩咐的？"

"没有了，你先扶小姐回房，晚点我再过来。"萧安宴挥了挥手，他放轻了声音，慢悠悠地说道。

"是，公子。"侍女扶着头上盖着盖头的新娘，一步一步地走着，慢慢地退出众人的视线，新娘始终一句话也没说过。

第一百〇九章

白幽也退到了木青瓷身边，他扫了一眼在场的人，在木青瓷的耳边低语了一番，随即又退开了。"圣女该离开了，七杀的事要等巨门祭司回来再商量。至于毒女的事，会有人来告知我们的。"

木青瓷长长地舒了一口气，她迈开了步子，不急不缓地朝着流萤走去。她停在苏笙月面前，扫了一眼同桌的几人，目光很冷漠。

流萤见到木青瓷过来，很自然地放开了苏笙月，她理了理杂乱的衣服，脸上挂起笑容。脆生生地叫道："姑姑。"

木青瓷忽视了投射在她身上的各种眼光，她慢慢地蹲下身体，把流萤抱在怀里，轻轻地说道："你跟若尘乖乖地待在这里，如果想要去哪里玩，就找巨门祭司。我会让人守着你们，不过巨门祭司没回来之前，只能待在萧府内，不准到处乱跑。"

"小萤儿会乖的，姑姑放心。"流萤答应得很快，她又摸了摸头发，疑惑地说道："萧府是这里吗？可是流萤不想待在这里，我要去爹爹的府邸。姑姑要去哪里，是要离开吗？我要和姑姑在一起,不想和若尘哥哥留在这里,又变成没爹没娘的小乞丐。"

这一句"没爹没娘的小乞丐",可算让木青瓷和苏笙月都揪起了心。再怎么说也是十月怀胎生下的女儿,木青瓷怎么会不心疼呢。只是她能不能陪流萤到最后,就连她自己也不清楚,只能狠下心,疏远这份母女之情。至于苏笙月,他心中有愧疚,更有怜爱。这四年来,他甚至都不知道他有一个女儿。没有尽到父亲的责任,从流萤一生下来陪在她们母女身边的人不是他,而是萧妄宴。

木青瓷想了想,说道:"这里就是你爹爹的府邸,姑姑要去和你爹爹商量一些事情,暂时没时间管你。过一会儿我会过来接你。如果你听话,回苗疆之前,我会带着你和若尘。要是太麻烦了,明日你就跟花长老回苗疆。"

"我会听话,姑姑快去吧,爹爹等着姑姑了。小萤儿一定乖乖听话,才不要跟婆婆回去。"得到了木青瓷的保证,流萤就高兴了,她甚至还催着木青瓷快离开。

木青瓷点了一下头,她靠近流萤的脸,隔着厚厚的面纱,亲了一下流萤的小脸蛋,再摸了摸她的头,放轻了声音道:"听话,我晚点来接你。"又抬头看向白若尘,只说道:"若尘,看好流萤。"

白若尘重重地点着头,有力地保证道:"姑姑放心,我会照顾好流萤的。"

萧妄宴跟一个护卫模样的男人交代了几句,他走到木青瓷身边,弯下腰抱起流萤,他亲昵地刮着流萤的鼻子,宠溺地说道:"小萤儿这么着急催我们离开,难不成是不想看到我和你姑姑?"

流萤伸出白嫩的小手,搂住萧妄宴的脖子,她也亲昵地回应着他。"才没有呢,是想爹爹和姑姑早点回来接小萤儿。小萤儿在苗疆的时候,好想爹爹和姑姑,以前晚上都是婆婆陪着小萤儿睡觉。小萤儿今晚上要和爹爹、姑姑一起睡,才不要一个人呢。"

萧妄宴一愣,他的余光快速地扫了一眼脸色微变的苏笙月,宣告主权似的,他把流萤放下来,答应道:"好,小萤儿说的事情,爹爹怎么会不答应你呢。乖乖待在这里,爹爹回来带你去放河灯。"

流萤高兴得跳了起来,她拍着手,兴奋地说道:"嗯。爹爹你要早点回来,小萤儿等你带我去放河灯。"

"公子,属下办事不力,毒女被人救走了。"说话的人是萧乔,他已经回来了,两步走到萧妄宴面前,恭敬地说道:"属下已经派人去搜方圆百里,毒女伤重,一时半会无法走太远。"

萧妄宴见萧乔有些狼狈,眉头一皱,他有意地当着众人问道:"无妨,她跑不了多远。你追去的路上有什么情况吗?"

"本来是要抓住毒女跟那个黑衣人的,只是中途冒出来一个怪物,他力大无比,并且感受不到疼痛,不管怎么打,他都不会退缩,反而在见血之后更加狂暴。"萧乔说出他的遭遇,言语间也有了慎重,继续说道:"因为这个怪物的阻拦,毒女就被那个黑衣人带走了。属下追寻不到他们,也就只好先回来。"

木青瓷看了萧乔一眼，她眉间也有着愁绪，根据萧乔的描述在脑海里想象了一下那个怪物是什么样，随即说道："剩下的事就不用担心了，我已经在毒女的身上做了标记，无论她逃到天涯海角，都能够找得到她。你今天就休息一下，做些简单的事情，就看着若尘和流萤，陪他们玩一玩。"

"属下……"做不到呀！萧乔没说出后面几个字，他偷偷瞟了一眼流萤和白若尘，只觉得命苦。比起看孩子这种事情，他宁愿去跟那种怪物打架。可是能拒绝吗？深吸了一口气，艰难地说道："属下遵命……"

"那今天就拜托你了。"木青瓷得到了萧乔的回复，她再看了流萤一眼，也不忍心打破她的幻想，让她失望。"走吧，再说下去恐怕没完了，晚上你陪她慢慢说话。"

"在爹爹离开后，我的小萤儿要高高兴兴的。"萧妄宴对流萤说完这句话，他转身和木青瓷并肩站着，轻笑出声："走吧。"

木青瓷面无表情，她的目光平视着前方，平静地说道："她这样无法无天，都是你惯出来的。现在还小，以后长大了，我看你怎么治得了她。"

"我治不了她，不是还有你在吗？何况小萤儿是我的宝贝女儿，她是我一手养大的，当爹的人说什么也舍不得让女儿伤心难过。"萧妄宴慢悠悠地说着，他的心情不错，至少可以从他的话里听出来。"慈母多败儿，不是你要做严母吗？我只好当慈父了。"

"你话太多了，萧妄宴。"

"明天的婚礼，景帝要携皇后前来。这是他派人送过来的信，来者也的确是景帝的亲信。绾儿，你暂时退下。流萤已经来了这里，你到时候可能脱不了身。"萧妄宴对着坐在他旁边的木青瓷说着："今日之事，你也不必太过气恼。毒女已经受伤，且弄清楚了她的身份。她背后的人是谁，虽然还有待查证，但至少不如以前一样对他一无所知。"

木青瓷蹙起了勾画细致的黛眉，她只手放在桌上，慢慢地说道："新娘怎么办？我不去可以吗？流萤已经暴露在了众人眼前，只能暂时带在身边。"又看向蛊婆，平静地说道："到时候还要麻烦花长老，舍弃现在的居所，伴着流萤寻一个不受江湖事影响的地方，继续地生活。也别再让她离开苗疆，中原不适合她待下去。而且我不会再去看她，告诉流萤，我死了就行了。"

蛊婆冷哼一声，她满是褶皱的脸上除了不满就是生气，不高兴地说道："流萤的事你不用担心，老婆子会照顾好她，反正你也没尽过多少当娘亲的责任，就不用再管了。流萤虽然只有三岁，她也是认你这个娘亲的，你一直冷落着她，现在还要让我告诉她，你已经死在了中原，她会怎么想。你确定她不会学你失去一切也要报仇吗？你以为她还小，可许多的事，她都知道。"

"时间会冲淡一切感情，我不会再回苗疆，那个地方不适合我。我并非是拯救他们的人，而是挑起动乱的人。"木青瓷淡淡地说着，她说这些话的时候，心情很平静，并没有半分的激动，或是因为感情而引起的气话。"我不确定我能否当好巫月圣女，等婚礼结束之后，我会挑起众人对宁国宝藏的追逐，那时候所有人的注意力都会集中到宁国宝藏上来。白幽，你就护送若尘和流萤回苗疆，在宝藏之事彻底落幕之前，就不要再回中原。"

"那你打算怎么办？没了巫月神教，许多人都可以光明正大对付你。你在中原树敌有多少，你自己都不算清楚。宁国宝藏一旦开启，那就是一场巨大的灾难。你的魔功并未大成，有几分实力可以对付那些虎视眈眈的人？到时候能不能活下来都是问题。"蛊婆脸上有着恨铁不成钢的表情，她不想女妩的女儿落得死无葬身之地的下场。

白幽皱起了眉头，眼中有着担心，紧接着说道："阿嫱，你过去的事，我们都一清二楚。为何非要执着于报仇，毁了宁国的宝藏，就能让你开心吗？花长老说得也不错，你若是没了巫月神教的护佑，想要对你下手的人就不需要再有所顾忌。你的魔功未成，并非是那些人的对手。何况还有几个老怪物躲藏在暗中，你应付不了突变的情况。"

"有萧安宴在，他会护我一命的。"木青瓷眨了一下眼睛，她吸着气，又呼出去，很有节奏感。"我明白你们的担心，不过错过了这次机会，可能就要一辈子碌碌无为地活下去。这并不是我想要的。四年来的痛苦一直折磨着我，就算是死，我也要让这个江湖彻底大乱。那些暗中布局的人不就是等着那一天吗？之后一切都会结束的。魔功的事，我已经有了主意，只要彻底断了情爱，剩下来的就简单了。不用担心我可能会死，早在木家被灭的那一天，我就应该死了，活着的人已经在十五年前就死了。"

萧安宴细细想着木青瓷的话，他只觉得如此镇定自若的木青瓷不怎么对劲，带着一颗必死的心，好似交代着遗言。"既然如此，一切就按照原计划进行。把流萤带走，暂时不要让她出现。花长老也不用太过担心，未出现的人自然有未出现的人对付。何况今日师父不出手，也只是为了试探那人的底细。我跟绾儿的命已经连在了一起，只要我不死，她就不会死。所以还请花长老和白兄放心，我不会让流萤没了娘亲的。"

诸葛老先生放下茶杯，他的茶水也喝够了，捋了捋胡子，苍老的声音从口中发出："花朝，你担心的事情太多。这些事情你原本用不着参与，只需要在苗疆带着我的乖徒孙，做一个普通的老人颐养天年即可。中原的这些糊涂事，既然干了，就有了因缘，迟早都会牵连在一起。既然是迟早都会发生的事，早一点发生和晚一点发生又有什么区别？这已经是年轻人的世界，你我都已经老了，能做的就只是帮忙扫除阻碍的人。剩下的事就留给他们年轻人商量，明天跟着我一起喝杯徒媳妇茶，再准备个丰厚的红包给新人就行了，还管那么多事干什么，不是给自己找麻烦吗？"

蛊婆看了一眼身边的木青瓷，又看了一眼端坐着的萧安宴，最后再看了一眼白幽，她不满地说道："什么徒媳妇茶？巫月神教的圣女从不外嫁，要嫁也只能嫁给神使。你诸葛一脉还愁没人吗？何必抢我巫月神教的人。流萤是巫月神教的少主，不是你这个老头子的徒孙。这场婚礼我绝对不会承认，娶一个还送一个，圣女和未来圣女都归入你这个老头子门下，这种事绝对不可能发生在我巫月神教。"

第一百一十章

"花朝，你也不必那么不高兴，巫月神教的圣女不外嫁，所以明天的新娘就是木绾晴。这也不算是坏了巫月神教的规矩。最多是你家的白菜被我家的猪拐走，顺带还拐走了一颗小白菜。有什么关系，反正都是一家人，谁家的白菜，谁家的猪又有什么关系。到时候都是一家人，分那么清楚也没用。你再不待见，过了明天，你家的白菜也是我家的，我家的猪还是我家的。"诸葛老先生十分理解蛊婆的心情，毕竟是心头肉，白白地被人娶走，怎么会高兴。尤其是娶一个大的，还送一个小的。可能对于其他的男人来说一点也不能接受，但诸葛老先生还是看得很开，这样也没什么不好的。是不是亲生的，有那么重要吗？不是血脉相连，依旧可以胜过亲生父女。

木青瓷看不下去了，她站起来说道："这场婚礼已经决定了，花长老你也不必介怀。流萤始终是我的女儿，她不适合待在中原，苗疆才是她的归处。我和萧妄宴的婚礼已成定局，并非是别人强迫，或是外力压迫，而是你情我愿。明日我会以真面目出现，再也没有人可以伤害到我。"

萧妄宴也站起来，他走到木青瓷身边，和她并排站着，对着蛊婆有礼地拱着手，行了一礼，他略有深意地说道："正如绾儿所说，我和她都是你情我愿。这并不是一场假婚礼，而是一场货真价实的婚礼。过去的木青瓷已经死了，巫月圣女是女婿，而我娶的女人叫木绾晴。家世普通，不是什么大户人家的女儿。我们相遇在花神节，她作为供奉花神的女子，而我则是底下的看客。"

诸葛老先生摊了摊手，他笑了起来，对着蛊婆说道："你家的白菜愿意被我家的猪拐走，这也是没有办法的事情，所以就结了这亲家。"

白幽实在无奈，偷偷看了一眼木青瓷，也没了那份好心情。他不爱木青瓷，也知晓她全部的过去。比起爱来，他更多的是心疼。知道木青瓷明天就要嫁给萧妄宴，不得不说白幽也有一种辛辛苦苦种好的白菜被猪拱了的感觉。毕竟是照顾保护了四年的人，看着她要嫁给别人，心里难免不是滋味。"诸葛老前辈，花长老，既然此事已经定下，便由两位前辈为高堂，也正好对应着一对新人。另外若无其他的事，我和阿婧就先离开了，有些事还需要仔细商量一番，免得出了差错。"

还没等花长老和诸葛老先生说话，白幽就拉着木青瓷出去了，一直走到萧府内无人的地方，他才放开了木青瓷。眼神变得凌厉起来，抓着木青瓷的肩膀，带着质问的语气说道："阿婳，我不管你是怎么想的，魔功不能再继续练下去了。断情绝爱并非是你想的那般容易，一个不小心就会走火入魔。轻则重伤，重则练功而亡。就算你有办法做到断情绝爱，那你要忘了流萤，要忘了那些独属于你的感情吗？这不值得。"

木青瓷没有推开白幽，她抬起头直视着他，眼里一片冷漠，她漠然地出声道："有什么关系。你用不着担心，对于我来说，只有尽快地提升实力才是最重要的，如果你真的关心我，那就帮我。白幽，我说不定会死，但我想死得其所。"

白幽无力地放开木青瓷，他不自觉地退后两步，苦笑出声："我的圣女让我帮她，如果是帮你幸福，也许我还感觉有那么一丝成就感。如果帮你去死，我做不到。阿婳，我是保护和照顾你的人，从我有意识开始，就被灌输着属于我的职责，保护和照顾我的圣女，成为她的左膀右臂，也成为她的盾牌。等了这么多年，真正的圣女终于出现，可她并不属于我。可我依旧是她的盾牌，是她最忠心的神使。我不爱你，可不代表我能看着你舍弃一切，就为了赌那一把。阿婳，你对于我来说，不是一般人。"

"我是你的责任，是你的包袱。没有我，你可以活得更好，我不是一个好圣女。我想要的只是毁灭。"木青瓷看着懊恼的白幽，她不知怎的，这时候反而很平静。或许是早已经看透了生死，所以便不再那么惧怕未知的死亡。"木青瓷？茉莉？影盗？木绾晴？女婳？太多的身份，反而让我不知如何去面对。从木青瓷到女婳，我所见的都是离别。也许是看多了生离死别，就觉得活得太累，不如一死，反而可以解脱。但我不想死，我想要活下去，不管付出什么代价，我也要活下去。在万蛇窟里的时候，我就发过誓，我要活下去，哪怕赌尽我的一切，也要活下去。不要担心我，你去做你应该做的，就像我应该做我该做的事。这不是逼迫，而是自愿为之。"

"可那些事不是你的责任，任何人都可以去做，为何唯独是你？"白幽忍不住激动的情绪，不停地来回走着，握紧了拳头，压抑着怒气说道："阿婳，我知道我也许很自私。可你不该担下这个责任，你是无辜的，你也是宁国宝藏的受害者。就因为你遭受了宁国宝藏带来的家破人亡，你便要毁了真正的宁国宝藏，让所有人都得不到，从此江湖就会变得太平？或许江湖会因此而平静了许多，可又能持续多久？一百年，两百年，还是三百年，谁知道会不会又出现一个新的宁国宝藏？依旧会有很多人家破人亡，也会有不少人妻离子散，这些你都无法改变。有人的地方就有江湖，有利益纠葛就会有纷争，你阻止不了。"

"就算我阻止不了，我能做的事也不是放弃。家破人亡的滋味没有人比我更了解，如果毁了宁国宝藏，能够换回一世安宁，那我甘愿。"

其实就连木青瓷都不清楚，她一直想要的东西就是报仇雪恨，不知道为什么就变成了毁掉祸乱之源。也许已经看透了，所以才会慢慢放下个人的仇恨。可她知道，她从来没有放下过那些仇恨，只是将那些仇恨一并转移到了宁国宝藏之上。

白幽深吸了一口气，他又叹了一口气，慢慢退开许多步，淡淡地说道："阿婳，我希望你不要后悔。既然阻止不了你，那我也只能在背后支持着你。有些事情，我不想看着你继续下去。"

萧妄宴看着白幽气愤地离开，他诧异地看着木青瓷，疑惑地问道："你跟白幽说了什么，他看起来很生气。"

"没什么，只是他无法接受我的决定，想要劝我退出来，我没答应而已。"木青瓷冷淡地说道，她阖上了眼，又睁开了眼睛，眼神之中，唯有一丝黯然神伤。她放轻了声音，无力地说道："我做错了吗？也许白幽的话才是对的，有人的地方就有江湖，有江湖的地方无时无刻不在斗争。我做的一切只是为我的仇恨找到一个大义凛然的借口，这和那些打着善意名号的武林正道又有什么区别？"

萧妄宴走到木青瓷面前，他抓着木青瓷的肩膀，使她不得不面对着他。"别多想了，我不会让你死的，我也不会死的。或许以后会依旧争斗不休，但至少我们做了该做的事，剩下的一切都交给后人来评说。你有可能是杀人不眨眼的杀手，也可能是为情所困的小女人，却也是我萧妄宴的夫人。也许在我们老去长眠之后，你的艳名会胜过其他名号，也不会被人忘记。"

"你到底想要说什么？少跟我胡扯些有的没的。"木青瓷微微扬起头，她只有萧妄宴的肩膀高，这时候只能望着他说话。"我不想听见你跟白幽说一样的话，这些事情我不打算把巫月神教牵连进来，更不想把白幽牵扯进来。他是一个好人，他也有他的想法，而不是把时间浪费在保护和照顾我上。"

"如果这是你想的，那我答应你，尽可能不牵连巫月神教。明日景帝司琰会来。我与他也算有几分交情，若是借助朝廷的力量，一切都会容易许多。"萧妄宴直直地盯着木青瓷的脸，他不急不缓地说道："从我救起你的那一天开始，棋局就变了。你是我的人，我们的命绑在了一起，无时无刻都连在一起。如果到了局面不受控制的时候，你一定要走，离开那个是非之地，躲得远远的。我会尽力护你周全。若是我无力分身，你一定要逃，逃得远远的，不要再回来了。"

木青瓷与萧妄宴的视线相撞，她的脸色冰冷了起来，就这样盯着萧妄宴，眼睛都不眨一下，冷着声音道："你是什么意思？要我逃吗？那你怎么办？如果局面不再受控制，你一个人留下来对付他们会死的。纵然你武功再怎么高强，双拳难敌四手，你要怎么办？那个时候，所有人都会为了宝藏拼得头破血流，争得你死我活。"

"虽然听到你担心我的生死安危很高兴，但我没跟你说笑。绾儿，逃吧，逃得远远的。在我无力护佑你的时候回苗疆去，你不是一个人活着，你还有小莹儿。她才三岁，不能失去娘亲。"萧妄宴的眼神满满都是认真，往昔的放浪不羁都已经被认真取代，"不管如何，危机时候你一定要走。你也知道宁国宝藏的吸引力，真正的宁国宝藏足以让天下人疯狂。如果说假宝藏里的金银财宝是为了给打算起兵反叛的人准备好钱财，那真正的宝藏里有什么东西就不得而知了。可能许多人都不会相信，但现在信的人很多。届时必定是一场生死大战，想要起兵造反的人不在少数，之后必有战乱。我希望你能避开这一次的事，把一切都交给我。"

木青瓷挣脱开萧妄宴的束缚，她眼中有着失望，沉着声音说道："连你也是这样吗？最开始拉我参与的人不是你吗？现在要我退出，这算什么。萧妄宴，你太过分了。我的命是命，你的命就不是命吗？凭什么要我走，还是说你以为现在的我可以随时抽身离开？不可能了，我们都陷进去了。不要再劝我退出，我不能走。等我魔功大成，那时候就不会拖你的后腿。"

"本来你只是我的一枚棋子，注定要与我一起共存亡。可我现在不想你死，就算是我死，也不想你死。许多时候我都不知道该唤你什么，木青瓷？绾儿？还是阿婧。"萧妄宴手背上的青筋都冒了出来，他的声音很低沉，放慢了说话速度："我也不知道为何会这样，明明知道你是不该爱的人，可我还是不顾一切地爱上你了。木青瓷，你告诉我，什么是爱？我想要你，可却要把你推给别的男人。这也许真的是讽刺，你我注定要牵连进这宁国宝藏之事，那时候能不能保下你，我也不清楚。可能我会死，也可能你会死，明白吗？"

"我已经死了，你清醒一点。木青瓷早就死在了灭门之时，现在活下来的我并不单纯。与你喜欢的那个身世清白的木绾晴不一样。"木青瓷转过身去，她不想再看到萧妄宴，至少此刻她不想见到他。"萧妄宴，别发疯了，也别劝我离开。我走了，你一个人可以吗？就算我离开了，又有什么意思？或许一辈子都会遗憾。你在乎我能不能活着，那你的命就不是命了吗？如果最后我们都能活着，这也许是一个最好的结局。"

第一百一十一章

萧妄宴突然笑出声来，他的笑声有着说不出来的感觉。一把抓住木青瓷的手腕，把她拉进怀里，紧紧地抱着她。"你从来都不曾属于过我，可我却放不下你了。再见到苏笙月，我好怕你会重新爱上他，投入他的怀抱。绾儿，我也会嫉妒，我无数次地想过你为什么不属于我，或是一开始没有选择遇见你。最早认识你的人是莫景凉，最先发现你存在的人是我，我们都错过了机会，把你让给了苏笙月。我无可救药地爱上了你，所以我想要给你更好的一切。"

木青瓷靠着萧妄宴，把脸贴在了他的胸膛上，可以清楚地感觉到萧妄宴的心跳。"你帮了我很多，如果没有你，我早就死在成佛崖上了。不知道算不算讽刺，第一次带我走的人是宁夜澜，我现在都还记得那一日。他一身紫衣，紫金冠束发，凌厉得好似一把长刀。他走到我的面前，向我伸出手，他说想要活下去就跟他走，之后我就和叶兮成了暗影阁训练的杀手。第一次杀人，晚上吓得睡不着，主上过来安慰我，当晚他是抱着我睡的。也是从那一天起，他对我就十分宠爱。那种独占的眼神让我害怕，我曾不止一次想过，若是主上要我为他妻妾，我可以拒绝，能够拒绝吗？也许是太过明显，所以招来了太多的不满。第二次救我的人是你，也许太想活着，所以不知道是谁就抓住了他的手。现在想来，无论是幼时对主上的依赖，还是如今依靠着你，都只是为了活下去，却也都成了真。"

"对于男人来说，一个与众不同却又美若倾城的女人，的确很有吸引力。"萧妄宴抱紧了木青瓷，他的下巴抵在木青瓷的头上，此时眼中却很平静，还有着一丝满足。"还记得我在武林大会上说的那些话吗？我会等你，而你一定会嫁给我。现在我说的话也算成真了，从你收下天剑的时候，你迟早都是会嫁给我的。明日便是婚礼，你逃不了了，注定要嫁给我，成为萧夫人。"

听着萧妄宴调侃的话，木青瓷只觉得十分无奈，只是一个人承受了太久，此时特别的渴望这份温暖。也许是来之不易，也许是虚情假意。"你一路寻着我，并在暗中监视我的一举一动，也算到了我会有什么样的结果，所以才会早早准备好。"尽管有些迟疑，木青瓷还是慢慢伸出手去，环住萧妄宴的腰，眼中一片平静，放轻了声音："若我不爱你，却贪恋你给的温柔又该如何？当爱已成空，心也空了，便再也容不下人了。这也许就是这部魔功的能力所在，让我彻底地冷静下来，越是修炼这种功法，只觉得心慢慢地变得坚硬起来，往昔所有的情绪都消失不见。直到最后，空有记忆，却无一丝情感。如果停下练功，我就越发贪恋那些温暖，想要得到更多。"

"那就得到更多。"萧妄宴感受着怀里的温暖，那柔软的身体，眼中满满都是柔情，他笑着出声道："如果你愿意，我不会介意让你依靠。而且比起我骗你，我更喜欢实诚的你。爱上一个人不是那么简单的，我们有过四年时间，还会有更多的四年。你会爱上我的，就像我爱上你一样。在你的生命里，我并非是一个过客，不会昙花一现。事情结束之后，我们就离开中原，在醉花荫深处建几座木屋，看着流萤慢慢长大，过着平凡普通的日子。"

"好。"木青瓷闭上眼，她放轻了声音，无力地答道。

一天很快地过去，萧府这一日才算是格外的热闹，众人都三五成群地聚在一起，说着他们感兴趣的话题。偶尔也会有一些笑声，看来是心情不错。再加上天气也好，阳光晒得众人暖洋洋的，整个人都舒畅了起来。

等到宾客都陆陆续续到了之后，萧妄宴才慢慢现身在场中，礼节性地回应着众人的道贺。他一身大红喜服，平日里束发用的玉冠也都被取下，取而代之的是象征喜气的发带。萧妄宴很适合这种大红色，肤色白皙，黑发如墨，貌若潘安面似玉。也许做新郎的人本就不差，所以穿上这一身喜服，就更是显得俊朗不凡。

门口传来一阵喧闹声，想不到却是司琰到了。

"想不到皇上把时间把握得如此之好，皇上能来参加草民的婚宴，草民感到万分荣幸！"萧妄宴有礼地迎着司琰，他嘴角挂着淡淡的浅笑，目光又落到了一边的温云箐身上，他故意装作不知是何人，有意地问道："不知这位？"

"以你的手段还猜不到是谁吗？不是在皇宫，这些烦琐的礼节都可以省去，一如当年对待我的态度。何况你我原本就是旧识，和在座的不少人也都是旧识，都是打过交道的人。若因为身份变了，就有所不同，那不是没了意思。"

司琰搂着温云筲的细腰,他的身边有着一排的侍卫,时时刻刻注意着周边的情况。就算是在这种安全的情况之下,他也不可能放开温云筲。这里,江湖人士众多,既然带了温云筲出来见识一下他的世界,就要全方位保护着她。

"有美人相伴,却让我很意外。"萧妄宴脸上并没有异色,他早就料到了司琰会如此说。毕竟多了一重身份,就意味着一切有所不同。"那就请上坐。"

"皇兄,你和皇嫂怎么来了?我离开皇宫的时候,你不是说有不少的政事要处理吗?怎么我一走就有空了?"冷冰熙从座位上站起来,她看着亲密的司琰和温云筲,总感觉哪里不对劲。不过也没多想,只当是两个人幸福甜蜜。

司琰瞥了冷冰熙一眼,见她脸色红润,小脸也越发白皙了。不像四年前的那个小丫头片子了,倒有了几分美人的样子。又瞧她心情不错,只说道:"你一走,我自然轻松,出宫走一走,还乐得逍遥。只是你,出了宫几个月,看起来心情不错,不如也给我讲一讲路上的趣事。顺便回去告诉你侄儿一句,你出宫之后,还是没找到肯要你的男人,依旧没有嫁出去。再过两年,就不是没有嫁出去,而是嫁不出去了。"

司琰说着话的时候,绝对是故意的。当着这么多人,一点也不留情面地打击着她嫁不出去。而且还笑得那么张扬,还是亲生的皇兄吗?怎么看都不像是一个娘生的,也不像一个爹生的。长相差这么多就算了,性格还那么坏,一点都不像别人家的哥哥温柔体贴,处处宠着妹妹。冷冰熙在心里把司琰骂了千百遍,她沉下脸不高兴地说道:"以后出门别说我认识你。我要是再说我认识你,就当我瞎了眼认错了人。你跟我绝对不是一个娘生的。"

"对,我也这样觉得。从上到下,从左至右,我也没发现你和我是一个母后生的。"司琰漫不经心地说着,他的眼中有着笑意。他没有司言的温柔体贴,和冷冰熙的相处也只是斗嘴,却意外地感到开心。这或许才是适合他的相处方式。

冷冰熙深刻地感受到来自司琰的恶意,还能再说是兄妹?根本就没一点相像。她一下就坐回原位,嘴里不停地嘟囔着:"也不是一个亲爹生的。不就是生得好一点,聪明一点而已嘛!等我哪天翻身当家做主了,一定镇压你十天半个月。"

"你长得不够好,生得又不够聪明,当家做主镇压我十天半个月可能吗?"司琰毫不客气地打击着冷冰熙,一句比一句狠,接着说道:"而且都过了嫁人的时候,以后嫁不出去,不要来求我给你一门好的亲事。"

"你你你……不和你计较。"

冷冰熙只觉得这个世界太多恶意,她再也无法相信有好人了。自家的亲大哥都这般气死人不偿命,以后还能活下去吗?她转移了视线,口里不停地说道:"我不认识你,你也别说认识我。"

司琰也不去管冷冰熙的小脾气,反正见得多了,也就习惯了,过一会儿就好了。他扫了一眼桌上坐着的人,笑起来道:"苏兄、沈兄、莫兄,许久不见,不知可好?时过境迁,依旧将我当成当年的司琰对待即可。一同作战过,若是生分了就不好了。"

温云箬掩唇轻笑,她此刻的心情还算是很好。她从一进门,就仔细观察着在场的人,尤其是让司琰郑重对待的人。虽是江湖中人,他还是知道其中的不凡。不仅是看长相,而是周身的气质,一身的贵气,举手投足之间都有着不一般的礼节,一看便知是自小养成的。她想要了解司琰的世界,必须先知道他的敌人或是朋友。不过男人说话的时候,她插嘴并不合适,所以也只是静静地看着,并不出声。

被点到名的三个人也不可能坐着,纷纷都站起来,跟司琰打着招呼。这是对于司琰的尊敬。除开身份的不同,几人都是天之骄子,不论是容貌,抑或是武功手段,都是一般人难以想象的。所以自然不会托大,瞧不起对方。俗话说狮子搏兔亦用全力,何况是本来就放在心上,时时刻刻注意的人。单纯的礼节和敬佩都是有的,所以不容有失。

锦懿卿是同苏笙月他们一起出门的,此刻也坐在这里,只是瞧着司琰完全没有提及他的意思。两人本就是多年好友,也不觉有什么不妥,只是故意打趣道:"前面还说不要生分,后一秒就彻底地不认人了,还有什么信义可言。也怪我眼拙,没分出好人坏人来,才误交了一个损友。"

"在上京城时,你我就时常相见。许久二字,却不适合你我。只是损友二字,恐怕也只有你敢当。再者人生在世,谁没有交过几个损友。"司琰大笑起来,他把温云箬带在身边,不让她离开一步。偏过了头,对温云箬说道:"能当着众人的面这样抱怨我的,也只有锦家掌权人锦懿卿一人。锦家少参与江湖争斗,这位锦老板只爱写一些痴男怨女的话本子,没事再弄一弄江湖排名,倒是让不少人喜欢。"

温云箬是皇后身份,即便是现在出宫后,不以后位自居,也不会失了身份。她的目光落在锦懿卿身上,对着轻轻颔首,有礼地问着好。

第一百一十二章

"这三位依次是苏家公子苏笙月,在江湖上有茶仙之名。沈家公子沈夜,他旁边的是他的夫人莫静岚,也是把熙宁带回莫家的那位小姐。倾月公子莫景凉,他是沈夫人的亲弟弟,是莫家的独子。莫兄很早时便离开了莫家,创一山庄名倾月,江湖上的朋友便送他倾月公子的美称。熙宁幼时便养在莫家,自小伴着莫兄和沈夫人长大,感情十分深厚。"司琰继续跟温云箬介绍着剩下的人,他说的简单,也还算详细,"莫家主营玉石珠宝,苏家乃医药世家,沈家豪门大户,在江湖上都是鼎鼎有名的大家,不相上下。你哪日若是有兴趣,可以让人去买两本锦老板写的江湖话本子,里面有不少排榜。比如江湖绝色榜,江湖天骄榜,江湖实剑录,负心才子榜之类的。闲来无事也可以看看,是打发时间的不错东西。这些都是锦老板编写的,他是中间人,也算是公道,所以江湖上的人都认准锦家出的话本子。而沈兄、莫兄、苏兄三人都是不少榜上的红人,他们家中的人没把锦家给掀了算是万幸了。"

温云箬一一朝着几人晗首,她嘴角挂着浅笑,柔声说道:"几位公子都必定非同一般,尤其是莫公子和沈夫人,时常听熙宁提起你们二人。她说她在莫家的日子过得很好,在此多谢两位照顾她了。锦家出的话本子,听着也十分有趣,回去的时候,便让人买一些回去,也算不会不知事。"

锦懿卿坐在座位上,笑得十分灿烂,他对于司琰最后的一句话,顶多也是笑一笑:"所以幸好苏兄他们不是什么小气的人,锦某人才能安然无恙。否则此刻也不会活生生地站在你面前,而是忙于应付几大世家施加的压力。"

人家有礼地感谢,岂有不说话的道理。莫景凉对着温云箬拱了拱手,声音依旧清冷,没有半分波动:"夫人不必言谢,冰熙在莫家反而是照顾了家姐许多,谈不上我们照顾好了她。至于锦兄说的,不过都是玩笑话。又有几人真的敢动锦家,何谈施加压力。锦兄向来公道,那些排榜并无不妥,自然不必在意。闲来无事之时,我也会看一看那些话本子,不失为打发时间的好东西。"

"阿凉也会看那些话本子,真是意外。我还以为你从不关心,结果还真是出乎意料。"沈夜咋舌,怎么看莫景凉也不像是会看这些话本子的人。

莫景凉坐回位置上,他拿起酒盏,摇晃着清亮的液体,散发出醉人的清香。看着酒盏里还未平静下来的酒液,淡淡地说道:"我只想要找到她。"话音还没落下,就端起那杯酒,送至嘴边,仰头饮尽。

莫景凉的话一出,所有人都不说话了,就好似这是一个不可提及的话题,是一个禁忌的话题。气氛一下子就冷了下来,司琰显然也是听闻了昨日的事,他意味深长地说道:"也许不用去找她,她就已经主动回来,毫无顾忌地向众人宣告着她回来了。"扫了一眼其他的人,他很自然地牵起温云箬的手,对着几人说道:"还要去见一见熟人,就不打扰各位了。"

温云箬虽然诧异众人的反应,也不知莫景凉他们口中说的那个人是谁。既然司琰也认识,想来也不是一个简单的人。感受着手心传来的温暖,她露出了笑颜,握紧了司琰长满薄茧的手,一刻也不愿放松。

浅色的衣裳上绣着兰花,打扮虽然简单,也只略施薄黛,但温云箬的美貌可不是作假的。在萧妄宴的婚礼上也是令人瞩目的一个。尽管今天这里来的人不少,来的美人更是不少,多多少少都是榜上有名的大美人,但温云箬也没有被比下去。各有各的风采,美人虽然美,却美得不同,各有千秋。

"唐岚歆,你给本阁主站住。"女子清脆的声音传了进来,话语中还夹杂着一丝不满,"你就只会躲吗?"

"叶轻轻,等你追上我再说。"另一个女人的声音也传了进来,与先说话的人不同,她的声音中满满都是笑意。

听这两句话,在场的众人都道大事不妙,这两个冤家又开始闹了,今日萧妄宴的婚礼恐怕是举行不成了。

唐岚歊快速地跑进萧府，她的身后紧跟着叶轻轻。两个人一进来，就在院子动起手来，一人持长剑，一人握鞭子，相互纠缠。唐岚歊放出花雨金针，可花雨金针的攻击范围并不小，除开叶轻轻那个方位，一片人都遭了殃，还有就是正好在花雨金针攻击范围内的司琰和温云箸，以及他们身边的人。

温云箸在听到叶轻轻的名字之时，脸色瞬间就变了，只是紧紧地握着司琰的手。见有金针飞来，她想都没想，就挡在司琰身前，忘了他武功高强，这些金针根本伤不了他。

这些对于司琰来说，自然是没问题，可是对于温云箸这种完全不懂武功的人来说，就完全不同了。看着温云箸想都不想就挡在他的身前，司琰更多的却是心情复杂。他把温云箸拉进怀里，一手抓住身边的人的剑，快速地挥舞着长剑，将那些不多的金针全部挡下。随即丢下长剑，退了一步，双手抓着温云箸的肩膀，脸上写满的紧张与担心丝毫不加掩饰。从上到下地打量着温云箸，确定她只是受了惊吓，而不是受伤之后，司琰顿时舒了一口气，加重了声音道："箸儿，你疯了吗？我会武功，不会有事的。幸好你没有受伤。"话音还没落下，就把温云箸抱进怀里。

"我没事的，琰哥哥。你不要受伤就好，我无所谓。"

温云箸的脸色此刻不太好，看起来比较苍白。她把头埋在司琰的肩膀上，声音很轻很浅，柔弱的样子让人不由自主生出怜爱来。

"没受伤就好。"司琰慢慢放开温云箸，他刚才是太紧张了，所以在看见温云箸没有受伤的时候，心里那块大石头一下子就放下了。到底还是在意温云箸的，若是心里早就不在乎了，就算是她奋不顾身地替自己挡下花雨金针，顶多也只是愧疚，谈不上情绪如此激动。曾经有过的感情，哪里会轻易消失不见。

婚礼还没正式开始，唐岚歊和叶轻轻就打了一架，这也算是倒霉。萧妄宴毕竟在场，他吩咐着下人把周围收拾干净，并且请大夫前来。虽说不是为了受了点轻伤的人，但早做准备总是没错。而受伤的人嘴里小声地念叨着，也不敢大声说出来，心中觉得十分的不平，可又拿唐岚歊和叶轻轻两个人没办法。

"收拾干净。"萧妄宴看着还不算太乱的场地，还有不停嘟囔着的众人，眉头一皱，他沉下了脸，冷声吩咐道："再有争斗打闹者，不管是谁，一律赶出去，不必留那份没用的情面。"萧妄宴本来心情还不错，今日的确是他大婚的日子，不像昨日可以放任这些人闹。这场婚礼，一点也不容有差错，更不许人搅了好兴致。

有了萧妄宴的吩咐，所有的仆从都行动起来，他们见萧妄宴阴沉着脸，干起事来也格外麻利，没一会儿就收拾干净了，一点凌乱的痕迹都没有。

唐岚歊也不是没分寸的人，她收起长剑，朝着叶轻轻冷冷看了一眼，转身去位置坐下的时候，眼中却满满都是笑意。

叶轻轻也是冷哼了一声，她的目光并没有追随着唐岚歊。偏过头来，就看见紧张着温云筝的司琰，身体里好似有什么东西碎掉一样，感觉有那么一刻的疼痛。她收回视线，也收起了九节鞭子，挂在腰间，随即走向了另外一桌。

这两个人的举动弄得众人莫名其妙，前一刻还好好的，下一刻马上就翻脸，一副要杀人的样子。果然唐岚歆和叶轻轻是做不得朋友的，指不定什么时候就会翻脸。那时候谁在场谁倒霉，这两个人可不是什么善主。

"想不到司琰竟然会来，并且还带上了温云筝一起前来，事前可是一点消息都没有听说。"锦懿卿的目光停留在萧妄宴身上，想要知道他在玩什么把戏。毕竟司琰不可能把时间把握得如此之好，如果不是知道萧妄宴真正定下的婚礼日子。"算尽了一切，也不知之后会是什么样子，真是让人期待。"

"今日没有见到流萤，也没看到和她一起的那个小子。难不成昨天的事闹得太大，所以不想让两个孩子再出现在众人面前，再暴露一次？"沈夜转移了话题，此刻并不想花精力去想一些有的没的。江湖上的事太多，所牵连的人也不在少数，如果太过深入，或许会牵连出不少的事，一切静观其变就可。

"或者是说巫月圣女并不想让她的女儿同外人接触，尤其是同中原武林的人，否则也不会雪藏在苗疆。"锦懿卿接过沈夜的话，他说这话的时候，还分别看了一眼苏笙月和莫景凉。锦懿卿轻笑了起来，他意味深长地说道："毕竟不想让女儿暴露在众人的眼前，这样的心情，也是可以理解的。"

"也许吧！"苏笙月淡淡地说着，他表面上看起来云淡风轻，实际上是如何，谁又能知道呢。不是所有人都能猜到苏笙月的心思。

"新娘来了。"

有人在门口大声地说道，门口的众人纷纷让出一条路，只听同时门外放起了鞭炮。司仪当时就喊吉时到，大厅里的人也都纷纷坐在位置上。

诸葛老先生坐在左侧主位，他看了一眼坐在左侧主位下的司琰和温云筝，捋了捋花白的胡子，看向拄着拐杖慢慢走来的花朝，端着茶盏，惬意地说道："花朝，你也过来坐下。年纪都大了，哪里还比得现在这些年轻人。你我的年纪做这对新人的高堂也足够了，既然都来了，你也不要僵着一张脸，不是坏了好好的气氛吗？"

蛊婆拄着拐杖走过去坐上了右侧主位，她也不客气，这一场婚礼，她原本就是高堂，又何来客气这一说法。只不过对于诸葛老先生这么悠闲惬意，心中也生出一丝不满，冷哼了一声："你这老头子，几十年了，性格都没有变过。若是看年纪大小就可以做高堂，那不知道多少人都可以进来做这高堂。"

"有什么关系，花朝你就是太死板了，所以到老了还是孤身一个人。你年轻的时候没嫁出去，也不能因此毁了你巫月神教里的那些小姑娘的未来幸福。"诸葛老先生抿了一口茶水，他享受地眯起了眼睛，悠闲自在的模样让人只以为这是一个和善的老头，又怎么能想到这个老头子的武功深不可测。

"你这老不死的,说话还是那般没大没小。几十年的时间都没能让你改一改脾性,如今还打趣到我这一老婆子身上了。"蛊婆的脾气可不好,年纪越大,脾气反而越暴躁。不清楚内情的人也不知道为何会如此,只怕会以为蛊婆生来就如此。

"你现在的脾性可跟你年轻的时候不像,那时候你可是稳重太多,临危不惧。现在就是个火暴脾气,谁敢招惹你。"诸葛老先生也不恼,他慢悠悠地放下手里的茶盏,茶盏的杯底与桌面磕出一声轻响。

"可我已经老了。"

第一百一十三章

木青瓷由喜婆搀扶着走路,她盖着盖头根本看不清路。挺直了秀肩,精心制作出来的嫁衣穿在身上,没有半分的不妥。

萧安宴站在大厅的台阶下,他听着欢乐的乐声,慢慢地转过身,面对着他的新娘,嘴角绽开了一缕灿烂的笑意。

虽是盖着宽大的喜帕,那窈窕的身姿也让人遐想联翩。如天鹅一般雪白修长的脖颈一直往下,微微露出香肩,精致的蝴蝶锁骨之间垂着一枚坠子,那是脖颈间戴着的项链,虽然看着很简单,但实际的价值肯定是不菲的。嫁衣设计得很有特色,领口开至锁骨下一点,正好露出香肩与精致的锁骨,肌肤莹澈如冰肌,更是令无数人赞叹。肩若削成,腰若约素。盈盈一握的细腰,说是轻盈杨柳腰也不为过。有诗言曰:柳腰春风过,百鸟随香走。估计也就是这般了。火红的嫁衣上有金线绣成的并蒂莲花,盛开在衣裙的下摆,随着木青瓷一步一步地摆动着,并蒂莲花在裙摆上摇曳生姿,栩栩如生。看得出来是精心制作出来的嫁衣,也是独一无二的嫁衣。

萧安宴迈动着脚步,他走到新娘面前,喜婆把新娘的手交到了他的手中。萧安宴握紧了木青瓷的手,眼中闪动着异样的光芒。既有欣喜,也有期待。

萧安宴的喜服上也用金线绣着并蒂莲花,他与新娘走在一起,衣摆上的并蒂莲花相互呼应,也算是不错的景象。夫妻和美亦用并蒂莲花来表示,这两人在婚礼穿的喜服上绣有并蒂莲花,就已经说明了一切。

"虽然知道这时候说这种话不是太好,但新娘子的真面目都还没有看过。昨天出了个假新娘,今天万一也是用来引诱敌人的新娘怎么办?"有一个人突然出声,他说出了很多人的心声。

萧安宴牵着木青瓷的手,走到了大厅下的台阶前,他停住脚步,转过身来面对着众人,眸光锐利，好似要看透众人，不急不缓地说道："也罢，遂了各位豪杰的意愿。婚礼之时，自会知晓绾儿面目，并非是玩笑。"萧妄宴的语气轻松，听起来并没有什么大不了的事，他偏过头对着木青瓷轻声问道："我的好绾儿，可以吗？"

"自是可以，婚礼之时，岂有不以真面目面对客人的道理。"木青瓷尽量使她的声音温柔一点，可始终带有一丝冷意。也许是修习了魔功后的原因，尽管已经过了一些时日，可是那种给人冷淡的感觉并没有散去，留在了心头。可也仅仅只是一丝夹杂在话语中的冷意，并不会让人多在意。木青瓷放开了萧妄宴的手，她慢慢地转过身来，微微低下头颅，伸手将盖在头上的喜帕慢慢地掀了起来，露出一张让人忘不了的美丽容颜。

面若春半桃花，眉似远山不描而黛，唇若涂砂不点而朱。皓齿星眸，灿如春华，皎如秋月，端丽冠绝。抬眸之间，脉脉眼中波，盈盈花盛处。冰肌玉骨，自有言借水开花自一奇，水沉为骨玉为肌。远而望之，皎若太阳升朝霞；迫而察之，灼若芙蕖出绿波。虽是淡妆，却可以说是顾盼生辉，撩人心怀。

这般只应天上有的美人本该是让众人赞叹其美貌。不过却因为这一张好似高山神女的脸，彻彻底底地惊吓到了众人，不为其他的，就只是这一张美丽的脸。

"木青瓷！"

这个被遗忘四年的名字再一次被众人提起，却是在萧妄宴的婚礼上。江湖上没有几个人不知道木青瓷和苏笙月的那些事的，加上昨天毒女又信誓旦旦地说巫月圣女就是木青瓷，众人也都相信了。今日却冒出了一个木绾晴，虽然猜到了她可能很美，却也没想到木绾晴就是木青瓷。可能会有相像的人，怎么会有一模一样的人？除开双生子的言论，要说木绾晴和木青瓷到底有什么不同，那就是四年后的木绾晴比四年前的木青瓷更加的美了，那是一种动人心魄的美。

司琰在初看到新娘木绾晴的容面时，也是被吓了一跳，收起了那一份失态，回过神来想了一下，估计其中的奥妙也只有萧妄宴明白，眼中的惊疑慢慢地退去，思虑了一会儿，慢慢地开口道："木姑娘，我们又见面了。"

木青瓷把红盖头递给迎上来的婢女，她的眉间淡淡，眸中带着笑意，清浅地笑起："民女见过景帝，虽是不知景帝在何处见过民女，民女却是第一次与景帝相见。"又行了一礼，巧笑嫣然，"若是景帝不介意，请唤民女萧夫人。在此多谢景帝大驾光临。"

司琰眼中闪着精光，真正与木绾晴说话时，就会发现她与木青瓷就好似截然不同的两个人，到底是不是一个人也有些说不定了。他继续试探道："萧夫人，四年前的上京城百花宴，你确定没去吗？"

"小户人家的女儿，不曾出过远门，所以未去过上京城。"木青瓷很有耐心地回答着司琰的问题，她的声音温和，一字一句都在否定司琰所说的一切。眼神清亮，没有半分慌张，倒是很有风范。

在温云箬眼里，木绾晴柔桡轻曼，妩媚纤弱，一颦一笑皆让人心动。别说是男人把持不住，就连她看了也心动，又有几个人能够不受其美貌影响。其实不仅在温云箬眼里是如此，在许多人眼里都是如此，云想衣裳花想容，春风拂槛露华浓，大概是许多人的第一感觉。

司琰不动声色，更迫切地想要知道木绾晴是不是木青瓷的人并不是他，而是另有其人，微微勾起唇角，只说道："是我认错人了，萧夫人莫要介意。"

"自是不会。"木青瓷抬眸看了司琰一眼，她的眼神无悲无喜，并没有因为他的问话有感情波动。

诸葛老先生把苍老的手放在桌子上，脸上有着不耐烦，他对着司琰说道："好了，别错过了吉时。如果有话想说，等到明日即可。今天可是大日子，耽误了就不好了。"

司琰看了一眼诸葛老先生，十分的恭敬，他一点也没有摆出帝王的威严，只说道："我明白了。"

"吉时到，入厅堂。"主持婚礼的司仪高声地说着。

萧妄宴侧过身面对着木青瓷，他的唇角绽开，朝着她伸出手去，眼中有着期待："我的新娘。"

木青瓷低着头，她看着萧妄宴伸出手，又抬起头来看他，毫不避讳地对视着他的眼神，全无普通女子的羞怯。她浅浅地一笑，把手放在萧妄宴的手里。

萧妄宴握紧了木青瓷的手，他们两人共同走进厅堂，面对着诸葛老先生和蛊婆，静待着司仪接下来的话。

拜花堂：天高地广，人海茫茫，二位新人鸾凤呈祥，是上苍的旨意，是天赐的良缘，为此首先请新郎新娘面对天地台。

一拜天地

一拜天地谢姻缘；跪——！谢天降祥瑞，一叩首——！

愿地久天长，再叩首——！盼幸福安康，三叩首——！起身——！

二拜高堂

家族昌盛子孙旺，反哺跪乳敬双亲，二拜高堂养育恩；跪——！

感谢父母养育之恩，一叩首——！孝敬父母颐养天年，再叩首——！

祝福父母身体安康，三叩首——！起身——！

夫妻对拜

百年修得同船渡，千年修得共枕眠。新郎新娘面对面，夫妻对拜花堂前：跪——！

乾坤交泰琴瑟和鸣一叩首；鸳鸯比翼夫妻同心再叩首；

百年好合早得贵子三叩首——！起身——！

木青瓷和萧妄宴都一一照着司仪所说的那般去做，一拜天地，二拜高堂，夫妻对拜。现在已经算是礼成，从此以后，若不休妻和离，他们二人便是一世夫妻。

"新人敬茶！"

萧妄宴端起茶先走到诸葛老先生面前，他跪了下去，将茶送至诸葛老先生的面前，恭敬地说道："自小受师父大恩，今父母不在，由师父为徒儿见证这场婚礼。"

诸葛老先生接过热茶，他合了合茶盖，抿了一口徒弟茶，感慨地说道："你已经长大了，我这个老头子也没做什么，你的一切都是你自己争取的。"说着话的时候，诸葛老先生拿起桌上放的红包，放在萧妄宴手里。

萧妄宴勾起嘴角，他收起诸葛老先生给的红包，只是轻笑。又从婢女手上接过一杯热茶，如刚才的样子送至蛊婆面前，眼神真诚了起来，他认真地说道："多谢花长老愿意来我的婚礼，愿意为高堂。"

花朝冷哼一声，她还是接过萧妄宴的茶，随意地喝了一口，她把茶盏放在桌子上，拿起一个红包，递给萧妄宴，不满地说道："我来做高堂，不过是那边的老头子强拉我来的。"

萧妄宴收起花朝的红包，对着这位嘴硬心软的老人轻轻地点了点头，他只说道："花长老放心，流萤始终都是我的女儿。她是我看着出生，也是我养大的孩子，与亲生父女并无差别。哪怕日后我有了其他的孩子，她依旧是我的掌上明珠。"

"记住你的话，流萤受了委屈，圣女可能不在意，可我老婆子在意。"花朝放轻了声音，但还是一副强势做派，没有半分退意。

萧妄宴退回了原位，他依旧保持着恭敬的样子。另一个婢女端着两杯茶走了出来，她端起其中一杯茶递给木青瓷，随即就退到一边。

木青瓷十指纤纤，她端着茶水，跪在诸葛老先生面前，轻声说道："小女自幼无人教导，嫁给阿宴，还多谢师父宽容。请师父喝茶。"

诸葛老先生接过茶水，他递给木青瓷一个红包，笑呵呵地说道："这杯徒弟媳妇茶，我老头子可要好好品一品。你是好女子，应当有你的幸福。既然你们两个年轻人都决定了，我也不会说什么。"

木青瓷端起另外一杯茶水，走到蛊婆面前，慢慢地跪下去，把茶送至蛊婆面前，她感谢地说道："多谢花长老来参加我的婚礼，我会好好照顾流萤，师父也盼着这个徒孙女，花长老日后也会有个伴，随你一起照顾流萤。"

蛊婆接过木青瓷的茶水，她面容有些犹豫，叹了一口气道："没见到女妧嫁人，看见你嫁人也算是了了一桩心愿。"

"礼成，送入洞房。"

木青瓷并没有由喜婆搀扶着，她站在萧妄宴面前，侧过身面对着他。回眸之间，朱唇榴齿，言笑晏晏，只似画中人。

萧妄宴的目光从来没有离开过木青瓷，也就是这一次回眸一笑，将会永远记在萧妄宴的心中。多年之后，他依旧会想起今日，那穿着火红嫁衣的人，巧笑倩兮。犹记当初，你回眸莞尔，一笑倾城百日香。

第一百一十四章

　　木青瓷转过身去，她提起衣裙，莲步轻移。从始至终，她都没有转移过目光，未曾看过在座的众人，好似眼里再也容不下任何人。那步履轻盈的身姿，给人一种缥缈的感觉，让人抓不住她的一片衣角。

　　萧妄宴忽然生出这种想法来，心中隐隐有些不安。他看着木青瓷的背影，上前一步，抓住木青瓷的手腕，一把把她拉入怀里。低下头看着怀里这位秋水为骨玉为肌的美人，眼中有那么一刻的眷恋。

　　木青瓷对于萧妄宴的举动感到不解，不过瞬间就收起了脸上的疑惑，她的余光扫过了在场的某些人。柔弱无骨的双手慢慢攀上萧妄宴的脖颈，眼波流转，朱唇微弯。她慢慢地靠近他，在他的唇角留下了一个吻。

　　萧妄宴的眼神一滞，他的眼中有着不可置信，不过一瞬，他好像就明白了。也不知道是因为感觉被利用了，还是不想放开怀里的温香软玉。他抱着木青瓷，不再满足唇角留下的清浅的吻，他回应着主动的木青瓷，温热的触碰，唇上的柔软，传入鼻间的淡淡香气，更是加深了这个吻。

　　莫景凉看着厅堂前拥吻且毫不避嫌的两人，整个人一顿。突然发出一声瓷器碎裂的声音，只见他将手里的酒盏捏碎，尖利的碎片刺穿了他的手，鲜血顺着手中还捏着的酒盏碎片流下，滴在桌子上，也沾上了莫景凉的白衣。可莫景凉好像根本没有感受到痛苦一样，他端坐在位置上，一动也不动，眼神一直落在厅堂前缠绵的两人身上。面若冰霜，尽管他如琼林玉树，美若冠玉，平日里也没一丝笑颜，可也不似现在这般冷得好似一块冰，脸上写着生人勿近。

　　"公子，你受伤了。"冷冰熙连忙从袖子里掏出手帕来，她被这样不说话也不动一下的莫景凉吓到了。冷冰熙从来都没有见过莫景凉这副样子，想要杀人的样子。眉宇间有着冷冽，眼神更是冰冷无比。

　　"弟弟，你的手在流血。快把那些碎片放下，不然还要扎伤手。"莫静岚也是紧张，她的脸上满满都是担心，莫景凉这种样子，就连她都没有见过。大家姐被传死的时候，也不曾这样过。在莫静岚的眼里，莫景凉一直都很有分寸，从不会因为某人某事而做出某种过激的举动。

　　莫景凉对于她们的话置若罔闻，他只是静静地看着木青瓷和萧妄宴，手里的碎片被越捏越紧，碎片也深深地扎进手掌心里，血也因此滴淌得更加厉害。他好似并没有感受到丝毫的疼痛，也或许是心疼得太厉害，从而感受不到身体上的疼痛了。

萧妄宴放开木青瓷，他偏过头在她的耳边，以最轻的声音说道："你的目的达到了，只有这一次我会原谅你，也仅仅只有一次。作践自己，利用我来气别的男人之类的事千万别做，否则你会后悔的。"他顺势在木青瓷的脸上落下一吻，又恢复成之前的模样，退了一步，温和地说道："多谢夫人的馈赠。"

木青瓷的心一紧，她藏在嫁衣袖子里的手也握成了拳头，她的眼底有着一丝不可置信，更多的却是笑意。事到如今，还有什么大不了的吗？可是心却突然疼了一下，扯出一个得体的笑容，转身随着带路的喜婆走了。她的步子很慢，那瘦小的身体在合身却宽大的嫁衣里显得格外的清瘦。木青瓷这个时候真的很想笑出声来，作践自己吗？也许早就已经作践过了，所以此刻才会那么不在意。

莫景凉的目光一直停留在木青瓷的脸上，他在木青瓷转身的那一刻，好似在她的眼里看到了一丝自嘲。那嘴角的笑是那么的得体，也是那么的讽刺，一点也不像一个期待着为人妇的新婚女子。莫景凉知道，他已经忘不了木青瓷了，就像忘不了成佛崖上那受伤的眼神。同样的自嘲，毫无阻碍地重合在了一起。她并不幸福，也并不快乐，一切都是假装出来的，唯有痛苦长留于心。一瞬之间好像明白了什么，他也不管众人如何看，反正多他一个不多，少他一个不少。他松开手，几块扎得不深的酒盏碎片从手掌心里掉出来，落在青石砖地面上，还带有血迹。"我想静一静，不必跟着我。"

苏笙月从桌子下收回了手，他的手中还有着细小的碎屑。他很克制，也很尽力地不表现出他的情绪来。怎么可能不认得她，明明是他的女人，却在他的眼前穿上了嫁衣嫁给了别的男人。换一个身份就是木绾晴，换一个身份就能忘记过去的日子，就这样嫁给别的男人吗？毫无顾忌地亲吻着萧妄宴算是报复吗？如此光明正大、宣告天下的婚礼，木青瓷你赢了。你真正地赢了一次。

沈夜撇了撇嘴，这样明目张胆地秀恩爱是想表明不是木青瓷，还是想气在场的某些人一次？偏头瞧了一眼苏笙月，只见他面色平静，也没有什么奇怪的举动。移开目光的那一瞬，余光瞟见了散落在苏笙月脚边的碎瓷屑，已经碎的不能称之为木瓷了，而是碎末。再定睛一看，突然就明白了某些人其实也不像表面上那么镇定，心里早已经乱作了一团，可还是故作高深，让人猜不透在想什么。

送到喜房之后，木青瓷端正地坐在喜床之上，就好像一位真正的新娘一样。房间里还有着喜婆和两个婢女。其中一个婢女是萧府里一直伺候木青瓷的人，每一次她回萧府，萧妄宴就会让这个伺候过她的婢女前来服侍，这一次也不例外。抬眸扫了一眼布置得当的喜房，脸上出现一丝自嘲，她冷淡地说道："我想一个人静一静。你们都下去吧，这里不用人来看着，我也不用人伺候，不是紧要的事就不要来打扰我。"

"可是夫人，这不符合规矩。"喜婆走近了一步，她显然知道木青瓷现在已经成了名副其实的萧家夫人，态度越发恭敬起来。毕竟在这燕京城，萧府才是真正的大户，就连官府都不敢招惹。

"我从不喜欢重复我的话，现在我再说一次，我想一个人静一静，你们都下去。"木青瓷的声音冷了下来，收起了人前的那副温婉样子。就在刚刚她想起了一些不好的事，心情已经不好了，也不屑于再去伪装。

"夫人累了，我们就先下去。喜婆，你现在可以去领赏了。"伺候过木青瓷的那个婢女深知木青瓷的脾气，从来都是说一不二，以前还没有嫁给萧妄宴的时候，就已经算是半个萧府的主人了，现在更是如此。所以她连忙接过话，让喜婆随她一起离开。

话已经说到了这个地步，喜婆也不再开口，她只是照常说了几句婚礼期间需要注意的事，就跟着说话的那个婢女离开了，另一个婢女也随同离开，顺带把门关上了。

木青瓷望着墙上那个大大的喜字，忽然心出一丝悲凉来。也不知怎的，决定的时候没有半分的犹豫，反而是婚礼结束之后生出了一种退意，有一些不同寻常。之前的那个吻，她也说不出为何要这么做。吻上萧妄宴嘴角的那一刻，觉得有一丝报复的快感，也一点不像她平日的样子。

精致而贵重的凤冠好似一座大山压在头上，火红的嫁衣从未出现在梦中，却跨过了所幻想的一切直接成为现实。只是梦中的那个人隐藏在了幕后，一层薄纱挡住了他的真面目。想要抓住他，却始终抓不住他，就连一片衣角也抓不住。可惜过去的事已经过去，她已经选择了忘记。突然之间生出无力感，自嘲地笑两声，慢慢地走到梳妆台边，面对着铜镜里的那张并不陌生的脸，木青瓷取下凤冠，随意地放在了梳妆台上。看着少了束缚的镜中人，似笑非笑、似哭非哭的表情从铜镜里照了出来，水袖下的玉手慢慢地滑出来，指尖在铜镜镜面上滑过，冰凉的触感一点一点地从指尖传来。出神了好一会儿，移动着步子，走到贴着喜字的窗户边，拉开了这扇窗户，抬眸之间，一张记忆中熟悉的脸正好落在了她的眼中，将那一刻留在了心底，留待日后忆起。

莫景凉眼中有着吃惊，他看着面前的木青瓷，没了凤冠的她依旧靓丽，甚至可以说是十分的美艳。估计莫景凉以后都不会忘记今天这一幕，窗户被打开的那一瞬间，那个日夜思念的女人就这样出现在他的面前，红装绿鬓，丹铅其面，唇色朱樱一点。仅仅一墙之隔，却好像隔断了一辈子。

"你的手受伤了……"

莫景凉还没来得及出口解释他为什么会在这里，木青瓷就先行出声了，她的目光落在莫景凉受伤的手上，还有血在滴落，袖口已经被染红了。

莫景凉动了动那只受伤的手，他低头看了一眼，张了张嘴，却不知道说些什么。"我……"

木青瓷垂下了眼帘，她转身走到梳妆台那里，快速地翻找着几个抽屉里的东西，有选择地挑出了一些东西之后，她又两步走到摆放着酒菜的桌子边，一把抓起桌子上的酒壶，又返身走回了窗边，提了一张圆凳放在身边，把所拿的那些东西依次摆放在凳子上。她抬起头来，直视着莫景凉，淡淡地说道："把手给我。"

莫景凉愣愣地看着木青瓷，他还是依照木青瓷的话，把手伸到了木青瓷的面前，眼中带着眷恋："青瓷对不起，没能保护好你。"

木青瓷的动作一停，她抓着莫景凉受伤的手，看着手掌心里还插着好几块碎瓷片，黛眉微微一蹙，唇角弯起恰当的弧度，看起来只觉得讽刺："莫庄主认错人了。我名为木绾晴，而非木青瓷，木青瓷已经死在了四年前。"她的声音很轻，漠然地说道："我也看过锦家出的话本子，也知与那位木青瓷长得十分相像，所以才戴起面纱，为了不被人认作是她。可看来效果并不是那么好。"伸长了手，抓起盛满上好的酒液的白瓷酒壶，对着莫景凉说道："可能会很疼，不过这样子才好包扎。"语毕，木青瓷把酒倒出来，淋在莫景凉受伤的右手上，鲜血被酒水冲得干净，但还是有一些血印子。

"我知道是你，你回来了对吗？对不起！这是时隔了四年的道歉。"莫景凉认真地看着为他清理伤口的木青瓷，为他四年前所做的一切道歉。"也许你不会原谅我，可我仍然希望亲口告诉你，是我当初许下了承诺，却没能保护你。这四年来，我一直在找你，世人都说你死了，可我不相信你会死。有些话我一直没能告诉你，也没有跟你说声对不起，我许下了没用的空头誓言。"

"不用与我说对不起，这些话应该说给木青瓷听，也可能她并不想听这些话，换作是我也不会想听。我不是她，她也不是我。莫庄主，你可以选择忘了她，选一个更好的姑娘。天上的星星千千万，地上的姑娘万万千，总有适合你的好姑娘。"

第一百一十五章

木青瓷放下酒壶，她用干净的手帕擦了擦莫景凉受伤的手，毫不犹豫地拔出其中的一块碎瓷片，鲜血也随之涌了出来，她伸手按住那道伤口，低声说道："忍着点，很快就好了。"

话音还没有落下，木青瓷又依次把其他几块碎瓷片拔了出来，扔在窗外的地上。娇艳的鲜血从伤口处冒了出来，打湿了手，也弄湿了手帕。她连忙拿起酒壶，把酒水淋在莫景凉的手上，冲洗着伤口，淡淡地说道："我可能不太温柔，弄伤了你请不要见怪。"

"想要把碎瓷片拔出来，肯定是要受一些痛的，这一点我还是明白的。"莫景凉的眉峰微扬，眉端之间淡淡，看起来并没有感受到手掌心传来的疼痛。"如果我说，我第一眼见到你的时候，就认为你是青瓷，你会相信吗？许多的事回不去了，到不了未来，我想知道她的下落，想要了解她这四年是怎么走过来的，更想要找到她。倾月山庄里种的桃花开了，十里桃花唯独缺一个赏花的人。她曾说过最爱桃花，桃花并非轻薄，却也易凋谢。从她在成佛崖失踪之后，每一年桃花开的时候，我都会备上青梅酒，在桃林中等她回来。可已经过了四年，她好像忘了倾月山庄的十里桃花。可能是苗疆的凤凰花太美，醉花荫的百花迷住了她的眼，所以舍弃了为她栽种的十里桃花。十年的约定已经完了，她未曾赴约，我也不曾挽留。说到底还是我放弃了她，把她生生地推下了悬崖深渊，再也回不来了。"

"莫庄主是一位念旧的人，可她也许不是念旧的人，说不定早就爱上了别的男人，彻彻底底地忘记了以前的事。既然是这样，莫庄主为何还要想着她，念着她，等着她。不如早一些放下过去，放下那些莫须有的承诺，放下被遗忘的约定，好好地活着。在人世间寻一位善良、柔约，如水一般清澈的好姑娘。"木青瓷说得云淡风轻，可她手上的动作却没有停下。冲洗干净伤口之后，放下已经空空的酒壶，也顺便放下了满是血的手帕。又从梳妆台上的小抽屉里拿出几张干净的手帕来，先用一张手帕擦拭着莫景凉还在流血的手，动作小心又细致，不过看得出来动作很熟练，并非是第一次帮人清理伤口。她抬起头来，对上莫景凉带有歉意的眼光，眼神很漠然，也很陌生，让人心颤："你应该找一个适合你的好姑娘，而不是等一个手上沾满人命与鲜血的姑娘。尤其是那个姑娘根本不爱你。可能真的如你所说，苗疆的凤凰花太美了，不仅迷住了她的那双眼，更蒙住了她的那颗心。尽管那颗心已经千疮百孔，已经被锋利的刀刃刺得破碎，可她宁愿永远忘记那些痛苦，那些无法止住的痛苦。"

也许是察觉到说得太多了，木青瓷快速地低下头，不再去看莫景凉此刻的眼神，更不知道他现在是何表情。她拿起一开始就放在凳子上的疗伤药，拔出瓶口塞子，仔细并且均匀地倒在莫景凉的伤口上，白色的粉末沾在伤口处，也随着血的染色变成了红色。不过这种上好的伤药也是有效果的，并且见效一直很快，有了伤药的覆盖，伤口流血的速度明显慢了很多，然后只冒出几颗血珠，就止住血了。木青瓷放下了伤药，拿起另外一条手帕，小心地替莫景凉包扎着伤口，清浅地说道："莫庄主听不听我的话都好，只是作为一个旁观者，只觉得有时候放手也许会更好。那样的女子配不上你，你可以选择一个更好的女子。"

"她是独一无二的。"

莫景凉阖上了眼，又快速地睁开眼来，语气中少了一分冷意，却多了一分无奈："对我来说，她是独一无二的存在。木青瓷就只是木青瓷，不管变换成什么身份，她依旧是我第一眼就认定的女子。自从她四年前下落不明之后，我就在想是不是一切都做错了，所以她才会选择以最残忍的方式报复我。"

"世上从来就没有后悔药卖，要知道你所做的事，在别人眼里可能是大错特错，可是站在你的角度上来看，你也并没有做错。何况人无完人，再怎么完美的人都会犯错的，不仅是莫庄主，我也一样。"木青瓷打了一个结，看着已经包扎好的手，深吸了一口气道，"过去的事就不必再惦念了，就算再怎么惦念，也回不到从前的那些日子。错过的时光，经受过的背叛，错放的信任，一切都在四年前结束了。莫庄主是聪明人，聪明人做聪明事，我相信莫庄主会找到生命中不可或缺的那个人。"放开了莫景凉的手，她收拾着留下的狼藉，如同医者一样吩咐道："我并不是大夫，只能帮你简单地清理、包扎伤口。你回去之后，记得请大夫来看一看，这段时间就不要碰水了，晚上再让大夫替你换药。"

莫景凉低下头看着被包扎好的手，雪白的手帕上也已经有了些血迹，染红了手帕上的绣花。火红的凤凰花盛开在手掌之中，绣得栩栩如生。鲜红的血珠染红了凤凰花，也更为凤凰花增添了一丝妖艳。火红似血的花朵要用血来染色，或许才会最美。"凤凰花？一如既往的美，可惜爱凤凰花的人不再会原谅我。对不起，也许是骗了你，可我从来没有想过伤害你，你一直都是我心中的那个人。有些事必须为之，有些事也只能静默不言。若是当年没出事，若是我们都生在一个平和的时代，一切会不会有所不同？"他直视着木青瓷，嘴角有着一缕浅笑，"如果可以，我也希望再遇见你。这是一个大世，也是一个乱世，我们活在其中，别无选择。装模作样地活下去，眼看着诅咒在你的后人中继续出现，漠视着这一切，我做不到。不择手段也要达到目的，付出一切作为代价也不后悔。彻底地断绝诅咒的根源，这样也许会失去很多在乎的人或物，但值得，不是吗？"

木青瓷一愣，她的眼中有着不解，看向莫景凉的眼光中也满是探究。不过很快就回过神来，她收起了探究的视线，露出了笑颜："也许吧，每个人都是为了各自的目的而进行着各种利益纠葛，不管是何情感，在真正的利益面前都不过是浮云。你有你的路途，我有我的方向。"已经不想再和莫景凉纠缠下去，毕竟今日是她大婚的日子，要是被人撞见就不太好了。所以也不管莫景凉是否真的已经认定了她，那已经不重要了，赶人似的说道："已经过了不少时间了，莫庄主该走了。要是让人知道莫庄主来见了新娘，恐怕你我都会传出不好的话来。毕竟人言可畏，被冠上了不好的话，以后的日子也不太好过。不管走到哪里，都会被人指指点点。"

木青瓷都下了逐客令了，莫景凉也不可能再死皮赖脸地待在这里不走。何况木青瓷说的也并没有半分错，他现在的身份并不适宜继续留在这里，如果让人看见了，的确不知道还会传出些什么莫须有的谣言来。如今他是客人，而仅一墙之隔的屋内，则是别人的新娘。深深地看了一眼木青瓷，要将她的样子记在心间，然后淡淡地说道："失礼了。"

见莫景凉的身影渐渐远去，木青瓷只是静静地站在窗边，抬着头看着远方的天空，眉端却有着一丝闲愁。呆愣地看了天空一会儿，把窗沿边的碎瓷片捡起来，放在已经弄脏的手帕上，仔细地包好。简单地清理了一下凳子上的东西，又把那些需要扔掉的东西处理了。空荡荡的房间里只有她一个人，把窗户关上，房间一下了变得暗了许多。也许再见过莫景凉之后，一个人静一静可能会更好。

不管别人是认出了她的身份，还是确定了她是谁，这都无关紧要，重要的是一切都快结束了。只要重新召集天下人，以宁国宝藏的藏宝图为诱饵，不怕没有人上当。哪怕心生怀疑，只要宁国宝藏一出，没人坐得住。八枚戒指，八份藏宝图，马上就要现世了。只要将花镜中的部分藏宝图拿出来，会有多少人期待？这一场婚礼，只是答应萧妄宴的请求，给他一个交代，也给自己一个结局。

锦懿卿从来都是眼观六路，耳听八方，莫景凉一回来，他就注意到了。他举起酒盏，对着莫景凉说道："莫兄，终于等到你了，我们这群人就差你一个了。你先走了，又回来迟了，不自罚三杯，我们可不放过你。"

莫景凉走到最中间的那一桌去，见身边这几人，平日可能是敌人，不过现在这个时候却能放下所有的成见一起喝酒，也许这就是盛世的悲凉。如果放在一个没有硝烟战乱的年代，一群人不说能够成为生死之交，至少也可以相交为友，而今日之后可能便是生死相向，拼得个你死我活。收敛了心绪，走到几人中间："耽误了许久，来迟了，不好意思。"语毕，拿起桌上已经倒满酒的酒杯，一口饮尽，才对众人说道，"自罚三杯，算我来迟之罚。这是第一杯。"话音刚落下，提起一壶酒来，再一次斟满并不大的酒杯。一连两杯酒，自罚三杯也算完了。

"莫兄果然不拘小节，不如今晚不醉不休，毕竟同是天涯沦落人，一起举杯消愁算了。"锦懿卿那张嘴可是不饶人，他扫了一眼同桌的几人，最后把目光落在了萧安宴身上，故意做出一副悔恨交加的样子，惋惜地说道："萧兄可算是享了艳福，今日可是娶了一位绝代丽人，让我们这些至今还未娶妻的人情何以堪。如此佳人被你金屋藏娇了也不知道多久，好不容易带出来让我们见一次，结果就入了你的怀抱。真是好生可惜，可惜没有早点派人来你萧府守着，结果错失了一位秋水伊人。"说着，锦懿卿还故意捶了捶他自己，转变了话锋道："都是男人，估计都盼望娶到一位如萧夫人一样的女人。看看我们这几个人，哪个不是对你各种羡慕。所以今日萧兄就不要想走了，不如陪我们一醉方休。"

第一百一十六章

"锦兄说笑了，萧某已经有了夫人了。虽说不为绝色，至少看了喜欢。"萧安宴端起酒杯，他的脸上露出温和的笑意，看着锦懿卿如此玩笑，的确比较放松，只不过在夫人这个问题上不能妥协。"尽管美人谁人都爱，可娶了妻的男人，可不能再像锦兄一般自由。"

虽然跟萧晨安注定是敌手，但至少今天算不上敌人，所以沈夜十分地赞同萧安宴的话。在夫人的问题上，是绝对不能马虎的。"怎么说也是有家室的人了，自然比不得锦兄潇洒自由。家中有妻在，从此就与美人绝缘了。管她再美，多看两眼都不行。我如今的处境，锦兄也是看得清楚的，所谓天大地大夫人最大，差不多就是如此。"

"想不到沈兄竟是一个妻管严，实在是想不到。"锦懿卿的脸上满满都是笑容，虽然做出的是遗憾的样子，可他那夸张的语气，也让人发笑："唉！可惜，一代人杰沈夜竟然是妻管严，说出去也丢了身份。"

沈夜丝毫没有觉得锦懿卿的话有什么不妥，他轻轻摇晃着手里端着的酒杯，无比自豪地说道："毕竟软饭吃多了也就习惯了。"话音刚落下，他抬眼看了锦懿卿一眼，慢腾腾地说道："你们这种没有夫人的人是不会明白的。"

司琰大笑起来，他举起酒杯，对着沈夜和萧妄宴说道："看来今晚就有家室的三人可以顺利脱身，不过萧兄作为今天的主角，可是要被留下陪酒，不知道是不是要一醉方休。若真是这般，新婚之夜恐怕就要留新娘子一个人独守空闺。"

"沈兄这话说的，不是欺负我们还未娶妻，不知有夫人关怀是什么样子吗？不过今晚可是一个也别想走，不喝到趴下，说什么也别想离开。不过喝得太醉，就连闹洞房都没有意思。为了不让新娘今晚上独守空闺，不如快去请了出来见客，也好让我们重新认识一下新娘。萧兄可不许藏私，那我们可就不允许了。"一是喝了不少，再加上人也不少，锦懿卿那满肚子的坏水就慢慢开始表现出来。

沈夜也是巴不得闹起来，他扫了一眼一直默不作声的苏笙月和莫景凉，起哄道："那敢情好，让新娘子出来见客，说不定最后还要新娘子把萧兄接回房去。如果是这样，今晚上这洞房不闹也罢。"

萧妄宴虽是喝了不少，可也不是醉得不省人事，他喝完手里的一杯酒，慢慢悠悠地说道："看来今日你们是不打算放我走了，准备一醉到天明吗？我派人去请新娘，至于新娘出不出来见客，就不关我的事了。到时候不出来见客，别说我藏私即可。"

"我相信新娘子一定会出来见客的，毕竟这可是她的婚礼。"锦懿卿当然是希望新娘能够出来，不说真的是木青瓷，就那一模一样的长相，也会激起不少人的兴趣。"萧兄可不要让人特别吩咐什么，要是这样，新娘就不出来见客了，那萧兄你今晚上也不要想见到新娘了，还是安心陪着我们喝酒吧。"

莫景凉把酒杯放在桌子上，他提起酒壶倒满了一杯酒，又为萧妄宴倒满了一杯酒，慢悠悠地说道："萧兄今日大婚，还没来得及恭喜萧兄，在此我敬萧兄一杯。"语毕，莫景凉举起酒杯来，对着萧妄宴，喝完了那杯酒。他放下酒杯，被包扎好的右手还隐隐作痛，就好像他的心一样。

"那就多谢莫兄了。"萧妄宴也端起那杯酒来，也一口饮尽，将酒杯翻转了过来，以示杯中无酒。"今日可要不醉不归。"

"萧兄好酒量，不如再来一杯。"锦懿卿向来是起哄的好手，这样说了一句之后，他的视线就被莫景凉包扎好的右手引过去了。本来他以为那只是普通的包扎，但莫景凉敬酒之时，露出了手掌心的手帕绣花，识货的人一眼就可以看出，这张手帕虽然不起眼，但是一般人还用不起这么好的。尤其是手帕上的绣花，好像在哪里看到过，却又记不得了，也不知道莫景凉去见了何人。想了想，弯起嘴角，调侃地说道："话说莫兄之前去哪里了，也不知遇上了哪位姑娘，这手帕可真是漂亮。也不愧是莫兄，无数女子心中的那位人。都快比得上苏兄了，走到哪里都有佳人相陪。"

莫景凉看了一眼右手，轻轻地摇了摇头，脸上的表情似笑非笑："锦兄玩笑了，不过是包扎了一下伤口，又岂来的锦兄说的那些。"

"阿凉的桃花运一向都比较好，喜欢他这种清冷样子的姑娘大有人在，也不必惊讶什么。"

沈夜笑起来，他为自己斟满了一杯酒，举起酒杯对着众人说道："既然人都差不多到齐了，不如趁着新娘还没过来，一起敬新郎一杯如何？"

几人纷纷同意，各自提起面前的酒壶，斟满了一杯酒，一起举杯敬萧妄宴。不管是真心还是假意，至少现在是没有恶意的。萧妄宴也没有选择拒绝，毕竟这一桌子的人可不容易聚在一起，也不一定再见面之时还能如此心平气和地把酒言欢。也许这将是最后的一次相聚了，再见面之时，可能是生死相向的仇敌。

木青瓷被请来的时候，并没有戴上凤冠，而是一身自在轻松的装扮，少了一个凤冠，也算不上失仪。她扬起头颅，嘴角勾起一缕假笑，迈开了步子，随着奴仆走到摆放宴席的院子里，看着已经吃喝了不少的众人，眼底也只有一抹不可察觉的冷意。

"新娘来了，看来也是在屋子中待得太过无聊，所以才来得如此之快。"司琰转过头看了一眼做足了礼仪的木青瓷，又偏头瞟了一眼某些人，他意味深长地说道："新娘子是太想念某个人了吗？都等不及晚上闹洞房。只不过萧兄哪里舍得让如花似玉的新娘陪我们这群人喝上个两杯。"

木青瓷走到萧妄宴的身边，她与萧妄宴相视了一眼，对着众人微微晗首，朱唇微弯："见过各位公子。"

萧妄宴牵起木青瓷的手，顺势把她拉入怀里。虽是当着众人的面，却毫不避讳别人的眼光，大方地秀着恩爱。他扫了一眼在场的人的表情，特别地关注了某个人，露出一缕浅浅的笑意，对着司琰回应道："她想做的事，我都不会阻拦。合适的饮酒也并无不可，前提是我的新娘愿意。"

"啧啧！如此恩爱，真是羡煞旁人。看来我也要早早寻一个值得让我宠爱的夫人了，不然以后再见到诸位，恐怕就只剩我一人形单影孤了。"锦懿卿咋舌，对于萧妄宴丝毫不加掩饰的宠爱，他也只能如此了。只是不知道萧妄宴是有心还是无意，这般举动不是赤裸裸地挑衅某些人吗？或者也可以说是示威。

锦懿卿这话一出，所有人都笑了起来，不过也有人实在笑不出来。沈夜直接拆穿锦懿卿的话道："凭你锦老板的魅力，还怕寻不到一个好的姑娘？只怕你招一招手，就又不知道有多少大家小姐奔着锦家去了，锦兄迟早都会遇到你想要娶的女子的。"

"我倒是好奇，锦老板会娶什么样的女子。是愿得一心人，白首不相离，还是只为传宗接代的棋子。"木青瓷并没有倚靠着萧妄宴，而是由着他搂着自己的纤腰。拂过耳边的碎发，她指尖微翘，眼波流转，似笑非笑："锦老板不似会受人限制的人，一般的女子恐怕讨不了你欢喜。可以千变万化，让锦老板随时保持新鲜感的女子可是不容易找。何况听多了故事，见多了各有千秋的女子，只怕很难找到一个满意的好姑娘。"

锦懿卿却是轻笑起来，他放下手里的酒盏，眼底有着一丝探究，惊疑地出声："看来木姑娘，不，萧夫人好像对锦某人很是了解。不过说的也不算有错，比起有了夫人被限制了自由，还不如独身一人海阔天空，来得自由自在。正如我无法明白沈兄的乐处，我心之所向也唯有自由。"一点也不掩饰，很大方地说道，"若真要说娶妻一事，我还真算不上着急。毕竟我可是孤家寡人一个，比不过你们这些人，家中长辈一个个盼着娶妻生子。"

"算不上了解锦老板，只是从锦老板的言语中可以猜出一分半分。锦老板是喜好自由之人，只有那种千变万化的女子才适合锦老板。不过这种好并不那么容易找到，所以锦老板若是娶妻，必然是因为传宗接代。"木青瓷依旧是似笑非笑的样子，她直接从桌子上提起一壶酒来，拿了一个空余的酒杯，清澈的酒液在杯中摇晃。素手轻扬，执起酒杯，对着锦懿卿说道："果然是这般，都说天下乌鸦一般黑，男人都是一样的坏，谁也不例外。可怜女人生来就是做不得主的，丈夫就是天，是被利用还是被抛弃，都只能听天由命。这杯酒算是小女敬锦老板的，只盼锦老板是个会心疼人的，改日可别辜负了好人家的姑娘。虽是不爱，可说是利用，却也别伤了人心。"她先喝下了这一杯，放下酒杯，从袖中拿出绣着火红凤凰花的帕子，轻轻擦了擦嘴角，漠然地说道："都说心疼心疼，可真要是被人弄得心上血淋淋一片的时候，反而还说不出疼来。说不定午夜梦回的时候，会一次又一次想起以前的事，那些过往又再一次被记起来，本来就已经千疮百孔的心，更是血肉模糊。连呼吸都会痛的时候，止痛的方法也只有一个了。"

"萧夫人倒是不同于普通的女子，若是生为男儿身，说不定不比在座的任何人差。虽是女儿身，却也是粉白黛绿、颠倒众生的绝色佳人。何况若是天下乌鸦都一般黑，天下男人也都如此，那萧兄不也是一样的吗？那萧夫人你岂不是嫁了一个坏男人？不过也是，男人不坏，女人不爱。不过有一点萧夫人说得很对，我可不是一根木头，跟在座的这几位比起来，怎么说我也是最为怜香惜玉的人。他们几根木头呆呆愣愣，真是可惜身边的那些美人了，一点也不懂体贴美人。"锦懿卿也端起一杯酒，送至嘴边慢慢品尝，醇厚的酒香蹿入鼻中。听木青瓷最开始的话，也觉得好笑，可也没觉得她说得有多错，他就是这样子的人。

"锦老板就是会开玩笑，既然天下乌鸦一般黑，自然也包括阿宴。男人都是不可信的，只不过我愿意相信阿宴，相信他一定会骗我。每个人都是有秘密的，若是一点谎言都没有，那才是真正的不可信。"木青瓷掩唇轻笑，好看的眸子也随着笑意弯了起来，看起来很是俏皮可爱："不过我信他，虽说不算是信心十足，可有一点我还是能够确认的。"

第一百一十七章

萧妄宴将手放在木青瓷的腰上，他深深地看了一眼怀中的新娘，嘴角绽开笑意慢腾腾地说道："既然我的新娘如此相信我，那我也不能辜负了新娘的信任。日后一定会好好地对她，并且照顾她，做一对羡煞旁人的夫妻。"在木青瓷的头发上轻轻落下一吻，又对着众人说道：

"只是不要像沈兄一般就好，那般欢喜冤家的相处方式，可能实在不适合我和绾儿。"

沈夜眉头一挑，他斜眼看去，萧妄宴这厮是在夸他呢，还是贬他呢。欢喜冤家怎么样，欢喜冤家的相处方式不是冤家路窄吗？说了半天萧妄宴还是在拿他打趣。"萧兄可是说笑了，毕竟欢喜冤家才能长长久久，若是哪里惹得夫人生了气，也容易哄得回来。可若是萧夫人这样的女子，萧兄如果惹了生气，恐怕就不容易哄回来。再者萝卜青菜各有所爱，我独爱小辣椒，萧兄你却偏爱清冷美人，锦兄喜欢让他时刻保持新鲜感的女子，这不是各有所爱吗？"举起酒杯，对着木青瓷说道："既然萧夫人都敬了锦兄了，那是不是我们这桌的人都要一个一个的敬酒才算好呢？萧兄可不许帮忙挡酒，怎么说也该新娘子敬酒了。"

萧妄宴本来还想说什么，只是木青瓷拉了拉他的衣角，本来打算说的推脱话，被咽了回去。只手揉了揉眉心，脸上的表情颇为无奈，宠溺地出声道："随你的意思，若是不能就别喝了，别勉强自己。沈兄他们都是正人君子，也不会强迫一个手无缚鸡之力的弱女子继续喝酒，这一点大可放心。"

沈夜不禁鄙视萧妄宴，如果他们想要新娘继续敬酒，那岂不成了不入流的卑鄙小人。真是想想都觉得可笑。不管是他，还是司琰、萧晨安等人都不可能会强迫新娘子喝酒，只不过是随着新娘愿意罢了。又不是下三烂的人，自幼学习的礼节，怎么会不懂温柔有礼地对待女人。尤其是苏笙月那厮，对任何女人都是温柔的，并且还要用各种言语或眼神勾人一把。尽管苏笙月不承认，但也改变不了他对任何女人都足够温柔的事实。当然跟苏笙月一样行为的人还有萧晨安，所以他俩又被说成江湖男人的公敌。

"你还不知道我吗？我不会勉强自己的。"木青瓷对着萧妄宴笑靥如花，她端起有人替她倒满的酒，先对着沈夜，眼里有着羡慕，她放轻了声音，敬酒道："沈公子，真羡慕你，你也是一个好人。"

沈夜有些奇怪，新娘子好端端地跟他说这些话总有一些奇怪，但是那眼中的羡慕却是真的。尽管想不通木青瓷说这话是什么意思，他还是端起了酒杯，将疑惑埋在心里，笑吟吟地说道："我这么好的男人，萧夫人是该羡慕世上只有我一个。这杯酒敬萧夫人新婚之喜。"

木青瓷是真的羡慕沈夜，总能以不同的方式保持着乐观与自信，也能给身边的人带来欢笑，是一个很可靠的人，也是一个好丈夫。收起了脸上的笑意，认真地说道："我们以前可能见过，也许日后也会相见，也许再也不会。"

沈夜这下子真的是摸不着头脑了，本来就怀疑新娘木绾晴是木青瓷，这一杯酒敬下来，更让他怀疑了。这样的话语，真的是木青瓷会说出口的吗？不过怀疑也没什么用，沈夜也只是在心中猜测。

木青瓷一一敬酒，对着几人都说了些客套话，对着莫景凉敬酒之时，她眉宇间有着淡淡忧愁，劝告道："十年算不了什么，二十年也算不了什么。命运的齿轮永远不会为了某一个人停下，若是你心里明白，就该清楚过去的已经过去，再也回不去了。何必执念，何必在意。世上的好姑娘千千万万，总有一个适合你。放手吧，你无法靠着仅有的记忆活下去。"与其说是劝告，倒不如说是木青瓷说给莫景凉听的，她说过许多类似的话，却唯独只对莫景凉一人。说到底心中有过怨，只是如今已经不在乎了。已经误了他十年，何必再误了他一辈子的幸福。

莫景凉浑身一震，他对上木青瓷的眼睛，心中一阵颤抖。那一片淡漠，已经彻底地恨了他了吗？可他还是不想要放弃，明知道深爱的女子已经不再相信他，可还是想要留住这份记忆，留住她的笑。举起酒杯，他浅笑起来，声音一如既往的清冷，却多一分悲凉："终究是忘记了吗？可我做不到你的无情。就算永远也不会被谅解，我也要继续等着她，这是我欠她的。一个人的笑，两个人的痛苦。"

"如此，便随莫庄主的意愿吧。只是你会后悔的，永永远远的后悔，后悔当初为什么要遇见她。"木青瓷的嘴角扬起一缕笑，看起来是莫名的嘲讽。可握着酒杯的手却不由自主地一紧，仰头喝了个干净。

最后敬酒的是苏笙月，他从头到尾都没有说过一句话，完全不像他的风格。按说婚礼的日子，他也是放得开的人。只是今天的婚礼，他放不开，众人也觉得没什么，毕竟新娘子的长相，莫名得知了还有一个女儿，怎么说也不是那么随意。只是静默地提起酒壶，满满地倒了一杯酒，慢悠悠地举起杯子，对着木青瓷，久久才出声道："萧……夫人……前面已经说了那么多的话，我此时也无法再说出些什么来。若真要说，便替新郎官问一个问题。"苏笙月的声音没有之前的哽咽，他尽量使自己平静地说着话："你的选择让你幸福吗？"

木青瓷此刻很想笑，毫无保留地大笑，同时她又很想要哭，大声地哭出来。如此近地面对着苏笙月，差点沉沦在他的眼神中。那种眼神，让木青瓷心上的伤口一下子就被揭开了，刻意遗忘的记忆再一次浮现在脑海里，盯着苏笙月的眼睛，下意识地开口："你到底有没有爱过我？"话一出口，她就后悔了，瞬间反应了过来，不给别人多想的时间，紧接着补充道："阿宴，你爱过我吗？苏公子都替你问出了这个问题，你就不想要回答这个问题吗？"木青瓷扬起头，她看着萧妄宴，掩藏着心里的慌乱。

对于苏笙月来说，话就有所不同了。果然是她吗？还在为当年他的一句话执着。青瓷，你终究还是输了。不管如何变换身份，你到底还是木青瓷，到底还是属于我的木青瓷。只是你赢了，堂堂正正地嫁给萧妄宴，是你对深爱你的男人最大的报复。

"当然爱你，除了你之外，我还爱上谁了？"萧妄宴适时地回答了，也化解了木青瓷的尴尬。"你是我生命中最重要的人，你的命比我的命更重要，就算是我死，也不希望你死。因为你是我最深爱的女人，是我萧妄宴明媒正娶的妻子，只属于我一个人。"

木青瓷深深地吸了几口气，慢慢地平静下来，露出灿烂的笑颜，直直地盯着苏笙月的脸，对着他说道："这个答案恐怕就不用小女来告诉苏公子了吧？至少比起以前来说，我此刻很幸福，过得也很好，不似从前把一颗真心掏出来，却被人随意践踏。"抿了一口酒，不似之前那般一杯饮尽，她漂亮的眸子中满含笑意，可话语却是那般的云淡风轻："苏公子可不要见怪，昨日看了一出好戏，今日有感而发罢了。恰巧看见公子就想了起来，想起了许多已经忘记的事，想忘便再也忘不掉了。毕竟那些过往已经刻在了心上，又岂能轻易忘记？小女敬苏公子一杯。"话音还没落下，木青瓷就迫不及待地喝下了那杯酒。浓烈的酒顺着喉咙流下，只觉得火辣辣的，顿时就剧烈地咳嗽了起来，眼泪都因此有了，在眼眶里打转。呛人的烈酒一时之间让木青瓷有些接受不了，她极少喝酒，尤其烈酒。还未来得及放下已经空空如也的酒杯，就以最快的速度捂住了嘴咳嗽着，宽大的袖子遮住了她的半张脸，只露出一双含泪的眼睛，看起来是那么的美，可却似笑非笑，又似哭非哭，让人捉摸不透，却是在凝视着苏笙月。

萧妟宴轻轻地拍着木青瓷的后背，又把木青瓷抱在怀里，他再怎么迟钝都能察觉到此刻的不同，只得按捺下心中的一切情绪，轻声细语地说道："你的酒量不好，就不要强撑着了。就算推脱不喝了，也无人会怪你。"

木青瓷又咳嗽了几声，明显咳嗽得没那么厉害了。她把头埋在萧妟宴的肩膀内，泪水顺着眼角无声地滑落，打湿了萧妟宴的衣服。手无力地垂下，手中的酒杯也应声掉落在地上，发出清脆的响声。"只是有一点难受而已，我今天说什么也不要推脱躲避，不然以后又怎么面对？你看我，连敬酒都做不好，又怎么做替你分担辛苦的好妻子？"木青瓷的声音中带着哭腔，分不清她是为了什么才会突然有了哭腔。

"你只要好好的，就是为我做得最好的事。何况敬酒之事，算不了什么。酒是烈酒，你本不擅酒量，就算不能喝，又有什么大不了的。我的新娘，如果哭了，那就不好看了。"萧妟宴感受到肩膀的衣服被打湿了，他深吸了一口气，弄不清楚木青瓷是故意哭的还有无意，但可以确定的是她真的哭了。认识木青瓷的四年来，他就很少见到她哭，那仅有的几次哭泣也都是为了某个人，为了某段不值得的感情，为了某些深深刻在心里的回忆。木青瓷不是傻子，她既然能在苏笙月面前说出这么露骨的话，就该有所打算。若是只为了狠狠地报复一下苏笙月，那一切就有些不同了。

木青瓷只是继续把头埋在萧妟宴的肩膀，她忽然想起来，也曾这样靠着另外一个人。只是不同于现在，她那时候可以毫无顾忌地放声大哭，对着其他的人尽情哭闹。而现在却只能强颜欢笑，伪装成另外一个完全不同的人，说出去的每一句话都是谎言。只觉得鼻子一酸，抬起头来，侧身面对着几人，略带歉意地说道："各位公子实在对不起，小女不胜酒力，就先回去。苏公子，刚才我失仪了，还请公子不要介意。"语毕，木青瓷就对着几人微微晗首，她的脸上潮红一片，长长的睫毛上还有着晶莹，另外还有一些咳嗽，看来是被酒呛得很厉害。

苏笙月把手中的酒杯握得紧紧的，修长的手指骨节分明，掩去眼底的那丝奇怪的情绪，礼貌性地说道："夫人不胜酒力，也不必勉强自己。有些事情就算有意勉强自己也不一定能够干成，何况夫人还是女子，此等烈酒不适合夫人。不如饮一些果酒，烈酒自有萧兄来解决。夫人还是好好休息即可。"

木青瓷深深地看了苏笙月一眼，她轻轻地点着头："多谢苏公子好心提醒。"又转身面对着萧妟宴，贤惠地说道："尽兴就好。"

待到木青瓷的背影远去，苏笙月弯起嘴角来，仰头饮尽手中的一杯酒。到底是输了还是赢了，他也不清楚，只是对于他来说，可能终于让木青瓷赢了一次。只是这可能也是最后一次，终究会相见的。

第一百一十八章

燕京城北处，一处被遗弃了许久的破烂房屋之中，毒女趴在冰冷的地上，地上还有着大量的血迹。她的肩上还有着伤，虽然琵琶锁已经被弄了出来，不知道怎么回事，伤口处就是止不住血。虽然流血的速度很缓慢，但是一直这样下去也不行，血迟早都会流干净的，那时候毒女估计就真成了一具尸体了。

破烂的屋子中不只有毒女一个人，还有南霖和卿落染两人。只见南霖坐在被清理干净的一张椅子上，他的眼中有着阴毒，嘴角还噙着笑意。看着趴在地上无比虚弱的毒女，弹了弹衣袍上的灰，只说道："徒儿，你现在的样子怎么能报仇呢，就连命都保不住。还想着活下去吗？如果想要活下去，那就好好地活下去，做我的绝杀。"

毒女的脸色很是苍白，她此刻很虚弱，不是因为琵琶骨被刺穿，而是因为她的师父，救了她之后，也开始惩罚她了。她知道南霖不算是什么好人，可以说是根本不是好人。她如今很虚弱，努力地向前爬着，艰难地抬起头望着南霖，张了张嘴道："救我。师父，救我，我不想死。我还没有报仇，我会成为师父最好的武器，比那个没用的丫头厉害许多。师父，求你救我，我想要活下去，不管怎么样，我都想要活下去。只要你救了徒儿，徒儿才能帮师父扫平那些障碍。"

"你想要活下去吗？四年来你也算是听话，没有乱给我添乱子，可是也惹出了不少的事，让我感觉有些烦了。"南霖居高临下地看着毒女，他故意地揉了揉眉心，满脸无奈地说道："好不容易才培养出来的绝杀，就这样轻易地放弃了，我也不愿意。"话锋一转，语气变得严厉起来："你做得很不好，让我不甚满意。我的乖徒儿，你应该知道我的脾性，无用的人也不必留着，那是多余的存在。你在萧妄宴的婚礼上做出的某些事，我很不满意，甚至让我愤怒，你难道不知道哪里错了吗？"

毒女费力地往前爬着，她大口地喘着粗气，手指尖都在脏兮兮的地上磨破了皮。在萧妄宴婚礼上的大闹是南霖默许的，究竟哪里做错了，她根本不清楚。狠狠地咬着嘴唇，艰难地说道："师父，我知道错了，下一次我不敢那么放肆了。我保证一定会做好的，师父你原谅我，我真的不敢了。只要能够活下来，师父让我做什么我都愿意。"

"只要能够活下来，让你做什么你都愿意？那这样好了，你就这样做。"南霖起身走到毒女面前，蹲下身体，在毒女的耳边轻声地吩咐着。说完之后，南霖抬起来头，他挑起毒女的下巴，慢腾腾地说道："这是你的最后一次机会，如果做不好，就不要回来见我了。不对，是见不到明天的太阳。"

"我会做好的，师父你放心。"毒女眼中有着迟疑，但还是毫不犹豫地答应了下来。尽管心里不是那么愿意，但也只能走一步看一步了。

南霖没有出声，只是笑了起来，看起来是那么的危险。他把毒女提起来，往她的嘴里喂了一颗黑色的药丸，又把毒女丢进之前准备好的棺材中，盖上棺材盖子。

毒女没有力气反抗，但她还是想要离开棺材。密闭的空间，伸手不见五指。而且棺材里好像还有什么东西在动，是活物。她握起拳头，使劲地敲着棺材，哑着声音喊道："放我出去。"

当然无人回应毒女，南霖看着盖好的棺材，又瞥了一眼一直站在边上一动也不动的卿落染，吩咐道："想办法让巫月神教的人找到这里，最好是明天。让他们把棺材带到萧家去，之后你就不用管了。去把紫菀的下落查出来，透露给萧晨安，看看他怎么做。"

"是。"卿落染很恭敬地答应了下来，事实上她知道棺材里有什么东西，也知道毒女接下来的日子不好过。

天已经黑了下来，萧府到处张灯结彩，一片热闹的景象。

只见萧妄宴他们那一桌，一个个都是江湖上的天骄，也都喝得醉醺醺的。毕竟喝了一下午的烈酒，而且这些人还不准用内功把酒逼出来。一下午下来，不知道喝了多少酒，只有仆从常常往来送酒，把喝干净的酒瓶又送走。这一群人平常不显山不露水的，结果不只是容貌武功城府都是一等一，就连酒量也是不差。你看这些人，有几次在人前大喝过酒，就连在沈夜的婚礼上都没这么拼过。本来不打算喝多少的人也不能幸免，就连萧妄宴也都有点招架不住了，看人时也有一些模糊。

"既然是闹洞房，不如今晚上来玩个游戏，好好地热闹一番，也不枉我们各自从家中赶来这里。"

"听起来不错的样子，不知道会是怎么样的游戏？"锦懿卿举双手赞成司琰的主意，不过他也觉得酒劲上来之后一点也不太好受，只是没怎么表现出来。"司琰，你一向都很少参与这些事情，怎么今天这么感兴趣，一点也不像你的性格。"

"听起来是一个好主意，新婚这一天，新郎官就应该做好被戏弄的准备，就是不知道景帝有何好主意？"萧晨安罕见地出声了，他才是真的不怎么参与这些事情，只是今天酒喝得太多了，又受到了愉悦气氛的感染。

萧妄宴摊了摊手，脸上唯有那一丝无奈，他漫不经心地说道："看来你们几人今晚上是打定主意要拿我来戏弄一番，我若不心甘情愿地任你们戏弄一番，恐怕还不能服众。看来今晚上还不怎么好过，你们也不打算放过我。说说看吧，你们打算怎么玩？"

"从婚宴开始，到现在也喝了不少的酒,也只怕酒劲都开始上来了。不如来点简单的玩法，赢也赢得畅快，输也输不到哪里去。"司琰听着几人的言语，慢腾腾地说着，"我也没什么好主意，只是有一想法而已。军中少有休息的时间，有空闲之际多会聚在一起，拿出几颗骰子来，掷着赌几把。今晚我们不如就跟萧兄赌上一把，看看能不能闹这个洞房。"

"掷骰子吗？听起来不错。简单又明了，没那么多的规矩。我们这么多人，依次来跟萧兄赌一把，不仅浪费时间，还麻烦得厉害。干脆我们从中选出一个人来，和萧兄赌上一把，再看输赢，这样岂不是方便？"锦懿卿很赞同司琰的话，继续说道："至于由谁来做代表呢，我认为苏兄是最为合适的人选，如此的淡定，看来没怎么受到酒的影响，只有这样赌，才能有最好的把握能够胜了萧兄，满足我们闹萧兄的洞房花烛夜。各位觉得怎么样？"

"我不反对，其实这样还真是不错。就由阿月来与萧兄对赌，相信你们都会同意的，毕竟他现在才是最合适的人选。"沈夜意有所指地说着，与此同时他还意味深长地看了面色不变的萧安宴一眼，最后把目光落在木青瓷身上，慢悠悠地说道："既然决定了掷骰子赌一把，没有特别的赌注那就不好玩了。不如这样，一局定胜负，赌注就是新娘子的一个吻。若是萧兄赢了，我们就不再打扰你的洞房花烛夜，各回各家。如果萧兄输了，新娘子今晚上的第一个吻就送给阿月了。诸位认为如何？"

"看来这一场赌局好玩了，果然是个好办法，赌注是春色无边，而下注的人的确是最合适的。毕竟都是缘分，否则又怎么能相遇，并且相见呢？"萧晨安的嘴角弯起一个恰当的弧度，他的目光在萧安宴和木青瓷的脸上徘徊，好似在探究着什么，只是继续说道："今晚上会是一个很难忘的夜晚，不管是哪一方胜了，还是哪一方败了，都是如此，真是让人期待接下来的赌局。"

萧晨安说得没错，不管是哪一方赢了，还是哪一方输了，今天这个晚上都会让人很难忘。沈夜出了一个很不错的赌注，新娘子的一个吻。不管木绾晴是不是木青瓷，但一模一样的那张脸就可以让要闹洞房的那些人毫不犹豫地推苏笙月出来跟萧安宴赌那一把。

木青瓷没有出声，她抿紧了嘴唇，脸色突然变得苍白起来。目光平视，正好与苏笙月在虚空中相撞。她知道这是沈夜故意提出来的赌注，想要来试探她对苏笙月的感情吗？那她恐怕就要令他们失望了。

苏笙月一看见木青瓷苍白的小脸，就知道该怎么做，绝对不可能拿她来当赌注。因为她是他的挚爱，也是他的手中珍宝。哪怕现在还不能说明一切，但迟早木青瓷都会回来的，回到他的身边。

"不可能，任何赌注我都会接受，唯独她不行。绾儿永远也不会是赌注，只要有我在的一天，她就绝不会被别人当作赌注。"

就在此时，一直笑脸相对的萧安宴沉下来脸来，他拉过木青瓷的手，放在手心里，大手包裹着木青瓷的小手。看着她苍白的脸色，心里没由地一动，他补充道："我所说的别人也包括我。"

苏笙月举起酒壶了，他猛地灌了一口酒，心里说不清道不明的情绪更多了。尤其是再看见萧安宴堂而皇之地牵起木青瓷的手和眼中的那份情意，没由地觉得心烦。他靠着桌子边，似笑非笑地说道:"用新娘子来当赌注的确不适合。"

木青瓷深深地看了一眼苏笙月,又偏过头来,对着萧妄宴说道:"被视作赌注,可以说是轻看了我。阿宴我信你,正是因为信你,所以不必顾及我的感受,我相信你一定会赢。"

"我的新娘,我不会输掉你的。"萧妄宴拉过木青瓷的手,微微低下头,亲在她的手背上。侧过身来看着几人,动了动手吩咐道:"去取骰子和骰盅来。"又直视着苏笙月,脸上满满都是自信:"这一把我跟你赌了。"

"既然如此,那我也就此奉陪。"苏笙月一下子就来了精神,他的目光灼灼,却是为了新娘子,那个他曾经朝思暮想的女人。可如今终于见到了,他却不能走过去把她紧紧地抱在怀里,只能看着她对别的男人巧笑嫣然。

第一百一十九章

"规则很简单,想必就不用我再来多说。无非是选大还是选小,就看运气决定谁赢罢了。"锦懿卿漫不经心地说着,他的眼中闪过精光,带着笑意的脸看着跟狐狸一样奸猾,他提议说道:"由于萧兄和沈兄都是武功高强之人,掷一个骰子对于你们两个人来说算不得什么,等下就由婢女来掷骰子,你们只需要选定大小即可。这样也算是公平,不知道几位意下如何?"

"这样不错,至少不用担心不分胜负了。"沈夜轻笑出声,他说的倒是实话。两个都是武功高强之人,如果真的掷骰子,只要想掷大掷小,远比常人容易,所以由一个完全不会武功的婢女来掷骰子,就要容易得多。往门口一看,婢女已经拿着骰子和盅过来的,沈夜扫了一眼门口,对着众人说道:"来了,好戏要开场了。"

婢女拿着骰子和骰盅进了屋,她把东西放在桌子上,对着萧妄宴说:"公子,骰子和骰盅都在这里,若没什么事奴婢就先告退了。"

"你来掷这骰子。"萧妄宴快速地看了一眼婢女,随意地说道:"大还是小,苏兄选哪一个?"

"大。"

苏笙月的目光在骰子上停留了一下,他提起酒壶喝了一口酒,颇有兴趣地说道:"萧兄看来很自信,一点也不担心会输。"

"那我就选小。自然得有自信一点,否则怎么可能赢了苏兄。"萧妄宴弯起嘴角,他表面上的确看起来并不担心会输,可实际会不会输,谁也不知道。尤其是事情好似已经不在掌控之中的时候,特别会如此。他赢的机会只有一半,输的机会也是一半,就看天意了。

婢女迟疑地拿起了桌上的三颗骰子,放进骰盅里。慢慢地摇晃着骰盅,骰盅里发出清脆的碰撞声。婢女一咬牙,加快了手里摇晃的速度,摇晃好了骰子,把骰盅扣在桌子上,颤颤巍巍地拿起骰盅，只见桌子上的三颗骰子既不是大，也不是小，而是三颗一模一样大小的骰子。

众人都围了上前来，看着婢女摇出来的骰子，一时之间不知道该说些什么。既不是大，也不是小，而是豹子，庄家通吃，那这场赌局还算吗？

木青瓷看着摇出来的骰子数，并没有多大的意外，她在其他人触碰那些骰子之前，直接说道："既不是大，也不是小，庄家通吃，这场赌局我赢了，诸位有意见吗？"垂下眼帘，随意地说道："若是各位认了是小女胜，此刻就请离开。外面灯火通明，酒席也已经重新摆好。若各位愿意可再去喝上几杯，若是感到累了，会有仆从为你们带路，回各自的房间。"

"如此便是新娘子胜了。我们愿赌服输，听新娘子的话，再出去喝上两杯如何？"锦懿卿笑得暧昧，"人生有两大喜事，金榜题名时，洞房花烛夜。今天可谓是良辰吉日，萧兄的好日子，连新娘子都赶人了，我们再闹下去恐怕就要招人嫌了。"

锦懿卿是故意把话说得如此暧昧，只不过是想看看众人的反应，苏笙月和萧妄宴向来不是喜形于色的人，这番话对于他们来说可是一点用都没有。

主人都下逐客令了，他们再待下去也没了意思。一群人纷纷走出屋外，苏笙月在走到门口之时，停下了脚步，他偏过头再看了木青瓷一眼。那一眼很平静，也好似有千万的言语要诉说，可就是那一眼，让木青瓷心生颤动。不再有停留，苏笙月举起酒壶，边走便往嘴里灌着酒。待到客人都走了，婢女才把收拾好的骰子和骰盅放在漆盘里，一并端着漆盘走了出来，顺道关上了大门。

没了热闹的人群，屋子里一下子就冷清了下来。烛泪顺着剩下的半截红烛流了下来，红色的烛泪好似血泪一般，越流越多。摇曳的烛光不停地闪烁着光芒，屋子里的器具都被照出了阴影，气氛一下子就变得有所不同了。两个人的时候，屋子里很安静，安静得让人浑身不自在。

萧妄宴作为男人，理应主动一点，尤其是在新婚之夜的时候。看了一眼满桌的酒菜，一手端起一杯酒，不急不缓地走到木青瓷面前，半开玩笑半认真地说道："该回神了，今夜是你我的婚礼，可不要分神去想别人，尤其是别的男人。"

木青瓷回过神来，她握紧了酒杯，垂下了眼帘，带着疲累之意慢慢说道："我从不信有什么度日如年的说法，可今日却觉得真的好似度日如年。是怀有忐忑不安的心情吗？还是说我在期待这个婚礼，抑或是说我沉迷在了某一个人在某一时的某一个眼神里。每一个女人都会期待着嫁人的那一天，选一个如意郎君，风风光光的嫁给他，并且受到天下人的瞩目。天下的女人都期待的婚礼，而你为我做到了。我本来应该高兴，可不知道为什么，我却感觉心里有些难受。"

"既然是你想要的婚礼，那就高高兴兴地走完婚礼的最后一步，不要给自己留下了遗憾。"萧妄宴对着木青瓷举起酒杯，眼中的那丝不悦与心烦被藏在了眼底，他笑得很轻："交杯酒！喝了这杯酒，从此以后，你就是我萧妄宴的夫人了。"

木青瓷也举起了酒杯，她走近萧妄宴，与他交着手中的那杯酒。这一下子才算是真正的礼成，可以入洞房了。从此之后世上再无木绾晴，唯有萧氏绾晴。木青瓷放下已经喝干净的酒杯，她走回到床边，随意地坐在一边，眼中有着回忆，脸上的表情更是呆愣，就好像彻底傻了一般。也许是无法一下子接受由独身一人变成了萧妄宴的夫人。

萧妄宴也放下了手中的酒杯，他走到木青瓷的身边，挨着她坐下。嗅着淡淡的茉莉花香，一时之间也有了些意乱情迷的感觉。他甩了甩头，似笑非笑地说道："我并不想说这些，可你的表现却让我很失望，让我不得不说那些我唯独今晚不想提起的话。"缓了一口气，可酒劲上来了，头也开始疼了起来："今日见了苏笙月，你有什么感觉吗？或者说是见了莫景凉，勾起了你曾经的回忆了吗？都走到了这一步，我不认为你那练功的想法是对的。就算故意说些让人都心知肚明的话也没用，这样做并不一定能够帮得了你，还可能功亏一篑。而且我也不想我的新娘在新婚之夜，脑子里还想着别的男人。"

"我累了，所以不想和你争辩这些话，有什么话明日再说吧。"木青瓷懒懒地说道，"答应嫁给你，是我做的决定，不是意气用事，所以我不会后悔。今夜我的确是你的新娘，今夜之后也会是你的新娘。"

"希望正如你所说的那般。"萧妄宴虽是笑着在说这话，可脸上的表情分明是不相信木青瓷的话，他凑近木青瓷的耳边："如果你没忘今天是我们的婚礼，就知道今夜是洞房花烛夜。作为我的新娘，你应该清楚今晚上会发生什么事。而且我喝得多，今晚难免会做出些事来。"说着手也不安分了起来，抓住木青瓷的肩膀，有意地凑近吻了一下她的脸，只是想看一看到底是何反应罢了。

木青瓷的身体微不可见地一颤，耳边的热气提醒着她，身边的男人从现在开始成了她的丈夫，不是木绾晴这个名字的丈夫，而是她的丈夫。轻叹了一口气，却也没有阻止萧妄宴的动作，只是淡淡地说道："你喝醉了。"

"酒不醉人人自醉，我自然是醉了。"萧妄宴可以感受到木青瓷的一颤，只是轻笑起来。既然没有拒绝，那就是代表默认了，不知道别人是如何想这种事的，反正他是这样认为的。扳过木青瓷的身体，让她面对着他，眼中的深情一眼可见："今晚上忘了苏笙月，忘了莫景凉，忘了那些计划，忘了所有的事情。青瓷，你只需要记得一点，记得我是你的丈夫。"

"好。"

木青瓷直视着萧妄宴的眼睛，眼中浮现一丝笑意，她只手抚上萧妄宴的脸，蒙住他的一双眼睛。慢慢地靠在萧妄宴身上，脸颊贴着他强壮结实的胸膛。听着胸腔里传来强有力的心跳声，顿时感到莫名的心安，她缓缓地阖上了眼，轻声细语地说道："今日我累了，还有谢谢你，给了我这样一个盛大的婚礼。"

萧妄宴伸出手搂住木青瓷，他长长地呼出一口气，可依旧无法让他的心情一下子就好起来。被蒙住了双眼，他看不见任何东西，却也不是漆黑一片。指缝之间透过些微弱光芒进来。他抱着木青瓷睡倒在宽大舒适的喜床之上。

"该留点印记给某人。"

"是吗？"

"睡吧。"

屋中的红烛大滴大滴地滑落在烛台上，凝结成了红色的烛泪块。烛光慢慢地变得微弱，直到最后一点烛芯燃尽，屋里一下子就陷入了黑暗之中，房中的夫妻和衣而眠。只有屋外的灯笼还亮着，夹杂着人声。不过这一切都与屋中的人无关了。

第一百二十章

次日。

差不多快用午膳的时候，不管是新婚的主人，还是昨夜留下的客人们，都陆续起床了。慢慢悠悠地往正厅里走，准备拜见一下主人，顺便调侃几句，最后再收拾东西走人。

等到萧妄宴揉着眉心出现在大厅的时候，其他几个在萧府入住的人也都已经在了。他坐在主人家的位置上，对着比他还要头疼难受的几人，心情突然好了起来。本来因为昨晚被灌多了酒，今早起来后副作用太大，又被嫌弃了一番，心情不算怎么好。现在看到比他还要凄惨的几人，顿时生出了一丝安慰。至少这事不止他一个人遭罪，看着比他更惨的，不管怎么说心情都好了起来。

"厨房准备好了解酒汤，诸位不来一碗吗？昨天喝得太多了，早上起来的时候，应该头疼得厉害吧？"萧妄宴绝对是在幸灾乐祸，他今上午起来的时候就听仆从说了，昨晚上那几个人没闹成洞房，直接在府中找了个安静的地方，喝酒喝到快子时。下午本就喝得多，多到可以让他们醉得走路都不怎么稳。醉成这样子，今早起来还能好过吗？

"我也不嘴硬强撑着，有解酒汤就端给我一碗。毕竟这酒劲一下来就开始晕，酒一醒了，头就开始疼了。难过的是自己，何必强撑着，喝了那么多的酒，都难受。若非要说什么不同，那就是有些人体质好点，没这么难受。"沈夜倚靠在椅子上，他可没那么要面子，这酒喝了，难受就难受，用不着强撑着不说，让人以为你有多好的酒量。当然这话也拆穿了不少人。

"既然有解酒汤，那就多准备一点。昨晚喝了酒的，恐怕都需要一碗。"

说这话的人是锦懿卿，他的酒量可没那几个猛人厉害，早上起来的时候那叫一个难过，看东西都是模糊不清的，更别提头疼得有多厉害了。由此锦懿卿得出了一个结论，以后要是喝酒绝不能跟这几个人凑在一起，那是自己找难受。喝到后面都醉了的时候，还一个劲地灌酒，生怕灌不醉。

萧妄宴轻轻揉着眉间的穴道，不用他吩咐，管家就已经去准备了。"午膳都已经准备好了。"

苏笙月手肘拄在桌上,他撑着脑袋,阖上了眼休息着。正是因为不怎么好受,所以才选择闭目假寐。

苏落雪站在苏笙月的身边,她小心地陪侍着。远远就看见有两个婢女端着解酒汤进了大厅,婢女依次把解酒汤端给众人,送至苏笙月这里的时候,她伸手接过解酒汤,没有着急叫醒苏笙月,而是顺着碗边轻轻搅动着散发着热气的解酒汤。等到解酒汤冷了下来,才轻声唤道:"公子,解酒汤端来了。"

苏笙月慢慢睁开眼睛,他坐起身来,靠在椅子背上。皱起眉头,揉了揉眉心,才抬眼看着苏落雪,接过她手里的汤碗。没那么麻烦,端起汤碗,几口就喝完了解酒汤。把汤碗放在手边的桌子上,贴心的苏落雪就把干净的手帕递到了面前来。

"真是羡慕苏兄,能够找到像落雪姑娘一样漂亮,又十分体贴的护卫。每一次看见落雪姑娘跟着苏兄天南地北地走,还无怨无悔的样子,我就羡慕苏兄。唉!可惜我们遇不见这种办事妥帖的好姑娘。"锦懿卿这是第不知道多少次拿苏落雪跟苏笙月开玩笑了,没办法看不下去了。人比人气死人,苏笙月走到哪里都有着一个冰美人跟着,作为他的护卫,负责服侍苏笙月的生活起居,顺便再帮他办一些事情。若论谁有艳福,那估计就是苏笙月了,毕竟是公认的。看着苏笙月的悠闲,锦懿卿就在想他是不是也应该从锦家里挑出一个女护卫来,时时刻刻都跟在身边。

苏笙月瞧了锦懿卿一眼,他颇为无奈地笑了笑,随意地说道:"若是锦兄真的如此中意落雪,我便将她送至你处。"苏笙月说这话时,云淡风轻,并不有半分的舍不得。尽管苏落雪在他的身边待了很多年了,但也并无太大的舍不得。

当然苏笙月是很无所谓,但是他身边站着的苏落雪就不一样了。她的脸色一下子就变得惨白了起来,紧咬着嘴唇,眼中满满都是不可置信。她不自觉地退了一步,死死地盯着苏笙月,突然生出一丝悲凉来。

锦懿卿可是瞧见了苏落雪惨白的脸色,他连忙摆摆手,拒绝道:"苏兄的好意,我算是心领了。落雪姑娘可能不怎么适合我,何况我也不想夺人所爱。"

就在这个时候,萧乔拿着剑走进了大厅里,神色一下子就严肃了起来,认真地说道:"公子,毒女找到了。巫月圣女让属下把她带回来,看你如何处置。如果其他的公子少侠有好主意,也请一并解决了毒女这个麻烦。"

萧安宴也收起了那份玩笑,他轻点了一下头,吩咐着萧乔道:"把毒女带上来,顺便让人把流萤带到后院去。"

"那个……公子,属下再友善提醒一下你。如果你昨晚上喝多了,现在头疼得难受,另外还没吃点清淡食物,就建议你别看了。先去吃点东西,切记有点清粥填腹就好了,稍微多吃一点后,再来看毒女,我怕你接受不了。"萧乔的确是在友情提醒,这是他的好心好意。比如今早去抓毒女的时候,第一眼见到毒女的样子,他就快忍不住想吐了。所以对于这群昨天喝了不少的公子，最好建议休息一下再来看。否则再强大的忍耐力，都会因为身体的不适而有问题的。

"当然，各位公子也最好如我说的那样，因为我怕你们不缓和一下酒后的不适，到时候会被毒女那边刺激。虽然你们忍耐力很强大，可那边也很惨烈，难以忍受这是肯定的事。只能说当师父的人对自己徒弟能狠到这一步，也算是绝了。"

萧安宴简直很无语，他觉得以前就是太放任萧乔了，所以导致他现在的性格。揉了揉眉心，无奈地说道："你尽管带进来，再怎么惨烈，最吃惊的人总不会是你家公子。"

"你家公子这话说对了，反正再怎么惨烈，心疼的人都不会是我们。说得难听点是与我无关，所以没什么同情心泛滥。总而言之，会心疼的人都没有说话，我们自然也是无所谓。把毒女带上来，今天才是第三天，应该不会惨烈到不忍直视的地步。"说这话的人是沈夜，他的语气中带着若有若无的笑意，瞟了一眼稳坐着的萧晨安，总有一种可以看好戏的节奏。

既然话都说到了这个份上，萧乔也不再友情提示了。没过一会儿就回来了，他走在最前面，身后跟着四个仆从，一边两个人，抬着一座上了漆的黑木棺材进来。他们没有抬棺材进前厅，只是放在了前厅外的空地上。

萧乔在外面对着几人拱了拱手，他恭敬有礼地说道："公子，毒女就在这黑木棺材里。找到她的时候，她被关在这具棺材里，棺材被扔在了城西的废弃旧屋里。抬回来到现在也没有动静，应该还在昏迷之中。"

萧安宴走进了大厅，他的身边还站着其他的几个人。他们都站在门边，想要看一看毒女在棺材里到底有多惨烈。

"打开。"

抬棺材的四个人中走出了两个人，他们两个把棺材盖子推开了一点，之后又彻底把棺材盖子推开，放在青石地面上。

"果然够惨烈……"

"那人也真是够狠，这样一个如花似玉的大美人，竟然就这样被糟蹋了。这味道，我还真有一种不太好的感觉。早知道就先去吃点清粥小菜，填一填肚子，免得看了这些东西几天都吃不下去东西。"

"……算不上太惨烈，但这味道真让人受不了。"

"我现在只有一种感觉，到吃饭的点了，千万别叫我吃饭。我怕我一看见饭菜，就会想起这棺材里的东西，会忍不住想吐。"

"也许真该听一听忠告的，但是现在也来不及了。看来没有拜一个好师父，这种手段也不知道该说好或者不好。"

只见被揭开的黑木棺材里睡着一个人，那就是毒女。她的面色很苍白，裸露出来的手臂脚踝都是咬痕，伤口处已经青紫一片，看起来触目惊心。棺材里还有着许多的蛇、蜘蛛等毒物的尸体，已经开始生出了臭味。在棺材里也不知道几天了，那种尸体开始腐烂的味道，还有其他不知道什么的味道混合在一起，十分难闻，令人作呕。那些毒物的尸体缠绕在毒女身上，也不知道是被毒女毒死的，还是被怎么弄死的。

锦懿卿捂着鼻子，他皱起眉头来，推测着说道："我猜那位师父大人救人的方法一定很与众不同，把毒女扔进一个装满了毒物的棺材。美人肩上的伤也未曾治疗过，或者说是还被人加重了伤势，把虚弱的她丢进棺材里。那些毒物肯定不会放过丢给它们的猎物，那时候肯定是活生生的。只能想毒女太厉害了，她在无法动弹的棺材里，反而把那些攻击她的毒物给毒死了。百毒不侵真是不错。"

"若毒女真的已经是百毒不侵，那位神秘人也不会把她关在满是毒物的棺材里，让她承受毒物的嗜咬，承受着那些毒物的剧毒。"司琰在战场上打滚的日子也不短了，又领兵打过仗。在战场上厮杀的场景见多了，也不觉得眼前的景象有多难以想象。他平静地说道："也许绝杀并没有完成，还需要更多的毒物来养蛊，再来培养毒女。让她承受不同的毒物的剧毒，最后就看看是谁能够活下来。千辛万苦都要救走的人，怎么会那么轻易地扔在废弃旧屋里不管了，还让你们的人轻易找到？"

"是不是粗心大意还不知，能够肯定的一点是老奸巨猾的老狐狸多半另有打算，是不会轻易把人交出来的。"锦懿卿看了司琰一眼，他的目光落在了被掀开放在地上的棺材盖上。黑木的棺材盖上有着抓痕，看来是趁着毒女还有意识的时候放进去的，否则也不会弄出这么多抓痕来。"有没有可能，是老狐狸故意把毒女留下，好让巫月圣女寻到她。不管目的是如何，总之，这位毒女姑娘可以作是来着不善。景家的人都还没走，谁知道景慕会不会做出点什么事来。毕竟毒女可是长了一张和景安儿一模一样的脸。就像萧兄的新娘跟木青瓷长了一张一模一样的脸，可不容易分出谁是谁来。"

萧妄宴皱着眉头，他收回了视线，看着一脸正经的萧乔，不解地问道："巫月圣女可有吩咐什么事吗？尤其是关于毒女的消息。"

第一百二十一章

萧乔摇了摇头，他表示巫月圣女并没有吩咐过什么事情。不露痕迹地换了一口气，又屏住呼吸，以免再一次吸入棺材中散发出来的腐烂气味。"公子，需要把毒女弄出来吗？她暂时还在昏迷之中。没有查探过她的伤势，也不清楚她何时会醒来。随时都会醒来的可能性很大。"

"你说得也有道理,把毒女先弄出来。她可是挺值钱的一个人,巫月圣女一定会来要人的,好好看管着就行。"萧妄宴点了点头，他收敛了心绪，心里突然生出不安来。再一次伸手揉了揉眉心:"巫月神教的手段不少,让犯人招供的法子也从来不少。我倒是好奇,毒女的真正身份一旦揭露,会不会掀起一场轩然大波。"

有了萧安宴的吩咐,萧乔自然是照办。他让抬棺材的那四个人把毒女从棺材里弄出来,顺便把棺材抬下去烧了,免得留下晦气。

就在此时,琴姬一个人抱着琵琶进了萧府,也没有仆从拦着她。远远就看见了萧安宴等几人,她加快了步伐,走到几人的跟前,有礼地行了一个平礼,不卑不亢地说道:"琴姬见过几位公子。这时过来,是奉了巫月圣女的命,毒女姑娘被巫月神教的人找到后,身体里便被种下了一种奇怪的蛊,只能用特定的曲子声唤醒。故此让民妇前来,用曲子声唤醒种在毒女姑娘身上的蛊。巫月圣女还说此刻的毒女是最为虚弱的,等她身体里的蛊被唤醒的那一刻起,她的意识则是最为薄弱的。这时候也是确定毒女身份的最好机会,说不定还会问出不少的事情来。毒女所知道的消息对于圣女来说可有可无,但对于中原武林来说就不一样了。"

"她被种下了什么蛊?"问这话的人是萧晨安,他从一提到毒女的开始,就没有出过声。只是此刻看着昏迷不醒的毒女,惨白的脸色,紧闭的双眼,裸露出来的肌肤全都是青紫一片,上面还有毒物的咬痕,萧晨安莫名地觉得心一揪。一模一样的脸,也许她们就是同一个人,所以才会给他这样深刻的感觉。他不允许任何人伤害景安儿,也不会允许别人对景安儿的身体肆意妄为,用她去饲蛊,或者是随意在她的身上种下蛊。那个如白莲一般清丽的女子,是他心中唯一的安慰。

琴姬抬眼看着萧晨安,对有人问出种下什么蛊的话并不意外,她低眉顺眼,恭敬地说道:"并不是什么令人闻风丧胆的蛊,只是一种普通的蛊,对人体并无任何伤害,也不会因为蛊被唤醒的时候感到痛苦。种上这种蛊,与不种蛊并无差别。只因对于人并无任何作用,所以这种蛊很少有人会炼制,连炼制此蛊的古法都遗失殆尽,所以就算是巫月神教也寻不出一手之数?"

"既然是普通的蛊,又怎么会连炼制的古法都遗失殆尽,连巫月神教都拿不出一手之数。"苏笙月的眼神清明起来,他可不相信这个蛊一点用处都没有,若真是没有半分的用处,又怎么会特意拿出一枚蛊来种在毒女身上?"琴姬夫人既做了好人,何不再多透露一些消息给我们,也好过胡乱猜测?"

"苏公子之言,琴姬也不知从何答起。琴姬并非巫月神教之人,只是游走各地以卖唱为生的普通妇人。此番被巫月圣女看中,也不过是琴姬的琴声让圣女满意罢了。用不了多久,琴姬便会离开,圣女又岂会让琴姬知晓太多事?"琴姬说话不急不慢,声调永远都很温和,眉眼之间也无一丝的不耐烦。她的目光又落在了毒女身上,慢悠悠地说道:"琴姬所知的是此蛊对人体并无大害,也只是普通的蛊。若真要是说哪里有所不同,只能说炼制此蛊的材料极难得到,且炼制的古法早已遗失数百年。就算是苗疆的炼蛊高人,在有生之年也不一定能够炼出一枚蛊来。加之这蛊并无太大作用,助不了人,也害不得人,所以也极少有人会去钻研此蛊的炼制方法。"停顿了一下,她继续说道:"这番话便是巫月圣女对民妇所说,算不得什么重要的消息,苗疆之人都知晓此蛊,也没有好隐瞒的必要。故此告知几位公子。"

"听起来是有那么一点感觉。炼蛊的材料极难得到,炼制的古法也遗失数百年,就连炼蛊的高手可能费尽一生也炼制不出来的蛊,还真是让人好奇。既不能助人,亦不能害人,此蛊的特性还真是特别。"沈夜可以确定琴姬的话所言非虚,才慢慢说道。可既不能害人,亦不能助人,毒女种下此蛊究竟是何意,还真是猜不透,只能说多半此蛊另有作用。

莫景凉不语,只是心中隐约地有了点线索,只是不知那种在毒女身上的蛊是否为他心中所想的那种蛊。听着他们说了许多,微微皱起眉头,冷漠有礼地出声道:"琴姬夫人,利用这蛊的特性来唤醒毒女,恐怕不妥。此蛊虽不伤人,可若她真是景姑娘,之后的日子恐生出许多变数来。何况身为绝杀,体内的毒蛊更是多不胜数,轻易地用了此蛊,若让景姑娘白白赔上性命,那就是故意为之。有些人是无辜的,何必利用之后再取其性命。"

"公子应当明白,就算民妇不唤醒毒女姑娘体内的蛊,那蛊也会自动苏醒,只需要时间。公子也说过,身为绝杀,体内毒蛊无数,那些毒蛊中总有可以唤醒此蛊的毒蛊。"

萧晨安心中一凛,他不敢确定莫景凉和琴姬在打什么哑谜,也不敢去想心中的推测,怕是印证了心中所想。深吸了一口气,才出声问道:"敢问琴姬夫人,若是不伤人,此蛊为何蛊?"

"蛊有特性,此蛊无毒,既不助人,亦不害人,却胜过世间无数毒蛊,最是伤人。"琴姬拨弄了一下左脸垂下的碎发,遮住那道吓人的伤疤,将视线移到了萧晨安的身上,叹了一口气,悲凉言道,"此蛊为情蛊。"

"情蛊?"

并非是心中所想的那般,萧晨安对此舒了一口气,但又提起了一颗心。"不知琴姬夫人可否告知,何为情蛊?"

"情蛊!自是体现在这情字上面。一如民妇之前所说,情蛊既不助人,亦不害人。唯一的一个用处,仅是针对有情人。对于一般人来言,此蛊却是一点好坏都没有。"琴姬垂眸,她语气和缓,耐心地解释道:"情之一字,最为伤人。在苗疆,人人都知情蛊,却炼不出、寻不到,便也当是传说了。情蛊有许多的传说,但大多数的传说,初衷都是一样。据说炼制情蛊的第一人本是好心,想要炼制出一种特别的蛊。这种蛊不会害人,反而是帮助世间上的有情人,让他们有情人终成眷属。可惜想象总是十分美好,可现实却始终会告诉你,情并非是人力可控。苗疆有言称,只有一男一女同时服下情蛊,那他们便会相守一辈子,并且不离不弃,共享白首之乐。若服下情蛊之后,有一方在感情上背叛了另一方,情蛊则会变成剧毒之蛊,背叛的那一方则受尽情蛊折磨,直至死亡。但情蛊又岂是那般容易得到的?整个苗疆也找不出一手之数的情蛊。加上炼制情蛊的古法失传,想要得到情蛊可比登天还难。要说情蛊有让人相爱一辈子的好处,应当有不少人追捧,也不会失传。让自己爱的人也爱上自己,并且一辈子不离不弃,听起来多么美好。可事实并非那般美好,必须要两个真心相爱的人同时服下情蛊,否则情蛊就会变成剧毒之物,无药可解。"

"这么说来，情蛊也的确特别至极。若非真心相爱的两人同时服下情蛊，情蛊便会化作剧毒之蛊，并且无药可解。既然已经是真心相爱，那还要情蛊做甚。为了保证在以后的日子里，所爱的人一直不变心吗？如果变心，就会受到情蛊的折磨，也难怪叫情蛊。听起来是一种了不得的蛊，也难怪炼制的古法会失传。"锦懿卿对这情蛊还算蛮有兴趣，毕竟从未听过如此特别的蛊，多了解一些也不会有坏处。不过有一点他还是想不通，给一个人种下情蛊，便不会有事吗？"琴姬夫人，若情蛊要两个人同时服下，那巫月圣女给毒女一个人种下情蛊，难道不会出什么问题吗？"

"无妨。若毒女姑娘未曾爱过一人，便不会受到情蛊影响，情蛊之后也会死亡。若是毒女姑娘真真正正地爱过一个人，付出了她所有的真心去爱一个人，那情蛊被唤醒之后，效果如何便不得而知了。"琴姬继续解释着，她看向毒女的眼光中没有怜悯，只有感叹。"毕竟情蛊极少，更少有人看见服用过情蛊的人，所以会发生什么事，没人知道。不过可以确信一点，情蛊不会要了毒女姑娘的命。"琴姬在花台边找了个干净的地方坐下，她出声道："若几位公子没有其他问题，民妇便要弹奏曲子，唤醒毒女姑娘体内的情蛊。"

几人也都不作声了，萧妄宴眉头微皱，不知道木青瓷在玩什么把戏。他扫了一眼几人，最后对琴姬说道："琴姬夫人，请。"

琴姬对着几人轻轻晗首，她抱起琵琶，指尖拨动着琴弦，清脆的声音从指尖下传出。琴姬弹奏琵琶弹得很好，动作行云流水，琴声清脆动听。比之许多自称是善琵琶的大师都弹得要好上许多，只是少有人听过琴姬的名字。

琴声慢慢地舒缓下来，悦耳的声音显得格外悲凉，一曲中藏着多少感伤与心酸。可惜这样美好的曲子，若是让那些为情所伤的女子听了，不知道又会生出多少凄凉悲伤来。

在琴声的引导之下，毒女的手指先是动了一下，动作轻微得让人以为是幻觉。不过接下来的一切就不是幻觉了，只见毒女的手动了起来，她好像是醒了，可又好像还在昏迷之中，紧闭着眼睛，可脸上的表情满满都是痛苦。

第一百二十二章

毒女此刻还沉浸在琴声之中，她好似也陷入了梦魇，脑子里不停地闪过过去的记忆，那些可能曾经属于她，但现在不属于她的记忆。

"小女景安儿，见过萧公子。上次的救命之恩还未答谢，此番还要多谢萧公子。"

"景姑娘客气了，举手之劳罢了，不必言谢。"

"林中梨花开了，不知萧公子可否愿意与小女一起去赏梨花，也当是小女报答萧公子？"

"景姑娘相邀，岂有不去之理。"

初遇的那一年，正是暮春之际，萧晨安救下了去寺庙还愿却被匪徒拦下的景安儿。只是简单地告知了姓名，护送了景安儿回家。之后过了几日，又在半山的梨花林中，再一次相遇景安儿。这一次他欣然地答应了景安儿，同她一起去赏花谈天。

"在景府叨扰的几日，麻烦景姑娘了，今日特来告辞。"

"何来叨扰一说，这几日倒是安儿麻烦了萧公子许多事，也幸得萧公子不嫌弃。今日一别，还望公子一路小心。"

"被景姑娘麻烦，萧某倒是十分情愿。这几日在景家的日子，萧某也定不会忘，更不会忘了景姑娘。"

"萧公子……"

那一次共赏梨花之后，萧晨安送景安儿回家，受景府之人的邀请在景府住下了。一连几天下来，萧晨安与景安儿游遍了附近的山水，不过也到了该离开的时候。景安儿送萧晨安出了城，在城门告别之时，萧晨安的一句话，让景安儿久久说不出话来，一颗心满满地装上了一个人。

"安儿？"

"萧……萧公子……真的是你吗？安儿还以为是在做梦。"

"你有没有事？"

"没有，只是刚才有些出神，所以没有注意到飞奔来的快马。"

"没事就好，我刚好在附近办事，正好看见了你。幸好没有受伤，不然我就该后悔没有及时赶过来。还能站起来吗？"

"多谢萧公子的关心，安儿没事的……疼！"

"……"

"萧……萧公子……"

"别说话！安儿。"

"阿……阿晨……"

"我在，安儿。"

时隔三月，因为江湖上有一不小的势力换了新的掌舵人，邀请各方势力前去贺喜。景安儿随景家家主前去，这也是她第一次参加这种江湖事。贺喜之后，她一人游走在街上，神思恍惚，却没有注意到朝她飞驰而来的快马。就在快要被撞上的时候，萧晨安发现了景安儿，他施展武功又一次救下了景安儿，话语中的关心不加掩饰。景安儿意外崴了脚，她想要站起来，脚踝却疼得厉害。萧晨安也不顾景安儿是否反对，抱起了景安儿往医馆去。女子面容娇俏，凝视着男人俊朗的侧脸，心中溢出了无限的幸福。

"安儿，若我不是你想象中的那般君子，你可还会喜我一分？"

"会！"

"你可要想清楚,也许我并不是什么正人君子,所做之事也不被世人所承认。即便是这样,你也愿意继续陪在我的身边?"

"为何不愿意?你是你,世人是世人。我不在乎世人的言语,也不在乎别人的眼光。能和你在一起,是我这辈子最大的幸福。如果可以,安儿希望永远都陪在你的身边。可能是我太贪心了,所以才想要一直陪在你的身边。"

"谢谢你,安儿。"

萧晨安在不知道什么时候被景安儿牵动了心绪,心里开始有了一个叫景安儿的女人。可这份异样的情绪逐渐在心底蔓延,让萧晨安隐隐有些不安。他所做的事情又有几人会认同,不过他并不在乎世人的言语和眼光,但是他唯独在乎某一个人的眼光,在乎她的言语。

"如果替紫菀去死,你会开心,那我心甘情愿。阿晨,我好想陪着你,陪着你一直走下去,可是我做不到了。"

"安儿别说傻话,我会救你的。你放心,等我回来,你一定会好起来的。"

"阿晨,生死有命,不可强求。安儿只希望你能够幸福,得到属于你的幸福。不必在意我,一切都是我心甘情愿。"

"你一定要答应我,要撑着等我回来,一定要撑着等我回来。相信我,安儿。我从来没有骗过你,这一次也是一样,你一定会好起来的。"

"我怎么会不相信你。只是最近有点伤春悲秋,你不用担心我的,我没事,以后也不会有事的。"

"我不会要你死的,你等我回来。安儿,答应我,撑着等我回来。"

"你一定要回来,我也一定会撑着等你回来。如若不与你说声离别,我也不会安心离去的。别担心我,无论如何,我都会等你回来。"

"安儿……"

自从倾月山庄的一事过后,景安儿就知道她和萧晨安,也许一辈子都不会走在一起。那仅仅是一种直觉,也就是这种直觉,莫名地让人心慌,让景安儿有一种她如果不再去见萧晨安一面,就有可能再也见不到他的感觉。那一次景安儿选择义无反顾地奔向萧晨安,哪怕面对天下人的眼光与言语,她也不在乎了。三年来的情意,景安儿不相信那是假的,唯独这一次她不想要后悔终生。她去了萧晨安在林州的住所,也再一次见到了那个停留在萧晨安心上的女人——紫菀。不同于她的软弱无力,紫菀可以帮助萧晨安许多事,所以哪怕明知道紫菀是故意想要她去死,景安儿也毫不犹豫地答应了下来。至少有一次她可以帮他的,即便代价是付出她的性命,也在所不惜。引蛊成功之后,她的身体一日不如一日,时常吐血,更是常常昏迷。萧晨安去宁国宝藏的藏宝地的前一天,让景安儿等他回来,一定要撑着回来,他会救她的。景安儿也不知道该如何说,她的心里有着感动,也知道所有的亲密都已经是过去,再也回不到当初了。

琴姬的目光一直都落在毒女身上,她敏锐地察觉到了毒女的变化。随时昏迷着,但已经有了醒转的痕迹。她收回了目光，继续弹奏着曲子，也在观察着毒女的表现。

毒女还沉浸在过去的回忆之中，好似还陷在了梦魇之中。她嘴里发出一些碎碎音来，在无意识之中蜷缩起了身体，秀眉紧紧皱起，脸上逐渐露出难过的神色。

"想起来，你想要遗忘的过去。那些最为痛苦的回忆，深埋在心底最深处的黑暗。"琴姬幽幽地出声说道，她的声音很轻，也很温柔，好似春风拂过，让人无法生出防备来。她谆谆诱导着毒女，继续出声道："你是个好姑娘，慢慢地走进那一片黑暗，里面的记忆才是属于你的。找回你的记忆，想起那些被遗忘的记忆。继续往黑暗中前行，不需要害怕，我会陪着你。你是个好姑娘，所以不必害怕。想起那些最痛苦的记忆，你最想遗忘的记忆，你最痛恨的记忆，你最心碎的记忆。想起属于你的一切。"

毒女好似真的听进了琴姬的话，她深深地陷在了梦魇之中，从美好的梦境，掉落到无边的噩梦。那些被刻意遗忘的过去，在琴声的引导之下，在琴姬温柔的话语之中，在情蛊的苏醒之中，慢慢地在脑海里重现。只是有一些记忆可能被深藏心中，永远也不想想起来，因为那些记忆可能是无比黑暗，也无比令人痛苦的。可惜世上从来都没有给人后悔的余地，一旦做出了选择，就要承担起选择之后所带来的一切。

空荡荡的牢房里什么都没有，就连窗户都没有，只有她一个人。黑暗的环境里，坐在冰凉的石板上，听着时有时无的惨叫声、哀号声，只觉得浑身发冷。终于轮到她了，厚重的铁门被人打开，脚步声传了进来。她紧闭着双眼，放缓了呼吸，假装已经睡熟，什么也不知道。有人丢下了什么东西就离开了，她听见了铁门被重重关上的声音。突然睁开双眼，还是一片黑暗，只是又好像有所不同。寂静的牢房里传出了沙沙的声音，好像有什么东西在牢房里。冰凉滑腻的身躯缠上了她的脚踝，她突然意识到了这是什么东西，吓得尖叫了起来。

伸出手来，拍着全身上下，随即又飞快地跑到大门处，可是落脚的地方，每一处都能触碰到那冰凉滑腻的东西。恐惧战胜了一切，她用力地拍着大门，呼喊着人来救她，可是没有一个人回答。黑暗的环境里，唯有她一个人的声音在回荡。那些冰凉滑腻的东西缠上了她的脚踝，肆意咬着她裸露出来的肌肤。她的身体慢慢地不受控制，无力地跌坐在地上。痛苦一寸寸地蔓延开来，她也发出了跟之前听到的那些惨叫声一样的声音，凄厉而又痛苦。疼痛无法抑制，就好似钻心一般，一口一口地吃掉她。可是她不想死，她想要活下去，因为她记得她答应了某个人，要撑着等他回去。意识渐渐地模糊，身体也越来越沉重，她无力地摔倒在地上，在眼睛闭上之前，她的脑海中想的还是那一个人。

"救我……救我……有蛇……好多蛇……救命啊！"

"我不能死！……救我，谁来救救我。"

"救命！救命啊！救救我，我不想死。"

"我要活下去，我要活下去，我要活下去。我不能死，我要活下去。"

"我会撑着等你回来的……"

毒女依旧没有醒转过来，她的意识停留在了梦中，那些梦里的记忆，仿佛真实地重现在了她的身上。她在地上不停地翻滚着,嘴里大喊着救命,苍白的脸上满满都是恐惧。

萧晨安的脸色一沉,他可以感受得到此刻毒女有多么的害怕。明明景安儿是最怕蛇的,却被丢进了蛇群里。此刻的萧晨安一句话也没说,只是阴沉着脸,眼中有着杀意。

"我的好姑娘,想起让你最为痛苦的事,想起让你最为心碎的过去,想起让你恨得想要报复那些人的过往。"琴姬心中有着一丝对景安儿的心疼,到底景安儿还是一个可怜的女人。她一直都很无辜,被牵扯进了这些事情,弄成了如今的样子。"想起埋藏在心底最阴暗的记忆,想起让你害怕的过去。我的好姑娘,你一定可以做到的,因为你就是你。"

第一百二十三章

对于毒女来说,这些是她埋藏在心底的秘密,那些恐怖的过往,让她深深地害怕。她心底最不为人知,也是最让她痛苦的记忆,也因此慢慢地苏醒。毒女皱紧了秀眉,她狠狠地咬着嘴唇,细长的手指抓着青石板的地面。

那个时候,她被折磨得生不如死。好在身上的伤开始痊愈,身体也慢慢地好起来。可在她以为她接下来的日子就是与毒物共处一室的时候,真正的噩梦才开始。有人来了,他的年纪已经算是很大了,满头的白发,可眼神却像天上的老鹰一般犀利。也不知道怎么的,她醒来的时候已经不在那个暗无天日的牢房,而是外面的房间里。房间就在热闹的大街上,她可以听到街上摊贩的叫卖声。爬到门边上,透过那一丝小细缝可以清楚地看到街道上来来往往的人,她想要逃离这个地方。可是门是上了锁的,她根本打不开。而且在她不知道的时候,另一扇门被打开了,走进来了几个人,他们都是让人作呕的男人。他们看着她,满眼都在放光,脸上露出了淫笑,肆意地打量着她。一步一步地朝着她走过来,拉扯着她单薄的衣裳,并不好看的手在她的身上游走。

"不要……不要……不要过来!!"

毒女突然提高了音量,她紧闭着双眼,可脸上却是恐惧。不同于之前的叫喊声,此刻的毒女充满了恐惧与害怕,她蜷缩着身体,双手死死地抓着地面上凸起的青石板。她还是没有彻底地醒转过来,只是半睡半醒之间,有那么一份意识。

琴姬加快了手上的动作,琴声越来越急切,她抓住这个时机问道:"你看见了什么?告诉我,我可以帮你,也会救你。"

"不要……不要这样对我。求求你们放过我,放过我……"

"有没有人听见我的话,救救我,救救我……"

毒女的声音又变得凄厉了起来,她的眼泪已经流了出来,哭喊着:"不要碰我……不要碰我……救我！有没有人，救救我，求你们救救我。"

"你们不要过来，不要过来，再过来我就死在你们面前。"

琴姬从毒女的话中大概猜出了什么，她来不及为毒女心疼，紧接着问道："他们是谁？他们做了什么？想起来，全部想起来。"

毒女的梦魇之中，她砸碎了花瓶，捡起了一块碎片，抵在她的脖颈之间，威胁着那些人不要过来，也不准过来。可到底是她太天真了，她没有半分的力量可以反抗，哪怕是打算以死来保住清白。手上的花瓶碎片被打落在地上，她被狠狠地扇了一巴掌，又被推到了地上。她不停地后退着，却被那几个人狠狠地摁在地上。耳边传来不怀好意的笑声，衣裳被撕破的声音传入耳中，同时街上的繁华喧闹也传进了她的耳中。

可是没有一个人能听到她的呼喊，没有一个人来救她，包括那个在她心底的男人。透过门边的那道不算太小的门缝，她可以在人群中一眼就认出那个人，可是那个人却始终没有朝她看上一眼。她哭泣着唤他的名字，以为那个人会来救她，可是她真的想错了。从始至终，那个人都没有朝她这里看一眼，或许她早就已经被人忘了。在那个人的心里，不留一点痕迹。可还是想要那个人能看见她，能来救她，哪怕已经绝望，可始终抱有一丝希望。

"救我……救我……救我……救救我……"

"求求你们放过我，放过我。"

"不要……不要。救我……阿晨救我，救我！"

"阿晨救我，救我。求求你救我……救救我……阿晨……救救我……"

"别碰我……别碰我……好疼……"

"救我。救我，阿晨。阿晨救我，我是安儿呀，我是安儿。"

"求你看我一眼！救救我，阿晨，救我。"

"阿晨救我，救我，救我……"

毒女已经被彻底地勾起了过去的记忆，被束缚在那无比痛苦的记忆之中，不停地呼救着，想要有人来救她。这一刻她一点也不像是令人闻风丧胆的毒女，褪去了那份妖媚，少了一份狠毒，就变回了那个柔弱无助的女人。虽是在半睡半醒之间，可眼泪还是大滴大滴地流下来，脸上满满都是痛苦绝望，她声嘶力竭地着大喊着："不要走……救我……阿晨，救我。求求你救我，阿晨，不要走，救我……"

"我是安儿呀，我在这里，你看我一眼好不好？"

"救我……阿晨。"

"他在哪里？我的好姑娘，你看见了他了吗？告诉我，他在哪里？他是谁？"琴姬也差不多知道毒女是如何被培养出来的了，心中满满都是愤慨，可她还要继续问下去，让毒女想起她深埋着的不堪记忆。稍稍放缓了琴声的速度，她安慰着毒女说道："你不会有事的，那都是一场梦，一场不好的噩梦。告诉我你看见了谁？我会指引你走出这场噩梦。好姑娘，这只是一场梦，别怕，有我陪着你。现在告诉我，你看见了谁？他在哪里？我让他去救你。"

"阿晨，是阿晨。"毒女的情绪平复了许多，她此刻已经被催眠了，不自觉地说出在心底最深处看到的记忆，她哑着声音说道："他就在我面前，就在大街上，他没有救我，没有。"

"你在哪里？乖孩子，告诉我，你在哪里？我让他去救你，别怕。你在哪里？你可以看见他吗？"琴姬蹙起了眉头，那道刀疤看起来格外的狰狞。

"屋子里……我在屋子里。门上了锁，我打不开，打不开它，也逃不出去。外面好热闹，可是没有人听到我的声音，也没有人来救我。"毒女脸上满满都是泪痕，她的声音中有着颤抖，手指也在青石地面上磨破了，她开始激动起来："没人来救我，没有人。"

"不会有事的，会有人来救你的。你心中的那个人一定会来救你的。"

琴姬安抚着毒女，她的眼中有着不齿，对于利用景安儿来炼蛊的人，只能用卑鄙无耻来说他，可能这些词语都不能形容那个神秘人。

说已经说得如此明白，要是在场的几个人还不懂，那就白费了江湖上的那些人对他们的称赞。毒女就是景安儿，在木青瓷的死亡判定下，她不知道是怎么活过来的。被那个神秘人带走了，被用来试毒。正如毒女前两天所说的，在她还是一个手无缚鸡之力的女子的时候，所遭受到的一切，都是那么令她痛苦。可能对于景安儿来说，最为可怕的事也不过就是如此。心爱的男人就在自己的眼前，而她不停地朝他呼救，却始终没有人来救她。她被人欺凌的时候，他却没有回过头看她一眼，就此离去。

萧晨安袖子下的手已经捏成了拳头，手背上的青筋突起。心中的愤怒已经超过了所有的理智，握成拳头的手因为愤怒在颤抖着。俊朗的脸可以说是阴沉无比，到头来还是他没有救下景安儿吗？现在她所受的痛苦都是他造成的，因为他没能救下她来。该死的老狐狸，该死的人，萧晨安此刻恨不得将欺负景安儿的那群人碎尸万段。当然他也明白，可能那几个人早已经死了。就算死，他也要找出尸骨来。不挫骨扬灰，无法解他的心头之恨。那个清如水的景安儿，就这样被生生地毁了。

毒女突然睁开眼睛，她的眼中有着迷茫，脸上更是不知所措，一瞬间毒女就好像消失不见了，或者可以说是从来没有出现过。她捂着肩膀的伤口，艰难地站起身，好似没有看见在场的几人一般，碎步朝着大门前行，想要离去。毒女沉浸在记忆里，她自言自语地说道："为什么不救我？明明我就在你的面前，你为何都不愿意看我一眼？为什么？为什么不来救我？真的那么爱她吗？我早该明白的。"

毒女迈着细碎的脚步，她的语气突然变得不同，更是放声大笑了起来。凄厉且哀伤的声音，更是嘲讽无比。她放轻了声音，语调一如既往的温柔："此时此刻，我后悔了吗？是否后悔过不要死？无论发生什么事，都要撑着等你回来。"

有一种心碎，叫作记忆。记忆中的美好与甜蜜此刻成了毒药，曾经有过多少幸福，此刻就有多少痛苦。那唤的一声声的名，是在她的一颗真心上划下了一刀又一刀。血肉被翻了出来，心上的伤多到了不可数的地步。一直没有愈合的伤疤再一次被揭开，撒上细白的盐粒，钻心似的疼痛。身上的疼痛，又怎么比得上心上的疼？身心都受到伤害的同时，差不多已经疼到了麻木，再来一点小伤又怎么会疼。

"安儿？"

萧晨安还是没能压制即将爆发的情绪，他走出了两步，看着背对着他的毒女。那瘦弱的身体，看起来摇摇欲坠，让人生出无限的心疼。肩膀处的伤口没有处理过，已经开始化脓了。手臂脚踝满满都是牙印，变得青紫一片。那一双大红色的双手，在黑色的手套下隐藏着，也不知道受了多少罪，才被弄出来的。凌乱的发，破乱的衣裳，惨白的脸，无神的双眼，每一处都让他揪心。

毒女停下脚步，她慢慢地转过身，面对萧晨安。她看着萧晨安，阖上了眼，一滴鲜红的血泪从闭上的眼中滑下。慢慢地睁开眼睛来，娇艳的鲜血顺着苍白的脸滑落到下巴处，最后再滴落在青石地面上。啪嗒！很细微的声响，可在他人听起来，却是那么的响亮。毒女微微歪着头，她的唇角微勾，眼神是那般的冷漠，笑得清浅："我不认识你，也不叫安儿。"

萧晨安不自觉地退了一步，那流下的一滴血泪，那冷漠的眼神狠狠地击在他的心上，那漠然的话语就像一把刀插进了他的心。怎么可以不认得他，怎么可能会不认得？萧晨安扯出一缕苦笑，他压沉了声音："是我对不起你，当初没能找到你。"

"从今以后，世上只有毒女一人，再无景安儿。"毒女的意识渐渐恢复，不再受琴声控制，她暂时没有任何举动，只是狠狠地按着肩上的伤口，血再一次流了出来。"我会保护你的，不需要再害怕，你只需要活在没有痛苦的世界，好好地睡吧。我会保护你的，也只有我会保护你。那些令你痛苦的人，我会让他们付出最惨重的代价。只有我会爱你，也只有我会真心待你，所以好好地睡去，再也不要醒过来。"语毕，毒女又勾起了唇角，那嗜血的眼神毫不加掩饰，只见她缓缓张口说道："多谢琴姬夫人助我，绝杀成了。奴家就不陪你们玩下去了，有缘再见。"

第一百二十四章

突然，毒女死死地抓着胸口的衣服，半弯着腰，大口地喘着气："你到底对我做了什么？我的身体……我的身体……"毒女一把扯下黑色的手套，露出那双大红色的手，她张开手指，翻来覆去地看着她的手。手背里好像有什么东西在不停地蠕动，脸色一下子就变了，她惊恐地说道："怎么回事？不可能的。"抬头又看着萧晨安一群人，脸上满是愤怒，咬牙切齿地说道："你们对我做了什么？我的身体竟然不受控制。"其实不只是手臂，全身都是如此，可以感觉到有东西在皮肤里蠕动，那是她身体里的蛊虫，不受她控制了，而且对她反噬着。这几乎是不可能的事，蛊虫一般不会轻易反噬，一旦反噬，轻者重伤，重者丧命。

"与其说我们对你做了什么，倒不如说你师父对你做了什么。你体内的蛊虫此刻开始反噬了，你如果不想被蛊虫反噬而亡，最好不要轻举妄动。"琴姬停下了弹奏，她放下琵琶，站起来拢了拢衣裙，叹息了一声："我本以为你从万蛊池中侥幸活下来，也因此模糊了所有的记忆。现在看来，你的记忆被抹去不仅有毒蛊的原因，还有你自己的原因。你想要彻底地掩埋你的过去，改头换面，以新的身份活下去。"

"我不相信，如果你们什么都没做，那我怎么会如此？我的身体五感俱失，根本感受不到疼痛。可是为何我会感到疼痛无比？"毒女拽紧了胸前的衣服，紧紧咬着牙，背上也已经冒出了冷汗。虽是这样，但她的脸却越来越红，红得好似可以滴出血来。不对，那就是血。细小的血珠从毒女的肌肤上冒出来。那是黑红的血珠，一点也不同于寻常人的血。毒女也发觉了她自身的状况，血珠虽然细小无比，可一下子冒出来，也十分吓人。而且远远朝毒女看去，她就像一个血人。

"怎么可能？怎么会这样？"毒女双手胡乱甩着，突然她吐出一口黑红色的血来，嘶哑着声音说道："师父，师父救我。我是你精心培养出来的绝杀，你不能这样对我，不能这样对我。我是你的绝杀，你怎么能给我种下血蛊？"

琴姬摇了摇头，她满脸都是无奈，提高了声音，信誓旦旦地说道："你还不清楚吗？你师父并不是此刻给你种下血蛊的，他早就给你种下了血蛊，只不过你不知道罢了。若不是意外在你身上种下情蛊，情蛊被唤醒，吞噬着你体内的其他蛊虫，又怎么会逼出血蛊？血蛊无解，情蛊亦是无解，都是极为罕见的蛊虫，称之为蛊王也不为过。你在苗疆混迹几年，应该明白养蛊是什么。两蛊相遇，必有一蛊被吞噬。你就是那个养蛊的容器，你的身体里面有着不同的蛊虫，还有血蛊。包括姑娘你自己，都是一种罕见的蛊。用来培养出最强蛊，或是真正的绝杀，都是绝佳的选择。"

琴姬停顿了一下，她有些迟疑，但还是说道："正如你所说，你的五感俱失，自然感受不到疼痛是什么滋味。情蛊所带来的痛苦，远不是一般蛊虫可比。你心中有情，自然会受到情蛊的嗜咬。身体上的疼痛比不得心上的疼痛，身上的伤会愈合，心上的伤说不定一辈子都好不了。心会疼，情也会伤人。"

"情蛊？竟然是情蛊。为什么你会有情蛊？这种蛊不是应该绝迹了吗？"毒女半弯着身体，她朝着琴姬大喊大叫道："情蛊怎么可能对我有用处？这不可能。"

琴姬移动着步子，她慢慢地走向毒女，却也不敢太过接近她，解释道："因为你心中有情，所以便会受到情蛊反噬。不过也多亏了情蛊，你才能保住这条命。如果你想要活下去，与其被血蛊反噬，不如受情蛊所控。让情蛊吞噬了血蛊，你也可以摆脱了你师父对你的控制，而不是一直被他所控，生不如死。"

"我不相信。"

毒女的眉头都拧在了一起，看了一眼萧晨安他们，用手指着他们一群人道："你们不可能会好心救我。说吧，有什么目的。想把我练成绝杀？还是想用情蛊控制我？"

"情蛊并非是为你准备的,而是为了巫月圣女准备的。只不过谁都不知道情蛊有何用处,以你身试蛊,虽是不对,却也帮了你一次。"琴姬摇了摇头,跟此刻的毒女说不进去话,一心都是怀疑,还怎么能够说得动。

"那我还得多谢你了。如果是为了她准备的情蛊,那么一切都说得通了。她练的那魔功,要彻底地断情绝爱,成为一个无情无心之人。若是心中一直有情,根本练不成魔功。强行练魔功,更会走火入魔。"毒女勾起一缕冷笑来,眉梢扬起,她嘲讽道,"还真是想得好,利用情蛊来练功。我现在是强弩之末,你现在不杀了我,日后我必定让你们生不如死。"

琴姬摇了摇头,她呼出了一口气,转过身看向萧妄宴,慢慢说道:"萧公子,圣女并未说如何处置毒女姑娘,只说交给萧公子。圣女还让民妇转达一句话,毒女姑娘对于她来说已经没有利用价值,要杀要剐都随萧公子便。"

萧妄宴看了一眼毒女,他十分无奈地说道:"就算把毒女送给我,我也实在没有办法处理了她。我对女人向来不下死手,至于要杀要剐,更是不可能的事。"瞥了一眼萧晨安,似笑非笑地说道:"更何况这个人可不是普通的人,虽然都姓萧,不过我可没那个资格处置毒女。不如把她交给萧兄,随你带走也好,送回景家也罢,抑或是找个安静的地方让她待着,不出来坏事就好。"

萧妄宴都卖了这样一个人情给萧晨安了,萧晨安也没有不接受的道理。本来他就打算把毒女从巫月圣女手里要过来,现在萧妄宴做了一个顺水人情,他根本不准备客气。他必须要把景安儿带回来,让她回到他的身边来。不管用什么办法,也要唤醒景安儿的记忆。"多谢萧兄,这个人情算我欠下了。"

"不必客气,这本就不是我的事,又何必插上一脚呢。"萧妄宴慢悠悠地说着,脸上还带着笑意。他的目的已经达到了,萧晨安既然说出了欠他人情的话,也只需要客气一番就行了,没那么多其他的客套话。

萧晨安没有再多说什么客气话,他现在最想要的就是景安儿恢复记忆。余光扫过面色如常一直很镇定的琴姬,思虑了一下,缓缓开口道:"不知琴姬夫人是否有办法让安儿恢复记忆?她现在这个样子,根本不能带她离开。就算之后请大夫来看看,想要将她体内的毒蛊尽数磨灭,她也不会配合的。"

琴姬抱着琵琶,她并没有看萧晨安,只是动起了手指,拨弄着琵琶琴弦,快速地弹奏着之前的曲子。在此期间,琴姬一句话也没有说过,只是低头弹奏着曲子。手指动得很快,曲子声也越来越急促。

受到琴声的指引,本来已经消停下来的情蛊,又再一次活跃了起来。毒女双手捂着头,她的脸上浮现痛苦的表情,精致的五官都拧在了一起,再加上脸上那未擦干净的血珠,看起来哪里还有美貌,分明是狰狞不堪。过去的记忆一直在脑子里浮现,翻来覆去,种种的感情心绪也都在胸腔里打转。身体也许感受不了疼痛,可心在疼,疼得撕心裂肺。只手指着琴姬大喊道:"停下,我让你停下,别再弹了,别弹了。"毒女就说了这样几句话,她终究是受不了了，喷了一大口血出来，最后再看了萧晨安一眼，无力地摔倒在地上，陷入了昏迷之中。

"安儿！"

看见毒女一下子昏迷了过去，萧晨安心里一下子就慌了，他两步作一步，飞快地走向毒女。看着如今如此凄惨的景安儿，他的心顿时就揪起来了，一点也不像他。探了脉，确定毒女只是伤重昏迷之后，他才舒了一口气。一下子把毒女打横抱了起来，他面向琴姬，深吸了一口气，缓缓说道："琴姬夫人，以后还请不要弹奏此曲，至少不要在安儿的面前弹奏。她并未习过武，也没有内功护体，再也经不起折腾了。"

看着毒女昏迷了过去，琴姬才停住手。看着一脸认真的萧晨安，她忽然有种错觉，这样一个男人到底还是动了心，她若有所思地答道："只有这样才能救她，情蛊若是被血蛊吞噬，她就只有一死。你想要唤醒她的记忆，就该有心理准备。如果真的唤醒了她的记忆，也许这个可怜的孩子会被过往折磨得发疯，甚至会崩溃。"

"我知道。即便是如此，我也想要安儿回来，而不是毒女。"萧晨安看了一眼怀里的毒女，他的眼神十分坚定，让人看了无法再劝解。"琴姬夫人，你可知血蛊是何物？"

"一种极端狠辣的毒蛊。"琴姬回过神来，她耐心地解释着，"血蛊无解，只能压制。中了血蛊的人注定活不长久，并且会被血蛊折磨至死。简单来说，毒女姑娘是宿主，血蛊就是寄生在她体内的蛊王。宿主一旦虚弱下来，或是唤醒了沉眠的血蛊，就会受到反噬。血蛊一进入人体，不出一月便会将人折磨至死。只能用特制的药压制血蛊，让它如蝶化蛹一般，在蛹内沉睡不醒。但是这种药，每隔一段时间就要服用一次，否则血蛊会慢慢醒来，反噬宿主。我本以为是被种下情蛊后，血蛊又因琴声苏醒。现在想来，恐怕她的师父有一段时间没有给她药了。不过显而易见，毒女姑娘本人都不知道她被种下了血蛊，只是遵从着她师父。"

萧晨安大概清楚了血蛊，他的脸色一冷，又继续问道："血蛊无药可解，那情蛊是否真的能够救安儿一命？"

"民妇也不清楚。这两种蛊都十分罕见，也未有人遇见过。不过都为蛊王，蛊便是相互吞噬成长为蛊王。只能让血蛊被吞噬，情蛊毕竟不伤性命，只是一旦动情，便会十分痛苦。这也是一线希望，情爱到底是世间最为毒的毒药，只能盼毒女姑娘能够更坚强一些。"琴姬还是心疼景安儿的，虽然景安儿和她的遭遇很像，可景安儿说不定活得更痛苦。明明是那样善良的女子，她的结局不该如此的。"说到底能不能活下来，还要看毒女姑娘。一个弱女子能够从万蛊池里活下来，几乎是不可能的。可毒女姑娘却做到了，因为她想要活下去。"

第一百二十五章

　　听琴姬说了不少，萧晨安心中也有了一个大概，他想要景安儿清清白白地活着，就算是死也要作为景安儿死去，而不是被别人控制的傀儡。虽说知晓了毒女就是景安儿，却怎么也高兴不起来。"多谢琴姬夫人的告知，萧某感激不尽。今日之情，以后定会报答。"

　　"萧公子太客气了，琴姬只是一普通妇人，哪来的帮忙。"琴姬客气地婉拒着，她并不在乎萧晨安是否欠她人情，只是同身为女人，为景安儿所惋惜罢了。"萧公子若真的想谢谢民妇，就别伤了另一个女子的心。你已经有了新婚夫人，莫因为对于毒女姑娘的愧疚，伤了两个女子的心。"

　　"琴姬夫人放心，萧某自会处理。阿妤不是小气的人，这是我欠安儿的，她会理解我的。"萧晨安顿时一愣，他忽然之间想到了兰妤，礼貌性地回答道。之前心被景安儿的事情占据满了，现在经琴姬一提醒，才想起那个他视为棋子的新婚夫人。不过现在管不了那么多了，他必须要把景安儿藏在他的身边，再想办法解决兰妤的事。

　　"告辞。"

　　见几人也都纷纷离去，萧妄宴看了一眼司琰，又打量了一下周围的环境，有礼地说道："大师兄，师父在书房里等候已久了。"

　　"好。"司琰背过手去，他口气十分熟稔地说，"正好，我也有一些事情要问问二师弟，也要问一问师父。"

　　书房内。

　　诸葛老先生依旧悠闲地品茶，偶尔打量两个徒儿一眼，他优哉游哉的，也不出声打扰司琰和萧妄宴的谈话，只当一个听客。

　　"我本来还在奇怪，二师弟你飞鸽传书给我，让我不要早一天，也不要晚一天赶来参加你的大婚，原来是如此。"司琰顺了顺衣服下摆，坐在椅子上，笑得意味深长，"这里也没有外人，你不妨直说，木绾晴是不是就是木青瓷？或者换个问法，巫月圣女和木绾晴都是木青瓷，她们其实是一个人？其实我还挺惊讶的，二师弟竟然藏了木青瓷四年不被人发现，就连我也不曾得过消息，一直被瞒着。如今消息一出，我也是被弄糊涂了。"

　　对于司琰所说的事，萧妄宴并没打算将一切都告诉他，只是有意地说道："是或不是真的那么重要吗？不管木青瓷是不是木绾晴，也不管木青瓷是不是巫月圣女，如今她都是我的妻。师兄又何须在意这个问题，只要知道我们都是同一条船上的人就好了。"顿了顿，靠在椅背上，脸上虽有着笑意，可看起来并不那么好，他的目光深邃，带着担心的口气说道："师兄也该知道，宁国宝藏若不找出来，还会一直牵动无数人的心弦。能覆灭一个王朝的东西，听起来虽然不可思议，但经过四年前的假宁国宝藏之后，让那些蠢蠢欲动的人更坚信了。我相信用不了多久，战乱就会再起，不知又有多少人要家破人亡。"

"同一条船上吗？我差不多明白了。只不过宁国宝藏之事，又岂是那么容易解决的。"司琰无奈地摇摇头，他苦笑着说道："我至今都未查出南离的真正身份，隐家的势力埋藏得很深，虽然捣毁了不少小的窝点，但没有伤到根本。宁家虎视眈眈，多年来暗中招兵买马，难保不会有其他问题。如今又出了毒女的师父，暗中更是有不少势力蠢蠢欲动。一旦有导火线，估计会造成割据一方的场面。"

"这些我也算了解一点，宁国宝藏的藏宝图已经现世了，只要拼凑起来，就可以找到宝藏。师兄，你我两人从小就被师父带到山上修行，多年下来感情亲厚。你应该知道，我的双亲都是因为宁国宝藏而亡。我想毁了宁国宝藏，那是一个罪恶之源。只要还存在一天，就会掀起更多的风雨。"萧妄宴很少说起他的父母，此刻说起来，情绪难免有些激动，他眼神中有着光芒，带着一丝疯狂，"只要由巫月圣女出面，搅出一片风雨，自然会引出不少人来。她手上掌握了最有分量的两块藏宝图残片，剩下的残片也会被吸引过来。届时宝藏地点便会弄得天下皆知，会有数不尽的江湖人士蜂拥而至，为了传说中的宝藏厮杀。这是一个好机会不是吗？最后的决战，如果能灭掉让你忌惮的敌手，没有了主心骨，最后再把那些余孽一网打尽，一举两得岂不是很好？"

"话是这么说没错，不过计划永远赶不上变化。你也不能够保证能把所有威胁一网打尽，总会有漏网之鱼的。"司琰偏过头去瞧了一眼已经不在了的诸葛老先生，他大概也清楚了诸葛老先生是赞同萧妄宴的做法的，所以才拉他来商量。"巫月圣女你觉得可以控制吗？她身后是巫月神教。就算中原武林出现什么大变故，也与苗疆没什么干系。你应该明白的，如果巫月圣女不可控制，一切的努力都会作废。"

萧妄宴轻轻一笑，他也明白司琰的担心，自信地解释道："师兄若是信得过我，也信得过师父，自然也可以信得过巫月圣女。她比我，比师兄，更想覆灭宁国宝藏，让所有人都得不到。其中的迂回曲折，我也不想过多地去解释。只是请相信我，她已经豁出了性命，也会是我们最好的帮手。所以不必防备她，她不会背弃这些约定的。师兄，请你相信我。"

"你我多年师兄弟感情，我怎么会不相信你。你已经有了计划，只是变数太多。也许真如你所说，早一点解决了宁国宝藏这个祸端，一切才会安宁。"司琰大概已经清楚木绾晴、木青瓷和巫月圣女三个人之间的关系，他心里明白，也不去点破。只是看着萧妄宴这样子认真恳求他，心里突然咯噔了一下，缓缓地开口道："你应该知道苏笙月和……"

"我知道，可那不重要。"

司琰的话还没有说完，萧妄宴就连忙打断了他，只因为一个苏笙月的名字，他的脸色便彻底沉下来了。他脸上的表情十分认真，眼神坚定而又执着，他压低了声音道："我不在乎她的过去，因为那已经是过去的事情了。苏笙月跟她早已无任何干系，再提那些被忽略的过去也没了意思，不如就让那些过去。"

"你爱上了她，爱上了木青瓷。"

司琰忽然觉得这个世界那么的好笑，原本以为不会受任何牵绊的人，都纷纷被情这个字绊住了脚，再也甩不开了，算是什么。

"是，我爱上她了。"

萧妄宴慢慢地回答着，语气格外的认真，没有半分玩笑："这一点连我也不曾想到过。在不知不觉之中，就被她的美所迷惑，渐渐地陷了进去，不可自拔。你如果说不相信，我也会说不相信。在那样短的时间里，我彻底的沦陷了，也许是在第一眼初见之时，就被迷住了。"

"就此打住，其他煽情的话就不要跟我说了，跟你的新娘说去吧。"司琰有一些受不了萧妄宴的深情诉说，毕竟他是一个男人，看着一个男人对着他说此类话语，总觉得别扭。叹了一口气，他无奈地说道："既然你已经有了主意，师父也同意了。再加上此事对我有百利而无一害，我也乐得合作。把你的计划说给我听一听，再考虑一下所有的前因后果，以防万一。"

"如此最好。"

萧妄宴也是被司琰的话逗笑了，他在心中构思了一番，大概地给司琰讲着他已经定下的计划。至于那些详细的做法，当然是慢慢来说，毕竟要让司琰先了解个大概。

回到琴姬那一边，她此刻还在萧府之内，虽然当时她的确已经离开了，只是又有人把她请了回来。

"你要走了吗？"女子的声音依旧冷淡，只是语气中或多或少的夹杂着不舍。

琴姬朝着面前的倩影，她语气一如既往的温和："琴姬只是一个普通人，并不想参与到江湖事中。此次替你出面几次，大概是我最后能够帮你的。江湖就要乱了，我自然也要离开了。太过惊心动魄的生活并不适合我，平静地度过余生才是我所想要的。"

木青瓷仰头望着开得尚好的花树，她的表情冷漠，看不出因琴姬要离开而有多么的不舍。粉白的花瓣打着转飘落下来，最后落在青石板地面上，铺了一地的残花。木青瓷歪着头，她的余光扫过琴姬，淡淡地说道："我还没有感谢你，替我弄清楚毒女的四年来的过往。多亏了你的情蛊，否则还不一定这么顺利。只是真能如你所说那般吗？萧晨安并非是一般人，他很清楚他想要什么，利用什么人可以得到什么好处。单凭一个失去记忆的毒女，真的可以影响到他吗？当年他都可以对景安儿的死无动于衷，经过了四年，恐怕也唯有一份愧疚之情。"

"你也不用谢我。从一位端丽的大家闺秀变成杀人不眨眼的毒女，期间的过往，不只是你会好奇，我也会。至于情蛊，炼制出这种蛊的人也是为了天下有情人，蛊既然落在了我的手上，与其装在盒子里一辈子，不如用在适合的人身上。我很心疼她，她是一个好姑娘，不该落得如此结局。"琴姬坐在石凳上，刚坐下时那冰凉的触感已经没了。这天气渐热之后，石凳上也不用再铺上一层软软的垫子。她端起石桌上的香茶，用手轻轻地扇了扇萦绕在眼前的水汽，淡淡的茶香蹿进鼻尖。

琴姬慢慢闭上了眼，享受着这悠闲自在的一刻，她轻声说道："这茶真香，单是嗅着那股茶香，就觉得沁人心脾。曾经的景安儿就像我手中的这杯茶，如果再给茶中加上不少特别的东西，恐怕就不会有人再喜欢这杯茶，但还是会有人记得这杯茶过去的味道。随着时间的过去，再也尝不到这杯茶的味道，只是记忆中的那股醇香会越发的浓厚，想忘却再也忘不掉。也许毒女对于萧晨安来说，是一个可以随时舍弃，并且不想要扯上关系的人。那景安儿也许就是他深藏在心中一角的某个人，已经在他的心上扎了根，发了芽。"

第一百二十六章

"景安儿的确是一个好姑娘，她本不必落到这个结果，可惜人算不如天算，谁又能想到呢。倒是你，很少会如此确定地说一个男人心中藏有一个女人之类的话。看来你已经十分确定萧晨安会输在一个他曾愧疚过的女人身上。"木青瓷退了两步，她高高地举起手，抓住花树较为低矮的一根树枝。选了开花后还有着几朵小花苞的花枝，毫不犹豫地折了下来。松开了还抓着的树枝，弹回去的树枝又带起了一阵颤动，纷纷落下一大片的残瓣。木青瓷把花枝在手中玩弄，她眼中分明是冷漠，不相信地说道："不知道怎么去说，我反驳不了你的话，可也不怎么相信你的判断。也许我是该信你的话，可我信不了那些男人。"

"也许这一次你该相信我。"琴姬抿了一口香茶，口中的滋味回味无穷，她偏头看着木青瓷，轻轻地笑起来，"我说过你们是与我最相像的两个人，可单论遭遇来说，我本该更心疼景安儿。可你太过倔强，倔强得让我无法不心疼。让景安儿回萧晨安身边，对她来说最为好，也许她想在临死之前陪在她最为心爱的男人身边。死在萧晨安的怀里，独属于景安儿的解脱，增给萧晨安的痛苦。"

"还真是痴情的女子。恢复记忆之后，景安儿或许会崩溃。这时候对于她来说，死也许是最好的解脱。"木青瓷拿着挂着花的花枝走到琴姬的边上，就在她旁边坐下，瞥了一眼漫不经心品茶的琴姬，有意试探地说道："这种事我本以为你不会干的，到底是帮了景安儿，还是害了她，可能谁也说不准。"

"我在帮她，也在帮你。那一具柔弱的身体支撑不了多久了，她身体里的蛊虫在吞噬着她的生命。已经到了穷途末路的地步，情蛊也帮不了她多少，可能会暂时稳定她体内的血蛊。"琴姬放下茶杯，她看着木青瓷完美的侧脸，对上她的眼睛，认真地说道："景安儿可以说是前车之鉴，她的身体快要到油尽灯枯的地步了。我想她是愿意变回本来干净的样子的，在最后陪伴在她心爱的男人身边，得到她真正想要的答案。你也可以借此好好想一想，借景安儿的事,考虑一下自身。"

木青瓷颇为诧异地看了一眼琴姬,她放下折下来的花枝,也十分认真地回答道:"我会记住你的话,也会好好记住接下来的每一天。"

"明日我便要离开了。"

木青瓷垂下眼帘,她思虑了一会儿。石桌上的花枝落入眼前,她捡起花枝来,递给琴姬,随性地说道:"好。"

距离萧安宴的婚礼已经过去十天了,基本上去燕京城参加婚礼的武林人士都已经离去,但在萧安宴婚礼上发生的种种事情都已经传遍了整个江湖,又掀起了一阵轩然大波。当然随着巫月圣女的离去,监视巫月神教的各方势力也自然跟了下去。怎么说巫月圣女都可能是木青瓷,如果她的手上真有一小块藏宝图残片也说不定。唯有一小部分人还留在燕京城,想要从顼绡阁打探出更多的消息来。

在沈家。沈画看着屋中坐着的女人,她重重地关上房门,随即返身快速地走到女人旁边,伸出白嫩的手指来,指着那个坐着的女人,气急败坏地说道:"你不是说可以除掉木青瓷吗?现在她回来了,大街小巷都是关于木青瓷的传言和消息。巫月圣女多半就是木青瓷,木缩晴也可能是木青瓷,她们可能是一个人。诸如此类的消息多不胜数,这就是你给我的帮助吗?杜鹃,你真的能帮我吗?木青瓷好不容易消失了,如今她又重现江湖了,你说阿凉会怎么做?我好不容易才让他时时刻刻都记住有这样一个人陪着他,无论何时何地。可现在这些事情一出来,你让我该怎么办?"沈画此刻没有一丝大小姐的形象,虽然没有破口大骂,但还是如市井泼妇一般,"萧安宴的婚礼我应该去的,你说我需要消停一段时间,让我别去参加萧安宴的婚礼,现在你让我怎么确定谁是谁?"

"你能不能安静一点,这副样子还像是大家闺秀吗?跟市井的泼妇又有什么差别,怪不得莫景凉始终不愿意接受你,你就不能自己找一找原因吗?在抱怨他人没有尽力帮你之时,先想一想你自己。"被称作杜鹃的女人也就是一直在暗中帮助沈画的女人,她此刻也是十分的恼怒。称她为杜鹃可能有一些不妥,或者她本人更喜欢别人叫她七杀。七杀冷眼瞧着气急败坏的沈画,眼中只有轻蔑,不屑地说道:"现在好好看一看你的样子,用手摸着你的良心说话,你真的配得上莫景凉吗?他是江湖上的天之骄子,无论家世容貌才华武功都是上上等,爱慕他的大家闺秀大有人在。你只当没了木青瓷,莫景凉就会娶你吗?醒醒吧,别做梦了。我当初选择帮你,是看在你是一个听话的好姑娘,不忍心让你得不到所爱。可现在,我突然觉得我想错了,你简直是蠢到无可救药。你有那么好的条件,却不懂怎么去利用,总是意气用事。你觉得莫景凉会娶一个意气用事的女人吗?"

"你……闭嘴。"

沈画被七杀的话气到了极点,她伸出手指着七杀的鼻子,气得口不择言:"你以为你算什么东西,你有什么资格对我说这些话。别以为我看不出来,你根本不是在帮我,而是在帮你自己。你别真把自己当根葱了,这是在沈家,容不得你在这里嚣张。只要我出去说一声,你一定死无葬身之地。"

　　七杀讽刺地笑起，她的眼神彻底地冰冷了下来，脸色也是冰寒无比，她张了张嘴，一字一句地说道："沈画，我该说你天真呢，还是说你够蠢。我也不拦着你，你尽管出去叫人，只是你可要好好考虑。你可别忘了，木青瓷已经回来了，她现在可不是势单力薄的一个人。她的身后有巫月神教，庞大的势力，足以让中原武林有所忌惮。说什么木绾睛，再说什么巫月圣女，其实都是木青瓷的其他身份。如果我把你杀了木清玄的消息传了出去，传到了木青瓷的耳朵里，你猜她会怎么做？会不会发疯？然后不顾一切地率领人马来沈家，将你千刀万剐。"

　　七杀笑出声来，她从位置上站起来，双手搭上沈画的肩膀，半分威胁半分利诱地对她说道："木青瓷杀人不眨眼，你应该清楚。到时候沈家保不住你，沈夜也保不住你，因为你杀的人是木清玄。如果被江湖上的人知晓了是你杀了木清玄，沈家会不会因此颜面扫地，沈夜会不会因你这个妹妹丢脸。我差点忘了，沈夜早就因为你这个妹妹丢了脸面。都知道沈夜是江湖上赫赫有名的天骄，他的亲妹妹却是一个空有美貌没有脑子的人。你忘了吗？巫月神教可以力抗沈家，可巫月圣女是木青瓷，萧妄宴会毫无条件地站在她的那一边。萧妄宴背后的势力也并不弱，也不比沈夜差半分。"

　　"唐门门主唐岚歆和木青瓷交好，她若是替木青瓷助阵，沈家面对三大势力，恐怕也会陷入危机之中。至于莫景凉，你可别忘了，他爱的人从始至终都是木青瓷。虽然跟沈夜是至交好友，不至于动手，可也不会让任何人伤害木青瓷。你再看落花谷的倾城阁，叶轻轻虽然不会管此事，可她爹叶如琛不会管吗？当年叶如琛和木建程交好，那是人人都知道的事。那时候你要如何？"七杀凑近沈画的耳朵，她慢悠悠地蛊惑着，"沈家会因此面临灭顶之灾，你说他们是选择把你交给木青瓷，随她处置。还是不顾家族安全，保你一命？再说就算沈家有意保你一命，你确定你可以躲得过去吗？木青瓷会疯狂地报复，说不定她会选择杀上门来。说不定从此之后，沈家可就要颜面扫地，这一点你可要好好考虑清楚。你在江湖上的名声本就不好，出了这事，你就是过街的老鼠，人人喊打。"

　　沈画一把把桌子上的东西掀翻在地上，发出一阵瓷器碎裂的声音，她狠狠地瞪着七杀，大口地喘着气道："就算我出了事，也不会让你好过。你可别忘了，那包毒药可是你给我的。如果这件事被抖了出去，你也别想过安生日子。木青瓷会疯狂报复，不仅会报复我，也会报复你。"撑着桌子，她的眼神中有着狠意，几乎是咬牙切齿地说出这句话。沈画知道她现在需要七杀，需要七杀来帮她，帮她除去木青瓷，帮她夺得莫景凉的心。对于自己的本事，沈画也很清楚，很多事情都需要杜鹃来帮忙。"可我跟你有最大的不同，不管我怎么给沈家丢脸，我到底是沈家的人，再怎么也要比你来得安全，来得放心。我不逼你，你也不要逼我，否则大不了两败俱伤。"

　　沈画说这样的话，心里也是默默地盘算了一番的，为的就是不落到人人喊打的下场。如果木清玄的事情一败露，她就装作是被七杀控制了，才做出这些事情来的。这件事算不上沈画说谎，当初本就是七杀来蛊惑她的，而且毒杀木清玄的药也是七杀给的。在别人眼里，她一不会武功，二也算是粗枝大叶，容易被人控制。所以也不担心她会有什么人人喊打的下场，只要抓住时机告知沈夜关于七杀的事，大不了再添油加醋一番，说是木清玄的事发生之后，她十分害怕，就一直被七杀威胁控制着。她只要装傻充愣，就一定会有人相信她的。反而七杀的话倒令人怀疑，本就来路不明，又怎么让人信服。

七杀早在沈画发怒时就已经躲开了，此时也不怒了，反而笑起来，掩去眼底的那抹轻蔑，漫不经心地说道："这才算是理智，你和我都是一条绳子上的蚂蚱，互相对付对谁都没有好处。正如我之前说的，你需要我的帮忙，没有了我，你认为你还有机会接近莫景凉吗？接近很容易，以什么样的理由接近他，并让他对你不反感。除此之外，我还可以帮你除掉木青瓷，让她再也无法出现，永绝后患。"

话虽是这样说，七杀却是不屑一顾。她十分瞧不起沈画，除了有一张漂亮的脸和好的家世之外，就是一个没有脑子的蠢女人。典型的被宠坏的大小姐脾气，只要一个不如意，就是大吼大叫。七杀心中冷笑不已，教了沈画几年的时间，也不见她能够得到莫景凉的欢心。七杀倒不觉得是她的方法有问题，只觉得沈画太过愚笨，丝毫不懂得隐忍分寸，完全凭感情用事。凭感情用事也就罢了，说话做事就是成事不足，败事有余。她从一开始也没打算留下沈画的小命，尤其是沈画威胁了她之后，更是不可能还让她活着。或许沈画的死，会是一个不错的选择。只要让沈画把这事推给木青瓷，说不定还会引起沈家跟巫月神教的兵刃相见，那就有好戏看了。

第一百二十七章

"我该怎么做？上一次萧晨安成婚之时，就惹怒了阿凉，他根本不想见我。"沈画看着满地的狼藉，心里也是一阵的烦躁，她抓了抓头发，担心地说道："木青瓷已经回来了，不管她是巫月圣女，还是木绾晴。只要她一出现，阿凉就不可能再正视我一眼。为什么木青瓷不去死？为什么她还要回来？"

"你当时就不该有所顾忌，直接在莫景凉面前毁了那把破扇子。不用担心他会恨上你，或者是冷落你。一个巴掌把他打醒，跟他说着你的真心，让他认清现实。不然你每次发一通脾气，可他依旧不为所动，视你为无物。然后你每一次提起木青瓷，都会勾起莫景凉对她的回忆，还不如彻底打碎莫景凉心底残存的希望。你自己想一想，若不是因为沈夜跟莫景凉关系莫逆，按照莫景凉那冷淡的样子，你能够堂而皇之地坐在他的身边吗？"七杀迈动着脚步，避开地上的残片，绕着桌子慢慢地走着，边走边说道："有这么好的关系，你都不知道好好利用吗？莫景凉不是个记仇小心眼的男人，不然也不会忍受你这么多年来的无理取闹。对于他来说，你可能就是一位深受宠爱而不知人情世故的大小姐，没有什么心机，更不是什么毒辣之人，手上更不会沾染了人命。既然如此，你为什么不利用这一点，好好地去接近莫景凉，让他的身边只有你一个人，只有你一个女人。"

"你说得对，我当时就应该当着莫景凉的面毁了那把碧玉桃花扇，而不是随意地把那把扇子丢给摊贩，由摊贩老板处理。结果成事不足败事有余，还因此让木青瓷跟阿凉再一次单独相见。"沈画用力地捶了一下桌子，发出砰的一声响，她脸上的表情十分的后悔，也可以从她的话语里听出她悔不当初。"现在我该怎么办？就继续装傻充愣，死皮赖脸地上门去求他吗？这几年来，都是我向他妥协，不停地改变着我自己，为的就是让他看到一个崭新的沈画，而不是停留在以前那个任性草率只知道伤人的沈画上。死皮赖脸上门了四年，也没有什么结果。我沈画并不是嫁不出去，身边有的是追求者。"

"所以说你得不到莫景凉的心，让他无法真正的在意你也是有原因的。当然原因不在莫景凉的身上，而在你的身上。"七杀停住了步子，她盯着沈画的眼睛，目光灼灼，嘴角弯起，冷冷地说道，"我以过来人的身份奉劝你，最好不要那样对一个男人说话，而且还是一个无比优秀的男人，因为优秀的男人会对你不屑一顾。除非你足够的耀眼，足以吸引他们的目光。如果你做不到，就要另寻他法。你若没有头脑，便可以装作心思单纯；你若没有好的脾气，便可以装作真性情；你若不能成为男人的得力助手，便可以装作贤妻良母，一心放在家中。还有最重要的一点，你必须要记住，放下你的大小姐身份。尽管从最开始遇见你，我就告诉过你，要放下大小姐身份，要学会忍受莫景凉的脾气。如果你指望不付出任何东西，就想要得到莫景凉对你的宠爱，简直是天方夜谭。四年下来，你也应该清楚，莫景凉是什么脾气。是软硬不吃，还是吃软不吃硬，抑或是吃硬不吃软。你发脾气也次数不少了，没有任何效果。他是吃软不吃硬的人，你应该放低身价，而不是趾高气扬。"

"我明白了。就算阿凉不怎么理我，我也不该因为生气而跟他大吵大闹。是不是只要我做一个贴心懂事的人，他就会注意到我？"沈画这一次算是真的记下了杜鹃的话，在她的理解中，只要她不冲着莫景凉发脾气，更不要无端跟莫景凉大闹特闹，只要乖乖地陪着莫景凉，做他身边一个贴心懂事的女人就行。"除此之外，也不可能让我一直忍着。你说的大小姐脾气，我自认很少发作，也没在阿凉面前趾高气扬。这四年来，我做得还不够吗？还不算是放低身价吗？"说到这里，沈画难免有一些不满，心里的火气又起来了。她这四年来，忍受了别人多少的闲言碎语，可还是不够。莫景凉就像是茅坑里的石头，又臭又硬，根本就不吃她的那一套。沈画对此也是十分的恼怒，不知道什么时候就陷了进去，心里向往着莫景凉的温柔，向往着他的宠爱。

七杀快速地眨了一下眼睛，遮去眼中的轻蔑，平和地说道："你做得还不够好，所以也没什么资格抱怨。看一看景安儿，学一学她。当然不是学她的软弱与退缩，而是学她的善解人意。景安儿虽然落得的结局不怎么好，可记挂着她的人并不少，你也最好学上一学。不仅是对莫景凉一个人,而是对你交往过的所有人,都保持着礼节。也许只是一面之缘,你也要拿出你的气度来。作为沈家的大小姐,别被你那些表姐妹比了下去。她们可能都不如你,可你的几次胡闹,在江湖上留下了不好的名声。下次你遇上锦懿卿,最好在他的面前表现得好一些,让他看到你不为人知的好。能让他对你感兴趣更好,这样他若是写一些东西出来,对你也是有十分的好处,会让人对你的看法有所不同。"

沈画大概记下了七杀的话,她的眼底有着一丝狠毒,不过转过身去背对着七杀,冷笑出声:"我会的,让他们所有人都看到一个不一样的沈画。"顿了顿,偏头看向七杀,冷漠地说道:"木清玄的死,你跟我都脱不了责任。只有除掉木青瓷,才能彻底安心。你也能安心,我也能。不管她有几个身份,一律除掉不就好了吗?杜鹃,你一定要帮我,帮我杀了木青瓷。"

"这是自然,不帮你除掉木青瓷,怎么能让你看出我的诚意。"七杀也勾起了嘴角,眼角也微微扬起,脸上有几分得意:"不除去有些人我也难以心安。幸好木清玄已经被你毒杀了,否则现在就不会是这样的结局了。"

沈画张了张嘴,她忽然想起了一件事,那是她拿着七杀给的毒药,下定决心要毒杀木清玄的时候发生的事。正在犹豫要不要和七杀说时,门口忽然发出一点响动声。转身看向门口,厉声说道:"是谁?"说这话的时候,她快速地走到门口边,一把拉开房门,看着已经走出了几步的丫鬟,连忙叫道:"站住,我有事问你。"

那个丫鬟停住了脚步,她咬了咬牙,干脆转过身来,跪在地上,重重地磕着头,她颤巍巍地求饶道:"小姐,奴婢只是来传话的。奴婢什么都不知道。"

"什么都不知道,那你着急走什么?还怕我会吃了你吗?"沈画拖长了尾音,她一步接着一步地走到丫鬟面前,居高临下地看着她:"最好给我一个理由,否则你自己知道下场。"

"奴婢……奴婢只是听见小姐房里有说话的声音,就想到小姐是不是在与哪位说话,奴婢不敢打扰,于是就准备回去了。谁知不小心碰到了东西,弄出了一点响声来。"丫鬟的反应还算是不错,也算是聪明,懂得保命的方法。低垂着头,看着沈画的绣鞋,背上已经冒出了一层冷汗,她小心地说道:"小姐以前就吩咐过,不准任何人打扰到小姐。再加上又责罚过别人,奴婢害怕打扰了小姐谈话而受到责罚,所以才离开。"

沈画脸上的寒冰一下子就消了下去,她又长长地舒了一口气,露出了温和的笑容。对着丫鬟伸出手,慢慢地说道:"原来是这样,看来是我误会了你。你真的什么都没听到,只是怕被责罚?现在还不快说,你要来传什么话?"

丫鬟看着沈画伸到面前的手,慢慢地抬起头,看着笑得温和的沈画,顿时就舒了一口气道:"奴婢是来传夫人的话,说是大少爷和少夫人明日就会回来,提前通知一声小姐。仅此而已。"

"原来是这样,谢谢你赶着过来传话。接下来,你就帮我传一次话,就传给阎王老爷,让他赶紧收了木青瓷的命。"沈画又笑了起来,她这次笑得很是灿烂,声音听着却是那么冷。她脸上满满都是狠毒之色,她迅速地抽出发间的簪子,毫不犹豫地把簪子刺入还没有反应过来的丫鬟的脖子里,眼中却是冷漠无情,不为所动。

丫鬟睁大了眼睛，脸上还有着不可置信。血不停地从她的嘴里流出来，脖子处也流着血，更有一些飞溅出来。

沈画的衣服上溅上了一些小血珠，她刺向丫鬟的那只手沾满了血。她俯下身体，伸手在丫鬟的身上擦了擦手，漫不经心地说道："本小姐最讨厌别人把我当傻瓜，所以你要是不死，我怎么能安心呢。"

丫鬟还是一副死不瞑目的样子，她的身体已经不受控制，径直地往地上倒去。七杀出来的时候，正好看见沈画杀人的情景，她也没有阻拦，只是倚靠在房门边上，看着这件事的发生。不过七杀的眼神很是冰冷，她心里清楚，沈画必定会为了木清玄的事杀了她。毕竟有些事不灭口，她估计也不能心安。七杀可以想象沈画在心里盘算着杀她的事，只要木青瓷一被除去，或是落得人人喊打的地步。她沈画只要把所有的事情一推，就可以高枕无忧了。到了那个时候，谁还会相信沈画毒杀了木清玄。她不过是个不懂事的大小姐，耍一耍大小姐脾气还行，让她去毒杀重伤的木清玄，怎么可能办得到？再加上沈画和木清玄无冤无仇，这样做根本说不通。七杀心里跟明镜似的，她知道沈画在打什么主意，只不过现在还不能点破。

"我的大小姐，你在这里杀了她，也不怕被你家的仆从发现。找地方处理尸体都不行，你是担心别人不知道是你杀了人吗？"七杀眉梢上挑，她笑得十分诡异，慢腾腾地说道，"赶紧找东西把尸体给裹起来，再找个地方暂时先藏起来，免得被人发现。你哥哥明日就回沈家了，今晚上你可要把尸体处理干净。我瞧着被空出来的下人房那边还不错，大晚上的也不会有人去那里瞎折腾，位置偏僻又没人打扰，是个埋尸的好地方。"七杀站起来，舒展了一下腰肢，漫不经心地说道："记得把地上的血给处理干净，不然说不定会发生什么意外。"语毕，七杀就进了屋去。

沈画看着地上的尸体，她心中的恨意更胜了一分。她照着七杀的话，暂时把尸体藏了起来，等到夜深人静的时候，再把尸体拖出去。在那个被空出来的下人房旁边的草丛里，挖了一个大坑，把丫鬟的尸体丢了进去，最后再把土盖好。检查了一下，确定不会有人发现这里有具尸体之后就走了。只是她没有注意到不知在什么时候，她的耳环掉了一只。

第一百二十八章

夜深人静的时候，没有选择休息的人不止一个，还有不少人睡不着。可以说是心绪不宁，也可以说是因为某些关于自身的事而睡不着。

巫月神教的歇脚之处，一个弟子模样打扮的人走到还亮着油灯的房门前，他不重不轻地敲着门，连续敲了三次门。然后他就在门口恭敬地说道："属下有事禀告圣女，苗疆传了消息过来，说是一定要在最快的时间里告知圣女此事。故此，属下不得不打扰圣女休息。"

木青瓷还没有睡下，她手中拿着那面花镜，翻来覆去地查看着。听见门口传来的人声，木青瓷眉头一皱，偏头看了一眼已经睡熟的流萤。把花镜放回怀里，她走到门边，拉开大门出去。看着行色匆匆的巫月神教弟子，放轻了声音道："苗疆有什么消息传来？"

"出什么事了吗？"白幽穿上衣服，从隔壁的房间里出来。他睡得比较浅，所以在听到有人声时就穿上衣服出来了。头发并未束起，披散在肩头，看起来有些凌乱。他走到木青瓷身边，看着衣衫整齐的木青瓷，也想到她今夜又是没睡。"说吧，苗疆那边有何事？要如此着急让圣女知晓。"

那名巫月神教的弟子又朝着白幽行了一礼："属下见过神使。苗疆那边并无什么大事，只是被圣女一直关着的那位逃出了苗疆，应该是往中原来了。那位时而疯癫，时而清醒，逃出巫月神教之时，杀了好几位弟子。大祭司并未让人追捕，只是封锁了消息，让属下赶来中原告知圣女此事。"

一听到这话，木青瓷的脸色一下子就沉了下来，她压沉了声音，冷冷问道："莫阑珊已经疯癫了，那她是怎么逃出巫月神教的？她一天能有几个清醒的时辰，让你们看一个疯女人都看不住吗？这样都能让她逃了。"

"属下知罪，请圣女责罚。"

"阿婧，你先别急着生气。莫阑珊武功不弱，加上几年下来，她也算是安分，所以看守自然松了点，怪不得他们。既然逃来了中原，恐怕要不了多久就会露面。"白幽又看向跪在地上的弟子，淡淡地问道："大祭司大人还有什么吩咐？"

"大祭司大人说，如果圣女不能在中原解决了那位，再带回苗疆来，就以他的方法解决了。大祭司大人还让属下转告圣女，此次行动不留一点祸根。"

"我知道了。"木青瓷抿起了嘴，她瞥了一眼跪在地上的弟子，挥了挥手道："你一路赶来，也算尽心尽力，先回去休息一晚。"

"多谢圣女。"那名巫月神教的弟子继续说道，"属下告退。"

白幽看着那名弟子的身影渐渐消失在他的眼中，才回过头来说道："事出反常必为妖。看守很松，莫阑珊若是想逃，可以轻易避开看守她的弟子，不至于杀了几名弟子再逃。这样反而容易引起事端来。"停顿了一下，白幽的目光幽幽："莫阑珊清醒的时候不至于做出这样蠢的事来，除非是神志不清，强行闯出。"

"你的意思是……"木青瓷抬眼看着白幽，眼中有着诧异，她不确定地说道："莫阑珊受不得一点刺激，不然就会发起疯来。"

白幽弯起嘴角，他淡淡一笑，轻声说道："还记得上一次莫阑珊是怎么伤了看守她的弟子吗？只要不去刺激莫阑珊，她会很老实地待着。如果用她心底最为在意的事或者人刺激她，你说会怎么样？"

木青瓷阖上了眼，又缓缓地睁开眼睛，不急不缓地说道："有人故意放出莫阑珊。派人去找莫阑珊，我不相信她不会露出一点踪迹。"

"莫阑珊的事，迟早都要解决。把她关在苗疆也不是一个办法，也许此次中原之行会有更好的解决方法。"白幽平缓地吸着气，夜风冷凉，他并未感到丝毫的不妥。再看了一眼灯火通明的屋子，他关心地说道："阿婧，还是睡不着吗？这段日子以来，你已经很累了，不能再继续下去了。我担心你的身体撑不下去。何况流萤还跟着，她没有若尘让人省心，你要处理江湖上的事，还要照顾流萤，应该好好休息几日。"

"我知道你担心我，只是不把手上的事处理了，我无法安然入睡。"木青瓷脸上有着疲累，而且十分明显。只是不想让白幽担心，所以才说道："你不用担心我，事情没有做成之前，我是不会轻易倒下的。你安排一些人，再过段日子我要送流萤回巫月神教。她已经暴露在中原武林人士的眼中，我担心有人会把主意打到她的身上。等回到苗疆之后，再让大祭司安排一个安全的地方，让她重新开始生活。只要待在苗疆，就没有人可以找到她。这样子我也能放心了。"

白幽点了点头，他倒是赞同木青瓷的话，答应了下来："我会尽快安排好的，只是要找一个合适的时机送流萤离开。"语毕，又抬起了手揉了揉木青瓷的头发，像一个贴心的大哥哥一样，温柔地说道："今晚就不要去想别的事情，好好休息一晚。其他的事就交给我。偶尔你也要依靠一下我这个神使，毕竟神使就是为了侍奉圣女而存在的。"

"好。"

木青瓷答应着白幽的话，此刻温顺得好像一只听话的猫咪。可是了解她的人都清楚，这只不过是表面现象，根本不是她的本来样子。

"我先回房了，你也好好休息。"木青瓷对着白幽说了这句话，转身就推门进了屋。

看着关上的房门，白幽摇头轻笑，嘴角噙着笑意，趁着没有月色可以欣赏的空子，也慢悠悠地踱步回了房间。

一夜的时间从来都是过得很快的，对任何人都是一样的。白幽的办事能力很好，不过一天的时间就查出了莫阑珊的踪迹。自从莫阑珊来了中原之后，一路东行，最近两日在江州出现过。

只是在江州是否停留了一两天也无人知道。江州是个富庶繁华的地方，并且离沈家所在的开封很近，只有一天的路程。若是手脚便利，稍微快点，也只要半天的脚程。若是一心赶路，备上一匹快马，两个时辰就到了。

得知莫阑珊可能在江州之后，木青瓷便下令前往江州。好在她所在的小镇，离江州并不远，吩咐了连夜赶路之后，行程明显要快上许多。

在紧赶了两天路后，木青瓷赶到了江州。找了一家客栈住下，才派人去搜寻莫阑珊。

就在木青瓷住下之后，一个面容秀美的年轻女人就找上了门。她也没有遣人通传，大大方方地出现在木青瓷的眼前，露出笑意："木姑娘，我们又见面了。四年不见，不知你过得可还好？也许现在该换一个称呼了，巫月圣女。"

木青瓷正准备上楼，她一手牵着流萤，身边还跟着白若尘和白幽。听到这个女声，她转过身去，在看清来人面容之后，有那么一瞬的恍惚。记忆飞速地倒去，在脑海中搜寻着面前的女人，是在哪里见过？良久，木青瓷看着带着灿烂笑容的女人，冷冷地说道："原来是你，卿落染。"

卿落染可以清楚地感受到木青瓷对她的敌意，她笑出声来，不卑不亢地说道："想不到圣女还能记得我这个无名之辈，实属荣幸。还请圣女放心，此次我来是想和圣女继续合作，提供一些特别的消息。为了表明我的诚意，一定会给圣女满意的消息。"又把目光落在流萤身上，赞叹道："真是精致得不像话的孩子。遗传了她爹娘的美貌，以后也绝对不比圣女差，说不定还要青出于蓝而胜于蓝。"

流萤躲在木青瓷的身后，她紧紧地抓着木青瓷的衣角，怯生生地盯着卿落染。不时还抬头望一望木青瓷。

"你认为你有资格跟我谈条件吗？"木青瓷朝前移了移步子，她挡住身后的流萤，脸色一下就阴沉了下去，幸好厚重的面纱遮住了脸，不然此刻将是发怒的前兆。"我完全可以抓住你，逼问出那些消息来。巫月神教还是有不少逼问犯人的蛊，对你来说应该同样适用。"

"你不会这么做的。我只是一条小鱼，抓了我也不一定能问出什么确切的消息来。不如合作，反而利于你我。"卿落染表现得落落大方，并没有因为木青瓷的话有何反应。她慢慢地走上前："这是公平的交易，也是值得的合作。这里并不适合谈话，圣女不如与我单独谈一谈。我的诚意会毫无保留地体现出来，圣女一定会发现的。"

看着卿落染自信的样子，白幽再瞄了一眼流萤和白若尘，他对着面色不善的木青瓷说道："听一听也无妨，看起来那位卿姑娘的确很有诚意。我先送流萤和若尘回房间，你和卿落染姑娘好好谈一谈，我安排好了所有事之后再过来。"

木青瓷松开了牵着流萤的手，她侧过身上楼去，才走了一两步的楼梯，就停下了脚步，转身看着白幽，淡淡地说道："你先去吧，稍后再谈其他的事。"

卿落染弯起了嘴角，露出了笑容，她越过了挡路的人，跟在木青瓷的身后，一路上了楼。

等到两人的身影都消失在楼梯的转角后，白幽才露出一副若有所思的表情。不过只是一瞬，他带着流萤和白若尘上了楼。

房间里，卿落染还是一脸笑容，根本不在意木青瓷的冷漠，她随意地在屋子里踱着步子，漫不经心地说道："圣女，还是青瓷姑娘叫得顺口一些。希望圣女不会介意我这么叫你。"

木青瓷懒懒地扫了卿落染一眼，语气并不怎么和善："我的耐心并不好，如果你实在无话可说，并且废话连篇，我会自己动手套问消息的。"

"青瓷姑娘无须着急，我只怕你会一时无法接受我所要告诉的消息，还请相信我的好意，这些消息都是送给青瓷姑娘的，只是双方合作的见面礼。"卿落染的眼中闪动着精光，一副看好戏的姿态，这副姿态反而让人看了心生不爽。"还是之前的那一句话，我不过是条小鱼，只不过奉命来传达主人的话罢了。不管青瓷姑娘是否答应合作，话是一定会带到的，只是请青瓷姑娘做好心理准备。"

第一百二十九章

"你到底想要说什么？"木青瓷有些不耐烦，她对于卿落染并没有什么好感，也能够猜出背后有人操控着卿落染，只是暂时还想不出来是谁。

"说了这么多的废话，且不说青瓷姑娘烦了，就连我都烦了。"卿落染侧过身去，直视着木青瓷的眼睛，一本正经地说道："不知道圣女是否知晓，苏笙月一路也来了江州，同行的人还有莫景凉。若说沈夜请他们做客沈家也并无不妥。"

"我可以看作你在试探吗？卿落染。"木青瓷微眯着眼睛，说话的速度不快，可却无法让人忽略。"费了这么久的口舌，你该不止有这点话想要说吧？所以不要跟我绕弯子，试探一些有的没的。"

卿落染伸出手来，掩着嘴笑出声来，她不置可否地说道："我的确是有心试探，不过试探与否都不重要了，因为你的身份早已经被我家大人确定了下来，根本无须怀疑。圣女是不是在想，我此刻提起苏笙月和莫景凉，再说是给木青瓷的消息，是有意试探什么？"拖长了尾音，"或者是确定什么？我要说的事的确很重要，无关于故意搬出那两人来试探。只不过对于木青瓷来说，木清玄的真正死因可能是十分重要的消息。"

突然提到了木清玄的名字，木青瓷明显一愣，她垂在双腿边的手也都在卿落染说出木清玄这个名字之时紧紧地握起，眼中还有着一丝不易察觉的愤恨。

"说！你所要转达的所有消息。"木青瓷几乎是咬着牙说出这句话的。四年过去了，对于木清玄的死，她就如同莫阑珊一样无法释怀。那是她最爱的哥哥，再一次地死在了她的面前，而她依旧懦弱无能，无法救回她的哥哥。

卿落染清了清嗓子，她好似在说一件无关紧要的事情："也不是多少，只是木清玄木公子的死并非表面上那般简单，其中还牵扯出了一些人。毕竟利益纠葛，谁又能完全分得清呢？至于为何说苏笙月和莫景凉都与此事有关，也是有原因的。莫景凉只是木清玄被人暗害的一个原因，苏笙月则算是害了木公子的一个凶手。"

"把话说清楚一点，苏笙月算是一个凶手是什么意思？"木青瓷大口地吸着气，尽量平复着快要如火山一般爆发的情绪，不想要过早地控制不住自己，把弱点暴露在卿落染的眼中。尽管她此刻已经暴露出了痛脚。

"青瓷姑娘心中不是有了答案了吗？木清玄的死，苏笙月也要负上大部分的责任。"卿落染嘴角挂着得意的笑，她漫不经心地说道："青瓷姑娘还记得沈夜吗？他和苏笙月的关系非同一般，可以说是生死之交，所以也自然会因为沈夜的关系帮忙照拂一下某个人。不过当成了杀人帮凶的时候，这还算只是照拂吗？真的没有其他的感情了吗？可以为了一个人而把真正的杀人凶手隐瞒了下来，还真是顾及兄弟的情谊。若真是看在沈夜的面子上，还真是兄弟情深了。"

木青瓷从心底生出一丝不安，更多的则是愤怒。死死地握住拳头，指甲戳着掌心生疼，可也抵不过即将爆发的怒气。木青瓷狠狠地咬着唇，突然闪身到卿落染的身前，一把掐住她的脖子，慢慢地用着力，张着嘴一字一句地说道："你再说一次？"

卿落染也没有料到会是如此的局面，她勉强地笑起，嘲讽道："青瓷姑娘就算杀了我也没用，事实就是如此。青瓷姑娘心里都已经明白了，还需要我来解释吗？咳咳……咳……"卿落染喘不过气来，她咳嗽了两声，不怕死地说道："若青瓷姑娘不信我的话，大可以亲自去问一问苏笙月，看一看是不是这样。四年前，苏笙月是不是替沈画隐瞒她毒杀了木清玄的真相？去听一听他的答案，看一看他是否会反驳？这可是我家大人辛辛苦苦才得来的消息，从七杀的嘴里得来的消息。差点忘了说，毒杀木清玄的药是七杀给沈画的，沈画可没有被人控制，是心甘情愿和七杀合作的。当然，苏笙月是怎么想的就无人可知了。"

"就如同我之前所说的，他看在沈夜的面子上，照拂一下沈画也是应该的。可替沈画隐瞒此事这么久，难不成就因为沈夜的关系？如果我说苏笙月就单纯因为沈夜的关系瞒下此事，估计说出来青瓷姑娘自己都不信。那可是木清玄，本来还有一丝希望可以救回来的，就在苏笙月的注视中，被沈画毒杀了，还一直将此事瞒到今天。不过纸是包不住火的，他们以为这事无别人知晓，却算漏了我家大人。算不算是螳螂捕蝉，黄雀在后呢？"

"这不可能！这不可能！这不可能！"木青瓷连着说了三声不可能，声音一声比一声大。她掐着卿落染脖子的手突然一用力，眼神无比的凶狠，唇上也已经被咬破流出了血来："沈画为什么要毒杀木清玄，她没有任何的理由毒杀他。你故意说出七杀来，是想让我恼羞成怒，就这样信了你吗？"

卿落染使劲地挣扎着，一股死亡的感觉在她的心头蔓延开来："是不是真的，你可以亲自去问苏笙月。我可以保证我的话没有半分是假的，沈画的确毒杀了你哥哥，也心甘情愿和七杀合作。苏笙月自愿替沈画瞒住此事，你难道以为是看在沈夜的面子上，帮沈画到这个地步吗？"

话已经说出了口，卿落染更是无所顾忌了起来："你说沈画没有毒杀木清玄的理由。我告诉你，你就是理由。沈画爱慕莫景凉，江湖上人人皆知，估计四年前就已经情根深种。可莫景凉爱上了木青瓷，你是木青瓷，木清玄是你的哥哥，自然是被迁怒的对象。沈画从开始要对付的人就是你木青瓷，木清玄只是因为你受了牵连。七杀的事我也从大人口中略知一二，七杀恨不得将你们木家兄妹千刀万剐，怎么会放过重伤垂死的木清玄。沈画和七杀一拍即合，自然心甘情愿地合作。"一口气说了这么多的话，卿落染也累了，她放慢了说话的速度道："枉我家大人还夸你聪慧灵敏，竟连这一点都看不明白，还不如我这个普通人。"

"你一点也不普通，我也并不算聪慧灵敏。"木青瓷微眯起眼睛，她的胸腔里涌上了一股怒气，她将卿落染丢了出去。同时木青瓷一掌狠狠地打向身边的圆桌，运用了内力的一掌直接拍碎了桌子，留下一地的残骸，这也是木青瓷此刻的心情。

"莫阑珊也是你放出来的？"

卿落染整个人都撞在了墙上，也撞倒了边上的其他东西，发出呼呼砰砰的巨大声响。她并不那么好受，只感觉身体一阵剧痛，咬着牙强忍着痛苦爬起来，硬着头皮答道："是莫阑珊自己逃出来的，我只是奉命告诉她，杀了木清玄的凶手就在中原，并且是一个世家中的人，和七杀有关联。大人有了吩咐，做属下的自然不敢不遵从。"

"莫阑珊知道凶手是谁吗？"木青瓷一步一步地逼近卿落染，眼神中唯有冷漠，还有杀意。

"我不知道。我只负责告诉她之前那些线索，她怎么在查，都与我无关了。"卿落染咽了咽口水，她战战兢兢地说道："我猜她还不清楚谁是凶手，否则早就去杀沈画了，不会现在还没有动静。"

才踏进屋子里一步，白幽就看见了满地的狼藉，还有狼狈的卿落染，看向并不平静的木青瓷，安抚着她说道："圣女，已经够了。卿姑娘已经经不起折腾了，再这样下去，她也许会死。有些事不是三言两语就可以解释得清楚的。"又转向了狼狈的卿落染，他有礼地说道："卿落染姑娘，我巫月神教并不想要你的命。卿姑娘是想让我派人送姑娘出去，还是自己离开？"

卿落染咬了咬牙，她眼底有着愤恨，可奈何不了面前的两人，只得离去。她可不打算让白幽派人送她出去。她最后看了白幽和木青瓷一眼，跑了出去。

"出去，都给我出去。"木青瓷的声音越来越冰冷了，整个人散发出来的气息都是那般的瘆人，不同于平日的生人勿近，此次可以说是浑身的杀气腾腾。说起话来，更是杀意十足。

白幽长叹了一口气，他看着随时都可能忍不住脾气而毁了这间屋子的木青瓷，也许这时候也只能让她一个人冷静了。"事情的真相掺杂着多少利益纠葛，三言两语又怎么能够说得清楚？阿婧，我不管你此刻是被愤怒冲昏了头脑也好，还是迫切地想要报仇，至少要学会冷静。四年来，你始终无法学会冷静地对待这些事情。也许是暗中的人有意如此操作，哪怕是真的，其中的因果关系有多复杂，你能够了解吗？别成了他人手中的棋子，抑或是过于相信一个人。这对现在的你来说，并不怎么合适。因为你的判断力不足以判断事情的真假。"

咯吱的关门声传进木青瓷的耳朵里，她看着已经关上的房门，垂下了眼帘。慢慢抬起双手，来回翻转着看着长了一层薄茧子的手，忽然放声大笑了起来。这可以说是怒极反笑，盛怒下的木青瓷跟普通的女人也没有太大的差别，凡是在她面前的东西，基本上都逃不过被毁掉的结局。

木青瓷现在笑起来的声音十分尖利，她的眼泪还在眼眶里打转，随时都会落下来。她无力地退着，退到床边之时，直接跌坐在地。安静的环境之中，只有记忆在无限地动着。每一次被回想起，总会有一种痛彻心扉的感觉，可还是不经意地想起那些两人的记忆。从年幼时开始，最爱黏着哥哥，一次又一次要求着他陪着她，听着她那些异想天开的想法。木清玄总是不厌其烦地听着那些想来可能很可笑的话，毫不保留地宠爱着她。

"青瓷，是你吗？"

"是我，是我呀！"

"青瓷，对不起，原谅哥哥没有先找到你。"

"哥哥……我好怕你忘了我，我好怕……哥哥……我一直在赌，赌那个人是你，我好怕我认错了人。"

"哥哥，你看看我，我是青瓷，木青瓷。"

"我不能再陪你了，你要记住，好好地活下去，忘记仇恨，做一个普通人，过你想过的生活，还有，不要伤害珊儿，这是哥哥的心愿。"

"哥哥你不会有事的，一切都会好起来的。"

"别去，在这里陪我。"

"青瓷别哭，生死有命，一切自有天意，哥哥希望你活着，真正地活着，而不是一辈子戴着别人的面具活着。我的妹妹长大了，只是我却再也没有机会看看你是什么样子。"

"我不会了，我再也不会戴着别人的面具活着。我会好好的，哥哥，你也要好好的，你答应过我，要陪我一辈子的，你不能骗我，也不准骗我！"

"你说过要带我去看凤凰花，这一次不要食言了好吗？"

第一百三十章

眼泪一滴一滴地从脸上滑下来，滴落在地上，散开成一朵破碎的泪花。木青瓷低垂着头，披散着的如墨发丝十分杂乱。她的手无力地搭在一边，泪水打湿了秀美的脸，也打湿了厚重的面纱。细碎的发丝粘在了脸上，看起来狼狈不堪。这个人哪里还像木青瓷，如此落寞狼狈，哪里还有傲视群雄的霸气。

"怎么可能不在意？怎么可能不在意？怎么可能？"木青瓷一直低垂着头，长长的睫毛上也挂上了泪珠。"你食言了，哥哥，再一次对我食言了。你不是答应过我吗？为何还要骗我？

还要隐瞒我，这也是为了我好吗？"

"青瓷，你哥哥不是叶兮杀的，也不是萧晨安杀的，更不是七杀害的，而是我杀的。"苏笙月的声音一如初见时那般温润，耳边莫名响起这句话，记忆不受控制地回到了成佛崖上的那一天。他青衣翩翩，声音一如初见时那般温润，温柔中又夹杂着无限的柔情。

心头再一次涌起了一股怒气，木青瓷虽然怒，可更多生出了无奈，嘴角又勾起一缕嘲讽的笑。她从来都不是什么聪明人，所以才会被人骗了一次又一次，直到最后就连最为疼爱自己的哥哥也选择了食言。只是苏笙月，对你来说，我究竟算是什么？木青瓷究竟算是什么？一个利用完了以后，可以随手丢弃的女人。原来所有的一切都是假的，她以为逃出了一场骗局之后，却又落入了新的骗局。不变的棋子一直是她，天真的棋子也一直是她，愚蠢的棋子也一直是她。从始至终，她都没有逃脱苏笙月的掌心，始终都在他的掌控之中。

一想到苏笙月，木青瓷只觉得心一揪，钻心的疼着，就好像有千万只虫子在血肉模糊的心间尽情地啃咬着，吞噬着她的血肉。越是想要去忘记那张脸，忘记那一个人，偏偏越忘不了，记得越来越清楚。那无情的欺骗，冷漠的眼神，冰冷的话语，肆意的背弃，一次又一次地在她眼前重现，胸腔里积满了怒气，讽刺与嘲讽再一次落进心里，与卑微而不可自拔的爱恋缠绕交织在一起，结成了解不开的死结。破败的一切纠葛着再一次的欺骗，从未逃出的棋局，她做了多少人手中的棋子。当干净的双手沾染了污秽，淋着滚烫鲜红的血，再也洗不干净了。

房门被推开了一条缝，发出了轻微的响声。流萤小心地伸了一个小脑袋进屋，她看着满是狼藉的屋子，又看了一眼低垂着头的木青瓷，慢慢地推开门，眼神中有着怯意。她捏紧了小拳头，迈动着步子，避开散乱在地上的东西，走到木青瓷的身边，柔柔地唤道："姑姑，小萤儿陪你好不好？"

木青瓷恍若根本就没有听到流萤的声音，她还是动也不动一下，就那样低垂着头坐着，眼中黯淡无光，也没有一句话。一切都仿佛静止了一般，唯一不变的东西则是眼泪。苦涩的泪珠顺着脸颊落下来，一滴又一滴，停不下来，好似要流个干净。一颗心早已经千疮百孔，可此时此刻，早已不能用千疮百孔来形容她那颗破碎无比的心。

流萤又靠近了木青瓷一步，她心中只觉得害怕，也许是从未看过这样的木青瓷，所以感到格外不安。她伸出手拉着木青瓷的衣裳，晶莹的泪珠滴落在她细小的手上，最后散作水痕留在手背之上。吃惊地抬起头，目光停留在木青瓷的脸上，泪水一滴又一滴地流下来，那双眼中有着许多流萤看不透的情绪。

"姑姑，你看一看小萤儿好不好？是不是小萤儿哪里做错了，所以姑姑生气了。"流萤拉起木青瓷无力搭着的手，小脸贴在木青瓷的掌心，可怜地说道："姑姑，小萤儿一定会听话的，再也不会不听话了。"

木青瓷用余光瞄了一眼流萤，她从流萤的手中抽回手来，冷漠而又不近人情。这时她好像当流萤不存在一般，眼神幽深，讽刺地笑起来，声音清浅，却听出一股苦涩。

流萤这下子是真的怕了，眼泪一下子就流了出来，伸手抹着眼泪，可怜兮兮地说道："娘亲别不要小萤儿，小萤儿会乖的，再也不会不听娘亲的话了。小萤儿不要爹爹，只要娘亲，也只有娘亲。娘亲不要不理小萤儿，小萤儿好怕娘亲哭，娘亲不要哭了好不好？伤害娘亲的人，小萤儿都不会原谅的，就算是爹爹也一样。所以娘亲不要哭了，你还有小萤儿，小萤儿会一辈子都待在娘亲身边的。"语毕，又抓着木青瓷的衣裳，伤心地哭着，想要求一个回应。

木青瓷只觉得胸口一堵，突然就喘不过气来。心结已经郁结于心，又加上满腔的怒火与种种的情绪交织在一起，只觉得身体越来越难受。噗！吐出一大口血来，弄脏了脸上戴着的面纱，她一把扯下被血弄脏的面纱，丢在了一边。惨白的脸色十分难看，嘴角还有着点点血迹。

流萤被吓到了，她看着突然笑起来的木青瓷，哭得更厉害了。从衣服里摸出干净的手绢来，她踮着脚尖小心地替木青瓷擦着嘴角的血迹，小脸上的表情除了担心还是担心："娘亲疼不疼？流血了，肯定很疼。小萤儿去叫白叔叔过来。"

"别去。"

木青瓷一把抱住流萤，感受着怀里小小的人儿，闭上了眼睛，无比心酸地说道："我的女儿幸好还有你。好好活下去，不要来中原，永远也不要来中原了，这里是个让人堕落毁灭的地方。女娲大神在上，她会护佑所有苗疆的子民平安无事。我的女儿，一定要活下去，不要像我一样堕入了地狱，永远活在痛苦之中。"

"小萤儿不会离开娘亲的，永远也不会离开娘亲的。女娲大神也一定会护佑娘亲的，所以娘亲一定不会有事的。"流萤搂着木青瓷的脖颈，她埋在木青瓷的肩膀上，眼神是无比的坚定。

时间总是过得很快，也不会因为某个人而停留等待，就好似错过了的某个人，当你们再一次擦身而过时，她不会再为你转身回顾。

"安儿，你不会有事的。我会救你的，你看看我，你睁开眼看看我。"萧晨安坐在床边，他紧紧地抱着怀里的景安儿，看着她紧闭着的双眼，心中生出害怕来。扳正了她的身体，一手成掌抵住她的后背，运转着内力，朝着她的身体里输送着真气。

时间慢慢地过去，半个时辰，一个时辰。萧晨安的脸色也越来越不好，他的额头上已经有了薄汗，停下了运转内力，慢慢地收功。

景安儿的脸色一如既往的苍白，苍白得好像一张白纸。汗水打湿了苍白的脸颊，披散着的头发粘在了脸边。意识还没有恢复，她无力地倒下，倒在萧晨安的腿上。

萧晨安深吸了一口气，他慢慢地吸气，又吐气，如此一个循环。长长地呼出了一口气，看着倒在腿上的景安儿。那张曾经无比熟悉，如今却无比的陌生的脸，心中生出了一丝怜惜来。景安儿毫无防备的睡颜，如同孩童一般的睡颜，却彻底牵动了他的心。这是他四年来唯一一次的心动，只为了景安儿一人。伸出手轻轻地抚上景安儿的脸，他的眼神之中不仅有着怜惜，更多的却是温柔。或许就连他自己都没察觉到，他的眼底多了一分往日里所没有的爱恋，这是跟随在萧晨安身边所有的女人都不曾得到过的。

景安儿是一个意外，她对于萧晨安来说是特别的，真正特别的存在。那水中盛开的芙蕖，随风摇曳而又柔弱无比，看似任何人都能毁了的娇艳柔弱的芙蕖，却成了他心中的唯一。

景安儿也就是毒女，她此刻慢慢醒转了过来，眼中还是迷茫一片，让人猜不出她此刻是毒女，还是景安儿。

"安儿……"

看着一脸无辜眼神迷茫的景安儿，萧晨安轻声地唤道。放松下来的神经，瞬间又紧绷了起来。他不知道此刻怀里的女人是否是毒女。

景安儿慢慢地直起身体，她眼中有着害怕，说是对陌生环境的惧怕也不为过。她的声音很轻也很柔，怯生生地叫道："阿晨。"

听到这软软的一声，萧晨安的心上就好像有什么尖硬的东西开始碎裂，然后慢慢融化了一般，化作一股暖流，抚平了他焦躁不安的情绪。一把拉起景安儿，把她紧紧地抱在怀里，语气中有着激动："幸好是你，幸好是你醒来的。安儿！"满心的喜悦就化作这几句话，却是发自内心。

"阿晨。"景安儿顺势把头埋在萧晨安的怀里，声音中满满都是眷恋。在梦里，她渴望着温暖，一直渴望着温暖。好想有个人会救她，带她离开那个黑暗的地方。"我是在做梦吗？这里是哪里？我死了吗？"

听着景安儿的话，萧晨安一愣，他随即就反应过来，轻声安慰道："这不是做梦，你不是，我也不是。你不会死的，我会救你的，安儿。你放心，我一定会救你。不管用什么办法，我都一定会救你的。"放开了景安儿，抓着她的肩膀，眼中唯有柔情，认真地说道："安儿，不要离开我，这辈子都不要离开我。我会保护好你的，相信我，我不会让任何人伤害你的。"

"好。"景安儿的脸一下子就红透了，她说话的声音细如蚊蝇，还是那般的柔。

这才是他的景安儿，这才是他的安儿，萧晨安此刻的心情不能用言语来形容，就连他自己都不知道为何会如此高兴，还会说出这样的话。并未去多想，他只把这些说不清道不明的情绪归为对景安儿的愧疚。

景安儿浅浅笑起，她看着萧晨安散乱未梳好的头发，布满血丝的双眼，下巴上生出的青黑色胡楂，伸出手抚上他的脸，心疼地说："因为我，你一定很辛苦。以前你永远不会有这种不修边幅的时候。"

"值得的。只要你能醒过来，这一切都不过是小事。"萧晨安盯着景安儿的眼睛，他在景安儿的眼睛里看到了他此刻的样子，狼狈无比。

第一百三十一章

　　景安儿还准备说些什么，她的脑海里突然浮现了一些记忆，她轻轻摇了摇头，想要把那些东西甩出去。可这样做明显是没效果的，或许还可能更加糟糕。眼神忽然呆滞了起来，她动也不动一下，曾经想要深埋着的记忆也都如潮水般涌来。越是不想要记起，记忆却越发的深刻。

　　萧晨安看着景安儿出神的样子，隐隐之间感觉有些不对，他关心地问道："安儿，是不是身体哪里不舒服？"

　　被男声唤回了神，景安儿睁大了双眼，猛地从萧晨安手中把手抽了回来，又连忙退开，对他避之如蛇蝎。退到床里面的一角，蜷缩着身体，双手抱着膝盖，脸上满满都是惊恐，她的身体都在发抖，把脸埋在双手之间，带着颤音道："别过来，别过来，求求你别过来。"

　　"安儿，我是阿晨，别怕，我在你身边。"萧晨安抚着景安儿，他往床里面坐了一点，伸出手拉着她，温柔地说道，"安儿别怕，我是阿晨，我不会伤害你的。"

　　景安儿微微抬起头来，她泪眼蒙胧地看了萧晨安一眼，又把头埋在膝盖之中，泣不成声地说道："别过来，别过来。我求求你别过来。让我一个人待一会儿，求求你让我一个人待一会儿。"感受到萧晨安手心的温暖，她只觉得好似被烧红的烙铁烫了一下，她哭着大声说道："别碰我，别碰我。求求你离我远一点，让我一个人静一静。"

　　萧晨安一下子就愣了，心里的那股无名火又冒了起来，他收回了手，压着心中的火气，放轻了声音道："你好好休息，我先出去一趟，晚点再来看你。"

　　说完久久也没有得到回话，萧晨安慢慢站起身来，出了房门。在房门关上的那一刻，萧晨安的心一沉，眼中哪里还有柔情，分明是杀意，冰冷无比。

　　等到萧晨安离开之后，景安儿才从膝盖间把头抬起来，她看着关上的房门，眼中悲戚。慢慢伸出手，看着那一双大红的手，鲜红娇艳的颜色好像是血一般，她阖上了眼，眼泪顺着眼角流了下来。

　　"我该怎么办？"

　　也不知道过了多久，天渐渐阴沉了下来，阳光被厚重的云层挡住了，留下一片阴云。风随意地吹拂着，散去了空气中的热气，余留下丝丝暑热。

　　萧晨安在书房里已经坐了许久了，他一个人静静地坐着，眼神冰冷复杂。

　　敲门声响了起来，兰妤在门口轻声说道："相公，你在吗？"

"我在，进来吧。"

男人疲累的声音传了出来，兰妤在门口稍稍犹豫了那么一下，推开门进了屋。她看着坐在书桌后的萧晨安，散乱的头发，布满血丝的双眼，下巴长出的青黑色胡楂还未打理，眉宇之间有着疲累，原本干净的衣袍此刻沾染上了污迹。这样的萧晨安是她从未见过的。"相公去休息一会儿吧。景姑娘那里，我会去照顾的。这些日子以来，既要赶路，又要照顾景姑娘，你一定很累了。先去休息吧。"

"安儿醒了，她的精神不太稳定，我晚点再去看她。你这段日子也累了，好好休息吧。"

听到萧晨安委婉拒绝的话，兰妤的脸色一白，她差不多知晓了他的意思，勉强地笑起来："既然如此，那我去准备点清淡的吃食，之后给景姑娘送去。"

"这些事让下人做就行了。我有事要跟你商量。"萧晨安支起手，他看着兰妤，心中有着一丝愧疚。不过在对兰妤的愧疚变深之前，萧晨安就掐断了这株苗子。对于他来说，兰妤是个好女人，可也只是一枚棋子。娶她，也不过是做给世人看的，并非是真的爱她才娶她的。

兰妤退了两步，她轻咬了一下嘴唇，心中有着不安的情绪，就好似她已经预料到萧晨安会说出些不怎么顺耳的话来。

萧晨安十指交叉，他略带着迟疑，不过也只是那一刹那。抬眼盯着脸色不太好的兰妤，慢悠悠地说道："我考虑了几日，府内不能没有主人。你是萧家的夫人，就要做好本分，管理好府中的大小事务。再加上这些日子以来，你跟着我东奔西跑也累了，回府里休息吧。我在这里还要待上几日，说不定又要动身前往别处，没有时间陪你，对不起。"

"我知道了。府内的事情我会打理好的，相公也请不要客气，这是我应该做的。"话都说到这个份上了，兰妤还有什么好说的吗？萧晨安不想让她待在别院里，也不让她见景安儿，是在担心她会伤害景安儿，还是害怕景安儿知晓她是他名义上的正妻？

萧晨安点了点头，他对兰妤的回答也算是满意，带着歉意说道："这算是我的错，让你跟着我一路东奔西走。安儿的事，我希望不要泄露了出去，让人去猜测即可。她再也受不得半点刺激，只能好好静养。"

"这些我都明白，相公放心好了。"兰妤深吸了一口气，尽量用平静不起波澜的声音说着这些话。轻轻咬了咬没有血色的唇，犹豫地说道："相公为景姑娘做了这么多事，纵然是过去有行为不当之处，现在也该是了了。可能所做的一切事还不够，还不能完全补偿景姑娘，但相公有这份心，就不必强求自己要在一时之间就让景姑娘好起来。"

萧晨安的眉头一皱，他垂下眼去，眼中分明有着不悦，虽然只是一闪而过。

"这是我欠她的。"

"我所做的一切都还远远不够。"握成拳头的手重重砸在书桌之上，萧晨安的手也被碎木屑划伤了，手上被划出来的口子也开始冒出血珠来。但他对此视而不见，他只是死死地握着拳头，神色冰冷，阴沉着声音道："那些人，我一个也不会放过。就算是已经死了，我也要将他们挫骨扬灰，永不超生。"

阴沉且压抑的声音好似从地狱之中传来的，兰妤被吓得不自觉地退了两步，她盯着萧晨安，眼中有着诧异。她从不知道萧晨安还有这样的一面，也许是她从来都不曾了解过他。所谓龙有逆鳞，处之必怒。萧晨安的逆鳞就是景安儿，这是兰妤心中最清楚明白的一件事。

"相公。"

被兰妤的声音唤回神来，萧晨安意识到自己的不对，他收起暴戾，又恢复成往日那般温润的样子，他放轻了声音道："抱歉，吓到你了。你放心，我没事，只是这几日来没怎么休息，所以有些烦躁不安。你先回去休息吧，我想要一个人静一静。"

待到兰妤走了一会儿，萧晨安才把心情平复了下来，他静静地坐了一小会，又起身出去了。去看景安儿的时候，他的心里隐隐有着一丝不安，只是说不出来到底是为什么，这仅仅是一种感觉。然而直觉是对的，当他打开安置景安儿的房间时，已经人去楼空了。床榻之上已经了没了温热，看起来是走了好一段时间了，就是不知道是去了哪里。

而就在此时，景安儿漫无目的地走着。她从别院里出来了之后，就好像彻底没了归属，也不知道何处是她的容身之处，只得四处乱走。等景安儿听见流水声的时候，她已经不知不觉地走到了池塘边上，如果再往前走上了两步，她就直接掉进了池塘里。

景安儿回过神来，她看着一塘池水，不自觉退了一步。望着眼前不小的池塘，上前了一步，眼神中有着悲戚。可一想到那些耻辱可怕的记忆，瞬间就感觉心如死灰，她一步又一步地往前走着。鞋袜都未脱，就这样走进池塘里，慢慢往池塘深处走，一行清泪滑过了脸颊。

"安儿，你在哪里？你出来见见我。"

萧晨安一路找了过来，就在他无比着急的时候，树枝上挂着的那一缕被撕破的衣裳布条吸引了他的目光。快速走了过去，取下低矮树枝上挂着的衣裳布条，确定是景安儿身上的衣服之后，他一下子就紧张了起来，把那缕布条握紧在手心，大致看了一下附近，顺着一个方向找了下去。

"安儿，你听见了吗？安儿，出来见见我，我是阿晨。"

"安儿别怕。我不会伤害你的，永远也不会伤害你。"

萧晨安远远看见了那个不小的池塘，也看见了泡在池塘里的景安儿，他此时什么也不管了，也管不了了，也不想再管了，连忙下水，把泡在水里的景安儿抱了起来，最后上了岸。

"安儿你撑住，你一定要撑住。"

景安儿突然咳嗽了起来，她偏过头从嘴里大口地吐出水来。被呛水的滋味并不那么好受，迷迷糊糊地说道："阿晨救我。"

没有什么话比这句话更有效。萧晨安抱紧了全身都湿透了的景安儿，连忙跑回别院去，边跑还边安慰道："安儿别怕，我会救你的，我一定会救你的。别睡过去，千万别睡过去。"

"阿晨，我要死了吗？我会死吗？"

景安儿只手抓着萧晨安的衣裳，她哑着声音说道。

"傻丫头,你不会死的,我也不会让你死的。我还没陪你去看桃花,也没有陪你去摘青梅来泡梅子酒,更没有告诉你我心中真正的所想。所以你一定不会死的,相信我好吗?"

"你会原谅我吗?"

第一百三十二章

入夜后街上也没有人,打更的更夫时不时地提醒着"天干物燥,小心着火"。七杀从房屋的阴影处走出来,她的嘴角微微勾起,脸上的表情的是那般的得意,只是眼中的阴毒暴露了她的狠辣。

突然一道黑影出现,七杀还没来得及动手,就被掐住了脖子,手上的东西也被打在地上。顿时呼吸都困难起来,待看清了掐着她的人,她没有急着还手或是反抗,因为她自知不是面前这个人的对手,不想找死。

"七杀,我看你这几年过得很是自在,看来都忘了老夫了。"

"七杀不敢,大人饶命。"

越来越喘不过气来,七杀抓着掐着她的脖子的人的手,艰难地说道:"大人你听七杀说,是大人救了七杀,不然哪里有我今日,所以七杀不敢忘了大人。因为玉面查到了我的蛛丝马迹,我担心他会顺藤摸瓜查出大人的踪迹,所以才不得不隐匿起来。"

"是吗?"南霖冷冷地笑了起来,并未表现出相信七杀的样子,他加大了手中的力度,眼神冰冷,无情地说道:"七杀,我原本以为你很聪明,知道在我的面前该说些什么,看来我是高看你了。这种骗三岁小孩的话也敢拿出来蒙我,你还真把老夫当作跟沈画一样没脑子的人了吗?还是说你潜藏在沈家四年,反而变得不开窍了。"

"我知错了,大人饶命。我再也不敢了,求大人饶了我。"七杀咳嗽了起来,她的脸涨得通红,想要挣脱南霖的钳制,可毫无用处,只得求饶道,"大人,我这四年来潜藏在沈家还是有一些用处,一定可以帮上大人的。留我一条命,我一定会让大人满意的。还请大人再相信我一次。"

"如此最好,老夫从不留废人在身边。"南霖冷哼了一声,他放开七杀,背过手去,冷声说道,"说吧,你要如何让老夫相信你一次。"

七杀伸手放在脖颈上,咳嗽了一阵,眼角都有些湿润了。她低垂下头,眼中满满都是杀意,如果不是她的内力在当年被女娲用化功散化去了七成,哪里还会落到如今人人可欺不能自保的地步。收起眼中的那份杀气,恭敬地说道:"大人请相信我。玉面的确查到了我的踪迹,我的武功比不得当年,根本对付不了玉面,所以才会躲起来的。玉面的本事,大人也是知晓的，所以我不得不小心藏起来。"

"他的本事的确不小，你小心躲着他也无可厚非。"南霖的眼神很犀利，就像是老鹰一般，让人不敢在他的面前说谎。瞥了一眼七杀，漫不经心地说道："我不管你做了什么，有什么目的，只要知道一点就够了。老夫想要杀你，你就算躲到天涯海角去也没用。你心里打什么主意，我清楚得很。不说出来，是因为你在暗中所布置的那些事都无关痛痒，而不是我不知道。既然藏了四年，就向老夫证明你的作用，否则下场你是知道的。"

七杀强忍着心里的怒气，她此刻不得不低头，单膝跪在地上，抱拳恭敬地说道："还请大人放心，七杀一定会做好的。"

"很好。把沈画带出来，最好是偏僻一点的地方，会有人去找她。其他的事，你一概不用去管，好好看着就行。"

七杀露出疑惑的神色，她明知故问道："不知大人有何打算？能用沈画帮到大人，这实在是我的荣幸。只是不知道大人是打算让谁去解决了沈画？"

"谁去解决她，你还不用知道。你也别来试探老夫，收起那些花花肠子，不然就算老夫不动手，也会有人来收拾你的。"南霖瞥了一眼七杀，语气中满满都是不悦。随即冷笑起来："你想要知道也无妨，只是你不会想知道是谁解决沈画的。别打主意，你若是想死，大可以去。"

"是我失言了。只不过大人，玉面又出现了，我有些担心。"

七杀的脸上一点也挂不住，看起来南霖是打算搅浑江湖，不知道他能从中得到什么，不过死一个沈画很值得。

"他的事你别管，做好本分就行了。"

南霖看都没看七杀一眼，留下这句话，甩了甩袖子，转身就离开了。

等到南霖离开，七杀才站起来，她拍了拍衣服，脸色十分阴沉，眼中满是狠厉："老家伙，迟早都要你付出代价，看你还能得意到几时。"

江湖就是这样，一波未平一波又起，这不才过了一天，又出了些事。宁家分裂，宁月涯杀了宁家的老二，也就是他的二叔，叛出了宁家。宁夜澜对宁月涯下了必杀令，之后就不再关注此事，把所有的心思都放在了其他事上了。

开封，沈家。

说到沈画，她在山上的寺院找了一个借口说不舒服，就在禅房休息，不准任何人来打扰。甩开了跟着的婢女就从另一条偏僻的小路下山。她很清楚她的本事，怎么可能除掉巫月圣女，所以她听信了七杀的话。由七杀把巫月圣女引过来，她再出现，只要抓好时间让她的哥哥沈夜赶过来，一切就会按照她所想的那般进行。不管巫月圣女是木青瓷也好，是木绾晴也好，只要让她们两个单独相处，她就有了机会。

提起裙子下摆，她慢慢地走下小路，看着面前的宽阔大道，干脆停了下来，弯下腰轻轻捶了捶腿，嘴角微微翘起，看起来心情很是不错。

在这里等了好一会儿，也不见有任何过路的人。临近午时，天已经热了起来，沈画躲到了一边的树荫下。时不时拿出袖子里的手帕擦擦额头上的汗水，心中还抱怨着七杀怎么还不把巫月圣女引过来，她已经没有耐心等下去了。

暗中的人慢慢从藏身的地方走出来，她也等了很久，想要等来另一个人。可惜等了这么久也不见有人过来，看来是不会过来，那么再不动手，岂不是浪费了这次好机会。莫阑珊手里握着剑，她一步一步走向沈画，眼中有着欣喜，还有着迫不及待。

沈画看着朝她走过来的莫阑珊，秀眉一拧。她好似在哪里见过这张脸，只是想不起来是在哪里了。眼见着莫阑珊已经走近她了，沈画连忙站起来，几步跑到太阳底下的大路上，想要离开这里。不知怎么的，她心里总有一些不安。

莫阑珊一点也不在乎沈画的举动，她盯着沈画，就好似盯着待宰的猎物一般，勾起唇角，露出嗜血的笑容。朝着沈画慢慢地走过去，别有意味地说道："你就是沈画？沈家的大小姐，沈夜的妹妹。"

沈画这下算是慌了，她张了张嘴，正准备说些什么，可什么都没说出口。

"很好，很好，很好。"莫阑珊没等沈画开口，她就连说了三个很好。任凭别人怎么听，都是无比嘲讽的话。她的眼神一下子冰冷起来，俏脸彻底阴沉了下来，冷冷说道："想不到是你杀了清玄哥哥，难怪我一直找不到杀人凶手，又听了木青瓷的话，以为害了清玄哥哥的人是七杀，想不到竟然是你。"

一听到木清玄的名字，沈画就再也无法保持冷静了，她此刻也没有那份心思去说话，脑子里所想的只有逃走。事实上她也这样子做了，连忙朝着下山的路跑着，此刻只有害怕。

莫阑珊笑出声来，声音很大，听起来阴阳怪气。她拔出剑来，手指轻轻滑过冰凉的剑身，看着跌跌撞撞的沈画，施展轻功追了上去。

沈画跑的时候，还不时回过头看莫阑珊是否追了上来，当她看见莫阑珊拔出了剑，瞳孔一缩，加快了脚步。但回过头逃跑的时候，莫阑珊不知什么时候已经在她的面前，被吓得跌坐在地上，惊恐地看着朝她步步逼近的莫阑珊，不甘心地问道："你是谁？是木青瓷派你来的吗？是不是她派你来杀我的？"

"木青瓷？"莫阑珊哈哈大笑了起来，俏丽的面容看着是那般的狰狞。她用剑随意地划过沈画的手臂，看着鲜血从白嫩的肌肤里冒出来，顿时感到一阵爽快。可这还不够，要慢慢地折磨沈画才行，不能让她就这么轻易地死了。她又在沈画的另一只手臂上划了一剑，兴奋地说道："真是好，只有你的血才能让我感到兴奋。你放心，我不会这么快就让你死的，我会把你关起来，每天都折磨得你生不如死，只有这样才能消我心头之恨。"说完又大笑起来，她的眼中满是阴毒："你还不知道我是谁吗？那真是太可惜了。我可是你最爱的那个男人心上的女人。不管我做了什么，他都一如既往地不会伤害我。差点忘了，你不过是一个倒贴阿凉，阿凉都不要的女人。自以为有两分美貌，就可以肆意践踏阿凉。这一点真让我火大。至于木青瓷，她还不知道我逃了出来，也不知道是你杀了清玄哥哥。如果让她知道是你杀了清玄哥哥，她可能会毫不犹豫地杀了你。不过我可没这么傻，让她来给你一个痛快。不用担心，还有时间，我会好好地对你的。"语毕，莫阑珊蹲下身体，她放下手中的长剑，狠狠地按住沈画手臂上的伤口。

"好疼……"

本来被剑划伤了手臂，沈画就觉得很疼了。此刻更是被莫阑珊按着伤口，痛得更是无法忍受，不自觉地叫出声来。她咬着嘴唇，脸色变得苍白起来，只是盯着莫阑珊满是怨毒。突然之间，沈画从腰间摸出小小的匕首直接刺向莫阑珊的心口。

对于莫阑珊来说，沈画这点小把戏，根本无足轻重。她轻易抓住沈画的手，把匕首夺了过来，反手就给了沈画一个巴掌。莫阑珊忽然笑了起来，顺势把匕首刺向了沈画撑着地的右手掌，直接穿透了她的手掌，动作之快，让沈画根本反应不过来。

痛！钻心似的疼痛，这是沈画的第一感觉，她无法忍住不大叫出来。因为疼痛，她的脸都扭曲了，原本精致的五官也都皱在一起，看起来十分狰狞。等到右手掌的疼痛减轻之后，脸上火辣辣的疼又在提醒着沈画，她此刻是什么境地。原本白皙的脸此刻也多了五根红色的手指印，嘴角流出了血来。

"你到底是谁？你不是木青瓷的人，难道是杜鹃的人？"沈画一瞬间想到了七杀，她突然愣了一下，随即看向莫阑珊，忍住痛苦，厉声说道，"你是杜鹃的人，她这么快就想杀了我吗？我怎么把杜鹃那个女人给忘了，她可是心狠手辣的人，怎么会就这样放过我。只是我没有想到，她这么急着除掉我。难怪劝我出来，还让我这么做，原来根本就不想留下我。也只有她才知晓我会走这一条小路下来。"沈画已经认定是七杀派人来杀她，否则怎么会千方百计地劝她来这里，还给她想了一个计划陷害木青瓷。可笑，真是可笑。一想到是杜鹃派来的人，沈画也没有这么怕了，她冷笑起来："你回去告诉杜鹃，我跟她是一条船上的人，就算她除掉了我，也不可能安然无恙地在沈家躲藏下去。毒杀木清玄的事，她可是主谋，躲得到哪里去。"

第一百三十三章

莫阑珊眯起眼睛，她并没有着急杀沈画，看样子沈画是把她当成了那个杜鹃派来杀她的人。她懒得和沈画废话表明身份，威胁道："将死之人。像你这样的棋子，还真以为能够威胁到杜鹃大人吗？木清玄的事是你干的，你是主谋，是你杀了他。"

"像我这样的棋子有时候也是有那么一点用处的，你让杜鹃别忘了，小卒也能够将军。"沈画此刻已经完全把莫阑珊之前说的话抛之脑后，认为她是七杀的人，否则怎么会知道她在这里。好在她留了后手，怕七杀想要杀她，偷偷地毒死了原本七杀所知道的那个传话乞丐，悄悄地找了另一个小乞丐传话。这时候她大哥沈夜也应该收到她危险的消息，快马加鞭地赶了过来，只要再撑上一段时间就行了，她就能活下来。

认定了七杀之后，沈画又恢复了大小姐的傲气，她拖延着时间，挂着轻蔑的笑容说道："是吗？让杜鹃最好小心一点，她能在沈家躲藏四年，还多亏了我。我算不上聪明，也别把我当傻子。你好好转告杜鹃，多亏了她这四年来的教导，我也留下了后手。"

"只要我三天不出现，木清玄死的真相就会在江湖上传开，同时还有她的下落。"沈画肆无忌惮地笑起来，手掌上传来的疼痛让她吸了一口冷气，咬着牙忍着疼说道："是我趁着没人的时候偷偷去毒杀重伤昏迷的木清玄没错，可主谋是杜鹃。她容不下木清玄，杀人的主意是她出的，那包毒药也是她给我的，我只是把那包毒药喂给了木清玄而已。我如果死了，也绝对不会让她逃掉。木青瓷要是知道了这件事恐怕会发了疯地追杀她，在所不惜地追杀她。"沈画盯着莫阑珊，她继续说道："不管你是不是杜鹃的人，你既然知道木清玄是我杀的，也不怕告诉你这些。我落到现在这副模样，也不会让杜鹃好过一点。"

"我很赞同你的话，杜鹃她会死得很惨的，比你还要惨上十倍、百倍、千倍。我会活活折磨死她，也会活活折磨死你的。你们两个贱人，竟敢伤害清玄哥哥，还指望会有人来救你们吗？就算有人来，也不会有人知道是我抓了你。"莫阑珊此刻露出了嗜血的表情，她看向沈画的眼神就好似利刃一般，恨不得把沈画千刀万剐，挫骨扬灰。事实上也打算这么干，她暂时还不想杀了沈画，她要活活折磨死沈画。她没有一丝犹豫地把匕首从沈画的手掌中拔出来，鲜血飞溅起来，溅到莫阑珊的衣裳上。

匕首被拔出来的那一刻，沈画只感觉天昏地暗，她痛得快要晕过去了，所以不免又是惨叫一声。嘴唇也因疼痛咬破了，她抓住她的手腕，鲜血直流，落在她的裙子上，留下了大片血迹。

"这种程度就受不了了吗？还早得很，真正的折磨还没开始。"莫阑珊咧开了嘴，露出森白的牙齿。她伸手掐着沈画的下巴，不怀好意地说道："你生得太蠢了，空有一副好皮囊，还不如就此毁了，这样我看着也顺眼。每每想到你是用这张无辜的脸害死了清玄哥哥，我就想用刀在你的脸上划过一刀又一刀，血肉翻飞一定很好看。如果在你的脸上涂满了蜜糖，甜蜜的味道在血肉之中，感觉一定很美妙。就是不知道过一个晚上会引来什么东西，是脸上爬满了黑乎乎的蚂蚁，还是其他东西。"说着，莫阑珊就把匕首抵在了沈画并未红肿的另一边脸上，只不过动作并不大，否则此刻沈画的脸早已经花了。

匕首的刀刃划破了沈画的脸，虽然只是很小的一处，可对于一个漂亮女人来说，这也是不可原谅的事。

沈画可以清楚地感觉到脸上的刺痛，黏稠鲜红的血液从伤口处流了下来，如同水一般流下来，染红了她的衣裳领子。她开始发抖，止都止不住，牙齿上下打着战道："放过我，你要什么我就可以给你什么。我可以带你去找杜鹃。她虽然藏在沈府，可如果见不到我，是不会现身的。"

"放过你？"莫阑珊的表情略带疑惑，她的脸色又阴沉了下来，反问道，"放过你，谁来放过我？你身上的确有我要的东西，那就是你的命。说了这么久，你无非是想拖延时间，我也满足了你，只是能救你的杜鹃，我会亲自去找她的，就不用你来带路，多此一举了。"

突然，莫阑珊回过头去，她厉声说道："是谁？出来。"

木青瓷出现在莫阑珊的面前，她面色一冷，冷冷地说道："终于找到你了，莫阑珊。"她扫了一眼当下的情况，确定那个伤痕累累的女人是沈画之后，注意力又转移到了莫阑珊身上，她嘲讽道："看你的样子，在中原过得还算不错，都不疯疯癫癫了。"

"彼此彼此，托了你的福，不然我怎么会有今日。本来以为你还要晚上好几天才能找到我，想不到这么快就一路追了过来。"莫阑珊放开沈画，她捡起之前丢在地上的长剑，转过身去面对着木青瓷，冷冷地说道，"如果你想要把我带回苗疆关起来，也别怪我不留情面。其他任何时候，我都奉陪到底。"偏头瞥了一眼还跌坐在地上的沈画，回过头说道："唯独今天不可能，我还有要事要做，你别来烦我。木青瓷，如果你还是清玄哥哥的妹妹，就该明白，我这一次逃出来的目的是什么？所以不要妨碍我，否则就算你是清玄哥哥的妹妹，我也不会对你手下留情。"

"就凭你也想对我出手，还真是狂妄自大。"木青瓷依旧戴着面纱，她的视线落在沈画身上，心里涌起了一股怒火，顿时就控制不住想要杀人的欲望。"把沈画交给我，你可以走了。追来的人可不止我，沈夜也来了，只是慢了我几步。凭你根本带不走沈画。就算带走了她，也逃不了多远。"停顿了一下，瞥了莫阑珊一眼，随意地说道："你如果想死，这是一件好事，但别坏了我的心情。如果不是哥哥不想要你死，并在临终时交代我不管如何也要保你一命，我也不会一路找过来。你死不死都无所谓，重要的是我哥哥的遗愿。所以我最后再说一次，把沈画留下，你可以走了。"

莫阑珊可以说看不惯木青瓷，就像木青瓷怎么都不喜欢莫阑珊一样。她不高兴地说道："别以为靠一张漂亮的脸捕获了不少男人的心，我就要让着你三分。如果你不是清玄哥哥的亲妹妹，你现在也别想好过。沈画的事你了解多少，她毒杀了清玄哥哥，你以为我会就这样把她交给你吗？如果不活活折磨死她，我心里永远无法泄恨。你别想来抢我要的人。"

木青瓷冷冷地笑起来，笑声说不出来的讽刺，随意瞥了一眼莫阑珊，不屑地说道："沈夜就快来了，你能够怎么办？凭你的武功，对付一般人还可以，想要对付我简直是痴心妄想。为了一个沈画丢了性命不值得。何况还有一个杜鹃活着，就这样放开她，可一点不像你会做的事。既然现在不疯癫了，就给我离开，把沈画留下，我来处理。"

莫阑珊当然没有忘了还有一个杜鹃，她也从沈画的口中知晓了一些信息，可沈夜就要赶来了，再不动手就没了机会。一想到这里，她以迅雷不及掩耳之势一剑贯穿了沈画的身体。又拔出剑来，正准备砍下沈画的头颅，带不走整个人回去慢慢折磨，那就弄得简单一点。

对于莫阑珊的动作，木青瓷也是没有料到，原以为莫阑珊会放弃沈画，一个人离开，谁知道她不打算留下活口。她抓着莫阑珊拿剑的手，皱起秀眉，不悦地说道："她已经重伤，活不下去的。"

"木青瓷，沈画今天一定要死，你最好别拦着我。让她死得这么轻松已经让我很不满了，所以接下来的事，你别来插手。别忘了清玄哥哥是谁害死的。"莫阑珊甩开木青瓷的手，一时之间两人又针锋相对了起来，完全忽视了沈画的存在。

沈画知道等不到沈夜来救她，快要死的人还有什么好怕的。只手捂着胸前的伤口，笑得十分猖狂："是我杀了木清玄又如何？木青瓷，你想知道我为什么答应杜鹃杀木清玄吗？我同他也不过是第一次见面，而且无冤无仇。"没等到木青瓷回答，沈画继续说道："因为我讨厌你，可我不讨厌木清玄，但他又太碍事了，我觉得无趣得厉害，所以就答应杜鹃杀了他。"

"真是好笑，木清玄就这样死了。我还以为他的武功十分高强，可以不惧任何人，还不是死在我一个弱女子的手上。"沈画也不算太傻，知道今日一定会死，也不再顾及其他的事了，抓住木青瓷的痛处，狠狠地刺痛着她。总会有那么一次机会让木青瓷跟她一样，永远深陷在痛苦之中。反正她也要死了，根本就不在乎其他的后果了。"我还清楚地记得那一天，我拿着杜鹃给我的毒药偷偷进了木清玄的房间，他应该是重伤昏迷了，一直都躺在床上睡着。我把毒药混在茶里，亲自端过去喂给你的清玄哥哥，他那时候还在昏睡。不知道为什么，我却感到一阵的兴奋，可能实在是我闲着没事干了吧。不过是一个木清玄，我杀了就杀了，就跟杀了路边的一条狗差不多，没什么感觉。"

"你……"

莫阑珊气得说不出话来，她瞪大了眼睛，眼里通红一片。她被气疯了，恨不得把沈画碎尸万段。一脚狠狠地踢在沈画的胸口上，将她踢出去很远。

木青瓷的心情也好不到哪里去，她压抑着即将爆发的怒气，对着莫阑珊说道："沈夜已经赶过来了，你先离开，剩下的我来处理。"停顿了一下，"我哥哥的仇，我不会忘记。"

莫阑珊冷哼了一声，她已经要疯狂了，但木青瓷都说到这个地步了，也不得不听她的。只是这件事不会这么轻易就了了，现在不能弄死沈画，那她的尸体也不会好好地留下。"木青瓷，你最好记住清玄哥哥是怎么死的。"语毕，莫阑珊捡起之前扔在地上的剑鞘，施展轻功离开了。

第一百三十四章

只剩下木青瓷和沈画两个人，木青瓷微微仰着头，她的眼神冰冷，满含杀意。一步一步地走向了无力再爬起来的沈画，居高临下地看着她，不包含一丝感情地说道："沈画。"

沈画从嘴里吐出血沫来，勉强支起身体，右手手掌传来钻心的疼。她大口地吸着冷气，扬起头望着面前高傲尊贵如神女的木青瓷，一种强烈的自卑感从心里蔓延开来。咧开嘴狰狞地笑起来："你想杀了我吗？杀我也是没用的。我留着这口气，就是想单独和你说几句话。巫月圣女和木绾晴都是你的假身份吧，你还是木青瓷。你不问我，我是怎么杀了木清玄的吗？"沈画的五官完全扭曲了起来，她故意说道："我一直在等这一天，等着亲口和你说这件事。你知道那天吗？木清玄没有睡死，我才把茶水喂了一点给他，他就醒了过来，抓住了我，逼问着我是谁。就在我惊慌失措不知道怎么办的时候，你知道是谁救了我吗？"

"苏笙月？"

木青瓷把这个名字轻轻念出声，脑海里浮现了那一张让她忘不了的俊颜，那嘴角清浅的笑依旧，让她无比迷恋。可转眼之间，依旧是熟悉的俊颜，但那冰冷的眼神，无情的话语让木青瓷近乎崩溃。耳边响起了男子温润的声音，一如初见时的温润。

"青瓷，你哥哥不是叶兮杀的，也不是萧晨安杀的，更不是七杀害的，而是我杀的。"

心突然被重物砸了一下，疼得让人喘不过气来。也不知是不是太阳太大了，木青瓷只觉得眼前一黑，有一种快要晕过去的感觉。她藏在袖子里的手，不自觉地捏成了拳头，指甲掐着手心生疼。

"原来你早就知道了。"

沈画看起来有些不可置信，不过她更是张狂地笑起来，言语中毫不加掩饰着得意。"我还以为这是一个秘密，原来你已经知道了。是我向木清玄下的手又怎么样？救我的人可是苏笙月，是他从木清玄的手里救下了我，还让我装作不知道这件事，从而替我隐瞒了下来。就连我也没有想到，苏笙月会帮我，而且这一瞒就是四年。不过那一点茶水也是有用的，木清玄就是因为那一点剧毒，又为了抓住我而死的。"沈画这一刻的确很得意，心里涌起一阵报复后的快感，这也是她为什么把话说得如此暧昧的原因，只有苏笙月才能真正地伤到木青瓷。莫景凉不爱她，却深爱着木青瓷，她不仅成了一个笑话，更是只能看着她所爱的男人对别的女人好，心里的愤恨一下子就冲了出来。不过刚刚这一番话，让她出了一口气，顿时就觉得爽快了。

木青瓷轻眨了一下眼睛，她走了两步，抬脚之间踩住了沈画受伤的右手，随意地说道："我不是一个好人，对付人的手段不比莫阑珊少，只是用来对付你有点大材小用。"脚下一用力，冷笑道："已是强弩之末，不如安分一点。你说这些话来激怒我也没用，我不会轻易杀了你。不让你见一见沈夜，怎么对得起你说了这么多的话。"

被刺穿的手掌被地上的碎石子磕得生疼，伤口处更是钻入了砂石，手被碾压着翻出血肉。沈画发出痛苦的惨叫声，脸色惨白，额头上冒出的冷汗打湿了耳畔边上的发丝。她此刻却一句话完整的话都说不出来，嘴里只发出零碎的字音，然后就被惨叫声所遮掩了。

沈夜来的时候，就听见了沈画的惨叫声，心里更是着急得厉害。但当他真的看到沈画的时候，脸上满是肃杀，恨不得冲过去杀了木青瓷。不过他不敢妄动，沈画还没死，他不敢拿她妹妹的性命冒险。深吸了一口气，厉声呵斥道："巫月圣女，你嗜杀成性我不管，但我妹妹与你无冤无仇，你竟敢把她伤成这样。"

木青瓷看了一眼沈夜，她面无表情地说道："你要，就给你。"看着快死了的沈画，她一点同情也没有，一脚把沈画踢了出去。径直朝着沈夜来的那条路慢慢地走着，也不管别人是如何看待她的。

沈夜一惊，来不及多想，赶忙接住沈画。看着伤痕累累、气若游丝的沈画，沈夜的眼睛都红了。他蹲下身体，把沈画抱在怀里，拉起她的右手准备替她把脉。看着血肉模糊的右手，他额头上的青筋都冒起来。快速地查探了一下她的伤后，他轻声叫着沈画的名字道："画儿别怕，哥哥在这里。"

"哥哥，我好疼，真的好疼。"沈画张开眼睛，她看着沈夜，眼泪一下子就涌了出来，她一动就牵动了伤口，撕心裂肺地疼。偏过头去，沈画看见了莫景凉，又变回了那个没有心机的大小姐沈画。

"没事的，我带你回去，你一定不会有事的。"沈夜暂时没有去管木青瓷，只是抱紧了沈画，又点了她身上的几处穴道。

莫景凉伸手抓住从他身边走过的木青瓷的手臂，不相信地说道："为什么要这样做？沈画性格太直，是个没有心机的大小姐，就算有哪里做得不对，你也不用这样对她。"

木青瓷停下脚步，她直直地看着前方，甩开莫景凉的手，冷漠说道："你既然说了，那就如你所说那般。再问下去，没有意思。多说无益，不如不说。"

"是吗？"莫景凉略带失望地说着，他的眼神一下子就暗淡了下来，垂下被甩开的手。

"阿凉……"

一旦放松了下来，沈画的意识渐渐开始涣散，她只是跟沈夜喊着疼，又偏过头去看着莫景凉，有气无力地喊着他。

沈夜心知沈画的意思，他说什么也要满足她的这个愿望，抬起头看着跟木青瓷僵持的莫景凉，大声喊道："阿凉，画儿有话要跟你说。"又拂过沈画散开在脸上的碎发，动作十分轻柔："哥哥在这里，别怕画儿。我会陪着你的。"

莫景凉也不是冷血无情的人，他看看已经气若游丝的沈画，从沈夜的手里接过她，让她靠在怀里。"沈姑娘，你会没事的。"

"阿凉，你为什么不喜欢我？我真的很喜欢你。"沈画咳嗽了两声，嘴里又流出血来，她的脸色一下柔和了，看起来倒像是无辜受到伤害的人。她伸出已经血肉模糊的手，眼泪流了出来，艰难地说道："你还在讨厌我吗？当年的事，我不是故意的，我不知道会伤害到你。可我真的后悔了，后悔解除婚约。"

莫景凉轻轻握住沈画受伤的手，他也没有表现出往日那般冷淡的神色，他轻声安慰着沈画道："我知道不怪你。你只是个养在深闺的大小姐，并不懂江湖的风风雨雨。你所做的事，不过是人之常情，我从没有因此怪过你。"

"我不害怕死，能死在你的怀里，我真的很开心。至少我是死在你的怀里，这已经让我很满足了。可你为什么不爱我？"沈画努力地睁大眼睛，想要看清莫景凉的表情，她哭泣着说道："为什么不喜欢我？我第一次见到你的时候就喜欢上了你。我从来没有遇见过这么好看的人，一举一动都格外吸引人。四年的时间，我想尽办法讨你的欢心，努力改变自己，变成你喜欢的那种人。可你从不多在我身上停留一眼，你就那么喜欢她吗？"

沈画的表情有些扭曲，语气激动了起来，嫉妒地说道："你就那么喜欢她吗？你知不知道我很伤心。你有多爱木青瓷，我就有多爱你，我为你做了那么多的事，还比不过一个木青瓷吗？是她杀了我，是她要杀我，把我折磨成现在的样子，可你为什么还要爱她？她根本就不爱你，可以说从来就没有爱过你。她爱的人一直都是苏笙月，不管是四年前还是四年后，他们两个人甚至有一个女儿，你还要爱她吗？"

沈画还是一如既往地选择刺痛莫景凉，这也许就是爱人的方式，一次又一次，不知疲倦。哪怕是她要死了，也不忘把所有事都推到木青瓷的身上，也许是恨一个人到了极点，所以宁愿用死去陷害一个人。

面对着沈画的质问，莫景凉不知道如何作答，只是沉默着，算是默认了沈画的话。想了一会儿，才出声道："沈姑娘的厚爱，我不知如何为报。只是感情的事从来都不是勉强的。再者，我生性孤僻，真正的一面少有人知。沈姑娘只是被我的外表给欺骗了，以为我很适合你，其实并不适合。所以我并不想耽误沈姑娘，也不希望沈姑娘对我抱有希望。"

沈夜就待在沈画的边上，他静静地看着沈画，没有出声打扰两人，只是对于莫景凉这番话有一些不满。他轻轻摸着沈画的头发，勉强挤出一个笑来，就这样陪着沈画，也宠溺着她。

木青瓷站在边上，她看着这一幕只觉得讽刺好笑。本该是感人的兄妹情深，在她看来，只是在提醒着她，她的哥哥是怎么死的。本来她是准备离开的，只不过现在不想走了，要留下来看这一场主角是沈画的独角戏。尤其是沈画把所有事都推在她的身上之后，木青瓷也没有动怒，反笑了起来，这就是众人口中没心机的大小姐。

沈画好像早就预料到了莫景凉会这么说，她伸出没有受伤的左手，抓住他的衣服，低声下气地乞求道："就算是这样，我也想你答应我一件事。你不爱我不要紧，能不能求你在这一刻爱我？我等不到未来，只求你爱我一刻，让我死得瞑目。我不想求你爱我一天，爱我一个月，爱我一年。只求你在我死的这一刻，告诉我，你爱了我一刻。"

"……"

"只有一刻，只要你爱我一刻，哪怕是这样，你都不愿意答应我吗？"沈画死死抓着莫景凉的衣服，她艰难地扬起头道："我就要死了，以后再也不会缠着你，所以只要这一刻，求你答应我好不好？这是我最后的心愿，只要你说一句话就好了，只要你说爱过我，我就心满意足了。就算是你说出来骗我，我也愿意相信，也可以安心了。就只是这样一个简单的愿望，你也不愿意答应我吗？"

"对不起，沈姑娘。"

莫景凉没有沉默下去，他低垂下眼帘，毫不犹豫地拒绝了沈画的请求，理智地说道："你所说的要求，我无法答应你。哪怕是欺骗你的话，也无法说出来。正因为你撑不住了，我更加不能骗你，让你带着虚假的感觉离去。"

"为什么？让你骗我一次真的有那么困难吗？你可以轻易对木青瓷说出爱，为什么不能骗我一次？是她害死了我，是她害了我。"沈画的脸扭曲了起来，她越是怒气冲冲地说话，就越是咳嗽，嘴里流出血来。"那你不要爱她，你不要再爱她。就算你不愿意骗我，那你不要爱她，永远也不要忘是她害死了我。"

"……"

见莫景凉沉默不语，沈画就已经知道了答案，她自嘲地笑起来，不甘地说道："我不想就这样死了，就这样白白地死在她的手上。我并没有做错什么，凭什么就要死，就因为我不会武功吗？是她害死我的。哥哥，是她害死我的。我并不想死，替我报仇。我不想白白地死了，所以也要她为我的死付出代价。"

第一百三十五章

"画儿。"沈夜看着沈画慢慢阖上的眼，他悲鸣出声。

沈画是实话实说，她并不觉得她哪里做错了。不管是和杜鹃合作，还是杀了那个无辜的小乞丐和婢女，她都没有错。那些死在她手上的人要怪就怪他们的命不好。眼里的光芒慢慢黯淡了下去。就在别人都想不到的时候，沈画突然睁大了眼睛，扭曲了面容，眼中满是恨意，恶毒地说道："莫景凉，我诅咒你，生生世世都得不到木青瓷，就像我永远也得不到你的心一样。"

也许这就是所谓的回光返照，沈画在说完最后一句话之后，她的笑声越来越弱，直到最后闭上了眼睛，再也醒不过来。她死死抓着莫景晾衣服的手也无力垂下。沈画死了，死在了她所爱的男人的怀里，临死之时，她的妒忌之心还不忘作祟，说出了那一番诅咒的话来。可如今，她倒是真的死了。

木青瓷看着沈画彻底闭上了眼，死之前还不忘诅咒一番，更是冷笑不已，只是嘲讽道："果真是江山易改，本性不移。还真是高看她了。"

"站住。"沈夜站起来，他转过身看着准备离开的木青瓷，脸上早已经没有平日的从容不迫，睁大了眼睛盯着木青瓷，眼神凶狠，愤怒地说道："我不管你是巫月圣女也好，木青瓷也罢。画儿跟你无冤无仇，你竟敢……"

"竟敢什么？杀了沈画吗？"

还没等沈夜把话说完，木青瓷就打断了沈夜，她转过身来看着他，眉梢微挑，不耐烦地说道："想杀我为你那个所谓的可怜妹妹报仇吗？那就动手。这只是一个开始，一切都还没有完。"木青瓷冷笑了一声，转而说道："沈夜，你该谢我的。"她瞧着两人的表情，反应大不相同。只不过反应相同又如何，对于她来说，都不过是一场空。按照事情的发展来说，沈夜的确应该谢谢她，如果不是她拦着莫阑珊，沈画此刻估计早已经尸骨无存了。

"谢你？"沈夜冷冷地笑起来，他朝着木青瓷走过去，阴冷地说道："我是该谢你活活折磨死了我的妹妹吗？木青瓷，我沈夜自问未与你为敌过，以前几次帮你，想不到却换来你对我妹妹所做的事。的确，我真该谢谢你，谢谢你杀了她吗？"

莫景凉把沈画的尸体轻放在地上，他走过来，拉住已经被愤怒冲昏头脑的沈夜，挡在木青瓷面前，劝解道："沈姑娘的事是不是青瓷做的都不一定，她不是滥杀无辜的人，不会没有任何理由地杀了沈画。你也应该清楚，青瓷如果要杀人，犯不着一直等在这里，等你赶过来看她杀人。"

此时此刻的沈夜是听不进去劝的，他偏头看着莫景凉，怒火也蔓延到莫景凉的身上。伸手抓着莫景凉的衣服领子，怒气冲冲地吼道："你还是这样向着她，不过这件事没有商量的余地。画儿平常虽然任性，可她到底还是无辜的。她也不想死，她也想活着。你让我冷静，可你为什么不答应她最后的心愿，就算是骗她一次，你也不愿意吗？"

听着沈夜的话，木青瓷只觉得可笑，心里的怒火已经压抑不住。若是平日，她肯定会直接无视，哪里还会选择多说几句解释的话。只不过沈夜和莫景凉对于沈画的评价，让木青瓷生出打击报复的想法来。她怒极反笑，嘲讽出声道："无辜？这真是我听过的最好笑的事。是我动的手又怎么样？借用沈画的一句话，我杀她就跟杀路边的一条狗一样。哦，不对。她还不如狗，狗还懂得忠心，她什么都不是。"情绪一旦爆发出来，木青瓷也不再压抑心里的怒火，让所有的愤怒都释放出来。脸色一下子就变得阴冷了起来，眼中不见暖意，她一字一句激动地说道："沈夜，我告诉你。你少在我面前说什么无辜之类的话，你有什么资格说沈画无辜？如果这样算是折磨了她，那景安儿被丢下万蛊池算什么？我恨不得把沈画千刀万剐，挫骨扬灰，让她永不超生。这一点小伤，连折磨都算不上。如果不是看在你以前在某些事上帮过我，我早就将沈画剁碎了喂野狗。就这样让她死了，还真是便宜她了。"木青瓷毫不客气地嘲讽着沈夜，她生出一种发泄的快感来，继续说道："以前算是我高看了你。枉江湖上那些人还称赞你聪明绝顶，你却连亲妹妹都不了解。"

木青瓷突然发了火，一口气说出这么多话来，也让沈夜和莫景凉吃了一惊。最让他们两个吃惊的事就是木青瓷的愤怒，说话间浑身都散发着杀气，那眼神冷得让人害怕。尽管看不清木青瓷面纱下的表情，但从她一说到沈画，就恨不得宰了沈画的口气，再加上那浑身的杀气，就可以想象得出木青瓷该是有多愤怒。而木青瓷所表现出来的愤怒，比沈夜还要来得厉害，言语之间更是激烈。

第一百三十五章 / 491

沈夜愣了一下，可他依旧没能把话听进去，到底还是被沈画的死刺激了，怒火冲昏了头脑。轻蔑不屑的话让沈夜更是怒火中烧，挣脱了莫景凉的挟制，朝着木青瓷冲去，誓要为沈画讨一个公道。

沈夜没听进去不要紧，等他冷静了下来，就会仔细琢磨木青瓷所说的那番话了。但莫景凉现在脑子清楚得厉害，他从木青瓷的一番话中也听出了不少隐藏的秘密。只是秘密到底是什么？就不得而知了。跟沈画有关不用多做解释。让他疑惑不解的是沈画到底做了什么事让木青瓷如此恨她。就在他稍微有点分神的时候，沈夜已经挣脱了出去，朝着木青瓷冲去了。

木青瓷面无表情，她没有因为沈夜武功高强就退缩，这不是赌气，而是她早就想跟沈夜他们交手了。距离本就不算远，沈夜冲过来时，木青瓷接下了沈夜一掌，她被震得退后了几步，衣袖下的手掌被震得发麻。面纱下的脸色也并不好，喉咙里涌上一股甜腥味，闭紧了嘴，将那甜腥味的血咽了下去。她跟沈夜之间的差距还很大，那对上其他人也没什么胜算。

沈夜也没有表面的那般平静，想不到四年的时间，木青瓷的武功已经上了一个境界，能够跟他力敌，不过这还不够。

就在沈夜再准备出手的时候，莫景凉一个闪身挡在沈夜面前，他阻止了沈夜，声音冰冷了下来："阿夜住手。"

"你要拦着我吗？还是说你打算为了她跟我动手？"沈夜偏头盯着莫景凉，言语中满满都是威胁，他叹了一口气，眼神瞬间变得凶狠了起来，"我不会让你阻拦我的。"

话音一落下，沈夜就避开莫景凉，打算直奔向木青瓷。可莫景凉也不会就这样让开的，他还是对沈夜出手了。沈夜也没有打算束手就擒，他一个错身上前，直接跟莫景凉对上了一掌。莫景凉也不敢大意，尤其是面对此时此刻的沈夜。他全力迎上沈夜，两个人都被震得退开十多步，扬起一阵尘土。

沈夜见莫景凉退到了不远处，他抓住这个机会，返身就向木青瓷冲去。虽然他已经震怒无比，可理智尚在，他暂时还不能杀了木青瓷，不过也要她付出惨重的代价。沈夜知道，如果他想要在这里杀木青瓷替沈画报仇，莫景凉一定会阻拦到底，说不定还会把两人关系弄僵，引来巫月神教与沈家开战。

"住手。"

略带薄怒的男声响起，来人轻功跃起，挡在了木青瓷的面前，跟来不及停下的沈夜对上了。

沈夜被震得退了出去，他不用想也知道来人是谁，当真看清了来人之后，心里冒出了一阵的火气，半路杀出来的程咬金不是苏笙月还是谁。看着苏笙月直接护在木青瓷身前，莫景凉也是为了木青瓷跟她动手，给了沈夜一种他才是大恶人的感觉。他被自己的两个好兄弟的举动给气到了，几乎是大喊出来："你们两个真要为了一个女人跟我动手吗？一而再再而三地护着她。"

苏笙月有些气喘,他是一路追着木青瓷过来的。目光落在了沈画的尸体上,瞬间就明白了目前的情况。还在江州的时候,他就察觉到有些不妙,当时只认为木青瓷去江州只是一个偶然,所以就未曾过多地在意,到底还是忘了她的执着程度。他看着怒火滔天的沈夜,深吸了一口气,压沉了声音,无比认真地说道:"够了阿夜。你的气也出够了,别再找青瓷麻烦。如果你觉得还不够解恨,我陪你打一场,沈画的事就此作罢。不管你有多愤怒,多舍不得沈画死,一切都已经成了定局,再怎么也无法改变。这件事就此作罢,之后你和青瓷谁也不欠谁了。"

"什么意思?"沈夜不明白苏笙月为何这样子说,他只是朝前走了两步,不可置信地说道,"苏笙月你这是什么意思?那画儿就该死吗?她还在最好的年华,可以有更好的生活,活得更快乐。看来你是打算帮木青瓷了,你可别忘了她身边早就有其他男人了,这样的女人你还要吗?"

"沈夜。"

苏笙月的声音听起来有着怒气,更有着警告,他沉下了脸,冷冷地说道:"收回你的话,别再让我说第二次。"

苏笙月之所以如此愤怒也是有原因的,沈夜一句话就戳到他的伤口处,木青瓷的身边有了其他的男人。尽管如此,苏笙月也绝不会让任何人侮辱木青瓷,侮辱他唯一爱过的女人,侮辱他女儿的娘亲。哪怕这个人是沈夜。

第一百三十六章

天渐渐黑了下来,沈家则是一片愁云惨淡。往日热闹的府里此刻也冷冷清清,大门处挂上了白色的灯笼,也挂起了白色的帷布。府里专门设了灵堂,桌上摆有祭品,正中间是一个灵牌,灵牌前摆放了一个香炉,香炉中还插着三炷香,香已经燃了一些了,青烟袅袅。不小的灵堂里,两边都安放了桌椅,正中间则摆着一口棺材。

沈夜抱着沈画的尸体回来的时候,着实吓到了不少人,尤其以沈画的娘亲为首,当时就哭得昏天黑地的。他盼咐了人去棺材铺,在最短的时间内准备好丧葬用品。这一举动基本上惊动了全城的棺材铺,纷纷准备好最好的东西送到沈家。

沈画死了,对于沈家来说并没有太大的损失,只是少了一个可以联姻的嫡出的女儿。但到底来说都是沈家的大小姐,不管是幸灾乐祸的人,还是真心惋惜的人,女眷基本上都要换上素白的丧服,只戴简单的首饰,家中的男丁差不多都是以黑衣为主。

沈夜换了服丧的衣服之后，在沈画的灵堂待了一个下午，直到晚饭的时间，才被他的母亲拉走，顺便跟家族中的长辈交代一下沈画的死。

所谓的家族就是这么现实，虽是流着同样的血，可骨子里都是感情凉薄之辈。只关心与自身有关的人，更多的却是为了自身的利益。只不过家族的利益永远是放在第一位的，这是他们自出生时就被教导的事。

家族的利益永远都是最重要的，被冠上姓的那一刻，再也离不开放不下了，这个亲缘之地。

灵堂里，还有着一些仆从守着，穿着素白的丧服，在棺材前烧着纸钱。在昏黄的烛光照耀下，并不能算是明亮。时间过得越来越久，在所有人都熟睡的时候，一道黑影闪过，偷偷地潜进了沈家。黑影的动作很灵敏，轻易地躲过了巡夜的人，找到了灵堂。扫了一眼已经睡熟的三个守夜人，黑影悄无声息地出现在他们的身边，动作快而准地点了三个人的穴道，随即直奔帷布隔开的灵堂而去。

这个黑影不是别人，而是莫阑珊。她不是那种可以轻易放过别人的人，哪怕是已经死了。尤其是沈画临死前为了刺激木青瓷所说的那番话，彻彻底底地刺激了她。

莫阑珊看着面前停放的棺材，眼里一片冷意。退后了一步，她拔出剑来，催动着内力，一剑劈向棺材。只听到咔嚓的声音，棺材从中间断成了两截，但并没有尸体。看到空空如也的棺材，她瞬间就明白中计了。

就在莫阑珊转身准备离开时，沈夜已经出现灵堂之中。

"你是谁？"

无人回答，灵堂处的四人对峙着，气氛变得凝重了起来，随时都可能刀剑相向。莫阑珊瞄准最弱的莫无争，她打算从他那里冲出去。她率先出手，扔出不少的暗器，想让三人都手忙脚乱，再借机从莫无争处打开一个缺口逃出去。可面对三个武功都不弱于自己的人，她根本没有机会逃出去。

看着被点了穴道，丝毫不能动弹的莫阑珊，躲在远处的莫静岚也放心了。她走到沈夜的身边，看着一身夜行衣打扮还蒙着脸的莫阑珊，轻声说道："你是谁？"

"认不出我了吗，岚儿？"

女子似笑非笑的声音响起，在场的几人脸色都是一变，尤其是莫景凉和莫无争两个人，因为他们都已经猜到今晚上被擒下的这个黑衣人是谁了。

"大家姐？"

莫静岚迟疑地叫出了声，脸上明显有着不相信。她靠近莫阑珊，犹豫了片刻，伸手拉下了莫阑珊的黑面巾。看着那张已经十分陌生的脸，退后了两步："是你，大家姐，果真是你。是你杀了画儿吗？为什么要这么做？"

"因为她该死。"

莫阑珊几乎是脱口而出，她的语气十分的激烈，脸上的表情变得凶狠了起来，瞪大了眼睛，恶狠狠地说道："事到如今，沈画那个贱人还想置身事外吗？想都不要想。我不仅要她的命，还要她死无全尸，从此身败名裂，永不得安宁。沈家也要为沈画做的事付出血的代价。"

"大家姐。"莫静岚明显不能接受莫阑珊所说的那些话，她露出了难过的神色，一时之间也不知道说些什么。

"是你杀了画儿，也是你将她折磨成那样？"沈夜把莫静岚拉到他的身边，他盯着莫阑珊的脸，语气并不善，饱含了一股子杀意。

莫阑珊放声大笑了起来，笑声尖厉得刺耳，听得人心烦气躁。

"笑够了吗？"

莫阑珊哪怕此刻成了阶下囚，也没有惧怕，毫不客气地反唇相讥："你还不知道吗？是我杀了沈画，她身上的伤也都是我弄的。不过非要说这是折磨的话，我可一点也不会承认，一切都还没开始，就让沈画死得这么轻松，岂不是太便宜她了？她所做过的事，让她死千百次都不够。我恨不得扒了她的皮，抽了她的筋，剔了她的骨，吃了她的肉，喝了她的血。"

"沈画那个贱人死得太便宜了。如果不是木青瓷半路跑出来拦着我，我早就活活折磨死那个贱人，连尸体都不会留下，哪里会让你们这些人带回来。若不是清玄哥哥交代我不能伤害木青瓷半分，就凭她那个胳膊肘往外拐的女人，我恨不得连她一起杀了。几次三番地阻拦我为清玄哥哥报仇，真恨不得宰了她。我当时就应该杀了她的，所有阻拦我为清玄哥哥报仇的人都要死。"莫阑珊睁大了眼睛，五官都扭曲了起来，如同恶鬼一般的表情，让人从心底生出一股寒意来。

"住嘴。这里容不得你侮辱我妹妹。"沈夜好似被针扎了一下，他咬着牙道，"是木青瓷拦着你，不让你对画儿下杀手？这不可能。"

"侮辱了她又怎么样？如果不是她，清玄哥哥也不会死。那个贱人还一直装无辜，我要将她千刀万剐之后扔去喂狗。"一说起沈画的罪行，莫阑珊就没有了那份理智，她的心情十分激动，疯狂地说道，"那个贱人该死，就算她死了，我也要毁了尸体，让她曝尸荒野，为野兽所啃食。她就该死无葬身之地。我自认心狠手辣，杀人如麻，也比不过沈画那个蛇蝎心肠的贱人。她手上的人命可不少，又有几个人是该死的？沈夜你真是可悲，自以为纯善没脑子的妹妹，却是一个比我这种从小就杀人的杀手还要狠毒十分的蛇蝎女人。我是被隐家所迫，不得不杀人。她是自愿杀人，而且杀的都是清白无辜的人。"

莫阑珊又大笑了起来，笑声很刺耳，可那双眼已经通红，满是疯狂的样子。"要不了几天，全江湖的人都会知道沈家的大小姐沈画是个什么样的女人，那些人的言论足以杀死一个人。沈家从此也要因沈画的事颜面扫地，这就是所谓的正道世家教出来的大小姐，只不过是个杀人不眨眼的蛇蝎女人。到时候你再说说看，沈家还会不会庇佑这个死了的大小姐，她注定要被人谩骂一生。"

恍若想起了什么，莫阑珊眼中浮现了杀气，她继续说道："最好把七杀交出来，否则沈家也不会安宁的。忘了告诉你，你的宝贝妹妹早在四年前就和七杀合作了，景安儿成了毒女好像也有沈画的一份力,你说景家要是知道了会不会讨伐沈家?萧晨安会不会为了景安儿,找上沈家的麻烦?七杀灭了叶家满门,叶如琛比我还要恨她,来沈家要人的时候,又会怎么样?木青瓷让我离开,她留下解决沈画的事,可就这样让沈画死了。不过她跟我一样,都把仇恨转移到了整个沈家,巫月神教的杀人蛊术,别说是沈家的人,就连你沈夜都不一定能防得住。沈画死了你很心疼吗?放心,你所在乎的人都会一个个地死在你的面前。沈夜,这就是报应,谁让沈画就这么死了。你是她的亲哥哥,就要替她承受。"

莫静岚被莫阑珊的一番话震惊得说不出话来,她看着莫阑珊疯狂的样子,比初春池水还要冷的声音,也不知该如何说。久久才从那番话里回过神来,只是不可置信地看着莫阑珊,结结巴巴地说道:"不……不可能的,画儿怎么会做这么多可怕的事?"

沈夜上前一步,他抓着莫阑珊的手臂,狠狠地说道:"这不可能,一定是你在胡编乱造。莫阑珊你到底带了什么目的,是想要为了木青瓷洗刷杀人的罪名吗?"

莫无争走上前,他伸出手挡在沈夜和莫阑珊之间,一如往常般地说道:"沈公子,请不要着急,听大家姐怎么说。"

手臂上传来了疼痛感,莫阑珊可不在乎这一点痛楚,她笑得十分诡异,反问着沈夜:"我为什么要帮木青瓷?她阻拦了我折磨死沈画,更拦着我砍下沈画的头颅,为什么要帮她?那个吃里爬外的女人还配做清玄哥哥的妹妹吗?如果她不来报仇,我绝对会杀了她。"停顿了一下,若有所思地说道:"还是说你根本不相信沈画是这样子的人?不相信那就去问一问,这件事已经被捅了出来,知道的人不少,很快就要路人皆知了。"

沈夜无力地放开了莫阑珊,他退回到莫静岚的身边,只是揉着额头。只在一天的时间,所有的事情都突然得知,给了他一个很大的打击。

"七杀在沈家?"

莫景凉走到莫阑珊的面前,他心知七杀是何人,只是没想到竟然藏在沈家。

"阿凉,你要帮我,你一定要帮我。让沈夜把七杀那个贱人交出来,我要杀了她,我要把她做成人彘,我要为清玄哥哥报仇。"莫阑珊一看到莫景凉,就好像抓住了救命稻草。不为了她,而是为了替木清玄报仇雪恨。"去找七杀,她就在沈家,她在沈家已经四年了,你去把她找出来。"

莫景凉眨了一下眼睛,他看着快要疯了的莫阑珊,冷静地问着:"你怎么知道七杀藏在沈家?沈画的事又是谁告诉你和青瓷的?当初木清玄临死之前与青瓷说了许多话,都未曾提过凶手是沈画。你是如何得知的?"

"你在质问我吗?你不相信我吗?我要你去把七杀找出来,我要杀了她。"莫阑珊已经被刺激到了一个地步,因为愤怒,脸上都染上了一片潮红。眼神十分凶恶,她疯狂地说道:"如果不是因为苏笙月跟清玄哥哥立下了誓约,不惜一切代价保住木青瓷的命,让清玄哥哥放过沈画,哪里还会有现在。为了木青瓷,清玄哥哥什么都可以放弃,就是这样才被苏笙月钻了空子。清玄哥哥在半睡半醒之间被沈画喂下了毒药,就算只有一半的毒药,也足够让他撑不下去了。何况清玄哥哥当时醒转了，又因为抓沈画动用了武功，才会死的。我绝不会放过沈画。我也不会放过七杀，你去帮我找到她，帮我抓住她。"

"苏笙月？"

第一百三十七章

莫景凉惊讶地出声，他好像明白了之前苏笙月所说的话了，这是沈画自作孽，也是她欠青瓷的。一下子好像明白了，如果沈画和七杀合作了，去杀木清玄的时候，正好喂了一半的药后，木清玄就醒了，抓住了沈画。被这时候去查看木清玄状况的苏笙月撞见了这一幕，也该从木清玄的言语中明白了发生什么事。估计是顾念着和沈夜的关系，也不想木青瓷得知此事而疯狂地报复沈画，再引来沈夜的报复。所以替沈画隐瞒了此事，再与木清玄立下了誓约。只是这件事本该只有苏笙月、沈画和木清玄三人知晓，现在却被人捅了出来。七杀跟沈画合作四年前知晓此事不为过，只是七杀绝不会把自己给暴露出来，看来暗中还有人知晓了此事。时隔四年，故意宣扬出来，挑起江湖纷争。

见莫景凉久久不说话，莫阑珊以为莫景凉并不打算帮她抓七杀，甚至不怎么相信她，火气一下子就蹿上了心头。暗中运用着内力强行冲开穴道，她当时就喷出了一口血。莫阑珊没有站稳，她身子一歪，就往地上倒。好在莫无争就在莫阑珊身边，再加上眼疾手快，连忙扶住受了伤的莫阑珊，眼底深处有着担忧，担心地叫道："大家姐……"

"别管我，我要去找七杀。指望你们帮我，那就是天大的笑话。我当初就不该手下留情，让你们活到现在。"莫阑珊挣脱开莫无争，退了好几步，只手捂着胸口，另一只手则依次指过莫景凉、莫静岚和莫无争。

"大家姐，你离开不了沈家。"

莫阑珊此刻才算是什么都不管不顾了，她满脑子想的都是报仇，凡是有迟疑的人，都是跟她作对的人。收回手擦了擦嘴边的血迹，她激动地说道："忘恩负义的东西，如果当初不是我手下留情，你现在早就死了，还能有如今的成就？我不该心软舍不得对你们两姐弟下杀手，冒着让清玄哥哥被家主变本加厉地折磨的危险上，还要在突袭莫家的那一次留下你们的性命。莫景凉，我告诉你，你欠我一条命。当初你锋芒毕露，家主认为你日后必成大器，所以要我解决了你。我毕竟全心全意地照顾了你几年，舍不得对你下手。若不是我抢在习远的前面废了你的腿，你早就被习远杀了。习远那个人从来都是斩草除根的，就连我废了你的腿之后，告诉他你不会再对隐家构成任何威胁，他都还打算杀你。是我拦住了他，不准他杀你，留你一命。现在看来我是做错了，不该念着当初的一点情分。"

"我以为你会帮我,帮我抓住七杀,看来我真的想错了。为了你的一条命付出了那么大的代价,换来的是这个结果。哪怕是四年前,我也没打算真正对你动手。"莫阑珊可以说是被气疯了,她说着藏在心里的往事,如果不是被莫景凉的冷淡气成这样,她恐怕永远也不会说出这番话,把她所有的不忍心与舍不得都藏在心底的最深处。她不停地后退着,目光落在了沈夜身后的莫静岚身上,激动地说道:"你也一样,如果当初不是我故意瞒住了习远,把你支出府里,你还活得到今天,还能够嫁一个如意郎君?你去的那个地方,我早就查到了沈家会有一对车队经过,故意拖延了习远派人去搜寻你的时间,多给你不少时间遇见沈家的车队。不然你以为你还可以活下来吗?"

"习远很早之前就部署好了,绝不会有漏网之鱼。你们两个能逃出去,都是我一手策划的。我违背了家主的命令,执意要救你们两个,换来的竟然是这么一个结果。真是可笑。"莫阑珊自嘲地笑起来,她移动了手,又指着莫景凉,继续说道:"那个叫冷冰熙的小丫头,当年她藏在柜子里,我早就发现了,只是有意留她一命去通知别人来救你。这些事情我原本要藏在心里一辈子的,因为我觉得我当初的做法值得。我莫阑珊从来都不介意别人怎么看我、说我,也不在乎你们是不是认为我当初真的想要杀了你们。只不过现在我后悔了,我就不该念着你们两个的好,舍不得你们两个死,才会费尽心思做出那些蠢事。"扫过在场的几个人,莫阑珊露出嘲讽的笑,冷冷地说道:"成王败寇,落到你们手上,算是我败了。只不过这件事永远不会完,我就是死,也要沈家付出代价。所以要杀就杀,死了总比被木青瓷那个胳膊肘往外拐的女人抓回巫月神教,又像犯人一样关着我四年,天天喂着不知道是什么药要好上多少倍。"

"喂药?"

"把我关在一个屋子里,一关就是四年,还真是好本事。还有那几个看守我的人,每一日都抱怨着看守一个疯子的日子好难过。"莫阑珊心里也是很不平,她从不认为她疯了,只是被木青瓷关了四年,没疯都要被逼疯了。更何况她已经得了疯病,时而疯癫,时而清醒。又加上受了不小的刺激,脾气也越发的暴躁了起来:"他们都说我疯了,就连看守的人都以为我疯了,把我锁起来关了四年。但说我疯了的那些人都死了,我逃出来的时候就杀了他们。我的确是疯了,被你们这些人逼疯的。"

莫无争不知道什么时候走到了莫阑珊的身后,他一个手刀打晕了莫阑珊,深深地看了她一眼,抬头对着莫景凉说道:"公子,大家姐多半是疯了。"

"我知道。"莫景凉低垂下眼,有一种两难的感觉。一边是害过他的莫阑珊,一边是要为被杀的妹妹报仇的沈夜,怎么选?突然明白了苏笙月临走之时所说的话,这件事就此作罢最好,毕竟冤冤相报何时了。

"放了大家姐吧!"

莫静岚从沈夜的身后走出来,看了一眼昏迷了的莫阑珊,转过头看着沈夜,坚定而认真地说道:"放过大家姐,也放过青瓷姑娘。这件事她们都没有错,错的只是画儿。俗话说一命还一命，画儿害死了清玄哥哥，被大家姐上门寻仇也并非是什么惊天动地的大事。沈画是你的妹妹，清玄哥哥也是青瓷姑娘的亲哥哥。"莫静岚今晚上的确是受到了冲击，她第一眼看到木清玄的时候，就对他抱有好感，可以说是十分喜欢与崇拜他。这种感情无关于男女之间的情意，而是一种对有一个这样绝世无双的哥哥的向往，粗略地说是妹妹对哥哥的喜欢与崇拜。

"你在说些什么？"

"我说这件事算了，就此作罢。你的妹妹是沈画，清玄哥哥的妹妹是青瓷姑娘。难不成沈画的命是命，清玄哥哥的命就不是命吗？杀人偿命，天经地义。如果不是青瓷姑娘大度，保下了沈画的尸体，你觉得画儿落在了大家姐的手里会有什么好下场？画儿偿了命，大家姐也可能疯了，你还有什么不满的？"莫静岚以为沈夜是明知了沈画先无辜害人之后，还打算不放过莫阑珊，也不想放过木青瓷，她的心情一下子就落到了谷底。火气冲上了心头，尤其是之前就从莫无争那里得知了沈画临死诅咒莫景凉的事，心里更是不舒服。她也希望这件事可以好好结束，也明白丈夫的痛苦，可想要温言细语地劝说他时，话一出口就变成了怒气冲冲："我不明白你是怎么想的，就此作罢不是很好吗？我都从无争那里听说了，沈画临死的时候还诅咒我的笨蛋弟弟。因爱而生妒，这就是她爱阿凉的方式吗？七杀是谁？我在萧妄宴的婚礼上听人说过。她也是因爱生妒，灭了叶家满门。沈画可以和七杀合作四年，她也是因爱生妒，难保她以后不会变本加厉想要灭我莫家满门。"

也许是自觉说得过分了，莫静岚没给他们说话的任何机会，紧接着说道："我不想这么说沈画，她是你妹妹，是我的小姑子，可是你应该正视她的所作所为。我相信大家姐的话，她就是那种不在乎别人怎么说她、看她的人。她以前虽然替隐家做事，可她只是为了清玄哥哥。她心狠手辣，她杀人如麻，她滥杀无辜……"莫静岚停顿了一下，只觉得身体有异样，忽略掉不舒服之后，继续说道："可她绝不会冤枉一个跟她几乎没有任何关系的大小姐，我相信她的话。你应该正视沈画的死，好好料理她的身后事。你现在有多难过，清玄哥哥死的时候，大家姐和青瓷姑娘就有多难过，甚至比你还要难过痛苦不知道多少倍。那段时间我就在想，清玄哥哥那样好的人为什么会死？现在我知道，他死在沈画的妒忌心之下。这一切都是自作孽不可活，再去计较又有什么意思？只是为了出一口气，那未免太不值得了。"

尽管莫静岚的不少话都不怎么好听，可那的确是一个不容置疑的事实。他心里虽然生气，可他也没怎么表现出来，只是盯着莫静岚的眼睛，一声也不出。

莫静岚被沈夜看得发毛，她吸了一口气，毫不畏惧地直视着沈夜，鼓起勇气继续说道："我不希望我的丈夫是个被仇恨蒙蔽了双眼的男人。就算话再怎么难听，你也要给我听进去。虽然画儿不在了，可她也算是为她的过去赎罪了。你还有我，我们还有未出生的孩子。今后的日子也许不那么好过，可我和孩子都会陪着你。"慢慢走向沈夜，认真地劝说道："放下吧。连我这样不爱读书的人都能明白冤冤相报何时了，你总不会不明白吧？"

扑哧一声，沈夜突然笑出声，伸出手抓住莫静岚的双肩，认真地说道："冤冤相报何时了的道理我也懂，可当你所在意的人真的死在你面前的时候，怎么能轻易放下。我承认一切都是画儿的错，也没有不相信不是画儿做的，只是一时之间可能接受不了。可能我还不如木青瓷大度，也真的如同她所说的那般该谢她的，可心中的芥蒂始终放不下。"一下把莫静岚拥入怀里，他也不顾众人的眼光，紧紧地抱着她，失落地说道："放下仇恨也许很难做到，但我也会尽力去做。我没有去报仇的资格，画儿的死是她所付出的代价。可她始终是我的妹妹，但莫阑珊可能已经疯了，我还能怎么样？你说得对，我应该暂时放下画儿的死。因为我还有你和孩子，我必须要保护你们母子。"

莫景凉轻咳了两声，他转过身背对着沈夜他们，"无争，先带大家姐回去休息。她的精神不稳定，明早再请大夫来看看。"停顿了一下，继续说道："估计沈画死后，七杀就离开了。不过沈画的事情，你不仅需要道谢，更要道歉，这是你欠青瓷的。如果她因为你的事受了重伤，我想我会杀了你。这是我欠青瓷的。"

莫无争把莫阑珊打横抱起来，他跟在莫景凉的身后，静静地走着，不发一言。

第一百三十八章

夜也已经很深了，萧晨安推开了景安儿的房门，他想要看一看景安儿是否睡下了。结果不如他所想的那般，床上空无一人。屋子里隐约有声音发出，他寻着点点声响走到屏风后，只见景安儿靠在木桶壁上，双眼无神地盯着房梁，整个人都还泡在水里。那点点声响是手浇起水的声音。萧晨安顿时就舒了一口气，不过又揪起了心，他三两步走到木桶边上，看着不知道泡了多久，皮肤已经泛白的景安儿，伸出手抓住她的肩膀。水是凉的，景安儿的身体也是冷的，他心疼地说道："安儿，一切都会没事的。"

"你都看见了。"

景安儿回过神，她面无表情地看着萧晨安，眼中是那么的陌生，隐约可见藏在眼底的伤："你都看见了，你都知道了，我隐瞒的一切你都知道了。"

如果不是萧晨安可以确定眼前的女人就是景安儿，他恐怕也会以为认错了人。虽是回过了神，可脸上一点表情都没有，双眼无神，说话的语气也是冷冷淡淡的，让他心惊得厉害。又想起了昨天下午的事，他为景安儿换去湿衣时，她后背上有丑陋的疤痕印记，那是一个"奴"字，曾经屈辱的象征。

"我会陪着你，不管发生什么事，我都会陪着你。"事到如今，萧晨安也只能在景安儿的面前压下心中所有的怒火，换上最为温柔的面孔去安抚着她已经千疮百孔的心。他紧紧地抓着景安儿的双肩，力道不自觉地加大，强迫她看着他的眼睛："不管你变成什么样子，我都不在乎，因为你从始至终都是我的安儿。不要再去想过去的事，好好休息一晚，第二天起来一切都会恢复原样。我跟你保证，一切都会恢复如初。"

景安儿呆愣愣地看着萧晨安，她突然剧烈挣扎了起来，眼泪一下子就掉了下来，伸手推着萧晨安，哭着说道："别碰我，好脏。放开我，求求你放开我。"

萧晨安已经很累了，连续几天都没有休息好，再加上之前被景安儿的举动吓到，更是不能放下心中的担心。本来就已经心力交瘁了，此刻怒气与不满也爆发了出来。他不顾景安儿的挣扎，弯下靠近她，眼中有着一丝不耐烦，手上的力度也不自觉地加大，厉声说道："别闹了，我已经看够了这场闹剧。我的忍耐已经到了极限了，也不知道还能忍多久，不要逼我发火。那些不好的记忆都会消散的，你只要做好景安儿陪在我的身边就够了。我不在乎你的过去，也不在乎你曾经变成了什么样子，只要你现在是景安儿就好，是我一直放不下的景安儿就好。"

景安儿被萧晨安从未表现出来的凶狠吓住了，稍微愣了一下神，可肩膀好像要被捏碎了，传来的疼痛让景安儿抽了一口冷气。与其说她是感觉到身体疼痛，倒不如说比之以前，她的身体好似开始恢复知觉了。能够感受到身体上的疼痛，能够嗅出属于萧晨安身上属于别的女人的脂粉味，也能尝到眼泪的苦和涩。

"可我在乎，我做不到不在乎。"

景安儿的情绪也爆发了出来，她的双手打起了水花，冰凉的水珠落在两人之间。她使劲地挣扎着，想要脱离萧晨安的挟制。"你不在乎，可我在乎，我很在乎。我背后的伤疤无时无刻不在提醒我，我是什么样的人。所以别碰我。"景安儿的声音越来越弱，她无力地闭上眼，眼眶里的眼泪也顺势流了下来，"现在的我还有什么资格陪着你，明明我都已经脏了，不要再理我，就让我自生自灭。"

看着这样子贬低自己的景安儿，萧晨安心里又蹿起了一阵怒气，他不准景安儿如此瞧不起她自己，哪怕是已经到了如今的地步，也不想她瞧不起她自己。他的眼睛里布满了血丝，怒气冲冲地捧起景安儿的脸，动了真心地说道："我不在乎。"

话音还没有落下，就在景安儿不可置信的眼光中，萧晨粗暴地吻上了她没有血色的唇，伸出手把未着一缕的景安儿抱了出来，径直走上了床榻。

他和她，今夜注定无眠。

当第一缕阳光透过云层照射在大地上的时候，紧接着没过多久天就亮了。夏日的白昼总是来得格外的早，大街上也已经有了人声。

苏笙月就是被这阵声音吵醒的，他昨晚上因为太累了，所以睡得很沉，直至现在也没有完全清醒的感觉，还是睡眼蒙眬的样子。他看着边上依旧闭着眼的木青瓷，顿时就觉得满足了，昨晚上的不快也一扫而空。唇角弯成好看的弧度，伸手搂着木青瓷，继续埋头睡过去，不再理会从街上传来的人声。

木青瓷醒来的时候已经快要到正午了，她缓缓睁开眼睛，望着房梁。只觉得身体舒服了许多，但总感觉有什么东西压着她，有一些不舒服。她偏过头去，看着苏笙月的睡颜，顿时就清醒了。这张让她陷入梦魇之中不可自拔的俊脸，此刻看起来是这般的平静，就像一个孩子一样安稳地睡着，没有半分的不适。

木青瓷一时之间有一些慌乱，好像一个晚上，她就回到了四年前。她动作很轻，微微地侧过身体，情不自禁地伸出手指，指尖触碰着苏笙月的脸。从额头处往下，滑过挺直的鼻梁，落在他的唇上。那个时候，她的身边也是睡着苏笙月。每一夜，她都会任由他的挑逗，大胆地回应着他。每一日，她在醒来总能第一眼就看见苏笙月，他永远都抱着她入睡。只是现在不是四年前，而是四年后。木青瓷好似被人施了定身法，她垂下了眼，指尖还轻放在苏笙月的唇上。

就在木青瓷准备收回手的时候，苏笙月突然睁开眼睛，他抓住木青瓷准备收回去的手，唇角微勾，以迅雷不及掩耳的速度翻身把她按在身下："是不是有一种习惯感，所以才不会惊讶我睡在你的边上？我也一样，已经成了习惯，习惯你睡在我的身侧，枕着我的手臂入眠。也只有你，才是最契合我的人，不管是身体，还是其他各个方面。"

木青瓷可以感觉到耳畔边的唇有意无意地掠过她的脸，呼吸间的热气喷在耳边，细碎的发丝弄得脖颈间痒痒的。被压在胸前的双手根本使不上力，她侧过脸冷声说道："快放开。"

"不放又能如何？明明四年没见了，想要同你亲热一番，结果你的脾气还是一如既往的不好。"苏笙月在颈间落下细碎的吻，他说这话时就像一个登徒子，可语气之中并无那份猥琐。他的声音还是那样温润，他阖上眼说道："四年不见，我还是那样想你。你身上的味道无时无刻不在我的鼻尖徘徊，闭上眼就好像能闻到一般。你知不知道这四年来我有多想你？"

不得不说，苏笙月的情话永远有效，刹那间的怦然心动，只不过随即唯有冷笑。木青瓷嘴角噙着笑，看起来美丽，只不过却藏着冷漠："是在想我到底是生死不明，还是早已经埋骨在荒郊野岭了吗？可惜没能如你所愿，那一点伤还死不了。"

"你是这样想的吗？"

苏笙月的身体僵硬了起来，他撑起身体，与木青瓷对视着："也许你该想，我从未希望过你死，这的确算是我真正的心意。我并不想伤害你，也希望你能够活下去，唯有这一点，你要相信我。"

"我对你并没有信任，不管你说什么话，表现得有多真诚，你在我的眼里就是骗子。"

木青瓷直视着苏笙月的眼睛，对于他眼中的受伤，嗤笑了一声："如果是四年前，我可能还会相信你的鬼话，只不过这是四年后，你的话我一句话也不会相信。"

"我以为还可以重新来过，放下所有的过去，重新开始。你还舍不得我不是吗？我们可以重新来过，而且我们还有一个女儿。"苏笙月也没有禁锢木青瓷的双手，他看起来十分的失落，但并没有放弃。他伸出手指来，放在木青瓷的心口处，"你的心里还有我不是吗？除了错过的四年,多了一些不必要的误会,我们就如同从前一样。"

木青瓷突然笑出了声来,语气却是不善:"你这次又发现我有什么价值了?是我母家的势力巫月神教,还是瞧中我持有的部分藏宝图?除此之外,我们并没有女儿,更没有孩子。忘了我说的吗?早就夭折了。你跟我女儿毫无干系,别打她的主意。"一提到女儿,木青瓷明显就没那么好的脾气,她眯起眼睛,似笑非笑地说道:"你我就是生死仇敌,不是你死就是我亡。这样清楚明了的事实,你不会不明白。"挑了挑秀眉,她故意挑衅地说道:"还是你转瞬就忘了,我有女儿,也有丈夫,我的丈夫是萧妄宴,不是你。"

苏笙月的脸色瞬间就变了。一想到昨晚上给木青瓷擦洗身体时发现的牙印,彻底没了理智。他抓着木青瓷的双手,分别按在她的头边,磕出砰的一声,眼神瞬间就冰冷了起来,他沉着声音道:"这是你逼我的。"

就在木青瓷还没有反应过来的时候,苏笙月的吻就如狂风暴雨般落了下来,他没有往日的温柔,粗暴地吻着木青瓷的唇。

木青瓷瞪大了眼睛,她恶狠狠地盯着苏笙月,一口咬着苏笙月的唇,狠狠地咬了下去,血的甜腥味在两人的口中蔓延开来。

苏笙月并没有因此停下他的侵犯举动,反而是接着血腥味加深了这个吻,久久之后才结束了这个吻。他的目光从木青瓷愤怒的俏脸上慢慢往下移,唇角的笑看着是那般的冰寒,"我从不是一个喜欢强迫女人的人,尤其是我十分想要得到的女人。我自认对女人的耐心很好,可现在一刻也没了耐心。你跟萧妄宴的婚礼不过是做戏,所以不要再用那一场没意思的婚礼来激怒我。"

"你的手段就是温柔攻势吗?以同样的方式,达到你想要的目的吗?还真是像你,不对,就是你的风格不是吗?"木青瓷铁青着脸,她此刻也是话中带刺,很明显苏笙月的举动和那番话都激怒了她。也许是心理原因作祟,她是不愿意服输的,嘴硬着说出那个既定的事实:"除此之外,我也不是一个喜欢别人强迫我的人,尤其是我讨厌的人。要我再告诉你一次吗?那一场婚礼不是假的,而是真正的婚礼。听清楚了吗?我的相公是萧妄宴,我们要一起走过一辈子,我们还会有孩子,所以不要再来烦我,不管你是打着什么主意。"

"你以为你嫁给萧妄宴就真的可以报复我吗?不可能的。木青瓷,你在作践你自己,而不是报复我。"苏笙月从来都是不会把喜怒表现在脸上的人,这时候他却做不到面色无常,"如果这就是你的报复,那我承认我输了,而且输得一败涂地。"放开木青瓷,他重重地捶在床榻之上,发出不小的响声。

第一百三十九章

作践自己？木青瓷只觉得好笑，也真的笑出声来。那笑声里满满都是讽刺，也不知道讽刺的是谁。萧安宴说过这话，苏笙月也说这话，可她还有什么可以作践的？除了这一具身体，她已经没有任何东西可以作践了的。"你以为我还有什么东西是放不下的。没有什么东西是我放不下的，你什么都不明白有什么资格说我。"

"如果四年前你就告诉我，你怀了我的孩子，我就不会冒险选择伤害你。我会下聘，迎娶你回苏家，而不是让你们母女流落在苗疆，从而导致今天这种局面。"苏笙月一本正经地说道，"我想让你远离宁国宝藏的诅咒，逃脱被当作棋子的命运，可你为什么还要出现？已经四年了，你为什么还要插手宁国宝藏的事？你要做的事就是好好地活下去，好好地照顾我们的女儿，而不是跟萧安宴一起掺和进这些要命的事。你就这么恨我吗，木青瓷？非要用这种两败俱伤的方式来赢我一次？你成功了，我苏笙月输在了你手上，而且是惨败。"

"就算告诉了你有了孩子又怎么样，一切都会有所改变吗？你心里跟我一样明白，不会有所改变的，可能还要多出更多的阻碍。"如果说是以前木青瓷曾经期待过苏笙月可能会娶她，那四年后的今天，她已经看得很清楚了。就算没有发生那些事又怎么样，她始终都是暗影阁的杀手，是宁夜澜最宠爱的杀手。这样的她，就算背叛了暗影阁，就算苏笙月愿意娶她，苏家也不可能会同意。那时候只会处于更尴尬的境地。不过两人的关系也许会跟现在不同，就像真正恩爱的夫妻，也会期待着孩子的出生。只是木清玄的死始终夹在两人中间，挥之不去。

"苏笙月，不要再自欺欺人了。我于你不过是一枚棋子，有用时则可以百般讨好，无用时随手可弃。事到如今，你还有什么想说的吗？不要再来烦我。若是想要一起合作，共同拼凑出藏宝图，打开宁国宝藏，我们还可以坐下来好好谈一下。只不过生死由命，到时候为敌为友，就不一定了。"木青瓷话说得很决绝，语气中不带半分感情，看起来就只差冷笑了。如果说之前还有一丝不确定的可能性，那得知木清玄真正的死因之后，她对苏笙月已经彻底心灰意冷，再也不会有一分信任。

"你已经不信任我到了这种地步了吗？是什么时候开始的，在不知不觉中，我们已经疏远疏离到了这个地步吗？"

"从我哥哥死后，你以为我还会信你吗？"木青瓷轻眨了一下眼，眼中看似很平静，实则暗潮汹涌也说不定。"骗了我一次又一次，你是打算跟我说实话了吗？可惜我不信你，哪怕你是准备说实话。在我看来，都与我无关。"

苏笙月的表情让人看不出来他此刻在想什么，心情是好还是坏。他突然笑起来，无奈地说道："好不容易才可以放下包袱跟你说真话，这时候你却不愿意再信我一次。除了骗你的那两次，其他的事我不否认是别有用心，但我并没有一句话是在骗你。信或不信，也已经不重要了。木兄的事我很难过，只是事情远不是你想的那般。"

"找到七杀，把她带给我。"

木青瓷望着空荡荡的房梁，也许是苏笙月之前的眼神太真诚了，或者是话语打动了她，迟疑了片刻才说道："我给你机会，把七杀交给我。"

"这几日过了再说此事说不定更好。"苏笙月阖上眼，他沉浸在一片黑暗之中，有气无力地说道，"我累了，再陪我睡一会儿吧？"

木青瓷并没有答话，她静静的一声也未出，只是睁大着眼睛盯着房梁，脑子里却不受控制地浮现着以前的事。按说以她的性格，她应该趁此机会就离开的，而不是放过苏笙月给她的这个好机会。可不知怎么的，不仅没有着急离开，反而静躺在床上，想着其他的事。

两个人之间唯有安静的呼吸声，虽是睡在同一张床上，心却怎么也无法靠近一点。

看似平静的一天，也许并不怎么平静。至少对于巫月神教的众人来说，面对着白幽的怒火，这无疑是一场煎熬。

"回神使，整个江州都未有圣女的踪迹。"

白幽负手背对着众人，转过身居高临下地看着面前跪着的一片人，往日里身上的书卷气也都消失殆尽。他沉下了脸，一甩袖子，冷冷地说道："巫月神教辛苦培养你们就是为了听找不到的话吗？圣女已经不见一日，你们却连一点消息都打探不到，我留你们有何用？"

"回神使的话，属下已经仔细查探了江州附近，的确没有圣女的一丝踪迹。何况圣女武功高强，少有人能够伤到大神护佑的圣女。一点消息都查不到，属下猜测是不是圣女故意隐藏起了踪迹。"

白幽冷哼了一声，他皱起眉头，脸上也满是冰寒之意，一字一句地开口道："我要的是准确的答案，而不是猜测。"

"属下知错。"

"若是圣女出了何事，你们也不必再待在这里了。"白幽少见地发怒了，就在眼皮子底下把人弄丢了，这简直是耻辱。又想起了某个人，转而复问道："苏笙月在哪里？"

跪着的弟子面面相觑，不知白幽为何突然问起了苏笙月，不过还是恭敬地答道："苏笙月已经不在江州了，至于去了哪里，也没有任何蛛丝马迹。走得很快，根本没有留下痕迹。"顿了顿，犹豫地说道："不过他应该会赶去开封的沈家，沈画在昨日被杀了。沈家的口风很严，没有传出沈画的死因。"

一听到沈画被杀，白幽心中就明了了三分，他冷静地说道："盼咐下去，马上动身，前往开封，迎接圣女。"

"是，神使。"

一连过去四天，江湖终于再一次沸腾了起来，就好似有人在暗中推动此事一般，将所有事的影响都扩大到最大程度，比起之前更大力度地造成影响，彻底搅浑江湖这趟浑水。如今江湖之中最火爆的消息无非是两个，一个是沈画之死，另一个是宁国宝藏即将浮出水面。

沈画的死就是令人怀疑的事，不过在锦家以最快的速度出了关于此事的前因后果的话本子之后，原本令人怀疑费解的事，一下子就清楚明白了。这无疑是对沈夜的打击，用事实来证明沈画的行径。谁能够想到堂堂的沈家大小姐居然做出了滥杀无辜的事来，这对于是名门正道的沈家来说无疑是一个打击。

就在江湖上的人感慨万千的时候，沈家也放出了声明，说沈画是因为被七杀控制了心智才会如此。结果并不让人相信，也没有足够的信服力，说到底还是一个笑话。反正经过这次的事情，沈家算是颜面扫地了。

同时巫月神教在开封住下，看起来是针对沈家，不会轻易罢休。原因是什么，那很简单不是吗？巫月圣女就是木青瓷，她没打算就此罢休。她要沈夜把沈画的尸体交给她，一切就作罢。沈夜肯定是不愿意的，于是乎木青瓷又提出另一个条件，那就是让沈夜把四年前在假的宁国宝藏里抢到的那枚戒指给她。牵扯过来，牵扯过去，还是逃不过宁国宝藏的阴影。

沈夜并不是受人所威胁控制的那种人，他自然也无惧木青瓷。

落花谷的倾城阁也出声了，让沈家交出七杀，否则事情不会就这么善了的。这话不是叶轻轻说的，而是早已不出面的叶如琛所说。叶如琛是谁，江湖上人人都要给三分面子的人物。他多年不出世，但没有人会忘了他，反而会认为他这些年是在韬光养晦。

自从萧妄宴的婚礼一事过了之后，七杀曾经的身份也暴露了出来。乔简珠，也就是七杀，她追寻女妩到了中原，谁知爱上了叶如琛。那时候女妩已经化身成了乔简珊嫁给了木建程十多年，但还是被七杀发现了身份。两人做了一个交易，那就是女妩帮七杀嫁给叶如琛，换来暂时的共同合作。谁知道七杀化身为乔简珠，本是要嫁给叶如琛。谁知叶如琛当日逃婚，由其兄叶如霖代娶七杀，导致七杀恨透了叶家人，才会做出灭叶家满门的事。至于七杀为何会在女儿都八九岁的时候才做出这事，因为她不小心被女妩用化功散化去了七成内力，根本无力抗衡叶家。

哪怕已经过了十多年了，这份血海深仇叶如琛也没有忘记过。除了这一点原因之外，叶如琛此举也是在为木青瓷助势。尽管没有直接表明是站在木青瓷这一边，可出面向沈家讨要七杀，也是在无形之中给沈家施加了压力。叶如琛帮木青瓷也是有原因的，当年木建程与叶如琛交好，还因为他的一个玩笑话，木建程将原来的名字改成了现在这个。叶如琛逃婚之后，又娶了一个江南名妓，最后被逐出叶家的大门，也只有木建程支持他的决定，并且一直对他施以援手。在不少的地方都助过叶如琛，真心待他这个兄弟。

再者木清玄是叶如琛的徒弟，也是他看着长大的。从小教授他武功，感情十分的深厚。那样一个优秀到让他都自叹不如的侄儿，因为他的缘故落到了隐家的手中。谁知后来又重现江湖，却没有活过来，反遭了沈画的毒手，这让叶如琛怒火冲天。

与后来很少见的木青瓷不同，木清玄对于叶如琛来说就像是儿子一般，看着他长大成人，教导他诗书礼仪武功，用尽心力地培养，结果却是白发人送黑发人。不仅因为木青瓷是好友唯一留下的女儿，更因为视作亲子的木清玄之死，所以叶如琛都要尽全力地护好木青瓷。四年前成佛崖一事，对于木青瓷的生死不明，叶如琛就自觉对不起木建程，连他唯一的幼女都保护不了，为此还狠狠责骂了叶轻轻一顿。如今得知木青瓷未死，且身后有强大的母家势力，他也安心多了。

　　沈家此刻可算是遭遇了前所未有的危机，一连和几方都可以力敌的一流势力对上。如果说叶如琛的倾城阁和萧妄宴的顷绡阁都不如沈家积淀了不少反败为胜的底牌，那巫月神教绝对不一样，传承数百年不曾衰落过的大教，不知道在一代代的传承中积淀了多少力量，面对着中原的各大势力不仅毫不相让，反而更加强势。这就是底气。

　　一旦真正地对上，对沈家来说并不妙。无论是哪个势力，都不可能没有仇家，一旦双方势力动手，浑水摸鱼的人不在少数，落井下石的人可以说更多，借机寻仇的也大有人在。沈夜不可能冒险，尤其是现在这种时候。就算沈夜不想妥协，沈家的人也不准沈夜胡来，引得三方不顾一切出手。交出一个名誉尽毁的沈画不合适，怎么说也是沈家的人，不能有损沈家的颜面。但偶尔低头一次，交出那枚藏有藏宝图碎片的戒指，找台阶下也不会太丢脸。

　　四年后的木青瓷已经不是四年前的木青瓷，她有了足以抗衡任何一方势力的能力，而非嘴上说说。得罪谁都不能得罪一个不要命的女人，而且是一个很懂利用自己美貌的女人。

第一百四十章

　　"不该说些什么吗？"木青瓷看着前来送东西的沈夜，随意地坐在一边。

　　沈夜的眉头微微一皱，他从怀里摸出那枚戒指，盯着木青瓷冷声说道："东西我带来了，对于此事，不知巫月圣女可还有什么想说的？"

　　"你不该谢我吗？"木青瓷并未将沈夜的冷言冷语放在心里，她知道沈夜的伤处，漫不经心地开口道，"本来我没有打算放过沈画，可突然之间发现，让她如过街老鼠一般遭世人的谩骂更好。沾满了无辜人的血的那一双手，还真是漂亮，连一点茧子都没有。也正是这样一双让人怀疑不起来的手，才会让你死得不明不白。任谁都想逃离江湖的黑暗时，她却想要插一脚，真是好玩。"

　　"你……"

　　沈夜恶狠狠地盯着木青瓷，一下被戳到了伤口，手握成拳头重重地砸在桌子上，明知道木青瓷是故意这么说的，可他还是一肚子的火。

"生气吗？我哥哥死的时候，我恨不得将害死他的人碎尸万段。沈画本就该死，只是多活了四年。"木青瓷丝毫不畏惧沈夜，她慢吞吞地说着，可眼底却有着恨意，始终化解不去，"没能亲手宰了沈画是我一辈子最大的遗憾。我本来准备把她的肉一块一块地切下来，可莫阑珊那个疯女人下手太重，一点都不知道享受慢慢折磨的快感。等我赶到的时候，沈画就跟路边的死狗一样，除了那张嘴还会叫，连反抗都不行。是不是觉得很扫兴？连动手杀她的兴趣都没了。"

沈夜无法反驳沈画先杀害了无辜的木清玄，也无法义正词严地反驳木青瓷是错的。忍下心中的不满，把那枚戒指放在桌子中间，漠然地说道："一命抵一命，木兄的事，画儿也付出了代价。如今再加上这枚戒指，此事就此作罢。"

木青瓷拿起桌上的那枚戒指，看起来十分随意，她皮笑肉不笑地说道："你来应该不止是为了送戒指，七杀的事不准备解释一下吗？"

"我已经说过，七杀并未在沈家。"

"是吗？"

沈夜眉头一皱，拧成了川字形，他的脸色不怎么好，"你的目的？"

"我要七杀。"木青瓷看了沈夜一眼，随意把手横放在桌前，低下头盯着手腕上的镯子，"把七杀带来给我。"

"就这样定下如何？"苏笙月接过话去，他心里也有了主意，看向木青瓷时，眼中多了一份认真，"现在好好谈一谈这次的事，暗中推动的人的事你知道多少？也许你不怎么想跟我们谈这件事，但摊开了讲可能会更好。"

"我所做的一切都只不过是顺水推舟，你们所做的一切也都是如此。如果说四年前闹得还不够大的话，这一次注定要闹个天翻地覆，所有的人都无法置身事外。"

"因为这一次下了不小的赌注吗？"沈夜明白了暗中的人想要做一点什么，至于具体是什么就不得而知了。只不过目的都是一样的，那就是为了宁国宝藏里能够颠覆一个王朝的神秘东西。

"不只是不小的赌注，而是赌下了一切。"

说话的是莫景凉，他的话向来很少，之前也是安静地坐着，看着众人的闹剧，听着他们的谈话。

"你们给予的口头承诺，只有这点消息？凭你们的手段，我能查到的，你们也能查到。话已至此。"木青瓷拢了拢耳边垂下的发丝，"去传话吧，藏宝图碎片我手中已有三块，让掌握着碎片的其他人来开封找我，拼凑出一幅完整的藏宝图。如果不怎么赞同，那就不可能打开宁国宝藏，我也不介意毁了这三份藏宝图碎片，这样谁都无缘见到真正的宁国宝藏。"

就在这时，跟着沈夜一同来的莫静岚只感觉头有点昏沉，又开始想睡觉了。她站起来想清醒清醒，谁知道双腿不听使唤，她只觉得眼前突然一黑，有些不稳地朝地上倒去。她习惯性的抓住身边的人或者物,不知抓住了谁的手臂。

莫静岚晃了晃头,她看起来清醒了许多。感觉到手心传来的温度,她偏头一看,原来刚才顺手抓住的是木青瓷的手臂,所以才没有倒下,讪讪地放开木青瓷的手臂,只道:"不好意思。"

"无碍。"

木青瓷的口气还是一如既往的冷淡,她并没有怪罪莫静岚随意去抓着她的手臂。

"岚儿,有没有什么事?"沈夜的动作最为迅速,他上下打量了莫静岚一番,见她并没有大碍,不由得舒了一口气。

也许是沈夜的表情太过于紧张,衬得莫静岚反而还比较轻松,她无所谓地说道:"我没事的,只是坐久了就想睡觉了,一起来就觉得有点头晕眼花,算不了什么。而且大夫也说过有孕的人贪睡,如果气血不足,坐久了会头晕也很正常。"

"千万不要逞能,有什么不舒服一定要说出来。"话一说出口,沈夜就突然想起了去医馆看看,不用回沈家后再请大夫,补充道:"我陪你去医馆看一看。"

"孕中贪睡?倒不如说是嗜睡。"

木青瓷不想泼沈夜冷水,可她觉得这是一个好机会,既不会害到别人,更利于她。她没有给几人说话的时间,绕过他们,随意地说道:"我不讨厌你,所以提醒你一下。再睡下去就不止你一个人死了,而是一尸两命,沈夫人。"

"我再睡下去会死吗?"

莫静岚可能是被木青瓷一本正经的话吓到了,她不明白为什么木青瓷会突然说这种话。她不是贪睡,而是嗜睡。

木青瓷偏转过身体来,她的眼中似笑非笑,看起来已经洞悉了一切,漫不经心地说道:"也许会,也许不会。"

"等等,你的话是什么意思?"沈夜可不觉得木青瓷是胡说八道,这只是一种感觉,他知道木青瓷不是无风起浪的人。

"青瓷姑娘……"

莫静岚看着上楼的木青瓷,乞求道:"我也不知道我最近是怎么了,总是莫名地想睡觉。最开始并不算睡太多,再加上大夫说过孕中贪睡,我也没怎么在意。可这几天来,我不知怎的,只要一坐着,或是不怎么动,就会想睡觉,而且睡的时间越来越久。我心里有些担心,可又觉得睡觉并没什么,可能是太累了。"见木青瓷依旧没有停下脚步,莫静岚也知晓因为沈画的事,木青瓷怎么会帮她?可为了孩子,她认真地说道:"我的孩子还没有出世,还没有看着孩子健康长大,还没有好好享受剩下的年华。我不想死,真的不想死。"

"可能是眠蛊。"木青瓷还是停下了脚步,她选择了帮莫静岚,只不过借此要让沈夜付出代价。"症状已经初显,贪睡之后,便是嗜睡。一日比一日睡得久,直到睡下了就再也醒不过来了。"

"怎么会这样……"

莫静岚捂住嘴,她睁大了眼睛,满满都是不相信。毕竟她从未跟人结仇,怎么会有人想要害她,而且是用这么恶毒的东西?

"眠蛊?苗疆的东西。"沈夜怎么可能不心惊,如果不是今日带莫静岚出来,又被木青瓷点出这一点,说不定就会铸成大错。

感受到沈夜强烈的怀疑目光,木青瓷嘲笑了起来,却冷漠地开口道:"就算怀疑我也没用,你救不了她。苗疆的蛊你了解多少?一旦种至人体,不发作的话,请大夫也查不出来。可发作之后,解蛊的方法你又知多少?与其在这里说些怀疑的废话,不如去好好想想,谁能救你的夫人。听她的话,眠蛊已经种下好一段时间了,你可要加把劲。虽然不是什么一下子就要人命的毒蛊,可一旦深种,不是那么容易化解的。"

"你要我怎么做?"

莫景凉抬眼注视着楼梯上站着的木青瓷,他不可能不管莫静岚,尤其是在中了苗疆的蛊术之后。正如木青瓷所说的那般,眠蛊已经种下了一段时间,他们没有那么多时间去找人来救莫静岚。"条件是什么,青瓷?"

"我要你的命。"

看着楼下几人脸上呈现的表情,木青瓷眼里浮现了一丝嘲讽,她补充地说道:"这笔交易很划算,一命换两命。我不要你死,只是要你受我掌控而已。"

"这个不可能。我们可以付出其他的代价,让你足够满意的东西。"莫景凉还没有来得及答话,沈夜就先出声了,他毫不犹豫地拒绝了木青瓷的条件,转而提出了其他的条件。

"若是我不答应,你又当如何?"莫景凉盯着木青瓷,眼中一如既往的平静。大概惊讶之后,已经没了情绪。他虽然钟情木青瓷,可还是有理智的,不会就此作为棋子。

木青瓷没有理会沈夜的话,无所谓地说道:"所谓的好心也只有一次罢了,我可以提醒你们此事,可不代表会救人。不拿命来换,沈家的人我一个都不会救。"停顿了一下,提起裙摆,继续上楼,边走边说道:"机会只有一次,人命的代价就要以人命来抵。"

等到木青瓷上楼之后,只留下神色不同的几人。苏笙月沉默了许久,他劝着沈夜,"巫月神教在苗疆扎根数百年,威望之高让你绝对想不到。阿夜,你心里应该清楚,只要巫月圣女的一句话,估计没有多少人会选择帮你。"

"我知道。"

沈夜重重地砸了一下桌子,他皱着眉头,眼中却满是懊恼之色:"如果不是木青瓷提出来,我恐怕会一直察觉不到岚儿被种下了眠蛊。作为一个丈夫,我居然连保护妻子都不能做到。哪怕是现在,我也是一头雾水。木青瓷一眼就看出了岚儿身上种下了眠蛊,我没有理由不怀疑她。"

"不是青瓷姑娘做的,我能感觉出来,她对我并没有任何的敌意。"莫静岚低下头,她的脸上挂着失落,眼神黯淡无光。深深地吸了一口气,打起精神来,乐观地说道:"既然青瓷姑娘能提醒我被种蛊的事，就说明她不是一个冷血无情的人。就算带有目的，也很正常。我打心底佩服她，如果不是处处都打算，一个女子，还带着一个孩子，日子哪里有这么好过。何况巫月神教这种大势力，哪有这么容易掌控。因为画儿的事，她对沈家的成见很深，怎么会救一个跟她毫无关系的人。再加上四年前你们几个做的事，结下了这么大的仇，鬼才会再相信你们几个人，不付出代价怎么可能。换了是我，我估计就恨不得活剥了你们几个。再想想办法吧。"

"虽然沈夫人很通情达理，但我还是想说一点。青瓷对你的确没有敌意，换句话说，她很喜欢你。喜欢你乐观大方的性格。如果你是一个让她讨厌或者只是认识的人，她也不会提醒你被种下眠蛊的事。"苏笙月轻咳了两声，四年前成佛崖上的事是他最不想提起的，不管是他自己提起，还是被人提起。

"难怪青瓷姑娘会因为我的一两句话帮我一次，原来还是因为我自己人好的缘故。"莫静岚还是高兴的，任凭谁听到被喜欢，也不会不开心的，"既然青瓷姑娘挺喜欢我这个人，那为什么不愿意帮我？我可以付出她想要的东西，就当作是谢礼。"

第一百四十一章

"原因很简单，问问你相公就知道了。没能亲手手刃仇人，心里的仇恨没能发泄出来。沈画死的时候，还一口污蔑青瓷杀了她。你家相公不问是非黑白就打伤了青瓷，如果不是阿凉拦着，还有我及时赶到，恐怕青瓷现在不是重伤至死，就是躺在床上重伤昏迷不醒。还有没来由的敌视，不善的言语。沈夫人以为青瓷会轻易救你吗？她上楼之前说的，命的代价要以命来抵，多半就不会改口。要是你家没脑子的相公再因为着急做出什么事来，就算去苗疆请高手，估计苗疆也不会有人愿意救你。"苏笙月漫不经心地说着，他说这话的时候颇为讽刺，语气中还带着一丝怒意，"青瓷是说一不二的人，她既然提出了以命抵命的条件，就不会轻易改口，尤其是对某个人。"

莫静岚抬头看着沈夜，露出无奈的神色，她伸出手抚上小腹，一本正经地说道："我的孩子，这一次不怪你娘我胡搅蛮缠，到处惹是生非。得罪人的可不是我，而且还得罪得这么严重。我们母子还是回家等死吧，睡觉的时候死去也好过被折磨死，至少轻松无压力，而且还没有半分痛苦，说不定还可以做一个好梦。"

莫静岚说这话纯属是调侃沈夜，可话说起来却是一本正经，让听的人莫名地觉得好笑。这种时候，恐怕也只有莫静岚能做出一副我不怕死我无所谓的态度。

"我去想办法。"

沈夜几乎是咬牙切齿说出这话的，莫静岚的正经话，无疑是打他的脸。一心要救夫人和未出世的孩子，可偏偏得罪了人的是他。

"办法？你愿意低头去跟青瓷姑娘认错，还是准备一命换我们母子两条命？"莫静岚算是无所谓了，说起话来也是挺欢乐的，好像她的身上根本没有发生什么不好的事一样。摆了摆手，随意地说道："算了算了，我也不勉强你。换了是我被这样对待也不会帮忙。这不是给自己找麻烦吗？还费力不讨好。如果让你低头去认错，那实在是不现实。毕竟让你对人态度好点，别满怀敌意地对人家，估计都做不到，所以我也就不指望了。当然最重要的是查出哪个该死的混蛋在我身上种蛊。"

"这个人太好猜了，善用蛊，又清楚沈家的情况，之后轻松给你种下眠蛊。"苏笙月摊了摊手，表示这个问题太简单，实在不用太多费心去猜测到底是谁干的。

"七杀。"

莫景凉淡淡地出声，他的语气很坚定，看样子是已经认定了七杀，而非是他人。当然这也有他的考虑，而非是凭空得来的。

"也只可能是她了，沈画的死，她恐怕也是早就知晓的，所以提早一步就离开了。利用完了一颗棋子，再丢弃掉，感觉是七杀做事的风格。"

苏笙月随意地说着，他觉得这是一个绝佳的机会，可以利用莫静岚，找出躲藏在暗中的七杀，只需要做戏一番。他接着说道："不如我们来做一个假设，如果七杀是把此事捅出去的那个人，那她对沈画一定会死这件事便了若指掌。提早一步将眠蛊种在沈夫人体内，等到沈画这一颗弃子废去之后，再拥有一颗更有用的棋子。容易控制，又能够成功利用的人，在沈家有许多。可论王牌，沈夫人可是当之无愧。莫世伯一向宠爱女儿，我们的阿夜对夫人好，那可是众人都知晓的。还有个能够担当的弟弟，何况本身又容易下手。现在还不算太严重，发作起来没有到可以让人产生怀疑的地步，七杀也不会贸然出现。若是她下的蛊，利用沈夫人威胁我们也是很容易的事。至于其他的，我想不通七杀为何没有料到青瓷的存在。"

"如果七杀背后还有人，又应当如何？"

"那个人就是搅浑江湖的罪魁祸首。"苏笙月看了其他几人一眼，他突然笑起来："这是一个好机会，说不定能引出七杀来。"随即又看向沈夜，语重心长地说道："抵命的人来了，接下来就是去赔个礼道个歉。这无关男人的尊严，做错事了，何必死撑着，大方地去赔礼道歉，反而更有力度。另外，说话时可要记得想着沈夫人的身体情况。除此之外，沈夫人不如没事就去找青瓷说说话，就算再没话说的时候，也要找点话说。青瓷是嘴硬心软的人，说不定谈笑之中，会告诉你不少关于抑制眠蛊的方法。"

沈夜显得有点难堪，虽然苏笙月的话没有错，大丈夫能屈能伸，大方地赔礼道歉有何不可？只是因为之前的事，木青瓷刻意的话会引得他发怒，恐怕又会生出不少的事端来。而且总难以轻易释怀沈画的死。

"果然青瓷姑娘是个好人，所以说我也没什么好担心的了。"听着苏笙月的话，莫静岚只觉得舒了一口气,她的心情也一下好了起来。没有之前那种低落,多半是了解到她会没事的,所以又恢复了往日的样子。

接下来的日子,无非就是那样,对宁国宝藏持有幻想的人都朝着开封赶来。看起来是对木青瓷的话很支持,也在无形之中形成了一股力量压迫着剩下掌握着藏宝图碎片的人。不过闹得最厉害的事与江湖无关,据透露出来的一些小道消息,太皇太后在前几日的夜里,被贼人掳走了。这个消息一直被皇室封锁着,不允许任何人传出来,可始终纸是包不住火的。有权有势的江湖势力也有各自得到消息的渠道,多多少少还是得到了一些零碎的消息。大概可以确定太皇太后真的被人劫走了,而且为了威胁景帝,已经传信了好几次。这并不是空穴来风,上京城的御林军在最近几日调动得太过于频繁,更有不少御林军乔装后被派出去,到处找着什么东西。无疑更让人确定是在寻找太皇太后。

有人相信,也会有人不信。一些人也认为司琰是在故布疑阵,就是让人以为皇室内乱。当然事情是真是假,能查出来的人自然也知晓,不是猜测可以说定的。

有人看戏,也有人着急。就有些人因为太皇太后的事,急得跟热锅上的蚂蚁一般。

"到底查没查出来,太皇太后被谁劫走了?她现在人在何处,有没有受伤?"南离将手上的酒瓶扔出去,砸在墙壁上,酒水混合着碎片到处飞溅。他只有在心情十分不好的时候才会喝酒,这是他多年来养成的习惯,因为酒是误事的东西。

习远站在原地,他见南离发怒,赶忙跪下,战战兢兢地说道:"太皇太后的消息被皇室封锁得太严,根本无法知道送去金钗的那个人是谁,也无法得知带去了什么消息。那些人既然有心利用太皇太后来威胁皇室,想必不会用过激的手段对待太皇太后的。毕竟只是个手无缚鸡之力的妇人,应该只是软禁起来。"

"应该?你告诉我应该是什么?目前连掳走太皇太后的人都不知道,你让本座怎么能放下心来。"

太皇太后江小虞一直是心中的那个梦,从第一次见到她的时候,南离就知道他一辈子也不可能忘掉这个女人。所以当他决胜归来之后,原本要等他回来的江小虞已经嫁给了司尧,并且还生下了一子。这让年轻气盛的南离不由得愤怒,他想要去把江小虞抢回来,却输给了司尧。可司尧不敢杀他,因为答应过江小虞放他一命,可许舟儿那个贱人暗中下了杀手,若不是他的命大,早就死在许舟儿手中。

如果没死在司尧手中,死在许舟儿手中,那对于南离来说,还真是耻辱。活下来的他学会了隐忍,留得青山在,不怕没柴烧。这一等就是二十年,他被那其乐融融的一家人给彻底激怒了,策动丽妃,联络左丞相,发动宫变。司尧还是栽在了他的手中,二十年来的勤练武功,就是等那天的到来。可江小虞却不愿意跟他走,她看着他的眼神里充满了仇恨。那一刻南离就明白了,江小虞早就爱上了司尧,所以她才会说出那样的话。

可江小虞始终都是南离心底的一个梦,一直可望而不可即。他想要触碰她,却无法触碰,因为江小虞连见都不愿意见他。好不容易等到今天,却告诉他江小虞被人掳走,皇宫里也已经乱作一片，不知该从何查起。

"属下一定竭尽全力寻找太皇太后的下落，请家主放心。"

南离一甩袖子，他背对着习远，冷冷地说道："如果查不到太皇太后的消息，你就不要回来见本座了。"

"属下遵命，一定不会负家主所望，必将太皇太后的下落给找出来。"习远掷地有声地答道，他说话时中气十足，好似真的有把握一样。

"你先下去，通知好各方，随时准备着。"南离背过手去，他抬起头平视着眼前的墙壁，似笑非笑地说道："隐家也藏得够久了，也该出世了。你是本座最信任之人，这些事就交给你了。"

"请家主放心，习远一定尽心尽力。"习远依旧跪着，他恭敬地说道，"属下就先告退了。"

习远离开之后，就有弟子跑了过来，恭敬有礼地说道："护法，莫护法被人带去了倾月山庄，属下还打听到……"

"有什么话就说，吞吞吐吐不如不说。"习远拿出了他护法的气势来，站在这里也不怎么动一下，就有一种不怒自威的感觉。

"莫护法好像已经神志不清，彻底疯了。"那名弟子吞吞吐吐，还是把话说了出来，他低下头不敢直视习远。

"疯了？"习远显然也是没有想到莫阑珊会疯了，他的眼中晦暗不明，心里也不知道怎么想的。他只是随意地摆了一下手，淡淡地说道："你先下去吧，今日之事，就当作没发生过。你也没来见过我，我也什么都没问过你。"

"是，属下明白。"

第一百四十二章

不知在哪里的一间房里，兽头铜炉里冒出白色的烟气，一位长须皆白的老者盘坐在床上，他紧闭着眼，看起来颇有仙风道骨的味道。此人正是南霖，可他却有一张和另一个人一模一样的脸。在青烟袅袅之中，回溯着过去。

记忆之中，还是数十年前，那时候他们还是风华正茂的年纪。年少轻狂，做事不如此刻有分寸，武功更是不如现在。两个少年一起拜入了一个怪才的门下，成了他们的师父唯一的徒弟。他们本来天资就奇高，再加上有怪才师父指点，武功一日千里。刚过了弱冠之年，武功就排在他们当代的前几人之列了。

那两个少年是亲生兄弟，且是一母同胞的孪生兄弟，两个人自小就感情极好。兴趣爱好，衣着打扮，口味眼光都一样，就连喜欢的女人，也都是一样。本来是那样好的关系，本来是共同扶持闯荡江湖一辈子的人，也终于渐渐生出了隔阂，最终形同陌路。

还记得那位怪才师父所说过的话，他只要一个徒弟，要真正能够继承他的武功的徒弟，所以两兄弟之中只能活下去一个人。两兄弟的师父给他们喂下了毒药，若是他们不相互残杀，两个人都会死。如果想要活下来，就必须杀死另一个人。

他们的师父并没有直接告诉他们这个事实，而是各自给了他们三年，让他们出谷历练。两个人的磨炼均不相同，哥哥去了苗疆，弟弟则留在中原，这一别就是三年。他们约定三年之后返回谷中，一起向他们的师父交代他们的三年。也就是在这三年当中，两兄弟终究各怀了心思，不再如以前那般无所不谈。他们都想要活下去，都想要成为武林至尊，可他们的师父却告诉他们，只能活下来一个人继承他的衣钵。

当在外历练三年后，两兄弟都依照约定回到谷中，去拜见他们的师父。也就是这时，他们的师父当着两人的面提出了这个要求。也许是念着兄弟情，谁也不曾真正动手，但当体内的毒发作几次之后，两人也都放下了那份不舍。哪怕再怎么不愿意，也选择了舍下这份兄弟情义。不仅是两人心中都有些牵绊，更因为不想要死，所以说连同兄弟的那一份也一起活了。

在回谷之后的日子，两兄弟的话变少了，在一个月色不错的夜里，弟弟终于还是放下心底的芥蒂，暂时请哥哥到院子里去喝酒。他很真诚地告诉他哥哥，不管之后是不是生死相搏，至少今晚让他们两兄弟好好畅饮一番。这样就算日后只活下来了一个人，也可以有所怀念。

也许是弟弟的话太过于真诚，也许又是弟弟的行动证明，他是真的想要和哥哥畅饮一番，哥哥就这么半信半疑地接下了弟弟递过来的酒。察觉到酒并没有问题，而弟弟喝得比他更多，哥哥也就放下了心来，跟他弟弟好好地喝上一番。酒过三巡之后，哥哥才发觉身体不对劲，他的意识渐渐开始模糊，想要运功驱酒时，才发现浑身上下便使不上力气，武功也根本用不上。这时想要逃，却已经逃不了了。他挣扎着，却只是摔在地上，难以置信地看着他的双生弟弟。

这时候他的弟弟才起身走到他的跟前，蹲下身，看着狼狈的哥哥，意味深长地笑起来："别怪我，大哥。我从小到大什么都不如你，武功不如你，资质不如你，才学不如你，也不如你会讨师父的喜欢。可我并不妒忌你什么都比我好，因为你是我的双生大哥。可是我不想死，真的不想死。本以为我们两兄弟可以携手一起闯荡江湖，共同扶持一辈子，可天不遂人愿。我们一起拜师，却只能活下来一个人。"

哥哥此刻不知做何感想，他了解他的弟弟，既然选择了这么做，就绝不会因为几句话而放过他。他盯着弟弟的脸，却好像在照镜子一般，看到了他自己。"我以为你是真的想要同我喝酒，却不想你是早就算计好了，借此机会要我的命。"

"我知道凭真本事，我肯定是不如大哥你的。若是三年前，师父告诉我只能活下来一个，我肯定会正大光明地与大哥对决一番，就算是输，就算是死，也无怨无悔。可出谷的这三年里，我认识了一个人，我答应过她会回去的，所以我不能死，不能对她失约。对不起了大哥，谁让我们兄弟俩只能活一个，我会替你好好地活下去。"弟弟说话时，脸上还有着愧疚，估计是觉得要失去双生哥哥而悲伤。可他眼里却无半分的迟疑，尤其是他说起那个人的时候，在不知不觉中语气都温柔了。

"为了一个女人，你就要杀我。我们兄弟原本可以联手逃离这里，过着各自想要的生活，可你选择了放弃。"

"我了解你，就像你了解我一样。你的谎话也许可以欺骗别人，却怎么也骗不了我。且不说师父给我们下的毒，你说什么也不会和我一起逃出去的，因为你想要成为武林至尊，让万人敬仰。而我也想成为武林至尊，更想掌控一切。而且我既然已经出手了，就一定不会收手。只是可惜，没让大哥见见她，你一定也会和我一样对她着迷，只是你不再有机会。"

"从小到大，我们两个喜欢的东西都是一样的，估计女人也不会例外。你不会放过我，那不如在我临死之前告诉我那个让你着迷的女人是谁？说不定正如你所说的，我如果活下去，也会对她着迷。"

"江小虞。她叫江小虞，是个讨人喜欢的女人。不过她是我的，大哥你也没有任何机会了。"

在月光的照耀下，匕首的刀面更显得森寒，握着匕首的那个人没有半分的犹豫，将锋利的刀刃刺进了双生哥哥的心脏里，就此结束了他的性命。并将尸体和那把匕首一起扔下山崖。

山崖下是一条急流，平常少有人去那里打鱼，双生的弟弟并不认为他的哥哥还能够活下来，他确定匕首已经刺穿他哥哥的心脏。再加上丢下了山崖，在湍急的河流之中，尸体也不知道会被冲到哪里去，这是为了保险起见。

也许上天眷顾双生的哥哥，他并没有死。有一个秘密他藏在心底很久，他的心长在右边，而非左边。这一点是在他出谷历练时，因为受伤才偶然发现的，一直都视作保命的底牌。所以他被匕首刺穿了左边胸膛，也只是重伤而已，还有一线的希望。他闭气假装已无气息，等待着他的弟弟把他扔出谷外。被扔下山崖纯属是意料之外，也没有想到他的弟弟会这么担心害怕他死不了。幸好老天真眷顾他，他恰巧被一艘去那条河打鱼的渔民救了，因此活了下来。

他的伤很严重，加上又中毒，因此一直休养了五六年才将身体彻底养好，也不再受毒的折磨。等到他伤好之后，并没有露面，因为他知道他养伤的这几年，他的双生弟弟得到了他师父的真传后，武功不知道会精进多少倍，远不是他此时可以相比的。只得隐姓埋名的躲起来，重练一身本领。这一藏就是三十年，他终于等到了报仇的时候了。

脑子里不停地闪过过往的记忆片段，原以为是几十年前的记忆，结果数十年之后，回想起来，记忆却越来越清晰。

房间里始终都很安静，南霖缓缓睁开眼睛，他的目光很犀利，一点也不像一个年过半百，半只脚都踏入棺材里的老人，他平静地喃语道："南离，该是时候决断生死了，很期待我们再见时的场景。"

敲门声响了起来，南霖收回了视线，他收了功，又阖上了眼，随意地说道："进来。"

卿落染推开门，她顺手关上了房门，立在一边。有一些消息，她也不知道当说不当说，但肯定是要说的，不然她的下场也许会比晚说更惨。

"有什么话就说,无事便退下。"南霖还是一如既往的冷漠,他闭着眼,看都不看卿落染一眼,静静地打着坐。

卿落染也习惯了南霖这样子的态度,从小到大都是如此,还有什么话好说。她把心一横,认真地说道:"父亲,太皇太后被人掳走了,至今没有任何消息。"

"你为什么不早说?"南霖一听到太皇太后被掳走的消息,他立马睁开眼睛,整个人都爆发出一种骇人的气势,"是什么时候的事情?"

"是几天以前的事情,只是那时候消息被封锁着,所以一直没有传出任何的风声。只是纸始终是包不住火的,几天之后也泄露出了一些消息。已经经人确定,太皇太后的确是被人掳走了,用来威胁景帝司琰。"卿落染浑身上下都起了一层小疙瘩,那是被南霖的气势所震慑的。她咬着牙,继续说道:"皇室里已经乱套了,景帝最近几天调兵十分频繁。女儿发现隐家那边也是派出了人手,四处寻找太皇太后的下落。多半是被下了死命令,必须要找到太皇太后的下落。除此之外,女儿在得到这个消息的第一时间就派出人手去探查消息,据说太皇太后的情况貌似不容乐观,她的金钗被送到了景帝的手上,而且金钗上有血迹。"

南霖从床上下来,他站起身来,眼神却是十分狠厉。他迷上了江小虞,就如同当年南离对他下手的时候所说的那般,他在见到江小虞的第一眼,就已经迷上了她,从此无法自拔。所以这么多年来他才会那么关注皇室,只是想看她一眼罢了。

"去查,一定要查出太皇太后的下落,不惜一切代价也要把她找出来。继续派人盯着隐家的那些人,皇室那边也派人盯着,一有消息马上告诉我。"南霖说这话时已经没有了平日的镇定自若,他无比迫切地想要知道江小虞的下落,想要知道她是否受了伤?如果没有受伤,金钗上的血迹又是怎么来的,那她人此刻又在哪里?

"是,父亲。"

卿落染拱了拱手,她恭敬地出声,可心里还是舒了一口气。如果南霖把怒火转移到她的身上,那她的下场估计会很惨,虽然不至于死,但比死更难受。

南霖整理了一下衣服,他越过卿落染走到门边,想了一下:"除此之外,我还有一些事情,你去查探皇室,看一看他们藏着的那些消息。"

"是,父亲。"卿落染对南霖的话只有服从,她转而说道,"父亲要办的事,需不需要女儿先去查探一番?"

"不必。"

南霖拒绝得很干脆,他望着门外的天,露出一丝嗜血的笑容,眼中却是可惜,他低声自语道:"玉面。"

第一百四十三章

"爹爹，你怎么也来了，小萤儿好想你。"

萧妄宴一出现在客栈，流萤是第一个做出反应的，她想都没想就一下跑了过去，张开一双小手要他抱。

萧妄宴把流萤抱起来，他揉了揉流萤的头发，宠爱地看着她，"一段时间没见小萤儿，就想你了，所以特地过来看一看我的小萤儿。"

"小萤儿也想爹爹，娘亲也想爹爹，还跟小萤儿说过爹爹的。"流萤笑得跟朵向阳花一样，她搂着萧妄宴的脖子，一点也没有因为苏笙月承认是她亲生父亲之后，对萧妄宴的疏远，一如既往的亲昵。

"是吗？那可真是太好了。"

萧妄宴要的就是这样的效果，流萤的表现无疑是让他舒了一口气。当听到苏笙月想要回流萤之后，还担心流萤知道了事实，会因为他欺骗他是她的爹爹而怪罪他呢。现在看来，是他看轻了流萤跟他的亲缘。

"真是羡慕萧兄，有一个这么可爱的女儿。"锦懿卿从门外走进客栈大堂来，他路上和萧妄宴碰上了，所以两人干脆就一起赶了半天路过来。他看着萧妄宴和流萤的互动，倒是在心里有一丝期待，当苏笙月和萧妄宴遇上之后会发生什么事。一个是孩子的亲生父亲，另一个是精心照顾大孩子的养父。面对着木青瓷之时，估计那才是火花的绽放。毕竟一个是旧情人，一个是现任新欢。两个人若是心平气和地坐下谈一谈，说着今天归你，明天归我的话，那才是不正常。

"锦兄若是愿意，自然也会有的。"

木青瓷从楼上慢慢地走下来，她之前在走廊间就听到了声音，所以出来看一看。"你来了。"

萧妄宴把怀里抱着的流萤放在地上，他的嘴角微翘，眼中有着淡淡的温柔。他一步一步地走向木青瓷，差不多的时候就停下脚步，对着木青瓷轻笑："我来了。"伸出手把木青瓷抱进怀里，嗅着熟悉的味道，心一下就平静了下来。

木青瓷没有推开萧妄宴，更没有挣扎，她现在的身份是萧妄宴明媒正娶的妻子。他们以这种类似夫妻的样子生活了四年，早已习惯。"一路赶过来也累了，我让人去准备热水，你先简单梳洗一下。晚些时候，我有话要跟你说。"

"这样就够了，让我抱一会儿。只是这一路上过来，的确是挺累人的。"萧妄宴可是很享受当下的，只不过一路上听到的那些消息，也让他不能心安。尤其是听到了沈夜把木青瓷打伤的消息，那更是加紧了赶路的步伐，就是担心他明媒正娶的妻子。

被晾在一边的流萤就有点不高兴，她捂着眼睛，大声嚷嚷道："小萤儿也要抱抱，小萤儿也要爹爹抱。"

"好了，要让女儿看你的笑话吗？"木青瓷有些无奈，她心底的那个人不是萧妄宴，可是却是萧妄宴救她离开了那片是非之地。两人一起经过了许多的是是非非，才走到了今天。不得不说，萧妄宴已经成了木青瓷生命里不可或缺的一个人，是她可以依靠的那个人。

"我无所谓，女儿长大后就会明白的。"萧妄宴还真是不愿意放手了，也许是木青瓷之前答应了他，所以心里始终记挂着那个承诺。说实话，他喜欢这种感觉，一个三口之家的感觉，让人感到十分的温馨。

"多日不见，不知道巫月圣女近日来可还好？"被晾在一边的人可不止流萤一个，还有一个大活人锦懿卿，他把手握成拳头放在嘴边轻咳了两声。纵使他的脸皮再厚，人家夫妻俩在这里温存，他站在边上算什么，浑身的鸡皮疙瘩都起来了。

萧妄宴这才想起还有一个锦懿卿在，他不舍地放开了木青瓷，转过头看向锦懿卿，笑了笑道："让锦兄见笑了。"

"都是男人，能够理解萧兄。"锦懿卿随性地说道，没办法，这还真是实话，都是男人，自然也明白。

"没死。"

木青瓷就是这么简单粗暴地回答着锦懿卿，给人的感觉就是心情不怎么好，抑或是本性如此。对待不同的人态度自然也不一样。

锦懿卿自然不指望木青瓷对待他能像对待萧妄宴那样的好态度，只是这回答得还真是简单直接。他尴尬地赔笑着，也不知该说什么缓和一下气氛。

"最近娘亲和苏叔叔吵架，他们说是三天一小吵，五天一大吵，不会死人的。"流萤扬起头望了望木青瓷，又看了看锦懿卿，童言无忌地说着这几天的情况。

"锦兄？萧兄？想不到你们二人也赶来了开封。"

说话的人是沈夜，他抱着昏睡不醒的莫静岚急急忙忙从沈家赶了过来，却没有想到在客栈里看见了萧妄宴和锦懿卿两个人。看他们风尘仆仆的样子，显然是今日才到的。

萧妄宴看着沈夜那着急的样子，视线转移到昏睡着的莫静岚的脸上，他淡淡地笑了一下，随即说道："先抱沈夫人上楼，之后的事之后再谈。"

"好。"

沈夜抱着莫静岚，他的眼中满满都是担心。越过了锦懿卿，沈夜就抱着莫静岚先上楼去，推开一个房间，把莫静岚轻轻地平放在床上。又拉过被子，替莫静岚盖好。

木青瓷懒得跟他们废话，她转身就上楼去了，准备去看看莫静岚的情况。

等傍晚的时候，苏笙月和莫景凉一回来，就发现多了两个不速之客，可也不能说些什么。

所以这个晚上除了锦懿卿和流萤两个人的话十分多之外，其他人基本上都没什么话。尤其是苏笙月，可以说一晚上都是阴沉着脸，因为对面那两个的你来我往，所表现出的都是多年养成的默契，看起来格外的刺眼。

直到晚饭后，萧妄宴才把木青瓷单独拉到一边，他扫了一眼附近，认真地说道："在宁国宝藏开启之前，不要跟苏笙月有太多的纠葛。你每一次被他惹怒，就被他掌控了一次。除此之外，莫静岚要救下来，就算是卖给沈夜一个人情，也卖给莫旭一个人情。这个人情不是为了我们两个，而是为了流萤。我相信你也是这么做的，只是该演的还是要继续演下去。你应该明白，如果真的打开了真正的宁国宝藏，那么各大势力都会选择结盟。"顿了顿，分析着目前的局势道："照目前的情况来看，苏笙月、莫景凉和沈夜三人必定是同盟，他们身后的势力也定会结盟。大师兄和锦懿卿乃多年好友，到时也必定为一派。宁夜澜既然为宁国皇室遗族，为了争夺天下，早晚都会起兵。那他多半不会与任何人结盟，因为他足够的自信和骄傲。萧晨安野心勃勃，他与叛出宁家的宁月涯一样，估计都是与隐家的南离结盟。至于其他人则不在我们的考虑范围之中，师父大概会出手，大概不会出手，一切都看最后我们是否能引出那个藏在暗中的老狐狸。皇室最近也出了事，太皇太后被掳走了，用来威胁大师兄。不知道是不是暗中躲着的老狐狸干的，他很有可能为了搅浑江湖这趟浑水。对于其他的势力，你大可放心一些，因为如唐门、倾城阁等势力都不会死拼，说不定中途就会退场。而刚才这些人，才算是真正的对手，生死对手。所以你千万要小心，不要被愤怒冲昏了头脑。"

"这些我都知道，这几日我要将流萤和若尘藏起来。苗疆暂时是赶不回去的，中途也可能遭人劫杀，所以只能带在身边。你来得正好，先借宝藏之事，移开众人的注意力再说。"木青瓷也明白萧妄宴所说的话，对于现在越来越复杂的局势，她也是猜不准，只能尽力把众人的注意力转移到宁国宝藏之上。突然想起了一些事，她压低了声音道："你去将玉面找出来，白幽应该知晓他的下落，这两日多半是带若尘去见他了。自从上次他出现之后，就再也没有消息，如今是死是活都不知道。这江湖有太多的秘密，始终是我们都不清楚的，他一定知晓不少。如果有了他的助力，我们的胜算就大了许多。"

"我去试一试，看一看能不能通过白幽找到玉面。你明天要替莫静岚把蛊虫引出身体，千万记得要小心，那可不只是眠蛊。"萧妄宴转移了话题，他对于明天的事有些莫名的担心，出声提醒道，"沈夜那边，你将莫静岚身体并非是眠蛊之事告诉他了吗？"

"嗯。这种事大概也就瞒着莫静岚一个人。"木青瓷抬眼看着萧妄宴，她随意说道，"先回去吧，不然里面的人等下会想方设法地套问我们的话。"

"嗯。"

事实上每个人心里的想法都不一样，可以说是各怀心事，想的做的竟不相同。一晚上也就这么过了，到了次日，一切都是那么的平静，根本看不出平静之下暗藏着波涛汹涌。

之前沈夜就准备好了木青瓷要的解蛊东西，他自然不可能离开，而是守在屋外，片刻都不能离开。至于苏笙月和莫景凉则到处查询七杀的下落，更是在暗中布局，计划着宁国宝藏被开启之后的事。萧安宴要去找玉面，顺道再见一见白幽，看一看他和若尘怎么样了。锦懿卿一个人闲着也是闲着，没事带着流萤到街上转悠转悠，再给小丫头买上几串糖葫芦，就哄得小丫头开心得手舞足蹈。

木青瓷看着坐在床上的莫静岚，"我会让你睡一会儿，醒来之后差不多就已经好了。"

"嗯。"莫静岚虽然平常说没什么，可真到这时候，心里还是害怕的，她不由地担心道："是不是因为昨天发作之后，眠蛊就没那么容易解了？"

"算不上，只是门口守着的那个是要母子都平安。你并不是我，面对这种事难免会难以接受，或是心底不由自主地害怕，身体也会紧张起来不能时时刻刻保持轻松。这样的情况并不能很好地解蛊。当然你要是毫无畏惧，一点紧张都没有，我也不用让你睡一会儿了。"木青瓷随意地瞧了一眼莫静岚，接着说道："你好像还达不到无所畏惧的地步。"

莫静岚被木青瓷看得蛮不好意思的，本以为藏的还挺好的，想不到一眼就被瞧出来了。不过也因为木青瓷的几句话，她瞬间就觉得轻松多了。

"把它喝了，你可以很好地睡一觉。"木青瓷端起一碗药递到莫静岚的面前，要看着她喝下去。这不是什么不好的东西，只是安神药而已。

莫静岚也是不喜欢喝药的人，面对着木青瓷的目光，她捏着鼻子，一口气就把那碗药喝了个干净，之后把碗递给木青瓷，就躺上了床。

第一百四十四章

木青瓷把药碗放在一边的桌子，看了莫静岚一眼，径直走到门口，打开了门出去。"该说的我也跟你说清楚了，只是还有一点要你千万记着。"微微偏头，余光扫过关上的房门，有意地压低了声音道，"大多数的蛊都并没有特制什么解药，但也有不少的解蛊方法。但不是所有的蛊都有解蛊的方法，所以绝大多数人都是靠引蛊来解蛊。引蛊，顾名思义就是把蛊引到另一个人的身上。"顿了顿，继续说道："引蛊的方法很危险，所以在引蛊的中途不能受到任何的干扰，否则前功尽弃都是很平常的事。但这样十分的危险，一旦被打扰，蛊虫极易反噬宿主。也就是说，我引蛊的过程中，如果受到了来自外部的干扰，不管是人为的，还是无意的，莫静岚很可能当场就会受到蛊虫的反噬而亡。你要守好这个房间，如果有什么动静，我根本无法抽身阻拦。"

沈夜的神色也郑重了起来，显然他也是没有想到引蛊会是这样的危险。大概明白了木青瓷所说的话，也清楚了引蛊的危险性，点了点头道："我会守好这个房间，不会让任何人打扰的。

你有几成的把握，能够保得母子平安？"

"如果顺利，至少有七成的把握。"

"青瓷姑娘，谢谢你。还有对不起。"沈夜叫住木青瓷，他大方地道歉，只是态度却十分的真诚。

木青瓷顿了一下，什么话也没有说，可眉梢微微上扬，看起来沈夜的道歉，还是让她挺满意的。她推开房门进去了，再关上门时，"你守好房间就行。"

等到木青瓷关上房门，沈夜才反应过来，他不禁失声笑了起来。

莫静岚的呼吸渐渐地平稳了，看起来是属于浅睡，并非睡得很熟。木青瓷拿起一个镂空的香炉，拿开香炉盖子，炉底还有些灰烬。往里面加了些东西，盖上香炉盖子，青烟慢慢地从镂空的盖子里飘了出来，她用手轻轻扇了扇，确定这个味道没有错之后，才放下香炉。之所以莫静岚可以这么快入睡，主要原因还是木青瓷之前就点了香，那炉底的灰烬就是之前的香料。只不过现在点的可不是香，而是一种晒干了的虫子尸体。这种虫子在苗疆称为引虫，顾名思义是用来引出毒物的虫子。引虫晒干后放进香炉里烧起来，所散发出来的气味可以吸引来很多的毒物，蛊虫也不例外，所以常用来引蛊。

木青瓷端来一盆清水，她平放在床边，确定摆好位置之后，又拿出一个很小的瓷瓶。拔出塞子，往清水里倒着东西。瓷瓶里装着的是一种粉末，不能说是害人命的毒药，只能说是如同引虫一样的辅助用药，至于为什么倒进水里，自然有用处才会这样子。

做好这一切之后，木青瓷坐在床边，她撩起她的左手袖子，从怀里摸出一把精巧的匕首来。她用匕首割破了左手手臂，鲜红的血一下子就冒了出来，然后一滴滴地滑落。木青瓷没有迟疑，她收好匕首之后，俯下身体，把割破的左手臂移至莫静岚的嘴边。右手则扳开莫静岚的嘴，让她的血滴进莫静岚的嘴里面。大概差不多了，她才收回了手，捏住莫静岚的下巴，强迫昏睡着的莫静岚把她的血咽了下去。

当然这一切并没有完，只不过才开始而已。

木青瓷没有包扎伤口，也幸亏伤口不怎么深。她从桌上拿起一个小盒子，有点像平常用的胭脂水粉的盒子。她打开盒子，盒子里装着淡绿色的粉末，这是由晒干的引虫尸体所磨成的粉，也是用来引蛊的东西。她伸出手指沾了一点淡绿色粉末，直接就抹在了伤口处下点。也许是血的原因，所以又多抹了一些粉末在左手手臂上。又在莫静岚的右手手臂上少少地抹了一点。

时间已经差不多了，莫静岚身体里面的蛊虫受到了影响，也开始活跃了起来。尽管被点了睡穴，可莫静岚依旧是皱起了秀眉。木青瓷看准时机，她拿起刚才的匕首，在莫静岚的右手手臂上割了一刀，血顺着手臂滴落在装满清水的水盆里。血落在水里，嘀嗒一声，嘀嗒两声。清水已经被血染得有些变色，就像是劣质的染缸，只有劣质的颜色。

方法还是有效的，蛊虫应该受到了吸引，慢慢地从莫静岚的身体里爬出来。这是一只活的蛊，又没有什么解药，只能用这样的办法。

本来只有呼吸声的房间里突然响起了动静，木青瓷只觉得不对，她抬头往屋顶上看，动静就是从上面传来的，虽然比较轻微，但还是被注意到了。偏偏引蛊已经到了关键的时候，蛊虫就要从莫静岚的身体爬出来了，此时受不得半点的干扰。皱起了好看的眉，她此刻也不能有什么动作，对着门口轻声喊道："沈夜有人。"

沈夜不敢就这样推门进去，怕惊扰了两人。他将脸贴近门边，也放轻了声音道："里面怎么样？你们还好吗？"

"你进来，但别出声。"

木青瓷端坐着，她此刻已经替莫静岚止了血。虽是止血，可也并没有包扎，因为还没有到包扎的时候，蛊虫还没有出来。

得了允许，沈夜轻轻地推开了房门，他的动作很轻。一走进屋里，稍稍往里面走了几步就看见了床上睡着的莫静岚，还有神色凝重的木青瓷。不过他的目光被莫静岚嘴边的血迹给吸引了，他的目光逐渐往下移，落在两人紧靠着的手臂上，白皙的肌肤衬着鲜红的血痕，无疑是刺激了人的眼球。"怎么回事？"

木青瓷看都没看沈夜一眼，压低了声音道："已经是最关键的时候，蛊虫就要被引出来，绝不能受到打扰。你多注意点房间周围，屋外有人。"

沈夜也没有不悦，目光扫过床上的两人，又瞟了一眼被血染红的水盆，他一句话也没有，只能选择相信木青瓷。

可就在这时，又有声音响起，却不是之前的轻微动静。一个小瓶子被扔了进来，一个男人的声音响起："快点，他要赶来了，我已经拦不住他了。将瓶子里的东西以圣女的血混合，给那个丫头服下去，剩下一点抹在两人的伤口处。那是七杀特制的蛊，一时半会儿不会受引虫粉和引虫香的吸引出来。"

行事风格是这样的人，恐怕也只有游荡在外的玉面了。木青瓷急忙出声道："把药拿过来。有人要赶来了，你去守着，玉面都应付不了的人，很容易就能杀了我跟莫静岚。"

"你信那个人是玉面？"沈夜心里是半信半疑，毕竟这种生死危急的时刻，突然冒出了一个男人的提醒来，他也不能完全相信。也是一句话，不能拿莫静岚的命冒险。

"我信！"

木青瓷干脆地答道，她放开了莫静岚受伤的手臂，从桌上拿了一个干净的小碗，把碗放在床边。她没有半点犹豫地拿起匕首往左手腕上割去，用小碗盛着不停冒出来的血。差不多的时候，木青瓷从衣摆撕下一块布来，简单地包扎了一下左手腕上的伤口。

都做得这么干脆利落了，沈夜也没有犹豫的时间，他捡起地上的小瓷瓶，拔出塞子。把瓶子里的东西倒进了装着血的碗里。

瓶子里装着的药是粉末，白色的粉末漂浮在血上，木青瓷此刻根本顾不得其他的事。她直接用手搅了搅碗里的血，之后扳开莫静岚的嘴，给她灌下了大半碗的血。剩下的一点血，就如之前那个男人所说，分别抹在她和莫静岚的手臂上。

莫静岚的眉头一下子皱起，看起来是药起作用了。可就在这时，巨大的响声响了起来，看起来屋外是有人在打斗。木青瓷的脸色一变，她急忙说道："你出去拦着，马上就好了，千万不能让他们打到这间屋子里来。"

"好。"

玉面的药效果很是明显，一个小黑点出现在莫静岚的伤口处，渐渐地露出了全貌。那是一只很小的蛊虫，通体黝黑，看起来有一点像蜘蛛。木青瓷聚精会神地盯着那只蛊虫，直到它顺着手臂爬到她手上，就在此时，她迅速地捏死了这只蛊虫。

做好了这一切之后，木青瓷随意地擦了擦手，然后快速地处理好莫静岚的伤口。

一个人冲进了屋子里，他着急地说道："蛊虫引出来了就先带那丫头离开，沈夜那小子让我引去跟老狐狸打了。那老混蛋的目标是我，你带莫丫头离开，她之后就会安全。"

木青瓷显得有些诧异，她看着面前这个桃花眼，留着八字胡的猥琐中年大叔一时反应不过来他是谁，不过还是有些印象，没办法，这张脸太有特色，见过一两次就忘不了。她下意识地防备起来，随时准备出手，质疑地问道："你是姚茂轩？"

"那只是我的化名，死丫头，我是玉面，赶紧带着莫丫头离开。"玉面也就是姚茂轩此刻还真是被木青瓷气到了，他说出自己的身份，着急地说道，"那老狐狸知道我的软肋，他想除去我，自然会出手。"

还没等木青瓷答应，一个声音就先响了起来："玉面，今日就是你的死期。那两个丫头也要为你付出性命。"

"老狐狸，你是怕我把你的秘密给泄露了出去，赶紧来杀人灭口。谁不知道你恋慕当今的太皇太后成痴，还藏什么藏。不过是点陈谷子烂芝麻的破事罢了。"玉面的嘴是从来都不饶人的，哪怕此刻处于下风，也不忘讽刺两句。

南霖冷哼了一声，他冲进屋里，跟玉面打了起来。一掌朝着玉面打了过去，若是不接这一掌，估计会结结实实地打在身上。

玉面硬接了这一掌，他被震退至床边，血一下就从嘴里流了出来，他回头看了一眼床上的莫静岚，冷笑出声："还真是不能小看你这只老狐狸。"啐了一口血，又对木青瓷说道："死丫头，快带她走，这里我来拦着。沈夜差不多已经赶回来了，快去和他会合。"

第一百四十五章

只可惜南霖并不给玉面这个机会，让木青瓷带着莫静岚离开。两人又对决了几招，而就在这时，莫静岚却渐渐醒转了，她没注意到手上的伤口就被眼前的情况吓到了。

木青瓷并没有参战去帮玉面，不仅是不敌，还因为她要护着莫静岚，只要她们两个走了，玉面才有机会脱身。她抓住莫静岚的手，把她从床上拉起来，带着她跑到门边。

谁知还没来得及离开，南霖就抽身冲她们两个人来了，木青瓷也没有把握能接下南霖的一掌，何况她的伤都还没怎么好。

就在一刹那间，玉面冲到了她和莫静岚的身前，生生地挨了南霖使出全力的一掌。与此同时，他也有了机会，一掌打在南霖的身上，将他震了出去。同时那脸上蒙着的黑布也被震飞，露出了南霖的真容来。

"是你？竟然是你。"玉面的嘴里吐出一大口血来，他震惊地看着南霖，随即又反应了过来，哈哈大笑道："不是你，不是你。我明白了，原来如此。"

"南离？你是南离。"木青瓷认出了南霖的脸，却将他认成了另外一个人。

南霖也挨了玉面的一掌，伤得不算是太轻。他将涌进了嘴里的血强行咽了下去，阴狠地说道："你们逃不了了，玉面。"

"阿娟。"

白幽的声音传了进众人的耳朵里，不知道什么时候他赶回来了，不过还是挺及时的。

玉面由木青瓷和莫静岚两人搀扶着起来，他只手捂着胸口，笑得肆无忌惮："这下子，换成我们关门打狗了。老狐狸，我虽然挨了你一掌，可你也挨了我一掌，不知道你还有没有力气留下来对付剩下的人。"

"玉面，你只不过是强弩之末，还有什么资格说这话。我现在杀你，就像捏死一只蚂蚁一样容易。"南霖的确是受了不轻的伤，可他更相信玉面已经是强弩之末，根本撑不下去了，不过是狐假虎威。

"岚儿。"沈夜也赶回来了，他同白幽一样及时赶回来，看见南霖的脸之后，惊讶地出声道："南离？"

"现在你以为如何？我虽然重伤在身，但玉面之名可不是靠脸闯出来的。老狐狸，你应该知道我的本事，既然又有人回来了，我也大可放心。自从得知了玲珑的死因之后，我也不在乎这条命了，不如我们两个就来拼一拼，试一试同归于尽可好？"玉面笑得更大声了，只是配着他此刻的这张脸，看起来反而有些小人得志。他的话中没有半分退缩，反而是气势十足，看起来有十足的把握。

"玉面，下次再见则是你的死期。"南霖冷哼了一声，显然他也是相信了玉面的话。不得不说，玉面看起来胸有成竹，这不禁让他怀疑，所以选择了退走。毕竟沈夜和白幽联手，可以纠缠他许久，那时等其他人赶来了，那就大事不妙了。

见南霖退走之后，玉面突然喷出一口血来，他直接往地上倒去。

莫静岚蹲下身体，她拉着姚茂轩的衣服，看着他皱作一团的鼻子眼睛嘴巴，忽然有一种恍若隔世的感觉。

木青瓷左手臂上的伤口又裂开了，她微微蹙了蹙眉，她不懂医术，但也可以想象南离的全力一掌有多重。她把玉面平放在地上,握着他的手,轻声道:"玉面,我送你回苗疆,他们都已经回去了。醉花荫之下,你、白凌、女妩,又会再次相见的。"

玉面还有气息,他的嘴边有着血迹,配上这张脸,看起来真是格外的滑稽。他收起了姚茂轩的嬉皮笑脸,反而有一种岁月积淀出来的痕迹。他扯开嘴角,随性地说道:"已经够了,我的一生从未如我所想的那般潇洒自在。我以为我可以放下,可到头来,始终无法放下一切,如浮萍一般在江湖中漂泊,找不到归属。我不惜一切也要离开苗疆,过着我想要的无拘无束的生活,却一辈子被束缚着。时间过得越久,心里的空白也就越大,每一次想要填补,却不知用什么来填补那一片空白。"

说起以前的朋友,玉面的心情十分的平和,说话的语气之中还有着一丝好笑。当年的那些日子记忆犹新,至今也忘不了,他的眼中有着那么一丝向往:"醉花荫下,白凌,女妩,他们都在等我,这一次我们将在阴间相见。"

"醉花荫的花又开了,最深处的那棵凤凰木,盛放的时候,火红的花朵,比以前更美了。"木青瓷深深地看着玉面,眼神很温柔,对于母亲的好友,又几次帮过她的玉面,心底还是很敬重的。也不难想象玉面的死讯传回巫月神教之后,白蔹和花长老该有多么震惊。"也许我不能救你,可希望你能一路好走。你的一生也许不圆满,可却是你的选择,远比没有选择的人来得更幸福。你就像一阵风,不会为任何人停留,可归宿依旧是苗疆。已经够了,你做得已经够多了。"

"小丫头,你这个时候最像女妩。阿妩也是这样,总会在某些时候告诉我,让我不必去在乎那一切,可她是个坏丫头。我的身体我很清楚,你也不用责怪自己救不了我,心脉尽断怎么救。就算是大罗金仙来也不一定能救我。那只老狐狸可不是能随意对付的,你一定要小心,他不是一个人。"玉面露出了浅笑,却也不过是临死前的笑容。他提到了南霖,却认真了起来,郑重地对着木青瓷说道:"那只老狐狸不是南离,我原以为他是。可除了长得一模一样,却是两个完全不相同的人。他和南离可能是双生子,他们是兄弟,弱点都是当今的太皇太后。"

"我知道,可他为什么要突然来客栈杀我们?他的话里是要你死。"这是木青瓷一直疑惑的地方,明明南霖说要杀的人一直是玉面,却故意地打到客栈来。

"因为这里有我的软肋。"玉面轻轻地说道,他的目光却转到了莫静岚的脸上,眼中有着眷恋,低声说道:"玲珑。"

木青瓷顺着玉面的目光看去,看见的却是莫静岚,她知道玉面叫的玲珑不是莫静岚,可能是已经分不清了。

莫静岚也摆了摆手,她支支吾吾地说道:"姚茂轩……不!不对,玉面。我不是玲珑,我是莫静岚。"

"我知道。玲珑早就死了,是我害死了她。如果不是我,她也不会死,或许已经嫁人生子,如今儿孙满堂了。"一说起玲珑,玉面的眼神瞬间就暗淡了下来,他慢慢地讲述道,"玲珑死了,我就做了这样一张脸,一戴就是几十年,有时候连我自己也分不清,我到底是巫月神教的贪狼祭司玉面，还是胆小怕事、耍宝逗笑的姚茂轩。我心底明白，玲珑已经死了，不可能再活过来。所以我想方设法地缠着你，也是为了我的私心，想要从你的身上再见到玲珑。"

"我不是玲珑。你明明知道我不是玲珑，为什么还要为我豁出性命？"莫静岚抓着玉面的衣服，眼泪涌了出来，落在玉面的身上。那个让她感觉很烦的姚茂轩，他对她一直都很好，不开心的时候故意逗她开心，也永远不会生她的气，那么包容着她，她不想他死。

玉面艰难地伸出手，摸了摸莫静岚的头发，轻声安慰着她道："你不是玲珑，你是莫静岚。我之所以救你，是因为我不想要你受伤。仅仅因为你是你，不是任何人的影子，或是别人的替身。你是个好姑娘，应该有好的生活。好姑娘，希望你能永远幸福下去。"

"干吗要告诉我这些，干吗要让我内疚。姚茂轩，你不要死好不好？我以后会对你好点的，不会再对你随便发脾气了。我还没看过你的真面目，你怎么可以死？"莫静岚哭得更厉害了，她轻轻推着玉面，却是叫着姚茂轩，可也不妨碍她希望玉面不要死的心意。

"人皮面具之下则是我的真面目。"玉面微微支起身体，他伸手一下扯下脸上的人皮面具。这一下子却像用尽了他全部的力气，也包括说话的力气。他勉强地露出了一个笑，用着欢快的语气说道："岚儿你看，其实姚茂轩也长得不错。"

玉面的气息时有时无，他望着屋顶，可思绪早已透过屋顶，穿越回了苗疆。他仿佛看见了醉花荫最深处的那棵大树之下，站着一位穿着鹅黄色衣裳的娇俏女子，对他展露着笑颜。俊朗的脸上浮现了满足的神色，他沉浸在最后的梦境之中，眼神十分的温柔，慢慢地闭上了眼睛，最后眷恋地说道："玲珑，我回来了。"

木青瓷握着的手无力地滑落，她明白玉面已经死了。至少他死前并没有痛苦，也没有放不下的心结，最后流连的那一片刻，他终于见到了心心念念的玲珑。人的生命就是这样的脆弱，经不起一点伤害。聪明如玉面，武功高强如玉面，性格洒脱如玉面，依旧逃脱不了命定的缘。那份牵绊已经深深地留在了心里，再也挥不去。

木青瓷轻轻地放下玉面的手，她站起来分别看了沈夜和白幽一眼，才踏出了一步，只觉得天旋地转，眼前一黑，便有些站不稳，反而后退了两步。

白幽一惊，他也注意到了木青瓷的不对劲，只见她站不稳的样子，就知道有所不对。目光移到了木青瓷流着血的左手上，他的脸色一下子就变了。他快步走到木青瓷的身边，伸手揽着她的肩膀，另一只手则抓起木青瓷的左手，血已经顺着手背流至指尖，再滴落至地毯上。白幽皱起眉头，他低声说道："你受伤了。"

被白幽捏住了左手手腕，木青瓷倒吸了一口冷气，表情稍稍有些不自然多半是因为疼痛的缘故，她抽回了手，随意地说道："不碍事的，若尘在哪里？"

"若尘跟着萧妄宴不会有事的，倒是你脸色这么苍白，还跟我说没事。"白幽可不理会木青瓷的敷衍借口，他的态度很强硬，抓起木青瓷抽回去的手，擅自把她的袖子撩起来，看见了两道还在流血的伤口。"这也算是没事，阿婧，你真当你是铁打的身体吗？跟我走。"

木青瓷也没有反抗，白幽是为了她好，她知道她一直都让人担心。

第一百四十六章

萧晨安已经好几日没有休息了，此刻趴在房间里的桌子上睡着了，狼狈得不成样。

造成这样的原因，也无非是景安儿的死讯。事情其实是这样的，景安儿的确是陪了萧晨安一段日子，也答应他不再想过去的事。可他总是放心不下，所以每一晚，他都拥着景安儿入睡，一是怕她再一次离开，二是享受这一时的温暖，不愿意放手。所以当他放松一刻后，景安儿留下绝笔书便再也没了消息，好似石沉大海。

可时间过得越久，希望就越来越渺茫，萧晨安不愿相信景安儿死了，因为有好几次，他都感觉她在他的身边，只是睁开双眼才发现是一场梦。当他终于死心相信景安儿不在之后，便马不停蹄地往开封赶，到处找事来做，只为了填补心底的空虚。

夜晚，凉爽的夜风从窗户吹进了屋，烛火有时被吹得摇曳。一道娇小的身影慢慢地推开门，她看了一眼匍匐在桌上睡着的萧晨安，走到窗边，轻轻地关上了窗户。又走到书桌边上，看着萧晨安熟睡的脸，眼中有着心疼，伸出手轻轻地抚上萧晨安的脸。

这是梦吗？萧晨安有一种熟悉的感觉，他从睡梦中睁开了眼，迷糊之间只看到替他搭上衣服的纤手。他急忙抓住准备收回的那只手，出声唤道："安儿。"

"相公？"

萧晨安一听见相公两个字，马上就清醒了。他放开抓着的兰妤，又阖上了双眼，揉着眉心，略带歉意地说道："对不起，这几日我有些精神恍惚，吓到你了。"稍微舒坦了一点之后，他才睁开眼睛，尽量放柔了声音道："阿妤，你先回去好好休息，不用管我。这两日赶路太急，我怕你的身体吃不消。"

"我把衣服放在这里，你记得早一点休息。"兰妤怎么会听不出萧晨安话里的逐客令，他们这对夫妻，只不过有名无实，她不过是空有一个萧家夫人的称呼罢了。经过了景安儿的事，她差不多可以确定萧晨安的心意，他爱的人从来就只有景安儿一个人。不管是紫菀，还是她，都不过是被利用的棋子。唯有景安儿不同，她是特别的。

萧晨安轻点了一下头，随意地说道："你好好休息，记得照顾好自己。你所说的一切，我都知道，我会多多注意的。"

"嗯。"

萧晨安的眼无意扫过被关上的窗户，看着兰妤转身，随意地说道："阿妤，你不用担心我着凉，下次不必把窗户关上。"

"什么？"兰妤先是没反应过来萧晨安的话，当她反应过来的时候，无奈地笑了笑，只说道："我也希望是我关的窗户，可我进屋时，窗户就已经关上了。"

"可能是今晚的风太大了。"萧晨安嘴上虽然说着这样的话，心里却不这样想。除了兰妤之外，谁还会这么关心他？答案只有一个，那就是景安儿。可会是她吗？蹿入指尖的一缕风，还是一个活生生的人？但他寻不到景安儿的踪迹，一点踪迹也寻不到，就好像她已经人间蒸发了一样，再也不在这个纷扰的红尘。

既然萧晨安都这么说了，兰妤也不想继续纠缠下去，她在努力地做好妻子的角色。可也想得到萧晨安的爱，而非是冷漠疏离的相敬如宾。

宁家。

宁夜澜端坐在主位，他的身后分别站着合欢和叶兮。两边依次坐着宁家的重要人物，人丛中的气氛很是凝重。

"我去开封后不希望有人在宁家做些手脚。"宁夜澜把玩着手上的两枚藏宝图碎片戒指，他说起话来并没有太大的感情起伏，只是在叙述一件极其平淡无奇的事而已。

两边都是宁家的亲族，宁夜澜的亲叔叔们，他们张口便说出各自的意见，一片吵闹之声。

"都说够了吗？"

宁夜澜看着座下的人你来我往地说着，他随意地靠着椅背，把戒指收在手里，目光一冷，嘴角微翘："我养大的孩子也开始复仇了，她的邀请怎么能不去。"

听见宁夜澜的话，叶兮的脸色一变，握着长剑的手一紧，眼中浮现出一丝怨毒。她绝不能让木青瓷回来，既然两人已经成了仇敌，也不怕再把仇结深了。这一段日子以来，她也没有那么好过。尤其是知道她的母亲其实是七杀，知道整个叶家都是她亲娘灭的，知道她的父亲也是死在她的娘亲手上之后，叶兮才是无比的痛苦。只不过她不在乎这些，她的心中只有宁夜澜，叶家的仇她也没打算去报，顺其自然就好。

她是叶兮，是宁家的天字杀手，不是叶家的遗孤。

吵闹声令人心烦，宁夜澜率先走了，走在走廊时，四周无人，他忽然停住脚步，转过身看向叶兮，"马上收拾，立刻出发去开封。"

"属下这就去准备。"

等到叶兮离开之后，合欢看了一眼周围，才迟疑地出声："主上为何要去开封？宝藏之地变故太多，若是有什么意外……"

宁夜澜并没有急着表态，他信任和他从小一起长大的合欢，所以才会如此，"我与司琰迟早都有一战，不是他死就是我亡。宁国宝藏开启之时，他一定不会错过，我也不会错过。至于结果，司琰若败，皇室失去了顶梁柱，也是起兵之时。我若败在他手，朝廷则会派兵围剿乱党。"嘴角微勾，似笑非笑地说道："你跟着我这么多年，难不成以为我会靠一个虚无缥缈的传说？我与司琰可以说是势均力敌，也大可不必去宝藏之地，等待宝藏之地开启之时，大举起兵复兴宁国。以宁家积累多年的实力，的确是能够和皇室抗衡，可这只不过是暂时的景象。朝廷的兵力远远胜于宁家这些年所培养的人马,如果不能速战速决,那宁家就是必败无疑。这并不是一个乱世,强行起兵也无正当的理由,不得人心也必不得胜。这是一场注定要败了的战争。"

"既然是这样,大可放弃起兵之事。非是乱世,又未有一昏君,太平盛世之下,起兵也唯有被镇压,不如稳坐江湖。"合欢也明白了宁夜澜的意思,知道起兵之事并无太大的胜算,干脆退而求其次,劝说宁夜澜稳坐江湖。

"所以机率各有一半。我胜,皇室的顶梁柱就倒了,届时起兵便是最好的机会。我若败了,宁家的结局也注定是被清扫。"

宁夜澜说这话的时候很平静,眼中甚至还闪烁着嗜血的光芒,无比期待地说:"何况她不是已经开始这一切了吗?打破这一份虚假的平静。宝藏之地被开启时,则是一场血雨腥风。不只是我,被引去的那些人都有觉悟了。"停顿了一下,慢慢地转过身,笑出声道:"真是期待那一日。"

合欢没有出声答话,他大概已经预见了血雨腥风的日子,也预见了那时会有多少人相互残杀,估计会是一个人才凋零的大世。

差不多又过了半个多月,各方势力都已经到了开封,可江湖上的各种消息还是此起彼伏,不仅没有消停的迹象,反而是传得越来越离谱了。当人都差不多到齐之后,最主要还是拼凑出一张完整的藏宝图,找到真正的宁国宝藏藏宝地。

藏宝图碎片藏在戒指中,每一个戒指上都刻了一个字。当木青瓷拿出两枚戒指和花镜之后,几人并不算太吃惊,可对于那一枚荼蘼戒指却始终怀有好奇,不知道木青瓷是通过何种手段从何处得来的。

世有花容,诏隐于林。

八枚戒指并没有什么先后顺序,八个字也很是散乱,不过对于拼凑出一句完整的话还算是很轻松的。但这句话到底隐藏着什么秘密,众人都有一些摸不着头脑了。从字面上的意思来看,无非是这样。世间有花容,下令隐藏在山林之中。要说花容是什么?也有人想到了,宁国最后一任帝子是灵帝,灵帝宠爱一名皇妃,赐号花容夫人。大概这里的花容也就是说花容夫人。诏隐一词说来也是简单,诏乃下令的意思,隐就不必解释了。这样一看,大概就是这个意思,世间有一花容夫人,被下令隐于山林之中。

不管怎么看,这都跟宝藏无关,不禁让众人怀疑是不是弄错了,八枚戒指根本就没有藏有藏宝图碎片。幸好还有花镜,从花镜里投射出来的消息不是字,而是一幅画,画的是一座寺庙,寺庙看起来并不宏伟,只能说是普通的寺庙,各地都能够随处见到的寺庙。

有了这画就简单得多了,宁国宝藏的藏匿地点一下子就清楚了。世有花容,诏隐于林,这样简单的八个字不容易推出藏宝的地点,可一旦加入花镜中的那一幅图,答案就不再显得那么迷雾重重。

世有花容的世,可以理解为寺庙的寺。花容可以想作花容夫人,她是灵帝最为宠爱的女人，也是他最为珍爱的宝贝，这里看作被灵帝藏起来的宁国宝藏也差不多。这第一句话的简单四个字，真正的意思就是寺里藏有宝藏。只不过天下的寺庙何其多，谁知道哪座寺庙里藏有真正的宁国宝藏？而且在许多人看来，寺庙只是一个宝藏的入口。

一开始众人以为诏隐于林的意思是被下令隐藏在山林之中，现在看起来又有所不同了。诏隐于林可以看作两层意思，一明一暗。表面上看是被下令隐藏在山林之中，可是也能看作被藏在林中的诏隐。被藏在林中诏隐，被藏在林中的诏隐，被藏在林中的诏隐寺。

诏隐寺的所在很快就被找到了，上京城外有一座诏隐山，而诏隐山的半山腰中有一座诏隐寺。这个消息也很快地传了出去，毕竟想瞒也瞒不住，更加上某一些人也没打算隐瞒这个消息。去的人多了，就暂时约定了一个时间，一起打开宁国宝藏。他们也不担心有人先行一步，得到宁国的宝藏。

大和九年，这并不是平静的一年。各大势力约定半月后在上京城外的诏隐寺见面。好在开封距离上京城并不是太远，所以赶起路来也不用像不要命一样。不过还是有不少人心急如焚地赶去上京城，想要借机先去诏隐寺，看一看能不能先得到宝贝。不过也多亏了这些人的先行探路，才能先行找到进入宁国宝藏的入口。只是就算找到了入口，也没能进入石门内，只能焦急地等着其他人的到来。当然也试过带着盗墓的高手一起去，可惜石门处的巨大石室都做好了防盗措施，根本打不开。若是强行毁坏石门，断龙石就会放下，强闯的人就会被困死在里面。所以不敢强行毁坏石门。

朝廷也不是吃素的，不可能白白让出宁国宝藏，更不可能让一群鬼迷心窍的江湖人士随意进出上京城而没有一点防范。毕竟宝藏的诱惑力是巨大的，谁知道为宝藏疯狂的人会做出什么事来。所以在诏隐寺的消息一出来之后，司琰就赶快部署下去，调动了上京城内的驻军，也加严了城内的巡守和增多了城门口的守卫。毕竟没什么大事，就不要做出什么大的动作，吓到老百姓。

第一百四十七章

才一到上京城，就隐约可以察觉到有所不对，不仅是多了许多的江湖人士，街上也时常可见巡守的官兵，看起来因为宁国宝藏的事，所有人都受到了影响，开始变得不同了。可普通的老百姓却是没有注意到这一点，也不觉得这是风雨欲来的前兆。就算听闻了有宝藏的事，可江湖上的事跟他们这种平凡老百姓是没有太大的关系的。

长相出色的人总是很容易吸引别人的目光，尤其是一群长相出色的人走在一起的时候，那看起来可是十分的不错，经过的时候也不免会多看几眼。就比如木青瓷一行人，一进入上京城，去客栈的路上总能感觉到不少的视线，多数为女子的目光。一路上充当木青瓷护卫的几人太过于耀眼，想不注目都不行，何况他们也都不在乎别人的眼光。

上京城来了不少的人，这其中当然不乏交过手的熟人。运气太好，一进客栈就遇上了熟人，那就是萧晨安和兰妤。他们两个人显然已经在客栈里住了几天，看起来已经习惯了。不管是仇敌还是朋友，都还是象征性地打了一声招呼。

"今日怎么没见那两个孩子跟着？"

先出声的人是兰妤，她想要打破两方之间的僵局，想要缓和一下气氛。谁能想到提到孩子，只会让几人更为尴尬，而且缓和不了矛盾。

"女人和小孩并不是适合这么残酷的事，劳烦萧夫人挂心了。"木青瓷的态度可以说是一般，常见的样子，并没有什么太大的区别。说话的语气之中也是那样的冷淡。

"想不到玄剑到最后还是落到了萧兄的手上，果然还是这样，结局都没有变化。"苏笙月的注意力一直都在萧晨安的身上，也自然注意到了他随身带着的玄剑，故此有意这样说道。

"天剑不也在巫月圣女手上吗？彼此彼此，算不得什么。"萧晨安礼貌性地把话回过去，明知巫月圣女是木青瓷，却依旧唤她巫月圣女。不知是为了打趣木青瓷，还是回礼苏笙月。

木青瓷对于这两人的话并没有太大的兴趣，她手拿着天剑，越过他们两人，径直地往客栈里面走去。才走了几步，她就停下了脚步，恍若记起了什么，意味深长地说道："多日不见毒女，不知她可还好？我很好奇，被万蛊掏空的身体，还能够靠情蛊支撑多久。"

"劳烦巫月圣女费心了，安儿她很好。"萧晨安压沉了语调，听起来并没有什么不同，只是声音较为低沉而已。

"看起来不错。"木青瓷丢下这句话，就朝着客栈里面去了。

"还没有太皇太后的下落吗？"南离居高临下地看着跪在地上的习远，已经过了这么久了，还一点消息都没有找到，让他越来越感到不安。今天就是众人约定的日子，要一起打开宁国宝藏，看一看里面到底藏有什么宝贝。

习远单膝跪在地上，他低垂着头颅，双手做出拱手礼，紧张地说道："有一点消息，只是不知是否为真，还需要查证。"

"说！"

南离此刻已经不想多说废话了，就这样简单的一个字，差不多就是他此刻的心情。

"消息是从皇室里打听出来的，据说景帝前几日抓住了一个可疑的人，好像是派出来送信的人。传话说，等最后的宝藏显出踪迹的时候，有人会带着太皇太后出现在宝藏之地。"习远叙述着他所查到的点点消息，他也不能算是确定，"这个消息到底是真还是假不得而知。不过属下发现，景帝从御林军的精锐里抽出了不少的人，分别让他们潜伏在诏隐山附近，看起来是打算一网打尽。"

"一网打尽？他还不够资格。先不管这个消息是真是假，都是要走宝藏之地一趟的。若是消息是真的，那就最好。如果消息是假的，那也无妨，总是有一点进展了。有人想要黄雀在后，那就先让他做一会儿黄雀。"南离的眼神很阴狠，他此刻的心情也算不得好，说起来还有点阴晴不定。他心中也打定了主意，要趁这次宁国宝藏的事情，彻底闹一个血雨腥风。届时定会有人响应。"你去把宁家的人手安排一下，按照原计划进行。进入宝藏之后，将火药埋下。"

"是，家主。"

习远应了声，他暗自舒了一口气，抬起头来，继续说道："景帝也在众人之中，我们是否要出现？"

"不必，我们跟在他们后面就好，至少暂时不会惹上不必要的麻烦，让他们提心吊胆一会儿，也是不错的事。"南离慢慢悠悠地说着，表情却是阴冷无比。

一群人到了诏隐寺的时候，诏隐寺的和尚都已经被暂时遣送下山，这样可以避免他们遭受无妄之灾，免遭那些因为宝藏而疯狂的人的毒手。

苏笙月把木青瓷拉到一边，把她推到墙上，双手撑在她的头边，一脸严肃地说道："一旦进入了宝藏之地，不要逞强，更不要勉强自己。不管发生什么事都躲在我身后。"

木青瓷靠在墙壁上，冰凉的墙面为这燥热的天添了一份凉意。她看着身前的苏笙月，看着他认真而又严肃的表情，唇角勾起一缕嘲讽的笑："之后好让你再对我下手吗？我不信你，收起你这番假戏，我看了只会想到四年前，想到成佛崖上你是如何辜负我的。脸花了只是一个教训，被你玩弄于股掌之中是我太蠢了。"停顿了一下，她盯着苏笙月渐渐沉下去的脸，一字一句地说道："你给我的答案，我想要知道的一切，该知道的，不该知道的，我也不想要知道。"

"够了木青瓷。你就不能好好地听我说一句话吗？哪怕你再怎么不相信我，也听我说一句话。就当我是在骗你，你也给我认真地记着这些话。"苏笙月少见地烦躁了起来，他很少有这种时候，可一碰见木青瓷，所有不好的情绪都被她几句话给挑出来了。他贴近木青瓷的身体，灼热的呼吸喷洒在她的脸上，两人的距离看起来是那么的近。"宝藏之地里危险重重，想要浑水摸鱼的人不在少数，打算黄雀在后的人也不会少，你要保护好自己。"

"我当然会保护好自己的。"

木青瓷的眼中有着不信任，更有着嘲讽，她瞥了苏笙月一眼，很自然地说道："不劳你费心，我会记住你的提醒，绝不会忘的。"

苏笙月直视着木青瓷的眼睛，他伸出手将木青瓷垂落下遮住半张脸的青丝绾起来，在她的耳边低声说道："我为苍兰，你为荼蘼，今生你只能是我的。"

木青瓷没有急着反驳，她阖上了眼，慢慢又睁开眼来，眼神中有着决绝，语气却十分的漠然："阿月，你知道我上一次这么叫你是什么时候吗？我在苗疆走投无路的时候，你在哪里？我难产的时候，你在哪里？我想要真相的时候，你在哪里？你找过我吗？你想过我可能会死吗？我哥哥死的时候，你在干什么？"顺势把头埋在苏笙月的肩上，她珍惜这片刻的温存，也许是最后的美好时光。她的眼中没有泪，大概是哭不出来了，云淡风轻地说道："我和你没有任何的关系,就像你所说的那般,不过少不更事,露水情缘罢了。所以我的死活一开始就与你无关。"

苏笙月的身体一僵,他反驳不了木青瓷的话,就像他试图挽回她,却将她越推越远一样。他伸出手抱住木青瓷,眼中有着无奈,无奈的是她永远不明白他的心,也不清楚他有多爱她,有多不希望她轻贱她自己,更伤害她自己。深深地叹了一口气,他轻声地说道:"我娶你。等这件事结束之后,所有的事我都不会隐瞒于你。那些秘密,我会一个不漏地告诉你,包括我和你哥哥的交易。这一次,我只求这一次,你能相信我,相信我会保护好你。"

"这算是承诺吗?不过我不需要了。如果你四年前说要娶我,我可能会满心期待,想象着你会给我一个婚礼,给我一个的名分。可那也仅是四年前,仅会是四年前。"木青瓷也不知道她在说些什么,她不敢再轻易相信苏笙月,因为那代表再一次把心交出去,可还是止不住地积压在心底的感情。她心底想要的答案,苏笙月从未告诉过她,她也不曾问出口,可心底却渴求着他的答案。秋水般的眸子里有着晶莹泪花,双手紧紧地抓着他的衣服,带着颤音说道:"你真心也好,假意也罢,对我来说都不重要。因为你只是我生命中的一个过客,而非是我的良人。"

"那你的良人是谁?萧妄宴,还是白幽,抑或是阿凉?也对,你从不愿意相信我,也不会问我是不是有苦衷。哪怕我说四年前我有不得已之处,你也是不会信的。在你的心中,我被放在了哪里?"

"等这件事结束之后,我如果没死,你会知道我的答案。"木青瓷抬起头来,她望着面前的男人,一瞬间的恍惚,一滴泪却滑了下来。

"你哭了。"苏笙月俯下身,他轻吻在木青瓷的眼睛上,唇边的细小泪珠尝起来却是苦的。他慢慢放开木青瓷,拉起她的手放在左胸膛上,感受着心的跳动:"不要死,答应我不要死。有一件事我一直想告诉你,所以答应我,你会等我告诉你。"

"好,我等你。"木青瓷看着苏笙月的眼睛,心再一次被触动,她认真地答道。如果四年前的木青瓷是一朵出淤泥而不染的白莲,青涩而明丽,那四年后的木青瓷就是暮春时开放的红色番荼蘼,美艳而诱人。

第一百四十八章

与众人会合时,木青瓷一眼就看见了宁夜澜,她径直地走向宁夜澜,停在离他一米开外,单膝跪地,捧着天剑,认真说道:"主上,欠你的,我早就还尽了。从此以后,我与暗影阁,与宁家,与你再无瓜葛。"

"你的意思是后悔了吗？"宁夜澜没有急着去接木青瓷递过来的天剑，因为不在乎。他的脸色并没有太大的变化，只是话语却森冷无比。撇开宁国宝藏的事不谈，天地玄黄四剑就是四把神兵利器。诱惑力虽然足够的大，但不代表一定就能诱惑所有的人为之疯狂。

木青瓷没有躲避宁夜澜的目光，她直视着他："不曾后悔。若非主上救我，说不定我早死在街头了，哪里会有今日。十年来，主上的恩情都记在心中。家养的杀手离了主人只有一死，而我死过了一次。我要的是并肩齐驱，而非受人掌控。"

"好！很好！"

宁夜澜盯着木青瓷，脸色并不怎么好看，他还是接过了木青瓷递过来的天剑，当是认同了她的话。

木青瓷垂下手，她眸子清亮，反倒是有一种解脱了的感觉。隔着面纱，她浅浅一笑："多谢主上。"

"现在事情都差不多完了，几位也可以开始了，免得错过了宝藏之地的开启。"锦懿卿适时地插进话去，看起来事情已经解决了，再等下去恐怕就不只是说一些人烦了。

"自然。"

宝藏之地的入口就设在诏隐寺的大殿内，在佛像的背后。谁也没想到，宁国宝藏的入口竟然在人来人往的大殿里，并且是时常有人来供奉的佛像后。

众人通过佛像后的入口，进入了一条墓道。历经岁月的沉淀，原本干净的青砖如今也变得青黑，越往里面走，地上就越是湿滑。青砖小道顶上的砖石还生出了绿色的苔藓，走到石门处时，空气中也很潮湿了，还能嗅到沉闷已久的霉臭气息。空旷的石室，高大的石门，好似人力不可及。石门上有四个剑孔，就如同四年前的假宁国宝藏一样，石门处都是一样的孔洞。只是与假宝藏不同的是，这一次石门更加巨大，而且在四个剑孔中间有一个圆形的、凹进去的孔洞，也不知道是安放什么东西的。

四个剑孔分别是对应天地玄黄四剑的，估计是没错了。那个圆形的孔洞对应的是什么东西就不清楚了，也许根本不需要放置任何东西。

宁夜澜将天剑随意地扔出去，扔在人群之中，在其他人还没有反应过来的时候，就有人接住了天剑。

"天剑，这是天剑。"

看着有人还在惊叹时，萧晨安和莫景凉也学着宁夜澜，分别把玄剑和黄剑朝人群里丢去，随即看着那些人争抢。

锦懿卿叹了一口气，他也将手中的地剑扔了出去，不知道这一举动又会添上多少无辜的生命。不过人为财死，鸟为食亡，别人乐意为了宝藏而死，你还能说什么呢。

不过也不是所有的人都昏了头脑，一窝蜂地拥上去争夺四把神兵利器，还是有不少人退到一边看好戏的。

"你们四个上去。"

宁夜澜随手一指,手里分别抱着天地玄黄四把剑的四个人被点到名,随即被暗影阁的杀手推了出来。

"花镜为中,四剑在旁。"木青瓷从怀里摸出花镜,也是随便地扔给了一个人,可这次却没有人敢争抢了。

突然被推出来当替死鬼的几个人这下子算是明白了,脑袋也清醒了,不再鬼迷心窍。他们几个人的脸色一下子变得惨白,不这样做一定是死,做了还有一半的机率会活,怎么选也只能去充当打开石门的替死鬼。

五个人依次上前,按照门口的人的指导,先把花镜嵌在石门上,之后依照顺序把天地玄黄四把利器插入孔洞。拿剑的四个人分别握住四把剑的剑柄,他们听从着指示先朝左边转动了一圈,再向右转动半圈。就在这时,空旷的石室里传出不小的动静,金铁碰撞的声响在众人耳边响起。高大厚重的石门慢慢地被打开,露出了门后的路,伸手不见五指,唯有扑面而来的霉臭气味。

几方的人暂时还没打算动手,各自派了人过去把天地玄黄四剑给取了出来,当然花镜也被送回到了木青瓷的手上。

伸手不见五指的石门后到底有什么,谁也不知道,所以也不可能自己去冒险,理所当然就有了探路的人。巨大的石室被不少的火把照得亮堂堂的,石室墙壁上的火把也都被点燃了,同时也有几支火把被丢给了起先当替死鬼的五个人,强迫着他们进去探路。

几个人还没有来得及庆幸自己没死在石门处,就被逼迫着进去探路了。他们人手一个火把,相互推搡着,小心翼翼地踏出了第一步。在发觉没事之后,舒了一口气,胆子也稍稍大了一点。但依旧是大气都不敢喘,又因为紧张全身都紧绷了起来。这条路很长,修建的样子依旧跟之前的小道一样,只是道路宽上了不少。

有了几个人在前面探路,后面的一大群人就没那么多的顾虑了,跟在他们身后,不急不缓地走着。此刻没有几个人着急,因为在这种类似于精心设计的陵墓里乱闯无疑是找死。这条路还是有一些长,但也没走出多远,就到了宽阔的地带。

前路依旧是黑暗一片,不过一路走过来,两边墙壁上的火把,抑或是油灯都被点燃了。走着走着,众人也察觉到了不对劲,因为这条路像是没有尽头一般。一直走下去,迟早都会死在这个宝藏之地里的。不仅如此,探路的那五个人也是越走越快,跟后面跟着的人拉开了一大段的距离,已经隐身于黑暗之中。

"啊……啊……"

"救命……啊……"

"救命呀……快来人……快来人救救我……"

在步调不一致的脚步声中,突然响起这样一阵惨叫声,不免让人起了一身的鸡皮疙瘩,也忽然感觉这里阴风阵阵,凉得厉害。

"那些人是死了吗?"

"明明是快六月的天了，为什么凉得这么厉害？该不会有什么东西吧？"

"千年的僵尸，万年的尸王。被埋在这样一座墓里几百年，哪怕是猪也该成精了，指不定其他的什么东西也如此。"

"被埋了几百年，这里面到底会有什么东西？"

可就在这时，前路上的几具尸体出现在众人的眼前。看倒下的那几具尸体，面容狰狞，而且纷纷睁大了眼睛，好像见到了什么不可思议的东西。死得太过于突然，看起来也没有打斗过的痕迹，身上也没有伤痕，唯有裸露出来的脖子上有着青紫的掐痕。

"没有打斗的痕迹，也没有伤痕，就只有脖子上的掐痕。如果是人的话，不可能会同时掐死五个人的。"有人震惊地出声。

事实上也没有人相信是人干的，这样的陵墓里怎么会有活人，而且他们一打开石门之后就进来了，不可能有人会先他们一步的。而且就算是有人捷足先登，怎么可能一点痕迹都不留下，而且探路的五个人都是死于被掐死。

"只有四具尸体，还有一个人在哪里？"锦懿卿玩味地说道，他们这群人可都不是什么善茬。再加上正是年少轻狂的岁数，怎么会害怕鬼怪？估计会是遇神杀神，遇佛杀佛，一路横推过去，岂会在乎鬼怪之说。

"死在前面了也说不定。"沈夜借着此刻的光亮，打量着此地的情景。入眼处依旧是青黑色的砖石，只是路很宽，看起来能够并排容纳六七辆马车，除此之外没什么特别的。路是一样的，也没有任何不同，也找不出一直在这里徘徊的原因。

"说不定他找到出路，独自跑了也说不定。"司琰漫不经心地叹了一口气，无奈地说道，"还真是麻烦。"

苏笙月瞧了一眼几人，又把视线移回了前方，慢腾腾地说道："不麻烦，人回来了。只不过看起来不怎么好。"

"死！死！死！"

那个失踪的男人还是隐藏在黑暗之中，他连说了三个死字，听起来令人不寒而栗，就好像不是人了一般。一说完这几个字，那个男人就冲了出来，他的双眼都在流血，可恍若感受不到疼痛，只是狰狞地笑起来。

莫景凉站在前面，他快速地拔出黄剑，一剑招呼过去，那个疯狂的男人竟被劈作了两半，倒在了地上。

可就在这时，隐约有响动声，而且声音越来越响。突然之间，不知道多少蝙蝠飞了出来，翅膀的扇动声聚集在了一起。蝙蝠朝着人飞来，露出了尖利的牙齿，咬在人裸露出来的皮肤上。成群结队的蝙蝠，都不知道哪里来的，看起来只能是养在墓中的。所有的人都慌乱了，他们到处跑着，躲避着蝙蝠的嗜咬。

也不知道是不是那些人在乱跑时触动了机关，巨大的响声响起来，墙壁开始动起来。地面上的砖石也都落下去，露出一个深不见底的大洞。与其说是砖石落了下去，倒不如说是此刻的地面在塌陷，而整个宝藏之地的布局都因此改变了。

"跑。"

在开始塌陷之时，不知道是谁突然大喊了一声，一群人也不可能坐下来等死，纷纷不顾一切地往前面的路跑去。途中出现了不少的分岔口，而且貌似路看起来都一模一样，只是不知道怎么就跑进了不同的地方。

当木青瓷他们停下的时候，才发现不知道什么时候进入了一个石室。石室里说脏也不算太脏，只是有一层厚厚的灰，人一慌忙地冲进来，就扬起了许多灰尘，呛得人喘不过气来。

木青瓷打量着四周的环境，还有一起闯进这个石室的人。不知道什么时候她和白幽走散了，就连萧妄宴也不在身边。只是没想到司琰和莫景凉两个人都在，巫月神教的弟子大部分都在此，他们一镇定下来，赶紧跑到木青瓷身边，将她护在中间。在这种危险的时刻，神使又不在场，他们只能尽全力保护圣女。怎么说闯进这间石室的人也不少，不单是跟着来的各派弟子，更多的却是没门没派的江湖散修。

"看起来我们几人有缘，黑灯瞎火的时候还能同时闯进一间石室。"司琰看起来很轻松，并没有太过担心，可心里怎么想的，就不得而知了。"当时机关启动，突然出现这么多一模一样的岔路口，也不知有一些人遇见会不会直接动起手来。"

"说不定，没走到尽头的时候，暂时还不会下死手。"莫景凉的语气淡淡，他打量着这间石室，周围造型别致的油灯在他们闯进来的时候就已经燃起，一直未熄，难不成是长明灯？不过宝藏之地有长明灯也不为过，因为这不仅是藏宝的地方，更是一座巨大的陵墓。

第一百四十九章

木青瓷从巫月神教的保护圈中走出来，她吩咐所有的巫月神教弟子都不要碰宝藏之地里的任何东西，并吩咐他们小心一点，先将解毒的药草准备好。以免之后不知不觉地中了招，根本来不及解毒。

司琰看着木青瓷交代巫月神教的弟子，他轻松笑道："青瓷，看起来我们这几人中你最占优势，谁都不敢动你。"

"师兄不过是看在阿宴的面子上，我又何德何能。指不定下一个死的人就是我，还能说些什么吗？"木青瓷可没闲心跟司琰说笑，她拿出两枚药丸来，分别扔给莫景凉和司琰，提醒道："不怕受我控制就吃下去，这里说不定有些其他的东西。"

莫景凉唇角微弯，他摇了摇头，对于木青瓷的口不对心，只是叹息了一声，把她给的药丸服了下去。

"不看在阿宴的份上,你叫我一声师兄,我怎么也不会伤害小师妹,何况还是一个口不对心的师妹。不过我说的却是实话,在这座宝藏之地里可没人敢动你,那是找死的节奏。任凭你武功再高,面对着好几个不弱于你的人,那也只能逃了。"看着莫景凉毫不犹豫地将药丸服了下去,司琰也服了下去,他可不觉得木青瓷要害他。这时候一直说话,还不是打算缓和气氛,谁让莫景凉和木青瓷都没什么话。如果一直沉默下去,估计这里的人都会躁动不安,说不定会发生什么不好控制的事。不过他的话可都是真的,尽管有着调侃,可木青瓷的好几个裙下之臣那绝对不是好惹的。

对于木青瓷给的药,司琰还是持有怀疑地问道:"不知道这药是什么药?"

"通天丸。"

木青瓷瞥了司琰一眼,又回过头看着布满灰尘的巨大石室,冷冷地说道:"若是师兄放心不下,大可吐出来,含在齿间也是有效果的。"

"在这里没有放心不下。"看着自己的举动被发现了,司琰也是尴尬一笑,他这一次才算是真正地把药咽下了肚,转移着话题道:"阿宴手上也有药吗?"

"在进石门之前,我就让他服下了百花露。"木青瓷走到最边上,看着石室里的书架上放满了书,伸手拿下了一本书。这书保护得很好,放了几百年依旧没有破损的痕迹。随意地翻开两页,书页也已经泛黄。一股樟树的味道蹿入鼻间,味道已经很淡了。樟树常用来防潮,祛除霉臭味,用在这些书间也没有奇怪之处。要说奇怪,就是这间石室里放的都是书。

"帝王心术。"

莫景凉也拿下一本书,翻开了几页,大致看了一下。他抬起头来,意味深长地瞧了一眼司琰,随即出声道:"看起来都是讲如何安定国邦的书。"

"藏书室。"司琰把拿下来的书又放了回去,扫过这间巨大的石室,目测摆放的书有上千册,甚至更多。他扫了一眼在场不少的江湖人士,见他们随意地拿下书来,又随意地扔在地上,不禁皱起了眉道:"传言宁国国灭之时,宫中的珍贵藏书都毁于一把大火。原以为都毁了,看起来最为珍贵的藏书都被收好了,藏在了这个宝藏之地里。"

"所以这书一点用处都没有。"木青瓷漠然地看着这一切,她也说出了她的推测,"也可能是杀人的利器。"

"这些书吗?"司琰看着散落了一地的古书,也不知该如何说。那些人看起来已经疯狂了,不停地翻动着这间石室,想要找出机关来。他收回了目光,惋惜地说道:"可惜现在人手不足,不然定要留下这些书。"

莫景凉看着那些表情狰狞的江湖人士,眼中没有太大的波澜,只是静静地看着:"那些人已经开始疯狂了。"

人一没有理智,就什么也听不进去。事实上也是如此,现在的情况也差不多如此。石室里的这些人已经疯狂,双眼大大地睁着,不知谁是第一个动手的,但见血的那一刻几乎所有人都疯狂了,纷纷抽出自己的武器,相互厮杀着。巫月神教的弟子大部分都没事,只有极少数的几人发了狂,所以被格杀了。剩下的人都没有触碰石室里的任何东西,他们退到木青瓷的身边,时刻注意着周围,一旦有发了狂的人扑过来,就一律格杀,丝毫不留情面。

血的味道弥漫在空气之中,木青瓷夺过莫景凉手中的黄剑,向剑里灌注着真气。几步跑到墙壁边,她选择了最粗暴的办法,用黄剑将这里的石室破坏。哪怕石壁再怎么厚,也不可能抵得住削铁如泥的神兵利器。尤其是灌注了真气之后,黄剑的威力更是巨大,石壁就像豆腐一样碎开,露出了石壁后的路。

木青瓷的动作很是突然,也没有一点犹豫,两人也没来得及阻止她。石块飞出来,木青瓷反手就杀了朝她冲过来的几个人,对着两人说道:"与其在这里相互厮杀,我宁愿破坏了这里。触碰了其他的机关造成更多的危险也无所谓,至少那时还有机会可以处理。"语毕,就把黄剑扔给了莫景凉,她手上还有惯用的细长长刀。

莫景凉接住了黄剑,他也跟随着木青瓷的脚步冲进了另一个陌生的石室,面对这样的情况,不跟着还能怎么办。

巫月神教的弟子肯定是时刻跟随着自家圣女,司琰看了一眼相互残杀得越来越厉害的那些人,还有地上的尸体,被血弄脏的书。一时之间,竟然生出一股暴躁感来,顺手杀了几个已经疯狂的人,飞溅到身上的血让他莫名地兴奋起来。猛地甩了甩头,也知道有所不对,赶紧追着前面那些人离去。

苏笙月看了一眼石室中的几个人,毫不犹豫地忽视了其他无关紧要的人,心中却是说不出的担心。当时太过慌乱,结果没想到和木青瓷分开,跑进来的那条路也都被封死,只能看看打开这个石室所封闭的大门。他和萧妄宴、锦懿卿、萧晨安四个人闯进了这一音石室,也不知道白幽和莫景凉是否在木青瓷身边?沈夜也不知道去了哪里?

不仅是苏笙月的感觉不怎么好,其他几个人也都是一样。怎么说也是才进宝藏之地,就被机关逼得狼狈不堪。这时候也不说大展身手,至少要先找到打开石室大门的办法。毕竟这间石室给人一种不安的感觉,那依次陈列着的兵器,似乎还闪烁着寒光。

有些江湖人士挑选着自己合适的兵器,他们肆意抢夺着那些兵器,却不知在什么时候触动了机关。突然就地动山摇了起来,不知从何处冒出了大量的烟雾。

"小心有毒。"

也不知是谁在那里叫嚷,反应快的人赶紧捂住口鼻。

才逃出了藏书室的一行人还没来得及喘气,又是一阵地动山摇,不知道哪里的机关又被开启了。

司琰打量着周围的环境,看起来是暂时安全了,他这才稍稍舒了一口气。说起跑出来的一路上,也算是危机重重。遇上了没路的石室,木青瓷可是不管不顾地用黄剑毁去那些石壁,硬生生地开出了一条路来。也幸亏手里有黄剑,威力巨大,才能毁去那些厚重的石壁。不过有些机关,就算黄剑在手,也是丝毫没有用处的。比如说养在宝藏之地的一大群蝙蝠,混在空气中的迷幻药。还有突然就冒出来的迷雾,在迷雾中有不易防备的暗箭之类的机关。路上也遇上了不少的人，都是走进不同的岔路，而待在不同的地方的江湖人士，一见他们这些人，也都纷纷跟了上来，路上死的人不怎么少。

司琰站直了身体，看着惊慌失措、狼狈不堪的一大群人，他哑然失笑，径直地走到莫景凉身边，他才算是心理平衡了不少，因为莫景凉看起来也不比他好上太多。衣裳上也沾了血，头发也比较散乱，此刻看起来也没有了风度翩翩，而是同样的狼狈。"真是辛苦你了。经过了今天，我才算是真正地知道木青瓷那不顾一切的性子是怎么来的。分明就是你们惯出来的，宠得她无法无天，不计后果。"

莫景凉看着同样狼狈的司琰，再瞥了一眼站在边上休整的木青瓷，也感到挺无奈的，只说道："可能吧。"

"这已经不是可能吧的话，还真是被你们宠出来的无法无天。我估计再也找不到第二个像她那样的女人了。"司琰对于莫景凉敷衍似的话语不怎么赞同，他现在已经可以确定木青瓷这样的举动，都是莫景凉那几个人给惯出来的。上战场打仗都没今天被木青瓷带着跑来得刺激，司琰也真是服了，他接着说道："小时候被木清玄捧在手心，在暗影阁里宁夜澜宠着她。之后你和苏笙月惯着她，然后萧安宴又随着她，白幽又顺着她，巫月神教的那些人又由着她，所以现在做事才会这样粗暴。明明是一个聪敏的女人，可有时候还真不管不顾，随着性子来。多半是知道你们几个会替她收拾残局，所以才会如此胆大包天。"

"性子如此，估计是不可能改变了，今天就由着她去吧。"莫景凉显然是被司琰的话逗笑了，他玩笑似的说道。

司琰揉了揉眉心，他叹息了一声："没办法了。"

木青瓷打量着现在所处的环境，已经不是石室了，倒像是掏空了的山腹。只不过地面上铺着青砖，两边还长着一些杂草，有些还开着细小的花朵。这里很空旷，大声说话还有回声。如果不是点燃了这里原本就有的油灯，恐怕还是笼罩在黑暗之中。不过也不是完全笼罩在黑暗之中，因为这些人手上还有着火把，一路过来差不多也不需要火把，不过这样还不够。橘黄色的火光闪烁着，照亮了很大的一片，但对于这个地方来说也仅仅是照亮了一角，看不清原貌。众人也没有贸然前进，只是先休整一番。

第一百五十章

一路上过来，还活下来的人都不敢离得太远，都在众人能够看到的地方休整。而就在这时，四周的杂草丛里传出声响，听起来有什么东西要从里面出来。

经过了前面的一路，这些人一听到有声响就觉得不对，赶紧起来站在一起，以应付接下来的情况。

从草丛里跑出来的东西是一只只的蜘蛛，全身都漆黑的黑蜘蛛看着莫名的瘆人。而四周的蜘蛛都爬了出来，把众人包围了起来。

尽管对付毒虫，巫月神教还算在行，可是这么大规模，再加上此时此景，反而不知道该如何处理。不过这些人身上都有驱虫粉，这是随身携带的东西，但用来对付这些东西，明显是不够的。退路是要留出来的，他们一边保护着木青瓷，一边朝后撤退，不停地用着手里的驱虫粉，让那些黑蜘蛛不敢靠近他们。其他的人就没有这么好的运气了，中原武林的人士可不善于对付这些东西。

可这也不是算是好运气，驱虫粉很快就用完了，黑蜘蛛又爬了上来。在这紧张危急的时刻，也出现了转机。有破空声响起，不知道什么东西掉进了四周的杂草丛里，那些黑蜘蛛却慢慢地退却了，快速地爬回了杂草丛里。然后许多把火把被丢进了杂草丛里，一下子就烧了起来，火势蔓延得很快，周围的杂草丛都烧了起来，发出啪嗒的响声。

"阿婠，你没事吧？"

白幽快速地跑过来，他看着衣裳上沾了不少血迹的木青瓷，拉着她左看看右看看，发现她并没有受伤之后，才舒了一口气道："幸好你没出事。"

面对着白幽，木青瓷就没有那么紧张了，她摇了摇头道："我没事，幸好你赶过来了。不然面对这么多的毒蛛，我也不知道该怎么办。"

"没事就好。"白幽轻点了点头，他放开木青瓷，又对着莫景凉和司琰感谢道："这一路上多谢二位照顾圣女了。"

"与其说我们两个照顾她，不如说她照顾我们两个，所以神使的感谢就算了。"司琰皮笑肉不笑地说着，怎么听他的话都是在打趣。

白幽也听出司琰的打趣，依旧是彬彬有礼道："圣女的性子我也知道，有些事还是麻烦了二位，这一声道谢是应该的。"

"既然如此，我也就承了谢。"

沈夜从暗中走出来，他的身后还有十几人，看起来都是幸存下来的。他扫了一圈在场的人，思量道："看起来阿月并不与你们在一起。"

"在开始的岔路口走散之后，一路上也没遇见他。"莫景凉简单地说着，他现在还算是平静，"以他的本事，吃亏的人从不会是他。"

"这倒是实话。"沈夜很赞同莫景凉的话，苏笙月绝对不是吃亏的人，这是多年下来的了解。

"说曹操曹操就到。"

司琰看着不远处的火光，偏过头看了看正在谈论的两人，随意地说着。之所以断定是苏笙月，那也只是猜的。

司琰是对的，那些人中的确有苏笙月，但也有其他的人。比如宁夜澜，比如萧晨安，比如锦懿卿，比如萧妄宴，再比如南离。当他们举着火把过来的时候，也不忘把两边造型别致的油灯点燃，这样一来，这里就亮堂多了，不再如之前一般昏暗。

显然苏笙月他们不怎么好过，每一个人看起来都比较狼狈，像是经历了什么大战似的。而他们那边基本上都没剩下多少人，剩下的人基本上就是自家的人，也不知道是遇上了什么危险。

"南离。"

不过当没有蒙面而露出真面目的南离出现时，司琰瞬间就变了脸色。他在这四年间见过南离一次，那是在未央宫，他母后的寝宫之中。司琰很想此刻就出手，可理智告诉他现在还不能这样做，所以只能强忍着杀意。

"是我。"

南离可没这么多顾忌，若不是因为一些原因，他可能不会这么快就现身在众人面前。

"出了什么事？你们怎么会遇见他？"木青瓷走到萧妄宴身边，她瞥了一眼南离，明显饱含了杀意。

萧妄宴大致把事情讲了一下，后面怎么样遇见南离的，那些江湖人士互相残杀时，隐家的那些弟子的肆意杀戮，以及他们又是怎么逃出来的。本来是准备对南离动手的，但是考虑了一下情况之后，还是没有动手。只是隐家的不少弟子都被屠杀了，之后就在这里遇见了木青瓷一行人。

大概了解萧妄宴他们的情况之后，木青瓷和沈夜也分别说了说他们遇到的情况，这一下所有人的经历也都大致知晓了，也从另一面体现了真正的宁国宝藏的凶险之处。毕竟来探宝的人有多少，如今走到这一步还剩下多少人，绝大部分人都死了，仅仅剩下少部分人。

现在还没有到生死相争的时候，在火光的照耀下，这一片空旷的地也差不多看得清楚了。这里修建得还算精致，看起来除了那些黑蜘蛛以外，就没有其他的危险了。不过众人还是不敢掉以轻心，尤其是经过前面的那一路，但吸引众人眼球的却是一扇巨大的石门。

他们这些人都是经由不同的路走到这里的，看起来路虽然不同，但都是通向这里。那么一扇巨大的石门后，难道就是灵帝所藏的真正宝藏？

众人纷纷移步到石门边上，本来高大的石门在这些人的衬托下越发显得巨大而不可及。石门正中间有一个圆形的凹印子，多半是如同之前那般，是需要特定的东西来打开此门的。而这一样特定打开石门的东西，不用多想也该知道了，就是木青瓷手中的花镜。不仅如此，石门上还刻有几个字，更加证明了门后就是真正的宁国宝藏。

"将那如画江山赠予第一个找到这里的人。"

有人把石门上的刻字念出来，也不由得兴奋了起来，辛苦了这么久，总算可以见识真正的宁国宝藏了。传说中可以覆灭一个王朝的宝物，莫名地让人期待。

木青瓷从怀里取出花镜，亲自上前，嵌入那一个圆形的凹处。果然如设想那般，机关开始运转，发出轰隆隆的声音。

高大而厚重的石门被推开了，几乎是在门打开的那一瞬，白日的阳光就照射进了燃烧着火把而明亮的山腹中的巨大石室。不同于火把燃烧的橘黄色的火光，白日的亮光此刻更显得有些刺眼。率先冲进石门的无非就那几个人，剩下为数不多的人还跟着，只不过他们都不敢抢前，抢也抢不过。再加上之前死的人已经不少了，给这些人留下了不少的阴影，所以也就是跟着看看热闹，也顺道浑水摸鱼。

当众人都冲进石门之后，出现在他们的眼前，并没有想象中的那般危险，或是有无数的金银财宝，但也足以让所有人都目瞪口呆，让面对许多危急的情况都镇定自若的人也是露出了一片的惊疑之色，无法相信这就是石门之后的宝藏，让人会为之发疯的宝藏。

宁夜澜仰天长笑了起来，他的脸色并不怎么好，可以说十分的难看，笑声也十分的讽刺："这就是所谓的尽头吗？真正的宁国宝藏，足以颠覆一个王朝的东西，灵帝你玩弄了世人数百年。"

"主上！"

叶兮与合欢同站在宁夜澜的身边，他们此刻也能理解宁夜澜的心情，想不到这就是传说中让人疯狂的宁国宝藏。的确是让人疯狂，可也让人足够失望。

要问石门之后有什么，会让所有人都是一副吃惊的样子。若说有，也的确有；要说没有，也的确没有，只看个人的见解。石门之后就是山顶，空荡荡的山顶唯有两边的大树。那些大树的树干上已经长出了绿色的苔藓，青萝藤蔓也顺势攀了上去，这些无一不在昭示着此地人迹罕至。要说可能还有前路，那绝无可能了，因为前路唯有悬崖。

司琰三步做两步走到崖边，俯瞰着风景，将整个上京城收入眼底。繁华热闹的上京城，一片富庶祥和之景。没有战乱的硝烟，没有百姓家破人亡、妻离子散，没有流离失所，没有怨声载道的暴政，没有被贪官污吏折磨得苦不堪言的无辜百姓……也许这就是能够颠覆一个王朝的东西——江山如画。那些日出而作、日落而息的平民百姓则是不可或缺的人，平静而平和的生活，这一片安定之世之景。

"江山如画，宁国的灵帝还真会开玩笑。也许这就是所谓的宝藏，真让人大开眼界。"司琰收回了视线，他也转过了身，面对着众人，站在了一边。

锦懿卿走到司琰身边，这种时候都是站在自己的队伍里，所有的人都在几句话的时间里纷纷站出了几方的势力。

"这就是灵帝留下的礼物吗？"

莫景凉、苏笙月和沈夜三人站在一起，南离和萧晨安站在了一起，宁夜澜的身边则是叶兮和合欢，白幽和萧妄宴陪伴着木青瓷。众人所属的阵线一下子就明了了。

白幽手里拿着花镜，他隐约觉得这面镜子肯定还有用处，所以他在石门打开后的第一时间就取下花镜。随即就把花镜给了木青瓷，让她收在怀里，用作护心镜也不错。以天外星辰制成的镜子，用来做护心镜，自然也不会差。

与这些人的冷静不同，木青瓷却没有了之前的镇定与理智，她手里握着长刀，细长的刀刃上还滴着血。只不过她此刻却控制不住地颤抖，不是因为恐惧，而是因为愤怒，无以复加的愤怒。她跌跌撞撞地走到崖边，俯瞰着繁华的上京城，笑得眼泪都出来了："争了这么多年，抢了这么多年，原来这就是所谓的宝藏。我爹，我娘，我哥哥，整个木家就因此而覆灭。"

第一百五十一章

白幽快步走到木青瓷身边，他的戒备心是平常的十倍重，毕竟不比得平常。他需要护着木青瓷，在局势微妙的时候保护她。不仅是因为他是巫月神使，也不是因为木青瓷是巫月圣女，因为她是他的女婿。从相识的第一天起，他便说："阿婧，我是白幽，你的依靠。"

萧妄宴也是防备着众人，担心他们会随时出手，他退到木青瓷的身边同白幽一起护着木青瓷。快速地瞥了一眼心情低落的木青瓷，又回过头来，提醒出声道："青瓷！"

"我知道了。"木青瓷深深地吸了一口气，她转过身走到白幽和萧妄宴的中间，将长刀指向萧晨安和南离，眼神中满满都是恨意，她冷声说道："虽是阴差阳错，但我的目的也达到了。今日了断，我要你们血债血偿。"

"南离，你别想活着离开。"司琰和木青瓷一样，跟南离可以说是血海深仇。杀父之仇，杀弟之仇，这些怎么可能遗忘？

司琰都出声了，锦懿卿也不可能置身事外，他揉了揉眉心，无奈地说道："我只是想凑一凑热闹而已，想不到也无法独善其身。"话是这么说，可他也不见有半分的松懈。

"也许群攻不怎么好，可对于你这种人来说，这无疑是个好办法。"宁夜澜也站出来，表示要加入战局，只不过他又看向萧晨安，漠然地说道："之后可敢一战？"

"有何不可，我等这天已经很久了。"萧晨安合上五骨扇，他此刻卸下了平常的伪装，眼神无比的阴厉。

"想围攻？宁夜澜、萧晨安你们两个可要想好，我现在的情况，之后就是你们的情况。"南离也明白了眼前的局势，他哈哈大笑了起来，表面上还是做出来胸有成竹样子，面对这么多高手的围攻，他可不会自信到认为可以一个人对付这么多人。

"我的那个机会一直没有到来，今天则是那个机会。至于你，不过是个跳梁小丑罢了。"宁夜澜霸气地开口，他丝毫不担心被围攻，也许这真的是一个你死我活的结局。

"你我二人，生死相向都有可能，此刻说这些又有什么意思？我的对手不是你，而你在这里太碍眼了。"萧晨安可不是南离的下属，根本不用听他的话。

就在这时，围观的那些个人纷纷躲在石门之后，见证着这场最后的大决战，一道不和谐的声音却响了起来。

宁月涯一手抓一个，带着两个女人站在石门边，那两个女人分别是太皇太后江小虞和冷冰熙，看样子都是被点了穴道。他把冷冰熙丢在边上，挟持着太皇太后，漫不经心地说道："比起那个小丫头来，我总感觉这位尊贵的太皇太后好像更有价值，虽然已经年老了，可还是能看出是一个美人。"偏头看了太皇太后一眼，又看回了众人，慢悠悠地说道："景帝把太皇太后藏得如此之严，又故意放出被掳走的假消息，这一计策还真是骗到了不少人。不过我觉得太皇太后来了这里，或许效果会更好。"目光又转向宁夜澜，笑语吟吟："大哥，我说过，你是需要我的。"

"琰儿，别管母后，救你妹妹。"太皇太后盯着司琰，温柔的眸子含了泪水，她平静地说着这话，并不在乎她的生死。

"母后！"

"小虞！"

南离想都没想一下就施展轻功，迅速冲向江小虞，他伸出手抓着她，想要把她抢回来。

可南离一动所有人都动了，宁月涯可没打算轻易就退缩，正准备迎上南离之时，其他人已经拦下了南离。当然冲过来的司琰、锦懿卿可不是什么善茬，宁月涯也不得不小心应付。但是带着一个人对决有方便之处，也有不方便之处，一连过了几招，也有些吃力。

锦懿卿避开了宁月涯，他几步跑到冷冰熙的身边，解开了她的穴道，让她待在石门边上，千万不要插手，静静地看着就行了。

萧晨安站在原地，也并没有出手，只是静静地看着，嘴角挂着一丝冷笑，脸上满是漠不关心。这是一种平衡，若他此刻出手，定会有人马上对他出手，几人围攻的情况可不算好。而且他也有属于他的骄傲。

就在此时，一道黑衣人影冲进了战局，他的目标也是宁月涯，准确地说是宁月涯挟持着的太皇太后。他正是一直藏在暗中，等着众人两败俱伤的南霖。一看到江小虞被挟持，他瞬间就不淡定了，生怕打斗之中会有人误伤到她。南霖的动作很快，他的出现让宁月涯措手不及，也就是这时候，他抓住了空隙，从宁月涯的手里抢走了太皇太后，可他也没能顺利离开，就被司琰拦下。

司琰放弃了宁月涯，与南霖对上，过了两招。"放下我母后。"

"白幽，不能让他活着离开这里。"木青瓷注意到了南霖，她大声地呼喊着白幽，让他去拦住南霖。

"母后。"

冷冰熙也是一脸担心，可她却什么也做不了，只能干瞪眼看着。

"小虞。"

南离被苏笙月、莫景凉、沈夜和萧妄宴四个人围攻，应付他们四个人已经很吃力了，也无暇他顾。只是对于江小虞，他还是分出了一丝注意力，时刻观察着那边的动向。也正是如此，他也露出了一些破绽。

就在司琰舍弃宁月涯之后，宁夜澜也加入了战局，他命叶兮和合欢退守至石门边，他要亲自对付宁月涯。

"我真的好高兴，你终于愿意正眼看我一眼了。大哥，你的脸上要是沾上了血，一定更有滋味。"对上宁夜澜，宁月涯没有半分的不满，反而是很兴奋地笑了起来。只不过那扭曲的笑容，任何人看了都不会喜欢的。他笑得十分张狂，更是暧昧："就让我兄弟俩相爱相杀。"

"真是让人恶心，你还是一如既往地讨人厌。"宁夜澜说这话时，眼中只有对宁月涯的厌恶，语气中满满都是瞧不起。他身为宁家的控制者，怎么会不知道宁月涯对他几次三番的示爱，只是这更让他恶心宁月涯。留他到现在，已经是失误了，所以不可能再放任不管，说什么也要除去这个没用的废物。

幸好石门后的山顶足够得大，容得下这些人开打，不过动起手，还真是一个比一个狠辣，速度一个比一个快。

木青瓷也没有看戏，她加入了对战南离的队伍之中，她绝不会让南霖逃走，大声地说道："阿宴，你去帮白幽，不要让他逃跑，不然后患无穷。"

萧妄宴还没有来得及抽身离开，沈夜就先抽身离开了，他加入对战南霖的那一队人中，走之前只说道："木姑娘，我还你的一个人情，为我妹妹的事。"

当沈夜加入之后，南霖也同南离一般，手忙脚乱了起来。为了不伤到江小虞，他把她放下了，尽管动作比较粗暴，可这毕竟是危急关头。没了江小虞碍手碍脚，南霖也可以尽情地发挥出他的武功来。

回看萧晨安，他之前一点出手的欲望都没有，只是站在安全的地方，静静地观看着这些人的生死打斗，就好像看一场戏一般，眼中冷漠而疏离。他是一个骄傲的人，不屑于同南离联手对付这些人，再一路闯出去。与其说是闯出去，倒不如说是逃出去。何况对于南离，他根本就不打算放过他，这么多年来的假意日子，也该过到头了。所以萧晨安宁愿与司琰，或者是宁夜澜等人一对一的决战至死也不打算逃走。他并不适合当一个统帅，武功高，城府深，智谋多，可不代表他能成为一个好的统帅，统领着千军万马冲锋陷阵，他的一生只适合江湖，不适于朝堂。当南霖现身的那一刻，萧晨安的愤怒就像喷涌的泉水一样爆发，因为是他折磨了景安儿四年，把她从知书达礼又温婉善良的女子变成了浑身是毒，满是痛苦记忆的毒女。

景安儿之所以会选择那么极端的方法，正是因为她所遭遇的那些事，那背上被生生刺下的奴字，那些噩梦般的记忆，让她无法面对世人，无法面对她自己，更无法面对萧晨安。所以她才会选择死，选择解脱。她死了，她的尸体不知是沉入了江河，还是被野兽食之饱腹，抑或是曝尸荒野。萧晨安只觉得他要疯了，他好不容易才找回他所爱的女人，却再一次弄丢了她，并且永远找不回来了。他像发了疯一样冲进司琰几人之中，双眼通红，出手不同于往日的凌厉，此刻更是毒辣无比，无比疯狂地说道："我要你的命。"

再看一下战局，沈夜加入对付南霖一方之后，司琰和锦懿卿就轻松了不少。但白幽还是加入这边的战局,他不能让南霖活着离开。也就形成了南霖一人应付司琰、锦懿卿、白幽和沈夜四人的围攻。可萧晨安加入之后,他疯狂的样子让所有人都诧异了,不禁让人猜测他跟南霖有什么深仇大恨。但形势一下子就改变了,南霖对付几人也很吃力,但好在他几十年的武功不是白练的。

之前木青瓷和萧妄宴都没有出手,反倒是南霖出现之后才加入战局,想要把两人都一举留在诏隐山上。现在则是木青瓷、萧妄宴、苏笙月和莫景凉四人对付南离,这时候要是讲究什么江湖道义,那就是大错特错。而宁夜澜则是想要抹除宁月涯的存在,他们两人也是短短一会儿就对决了数十招,并且招招致命。

南离的武功可不是说着玩的,他当年为了继承他师父的衣钵连他的双生哥哥都可以杀,就可以看出他有多毒辣。他的天资虽不如南霖,可也是难得一遇的人,数十年都在苦练武功,内力之雄厚,绝非是苏笙月他们这些年轻人可以比的。他可不是一个善茬,对于围攻他的四个人,他对最弱的木青瓷出手最多。

第一百五十二章

木青瓷此刻也不管了,她强行催动着内力,根本不考虑身体是否能够承受,就毫无顾忌地动用魔功。南离将萧妄宴和莫景凉震飞了出去,趁此机会,对着木青瓷出手。苏笙月一急,他推开木青瓷,硬生生和南离对了一掌,一股甜腥味则从喉咙里冒出来,血从嘴角流了下来。

不过生死对战之中不会给你喘息的时间,苏笙月还没来得及喘息,南离已经近在眼前。高手过招,其速度之快,是别人所不能想象的。也就是让人连反应一下都没有的情况下,木青瓷连想都没有想,直接就冲过去挡在了苏笙月的身前,替他挡下了南离的一掌。在这一瞬间,一个小东西不知什么时候到了南离的身上,谁也没有发现,就连南离也没有发现。

"青瓷。"

苏笙月眼中有着震惊,脸上却是不可置信,他大喊出声。只是一瞬间,他的眼神就变得无比的冰冷,就好似永远也无法触及的雪山之顶的那缕天光,用尽了全力,一掌打在南离的身上,将他震退了数十步。

听到了苏笙月的声音,众人也只是回看了一眼,也知晓了木青瓷连命都不顾地为苏笙月挡下了本该由他承受的一掌。

"阿婧!"

"绾儿!"

"青瓷!"

三道不同的声音同时响了起来，萧妄宴和莫景凉看了木青瓷一眼后，继续对南离出手，这一次比之之前的用手还要用力。白幽则是退出了对付南霖，那一边有四个人已经足够，而且还有一个疯狂了的萧晨安。

　　苏笙月接住倒下去的木青瓷，他把她紧紧地抱在怀里，连续地点了她几个穴道，才出声道："为什么要替我挡那一掌？你不是我，不一定能够接下那一掌。你疯了吗，木青瓷？"

　　木青瓷咳嗽了几声，从嘴里不停地流出血来，染红了她的衣裳，她的气息渐渐微弱，却似笑非笑地说道："我不想这么做，可是那一刻，身体却不受控制地朝你跑去。我是那么恨你，我为什么要救你，不过是身体的举动罢了。你刚才不是也不顾一切地推开了我吗？我们扯平了不是吗？"

　　血不停地流出来，苏笙月的手上沾满了木青瓷的血，听着这番话，却不知道作何回答，嘴角又扬起初见时的浅笑，声音低沉而又温柔。"别怕青瓷。我现在就带你下山，你不会有事的。相信我，我不会让你死的。"

　　"玉面武功高强，可他却被南离一掌震死了，你以为我可以比得过玉面吗？"木青瓷说话时的声音越来越弱，她艰难地伸出手抓住苏笙月的衣服："就让我看着他们两个死在这里，只是没有找到七杀，我不甘心。"说着，木青瓷的眼泪就掉了下来，她不甘地说道："我真的不甘心。"

　　白幽才算是着急了，他抽身出来，跑到木青瓷的身边，连忙从怀里摸出一个小瓷瓶，拔出塞子，把里面的药倒在手上，那是一枚白色的药丸。拿着药着急地喂给木青瓷，只说道："阿婳快服下去。"

　　对于药的记忆，木青瓷并不少，一般来说都是苦的，偏偏白幽喂给她的白色药丸却是甜的。入口有一种淡淡的清香，味道也很清甜，不像是药，倒像是小孩吃的糖豆子。

　　"这是什么药？"苏笙月相信白幽只会救木青瓷，而不会害她，但对于这药也抱有怀疑。

　　"天香续命丸！巫月神教的镇教之宝。这一次来中原，大祭司大人就料到会有不好的事发生，让我把药带上，以备不时之需。我从未想过能派上用场，这一次却还是派上了用场。"白幽对着苏笙月解释道，他们两人不算是情敌，因为白幽对木青瓷并没有所谓爱得死去活来的爱情，而是很平淡的誓言。从见到她的第一面起就很清楚了，她由他来守护。"天香续命丸一共有三颗，是否能有九转金丹的功效并不可知。但能被奉为镇教之宝，想来并不会没有作用。阿婳以前服用过九转金丹，所以百毒不侵，但九转金丹被传得神乎其神也自当不止这点效用，希望这天香续命丸有用。你先去，我来替阿婳疗伤。"

　　"好。"苏笙月这时一口就答应了下来，他没有迟疑，最后看了一眼木青瓷，深情地说道："活下来，我告诉你成佛崖上的答案。"

　　木青瓷摇了摇头，她绝望地说道："白幽够了，不要再为了我浪费你的真气。花镜快碎了。"她费力地从怀里摸出花镜来，镜子上面已经有了好几条裂缝，估计下一次就直接碎掉了。

　　"正因为有花镜替你卸去了一部分伤，所以你才不会死。"白幽把木青瓷打横抱了起来，走到冷冰熙所在的位置，他顺手解开了太皇太后的穴道，把木青瓷轻放在地上，盘坐在她的身后，双手成掌运起全身的真气，他的掌对着木青瓷的背，闭着眼替她疗伤。

"白幽，不要管我。他的毒该发作了，趁此机会杀了他。"

"你活着比什么都重要。听我的，凝神静思运气。"白幽闭上了眼睛，他此刻是全身心投入。

真气一进入体内，木青瓷也不再多说废话，因为她知道白幽是不会停下的。她照着白幽所说的去做，凝神静思运气。

分别被围攻的南离和南霖两兄弟十分吃力，几乎是同时被几人全力打在身上，受伤退了出去。同时南霖遮脸用的黑面巾也掉了下来，露出了一张同南离一模一样的脸。

"双生子。"

锦懿卿罕见地皱起了眉头，他永远都是嬉皮笑脸，哪怕是情势再严峻，很少如此。何况之前他就听说过这一对双生兄弟，所以当真见到的时候，反而没有其他人那么吃惊。没办法，显然是知道，是从别人那里听说过这事。那个别人，不用说也知道是司琰。

"南离！"

"南霖！"

两道苍老的声音同时响起来，看着却好像是一个人在说话。

南离看着那张与他一模一样的脸，就好似在照镜子一般，可镜子中倒映出来的人并不是他。他先是露出震惊的神色，随即又恢复如初，脸色却是少见的冰寒，冷冷说道："想不到竟然是你。数十年来，一直在暗地里跟我作对的人，原来是大哥你。"

"原来你还记得我，我的弟弟。作为哥哥，我还以为你早已经在数十年前就把我抛之脑后，毕竟是你亲手杀了我。"南霖冷笑出声，他的脸色很阴厉，说起话来也是皮笑肉不笑，"当年的事，我可一日也没有忘过，你是怎么把那把匕首插进我的身体里去，是怎么把垂死的我丢下山崖的。你知道那些年我是怎么过的吗？"

"所以你是打算报复我吗？潜藏了这么多年，就只是为了等今天吗？你想要杀我。不过你确定可以杀了我吗？想杀你的人可不止我一个。现在我们两兄弟可以说是同一条船上的，相互残杀的话，说不定谁也无法顺利走掉。"南离侧过身去，他面对着南霖，可也时时刻刻地注意着周遭的环境，小心戒备着。他此刻最大的敌手不是别人，而是他的双生哥哥。既然能够堂而皇之地出现在他的面前，那就是代表有把握能够置他于死地。

南霖放声大笑了起来，他看着南离，脸上可没有那份假慈悲，漫不经心地说道："我们可算不上是一条船上的人，毕竟那些事都不是我做的。作为一个旁观者，看着你结下了不少的仇人，我可是替你担心了挺长的时间。害怕你被司尧杀了，我就没机会亲自动手了。"

"彼此彼此，我们兄弟两人都是招人恨的，想杀你的人可不比想杀我的人少。只是你若强行与我为敌，那么我们两个人说不定都走不出这里。"南离现在并不想跟南霖动手，原因很简单，他现在受了伤，司琰等人也不会轻易放过他，必定会拼一个你死我活。对付一两个人还好说，可四五个人一起出手，他的武功再高也抵不住，只有饮恨收场。如果南霖再趁机落井下石,那他就只有血溅诏隐山了。

"我和你如今的处境却是不同,你现在也该发觉了吧,那个小丫头在你的身上下的东西,算了一下时间,差不多也该发作了。"南霖可不在乎这些,他虽然受了伤,也绝对没有南离的境况糟糕,注定是要你死我活的两人何必再客套下去。就算萧晨安要杀他,白幽也不会放过他,司琰更是会拦住他。不过跟南离的仇家比起来,那就差远了。毕竟这里所有的人都是想南离死的,白幽要替木青瓷疗伤,根本不会抽出身来。而且如果他一心要走,也必定能够甩掉这些人,因为那些人要分心南离,不让南离趁机逃走。

南离的困境一下就被南霖说了出来,他心中虽然恼怒,却也不敢多说些什么。也不知道木青瓷给他下的什么毒,只觉得浑身都麻痹了,动作也开始迟缓,这并不有利于他。嗤笑了一声,他看起来并没有什么,面色依旧如常,无所谓地说道:"你说了这么多,可也不一定能够走得了。还是说,你想同我在这里生死相斗?你不想死在这里,我也不想死在这里。"

"我是不想死在这里,可你却一定会死在这里。我这次本不打算露面的,可惜小虞被抓来了,所以我不得不露面。还记得你以前跟我说过的吗?你说我们兄弟二人就像一个人,喜欢的东西都是一样。不管是女人也好,其他也罢,总是一样。以前我或许还有所不赞同,可现在却是赞同得厉害。"南霖看似漫不经心地说着话,可他却有意挑衅着南离,随意地说道:"还有一件事我忘了告诉你,你在外面的那些部署已经成空了,习远是个好部下,可惜对于他来说,有一个女人比起他的命来,显然更重要。"

"莫阑珊。"

冷哼了一声,南离阴毒地看着南霖,他大概也已经猜到了习远是怎么为了莫阑珊背叛他,最后再怎么死的。别人不知道习远的软肋是什么,可不代表南离不知道。莫阑珊是习远的女儿,唯一的女儿。连隐家的人都不清楚,但从习远带着莫阑珊第一天进入隐家的时候,南离就清楚了,莫阑珊将会是习远的软肋。现在从南霖口中得知了在外的部署已经没用了,那他所有的布局都已经没有了用处。既然如此,这一次他所有的心血都白费掉了,那不如放手一搏。他盯着南霖,浑身都散发着杀意,狠毒地说道:"我若是走不了,也必定让你走不了。我们两兄弟可是双生子,就算是死也要一起,这是理所当然的事。"

第一百五十三章

"安儿在哪里?"

萧晨安的注意力从头到尾都不在这两人几十年的纠缠上面,他想要知道的事只是景安儿的下落。哪怕景安儿留下了绝笔书,这么多日来也一直找不到踪迹,可萧晨安也不愿就这样放弃。他宁愿相信景安儿是被南霖带走了，也不愿相信景安儿已经死了，并且尸骨无存。

"毒女吗？她的下场你还不清楚。难不成你真以为她会变成景安儿回到你的身边？那可真是天大的笑话。"南霖不打算说些谎话来欺骗萧晨安，因为残忍的现实更能刺激人，这样才是他要的。何况萧晨安向来软硬不吃，能刺激得他发狂，那也是不错的想法："一个女人罢了，对于你来说，还需要在意吗？就如紫菀一般，利用完了之后就扔掉，她的尸体估计都被扔在荒郊野外喂野狗了吧。景安儿对于你来说，不是一样的存在吗？老夫可以帮你解决了这个麻烦。想来你还不知道，她是我故意留下的，只是却没有按照我的目的给你下蛊。可惜我花了四年养出来的绝杀，心狠手辣的毒女，就这样废了。"

"我知道。从毒女一出现，我就知道，你迟早要将她送回我的身边。"萧晨安此时浑身都是杀气，眼神冷冽，眉间拧成川字形。他用玄剑指着南霖，脸上的表情十分愤怒，不耐烦地出声道："所以我问你，安儿在哪里？我不相信你会杀了她，她可是绝杀。"

"杀了她的人不是我，而是你。这一点，你比谁都清楚，可却始终不愿意承认。如果不是你在四年前任由着紫菀伤害了她，如果不是你在四年前抛弃了她，堂堂的景家大小姐又怎么会落到如此的下场。说到底害死景安儿的人一直就是你。我只不过是从中作梗，怪不得事情会发展成如今的模样。"南霖哈哈大笑了起来，对于计划的失败，他还是心有不满的，只是并没有说出来。他低估了景安儿的毅力，才会发生这种不受他控制的事情。多半连他也没有想到，景安儿宁愿死，也不愿意伤害萧晨安。

萧晨安盯着南霖，他此刻一点反驳的话都说不出来，其实他早就知道了不是吗？只是一直都不愿意承认而已。现在被南霖一语点破，脸色更是阴沉。他垂下眼帘，也无力地垂下拿着玄剑指着南霖的手，看似心情十分的低落。

"你的命，我仍然要收下。"

"难不成你是真爱上景安儿了，要为了她跟我死斗？别忘了，你做的那些事，估计这些人也不会轻易放过你。"

南霖收起了那份调笑，言语中听起来倒是很正经，但同萧晨安动起手来，那可不是儿戏玩耍，反而是全力对待。玄剑的威力可不小，萧晨安每一次挥剑，便会有锋利的剑气。若是落到人的身上，还指不定伤得有多重呢。

这边一动起手，南离自然也不要想逃，依旧是之前那四人，团团将他围住。加上南离之前受了伤，又中了木青瓷的毒，所以苏笙月几人都没有一点留手，全力以赴，想要一举除掉南离。

至于南霖，想除掉他的可不止萧晨安一个人，但萧晨安一个人不一定能够拦住南霖。司琰、锦懿卿、沈夜三人相视了一眼，他们三人也一起出手，说什么也要拿下南霖，这注定是一个大患，不然以后谁也无法安心。

宁夜澜也要结束了这场战局，宁月涯根本不是他的对手，开始还不怎么看得出来。可到了后面，差不多就能够看出宁月涯的深浅。宁月涯的确是一个高手，平日里看着跟一个纨纨绔公子哥一样的人,却是深藏不露。谁能够想到呢,谁也没能够想到。

宁夜澜一剑穿透宁月涯的胸膛,他一个箭步上前,眼中并无一丝其他的感情,他冷冷地说道:"若是你乖乖地待在宁家,继续做你的纨绔公子也好,开始崭露头角也罢,至少还可以活下去,而不是落得如今的下场。可惜你并没有珍惜我给你的机会,选择另外一条跟我作对的路。"

天剑何其锋利,这一下就直接穿透了宁月涯的胸膛,幸得宁夜澜没有其他的动作,才得以让宁月涯不这么快死去。

"纨绔公子吗?我已经玩够了。想要来点刺激的事,疯狂地赌一把。"宁月涯的嘴里流出血来,他知道他必死无疑,可依旧不在乎。可以说他没有对任何事在乎过,只是太无聊了而已。

宁夜澜拔出天剑,动作很是粗暴,他并不可惜宁月涯的死,哪怕是同父异母的弟弟也一样。在宁家长大的孩子,能够有多少亲缘,都是生性凉薄之人。杀亲兄弟这样的事,很容易就干到了,也不会因此而感到悲伤,可以说都习惯了。

天剑一被拔出来,鲜血就从宁月涯的胸膛喷涌了出来,他无力地向后退了好几步,垂下的头又抬了起来。他盯着宁夜澜忽然就笑出声:"真不愧是宁家百年来最出色的嫡子,怎么是我这种不受重视的庶子所能比的。只不过你还是输了,大哥。"

听不出宁月涯是讽刺,还是真心夸奖,只是看着他脸上没心没肺的笑,宁夜澜就一阵心烦。他讨厌宁月涯,不止是因为宁月涯那扭曲的人格,也因为那家伙喜欢男人,可以说是男女不拒。

见宁夜澜并没有任何回应,宁月涯也只是继续地笑着,他终是没有力气再来支撑着身体,摔倒在地上。血还在流,宁月涯躺在地上,他望着蓝色天空,幼时的情景又一幕幕地浮现在脑海里。

"终于……"结束了。

可惜宁月涯并没有说出后面的三个字,直到他的呼吸停止,再也没有半点气息。

宁月涯一死,宁夜澜就抽出了手来,他看着南霖和南离两兄弟分别被围攻,并没有上前帮忙的意思。之前他虽然同宁月涯相斗,也分心听了一下那对双生兄弟的话,莫过于兄弟相残的戏码,见得太多了,算不得有意思。

而南离此时也很艰难,不知道木青瓷对他用了什么毒,他的手脚已经开始麻痹,出拳踢腿都不怎么灵活。不说灵活,就连顺利都谈不上。现在已经不仅仅是手脚活动不方便,连身体各处也都开始麻痹,一动浑身就像是针扎一样,格外得难受,这无疑给了他致命的一击。一旦全身都麻痹,那他也成了砧板上的肉,任人宰割,这是不可能的事情。

木青瓷缓缓睁开眼睛,看着远处的战况越加激烈,她微微侧了一下头,对着白幽说道:"我没事的,你不用管我,先去杀了南离。他中了我的毒,现在差不多也发作了。不能放过这个机会,一旦错过了,那两兄弟将是一场大祸。"

"既然已经中了毒,他也撑不了多久。苏笙月他们几个人都是江湖上的绝顶高手,不会轻易放走南离的。至于南霖,不说巫月神教,萧晨安也不会放过他。"白幽也睁开了眼睛,在这种关键时候,他只想尽可能替木青瓷疗伤,保住她的小命。何况他也是实话实说,估计在场的人都不会放过那对双生兄弟,唯一要提防的则是在一旁看好戏的宁夜澜。

"我不会死的,你不用再管我。要为了大局着想,做了这么多的事情,不就是为了让宁国宝藏同这些人一起覆灭吗?你若是不去,那我宁愿现在就逆转真气而亡,也不愿意见到我的仇人逃走。"木青瓷见白幽迟迟没有动作,也根本不愿意停止替她疗伤,故只有用她的命来威胁白幽,"我亲眼看见木家满门被灭,数百条的人命担在我的肩上,如果无法替他们报仇,我宁愿一死。白幽,你是知道我的,不达目的誓不罢休。为了报仇,我可以放弃一切,包括我的命。"

"阿婠,现在不是跟我逞能的时候。我了解你,正如我清楚我一样,你的命才是最重要的。"白幽自然知道他需要照顾和保护的巫月圣女有多任性,如果所谓的顾全大局,是要他放弃木青瓷,而去除南离和南霖两兄弟,那他真的做不到。

木青瓷蹙起好看的眉头,她的发丝散乱开来,苍白的脸上没有一丝血色,她的语气很不满:"我以巫月圣女的身份命令你,白幽去为巫月神教解决了那两个祸患,也为我除去他们。"顿了顿,咳了两声,她的身体依旧很虚弱:"我可以在这里等你,绝对不会胡乱伤害自己的。若是你不愿意替我出战,那我就亲自去。"

"固执。"

白幽就说了这样一句话,他对木青瓷简直是无可奈何,只能由着她的话去做。不然还能怎么办,若是今天没有任何结果,那木青瓷说不定还会做出更疯狂的事情来。而且按照之前对南霖的了解,让他逃掉了,巫月神教事后必有大难。只是他放不下木青瓷的伤,要是圣女都折损在宁国宝藏里,那回到苗疆该如何交代。

"谢谢你,白幽。"

白幽收功,他的额头上已经出了一层薄汗,他微微张开嘴,喘着气说道:"只此一次,下不为例。"

"好。"

木青瓷微微弯起嘴角,她依旧盘坐在地上,只是让巫月神教的人撤到一边,暂时不要来管她。也许只有这样,才会给某个还藏在暗中没有出来的人一个机会,一个抓走她,或是杀了她的机会。白幽加入战局之后,木青瓷看着已经落入劣势还在垂死挣扎的南离,她的眼神却很平静,也许没能亲自动手,所以那股快感则没有出现,不过还是有一种心愿已了的感觉。低垂下头,伸手摸了摸在怀里的那把匕首,这是唯一的一击,只能必杀。如果错过了,可能死的人就是她了。

看着南离渐渐落入了下乘,太皇太后的眼中多了一分异样。她放开了冷冰熙,一把匕首从袖子里滑了出来,却也不是完全露了出来,只是刀尖上的寒光闪烁。看准了时机,她慢慢地走上前去，趁着南离震开身边围攻他的几个人，突然冲过去，扑进南离的怀里，匕首顺势插进南离的左胸膛，也就是心的所在。她只手抓着南离的衣服，眼中含着泪，痛苦地说道："南离，一切都结束了。与其死在别人的手上，不如死在我的手上。司尧的仇由我来报。"

南离受到了致命一击，往后退了几步，不可置信地看着江小虞，那张他曾经无比熟悉的脸，不相信地问道："为什么？"刚才看见江小虞朝他冲过来，南离心里还存有一丝希望，她不愿意他死。所以他对于江小虞没有半分的防备，却不料她才是给他致命一击的人。也许天底下最痛苦的事莫过于此，被自己最为心爱的女人杀死，这是多么的可悲。

第一百五十四章

"司尧的死，我绝不会原谅你。哪怕你再怎么恨小舟儿，可言儿是无辜的，却因为你要毒杀我的儿子，从而害死了言儿。你忘了宫变的那一日吗？我的女儿，还在襁褓之中的女儿，就这样被抱出了宫，从此下落不明。尽管十六年后相认了，可我却错过了熙宁生命中的十六年。你知道这对于一个母亲来说是多么的残忍吗？为什么对我这样残忍？为什么要夺走司尧？那是我的相公，我的依靠，我一生所爱。"太皇太后也退了一两步，她的心中也很痛苦，可以说是十分地痛苦，经历了那么多的事情，她已经是心力交瘁。一辈子的时间，却用来怀念过去，不珍惜当年眼前的人，也错过了一生中最美好的年华。

太皇太后眼里的泪还是流了下来，一提到往事，她的眼神悲戚："我不止一次地想要把所有的错都推到你的身上，可我却是造成这一切的人。如果当初我没有认错人，没有将你认作是司尧，没有在人群中拉住你的衣摆，没有与你还嘴，或许不会发生现在的事情。我才是罪魁祸首，司尧也是因我而死，这一点我一直都知道，只是不愿意承认罢了。"太皇太后看起来也不怎么好，哪怕是与南离从最开始的舍不得，到了现在的老死不相往来，她都不知道该不该恨南离。也许是恨的，因为他害死了司尧。也许是不恨的，因为时间抹去了一切的恩怨情仇，逐渐淡忘仇恨。

"这就是你的想法吗？希望从来没有遇见过我。难不成当年的一切，你都要全部否定吗？我们的一切，你都要全部否定吗？"血打湿了南离左胸膛前的黑色衣裳，他的眼中唯有震惊，不愿意相信江小虞会如此绝情。可事实已经摆在了眼前，哪怕是不停地找理由也没有任何用处，因为瞒不了别人更瞒不了自己。

显然在场所有的人都没有料到情况会是这么发展，南离竟然会死在太皇太后的手里，也没有想到太皇太后会亲自动手。听着两人的话，也知道当年这几人之间有多纠缠不清，恩怨纠葛不断。

"是也好，不是也罢。一切因我而起，就该由我来结束。我手上沾上的罪孽，不知要在地府中赎罪多少年。若是有机会轮回，只是希望下一辈子，我与你们兄弟二人再也不要相遇。"太皇太后轻轻阖上了眼，眼中的泪是那般的晶莹，她平静地说道："你死之后，我也会以我的命彻底地结束这一场冤孽。"

南离差不多也明白江小虞想要干什么了，她想要杀了他之后再自尽，了却人世的一切牵挂。这样的江小虞让南离好恨，也控制不住地爱着她，他仰天长笑了起来："本是必死之局，我原本临死也要拖一个人陪我一起死。小虞，你却是那一个让我最猜不到的人。我其实早该明白，你就是那个要我命的人。至少最后我是死在你的手上，也胜过死在别人手上。我先去，黄泉路上，有你做伴，我还怕什么。"

南离大笑了起来，他的话是说给南霖听的。哪怕是死，他也不忘跟他的双生兄长斗一斗气。他把插在左胸膛里的匕首拔了出来，随意地丢在地上。鲜血喷涌而出，止都止不住，他终究是无力再支撑下去，摔在地上。气息越来越微弱，渐渐地没了呼吸，眼睛也永远地闭上了，再不会睁开。

太皇太后缓缓睁开眼，她一步一步地走过去，捡起南离随意丢下的匕首。匕首上还残留着血，落在了她的手上，灼烫得伤人。握紧了匕首，许久她才出声道："此时此刻，我不会奔赴黄泉。未看到琰儿平安，未见到熙宁出嫁，心有不甘。"

没有白幽的守护，巫月神教的人也被撤到了一边，此时木青瓷的处境最为危险。她是受了南离的一掌，虽说有花镜卸去了一半的掌力，可还有一半掌力却是实打实地落在她的身上。本来就不能说是很好的身体，再一次受了重伤，哪里还经得起动手。若非有白幽给的天香续命丸，此刻小命还在不在就不得而知了。

叶兮在石门口站着，她看了看只关注战局的宁夜澜，视线瞬间就转移到了盘坐在地上的木青瓷身上，眼中不自觉地露出一丝杀意，握着剑柄的手也越发地用力。她想要趁这个机会杀了木青瓷，永绝这个后患。原来还以为两人是表姐妹，现在看起来，以前的表姐妹身份就是一场笑话。看准了时候，她移动了脚步，她才侧过身走了一两步，就被人拦下来了。

"你死不死都无所谓，若是借此连累了主上，你就是死上一万次也不足以抵命。"合欢之前就看出了叶兮的想法，又怎么会不知道她想要借机置木青瓷于死地，所以一直都注意着她的举动，才会在第一时间拦住叶兮。或许叶兮自己都不清楚，她看着木青瓷时，眼里的杀意根本就没有藏住，赤裸裸地展现在别人眼里。

叶兮抬眼看着合欢，只手却是捏成了拳头，看起来是在忍耐着不满。她冷着一张俏脸，压沉了声音道："你这话什么意思？"

"主上都不提绝杀茉莉之事，做属下的最好不要多此一举。若是因为茉莉之事，苏笙月等人迁怒主上，从而动起手来，坏了时机，你能担得起这个责任吗？"合欢平日里几乎都没有话，可以说是除了基本的话，都不会多说什么。他只跟两个人多说话，一是从小一起长大的宁夜澜，二是视作妹妹的木青瓷。此刻跟叶兮说这么多的废话，也不过是为了找个理由，名正言顺地让叶兮死了动手的那一条心。

"你不是多话的人，更不是多管闲事的人，却为了叛徒同我说这么多。想不到过去了四年，你依旧忘不了她，不知道主上知道了会不会高兴。"叶兮诧异地看了合欢一眼，虽是盯了一小会儿，可眸光却很犀利。不管怎么说，她都不愿意和合欢硬碰硬。不单单说是武功的问题，还另有其他原因。

合欢无视了叶兮的目光，他之前看都没看她一眼，只是关注着战局。听了她有意的话之后，面无表情地说道："我的事还用不着你来担心，若是不信我的话，你大可以试一试。顺便看看主上宠爱谁，而谁只是一个玩物。"

也许是合欢的眼神太过于吓人，也可能是他的话正好戳在叶兮的伤口处，让她不得不停手，不想去验证宁夜澜有多宠爱某个人，而对她有多随意。她终究还是没有动手，她将视线投到宁夜澜的身上，看不清他是什么表情，可这样一个冷漠的人，却是她爱了十几年的男人。

这一点叶兮从小就知道，只是不愿意去面对而已。同时进入宁家，同时见到主上，被训练这么多年，十一二岁第一次出任务杀人的时候，主上抱着木青瓷安慰了她一晚上。宁家有几人不知宁夜澜宠爱木青瓷，宠爱到了一个地步，任何事都由着她。叶兮还记得木青瓷十五岁那年，出落得越发令人心动，那张让女人嫉妒的美丽的脸像极了木青瓷的母亲，都是那么美。宁夜澜看她的眼神越来越不同，眼中始终藏着欲望。他不愿让别人瞧见她的美，则命她戴上人皮面具。叶兮知道宁夜澜有心要留木青瓷在身边为妻为妾，但从来都是宠着她，也不强求她。而他的索取是落到了叶兮身上，每每都是那么粗暴，她只是他发泄身心上的欲望的一个玩物罢了。他把她从一个女孩变成一个女人，却对她没有半分的感情，因为他心尖上的那个人不是她。

只要能陪在主上的身边，哪怕是没有名分也不在乎，就算不报仇也无所谓，只要能够在他的身边有一席之地，让人抢不走宁夜澜的心就足够了。这才是叶兮真正的想法。所以她恨被宁夜澜当宝贝一样宠爱的木青瓷，更讨厌与宁夜澜走在一起的合欢。

相比起叶兮，木青瓷可不觉得宁夜澜的宠爱是一件很美好的事。在宁家活下去，需要主上的宠爱，可宠爱过度，或是变质，则意味着今后的痛苦。

话是这么说没有错，可南离死后，所有人都是暂时松了一口气，因为还没完，还有一个南霖。他若是被司琰他们几人解决掉之后，那才是这些人之间真正的生死对决。总会有这样一天的，只是时间被提前了而已。

南离的死，南霖并不觉得可惜，大概是数十年前的事彻底地让两兄弟决裂，变作了仇人。只是不是他亲手所杀，他只感觉可惜了，没能亲手解决了这个双生弟弟。只不过看着江小虞亲手杀了南离，不免生出一丝异样，担心他会不会如同南离一般，死在自己最为心爱的女人手中。也就是这分神的期间，让南霖又受了伤。这种时候不是用来发愣的，不过与其死在这些人的手上，他倒宁愿如南离一般，死在自己最为心爱的女人手上。不过不到最后一刻，他是绝对不会放弃的。

苏笙月几人没有打算加入战局，在对南离的时候，他们或多或少都受了点伤，也需要一些时间休息，再好好地想一想接下来要怎么做。何况凭借司琰四个人，怎么说也能够对付南霖。尽管要杀了他比较困难，可也没必要现在就插手。

而就在这时，一道不起眼的娇小人影迅速地穿过石门，她走到丝毫没有防备的冷冰熙身边，目标却不是她，而是刚刚杀了南离，还陷入沉默之中的太皇太后江小虞。

要这么简单地挟持一个人不容易，可偏偏这一会儿就容易了。所有人的注意力都在对战的那几个人身上，她装作一个没用的随从，越过那些普通的弟子，根本没有引起任何人的发觉。尤其是抓身边没有人保护，却待在人很少的角落的有大用处的人，效果还是挺不错的。

"太皇太后对不起了，我不会伤害你的，你只要陪我做戏一番既可，之后我会放了你的。"说这话的人有着好听的声音，还有一张漂亮的脸蛋，可那一双鲜红如血的手，一下子就暴露了她的身份。

突然被挟持的太皇太后却没有反抗，她的耳边传来一道温柔的女子声音，听起来没有恶意，只是想让她帮忙做戏而已。她先示意被惊到的冷冰熙暂时不要出声，轻轻点了一下头，只说道："姑娘……"

"景姑娘……"冷冰熙也不敢妄动，她看着掐着太皇太后脖颈的那个人，睁大了眼睛，显然是没有想到会是这般情况。

此时说是景安儿，还是说是毒女，谁也说不定，也可能两者都是。她干脆夺过太皇太后的匕首，顺势插在腰间的带子上。掐着太皇太后的脖子，看着还在打斗的人，慢慢悠悠地说道："师父，你说我手上这个女人经不经得起万蛊噬咬？她看起来是一个坚强的人，不知道能不能坚持下来。"景安儿那似笑非笑的声音才算是惊到了几个人，比如说南霖，比如说是司琰。还有一个人说是谁，不用说也知道，自然是萧晨安，除了他还能有谁。

"安儿！"

第一百五十五章

所有的注意力都被吸引了过去，景安儿依旧挟持着太皇太后，可此刻的她更像是毒女，那说话的语气，眼角眉梢的风情。偏偏那未施脂粉的脸，却像极了景安儿以前的模样。不过景安儿是不会做出这种事情来的，那此刻应该是毒女。

"师父，你可别分了心，不然你会死的。徒弟承蒙你这么多年来的照顾，现在准备好好地回报你一番。"景安儿微勾起唇角，看着众人脸上各异的表情，她只是轻笑出声，随口说道："可别这么看着我，我可是好人，所以才会好心提醒你们一下。那位巫月圣女在你们都没注意时，好像被人给弄走了。现在不去追，之后恐怕后悔都来不及。"

景安儿的话一出，几人才发现木青瓷此刻已经不在这里了，不知道是在什么时候被人带走了。

苏笙月面对着这样的景安儿，叫景姑娘的时候，真有有些犹豫。不过木青瓷的安危最重要，其他的事都暂时放在一边，他出声问道："景姑娘，木青瓷不见是什么时候的事？是什么人带走了她？"

"就刚才的事，好像是一个女人把她带走了。那个女人可是我师父的得力助手，叫什么七杀。看在她给了我情蛊的份上，我就好人做到底，顺便跟你说说，人往另一边去了，貌似也是山崖。"对于景姑娘这个称呼，景安儿可没有生气，若是毒女，可能此刻已经冷言冷语出声了。可她是景安儿，来此只是想结束这一切。

"多谢。"苏笙月选择了相信景安儿，因此他能感觉得到，这不像是毒女。

白幽看了一眼挟持着太皇太后的毒女，此刻不信也没办法，他对着苏笙月说道："阿嫱就交给你了，这里我来顶着，快去救阿嫱。"

有了白幽的话，苏笙月也放心多了。说实在话，他也不怎么担心那几个人，毕竟与这里的人都打过交道，遇上不当情况的时候，该怎么做也不用他来教，反而一个个都比他更有主意。一有什么不对，是结盟，还是怎么的，根本用不着他来考虑。

见苏笙月走了，景安儿也没其他的感觉，真要说有何心情，那可能是羡慕吧，更多的却是祝福，毕竟她是景安儿呀。看见跟她差不多遭遇的木青瓷还能有机会重新来过，从心底高兴。她看都没看萧晨安一眼，注意力都在南霖身上，微抬起眼，漫不经心地说道："师父，不如我们做一笔交易如何？你自绝于此，我就放了这位太皇太后。一命抵一命，可是很合理的交易。"

"我本以为你要找我拿血蛊的解药，想不到却是惦记着我这条命。若是你以为用小虞威胁我，我就会同南离一样交出性命去，那就大错特错。"南霖说起话来不慌不忙，看起来已经平静下来，他和另外几人都停止了交手，各站一边。而南霖则落在了中间，被众人包围了起来，时刻戒备着会有人出其不意地攻击。他看着景安儿，露出诡异的笑来："就算你打着我自绝在此的主意也没用，血蛊的解药你永远也不可能找到，你迟早会死的。不如跟我做这个交易，我把解蛊的方法交给你，你放了小虞，从此你不受我的控制，海阔天空任你游。"

景安儿现在可不是以前的景安儿，可以被随便的几句话糊弄过去。她的身体早已经废了，要来了解药又有什么用，不如借此机会解决了这个祸患。掐着太皇太后的手也不自觉地用力，她冷冷地笑起："血蛊？我早就忘了这件事了。解不解蛊对于我来说都无所谓，被蛊虫吞噬殆尽的身体还能够支撑多久呢，估计活过了今日，又没有了明日。师父，你真当我是傻子吗？我自己的身体，我比你清楚。这也不是师父的功劳吗？我的一生都为此毁了，难不成师父不该付出代价吗？这可是你教我的。心愿达成，我已经不在乎这条命了，唯一感兴趣的就是师父你的命。我没那么多的时间陪你，也没打算给你过多的喘息时间。我数到十，师父要是再没有动作，我就要了太皇太后的性命。"

"母后。"

"熙宁不要过来，琰儿你也不许妄动。要是伤了这位姑娘，母后也不会原谅你的。这算是我的报应，就算死了也怪不得别人。"太皇太后虽然觉得喘气不怎么顺，可的确没怎么难受的感觉，也可以确定这位景姑娘并没有伤害她的意思。她大概可以猜到南霖对挟持她的这位姑娘做了多么过分的事，所以才会出现在的事。说到底还是因为她，为了和南离争一高下，南霖才会做出这么多的事，害了一个好姑娘。现在这点痛苦又算得了什么？

景安儿虽然不知道太皇太后是何意，也觉得她是在帮她，有意地笑道："看起来太皇太后是帮我的，果然师父你惹得天怒人怨。不过你应该还是愿意救太皇太后吧。"

"十。"

"九。"

"八。"

…………

"三。"

"二。"

司琰不清楚他的母后在玩什么把戏，记忆中他的母后是一个很聪明的人，也是一个很克制的人。现在这番话，听起来虽不算别有用意，但总感觉不对。不过终归是要救他的母后的。

也许这是做戏，也许她真的会死，只是这还重要吗？人到底都是要死的，她也不例外。太皇太后微微摆动着脑袋，平静地说道："不要来救我，也许我活着才是累赘。你从不欠我什么，非要说谁欠谁，可能我欠你的才算多。南霖，你是生是死都与我无关，我的生死也与你无关，所以不必要为了我而赔上性命，这并不值得。"

越是让人不要去救她，就越要去救人，这可能是一种心理，可具体是哪种心思就不得而知了。还没有数到一的时候，南霖就动了，他打算的是这次救下江小虞之后，就立刻带她离开。不管是逃走也好，强闯离开也罢，都无所谓。南离已经死了，再也不会有人会打扰他们两个重新认识了。他定是要杀景安儿的，哪怕是江小虞恨上他也没关系。说不定这样下去，他反而会是被江小虞一直记挂在心上的人。若不是如此，以南霖的个性，他定然是不会做这种冒险的事。数十年来，他时刻注意着江小虞，却在不知不觉间，早已经对她情根深种，哪里还拔得出来。

所谓牵一发而动全身，大概说的就是南霖这一种。他一动手，想要从景安儿的手上抢回江小虞，可想要除去他的人也动手了。

看着南霖打算硬抢的举动，景安儿笑了笑，她放开了太皇太后，并把她推到一边，保证了她的安全。这时候南霖已经近在咫尺，他一掌打在景安儿的身上，手掌却是感到一阵的刺痛。不过这时候管不上这些了，挨了他一掌之后，任凭她意志再怎么坚强，也不可能活下去。

"安儿!"

见南霖一掌打在景安儿身上,萧晨安急得大喊出声。就短短的几十步路的距离,此时此刻却是那么遥远。

太皇太后摔倒在地,此刻的她姿态全无,一丝反抗能力都没有。她对于景安儿的举动不由得吃惊,当时她还以为景安儿会用她当挡箭牌,谁知道竟然会推开她。抬起头则看到景安儿被南霖一掌打在身上,血从她的嘴里流出来,身体往地上倒去。

南霖可不管景安儿的死活,他迅速抓起太皇太后,想要带着她离去。只是他想要离开,可没人会让他离开。还没来得及施展轻功逃出去,就被司琰、锦懿卿、白幽等人围住了,看起来是没打算让他顺利离开。

景安儿摔倒在地上,她早就料到会发生这样的事,所以她的计划成功了不是吗?血还在流,控制不住地从嘴里流出来,也不知道是什么。

"安儿你睁开眼看看我。我是阿晨。"萧晨安抱起倒在地上的景安儿,看着她被血打湿的衣裳,还有苍白的脸色,心疼得无以复加。

景安儿还有意识,只是抵不过生命的流逝。她咳嗽了两声,血又流了下来,只是抬起头来,泪眼模糊地看着萧晨安。沾了血的手慢慢地抚上他的脸,微微勾起一笑:"真好,临死前还能看到你。我穿的软甲中藏了针,针上有我的血。师父中了我的毒,暂时是无法分身解毒的,你快去吧。他远比南离强大,你们四五人是胜不了他的。"

从景安儿的第一句话,萧晨安就知道怀里的女人还是景安儿,他也不知道该庆幸,还是该愤怒。估计已经说不清了,他目前只想救她,但心里也是清楚得很,受了南霖的一掌,没有武功底子的景安儿又怎么能撑得过来。何况她的身体早已经被那些毒蛊吞噬了,原本都已经支撑不下去了,再加上这一掌,可能大罗金仙来都不一定能够救回景安儿。而他根本救不了她,只有看着她慢慢死在他的怀里。

"我不会再离开你,你也不要再离开我。"萧晨安伸出手包住景安儿抚上他脸的手,眼里映照出来的只有景安儿,一如初见之时,浅笑出声:"安儿,我知道是你。这一路上,你一直都陪在我的身边。可为什么,为什么要离开我?你明知我不在乎你的过去,我也一定可以找到续命的灵丹妙药救你。"

"不要难过,我的身体已经撑不下去了。这么多年来,我从未后悔过,不后悔与你相遇,不后悔爱上你,不后悔弄得残破不堪之后还能与你再见。"景安儿的眸光很温柔,她的气息越来越微弱,却依旧想把她此刻的心意传达给萧晨安,柔声说道:"我曾愿与君相知,长命无绝衰。"

"对不起,是我没有保护好你。明明说过,明明答应过,明明承诺过,永远也不会伤害你的,可最后依旧是狠狠地伤了你。"如果说在这个世上谁是萧晨安最为在乎的人,那只可能是景安儿。"安儿,我从来没有爱过紫菀,娶兰妤也只是权宜之计。我本以为爱这种东西,我永远也不会有。但第一眼见到你的时候,我就情动了,可我不愿意相信。我爱的人一直都是你，萧晨安的心里只有景安儿一个女人。"

当年懵懵懂懂，将那份早已萌芽的情深藏在心底，藏得连他自己都不知道，他已经爱上了景安儿。四年间，耳边再也没有那道熟悉的浅笑声，眼中也再没有那道纤细的身影，心空虚得厉害，想不通是为什么。四年后再见到她的那一刻，本以为已经把她忘得干干净净，结果记忆却是越发清晰。她所说的话，她的浅笑，她爱做的事，她爱吃的点心……所有的事，都已经烙印在他的脑子里了，怎么也忘不掉。

第一百五十六章

"阿晨，我累了，也后悔了。"景安儿阖了一下眼，眼泪就顺势流了下来。看似晶莹的泪珠，其中不知道夹杂了多少的痛苦与心酸。能在临死前得到萧晨安真心实意的回答，她是感动的，可她爱得太累，已经没有余力再去爱了。"爱这个东西，就像是毒药，会让人上瘾，无法自拔，也深陷在痛苦之中。我累了，爱得太累，不想再继续下去了。我不后悔将一生用来爱你，我也不后悔我所做过的事。可惜一切都太迟了，你来晚了，我也累了。"

"我的心在追逐你的路上被伤得千疮百孔，血肉模糊，已经没有力气再爱了，也不想再爱下去了。"景安儿几乎是哭着说出这番话的，她的眼中已经没了往日的光彩。心早已千疮百孔，被伤得血肉模糊，已经没有力气再去爱了。因为心情激动，又咳嗽了两声，气息越发的微弱："我将一生给了你，也将命给了你。多年之后，不知你是否还会记得，有一个叫景安儿的女子为你生……为你死……"

"还记得初见时，我对你说的吗？平生不会相思，才会相思，便害相思。这一生，我怎么会忘记你？"

景安儿温柔地看着萧晨安，想要在弥留之际，将他的轮廓都刻在脑中。只是眼皮越来越重，意识也渐渐模糊，她的声音微弱："直到……最后，我依然……无法不爱你，如果有……来生，我再也不要爱上你……"

那双温柔得可以滴出水来的眼睛缓缓地阖上了，抚上萧晨安脸的手也无力垂下。山崖上的清风随意地拂过，景安儿看起来恍若安静地睡着了一般，俏丽苍白的脸上还有着血迹，好似下一刻她就会睁开眼睛，浅笑说着：换我心，为你心，始知相忆深。

萧晨安还沉浸在景安儿的死里，他始终不愿意相信景安儿会说出再也不要爱上他的话，明明最爱他的人就是她，但放手的人也是她，现在终于只留下他一个人了吗？怎么可以这么残忍。

伸出手轻轻地抚弄着景安儿的脸，把脸上的血迹轻轻擦拭干净。手渐渐地滑向颈间，将散乱的发丝理顺。萧晨安轻轻地拥住还有余温的尸体，埋首在她的发间，轻声道："不要离开我，安儿不要离开我。你怎么可以这么残忍，残忍地说出再也不要爱我，怎么可以？"

可惜再也没有人会回答萧晨安，怀里的人早已经断绝了生机，不会再活过来了。景安儿的尸体渐渐冰冷，仅剩下的余温，也即将化作冰冷一片。

"得成比目何辞死，愿作鸳鸯不羡仙。"

萧晨安抱紧了景安儿的尸体，看起来精神状态并不怎么好，甚至可以说很差。他好似忘记此刻应该做什么，却也好似没有忘记，他轻声说着这句情话，却再也唤不回她来。昔日的言笑晏晏，耳畔间的温言细语，手心传来的温度，蹿入鼻尖的淡淡胭脂香，都好像在一刻之间化作了虚无。

战况越来越激烈，看戏的人也没有打算出手帮忙，而是静静看着这场戏。有了江小虞在手中，南霖出手反而更加大胆了。因为他很清楚，对他出手的这几个人都不会伤害到太皇太后，动起手来也要顾忌许多。他放声大笑了起来，肆无忌惮地说道："看起来你们今天是拦不住老夫了，我也没工夫陪你们玩小孩子过家家的游戏，不如就此作别。"

不知是不是南霖的声音唤回了萧晨安的思绪，他一下子就好像从景安儿的死中清醒了过来。他把景安儿的尸体轻轻地放在地上，看着她带着似笑非笑似哭非哭的表情，眼中却有着不舍。可他还是放下了，因为他要杀了南霖，只有这样，他才能报了景安儿的仇。

没了其他的负担，萧晨安站起身来，走了过来。他的眼睛通红，看起来像哭过一样，可那是强忍着悲痛的时候留下的痕迹。他不仅要让南霖偿命，还要他付出最为惨重的代价，让他也跟他一样，为了心爱的女人的死，痛苦一辈子。

萧晨安加入战局后，出手比之前还要凌厉，而且招招毒辣。景安儿死后，他已经没有任何的顾忌，软肋也没有了。独身一人还怕什么。所以他动起手来，并不会对江小虞留情，反而是招招直逼江小虞，想杀了她，让南霖也尝一尝失去挚爱的滋味。

南霖此刻也是自顾不暇，他一个人的确能对付这四五人，但带着江小虞就有一些棘手了，主要还是担心在打斗中伤了她。之前不担心，那是因为没有像萧晨安这样的疯子，动起手真拼了命。而且他自觉身体有些不对，刚才一掌打在景安儿身上时，那一阵被针扎的刺痛感，多半是中了招。不过对于他来说，没有什么用处，他这几十年来在毒术上面的造诣还是颇高的，少有人及。

"这可不像是你，不过就是死了一个女人罢了，用得着跟我拼命吗？何况还是为了一个残花败柳。不知道你尝过她的滋味没有，反正老夫对这些年轻人的事是没有兴趣，不过有些人总是知晓的。"南霖带着江小虞不停地躲闪着萧晨安的攻击，而原本就出手的其他人也不敢太上前，只怕反惹出事端来。"其实把景安儿害成这样的人不是老夫而是你。如果你当初不为了要继续利用紫菀，选择放弃景安儿，她也不会落到为紫菀引蛊，落得香消玉殒的下场。幸好老夫发了一回善心，把她救了回来，可给她最大痛苦的人则是你萧晨安。"

萧晨安明显是被南霖的话刺激到了，无以复加的愤怒爆发出来。他出招时也没之前的分寸，更显得杂乱无章。

眼见萧晨安已经被激怒，出手时也更尽力，南霖得意地笑起来："难不成你真爱上了她？不过爱就爱吧，就算景安儿没死，你也不可能给她一个名分。老夫本以为你是要成就大事的人，有野心有才华有抱负有能力，是个成就宏图霸业的人。你暗中做了那么多的事，亲自参与覆灭木家的事，杀了天山掌门，扶持属于你的各种势力。你同我那不成器的弟弟合作，不也是为了这个吗？"南霖心里可是打着主意，将所知的事情漫不经心说给萧晨安听，说给在场的众人听，也只不过是为了好玩罢了。

"现在就打算放弃了吗？为了一个死了的女人，让这么多年来的努力都付之东流。你可要想好，底下还有一群虎视眈眈的人，一旦你跟我斗上了，只会是鹬蚌相争，渔翁得利。到时候一离开宁国宝藏，你辛苦扶植的傀儡，都要被清算干净。"南霖故意做出一副恍然大悟的表情，他更深入地刺激着萧晨安，皮笑肉不笑地说道："我差点忘了告诉你一件事，是关于景安儿为什么要离开你的。说破天，也无非是她心中恨上了你，然后又被爱你的心情抵消，最后选择了黄泉生死两茫茫。知道为什么她会恨你吗？因为她在遭受别人的凌辱时，而你却为了某种目的陪着你的美娇娘。"

"你记得有一次你陪着兰妤去街上走走吗？你和她的关系很亲昵。你好像听到有人在不停地叫你的名字，走到了大门之前，可还是没有推开那扇门。可能是你认为出现了幻听，也可能是认为在繁华的大街上，听错了也不一定。可你的的确确没有推开那一扇伸手就可以触碰到的门，反而是返回街上陪着你的美娇娘到处走走逛逛。"南霖哈哈大笑了起来，他看着萧晨安越来越难看的脸色，生出一种掌控他人的快感来，继续说道："景安儿就在那一扇门后，她被摁在地上，伸长了手，透过门缝呼喊着你的名字。当她饱受凌辱之时，想的还是你会来救她。可你走到门边，给了她生的希望，却也把她推向了无边的噩梦。"

"仅仅是一扇门的距离，她看着你迟迟没有推开大门，没有来救她，反而是转身离去，就在她能看到的地方，陪着兰妤有说有笑。你觉得那时她会如何做想？你为什么不救她？为什么不救她？本来就抱着一丝希望，想着有人会来救她，可你出现在她的眼前，放大了那丝希望，可最后却让她把希望转化成了绝望。"顿了顿，稍稍喘了一口气，南霖知道萧晨安的忍耐差不多到了极限，他要的就是这种效果，没有最愤怒，只有更愤怒。只有这样，萧晨安才会不顾一切地出手，有些人自然会担心伤到小虞而出手。这样他才有机会顺利带着江小虞离开，而不是同时被好几个人纠缠着。继续出声刺激他道："是你亲手毁了她，将她伤得体无完肤之后，再把她推入深渊之中。所以她不愿爱你，也再不会爱你。你和她再也不会相遇，也不会相见，从此成了陌生人。"

萧晨安的确是到了爆发的边缘，也因为南霖最后的这几句话而彻底地爆发了。只是他的爆发不仅让南霖没有想到，更让在场所有的人都没有想到，因为那强劲的内力，还有更胜之前一筹的气势。

估计所有人都没有料到被彻底激怒后的萧晨安会是如此，疯狂得恍若神魔。那一双通红的眼，不像是因为过于伤心而造成的，倒像是走火入魔。

"若是你想要以安儿的生死来刺激我，逼得我疯狂，那你成功了。只不过想要借机逃走，那绝不可能。"萧晨安的脸依旧是俊美无比，只是冷酷得不近人情。他每一步都踏得很稳健，看起来武功更胜往昔，而且远胜于其他的人。他强势出手，誓要绝杀南霖，那完全不同于之前的武功路数，也让众人瞩目。

南霖也是没有料到萧晨安的武功路数会突然变得不同，甚至比以前更高强，比之他全盛的时候也差不到哪里去。不过南霖数十年来见多识广，一眼就看出来了萧晨安是修炼了失传多年的魔功。这时候南霖也不怎么好受，他也不知道景安儿给他下了什么毒，不敢强行运用内力，这样反会使毒攻入心脉。如果他再拖下去，一定必死无疑。

就在这时候，萧晨安一掌打在南霖的身上，更一个箭步上前，要先杀江小虞。南霖被震得退了出去，他赶紧把江小虞护在身后。

司琰可不能再坐视不管，毕竟萧晨安现在已经不比之前，为了景安儿的死，迁怒他的母后也是很有可能的事。萧晨安的确是打算对江小虞动手了。所以他不得不出手，从南霖手中把他的母后救回来。

作为好朋友，锦懿卿自然而然就要帮着司琰，他去拦住萧晨安。对于接手这份烂摊子，他已经在心里打定了主意。如果此番能顺利回到锦家，他一定找司琰要皇室的各种隐秘，作为他费心费力帮他的报酬。不过交手几招，锦懿卿就心生不妙，他大概就知道凭他的武功，一个人对付不了现在的萧晨安。这种事肯定是要拉上帮手的，所以锦懿卿一边和萧晨安交手，一边叫着人来帮他："莫兄、沈兄帮个忙好吗？这位实在是太生猛了，我招架不住了。"

第一百五十七章

"我看还行，你再撑一会儿看看再说。锦老板从来就不是吃亏的人，所以也不怕你会吃亏。"沈夜到了这种时候还有心调侃锦懿卿，也不知道该说他什么。主要这才交手几招，锦懿卿就大喊撑不住了，他要是信了才奇怪。不过萧晨安突然之间显露出来的强大，让他很是在意，这藏得也真是好，一直都没有暴露出来。

"这算是什么话。"锦懿卿与萧晨安硬撼了一掌，他被震退十多步，收回手来，只觉得手掌发麻。本以为两人的武功或许差上那么一点，现在看来差得不是一点半点，估计只有藏得同样深的苏笙月来对付萧晨安比较好。

"风凉话。"

沈夜在嘴皮子上是不会认输的，其骨子里的八卦因子导致他和锦懿卿都可以成为这方面的好友，而且彼此惺惺相惜的样子，让人看了还真是受不了。

"你们一起上吧。"萧晨安瞥了一眼已经落入下乘，随时会死在司琰手中的南霖，他又回过头来看着锦懿卿，依次扫过沈夜、莫景凉、萧妄宴、白幽和事不关己的宁夜澜。他现在疯狂了，可不代表就没了理智，迟早都会有一战的，今日就是结束的好日子。

"这种时候，我本来想说一句大言不惭的。可萧兄实在是深藏不露，让人始终都看不清，猜不透。"锦懿卿同样是会什么情况下都废话连篇的人，他揉了揉发麻的手掌，实话实说着。

"迟早都有一战，我更愿是今天，早早地结束或许还比较好。"萧晨安也不知道他能不能同时对付所有人，可对付几个还是可以的。他现在是全盛时期，哪怕最后不敌，想要逃走也是轻松容易的。毕竟宁国宝藏里的机关重重，他们也不过是好运，所以一路闯了过来。不知道还有多少隐藏着的石室，还有多少机关没有被启动。都是不熟悉的地方，逃起来比追起来容易。

宁夜澜在见识过萧晨安展露出来的实力之后，自知绝不是萧晨安的对手，只不过君子坦荡荡，他并不以不能胜萧晨安为耻。"若是可以，我想与你一战。只不过我的对手不是你，你的对手里却有我的存在。"

"生死与否，只看今日。"

萧晨安并不害怕死亡，所以说出这番话时，倒别有一番大气魄。

但在众人感叹大气魄的时候，却不知晓萧晨安此刻的心中有多烦躁不安，非常需要来一场真正的生死大战发泄一下。但除了宁夜澜未动之外，其他几人为了保险起见，还是一起出手对战萧晨安。

萧妄宴当然是去帮司琰的，毕竟是师兄弟一场，十多年来的感情，不是那么简单的。锦懿卿拦着萧晨安去了，其他的人若不是因为有利益关系，又怎么会轻易出手。

有了其他人的加入，锦懿卿也抽身出来了，他只是帮司琰拦着萧晨安而已。再加上此刻应该先解决掉南霖那个老狐狸。锦家只是中立，并不怎么参与各种江湖斗争，所以他犯不着跟萧晨安对上。

由于南霖中了景安儿的毒，身体已经越来越不行了，又中了萧晨安全力的一掌，再加上之前受的点伤，此刻可以说是强弩之末，但还有反击的余地，所以司琰不敢过于的冒失，逼得南霖要同归于尽。但萧妄宴加了进来，司琰就可以放心一点，他从南霖的手上救回太皇太后，把她带到冷冰熙身边，简单地叮嘱了几句，让身边还剩下的一个暗卫好好地保护着她们。

萧妄宴可没打算赤手空拳地对付南霖，对于这种老奸巨猾的老狐狸，不如来得简单粗暴一点。他拔出随手带着的长剑，趁着南霖毒发控制不住身体的空隙，一剑刺穿他的胸膛。南霖大口地咳着血，他只手握着剑刃，生生地折断了这只长剑。一个旋身过去，躲过了锦懿卿的攻击。

司琰原本打算加入，彻底地了结了还在做困兽之斗的南霖，只是他的视线却转移到了一边的宁夜澜身上。看起来是等了他很久了，前朝遗族和当今皇族之间，注定要有一战。他惯用长枪,随身的武器自然不会丢,他从一边拔起长枪来,看着宁夜澜,认真说道:"等很久了吗?"

"这一战我等很久了。"

宁夜澜也从事不关己的位置上走下来,他正对着司琰,浑身散发着战意,同时眼中还有着期待。

"一如你的心情,我对这一战也是期待已久。"司琰自然是知道的,他同宁夜澜必有一战,这是迟早的事。不是宝藏之地的事完了后解决,就是如现在这般生死对决。

局势变化得太快,众人都没有反应过来,就已经开始了。这边是生死决战,另一边则也好不到哪里去。

苏笙月一路追着木青瓷而去,他没怎么受伤,还算是全盛的时候,自然不会觉得力竭。也不知道追了多远,他这才发现,这座诏隐山还是挺大的,至少还可以从另外的入口上来,而且没有所谓的机关重重,只是山路陡峭,不利于攀爬而已。而且草木丛生的样子,想来也是人迹罕至。人们也没有想过,传说中的宁国宝藏就是崖顶上的风景。

差不多已经追到绝路了,一面是山崖绝壁,一面是百丈高崖,而退路只有一条,则是到这里来的路,已经无路可逃了。

苏笙月一路追过来,也时刻注意着周遭的环境,确定七杀无路可逃之后,他比之前更加谨慎小心,更是担心木青瓷的安全。被逼入绝地的七杀,谁能够保证她不会做出什么过激的行为来。就怕七杀最后打算鱼死网破,害了木青瓷。不过苏笙月也不敢停下脚步,不然说不定出的事还会让他想不到。

"这时候才追过来,是你太谨慎小心,还是说你不怎么在意我手中这位小美人的命?"七杀就站在悬崖边,而木青瓷站在她的面前,双眼无神,动也不动一下,更别说反抗七杀了。她不敢离了木青瓷,因为这是她的保命符。眼角往上挑起,嘴角弯起夸张的弧度来,有意无意地说道:"我忘了,你抛弃过她一次,哪怕如今旧情复燃,可始终都不及从前亲密了吧?不过这没什么大不了的,我还要感谢你,另外感谢那些还在拼命的人,他们可是帮我解决了一个大麻烦。受了南霖这么多年的控制,终于是摆脱他了,记得把他的尸骨留给我就好。怎么说,我也想松松筋骨。"

七杀话说得很轻松,看起来并没有被逼到绝路的着急,反而是像唠家常一般,而且木青瓷的样子更让苏笙月担心。扫了一眼看起来胸有成竹的七杀,她看似风韵犹存的样子,也掩盖不住在那张漂亮的脸下,其实有一颗丑陋的心。

"青瓷。"

苏笙月试着唤了木青瓷一声,可结果看起来不怎么让他满意,也可以说是在他的意料之中。没有过多的惊讶,苏笙月一步一步地逼近七杀,他俊朗的脸上出现一丝寒意,直截了当地说道:"有话大可以直说,现在并不适合兜圈子。"

"真是喜怒无常的人,不过我喜欢和你这种人打交道。"七杀走到木青瓷的身后,她的双手攀附在木青瓷的肩上,动作看起来很是亲昵。七杀侧过脸,抬起一只手把木青瓷脸上的厚重面纱取了下来，看着那张一点疤痕都没有留下的脸，她的眼神一冷，皮笑肉不笑地说道："还真是让人心动的一张脸，就像她那个傲慢无礼的娘亲一样，莫名地让我熟悉，想起来在巫月神教的日子。"

"巫月圣女的位置本来是我的，我被收为巫月神教的弟子的第一天，就发誓要当上巫月圣女。可再怎么努力，再怎么优秀，也比不过女氏一族的大小姐，她们只需要动一动嘴皮子，巫月神教的人就把她们奉为圣女。以为有着令人惊叹的美貌，就可以让所有的人围着她转了吗？不过真是让人嫉妒的美貌。"顿了顿，七杀又站直了身体，但双手依旧搭在木青瓷的双肩上，尖利地笑起："不过中了我的千丝迷心蛊，现在的木青瓷，我们的巫月圣女，也只不过是我的傀儡罢了。"

"人的皮囊而已，何必执着于此。我听说，你是跟青瓷的娘亲做了交易，才求得玉面替你换了一张漂亮的脸，看起来你很珍视这张脸。"苏笙月皱起了眉头，他不知道七杀在打什么鬼主意，只是木青瓷的身体经不起折腾了，也许激怒七杀，他才有机会动手。

一想到木青瓷之前为他挡下南离的一掌，他的心就隐隐作痛，恨不得十倍地还给南离。虽然不知道白幽的天香续命丸多有用，但目前看来还是有一点用。只是苏笙月不知道，多年之后的他会多庆幸有那颗天香续命丸。"如果你要说的就是告诉我，青瓷中了你的千丝迷心蛊之后，成了你的傀儡，想要借此逃走，恐怕你是想错了。比起她的身体来，说不定我杀了你，她会更高兴。"

七杀微微眯起眼来，她不相信苏笙月会置木青瓷于不顾，可苏笙月那自信的样子，还真是让她拿不准。只是突然被提到换脸的事，七杀的脸色彻底阴沉了下来，这可以说是她的禁忌。她生得一般，混在普通人之中都认不出来，被带入美女如云的巫月神教之后，她才发现她原来就是井底之蛙。同批被带入巫月神教的小女孩，一个个都是肤白貌美，自小就生得好。她受够了她们的嘲笑，只能打定主意要让所有看不上她的人都死得很难看。

直到她在巫月神教中见到女妘，那个被众星拱月的女氏一族的宝贝。不同于她出身贫寒，家中姐妹不少，她生得不好，性格又不讨喜，就连亲生父母都对她不屑一顾，没有丝毫的关心。女妘则不同，她小小年纪就已经是巫月神教里的大人物，尽管她连普通弟子都算不上，可连那些祭司人人一见到她，都要恭恭敬敬。

那样的人，七杀想要成为那样的人，被众人所嫉妒或羡慕的人，高高在上。所以她只得努力地往上爬，凭天生的那股狠辣劲，她吃了比别人多上十倍的苦，才爬到候选圣女的位置。可她还是失败了，女妘只是一句话，她就无法再竞争巫月圣女。后来她接任七杀祭司，成了巫月神教的大人物，可为贪狼祭司的玉面一直看不起她，也可以说是从不正眼瞧她，只因为她生得不好看。而女妘，她的身边有优秀的巫月神使白凌、破军祭司白鼓、贪狼祭司玉面，他们的那个世界，七杀永远也去不了。

第一百五十八章

慢慢地，七杀的地位越来越高，原来所有欺负过她的人都付出了代价。她依旧是拼命做事，可大祭司喜爱的永远都是女妩，白凌、玉面和白菽他们，对于其他几位祭司也算是不错，唯独对她冷漠。就像她的亲生父母一般，永远都是那么的冷漠。那时七杀就发誓，她要让瞧不起她的那些人都后悔。如同她的父母一般，任她在巫月神教十多年不管不顾，当见到成了七杀祭司的她回去时，那一副谄媚的样子，让她恶心得想吐。七杀对她的父母本来就没有感情，连逢场作戏都不屑，她从接任七杀祭司一位时，就将原来的杜鹃一名改为了七杀，以她新的身份活着。

所以她就算被蒙骗嫁给了叶如霖也没有大闹，而是等待着时机，好一举报复。她的确珍视玉面给她换的脸，这张脸虽算不得绝色，可也胜过了不少人。至于原来的那张脸，在七杀看来就是她那陌生的父母给的一张丑陋的脸皮，现在这张漂亮的脸才是她的样子。

回过神来，七杀只手抚上木青瓷的脸，她斜看着苏笙月，慢悠悠地说道："既然只是人的皮囊而已，那我弄花了这张脸，你还会爱她吗？"说着七杀就拔出木青瓷发间的簪子，抬手就准备往木青瓷的脸上划去。

苏笙月顿时大惊失色，他怎么可能让七杀做出伤害木青瓷的事。容貌对一个女人来说有多重要，从七杀的身上就可知一二。他发过誓，再也不会伤害她，更不会让别人伤害她。

苏笙月离木青瓷本就不远，以迅雷不及掩耳之势冲了过去，想要拦着七杀的动作。不料他此举正中了七杀的下怀，只见七杀躲在木青瓷的身后，操控着木青瓷出手对付苏笙月。木青瓷依旧是双眼无神，面无表情地拔出随手带着的长刀，一刀劈向苏笙月。

而七杀就像是操控提线木偶一般，只需要一直躲在木青瓷背后动动手脚。苏笙月显然没有想到木青瓷会对他突然动手，那长刀已经逼近，苏笙月不得不躲闪过去，只不过还是有一点来不及，长刀擦过他的手臂，衣裳划开，手臂也被划破了，流下了血来。苏笙月还没来得及喘口气，七杀就带着木青瓷继续动手了，看样子是要将苏笙月置于死地。

苏笙月并没有对木青瓷下手太重，先是躲避着木青瓷的攻击。看着被操控着的木青瓷，脸色一沉，也主动出手。毕竟一直躲着也不是办法，必须要先救回木青瓷，不然凭她那受伤的身体，怎么可能撑得下去。

苏笙月认真之后，打斗也开始激烈了起来，三人从崖间打到崖边，身后就是百丈悬崖，指不定谁就会摔下去。七杀此刻也有些吃力了，她没有想到苏笙月会这么不留情面，下手这么狠。但她还是想要赌一把，不相信苏笙月会不要木青瓷的命。事实上是七杀想得太简单。

"我不信你会为了杀我，而不要木青瓷的命。"七杀还是不信邪，她侧过头，快速地扫了一眼悬崖底下，又转过头来全力操控着木青瓷。因为她也感觉到了木青瓷的些许反抗，看起来是意识渐渐恢复了。

苏笙月也不可能赤手空拳对上七杀，这种时候没必要为了让一个快要死了的女人，而错过杀她的好机会。他追来的时候带着长剑，此时正好派上了用场。再加上七杀一口认定的话，苏笙月冷冷地说道："有时候我宁愿亲手打碎了她，也胜过别人得到她。"说这话的同时，苏笙月破开了木青瓷的招式，长刀脱离开木青瓷的手，径直地插在了地上。而就在这时，苏笙月一剑刺向了木青瓷，在七杀不相信的眼光中，就这样动手了。

看苏笙月的架势是打算玩真的，而且听他的话也不像是作假。七杀心里开始慌了，下意识把木青瓷往前推，她则退远一点。不然苏笙月一剑刺穿木青瓷的身体时，剑刃也会刺穿紧贴着木青瓷的她的身体。

也就是七杀的这一举动，才给了苏笙月机会。他偏转了剑刃，又一个箭步冲上去，单手把木青瓷抱进怀里，再顺手一剑刺入想要退开却来不及退开的七杀的左胸膛处，又把剑拔了出来。不是所有的人都是南霖，心脏长在了右胸膛。

这一切都发生得太快，在电光火石之间，苏笙月就已经用剑刺穿了七杀的身体。七杀也是没有想到，那是苏笙月故意做给她看的，也许戏做得太真了，也就成了真的。只不过她却没有看透，所以中了招。七杀睁大了眼睛，眼中还有着难以置信，她不停地后退着，可被刺穿了心脏，她还能活下去吗？没退到几步，她就摔在了地上，没有了一点气息。七杀死了，她终于是得到了报应。以为玩心计可以胜过任何人，殊不知遇上了比她更有把握分寸的苏笙月，不是自取灭亡是什么。

没有了七杀控制的木青瓷，此刻好似昏了过去，也可能是如同失去了提线的人的人偶，她有一点意识，所以在努力地反抗七杀的控制。她现在的身体很差，只能靠在苏笙月的身上，慢慢恢复着意识。

苏笙月抱着木青瓷走了几步，把她落在一边的长刀捡起来，又多走了几步到崖边。顺手就把属于木青瓷的长刀和他的长剑并排插在地上，也不知道苏笙月是有意，还是无意这么做的，有种以剑代人的感觉。他抓起木青瓷的右手，探了探她的脉，确定脉象还算不错之后，苏笙月才舒了一口气。也没有处理他手臂上的伤口，只是顺其自然。

两人就这么待了一会儿，站在山崖边上看云雾不同。看起来倒是一幅不错的风景，如果把七杀的尸体、已经染红了土的血除去的话，才可以说好。

苏笙月只想这样静静地待一会儿，和木青瓷两个人。他不算担心木青瓷所中的千丝迷心蛊，因为木青瓷百毒不侵，那个蛊顶多也只是暂时迷了她的心智而已。只是事情的发展永远不会如人想象中那般简单。

而就在这时，木青瓷突然睁开眼睛，她没有客气，一掌打在苏笙月的身上，将苏笙月打得退了好几步。

　　也不知道木青瓷是不是伤得太重，所以没有什么力气，打在苏笙月身上的那一掌也基本上可以忽略过去。苏笙月被于木青瓷突如其来的举动震惊了，不过一看见木青瓷面无表情的俏脸，还有冷漠的神情，顿时就明白了，是千丝迷心蛊在作怪。他没有多少出神的时间，就在崖边，木青瓷一直对他出手。木青瓷原本苍白的脸色更加苍白了，她的唇一点血色也没有。

　　坐以待毙从来都不是苏笙月的做事风格，他必须要动手拿下木青瓷，最好打晕她，或者是点了她的睡穴。苏笙月不偏向前者，那也只能是后者了。他们两个就在悬崖边纠缠，一个不小心就会摔下去。

　　木青瓷背对着百丈高的悬崖，面对着神情担忧的苏笙月，她此刻可不顾惜她的身体，看似用了全力地攻击苏笙月。

　　苏笙月也觉得头疼，既不能伤到木青瓷，又要顺利拿下她，还真是棘手。看着木青瓷越发冰冷的眼神，出手也越来越凌厉，苏笙月也不再大意。毕竟现在是四年后，木青瓷修炼魔功之后，功力大增。就在这时，苏笙月一掌打过去，准备接下木青瓷箭步上前打来的那一拳。谁能料到木青瓷突然收回了手，反是任凭苏笙月那一掌打在她的身上，眼中还有着一丝说不出道不明的情绪。

　　做这个决定对于木青瓷来说并不难，她的意识恢复了，但依旧选择装作被控制的样子，故意对苏笙月出手，为的只是逼迫他出手反抗。看起来效果不错，尽管苏笙月连五成力都没有用到，可对于她来说已经足够了。咳嗽了两声，嘴里溢出血来，可依旧不自觉地弯起了唇角。看着苏笙月的时候，眼中满满都是戏谑，总算赢了他一次不是吗？尽管是以这样的方式，可终究是胜了，再也不会陷入两难之地。

　　苏笙月根本来不及收手，他不可置信地看着木青瓷，瞧见她眼中的戏谑，嘴角绽开的笑，一瞬间就明白了木青瓷是故意这么做的。

　　"记住我，苏笙月。"木青瓷没有给苏笙月反应的机会，她离崖边本就是一两步的距离，阖上了双眼，往悬崖下倒去。身体就像落叶一般，却不是缓缓地飘落。

　　"青瓷！"

　　苏笙月来不及愤怒，也来不及抓住木青瓷的手，看着她摔下悬崖。可几乎是同时，苏笙月拔出他插在地上的长剑，也随着木青瓷跳下了悬崖。

　　面对悬崖，苏笙月也算慌乱而不知所措，他与木青瓷掉下悬崖的时间只不过是在一个呼吸间。他只手抓住木青瓷的手臂，反手把长剑深深地插在崖壁之间，这才没有一直下落。苏笙月只手抓着深深插在崖壁里的剑柄，脚踏在凸出来的岩石上，这才稳稳当当地站住了脚。他抓着木青瓷的衣服，把她拉了上来。他看着脸色苍白的木青瓷，也不知该喜，还是怒。

　　"一切都结束了。"木青瓷感受着男子温热的气息，她睁开眼盯着苏笙月，淡淡地说道，"放手吧，苏笙月。"

　　苏笙月显然没有料到木青瓷会说这样的话，又想到她故意让他伤她，气就不打一处来。

可他还是忍住心里的怒气，现在该考虑怎么带着木青瓷安全返回崖顶，并且给她疗伤，一直这么待下去也不是办法。

"你明明答应过我，会一直活下去，会听我告诉你那些答案。为什么要这样做？告诉我，青瓷。"苏笙月看着木青瓷平静的样子，只觉得有点心慌，他总感觉这一次可能要永远地失去他最爱的女人了。

木青瓷没有正面回答苏笙月的话，她咳嗽了两声，才慢慢说道："都说人死后会去黄泉，最后转世投胎。不知是否有奈何桥，桥边是否有孟婆。要去转世轮回之人都要喝下一碗孟婆汤，忘记前生之事。我死后，若去黄泉，见了孟婆，定要问她要三碗汤。喝一个干干净净，再也不要想起你，想起我所谓的前生。"顿了顿，放轻了声音道："如果真的有轮回，我再也不要与你相遇，也不要爱上你。"

第一百五十九章

"这就是你对我的报复吗？逼我亲手杀了你。我不会让你死的，我宁愿你一辈子都恨我，也不会让你离开我的。所以别想着轮回，也别想着忘记。"苏笙月的语气中带着颤音，他想不通木青瓷为什么要用这样两败俱伤的方式。只是这样的话，却莫名让他心颤，咬紧了牙关，他只说道："告诉我为什么？我们还有女儿，一切都可以重新来过。你若是喜欢，我可以陪你看遍世间繁华。你想要知道的事情，我都告诉你，再也不会对你有所隐瞒。"

"我哥哥的死就像是一道鸿沟挡在我们面前，你要让我怎么原谅你，再重新开始？"木青瓷伸手抓着苏笙月胸前的衣裳，她眼中有着得意，这一次终究是她赢了。也许这并不是她想要的，可木清玄的死像噩梦一般挥之不去，她忘不了木清玄的死，也无法不爱苏笙月，也许用她的死来抵消这一切，会是最好的办法。这才是她的目的，早在开封时就想好的路。只是不知去了黄泉，木清玄会不会责怪她，没有按照他的心愿，好好地活下去。

"苏笙月，我要你记住，你给我的痛，现在由我还给你。"

"所有的事都告诉你，木兄的事也不会再瞒着你。你听我解释，一切都不是你想象的那样。"苏笙月知道木清玄的死就像一根刺，始终都刺在木青瓷的心上，随时随地地提醒着她，两个人之间的鸿沟。如果一天不解释清楚，那只会生出无数的变故。可就在这时，苏笙月只觉得手被针扎了一般，手突然发麻，使不上力气，下意识地放开了木青瓷。

"苏笙月，你不要死，答应我一定不要死。我要你永远记住，是你亲手杀了我。我要你永远记住我，永远愧疚于我，永远忘不了我。"木青瓷似笑非笑，又似哭非哭，看起来活像在做鬼脸，她好似释怀了一切，却永远也无法释怀。趁着苏笙月松手的那一瞬间，她突然地笑开，嘴角微翘，松开了抓着的衣裳，轻而易举地挣脱开了苏笙月的怀抱，朝下坠落的那一刻，她张了张嘴，却什么音也没有发出，终是消失在云雾之中。

"青瓷，不要。"

苏笙月没有拉住木青瓷，唯有她衣裳的碎片，但他却看懂了她的唇形，她四年后一直没能问出口的话。

"苏笙月，你究竟有没有爱过我？"

"怎会不爱？木青瓷，你究竟有没有好好听过我的话。"苏笙月看着他最爱的女人在云雾之中渐渐隐去了身形，心却在滴血，疼得无以复加。他不相信木青瓷会就这么死了，他们还有女儿，孩子才三岁，木青瓷怎么能狠心舍下他们的女儿。

世间最痛苦的事莫过于此，一而再再而三地错过，直至最后握着的那只手也从手中抽出，再也抓不住她。

苏笙月慢慢地阖上眼，心却似落在了初春的池水，冰寒刺骨。纵使他掌控棋局，却也探不得她心意两三分，只是轻言一句。

"蒹葭苍苍，白露为霜。所谓伊人，在水一方。"

莫景凉一路追过来的时候，悬崖不见任何人，只有一具女人的尸体。纵然莫景凉未见过七杀，可也能凭借之前的情况，推测出死去的那个女人是七杀。除此之外，突然映入眼帘的则是那把插在崖边的长刀，那是木青瓷惯用的武器。细长的刀刃上还有着未干的血迹，想也知道是出了事。那两个人，不知现在可还好？

萧安宴是追着莫景凉一路来的，那边的交战也差不多完了，可以说没有一个人好过，都是狼狈不堪。身上多多少少也添了新伤，或是严重，或是一般，也只有他们自己知道。差不多那边的人事一解决，他就追了过来，只是因为担心木青瓷的安危。当萧安宴看到地上的尸体，还有那一把插在地上沾着血迹的长刀时，他就该明白了，可能已经出事了。眼前一阵模糊，一时之间竟看不清东西。萧安宴皱起了眉头，他轻轻揉了揉眉心，视野慢慢变得开阔，只道是太累了而已。

云雾四逸，日光微弱，山巅拂来的风带着凉意，缓解了空气中的燥热。林中时常传出鸟鸣声，欢喜悲苦一概是听不出，却不怎么衬这染血的一日。

南霖之前就是强弩之末，早就被人料到不能活着离开这里，事实上也的确是这样。他同南离一样，为他们所做的事付出了代价。只是活了一辈子，纠缠了一辈子，谁又算是胜者呢，不过都是失败者罢了。

在莫景凉、沈夜、白幽等人的围攻下，萧晨安还是没有斩尽敌手。他输了，可赢的人也好不到哪里去。虽不说浑身是伤，可却实打实地受了伤，或内伤，或皮肉伤。总之不管是哪一种伤，都不怎么好受。现在只不过都是强撑着，恐怕都是要休养个好几月才能恢复。

萧晨安还有一息尚存，他已经没有余力再继续下去，可以说是油尽灯枯，只剩下最后的一口气。他的黑发披散着，衣裳上沾染着大片的血迹，看起来很是狼狈。他强撑着身体，丢下手中的玄剑，跌跌撞撞地朝着景安儿而去。哪怕是死，他也想死在她的身边。这一生无法与她一起，那下一世，再下一世……都要与她相遇，与她重新来过。

沈夜看着萧晨安这个样子，也知他到了尽头，没有去拦着他，只是轻叹了一口气道："问世间情为何物，直叫人生死相许。"

锦懿卿看着这一幕，也是摇了摇头，他一个没有经历过情爱的人怎么能完全体会萧晨安此刻的心情。所能猜出的一点，那就是景安儿的死对于萧晨安来说的确是一个巨大的打击。也正因为如此，萧晨安虽然看似还保持着冷静理智，可实际上早已经没了理智，不然怎么落得如此下场。凭借着他的心思与城府，怎么会这么莽撞，不顾一切地与他们拼命。而且双方交手之时，萧晨安气息早已紊乱，攻势虽强，却没有任何章法。哪怕他的武功胜过在场的所有人，哪怕沈夜他们好几人同时对萧晨安出手，也不见得能胜他。可他的攻势已乱，这注定了他必败无疑。当然剩下的几个人也是付出了不小的代价。

"安儿……"

只是十几二十几步的距离，对于这时候的萧晨安来说，却成了无比遥远的距离。他伸出手去，想要触碰那个已经没有温度的女子。强撑着随时就会倒下的身体，迈着脚步朝着景安儿的尸体所在处去。终是撑不下去了，眼看着要走到景安儿的身边，却还是倒下了，就在离她几步的地方。萧晨安抬起头，艰难地往前爬动着，伸出手去想要抓住景安儿的手。

"安儿。"

萧晨安费劲地呼喊着景安儿的名字，他的指尖触碰到景安儿已经没有温度的手，冰凉得有些吓人。他的手上沾满了血，不知是别人的，还是他自己的，忽然握住景安儿的手，贪恋地看着景安儿苍白的侧脸，低声喃语道："上穷碧落下黄泉，我也会把找你回来。"

萧晨安的眼皮越来越重，映入眼中的俏脸也越来越模糊，渐渐地闭上了眼，也完成了最后一次的呼吸。只是没有变化的，是那一双紧握着的手，誓死也不愿放开。

站在安全的地方静静看着这场战斗的人，也是不由得为萧晨安的悲剧收场而唏嘘不已。他本该是一个傲视群雄的顶尖人物，却始终没有逃过一个情字，为了一个女人而落得身死道消的下场，而临死之前更是不愿意放开她的手。该说是感人，还是惋惜，这样一个注定要掀起一阵风云的人物，却还是陨落了。如果在场的人多为女子，估计已经抛弃了对萧晨安以前的成见，此刻已经被他对景安儿的深情感动得泪流满面。

"这一次回去，我一定要让司琰那个混蛋付出代价。"锦懿卿捂着胸口咳嗽了两声，他看着这温情的一幕，正合计着回去之后把这些都写下来，多半又会大赚一笔。只是这一次为了帮司琰，他真是伤得不轻，不过也还算是值得，至少了结了两个老混蛋，还是一对十分棘手的双生子。

说到司琰，他此刻跟宁夜澜的打斗也到了尾声，看起来双方的实力都差不多，生死决斗起来，也没有特别明显的优势，不似那种压倒性的对决。两人的身上都有着伤，衣裳的破损处都已经被血染红了，也看不出谁伤得更重。

只不过到了结局的时候，不管是司琰胜了，还是宁夜澜赢了，都会有一场恶斗。宁家的人必定会背水一战，拼死反抗。司琰并没有带什么人进宝藏之地，只是让一些暗卫暗中的混在人群之中，一路跟进来。在这座危险重重的宝藏之地里，人带得太多，反而不怎么好。做起事来也并没有想象中那般容易，说不定更不方便。

快速地一击，也是最后一击，两道纠缠的人影终于分开，纷纷落至两边，谁也没有下一步的动作了。

司琰的胸膛处冒出了血来，快速地染红了他的衣裳，他只手捂住胸口，依旧是强撑着身体，只说道："你输了。"

宁夜澜喷出一大口血来，他将天剑插进地里，用以支撑着身体。他单膝跪在地上，嘴边还有着血迹，抬起眼来盯着司琰，低沉着声音道："呵……我的确是败了。"

"主上。"叶兮不可置信地看着连站都站不稳的宁夜澜，她看着他跟司琰的血战，两个人过了数百招，身上的伤也越来越多，直至最后的一刻。正因为如此，所以叶兮才清楚，宁夜澜的伤有多重，重到他已经到了生命的最后一刻。她握着长剑跌跌撞撞地跑到宁夜澜的身边，一双眼睛红透了，眼泪一下子就流了下来。她蹲下身体，想要扶起宁夜澜："主上，快随属下离去。"

宁夜澜用最后的力气重重地甩开叶兮扶他的手。像他一样骄傲的人，永远不屑于别人帮忙，尤其是在最失败的时候。他不是一个君子，可也不是一个输不起的人，今日的结局早已经料到，不是他死，就是司琰亡。既然已经发生了，他也不会小气地否认，看都未看叶兮一眼，只是盯着司琰，他这一辈子的敌手，冷漠地说道："成王败寇是自古之理。今日虽是我败了，可你也未赢得彻底。能与你堂堂正正一战，虽死不悔。"

"我也是。能有你这样一个对手，一生无悔。"司琰看起来比起宁夜澜的情况好多了，至少没有伤到垂死的地步。只是不少人都明白，司琰此刻也该是重伤，只是还有余力罢了。而他说的这番话，也的确是真心话。

第一百六十章

"主上你不会死的，一定不会死的，我会救你的。"叶兮来不及有所反应，就被宁夜澜狠狠地甩开，她摔在了地上，手掌被磨破了，却丝毫不在意那一点疼痛。她迅速地爬起来，又到了宁夜澜的身边，脸上的紧张不是假的。

"叶兮，你不配碰我，更别提随我一起，或是为我报仇。"宁夜澜依旧没看叶兮一眼，而是从她的手中抽出自己的手臂来。对叶兮此刻的过分缠人，眼中还有着一丝厌恶。他抬眼就看见了合欢，脸色依旧冰寒，眼中却没那份厌恶，柔和了许多，他一脸正经地对合欢说道："我无须你随我赴死，也无须替我报仇。纠缠了数百年了的宿命，注定要在我的手中了结。作为你的主人，给你最后一个命令，离开暗影阁，过你一直想过的生活。"宁夜澜的气息越来越微弱，他几乎是用尽了最后的力气才说出这番话。要说他是无情无义的人，的确他也是一个无情无义的人，冷漠不近人情。可有时，人都会有温情的时刻，宁夜澜也不例外，说到底他也不算是彻底的冷血无情。如南霖、南离兄弟，数十年间坏事做尽，对自己的亲生兄弟都能下死手的人，却对江小虞付出了一切。

"主上，你怎么可以……"叶兮不自觉地退了两步，她被宁夜澜的话伤到了，只是睁大了眼睛，眼睛里却什么都没有，空洞得吓人。想要伸手去触碰宁夜澜，却蓦然看到了他冰冷的眼神，伸出去的手却停了下来。心好像在滴血，尽管知道宁夜澜不爱她，可当从他的嘴里亲自听到这些话，却还是莫名地心痛。

合欢单膝跪在宁夜澜的面前，他依旧是冰冷的一张脸，可此刻却柔和了许多，不似之前的冷漠。他心中明白宁夜澜的想法，是想让他过着不受人控制的生活，尤其是受宁家的那些人控制。他知道无法拒绝宁夜澜，也无法不遵从主人的命令，深深地吸了一口气，垂下头去，掩去眼中的悲伤，低声说道："谨遵主人之令。"

"终是结束了。"

宁夜澜轻叹了一声，终是闭上了双眼。他虽没了气息，可依旧保持着单膝跪地的姿势，腰背挺直，只手紧紧地握着剑柄，靠此支撑着身体不倒下。

合欢还是垂着头，他没有发出半点声音，只是跪在宁夜澜的尸体前。

"不，主上不要，不要死。主上，求求你不要这么对我，求求你不要这么对我。我才是最爱你的人，你怎么可以丢下我一个人？就连死都不要我陪着你，怎么可以这样对我，你怎么可以这么对我？"叶兮无法面对宁夜澜的死，她尖声大叫了起来，看起来已经发狂了。"不要离开我，不要丢下我。求求你，主上求求你，不要丢下我。你怎么可以这么对我，我是那么爱你，你的一句话就否定了我所有的价值，为什么？告诉我为什么？"

"宁夜澜也并非是冷血无情的人，至少对于某一些人来说，他可能是一个不可替代的存在。"锦懿卿看着这混乱的情况，看起来又是要有一个为了情而发疯的女人，只是叶兮会不会为宁夜澜报仇还真是说不准。说实话，锦懿卿的确很佩服宁夜澜，佩服他这个人，至死都冷静理智看待这个大世的人可不是很多。

若这不是一个动荡的大世，多了不少心怀不轨、誓要挑起战乱的人，说不定所有人都会有不同的结局。萧晨安依旧是风度翩翩的君子，会赢得不少女人的芳心。宁夜澜也不会死，高高地端坐在宁家的宝座上，霸气凛然。可惜的是，这一切都不会重新来过，发生便是发生了，再也没有回转的余地，这是一个既定的事实。

而就在这时候，兰妤缓缓从石门后走了出来，她的目光一直停留在萧晨安和景安儿握着的手上，脸色越发的苍白，唇上也没有了血色。她是无意中发现了景安儿的踪迹，随着景安儿的脚步,一路跟进来的。她没有出现,一直躲在石门后,看着萧晨安为了景安儿所做的一切,看着他临死也要和景安儿在一起,心就像开了一道长长的口子。她之所以这时候才出来,是感觉事情已经结束。她要做的事情很简单,也有可能很难,但怎么来看都比较轻松。

"不知景帝可否将民妇丈夫和景姑娘的尸体交还给我,他们应该想要在一起吧。"兰妤缓缓地蹲下身体,她看着萧晨安沾染了血迹的俊美的脸,几乎是颤抖着伸出手去,小心地擦拭着那些血迹,只手狠狠地掐着她的大腿,疼痛一下子就提醒了她不能哭。强忍着要流下来的眼泪,兰妤狠狠地咬着唇:"不管阿晨做过什么错事,他一死,也算是付出了代价。"

司琰退回到太皇太后和冷冰熙的身边,他看着强忍着泣声的兰妤,恍惚中好似瞧见了温云箬的影子,当年他假死的时候,温云箬应该也是如此。何况司琰本就打算厚葬他的对手,当然南霖、南离两兄弟除外。现在兰妤想要要回萧晨安的尸体也甚好,他答应了下来:"自然随萧夫人之意。"

"多谢景帝。"兰妤跪坐在萧晨安的尸体边,她并没有回过头去看司琰,只是心情低落地答谢了一声。又顿了顿,补充说道:"宝藏之地的路已经被诸位打通了,此刻也很快会有大批人要赶来了。"

兰妤的话音刚落下,就传来一阵脚步声。众人不由得紧张了起来,他们都受了重伤,若是此刻有人心怀不轨,或是其他势力想要除掉他们,那他们很有可能会离不开这宝藏之地,除非是他们自家的势力。

石门边上所站的那些人,通通都站到了边上,让出了一条路来。待到为首的人走了出来,他瞧见司琰几人之后,立马跪下行礼,恭敬地说道:"微臣参见皇上,皇上万岁万岁万万岁。参见太皇太后,太皇太后千岁千岁千千岁。参见长公主,公主千岁千岁千千岁。微臣护驾来迟,还请皇上责罚。"随着为首的那人下跪行礼问安,他身后的众多将士也是同时下跪行礼问安,声势浩大。

"无须多礼,都起来答话。"看见是自己的心腹领兵前来,司琰顿时舒了一口气,他不是落井下石的人,而且剩下的这些人都不算是乱党。他由着冷冰熙和太皇太后扶着,下令道:"王将军,你来得正好。封锁此地,派人护送在场诸位武林人士离开此处,清剿剩余乱党。"

王将军站起身来,他依旧是恭敬有礼,将情况告知司琰:"是,微臣这就派人前去。除此之外,如皇上所料那般,隐家布置了人手,我军抢占先机,隐家的叛逆之徒,尽皆被灭。"

"嗯!"司琰应了一声,他不知此刻苏笙月与木青瓷如何了,也不知追去的萧妄宴和莫景凉如何,却也派出了人手去找他们。到底不是为敌的人,司琰对他们也没有杀心。视线转移到了宁夜澜的尸体上,看着依旧不停哭诉着的叶兮和静默不语的合欢,他并没有选择赶尽杀绝,也只不过是为了给宁夜澜的面子,那个他一生的敌手。只不过宁家的叛党余孽肯定是要清除的,多半是想到了这个,宁夜澜才会在死前让合欢离开暗影阁。司琰考虑了片刻,只是冷淡出声:"你们若不带他的尸体离开,好好地葬了他。便由我来厚葬他,厚葬我的敌手宁夜澜。"

"多谢景帝。"

说这话的是合欢，他只说了这句话，不知是真心，还是假意，但他已经做好了决定，要守着宁夜澜直到他死为止。

见事情差不多结束了，白幽安顿着巫月神教的弟子。虽然他心中有着担心，但他相信苏笙月一定能把木青瓷带回来，再加上莫景凉和萧安宴两个助力过去了，他再去也不会有太大的用处，故此才没有去找他们。

锦懿卿走到司琰面前，眼角上扬，嘴角微翘，笑得跟只狐狸一样，他轻轻拍了一下司琰的肩膀道："记得还债。"

"恐怕是没机会了。"司琰已经无力再支撑下去，他吐出一大口血来，身体无力地往地上倒去。

"皇上……皇上……来人呀！保护皇上。"

"司琰……司琰，你听得见我说话吗？"

"琰儿……琰儿……"

"皇兄……你别死呀！皇兄……"

耳边响起众多的声音，司琰却不知想要听谁的声音。他的意识也渐渐模糊，看着一脸紧张的锦懿卿，又扫过担心的太皇太后和哭起来的冷冰熙，司琰暮地想起了一个女人，她穿着红衣，脾气也不怎么好，还给过他一巴掌，那是叶轻轻。他在陷入昏迷的最后一刻，轻声唤道："轻轻……"

"司琰……"

距离宝藏之地的事过去了一个月，江湖上可不算平静，那一日的惨况至今都让人震惊。那一日在宝藏之地里发生的所有事都被锦懿卿写了下来，并如他所料大赚了一笔，也让那一日的事为江湖上的众人所知晓。不管是众多江湖人士的死，还是宁国宝藏其实是一个骗局，都足以让众人一阵热议。这不，一个多月过去，依旧没有平静下来，反而是到哪儿都能听到关于那些人那些事那些手段布局，都让人想个一时半会儿。

这一切还要从老一辈的恩怨纠葛说起。当年太皇太后江小虞与还是皇子的司尧相遇，两人也只是短暂地相处了一番就分开了，谁知竟互生了情意。司尧一别就是一年，江小虞偶尔也会想起他，那一年她才刚刚及笄，却在阴差阳错中碰见了出谷历练的南离。两人初时见面算不上有多少好感，只是渐生了情愫，却也只是南离单方面的爱意。南离回谷之前告诉江小虞，要她等他三年，三年后他就回来。时间永远都是淡忘过去的良药，正如南离不在的三年中，司尧回来找江小虞了，他给了她一场婚礼。

三年后，南离回来之时，江小虞不仅已经嫁做人妇，而且还为司尧生下了一子。气急败坏的南离忘记了所有的顾忌，他拼了性命闯了司尧的太子府，要问江小虞为什么不等他回来，就嫁给了别人。可南离的冲动也为他带来的麻烦，司尧怎么可能放任一个打他太子妃主意的男人安然离去。可江小虞阻拦了司尧，她到底还是愧对南离，可她的心底爱的人一直是司尧，却从未告诉过南离。

　　也就是这样，南离心底埋下了对司尧的怨恨，他不相信江小虞对他没有情意，只是她被迫嫁给了司尧。她不过是一普通的江南女子，又无身份地位，怎么能反抗得了高高在上的太子。南离多次想要让江小虞跟他离开，可始终都未能成功。他几次都败在司尧的手上。如果不是江小虞求情，他此刻早就死了。可他还是差一点就死了，那是许舟儿干的。那个女人想要杀了他，一是除去司尧的后患，二是把他的死嫁祸给司尧。南离险死还生，他也学乖了，为了报仇，一直在暗中养精蓄锐多年，直到那一年他撺掇丞相逼宫。

第一百六十一章

　　南离在司尧的身上下了一种无色无味的剧毒，让司尧受尽折磨才死。同时也弄丢了江小虞和司尧才出生一月的幼女。南离本以为司尧死了，江小虞就会跟他走，可江小虞的冷漠，她眼中的恨意是那么的明显。她说除非我自愿来见你，否则你就永远不要出现在我的面前。那一刻，南离才知道，其实江小虞一直都爱着司尧。他从此以后，十六年都只敢在暗中看着江小虞。他的野心很大，他要颠覆司尧的江山。

　　南霖一直都做着黄雀这个角色，他第一次去见江小虞的时候，故意装作南离的样子去玩弄她，却不料一眼就被认了出来。他本来是要借这个他双生弟弟深爱的女人来狠狠地泄恨一番，但没有想到正因为那个女人泰山崩于前而不变色的样子反倒是吸引了他。他故意在司琰的身上下蛊，逼迫那个叫江小虞的女人故意疏离她的儿子，疏离她的丈夫。其实不用南霖让江小虞疏离司尧，她自己都会这样做，因为男人都是喜新厌旧的，司尧的身边有了一个许舟儿。日复一日，年复一年，南霖把他自己藏得很好，很少去见江小虞，而是勤练武功，只为了找南离报仇，可南霖却不可自拔地爱上了江小虞。那一年的逼宫，他知道他双生弟弟做了什么事，故意地把这些事告诉江小虞，幸灾乐祸地想要看好戏。谁知她的一句话，让他如同南离一般，十六年来都不敢主动出现在她的面前，只能在暗中看着她。

　　只不过南霖和南离还真不愧是双生兄弟，两个人绝情起来，那是一般人都比不过的。也正是因为这一段陈年旧事，才会牵扯出那么的故事。南离要颠覆司尧的江山，南霖要灭杀南离，要让他感到痛苦。两人为了达到各自的目的，可是做出了不少的事，弄得不少人家破人亡。

　　木叶两家被灭之事又被重新提起，原来当年七杀同时与南霖和南离合作，又鼓动了她的丈夫叶如霖在暗中对木家做些手脚。叶如霖深爱七杀，经不起她的诱惑，也就答应了。谁知这也只是七杀的阴谋，让他们两家两败俱伤的手段。之后地剑的消息悄悄地被放了出去，南霖和南霖鼓动了不少的江湖人士，趁着节日欢聚之时，给没有防备心的木叶两家下了毒，然后就是大屠杀。只不过不同的是，南霖一直藏在暗中，一直没让南离发现他的存在。而同时都在庆祝节日的两日亦是有所不同，叶家还沉浸在吞并木家，从而让家族更上一层楼的美梦中。却不料这一切都只是阴谋，他们也逃不了。

后来就如众人所知那般，两家在一夜之中被灭门，而中了毒的木清玄则与还未到弱冠之年的萧晨安有过一战，萧晨安并非木清玄的对手，可中毒后无法强行运用内力的木清玄也撑不了多久。他被南离活捉了，在隐家受尽了折磨，最后被控制成了傀儡。南离无从得知地剑的去向，却也没有找到七杀的下落。殊不知螳螂捕蝉，黄雀在后，地剑早就被南霖抢先夺走了，只是无人知晓罢了。

后来的事众人都知晓了。天山掌门是被萧晨安一掌震死的，并扶植了他的势力，一举控制了天山派。而其他的门派势力，都是被萧晨安掌控，他是一个有大抱负的人。紫菀早就死了，她原来不是南离的养女，而是宁夜澜安插在隐家的奸细，取代了原来的紫菀，谁知她竟然爱上了萧晨安，可心里也放不下宁夜澜。在四年前假宁国宝藏之事后，就被暗影阁抓了回去，下场不怎么好，最后还是一个死字。

而南离也并非是隐家的人，他只不过意外发现了隐家的秘密，想办法杀了原本的隐家家主，取代了他的身份。所以他才没有怀疑紫菀是奸细的事，因为他对隐家家主的养女的事完全不知道。

四年前成佛崖上的事，也是苏笙月故意这么做的，只是因为他答应了木清玄，要让木青瓷远离这个江湖，远离宁国宝藏的事，像一个普通人一样活下去，不再参与到任何危险的江湖事之中。可他选择最为决绝的方式，彻底地伤了木青瓷的心。

事情从不如人想的那般简单，正如司琰为了引出南霖和南离两兄弟，为彻底永绝后患，故意设计了一出贼喊捉贼。他故意放出一点风声，说是太皇太后被人掳走，并且几度派人搜寻并未被绑走而是藏了起来的太皇太后的踪迹。惩处走漏消息的宫人，做出一副杀鸡儆猴的姿态，都只不过是做戏给别人看的。只是太皇太后被宁月涯抓到了宝藏之地，那实属是一个失误。人无完人，司琰也不可能面面俱到。

总之从上一辈的恩恩怨怨开始，一直到如今，有过多少阴谋估计没几人能够知晓。已经被揭开的秘密，无非是从他人的言语之中，还有种种推测得知的。现今终是结束了，一切都结束了，再也不会有什么颠覆天下的宝藏传说。

自宝藏之地的事结束之后，宁夜澜、萧晨安都血染了诏隐山，司琰更是重伤昏迷。之后，司琰下令清剿隐家的人，还有宁家不少心生了反叛之心的人。当然不可能是全部屠尽，只是把那些主要的高层人物剿灭。当然萧晨安所扶植起来的势力，自然不用司琰来操心。那些个受控制的江湖门派里的掌权人都是通过各种手段才能登上掌权的位置，门派里不服的人多了去，自然会清理。

萧晨安死后，他死前对景安儿的种种深情，更是为了她付出了性命的事都被锦懿卿给写了下来，也为他增添了一个痴情的名头。之前那些玩弄女人，抛弃深爱他的女人的事都已经被抛到了脑后，总之为了景安儿而死的事，也算是把他这一污点给掩藏了下去。也就是对景安儿的深情，令无数的女子都感叹，能够得到萧晨安这样的深爱，纵然是死也值得。

作为萧晨安明媒正娶的妻子，兰妤把萧晨安和景安儿两人的尸体带走之后，遣散了萧家和兰家的所有人之后便不知所踪。有人说看见兰妤投身了佛门，成了带发修行的尼姑；也有人说她在深山里简单地搭了一座木屋，守着萧晨安和景安儿的坟墓；也有人说她远走海外，从此放下中原事宜。不过这些消息到底是真还是假，也无从得知。

除此之外，木青瓷的生死不明也是被闹得沸沸扬扬的。苏家、倾月山庄、顷绡阁、巫月神教纷纷派出大量的人手，去诏隐山下寻找木青瓷。江湖上的很多人都不看好木青瓷，不认为她还活着，毕竟她中了南离一掌，又掉下了百丈悬崖，怎么能活得下来。虽说悬崖底下是一条河，但是那条河又险又急，平常少有渔船往那里去，木青瓷活下来的机率简直是微乎其微。

可苏笙月、萧妄宴、莫景凉和白幽四人天天守在诏隐山下，派人到处寻找木青瓷的踪迹。连续找了一个月，也没有捞到木青瓷的尸体，只找到了她的一块破损的衣裳布。已经过去了一个月，方圆百里都被找了个干净，却还是没有木青瓷的踪迹。就连河流的下游也被封锁，一直找，一直找，却始终寻不到她。

流萤暂时被送回了巫月神教，只是为了不让一个孩子承受这么多，让她能够好好地长大，不会因为木青瓷的生死不明而整日地感到伤心。现在她还小，只有三岁，能够轻轻松松地哄过去，可当流萤长大后，要怎么跟她解释木青瓷的事？纸终究是包不住火的，始终都会被她知道那所谓的真相。

宝藏之地落幕之后，总是一方比另一方更不得好。比如叶兮，比如莫阑珊。她们两个都是杀手出身，都是为了所爱之人可以付出一切的人，也同样因为所爱之人的死而落得一个发疯的下场。也不知道是不是她们杀人作孽太多，到了最后竟然都是疯了的结局。时常有江湖人士看见一个疯女人，不停地问着她的主上在哪里？有没有受伤？那个疯女人就是叶兮。

自从宁夜澜死后，合欢带走了宁夜澜的尸体，叶兮就发疯了，她找不到宁夜澜被葬在哪里了。堂堂的天字杀手叶兮沦落到现在的地步，也实属是造化弄人。而莫阑珊也一样疯了，她早就疯了，疯得连人都不认识了。

两年后。

藏在山里的一个偏远的小村庄里，男人趁着太阳还没落山，在地里加紧地劳作着。他们的肩上搭有一张洗得发白的帕子，不时地停下手里的活计，拿帕子擦了擦脸上的汗水。由于常年的耕作，他们的皮肤被太阳晒得黝黑，手里也生出了一层厚厚的老茧来。日落之后，他们会在田间的小路上招呼着同村认识的人，一起赶在天黑之前回村吃饭。日暮黄昏的时候，村里的各家各户的房顶都会升起一阵炊烟，那是女人们在做饭了。这只是一个普通的小村庄，可这里的生活平静祥和，人们日出而起，日落而息。

这个小村庄也不过是十几二十几户人家，过着打鱼耕耘的日子，虽然吃的是粗茶淡饭，喝的是普通的老茶，过得比较清贫，可却自在。不像在江湖混迹的那些人，整日提心吊胆，不知道什么时候就被人杀了。又不像外面那些富贵人家，成天钩心斗角，非要闹一个你死我活。虽是普通的生活，平民百姓的生活，可对于不少人来说，都是很平常的日子，算不得什么。但对于某些厌倦了尘世生活的人来说，也许这才是他们内心深处一直都渴望的生活。

"茉莉，你快帮我看一看，这绣片做成荷包怎么样？到时候能卖多少钱？"村里的刘大嫂子提着竹编的小提筐朝着一所搭建得很简陋的小木屋走去，她还没进门就先说起来。进门后，看着屋里的人，把提筐里的绣片拿了出来："上次的事还多亏了你，我这次来还要麻烦你给我看一看。大嫂子是个粗人，不懂村外的事。你上次给我说的，我都照着做了，还真是错不了，不愧是曾经见过大世面的人。以前去三十里外的镇上卖绣片，那布店的老板买我的东西是两文钱一块绣片。现在小件的绣片十五文钱一块，大件的绣片要五六十文钱一块，这一个月下来，我都卖了四百多文钱了。"

被换作茉莉的女人从书中抬起头，那一张令人如此陌生而又熟悉的脸依旧是美艳无双。尽管未施半点脂粉，看起来也是弱不禁风的，却为她增添了一分病弱的美，依旧让人惊叹她的美貌。绰约多逸态，轻盈不自持。尝矜绝代色，复恃倾城姿。以这话形容面前的女人可能是最为适合的。若是有江湖人士在这里，可能一眼就认出这是木青瓷。

木青瓷侧过头去，她看着一脸高兴的刘大嫂子，嘴角挂着清浅的笑，淡淡地说道："刘嫂子夸奖了，不过是一些小事。这些绣片模样好看，选好点的布料做荷包，说不定镇上的富贵人家的夫人小姐会喜欢，价钱也可以高点。"

"这样啊，那我晚点就回去做。还要多谢你经常帮我们这些东西，还教小孩子读书写字，真不知道该怎么感谢你。"

"这是我该做的。"

第一百六十二章

谁能想到木青瓷就在这里隐姓埋名地生活了下去，若非她在锦家的话本子上得知了苏笙月大婚的消息，为了斩断执念前往扬州苏家参加那一场闹剧般的婚礼，恐怕行踪也不会被正在准备百花宴的锦懿卿发现，从而把她的消息给卖出去，也把这些人引来了这个平静的小村庄。

这一月的时间，故人纷纷出现在她的面前，一切都好像回到了最开始。再见到萧妄宴时，木青瓷满心都是愧疚，如果不是她的任性，如果不是她的决绝，萧妄宴也不会为了她在诏隐山上中毒坏了眼睛，也不知何时才能医治好。可他从未怪过她，大方地放开了手，让她去追寻她的幸福。期间，她也见了莫景凉一次，他带着流萤前来，往日的心结终究算是解开了。

在这几天里，她一直未见到苏笙月。他本是第一个找到她的人，他们也立下了十天之约。这十天便是木青瓷给苏笙月的机会，也是给她自己的机会，一个重新开始的机会。可转眼就是第十天了，迟迟未见苏笙月出现，这一天木青瓷送走萧妄宴之后也是心神不宁。

黄昏的时候，天阴沉沉的，乌云密布，看起来是要下大雨的节奏。今日的天色不算好，一整天都没有太阳，反而是阴云密布，黑压压的一片。风刮得很大，树叶簌簌作响，落下不少半边枯黄，被虫咬过的叶子。

天已经快黑了的时候，雨真的下了起来，哗啦啦地下着瓢泼大雨。大滴大滴的雨珠滴落在屋檐上的砖瓦上，雨珠顺着屋檐往下流，连成一串长线，落在湿滑的地面上，溅起一片水花。各家各户都关好了门窗，避免水珠溅到屋里去。这样的大雨天，加上又是晚上，所以也没有村民会跑出来。

木青瓷简单地用过晚上的膳食之后并没有半分睡意，一直到深夜也没有睡下。与其说是没有睡意，倒不如说是睡不着，心里的事情太多，所以总是想着想着，再怎么也睡不着了。

屋外的风吹得很大，算不得厚重的窗户也被吹得摇动起来，发出吱呀吱呀的声响。雨珠如断线一般滑落，滴了窗户上了，溅在了屋内的一角。木青瓷坐在宽大的木桌前，她听着外面的风声雨声，许久才回过神来。她坐了好一会儿，才慢慢地起身，走至窗边，正准备关上窗户，谁知余光一瞥，恍惚之间却见到一抹身影立在雨中。定睛一看，才发觉那个站在大雨中的身影是谁。不自觉地伸手捂住张大的嘴，心中却是有那么一丝的喜不自胜，当然更多的情绪却是说不清道不明。她来不及关上窗户，拿起放在屋中角落的一把油纸伞，打开门就撑着伞出去了。

木青瓷打着伞一步一步地走向门外不远处站着的那个人，尽管手中有伞，但奈何雨太大了，雨水还是打湿了她的下裙裙摆，衣裳的衣摆处也被打湿了不少，可她好似察觉不到一样，依旧打着纸伞，朝着她心心念念的那个人走去。

"苏笙月。"

木青瓷将伞遮在苏笙月的头上，与他共打着一把伞。她看着全身都已经打湿，也不知在大雨之中站了有多久的苏笙月，伸出手擦拭着他脸上的雨水，低声说道："第十天了。"

"青瓷。"苏笙月抓住木青瓷替他擦拭着的手，眼中是掩不住的思念，他想她快要想疯了。

"离第十天还有一刻，而一刻就已经足够了。你知不知道我有多想要你，发了疯地想你，想要再见你。"苏笙月紧紧地抓着木青瓷的手，放在心口的位置，眼中满满都是温情："你在这里，无时无刻地都在这里。一别之后，二地相思，只说是三四月，又谁知五六年。七弦琴无心弹，八行书不可传，九连环从中折断，十里长亭望眼穿。"

木青瓷睁大了眼睛，她看着苏笙月，心里泛起阵阵波澜，出声问道："什么意思？"

"平生不会相思，才会相思，便害相思。"

苏笙月收起往日的那副轻浮样子，他此刻很是狼狈，老公依旧不作美地下着大雨，他却无视了这一点，认认真真地说道："成佛崖上，开封客栈，诏隐山上，你问我的，我都记着。这便是我的答案，只因平生不会相思，才会相思，害了相思。自以为可以保护你，殊不知倒是害了你，伤你的人一直是我。"

木青瓷平静地看着苏笙月，从她的脸上看不出任何的感情波动，也不知她对此是何感觉，只是反问着苏笙月："那你是想说相见怎如不见，有情还似无情吗？这所有的一切，都只是你布下的一场局。为了保护我，为了让我活下去，所以你故意做出冷漠无情的样子，只是要逼我离开你，逼我恨你。"

"是，又不是。"苏笙月承认木青瓷的话，却又否定了她的话，自嘲地说道，"大概你要笑我自作聪明，你哥哥的死……"

"我知道。"

木青瓷粗暴地打断了苏笙月的话，她直视着他，各种情绪都涌上了心头，佯装着坚强道："我哥哥的事，我都知道了，所以不要再提起，不要再说你是为了我。"

"你在乎吗？在乎我娶的新婚妻子？我娶进苏家大门的人一直都是你，我想要娶的人也是你，因为你占据了我的整颗心。爱这一词不易说出，可我爱你，舍不得你，也放不下你。木青瓷，你是我的劫。"苏笙月放开木青瓷的手，他抓着她的双肩，却无奈地说道，"哪怕是劫，我也不悔。"语毕，苏笙月低下头吻住木青瓷的唇，他没有之前的那份耐心，现在迫切地想要宣泄这份感情，这一份被压抑得太久而始终得不到回应的感情。

木青瓷被动地接受着苏笙月的吻，握着的纸伞也掉落在两人身边，倾盆的大雨淋在两人的身上，此刻却成了催化情意的好东西。木青瓷一把推开苏笙月，她撇过头去不看他，大声说道："所有事我都知晓了，所有的事我都已经知晓。苏笙月，为何你还要回来？我对于你来说，究竟算什么？是有用时便加倍疼爱的棋子，还是无用时可以随意丢弃的棋子？我想要知道，想要知道你到底如何看我？木青瓷？巫影圣女？暗影阁杀手茉莉？还是影盗？"

"你是木青瓷，是我苏笙月这辈子唯一爱过的女人，唯一一个想要付出一切去保护的女人。"苏笙月不在乎木青瓷的话，他想要她说出来，想要她把那些憋在心底的话都说出来，只有这样才能打开她的心结。"你不是棋子，而我永远也不会离开你。当年不愿意爱上你，偏偏却忘不了，忘不了你那个受伤的眼神。你是我的女人，我唯一的女人。"

也许是苏笙月的话太过于真诚，也许是他的眼神太过于勾人，木青瓷的眼泪不受控制地涌出来。她低垂着头，紧皱着眉头，没有发出哭声，只是眼泪混合着脸上的雨水流了下来。

"哭出来，青瓷，在我的面前，大声地哭出来。"苏笙月走近木青瓷，将她抱进怀里，"你是我唯一想珍惜的女人，你只能是我的。"

"你要我怎么哭出来，你要我还怎么相信你的话？哪怕是知晓了你当年的不得已而为之，可我依旧疼得厉害,被伤得体无完肤之后,我该如何?"木青瓷借着雨势,她也不怕哭着难看,放声大哭了起来:"你有你的不得已,而我却要被动承受着这一切吗?苏笙月,你是个混蛋,你怎么可以这么对我?"

"我知道,我都知道。属于你的一切,我都知晓。"苏笙月走近了一步,他看着木青瓷在雨中狼狈大哭的样子,心疼地说道:"你一向是浅眠,不仅是因为做杀手时期养成的习惯,还是你会在睡梦中梦见当年木家被灭门的惨状。你喜欢桃花,又欢喜凤凰花,都是受了你母亲的影响。你偏好甜食,但不喜太甜,唯独喜欢淡淡甜味的点心。你不属于对别人解释,遇上什么事也都懒得解释,总是让人误会你。"苏笙月一条一条地说出木青瓷的习惯爱好,他伸出修长的手指,落在木青瓷的眉间,如同她以前对他所做一般,从眉间一一滑过,停至唇边。复出声说道:"不管是在六年前,还是两年前,在我熟睡之时,你都爱如此,从眉间勾勒着轮廓,勾勒着我的轮廓。"

木青瓷睁大眼睛,她不可置信看着苏笙月,她从不知道他会如此清楚她的一切喜好或是习惯。心里的那个结就在苏笙月这番真切的话中,彻底地解开,并且消失殆尽了。她上前一步抓着苏笙月胸前的衣裳,埋首在他的胸膛,泣声说道:"我什么都不知道,只有你知晓,一直都是如此。"

"你曾经背负的已经够多了,我不想你再为了我而受伤。那年我不知我能不能活下来,也不知能不能保护你一辈子,若是将你作为一枚废棋抛出棋局,那你便有机会脱离这个棋局,过着你想要的生活。"苏笙月抱着木青瓷,只手放在她的发间,把下巴抵在她的头上,"你是如何消失四年,蒙骗了所有人。若我当初去苗疆寻你,该有多好。"

"你怎么可以替我决定那些事,你怎么知道我不愿意生死都与你在一起,你怎么可以这么残忍地对我?"木青瓷慢慢放开手,改握成拳头,用力地捶着苏笙月,发泄着心里的怨气。她有多委屈,此刻哭得就有多伤心。可这样也是好的,用尽全力大哭,发泄着这些年来心里所有的委屈与不甘。"你就是一个混蛋,永远都觉得你是对的,别人都是错的。你知不知道我有多难受,你知不知道我每夜都会陷入梦魇,你知不知道你曾经的那些话伤得我有多深。苏笙月我好恨你,恨你恨得无法呼吸。你现在怎么可以说得这么轻松,怎么可以轻易让我忘记。"

"对不起,对不起,对不起。我知道不管如何跟你道歉,都无法轻易地抹去给你的伤痛。那些给过你的伤,那些给过你的痛,都是我无法抹去的污点。一次次地说是保护你的人是我,一次次伤害你的人也是我。是我自作聪明,是我自以为能给你幸福,是我狠狠地伤了你,将你伤得体无完肤。"苏笙月能够感受得到脖颈间的热气,木青瓷哭得有多伤心,他此刻的心就如刀绞一般。这是他一手造成的错,既狠狠伤了木青瓷,又在他的心上插了一把刀。"不管以后发生什么事,我都会陪在你的身边,就让我们重新开始。虽是错过了六年,却是并不晚,我们还可以重来,还会有孩子。"

雨势并不见小,反而有增大的势头,密密麻麻地落下来打在两人的身上。风吹得也大,木青瓷只觉得身上一冷，不自觉地颤抖着一番，咬着牙说道："那你要我如何？我能够如何？苏家能够容得下我吗？抑或是根本就无法得到别人的认可。你想过一个未婚先孕又带着女儿再嫁他人的女人，在你们那些世家名门之人的眼里，我又是怎样一个不知廉耻的女人？"青瓷咳嗽了起来，眼睛哭得红红的。

第一百六十三章

"不会的，只要有我在，不会让任何人伤害你的。我要娶你，任何人都无法阻拦。若你不喜欢苏家，我陪你去苗疆。只要是你喜欢的地方，我都陪着你。管他什么苏家，管他什么江湖天骄，我只要你。"苏笙月要是再察觉不到木青瓷的不舒服，那他真是白活到了现在这个年纪。他放开木青瓷，捡起丢在一边的油纸伞，遮在了木青瓷的头上，挡下了天上落下来的大雨。他空出的另一只手搂住木青瓷，大步地朝着木青瓷的木屋中走去。

苏笙月推开屋门，把伞收了起来，顺手带过房门，转身看着烛光下全身湿透的木青瓷。发丝湿成一绺，搭在苍白没有血色的脸上，哭得通红的双眼，双手抱着肩的动作，心中更是怜惜与心疼。他快速地走到床边，拿起折叠干净的衣服就搭在木青瓷头上，轻轻地替她擦拭着湿透的发丝，低声说道："青瓷跟我走。谁，我都可以不要；唯有你，我不可以没有。"

也许是苏笙月的眼光太过热切，木青瓷低垂下了头，她的眼泪一下子就流了下来，也不知是被感动的，还是觉得心酸到了极点。可能两者都有，她低声唤道："阿月。"

本来是微弱的一声，可在苏笙月听来，哪怕是夹杂着屋外的雨声，也听得一清二楚。他此时却是因为木青瓷这一句话而欣喜若狂，他抓着她的肩膀，激动地说道："你说什么？再说一遍。"

"阿月。"

木青瓷啜泣了起来，眼泪又落下来。她的心结终究是在今夜解开了，解铃还须系铃人，六年前由苏笙月打起来的结，六年后也终是由苏笙月亲自解开。从第一次在成佛崖上问出那一句，苏笙月你到底有没有一刻爱过我？再到第二次，四年后在开封的客栈里，她再一次的问出了那句话，苏笙月你到底有没有一刻爱过我？直到第三次，两年后的诏隐山上，她推开苏笙月的那一刻，想要问他的那一句，苏笙月你到底有没有一刻爱过我？六年的时间，她想要问苏笙月的话，一直都只有这一句，到底有没有一刻爱过她？

"再叫一次。"

抓着木青瓷肩膀的双手，苏笙月不自觉地用了力，他惊喜地叫出声："青瓷，再唤我一次。"

"阿月。"

木青瓷走上前一步，她抓着苏笙月已经被抓皱的衣裳，继续出声唤道。

"再唤我一次。"

苏笙月已经喜不自胜了，他不停地要求着木青瓷唤他的名字，就像以前一样，在某时某刻，亲昵地唤着他的名字。

"阿月……"

木青瓷连续地呼唤着苏笙月，如同苏笙月所想的那一般，所要的一般。她放声哭着，每一声每一句，都是她这六年来所受的委屈。

"别哭青瓷。"苏笙月抬起木青瓷的下巴，他轻轻地抚摸着她的俏脸，温柔地说道，"我在，我一直都在。"

木青瓷慢慢抬起头来，她眼波流转，长长的睫毛上还挂着细小的泪珠。抬眸便对上了苏笙月的深情的一双眼睛，伸出手去抚上他疲惫的脸，轻轻地在他的嘴角落下了一个吻。

一个蜻蜓点水的吻，也许只是一个开始，但也算是一个好的开端，一个重新来过的机会。

没有什么比一个主动送上门的吻来说更好的了，苏笙月惊喜地睁大了眼睛，他可不是放过好机会的人。他低下头，轻吻着木青瓷。一个轻吻，也的确是轻吻，十分的轻柔，由浅到深，一步一步地慢慢来。他想她想得快要发疯了，也一直忍着那份想要触碰她的心情。他知道木青瓷心里始终都有心结，那是对他的心结。因为一直没有解开那个心结，再加上之前的事情太多，所以一直都没有解释的机会。哪怕是想要解释，木青瓷也总会说出气死人不偿命的话，让两人之间的气氛瞬间降到了零点。如今虽是再错过了两年，但至少解开了心结，让两人重归于好。

木青瓷这一次没有拒绝苏笙月，她的心结已经解开，准确地说是被苏笙月解开了。这是她用尽一辈子去爱的男人，付出了一切，也用尽了所有的心力。若是再来一次被背叛，那她便也承受不起，说是会崩溃，也是最正常不过的事情。

"娘，你和苏叔叔在干什么？"

流萤被弄醒了，她从床上爬起来，揉了揉睡意蒙眬的眼睛，口齿不清地说着。

被这个突如其来的声音一吓，木青瓷顿时推开了苏笙月，撇过头去，慌张地说道："没事。流萤，你继续睡吧，我会陪着你的。"

流萤还是迷迷糊糊的样子，她还在揉着眼睛，对着慌张的木青瓷说道："娘，你的衣裳怎么打湿了？"

被自己女儿正好撞见这种亲密的事，木青瓷的脸上染上了一层红晕，她看了一眼还在滴水的衣裳，勉强地笑了笑："只是因为今晚下了大雨。快睡吧，明日还有许多事呢。"

流萤听话地点了一下头，但她的目光又移到同样都湿透的苏笙月身上，歪着脑袋，不解地问道："苏叔叔也是下大雨的时候来的吗？可是外面黑漆漆的，为什么不白天过来呢，这样还不用担心会生病。"

"因为苏叔叔想我们家小萤儿了，一听见小萤儿来了这里，苏叔叔就连夜赶了过来，就想着给流萤一个惊喜,小萤儿还喜欢这样的惊喜吗?"苏笙月也没有坐到床边去,大概是被自家女儿撞破这种事,多多少少还是有一些不妥当。他瞥了一眼木青瓷发红的耳根子,富有深意地说道:"下一次,就不会是这个时候了。"

"真的吗?"

流萤眨巴着眼睛,她高兴地从床上爬起来,光着脚跑到床边,笑吟吟地说道:"我就知道苏叔叔一定会来看我的。"

小孩子就是容易哄,简单的几句话就让她忘了刚才的事,她此刻倒是高兴了,走在床边上,又蹦又跳,看得人莫名的担心。

看着流萤光着脚,穿着又十分的单薄,迷迷糊糊地蹦蹦跳跳,木青瓷一下子就提起心来,她走到床边,把流萤往床里边拉,关心地说道:"别着凉了,快回去睡觉,有什么话明天再说也一样。"

"我等娘亲一起睡。"流萤背过手去,她跑跳着到床的最里边,抓起薄被就钻进暖和的被窝里去了。

木青瓷安抚着流萤,她听着外面的雨声,又回头瞥了一眼苏笙月,只说道:"你随意。"

"那就随意。"

苏笙月摊了摊手,差不多也只能这样了,总不可能当着自家女儿的面做出一些不当的举动吧。本来一家三口之间都有隔阂,此时慢慢哄为妙。

未央宫中,温云箬坐在床榻上,认真地绣着手里的东西,却丝毫没有察觉到外面的动静。也许这个时候,她也没有想过有人会突然过来。毕竟宫里的规矩还算很严,一举一动尽显尊卑分明。

司琰来到未央宫门口之时,他抬头看了看宫殿上方挂着的牌匾,示意守门的内侍不要出声,才抬脚步入了宫门。他一路过去,直到进入温云箬的寝殿也没有让人通报他来了。看着温云箬认真绣花的模样,只是放轻了脚步,不想打扰她。有一些事,他要亲口告诉温云箬,亲自跟她说清楚,也许只有这样,才能够解决好他退位之后的麻烦事。

温云箬丝毫没有注意到司琰的到来,她拉过穿过布料的针,扯出一段很长的线来。动作算不上快,不过绣花的时候,有几个人会绣得太快呢,这样容易弄坏绣片。她低头看针脚的时候,才注意到那绣着龙纹的衣摆,快速地抬起头看着面前的男人,露出一缕笑来:"琰哥哥,这么快就处理好朝政了吗?"

"处理得差不多了,只是还剩下一部分事,需要亲自解决。"司琰看着温云箬,心中虽是不忍伤害她,可这样一次二次地拖下去,以后的伤害可能会更大,与其长痛一生,倒不如短痛。他深深地吸了一口气,退了一步,一脸正色道:"我退位之后,煜儿自当亲政。不过他年纪还小,在某些地方还需要你的指点。"停顿了一下,继续说道:"前提是你不愿离宫过你所想的生活。"

"什么意思?"温云箬起先并没有察觉到司琰话中的意图,但越听司琰的话越觉得不对劲。哪怕是司琰退位,司煜登基之后,辅佐他的人也是司琰,也不会是由她来教导。究竟是怎回事,温云筝也不清楚,只是她从司琰一本正经的话中听出了不对劲,尤其是他最后的一句话,更是让温云筝生出了不安的感觉。把手里的针线绣片放在一边,她抓起司琰的手,勉强地笑起来:"琰哥哥,我不知道你在说什么。你的江湖朋友众多,退位之后常不在宫中也很正常。煜儿也长大了,许多事都用不着我来教导他了。我可以陪着琰哥哥出宫,然后到处走一走,拜访一下许久不见的朋友。"

司琰盯着温云筝勉强的笑,他呼出一口气来,沉声说道:"这些事是必须要亲自同你说的,所谓时间,也许并不能治愈好全部的心伤,但至少有一些作用。这些年来,你也受够了这一切。当初我以为是你自己一手毁了你,却不知是我和司言两个人一起毁了你,亲手毁了你。纠缠了这么多年,到此刻才看清这一份感情。直到如今,司琰,司言,你到底爱谁?可能不仅我不清楚,连你自己都不清楚。已经足够了,剩下的日子为你自己而活,不再要为了我,为了那一份说不清也道不明的感情强颜欢笑下去。"

"不,不是这样的。我是爱你的,琰哥哥,你相信我好不好?我从第一次见到你的时候,爱的人就一直是你,不是司言。"温云筝抓紧了司琰的手,岁月并未在她的脸上留下太多的痕迹,明明已经是一个十四五岁的少年的母亲,看起来却也不怎么显老,保养得很好。可此刻她漂亮的脸蛋却显得微微有些扭曲,她泣声说道:"你相信我,我们可以重新开始的。这几年过得不是很好吗?所有的事都已经解决了,就让我们重新开始。琰哥哥,你不想再留在宫中,那我不要太后这无谓的虚名,我们一起去世间各处走走看看,这样的日子不是很好吗?"

"筝儿,我不想你白白浪费一生的时间,只是为了我。爱也许很卑微,也许并不卑微,可你爱得太卑微。我相信你,也相信曾经的那份情意,只不过一直执念于我,执着了十多年。过去的那份感情已经开始变质,只是你没有发觉而已。"司琰上前了一步,他从温云筝的手中抽出手来,反而是抓住她的双肩,十分认真地说道:"早已经物是人非,想要重新开始,却始终回不到过去。我想了很久,也考虑了很久,我不想你一直以我的附属品这个包袱活下去,该去追求你想要的生活了。我也不否认我有私心,想要提早结束这一段痛苦的感情纠葛,但也希望你能做回你自己,做回温云筝,不必为了我的喜好,特意地扮作以前的样子。"

第一百六十四章

温云筝死死地拽着司琰的衣裳,骨节都发白了,她的眼泪就像水一样涌出来,已经止不住了,只是摇着头道:"我知道你不爱我了,你早就不爱了我。可我还是想留在你的身边,只是这样平平淡淡的日子我也不会介意,不要赶我离开。我知道你中意那个叶轻轻,三书六聘将她娶回来做平妻也行，我不在意的，真的不在意。你是我的信念支撑，你知不知道你是我的支撑，我不能没有你。"

"你的支撑已经倒下，又一次地伤了你的心，却是我不想的。是我对不起你，箬儿，你是一个好女人，却碰上了我这样的男人。以前的十五年，我并没尽到作为一个丈夫的责任。之后的十五年，我希望能够以另外一种方式补偿你。"司琰想过和温云箬重新开始，可过往的那一份还没有来得及说出口的朦胧感情早在十多年的时间中渐渐被磨平，已经没有了。时间从不会为了任何一个人而停留，十年就足够物是人非了，回不到的过去便回不去了。"你愿意留在宫中也好，出宫过普通人的生活也罢，我都会去看你的。你始终都留在我的心底，任何人也抢不走曾经属于你的位置。"

"我……不得不……放手吗？"

温云箬将头靠在司琰的身上，发出不算大的啜泣声，一时让她接受这么一个打击，说什么也不好过。

司琰由着温云箬放声哭着，宣泄着她的各种情绪，他轻声说道："司琰，司言，其实最爱你的人是司言，而你心底那份未曾被察觉到感情属于司言，而不是司琰。你可能需要单独静一静，我先走了。"

也不知过了多久，偌大的未央宫却没有几个人，温云箬一个人坐在原位上，她的一双秋水眸子此刻红得跟兔子一样，咬着牙在颤抖。天渐渐黑了下来，直到完全看不清的时候，一盏烛火在温云箬的边上点燃，明亮的火光照出了一小片天地，也仅仅是那一小片而已。

"司言……"

温云箬阖上了双眼，眼角的泪顺势滑落了下来。她微张了张嘴，眼中唯有绝望之情，一个人低声喃语道："纠缠了十多年，终只剩我一个人。"

"司琰……"

司言，黄泉路上，你可曾闻到三途川之亡花的香气？

时间永远走得是很快的，那一日日的数被数过去，朝着已经定下的期限走去。要说有多快，只需扳着手指头数就行了。

百花宴当日，依旧是那一片热闹非凡的景象，来来往往的人不少，更多的却是三五成群的女侠士，抑或是上京城的那些富贵小姐们，讨论的事无外乎是一样的。都是当下被传得最为多的那些事，说来说去说得最多的还是她们所关注的那几个人。

司琰一出现在百花宴，就引来了所有人的注目，怎么能不引人注目，他可是才退位的景帝。虽是退位放权给小皇帝，但景帝的威势不是假的，只要他一出面，估计没多少人敢有所动作。很多人都在猜测，司琰尽心尽力地培养了小皇帝这么多年，此时便是有意放权，培养小皇帝独当一面的能力。而且司琰如今也不过是四十出头，对于一个男人来说，并不算是太老的年纪。

古人有言，三十而立。步入四十，对于司琰这种人来说，说是盛年也不为过。怎么说呢，司琰自幼习武，身体强健，容貌保持得很好。对于普通人来说，一个男人到了四十也差不多过了盛年，已经到了中年，渐渐长出白发，脸上也生出了皱纹，现出了老态。可类似司琰、锦懿卿这一类人，四十的年纪也与三十无异，只是比起以前更加得成熟稳重，更表现出一种男人的成熟魅力来。

"不愧是景帝，一出场就吸引了所有人的注意力。"锦懿卿走到司琰身边，用手肘轻轻撞了撞司琰，调笑着说道："你瞧一瞧，在场的那些大家小姐们都是冲着你来的。只为了得到你的回眸，可是费了不少的心思。"顿了顿，又轻笑出声："不过见惯了上京城各色美人的景帝，那些大家小姐们下的苦功夫算是白费了。何况谁不知景帝有一位眉眼如画的皇后，更有一位妖娆美艳的红颜知己。不知道要下多少的功夫才能赢过那两人，一朵白牡丹，一朵红玫瑰。啧啧！艳福不浅。"

"多嘴多舌。"

司琰瞥了锦懿卿一眼，他只是冷冷地说着这句话，对于锦懿卿的刻意调笑，有些不耐烦。

"好，我是多嘴多舌，也是多管闲事。"锦懿卿与司琰肩挨着肩并排站着，他可不顾司琰的不满，继续出声问道："别怪我说些不中听的话，你也先别恼我。你说你艳福不浅，可真心却不知在牡丹玫瑰哪一朵身上。"

"牡丹需要呵护将养着，玫瑰带刺伤人，你说这一红一白，我更中意谁？"司琰自嘲一笑，他更中意谁？他真正爱过那个纯白如梨花的女子，可在一年年的时间中，从未认识到这一点，将那份情意变作了对司言的嫉妒，逐渐地变了味道，再在时间的填补之中消失殆尽。可他到底是对不起她的，真正地将她毁了。

"看起来你很纠结，不如将牡丹玫瑰都收回怀中，不是一举两得？既不会因为牡丹之事而愧疚自责一辈子，亦不会因为失了玫瑰而黯然神伤后悔一辈子。"锦懿卿从一边摆满糕点的桌上拿起两壶酒来，将其中一壶酒递给司琰，漫不经心地说道："你家那位夫人哪怕心中再不愿意，但只要你发了话，为了你还是会答应的。至于落花谷那一位，会不会答应都还是一个问题，但总要试一试的。"

锦懿卿喝了一口酒，说道："你可不是苏笙月，更不是萧晨安，抑或是萧安宴。他们三个可是情场高手，你看看结果如何？你是没看见木青瓷对苏笙月那态度，四年前就是恨不得扒了他的皮，喝了他的血，拆了他的骨。又过两年，见了苏笙月，却是当作不认识他。人就在她身边站着，也只当是空气。你再看萧安宴，与木青瓷四年相处下来，感情深厚，什么招没用过，奈何木青瓷心里有人了，付出了这么多也没有半分办法。至于萧晨安，景安儿的确是爱他入了骨，可最后也在临死之前说出了后悔的话。"锦懿卿上下打量了司琰一番，随即便嘲讽道："在感情方面，一旦动了真心，那就代表你输了。你觉得你能比得过那三个情场高手吗？不是所有人都能如沈夜一般幸运。"

"是我辜负了箬儿，为她与司言之事恼怒了十多年，却不知真正毁了她的人竟是我。"司琰摇晃着酒壶里的酒，他自嘲了起来，仰头灌了一大口酒，平静地说着这些话，心里却是不好受。

"辜负？不如说是误会。"锦懿卿重重地拍了拍司琰的肩膀，随性地说道："你既然已经做出了选择，那就努力地去追寻吧。就让那些过去的事过去，再提起也挽回不了。"把酒壶放在一边的桌上，锦懿卿只说道："你好好想想吧，我先去招呼客人了。"

司琰目送着锦懿卿远去，又喝了一口酒，轻声低语道："牡丹玫瑰，一白一红，我更中意谁……"

没等司琰想多久，就听见了传来的阵阵惊叹声，还有锦懿卿那厮明显不怀好意的笑声，他循着声音看过去，原来来的人是木青瓷。看起来苏笙月没有辜负情场高手这个身份，已经抱得了美人归。那他为何不洒脱一点，何必一直故步自封，去追寻他想要的自由不就可以了吗？大概是想通了，司琰弯起嘴角，又笑了起来。

木青瓷今日很漂亮，虽然她本来就是艳压全场的人，可今日格外的漂亮，让人移不开眼睛，所以她一出现，就引起不少人的惊叹。

"苏兄几日不见，你是要如何？这般容貌，是要招得人好人家的女儿非你不嫁吗？"锦懿卿瞧着苏笙月身着玄色衣裳，黑发由碧玉冠束起，打扮得人模狗样，再看着他身边的木青瓷，还有拽着他衣角的流萤，就知道他已经赢了。只是穿着一身平常极少穿的玄色衣裳，比起其他的颜色，倒是更衬得苏笙月"肤白貌美"。锦懿卿故意打趣着他，不过话却是实话。苏笙月这副容貌，却是比女子还要精致三分，但又没那份阴柔，倒是英气十足。换了别的女人站在苏笙月身边，就凭苏笙月那一副小白脸的样子，恐怕都是要心生自卑的。

"锦兄还是一如既往地爱说笑。"苏笙月可不在乎锦懿卿的调笑，可事实上的确很多女人盯着苏笙月看。他很少穿深色的衣裳，不代表他不穿。以往的那些衣裳都是由苏落雪按照他的喜好来的，可今日身上穿的这套玄色衣裳是木青瓷挑的，他说什么都会穿上，表明一下爱未来夫人的心意。

"推迟了半个月的百花宴，却也是值得的，可算等来你。"锦懿卿看见木青瓷的第一眼的确是被惊艳了，那眉眼间的清冷，如画般的容颜，偏是配上这般性格，糅合起来却是意料之中的抢眼。他上前一步，张开双手，动作好像是要去拥抱木青瓷："青瓷姑娘，你今天真美。"

"多谢锦老板夸奖。"木青瓷今日少见的穿了件桃粉色的衣裳，就像是初春时桃花的颜色，但颜色要偏浅一些。她很少打扮自己，可爱美之心人皆有之。对于女子来说更是如此，没有哪个女人不在乎她的容貌。她画上了一个淡妆，唇色跟桃花一般，惹得人总想一吻芳泽。

苏笙月挡在木青瓷的身前，看着锦懿卿的举动，面色冷冷，语气不善地说道："锦兄，夸奖就足够了。"

接收到苏笙月威胁的眼光，锦懿卿讪讪地收回手，他赔笑道："进去说吧。"

木青瓷唇角微勾，她拉起流萤就走了，准备到处走一走，看一看还有哪些旧人，至于其他的事就不怎么想管了。来百花宴的人很多，有熟悉的面孔，也有不熟悉的面孔，不过都已经过去了。但再见到这些熟悉的人，心里难免会生出其他的感觉来。

"小萤儿，青瓷姑娘。"

莫静岚一看见木青瓷和流萤，就抱着孩子过来了。她和沈夜有了他们的第一个孩子，没如莫静岚的心愿，想要有一个女儿，却生了一个儿子，为此她还埋怨了沈夜好久。

"岚姨。"流萤松开木青瓷的手，她朝着莫静岚跑过去，这两年她还在中原的时候，莫静岚一直就对她很好，也很宠爱她。

"我们家小萤儿更可爱了，怎么可以这么可爱？只怪我没生个女儿，所以小萤儿就来给岚姨做未来的儿媳妇怎么样？"莫静岚摸着流萤的头发，她看了一眼木青瓷，就抱着儿子同流萤说笑去了。

第一百六十五章

沈夜看着莫静岚高兴的样子，也笑了起来。他走到木青瓷的身边，有一种恍如隔世的感觉，平静地说道："青瓷姑娘，许久未见可还好？"

木青瓷瞧着流萤那么亲近莫静岚，也可以想象莫静岚是对流萤有多好，才能让她这么亲近。她清浅一笑，回过头来看着沈夜："我还以为你会对我冷言冷语，出乎我的意料了。"

"若是两年前，大概会是如此。"沈夜也不介意木青瓷话里的嘲讽，他解释道："只不过过去的已经过去，画儿的死已经发生，我也无法怪罪任何人。正如那句老话，迟早都要为自己所做的事付出代价。那何必再迁怒活生生的人。"

"能了却心结的感觉真好。"木青瓷仰起头望着天空，日光有些刺眼，她只手挡在眼前，唇角弯弯。

沈夜只是轻笑了一声，他看着远处笑得开心的莫静岚，眼中也只有她和儿子了。

"咦？那不是兰妤吗？"

"你看她一身佛衣，难不成真的出家为尼了？"

"看样子还真是。"

一位身着佛衣的女人入场之后，就有人窃窃私语了起来，毕竟在这种场合，穿佛衣来的宾客还没有，所以有一些引人注目也不为过。

"萧夫人近来可还好？"锦懿卿作为主人，自然是这边招呼完，招呼另一边。对于有故事可挖的人自然是要找出来。这一次的百花宴，就是为了让这些曾经的旧人再聚一次。所谓再相首，必定有不一般

"贫尼绝尘见过锦公子。"兰妤双手合十，她朝着锦懿卿行了一个佛礼，平静地说道："所谓名号都只是一个称呼，如今贫尼已是佛家弟子，了断所有红尘之事，请唤贫尼绝尘。"

"萧……绝尘师太，虽是听过此类传言，却是没想到，真是如此。"锦懿卿可不打算跟兰

好玩笑，对于入了佛门的人，他还是没那么随心所欲地调笑的。

"人世浮华，贫尼也不过是随波逐流的碎萍。"兰妤素衣素面，她没有剃发，而是带发修行。不过经过两年的修行，她的一举一动都自有一份与世无争的气韵。

锦懿卿摇了摇头，他没有再说下去，每个人都有不同的选择，有不同的路要走。兰妤选择的就是放下，彻彻底底地放下。

"锦老板，我家公子有请。"萧乔走过来，他看准了锦懿卿转身离开的时机，就过来请他一去。

"好。"锦懿卿点了一下头，他今天还真是忙，可以说是休息不下来。他跟着萧乔一路过去，走到了一处偏僻的凉亭，他远远就看见了苏笙月与萧安宴坐在一起品茶。这两个人坐在一起，还真是说不出的协调。"想不到苏兄也在，看起来都想到一起了。"

"锦兄来饮一杯茶如何？"萧安宴端起面前的茶杯，嗅了嗅茶香，似笑非笑地说道："今日我可是为你找了一个好故事。"

锦懿卿也不客气，找了一个空位坐下，他端起茶壶来，为自己斟了一杯茶："我倒是很好奇。"

"萧木氏绾晴，一年前顽疾复发，寻医问药无果。一年后，身体越发虚弱，终是香消玉殒。"萧安宴慢腾腾地说着，语气中却是威胁，"记得这里面有我的一部分。"

"看起来，我是要好好斟酌一番再动笔了。不过也是，你们这些人想收拾我很久了，是得低调一番。"锦懿卿摸了摸下巴，他可是深知那几人想收拾他很久了，现在心结已解，不正是收拾他的好时候吗？

"锦老板还真是懂我们，想收拾你也不是一次两次了，只是一直没有机会罢了。"苏笙月抿了一口茶水，他有意无意地说着。

锦懿卿放下茶杯，他瞥了一眼苏笙月，见他笑得跟狐狸一样，背上一寒："造孽呀造孽。"

各人有各人的玩法，莫静岚把流萤带走之后，木青瓷也乐得轻松。她到处走着，却瞟见了某一个人，她迈开步子走过去，轻声唤道："阿凉。"

"青瓷。"

莫景凉偏过头，看着走到他身边的木青瓷，随意笑笑："你还是来了。"

木青瓷张开双手，也不顾及众人的眼光，她抱住莫景凉，感激地说道："能认识你，真好；能有你在身边，真好；能跟你肆意发泄，真好。一直任性，对不起；总是伤你，对不起；让你担心，对不起；冷言冷语，对不起；动手打你，对不起；辜负了你，对不起……"

对于木青瓷的举动，莫景凉先是一愣，又听着她的话，舒心地一笑，伸出手抱着她。又察觉到肩上的衣裳湿了，嘴角的弧度上扬。他轻轻地拍着她，心里所有的结都在木青瓷这番话中解开了，唯独留下了遗憾而已。

"青瓷，我不后悔。"

"阿凉，谢谢你。"

"明年一起去赏桃花。"

"好。"

百花宴三天很快就结束了,这本是一个宴会,也是为了他们这些人相聚。六年前的百花宴,六年后的百花宴,好似一个轮回。

"叶轻轻,下一次,你别想再逃。"唐岚欹骑在马上,她心高气傲地看着叶轻轻,话语中满是挑衅。

叶轻轻拉着缰绳,她承下了唐岚欹的挑衅,回嘴道:"谁怕谁。唐岚欹,下一次再见,你必输无疑。"

"下一次再见吧。"

唐岚欹挥着马鞭,她先驾着马离开,只给叶轻轻留下了这句话。

叶轻轻看着唐岚欹驾马远去,她不由得笑出声,低语说道:"我的敌手。"语毕,便也驾马远去了。

"司琰!"

也不知走到了哪里,突然有一人一马挡在路前,叶轻轻收住缰绳,停下来看着来人吃惊地说道:"你怎么在这里?"

"叶大阁主,不知浪迹天涯,是否愿意与我一起做一对红尘过客?"司琰骑着马走到叶轻轻身边,笑容灿烂,他也要去追寻他的心。

叶轻轻也不是蠢笨的人,她如何不知司琰话中之意,她一笑:"你若追上我,便让你跟着我。从此两人一马,明日天涯。"语毕,驾马就走,一路飞驰而去。

"小妮子的脾气还是那样。不过我喜欢。"

对于叶轻轻的事,司琰哑然失笑,他也驾马追了上去。

当木青瓷回到巫月神教的时候,已经是一个月之后,她想象过回到巫月神教的情景,却不料如此平静。

"见过花长老,大祭司。"

白菣轻点了一下头,他长舒了一口气:"各回其位吧。"

"哼!老婆子还当是你死了。现在回来就去换一身衣裳,好好地住上一阵,再谈与那中原男子结亲之事。"花朝还是老样子,嘴硬心软。木青瓷回来,她是巫月神教里最为高兴的人之一。

"巫月圣女外嫁中原武林最优秀的天骄,倒也是不错的噱头。"白菣对苏笙月还算满意,而且还为巫月神教拉了一个强有力的同盟,何乐而不为。

"他若是再负心,直接回来也罢,不必要那种夫婿。"花朝对于苏笙月以前的事还有点不满,可她还是由着木青瓷的。

"多谢大祭司,多谢花长老。"

饶是木青瓷也没有想到会这么顺利,她真心感谢着面前的两位长辈,也知晓他们同意这件事要冒多大的风险。所以真当见到白幽之时，木青瓷却不知说些什么好，她又会留下一堆的烂摊子给他，然后过着她的逍遥日子。

"去吧，巫月神教不是没有了圣女，而是圣女远嫁。有一些规矩千百年来不曾变过，可总是会变的。"白幽揉了揉木青瓷的头发，他叹了一口气道，"阿婠，这辈子终究是我败给了你。"

"对不起，白幽，对不起。"木青瓷不知道她什么时候这么爱哭了，一见到白幽，就自觉想要哭。她对不起的人很多，白幽便是其中一人。"这两年来，一直让你为我费心，对不起，对不起。"

"阿婠，已经足够了，去追寻你的幸福。我能做的事，就是护着你一辈子。"白幽还是一副书生样子，只是眉眼之间多了一份凌厉。

"能遇到你是我的福气不是吗？"

"遇到了你，也只能认命。"

倾月山庄之中，多了一位特别的客人，她本是这里的人，现在也还是，她便是冷冰熙。又过去了两年，她已经没有当年的青涩模样，出落得也算是亭亭玉立。

"无争。"

冷冰熙看着远处疯癫的莫阑珊，她叹息了一声道："我想陪你一起，哪怕是守着大家姐。"

莫无争见到此番的冷冰熙，他阖上了眼，深深地吸了一口气道："冰熙，我一直将你当作我的妹妹，你不必执着于我。我爱的人一直是大家姐，哪怕她并不记得我了，我也想守着她。"

"我知道，可是我想要争取一番。"冷冰熙怎么会不知道莫无争爱的人是莫阑珊，可还是想努力。

"我不想耽误你，你只会是我的妹妹。"莫无争拒绝着冷冰熙，他不想耽误她，也不想伤了两人，不如当断则断。

"不愧是无争，虽然早就知道了，可还是想要亲耳听到你的答案。"冷冰熙轻声笑起来，可怎么听都是苦笑，她背过身去，强忍着要哭的心情，故作乐观地说道："你一定要记着我，记住一个爱慕你的傻姑娘。"语毕，冷冰熙就跑了出去。

莫无争看着冷冰熙离去的背影，也只是叹了一口气，道一声："冰熙……"

醉花荫深处，那一棵百年的凤凰木之下，有一女子倒着醇香的美酒，身旁还站着一位气宇非凡的男子。

唐岚歆把酒壶里的酒倒空之后，她丢下酒壶，也不怕脏，双手不停地抚摸着被酒水打湿的泥土，深深地说道："阿呆，岳洛。六年过了又是六年，终究是放下了。有一个人一直守着我，我不想留在过去，总要享受当下。下一次，我不会再来了。若是真有轮回一说，那下一辈子，换我来保护你。"

过了许久，唐岚歆才起身，她拍了拍手上未干的泥土，只说道："长风，走了。"

"歆儿。"唐长风看着唐岚歆的手，出声提醒道，"擦擦吧。"

唐岚歆回过头来，她一双手直接在唐长风的衣袖上擦了擦，才说道："遇到我是你的福气，记得别后悔。"

唐长风看着唐岚歆一副自信的样子，他无奈地笑了笑："只愿你不悔。"

"还不跟上来。"唐岚歆停住脚步，她回过头来，展颜一笑。

唐长风快步地追了上去，他从入唐门之时，就已经决定要守着她一辈子，不怨不悔。

一座简单的木屋后，一个男人跪在一座坟前，坟前还插着一把剑，赫然一看，才发现那竟然是天剑，而那个跪着的男人是消失两年的合欢。

"主上，她过得很好，我便不用再担心，可以一心一意地守在你的坟前。"

合欢低垂着头，坟前的墓碑上，并无意外地刻着"宁夜澜之墓"几字，他选择了做那看守人，守着这座墓。

又是数月，苏家再一次办了亲事，苏笙月迎娶苗疆巫月神教的圣女，这纠缠的两人也终成眷属，走到了一起。

新房之中，碰盏交杯酒，龙凤红烛明亮，照得新娘更添三分媚态。

"青瓷，你真美！"苏笙月坐在木青瓷身边，他眼神迷离，今日也是醉了。

"油嘴滑舌，死性不改。"

"只对你一人如此罢了。"

"我却不信。"

"那就用一辈子来考验我。"

"一辈子便是与你纠缠了。"

"青瓷。"

"嗯。"

"唤我的名字。"

"阿月。"

罗帐帘子放下，红罗帐里香重重，芙蓉帐暖度春宵。